《蘇州全書》編纂出版委員會 編

·吳都文粹續集

蘇州全書

甲編

古吳軒出版社
蘇州大學出版社

圖書在版編目(CIP)數據

吳都文粹續集 / (明) 錢穀編 . -- 蘇州 : 古吳軒出版社 : 蘇州大學出版社 , 2024.6
(蘇州全書)
ISBN 978-7-5546-2334-3

Ⅰ. ①吳… Ⅱ. ①錢… Ⅲ. ①古典文學—作品綜合集—中國—明代 Ⅳ. ① I214.82

中國國家版本館 CIP 數據核字(2024)第 064929 號

責任編輯 黄菲菲
裝幀設計 周 晨 李 璇
責任校對 戴玉婷

書　　名 吳都文粹續集
編　　者 〔明〕錢穀
出版發行 古吳軒出版社
地址：蘇州市八達街118號蘇州新聞大厦30F 電話：0512-65233679
蘇州大學出版社
地址：蘇州市十梓街1號 電話：0512-67480030
印　　刷 常州市金壇古籍印刷廠有限公司
開　　本 889 × 1194 1/16
印　　張 330
版　　次 2024 年 6 月第 1 版
印　　次 2024 年 6 月第 1 次印刷
書　　號 ISBN 978-7-5546-2334-3
定　　價 2200.00 元(全八册)

《蘇州全書》編纂工程

總主編

劉小濤　吳慶文

學術顧問（按姓名筆畫爲序）

王　芳　王　宏　王　堯　王　鍔　王紅蕾　王華寶　王爲松　王衛平
王餘光　王鍾陵　朱棟霖　朱誠如　任　平　全　勤　江慶柏　江澄波
汝　信　阮儀三　杜澤遜　李　捷　吳　格　吳永發　何建明　言恭達
沈坤榮　沈燮元　武秀成　范小青　范金民　茅家琦　周　秦　周少川
周國林　周勛初　周新國　胡可先　胡曉明　姜　濤　姜小青　韋　力
姚伯岳　馬亞中　袁行霈　華人德　莫礪鋒　徐　俊　徐　海　徐　雁
徐惠泉　徐興無　唐力行　陸振嶽　陸儉明　陳子善　陳正宏　陳尚君
陳紅彥　陳廣宏　黃愛平　黃顯功　崔之清　張乃格　張志清　張伯偉
張海鵬　葉繼元　葛劍雄　單霽翔　程章燦　程毅中　喬治忠　鄔書林
賀雲翱　詹福瑞　趙生群　廖可斌　熊月之　樊和平　劉　石　劉躍進
閻曉宏　錢小萍　戴　逸　韓天衡　嚴佐之　顧　薌

《蘇州全書》編纂出版委員會

前言

中華文明源遠流長，文獻典籍浩如烟海。這些世代累積傳承的文獻典籍，是中華民族生生不息的文脉和根基。蘇州作爲首批國家歷史文化名城，素有『人間天堂』之美譽。自古以來，這裏的人民憑藉勤勞和才智，創造了極爲豐厚的物質財富和精神文化財富，使蘇州不僅成爲令人嚮往的『魚米之鄉』，更是實至名歸的『文獻之邦』，爲中華文明的傳承和發展作出了重要貢獻。

蘇州被稱爲『文獻之邦』由來已久，早在南宋時期，就有『吳門文獻之邦』的記載。宋代朱熹云：『文，典籍也；獻，賢也。』蘇州文獻之邦的地位，是歷代先賢積學修養、劬勤著述的結果。明人歸有光《送王汝康會試序》云：『吳爲人材淵藪，文字之盛，甲於天下。』朱希周《長洲縣重修儒學記》亦云：『吳中素稱文獻之邦，蓋子游之遺風在焉，士之嚮學，固其所也。』《江蘇藝文志·蘇州卷》收録自先秦至民國蘇州作者一萬餘人，著述達三萬二千餘種，均占江蘇全省三分之一强。古往今來，蘇州曾引來無數文人墨客駐足流連，留下了大量與蘇州相關的文獻。時至今日，蘇州仍有約百萬册的古籍留存，入選『國家珍貴古籍名録』的善本已達三百一十九種，位居全國同類城市前列。其中的蘇州鄉邦文獻，歷宋元明清，涵經史子集，寫本刻本，交相輝映。此外，散見於海内外公私藏家的蘇州文獻更是不可勝數。它們載録了數千年傳統文化的精華，也見證了蘇州曾經作爲中國文化中心城市的輝煌。

蘇州文獻之盛得益於崇文重教的社會風尚。春秋時代，常熟人言偃就北上問學，成爲孔子唯一的南方弟子。歸來之後，言偃講學授道，文開吳會，道啓東南，被後人尊爲『南方夫子』。西漢時期，蘇州人朱買臣負薪讀書，穹窿山中至今留有其『讀書臺』遺迹。兩晉六朝，以『顧陸朱張』爲代表的吴郡四姓涌現出大批文士，在不少學科領域都貢獻卓著。及至隋唐，蘇州大儒輩出，《隋書·儒林傳》十四人入傳，其中籍貫吴郡者二人；《舊唐書·儒學傳》三十四人入正傳，其中籍貫吴郡（蘇州）者五人。文風之盛可見一斑。北宋時期，范仲淹在家鄉蘇州首創州學，並延名師胡瑗等人教授生徒，此後縣學、書院、社學、義學等不斷興建，蘇州文化教育日益發展。故明人徐有貞云：『論者謂吾蘇也，郡甲天下之郡，學甲天下之學，人才甲天下之人才，偉哉！』在科舉考試方面，蘇州以鼎甲萃集爲世人矚目，清初汪琬曾自豪地將狀元稱爲蘇州的土産之一，有清一代蘇州狀元多達二十六位，占全國的近四分之一，由此而被譽爲『狀元之鄉』。近現代以來，蘇州在全國較早開辦新學，發展現代教育，涌現出顧頡剛、葉聖陶、費孝通等一批大師巨匠。中華人民共和國成立後，社會主義文化教育事業蓬勃發展，蘇州英才輩出、人文昌盛，文獻著述之富更勝於前。

蘇州文獻之盛受益於藏書文化的發達。蘇州藏書之風舉世聞名，千百年來盛行不衰，具有傳承歷史長、收藏品質高、學術貢獻大的特點，無論是卷帙浩繁的圖書還是各具特色的藏書樓，以及延綿不絶的藏書傳統，都成爲中華文化重要的組成部分。據統計，蘇州歷代藏書家的總數，高居全國城市之首。南朝時期，蘇州就出現了藏書家陸澄，藏書多達萬餘卷。明清兩代，蘇州藏書鼎盛，絳雲樓、汲古閣、傳是樓、百宋一廛、藝芸書舍、鐵琴銅劍樓、過雲樓等藏書樓譽滿海内外，彙聚了大量的珍貴文獻，對古代典籍的收藏保護厥功至偉，亦於文獻校勘、整理裨益甚巨。《舊唐書》自宋至明四百多年間已難以考覓，直至明嘉靖十七年（一五三八），聞人詮在蘇州爲官，搜討舊籍，方從吴縣王延喆家得《舊唐書》『紀』和『志』部分，從長洲張汴家得《舊唐書》『列傳』部分，『遺籍俱出宋時模板，旬月之間，二美璧合』，于是在蘇州府學中槧刊，《舊唐書》自此得以彙而成帙，復行於世。清代嘉道年間，蘇州黄丕烈和顧廣圻均爲當時藏書名家，且善校書，『黄跋顧校』在中國文獻史上影響深遠。

蘇州文獻之盛也獲益於刻書業的繁榮。蘇州是我國刻書業的發祥地之一，早在宋代，蘇州的刻書業已經發展到了相當高的水平，至今流傳的杜甫、李白、韋應物等文學大家的詩文集均以宋代蘇州官刻本爲祖本。宋元之際，蘇州磧砂延聖院還主持刊刻了中國佛教史上著名的《磧砂藏》。明清時期，蘇州成爲全國的刻書中心，所刻典籍以精善享譽四海，明人胡應麟有言：『凡刻之地有三，吴也、越也、閩也。』他認爲『其精，吴爲最』，『其直重，吴爲最』。又云：『余所見當今刻本，蘇常爲上，金陵次之，杭又次之。』清人金埴論及刻書，仍以胡氏所言三地爲主，則謂『吴門爲上，西泠次之，白門爲下』。明代私家刻書最多的汲古閣、清代坊間刻書最多的掃葉山房均爲蘇州人創辦，晚清時期頗有影響的江蘇官書局也設於蘇州。據清人朱彝尊記述，汲古閣主人毛晉『力搜秘册，經史而外，百家九流，下至傳奇小説，廣爲鏤版，由是毛氏鋟本走天下』。由於書坊衆多，蘇州還産生了書坊業的行會組織崇德公所。明清時期，蘇州刻書數量龐大，品質最優，裝幀最爲精良，爲世所公認，國内其他地區不少刊本也都冠以『姑蘇原本』，其傳播遠及海外。

蘇州傳世文獻既積澱着深厚的歷史文化底藴，又具有穿越時空的永恒魅力。從范仲淹的『先天下之憂而憂，後天下之樂而樂』，到顧炎武的『天下興亡，匹夫有責』，這種胸懷天下的家國情懷，早已成爲中華民族精神的重要組成部分，傳世留芳，激勵後人。南朝顧野王的《玉篇》，隋唐陸德明的《經典釋文》、陸淳的《春秋集傳纂例》等均以實證明辨著稱，對後世影響深遠。明清時期，馮夢龍的《喻世明言》《警世通言》《醒世恒言》，在中國文學史上掀起市民文學的熱潮，具有開創之功。吴有性的《温疫論》、葉桂的《温熱論》，開温病學研究之先河。蘇州文獻中藴含的求真求實的嚴謹學風、勇開風氣之先的創新精神，已經成爲一種文化基因，融入了蘇州城市的血脉。不少蘇州文獻仍具有鮮明的現實意義。明代費信的《星槎勝覽》，是記載歷史上中國和海上絲綢之路相關國家交往的重要文獻。鄭若曾的《籌海圖編》和徐葆光的《中山傳信録》，爲釣魚島及其附屬島嶼屬於中國固有領土提供了有力證據。魏良輔的《南詞引正》、嚴澂的《松絃館琴譜》、計成的《園冶》，分别是崑曲、古琴及園林營造的標志性成果，這些藝術形式如今得以名列世界文化遺産，與上述名著的嘉惠滋養密不可分。

維桑與梓，必恭敬止；文獻流傳，後生之責。蘇州先賢向有重視鄉邦文獻整理保護的傳統。方志編修方面，范成大《吴郡志》爲方志創體，其後名志迭出，蘇州府縣志、鄉鎮志、山水志、寺觀志、人物志等數量龐大，構成相對完備的志書系統。地方總集方面，南宋鄭虎臣輯《吴都文粹》、明錢穀輯《吴都文粹續集》、清顧沅輯《吴郡文編》先後相繼，收羅宏富，皇皇可觀。常熟、太倉、崑山、吴江諸邑，周莊、支塘、木瀆、甪直、沙溪、平望、盛澤等鎮，均有地方總集之編。及至近現代，丁祖蔭彙輯《虞山叢刻》《虞陽説苑》，柳亞子等組織『吴江文獻保存會』，爲搜集鄉邦文獻不遺餘力。江蘇省立蘇州圖書館於一九三七年二月舉行的『吴中文獻展覽會』規模空前，展品達四千多件，並彙編出版吴中文獻叢書。然而，由於時代滄桑，圖書保藏不易，蘇州鄉邦文獻中『有目無書』者不在少數。同時，囿於多重因素，蘇州尚未開展過整體性、系統性的文獻整理編纂工作，許多文獻典籍仍處於塵封或散落狀態，没有得到應有的保護與利用，不免令人引以爲憾。

進入新時代，黨和國家大力推動中華優秀傳統文化的創造性轉化和創新性發展。習近平總書記强調，要讓收藏在博物館裏的文物、陳列在廣闊大地上的遺産、書寫在古籍裏的文字都活起來。二〇二二年四月，中共中央辦公廳、國務院辦公廳印發《關於推進新時代古籍工作的意見》，確定了新時代古籍工作的目標方向和主要任務，其中明確要求『加强傳世文獻系統性整理出版』。盛世修典，賡續文脉，蘇州文獻典籍整理編纂正逢其時。二〇二二年七月，中共蘇州市委、蘇州市人民政府作出編纂《蘇州全書》的重大決策，擬通過持續不斷努力，全面系統整理蘇州傳世典籍，着力開拓研究江南歷史文化，編纂出版大型文獻叢書，同步建設全文數據庫及共享平臺，將其打造爲彰顯蘇州優秀傳統文化精神的新陣地，傳承蘇州文明的新標識，展示蘇州形象的新窗口。

『睹喬木而思故家，考文獻而愛舊邦。』編纂出版《蘇州全書》，是蘇州前所未有的大規模文獻整理工程，是不負先賢、澤惠後世的文化盛事。希望藉此系統保存蘇州歷史記憶，讓散落在海内外的蘇州文獻得到挖掘利用，讓珍稀典籍化身千百，成爲認識和瞭解蘇州發展變遷的津梁，並使其中藴含的積極精神得到傳承弘揚。

觀照歷史，明鑒未來。我們沿着來自歷史的川流，承荷各方的期待，自應負起使命，砥礪前行，至誠奉獻，讓文化薪火代代相傳，並在守正創新中發揚光大，爲推進文化自信自强、豐富中國式現代化文化内涵貢獻蘇州力量。

《蘇州全書》編纂出版委員會

二〇二二年十二月

凡例

一、《蘇州全書》（以下簡稱『全書』）旨在全面系統收集整理和保護利用蘇州地方文獻典籍，傳播弘揚蘇州歷史文化，推動中華優秀傳統文化傳承發展。

二、全書收録文獻地域範圍依據蘇州市現有行政區劃，包含蘇州市各區及張家港市、常熟市、太倉市、崑山市。

三、全書着重收録歷代蘇州籍作者的代表性著述，同時適當收録流寓蘇州的人物著述，以及其他以蘇州爲研究對象的專門著述。

四、全書按收録文獻内容分甲、乙、丙三編。每編酌分細類，按類編排。

（一）甲編收録一九一一年及以前的著述。一九一二年至一九四九年間具有傳統裝幀形式的文獻，亦收入此編。按經、史、子、集四部分類編排。

（二）乙編收録一九一二年至二〇二一年間的著述。按哲學社會科學、自然科學、綜合三類編排。

（三）丙編收録就蘇州特定選題而研究編著的原創書籍。按專題研究、文獻輯編、書目整理三類編排。

五、全書出版形式分影印、排印兩種。甲編書籍全部采用繁體竪排；乙編影印類書籍，字體版式與原書一致；乙編排印類書籍和丙編書籍，均采用簡體横排。

六、全書影印文獻每種均撰寫提要或出版説明一篇，介紹作者生平、文獻内容、版本源流、文獻價值等情况。影印底本原有批校、題跋、印鑒等，均予保留。底本有漫漶不清或缺頁者，酌情予以配補。

七、全書所收文獻根據篇幅編排分册，篇幅適中者單獨成册，篇幅較大者分爲序號相連的若干册，篇幅較小者按類型相近原則數種合編一册。數種文獻合編一册以及一種文獻分成若干册的，頁碼均連排。各册按所在各編下屬細類及全書編目順序編排序號。

吴都文粹續集

〔明〕錢穀 編

據中國國家圖書館藏清鈔本影印。

提要

《吴都文粹續集》五十六卷補遺一卷，明錢穀編。

錢穀（一五〇八—一五七九），字叔寶，號罄室、三吴漫士、句吴逸民等。明長洲人。少孤貧，游文徵明門下，遍讀插架之書。精習繪事，亦工行、篆、小楷。藏書近萬卷，精校勘，手録古文、金石書數千卷，世稱錢鈔本。刻印唐、宋秘笈近百種。輯編有《歷代隱逸傳》等，著有《南北史摭言》《長洲志》《懸罄室詩》等。

《吴都文粹續集》五十六卷，前四十五卷按詩文内容所涉門類分卷，卷一都邑、書籍，卷二城池，卷三至六學校，卷七學校、社學、義塾，卷八風俗、令節、公廨，卷九公廨、倉場，卷十公廨，卷十一館驛、古迹，卷十二古迹、壇廟，卷十三書院，卷十四至十六祠廟，卷十七祠廟、第宅，卷十八第宅，卷十九至二十一山，卷二十二山、水，卷二十三、二十四水，卷二十五水利、土産、果、花卉，卷二十六水利（按：卷二十五、二十六正文爲題畫詩跋，見卷二十五首頁簽條説明），卷二十七花卉、果、食品、徭役，卷二十八道觀，卷二十九至三十四寺院，卷三十五、三十六橋梁，卷三十七至四十五墳墓。後十一卷按文體分卷，卷四十六、四十七雜文，卷四十八至五十四詩，卷五十五、五十六詩文集序。補遺一卷，多爲雜文，含墓志銘、民謡、表、詔、記等。

是集乃錢穀仿宋代鄭虎臣《吴都文粹》續纂而成，編成於明嘉靖間，惜未付梓，流傳既久，不免脱遺。書中所收作者如卷二十六熊明遇、卷三十二高第等爲明末人，當爲後人補輯。至清修《四庫全書》時，已佚第五十三、五十四兩卷，並第五十卷亦有殘缺。是集『采輯之富，視鄭書幾增至十倍』，惜分類、分卷有失確當，『能博而未能精』，但集中所載内容，『自説部、類家、詩編、文稿以至遺碑斷碣，無不甄羅』，頗具史料價值，『吳中文獻，藉以不墜』，『學者欲徵文考獻，要必於是乎取資焉』，可見其地位。

本次影印以中國國家圖書館藏清鈔本爲底本，此本亦爲《四庫全書》底本；補遺末兩葉據南京圖書館藏清鈔本配補。原書高二十七・六厘米，廣十七・九厘米。第五十三卷、五十四卷兩卷皆有目無文，其他卷中亦有有目無文之篇，並有空白頁面。目録中詩文標題順序與正文實際順序有不一致之處。多朱筆圈點、批校。

吳都文粹續集五十六卷補遺一卷

明錢穀編穀字叔寶長洲人明史文苑傳附見文徵明傳中但稱其能畫朱彝尊靜志居詩話則稱穀貧無典籍遊文徵仲之門日取插架書讀之手鈔異書家多至老不倦仿鄭虎臣吳都文粹輯成續編閱有三百卷其子功甫繼之吳中文獻藉以不墜云云功甫錢與治之字也所稱卷數與此本不符豈合與治續編言之或穀初所蒐羅原有此數

後復加删汰以成今本彛尊乃據其舊稿言之歟此本第五十三卷五十四卷俱逸第五十卷亦殘缺檢勘他本並同蓋流傳既久不免脱遺已非完本其中所標二十一門分類亦多未確蓋能博而未能精者然自説部類家詩編文稾以至遺碑斷碣無不甄録其採輯之富視鄭書幾增至十倍吴中文獻多藉是以有徵亦未可以蕪雜棄矣

咸豐癸丑夏五

吳都文粹續集目録上

卷一

都邑　書籍

城池

四

與啟南同登城楼	皇甫信
登城楼	劉珏
入閶門有懷蕭太守若愚	胡纘宗
姑胥郭	王安石
	陳植
盤門	許渾
晚入盤門	范成大
盤門	張紳
吳門忠告 即蛇門	胡舜申
葑門	葉適

卷三

學校

三篇文在四卷首目亦宜改移

范公祠堂記　汪澤民

高文忠公專祠記　高若鳳

中書右丞浙西道宣慰使游資德生祠記　陳玄武

蘇州府重修孔子廟學碑　宋濂

蘇州孔子廟學新建南門記　王彝

鄉飲酒碑記文在第四卷　俞人

重修蘇州府廟學記　金幼孜

蘇州府重修儒學記　胡儼

又　王直

卷四

學校

詩

王汝玉

張徽

趙宗文

錢紳

陳孟浩

馬壽

韓陽

張肎

追和樂圃朱先生蘇學十題　吴寬

新建蘇州儒學石橋記　陳孟浩

卷五

學校

十

卷六

學校

卷七

學校　社學　義塾

十二

卷八

爆竹行
烧火盆行
照田蚕行
分歲詞
賣癡獃詞
打灰堆詞
祀灶解
除夜襍詠
重建瞻儀堂記
齊雲楼記

陸龜蒙
楊循吉
陳振
周南

卷九

公廨　倉塲

十六

卷十

公廨

十八

卷十一

館驛　古蹟

泊舟吴會亭　范成大
望亭驛　庾肩吾
望亭驛酬別周判官　白居易
宿望亭驛寄蘇州同志　許渾
登松江驛楼北望故国　劉長卿
吴江驛　張祜
又　方干
昇平館　宜移前泊舟吴會亭前　釋洪偃
晚泊松江驛　李郢
題松江驛　羊士諤

洞仙歌　潘牥

姑蘇臺　薩都剌

同前　張羽

同前　高啟

同前　周南老

同前　王賓

同前

次韻石田登姑蘇臺　徐禎卿

再咏四首　前人

姑蘇臺　宋無

廿一

同前　周南老

研池　高啟

同前　陳子貞

琴臺　僧半顛

同前　張羽

同前　高啟

同前　周南老

吴王井二首　羅鄴

同前　高啟

同前　周南老

廿三

同前　王賓
越来溪二首　范成大
同前　高文度
同前　僧半顛
同前　高啟
同前　周南老
同前　王賓
越来溪懷古　王鏊
越来溪　蔡羽
秋日越来溪　前人

卌

同前　周南老

同前　王賓

吳宫二首　白居易

同前　李商隱

同前　儲嗣宗

同前　曹鄴

吳宫怨　張籍

同前　衛萬

吳宫曲　張祜

同前　孟遲

同前
同前
百花洲
同前
同前
同前
魚城
鷄陂
同前
酒城

周南老
王賓
高啟
周南老
姚廣孝
王賓
高文度
高啟
周南老
高啟

死亭灣　高啟

同前　周南老

同前　王賓

卷十二

古蹟　壇廟

毛公壇　范成大

同前　張羽

同前　高啟

同前　周南老

同前　王賓

重立鬱林石記　吳寛
馬禄
鬱林石　王賓
交讓瀆　王賓
越公井　高文度
同前　王賓
建吳井冽泉亭記　施清臣
丹井銘　宋濂
登昭明讀書臺因訪丹室　沈周
丹井亭　華清

廿八

至德廟舊碑　周忱
重修太伯廟記　陳太常
重修至德廟記　高啟
之荆操詠太伯廟　周南老
至德廟　王賓
同前　前人
仲雍季札二祠共在太伯廟
本朝頒降春秋二祀祝文改封吴泰伯之神
夫差廟　范成大

卷十三

書院

三十

又　祝顥
文正書院詩　周南老
新建和靖書院記　劉宰
重建和靖書院記　鄭元祐
遷尹和靖書院記　袁袠
和靖書院詩　周南老
鶴山書院記　虞集
題鶴山書院記　張雨
同前　周南老
金鄉書院寓公堂記　胡纘宗

卷十四

祠廟

新建韓蘄王廟記　胡纘宗

韓蘄王廟免役記失　黄省曾

本朝春秋祝文

敕祀鶴山先生魏文靖公記　吴寛

宋太史鶴山先生文靖公祠堂碑　楊循吉

本朝春秋二祀祝文

晋顧元公祠堂碑　周伯琦

顧榮庙詩　高啟

顧榮墓　王賓

晋大将軍右司馬陸士龍祠記　徐有貞

卷十五

祠廟

三三

崑山州作新婁侯事狀　殷奎
婁侯庙　前人
同前　袁華
劉龍洲祠　凌萬頃
同前　殷奎
同前　袁華
同前　秦約
同前　楊維禎
同前　偶桓
同前　沈愚

三四

三五

同前　周南老

同前　宋　無

同前　王　賓

謁三高祠　吳一鵬

本朝春秋二祀祝文

卷十六

祠廟

顧公廟碑　石處道

本朝春秋二祀祝文

三忠祠記　趙　均

三六

新建鄉社亭記　顧清

石湖鄉賢祠記　莫旦

范文穆公祠堂記　王鏊

直道陳公祠堂記　沈燾

陳氏祠堂碑　王鏊

劉塘王氏祠堂記　楊榮

蘇州府重修城隍庙記　王鏊

崑山縣重修城隍庙記　沈魯

常熟縣城隍庙記　吴訥

新修城隍庙記　錢仁夫

卷十七

平江路新建三皇廟記　牟巘

常熟州重建三皇廟記　張著

嘉定三皇廟記　柯九思

崑山州重修三皇廟記　許規五

改修吳延陵季子廟記　蕭定

辟疆園　高啟

同前　周南老

陸山人樓亭即戴顒宅　儲光羲

褚家林亭　白居易

同前　陸龜蒙

北山堂開爐夜坐　　前　人

檢校石湖新田　　前　人

李行中醉眠亭　　蘇　軾

同前　　蘇　轍

元豐辛酉冬予解組歸吴明年過故同年朱
光禄舊居周覽園榭感事作詩以詒伯原
　　元　絳

次韻厚之少保留題伯原秘校園亭三首
　　陳師孟

校書朱君示及園居勝槩新篇一軸皆有標

同前二首　陳林

同前二首　謝恭

附重建延緑亭記　吴寬

定軒記　劉鑰

樂菴新成二絶　李衡

盤野諸題十一首　黄由

共樂堂　睽德堂　茆堂观奕　明月臺

登擁書楼有感　道院獨步　登三清閣

入園　睦鄰　無題　思親

松石軒記　鄭元祐

同前　劉鉉

團溪觀魚記　楊維禎

東莊記　李東陽

東莊詩　劉大夏

同前　沈周

聞奕姪構二亭于東莊以爲予佚老嘉而有作　吴寛

和韻　沈周

晚圃記　王軾

晚圃詩　伊秉

巫咸宅　王賓

同前　周南老

張融陸慧曉宅　王賓

屈突明府廳　李白

韋承總幽居　孟郊

徐修矩宅　皮日休

和　陸龜蒙

卷十八

第宅

臨頓里十首　皮日休

襲美題郊居十首次韻和之　陸龜蒙

卷十九

山

雨後遊天平諸山調滿庭芳　徐有貞

遊天平山　前人

遊天平　王鏊

又　前人

登天平絶頂　周忱

陪天全遊城西諸山　劉玨

天平山　蔡羽

又　前人

又　王寵

天平山白雲泉　范仲淹

龍門　高啟

周南老

登龍門次盧師陳　王鏊

飛来峯　高啟

卓筆峯　前人

吴王井　前人

同前　周南老

以上七首宜移在雲岩諸詩後

大小石室　高啟

同前　張羽

照湖鏡上有巨石圓而面湖者　楊基

懷赤山舊業二首　前人
重九日行營壽藏之地　范成大
得壽藏于先壟之傍　前人
靈岩　袁易
同前　周伯温
同前　高啟
同前　楊基
水龍吟　徐有貞
靈岩山　伊秉
紀遊灵岩　吴寬

四八

題	作者
	高啟
	周南老
研池	高啟
	周南老
	陳子真
經玉遮山	吳寬
雨中過玉遮山	高啟
雅宜山	倪瓚
遊玄墓山記	蔡羽
遊玄墓諸山記	袁袠

玄墓山紀遊　張靈

登玄墓　王寵

次履吉韻登玄墓　湯珍

鄧尉避暑　袁袠

盧熊功武訪余溪上翌日遊七寶泉同遊者鈕安仲文楊大本景和王諶之常各賦詩分韻終日為樂用杜少陵泥融飛燕子沙暖睡鴛鴦之句摘平声分韻

熊得泥　大本得央　達左得融　諶得沙　安得飛

同諸友七宝泉燕集二首　王汝玉

五十

登玄墓　顧聞

登玄墓山　皇甫涍

卷二十

山

虎丘山賦

試劍石賦

遊虎丘賦　楊循吉

虎丘山序　顧愷之

又　顧野王

虎丘山記畧　王峋

五一

遊虎丘　伊秉

虎丘和王元勳韵　前人

春尽虎丘　蔡羽

春日虎丘　前人

夏日虎丘　前人

秋日虎丘陪顧台州二首　前人

覌郡守胡公虎丘新詠　顧璘

遊虎丘二首　前人

陪鄭劉二户部徐翰林遊虎丘　胡纘宗

與客登虎丘　前人

天池　前人

陪臨川公遊天池　前人

天池　周南老

紀遊天池　吳寬

遊天池和仲山韻　王鏊

遊天池山　沈周

天池　皇甫涍

登天池贈毛中丞　胡纘宗

天池　王寵

又　王璉

寒泉　高啟

同前　周南老

放鶴亭　王賓

南峯　王鏊

赴南峯舟中　楊循吉

南峯　蔡羽

送楊儀入南峯　前人

南峯　王寵

尋支山作　皇甫涍

中峯南峯展眺　前人

五五

自横山歸洞庭　王鏊
堯峯　戴良
堯峯觀朝雨　袁褧
堯峯山十二詠　前人
同前十二詠　王寵
再遊上方　范成大
早春遊南山　楊循吉
陪郡守林公遊山二首　前人
上方　姚廣孝
遊上方和錢學士韻　皇甫信

望湖亭　前人

陪大中丞金陵頎公玩月上方　袁袠

八月十四夜待月上方　前人

春日上方　皇甫涍

春日侍諸父上方八韵　前人

上方流雲亭　前人

冬暮上方書事　前人

上方晚興　前人

重遊上方　前人

覌音岩　陳基

以下卷二十二不必寫

卷二十二

山

卷二十二

山水

六三

崑山聯句（宜移寫此處）

玉山詞為顧仲瑛作（此宜移在舟中望崑山後）　陳基

賦得玉峯春霽　張適

秋日舟過崑山（二首宜移寫後登玉峰下）　前人

崑山聯句

楊維禎　顧仲瑛　姚子章　張叔厚

干彥成　鄭九成

登玉峯　夏元吉

又　沈以潛

陪徐天全夏仲昭遊玉峯　劉珏

登玉峯　吳寬

登虞山绝頂有懷吴思菴　周忱

遊虞山　吴寛

又　沈周

三月九日舟泊虞山下　前人

赭水山名　李傑、周沈用

舟中望虞山　吴寛

与啟南遊虞山　前人

舟中望虞山　陈基

遊虞山　陳蒙

次韻計明府虞山雅集　王鼎

和計大尹虞山雅集　楊循吉

晚次虞山　皇甫涍

此二目移寫在前拂水岩下

六五

同前 陳蒙

鎮洋山記 祝允明

同前 桑悦

贊 陸晨

詩 沈周

太宗文皇帝御製宝山文碑

宝山晴雲 高本宗

同前 失

同前 失

震澤賦 朱石

卷二十三

水

宿湖中　前人

夜泛陽隖入明月灣即事寄湖州　前人

泛太湖　方干

湖中曲　李商隐

除夜寄羅同年　王禹偁、

舟泊太湖　羅處約

過太湖　范仲淹

泊太湖　楊傑

又　李顒

太湖阻雨　孫覿

同前　朱德潤、

同前　楊基

同前　徐賁

同前　高啟

月夜遊太湖　前人

舟過震澤　張羽

震澤　前人

遊太湖　徐有貞

題太湖　施槃

雨中過太湖望洞庭　吳寬

胡太守孝思奉　詔存問過太湖　王　鏊
胥口　范成大
再渡胥口　前　人
發胥口達包山　蔡　羽
旦發胥口徑湖中瞻眺三首　王　寵
泊胥口望太湖月下作　胡纘宗
晚登木瀆小樓　范成大
舟次木瀆聞庶子學士入山賦詩寄之　陳　基
過木瀆　吳　寬

聖筆石湖大字歌　楊萬里

初約鄰人至石湖　范成大

与周子充侍郎同宿石湖　前　人

壬辰三月十八日石湖花下作　前　人

壬辰七月十六日真率會石湖路中書字

初歸石湖　前　人

次韵蜀客西歸者来過石湖并寄成都舊僚　前　人

次韵同年楊使君回自毘陵同泛石湖見贈

七一

陪陳敬初遊石湖　戴良

石湖寫景　高文度

与客携樂遊寶積山遂泛石湖　高啟

石湖与戴叔能同舟懷雪坡大叅　陳基

石湖送別　王汝玉

至正戊子三月十日遊石湖賦花遊曲　楊維禎

和　顧瑛

九月八日遊石湖　徐有貞

次天全諸公石湖聯句　韓雍

七二

石湖作

石湖

石湖作

湖上八絶句

同王子美湖上看月二首

湖上逢曹子純之

湖上

前人

修禊石湖作

袁袠

同諸文學避暑石湖二首

江寺副于春過飲横塘莊同泛石湖

前人

廿

卷二十四

水

曉出横塘三首　朱琬
自石湖至横塘二首　王寵
横塘歸　袁袠
横塘晚興　皇甫涍
同前
長蕩泛舟　沈周、
同前　皇甫信
黄天蕩　張憲
過獨墅
宿獨墅　華幼武

登龐山

過龐山湖

題九里湖

白蜆江阻風兼懷徐賁

八月十三夜泛姚城江

汾湖賦

遊汾湖得武字

得錦字

得上字

得花字

周谷賓

龐　龍、

吳　驥

姚廣孝

陳　基

陶　振

楊維禎

殷　奎

程　翼

王　佐

泊松江渡　許渾

吴江旅次　張喬

同前　姚鉉

同前　孫何

同前　王安石

同前　張先

與子瞻會松江得浪字　秦觀

得岸字　参寥

松江晚泊四首　吴融

松江作　趙嘏

過吴江　高本

吴江　汪藻

還吴江　黄由

夜過吴江憶華終之　吕伯寅

吴江春望　嚴羽

松江漁者　范仲淹

松江　王安石

吴江懷古　胡元質

吴江道中　許棐

吴江二首　陳基

過松陵　陳謙

次韻王松陵　陳深

将赴京口道出松陵　鮮于樞

陪淮南僚友泛舟吴江城下　王逢

吴江　張翥

避地吴江九日　楊維禎

吴江夜泊　前人

吴江　虞堪

松陵　倪瓚

夜泊吴江城下　前人

七八

吳江春望	吳復
舟次吳江	胡奎
回至吳江	陶振
秋夜吳江泛月	陳一初
泊吳江	蘇平
和	尹寬
吳江春思	莫礼
吳江道中	卞榮
吳江阻風	前人
吳江舟中	聶大年

八十

秋日同李尚書錢正郎尚湖次韻　桑悅
福口港口待潮　陳基
二十日福山港寄省院諸友　前人
常熟縣許浦塘疏濬記　倪岳
許浦按校水軍　袁説友
次韻袁起岩許浦按校水軍絶二　范成大
許浦屯卽事　袁説友
白茆塘閘步　桑悅

卷二十五

水利　土產　果　花卉

二十五卷題文并無土產等
應將此五字移首二十六卷

古塘秋月　馬麐

橫瀝口泊舟有感　桑瑾

重浚七鴉浦記　姚文灝

重浚七鴉塘碑記　文徵明

重浚至和塘記　吴瑞

重浚湖川塘記　祝允明

重浚湖川塘題名記　桑悦

大東門閘記　陳璜

大西門閘記畧　顧溱

小西門閘太倉三閘記　王同祖

卷二十七

花卉　果　食品　傜役

八八

謝姑蘇學士寄木蘭堂官醖　梅堯臣
洞庭春色　蘇軾
茶塢　皮日休
和　陸龜蒙
煮茶　皮日休
和　陸龜蒙
松花餅　張雨
油堆　吴寬
圓子　前人
𢓭役

九一

普福宫記　吳澂

高真堂記　王鏊

卷二十九

寺院

蘇州府重玄寺法華院石壁經碑文　白居易

宋徽宗佛牙舍利贊

捨銅龜子文　蘇軾

平江府報恩萬歲賢首教寺碑　閻復

報恩萬歲賢首教寺長生殿記　黃潛

卷三十

寺院

九六

山謁奉簡卧雲室中老師　危素
五十六字奉上天如禪伯　周伯琦
夏日過天如禪師　錢良石
師子郎景十四首　維則天如
師子林三十韻　僧道衍
師子林池上观魚　高啟
和　徐賁
七月十五日与高季迪過師林　張適
七月廿七日過東郭師子林　倪瓚
送弘上人住蘇州正覺禪寺　金問

宿東禪靜公房　吴寬
李應禎
八月廿三日過東禪二首　蔡羽
晚過東禪　皇甫涍
過永定廢寺　高啟
過永定精舍訪南岳上人　劉鉉
永定精舍　楊循吉
蘇州南禪院白寺文集記　白居易
南禪集雲寺重建大雄殿記　吴寬、
贈鏡菴上人　徐瑨

天王寺　胡纘宗

姑蘇能仁菴記　祖瑛

能仁菴開山祖師遺囑　法雷震

卷三十一

寺觀

平江幻住菴記　釋明本

雁蕩除夜　前人

宿幻住棲雲堂　高啟

遊幻住精舍　前人

宿幻住草菴　道衍

春晝馬禪寺　蔡羽

馬禪賞月　陸川

虎丘陳公楼記　王曉

千頃雲記　家之巽

石像大士記　徐恪

水陸堂記　范成象

建千佛閣疏

虎丘雲岩禪寺修造記　楊士奇

一百

百二

宿宝華寺　袁袠

太祖高皇帝御製賜僧無念詩

覲畢舟歸

懷僧無念特賜松石詩

贈僧無念用松石詩韵

與駱蘄州沈石田馬清癡遊玄墓　徐有貞

山楼雨晴同諸公臨眺　前人

和公素韵　前人

寫畫贈別傳上人　杜瓊

入玄墓寺　吳寬

百四

碧照軒
題山偈
送僧還文殊菴
宿靈岩寺
靈岩寺
靈岩寺
題靈岩一首

皇甫涍
蔚萬峯
劉　昌
戴叔倫
張　祐
范仲淹
趙　嘏
周南老
高　啟
解于侁

百五

遊靈岩遇雨
陪計常熟遊靈岩
靈岩寺
次
靈岩寺
遊靈岩

沈周
前人
計宗道
虞謙
陳頎
徐珵
立齋
趙同魯
聶大年
伊秉

和
靈岩歌
遊靈岩歌
登靈岩贈住持霖雲谷
登靈岩
靈岩懷古
遊靈岩
靈岩寺

于範
徐縉
顧鼎臣
祝允明
林廷棉
陳璚
朱袞
高第
吴一鵬
陸俸

百七

欽定

寫俱照原本　其有題目正楷名字處題句可備一一

吳都文粹續集目録下 三

卷三十三

寺院

天平山白雲禪寺重興碑　姚廣孝

錢藻

范成大

袁桷

倪瓚

送圭復菴還天平寺　釋來復

天平　一　陳基

登天平山訪圭禪師　姚廣孝

夏日遊天平山白雲寺　前人

春日過天平輿上口占　前人

次韻答天平復菴師二首　前人

寄天平復菴　前人

題天平壽老方丈　范成大

送壽老往雲門行化　前人

天平寺　蔡羽

自一雲至天平　皇甫涍

秋日重遊穹窿山海雲精舍　姚廣孝

二

周南老

題尭峯寺𦾶公山房　伊秉

宿尭峯寺　王鏊

暑中遷寓甫里精舍　柳貫

夜投白蓮寺　徐賁

覺海菴　徐有貞

宿覺海菴　沈周

早起　前人

下蓮峯尋山登覺海　皇甫涍

過磧砂寺　吴寛

陽山大石

徐縉

方鳳

薛章憲

與諸僚登大石

朱節

欲别子循登大石雲泉菴

胡纘宗

上方寺置田疇記

皇甫涍

上方寺

僧惟海

范成大

張羽

上方寺

王寵

四

五

華嚴寺宿　王鏊

飯法海寺　吴寬

三峯寺莊田記　曹熙

徐氏龔慶菴重修記　徐有貞

題善惠菴八詠　劉溥

天池寂鑑禪菴記　釋克新

華山天池院記　趙同魯

卷三十四

寺院

慧聚寺東亭　張方平

新遷華藏寺
遊崑山華藏寺
題馬鞍山寺集句
夜步東山之西
東禪廊夜二絶
遊報国寺
常熟縣慧日寺修造記
慧日寺

僧沖邈
朱穀
易恒
沈以潛
葛次仲
范成大
前人
沈周
張珽
周霞賓

七

八

維摩寺　錢仁夫

遊智林寺　李光

遊鷲山寺　徐恪

養痾白雀寺　王寵

宿白雀寺　前人

吴江聖壽寺九日寫懷　羅處約

吴江聖壽寺　王禹偁

徐衍

報恩寺風雨聯句　張憲　高啟

宿庵村報恩僧舍　朱存理

遊圓明寺　吳復

圓明寺訪呂山人　高啟

寄頌仲瑛寓法喜寺　謝應芳

宿同里法喜寺　華幼武

登崇吳寺樓望太湖　錢惟善

吳江普濟寺　前人

遊吳江永樂寺　高啟

宝覺寺　張適

宿羅漢寺僧伏虎林　朱良實

和　伏虎林

十

保寧寺鐘樓記

西隱寺空翠亭

壽樂亭

直節軒，

普濟教寺重修記

葛天民

僧普洽

楊維禎

道　衍

徐　沖

薛松心

張南渠

鄭元祐

楊維禎

曾　棨

卷三十五

橋梁

十一

烏鵲橋

顧家橋
百口橋
孫老橋
皐橋

楊備
高啟
周南老
王賓
前人
前人
皮日休
陸龜蒙
楊備
高啟

周南老

歸至楓橋　高啟

重過楓橋　張羽

壬寅冬余初至吳中夜宿楓橋　徐有貞

楓橋　范成大

回舟吳城由楓橋至虎丘　陳基

顔橋道中　范成大

許市重造普思橋記　吳寬

虎山橋　前人

又　王鏊

十四

卷三十六

橋梁

十五

舟過垂虹
過垂虹
長橋玩月
長橋三首
垂虹晚望
垂虹橋
長橋
垂虹感慨
松江長橋
垂虹晚坐

何應龍
姜夔
陳遠
張元
僧晦岩
沈清女
揭希韋
葉廣
陳孚
成廷珪

垂虹	富恕
	鈕麟
長橋	華翥
泊垂虹橋三絶	顧瑛
次韻	鄭部
同	陳基
垂虹橋	前人
次韻泊舟垂虹橋	前人
垂虹橋	高啟
長橋	陶振

垂虹夜月
泊舟垂虹橋
長橋晚興
垂虹橋
泊舟垂虹橋
過長橋
秋夜長橋遣興
附垂虹亭詩

十七

周　忱
刘　珏
吴　顺
杜　庠
吴一鹏
朱寔昌
周仲仁
孫　覿
陳　瓘

夜宿垂虹亭舟中有感而作

垂虹亭

米芾

楊绛

龐元英

陳珏

陳武子

祝レ

陳直卿

蘇舜欽

丁謂

錢明逸

十八

垂虹亭晚眺

夜泊垂虹亭聞笛

仙里橋

廒寧橋

大明橋

萬頃橋

周密

李繼本

高啟

周南老

吴復

謝常

張明達

前人

劉嘉謨

前人

過橫塘　吳寬

甫里　高啟

懷甫里　倪瓚

許市　方回

滸溪　姚廣孝

滸墅送劉員外　胡纘宗

陸墓　韓奕

舟經荻扁阻風王柳夫田舍　吳寬

尹山　陳基

滯雨夜泊相城寄陳賢益　徐有貞

夕次同川　姚廣孝

重過同川　韓奕

平望蚊子　吳融

平望驛　張祜

平望驛寄吳興徐使君玄之　前人

平望驛感先輩李從實處士周鉷　李郢

過平望　顔真卿

解逅劉公尤于平望　蘇舜欽

過平望　范成大

平望道中　王惲

春過震澤留別智愚隱蘇昌齡　謝應芳
震澤分題送李内翰三首　周昂
過梅堰　陸務觀
過八赤遇雨　前人
宿庵村　僧北澗
柳胥莫歸　姚廣孝
寓柳溪感懷　陶振
車溪道中二首　僧善住

卷三十七

墳墓

巫咸墓

干将墓

孫武墓

要離墓

瓊姬墓

王賓

高啟

周南老

王賓

楊維禎

周南老

高啟

王賓

高啟

徐賁

吳女墓

齊女墓

子游墓

廿三

高啟

周南老

王賓

周霞賓

張洪

吳訥

程式

鄭東

林大同

王賓

朱梁墓　前人

顧三老墳　前人

梁高士碑　梁肅

梁鴻墓　高啟

周南老

王賓

祭梁先生文　陸龜蒙

伯通墩　王賓

漢吳郡丞武開明碑　金石録

代吳令謝詢求囑諸守塚人表　張俊

孫王墓

石崇墓

張翰墓

陸績墓

顧榮墓

瞿硎先生墓磚

顧野王墓

王賓

高啟

周南老

王賓

前人

謝應芳

王賓

高啟

周南老

廿五

廿六

王賓

謁韓蘄王墓　吴寬

讀韓蘄王墓碑　伊秉

卷三十九

墳墓

故翰林侍讀學士錢公墓志銘　曾肇

代翰林侍讀學士錢藻遺表　前人

朝中祭錢純老文　前人

謁墓詩　虞集

七姬權厝志　張羽

廿七

祭武功伯文　史鑑
謁徐武功墓　前人
入蒸山謁徐天全墓　吴寬
祭武功伯墓文　祝顥
太醫院御醫沈君墓志銘　楊士奇
都察院右都御史韓公墓志銘　劉珝

卷四十

墳墓

仰大理壽藏記　徐珵
題仰大理壽藏　杜瓊

明故王瞶齋先生墓志銘 敏

款鶴王君墓志銘 祝允明

王氏復墓記 劉纓

王氏復墓記碑陰 祝允明

明故太醫院御醫張公墓志銘 豫 祝顥

仲兄省菴先生墓志銘 陳完

卷四十一

墳墓

明故資善大夫礼部尚書兼翰林院學士掌詹事府事贈太子太保謚文定吳公墓志

明故嘉議大夫都察院右副都御史巡撫山東沈公林墓志銘　王鏊

永年知縣尤君淳墓志銘　前人

趙處士同魯墓表　前人

藻廣居士自志銘　鄒亮

趙宗文生壙志

封文林郎廣東道監察御史林士隆墓志銘

資德大夫正治上卿刑部尚書劉公行狀　文徵明

明故光禄大夫柱国少傅兼太子太傅戸部

卷四十二

墳墓

二十

慼楼賀君墓志　李東陽

解元賀君恩墓志銘　吳寬

河南陽武縣儒學訓導先生墓表楯　前人

前朝列大夫国子祭酒陳公鑑墓志銘　前人

王葦菴處士錡墓志銘　吳寬

宿田翁韓襄生壙志　前人

南京太醫院判周君庚墓表　前人

福建提刑按察司陳公祚墓表　前人

新野王鎮国將軍教授陳君寧墓志銘

卷四十三

墳墓

徐昌國墓志銘　王守仁

彭寅甫墓志銘　文徵明

東川軍民府王通判澳墓志銘　前人

郭子郎墓志銘　蔡羽

王履吉墓志銘　文徵明

張太學子饒墓志　蔡羽

明資善大夫都察院右都御史盛公應期墓志銘　文徵明

盛氏先塋之碑　王鏊

太子少保資善大夫南京吏部尚書贈太子太

卷四十四

墳墓

沈　周

大明正議大夫資治尹吏部左侍郎謚文莊葉公盛神道碑銘　彭　時

浙江按察司副使提督學校張先生和墓志銘　葉　盛

明故大中大夫浙江右參政張公墓志銘　楊循吉

明故祁州知州奉直大夫刑部員外郎張公安甫墓志銘　文徵明

明故嘉議大夫河南承宣布政使司右參政

明故大中大夫浙江承宣布政使司右叅政
陸公容墓碑銘　吴寬

卷四十五

墳墓

太子中舍范府君仲温墓志銘　范仲淹
宋直龍圖閣章公墓志銘　孫覿
宋左中奉大夫柳公瑊墓志銘　前人
宋翰林學士莫公壽朋墓志銘　前人
明故刑部尚書顧公璘墓志銘　文徵明
福建布政使姜公昂墓志銘　王鏊

蘇州府新立義塚記
義冢記

吴寬
楊逢春

卷四十六

雜文

知平江府謝表　孫覿

龍圖閣學士再知平江府謝表

辭免顯謨閣待制知平江府狀

張正甫蘇州刺史制　白居易

賜工部尚書浙西江東制置使兼江西安撫大使知平江府文天祥詔

工部尚書兼都督府參贊軍事浙西江東制置使兼江西安撫大使知平江府事文天祥除端明殿學士制

賜端明殿學士浙西江東制置使知平江府

張碩寄蘭香　前人

玉波凄泠蓮　高啟

同　周南老

芷秀約華　高啟

同　周南老

泰娘歌　劉禹錫

與劉蘇州書　白居易

擬孫权答曹操書　蘇軾

報韓維書　蘇舜欽

太祖皇帝圍姑蘇諭張士誠書　吴元年

卷四十七

雜文

卷四十八

詩

同前　張籍

孫皓初童謡

晋吳中童謡

送李濯遊江東　王昌齡

送姚司法歸吳　前人

送丘爲下第歸蘇州　嚴維

書情上李蘇州　前人

嚴子瀨東送馬處直歸蘇　劉長卿

吳中聞潼關失守奉寄淮南蕭判官　前人

送李員外還蘇州兼呈袁州李使君　前人

送陸鴻山人採茶回　前人

送滕芃擢第歸蘇州拜客　岑參

維揚送友還蘇州　崔顥

送褚十二藻擢第歸吳覲省　錢起

送陸贄擢第還蘇州　前人

送蘇州姚長史　戴叔倫

贈長洲何主簿　前人

送李明府使蘇州便赴告期　前人

送蘇州李二十五長史丈之任　杜甫

北遊　前人

驛中望山戲贈渭南尉陸贄　前人
郡楼春宴　韋應物
寄李蘇州兼示楊瓊　白居易
別蘇州
答劉夢得白太守行
憶舊游寄劉蘇州
蘇州李中丞以元日郡齋感懷詩見示
除蘇州刺史別洛城東花
赴蘇州至常州答賈人
去歲罷杭州今春領吳郡

自到郡齋
寄劉蘇州
喜蘇州恩賜金紫
蘇州故吏
送蘇州李使君赴郡二絶句
感蘇州舊舫
送王卿使君赴任蘇州
白太守行　劉禹錫
赴蘇州酬别樂天
到郡未浹日登西樓見樂天題詩

早夏郡中書事

郡齋書懷江南白尹

酬樂天見貽賀金紫之什

送仁弟戴玄往蘇州　張籍

寄蘇州白二十二使君

送陸暢

送從弟彤東歸

送從弟徹東歸

送人遊吳　李頻

尋陸鴻漸不遇　皎然

送王閈歸蘇州　劉商

五湖　汪遵

吴姬十首　薛能

西施　羅隱

嘲陸暢　元和内人

解嘲　陸暢

送常熟錢尉　范仲淹

依韵和蘇州蔣密學

依韵答蔣密學見寄

歲寒堂三題　歲寒堂　君子樹　松風閣

與王允大登姑蘇臺

上沙夜泛

次韵孫長文泊姑蘇館

次韵答吴江周尉飲垂虹亭

壬辰天中節赴平江錫宴

次韵平江韓子思侍郎見寄三首

自閶門騎馬入越城

閶門行送胡子遠著作守漢州

閶門初泛二十四韻

晚步吴故城下

三次喜雨詩韵

府公録示提刑喜雨之作輙次元韵

賀樂丈南郭新居

期頤堂　龔明之

崑山呂正之三男子連中神童科　葉衡

送衛狀元著作提舉淮東　樓鑰

寓居全吳江上　姚申之

松江　司馬光

送楊太祝忱知長洲縣　前人

送僧歸吳　前人

名修元史將赴京師別內

酬謝翰林留別

始歸田園二首

送王太守遷雲間

憶昨行寄吳中諸故人

送長洲周丞陞吳縣令

錢塘送馬使君之吳中

送石明府之崑山

送吳僧日章修蔣山佛事罷東歸二首

送賈文學歸吳

卷四十九

詩

次韻寄龔錢翼之　楊載

和孟東野題崑山寺　前人

次韻高季廸別後見寄　張羽

約徐隱君幼文同隱吴興

耕漁軒題寄徐良夫

送人之平江授刺李守

寄王正仲高季廸二首

過何山廢寺

悼高青丘季廸三首

寄叔方　倪瓚

楊維禎

望洞庭
五湖遊
吴城怨
夏駕石鼓詞
虎丘篇
香山篇
金處士歌
城門曲
吴農謡
吴下竹枝歌七首

靈岩山　前人

登姑蘇臺　薩都剌

夏駕湖　鄭元祐

魏公祠

送劉長洲

賦玉山佳勝處

崑山石

靈岩涵空閣

游嘉定道院

簡張仲舉

送沈仲説
俞石澗讀書處
天平祠
龍門
陳基
登吳門
平望
分得劍池送夏副樞
訪北寺無言講主
昭明寺

五一

天池

范氏莊

咏歸操

吴農謡

送姪讓還吴

分題太湖送同夫

青絲絡馬頭送李彦章

八里莊寄吴中兄弟

送姪讓從事武安二首

癸卯三月十一日常熟阻雨

送嘉定偰知
哭夷白二首
陪方厓翁緑水園遊矚
荅高季廸
荅楊孟載
送友之松江得曙字
彝口夜歸
蘿徑爲陳惟寅賦
登錦峯
琴臺

戴　良
姚廣孝

題張山人適樂園林館十首

寄周鶴林

寄王光菴

羊祐廟

亂後入城有感

王汝玉省墓回京

百花洲上逢陸五

送昂上人遊洞庭諸山

經無量壽院

十二月廿一日舟出楓橋

寄陳嗣初　王汝玉
贈鶴林周玄初
寄耕漁子徐良夫
和徐高尚同陳胡二文學虎丘遊集
初辭長洲縣庠
古磚篆文歌
送人歸吳
寄吳中故人
題画送陳敷孟
送趙友同之松江

送謝雪坡防禦出郭團練　楊基

登靈岩和韵

茂苑思

白門荅高二聘君

食燒筍留題陳惟寅竹間

過陳湖寄贈周明府

赤山書事

聞玉雪將還吴門

憶王隱君止仲

附王半軒次韻寄荅

憶著作高季迪
徵赴京
送周煉師玄初還吳
送僧住姑蘇北禪
哭高季迪舊知
舟泊潯陽懷申屠衡
舟中聞吳歌有懷幼文来儀
天平山十四題
初歸吳中感事
赤山閒居

寄陳惟寅惟允

冰

南峯宴坐僧

泰伯廟

寄錢翼之

江南曲

簡翼之

南峯歸雲菴

吴中菊花盛開

吴中石橋新成

宋

無

竹枝詞

卷五十 照元本稍删

詩

立春日大雪平地三尺 韓奕

包山毛公壇

横山西隐菴

黄埭興國寺

八月十四夜過望亭

春日登胥門城楼 張適

五六

雨後過海雲菴

宿山中徐耕漁宅

題笠澤陸氏隱居

與陸天遊張南村遊華嚴寺

送坦雲軒住中峯寺

舟中聞吳歌

過楓橋留別城西諸友　謝縉

早春過望亭

宿閶門

五八

吴門

東吴棹歌

閶門柳枝詞

江南怨

吴宫

常熟西郊

過迎

丘濬

李東陽

張泰

汪廣洋

沈愚

張楷

楊時秀

王褘

登姑蘇臺有感
常熟舟中
吳江客中冬至日
唐肅
劉溥
登姑蘇臺懷古
賦得卧佛寺送僧因覺初
賦得萬壽寺送僧
介軒為沈孟淵賦
送汪清夫任蘇州郡守

五九

送僧道金還定惠寺
與盧中過虎丘
雨中与陳孟文校覺海菴
送周景通還蘇州
過石田有竹居次韵 劉珏
遊吳山宝華寺次韵
和錢學士原博宴朱玉雪池亭
紫微精舍為陸大參賦
約蔡尚遠朱存理蔡用嚴尤文度楊仲舉遊
東山 楊士奇

卷五十一

詩

過虎丘朱氏花園

遊虎丘嘲同遊者　徐有貞

宿虎丘僧院曉起題壁

送汝兵馬思聰歸吳江焚黄

登穹窿峯二首

世儒塋為俞山人　韓雍

葑溪禊興

与馮憲副朱揮使遊東禪

訪沈南齋東禪無聞上人方丈

成化己丑九月八日和游石湖韵

廿六

巻五十二

詩

雨泛長蕩　伊秉

閶門夜景

閶門楊柳枝

官軍平海寇

蘇臺懷古　調蘇武慢

風雪遊虎丘　調念奴嬌

与二弟遊吳氏東庄因寄匏菴　文林

戊午春將赴温州諸公餞于虎丘

荷花蕩夜歸
陪李瑞卿太守登玄墓
滸墅別李子陽暮歸有感
憶石田赴温留別停雲館
次韻石田理墳二首
混堂　沈周
次韻天全翁雪湖賞梅十二咏
憫禾
割稻
阻雨雙娥僧舍与宗儒夜話

洪水中得史明古陳允德書問有作

堤決行

低田婦

霪雨

陪天全翁宿鄧尉山

謁陸宣公書院

理墳二首

姑胥臺

遊城南瑞光寺

陪華節推呂府倅九日登姑蘇臺

陳冷菴僉憲寄虎丘之作因和
聞郡中欲立周文襄祠

呂　憲

杜　堇

吴禹疇副使〻便還吴江覲省

王　鏊

顧氏三辰堂
送盛進士廑期歸娶吴中
一雲
洞庭新居
過故狀元施宗銘墳

過故宮六首
次韻石田登姑蘇臺
再咏四首
遊資慶寺
歸自松陵
過故宮二首

卷五十三　元鈌

詩

和呂别駕九日登姑蘇臺　史鑑
將遊金陵夜泊震澤

和秦太守廷韶遊虎丘韵

松陵夜泊

賀九嶺作　楊循吉

利濟寺宴後出見白牡丹

陪太僕文公登虎丘

致道観看七星檜樹歌　孫一元

夜泊閶闔城

嘗吴中橘酒

同沈石田先生吴門載酒泛月二首

過黄勉之明水草堂

湯徵君文守　謝處士元和。

表弟蔣允暉

先露八人

王文恪公　吳文定公

韓尚書　沈周先生

本郡使居南海林公

陸冢宰　朱孝廉性甫

朱文學堯民

宿半塘寺　唐寅

吳門雜咏四首

陸川

朱琓

新橋入支硎

伍餘福

支硎山寒泉二大字五章

天平山

賀九嶺

北峯寺

穹窿山

光福寺

海雲菴

韓中丞墓

虎山橋

又

方太古

六八

月夜與補之子任日宣登閶門城樓 王寵

雪後登道山亭

還舟望亭与諸友夜集

荷花蕩

王公壇

卷五十四 元缺

詩

義犬歌 吴一鵬

題子胥廟

題吳司冦禹疇乃祖全孝卷
聞高長洲公建虎丘第三泉亭館
謁義庄范文正公遺像
六月十九日游荷花蕩不果
立秋後一日登支硎山中峯
陸宣公像塑完奉安陸墓塔院
遊虎丘
郡學明倫行射礼
熙〻暮春修禊石湖　　　袁袠
克吳會　臧張士誠
一

江南樂四首

列岫樓示諸親友

夜發松陵

避暑鄧尉山閣

蓮蕩舟宴二首

卜居橫塘

訪都太僕玄敬南濠書院

陪文太史徵仲修禊桃花園

桂嶺十首

郡守招飲大雲菴

皇甫涍

集竹堂僧舍暮歸
七浦堂歌二首贈張隱君
同郡守南城泛舟觀漁
晚登靈岩琴臺
白鶴观題石師房
謁伍相祠
修和觀
夏日葑郊泛舟
憩中峯登天平寺
春日登虎丘移酌大吳軒

七十

送周以言歲暮洞庭之遊
大雲菴席上别郡守作
别竹堂僧
之崑邑道中書懷
過寶林寺不遇沈生

卷五十五

詩文集序

七五

吳都文粹續集補遺目録

又越賊歸附童謡

功曹唐景對太守麋豹問風俗

東門與貪濁民謡

許貢表孫策

蔡洪荅刺史周浚論吴士吴展書

顧榮与親故書

吴人歌鄧攸

王洽爲吴郡内史在郡上表

劉楨爲吴郡至閶門入泰伯廟室宇隤毁

不修曰

范仲淹舉從事張伯玉詞
郃琪張青反覆爲盜命諸將毋得招安知府
　胡松上言
荅向子諲乞休詔高宗
劉宰贈知平江王遂言
吴樵爲平江節度推官嘗謂人曰
王禹偁爲長洲自序
又入朝上疏
范文正公送錢振常熟主簿歸省詩
黄震爲吴縣尉請禁復淋焚尸亭呈府文

王僧達為吴郡太守入閶門曰

陸襄為鄱陽内史獲郡賊解于琮民歌

又歌解彭李二家忿争

陸徽卒　太祖下詔

羊希論陸法真与孫銑書

顧雍子裕襲爵詔

薛綜讓顧譚為選曹尚書奏

吴大帝徵顧承賜顧雍詔

顧雍不復飲酒与楊彦明書

尚書令顧和奏汝南江夏二王為庶母服制

三年
顧凱之辭潯陽王子房加位號
張温使蜀對吳大帝
張純賦席　張儼賦犬　朱異賦弩
張率卒昭明太子与晋安王令
齊高帝賜張融手詔
恒州刺史張府君墓志銘　張說
張從師墓銘　前人
沈詢侍兒宴詞
范純仁与弟純粹書

七九

丁僊初試迩英延講藝詩
齊高賜吴郡太守張岱手敕
滕茂寔脩虜哀詞
張敷死顏延之弔其世父湛書
孝武帝詔
孟文龍辟元平章史彌芊薦書
顧阿瑛自題像
湘東王薦顧協表
梁武帝賜顧協卒手詔
鄭思肖贈人

八十

梅詢贈東禪林遇詩

蓑衣真人何中立詩

王會之墓志銘　王安石

永嘉縣君陳氏墓志銘　前人

尚書兵部員外郎謝公行狀　前人

謝景回墓志銘　前人

戶部尚書郁公墓志銘　解縉紳

尚書郁公神道碑　前人

吳山書院記　前人

南宮生傳　高啟

讀書舍記 玉山
玉山草堂記
前平江路總管道童公去思碑
前海道都漕運萬户大名邉公遺愛碑
長洲縣達魯花赤元童君遺愛碑
重建天妃宫碑
慎獨陳君墓志銘
王處士墓志銘
平江路揔管致仕張公壙志
蜀虞處士墓志銘

漢吴郡丞武開明碑金石録附

右漢吴郡丞武開明碑云君子開明而其名已殘缺又云永和二年舉孝廉除郎謁者漢安二年遷大長秋丞長樂太僕丞永嘉元年喪母去官復拜郎中除吴郡府丞壽五十七建和二年十一月十六日遭疾卒其可見者如此其他摩滅不可盡讀按後漢書大長秋丞二人秩六百石本注宦者又長樂少府在在長秋上及職吏皆宦者又有太僕二千石在少府上丞六百石據志所載中宫及長樂宫官屬皆以宦者爲之而以史傳及漢魏石刻參攷如大長秋少府之

類皆雜用士人今武君以孝廉爲郎謁者郎中吴郡府丞皆非宦者之職然則兩宫官屬蓋亦雜用士人也

吳都文粹續集卷一

（長洲錢　穀叔寶編）

○○吳都賦　左思

東吳王孫囅然而咍曰夫上圖景宿辨于天文者也下、料物土、析于地理者也古先帝代曾覽八紘之洪緒一、六合而光宅翔集遐宇鳥策篆素玉牒記石烏聞梁岷、有陟方之館行宮之基歟、而吾子言蜀○之富禺同之、有瑋其區域美其林藪矜巴漢之阻則以為襲險之右、徇蹲鴟之沃則以為世濟陽九龒䶌而羙傾亦曲士之、所嘆也旁魄而論都邑抑非大人之

一

壯觀也何則土壤、不足以攝生山川不足以周衛公孫國之而破諸葛家、之而滅茲乃喪亂之丘墟顛覆、之軌轍安可以儷王公、而著風烈也玩其磧礫而不窺玉淵者未知驪龍之所、蟠也習其敝邑而不覩上邦者未知英雄之所躔也子、獨未聞大吳之巨麗乎且有吳之開國也造自泰伯宣、于延陵蓋端委之所彰高節之所興建至德以創洪業、世無得而顯稱由克讓以立風俗輕脫躧于千乘若率、土而論都則非列國之所觖望也故其經略上當星紀、拓土畫疆卓犖兼并包括於越跨躡荊蠻婺女寄其曜、翼軫寓其精指衡岳以鎮野目龍川而帯坰爾其山澤、則嵬嶷嶤㟟巊溟欝岪潰渱泮汗滇溺淼漫或涌川而、開瀆或吞江而納漢碨〻磈〻滮〻澌〻礅碒乎數州、之間灌注乎天下之半百川派別歸海而會控清引濁、混濤并瀨濆薄沸騰寂寥長邁濞焉洶〻隱焉礚〻出、乎大荒之中行乎東極之外經扶桑之中林包暘谷之、滂沛潮波汨起迴復萬里歊霧逢浡雲蒸昏昧泓澄奫潫澒溶沆瀁莫測其深莫究其廣澶湉漠而無涯揔有、流而爲長瑰異之所叢育鱗介之所集往于是乎長鯨、吞航修鯢吐浪躍龍騰蛇、蛟鯔琵琶王

二

鮪鯸鮐鯽黿鱕鯌烏賊擁劍鼅鼊鯖鰐涵泳乎其中
茸鱗鏤甲詭類舛、錯泝洄順流噞喁沉浮鳥則鶤鷄、
鸜鳿鸛鵠鷺鴻鷄鶊」避風候雁造江鸂鶒鸕鷀鶴
鶩鶬鸛鶂鷁鷗汜濫乎、其上湛淡羽儀隨波參差理
翮整翰容與自玩彫喙蔓藻刷盪漪瀾魚鳥聲取萬
物蠢生芒々黙々慌罔奄欻、神化翕忽函幽育明窮、
性極形盈虛自然蚌蛤蛛胎与、月虧全巨鼇贔屓首
冠靈山大鵬繽翻翼若垂天振盪、汪流雷抃重淵殷
動宇宙胡可勝原島嶼緜邈洲渚馮、隆曠瞻迢遰迴
眺冥濛珍怪麗奇𨻻究徑路絶風雲通、洪桃屈盤丹

桂灌叢瓊枝抗莖而敷蘂珊瑚幽茂而玲瓏層岡重
阻列真之宇玉堂對霤石室相距藹々翠幄嫋々素
女江斐于是往来海童于是宴語斯寔神妙之響象
嗟難得而覼縷尔乃地势坱圠卉木镺蔓遭薮為圃
值林為苑異荂蓲蘛夏曄冬蒨方志所辨中州所羡
草則藿蒳荳蔻薑彙非一江蘺之屬海苔之類綸組
紫絳食葛香茅石帆水松東風扶留布濩皋澤蟬聯
丘陵夤縁山嶽之岊冪歷江海之流扤白蔕銜朱蕤
鬱兮菸茂曄兮菲々光色炫晃芬馥肸蠁職貢納其
包匭離騷味其宿莽木則楓柙櫲樟栟櫚枸榔緜杬

三

杭櫨文欀槙、橿平仲梠欏松梓古度楠榴之木相思之樹宗生高岡，族茂幽阜，擢本千尋，垂陰萬畝，攢柯挐莖，重葩晻葉，輪菌虯蟠，㩻堨鱗接，縈色雜糅，綢繆縟繡，宵露霮䨴，旭日晻時，与風飈颺，颲瀏颼飀，鳴條律暢，飛音響亮，蓋象琴、筑并、奏笙竽俱唱。其上則猨父哀吟，獋子長嘯，狖鼯猓然，騰躍飛超，争接懸垂，競遊遠枝，驚透沸乱，牢落翬散。其下則有梟羊麡狼，猰貐貙象，烏菟之族，犀兕之黨，鉤爪鋸牙，自成鋒穎，精若耀星，声若震霆，名載于山經，形鏤于夏鼎。其竹則篔簹林于，桂箭射筒，柚梧有篁，篻簩有叢，苞筍抽節

往〻縈結綠葉紫莖冒霜停雪橚矗森萃蓊茸蕭瑟
檀欒蟬蜎玉潤碧鮮梢雲無以踰嶰谷弗能連鸑鷟
食其寔鵷鶵擾其間其果則丹橘餘甘荔枝之林檳
榔無柯椰葉無陰龍眼橄欖棎榴禦霜結根比景之
陰列挺衡山之陽素華斐丹秀芳臨青壁系紫房鷓
鴣南翥而中留孔雀綷羽以翺翔山雞歸飛而來棲
翡翠列巢以重行其琛賂則琨瑤之阜銅鍇之垠大
齊之寶駭雞之珍賴丹明璣金華銀樸紫貝流黃縹
碧素玉隱賑崴裹雜插幽屏精曜潛穎硩陊山谷碕
岸爲之不枯林木爲之潤黷隋侯于是鄙其夜光宋

四

玉于是陋其結綠其荒陬譎詭則有龍穴内蒸雲雨所儲陵鯉若獸浮石若桴漫則比目片則王餘窮陸飲木極沉水居泉室潛織而卷綃淵客慷慨而泣珠開北户以向日齊南明于幽都其四野則畛畷無數膏腴兼倍原隰殊品窊隆異等象耕鳥耘此之自與穱秀菰穗于是乎在煮海爲鹽採山鑄錢国税再熟之稻鄉貢八蠶之綿徒觀其郊隧之内奥都邑之綱紀霸王之所根柢開国之所基址郛郭周匝重城結隅通門二八水道陸衢所以經始用累千祀也憲紫宫以營室廓廣庭之漫漫寒暑隔閡于邃宇虹霓回

帶于雲館所以跨跱煥炳萬里也造姑蘇之高臺臨四遠而特建帶朝夕之濬池佩長洲之茂苑窺東山之府則瓌宝溢目覿海陵之倉則紅粟流衍起寢廟于武昌作離宮于建業闡闔閭之所營采夫差之遺法抗神龍之華殿施榮楯而捷獵崇海臨之崔嵬飾赤烏之韡曄東西膠葛南北峥嵘房櫳對櫎連閣相經閽闥譎詭異出奇名左称彎碕右號臨硎彫欒鏤楶青鎖丹楹圖以雲氣画以仙灵雖兹宅之夸麗曽未足以少寧思比屋于傾宮畢結瑶而構瓊高闈有閌洞門方軌朱闕雙立馳道如砥樹以青槐画以緑水

五

玄陰躭躭清流亹亹列寺七里俠棟陽路屯營櫛比
解署碁布横塘查下邑屋隆夸長干延屬飛甍舛互
其居則高門鼎貴魁岸豪傑虞魏之昆顧陸之裔岐
嶷繼体老成奕世躍馬疊跡朱輪累轍陳兵而歸蘭
錡内設冠蓋雲蔭閭閻闐噎其隣則有任俠之靡輕
訬之客締交翩翩儐從奕奕出躡珠履動以千百里
燕巷飲飛觴舉白翹閈扛鼎拚射壺博鄱陽暴謔中
酒而作于是樂只衎而歡飫無賈都輦殷而四奥来暨
水浮陸行方舟結駟唱櫂轉轂昧旦永日開市朝而
並納横闤闠而流溢混品物而同纏并都鄙而為一

士女佇眙商賈駢坒紵衣絺服雜沓蹤萃輕輿鞍轡
以經隧樓舡舉帆而過肆果布輻湊而常然致遠流
離与珂珹襍賄紛紜器用萬端金鎰磊砢珠琲闌干
桃笙象簟韜于筒中蕉葛升越弱于羅紈溨譆繫樛
交貿相競諠譁喤呷芬葩蔭映揮袖風飄而紅塵晝
昏流汗霡霂而中逵泥濘富中之甿貨殖之選乘時
射利財豐巨萬競其區宇則并疆兼巷矜其宴居則
珠服玉饌趫材悍壯此爲比廬捷若慶忌勇若專諸
危冠而出竦劍而趨扈帶鮫函扶揄屬鏤藏鍦于人
去戚自閭家有鶴膝戶有犀渠軍用蓄容器械兼儲

六

吴鈎越棘純鈎湛盧戎車盈于石城戈船掩乎江湖
露往霜来日月其除草木節解鳥獸腯膚观鷹隼誡
征夫坐組甲建祀姑命官師而擁鐸将校獵乎具區
烏滸狼䐶夫南西屠儋耳黑齒之酋金鄰象郡之渠
驫駥飍矞靸霅警捷先驅前塗俞騎騁路指南司方
出車檻檻被練鏘鏘吴王乃巾玉輅軺驌驦旂魚須
常重光攝烏號佩干将羽旄揚蕤雄戟耀芒貝胄象
弭織文鳥章六軍袀服四騏龍驤峭格周施罿罻普
張單罕瑣結罠蹏連網陸以九疑禦以沅湘輶軒蓼
擾彀騎煒煌袒裼徒搏拔距投石之部猿臂骿脇狂

趭獷猤鷹瞵鷚視趍譚𤠣獧若離若合者相與騰躍乎莽⿱目艮之野干鹵父鋋暘夷勃盧之旅長殺短兵直髮馳騁儇佻坌並衘枚無声悠〻旆旌者相與聊浪乎昧莫之坰鋋鼓疊山火烈熛林飛⿰弓閒浮烟載霞載陰莅欃雷硠崩峦弛岑鳥不擇木獸不擇音⿺鬼戉⿺鬼甘⿺鬼熏⿰糹頁麋麞⿱莫鳥六駮追飛生彈鸇鶉射猱挺白雉落黑⿰火鳥零陵绝嶛嶕聿越嶢險跇踰竹栢獵猭杞柟封狶豝神螭掩剛鏃潤霜刃染于是弭節頓轡齊鑣駐蹕徘徊倘佯寓目幽蔚覽將帥之拳勇与士卒之抑揚羽族以背距爲刀鈹毛羣以齒角爲矛鋏皆体着而應

卒所以桂扢而爲創痏衝踤而斷筋骨莫不衂銳挫
芊拉捭摧藏雖有石林之岸崿請攘辟而靡之雖有
椎砋之九首將抗足而跐之顛覆巢居剖破窟宅仰
攀鵕鸐俯蹵豺貘剖敳熊羆之室剽掠虎豹之落猩
猩啼而就擒禺禺笑而被格屠巴蛇出象骼斬鵬翼
掩廣澤輕禽狡獸周章夷犹狼跋乎紭中忘其所以
睒睗失其所以去就魂褫氣懾而自踢跋者應弦而
飲羽形償景僵者累積而增益雜襲錯繆傾藪薄倒岬
岫岩穴無豜豵翳薈無麢鸐思假道于豐隆披重霄
而高狩籠烏兔于日月窮飛走之栖宿嶰澗閻岡岵

童罾罛滿效獲衆迴靶乎行睨覌魚乎三江汎舟航于彭蠡渾萬艘而既同弘舸連舳巨艦接艫飛雲蓋海制非常模疊華樓而島峙時彷彿于方壺比鷁首而有裕邁餘皇于往初張紺幃構流蘇開軒幌鏡水區篙工檝師選自閩禺習御長風狎玩灵胥責千里于寸陰聊先期而須臾櫂謳唱簫籟鳴洪流响諸禽鶩弋磻放稽鷦鷯虞机發留鵁鶄鈎餌從横綱罟接緒術兼詹公巧傾任父筌鮔鰽鱺鱠魦罩兩魪罺鰝鰕乘鼉黿鼊同罛共羅沉虎潛鹿馬龐僒束徽鯨輩中于羣犗捲搶暴出而相屬雖復臨河而釣鯉無異

八

射鮒于井谷結輕舟而競逐迎潮水而振緡想萍寔
之復形訪靈夔于鮫人精衛銜石而遇繳文鰩夜飛
而觸綸北山穷亣其翔翼西海失其遊鱗雕題之士鏤
身之卒比飾虬龍蛟螭与對簡其華寔則凱賁錦績
料其虓勇則雕悍狠戾相与昧潛險搜瓌奇模蝳蜎
捫背蠵剖巨蚌于回淵濯明月于漣漪畢天下之至
異訖無索而不臻溪壑為之一罄川瀆為之中貧哂
澹臺之見謀聊襲海而徇珍載漢女于後舟追晉賈
而同塵汨乘流以砰宕翼飈風之飂々直衝濤而上
瀨常沛々以悠々訖可休而凱歸揖天吳与陽侯指

包山而為期集洞庭而淹留数軍寔乎桂林之苑饗
戎旅乎落星之楼置酒若淮泗積肴若山丘飛軽軒
而酌醽醁方雙轡而賦珍羞飲烽起釂鼓震士遺倦衆
懷欣幸乎館娃之宮張女樂而娛羣臣羅金石与絲
竹若鈞天之下陳登東歌操南音胤陽阿詠韎任荆
艷楚舞吳愉越吟翕習容裔靡靡愔愔若此者与夫
唱和之隆響動鍾鼓之鏗耾有殷坻頹于前曲度難
勝皆与謡俗叶協律呂相應其奏樂也則木石潤色
其吐哀也則淒風暴興或超延露而駕辯或逾淥水
而采菱軍馬弭髦而仰秣淵魚竦鱗而上升酣湑半

九

八音并懽情留良辰征魯陽揮戈而高麾回曜灵于太清將轉西日而再中齊既往之精誠昔者夏后氏朝羣臣于茲土而執玉帛者以萬国盖亦先王之所高會而四方之所軌則春秋之際要盟之主闔閭信其威夫差窮其武內果伍員之謀外聘孫子之奇勝強楚于柏舉棲勁越于會稽闕溝乎商魯爭長于黃池徒以江湖險陂物產殷充繞霤未足言其固鄭白未足語其豐士有陷堅之銳俗有節概之風睚眦則挻劍喑嗚則彎弓擁之者龍騰據之者虎視麾城若振槁搴旗若顧指雖帶甲一朝而元功遠致雖累葉

百疊而富強相繼樂滑衍其方域列仙集其土地桂父練形而易色赤須蟬蛻而附麗中夏比爲畢世而罕見丹青圖其象珍瑋貴其實利也舜禹游焉沒齒而忘歸精靈留其○山阿翫其奇麗也剖判庶士商榷萬俗國有鬱鞅而顯敞邦有湫阨而踡跼伊茲都之函弘傾神州而韞櫝仰南斗以斟酌兼二儀之優渥由此而揆之西蜀之于東吳小大之相絶也亦犹棘林螢燿而与夫樳木燭龍也否泰之相背也亦犹帝之懸解而与桎梏疏屬也庸可共世而論巨細同年而議豐确乎暨其幽遐獨邃寥廓閑奥耳目之所

十

不該足趾之所不蹈倜儻之極異詘詭之殊事藏埋于終古而未寤于前覺也若吾子之所傳孟浪之遺言畧擧其梗槩而未得其要妙也

左思字太冲齊国人少博覽文史欲作三都賦乃詣著作郎張載訪岷邛之事遂構思十稔門庭藩溷皆著帋筆遇得一句即疏之徵為秘書賦成張華見而咨嗟都邑豪貴競相傳寫三都者劉備都益州號蜀孫权都建業號吳曹操都鄴號魏思作賦時吳蜀已平見前賢文之是非故作斯賦以辨衆惑

弔闔閭賦

王鏊

昔闔閭之霸吳兮卒託体乎茲丘慨往跡之日因兮曾不可乎復求峯巒紛其環合兮浮屠臺殿欝以相謬叶忽平岡之拆裂兮劍池奫淪而深黑俯莫測其所窮兮仰不見乎白日兩崖嶔崟而開囓兮又巉岩而斗絶信天造之險巇兮為神怪之窟穴將舉首而闖其淺深兮先䰟驚而慘栗彼呂政之雄哮兮力驅石而填海將破山而求之兮藐不知其所在宜元之之不信兮謂往牒之我遺歲正德之協洽兮劍池忽焉其枯涸何昔日之奫淪兮今山徑之嶢峭伊水旱

十一

之常數兮非予人之所庋石陰穽而隻敝兮類墓門之額駮試往造乎其間兮將舉武而旋却始沮洳以忽明兮諒欲退而不可儼湊題之可捫兮森恠石之欲隨豈漆燈之將滅兮若有俟乎王果唉吳王之物化兮求彷彿其不見想須池之既塵兮何有玉鳧与金雁彼槃郢与扁諸兮疑此語之為幻何千年之神閟兮忽一朝而呈露也旋黯然而復閉兮殆神物之呵護也昔驪山之強項兮後會稽之妖珈鋼南山其猶有隙兮信多藏之為害獨空=兮以保全兮因茲立而增慨

十二

○○吳子城賦

○予每過吳故墟未嘗不慨想其盛而悼其衰也故為之賦

泰伯遺墟干將故里臺閣翬飛冠蓋鱗次喟彼荒郊、嗟何為乎城之裏但見愁煙荒而四積悲風慘而時起頹墉突阜剩水殘濠野雉朝雊鵂鶹夜號沉牙折戟墮珥、遺翹漸〻惟麥之秀離〻彼稷之苗父老告予曰此吳、王之遺宮也方吳盛時志大功高入楚柏舉敗越夫椒、城規方于八卦門僭擬于三朝跨長洲之苑館苧羅、之艷妖帶以錦帆之涇壓以金母之橋爰有凉臺温室鏤楯綉栖鳳亭月榭硬壁椒塗飾以璆琳琅玕間以木難珊瑚鳴佩鳧舃高冠鵠趋自、謂百世君之豈意至于是耶吳禄既更歷代崇飾春甲夏桃秦皇刻石危亭岌、叓雕闌紆直齊雲之樓凝香之室木蘭之堂交映翕赩、疊石則巀業嶕嶢鑿沼則囦潾澄碧蘭芷羅生乎其間、竹松駢列于其側羅綺爭春而妖冶歌鐘入夜而嘈雜、韋白眺于吟玩皮陸侈于酧荅迨宋迄元更爲治所雙、蓮四照池光春雨歲時观遊麀無踰者而何至于是耶、盖自元政隳羣雄鶩白駒醒酉秉閻窃據挟嘉湖杭以、自雄擢黄、蔡葉而為輔國稷下之文儒忽太湖之飛渡煬恋迷樓卓矜鄙鳴倏｜天兵四下以重圍金陵百雉而莫固枝拔殫九攻蒼皇一炬歷代繁華可憐焦土遂使燕巢再爇麋鹿重游竭南国之脂膏坐受其困激東濱之波浪莫洗其羞且夫傾宮阿房非不麗也鉅橋璚林非不富也崤関鞏洛非不固也自古如斯曷之故也豈仁義不修燕安之可畏耶將氣運靡常盈虛之有數耶惟是吳墟殷鑒斯在前既顛隮後仍荒殆登兹城以徘徊寄千古之一慨

弔故宮賦

徐禎卿

陟墟原兮望陁靡倚国門荒衍寥廓宮闕烧残墉雉
集業垝土蔓延馳道傾霈鞠為阡陌秀麥含縈麻菽
芊〻褋草蒙歛叢葛幡〻菲兮散兮鬱〻連〻鳴雉
于飛竹樹蓊蓄鳥燕黃雀羣飛翺〻疾風揚塵泱暖
蔽天四望鬱兮愴可憐也念彼壯夫亦可嘆也蓄華
狼籍不可還也失任滅智嗟何怨也百歲之後又誰
為寃也

吳郡圖經續記序　朱長文

方志之學先儒所重故朱贛風俗之條顧野王輿地之記賈耽十道之録称于前史盖聖賢不出戶知天下矧居是邦而可懵于古今哉按唐六典職方氏掌天下之、地圖凡地圖命郡府三年一造与版籍偕上省聖朝因、之有閏年之制盖城邑有遷改政事有損益戶口有登降不可以不察也吳爲古郡其圖志相傳固久自大中祥符中詔修圖經每州命官編輯而上其詳畧盖繫乎其人而諸公刊修者立類例據所録而刪撮之也夫舉天下之經而修定之其文不得

十四

不簡故陳迹異聞雖不具載由祥符至今逾七十年矣其間近事未有紀述也元豐初朝請大夫臨淄晏公出守是邦公乃故相国元獻公之子好古博學世濟其美嘗顧敝廬語長文曰吳中遺事与古今文章煙落不收今欲綴緝而吾所善練定以謂惟吾子能為之也長文自念屏跡陋巷未嘗出庭户于求訪為艱而練君道晏公意屢見趣勉于是參攷載籍探摭舊聞作圖經續記三卷凡圖經已備者不録素所未知則闕如也會晏公罷郡乃藏于家今太守朝議大夫武寧章公治郡三年以政最被命再任比因臨長

文所居謂曰聞子嘗為圖經續記矣予願觀焉于是稍加潤飾繕寫以獻寘諸郡府用備咨閱固可以質凝滯根利病資議論不為虛語也方聖上膺謨神烈聲教光被海隅出日罔不率俾廣地開境增為郡縣倘或申命方州更定圖籍則此書庶幾有取也事有缺畧猶當刊補其古今文章別為吳公總集云元豐七年九月十五日州民前許州司戶參軍朱長文上

書吳郡圖經續記後　常安民

昔揚子雲嘗有言仲尼多愛〻義也子長多愛〻奇也予嘗患之今記述類多博收泛采譬猶廣廛大肆

十五

百物羣品襍然陳立于前而無所別異此記述者之公患也辟曹朱伯原少以文學第進士退居吳郡博覽載籍多所見聞因爲圖經續記以補缺遺觀其論戶口則繼之以教陳風俗則終之以節至于辯幻玉之悲正語兒之妄紀譚生之訊其議論深切著明皆要之礼義与夫守牧之賢人物之美事爲之○凡前言往行有足称者莫不襃嘉嘆異重復演說信乎所謂君子于言無所苟者予每至伯原隱居愛其林圃臺沼逍遥自樂及得斯記觀之然後又愛其趣識志尚洒然有異于人使逢辰彙征則其所攄發豈易量

哉惜其遺逸沉晦而獨見于斯記故爲書其後以身待知伯原者元祐元年四月十五日臨印常安民書

圖經續記後序　　林虙

余家自伯父皇考洎諸父奉王大母大母来居于蘇著籍此州者五十年矣今帶城橋儒學坊爲吾家牓也横山之宝華〻山之博士塢吾家二母之所葬也余雖少長于蘇而山川城邑津梁園觀往〻未知其所由来嘗以問樂圃先生先生出所爲圖經續記以示我曰此一覽尽之矣退而觀之千數百載之廢興千數百里之風土燦然如指諸掌嗚呼何其備哉先

十六

生之書三卷若干條而所包括者古今圖籍不可勝
數雖浮圖方士之書小說里諺之言可以証古而傳
义者亦畢取而並錄先生豈欲矜淹博而耀華藻哉
舉昔時牧守之賢與來者之相承也道前世人物之
盛與後生之自力也溝瀆滌浚水之方倉庾記裕民
之術論風俗之習尚夸戶口之蕃息遂及于教化礼
樂之大備于是見先生之志素在于天下者也豈可
徒以方域輿地之書視之哉先生未冠而擢第英声
振于士林不幸以末疾卧家不得建其志于斯民然
而潛心古道篤于著述其所撰次成帙如是書者非

一竊嘗探測其淵源而妄論其規制以謂黃鐘大呂不足以比其清陽阿激楚不足以方其妙齊紈蜀錦不足以埒其華崑玉南金不足以麗其美長江巨河不足以況其遠輕車駿馬不足以侔其逸意者左丘非失明国語不成虞卿非窮困秋陽不作一何發揮之妍麗也不然天將激先生以鳴斯文是以困阨之耶雖然先生之疾損矣無害其可以亨舉于天衢也昔者劉向非大發天祿石渠之藏不能尽論分野之風物賈躭非博詢遐陬絕域之衆不能悉知華夷之道里先生之才不歉于二子特處非其所而已与其陳

十七

陳四境之形勝孰若使志四海之封○与其論千里之事物孰若使綜萬方之利害況史觀經始品藻才難當筆削之任者非先生而誰可執伏讀終篇感先生之未遇輙書卷末庶幾萬一有徹于朝廷今日當為官而擇人者元祐七年十二月朔大雲編户林虙序

圖經續記後序

祝安上

秘書省正字樞密院編修朱公伯原嘗為前太守晏公作吳郡圖經續記三卷既成而晏公罷去遂藏于家其後太守章公雖求其本以寘郡府而見之者尚

鮮也元符改元安上以不才濫綰倅符到郡之後周覽城邑頗瞻山川竊欲究古今興替盛衰之迹而舊経事簡文繁考證多缺方欲博訪舊聞稍加增綴而得此書于公之子耜讀之終卷惜其可傳而未傳也于是不敢自秘偶以承乏郡事俾鏤板于公庫以示久遠若乃著述之本意則詳于自序而摭辭之博贍指意之深遠則又詳于常林二君之後序矣茲不重見姑誌其刻鏤之歲月云越明年歲在庚辰八月望日

朝請郎通判蘇州权管軍州事祝安上書

圖經續記後序

孫佑

十八

自庚辰八月权州祝君鏤板題跋之後距今紹興甲寅寔三十五年佑被命假守時〇兵之餘圖籍散亡秉筆凝滯觸事面墻每賢士大夫相過必以諮訪未幾前湖州通判陳能于自青龍泛舟携此書相訪開卷欣躍因授學官孫衛補葺校勘復爲成書以傳異日職方氏纘新中興新書當亦有取于斯則樂圃先生之志不泯矣紹興四年六月初十日漣水孫佑書

蘇州府志序

宋濂

吳在周末爲江南小國秦属會稽郡及漢中世人物財賦爲東南最盛歷唐越宋以至于今遂称天下大

郡然其因革盛衰之際紀載于簡册者自吳越春秋越絶書以下若晉張勃顧夷隨虞世基唐陸廣微等所述及元和郡縣志寰宇記各有所明迨宋之時羅處約有圖經朱長文有續記范成大趙與𥲅皆撰類成書厥後有章悊者病其未完作吳事類補宋亡書頗散軼元趙鳳儀爲揔管嘗集諸儒論次遺闕會改官不果成入　国朝吳縣教諭盧熊閱前志之乖紛以爲苟不合而一之恐不足以示來者乃攬衆記摭遺事芟繁取要族别類分爲志以述地理都邑文學祠祀食貨兵衛之屬爲列傳以見古昔人物之美其

十九

目曰名宦名臣儒林藝文良吏忠義孝友高行隱逸而列女之節方技之良及其事有不可弃者附焉前為画圖以著疆域之異同後有集文以備古今之制作揔為之五十卷于是數百里之内二千載之間其事可按書而得矣洪武十一年知府盧陵李侯嘉是書之有繫于政也將命工刻板以傳丁内艱去已而高郵湯侯德來繼其職遂督成之熊用薦者出由工部照磨為中書舍人以予有同朝之好請叙其首古者列国皆有史官下至州閭莫不有之然不過記言書事而已及漢司馬遷班固創為序記傳志年表

之法由是四海之内無復遺事信史氏之善者也後世郡得專社稷山川之祭遂有政令教化之施儼如古諸侯之国固不宜無所紀述而况于吳嘗爲封国非他郡之比者哉歷漢至今雖間有所作而無完文以考其事物之全誠政之[illegible]者也熊獨毅然以筆削爲已任效史漢之法損益舊典爲一郡成書豈非好古之士乎李湯二侯能知所重而圖其傳亦可謂達于政体者矣後之人覽此書治身居官取前人之成憲以爲法將見道德興而習俗美句吳之區与鄒魯無異矣則是書之爲教不亦大哉予喜熊能急于世俗之

二十

所綴篤于好古也爲序其槩俾刻焉洪武十二年四月既望前翰林承旨嘉議大夫知制誥兼修国史兼太子贊善大夫金華宋濂序

姑蘇郡邑志序　劉昌

鄱陽丘侯守姑蘇之再明年予帰自嶺南遣中書舍人李應禎貞伯陽武訓導陳頎永之皆以告家居以嘗有斯文之契也相与理姑蘇遺跡而及于礼文典則之事侯曰吳自泰伯以礼讓立国至言游北學于孔子而仁義道德之説益推達而充周其後若嚴助朱買臣之詞華陸澄陸元朗之博洽范仲淹父子之

忠賢尹焞魏了翁之道學他如高人逸士則有張翰陸龜蒙皆出于斯郡而望于天下者文獻之寔有徵不誣今既千有餘年出為等倫之魁列為法從之賢而爵為儒宗者且若山立水湧前者導而後者繼也不亦盛哉當時領節鎮如李栖筠如李德裕典郡邑如鄭佽如韋應物如白居易以及我朝諸聞鄉又復俊偉光大足以名今而垂後風聲所被而俗效之姑蘇文獻之成宜非一朝夕也然盛則衰醇則漓轉移之机厥有所寄矣吾欲考求遺礼訂正古樂以隆時祀以表章鄉賢齊整風俗此必有所師資而名物遺

廿一

矩載于前志多散逸缺漏無所稽裁補而葺之寔惟二三君子有賴予謝不敏李君曰此侯之惠教吾蘇也于是相与諸之侯復聘高年延俊彥志意真、確期于克協乃法范文穆公成大所撰志參以百家稗、以羣史人以代著文以事從郡揔而邑分之凡一百卷、李君陳君諸俊彥之功為多發凡證例余亦豈敢掠討、論紬繹則竊欲勉焉耳矣侯名霽字時雍天順庚辰進、士以刑部主事拜今官高年文李之士則杜瓊用嘉陳、寬孟賢鄉貢進士施文顯與伯陳璠汝玉儒士賀甫美之周京元基成化十年正月既望

重修姑蘇志序

王鏊

夫志何爲也者紀載郡之封域山川户口物産人才風俗以至城池廨宇井邑第宅前賢遺跡下至佛老之廬皆類次旅分使四境之内可按籍而知而一代之文獻不至無徵焉如斯而已者也姑蘇爲東南大郡其風土亦已略見于禹貢周職方尓雅諸書其後如子貢之越絶書趙曄之春秋張勃之録陸廣微之記羅處約朱長文之圖經龔明之葺紀聞紀事則備矣彙而成書則有范成大盧熊二志由今而觀范志而整盧志詳而贍而其間亦不能無異焉況一国

廿二

家百三十年人物文章制度因革損益尚皆缺焉識
者病之成化間鄱陽丘侯霽守蘇則有志修述時則
有若劉叅政昌李中舍應禎陳訓導頎各應聘修纂
會丘罷去事遂已弘治中河南史侯簡曹侯鳳又皆
繼爲之時則有若張僉事習都進士穆而裁决于吴
文定公寬父之二侯相继去文定公不禄書竟不就
然文定之惓惓是書也雖病在告未嘗釋手淡墨细
書積滿箱案今廣東林侯世遠由近侍来守才優政
舉化行訟息積弊盡剗文書聿興一日抱文定遺稿
屬予曰敢以溷子矣予謝非其人且郡多文士有楊

儀部循吉輩在焉盍以屬諸而儀部固辭予以侯之
美意文定苦心使缺焉泯沒則予誠若罪焉者侯乃
延聘文學得同志[illegible]七人相与討論合范盧二志參
以諸家稗以近事閲八月成得六十卷以復于侯發
凡舉例一依文定之舊蒐遺闡隱芟繁訂譌則諸君
子之功居多予何能焉其亦會其要而折其衷者也
獨念是志之續歷三十餘年更六七郡守而卒成于
侯予乃遭值其時獲玷名其間信予之幸也顧學殖
荒落且于吳事素多懵焉又以趨名事嚴不克殫
力佔畢以足私心之所志以成一郡之典以副林侯

廿三

之望此予之所自媿而嗟也續而正之能無望于後之君子乎姑蘇山名在城西南昔以名郡故今以名其志正德紀元二月之吉嘉議大夫吏部右侍郎同史副摠裁震澤王鏊序

姑蘇志後序

杜啓

啓卧病却掃之三月忽劉都憲與清款扉而入告曰郡守林公且至啓乃憑几而見客公至曰某將有事于郡志已得請于少宰王先生及延諸彥某〻輩僉謂不可無君〻固疾也不可辭況館所与君鄰怵設具存亦可調揖君不可以疾辭既去啓竊念之蘇志

之修屢矣景泰間前守隴西汪公嘗有意焉而渊孝
先君實董其事後不果成〻化間鄱陽丘公復舉之
時先君且老復與校讐將成亦廢遺稿有一二存者
矧林公之辭也懇遂攜枕席藥餌赴之至則少宰首
出吳文定公之稿中間改竄更定皆出手筆觀之有
不忍置者嗚呼文定歿又取刘李陳三公稿會萃之
与范盧二志相較對立例舉凡分類定秩周旋筆研
者踰月病復作乃歸凡五閱月矣一日林公復至曰
志已成請君序其後啟驚起曰是何速也又二月少
宰赴召且行持稿授啟曰煩君次第之或尚有缺

茁

當為足成耳啟曰諾遂与原事諸君編次入梓云林公字思紹文章政事競美無二而一時僚佐皆雅尚文事故舉此不難于前耳正德元年四月朔奉議大夫福建等處提刑按察司僉事致仕前南京山西道監察御史杜啟序

蘇郡志洪武十二年郡人盧熊所撰共五十卷郡守高郵湯侯德嘗刻之名蘇州志正德元年廣東林侯世遠請守溪相国王公鏊修之共六十卷名姑蘇志刻于府庫嘉靖十八年四月府庫被災板燬二十年順慶王侯廷復刻之一依舊本特增歲

貢一表專爲翰林待詔文徵明也

崑山縣志序　方鵬

國朝修崑志者三人季志遠矣蔣不足徵也惟顧爲近之而大畧爲補其所遺續其所不及以成一邑之完書此其時乎顧予非其人耳前令楊侯仁甫不知予之非其人也而專委之編次垂成而侯遷以召去今侍御王侯子正繼至請于郡守肅齋王公刻而傳焉將使吏茲土者得有所考以行其政是故按城社則思守焉覈民數則思養焉訪習俗則思教焉修貢賦則思敬焉稽祀典則思正焉前乎吏茲土者善必

廿五

特書之則思齊焉或不書則思懼焉此二侯之深意也抑吾邑民生物産与他邑等耳惟人才之盛則寔倍之故于是獨詳焉將使承緒者起象賢之心共閭井者奮向往之志鉅公碩儒接蹟而出以增茲邑之重斯其上也其次一命之榮一藝之善亦得以廁名其間則夫人亦當感發而興起以求自異于齊民而後已也豈可生無益死無聞而負此文献之地哉此則操筆者之微意也鵬也抱痾衡門舊學荒落深懼采擇不精紀載不備勸懲無法以孤盛舉然秉公持正之心則不敢不自尽矣以此獲罪吾知不免焉

而亦不敢辭也是役也楊侯倡之王侯成之皆能以文飾吏者而揭三尹夔梁文學介亦与有劳焉法得附書皇明嘉靖十七年歲次戊戌夏四月吉旦

賜進士出身中順大夫右春坊右庶子兼翰林院修撰經筵講官編纂御札同修會典前山西按察司副使奉敕提督學政致仕邑後學方鵬序

常熟縣志序　李傑

姑蘇爲南都輔郡而常熟其屬邑也倚虞山以爲城環江海以爲池寔東吳要害之地其土膏腴其田平衍其物産殷盛若秔秫布枲魚塩蔬果水陸之珍奇

所以供国賦而給民用者充然有餘而不資外助自闔閭夫差雄據一方虎視諸夏而俗尚豪侈自泰伯子游礼讓風行文學化洽而人才彙出是固江南名區非特爲一郡六邑之冠而已惜前志毀于宋紹興兵燹自吳通上国以來二千餘年故寔無紀載良可慨也慶元間縣令孫應時始一修之元至正間知州盧鎮又復修之然文献無徵遺佚不少若人物一類自漢迄唐寂寥無聞他可知已弘治丙辰慈谿楊侯來尹茲邑蒞政之初百廢具舉以邑志久不修輯廢無甚爲者乃旁捜典記近取見聞詢遺老以正舛

訛委文士以司考校于是山經水志之所述陳庋收篋之所藏殘碑斷簡之所寓幾無良留矣編裒既成謂予為邑人宜有言以志顛末夫三代盛時九州山川記于禹貢天下圖籍掌于職方後世因之而郡国有書寰宇有志坤元有録風土有記皆所以存古證今以為考求治具損益事宜之張本其于從政者不為無助而乃困于簿書期會之繁頋視此為不急之務宜吾邑廢典必有待于通才卓識如楊侯者而後成也侯名子器字名父成化丁未進士歷任崑山高平二縣皆有異政兹以當道論薦更任常熟其嚮用

廿七

未易量也　賜進士出身中順大夫太常少卿兼翰林侍讀學士　經筵講官兼　東宮講讀官同修国史會典副總裁前南京国子祭酒邑人李傑序

重修嘉定縣志序

龔弘

按創縣宋寧宗十年至元順帝至元六年歷一百四十七年邑人秦輔之始作練川志逮今又一百八十一年更無續之者　国朝洪武十一年戊午詔天下郡縣纂修志書永樂戊戌景泰甲戌嘗遣使督成之天順間命官巡行采輯始萃成志吾邑訖無應詔之人于茲老者失傳則少者無聞致上下三百餘年之

事日淪没矣後有慕古君子奮起例以老者失傳之罪〻之在余惡得而辭焉乃上稽下察元以前踵秦本入〡国朝其体要一遵〡大明一統志也積久成〇類將以待知遇者洛陽蔡侯淑仁以名進士令斯邑一日謂予曰顧安得志之詳乎余出稿請校之俾余為序夫地里有志昉于禹貢周戢方然特紀其大至秦郡縣天下歷代相沿始各為志美惡並收以昭勸戒世之有事于此者不曰續曰修輙任作者事擅一己之見筆削千載以上之紀述惡者隱之恐〇長民者之〇〇人之為不善則責諭不録余何〇〇观侯之

□政若于是志有先得者掃前官之失擇其是者行之絜矩惟公得民心之好惡矣首除巨寇境土安矣得天時耕者獲矣蠲征役則民力寬矣若學校尤爲侯所、重刻期造孝俗教諭羅文訓導劉元慶□子瑛砥礪士、業雖冗不能奪風化開而人文著矣侯倡于上一時分治者縣丞蕭鉞魯邦本譚玕主簿周尚文吴瑛曰水利、曰民兵曰催科據今徵昔造有成績若典史安志高從、事于侯無怠由是聞監司達郡国邑清事罕政教一丕变矣噫余修久闕之典誠有待今日侯爲允躬實蹈之、書侯取而刻之又有待後之官、師土著之人起而並諸已矣二者之論君子必有取焉豈曰空言皷倿者哉述遠續志者盍于是求之嘉靖四年九月重陽日賜進士出身榮祿大夫前都察院右副都御史奉敕總督三省黄河水患兼理通州直抵揚州一帶漕河工部尚書致仕○進階一品玉帶邑人龔弘書

重修嘉定縣志後序　蔡復元

粤自書作而地理可考降至我朝大明一統志則省郡州縣之建置備載之矣然各自有志也嘉定昔未有志至邑人秦輔之始修之而未成逮至正德已

已吳郡都穆修爲年餘乃成惜其類郡志也約而未詳先是蒲川龔老先生爲嘉定先達歷階尚書居官清若鄉行表正留心志書幾三十餘年未嘗對人言者予來茲土已二載政暇因思志大畧乃請教于先生先生曰志已成矣爲之奈何予曰志也者一方之大典也惟先生其裁之先生曰諸吾有志焉而未遂也將有待焉吾老矣吾留心于志也久矣雖歷官數載政暇輙提筆潛修博收野史徧考典籍可入者入之可去者去之稿已粗成未及校正惟不吝取以覽焉予再拜領去坐靜室覌其條理詳審去取精當真

史筆也三四讀不欲釋手遂告于先生請命工鋟諸梓以彰厥志使知所以復修之意云嘉靖乙酉歲孟冬月知嘉定縣事洛陽蔡復元序

太倉州新志序

祝允明

慎哉劉侯之作其州之史也其古之遺教乎書與春秋之志也都氏之筆亦有以成其志焉舜肇州封山濬川禹敷土作貢貞田賦盤庚治亳周人宅洛政之大倫也右史紀其績仲尼述以縣訓又筆削魯紀城社山川宮廟門觀臺榭庭囿軍戎稅甲之間槩然矣而特加志于人才務褒善斥惡二典者立功與言之

法程也今之從政君子自孔氏者類知所範模善矣其或未尽者論其政詡其言〻早若貨券高若鳳鷙不知慎也故君子雖之劉侯之為政与言也覽斯策志可睹矣侯越人也字允卿以進士来三年政成而史都君名穆字玄敬仕太僕少卿吴人也始州未建陸大叅容作太倉志陳丞伸作事蹟其他散在崑山常熟嘉定三邑書李君端初守州郎屬桑倅悅為志今書蓋總諸策而登黜之王生梁寔贊焉其旨主簡核故寡而可观書成都且病草不及自序故稍為詳之雖然書春秋天子之事也刘侯事功以位限不

尽見〻者其志嗣此執之以往易之翼升曰南征吉志行也其漸日進得位往有功也然則九官十乱兹其階也與嘉靖五年歲丙戌正月既望前應天府通判承直郎長洲祝允明序

太倉州志序

王積

嘉靖丁未太倉州新志成明年戊申春二月同知州事蒲陽周侯良葺為帙虛其首簡屬于予〻得而讀之凡天文地理人事之紀肇自往昔迄于今兹域于方隅而可信諸永久者不啻備矣乃作而言曰甚盛幸哉吾州文献之有徵也古者紀事之官莫詳于周

三一

盖自王朝以達里閭莫不有之君之言動民之臧否法得備書是故上有道揆下知法守治功之盛鮮不由茲自秦罷侯置守而史官尽廢漢唐以降雖王朝太史牽于避忌有所紀載率都失寔而况郡邑乎郡邑之史既廢而又無志以昭文献則凡可以彰往而察来信今而傳後者掃地尽矣今自皇朝以達郡莫不假志以寓史志存而史之末緒犹有稽焉君子所以慎之也夫崇文則掩寔貴簡則昧詳偏好則侈譽偏惡則誣毀有一于斯志寧無作而况考或弗精知或弗審偽或乱真疑或間信則斯志也乃所以深

病夫文献者也而君子奚取焉太倉有志肇自弘治丁巳迄今總五十年守更十九貳倅五十七掾幕十一而志且三易矣初志出于桑柳州再志出于都太僕皆名流鉅筆非無足證以今考之數者之敝其有与無將不可知抑其歲月弥久事緒日增失今不載後將無考此新志之所以作也夫凡則有自微必達顯遠者近之推也大者小之積也国家惟不作史作則必徵諸部院諸司部院諸司必徵諸監司列郡監司列郡必徵諸方州下邑故州邑之志丨国史之楨榦也其可忽歟茲新志所述為卷者十為類二十有四

三三

蓋以圖考存其舊序体則備矣昭遠闡幽闕疑傳信核而有文詳而不贅法則嚴矣且于辨川原釐賦役謹兵防表風節數事尤惓惓三致意焉宛然史氏家法也夫假志以寓史謹之一方達之天下政若有經家若有乘後有述者于茲考焉因文以稽寔探賾而鉤深可以昭勸戒可以示範則豈惟海隅文獻永永有徵他日觀風問俗之使執而憑之固正史寔錄之所待而有者也夫豈無因強作得已而不已者哉是舉也貳守君自刑部尚書郎左駕入娄得請于兵備憲使新喻敖公開局延賓引繩揆墨已有定緒矣而

州守姚江周侯修｜覲典畢復任周旋其間懇惻篤
也至未幾以憂去貳守君竟圖厥終任筆削之責者
春坊司直張君參考分述則州庠文學陸氏伯仲也
司直君以太史矩矱施諸里志敬慎周詳罔或出入
陸氏文學則皆世廸文軌積久未試其所稱述咸彬
彬可憑君子于此蓋可以觀衆美矣守曰士佐貳宗
曰鳳岐司直曰寅文李曰之箕之裘惟時州倅閭君
儀金君江州幕王君德符樂志咸之咸知詡賛是宜
備書以昭來許嘉靖戊申春三月朔旦｜賜進士出
身亞中大夫福建等處承宣布政使司右參政奉敕

提督粮儲州人王積撰

太倉州志後序　　張寅

序太倉新志有若虛齋王大參若思質王侍御暨我州貳守仰峯先生言之美斯溢矣則寅豈敢然有不能已于言者乃復之曰嗚呼志豈易為哉亦豈偶然哉寅自丁亥歲謝政歸前守見湖萬公委以志事交議闢局未閲月見湖改任去遂已嗣是弗克舉者又數歲仰峯先生以刑部尚書郎出貳吾州政多暇豫式于文獻是究是圖州志刻行有如桑郴州都太僕所為者桑務才華不假遺事都值危病或托他手寥

寥簡編括其梗槩觀者少之惟龔氏太倉考為近而未梓故前所不載後所未修者奚啻數倍仰峯先生因屬寅重輯之周守鳳南先生入覲歸謀益協兼得陸氏伯仲文學之士乃彙集崑嘉常三縣宣德成化間志本及搜閱典籍摹搨諸廨宇金石之文訪之故老參之羣議期月而書成為卷十目廿有七附廿有五簡裒重大釐為四册〻凡百餘幅視者加十之七猶懼未悉也夫周礼職方氏与小史外史所掌以周知廣輪之度而民物政治得有所稽故郡邑之有志猶国之有史固也然○所志国史不得而什一焉

三四

州縣所志郡志不得而什一焉国史舉其要郡次之州縣該其博不然則脫漏淪没以胥于澌滅也可勝歎哉太倉當天下海道之衝如運餉以足国通番以威遠而朝廷東南憂顧迄無寧歲豈他郡邑比耶此寅寀仰承作者之意必使事無遺跡物無遺軌人無遺善官無遺政耳無遺聞目無遺見光前信後以俟司国史者采擇于茲焉是故紀載之詳戒畧也分類之嚴戒紊也去取之公戒偏也貴勢不怵親暱不比陳遠不忘議論不惑愛憎不任戒私且小也然豈敢執一己之見哉要諸人心之同然者尔已矣振一

刈

方之墜典使文献足徵鳳南仰峯二公之功于是為大維倅暨幕則閻君儀金君江王君德符咸与聞之
嘉靖戊申春二月望　賜進士第右春坊右司直兼翰林院国史檢討致仕州人張寅撰

重修崇明縣志序　張慶

邑之有志凡諸事物皆載焉官于是者不可以不知蓋其山川之險易物産之豐約貢賦之多寡与夫戶口登耗人材顯微風俗美悪莫不備焉覽之則可以為治昔李吉甫居相甚重此也崇明縣主簿臨海陳公知乎此而每有心于纂輯焉一日謀之大尹張公

三五

刈

貳守祝公曰舊志殘缺文獻復不足徵苟不修以續之則前元至于今僅百年之典故何所考稽甚非爲政之存心也乃正統甲子夏致書幣延請舊知前教諭琴川季仲怡来治其事仍命西洲儒士施克賓等摟訪事实付之裁之書成縣大夫慮後湮没遂捐資捧命工鋟梓以傳悠久而克賓等屬予題識于首予惟国史係天下之廣所書在乎約圖經具一邑之事所載尚其詳今閱是志詳而不氾簡而不陋实而不謬深得乎紀述之体異日聖朝纂修大一統之志固不能外此而他求也吁璆琳琪玕珊瑚木難人皆知

其為宝然産于山海之幽淡孰得而尽观焉有能聚之于府庫則一啟戶皆可類别而名辨乃知观者非難而聚者之功為難也吾于是見縣大夫慮事之深文士採摭之勤而李公編輯之勞悉不可泯其跡也故為之書　崇明縣儒學教諭樂清張慶序

二　陳梗

崇明舊志一帙編簡殘缺不足以觀予与大尹張君叔孚貳守祝君以道商論其地桑滄屢变与他郡邑不同欲重編摩乏操觚染翰為之于是相与邀請海虞季仲怡先生下席于兹命儒士施克賓哥采訪事

三六

蹟增新芟舊朞月而書成凡一十卷卷各有條辭達而不冗事詳而有據俾後之君子与夫宦遊于此者欲知風俗沿革土產景□名宦人物一覽而尽得之亦可謂永久不刊之美事也然而李先生修輯叅訂之勞施克實芽采訪助資鋟梓之勤皆可嘉焉于是乎書正統九年甲子孟秋縣主簿天台陳梗用直書

三

李箎

圖經為外史之屬記其郡邑沿革山川勝槩人物出處与夫土產貢賦之類所係寔重不可不作也然歲月推遷世異事殊不繼輯之則無以紹前躅而詔將

來蓋又不可以曠缺也崇明處大海中四遶鯨波傾圮湧漲地無一定視之他境其跡易于成廢不加纂述亦何由考索而知其然縣大尹金華張侯叔孚判簿天台陳侯用直聽政之餘檢閱前志病其事緒缺畧易運以來荒昧莫稽以篪嘗遊其地知其風土一二乃走書幣延致而編之篪名沾一介才乏三長安敢与其觚翰以是辭之不獲爰因西沙士人施克寬等所采事蹟參之李良玉所藏官修志稿據以朱禎朱曄舊編芟之擴之盱分彙聚上續至正甲午以迄于今九十年之遺逸凡爲數卷旁搜博訪爰寔而書

三七

知

思所以昭信悠遠不敢用私其意妄爲損益稿成二侯將謀鍥梓俾叙于端嗚呼地輿遼濶事類糺紛坐環堵而綜覈所聞寧免漏遺之誚博雅君子能足其所不及則与人爲善之美抑何偉哉正統九年甲子六月望前山東曹縣儒學教諭海虞季麓仲怡書于崇庠寓舍

吴江縣志序

莫旦

昔大明一統志之纂也朝廷先期遣使采天下事寔吴江縣奉文集耆儒開局于聖壽寺時旦与今致仕胡訓導昇俱爲邑庠生爲掌教陳先生賓所命

往揔其事稿成上郡〻又類揔進于朝時景戊也後旦二人私相与議曰奉文纂修者乃天下之書其法當畧至其一邑之中亦自有書其紀宜詳今畧者就緒而詳者可遂已乎況吴江為南畿重地迭為州縣餘五百年而志書未聞有板行者其疆域山川風俗人才戶口田賦學校科名牧守政治与夫城池坊市官宇橋梁及詩文著述之類忍使其日就泯滅乎泯滅無聞後人興慨非吾輩責乎何君曰然于是訪得舊圖經一冊記載皆國朝以前事而簡畧無文既又得洪武戊午与永樂戊戌奉文纂修者凡二冊

三八

而傳寫舛訛視前益畧然亦爲之喜曰得此三者書不患其不成也未幾何君以舉業不暇辭去具独不渝初志繆加筆削合而成書凡十卷時嘉禾士人懷悦見之遂爲捐資鋟梓以傳爲天順丁丑也已而嚴君在任所聞之以書來曰古人著書多在暮年如孔子年六十餘方定六經汝爲此書何遽刊行之驟也旦始悔之遂停其板成化乙酉忝科名待次數年因暇再加編輯重立例目參以郡志諸書與凡殘碑斷碣無不搜剔遺編故帙無不檢閱鮐背鯢齒無不訪問手録心思至忘寢食于是聞者致訊見者竊咲以

為迂繆旦亦自、咲其愚者屢矣日積月累總成二十
二卷比前加詳會、提李陳御史選行文立鄉賢祠時
王尹廸詢謀于衆得、前輩之學行卓異者十五人為
之立祠且以入志方欲、梓行而王以陞任不果繼為
立守霽取以參修郡志未成而立去官稿亦隨失丙
申秦教新昌重録成書而馮、尹衡行文閔取鋭意欲
刊馮亦以事去官又不果乙巳、以内艱解官而還女
壻趙員外寛書来且曰吾邑新尹、孫侯顯陝之華州、
人早歲登科有治材其来志書之獲、遇也必也幸留
意焉旦因綴拾舊稿益以新聞新見再、纂成書已而

侯至郎捐俸梓行而邑人好義者咸樂相焉謂旦宜有序因竊笑曰嗟乎天下之事爲不爲者人也而遇不遇者時也雖曰遇之有時然亦不貴于成之之速爲始旦之爲是書也少年氣銳每有不遇時之歎屢起屢仆轉三十五年始有遇于吾侯使吳江千百年之事一旦顯然傳之不朽夫豈偶然者哉寬可謂知人而侯可謂達于政体者矣然則前日之所以不遇者蓋天使有待于今日也不然安得若是之粗備哉至此而嚴君昔日之言方驗然遇則遇矣竊念德不加修學無寸進安知後之視今不猶今之視昔績而

筆之尚有望于後之君子弘治元年戊申春正月望莫旦序

吳邑志序　楊循吉

邑視古比諸侯邦邦必有史志史類也所以識也今志之作其多不可勝計而工者鮮若夫吾吳則以泰伯舊壤創邑于秦蓋雄峙以表者幾二千年宜得專書審矣然迄未有述焉不其闕歟　明天子法乾中興文教誕敷海内向風于是七年知邑事濮陽蘇君祇弘　德化旁及此書乃介判簿張君即愚謀之愚辞不敏者再又竊自念身邑產也即皤顛矣曾無補

四十

于鄉人今幸從事而執筆焉豈非願也既啟局事既中止最後蘇君以宗制去任又滯于刊刻為分已衆周之然後克完厥惟艱哉今書為十六卷凡八萬言詞義膚淺仍同俗手然于尊賢訂古亦無敢不竭焉乃若歲月始末不容以無書故又僭題首簡云尔時在嘉靖八年冬十一月長至日東吳支硎山人楊循吉薰沐謹序

蘇郡學志序

王　鏊

國家學校之設徧于海隅而蘇學獨名天下于是吾友蔡君惟中始為之志惟中之言曰蘇斈剏自宋景

祐魏国文正范公割地為之而安定胡先生寔為之師今去二公五百餘年高風遺烈犹一日也且其地故為吳越廣陵王元璙之南園特幽且勝由今观之大成之殿明倫之堂尊經之閣高壯巨麗固已雄視他郡其間方池旋浸突阜錯峙幽亭曲榭穹碑古刻原隰鱗次松檜森鬱又他郡所無也況自宋以來科第往往取先天下名臣碩輔亦多發跡于斯則其盛豈獨地哉夫物盛則必傳盛而不傳蓋有之矣則以無紀籍故也昔四代之學見于載記魯之泮水詠于詩蜀之學官紀于史今吾學之盛于四代雖未敢望

四一

于魯与蜀豈遽出其下哉而紀籍独缺昂誠不佞少游于兹穷搜细勘得其顛末彙為四卷間以示予予蓋与君同游于學者也嘉其志之勤且郡之文献有足徵者故為序之首惟繼是而司教者有若安定者人才之出有若文正者吾且老矣尚當嗣書之

長洲新學志序

吴世良

是録也世良暨蕭子文佐掇拾微言编次歲月既而越海虞謁我雲川舒公于江陰公署公不以鄙無似曲加筆削凡两月成録世良再拜閲数四見中所藏載首沿革次形勝次礼儀次祠宇次職官次科貢次

碑刻次文章典籍次田租廩餼刪繁以比事拾遺以補亡發凡例以舉其綱遵條以疏其目作而言曰維宗工鉅斷道以經法〻以紀事〻以貫詞〻以宣意是故充類以廣義郎聞以擴知則道弘而淵法嚴而正詞藻而則意融而該事詳而实是故會吉應奇天運章矣孕灵宅勝地勢別矣述往法来張弛見矣惇秩典軌物備矣以類人倫物瑕瑜畢露戒寓矣以樹風声顛末咸陳教養繫矣以芾愛敬尊親弗失王道明矣世良聞之異同之議酌一存乎識興廢之机致健观乎才盛數之際挽數歸乎理長洲學宮風土偏

四三

攷

薄垂百餘年福寧殿宇壯麗兼玉珂、飛虹之勝理所
當草与勢之易草其論倡自味翁頤元老更熾于玉
峯翁崦西翁衡山貞山寓山諸縉紳之倡和、馴至師
弟子敦請圖還要非朝夕弟匪我公以理定、數、而不
泥以才決机而不操以識酌議而不瞀疇能容籌、、于
期月震發于崇朝膚功碩德与天無疆可仰而不、可、、
及邪蓋天造地設必待人以成而禎祥兆于著邑興、
情、恊于夢卜信孚文明之象天啟我公真与処撫松
泉、夏、公督李栽菴楊公篤勤造育庻需時利交懋積
白肆、郘、伯王公南岷相可則徑恊志丕績斡旋酹酢

飭率上下維力同守王君桂東通府包君白厓牛君松澗邊君野石節推陳君梓梧与吴令張子道庫處賡休輸忠盡瘁奔走服戢効劳夙夜維敵用是大小迅激厥費与役不取諸有衆時未三月竣功落成自東吴歷有改作未見神速若兹役者也夫士自見于世貴久不忘古称不忘有三太上立德其次立功其次立言〻也者所以宣功敷德紀以傳信与日月而並遠者也夫志史之流也學未有志有志自兹學始人之言曰旌庸抑墮夙采薄于搵桓組華博依史學宗于遷固立忱尚方倡率偶于蘇湖圖永湯浮遺規想于

嵩麓斥凡通变更化法于仲舒集思拓猷成人祖于希文此固观德漸教天理人心之公論目不容掩固有不假于言而自後凡奮庸燕校能擴聖賢易簡之學以成久大德業足光国家而不失其為忠孝人才利賓連茹視九者有彬彬之盛者皆我公功德所及是固合理与才識而一以貫之真古所謂不忘者也下吏与諸屬其何能贊一詞因我公撝謙出于天性尚不自有其功德也遂僭識諸首用托餘潤于不朽耳是為序長洲縣知縣吴世良頓首拜書

長洲縣學志序

蕭文佐

夫志者識也識有所以垂遠俾可嘉也嘉靖歲辛丑長洲新遷學成我長洲吳君世良暨文佐先後奉代巡雲川舒公督學李栽菴楊公巡撫松泉夏公命纂修學志乃恪率諸生博采輿議視禹貢以發凡例本周礼以訂綱目而事以時備言以道彰首繪圖定規制也次沿革命建置也次形勝辨方域也次文廟示祖法也次釋奠釋菜備礼儀也次祠宇坊牌官廨敕紀度也次器物示所重也次書籍示所教也次卧碑示所遵也次鄉飲鄉射示所習也次俸廩示所養也而人物科貢興矣文移載當時之行事文類古今之典

四

章題咏起于頌美附録兼乎衆善而志斯成焉可以垂不朽矣是作長洲新迁學志教諭萬安蕭文佐著

越絶書

越絶復仇之書也子胥夫差以父之仇句踐以身之仇而皆非其道焉夫君天也君有臣而君殺之尚可仇乎故子胥鞭平王之墓為不義闔閭之死夫差使人謂己曰而忘越王之殺而父乎則對曰不敢忘三年乃報越故夫椒之敗釋越而不誅為不孝會稽之棲苦心焦思嘗膽而食卒以滅吴不知越寔得罪于吴而吴之赦己也故其郤公孫雄之請為不仁春秋

書子胥之事曰吳入郢狄吳而諱楚也于夫椒之戰則不書蓋不足乎書也于黄池之會書于越入吳狄越而咎吳也春秋之末復仇之事莫大于斯三者越絕寔備之有国有家者可以鑒观焉

跋

丁黼

隋經籍志越絕紀十六卷崇文總目則十五卷注司馬遷史記者屢引以爲據予紹熙壬子遊吳中得許氏本訛舛特甚嘉定壬申令餘杭又得陳正卿本乙亥官中都借本秘閣以三本互相参攷擇其通者從之乃粗可讀然犹未也念前所見者皆謄寫失真不

板行則其傳不廣傳不廣則各私其所藏莫克是正遂刻之夔門以俟来者庚辰七月望日東徐丁黼書

跋　汪綱

越絶書若無善本近得于丁文伯以蜀中所刊者見示參考粗為可讀因刊置郡齋以補越中之缺云嘉定甲申八月旦日新安汪綱書

二　都穆

是書宋嘉定庚辰嘗刻于夔門後四年知紹興府汪綱仲舉再以蜀本刻置郡齋歷世既遠皆不復見予家藏舊録本頗為完善吉水刘君以名進士来知吴

縣謂是書之古而吳中罕傳遂割俸刻之君名恒字以貞覌此可以知其政矣正德己巳三月之望南京兵部主事吳人都穆記

吳越春秋序　徐天祜

吳越古稱東南僻遠之邦然當其盛强往々抗衡上国黄池之會夫差欲尊天子自去其僭號稱子以告令諸侯及越既有吳句踐大盟四国以共輔王室要其志皆歸于尊周其知所天矣孔子作春秋雖小国犹録而書之而况以世言則禹稷之裔以地言則會稽具區其川其浸周職方氏列爲九州之首皆足以

望天下 故記可鈌而不傳乎吳越春秋趙曄所著隋唐經籍志皆云十二卷今存者十卷殆非全書二志又云楊方撰吳越春秋削繁（唐志作煩）五卷皇甫遵撰吳越春秋傳十卷（隋志缺傳字）此二書今人罕見独曄書行于世曄傳在儒林中觀其所作乃不類漢文按邯鄲李氏圖書十志目亦謂楊方嘗刊削曄所為書至皇甫遵遂合二家考正為之傳註又按史記註有徐廣所引吳越春秋語而索隱以為今無此語者他如文選註引季子見遺金事吳地記載闔閭時夷亭事及水經注嘗載越事數條類皆援據吳越春秋今曄本

咸無其文亦無所謂傳注豈楊方所已刊削而皇甫所未考正者耶曄書最先出東都時去古未甚遠曄又山陰人故綜述視他書所紀二国事爲詳取節焉可也其言上稽天時下測物变明微推遠燎若蓍蔡至于盛衰成敗之迹則彼已君臣反覆上下其論議種蠡諸大夫之謀迭用則伯子胥之諫一不聽則亡皆鑿鑿然可以勸戒萬世豈獨爲是邦二千年故寔哉曄書越舊嘗鋟梓歲久不復存汴梁劉侯来治越獎勵學校搜遺文修墜典乃輟義田廩羨財重刻于學不鄙謏聞屬以考訂且命序其石端夫越人宜知

四七

越之故則是舉也于所闕不爲無補遂不得辭厥既判正疑訛過不自量復爲之音註并考其与傳記同異者附見于下而互存之惜其間文義猶有滯碍不可訓知不敢尽用臆見更定又無皇甫本可證姑從其舊以俟後之君子考焉俟名克昌世大其字云郡人前進士徐天祐受之序

重刊吴越春秋序

錢福

古者列国皆有史官以掌記時事若孔子因魯史以修春秋者是也吴越春秋乃作于東漢趙曄後世補亡之書耳大抵本國語史記而附以所傳聞者爲之

元徐天祐謂其去古未遠又越人宜知越之故視他書所記二国事為詳得之矣天祐之所考註亦精當弟謂其不類漢文者其字句間或似小説家觀儒林傳稱其所著復有所謂詩細○蔡邕讀而歎息以為長于論衡今論衡故在也鄙俚怪誕者不少則東漢末亦自有此文氣矣謂其非全書則吳越顛末亦備矣隋唐經籍志多二卷意者西施之至吳范蠡之去越矣若附會于讖緯夢卜之説則固當時所尚而左氏傳春秋亦多述焉不可盡謂其無據也其大旨誇越之多賢以矜其故都而所編傳乃内吳而外越則

四八

又不可曉矣自科舉○○○與而古書散佚無留
意者雖好古博雅之士歷代○志所載、亦或不能舉
其為○故有志于集古者皆在所取也去、年秋監察
御史寗鄉袁公大倫奉　命來按吳体正而蠹剔威
加而惠流乃本古观風之法訪吳之故于吳邑、侯任
丘鄺廷瑞侯素稱稽古尚文歷舉郡乘所載者以對
公問其所本始侯辭焉公乃手出是編授之侯讀之
曰命之矣古者使于其国仕于其邦不能舉其地之
故君子恥焉吾乃今知吳山川城郭之所名也吾乃
今知封疆因革之所始也吾乃今知民情土俗之所

由也吾不忍自私當重梓以行于吳人俾無厥本乃属郡吏馮弋芋録而刻之既成走書屬予序蓋侯第進士時以予為知己而表公亦吾榜進士之傑也嗚呼孟軻氏称入則無法家拂士出則無敵国外患者国恒亡然後知生于憂患而死于安樂也觀二国之興而僨〻而興斯昭〻矣驕畏之殊興亡所係忠讒之判禍福攸分可畏哉予竊怪夫大言無術自暇以怠人者曰大數已定無庸人力又曰天子有道守在四夷此英雄駕馭之言非臣子思患預防之策也禹益儆惕于三苗之師成康不忘乎戎兵之詰其見遠

矣是書所載若胥之忠蠡之智種之謀包胥之論戰孫武之論兵越女之論劍陳音之論弩句踐之畏天自苦臣吳之別辞伐吳之戒語五大夫之自效世亦胡可少哉所載孔子子貢事不可據則其謀則在當時遊說之至高者也相傳越絕書為子貢撰抑亦有所本云噫書稱軾怒鼃尚足以激士而況讀其書論其世能不少動于衷者其亦非夫也夫至于司戰方掌外史地里所在必有所因而名附會以成其說者多不可辨駭然与其信乎今不若傳諸古与其徵諸遠不若考乎近是又今日鄺侯崇信此書之意而袁公

吳都文粹續集卷二

長洲錢　穀叔寶編

平江路新築郡城記

鄭元祐

吳自泰伯至壽夢而始大及王闔閭用子胥而城郭宮室遂爲東南雄藩世言泰伯城僅三里二百步在今梅里平墟夫泰伯以天下讓宜其不肯自大其城也及闔閭徙都于是子胥築大城周圜四十五里象天法地城邑既完府庫既充遂觀兵上國一傳至夫差而子胥以忠諫死未幾吳爲越併更江左六朝以迄于唐末五季歷前後宋要皆以吳爲大藩屏世祖

一

皇帝一天下包四海為家六合為宮不設險于區〻城郭也至正十一年紅巾賊起汝陽明年春浙東海寇刼崑山廉訪使者朝鮮李公深惟平江賦役供国家經費什之七郡無城郭何以禦寇乃謀于監郡六十公太守高公時百需出于吳者日不暇給然築之役則不得已于是會司屬僚佐驗民之家貲厚薄計量城之長短高下分築之罷弱戶則汰去之豪强而嘗時役不及者則糾率之寧夏高公為南臺御史大夫庸田僉事馬公董之馬公首捐官帑千錠憲漕水司揔府皆捐資以助然太平日久一旦興大工役民

十餘萬當盛暑揮鉏如雲下鍤如雨城之大綿延數
百雉漫不知何從列楨榦于是公曉以程度矩範而
勉以誠懇必若是而後無善崩之憂民志既齊遂經
始于是年夏四月畢工于秋八月城四向一仍子胥
之舊水門則仍宋之舊獨啟胥門上建忠孝王庙餘
五門上亦皆祠神蓋役興時處暑雨疾癘為民害乃
禱于神以祈祐故列祠以荅神貺城之高以尺計凡
二十有三其趾三十有五疊石三層以為固城之面廣
丈六尺皆甃以甓大瓦作水溝每門建戍樓以謹斥
堠嚴烽燧當人馬陟降處皆列置蛾眉甬道門之內

二

外構屋設官居之以察非常城于是備矣其先又
中統鈔二百五十貫米一千斛至是合官民用財凡
若干萬錠米若干萬斛城既完民大喜有依衛則又
相与嘆息曰廉訪公非有一廛之宅在吳也然苦心
焦思以完斯城者蓋上以為国下以為民也況吳東
北濒大海西南枕震澤于澤国四通五達之衢也郛
郭之内官粮貯于廪庾者歲數百萬設城郭不完寇
攘逼近將何以為国計乎今既完城以為衛継今所
以守禦之者則在乎明有司承流宣化蘇民之力以
固結其心使吳民愛戴其上如子弟之親父兄夫然

後其民以仁義爲干櫓礼樂爲甲胄人心旣固則与此金城湯池併爲天險于無窮也已李公名某字某云

吴都詩　　虞世南

畫野通淮泗星躔應斗牛玉牒宏圖表黄旗美氣浮三分開霸業萬里宅神州高臺臨茂苑飛閣跨江濤如素蓋海氣似珠樓吴趍自有樂還似鏡中遊

又　　駱賓王

維舟背楚服振策下吴畿盛德弘三讓雄圖枕九圍黄池通霸業赤壁暢戎威文物俄遷謝吴臺有盛

三

行嘆鴟夷沒遽昔湛廬飛地古烟塵暗年深館宇稀
山川四望是人事一朝非懸劍空留信亡珠尚識机
鄮風遲可託閬月渺難依西北雲逾滯東南氣轉微
徒懷伯通隱多謝買臣歸唯有荒臺露薄暮濕征衣

吳門　崔融

洛渚問吳潮吳門草色饒晚烟楊柳岸春水木蘭橈
城邑南溟近星辰北斗遥無因生羽翼輕舉託還飈

登吳古城歌　劉長卿

登古城兮思古人感賢達兮同埃塵望平原兮遠寄
目歎姑蘇兮聚麋鹿黄池高會事未終滄海横流人

蕩覆伍員殺身誰不寃竟看墓樹如所言越王嘗膽安可欲遠取石田何所益一朝空謝會稽人萬古犹傷甬東客黍離〻兮城坻陀牛羊踐兮牧豎歌野無人兮秋草緑園爲墟兮古木多白楊蕭〻悲故柯黄〻雀啾〻爭晩禾荒阡斷兮誰重過孤舟逝兮愁若何天寒日暮江楓落葉去辭風水自波

又　姚合

江城吹角水茫〻曲引邉城怨思長鷺起暮天沙上雁海門斜去兩三行

登闔閭古城　武元衡

登高望遠自傷情栁發花開映古城全盛已隨流水去黄鸝空囀舊春声

吴城覽古　陳羽

吴王舊国水烟空香径無人蘭葉紅春色似怜歌舞地年々先發館娃宫

吴門夢故山　趙嘏

心熟家山夢不迷孤峯寒繞一條溪秋窓覺後情無限月隨館娃宫樹西

吴城覽古　王安石

朝遊盤門東暮出閶門西四顧茫無人但見白日低々

荒林帯昏烟上有歸鳥啼物皆得所托而我無安棲

同前　文天祥

樓臺倚舟楫城郭滿干戈故吏歸心少遺民出涕多鳩居無鵲在魚網有鴻過使遂睢陽志安危今若何

同前　張羽

片帆迤邐入吳烟竹溆蘆洲断復連柳影濃遮官道上蟬声多傍驛樓前近湖漁舍皆懸網向浦人家尽種蓮行到吳王夜遊處滿川芳草獨堪憐

故国有荒臺登臨一愴哉屧廊風落蘂香徑雨生苔苑廢民家占城摧客弔来伍員當日語千古尚堪哀

城門曲　　楊維楨

諜報越王兵城門夜不扃孤臣睛不死門月照人青

過蘇州　　劉基

姑蘇臺下垂楊柳曾爲張王護禁城今日淡烟芳艸
裏莫蟬犹作管絃声

姑蘇臺下垂楊柳落葉蕭〻日莫風天地山河有真、
主迎来送往揔成空

憶昔吳宮無事時滿城楊柳舞西施如今柳尽西施
死恨殺當年陌上兒

陌上清歌最可聽誰知此是断腸声就中更有楊枝

曲恨殺昏鴉及曉鶯
虎丘山下月朦朧閶闔門前動地風子夜一声琴一
闋杜鵑声在碧雲中
燈映窗前紙不鳴四鄰無語犬號声南陽已死為霖
了何用人間更得名
滿地寒風滿面塵荒烟白艸舊通津宴安酖毒俱亡
国可但西施解悞人
成敗由天豈所知烏須拔劍更何疑誰言碧海斬蛟
手也學臨春井底兒
小雨如膏漬陌塵一溝寒碧曉生鱗餘年已自無多

六

子更向途中見早春

夜發吳門　趙孟頫

吳樹依〻吳水流吳中舟楫好夷猶多情最是吳門月又送行人下秀州

吳門　張泰

萬井烟花繞故都闔閭宮苑自荒蕪江魂吼浪空礱越山黛顰秋已破吳臺下草深無過鹿城頭月落已啼烏英雄老去年華在海日曈〻水滿湖

吳門懷古　顧璘

南眺荒原思惘然闔閭城古澹蒼烟吳宮已沒彈絲

處胥渚犹傷賜劍年渺〻晴湖浮遠岫萋〻春艸下
平田長洲廢苑那堪問落日衹餘麋鹿眠

閶門　　　　　　　　　　米　芾

蘋風忽起吹舟悍雨打圖書藏畏乱閶門咫尺不安
流何况盟津与江漢非無輕楫与長橰逆風逆水適
相遭須臾風迴水流順星宿浮槎問月

二

吳王故苑古長洲潮汐池邊一佇留秀蕙芳蘭無處
所乱莞叢葦滿清流

又　　　　　　　　　　七

朱長文

九曲堙淪茂苑荒吴人誰復怨吴王莫嫌故国千秋遠知是仙家幾日長湖上只誇浮海相里中休笑效顰娘舊時芳徑依然在但属漁樵自採香

閶門調行客　范成大

日夜飛帆与跨鞍閶門川陸路漫々人生自苦身餘幾天色無情嵗又寒萬事誰堪六如观一杯莫信四并難重陽雖過黄花少尚有遅開玉雪團

自閶門騎馬入越城二首

日影穿雲亦未濃夜来踈雨洗清空村前村後東风满畧数桃花一萬重

斷橋隤岸數家村雨少晴多減漲痕雪白鵝兒綠楊柳日高猶自掩柴門

閶門　　范仲淹

吳門聳閶闔迎送每躋攀一水帝鄉路片雲獅子山落鴻漁釣外斜柳別離間白傅歸休處盤桓幾厚顏

又　　倪瓚

望中烟艸古長洲不見當時麋鹿遊滿目越来溪上水流將春夢過杭州

登五城門　　高啟

登城望神州風塵暗淮楚江山帶睥睨烽火接樓櫓

八

并吞何時休百骨易寸土向来禾黍地雨露長榛蕪不見征戦塲那知邊人苦馬驚西風笳鳥散日落鼓嗚呼城下水流恨自今古

又二首　　徐有貞

閶闔門開近帝州麗譙新建倚高秋人間尽看三千界天上移来十二楼往事名傳吴伍相平生心在漢留侯斗牛宮闕當頭是何必乘槎海外遊

碧城楼子聳秋空声振江山鼓角雄高下亭臺花霧裏往来舟楫水雲中賦才世豈無粲王飲興時應有庾公携手可将紅日捧扶桑只在画欄東

閶門城楼　蔡羽

吴苑已多樹，高臺聞急砧。千門開国意，落日一登臨。南去帆檣乱，西来秀色新。不須孤角起，把酒思離禁。

月夜登閶門城楼　王寵

列雉森海甸，麗譙屹中天。山川振襟帶，方位周幅員。華月鏡千里，覽見南東偏。蒼蒼宝玉氣，靄靄都虛烟。霸跡幾興伏，祖運悲逝川。惜哉萬夫雄，隨彼往化遷。唯有烏棲曲，哀怨至今傳。

閶門行　袁袠

閶門巍巍連紫極，疊雉崇墉控疆域。飛梁作鎮限關津廣市開塲通貨殖土風清嘉想端委里閈驕奢誇昻食城中綺構排雲起城外青槐當路植梁鴻橋下柳千條泰伯祠前花萬色紅塵日晚駐雕輦碧艸春来迷玉勒魚鑰形〻開宅第夾道雲甍對迢遞鴛鴦織就綴文茵翡翠裁来粧宝髻橫塘二月春氣濃中流画鷁看採曳陌上行〻霧縠紛花間往〻牙檣繫公子前溪唱艷詞佳人子夜翻新製朝〻簫鼓出城闉夜〻蘭燈迎水窗憶昔夫差全盛時離宮望幸駐行麾錦帆涇遠菱歌緩消夏灣深保伏移走狗闘雞心未厭穿池鑿石游難徧初從雲嶠起高臺更向花

洲開別殿屧廊香徑何容與水簾水檻疑無暑晝观
劍客舞青萍夜引西施歌白苧爭長黃池干夏盟檇
李曾棲勁越兵舟師電發艅艎出壁壘星攢組練明
自謂千秋長若斯豈意一朝人事改愁見荒臺麋鹿
遊可憐故国山河在吳王昔日起閶門法象天樞擬
至尊豪華轉燭寧終極世事悠〻寧足論

閶門夜景　伊秉

釣橋通郭俯清流月照朱簾捲画楼醉裏笙歌喧夜
市千家燈火似楊州

與啟南同登城楼　皇甫信

十

忽因懷舊擁多愁縱步来登鼓角樓惟有石田知己者相逢一笑亦同遊

登城樓　　劉珏

高楼百尺与雲齊白首登臨日未低人語乱喧城内外客舡都泊水東西空中鐵笛神仙過壁上瑶詞學士題四角一声歸興動醉扶明月下丹梯

入閶門有懷蕭太守若愚　　胡纘宗

晴日梅開花覆山梅花仙子白雲閒扁舟相訪不及反夜〻閶門月滿灣

胥門　姑胥郭　　王安石

誤褫雲巾別故山抵吳由越兩閶閭千家漁火秋風
市一葉歸舟暮雨灣旅病悠〻如困酒鄉愁脉〻似
連環情如帶眼從前緩更恐顛毛自此斑
陳植
長堤柳線弄春柔姑蘇臺下馬如流春波溶漾綠潑
油官舡檛鼓百花洲旌旗獸黔城上樓烟中雉堞高
山丘鳴〻請角行人愁
盤門　許渾
無處登臨不繫情一凭春酒醉高城暫移羅綺見山
色纔駐管絃聞水声花落西亭添別夢柳陰南浦促

十一

歸程前期迢遞今宵短更倚朱闌待月明

晚入盤門　范成大

人語嘲喧晚吹涼萬窻燈火轉河塘兩行碧柳籠官渡一簇紅樓壓女墻何處采菱聞度曲誰家拜月認飄香輕裘駿馬慵穿市因倚蒲團入睡鄉

盤門　張紳

朝出盤洲門观兵具區外黄龍分兩翼玄甲列五衛軍威亟角振殺氣飛鳥退三門將已發三疊法更秘秋清太白高天黑攙槍墜犀從蛟室騰蛇向馬脊蜕雲翻風伯旗雨襍川后珮無戰乃天功六合不足制

盤門吳地記云舊云蟠門蓋嘗刻木為蟠龍以壓越也後記云以水陸縈回戹曲改字為盤

吳門忠告 即蛇門　胡舜申

吳城以乾亥山為主陽山是也山在城西北屹然獨高為衆山祖傑立三十里之外其餘岡阜纍纍如羣馬南馳皆其支隴城居隴前平夷如掌所謂勢來形止全氣之地也如祇自城中觀之則城中之地亦惟西北最高是乾亥無疑乾為天玄則紫微帝座所次是謂貴龍此城既主是山法當用金局乾亥于火五行屬金故也山如此水則當与山相應此邦水勢自

十二

東南貪狼西南及正西武曲以至西北巨門等位来其来皆原于太湖由正北廉真及正東〻北禄存而去以入于江而帰之海其来去無一不合金局之法故自古常為大郡国今為行都藩輔而吴中人物繁夥冠蓋崢嶸所以常甲于東南今观水之流派常自閶盤二門入即西南西北水也由葑婁齊三門出即、正東正北東北水也其于来去之法固合然所以導迎善祥氣者尚有缺然蓋胥塘自正西帝旺来是謂武曲之水由本胥門入運河自吴江東南長生来是謂貪狼之水由蛇門入頂嵗乃塞胥蛇二門而生旺之水遂不得朝向城中此其爲害明陰陽風、水者常嘆息于斯胥塘之水尚由閶盤二門委曲而入、城東南長生之水乃環城而東徑由葑門之外以出于、城中了不相關此尤可嘆息故自頃以來城市蕭條人、物衰歇富室無幾且無三世能保其居安工宦達者比、承平時、浸少至建炎之禍一切掃滅至舉城無區宅能、存數百十年未之有也按地理法生旺二水利害最切、猶人身血氣榮衛今塞絶之能安强乎明知者頗圖回、其事復開二門導水入城以幸此邦可也胥門適當姑、蘇新館勢不可動又武曲但主財富而

十三

已蛇門之水爲貪狼主文筆官職之事于理爲重復門之便政和修城于諸故門雖已塞然皆刻石于右以識今石刻具存但龍府圖之誤以蛇門爲赤門尔蛇門在城之已方故以蛇名赤門以在城正南正陽之地其義可考况蛇門直南正對吳江運河今舟舡自南来非東入葑門即西入盤門皆迂遠十數里于水行非便昔吳王闔閭始作城伍子胥实規畫之立水陸門各八其後諸門開閉不常吳時欲以絕越遂不開東南門即蛇門也不知塞絕生氣故終爲越所滅兹亦明效大驗至吳晉李唐時諸門未嘗不開故

左太冲賦吴都有通門二八　水道陸衢之語刘夢得詩亦曰二八城門開道路故晋唐時吴下最爲雄盛今所啟門者五餘皆閉塞而甚不可塞者惟蛇門究所以閉塞圖經之説爲其多途艱于守衛线禁噎抑末矣今清蹕暫駐錢塘吴尤當闢東南之門以伸朝拱之義爲吴城門不常啟閉舊矣昔年盖嘗于八門之外又開赤平二門而葑門陸衢盖嘗塞矣范文正公守郡始命闢之往来至今爲便誠能遠跡晋唐近效文正復闢蛇門東南虚秀之氣疏導迅發儒道亨利文物之盛非復今日吴下矣

十四

蛇門在巳方故云又吳越春秋云闔閭立蛇門以象、地户欲并越故立此以制之紹興中胡舜申請開此、門作吳門忠告乾道甲申冬沈度守郡与舜申舊同、僚將闢有異志者以爲擾民庚避謗乃止淳熙乙未、春韓念古爲守其秋邦人申請彥古欣然從之卜以九月十二日庚寅差役八月彥古罷是時舜申年八十五矣慨然惋惜謂天時人事難合如此復爲後序、告來者詞贅不録

葑門　　葉適

遺墨固藏神希聖非立我斷後輟無前寔右則虛左

品定賦織洪義明分勇懦端木語衛文洙泗皆仰左
孔子叙夷齊後進尚嵬瑣從来一大事幾作鴻毛荷
知非言所及結網魚受課誰持空〻質放縱無不可
茲門小精廬荒寂衆萬過欣予二三子拙力守飢臥
楊花安得攬飛去天隅唾唯有露垂〻滿畦紅葉墮

葑門續記云吳有葑田謂茭土摎結可以種殖者
此門外瀕水故名或謂之封門取故永安縣封禺
山名又名鱄鮮門〻嘗湮塞范文正公守郡闢之

婁城晚眺　張泰

高城一望思茫〻潮轉婁江入海長邊境到今非漢

十五

縣、古倉何處積吴粮鷗棲淺渚塞蘆淨雁落平疇晚
稻香野水間雲吟不盡玉峯西面看斜陽

婁門道中与陳户侯　　前人

蘇門何處是晚樹集雲烟夾水路逾窄逆風舡且牵
魚、声依岸艸星影動江天未厭秋衣薄相知同醉眠
婁門以直秦婁縣而名吴地記婁别作瞜范志云
今、崑山縣東北三里許有聚落尚名婁縣

憶旧遊齊門城楼因寄建賢　朱敬之

憶上北城楼雲物何悠、連雲百萬户疑是崑崙丘
俯、瞰滄海東秀色眼前逼遥挹鏡湖水于兹洗八極

知尔情緒好我亦心神融窮愁千萬端飄散如飛蓬迩来居山中駒笑倏二百大观固無從幽境聊順遣地僻儔更稀思君比玉液何當道術成飄然生羽翼

齊門吳越春秋云闔閭十年郎破齊齊以女為質吳為太子波聘之齊女少日夜號泣成疾闔閭乃造北門令女往遊其上因名曰望齊門

平門　王賓

商家大戊有賢臣葬在平門野水濱寒食杏花風雨裏一杯椒醑奠何人

平門一名巫門吳地記云平門水陸並通出毗陵

十六

等道吳伐齊從此出軍因號平門今有平門塘一云巫咸所葬故又號巫門或謂平巫字畫近耳

吳江城記　王鏊

大盜南窺三吳騷動鯨奔豨突人莫自保而城居者獨晏然恃以無恐時蘇之屬縣無城者四崑山嘉定常熟吳江初以巡撫移文皆欲築城爲保障而凋敝之餘公私罄縣相視莫敢發吳江尹蕭君九成獨曰吾其試爲之吳江故有城始自吳越王鏐而拓于張士誠　国朝承平百五十年民不見兵革城日就圮君名匠計之費以萬計君曰吾其試行之時城之西

北殘堞頹壠尚存十之一二而東南已為民廬君諭之一旦遷去君且行且度丈挈尋計手摩心畫畢高廣狹各有度程已而裁減均保節省冗費勸獎巨室共得六千餘金曰是亦足矣乃量田賦民量民賦役民各受分條則歸之圯則坐之于是民競勸無敢怠工允堅無敢窳始事于正德癸酉二月至九月壬午而城成矣城周五里有奇四向為門門之上有鼓樓以警昏曉有戍舍以扞寇偷旁有水門以通舟楫高廣皆如其舊而壯麗過之于是吳江父老請予紀其事夫城以衛民也而築之為費且勞則反以厲民且

十七

因以興謗況當久困之餘乎此有司所以相視而莫敢發也君獨能自修奮然不顧爲之爲之績果有成財不費民不擾人知樂其成而亦孰知其始也君蓋深于憂民而勇于與事其籌之也審故謬慝無自而作其持之也堅故浮言無得而搖其履之也親又公且均焉故民樂趨事而忘其勞也夫天下事固有大于一城者矣能推是而行之尚何事之不舉乎城之役春秋屢書之予安得而無記也佽是役者爲縣丞趙源清

太倉州新建城樓記

前人

弘治十年詔建州治于太倉初太倉与鎮海爲衛並治一城戎伍編氓錯峙紛糅至是始以州大夫臨之且割崑山嘉定常熟旁近地隸焉文武並建軍民遂安太倉故無城偽吳張士誠始城之周十四里有奇城高而堅池深而廣識者謂雖立于僭偽而實爲無窮之保障予嘗登其城樓以眺則萬屋鱗次檣帆雲集海天遼廓雲濤混瀁壯哉其爲州也而西北之樓獨缺正德十年監察御史邵陽唐君鳳儀按其地則命建之莆田黄君廷宣適知州事鳩工庀材不期月而樓成其餘城樓亦皆修飭巍然爲一州顯觀聞屬

十八

予記予于兹樓之建竊獨嘆夫地之盛衰興廢信有時乎夫太倉古婁縣之惠安鄉耳至元朱清張瑄創海運于此而諸蕃湊集為市国初由此而漕定遼由此而使西洋遂為東南巨州豈非以其時哉然地盡東海々寇出没昔方国珍嘗由海道入寇故元有水軍萬戶府之設而士誠亦由此而城往時盜劉通施天泰寇海上三吴騷然發動至剽賊刘七據狼山睥睨全吴賴重兵宿其地扼其抗掩其不備而莫肆其螫不然蓋岌々矣則城之設豈可以承平無事而莫之救乎予故備書之以警動在位而二君兹樓之建

未為無意也

重建太倉南城樓記　金鎔

皇明受天眷命奄有萬方迺疆迺宇要衝之地屯兵以禦外侮此誠　聖世億萬載鞏固之鴻圖也吴元年始置太倉衛治于蘇州之東三舍許崑山州之舊城洪武己未復建鎮海衛相為守禦維時城門咸建樓櫓瞻烽堠歲月浸久盡為風雨所蝕廢而不治已六十年成化戊戌備倭都指揮合肥郭公鋐来鎮三吴嘗念太倉東瀕大海寔當要衝而防禦之備尤所加意先是南樓舊址尚存欲圖而新之則

十九

之需無所取給公乃夙夜靡寧罄其區畫遂以城之四壕咸蓄以魚俟其滿尺則鬻于市至歲暮復城内外薪木而售之得其值皆貯于官甫二載所積既盈公則喜曰吾事濟矣于是首命把總指揮使武政太倉衛指揮僉事郭煒董其事于以庀工度材殫力經營其棟宇之峻起檐阿之軒翔基址之廣袤則有加于昔也經營于成化壬寅之春落成于是年之秋竊惟古之名臣凡立勛業于當代者必紀其寔以傳之永久矧斯樓之建不靡于公不擾于下誠足以光前休而垂後者也昔唐之李德裕鎮西川之時作籌邊

樓日召父老于軍旅習边事訪以山川城邑道路險易未踰月皆若身涉歷既而練士卒葺保障積粮儲卒能成一代備邊之功炳炳琅琅照耀簡册使後世景仰之不衰今揔戎公立志忠勤慕效先哲上有以副　聖主之委托下有以慰邊民之倚賴其功業之盛又豈在德裕之下哉宜書此以詔後人焉

過鎮海城　　夏原吉

曉發崑山邑宵過鎮海城潮声兩岸响月色半窓明王事未能臨舟程敢暫停沙頭鷗与鷺穩睡莫猜驚

過婁城　　伍文定

廿

廿年重到太倉城門巷村園幾变更燕子識軍節
遠、楊花如雨落衣輕青、環麦隴連桑柘白臯晴雲麗
甲兵、已喜海邦霑化穩編氓從此樂深耕

閱城次韻　　陳鳳梧

滄海遥連舊鎮城桑田今古幾紛更楊花日照遊絲
静、麦隴風揺翠浪輕官忝拊循頻閱武時承全盛不
知兵東南沃壤環千里時雨時暘喜勸耕

登南門清遠楼　　前人

清遠楼高壓郡城陰晴風雨四時更萬家南国人烟
盛、五雨薰風市舶輕雲外滄波遥望海沙頭官戍尚

屯兵〻農相寓今犹古遍野桑麻憁閲耕

登清遠樓　倪宗正

笑倚南樓醉眼舒東溟風火久消除新秋光景今應未〻此日風流媿不如孤雲閣雨斜陽外流水環城十里餘〻元帥開筵声樂集琵琶曲樂玉盤珠

太倉城元至正十七年張士誠築高二丈廣三丈周〻一十四里濠深一丈五尺廣八尺陸門七曰大東小〻南大南小西大西小北大北水門三曰大東小西大〻西其後門与樓俱廢成化十八年都指揮同知郭鋐復建大南門樓

廿一

重建常熟縣城記

瞿景淳

国家疆理天下，海隅日出，罔不供賦，而歲入之国計，每取足焉者，則蘇州為最。蘇州之城領州縣凡八，北控大江，東漸瀛海，為府治後户，称重地者，則常熟為最。縣故有城，久廢不治，每有寇竊，居人不寧，一時守土之城与一二縉紳亦時議修築，多撓浮議，幸事稍平，則弃置不復講，率以為常。嗟夫！天下無事，則閭隘盡除，外户不閉，萬一潢池有警，而城守不設，亦何以禁暴乱、安黎庶哉！我　聖祖肇造區夏，四夷罔不臣服，而近海州城特設備倭官軍，先事之慮盖如此近來倭夷倡亂雖旋就撲滅而遺孽竊發為毒不少我一二縉紳乃以城事白邑令王公王公讓曰城吾責也然不敢專將聽命焉乃白郡守林公林公曰茲邑逐江而不城是延寇也乃遂推白巡撫都御史彭公操江都御史蔡公巡按御史孫公巡江御史汪公凡承　命秉憲有事茲土者皆以次白先是孫公陳海防事宜以上海嘉定常熟俱介海濱襟要衝而無城可守具疏于朝迨縉紳議入彭公蔡公汪公僉以為然遂相与定計下其事于王公王公〻乃卜以六月甲午興事度基立表鳩工歛材量能授任先城丈許

以準其費出納有稽勤惰有督撫之摩之課之責之趨、事之民罔不競勸不數月而城成其西枕山麓迤北而、東而南則阻水為固四向各門々各有樓旁為水門四以通舟楫虞山一門上據山岡仍冠以樓瞭望便為襟抱周密風氣益完近而察之則樓櫓內敞豁山外周倉庾獄市區分不擾遠而望之則連引吳會控制江海形勢雄張隆然巨防登城四顧山若增高水若增深屹為望縣公乃告成事于諸公諸公各嘉乃績進而獎之維我一二縉紳乃相率造于庭採民歌謠以為公頌謂予職載筆且獲与觀其成也屬

予紀其事予謂非常之功，固非拘攣之所，士能決即
有過人之才非先有以服衆心，則不能決一蔽何也
一蔽于私則羣議易撓也邑城，傾圮日久一旦作而
新之功同創始且居民業已侵為田，廬不便改作故
前令率以為難王公初亦重此役然，廉潔無私自下
車以來剗削浮費不以一毫煩民城事既，起雖錙金
斂散必慎必明令行而人不敢橈亦其有以，先服衆
心也撫按諸公亦相與協謀無復異同使公得，展布
四体以樹保障之績是皆可以為決大策定大事，者
之法矣城周一千六百六十六丈有奇高二十有四，

廿三

尺厚加三之一費以金計者四萬九千七百六十有奇、王公名鈇東陽人以庚戌進士來令茲邑他善政不可、勝書城其最大者云　賜進士及第翰林院侍讀前國、史編修會典纂修官兼管誥敕邑人瞿景淳謹撰長洲、文徵明書嘉靖甲寅三月既望立

常熟縣城宋為木柵元土築之周一萬四千八百四、十丈闢門十一至元十六年張士誠重甃以磚高二、丈二尺厚一丈二尺周九里三十步復增闢小東門、今門六漸廢至國朝嘉靖三十二年倭寇生發知縣、王鈇復築之甃以磚周一千六百六十

六丈高二丈有四尺厚加三之一陸門四水門四事具瞿會元景淳築城記中

郡守鄭霖會三學同舍序

淳祐己酉月正人日郡守鄭霖會三學同舍序拜于天慶齋堂會者四十二人天台鄭霖景說參持志諭存心長服膺學諭吳門顏巖世光節性應天滕嚞景初養正天台周公明元德養正吳門孔燁明仲觀化學諭吳門盛文韶景聲率履吳門詹次夔平叟持志吳門滕照德明養正會稽楊珍庭玉允蹈三衢鄭英傑德秀養正婺女吳邃困仲誠意吳門張經德常節性過存心服膺習是茁會稽李士特

奇父果行吳門錢振祖季玉篤言嘉禾趙興理子正宗學
立愛懷德過三山趙縉夫景揚宗學懷德學錄吳門趙震亨子
東果行時中過吳門朱杲晦叔務本興化陳壽翁仁父篤信
過果行學諭三山陳夢圓宗震務本嚴陵諸葛克念師聖
循理三山陳桂巖肖持志三山林應炎光遠習是吳門陳
伯章煥文誠意吳門呂直之道夫持志三山陳龍炎剛
伯誠意毗陵李煓子明存心吳門范奭邦景哲守約三山
鄭宏洪甫率履吳門于天麟仁仲習是合陽侯爟季立
持志通川高仁立仲立立禮吳門陳由之子是誠意吳門
趙時瓗德玉明賢懷德過通川高仁洽君澤立禮吳門張

應高仰之貫通天台范應時和甫時習金華范士表仲
端服膺南劍陳洧有之率履臨安章昌期文叔經德三山
陳玉伯堅養正通川陸應霆伯聲服膺序曰
淳祐九年歲在己酉天基慶宴之後二日三學同舍
序拜于吳門天慶觀礼成宴于郡之春雨堂有執爵
而祝者三始酌曰侯自製錦而歷符節加惠此邦尚
矣願守五年之信終始如一毋廢甘棠又酌曰仕而
行義敬共厥職毋媿羔羊又酌曰學優則仕時當其
可願毋負豐芑于是合席皆作而謝曰凡我同盟有
味斯言是集也序以齒交以礼會以文隐然鄉飲之

廿五

遺風依然齋廬之舊習歡然相愛而又有規爲古之人飲食冗祝歌詩以見志其庶幾乎

春雨堂即事　鄭霖

十年隨牒訪三高不覺星星上鬢毛尚憶虀鹽形夜夢聊因椒柏薦春醪文盟再會知何日臭味相投屬我曹揔是虞庠舊培埴致君當不媿夔皋

西莊雅集圖記　杜瓊

長洲沈君孟淵居東婁之東地名相城之西莊其地襟帶五湖控接原隰有亭館花竹之勝水雲烟月之娱孟淵攻書飭行郡之龐生碩儒多与之相接凡佳

景良辰則招邀于其地觴酒賦詩嘲風咏月以適其適而衣冠偉如佩玦鏘如于于而趨蹌蹌而居主賓揖遜之有餘儀陪臺趨侍之維謹人望見之若丹臺紫府仙人之列也既而羣公相繼而興仕于永樂朝孟淵亦受察舉徐詔公車復得与諸公胥會焉其預于斯會者則有青城王文靖公春官亞卿耻菴金公怡菴先生陳太史夢菴張高士中書舍人金尚素蔡立翁謝孔昭左綿蘇太宗臞樵沈公濟吳山金維則与孟淵氏凡十人焉其不至京者夢菴維則二人而已至若臞樵蔡立雖不禄仕亦皆抱其材藝出入禁

廿六

近遨遊公鄉間流光易邁今四十年矣向之諸公今已仙去惟二沈年皆耄耋而存孟淵因覌元人顧仲瑛玉山雅集圖而謂公濟曰自吾与子親接諸儒之雅好而今不可復得矣雖不可復得吾未嘗不往来于懷也子其為我效而圖之公濟遂想像其人物与其景趣移入丹青曲極其妙題曰西莊雅集圖儼然諸公之在目前也仍疏諸君子之平生大畧于左後之覽者得考見焉

王文靖公其先蜀之青城山幾世祖来蘇遂占蘇籍公諱璲字汝玉以字行其天分最高讀書強記為文

頃刻数千言其文妙絶當世以校官荐陞左春坊左
賛善兼翰林編修卒贈太子賓客謚文靖
金耻菴吴人金問公素也年二十二方事讀書与陳
太史為隣頗其奬勵遂肆力于學不数年間為文与
前輩相追逐作字出入顔歐為後法師法以能書舉
授司經局正字　仁宗在東朝甚見寵遇既登　極
陞太常少卿兼翰林侍講學士進南京礼部侍郎年
将八十卒
張高士諱肎字繼孟一字寄夢々菴其別號也少從
金華宋承旨學為文有光燄作詩長于古風書效薛

廿七

稷而酷似之為南詞新声樂府一一臻妙好棊奕不
嗜飲酒美丰度廣顙脩髯衣冠楚楚若神仙中人然
隐約不仕終壽八十
太史先生姓陳氏字嗣初其先江右廬山人元季避
地來蘇即吳城而家焉先生少孤刻志于學務求寔
踐為詩文与王文靖相上下而義理則勝焉　宣宗
皇帝聞其名遣使驛召之即日授国子監博士為四
方學者之資既而　上欲自資改翰林五經博士日
賜清問以修史功成進檢討乞致仕還家詩有耕樂
集二十卷文有怡菴集四十卷行世

金尚素松郡人諱鉉字文昂以子貴封徵仕郎中書舍人常往来吳中善山水師張以文而加温潤字師宋仲温而稍变其法為人龐重謙抑口不言利七十餘終于家

謝孔昭諱晋號蘭庭生一號深翠道人晚年遂称葵丘翁与金恥菴陳怡菴同里閈為髫年交善詩有唐人格律作畫初師王蒙趙原既精詣則益以爛熳千岩萬壑愈出愈奇奮袂揮毫無所凝滯尋丈之軸不日而成其畫遂名世性樂易与人交人人得其歡心稠人廣坐談詩論文之餘变為謔浪滿座為之絶倒

廿八

所著有蘭庭集二十卷行世
左綿太守姑蘇〻復性初也以俊髦肄業序庠業成
充貢成均授蜀之綿州守習宇有晋人筆意作画師
盛懋子昭自蜀致政歸得川陝山水之趣尽变舊習
然不苟作必煆煉精神經營位置非年歲之久不能
脫一幀其遲疾殆与葵丘相反然皆得其妙矣年七
十有五而終
金維則諱永維則字也吴縣吴山人學詩丁敏先生
入其閫奥出句吐詞清新俊逸無半點塵埃之氣勇
于義事有排難解紛之能于孟淵為姊夫寔異姓兄

弟惜其未及下壽而終然有子若孫不斷讀書種子臞樵姓沈氏名遇字公濟遠祖肖鑑擅寫照之術于勝国時傳至公濟則博通諸家之画加以詩斈効晉宋之体平生多疾而羸故自號臞樵今年八十又一与親菴老人倘佯桑榆猶能日督子孫之學

孟渊名澄號介軒由賢才徵赴京師試事大府復銜命浙江廉績著聞將授官戢以疾乞歸性嗜詩酒〻酣吐語益奇绝蓋以二者而陶其情焉家素埒封好義不倦歲飢出粟千斛賑之部使者承例授以一命之官二子諸孫皆富文藝今年八十又二飲啖起處

艽

如壯歲者嘗築壽藏自號覘菴云

姑蘇人物小記

謝會

昔尹吉甫之送申伯則必言夫崧嶽之降神韓昌黎之送廖道士則必言其衡山之鍾秀是則人材之生豈無自哉一氣之英靈充之乎宇宙凝之乎河嶽餘氣菀勃而洩乎人物焉故泄乎材技擢而偉俊泄乎學踈敏而富茂可以建功業可以達政事可以利人物可以名當時可以譽後世皆有此以為之也君子觀乎人物必驗之于其地焉今蘇之為郡長江北枕洪海東抱西有石城虎阜之蟠鬱南有笠澤金昂之

洶湧以至具區夫椒朝雲暮濤吞吐萬狀誠英靈之氣藪也非有豪傑之士產于其間其何以當如是之發露哉是故春秋以前則請觀周樂季札能之伐楚征越伍員能之其在聖門則言偃之文學滅明之持身其他隱而未彰計多矣然猶未當其盛也自漢以來踵出迭興遂不勝紀何為跫然之音今為遼東之豕矣故能文則嚴助之策賢良買臣之言楚辭韓采足用則裴欽文藻宏麗則陸雲能兵則周瑜之走曹操呂蒙之斬關 有獨斷之明如魯肅有謀畧之奇如陸遜壯節矯矯有周士風則范謹華融節概梗梗

三十

有丈夫格則潘濬陸凱臨風而思蒪鱸豈無先見之
張季鷹避召而淹江湖豈無高尚之陸魯望剡溪之
秦系注老子以自娛苕溪之陸羽著茶經以自得虞
翻陸績以奇偉称吳範趙達以術數顯論諫數百皆
本仁義陸宣公之愛君也專對數語敎人知敬趙咨
之不辱命也斥夷簡之非〻諫諍名㳺安定之門以
純明称又堂〻乎文正忠宣之父子始冠多士為時
名臣歷仕三朝始終一節又炳〻乎黄由衛涇之兩
魁於乎何其盛哉以至當今之世內曹外秩之所列
文章政事之所施蓋不可一二數則又非在昔之比

矣吾知今山川之秀益以鍾天地之氣益以聚而人材之盛又不止乎是者蒼姬之所荒服當不爲萬世文華之靈域哉

謝氏世睦記　徐禎卿

昔仲尼論次聖賢之德稱泰伯之德至矣余生吳中去泰伯二千餘年登仲雍之丘望泰伯之鄉愾然猶見其人降覌于俗其人美而遜說而文巽而不毅泱泱與其有泰伯之遺風乎又尚考諸記傳得季札伯通之徒曰非泰伯其何以及此及退訪于忠信仁讓之士得世睦之族二曰范氏謝氏范氏希文之後也

顯于志乎故不、表、〻其徽焉謝氏者其先陽夏人也唐末從吳越始祖、崇礼為中吳節度推官子濤嗣入宋為太子賓客濤子、絳嗣為知制誥絳子景初嗣為大理評事景温宝文閣、直學士景平秘書丞大理評事景初子載補太庙齋郎、載子蓄〻子昭〻嗣子寛〻次實〻子東由崇礼至東凡、九世更吳越涉宋歷元而世不衰由東而来凡八世〻、居于吳樂安里中無犬不易食庭無間言慬如也然吳人、稍〻知之不為高門重與聚子姓婦女以居灶不、易薪帑不易財雖大章暴于世君子曰甚矣俗之衰也今、人朝税褐纓

冠夕達于閭邑誦于天下嫠婦死志仁人死孝蓬艾
閒而弗明此誰為輕重者哉自文武沒而大道隱人
人慕功利而薄節義恥仁讓一尺之帛兄弟或毆而
號乃敢謂其共家室井臼于世〻耶或有誦詩書秉
節尚闓先生之風而興者此其人不足尚哉曰彼哉
矯飾情耳其何為勸乎予憂乎文武之道其　墜乎
將不可振也于是次其世之賢者著于篇以俟乎後
之人祐字佑之逸士有道風文彥字彥達世老有本
疾每抱持以行事兄甚恭平生未嘗異服食源字以
澄兄歿事嫂有礼臨終著遺令言甚長享會字惟真

三二

両試進士不第有文与弟朴甚友讓並早世二婦盧陳皆不二操曷字明仲以孝友称

謝氏世德記　祝允明

長洲有世美之族曰謝氏自其始祖贈吏部侍郎崇礼生太子賓客濤〻生知制誥絳〻生大理評事景初五傳至東山代引会緒東山生祐之冲夷守道元季離騷、寄尚林壑入　国朝終老閒散稽岳王㬉作松泉居古虞、賛称其視天下理乱欣戚犹寒暑晝夜之相代一不、動、于中有道者也是生彥達兄弟孰義母嬰末疾保之、如、嬰兒欲有行則抱擁以往踰十年無少懈卒葬如礼事兄文華極恭順皓頭同服食不少相違兄卒子亦先死哀撫孤嫠尤為懇款擇士為姪女館贅于家以慰亡志為人沉毅質實而不循枉或与物迕鄉有無賴子欲撓侮之彥達報之以直無賴子遂誣以匠役赴　京尽瘁二十年不怨尤同事有欲妄援怨家者彥達曰吾為人誣以及此而又誣人乎自號真誠事具真誠道人小傳生以澄資　敏利動必以先人為法工篆數禄命禖藝美計事而不愆礼義繼匠事于　京他人惰且黠卒愆期覬倖免以澄獨不失尺寸然家不以累而彼更不及焉從兄

淛殁事嫂湯有礼教二子讀書修行長子成名將卒留訓大率謂吾宗数世持孝義以爲家吾少歷艱劬從兄早世二子淪謝雖其間嘗窃科名吾視之猶烟雲之過眼人間事若不足然自揆素日所爲無大不善者寧人負我我無負人且喜二孫能順吾指趨吾寔無厚積以累之所望同心庀宗不得棄先人敝廬分門析爨以辱世敗家耳以澄生會及朴會字惟真朴字惟德惟真禀抱尤超傑少有遠志從先參政維清受易勵志勤苦毋恐其疲憊每爲節縮膏燭惟真黙坐帳中登正統甲子鄉薦入太學一日 内旨拔

為風憲官命下先一日死、吳立行卓特歸然老宿之氣有容菴集存家吳文定公原博為之序其行槩見杜淵孝先生用嘉所為墓志与、惟德守先訓敦友于之誼惟真在京惟德思之不置徃、往候視號為難弟兄皆早卒二婦盧与陳皆守操不貳、予頃志盧墓嘗道其事惟真子昺惟德子勲雖隔一從、無别同氣昺字明仲外訥中朗含淳道垣溦然莊雅而、孝友特甚堂有連服室無私藏勲字賢仲其為人亦稱、是終身無一日辞語明仲二男曰雍曰睦元和幼和其字也元和子三幼和子二賢仲嘗育而夭以元和之季、嗣

盖自東山至于元和之行已歷七世而房戶不析饔、
飧無二譜于家籍于官傳志題贊咏歌于君子之言
同、然無異詞者而其第八世亦既聯五人駸駸長立
情協、勢固世美之濟可徵不誣庶幾張公藝家噫至
矣孰其、何積而至于斯也余嘗謂是有二道焉有懸
諸天有維、諸人不可謂天之自然不可謂人之矯强
謂天自然何、彼不然謂人之矯何循之者若窮脂髓
虞若是乎其利、也盖嘗視、諸稼者而得之種之良者
天之固也穫之豐、者人之力也恃天而弗人不芸苗
也倍力于磽确闢荒、者也不芸苗者圖闢荒者薄故

吳都文粹續集卷三

長洲錢　穀叔寶編

○○平江府修學記　鄭億年

上之紹興十四年春二月詔以工部侍郎王公㬇爲寶文閣直學士出守平江既至吏以令白請謁先聖先師于學顧瞻再三咨嗟嘆息曰夫學不可廢于時而士不可以不學其來久矣傳曰家有塾黨有庠遂有序國有學此三代之制也百世之所取法焉今蕪廢不治如此使民無所瞻仰如因陋就簡漫不加飭殆守土者之罪也㬇寔懼焉其敢以不敏憚于改作

于是闢而葺之講誦有堂休宿有齋以泡湢莫不有
所經始于四月落成于九月吏不告勞民不知役而
顯敞宏大首出旁郡且將請于朝請給公田數十百
畝以益其用度使餼粮常不乏于是就學者日益衆
矣先是上深惟天下弊于兵革民不得休息揆自獨志
惇好鄰壤而邊鄙不聳干戈載戢乃即駐蹕之地肇
建太學令有司討論三舍取士之制萬机之暇親御
翰墨書孝經周易詩書刻之堅珉頒之郡國所以寵
異學者甚厚郡太守能不應溪志者幾希其人哉學
在府治西南隅景祐中文正仲淹所建蓋熙朝極盛

之時也仁宗方垂拱而視天民之阜獨以學校為先務而文正范公入輔出藩勳德並隆為世宗工望重天下其所創立後之人詎可忽諸逮今　有餘年矣值聖主楙建中興之治增光祖烈寶學公煥精白一意以承休德且不敢墮文正之為鼎新學宮物議歸重士之游息于此者思所以稱宜其人自勉勵期于有成金玉其相追琢其章以進為而撫世彼頑鈍無恥集詬無節者曾不得容跡于其間使天下後世謂姑蘇為多士豈不美歟資政殿大學士朝請郎提舉臨安府洞霄宮鄭億年記

二

平江路重修儒學記　楊載

天下州縣之學莫盛于江浙之間江浙之間之學莫盛于吳前代之制州縣有文宣王庙而無學宋景祐間范文正公守鄉郡始割錢氏南園地而剏為之又擇沃壤為贍學田及公參預大政首為仁宗言詔州縣皆立學然則天下之有學自吳郡始也後五十餘年當元祐四年公之子純礼為江淮發運使因過家上冢疏請朝廷復割園南地以益之由是學制大備當文正公立學時首迎安定胡先生以為學者師自漢唐以来公卿大臣才兼文武以忠孝著節如文正

公幾何人哉自孔孟以来為五經大儒能傳聖人之學唯河南二程先生二程先生則嘗遊安定胡先生之門吳郡之學重之以二大賢之遺跡後来郡守之有識者進謁祠宇頋瞻儀型躍然于心未論他政事必以興學為先務建炎間兀朮過吳學為丘墟紹興十一年梁侯汝嘉重建礼殿十五年王侯㬇繼造兩廡講堂齋舍承平舊觀至是尽復淳熙十六年趙侯彥操增造御書閣五賢堂宝祐間趙侯與𥲅盛有所增飭有元大德二年治中王都中以殿宇廢久謀諸前兩浙都轉運塩使朱侯虎慨然用其私財撤而新

三

之則又前此所未有也今僅二十餘年廟學之屋俱有損者門廡墻壁日就頹剥今總管師侯始至奠謁先聖先賢周覽徘徊嘆曰是學也嘗謂天下之甚盛幸今未及大壞承事在予不亟修葺以遺後人他日必用力百倍其困弗能之矣謂非予之責不可也于是木之朽者悉易之墻壁之缺者悉作之庙瓦破漏者多尽代其藉之之物而更覆之增飾塑像而新其藻繪始事以四月十二日卒事以五月二十八日侯屬載為文以記之且曰必歷叙前人之有功者今日之事則毋庸過襃侯意如此將以覌于無窮也載承

命唯謹姑記其寔侯之他善政則不敢及焉侯之志也總管朶列禿姓師名克恭字敬之寧夏河西人至治元年五月記承務郎前饒州路同知梁州事楊載記

平江路儒學大成殿記

燕公楠

皇帝即位之初年首詔郡国敦學修廟越五年是為大德二年戊戌秋八月平江郡大成殿成前浙都轉運塩使朱虎所造也三日丁巳郡侯戎益帥其長貳若屬詣新庙行釋奠礼文武司之在郡者咸集諸生駿奔走執籩豆六民聚觀謂有學未始有侯成礼退

四

顧教授蕭以道陳紹佐曰偉哉朱君之績也毋忘盡
記諸于是公楠以朝命寔来杭歸道于學二教授請
記以道言曰學雄浙右尚矣而廟不称自宋紹興辛
酉之歲建于今丁酉十三年矣終視其梁麗修之三
未之有改以道始至郎郡別駕王都中謀爲別駕曰
是謀非而士与他人所能及也其朱都運乎乃約東
嘉蔡延辛偕請爲都運慨曰吾爲吳人二十年未聞
有爲是殿謀者其數邪今日之事先聖事也曷敢不
力欣然援筆書重建字畀以道歸示諸生盡驚復疑
信半會都運有毋喪浮言胥動謂殿事格矣乃孟冬

之日馳告者曰朱運使木蔽江至吳羣工雲集即日肇役凡七月而舉梁舉梁之日去歲始議之日也謂非數乎舊基三尺其棟不過十之今通爲丈者五蓋嘗憑虛望東西諸樓閣巋然者無不及而翼然者過之矣學乃以米廩之積爲三門兩廡高下深廣悉稱其殿丹青漆堊之麗令辟瓦石之壯無不可久是役勤矣微都運不及此而欿然不自功也記非都運意獨願得一言載侯意示學者予心諸之頤匆匆未暇李侯戢来廟記事復速記予辭不獲乃言曰聖人之道如天地父母在人日用飲食愛言罔極獨通也与我

自靖自獻為吾黨而有所不知不能媿已都運之為此不朽二三子忘之壇杏其忘之乎雖然廟自孔子所以為道非徒壯其居也易于涣萃俱言廟〻者所以收人心之涣而成其萃夫廟高矣大矣美矣今之萃其柳犹昔之涣乎子曰薄于德于礼虛又曰制度在礼文為在礼行之其在人乎此子游之所傳習也東西四士自通洙泗上附青雲袞冕萬世非二三子之東家與誰謂華高企其齊而尚其自厲以一洗茍鄉子〻游氏之儒之誚則為無負都運新美之功郡長貳勉勵之意以式克欽承聖　天子之明詔而廟不

朽矣十月望日立資德大夫河南江北等處行中書省右丞燕公楠記

觀德亭記

王景齊

歲在柔兆執徐孟春壬寅節齋觀相趙公先生再鎮吳門報政之正月以是日行鄉飲于郡學粤四月壬午合鄉射于學之圃礼也古鄉大夫射必先行飲酒之礼飲所以序長幼射所以觀德歟夫揖讓而無所爭不中而亦不怨勝己惟有德者能之由其安行乎恭遜之節習熟乎和順之体者有素也不然血氣之性能無爭物欲之情能無怨乎故三揖三讓昭其敬五

六

豆六豆昭其等也由是而貴賤明降殺辨則以之備志体之正直持弓矢而審固争且怨何有哉然則先飲後射古人以此觀德行而亦世教所関歟吳故泰伯之国也莫大于天下而讓者三其去揖升下飲之争遠矣厥後二千年間忠信之教雖微而礼遜之士不乏我朝文正范公始建鄉校古道復振嘗自謂曰士當先天下之憂而憂後天下之樂而樂被其教者寧復勝己為怨乎先生憩棠陰于衮繡之鄉德爵無慊于范公而政教有加于往昔犹念風漓俗靡浸不如古思欲一变而還其初謂學莫先于崇化而道莫

易于觀鄉既咨郡博士四明林君潜考經定式備諸郡之弥文復命幕屬趙君孟憲王君次丑聯事合治揔庶務之靡密前期舍菜于先聖先師越夕會鄉之耆老暨大夫士齒于飲所以撰礼延至憲使弘齋包公恢庾使雲岩洪公燾而先生寔主之三行百拜觀德一新且班教給費命諸邑倣行如郡庠威儀盛美矣林君曰古人射礼必継鄉飲之後盖有為也可舉一廢一扎撤射亭而新之俾佩衿遊于斯習于斯無何決拾既閑正鵠命中君曰可矣乃曰請蒞射先生後為之集衣冠合臺府旗旄戾止立司馬射人以節

七

其進退之儀雖〻于〻升降以叙發彼有的行同乎
賔筵舍矢既均藝修乎行葦先生喟然曰礼無古今
欤何轉移習俗之易也射可以观德信矣遂大書二
字以扁亭盖与吳學相為不朽也噫先生之化宏矣
士當何如哉是必味繹志之義學采蘩之節孝弟好
礼篤學称道無媿于瞿圃射解之言可也他日試于
天子之澤宮而中者多与焉盛豈直進爵益地為先
生榮哉當知士者民之表也礼者化之樞也昔文翁
招子弟立學官而蜀郡化于文韓延壽命諸生執俎
豆而穎川化于礼矧吳素號文物之邦既辱賢師帥

作成之又得名師儒講行之目擊心喻俗其不古乎嘗謂世固有言政而不及化者未有化行而政不修者也先生下車以來蠲敷糴以甦民録囚奸而戢吏行兵而增備核賦以寬征政之大者無不修此化之所以易行也雖然風動教化用之鄉人用之邦国一也先生豈又私于鄉校扎挈斯世于三代之隆特一飲射之推耳先取先生作棟梁指日事也其次乃及楠与樓廣文二模何遜焉景齊吴人也且受之師門偶綴庭班芾獲聽政役幸前廡諸君有請輙誦所聞以詔來者云門生朝議大夫軍器少監兼权金部郎

官兼資善堂直講王景齊記

重修大成殿記

鄭仲熊

郡邑置夫子廟于學以歲時釋奠盖自唐貞觀以來未之或改我宋有天下因其制而損益之姑蘇當浙右要區規模尤大當建炎戎馬蕩然無遺雖修斈宮于荆榛瓦礫之餘獨殿宇未遑議也每春秋展礼于齋廬已則置不問殆為闕典今寶文閣直學士括蒼梁公來牧之明年寔紹興十又一禩也二月上丁修祀既畢乃惕然自咎揖諸生告之曰天子不以汝嘉為不肖俾再守茲土顧治民事神皆守之職惟是夫

子之祀教化所基尤宜嚴且謹而拜跪薦祭之地卑陋乃尔其何以揭虔妥靈汝嘉也不敢避其責曩嘗去此弥年若有所負尚安得以罷輭自恕復累後人乎他日或克就緒願与諸君落之于是謀之僚吏捜故府得遺材適千枚取羸貲以給其費鳩工庀役各舉其伍幾月訖功民不知與像設礼器百用具修至于堂室廊序門牖垣墻皆一新之無復兵火凋殘之像既而公求去甚力士子德公之賜陰圖挽之者計百出不果仲熊客遊之久嘗從公廡下壯其閎偉徘徊不能去退而竊有述焉夫樂因循而重改作最天

九

下之大患當承平無事法令備具上下恬嬉往〻負材抱藝之流欲有施設亦無因以見若艱難多故、雖賢智馳騖犹日不暇給倘復一切苟且則浸淫跅弛、無所不至矣自国家兵興之後天下廟學屢〻有之類因陋就寡者以為迂濶不急之務漫不加省縱有意吾黨事者犹縮手畏避不敢為蓋嘗深鄙去年夏六月胡虜敗盟邊郵繹騷朝廷以此江淮之衝亟起公琳館以鎮撫之下車未久一境晏然廼獨以學校為急除舊起廢以飭祀典且修文正范公安定胡先生二祠以為邦人之勸公之用意至到如此可謂知所先矣此役也雖未足以窺公規畫一二然使為師帥者率以是為務吾知其有廢皆舉何事不濟哉故叙其寔以告來者且系之以詩曰巍巍夫子道侔天地久而彌光于今奉祀中原雲擾俎豆靡餘旁風上雨以窘厥居兩楹之奠鮮克中礼弗恭弗蠲吾道是恥玩歲愒日孰為經營奕奕斯廟非公莫成神棲孔嚴遂還舊觀峩峩儒冠載瞻咏嘆維昔僖公寔修類宮千載相望蔚其高風猗歟斯舉能使吳重我作此詩以繼魯頌

尊經閣記

楊載

宋康定間吳學始造六經閣請浙東帥張公伯玉爲
之記以屬其佐曾公鞏文成置弗用伯玉自爲之曾
鞏歎服其文傳天下至今淳熙間郡守趙彦操即其
地改造御書閣有元大德五年並海有颶風之災閣
碎爲虀粉延祐五年鄧公文原持部使者節來勉勵
學校誦伯玉之文歎是閣之不復見也則語教官陳
君伯曰吾聞吳郡學租頗多苟畢入無負以之贍士
不寧尚有餘也取以營閣則前賢之遺跡不終泯矣
陳君克已自勵敏于應事往時學租之不可責者唯
陳君能責之由是聚米如山倉廩皆溢明年鄧公復

來以此責郡守宜奉行詔書興起學校檄郡幕官之長使董凡役事是時爲郡守相繼則百八沙侯及曹侯晉幕官之長則李君仲英也屬議咸曰嘉定義士沈君文輝以漕海有功拜忠翊校尉其人樂于施捨爲鄉里造學又割田以給教養之費強力有幹習于工役之事遂具礼以聘爲沈君承命惟謹白大匠陸文隆与定制掄材李君屬徒以會其役舊閣前距大池僅半步後迫明倫堂巍然爲屏蔽雖正晝陽景不下燭居常憒〻然稍北五十步當止善堂之後有亭曰聽雨有堂曰傳道移構稍北二十步即其地造閣

十一

三間兩翼三簷二十八楹爲高八十尺東西一百尺南北五十六尺倚檻而望郡郭之内浮屠老子之宫雖樓觀相連凌虚特起然而其势皆詘伏在下無敢与之争爲長雄其形制也奇偉如此屬役方殷曹侯移守毘陵師侯克恭承之凡六閱月而閣成七年六月之晦是其成日也用中統鈔千五百四十錠有奇米五百五十石沈君所捐以相之者復二百錠府中嘗意其用財之泰也使吏復其籍迄無毫髮負由是師使加礼于陳君而称之以爲賢盖往時之爲教官者多矣歲租所入悉之以贍士恒有所不足陳君在

官四年已建是閣復修大成殿重造明倫堂學廪恒充牣有餘不賢而能之乎沈君亦以此義聞于東南師侯不滿秩被名爲京尹而趙侯鳳儀承之謂宜加功土木而中輟已久侯悉董而成之又增置外垣地五百四十丈環植松柏萬餘株爲屋以周于四阿經史子集各以其函櫝刻以金石絲竹匏土革木八字以識之又大書尊經閣以揭于楣間壯麗特絶与閣相稱善後至此侯之力也已至屬筆于載使記其顛末由部使者郡守之賢下至于教官有功于學校並著不忘傳之永久所以勸也藏經于此將以爲學

十二

者之資不愛厚費建立非常將以寓尊崇之意使學者覩之而興起之也不然是徒擁虛器營締雖勤復何補哉學者其慎思之至治二年良月日立

新修平江路學記　　柳貫

吳郡有學起范文正公而學有教法起胡安定先生當是時天下固未有學蒞教事者以礼聘不以選授學非常有則甚重矣其後文正公上天章閣十事仁宗慨然命天下郡縣皆立學又取安定斈法為太學法學校因得著為令至于今不廢其端蓋自文正公發之而吳郡實為之權輿爲吳大邦也生齒之夥賦

入之饒視他郡或相倍蓰朝廷常選重臣畀之司牧其任獘獄訟詰憲禁慎簡稽時貢輸疲心力于簿書期會間日恐弗給非才敏用裕者尚安有餘智及于學扎故觀文教之廢舉而知郡政之弛張于吳爲尤切矣乃至順二年冬彭城錢侯光弼自大梁移牧斯郡至之三日以故事修禮于先聖先師顧瞻堂庭荒茀弗治退即教授趙晉之問其故晉之曰比歲吳田敗于水廩粟之不羸二三吾與土木其將疇資公能責其逋租而視其不緩者完葺之學得不毀而功則有繼侯曰然而擇謹敏吏鉤校計簿而督其當輸不

十三

輸者得中統鈔五千餘緡侯曰以是濟弊不犹愈于
已乎既撤仰高采芹二亭而一新之乃相礼殿論堂
門廡齋館及尊經閣先賢祠易撓腐為堅良化刓缺
為完密而以其餘力築垣墉維一千五百尺侯曰如
此瘠廢之人形稍立矣使天幸賜一稔吾當嗣為之
明年歲則小熟侯益節浮緝剩首議以論堂西閒屋
曰成德堂者改祠先賢自一瓦一椽皆革其弊故而
為新美趨廊絕如觚棟翼如制雖究舊而功則倍于
經始又謂靈星門宜備皐應之制宜高抗而不宜卑
陋掄材庀工重作三門六扉以壯礼容塗壁墍雘擇

于度而止凡所經營必諦必審圖為可久毋徼速成厥既僝工釋菜于先賢卒徹觴客胥時与在賓席學之師生揖胥曰自侯之至歲屬荐飢軺傳沓來符檄叢委人謂侯將爬梳綜理之不暇而暇加意于學侯則不然凡所以惠綏吾學者愈于整暇之時今考成有薦〻已有宴予寔執爵以酬幸為我著之以示方來嗟乎不可必得者人之時而可以必致者人之才時苟不偶則扶強忍之力濟通敝之才亦何事之不立而何為之不成方庚午辛未間吳中道殣相枕籍大家巨室困于征需而丘民之自能拔于溝瘠者百

十四

無二三侯之授節南来邃承其餘此何如時哉侯既
殫慮畢智為之勞徠安輯而天終祐民克相有秋吾
鄙之士言觀魯侯之樂樂飲在泮之酒尚論學政而
知其不屈于時以能為所欲為者才也才敏則用裕
廢者可舉弛者可張才豈能致以幸之哉吳故礼義
之區自泰伯逃荒端委以治周礼為教始立子游北
學聖門因文學以得聖人之一体而教滋以章下逮
文正蓋去之千有餘年立朝大節光明俊偉先憂後
樂終始是心守部而建鄉學立師而得安定知孫明
復張子厚之賢而開之以學問文正之學聖人之學也

然則濬吳學之淵源鼓士氣之槖籥而使之強于為善者侯之志也是可没而無傳哉因併識之以諗多士四年癸酉秋九月壬辰建太常博士柳貫謹製

重修平江路儒學記　鄭元祐

維吳有學肇自文正公名父子高宗南渡而吳之文廟与學宮始大備至国家大一統興學勸士累詔郡国六七十年之間所在學校誦声相聞顧吳為東南雄藩學校興于范文正宜特甚于東諸侯然更頻年郡非不大也而土力寔耗于往時民非不多也而貲力寔罷于昔日則夫學校之教礼樂之文亦有所不

逮也事稍上聞廟堂慎選守臣而燕人吴侯由彰德路揔管仍授大中大夫即拜平江中書遣使以堂帖賫起馬璽書得乘驛南下用示特恩即至首謁大成殿仰見殿脊势將傾圮甍桷欹墊欲壓尊像自聖師以下絲繪黯剥窓户闌楯髹漆舊暗侯乃惕焉疚心即裒稽贏節冗濫悉徵每歲廪入之畸庚積可斂費乃鳩工庀材一新礼殿并两廡戟門自聖門以至從祀諸賢衮冕圭珮五采焕發如日麗天重建外門揭示文庙釆芹亭官臣之所戾止也至是亦一新之礼殿前舊設樂軒久撤去迫近香案殊失庙貌嚴之

意侯命復之雄渾沈〻而廟益以邃密僉謂吳李自
數年來支柱庳傾苟遮目前率多具文無教養之寔
豈若侯誠慤一忱興學養士爲己任乃礱石紀辭
以章侯修舉廢墜之寔謹按中吳自泰伯端委以臨
其民其後子游生于海虞乃能北學于聖人之門風
氣既開賢者輩出由其山川之秀不可閟若夫庠序
之教則尚未大備也至范文正雖生長北方及歸典
鄉郡深惟桑梓之故莫先學校之教由是大興吳學
今宋社已墟而學宮成于公父子者迄今不墜雖其
間張弛不同有時不同然更久而愈益嚴重則以公

十六

父子里閈之故也今侯剔歷中外而以才望爲吳守臣其潔白之操豈弟之政要其心不以文正自期待者固不能若是也因紀侯修學之寔而侯之德美因牵連得書謹記至正五年歲乙酉十二月望立石

建大成殿軒記

周伯琦

東南之學校莫盛于吳會吳學之有殿以崇祀也殿之有軒以合樂也殿作于大德戊戌修于延祐戊午声容叙秩每病其隘蓋將七十年吳郡守海陵王侯時虔奠謁惕焉于懷爰重改作誕謀恢益迺乘露臺伉南甍而增作新軒起手于至正二十六年丙午之

歲四月至七月而訖功其制三間中廣二丈左右各殺三尺四寸棟隆二丈七尺六寸深殺隆一丈一尺藻井中帀八觚齊緻金鱗錦羽蛟拏鸞騫文版夾覆五采輝絢遐睇山立仰瞻雲升軒以殿崇殿以軒邃体勢宏麗庭陛肅嚴于是虡業之設鐘磬之縣琴瑟搏拊之陳簫管笙籥塤篪柷敔之列秩乎其倫粲乎其章登歌合声協律諧節以達薦饗以熙獻酬陟降旋折綽如裕如所以昭格欽報者儀文咸具然則新軒之作其可緩乎先是以版為軒風雨摧撓隨時葺理至是撤而更之王侯視事之初軍旅未戢供億百出

十七

獨能以興學校爲治民之本勖農儉用抑浮尚質獎掖師儒稟餼周給經生充貢黜廢向慕首戒弟子肄大成樂既而營度工材不貸于官不漁于民一瓦一木必庚其直故是役也不日而成又以餘力繕完東西兩廡易其飛欄木版之朽圮者凡聖賢大儒塐像歲久黯昧則重繪飾之靈星戟門彤臒一新學政序舉先後適宜議欲廞廣斈宫論堂齋館旁室叢庋器用悉如規度期以德礼風化提封不徒屑屑于政刑之末如世俗之能吏而已於乎詩書礼樂四代之學所以立教淑人者也詩言志書紀事誦而習之博文

力踐礼之節以經邦紀民樂之和以移風變俗其功
用廣矣大矣釋奠于先聖先師尊其道報其德礼之
隆者也翕五声六音以致敬享貫神明章教化樂之
殷者也古者典教用樂故樂正崇四術立四教以造
士升其賢秀材而官之内則臣功外則民社以是成
已以是成人馴致雍熙而人人有士君子之行王侯
之有功于斈校其以古道自任者哉殿軒之作雖一
役也可以槩見其政矣校官貢頴之傳著請文于石
以憲方来乃述其成功俾職教者知夫作軒之始侯
名椿年壽伯其字也慈祥而惇義勤敏而篤仁由鄖

六

倅二三遷爲都轉運鹽使最勞權郡守不離郡者八年民戴之如召杜云是歲七月既望記時董工者平江路吏蔣德潤崑山州吏陸志道也資政大夫江西諸道行御史臺侍御史歐陽周伯琦撰

宮墻記

魏俊民

吴郡之西南偏孔子廟學在焉廟居學之左繚以宮墻九百餘尺舊學築土爲之雨淋日炙弗克堅久教授徐震學正徐昭文學録郏經一日相与慨然曰廟自舊宋以来迄于今三百餘年而宮墻之廣嵗必加墁飾始免頹圮計其費幾萬貫矣殆不爲浮費耶乃

謀易以磚石為悠久計郎言于監郡六十公經歷白
公樞二公曰是吾志也爰命教授偕府吏劉昺計工
度程躬董其事其費一出于廩粟用之餘期不虧于
公不損于民墻之基内外為石三層凡五百七十丈
其袤九十五丈高盈丈而隆其三下廣殺高之數丈
有六寸上廣如下之數而又殺十之三磚一十五萬
凡三萬九千六百從傭二千三百他物称是用粟一
千斛始事于至正十五年之六月告成于其年八月
工既成典教者俾俊民記其顛末謹按吳學肇基于
范文正公更宋南渡而其制始備至我朝崇尚文教 十九

詔興學校而宏敞偉麗遂為江浙之冠廟宇堂廡齋廩食廬靡不完美獨宮墻之制未備因循于百年之久累葺而累壞非虧一簣之功与一旦鳩工聚材撤而更之高廣堅厚一如矩度歷數百載可弗壞雖事之興舉有數要非郡監之言參佐之良教官之多才亦未暇理此俾後之人仰數仞之高咸指而言曰是某守郡所成也是某教授所營也豈不足為方来者之勸云是年冬十月甲子立石

添助學田記　謝南

國家駐蹕錢唐吳為股肱郡丞濡文教人材日盛

校官養士歲費益廣宜以不足聞也嘉定戊寅判待制趙公彥橚出在官之餘田三百畝歲可得米二百石有畸以助經費且作簡謂泠曹曰養成美材爲明時須旨哉斯言公之愛士乃所以愛国其仁豈有既哉是秋提刑攝府事即今右史王先生渠也叅稽前比弛其征入由是學宮益沾全惠而終始賛其决者僉判趙君與篡爲有力焉南不才分教蒙此巨助幸追終更何敢没其寔用叙大畧併与公帖存之庶幾来者有攷云謝南記

吳學義廩記　　戴溪

二十

東陽倪千里起萬以紹熙癸丑分教姑蘇始至計粮食不足以養士攷核宿弊學有羨積增養士員彬彬咸集矣起萬慨然曰學校義之聚非徒養士也事関風教非學校誰寔主之顧財力不可為尔漫不度贏縮侵費養士曰我將為義是又好名者過非吾志也因以告諸部使者今右司郎中黄公適得廢寺没官田餘一頃先有佃夆田者多取贏或不平爭之訟久不決黄公帰其田于學使自為官庄視舊額增米三百石合前所得田為米三百五十石有奇起萬曰是可行吾義矣請隷職于學者九人使得學正録錢粮

官同主之因定其規約歲取其入祠祀范文正公及
教養其遺三人士有入太學与薦名登科第者助其
費有差文武士宗子皆預焉止至會拜春秋釋奠其
与行礼者凡費于此乎取又將斥其餘以助士貧而
親不能葬与嬰孩之遺棄者約既定學以其議上于
府守王公溉素尽心學校与合府咸称善俾刻諸學
官与後人共守之起萬以書来求予文為記余嘗掌
教湖學意有所欲為力不能給也起萬顧能之余誠
愧焉夫事非始創之難而善終者不易也其始創焉
者徒有是心因人成事未足多也萬一有後之人謂

廿一

議不出已而忌焉則廢事非急務而忌焉則廢歲腴月削則漸不可繼廢左兑右易則苟逭目前廢雖規約縷縷大書深刻無益也後来者不忘前不怠後益增廣之使爲可繼謹守成約雖甚急不易兑此非信義君子慈祥勤篤平心無我未易及此余是以知善繼者不易也然姑蘇之學爲天下最素擇能文士有行義學業者爲之師固將由是推而大之非但善繼而已如前所云特淺之爲過慮尔起萬且憂代書来益勤故以其說質諸来者而以規約載于下方云慶元丙辰元日永嘉戴溪記

蘇學復租田記

何林

景定初元庚申之臘林來庀吳泮時農扈告登先兩月已納稼交卯之日廩有餘粟獨所謂長洲縣陳公等鄉圍田一頃民頑罪歲弗即輸而餉所急之符旁午于道適舟運水涸至移他租折金納不受攬家于京口糴客米應期限土人豈知此哉迨辛酉秋大水吳門上腴淪沒大半學田低下訴澇者日相環也圍田又可知矣諸友相顧愀然曰使餉臺不恤尚可移他租乎涉暑粮絕折助于臺府生意漸春諸友又曰兩巖先生吾黨之元氣也昨歲持節過吳謁夫子殿

拜先公芳刻下顧瞻槐杏之陰徘徊若不忍去青〻子佩豈不在公懷抱間令請諸林曰請粟者有限之恩歸田着無窮之利衆曰唯遂退而裁書越五日而書徹又五日而報下又浹旬而公牒頒霜鐘之感不如是之速也然先生不以吾士病吾兵方且捜括他租以五補一而後撥其用心何如哉昔庠校之得是田也歲大熟時固不為無補七五年来飢饉荐臻往往移他租以輸餉所今先生能移他租以補兵食移餉租以給士食使兵無減租之處而先生得以遂移租之仁士有增租之喜而庠校永免移租之害〻一舉

而兩得之頗不偉欤且農士兵之分其殆起于田之不井欤成周盛時度民以授田其秀者為士勇者為兵旅卒兩伍之衆即比閭党族之所聚出塾而耕荷戈而戰周旋乎同井之田薰染乎同門之訓養之所至教亦至焉是士與兵之養一出于上今兵食皆仰給于縣官上之人惴惴焉惟恐其不足而士則自養而自學甚至于去里巷背父兄流離顛沛有不能以自給者猶幸而郡縣有學又以食不續而員有限毋怪乎士風之愈不古也公以兵食為職又能以士食之不贍為心其得周官井田之遺意欤雖然良法美

廿三

意待人而後行吳學之興經始于文正范公典藩之初恢廣于恭獻公持節之後今先生篤念先　振鐸之地增給吳泮贍士之租僉謂先正養心先生即昔之范公先生即今之恭獻也公節溪人名势鄉字安道自號雨巖以揔餉奏最陞直華文閣除畿漕提學事又諸生之一幸也諸生德公之賜請勒堅珉以詔後世于是乎書景定壬戌重陽日迪功郎特差充平江府〻學教授何林記

平江路儒學祭器記　方文豹

大成殿祭器者教授李淦方文豹所造也金屬大尊

二、山尊二著尊二壺尊十有二像尊如壺尊之數罍四洗、四勺二十爵百七十有二坫二百有二豆三百四十有、四簠百二十有六簋如簠之數炉一缶二檠二十有四、竹屬篚十有一籩三百二十有九木屬俎五十有五餘、仍舊貫初至元二十有九年十有二月望塗祇事顧茲、器非度明年考朱文公釋奠釋菜礼改為之十有一月、方君来明年偕方君為之元貞元年十月竣事首尾凡、三年鳩工吏學正凡五人費伯華林桂龍自淵唐天澤朱鳴謙凡四人楊如山洪焱祖文一覺俞真卿會記吏直學凡五人潘梅孫計志苗

道魏楚沈伯祥齊國俊費中統鈔凡四千貫有奇而後成蓋難且久如此後之人尚敬守之哉盱江李淦撰嚴陵方文豹書

蘇州府重修孔子庙學碑　宋濂

蒲圻魏公守姑蘇之明年鉏暴樹良德綏化孚上下洽和百廢具興孔子庙學頽危弗治顧瞻良久喟然而嘆曰皇帝大興文教詔頒明經六藝諸科嘉惠多士將以人文化成天下今弊陋至是非所以重承上意公即捐俸為倡唯與修是圖其僚屬与郡之人士驩然而趨功以庙言之穹殿修廊敞以灵星之門以

學言之倫堂中居、兩廡相向挾以六齋以達于前門至善之堂尊經之閣、文巍然而聳其後向也棟撓級夷黝昧而無輝今焉丹、雘炳煥簷牙而翬飛已而泮池有梁采芹有亭先賢有祠亦皆次第就緒而公拜蜀參政之命將之官有旨还守姑蘇民大欣慶公復命補其墻墉四千八百尺有奇、唯廟學之前乃吳江甯開之園局于封畛蹙迫殊甚至、是從化尽以其地六百尺入于學宫始獲闢門于前用、正地勢内歷洗馬來秀二池架梁以通往來外臨康莊、左右有坊曰狀元畫錦其嘉名符契若有開必先者閣、後之地奪

芸

于比鄰公察知其奸稽官書以為証比鄰詞服其地
乃帰又惧遠而或堙也遂圖學庙四疆勒石志之始
事于洪武六年正月甲子訖功十一月較之承平舊
观或有過無不及爲公帥其属執豆籩具脯醢以成
功告观者莫不咨嗟自兵興以来學校所在蹂践為
墟而姑蘇幸僅存非公之至幾何不与之俱廢乎教
授貢穎之既宣力始終復使訓導張田請記其事以
垂不朽惟蘇之有學实始于范文正公盖公景祐初
出守鄉郡遂擇南園請于庙而建爲爲其師者則安
定胡文昭公也計當時人物固尝盛矣數百載之下

仰其声光慕其風烈每使人發不可企及之嘆自時厥後雖有賢愚學之興廢靡常二公過化之地流風遺俗終未泯也況今遭逢有道之朝得良二千石為之師帥豈徒然哉然公興學之志不下范公者也則夫坐皐比而談經藝者其必將取學于文昭乎明体適用之學吾知駸駸然向盛在家則孝于親出仕則忠于君而無負公興作之意苟不務知此摘英搴華而為譁世取寵之具非區區所敢聞請以是刻之麗牲之碑蘇之人士庶幾知自勗哉公名觀字杞山碑為修學作前代興造各自有記皆不書系之以詩曰

芸

姑蘇之壚有川滮〻折趣南園滙而東流灵氛中啟
煥爛弗收自非聖師疇協其休昔有哲人出綰郡章
乃搆學宮乃建庙堂章〻學宮將〻衿佩洋〻來翔
來翱來翔盛衰相因揆理則然風摧雨蝕上漏旁穿
刱丁囏虞蠭火相連誰一擧臂持危扶顛大明當天
九服攸同摠搶歙翳奎壁吐芒眷我魏公來涖大邦
屢刑于言我敢遑遑既率部封復登府僚分勞授事
具乃教條曾不一期厥功孔昭化此朽腐欝為岧嶤
孰敦化原孰築教基孰牖民夷匪學曷為我語蘇人
公豈尔私耳目苟具必致其思〻之如何法孝与忠

二者無媿行將夫通震澤有石其堅比銅史官勒詞
用昭無終

蘇州府孔子庙學新建南門記　王　彛

惟蘇州學肇基于范文正公父子學之左別有庙而㚑星門南不十数步即畫于鄰垣于是旁趨東偏以為門而地埶苑塞大弗称蓋鄰垣之地廣袤若干畝在宋為錢氏圃及元而業更甯氏先後為郡者屡欲拓之然不可以力得至正間郡守六十公乃以學廩之羨貿其地与甯開得其三之一暨入国朝前国子祭酒魏公以正學碩德出守玆土政修令行大修廟

學而宏博壯麗实踰舊貫未幾開說公化尽以其地归焉公因命教授貢穎之繪圖而經营之郡人士碩出私錢以助乃通道自灵星門以極于南城之塗凡若干大故有池焉洗馬池達當其前又有狀元晝錦而坊達拱左右遂表文庙之道于洗馬池南而架梁以入其道南北之半故又有假山〻〻之陰有池曰来秀其水自太湖入南城之池注之来秀自南流則滙之洗馬而止其北流則帰學之泮池而止〻又即来秀池南闢假山遺址為門以正南面焉至是而庙也學也出入之道殊矣故入其門則循池之東以趨于庙

出其門則折而西又折而北為梁渠上者再以達泮
池之梁始趋于李示神人之不可褋也方廟告成翰
林侍講學士金華宋公既為之記顯之以為此一役
也范公所未得為而魏公乃得為之始終幾三百年
而廟學大備有不可不特書者爰以狀使㬎記之㬎
也幸從公游不敢固辭于是具書公建門之績与歸
地始終俾刻焉至如孔子之道萬世遵行者孰不知
之茲不敢勦說而瀆言之也門之新作在洪武六年
正月甲子至十月丙申落成糜錢若干工役若干魏
公名觀字杞山武昌蒲圻人世之學者皆称之曰蒲

廿八

圻先生云洪武六年歲在乙卯春正月丁卯朔會稽王彛撰

蘇州府重修儒學記　　胡儼

姑蘇東吳大郡也學宮又東吳之冠也五十年前余嘗至其處而周覽焉喜其地勢之廣衍而惜其堂宇卑𠉀有弗稱也時典教者對余徒有興嘆而已今年秋九月教授豐城何澄校藝還自闕述其郡守況侯伯律興作之勤求爲之記大成殿及兩廡作于正統丙辰明年作至善堂作後堂又明年作明倫堂作齋舍作射圃凡爲屋百間度材庀工載石陶甓与夫經

費所需咸得变道之宜越三年而役成高明壮观夐
超于昔丹碧輝映光彩聿新况侯之奉揚文治以淑
邦人者于斯盛矣而師友之朝夕相從得以依乎廣
居以安其息游以移其氣体者何其幸耶李宮之建
久矣唐刺史李栖筠始增置學廬至宋景祐初范文
正公典鄉郡嘆學政之廢因州人朱公綽之請上其
事于朝得賜田五頃乃割錢氏南園之地以建焉初
公得地于南園將徙居術者謂世出公卿公曰与其
貴吾子孫于一家孰若吴士之多賢也遂以其地充
學宮延師儒教育生徒而安定胡先生首居之嚴師

資立教條經術治道明体達用之學表見當時寔肇于茲而文正公之嘉惠斯文其用心不亦仁且廣乎今況侯協謀侍郎周公重為興建蓋亦聞文正之風而興起者歟大抵国家以育賢為至治之本賢者以務學為致用之資而守令又所以承流宣化者也夫為政者既能尽其職矣而士君子之居業于斯者可不知所務乎况也息紛華功利之心尽以求夫聖賢之本領切磋磨礱之益無忽乎師友之講明由是以德行尊顯則礼義興而風俗厚以經術進用則心術正而功業著矣況侯余鄉人也其善政既已誦于吳

人而斯舉尤為知務故樂為之書俾来者有所徵焉

正統四年二月初吉前史官国子祭酒兼翰林侍講

嘉議大夫太子賓客致仕豫章胡儼撰

重修蘇州府庙學記　　金幼孜

蘇為東南都會學校人材寔為諸郡先昔宋景定間范文正公仲淹請于朝始建先聖庙學于吳蓋割錢氏南園之地而為之者也荏苒三百餘祀荐歷兵燹屢興屢廢而比年以来其學舍文庙傾圮漸不可支永樂甲辰秋臨江陳孟浩来典教是郡顧而嘆曰學校風化之本乃不振若此其何以稱仰崇以作興士

三十

類澧監察御史李立按治吴中孟浩以其事白之乃力贊其成爲裒大家富室之有力者俾出金穀而協助焉孟浩復与訓導馬壽錢紳韓陽各捐已俸以爲之倡于是鳩工庀材首新大成殿增飾塑像次新明倫堂旁飾齋廡室廬次及池橋亭檻階戺垣墉靡不繕完是役也工不劳民費不出官而歸然更新于一旦之頃往来者但視其成而不知其所以成也孟浩請予記其事予不敢辭則爲之言曰學所以明人倫人倫不可一日廢學校其可一日廢邪士游于其間其理則仁義礼智其器則君臣父子夫婦長幼朋友

其文則易詩書春秋礼樂若是者豈徒托之空言蓋欲明其道以充其性密察于幾微致謹于踐履積累以至乎浹洽擴充而極于廣大此則斈之〻要而所以成己成物者不外是矣吴素称礼義之鄉宗工鉅儒先後相望他未暇論有若吾文正公之清修博雅文章事業光明俊偉至今為天下後世重士生于斯游于斯必取法于公無眩于邪說無奪于利誘充其内以達于外他日出而臨民則思為良吏立朝則思為名臣真履寔踐以求無負于所學無愧于先達則吾孟浩所以拳〻于斯文者豈空言而已哉因巻記

三

其事并書其説如此俾歸而刻諸石且以示後之典教事者尚思自勉以繼于無窮焉是爲記宣德五年歲在庚戌三月吉日資善大夫太子少保禮部尚書兼武英殿大學士臨江金幼孜

蘇郡儒學興修記

徐有貞

蘇爲郡甲天下而其儒學之規制亦甲乎天下是蓋有泰伯至德之化子游文學之風安定師法之傳在焉不徒財賦之強衣冠之盛也李之建自有宋越有元至于我有明幾五百載其間廢而復興毁而復修惟牧守之賢是賴其人在郡志可攷已然近自正統景泰之際國家多故學寖以敝爰歷數政皆常有意

興修而弗遂成化初元今巡撫都憲瓊臺邢公之為守也因荒圖豐革故圖新曾不期月百為具諧于是教授南昌程君蘭司訓餘干張君憲山陰李君璞駱君巽協議以請于公公曰是吾志也乃相旧規有仍有改而一新之若大成殿若戟門灵星門若尊經閣若明倫堂則皆仍而新之者也若先賢祠若會膳堂若四齋暨直房若射圃若泮池之橋則皆改而新之者也經始于丙戌之夏落成于丁亥之秋凡在學者忻忻胥慶會邢公既升而巳渝貢公來繼其政謂斯文盛事不可無記之者因率學職諸君來以為請予

三二

郡人也而有子在學于學之興修亦同其慶焉乃進諸生而語之曰夫學之作興在乎君長化導在乎師儒而進修之功則在諸生之自勉焉尔凡爲學者所以學乎聖与賢也學乎聖与賢者盖将希至乎聖与賢也希至乎聖与賢者而可苟犹其必也由乎詩書文藝之文以通乎唐虞三代之道處焉進修焉而爲之〻德業出焉施設焉而爲之政事堂〻焉表〻焉以立乎天下若陸輿敬之于唐范希文之于宋庶幾犹始而希賢終而希聖不惟其言惟其行不惟其名惟其実穷維斯達維斯憂樂維斯成于已也惟斯成乎

物也惟斯使世之論者謂吾蘇也郡甲天下之郡學甲天下之學人才甲天下之人才偉㧞其有文獻之足徵也斯于作興化導之意為無負矣

蘇州府重修儒學記　王直

國家稽古定制建學立師以陶鑄天下之英才使名成一器而天子垂拱于上以收平治之功其義遠矣人生顓蒙方其幼也苟無礼義以漸摩之逮血冲氣盛慾竇漸開鮮不傷倫而敗度先賢之為政者緩于刑戮而急于教養良有以也蘇為東南大郡土沃民繁家衣冠而户絃誦泰伯揖讓之風儼存然性頗輕

三三

脫閒好爭訟亦有夫差之遺意焉苟非學校之教提撕警覺又何以矯其輕而歸諸厚哉斈宮在郡治之南可一里許舊傳爲錢氏南園文正范公購得其地而創之歷年既久雖屢經營繕卒未愜大方之觀今太守四明姚侯下車以来政化大行毅然以修舉廢墜爲已任視篆三日敬謁吾夫子之庙而拜之次及四配十哲兩廡諸賢見其神像欹側柱礎傾斜至有不蔽風日者慨然歎曰爲郡者之責也亟欲一新因白巡撫都憲萬安劉公巡按侍御南郡袁公咸韙其言或曰年歲未豐人尚缺食驟興土木之工第恐事

未成而憂先至也侯曰不然吾上不窺府藏之蓄下不庸科斂之財以義制事而身先之胡爲不可況此名邦寧無一二仗義者而副我乎于是首出俸資若干爲衆人勸既而聞者四起爭先投刺惟恐居後因命訓導周謚以董之斧者鋸者髹者塗者不期年間厥功告成大成殿明倫堂兩廡四齋尊經閣至善堂毓賢二堂道山觀德二亭靈星門斈門儀門罔不修治復綵飾聖賢及歷代諸儒神像築杏垓一區立狀元解元二坊皆親書其扁徹文昌文正二祠移諸爽闓見者駭愕鄙之耆艾私相謂曰吏不驚而民無擾

三四

何成功之若是也教授臨川黎擴与予有鄰郡之誼走書謁文以紀其事予自謝病南歸久踈筆研固辞之而不可乃勉為言唐虞之世比屋可封無他教之至也三代以降継沿草不同其文獻犹有可観者自秦罷侯置守為吏者止知簿書敲朴而已尚何暇以歌青衿采芹乎侯之為此度越前人遠矣侯名堂字彦容由進士拜冬官主事陞郎中出知廣信累著能声因丁内艱蘇守告闕都憲崔公時巡撫江南每難其人方會議京師聞侯服闋竝請于天官冢宰而假之衆論称屈崔公曰屈之者所以伸之也不過盤錯

利器何甄兹而果能称其言而光闡之不超衆向顯揚名教激厲風俗雖文翁造蜀豈是過哉吾知蘇之人材逝此必倍蓰矣他日棟明堂器清庙楫大川必有勝其任者則侯之功豈可泯乎因書以告来者夫

明天順五年歲次辛巳冬十月吉旦資德大夫正治上卿吏部尚書前翰林院侍讀學士国史揔裁兼經筵講官致仕泰和王直撰

修蘇州府儒學記　陸鉞

詩称既作泮宮春秋書丹桓公之楹夫泮宮宴修之而云作者以見修廢之功擬于創制而一楹之丹孔

三五

子不遺者豈非以尊室在所當愛㦲蘇州郡學自范文正公割南園地為之而規模始著自後好義之士尋源索本往往歸重于兹故或為之增置齋閣或為之附益田租開建恢擴日新月盛而豐碑大刻紀載鋪張者亦不敢後焉其意豈不皆然㦲国朝文制日興崇奬尤甚學宮之修迨逾百楹生徒之衆亦克称之教化之隆于兹見矣成化甲辰襄城張公邦鎮来按兹土視學之暇徘徊顧瞻見其規模雖宏而朽弊相継棟宇雖完而凋落漸興以為天下之事為于其細者易為于其大者難与其為于其難孰若為于其

易于是審其輕重緩急之宜而圖起廢更新之意視其可易者易之可因者因之晦者飾之腐者剔之摇者築之經始于談笑之餘而陰益前人之功成永固之業信哲人之為有見于幾先哉斈功告成而公以代去貳守毛公廷美寔護其事覩成功之雄歎曰襄城公兹舉非徒上安神祀下悦衆心寔所以詔我後人而興起後學也蓋君子所重人咸重之君子所忽人咸忽之公重于斈校如此所以感發奮厲者已在于不言之表且其規畫財用出于散漫收贖之餘而選徒用人在三時間曠之日事成而人不勞吾徒不

三六

知所重焉豈理也哉于是伐石走書幣詣余求文其
上乎時方負罪憂居謝不敢受而諸生皇甫信朱華
道毛公意懃懇諄複累〻不已余曰古人大功廢業
又曰三年之喪對而不問孤豈敢為毛公惜哉顧其
情有未安而礼不敢違耳于是二生據余庭柱閒相
持者移日務于得請余乃重違毛公之命又感二生
之專勤以為若茲者將安所処乎古人為邦君之命
固有要經而從事者吾敢取以為口寔可乎于是再
拜而受之竊惟儲養樂育登崇俊良此 上之所以
寤寐而不忘者然勢不能周悉而憲臣者耳目所司

所以延訪而博求者也張公其知此者乎自余家居聞公修崑山學太倉學又修郡學三斈賴以完整而生徒有歸教學得所張公之功也異時歌菁莪而咏棫樸者非公其誰与歸公能舉職毛公能承命不忘其艱是二公者皆所當書而復附于辞受之説者盖其事関風教余苟得所處則諸生將領于余使其失爲必將以咎于余而余因得以自省豈不可乎故併書之爲記

蘇州府重修文庙記　　吴寛

蘇有學于城南寔創于魏国范文正公更五百年来

所以修葺而開拓者惟賢守是賴至于今日規模益
壯天下之言學者莫能過之故四方賢士大夫之道
郡中以一遊其地為快然猶病文庙与學之弗称也
蓋其制作非特視李為陋歲久且敝尔乃成化壬辰
鄱陽丘侯霽来知府事政既克舉境内悉治嘆曰事
神吾職也有如文庙敝陋孰任其過然吾未敢專也
乃請于巡撫右副都御史洛陽畢公〻從之則計財
度工擇日而從事始改作大成殿于舊址之北而侵
于西者二丈有奇復作灵星門南与殿直以甲午三
月興工〻垂完而報報政于京遂去任矣其年蠡吾

劉侯瑀自監察御史超擢来代政治益善視此夆非得已而前功所當継也未幾殿与門竟成既而若兩廡若戟門若神厨皆以次改作崇卑廣陿悉合程度言〻潭〻迥異舊規而庙与學始称矣他日知長洲縣刘君輝知吳縣文君貴暨教授林君智合言于寬以二侯之功不可泯者頋記之以示後人嗟夫孔子之道大如天地与之相参高如日月無得而踰萬世之下被其膏澤者區〻土木所能報其功邪而人〻復為此無亦尽所以尊崇之礼以免有司之過尔盖比〻歲儒臣建請有欲加以籩豆佾舞之數者下群臣議

三八

議者亦謂此不足爲孔子輕重而朝廷竟從其請行于天下惟所以尊崇之者無所不致其極也詔下爲丙申之秋適吴縣丞陶節長洲縣典史刘慶皆嘗承命董役以功、完告及丁祭之期籩豆既陳佾舞斯列而棟宇深廣足以有容观礼者美之雖然二侯之意豈徒爲是劳費以充刷中美观者哉礼行于斯樂奏于斯致尊崇于斯、固所以申其報本之私若夫瞻拜之頃庙貌尊嚴洋〻乎如在其上如在其左右豈無油然興其希賢希聖之心者乎易曰观盥而不薦有孚顒若二侯之深意安知、不出于此且是庙之作凡以事神也惟夫前後之相濟彼此之無嫌而一出乎公其功遂不至廢推此道以治民、此民所以同歸于治也欤寛故斈之諸生也于二侯無能為役因諸君之請敢忘其淺陋而書之初學門在庙街之東凡出入于學者必涉街以行丘侯以神人之分當嚴也顧旁近多居民〻既喻其意皆樂徙去乃徙其門于灵星之西更為門于泮池之北以達于庙然後廟左學右截然以正後有賢守以庙斈為事者其尚修之葺之以無隳其成功也哉翰林院修撰儒林郎吳寛著。

宮墻記　何澄

我国家　列聖相承深仁厚德洽于人心迄今七八十年之久而學校之政尤惓惓焉設風紀之官以專提督而郡守縣令尤必致意于是者于以体朝廷興學育才之盛心祗奉德意而不敢忽焉者也姑蘇之為郡密迩京甸郡之有斈宮宋范文正公舍南園之地為之其子純礼因其舊而增益焉自宋至今二百餘年郡守學官因其敝而輒加修葺號為東南列郡之冠正統癸亥巡按直隸監察御史錢唐鄭公顒行部至郡謁于廟廷顧瞻宮墻頽毀弗称乃謂知府李公從智購隙地而增築之未及數月百堵皆興數仞

之墻嚴翼端正僉謂余忝膺學職宜述其事以示永久夫學校育才有国之先務然而作興振舉惟繫于風紀之司与夫守令之賢蘇之學近日巡撫侍郎周公忱知府況公鍾倡而新之至于鄭公相繼興舉又得今知府李公奉承惟謹始完以脩豈非真元會合、自有其時而斯文之在天地間未嘗一日而消歇与夫綱常之道所以原人倫美教化者雖亘千萬古同一時歷千萬人同一心也自今以始凡我士子游歌于斯沐清朝之化育瞻夫子之宫墻尚益思自奮勵以毋忘君上之賜聖人之教与夫公所以率厲作興

四十

之意抑若夫窺其墻而自謂不得其門而入不見宗庙之美百官之富者可謂自畫者也非聖人所以為教也非国家建學育才之深意也吾党之士當与共勉之墻墻之役經始于正統癸亥之秋訖工于明年二月董其事者長洲知縣王璀吳縣知縣葉錫墻以丈計六百三十高盈丈凡費錢以緡計五百遂刻石以記正統九年歲在甲子春三月吉日直隸蘇州府儒學教授劍江何澄撰文

范文正公祠堂記

汪澤民

吳學之興始于文正范公此所以專祀公也宋景祐

初天下郡縣未有學公守吳請而建焉吳為公父母之邦向得錢氏南園地將居之或謂是必世生公卿即以其地為學宮公之子恭獻公持節過郡益新學給田由是立祠禮殿後忠宣公恭獻公從祀尚賢報本典禮宜称至元再元年春正月鬱攸及祀屋幾毀明年文學椽蔣君伯昇至顧瞻摧圯惧神弗居告諸群守掄才木陶甓瓦易撤故朽完補踈漏棟宇隆敞像設儼肅秋九月始事冬十有二月工乃告成工為日凡若干錢為緡凡若干郡守通儀道童公為署祠之扁蔣君偕公八世孫文英來言曰公之祠于是也

四一

久矣若稽歲月紀載闕焉不書諸石曷以永圖願記之澤民惟閒氣質人學問本乎六經蹈履合乎仁義元勳鉅德蔑以形容方慶曆中名對天章閣奏十事三曰積貢舉既用其說學校遍天下矧常聘安定胡先生主教吳士嗟乎興學立師羽翼斯道豈淺淺哉祭法禦大災扞大患于一時猶得祀之若公之功施于天下後世豈惟吳學宜祀之凡有斈者皆可祀也夫奉祀固以致饗往隆報效士之朝夕仰瞻又豈無感發其希賢之心者乎澤民夙仰公之高風隨牒公之鄉屢常拜公之像今以文字寓名祠下何其幸歟

遂不辭而爲之記又明年歲在丁丑正月壬子立石
承德郎平江路揔管推官汪澤民爲文

新遷范文正公祠記　　黎擴

蘇州府學有宋大賢范文正公祠者蓋以公嘗典鄉郡割所得錢氏南園之地建學而立之也祠及公之子忠宣恭獻者以其復割前園之地益廣基其基而入之也祠舊在大成殿之後入路迂曲落地陰潤每經一雨草輒侵堦以致朔望之晨行香揭虔人跡罕至習爲故常今太守四明姚公堂治蘇之明年政通人和田穀大登乃嘆曰文正父子建學之功如此其

四二

大而其祠屋之地、如此其僻可能報其功之萬一乎于是相址于二門之、内泮池之南入道之右厥位面陽厥土燥剛鳩工築基、卜日遷于其上棟楹梁桷之、腐黑者易之蓋瓦級甎之、破缺者補之增以漆飾繚以垣墻書以題扁中塑公像傍公子神儼然一家之氣象也思昔日范文正公爲當時第一流人物忠義滿朝廷功名滿天下事業滿邉鄙、在他邦異域者尚欲效其爲人況生于其鄉者乎凡育、材于茲學者將以供君上致治之用也况目有所接則、心有所動矣而我太守姚公既遷公祠于茲而在學之、士出入往来無有不在其目〻既有見心可得無動乎必思他日學成材就出為時用以文正父子上義下利之心如此可不則而效之乎以文正出將入相之才如此可不企而及之乎以文正先憂後樂之志如此可不力而行之乎故慕于幼學之時致用于壯行之日俾蘇學之人才益感而益揚者寔由乎一迁祠之所致也然則姚公興學作人之功容有既乎用是勒茲于石以示来者

趙公生祠記　陳仁玉、

古者釋奠必有合凡建學先聖先師各因其國之故

今郡國祀先賢于學宮猶古志也吳人自言子游氏北學于洙泗以文學称千數百載間碩大光明卓然見者若陸宣公范文正公至今凜凜生氣文正公以景祐初守鄉国始建吳學公子純礼元祐中持節過家奏請成之邦人德焉因並祀之宜也南渡李再建餘百年已弊陋宝祐三年觀文殿學士趙公與篔再守吳始即泮宮行鄉飲射礼序賓以賢習鄉尚齒使民知教明年政通惠洽百廢具舉乃先興學校委校官林君瞽是究是圖自殿堂廊廡橫舍撤腐易新或因或革梁于池垣于逵臺于桂亭于芹疏敞儼設光

整闕遂景像視聽怳失其舊增創登俊與賢二齋博士与弟子員講道誼于斯養志氣于斯魚ゝ雅ゝ絃誦清亮相与歎曰誰之賜也于是欲生祠趙公以公之父正惠公諱希懌舊守是邦廉正有遺愛法當以所祠范公父子之礼祀之来俾余記或問生祠古有諸予曰有昔漢王堂守巴郡吏民生為立祠韋義為廣都長廣都為生立庙此其始也今為牧守者生而能以神明自待法施于民澤加于物應祀典矣豈以在為嫌哉世固有畏威繆敬規以為佞者要諸久乃見若趙公再世三為守德吳者厚尸而祝之無異詞

四四

者然祠不祠于趙公無預咨爾學其能砥節礪行立道成德忠居孝親建功植業增光于前聞人則所以報趙公者不但香火之情而已也此公修建學宫之本意而仁玉言之毋忽開慶元年五月丙寅門生通直郎軍器監丞兼国史寔録院授校勘陳仁玉記

高文忠公專祠碑

高若鳳

天地間貞元之會嘗曠世而不一遇其遇之也必有非常之人出乎其間以爲天地立心生民立命以繼絕學以開太平故孟軻氏云五百年必有王者興其間必有名世者孟氏以命世之材而不遇貞元之會

厥後漢之興高帝以馬上得天下而有陸賈說以詩書唐之興太宗定天下秉白旄黄鉞而有房杜以文學為之相三代而下漢唐有國皆數百年興王之運明良際遇非偶然也孟氏之說至是而益驗洪惟皇元太祖皇帝以神武興朔方太宗皇帝夷滅西夏龍戰鷹揚時方以驍勇相尚而高公智耀独守儒術隐賀蘭山中太宗雅文其賢召見為陳帝王之道驚曰如此好言前此所未聞也世祖皇帝混一朔南尤被寵遇呼為高秀才公專以儒道啟沃聖衷嘗奏儒士師聖人之道今没為隸不可官為給價贖為良民者

凡三千餘又奏儒士教人以礼義宜復其家遂蠲儒徭役且各著于令或以冒讃公曰儒辟則金也謂金色以淺深則可謂非金則不可也上嘉納焉由是許文正公諸儒相継登崇儒道之顯于皇元寔自公發之也世祖皇帝授提刑按察使行且大用尋卒天下學校不忘公之德与許公並祀公之子曆仕至南臺御史中丞公之孫納麟見任江浙省右丞世共称其賢朝廷贈公崇文賛治功臣金紫光禄大夫司徒柱国寧国公謚文忠至元後庚辰春正月儒學教授謝亨祖上諸儒議謂諸郡于公皆有專祠且公之子

孫世居此邦則公之神游八極昭格貫通寧不眷戀于吳而獨闕然于專祠之奉甚失所以崇明祀之意遂移公牘援杭學例設專祠以春秋仲丁日祭以少牢肖像設主祀事孔虔且俾余紀之使來者有所攷按礼經法施于民則祀之以劳定国則祀之今公以儒道佐我太宗皇帝世祖皇帝使二帝三皇之治三綱五常之道粲然大明于世則于施民之法定国之劳孰有加于此哉緬惟此邦在宋仁宗范文正公仲淹以儒術叅大政其子純仁位至丞相而文正專祀之奉三百年如一日今公之德業照耀史冊而子孫

四六

名位世濟其美与范氏并則此邦有文正之專祠顯
其前有文忠公專祠繼其後二專祠之奉相爲無窮
凡過祠下而仰瞻者寧有不起敬而可爲儒道之可、
尊者乎或曰公之子孫烝嘗之祭有家庙在、公寧
能舍家廟之祭而歆學校之祀乎曰家所獨也專祠
所同也公之神灵在天下如月在天但有此水即有
此月、之于水豈有此擇乎于是系之詩曰皇奮厥
武威震穹垠天戈所指悉主悉臣不有元哲孰開人
文貞元之會篤生異人隐于賀蘭韞玉席珍赫、太、
宗徵召是勤世皇撫運寵碩殊倫從容献納非道不

陳士脱囚奴儒躅徭役誦詩讀書人皐家稷茅拔茹連我公是力惟兹吴會專祠肇闢肖像儼然有嚴有翼祀事孔虔以報明德勒詩貞珉永永無斁至正元年二月立石

中書右丞浙西道宣慰使游資德生祠記

陳玄武

大元混一天下至元乙亥冬師壓吴境今中書右丞浙西道宣慰使游資德自軍前隻身渡畧徇徑抵城下諭宣聖朝不殺之仁言焉而孚翌日舉城歸附公乃遍歷閭巷家至戶曉告語諄諄市不易肆民皆按

堵咸曰生我者父母也更生者公也既而撫治吳郡安集劳来使寧尔家使畋尔田流逋有歸矜寡有養直枉抑姦扶傷擠踣民生死無憾公之有德于民者甚大至于葺營砦而師之劳者安給粮米而軍之散者聚維揚駐兵飛漕六十餘萬石其在江陰通江者亦餉以二十萬而羸師宿飽馬騰士歌公之有德于軍者甚溥公曰非吾寔能乃上恩也歸美報上吾其為士民先乃徧詣緇黃之居悉俸資盛供設俾各以其教祝天子萬壽興俯跪起咫尺天威示民有尊咸震咸悚公又曰尊君親上然後與學古制也曷敢

不承暇日下車庠序礼祠先聖勉勵儒生继粟继肉均得其養學舊有田多入于兼幷公使各復其歸于泮衣韋帯之士莫不欣戴菁莪樂育之恩越二稔公持節浙右士吏軍民兒童耆老擁馬首願留公亦為遲行諭以肅将明命罔敢宿留既視事声名不減治郡時吳人之舉手加額曰吳属郡也犹幸被公之德于無穷歳壬午春入覲過吳重臨學宫丁寧諸生學不修且壞吾佐若費因得以葺故益新丹雘炳煥為他學最政事教化可以並行而不悖矣自昔有大功德者當世導之百世誦之公之治民似龔黄馭軍似

李郭興學似魯僖對揚王命似召穆公真足以耀當
今而垂後世盛美未述非闕典歟邦之人士相与謀
立生祠于學俾立武屬辭而刻之石學者有天子萬
壽之宮凡公之所以尽忠報国者無非為敬祈億萬
斯年之地吾道永有賴焉祠而祝之夫何慊立武義
不敢以蕪陋辭敬攄其寔而書之公名顕字子明汴
人也至元十九年正月八日浙西儒學副提舉陳立
武記

《蘇州全書》編纂出版委員會 編

·吳都文粹續集

蘇州全書

甲編

古吳軒出版社
蘇州大學出版社

吴都文粹續集巻四

長洲錢穀叔寶編

〇〇寶祐鄉飲小録序　趙與𥲅

與𥲅曩守吴郡去之十五稔今兹復来大愧無德于民而風漓俗靡牒訴弗清竊亦為吾民病之言念此土有泰伯季子之化本以礼遜為国良心善性當不以今古間斷與𥲅幸得備位為郡表率不能宣明教化滋益愧恥粤視事既数月會嵗序更端思以礼屬民与郡博士賓佐議行鄉飲酒礼則曠弗講久矣于是参稽礼家蒐具儀物率行之與𥲅深惟賓主介僎

一

礼之人也尊爵俎豆礼之器也升降揖遜礼之文也然此皆古先聖人至意所寓与于斯者必因其儀節而思其本指大要使民不慢不争興仁興遜得于観感而邪情消養于習熟而和順積以之尊高年敬有德孝于而家弟于而鄉忽不自知為王道之帰矣此今日區〻行礼之意也礼成私幸鄙意或可有孚将使古吴之民日興于行而與籌亦與受賜得与民相安自托附于古循吏之後于是乎書寶祐四年正月十一日古汴趙與籌謹序

鄉飲酒碑銘　　王奭

皇明既一四海乃大興礼樂以新令俗還古道爲千萬世計惟鄉飲酒由近代以還蔑之有講洪武五年始詔郡国以孟春孟冬舉行斯礼讀律爲其時江夏魏公寔守蘇州奉詔惟謹既一再行之然尚恐未能宣上德意是以明年復考參儀礼以授經歷李亨教授貢穎之使与郡士周南老王行徐用誠共商校之且使張端及諸生相与習焉爰舍采先聖先師以孟冬之月吉日癸未行于郡學其大賓爲前進士魏俊民介爲先聖五十四世孫思侗僎爲推官王芳三賓爲范廷徵衆賓爲郎允礼錢瓊等十有一人次僎爲

二

知吴縣事曾知長洲縣事張其而樂正以張田司正以滕權賢而得人如此又特位三老人曰崑山周壽誼年百有十歲曰吴縣楊茂九十有三歲曰林文友九十有二歲皆形充神完行坐有礼老人而得其人又如此然後皆列坐八十以上者十有三人七十以上者六十有二人六十以上者四十有七人五十立而聽政役者百人凡在位者之子弟侍立者二十有八人主賛僎介之賛相爵尊豆籩俎洗之執事者皆具又别為教授位而吴縣教諭徐昂崑山教諭陳圭次之訓導十五人又次之長洲教諭周敏則以待其

父南老常熟教諭傳著侍其父玉皆降而北面立合鄉學及六縣弟子員之立者百有六十人文武僚佐之在位觀礼者若干人農工商賈遠近之觀者又以千計公年且七十而朱顏煥如獨出人表升降揖拜竟日無倦而其子奉槃侍立進趋中度于是化明樂和衆以大悦既而乃讀律衆復肅以聽皆曰今

天子神聖援吾人水火中而斯礼也吾身親見之幸我閱五日周老人還崑山公躬出婁門之郊再拜以餞都之士女觀者又慨焉以為幸見且曰公于人之父兄也如父兄然吾于吾父兄宜何如居子以是知

三

公之故与孝与弟者蓋易〻然也且老人者生宋景定中歷元百年而遭逢聖代意者天生斯老以待今仁壽固已在百年先矣徽公誰乃表之㬥也居公之野矣病癈得扶曳以覌焉蓋曠世之遭也故為銘其堂下碑曰於維皇上正此方夏爰釋我衣有事郊社祀會朝礼作樂造亨神人既和及鄉飲酒維鄉飲酒萬方攸同俾孝与弟載臻時雍顯〻魏公牧我蘇人公有旨酒樂我嘉賓嘉賓戾止以僎以介公在泮宮賓〻至則拜出租東壁蓋自東房玄酒于尊房户是當有勺〻有勺寔彼爵矣再拜稽首献且酬矣吹笙鼓瑟

而瑟而簫而間以歌厥音犹〻有黄其髮鮐背兒齒百有十歲眉壽昌巳公拜而饋寔犹父兄何以将之筵有玄黄實既樂只言旋言帰醉飽自公祝公期頥我子我孫公之孫子公我父兄我孝我弟公曰咈哉天子聖明天子萬年畜尔子姓猗嗟蘇人今復尔古我作歌詩以告来世洪武六年癸丑前史官蜀人王彝撰嘉定二十二年癸卯知府事王廷立石翰林待詔文徵明書

○請鄉飲書　胡纘宗

夫莫不飲也而飲于鄉者必高年有德者焉養老也

四

尊賢也先聖創之歷代因之我高皇帝嗣之其典重矣夫賓主天地也介僎日月也三賓三光也四面四時也其取象亦豈小哉伏惟執事樹勲于朝施澤于世邁德于鄉作則于家請與是飲于鄉有光夫衣冠萃止俊秀環集絃歌既和觴豆復潔我国家崇古遵今之礼其惟執事倡焉敢啟

蘇州鄉飲請僎書　少司馬值菴臧公

夫鄉有飲尚德也賓有序尚齒也飲有遵尚爵也三者備而礼成矣夫飲有衆賓也而賓主僎介具于礼獨詳焉所重在賓在僎在介在主耳夫遵者尊也傳

曰鄉人仕至大夫主人籍以樂賓所荣而遵法者也故自賓視之若主而非主也自主視之若賓而非賓也是以遵至賓主偕降迎焉傳不云遵之不与鄉人齒也恭惟執事引疾于家待用于朝為鄉大夫師表而其爵又与公䒭主人籍以遵法而取荣者其惟執事哉敢再拜以請伏乞俯臨衆賓幸甚斯文幸甚

鄉飲酒礼詩　　魏觀

倫序明于上而民孝敬生由来鄉飲礼爰即泮宮行父老交相慶君王致太平遺文稽漢制多士集周楨酌醴遵毛齒歌詩達性情懽声騰几杖雅韻協琴笙

五

俎豆隨豐儉尊罍事潔清觶揚勤拜洗樂獻勉趨楹
西北賓從義東南主受榮介僎分長次贊輔間耆英
階作嚴升降門屏謹送迎四筵時合歲三讓月逢庚
子弟諸家暨生員六叙并周旋皆中節講習不踰程
整若垂紳帶常如佩玉珩威儀多可度耄耋廿餘名
雖老崑山叟平居畎畝氓百齡過十歲兩目且雙明
流俗同觀感淳風喜遂更洋洋聽讀律亹亹念推誠
政乃存綏撫人其息鬪爭還家親塾訓務本力農耕
至道凝和氣殊恩簡役征鄙夫千載遇威礼一朝成
犹藉斯文　殷勤爲作銘

姑蘇同年會詩序　范成大

進士科始于隋盛于唐本朝因之偕升者謂之同年衣冠之好由来尚矣唐人尤憙期集燕設之名亡慮十数而曲江大會長安坊市為平空天子至御楼以觀當此之時通榜之士意氣相予甚厚否則有紫陌青雲之訊本朝畧去浮侈但存聞喜一宴而為之同年之制則加詳焉既朝謝揆日集貢院奉賜第録黄于香案列拜庭下礼畢更以齒班立四十以上東序西鄉未四十者西序東鄉推年最長若最少者各一人升堂長者中立南鄉少者下立北鄉春官吏賛拜

少者拜贊荅拜長者洎兩序皆再拜謂之拜黃東叙同年所以明章凨期惠薦叙事契委曲之意過唐遠矣士大夫寧得輕負此意翛然雲散異日相視如途之人乎紹熙改元建陽袁起巖張元善偕使浙西始以歲五日會同年之在吴下者于姑蘇之臺登臨勝絶傾倒情素獻酬樂甚賦詩相屬州里傳寫一夕殆遍好事者歎然高贊以為伐木之詩也起岩謂僕嘗洿春闈屬為序引僕時位下渠足數独以親見諸公貴名之起文知二使君能修舊好畧記團司故寔以代揚觶之辭庶凡號称同年聞凨動懷增重名義或

于雅道小有補焉非直爲一觴一咏設也二月望日

石湖范成大書

右碑今在郡學

科第題名記　徐有貞

皇帝嗣大曆服之三年命監察御史臣選提督南畿之學政錫之璽書以行臣選既至乃敕知蘇州府事前御史臣奭圖之曰明主之于學政意亦至矣惟是興王根本之地治教所先人才所出寔宜加盛于天下璽書所諭教條謹已宣布惟中吳自　有國百年來歷科所第之士策名天府亮采　中朝熙績方岳

七

者于今為盛然而題名之碑其犹未備非缺典歟爰考洪武初科以下至于今茲凡蘇之士之登科者得若干人並以年第先後次序其姓名而勒之石立于府庠明倫堂之中左臣選臣奭謂臣有貞宜為之記惟夫科第之題名所以為榮乎士亦所以勸乎士也天子題之于国學所以為天下之士之榮之勸也郡使者与守臣題之于郡學所以為一方之士之榮之勸乎也然有為榮勸乎一時者有為榮勸乎百世者則係乎其人為若漢之董仲舒公孫弘皆以賢良举者也一則正誼明道一則曲學阿世唐之裴度皇甫

一

鑄皆以進士舉者也一則忠以弼其君一則奸以蠹其君宋之司馬光王安石亦皆以進士舉者也一則以義治其国一則以利乱其国方夫舉也各當其時揚王庭顯天下其為榮蓋芋矣烈乎曲妨正奸娼忠利奪義時君惑之時人黨之且將以彼加此其為勸亦未必知所適也從至于世之既殊事之既襄公是公非既有定論所在則其人之臧否誠偽乃始判然一以流芳一以遺臭一以傳美一以取訕一則為科第之光一則為科第之玷以此視彼奚啻薰蕕鳳鴞玉与石之相遠哉是故榮勸乎一時者不足貴榮勸

八

乎百世者乃可貴耳雖然榮与勸在人者也非在已者君子亦求其在已、者已耳于是乎記

蘇州府儒學鄉貢題名記

前人

初御史臣選之至奉宣璽書布教條已即与郡守臣奭協圖所以興斈勸士者既集一国初以来甲科之士之名而記之矣或以不及鄉試為言于是又取乙科之士之名將續之記乃復屬筆于臣有貞臣有貞嘗竊論之夫進士之稱昉見周制蓋才德之成升于王朝者也然惟以寔論士未嘗以名設科〻之設自隋始唐宋因之以至本朝其制雖有損益而每加重

爲蓋兼明經宏詞對策諸科而爲之有鄉試有會試有殿試鄉試古之里選會試睎省考殿試視制舉自鄉過省乃分甲乙之科甲升大廷謂之進士乙列校官或入胄監以需後舉謂之舉人在古皆進士也而今分之曰甲曰乙由是世之待之或以上爲或以下爲士之得之或以盈爲或以歉爲何也有科名有甲乙一時稱謂然耳豈萬世論哉皐俱孔孟何有科第故未有科第以前不必論自有科第以來士以多亦多以若濂溪周子若共城邵子命世大儒豈皆出于科第邪其不由科第者不必論自其由科第者言之

九

昌黎韓子文師百世者也而其科名乃与張童子一列考亭朱子道師百世者也而其科名乃在王佐榜第五甲彼童子者固不足齒佐之學佐世亦無聞以是观之何者為甲何者為乙然則論士者可以科第甲乙為上下邪士之自處可以科第甲乙為盈歉邪彼以為上下為盈歉者皆非矣先儒君子蓋嘗以為非科目得豪傑乃豪傑由科目以出耳凡今之士以是為出身之途可也以是為立身之道未可也夫惟不以一時之名為名而以萬世之名為名者其庶幾乎所謂豪傑之士哉是故叔孫氏之論三不朽惟立

德立功立言而已孟軻氏之論大丈夫惟居廣居立正位行大道而已臣有見于論科第亦云

蘇學十題叙　朱長文

蘇學昔有十題曰泮池玲瓏石百榦黃楊公堂槐辛夷、石橋龍頭檜蘸水檜昂足松雙桐是也或云蘇子美命名然篇詠莫傳殆有其名而無其辭也予頃至學中訪所謂六題者其存有六而龍頭檜蘸水檜昂足松雙桐亡矣蘇學故南園之地南園者錢元璙之所作也錢侯好治園林築山浚池植異木充其中未久歸于国朝百年承平之間萬物茂遂得完其生厥

十

後割南園之巽隅為學舍遺址餘木迄今猶有存者
而建學之後繼有培植然間有為風霆之所偃拔卒
隸之所摧毁甚可太息夫亡則已矣其存者當為之
珍惜因取六物又益之以多棘柏並秀檜新杉泮山
復為之十題〻各有詩以傳來者庶幾观是詩而愛
其物勿翦勿伐則騶虞之仁行葦之厚見于學校之
間矣豈止孔則庙柏𢥠少陵之幽憤太清仙檜發曼
鄉之奇藻好事博雅為之嗣音元祐七年壬申正月
十有四日許州司户叅軍充蘇州〻學教授朱長文
序

蘇州府儒學八咏詩引

胡槩

蘇郡有學舊矣初在城東僻陋而隘宋范文正公仲淹始舍其城南之園以改建焉即今之斈舍是也平衍夷曠周迴三四里其内有勝處者八褋于學宫曰南園曰道山曰泮池曰杏坛曰古檜曰来秀橋曰采芹亭曰春雨亭第未有表而出之者故其勝弗彰洪武中王汝玉先生由郡學入官侍從始為其門人給事中朱伯貞追而賦之詞深意雅足以狀是景之勝誠不媿夫古之作者也距今三十餘年而先生亦去世且久今年春雲中張徽以同知復官是郡公餘之

十一

暇始与郡庠二三博士追而和之者亡慮數十篇冲澹幽遠亦一時之盛也湖廣按察司副使陳鑑有戒惧夫是景之久而湮沒欲劖諸石以永其勝且以示余夫蘇爲東南大郡山川之形勝城郭之壯观人物臺榭之廢興書之圖誌勒之金石而見知于天下後世者多矣間雖一丘一壑之微可以登臨而賞者又從而紀咏之無遺惟郡庠之勝獨不齒于詞林者此非敢後也盖有待焉者愚溪八景非柳〻州表而出之則荒山野水而已後世曷從而知其勝今是景之棄斥于泥塗沒于草莽者殆非一日一旦王先生出

而倡之于前諸君子續而和之于後昭潛發粹而勝愈奇矣宜長篇短什之作播之遐迩而炳燿泮宮也使學若增而高景若增而勝人材之樂育于是者又當与之而增重勿俾是勝為戲游玩賞之具如是則蘇學之八咏諸君子之声光行當与柳〻州之愚溪八景共傳于不朽也是為之引　賜進士出身嘉議大夫大理寺卿廬陵胡槩撰

○○南園　蘇郡庠初並東城殊極隘陋文正范公
○○○有園宅在城南相地者云兹地當踵生公卿
公曰与其私于一家孰若公于一郡遂舍以

十二

建今學云　王汝玉

南園夷且曠水木凝華清天開景明淑仰見昔人情

道山　在學宮之右

開軒道山下時登道山上美人今在不日暮增惆悵

泮池　在論堂前

泮池深且廣綠水浸紅蓮輕風雨餘至演漾起澄漣

杏壇　在戟門之前

空壇有繁杏藹藹綠生陰清風何處起猶自聽鳴琴

古檜　在論堂前文正公手植者

古檜依堂垂曾聞昔賢植歲寒霜霰多不改青青色

来秀橋　太湖水東来由橋下曲折入學宮渠流並西墻

石渠跨新渌源長流愈清何須滄浪水可以濯塵纓

采芹亭　在泮池上

高亭臨泮水綠芹生水陰長年時采擷列坐有青衿

春雨亭　在尊經閣後池上

閒亭對春雨窈窕来城陰初滋千門栁復沾松桂林

南園　張徽

南園古名地景物秀以清賢才此樂育景仰范公情

道山

聖道本崇高題名茲山上勗哉登眺人遵由莫徒悵

泮池

泮水形如月清深生白蓮香浮花發處薰風起漪漣

杏壇

誰植壇前杏鬱若孔林陰青衿来濟々時聽猗蘭琴

古檜

嘉木老槎牙云是先賢植鬱々耐歲寒千年不变色

来秀橋

瞻彼石梁下遥通湖水清来游来歌者濟々皆簪纓

采芹亭

芹生泮池上亭構泮池陰采掇供祭祀春秋勞子衿

春雨亭

亭依好山畔霏微春雨陰已滋松柏茂餘潤及士林

南園　　　　　　　　趙宗文

南園美風致嘉木含餘清誰遺育才地懷哉千古情

道山

道山高可登平臨學宮上遵彼人共由仰瞻莫徒悵

古檜

樛如左紐枝誰向學宮植化雨沐來深千年挹貞色

泮池

水遶泮宮碧，靜深宜植蓮。雨來瀰化澤，風動漾文漣。

杏壇

希聖仰芳躅，古壇存杏陰。誰能不澄慮，花底聽彈琴。

來秀橋

名橋著深意，泮水涵餘清。客有來游者，芹香襲冠纓。

采芹亭

芹香泮水潔，采之向亭陰。伊誰樂朝夕，游歌有青衿。

春雨亭

雨洒學宮樹，雲生泮水陰。英才已沾化，餘澤沛儒林。

南園　　錢紳

蒼〻林木秀淼〻池泉清仰瞻學宮麗有感先賢情

道山

林杪見孤峯巍然碧溪上我念昔人游登臨一怊悵

泮池

泮沼澄以潔紅明開夏蓮清風次暑雨滉漾生微漣

杏壇

古壇芳杏遠披拂多清陰春深碧苔合誰奏朱絃琴

古檜

老檜如蒼龍相傳范公植柯葉日青〻歲寒無異色

來秀橋

十五

湖波入橋下水緑澄寒清時有俊英者翩翩来濯纓

采芹亭

芹生泮池上香度古亭陰春秋薦嘉祭采將多青衿

春雨亭

亭臨高閣後春雨常陰陰沾濡若聖化卉木皆成林

南園　陳孟浩

松柏園池盛風烟地位清蟬聯冠珮出肩踵昔人情

道山亭

為山知幾仞嵯峨霄漢上登登倚白雲瞻仰聊忻悵

泮池

半泓水清淺淤泥新種蓮花時来賞玩披襟咏風漣

杏壇

杏壇絶塵鞅蒼翠圍緑陰聖人去世遠無復坐鼓琴

古檜

參天幾千尺知是何年植偃蓋走虬龍四時蒼翠色

来秀橋

虹影枕溪水無塵撓其清晚晴汲新緑聊将濯吾纓

采芹亭

池上新亭好開軒面翠陰泮宮采芹子倚柱時披衿

春雨亭

十六

好雨當春落，閒亭尽日陰。清声生泮水，膏澤被詞林。

南園　馬壽

稍闢郡膠地，暢然有餘情。昔人不可作，獨軫懷賢情。

道山

層峦何蛇延，迴出雲霄上。卓立儼在前，澄心屢瞻悵。

泮池

泮水清且浅，惟産蒲与蓮。暁日潛魚起，晴紋散清漣。

杏壇

修條洒新緑，密葉敷層陰。高秋動灵籟，恍若彈瑶琴。

古檜

在物非所重所重古人植手澤永不朽千年恒秀色

来秀橋

曲折通宮沼湛〻涵秋清壽吾斯文脉累世榮冠纓

采芹亭

瞻彼香芹美叢生藹雲陰佳亭誰所構永以集羣衿

春雨亭

尽日踈還密方春晴復陰忽聞来遠嶠彷彿沾璚林

南園　　韓陽

瞻茲南園地山水秀而清范公創新學千古見高情

道山

茲山何崔嵬，迥出青雲上。聖道仰弥高，後學徒增悵。

泮池

水涵半池碧，中有君子蓮。雨餘花更好，微風動青漣。

杏壇

壇前有嘉木，盛夏多繁陰。閒從二三子，坐石鳴孔琴。

古檜

范公建學宮，茲樹親手植。于今幾百年，猶存旧時色。

来秀橋

太湖抱城郭，流入泮池清。清溝架石梁，時時来縉纓。

采芹亭

作亭泮水上芹生泮水陰采掇供祭祀青〻来子衿

春雨亭

時雨滋品物亭開春晝陰往来無俗客談笑皆儒林

南園　張肎

昔人作醉鄉景物有餘清吟賞時覽勝聊以適閒情

道山亭

望道屢登山道大莫能上終焉不可見令人動怡情

泮池

泓然半壁秋芹香似池蓮風動波成文悠〻散漪漣

杏壇

寒水互来往僊烏嘆光陰昔人眇何在悲歌寫鳴琴

古檜

良材羡古檜雨露久培埴會當作棟梁參天凝黛色

来秀橋

小橋通泮水ミ色秀且清稚宜嗽餘酣更可濯吾纓

采芹亭

開亭臨泮沼窓戸閟簾陰采芹不盈掬幽香満青衿

春雨亭

空亭捺春雨緑窓生晝陰鈎簾坐聽處清風来泮林

追和樂圃朱先生蘇學十題有引　吴寛

泮池

半形循學舍一水轉松林盛矣来多士依然廣德心
跨橋方覺闊垂釣不知深此地名龍腦揚波頓作霖

玲瓏石

奇特非常品来從建學前久爲錢氏物中有洞庭天
輕比濱浮磬温須玉出烟菱溪何足記想見状頑然

百餘黄楊

嚴凝霜雪後蕃衍弟兄同帖莫題李青刀難断寸葱
厄多逢歳閏材短謝良工桃李紛如許終看上下風

公槐堂

九

密葉連街上孤根寄學中名揚蘇子記陰覆魯侯宮既久今何在惟高自不同曾沾時雨化多幸遇朱公

辛夷

莊周称散木形狀獨離奇名在誰多識花開每及時鳥窺無可食虫蝕也須醫作筆應全誤紛紛落研池

石楠

泮水根常溉臨池路不遥頎瞻依曲檻愛護障輕綃別種為交讓（香楠為交讓木）終年亦後凋有材非釁用斤斧免山樵

多榦柏

新甫傳遺種吳門見後昆碧霄多直榦黄壤本同根
霜雪持高節莓苔接古痕三年非檟木十畝自繁陰

並秀檜

講堂前並立霜雪傲玄冥此樹今猶在常年不改青
雨来添秀色風動散微馨科第能相繼題名下有亭

新杉

生爲松柏類不遂歲寒凋弱質蒙春雨高情薄紫霄
諸生沾賸馥巧匠待長條此日材當大初栽自宋朝

泮山

少小游歌地升堂步未窮移山元費力覆簣竟成功

二十

狹徑埋芳艸孤亭納暑風登高誇壯麗興學念文翁
蘇自宋有學景祐初范文正公來典鄉郡延安定
胡先生爲師繼之者爲樂圃朱先生公既名臣二
先生又良師皆一時人才造就遂盛于天下學故
吳越錢氏南園也規制壯宏遠去市井山水之勝
嘉樹奇石錯植其間宛然林壑也舊有十題曰泮
池玲瓏石百餘黃楊公堂槐辛夷石楠龍頭檜蘸
水檜鶚足松漢桐至樂圃掌教時已亡其四先生
乃益以多餘黃楊柏並秀檜新杉泮山而十題復
完今去當時已數百年獨泮池泮山尚在而講堂

前二檜疑郎並秀若奇石固有不知其孰爲玲瓏也寛爲童子入學固不知十題之名獨見　国朝士大夫詠學中諸景詩石刻然皆非十題之舊矣比寛自在都再入翰林專掌　誥敕暇日得閲秘書而樂圃集在焉見十題之作而先生自叙其前尤詳乃悉次其題一過夫今之學遭賢郡守屢加興修規制益勝然所謂諸景又亡其三四矣况數百年以前者乎故既和其詩復序其事庶其物雖亡而其名猶存後世亦有考焉耳辛酉五月既望

序　廿一

新建蘇州府儒學石橋記

陳孟浩

蘇州府儒學宋范文正公割南園錢氏地之所創也其地前後甚寬敞孔子庙居其東明倫堂居其西南北臨通衢周圍繚以垣墻前建大門大門之南有湖水通于来秀橋入泮池泮池建石橋直達于内門〻之裏有方池架木梁于中以至明倫堂為上官往来之所士子迎送于斯然木梁年深被風雨損壞故屢廢屢興而不一永樂甲辰秋孟浩来典教斯李視木梁尚存而木朽危險不可履已欲謀伐石改作以利永久而工程浩大未易集也洪熙之夏監察御史陳

侯敏始来按臨于蘇朔望行香于文庙孟浩因以建橋事白之侯侯欣然曰此橋欲改作無难也乃先捐已俸以倡作興蓋侯名德之重上至尊官顯人府衛有司文武官屬下及豪商富民聞者莫不慕向之咸願輸財薦貨以為之助得米一千二百五十斛得錢三萬五千二百緡乃市太石于洞庭之山徵善工而授役焉命里之有德耆老陸讓苐五人与在泮生員何繼儒苐勸相程督之先乾其池水去其中之汙泥橋之下積沙以定其基布木以寔其底設為七頓頓高去水十有三尺橋之上立石柱石梁于兩旁中行甃

以磚長一百有二十尺廣一十有二尺用大石一千五百片大小磚二十餘萬口傭工二千有餘經始于宣德二年之秋落成于宣德三年之春而是橋完矣美矣于是大理寺卿胡公槩爲之記亦以泮橋名之貳守張侯徽立石書之備矣而生繼儒等再請記其興作之始終費用之多寡橋之方廣長短俾後人知其所自而不忘抑又以知其難成之功如此嗟夫蘇之學自范文正公創造之後到今荏苒三百餘祀其設木梁之興廢不知其幾易矣未見有能伐石改作之者然成是橋卒有待于任風紀者力振舉之援著

令以從事乃克就緒孟浩任是役之責無所能焉夫何以措其辭哉雖然春秋之法所謂直書其事具文見意者也孟浩不佞敢竊取斯義姑述其昔日之興廢今日之改作其也倡興某也主張某也贊襄備記之謹歲月以貽後之君子云尔賜同進士出身直隸蘇州府儒學教授臨江陳孟浩撰

蘇州府學重修廟記　王鳴吉

吴郡學創自范文正公迨南渡悉燬于兵後亦稍稍復完元初兩浙都轉運鹽使朱侯虎以殿宇歲久頽圮出鏹撤而新之至正間監郡六十公亦嘗修飾是

廿三

皆知報本之道急先務也今年春雷陽張侯奉上命
来守兹郡隷事之三日即躬謁廟庭而壊像歷歲滋
久繪采皴剥類多残缺侯顧瞻徘徊喟然歎曰冠也
幼學而壯行凡所以事君臨民者莫非吾聖人之教
獨不知所本耶即以祿米募工壊采聖像四配十哲
章服等威繪綵煥麗观者為之竦然鳴吉遵典鄉校
伏覩侯作新之美事固已可書然正殿像設采繪既
完而兩廡從祀一百五位亦欲一新工用雖頗繁能
不率諸士君子体吾郡大夫之盛心而樂成之一日
請于侯〻乃曰余去家萬里今得享祿唯歲時伏臘

烝嘗之外有餘貲但賙窮卹匱而已今先生悉欲完
諸從祀奚必裒財于衆也輙以禄米易鈔得若干緍
市舟堊給工費不踰月而告成吁賢侯已乎夫吴爲
周泰伯道義之邦礼樂典章衣冠文物甲于東南藹
然三代之遺風焉今侯又能留意于學校重新庙貌
遵欽明詔祀事云初巍巍素王南面之尊冕服威儀
猗欤盛哉侯世爲南陽著族嘗侍其先君照磨官游
廣海間因家于雷今侯下車甫四越月而政事章章
然公暇輙讀書意泊如也且柔不茹剛不吐民咸德
之侯名冠士敬其字也官中順大夫洪武十五年歲
茁

在壬戌八月初吉教授王鳴吉記并書

吴縣學記　施清臣

天地以理而位天理以學而明若稽隆古由内達外織服皆學所以扶植三極而為降衷之宗主也周備之我宋继之国于東南三輔之郛倚郭分學惟吴有之吴學肇端于景祐初自後両邑皆附郡泮吴最壮縣臺府昂屹賦輿租簿急符終訟文書程上者日有干緒雖强敏者救過不瞻奚暇以教養為急宝慶丙戌永嘉趙侯整州棼吏類材詡老練細大畢張一日謀剏黌舍選寛卜勝賓興坊之近城有勲府遺業貿之

良田置藝相址層峯峙西津流亘東貢闈都左客館規右豁然形勢之環合是時飛廉振林交偃虞麓杉松杞梓不索騈獻自尚匠至崇成役匪淹期爲廣厦四十餘楹外睽四斋中嚴一殿從祀有象講習有堂遊息有亭凡什器備焉寔紹定初元也其間以庠養士以田制食司憲林公介先撥公産五百餘石繡衣吳公渊守符鄭公應博續添一百餘石前美後裕輔教思不窮之良圖又閱十有六歲嘉熙庚子宛陵魏侯屬意學事支傾風雨之飄揺提綱歲月之湮墜鳩田畆于鎸刻汰浮冗于寵名有養必有教先是隷之

廿五

佐廳吏借影松長屬不相誰何遂更鄉官舍遴為之範模里彥文行為之領袖潤色縝密士皆德之昔嘗謁辭記不敢為今謂龔石久矣無文何以詔往訖不容已輒為之言体具則凴籍牢處遠則植立耐乃經營是斈者也志續則其用新奬隄則其傳壽乃維持是學者也原民生而俾迓民生之懿彜寓有司而不負有司之法度乃訓迪是學者也趙侯翦萊築宮置犂供粒百須均足以為善教之地經營固難而維持亦未易魏公值多艱之時倥偬不給由後紹前所以扶植教法者心胸契絕出債視償邑之見而侯致力

于學者豈欲羣居諸子始以餔啜而來後以利祿而計要造伊洛下學上達之妙充朱張切問近思之端訓朝迪夕希聖齊賢倘或外騖辭溺彫浮過眼風花之不留好鑽虛詭旋踵霜菅之非寔苟而已矣孟軻氏云人倫明于上小民親于下即理也豈不与天地並扎趙侯善瀚壬戌進士遺愛去思魏侯廷玉輔政世家載美相濟新池陽校官孔君煒壁海前郎今主教席淳祐三年立夏節日朝散大夫新荊湖南路安撫大使司主管机宜文字施清臣撰

吳縣重修學記　王極

芸

姑蘇六邑吳長洲俱附于郡襟山帶湖地土肥衍而多秀民歲大比登民貢籍者率為六邑最蓋士貧則務本而好學理固然也吳舊無學宮紹定初改宰邑者因歲可支始度城西之隅貢闈之右創為庙宇齋廡備具閱歲久棟橈墉頽過者弗肅淳祐七祀會稽趙公寔来祇謁于庭惕然加惧顧而嘆曰昔賢所館雖一日必葺墻屋去之日如始至況政化所自出庸可後乎于是畚築為垣墉六十餘丈内外既限徐儆工聚材爰葺爰址由庙殿而為門為軒由講堂而為廊為序為庫庾傳厨几棟楹梁桷之腐黑橈折盖瓦

級碑之破漫滮者皆除治而更新之廟宇森列有嚴有翼又以餘力造祭服祭器齋庖沐幃百用且備不三月而辨士之占籍者正業有所周旋有序游斯息斯咸服公教既乃躬率執事弟子員与器用備行釋奠礼竣事合辞来請于極頌述歲月以紀公績極學術荒陋㫤克承諸君之命然思其端本之學微功利説勝世之從事者方以操功為術以急功趨利為能奉符執牘若不暇給視政化所自出如孟子談仁義于戰国鮮不謂迂濶于事有賢令尹能卓然与世異嗜惓〻乎此是知政所先後非于所喜聞而樂道哉

廿

古之長民教為先故家有塾黨有庠遂有序国有學考之周制五百家為黨二千五百家為遂則古之遂犹今之邑是通天下皆有學犹以為末也上而天子又立四代之學外而諸侯亦立時王之學誠以六德六行不可一日不存于人心故也士志于學皆知樂士為勸功尊君而親上逮周之季分位日替而礼義之俗而能扶国脉于長久推其由来根本在是然則崇教美俗為政先務謂之曰迂可乎哉趙公名汝社安化郡王之曾孫好善而裕于才肆邑三年政尚安静是役也費緡錢萬七千有奇皆出于廉用積餘故

功成而民不知是尤可紀者淳祐十年三月既望大中大夫宝章閣待制小溪縣開国伯食邑九百戸賜紫金魚袋遂王極記

重修學記

干文傳

事有緩而寔急者學校是也自泮宮修而頌声作絃歌聞而道化行其来已久昧者頋以錢穀訟獄期會簿書爲先務吁抑末矣初姑蘇凡六邑吴長洲附于郡故邑士之占籍者亦附庸于郡庠宋绍定初吴令趙君善瀚始建學于郡城之西越十有六祀魏君庭玉常葺治之事見舊刻内附以来及百年屢修屢壞

豈驛置肘其傍嚴城壓其後空濶幽閒勢不能支久邪抑滋土木之工者因陋而就簡邪至正七年六月縣達魯花赤馬侯祖憲告至頋瞻徘徊慨然曰傳云君子如欲化民成俗其必由學乎今茲庙貌侈剥墻屋壞圮則其教養之費不問可知吾敢辭其責焉盍亟圖之然未有承其事者明年春侯被檄而出至秋乃還先是缺教授久俾郡學録侯如晦揖事遂以侯之意詢于諸儒有復于侯者曰當建學之初官畀田數百畝贍士卒皆膏腴後之司出内者相与為奸欺削其租入之數以取賂于佃人謂之減額歲久弊

滋所減者殆半李計之不充以此誠以侯之賢明復之宜無难吾党稍邑庠無補事功願以月给之粮輸于公以助不足可乎侯聞之喜首捐已俸為之倡時縣君成克昺丞文買問誠以充合歲之秋乃命稽田籍復租額移有司徵之歲果倍入而宿弊遂除其寒士之老于文學者月給粮如故士皆悦服于是樽貫蓄財若治私第九年春興事庀工選吏之練歷愿謹者董其役門廡殿堂齋舍庖庾悉新之更塑文宣王四国公像繪從祀諸賢于两廡復慈湖楊公祠于學之西偏舊以溝渠未立水雨時至則潢潦漫淫于庭

廿九

廡閒乃浚而深之鑿之以石其長百餘尋引而注之通津既久繚以周垣覈以陶瓦而宮墻岌然復以餘力為屋若干楹以居教官凡皆為經久計必堅必完視昔有加不期月而工畢諸儒相謂曰侯之于學勤亦至矣不可以無紀因侯君而請記于予予曰馬侯于吾為契家吾知其人久矣是固宜書且吳為東南望邑地大物衆素號繁劇侯優為之而能留情學校如此可謂知所先後矣不寧惟是立社學一百三十餘區積常平穀二千石門絶私謁庭無公訟庶幾古循吏之風侯君不以掾官承乏而怠其事是亦可嘉

然學校修矣諸君子所以自修者宜何如予嘗忝教茲邑能無言乎昔人有陳其車馬印綬示諸生者以爲稽古之力議者猶或非之科舉云乎哉孔子曰古之學者爲己千萬世之格也諸君其可不勉以答賢侯之美意衆曰唯侯字元章予同年馬公伯庸之從弟也由胄監釋褐同知陳州以選爲令云嘉議大夫礼部尚書致仕干文傳撰

吳縣修學記　陳基

平江屬縣麗郡城者二縣皆有學而今三皇廟寔宋景祐間吳縣興學宮舊址也其徙今郡城西實興坊

廟序斋庖凡四十餘楹則紹定初縣令趙善瀚卜焉淳祐之際縣令趙汝證更繕完之国朝混一郡縣通祀孔子而吴縣學至正七年達魯花赤馬祖憲嘗一修葺十九年縣尹張經斵石作灵星門甚偉而庿學更十餘寒暑摧圮就壓槩未遑有植其仆而刷其蠧者今縣尹楊侯由行中書椽史以閩敏亮達選爲是職甫下車即謁先聖先師環視内外慨然以振兴爲已任顧教官方虚席而李廪告匱且久遼鄉貢進士吴興莫牧客吴郡侯雅知其賢因折節以學事委之遭時多故民罷于力役侯徒手于百廢之餘計未知

所出閭爲孜曰吳民雖困瘁苟以義勸之宜無不用命者吳父兄察侯意所屬咸奮曰吾侯爲政殆知所謂後先緩急者乎夫礼義之可以爲国也久矣今侯不鄙夷吾民而欲以礼義畜之甚盛舉也故宋太師魏国文正公九世孫范廷珍等率緡錢合五千有奇爲修學費未幾縣之浮屠氏灵巖寺住持浄標等謂其徒曰我与儒者雖異師然衣其食焉日与編户之氓俱以十一之賦係于縣幸天惠賢侯非惟編户者有賴吾徒亦竊有休利焉彼編户者不敢自愛其力以佐侯興學吾等獨敢私愛其力乎亦相勉以貲

三二

若干緡来助侯曰吾事其殆庶幾矣乃擇縣曹勤練
有幹局者司其出内侯辰入署縣事退輒至學親校
百工惰勤以程督之中為文宣王廟後為明倫堂旁
為両廡為斋、廬規制大畧悉遵紹定之舊而其以陘
撤腐以直支傾材必貞工必良視馬侯所修或有間
矣其周之而為宫墻覆之而為階陀闕者補之陋者
遷之埋坑者填之使容夷之使平其丹堊之漫漶者
飾而新之両序從祀先賢之像剥落黕昧者更繪而
神明之于是上棟下宇内垣外墉尊者益邃以嚴奥者
益完以好入其廟儼乎其有臨也升其堂肅乎其有

容也師生教養秩乎其有序也經始于至正二十三年十二月壬寅訖工于明年七月甲子既竣事侯率僚佐行釋奠礼退集師弟子員講六藝之文因嘆曰吳為縣地方百里學宮与縣治俱麗郡城而境内之人散處山澤其不得以朝夕肄業于學者亦多矣乃呼其父兄而告之若曰吾欲俾若里有社〻有學〻有師以教若弟子可乎皆應曰諾居亡何百里之内絃誦相聞口誦詩書身踐儒行者相屬于道鄰州吳江之民曰奚士龍者而慕之割私田九十畝有奇來帰以繼廩稍于學侯亦弗之拒也訓導鄧德基黃本文

疏其事請書于石吾聞學校廢興視守令之賢否此古今之確論也承平以来爲守若令者不駿奔于期會則攘臂于賦斂鞠躬于簿書蓋八十年于此矣其不以文具視斈校者幾何人哉及天下有變向之所謂駿奔攘臂且鞠躬焉者卒莫知所以救之楊侯起家爲材椽一命縣長吏當百戰創痍之後視承平所不暇者若可以少緩矣而侯顧汲汲焉東帶詣斈正色一呼應者如響而異端之徒鄰州之民不謀而至者恐後礼義之足以感人也蓋若是方是時郡守馬君以師帥之職綱理乎其上楊侯以縣大夫与丞鄭

翀簿王造典史舒昉刘惟志勸相乎其下上下一德求學校之無興不可也使凡戢守令者皆知不以文具待學校而長民者必以礼義先天下而天下有不足乎者矣楊侯為縣未及期月而善政類此者不一而足以不繫于學校故不書侯名彝字好德鄱陽人董是役者縣曹史朱師顔李文質沈元祥學吏樊應龍也至正二十四年五月辛巳通奉大夫内史陳基撰

吴縣修學記　　姜漸

昔者三代之有天下也文莫備于周而太伯寔啟之

教莫盛于孔子而偃寔師之自泰伯以天下讓而吴爲礼義之邦自言偃北學于聖人而吴知有聖賢之教由周而降天下未嘗無乱也惟吴無悖義之民由漢以来天下未嘗無才也惟吴多名世之士雖歷千數百載而太伯言偃之風至于今不泯也噫教化之感人心而善民俗也如此州縣自隋唐始有學今吴縣學則自宋紹定初縣令趙善瀚始改築焉其增廣斋宇而充拓之者則前邑長馬君祖憲斷石爲外門而規模宏壯者則前縣尹張經也當兵革屢興殿廡頽圮斋舍狼籍及吴既帰職方知府何質首以興宰

學校爲務屬司承事罔敢弗虔前知縣蔣君玉方圖繕完而去戢不果知縣事濟南曹侯文綱甫下車進謁學宮顧瞻咨嗟乃与其丞趙君率初嚴君瑄主簿花君景新延君壽典史夏君兄各捐其俸入以作經費俾縣吏湯文英吳裕董其役凡殿庭門廡扶顛易摧飾以堅緻繚以周垣內外完好復繪從祀像丹青煥々視昔增美于是講授有齋弟子有員自經始至畢功凡六閱月工師告成釋菜有日命揖學事周敏訓導范明大述其始末屬漸序之漸故爲吳諸生知吳之可以教而天下士以吳爲泰伯之故墟嘉吳人

三四

之不悖于義生其人民既死之中則其礼義之效既已白矣今縣大夫又爲作興斯學以爲成德達材之地則凡爲吴民者其父兄率其子弟趍事而赴功以服侯之令其爲士者修身踐行思用以名世以無負聖賢之學是則所以報上德而善民俗者將不在于斯乎故因諸大夫之請輙推本泰伯言偃之所以被于吴人者以記之庶觀者有所感發而興起也承事郎太常博士姜漸撰

吴縣學新門銘序此文乃鄭元祐作　盧雍

天下郡縣學莫盛于宋然其始則亦由于中吴盖范

文正公以宅建學延安定胡先生爲之師文教之事自此興焉若吴縣學李宗詳圖經云宣王庿在縣廨東南今三皇庿故縣治也紹定初永嘉趙善瀚始建學于郡城西南之實興坊去姑蘇驛不百步其廢置遷易槩可考矣宋以杭爲行都中吴乃三輔近地縣學宜大于鄰邑然負城隅東于地埶盖甚廹窄更宋迄今累經完葺記刻具在至正十九年郡守海陵周侯仁縣尹丹陽張經皆已興學爲已任睹學之外門日就廢壞乃始琢石爲庭與楹上象日月堅緻聳峭翼以垣墻瑰麗宏敞称其爲子男學宫之門攝學崑

三五

山盧熊及學之人士咸謂縣之有學久矣未有以石爲門者非二侯致力興不及是也遂爲之銘其辭曰吴縣有學由宋始完宋社雖墟學宫則存維學有門聿嚴啟閉因陋就簡蓋已歷世郡守周侯近古遺爰張令佐侯民所共戴琢石庭楹新作學門石質如玉孚尹温潤木易蠹朽石堅斯久何莫由是以啟其蔀勒銘于兹豈特詠言來游來歌永矢弗諼至正十九年歲在乙亥五月壬辰盧熊撰

吴縣儒學重建記　楊榮

蘇爲東南望郡吴縣蘇之望邑也儒學爲一邑之望

而或施教無所瞻仰不称善為政者得不究于心乎
然興學盛事改作大役也舉大役而使劳費一出于
民其得無怨嗟之声而克底完美者乎若夫知所究
心事底完美而不動声色得不难其人乎吴縣學旧
在城西南隅實興坊其地卑隘庙學皆簡陋旁逼軍
营喧襍相接春夏水潦四集墙壁傾仆誦習常輟郡
縣之長貳暨師生往往興慨欲遷改之而未有能當
其任者宣德七年工部右侍郎庐陵周君忱奉　命
撫廵東吳諸郡偕知府豫章况侯鍾同謁庙學見其
不称因協謀更造之得隙地于縣治西南視舊學地

三六

廣四倍高爽平曠衆咸謂宜况君具其事得請于
朝二君復相与議曰是役不可重費吾民遂計郡之
諸倉歲積葦席得五十餘萬鬻米可五千餘石凡材
石陶甄之資匠作力役之需悉于是取給而一毫不
干于民復擇耆民王信芊董其事經始于宣德九年
冬十月訖工于明年夏五月以日計之二十三旬有
奇成功速而人不知其劳享礼有殿講論有堂藏書
有閣宴休有亭以及門廡齋舍庖湢各以序列通爲
屋以間計之二百三十有餘材用堅而人不知其費
其既成也父老嘆曰庙學不称久矣一旦更新于数

百年因循之後而不以病民庳之積屡矣昔也不侵盜于吏胥則腐化為埃塵今乃成一邑之偉望何其善也既而教諭李讓斉具其始末走書京師求予記惟學校王政之首教化之源也我　国家　列聖相承興學育材六七十年于茲矣校庠之盛振古未有是以絃誦之声郁郁颯颯溢乎遐迩而賢才輩出俾賛鴻化後先相望亦莫不由良有司欽承　德意以振作之然其政作有方若吳縣之建者亦不易得也二君子信為善于究心者矣來游于茲者尚知力學求道篤志勵行期不負　聖明造就作養之仁將見

效用于時秉芳于後以為斯學之光則二君子之用心亦必傳誦于無窮矣是為記榮祿大夫、少、傅兼工部尚書謹身殿大學士知制誥　國史揔裁建安楊榮撰

吴縣學祀田記

彭顥

釋奠釋菜所以礼先聖先師者故有天下者必立學以祭其先聖先師自孔子殁天下皆尊以為先聖又取顔、曾而下配焉以為先師後世無以易也然釋奠有樂無、尸祭之畧者也釋菜無樂則其又畧也　國朝脩礼興學、垂八十年春秋釋奠遂以著令而釋

菜之礼則未領行焉姑蘇南京畿内大郡而吳為附郭各邑皆立學置斈官生員而春釋奠則隸于郡學也邑斈僻在西南城隅宣德甲寅巡撫侍郎周公郡太守況公咸以為隘陋非育材所乃擇勝地遷而大之乙卯夏落成二公謁庙行釋菜礼周公嘆曰古者士之見師以菜為贄故始入學者必釋菜以礼其先聖先師今郡學春秋行事皆釋奠之礼而邑學落莫無以將敬甚非大夫士見師之礼乃命月朔舉行使敬有所申人有所瞻仰因以識古礼之復行歲以為常正統辛酉邑耆民王思信許均美以為是礼之行

三八

可謂復古矣然費用之出資于有司恐非久遠計乃白于邑令永嘉葉侯頒割自己常稔之田各八畆有竒名曰祀田歲入米三十餘斛以其所入給其所用則歲有所贍而可傳永久請以教諭隸籍代主其計而時其出内乃嘉歎称奬而下其田于學焉初邑學之遷建也思信均美奉周况二公命以董役當時有上言侵撓之者非况公独任其咎而責成于思信均美幾何不至于垂成而廢哉既而殿柱有朽壞者基址有低陷者又白况公倩匠修整及作與賢狀元二坊以激勵學者又捐已田以贍祀事豈易得者哉昔

范希文捐別墅以建郡斈又割膏腴田以養士類今、覌思信均美之智識趣向雖不足以比擬希文之高明正大而其惓〻崇學之美意豈不庶幾希文之萬一哉嗚乎世之人家裕而財豐者非醉醲飽鮮以養口腹則供佛飯僧以徼福利孰肯尽己之心捐己之有以崇重學校以黼黻太平者乎是不可以泯乃為記其事使刻焉教諭泰和彭勗記

吳縣修學記

吳寬

蘇乃屬縣惟吳最古之隸縣皆有學惟吳縣之遷為近蓋學初偪于西城甚陋宣德乙卯周文襄公巡撫

吴中、与知府况侯始迁于今昇平橋東可謂美矣然
人復以、爲有可改作者門偏而不直、尔前令仍舊皆
未暇及會、監察御史海陽吴君一貫巡按至諸生言
之君以爲宜、于是任丘鄺君璠以進士来爲縣政令
既行歲遭大熟、曰此費不甚固無難者未幾規制端
整徑亦不迂而學、益美矣君又以校官宅舍填塞門
内而藏書閣後有菜、圃復築而遷之學前舊有隙池、
獨缺其西南又購居民、以廣之至于跨池以作梁臨
衢以樹表凡所傾壞無不、修治弘治丁巳春功既訖
教諭李仁訓導熊永昌甘澤、率諸生来言曰願有記

也自予家居二年見鄺君為政精敏若修學特其一事耳然人又以改作為勞民而以仍舊為省事者蓋出魯人為長府之説也夫長府之制釋者以為藏貨財之所當時改作或病其卑隘而欲新之未可知者若然則以利為意而刻剝攘奪之患必不能免此閔子所以止之而孔子所以是之也如學校之設聚人才于斯明人倫于斯自昔惟患居上者不之務耳蓋鼓舞振作使游息之士感動其心自有不能已于學者此正教養之机也吳君克持憲体固不妄舉事者否則鄺君亦有為哉故記之以示後人吏部侍郎吳

四十

寬、撰、

瑞蓮詩有序

劉鉉

正統四年春三月朔吳庠生施槃廷試既擢爲天下、第、一蘇人之聞者咸欣躍稱賀初吳學在西城側卑隘陋、簡于師生升降周旋規制弗稱郡侯況公鍾遂欲卜遷、去其學東北一里許撤廢第建之遣侍郎周公忱巡撫、來茲共協其議歲乙卯夏四月學甫遷是秋學之生伊、侃遂中京闈明年第進士人咸以爲遷吉所制戊午夏蓮生泮池忽有一莖三花之瑞人又以爲文明之兆既、而學之生中京闈者三人曰周郁張瓛施槃而蓮之兆驗矣及今狀元果出于是吁不可已乎按郡志宋淳熙間黄由衛涇相繼試為第一迨今將三百祀而第一者始復見焉故自邑大夫以下洎章甫逢掖之士僉曰四海之廣英俊之衆而文章之冠者獨在于是且學舊于西城側垂幾百年今始遷新卜不五載而等倫之魁者即出于是夫豈無意哉寔由二公作興以義勸導以德而一時同事者皆克副　国家養賢之意故能致夫若是爰思所自乃于夏四月初十日具牲釋奠先師事畢則張席舉觴以為郡侯慶且以為斯文遭際之榮而增光于鄉

邦之賀于是歌凮雅之辞合工樂之音衎凞若皆充然而有得時陪侑者蘇州衛指揮使謝欽通判潘叔正推官方矩照磨趙中吴長二縣知縣吴復縣丞吴清王本正郃昕主簿陳現舒勝馬騏刘福典史王平教授何澄教諭彭顥蕭栾訓導丁鴻陳賓王信鍾昂張素宋楷郡人刑部主事趙倫監察御史柳華共二十五人翰林侍講刘鉉聞而喜之賦詩以紀其盛詩曰　聖皇嗣位四載春礼明樂備文運新宵旰求賢方側席英髦羣起来充賓南宮會選誰上第施君少年富才藝虞廷俊乂欲爭先成周多士應堪继大廷

廷敷對帝臨軒三策、天人綴萬言殿前敕賜聞臚唱
天下名魁識狀元狀元、今是東吳客吳庠舊在西城
陌前當通衢舍卑陋後柢墉陴地湫窄郡侯方圖重
徙遷亞鄉来視亦云然令丞、經營度筮吉其材除地
河之堧堂閣門廡楹堅緻文庙、高明更弘邃一庭芳、
草自生春三朶池蓮發嘉瑞〻蓮、争睹人誇奇吉兆
先占衆所知兩科疊出多魁傑天與、賢才佐盛時宋
朝黄衛世歆羨三百年来今復見遥望、祥雲綵色凝
況有魁星夜光炫郡人咸誦我公能學校、人才屢作
興事堪追古寧多讓常衮文翁合並称仙郎、已步瀛

洲裏喜有先声到鄉里身榮霄漢新袍笏輝耀家邦舊山水共思報本聊攄誠釋奠先師具特牲酌餘請為郡侯壽滿堂陪飲皆簪纓我嗟人勝地亦勝盛事欣逢癸歌咏送和菁莪泮水章庸為朝廷得人慶

吴縣學進士題名記

吴寛

後世所謂進士者其实做乎漢其名取乎周其源則出乎唐虞而已唐虞之敷言著乎舜典周之掄才見乎王制漢之對策載乎班史其言燦然皆可考見自漢而隋而唐而宋而元益以文章經術取士士由此選者高言乎天道卑言乎人事近言乎華夏遠言乎

夷狄若性命道德之奥教化風俗之机綱維之弛張、礼文之因革人才之進退吏治之得失以及兵戎田賦刑名水利之類凡国家之大体當時之急務上所欲聞今所欲為者一日之間立乎殿陛之下操筆伸紙随問而對其言直与諫也存乎士而士之志君之德皆于是乎見則世道之升降亦于是乎見矣　國初右武事上民功士之出為世用者不限以科第至于永樂紀元民庶且富文教大興　龍飛初科取士數倍于前一時績學館閣試政方州者多其人至今言進士科者首称之盖　文皇帝所以鼓舞一世磨

四三

礪天下而爲此盛舉耳迨及宣德 正統間士益向風爭相磨濯攘袂以起以至于今如星列雲簇煥然以相輝靄然以相映人文宣昭而天下化成矣吳爲蘇古縣〻有學舊在胥門内宣德末北徙一里而近後四年當廷試其進士第一遂出吳學邑之人雜然譁曰是地之利也四方傳言以爲奇事有識者則疑之蓋王者必世而後仁豈惟仁哉斯文之興亦然周之文歷二代而後盛 明之文歷累朝而後盛其時之久近世之疏數不同其理同也故使其學徒于百年之前欲科第之盛不可得使仍其學于百年之後欲

科第之不盛亦不可得此世道氣運所在未可以淺近窺者不然木之移植纔数武其柯葉之蕃茂者天久人力深而謂尋丈之土異宜可乎進士例題名李官于是教諭汪君洋訓導潘君遂陶君福相率言于縣令張君鳳翥又言于提學監察御史戴公郡守劉公皆曰宜如故事乃集洪武甲申以来自沈達始得若干人次第刻之石而虗其左則有俟乎将来者翰林院修撰吳寬著

吳縣學鄉貢題名記　　錢溥

國朝取士舉于鄉貢升于礼部而策于　天子之廷

四四

為進士郎成周命鄉大夫察德行道藝三年一貢賢能之書于王〻受之而登于天府之意也及周教衰多雜士多襍出之途其後科雖設于隋唐然皆靡然詞賦而無復考素行之原詢鄉曲之譽者矣啟我
皇明君師寓內而取士之制首革詞賦惟試以經義博以古制策以時務為三場近又設憲臣察士以樸行為先雕文為後始受牒以進蓋猶不失成周鄉舉里選之遺法也噫士由科目進者烏可不知所重哉南直隸自洪武甲子三年大比于京府恒以蘇為盛蘇之士由吳縣起者項背相望癸解三人擢掄魁

者一人三試有録太學有　足震耀、天下而彰聞来
裔獨鄉舉題名未立盖至于今甲午三十有一科矣
豈不有待于賢守刘公汝器之来乎公由内臺守蘇
慨然首以興李為任乃召吴令張侯鳳騫曰鄉學無
記前無可考後將何勸焉乃奉命唯謹亟伐穹石遺
庠生頎頎走金陵以文請余意吴士觀設科以来已
載于石者前輝後映固足有可法者然當未載之前
尚有可法者乎上不負天子下不負所學陸敬輿也
先憂後樂以天下范希文也二公皆歸然三代人物
似未足以唐宋間科目論者士凡志于用世無不以

罡

二公為法況与我皆吴人而不取以為法哉法乎今者科目可以継美法乎古者功業足以名世垂後、法乎今犹今法乎古也士不可以自量哉劉公与張侯皆起　進士而　所當法者相　立石而為後来勸尚有　于斯意之外者乎學士錢溥撰

吴縣學射圃記　王鏊

鄺侯璠治吴縣之三年適新學宮直廻正袤闢隘抗卑門堂庭廡煥改舊觀而射圃仍在學之西偏湫隘偪仄下無以周步武上無以崇揖讓頗甚病之會考績还任謁于文庙顧瞻其東厥有町疃問之曰某氏

之弃地也倍直償焉爰始經營有操書致者曰吾長洲之氓某也而有地焉鄰吳李宮聞侯崇學右文敢下執事獻諸侯歸之直不受于是得地衡五十弓百步乃始作亭曰观射賓主有階抗侯設豐洗水篚縣莫不有所于是學諭李仁芧來言于予求記其事以示後學之有射圃非曰不忘武事也蓋亦學焉而其礼廢久矣其儀雖具于儀礼領未有舉行之者往時天台陳公選以御史董學政于吳始命兩生習之大江之西得其儀以還俾諸生歲時肄之某于是寔備衆耦之末預观周旋揖讓之盛于〻翼〻似劳

四六

也而甚遠也似迂也而甚莊也問學之餘于是游焉息焉揖讓焉獨非學乎即有傲慢怠惰之氣奚自入焉蓋非惟可以觀德也又可以養德焉者故曰仁者如射又曰射有似乎君子今陳公去吳久其亦窃于　朝且三十年不知吳下諸校其射儀尚猶昔乎抑有異于彼者邪鄺公修政之餘力能加意于此故為記其成于石使後之人知古礼之缺而幸存者固陳公是賴其責而敕之庚而續之其禮久而不廢者鄺侯之力也

慈湖楊先生祠堂石刻

慈湖先生文元楊公嘗就養吳學者思弗忘立祠縣之學嘉熙庚子門人青田趙與篙以郡守兼淮浙發運右鄖陳塤提點刑獄敬瞻遺像崇飾一新孟夏丁未舍菜鳳安金壇湯遠永嘉葉　金華汪真卿麗水胡宗臣西安劉觀於潛何光華合沙葉愬佐吳興畢衡以官僚來門人爲僚者會稽楊瑾龍泉張然里居者新沿海制帥何元壽天台陳繼申自太學來咸相禮宜教郎知平江府吳縣主管勸農公事兼軍正胡宗臣立石

四七

吳都文粹續集卷五

長洲錢 穀 叔寶編

俞 校

長洲縣學記

古者比閭族黨莫不有學今環百里之地而爲縣詎可缺與按吳郡志唐置長洲縣距今三百餘年而學不建豈簿書期會不暇俎豆之事未之聞與景定壬戌詔縣增主學用丕儒教宋君楚材寔在此選至之日乃嘆曰官以主學名居無廬士無廩師倚席不講惕然以惧鄉寓劉公震孫列其行于郡郎近縣廢寺爲肄習之所士不間遠近裹粮而來旬有講月有試

一

考德問業于此可觀宋君又懼無以繼乃裒俸餘與束修之入請于郡因寺建學以惠悠久太守陳公均親來相度指前一塔矗如文筆頎而揖曰殆天相歟于是徙佛像于他所宋君遂与諸生經之營之斵者斤者亦各自獻其藝由礼殿至學門煥然一新齋舍庖湢靡不具備起于乙丑春成于丙寅夏民有争田不決前守撥充養士具上于朝會乃入季公鏞来守是邦悉令歸之而士有所養宋君之志亦少舒究矣屬予記之辞不敏請益力夫教亦多術矣孟子吃緊誨人處曰學問之道無他求其放心而已矣蓋人之

所以灵于萬物者以其有是心焉耳是心雖依血氣而生而一點光明具衆理應萬事未有觸之而不動感之而不應孩提之童莫不知愛其親及其長也莫不知敬其兄是之謂本心物交物引之而去此心放矣從耳之欲而好婬哇從目之欲而悦紛華從口之欲而飫肥甘鼻之于臭四肢之于安佚亦莫不然若放而不求流而忘返放僻邪侈無所不至而一點光明未嘗泯滅反而求之心在我矣是故出入無時莫知其鄉一息而遊堯舜之天一息而淪盜跖之淵聖狂之分求不求耳然此心之放亦豈俟于形者哉有

二

所忿懥有所恐惧有所好樂憂患而不得其正皆謂之放人能於日用之間每事省察有不善未嘗不知知之未嘗復行顔何人哉希之則是嗚呼孟子之所謂求放心者豈如釋氏死灰槁木付此心于無所用哉自吾惻隱而推謂之仁自吾羞惡而推謂之義自吾辞讓是非而推礼与智無不尽矣舉斯加彼可以參天地賛化育此君子所以大過人者善推其所為而已矣矧今徹緇廬而廠儒宮立師道而新士習同堂合席相与講明當何如哉始而省察以存此心之全体終而充廣以達此心之大用庶乎可以為士矣

是又宋君之所深望故併書之咸淳二年四月朔朝請郎权兩浙西路提點刑獄公事節制澉浦金山常州江陰水軍同提領鎮江府轉般倉借緋廣信俞掞記

禮堂記

吳必大

禮立乎天地之間而人參焉人之所以異于禽獸者以其有礼也飽食煖衣逸居而無教則近于禽獸人而無礼不亦禽獸之心乎夫唯有禽獸之心也弱之肉强之食争端起乖氣興而禍乱作矣故曰壞国喪家亡人必先去其礼聖人作因天秩以教爲之宮室

三

堂奥之居為之簠簋俎豆之數為之殽胾食羹膾炙醯醬葱渫酒漿脯修之用而恭敬辭遜以出之所以因情立文辨分定志而固人之肌膚之會筋骸之束也所以達天理順人道之大端也故惟聖人能知人之不能以無欲也人之欲莫大于飲食也故惟飲食有礼聖人安之君子行之衆人勉焉于是簞食豆羹由是則生而有不屑者矣肉乾人飢日晏不得食而有所不敢者矣吾嘗評斯人可使餓死于首陽立乾于河上而不可使犯非礼取非義夫安得不有益于人之国家長洲故無學撤緇廬以為之學之究也士

負笈造焉勸趨成俗則宋君楚林功多君既表其宫而新之燕食有堂命之曰礼堂問故曰吾于礼食有取也君之用心忠矣吾聞古人之在幼也能食教以右手能言教以唯俞教以男女之別長幼之序十年出就外傅乃所謂學也家有塾黨有庠術有序學則終今共之曲礼一書其識飲食之礼備矣嘗試言其略曰共食不飽共飯不澤手而飽非遜道也而澤手爲其近于穢也曰流歠曰固獲曰鍚飯曰遝羹曰嘬炙欲速也求多也凡可以得食者無不力也厚己而薄人也有声而無容也終食之間須臾之離而賢不

四

肖之趋習中莫掩焉是可以观人矣是故聖人致詳于飲食之際也其旨深諸生來前吾語子礼其承而師孫而友謹而飢渴之害羣居終日唯善是務觴酒豆肉而成德寓焉幼之學壯而行礼不可勝用矣昔明道程子至天寧值僧方飯見其趋進揖遜之盛而有三代威儀盡在是矣之嘆礼失而求諸野盛服佩衿不犹愈于野歟必不失是而後人其人庐其居足以閱浮屠氏之口以無墜宋君之善諸生皆曰謹受教宋咸淳二年九月庚寅朔奉議郎添差通判平江軍府兼管内勸農事吴必大記

景文堂記

趙與鑒

吴郡立學自范文正公始附城两縣其有斈也亦宜然自景祐以来二百餘年吴邑有而長洲缺焉按吴郡志縣南一百步有孔子庙邑令王公禹偁嘗為文属郡侯狀元柴成務為之記今庙与碑不可復考意者強室兼并梵宫侵漁未有能經理之者景定四年制詔天下縣設主學而宋君楚材来主長洲事宋君蜀之眉山人經明行修于易尤邃避難来吴隷職和靖書院嘗為尹肅公請謚趨向端的人皆賢之恕斋洪公勲与法從諸公共薦于朝俾兼書院堂長以其

五

未立學也已而鄉大夫列祠于郡趣開試乃即近縣廢院為講習之所師友褁粮月試旬課户履羣集于是宋君就請以廢院為學捐俸餘与束脩之入葺而新之簽判方君山京雅相推敬會有而争沒官田為擬充學廩太守陳公均聞而是之未踰年而學有緒嚴像設崇講座爨舍翼如衿佩襜如始無負天朝建學立師之意乃揭直舍之堂曰景文丐文于守守屬與鑒為之記然則宋君之意其惟范希文之是景乎與鑒不文何足以知之竊惟文正公宏勳鉅節掀揭宇宙文章特其餘事方其上宰相書言朝政得失民

間利病凡萬餘言文正公曾見偉之及考其平生所為無出是書而尤以興學為先務慶曆中開天章閣召問輔臣為治之要詔天下立學取士先德行不專文詞皆公所建請然則文正之所謂文豈特摛章演義云乎哉吳為文正之鄉吳學乃文正所立立學又文正所請今長洲昉有學不于文正乎景其誰景耶凡百君子入斯學登斯堂仰前修之超卓思始創之艱難盍知所以自立云咸淳改元中元日朝奉郎添差通判平江軍府兼管內勸農事趙與鑒記

六

友德堂記

方山京

吴附邑獨長洲有縣無學寄廩郡庠養士景定壬戌冬公朝詔各縣置主學宋君楚材始尸其任初至栖栖無依貴寓列其事于郡郎廢院講肄宋君継請于漕臺及郡就改院為學月有試時有習衿佩詵詵文風大振来游兹學者阮公登炳乙丑冠南省以亮陰免廷對賜第登龍首先是淳熙辛丑黄公由孝廟親策為天下第一二公俱長洲人也宋君闢一室繪黄阮二大魁之像于上扁其堂曰友德屬山京紀其成山京辭不克當曰君亦有惠于兹斈也奚辭向君賛畫吴幕有廢寺田四百餘畝胡居敬至西湖書院与

有力者争欲得之二券俱不直君執筆擬曰莫若以長洲之田養長洲之士遂歸于李楚材併復還郡庠之寄廪今士養于斯君亦與有力焉山京諸曰此養也非教也教以德為先德以友為輔獨昌黎謂詡詡笑語一旦下石焉者此可為友道一吁也故曰德有凶有吉正直忠良和平寬厚恭敬篤寔皆吉德也邪佞剛愎崎嶮鍥薄慢易輕浮皆凶德也納交者宜謹擇于斯則切磋琢磨相觀而善麗澤之益滋多矣否則墜韓子之譏雖然以吾有其德而後能友人之德善修德者深造自得居安資深心術之涵養履踐之

七

既固立必有方行無越思友一鄉之士為未足又友一国天下之士直至于尚論古之人取友愈大德与俱大道義儔匹乎聖賢事業焜耀乎古今豈曰無所自云宋君蜀士老成有學問观其興學可以知其德矣時咸淳丙寅長至前三日承事郎差簽書建康軍節度判官聽公事方山京記

咸淳改立學門記　錢說友

長洲縣舊無學附府學以肄士景定中有旨叙主學員于是邑之士請諸臺郡即縣西廢寺為學綿蕝集事而宮墻門未正南向之位見謂缺典咸淳八年春

邑之士有請于憲臺今提學損軒洪公亟俞之俾闢寺地以正李門輿望所屬不日而就所以為學之宮者内外于是乎備未幾有譁髡越訴于省部公請而寘之刑事竟帖服諸生衛恩無斁咸願刊石以壽厥傳說友惟夫子之道千萬世一日南門之設制度爲尔于道無增然今之世浮圖之宇偏天下而素王之宫郡縣僅置其一焉而扶植之不力則是有愧于思樂之頌矣公一舉而斥異端興吾道厥功茂焉不惟兹門之正而已矣諸生出入是門藏修游息涵泳公恩且与斯學相為悠久又不惟兹石之刊而已也說

友為文學椽于斯邑樂諸生之請得遂而吾道之振起也故叙其事著于下方以古来者使知公德之無窮云主學錢說友記

長洲縣學記

陳旅

郡邑必設學以教其人而治之徒制民以法而不納民于道非善国也唐武后時以吳縣地大治有所不及始割縣北境置長洲縣而未嘗建學是時豈知教之為足尚哉宋世主學事者常假並縣浮圖氏之室以為學則亦未有專所矣皇元既一六合乃興起學校以崇化基天下莫不向風而當時邑令以浮圖氏

之室不可久假遂即長洲驛舍為孔子庙大德六年
縣徙麗郡治明年移驛材構縣治故址庳隘簡陋師
弟子登降周旋相盪摩又無所于休不足副国家右
文之盛心郡人陸德原顧而嘆曰長洲為吴鉅邑自
唐至今六百餘載而庙學若此吾雖非其民而与其
民同郡況吾學孔子之道者也道有不同者乎幸而
席先世貲產足以供公上之賦而具衣食于吾私矣
于此而用其贏不亦可乎縣長官元童公聞而喜曰
是能紓吾責者益以礼勸成之于是筮吉日除故縣
治地築長垣周之前起礼殿闢廣庭穹門翼以邃廡

後為兩齋為論堂為庖庚凡所宜有者以次皆為之
材必良工必善規制嚴壯而攻作堅緻淛右邑校盖
未有能勝之者又屬名工凝土為先聖四侑十哲之
像而繪羣賢于從祀之位道德之光宛其在此至元
再元之三年三月經始明年十月告成觀者咨嗟謂
世之人率罄其所有以為老佛氏之宫今亦有為是
者乎德原又以為學雖美而歲入不足以養士則徒
為是虛器也乃又以田如千畝為學田以寔之五年
秋旅以国史之命如京師道出吳門邑之人士來請
記辞弗獲乃与之言曰古者黨庠術序与二十五家

之塾皆所以教其人也今長洲之民遠處郡郭外而斈設于此無亦不相及乎抑聞之士者民之秀也秀民雖生窮鄉不能自局于耳目所接之近故必遊通都名城以充廣其所學而姑藉為郡當東南大道之交而名士大夫之所集也邑人之來此者出而有見聞之富退而講道藝于其斈々成而歸則以美德著于其鄉必有觀感而企之者矣一鄉得一士猶足善俗況多士哉子皆邑之秀民也能益美其身以歸表于其人庶幾建學者之意与詩云攸介攸止烝我髦士吾將見長洲之士烝々然起于田野之間矣是為

十

記德原字静遠篤慎闇敏藴抱美器而退然不自表
褖今為徽州路儒學教授云應奉翰林文字從仕郎
同知制誥兼国史院編修官陳旅記

長洲縣學記

金玟

長洲藴之負郭邑也自唐武后始割吴縣之北境為
邑而未有學嘗假浮圖氏之室以為焉及元即長洲
驛舍建孔子庙甚隘弗称後至元三年縣長元童擴
充之庙學始備越三十八年帰于我　朝聞嘗葺之
而新者復敝固其所也洪武六年知縣京口張翔躬
率僚佐捐俸面諭羣士輸材木之朽者易壁之漫圬

者由内暨外靡不用工前大成殿後明倫堂及中門左右廡傾者支缺者補敝壞已極不可支補則撤其舊而新之齋後增置鑪亭各一所又刱公廨三間及學門于庙之右泮池架梁圍構亭伍射置各得其所而墻垣之周巋然壯麗重繪兩廡七十二子諸儒像祀延陵季子以下先賢凡七人興學有祀以示有功于學者必報于是長洲之學既完且美教諭周敏書來徵記余謂官之修學職分所當而能加意勤力若是蓋可尚已至是士之為學其當加意勤力甚于官之修學可也苟官修其屋室而士不修其行業則游

十一

居于學者將何爲扎士之爲學雖不止乎是然秉是而勉〻勿怠異日學術大振端自今日學舍一新始俾見聞者莫不敬慕不其偉歟此亦邑之職治教者之所望也

蘇州府長洲縣重建儒學記　夏時正

學在郡城之艮隅創于前元至正中乃成化壬辰五月巡按監察御史古趙鄭君銘提學監察御史浮梁戴君珊行部至茲會郡守鄱陽丘侯霽始至展謁廟行學礼頋瞻庭宇湫隘弗称歲久將壓不治咸曰是我輩責也將撤而新之侯任其事特以告巡撫右副

都御史古許畢公亨因出公帑羨餘金為相邑令余金視職為親恭勤夙夜主簿刘恩委命之嚴守敦厥役貲裕出公材貞且良百役具興羣工和會始工于是年八月迄工于明年五月左庙右斈式如垣度王屋四柱兩序拱向棨戟門列灵星外闢庙之規也講肄有堂合食有所庖廩對峙燕私區別學之制也輪奐翬翼丹青黝堊称所宜有罔或不備落成之日鄭君率屬長貳師生釋菜礼容恪恭氣象弥新黄白之叟衣冠之彥環望咨嗟知所感奮于是教諭陳裕与諸講下欣慶厥美謂宜有述乃具興作請丘侯記之

十二

侯惟不伐是崇遜出為誼能示不能問道盲者手書累幅敦勸生員何天衢王泰遠屬時正執筆自揆舊殖老益繁蕪敢請固辭二生曰此太守之意亦泰等師生意也可無辭乃作而言曰道原于天而委重于聖人聖人身備斯道而繼天立極君焉而堯舜禹湯文武斯道行于天下臣焉有臯契伊傅周召斯道行于其君運際亨嘉治隆熙洽不可尚矣吾夫子生于周末遭丁衰否道可堯舜禹湯文武而天不君之德可臯契伊傅周召而君不臣之然吾夫子之心未嘗一日忘天下也聘歷諸國轍環天下卒老而歸繫定

定刪述傳諸弟子以詔方來天之道以明地之理以察人之極以立兩儀奠位萬物化成以功云賢于堯舜恩云同乎罔極斈以宗之萬世無違廟以祀之天下靡間惟蕩蕩巍巍固不以廟學而加隆汙然而由學尊廟恒兆孚顯之化因廟表斈式著毓才之重化理攸繫豈不大哉因計茲學多歷年所衣綉分符幾何人也閱歲月之如流樂因循而靡事果何心哉今諸君子于視政之初志惟本始式克從事協心一德不期月而有成固知風化急所先務其重道興賢端有徵矣維茲髦士有聖賢為之依歸有師友為之講

習有餼有居得以優游厭飫于詩書礼樂之域者可
不知所自而自勉扎我
国家
列聖相承道德致
礼動必吾夫子之道是準而必有夫子遺經是稽異
端他道不得襍之亦既遵越前代以还虞周雍熙泰
和之盛矣其所以建千萬年無疆不拔之丕基而有
以資夫股肱耳目左右後先者正有望于後賢也維
茲髦士幸際昌期穷經致用惟患無之弗患有之而
弗庸惟患不能行知而不能行于穷經也奚為易曰
忠信所以進德也修辞立其誠所以居業也見辞之
必以其实也語曰志于道據于德依于仁游于藝知

藝之當後于寔踐也無徒富口耳美文華而实亡行惟孝弟忠信礼義廉恥之敦以無負　国家作養之盛心無負諸君子重道與賢之至意維藩維翰為柱為石庶幾臯契諸臣事業堯舜君民尚在諸髦士之自勉也若夫諸駿奔執事姓名工費材具數目則并載之其陰

長洲縣初未有學附于府學名曰麗澤齋宋景定三年主李宋楚材率邑人請于守陳均即廣化寺藏室改爲在今府城東北講堂曰礼堂四斋曰富春貴德、廣業傳學又建景文堂八年提刑洪起畏

十四

拓地開門南面後毀元至正三年縣長元童俾教
諭顧元龍耆儒邉景元勸前徽州路教授郡人陸
德源敘建之　国朝洪武七年知縣宋敏文張翔
修葺闢學門于庙之右故有孔子燕居像又有先
賢祠俱廢成化九年丘守霽隘之乃拓地東南改
建焉嘉靖中教諭蕭文佐議以此地湫隘白于巡
按御史舒公汀郡守王公廷謀廢福寧寺為之今
制庙左斈右門皆南向前為灵星門次戟門中為
大成殿夾以兩廡殿後有啟聖祠六經閣閣後有
土阜建亭其上曰道山學前有門次儀門中為明

倫堂有兩齋曰進德修業庭有碑亭右有射圃亟
橋跨玉帶河其陰有鄉賢祠後土山建　御製敬
一亭其上其陽有名宦祠嘉樹館小淇園河之東
為雲川書院雲川乃舒公號也西為宰牲所教諭
訓導衙舍分列左右斈之外有昇龍橋面陽樹綽
楔曰萬代宗師東為玉帶橋有坊曰會元西為折
桂橋有坊曰狀元規模爽闓正于府學尚書朱希
周侍郎徐縉俱有記

崑山縣重修學記　范成象

皇朝在祖宗時郡国得置學官弟子員選賢以教者

十五

舉天下總五十有三所而蘇居其一焉崑山寔為蘇之邑其承休尚矣縣有學在西門之内雍熙中徽宗皇帝所書大成宝章雲漢昭回扁榜峩然也然並海之俗易趋利業儒者寡異時以斈入仕者越数十年時一慰寂寥耳齊魯之变不同風土之宜異也粤自化龍南渡乾旋坤轉萬灵駿奔海若波立蕩壅决塞百川順理由是此邦潮汐流通溝澮交會學之向背二水殆有濉渙之美焉自茲文物之興勃然士争以儒學自奮接屋連墻絃誦如市随計公車束書橋門率数倍他邑奉常賜第連大比不乏人近歲尤輩出

歲時閭里盍簪至環席皆前進士昔所無有也以篤近漸媺力半而功倍也學更數政弗問弗遑日圯月摧風雨弗支乾道改元河陽李侯為郡之二年也蒐慝利弊無廢不興疏源導利專務以惠愛恤隱雖遇大畜其民弗疵邑且治喟然謂同列曰百里古子男之国也命之教政以是出所以助王化使民向方者豈屑屑吏能宜稱哉況吾屬奉制書此道固先勸相矣如之何弗敬會有浮屠氏以貨殖息其所自豐者非法官籍之貲以緡績田以頃計侯乃請郡願以貲治廢田為供太守吏部沈公方以儒雅潤色為治嘉侯

十六

之意亟言上而從之侯躬揆度鳩工指授斧斤朽鏝
趋事紛舉經营于良月之初朔一再告而閣宇崇成
門闕洸如廊廡矗如殿陛之有庨飛甍翼如横經肆
業有堂有舍像設儼列器陳合儀凡所尊崇規模具
備乃會邑搢紳縫掖釋菜于先聖先師礼成弗慼萬
目交聳犄欤盛哉斯文之壮观也成象依仁里居獲
与崇观侯以記歲月請于不腆之文既辞弗獲窃謂
古者四民一耕而三食之工商劳食焉而無愧食工
也士独無為食之不惟無愧又加敬焉豈不有大功
乎孟子曰無君子莫治野人無野人莫養君子俾三

人者其作于其食易〻繄君子為之本士之功頗不大矣哉亦有非古之民而食人之食其人已病矣又從而漁獵之如木之有蠹枝葉未害本必先撥為治者常謹視而剔去之今李侯剔其蠹而培其本是真知所以為治者矣本固矣則英華之發又將增是邑文物之光不止誇衣冠之盛于疇昔而已矣宜有魁壘豪傑之士出于其前聞人一二鉅公以功名德業焜燿宇宙者今而後或見之毋忘其所自邑人皆曰昔子產不毀鄉校三年人猶誦之今李侯之惠吾邪也如是吾之誦之奚俟三年李侯聞之以為不然一

日晨入揖諸生而進之曰昔無廬今大厥居昔無以為養今有餼願諸君朝于斯夕于斯議于斯誦于斯所以居尔業而謀尔躬也議于斯此余之所樂聞也誦于斯以俟後之來者君子以李侯為知言云故余喜而併書之李侯名結字次山左朝奉郎提舉荆湖南路常平茶塩公事吴郡范成象撰

重修縣學記　莫子純

壯哉崑山之縣也繆結峻絶白石如玉沃野墳腴秔稻油油控江帶湖与海波通山川孕灵人物魁殊則所謂玉人生此山山亦傳此名著于荆国文正公之

詠豈往跡榮于往號抑六延光于將来也洪惟我朝用儒立国考辟雍泮宮之制京師郡国皆立學飾祠庙以奉先聖闡黌宇以育多士崇稽古之洪道茂長世之善經由是文治勃興炳然与三代同風犹慮湛恩之未廣声教之未洽也申命縣司更置學庠先聖庙如郡之制景祐四年之詔也嘉猷四塞六合時雍沐浴膏澤潛潤德教初、生徒濟、儒術而崑三十載其美焉藻掞天庭廷四海。而有雋折瓊枝而繼佩固衆芳之所在也日引月長鮮克修事夏誦春絃家自為學先聖之居亦窘風雨朝奉郎知縣事章君萬

十八

里不惧任以墜教基授模梓匠鳳嚴神棲飾南端之特闢立應門之將〻華觀漫邈采題相輝乃營新堂乃恢廊廡後以玉甃繚以崇垣奢未及侈規遵王度是經始勿亟成之不日庀工于慶元五年六月而以八月畢之于顯新宮既閎且康思欲復之而無數申之而有裕也于是捐供給羸資斥圭租之羨貫易民田幾二頃拓奸民隱占之田溢三頃民之訟田法當沒入者復溢其二頃畇〻町畽既夷且大俾其儲積供持久而可繼也又為之新館舍之器用潔祭祀之籩豆亦布食之餘財而非重費于公也既壯其室亦

豐其儀躬率諸生行釋菜礼告奠于聖炅昭事是肅敬謹威儀示民不祧煌煌乎兹文容之壯觀而王制之巨麗也而後乃知流大宗之德馨咸在于斯仁風行而四達義方敬而遐鶩声名布濩溢浹邑區菲言厚行陶化染學昭光振耀立事立功効當年之用以對前修之純淑則崖風穴水不特清越餘馨而已宜伐石以志使其道也不替于後章君以子純常忝吴門之幕乃列其事来告書之六年三月既望宣教郎秘書省正字莫子純記

崑山州學宮碑

十九

崑山在唐為望縣學宮在縣治西南一百九十步元祐間縣令杜採之所徙建也国朝以生齒之庶陞州從治東倉至正丙申海寇燬東倉州復舊治所招還流逸民重立宮寺及社稷之壇宓羲神農黃帝之庙至是遂大修孔子庙殿之址拓其舊三之一學礼殿論堂重門廣廡齋廬直舍庫庾庖湢無不畢具又為堂以祀鄉先賢鑿池論堂前以泮制象設先聖先師繪從祀諸賢範祭器理大成樂無不如法寔今費侯為州三年之所成也民之居者知有教士之歸者知有養又侯之仁民礼士一出于誠之所致也役始至正

二十年夏四月竣事于明年十二月侯既率文武僚友舍菜告成又命職于校者具書幣狀顛末走二百外請予文以志予方悼世变之劇州縣鞠為草棘雖鄒魯地不免况阻江要海与寇争尺寸者孰詎能保障其所如金湯帡幪其居廬校室如安堵之故非其人也之得守將椎才健政有以濟其民者曷致是邪若侯者是已傳曰守令者民之師帥也侯非師帥之尤者乎捄鬬治暇即過黌舍与為弟子師者辨討名理扶植綱常者切切然恐不及人於乎人之所以為人国之所以為国者綱常也吾所以樂道也叙焉斯

治數爲斯亂正道微邪說暴道行滿天下馴致三綱淪九法數人類無以別禽獸然理出于天下者未嘗一息而可滅于讀孟子書知先王學校之可美矣其言于戰国之君曰三代之學皆所以明人倫也時方崇功利薄仁義則又告之曰未有仁而遺其親義而後其君者推其效可使制梃以撻秦楚堅甲利兵人心天理之足恃也如此詩曰既作泮宮淮夷攸服又曰在泮獻馘在泮獻功又知古者文武非兩岐也侯于用武之秋不敢斯須忘文教其不以是歟昔魯作泮宮国人有頌竊取其義而繫之以詩云費侯名復初

字克明東平壽張人世千長夫于鎮江盖有文武才
幹者是役也同知州事海陵梅英寔賛其成事判官
齊陽丁復初字克明教授陶植提控案牘陳善都目
沈繼祖謝安道也詩曰維吳。支邑崑在北東〻薄于
海捍海作邦陵谷以变井邑以遷人民雞犬往而復
還邑有庠序鞠為草莽治必有教復我黌宇展也費
侯克張克師文事武事匪曰兩岐在昔受成献功献
馘我教既成我戰必克化民服敎孰負孰荷侯曰噫
嘻豈不在我〻部百里我心一家衣冠儼雅籩豆静
嘉天經不斁国紀攸叙如子從父如弟聽傳維崑有

廿一

石維石有銘〻以著績適觀厥成

重修崑山州學宮記

李孝光

教民者民從治民者民訟是以學校為重三代之際學校遍天下記称国有學術有序黨有庠家有塾其大畧可觀矣予嘗考所謂校室之制則塾也郎其所以督教之意遂使田廬民氓皆尽躬行孝弟信之行其効美矣及秦并詩書不用學校遂廢至漢孝武時始復興學由漢以下每一郡邑率輙随而弛頃久而後復我世祖章皇帝初定天下即使〻東祠孔子復延致鴻儒大興礼樂文教之事民占為儒家復其徭

役每詔下首條學校，于是聖道章明教化淳美天子
坐致太平之功學校不廢也崑山古大縣頃以戶滿
八萬陞為州後徙治益東僅一舍地舊東倉也既迁
有司作新夸其制務夥于舊，而來者弗察浸久浸弛
至正四年春今守王侯世傑來見其蕪陋弗治曰不
教民無以為治學廢教將安出矣夫国家隆學校所
以樹教本也首捐已俸俾學掾孫士志興修學宮上
者棟宇下者步廡靡不完美又使州之士顧信善夫
相与論堂之北作新堂以為弟子講業問辨之地守
以時入學則居于是使論說所授于師者以察其進

廿二

否又鑿而池夾室之旁中植蓮花是周子之所愛而為説以喻夫道者也因名堂曰益請是歲學成而予適至入其境見民有負老持幼望其邑而歌問之而曰前者為政者不我恤故去之日聞新守善養親又多善政是能善民者也吾故還耳余聞其言而嘆之曰斯近于仁矣能使其民親遊于其校士居校者称侯之美曰仁而不僭傜役節矣勤而不煩田土澤矣廉而不苛。盜攘息矣予曰斯寬也能使民遷善予嘗論之夫民易治耳道之仁而仁道之讓而讓設為學校教使皆尽躬修孝弟忠信之行古之制其効亦無不著觀侯之于興學善矣又能先于夫民喻于仁若親父母誠称国家之明制庶幾知教矣昔魯修泮宮而魯頌作重民彝也予惟竊取其義以教民辞曰句曲之東其縣惟婁地大民夥陸次雄州〻既改作民来如屬不教則悍乃作新學〻誠教首吏闇弗察浸久而弛置若綿蕝守入大謁顧瞻怵惕俄而大起棟隆且吉相作新堂使君絃誦更進弟子誠為礼頌守謂弟子力學自躬毋若侶伍咨良友朋父兄圜观歡喜抃舞挽公之轡頓公之所昔我避侶將子車下金絃于宮進豆陳俎池水湜〻菡萏其華錦紳縞帶容

廿三

色洒如勗哉尔士有敬毋怠作室者誰守世傑氏

崑山州重修廟學記　　上官震

欽明聖朝大一统治尊崇儒術命天下建學立廟宇以祠聖賢置師儒以育俊秀孚米廩以養士類于是聖人之道敷被遠近大道在不明者行之雖或暫有昏翳弗能使其終于不行蓋君臣父子之懿詩書礼樂之教皆天理民彝自然物有其則而心又所同故也吳郡有屬州曰崑山其東一舍而遠曰太倉瀕海通漕商貨湊集民以富庶是舊治過之延祐間奉詔從治惟時州庠未能随迁相臺王侯来守是州存舊

弗毀更新創建增養士之田礼文學之士彬彬文物于斯盛矣厥後蠹弊蝟生奸宄侵漁經今廿有餘載教官屢缺因循廢弛屏薄士人礼樂弗舉絃誦蔑聞至元丙子六月奉議大夫八資刺公以元勛世禄由奉礼事来為監州三年政成需待未至而理民急務益勤遂得專于提舉顧廟宇頽圮士類彫落乃率先郡寮首捐己俸命工度材選吏督工規畫既定百廢具舉改建門垣廣甃涯砌植杏有壇采芹有亭重飾繪像敬録遺士濟濟衿佩来遊来歌嗟乎仲尼之道堯舜禹湯文武之道也在天地間明如日月信如四

卌

時確乎其不可易也雖世有升降而道統未嘗不續行之則彝倫攸叙舍之則人心愈危向無斯道維持之則蒸民之極幾不立矣名教之功于是為大觀矣、釋老異習不啻霄壤彼則琳宫梵宇所在星列其徒轉相汲引維務興崇而吾儒學庿廢壞人才放失悪乎宜乎雖然世与道未嘗不相須也行之者在乎人而已方今聖王在位學校育才屢行詔旨海内之氣清和咸理雖海澨之邑亦必選賢而撫字之故是邑得公之来崇斈校興礼俗養賢材廣聖教可謂德政兼擧者矣震猥以庸踈備員幕下獲覩盛事故樂公之政有成而為邑之士喜因進諸生告之曰自今至于後日宜亦加格致誠正之心以修其身而成其名庶幾不負賢侯之意毋徒習荒以嬉而貽愚不肖之議諸生唯唯遂畢其説以為之記

崑山縣學租記

縣有學學有廩教而養之上之加惠于士者厚矣故學校不修則春誦夏絃之習廢廩粟不繼則朝虀暮鹽之嘆興二者常相須而不可闕一也吾鄉之學安于庳陋者垂百年嘉定辛巳知縣巫君似修始撤而新之閎麗雄偉十倍疇昔瑞守陳公寺丞嘗欲涉筆登

廿五

載而弗果然是舉也役鉅而用繁故于學田未暇增益經費之外所餘亡幾何由是食皷声沉書燈焰熄朔旦則見大夫凡有職掌之事再拜于庭一揖于堂而退養既不善教安所施若是又十有餘年紹定辛卯戶部郎直秘閣鄒公被召相簡知来牧吴郡公諄儒也其為政似陽城其好善似樂克其興起學校似文翁粤自下車未遑他務事關教養知無不為始于泮宫均逮属邑捐金殖産高下有差明年秋以二百萬錢俾邑士陳九嵒經理其事得積善廿鄉田六十九畝三角十四步歲租八十九石九斗有奇與故額

幾稱書以俾簞豆之費夜以給膏油之需公之推廣上恩作成士類抑何詳且悉也公之言曰吾之田非不以義得也蓋欲學得有義之租而人得有義之供也公于一政事一念慮之間舉不違乎義〻之為用何如哉烏乎一介不取諸人伊尹之義也萬鍾何加于我孟軻之義也伊尹孟軻出處雖異而所以為義則同士能充此不以窮達得喪亂其所為則亦何往而非義乎此公之盛心士之所當拳〻服膺者也而勿失一日學實何旦直學陸震持郡符踵門而告曰新祖之增為賜多矣是宜刻石以壽其傳盍為我記

之嗟夫道古今譽盛德文士之職也顧衰遲廢學詎能著文獨念丙辰叨來第寔為父兄尚書公榜下士又安敢以不文為辭抑聞之化民成俗學之所由設也理財出辭義之所從出也是故養士而無其財則非所以為學取民而無其制則非所以為義今之所与為共理者惟要途是趨惟捷徑是圖知已而已于學乎何有逞鞭朴之威急征斂之期知利而已于義乎何有飽鮮醉醲笑与秩終知自奉而已于養士乎何有其間崇儒向道畏清議而恤遊談號称留意學校者不為無人要亦不過裒科罰之貲括簿録之産僅僅

為一州計則已有德于屬邑乎何有公則不然寬以愛民而無纖芥之過取也儉以節用而無秋毫之妄費也好清静而遊観之弗事也薄滋味而厨傳之弗飾也故能因常富益常産以培養士之基内而一州外而六邑廪無不義之粟斈無不養之士峩冠博帶日涵泳于恩波教雨之中公之有功于學校其可淺近論哉雖然飽食用心聖門之所深戒厥既養之矣則教之固不容緩也魯侯戾止在泮飲酒玆不曰養乎載色載笑匪怒伊教玆不曰教乎既飲食之又載教之而使人有士君子之器斯可矣夫豈徒餔啜哉

昔昌黎韓愈有言莫為之先雖美而弗彰莫為之後雖盛而不傳今賢侯置有義之租為有義之供以養屬邑之士不能日 下凡奉承色笑則所謂教非賢宰之事欤宰家世三魁以儒術飭吏必能昭明而之訓導旌秀事而表率藏修遊息金鑄而玉成之美之彰于先者無窮而盛之傳于後者亦無窮矣他日公坐庙堂庇天下。之士而其所施士由庠序覲天子之光以行其所斈則教養之功作成之効豈直一州六邑而已扵士乎士乎可不知所以自勉乎若夫名遂身榮志得意滿陳食前方丈而弗念虀盐之憂棄

墻角之短檠而遽忘絃誦之樂是之謂狥利而違義非公之所望于士者也尚相与戒之

崑山校官養士之碑　袁宗仁

國朝崇儒右文自都城洎郡邑皆立學六飛南幸駐蹕武林吳為股肱郡崑山吳屬邑密迩帝都士風殊盛乃考邑陞大縣令人選闕授受不苟得人遂多有李侯稠章侯萬里皆前政邑大夫擅製錦之譽者也知政化之本能急先學校或補修或增廣不遺餘力一時名儒大書深刻鋪張而夸耀之豊碑屹立可攷不誣今君吳侯実繼諸賢後未下車詣學宮謁先聖

廿八

先師延見生員周眡旁睇慨然言曰美矣學予蔚洋
宮之制門廡軒陛嚴整像設章服煥耀循左序歷齋
舍升倫堂閱礼器籩簋尊罍爵坫無一不備此累政
所尽心者俾更為式特未知養士之原何如耳合辞
對曰學有田〻有租以給膳羞不乏也豪民私其利
奸胥隱其籍莫肯輸納故時有不給諸生群萃黌宇
朝誦晝習夜聞膏油旬具程課無頃刻假倘使家
往來道路安得一意于學侯曰唯〻吾將捜括舊租
悉奉庖廩侯又曰師嚴然後道尊學有長所以領褎
衿佩傳道授業解惑非師而何然均布衣也容有玩

易乃請前進士紹興戶曹朱起宗臨安簿沈誠為主學為學賓贊其觀聽長邊瀛先進老成談經命題督課具有法庋其薦訓導職掌袁宗義沈逢原嚴日明鄉曲所推列眂在學俱給月俸以示優異生徒僕之拜賜始卒若一罔有違闕且是邑之地環數百里戶口六萬獄訟錢穀簿書期會不無事矣而能委曲規畫教養士類是豈可淺近窺測也耶侯考已三書瓜代有日諸生懷德惜侯之去且慮侯之美意弗傳也邑之士大夫從而從史之欲侈其事丐文于宗仁不獲辭乃正冠肅。容濡毫伸楮述其顛末書而刻之石

廿九

吴侯名槩字子直義興人今承議郎已被閤行爲中都官其政績備見于當路之所知兹不獲詳記云嘉慶三年歲在癸亥五月旦文林郎新差充国子監書庫官袁宗仁撰并書

崑山州新學記　龔璛

延祐改元三月平江路崑山州移治于太倉詔天下科舉取士之初年也有司聿新而未有學朔望馳謁舊學非便是年冬相臺王侯安真來守是州大懼無以作人材而承上意剏兹帶江控海財貨之區漕舟之津既庶且富莫先于教州之士平江路學道書院

山長王大年處州路儒學教授杜順直學陶公甫學賓陶正甫請各視其力相与成之不以煩公家庚地治水之北遠去闤闠秀色疎達刱大成殿旁翼兩廡前閣重門像先聖先師繪從祀諸賢又範尊爵壘洗具嚴庙制鳩工僝功費後矣侯曰止吾豈愒吾力以樹風化哉舊學豈不能偕遷于此顧鄉校不毀因之以贏諸庶乎其並存也學嘗率鈔以修舊吾以修舊委米廩則以鈔起新學且以紆衆志而似助纏至講堂齋宇直舍儀門庖廩之屬次第完美通爲屋五十餘楹置養士田一十頃有奇士民競至膏腴源源而

来未已于是称為一州之學始于二年四月迄于三年八月教授錫山陸介任職勤狀頗未求記璛以固陋弗獲辞謹按吴之初太伯端委以治周礼至于仲雍乃從其俗春秋之世遂為侵奪強暴之国郡縣以来漸効樂土極而国家休養之盛雖僻左亦衝要漢史載海陵吴太倉江南亦有其地邪生聚走集當為謹庠序也久矣況于州之既遷刑政號令所自出微學則何所本邪夫二帝三王之傳開物成務之道建學立師獨為儒者哉前代失其統明体達用者亦寡見謂迂闊舍此而他求常不足以立治敝而政図往

往復歸諸此蓋君臣父子夫婦長幼朋友之倫仁義礼智之性斯道也所以直道而行也君子小人莫不有學本末先後平寔脗徹彼淺薄近似誠不得而与矣皇上表四書而會六經不特九州之内也必使四海之外凡有血氣率由于義理之中明學術正人心建萬世之太平士生斯時抑何幸也昔之士借曰未有以取之也取之矣士將何以時用乎取其文文浮于行不可也用其材材克其德可也古之學者為已成已所以成物也人已之辨善利之分知此則科舉非利祿而設學校又豈飲食課試而已哉侯由宰邑

三一

最入郎省周行直清視邦選侯明治要望于吾黨甚厚噫嘻其亦興于仁讓矣予工費田畝詳于別珉尚俾来者有于斯云

崑山州重修儒學記

李　祁

崑山學校之難爲于他郡有三故爲州之舊爲縣異故學校視縣為高下縣既陞州而學校尚仍舊規制卑狹不足以聳觀瞻興士類其故一也又今州治乃舊太倉地〻瀕海荒落其後日漸生聚成市蕃漢閩廣襍處混居而土著者十無二三文學之士率自他邦来今之舊隸儒籍者數不滿十人蓋非土著則所

向無恒心士非。土著則所習無恒業其故二也又今之職教者非盡得人經術之未明行藝之未備不能正身檢　而且狥私以縱其奸是以蠹愈深而弊愈甚此學校之通患而崑山為甚其故三也雖然事存乎政〻存乎人其轉移作興之机亦存乎為牧守者何如耳至正九年夏史侯来為　既謁庙廷惕然思有新之　先是學贍空于計吏之手歲所入無幾何入即随手支付無所儲〻亦無其所俟命先作倉庾為屋者三翼其左右者廠其所為軒者一凡舊時之侵漁窺覬冒占儒額者悉去之節浮費謹出納明號

三二

今而是幾之所入者始全所儲者始有餘此侯之所以立其本也乃獲殿西偏地復侵疆三畝有奇築而為墻凡四十丈殿後地舊為污池旦暮潮汐蕩激幾壞址乃募工與土寘污池疊石以防河岸而為墻于其上此侯之所以廣其基也基址既固乃建講堂堂之高二丈三尺其入深五丈以楹數之者八其費出乎州民陳允恭而凡畚築完甃之役則民之願輸力者聽。蓋侯之德惠政教足以動之故其樂于趨事如此若侯自為與資于庠廩者則更建大成殿為六楹高五丈二尺深亦如之為儀門二楹如殿其高殿不及二丈六尺其入深三丈門東西為堂各四楹堂之東西為齋而居生徒殿之東西為廡以列從事通為屋二十有六先是從祀諸賢並圖于 翳昧侵剥弗彰至是始改為塑像凡百有五人其門墻亭泮靡不完好始于至正十年之正月而以明年二月成此侯設施之次第也侯之綜理規畫不啻若家事非有公府劇務不得已者必日一至焉若朝夕程篤則授之教官前鄉貢進士蔡君景行景行孜孜展力以相其成于是授業有師執經有徒誦声洋洋達于閭里观者易視聞者易聽而人俗尚之变者权輿此矣已而蔡

三三

居述其本末以來請為記予前佐領浙江儒學所記學校多矣然因仍者易為力改創者難為功今斯學內外高深橫縱巍焉廓焉跨軼前代非足力以任重才足以立功者不及此雖然予嘗徵鄙乘所載人物自晉二陸而下多名士然猶曰才華過寔君子所不取如清慎超卓行義不污者率有其人至近代端拱迄咸淳科第相望為隣邑最其間有以大魁為朝名鄉抗疏力詆權　者清節凜凜照映史冊為閭里重州治既迁垂四十年商賈之集生齒之繁財殖之富皆有加于在昔而人才之見于世者猶有愧焉此其

故可知矣今侯一舉而新之所以加惠士子者甚至為士子者盖亦以侯之心為心以聖賢之學為李而小學而必由乎洒掃應對進退之節必明乎礼樂射御書數之文為大學而由乎格物致知誠意正心以修其身必明乎治国平天下之務以達其用師以是為教弟子以是為學夫如是則德成于己名揚于時居則善其鄉以成礼讓之風出則廣其施以著行事之寔上以忠于国下以有光于前聞人夫豈非史侯之所望于諸君子者哉史侯為州所增廣創設不可殫記予獨舉其作新學校之功以為州士子勸無負

三四

侯之盛心云承務郎前浙江等處儒學提學李祁撰
武備將軍建昌路揔管府判官胡布書并篆額
至正九年夏史侯文彬守崑山始新州校規制也
浙提舉李先生祁爲之記史侯去而碑未克立至正
十二年春基分教是邦始奠祠而立焉太守偰侯寔
董成之烏乎史侯建學功非一日矣而數年間始得
刻石庸非政教有所關係而史侯之德終可泯邪明
年夏平江路崑山州儒學教授江南蔡基撰

重建崑山縣儒學記 謝遷

崑山縣學在城之西南本宋元以來故址 國朝正

統景泰間知縣吳昭者嘗改建爲殿堂齋舍咸具歷
歲既久頹弊滋甚有司者未之能新也成化癸卯今
副都御史襄城張公淮時以監察御史節按歷茲邑
見而嘆曰是而不爲將安爲乎遣縣無長吏郎命府
判沔陽邵福春陵李智董其事鳩工市材購隣地以
拓其基創新易弊增隘就廣辨方正位期年而落成
其重門大庭巍然學宮之前者曰大成殿殿之兩旁
廡列焉堂有三曰明倫曰育賢曰退省齋有二曰居
仁曰由義設門于退省堂之前曰自修築亭于射圃
之上曰觀德而凡鄉賢之祠師生之舍庖廩之次因

三五

不完且美焉盖為屋以楹計者百三十有九垣以丈計者二百三十至于籩豆簠簋之属亦考博古圖式參以今制更造二百四十餘器當時未有記其事者頃巡撫都御史四明朱公瑄行郡至崑周覽庠舍而嘆張公之功有不容泯焉無傳者于是知縣張侯鼒遣以考績来京遂承朱公之命請予文以記之予惟自古帝王之理天下莫不以求賢為務然不先養士而能得賢者未之有也學校者士之所居以業其業者也語曰百工居肆以成其事士無可居之地而能致力于學者鮮矣又焉得賢才以為国家用有能作

興學校如張公者厥功不已多乎崑山為姑蘇鉅邑素称文獻賢才輩出代不乏人載諸簡籍班班可考其尤著者理學如李衡志鄭如范成大勳業如衛涇皆一時之傑士生斯地向方樂學有由然矣矧又有為之作興者敦固宜奮迅激昂十倍于尋常也然學之道奈何曰是不難知也今夫室必有扁勸戒存焉諸生藏修游息朝斯夕斯顧其名而思其義接乎目而警乎心登明倫之堂則思吾之倫果能明矣入居仁由義之齋則思吾之仁果能居義果能由矣乎踐自修之門則惕然曰身其有未修邪憩觀德之亭則

瞿然曰德其有未成邪動靜語默不愧乎退省之私切磋琢磨不負乎育賢之意用是而日勉焉以古之聖賢与鄉之先達自期待雖所至不能盡同要之皆寔學也外此而爲學則非吾之所知也已予既述其事之始末并以是爲諸士子勵云

題西齋壁勉諸生一絶句　林鍾

廩食居黌舍差徭不到門若非勤問學何以答皇恩

崑山縣學初在縣治之東唐有文宣王庙以兵火廢大曆九年始建學于庙垣之右設博士訓孝徒五季庙毀宋雍熙四年因遺址重建元豐四年壞

于鳳潮。元祐初知縣杜釆遷今縣治西南作廟堂齋廡紹興二十八年知縣程沂闢垣墻外門郡守蔣璨名堂曰致道隆興間知縣李結葉子強周承勛李裯相繼修之慶元間章萬里又修之改堂曰明倫嘉定間巫似修重建大成殿淳祐初徐聞詩袁欣增建直舍齋凡六曰居仁由義教忠履信致道成德十二年攝令吳堅建尊道貴德二祠元元貞初陞為州學延祐元年州移太倉學隨之至正十七年州復舊知州費復初仍建于此　國朝洪武二年改為縣頒定齋二宣德元年教諭曹昇修戟

三七

門知縣羅永年修兩廡景泰天順間知縣吳昭并
改建大成殿弘治五年知縣楊子器建尊經閣今
學制左廟右學

常熟縣重建學記　魏了翁

常熟縣學之始圖乘散失僅有屋梁書至和紀年餘
無所考慶元三年縣令孫應時以言游里人也始祠
于學新安朱子既為証其事宝慶元年祠遷于學之
左而孔子堂闕壞弗不加治今令會稽王爚始至大
惧無以崇化善俗約縮浮蠹踰年更而正之屬邑士
胡洽胡淳庀其役以孔庙居左庙之南為大門北為

言游之祠又東北為本朝周子張子二程子朱文公張宣公祠以明倫居右東西為齋廬四以館士為塾二東以儲書凡祭器祭服爲西以居言氏之裔通為屋一百有二十楹而為垣以宮之且增田四百畝有奇歲助公養之費凡言氏之裔官為衣食而延師以教之別為田五百畝以給其費白于郡与部使者為廪以貯之經始于端平二年之冬竣事于明年之秋乃八月丁亥釋奠于新宮屬郡人葉輔之叙其役以求記于了翁竊惟朱子嘗記子游之祠矣如魯論所載二三事皆發揮無餘藐茲孤陋安敢復措一辭然

三八

嘗讀礼書而窃有見焉因記廟學之成併附其說夫檀弓不知何人所作而一篇之書獨于子游極其称譽雖于孔門諸子率多譏評又以言曾並列其是言而非曾者非一幾若偏于抑揚然即其書攷之大抵當典礼訛闕無所考訂之時人之有疑弗決者率以質諸子游故前後典礼所闕者十有四皆以言游一言為可否亦足以見其為時人之耳目雖汰哉叔氏之一語若譏之而实尊之然則游以習礼列于文學兹其為文為學蓋三代典章之遺賴游以有存者嗚呼信其為豪傑之士矣昔柳宗元謂論語所載弟子

必以字惟曾子有子不字遂謂是書出于曾門蓋字
与子皆得兼称如門人之于孔子進而称子不敢氏
退而称仲尼不言子其次亦有既子且字如閔子之
等不一二人或子或字者又数人然渊弓至游夏最
號高弟子而不能子也有子曾子子而不得字也就
二者而論則字為尊蓋子雖有師道之称係于氏者
不過男子之美称耳故孝經字仲尼而子曾子礼運
字仲尼而名言偃至于子思字其祖蓋子字其師之
祖相傳至今人之字仲尼者無敢以為疑仲尼作春
秋二百四十二年閒字而不名者僅十有二人而游

夏諸子門人其各字其師相承至于漢。初犹未敢輕
以許人郎是而觀則子游以句吴孤遠之士遂得字
而不子以列于高第之目此又豈易易然者今吴門
密邇行都而常熟為壯縣有如游之北學洙泗遂以
習礼輩行顔閔寥寥千載間豈終無其人邪或者狃
于習俗未有以自振我朱子既嘗表其事以風厲之
予又何言獨推山川風氣古今犹夫人也誦先聖之
書服先賢之訓烏乎其必有聞風興起以無負建尊
賢之意者士其勉之端平三年十月戊戌資政殿學
士通議大夫提舉臨安府洞霄宫臨邛郡開国侯食

邑一千五百户食寔封五百户䚡了翁記

罕

二卷七二

吴都文粹續集卷六

長洲錢穀叔寶編

尊經閣記

吴訥

常熟為吴國子游言公闕里公北學聖門身通受業因文學得聖人之一體以化洙泗以南朴鄙不文之習澤及後人深矣癸亥歲五月朔訥抱病家居教諭浚儀趙永言奉書來謁曰常熟縣學首創于宋之至和、重建于端平之初左廟右學大成殿後有言公祠〻右有明倫堂元年丙辰永言丞是學知縣上虞郭南縣丞分宜李子康撤堂新之越三載知縣郭南又撤兩齋改為重屋并市學東民地重建射圃以便諸生習射辛酉冬縣丞新建陳澄掌邑事永言曰郡庠舊有六經閣吳庠近建藏書樓本學最承 太祖高皇帝頒降大明律等書暨 太宗文皇帝五經四書大全等集俱置廡下地土卑濕塵雨蒸浥倘得樓閣以藏庋尽其宜貳令聞而善之乃撤堂後寢屋捐俸為倡復勸邑人佽助錢米鳩工市材建閣五間二夾室名曰尊經之閣時縣令郭南公出而歸因出俸米完其未備經始壬戌季秋既望落成嘉平之月哉生明之日敢求一言垂示不朽然永言讀諸碑志心竊

有疑宋寧宗慶元己未徽国朱子為知縣事孫應時記言公祠後二十八載理宗端平丙申魏文靖公了翁為邑令王爚作新建學宮記惓〻然表章朱子記文之說至篇終引礼書云時人以典礼質問者十有四皆以游一言為可否三代典章之遺賴之以有存焉此朱子未言者若記中所謂南方之學得其精華及一洒媮懦無廉恥嗜飲食之訕此二事文靖公未嘗發明幸併闡釋以告後學於乎訥早游邑庠覩明倫堂扁左刻新安朱熹書石刻會稽王爚立稍長讀丹陽公祠堂記竊有得其一二焉按隋書儒林傳序

二

云南北所為章句南人約簡得其精華故朱子記称子游簡易踈通高暢宏達意沁歛于聞道豈非所謂得其精華者自古而然耶又按荀況非十二子篇云媮懦憚事無廉耻嗜飲食是子游氏之儒朱子于是引而不辨夫子游聖門高弟論子夏弟子之學知大學之本治武城知礼樂之道豈有荀況所議者乎荀去子游幾二百載其時弟子鄉人或狃于習俗遂乃議及子游故朱子記云願諸生勉進所謂本所道使此邑之人百世之下復有如公者出一洒媮懦憚事無廉耻嗜飲食之訊期望後孝至深切矣洪惟　聖

朝太祖高皇帝誕膺天命以儒術化行天下即位之
初詔天下立學校遴儒師訓廸子弟厥後設科取士
以四書五經為主本其四書集註詩集傳周易本義
書訂定蔡氏傳率皆朱子之說迨　太宗文皇帝命
儒臣纂輯大全凡悖朱子者弗録今作閣記含朱子
之言何以為言哉朱子嘗有言曰道在天下原于天
命之性行于君臣父子兄弟夫婦朋友之間其文出
聖人之手存于易書詩礼春秋礼孟之籍至後世国
家行事之迹又皆有史臣之記凡天地陰陽事物之
理修齊治平之道礼樂選舉食貨兵刑之制靡不備

三

著于中昔之為師者以是為教學之者以是為學今學者類多記誦剽竊內以傲其父兄外以驕其閭里終身不知自勉而卒就小人之歸然豈專在學者之罪亦典教者不知為教之道也於乎朱子集周程張邵之成以續孔孟之統當時乃有記誦剽竊之弊蓋朱子之學雖不能之于一時而寔大行于今日則今日為師為弟子者其可不以朱子之言為法為戒以無負　国家建學毓賢之意乎昔者張伯玉記吾郡六經閣曰諸子百家皆在而不書尊經也夫尊者恭敬奉持之謂豈徒尊閣奉安而已抑又惟吾邑山水

明秀登閣則一覽在目窃慮昧者罔思　天朝祖宗頒降經書在上或説讖閣之上下或酣醟之餘追逐笑嬉非惟墮予相鼠無礼之惡而墮予嗜飲食無廉耻之賤矣愚也年登八十筆研久廢故是閣之記五年之間屢辭邑官之請今則弗克終辭者蓋欲因是盡悃愊以告鄉邑後進俾勿悖先聖之訓也若夫本武城絃歌之政推廣學道愛人之心此邑之令佐所當自勉以求無忝其職者然亦耄老之深望云

常熟縣學興修記　　徐有貞

常熟蘇上邑也蓋古吳國之虞鄉言游氏之故里也

四

于今以文獻称天下然其學宫雖舊而世敝未之改
科目雖盛而世風未之振論者病焉先為是邑者率
惟簿書會計徵科之急而緩于學事成化改元之秋
澶淵甘侯寔来令是邑即詣學周爰顧瞻慨然以興
修為己任乃咨于學官及邑之賢者圖惟載度之而
次第营為之以明年春蒇事及秋而文庙礼殿洎左
右廡灵星戟門像設祭器罔不畢具又明年春及秋
乃修子游之祠繼葺明倫之堂志道據德之齋建育
賢之門闢觀德之圃架泮池之橋暨治師生之舍庫
庾庖廩周垣坊表罔不畢飾蓋自經始至于落成載

歷燠涼爲日三百有奇而庙學規制于是乎称湖廣參政邑人錢君景寅以書来曰願有記於乎興學之舉廿侯惟能矣然吾于二三子尚有所諗焉夫上之爲教未嘗不欲其古若也下之爲學。亦未嘗不欲其古若也考其成功卒未古之若者何哉豈其爲教與學之寔与古異与其在上者不可詰而在下者犹可諉也古之士爲道德不爲功名不爲富貴今則或惟富貴之爲而已爲乎道德而功名在其中爲乎功名而富貴在其中爲乎富貴則出乎道德功名之外矣安望其能古若哉夫言游氏天下儒學之先哲而常

五

熟之鄉先生也其于孔門以文學為稱首而其言學況曰道曰本曰礼樂之原及其行事見于魯論漢紀彰彰焉然則其為李也豈徒文哉盖子游之學之道仲尼之學之道也仲尼之學之道堯舜禹湯文武周公之學之道也學惟其道雖窮而在下可樂也學非其道雖達而在上可恥也古如是今亦如是不如是不足以言學吾願与二三子省之由子游以求乎仲尼由仲尼以求乎堯舜禹湯文武周公其于道也若泝流而求源也由一心而運之天下小試而為絃歌之治大行而成礼樂之化庶幾哉其古若尓矣吾願

与二三子勉之甘侯名澤字弘濟以名進士爲才御史進憲副歛歷中外以言詘爲邑于斯其信爲復陞也有公道存焉其所資以圖成廟者教諭樂安謝絃訓導嚴陵諸倫開封高旦及邑義士錢昌劉倣耆彦徐暘曾昂也前太史中執法　經筵講官知　制誥奉天翊衛推誠宣力守正文臣特進光禄大夫柱国武功伯兵部尚書兼　華蓋殿大學士郡人徐有貞記

常熟縣修儒學記　李傑

立學教士自唐虞三代已然其制度沿革與夫爲教

考諸經可見矣我　朝立學徧天下悉取聖言及先儒格言大訓輯録成書俾士子誦習服行教之之術視古皆詳故雖遐陬僻壤文風丕振而况常熟爲姑蘇上邑密迩　皇都沾被文明之化最深以久士之育才于學而登賢科躋膴仕者獨盛于南畿諸郡顧庙學歲久滋弊弗称具瞻弘治癸丑監察御史刘公奉　詔来巡思振士風以先學事乃即贖刑之金以爲修飾之費庙自聖賢像以及祀殿两廡戟門欞星門煥然維新學自師生舍館會饌之堂習射之圃以及碑亭坊表翼然加飾經始于甲寅之春不五閲月

而告成于是合學師生謂予宜有言以紀成績夫祇
宣
上德以興學為首務劉公是舉可謂能盡激揚
之職者矣吾党之士所當自勵以副良有司之意宜
如何耶嘗聞魯穆子有言太上立德其次立功其次
立言立德云者儀範百王師表萬世若東魯聖人是
矣立功云者若皐夔稷契協和神人以賛化源立言
云者若周程張朱倡明理學以詔後之為學者所以
希聖希賢圖垂不朽之盛事舍是三者何以哉常熟
自言子游氏北學聖門列于文學之科蓋古之立言
而庶幾乎立德者使其大用于時則禮樂之化不但

七

施于武城而皋夔稷契之功可立致矣於乎今之人才卽古之人才何子游氏奮于百世之上而後之聞風興起者寡也豈科舉利禄之學有以奪之邪 朝家立學教士之意殆不如此吾黨之士知而戒之豈無踵子游之芳躅于百世之下者哉刘公名建瓚字宗敬巡歷所至風采凛凛爵禄蓋未可量而知縣事澧渊王綸教諭徐朝翰訓導王淑陳暢皆協力以相庙學之成者是為記 賜進士出身朝列大夫南京国子監祭酒前左春坊左庶子兼翰林侍讀學士經筵講官兼修 国史邑人李傑記

進士題名記

章表

邑學有進士碑〻記邑之進士者也邑之人受業于學而得以進士名者試之有司試之礼部試之天子每三歲而升四歲而一計焉學故有碑亟石于宮之壁歲久則隘工不就鐫長邑者下謀于屬募石而新碑之新自今始者燭既往而倡後来也後之来惟進士書為進士作也書不以齒而以次用表年也其日其官〻至其無使視其初者鄙其終輕其少者玩其長也碑石記立矗然聳觀碑之中若兄而弟子不學者三子既記之從而有所感焉夫士游于學〻以

八

從仕曰進士者仕之始也士之始仕而書之于石歟
之耳目而傳于後者久也必學与仕終其身求無愧
焉可也碑之作幸不致于徒然也此不敢以告邑之
士用以子弟兄告也雖然有作于先可以興其後有
鑒于昔得以修于今鄉隣賜履之間有學有師以甚
以養視之碑存之于目存之目思之于心學究乎已
師取乎人倬然能自待者矣自待者重不苟進于仕
仕必尊其學而又石不晦于名之書日見進士之承
承齒齒用裨于時不泯泯于後一此階也碑作于天
順庚辰之歲九月之吉式立錢計石費者萬之奇工

計力傭者什錢之四邑長曰唐侯敬身統任厥成云

教育言氏子孫記　袁甫

言偃字子游舊宅在縣治之西唐開元追爵吴侯本朝升爲公慶元間令孫應時即學宫建祠于明倫堂東偏後令迁其祠祀事弗飭有識嗟惋今邑大夫王爚移書諗予曰聖道蓁蕪心甚愧之今且一新矣東庙西學前殿後祠奠薦攸序既順且嚴嘗訪公裔孫則降在編民罕修儒業由是即新學西齋扁曰象賢聚言族子弟其中縣給贍養之資買書延師朝夕訓導擇齒長者主公祠宇又慮歲月寖遠美意難繼則

九

為之節冗費得緡錢六千三百買田以計畝者四百有五十歲收米以斛計者三百有八十庶貽永久碩有記焉余歎息曰是舉也可謂知礼矣礼天之經地之義人道之所由立而国家所以恃為元氣也昔者夫子与于蜡賓寔有感于魯喟然發歎子游遂問礼而夫子歷言上古中古与後世之变而断以礼之廢興子游凡三問而夫子三答皆所以極言礼也異時燕居從容子游子張子貢侍縱言至于礼而子游又發領悪全好之問夫子然之攷諸檀弓所載以曾子之任道尚推子游為習礼其裼襲一節則曾子慊然

自知其過与他所論礼皆精入毫髮得聖人之傳至于論子夏之門人則謂僅可當洒掃應對進退之志而本之則無然則知本斯可謂知礼此正夫子所以大林放之問而未可以子夏之論小之也且子游吳〻人〻也太伯端委以治周礼其源流有自来矣而况講習于。洙泗之間巍然在四科之列武城絃歌之風回視断髮文身祼以為飾者其氣象果何如故子游之言曰直情徑行者戎狄之道也礼道則不然品節斯〻之謂礼烏乎一日無礼則淪入于夷狄甚可惧也故始之創祠知礼也後之遷祠廢礼也今王君大修學

十

宫祠先賢而教養其後裔于是乎能復礼而言氏子孫藏修其間者又能夙夜服習則礼之興也其庶矣乎傳曰礼不明則上下昏何以長世然則斯舉也于国祚亦有関焉是不可以無述乃爲之書宋嘉熙改元四月癸未朝散大夫試中書舍人賜紫金魚袋袁甫記

常熟縣學田記　　黄溍

常熟故吴地州之西子游宅在焉當孔子時吴通上国已久北學宜非一人獨子游以身通受業列于七十有七人之間而其言行見于紀録爲甚具迨今千

有七百餘年生其地而好學能文名者犹彬彬焉風氣之厚俗習之盛誠非旁州比縣之所及然自其縣時已有學而所占田多薄瘠以歲之不易也諸生往往無所仰食學校之養頋出他州縣下絃誦之声希闃寂寥前後為是州若職教事者思有以裕之而未知所以為計學之賓老以為州之有力而名好事莫如曹君乃相率造君以為言君欣然為輟田之可耕者若干畝山之可樵者若干畝以佐之羣君聚食姑無所乏絕莫不德君之為而願得予文以記之予聞古昔授田建學悉有成法民之為士固不必廪于學

十一

官而大家巨室亦不得有美田以資施予也自先王之法壞而不可復見說者蓋以為三千之徒聚而食于孔子或又以飲食之人為子游氏之儒何言之無稽邪今之去孔子日益以遠有能闡布衣養徒之事而無興起焉可謂難也已若夫為弟子員而藏修息游于斯者皆生于子游之鄉而得其風氣俗習之美者也苟無辜乎居之安食之飽而必有事焉將見其處也必無愧乎子游之文學其出也必無忘乎子游之學道而愛人一簞一瓢不足為其儉萬鍾之祿不足為。其泰孰得以區區飲食之細厚誣君子也哉是用

弗讓而為之記以告諸来者云尔

常熟縣學在縣治東南前臨運河宋祥符圖經云縣東五十步有文宣王庙初不言學淳熙十年曾棨建堂曰進學紹熙五年葉知幾改名明倫自書扁慶元三年孫應時建吳公子游祠開禧三年葉凱修庙李端平初王爚倣郡學制東為庙從吳公祠于後西為學建象賢齋教育言氏子孫扁堂曰明德元陞州国朝改縣學洪武建先賢祠闢射圃建观德亭宣德九年知縣郭南修两廡學門及厨庫正統二年况守鍾修两廡六年縣丞陳澄建尊

經閣成化二年知縣甘澤修弘治八年廵按御史劉廷瓚重修今制左庙右學

吳江縣重修庙學記

陳從古

學校者政本之所自出講礼閲樂習射考藝養老齒胄獻囚告馘無不寓焉詎可一日廢也世之俗吏倒本趨末偲然以簿書獄訟為急視學校為虛器無惑乎風化之不行政本之不立也三代之時家有塾黨有庠遂有序國有學人人安于礼義廉恥之域而無暴慢鄙俗之心故孟子謂學則三代共之皆所以明人倫也人倫明于上小民親于下可謂知本矣自子

衿之詩作士子競爲城闕游渙然無所歸宋興尊儒隆道州縣率詔置學自漢及唐未有如祖宗之盛者也中更金虜之變一時學舍莽爲盜區浙右尤甚吳江界往來之衝六龍南渡駐蹕臨安寔爲畿邑士大夫行李取道半天下使客旁午曾不得一夕寧爲邑者乎旦視事操牒據按獨臺符府檄金穀趣辦乏興是憂至學宮廢弛漫不經意故民不知教簪筆健訟視他邑最乾道之初乏宰再歲郡擇士者揖之席未煖即去知縣趙公領事之始慨然嘆曰吾爲風化之首今學校鞠爲園蔬邑之父兄鮮以夫子之道詔其

十三

子孫甚者先聖殿廬上雨旁風春秋奠采無所存庇此令所當憂也前政石公輒嘗創之矣未幾中輟吾詎忍不終其事也卜日鳩徒撤舊更新夷荒剔蠹周以重階埀以兩廡中奠廟室環列繪像生師有舍礼器有所賓客之房庖廩之次無一不具公曰學具矣無資財以養士徒學為于是將舊籍漁児月計錢二十萬永為廪餼之費凡片瓦尺椽市于旁邑不告劳丞俞希尹寔贊其事經始于乙未之秋落成于是歲之冬邑之羣士鼓篋懽趋以後為恥絃歌之声夜以継日公又嚴規程以防其怠者則公之慮遠不為朝

夕計益可嘉也吁學校之設不徒說也世知甲兵可以威天下不知學校亦足以威天下蓋甲兵威之而不足學校威之而有餘昔朱泚之亂士皆風靡何蕃以布衣徽一叱而回六館之士孰謂學校無益于人之国哉今諸生宜以古學為心不徒為章句誦說之習異時孝于家忠于国無負聖天子教育之意則所以報公者亦無媿矣予吳人也往來彼數矣見其水波溟渤羣山映帶遠混天碧長橋卧波横截其中回嘗倚櫂岸巾徜徉四顧曰脱屣功名。扁舟五湖豈非鴟夷子皮之遠遊者乎秋風颼然蓴鱸芳鮮豈非張

十四

季膺之思歸者乎行歌長吟興渺雲水豈非陸魯望
之嘉遯者乎大抵山澤應靈之所萃其寓于物也必
有瑰奇雄傑之觀其毓于人也必有高明俊秀之才
然物不自顯待人則顯才不自達得人則達彼之為
瑰奇雄傑之觀者得三賢然後發明所謂俊秀之才
為時而生者今有待于學校作興也趙公既建學矣
則才之所成就者吾知必有人焉公名廣字德儉屬
籍之賢有文者其為政之本末又能推餘力以及郵
亭使館橋梁祠宇一新之部使者以能聲交薦于朝
今為南徐別駕公雖去邑之人不忘公賜相與請記

于予欲刻之樂石以告后人予嘉公之政如此不敢以固陋辭淳熙五年五月十八日朝奉大夫直秘閣新权知饒州軍州事兼管内勸農營田事陳從古記

重修吴江縣學記　盛章

嘉定十年十月吴江重修縣學僝工邑之多士合辭來言曰學舊有宫歲久就壓曰殿曰堂前令嘗葺之力未逮以其餘遺後人今吕君宰邑謂是爲政之大者首餘僚佐謀其議克合乃節嗇銖豪月聚歲羸市材僦工歷告丕作授成學職甲以分領向所粗備增敞加飾既益嚴翼門廡齋舍撤陋崇庳屹爲閎閌雖

廪庫庖湢曹胥之局輿隷之所靳〻一新于是師同僚從以士俯仰再拜致敬于先聖先師冠裳章衣環列後先雍容般辟濟〻咸在观者侈爲頌有以記之章叨居言路天下事無巨細得以商略可否日以酬酢未暇既而復來言曰今之爲邑簿書期會獄訟聽斷非才識精敏不能辨詰此其所難也賦斂有常額外鑿空漁以竭澤後反求多日對疲民較量于圭黍尺寸之微不則繩以法雖不忍所不遑恤此又難者也今令乃能敲朴喧嚣之中知所先務豊宏茲學以幸邑士且役成而民不知此尤其難者也請益堅不

得辞因為之説曰學所以明教化美習俗也古者學庠序塾無非此理身修而家齊家齊而国治。此學之所以及乎人也自誠而明自明而誠極而至于不可測之神此學之所以合乎天也吳松為邑地占其勝自昔高人隱士倘佯其間清風峻節聞者興起世降俗下趨尚浸異士之重厚誠篤或隨習而遠民之和順輯睦或怵欲而翫思返古者每致其拳拳也然厥初有生畀賦均一是理苟明轉移易易今教養之地鴻分奐輪威儀文物設飾宣備俾邑之秀民得以優游涵泳于其中飡和染教以成就其遠大之器業田

十六

里之内闔風向化亦将有所勸勉媿耻而乖争陵犯之習浸以消沮蓋人心之理本与政通以齊魯待其人則人亦以齊魯待其身其机固如此也令之加惠吾邑頑不孚與章既書其事抑有告焉夫人之心不難于观感動化之速而難于持循蹈履之久使士之尊德樂義積于其身者犹長日加益而不自知民之入孝出弟日已遷善而無思犯礼之俗相与守之而不变則国家崇化道民之意始為無負且有以荅令之盛心矣其勉之哉吕君名祖憲婺女人心事平夷政尚簡静其學問源流蓋有德(得)于伯氏東莱云冬十

二月望日承議郎監察御史盛章記

重建儒學記　　錢　牧

余試令吳江越兩載有壞必葺不敢以傳舍視官府每于日不暇給之中左枝右梧興利補弊驛亭橋梁以及公宇經理粗就緒獨學官無廳事至則僑寓聚星之津亭環堵瀕湖規制淺狹僅可爲蘧廬旦莫之托嘗欲擇曠地屋其上俾挈而居之以称朝廷設官之意會邑計赤豆道傍作舍此久未償也上踐祚之二年丙寅夏五月荆溪楊鉠来領學事顧瞻聚星代者犹未去東寄西泊靡所居止一日庠校之士過余

一　十七

道所以余曰此令責也二三子之意不可孤邑之後
河舊有吏舍一區嘗假務官居其中去代不常至有
撤欂櫨抉窗戶負之而歸者四壁罄垂日就頹圮無
已則起而新之輙以為學官廳不犹愈于津亭之僑
寓邪乃命置材植具瓦甓相率庀徒補苴罅漏興作
植僵不旬浹而工師告成治事有。廳肅賓有位藏修
有堂庖湢有所一畝之宮具体而微而邑庠師儒之
官得之已不翅足而余之欠事亦可粗償矣切惟國
初崇文詔郡邑立學館吳江寔居其先然主管學事
例以縣官兼之自祥符以來大率然也三數年前有

持提學司片牒以白衣来典教者館廩之外月書季考若圖闕知先皇帝加惠四方學徒景定壬戌昉置爲令凡縣悉置斈官所以俾之專意教養以幸邑之俊秀者至矣使爲長于斯犹苟焉旦暮坐視其東寄西泊不獲安其居豈朝廷專官之意哉矧是役也取辦于學帑者庶幾賴以居今范後者則無窮嗣而葺之尚有望于来者云是歲六月既望奉議大夫特差知平江府吳江縣主管勸農公事兼兵馬都監弓手寨兵軍正賜緋魚袋錢牧記

新修大成殿記　陳克佐

十八

道濟萬物而萬物不知其所以然故聖人脩其教而教之教之弗率而又以刑而刑之由是君于上臣于中民。于下尊卑貴賤儼如也故礼樂征伐自天子出後之學者或曰吾師佛也吾師老子也復又有百家之說穿鑿戶牖于是教分為三流析為九烏乎教果三乎流果九乎且未論佛何為也老子何為也言之彬彬書之云云是欲化之為善乎果欲善也則孔子之化不使人不善矣水濟水也安得而異曰江曰河曰渠曰溝名斯別矣体復二乎且夫生而免乳必諷其言死而就木必不可須臾而去也雖欲去之有能去之者乎或者北其轅而騁越西其流而走海盖有之矣未見其至也復之上六迷復凶乎謂迷復之凶又誰咎也国家紹千載之統炳二聖之業東封太山答天之休也而祀汾壤復地之利也而且謁見灵闕飲至宗庙噫為礼之盛有過于此者乎為孝之大有過于此者乎多士討論之聖君財成之明白光大垂耀永世夫如是則孔子之為道也不為不尊矣孔子之為書不為不信矣王者尊之率土奉之遵其宜矣又安從而他師焉姑蘇南門邑曰吳江乃錢氏。武肅王之所建置疆畫長洲之範門涵震澤之源魚塩蜃蛤

十九

既邀逐末之利詩書礼樂遂昧好學之訓會詔下郡邑悉煥儒庙縣令李恭尉聶復等喜而言曰由已而為專也專則有悔自命而作順也順則無咎既而营材具工補壞繕廢棟宇之制選資乎闕里俎豆之設仰法乎太學門人侁、書室鱗、泯然之哤于斯改观卓尔之士可以弗畔又若尊篚之器縣官具之奠献之數朝文著之雖顓蒙者視之瞭焉玆又上之化下以道而下之奉上以礼可以亘萬古流頌声于無穷也予窃大君之禄被外計之寄錢刀之司寔曰已任俎豆之化人匪他務會按歷所部戾至新宇唯令及尉趙而言曰天子有命執事不佞廟成弗識歲遠何覩碩得正人之論以刻太山之石予聞其言則忘當請而諾蓋喜乎播吾后錫羨垂鴻之慶亦樂乎揚孔子垂教化之旨黜淺之説孤陋是惧或曰三教九流之道果何如也三教不二九流歸一吾子思其異不異也宋大中祥符五年歲次壬子仲春十一日陳堯佐記

重建大成殿記　黄由

祥符五年二月吳江縣始建學丞相文惠陳公堯佐為兩浙轉運使寔記其成當是時宋興六七十載海

二十

内無事文治大興詔郡縣悉置學守若令得祀夫子令李庚築縣西偏以奉詔書規制軒偉廟貌嚴俊語明章相為發揮學校之盛称于二浙既厄于兵今石公輟乃改而南大成殿之建距今又七十載棟撓榱腐聖繪漫漶春秋釋奠觀者太息令劉伯麟輦錢五十萬議治不果今令孫君仁榮初拜學宮有慨于心義劉之為頓竟其役于是捐金靡穀至割圭租躬執朴畧無留難明年夏六月已成簷楹飛廠像設一新承平氣象宛然如在由有園百畝據上所賜詔墨是名盤野幸与李鄰扁舟過之輪奐奪目乃載酒為諸

友賀席間人人言令君之賢豈弟不擾百廢具興未幾皆及吾門且述所以嘉會鄉校者謁由書之由再三辭不獲則進諸君而告之曰學之廢興時也道之窮通命也惟不以窮通二其心而一以救時行道爲事此吾夫子所以異諸子也至于今名教被于四海祀典垂于百王其于啟人心惠斯世者蓋与天地相爲無窮豈直籩豆司存歲時奠謁而已吴江壯哉縣水天寥闊清淑扶与數千百年間豈無長才秀民行夫子之道于世顧使高人隱士脫身世鞅者多擅茲邑是豈夫子詔吾黨之意哉夫沮溺耦耕晨門荷

蕢謂非知机有道之士則不可夫子奚不深取以爲
世道計也噫出處何常惟義之歸屑意軒冕顛利
害之途而不知返固非也忘斯世獨善其身將与孰
任天下之事轍環諸國削跡伐木夫子有不得已于
此者矣諸君勉之入宫墻拜冠履而念及乎此則通
經學古期于有用得時行道思濟斯民皆聖門事業
徒曰吾自有東家丘此則由之顛也亦令君所以尊
先聖淑艾吾黨之意也語曰十室之邑必有忠信不
如丘之好學也諸君勉之嘉定八年正月十五日正
奉大夫提舉隆興府黄龍萬壽宫宝謨閣學士吴郡

開國侯食邑一千七百戶食實封一百戶長洲黃由記

重建儒學記

朱子昌

吳江平江之屬邑有太伯延陵之遺教故其俗淳以厚有鴟夷子皮季膺魯望之高風故其士清以逸有三江五湖之形勝故其地為古今之雄盛于曩奉三高祠徘徊學宮摩挲石刻覌陳文惠公所記則知此邑學校蓋甲于吳之諸邑自大中祥符已然紹興改創規模弘大風驚雨過蕩不復完所僅存者大成殿講堂而已鎮国上將軍都元帥甯侯玉葺而新之自

廿二

至元癸巳八月鳩工正殿始復相是役者敦武校尉杜福然講堂齋舍未及也是邑王令君柔勇于為義以明年八月与邑之長貳復倡士民捨其旧而新是圖講堂廊廡齋廬下建倉宇庖湢之室具備前學録俞處仁儒林偉士也捐金繼粟賴其力為多落成後教諭王沂李文遷合辭請記成績于謂承流宣化之職也政教繫焉漢言循吏以西都為称首龔遂渤海黄霸穎川不以柔服強暴為能則以發摘奸伏為事文翁治蜀其治辨之迹一無可言不過興學校教生徒而已班孟堅傳循吏頋乃列于龔黄諸人之先豈

非詩書義礼之澤入人也深教為政之本顧有在此而不在彼歟是邑當驛道憧〻往来仕于此者於將迎中不至廢事亦云可矣何暇他及有能以興學校崇教化為先務者亦可尚矣士之肄于斯者其可負所學歟泮水為頌僖公而作修泮宮一事不書于春秋而見于魯頌蓋泮宮乃因魯舊有而能修故春秋不書然魯人頌美之辞在聖人所不廢也余職儒司因士心從輿論不容以蕪陋辞時元貞元年九月將仕郎浙西道儒學副提舉朱子昌記并書

重修吳江州儒學記　顧儒寶

廿三

孔子曰人能弘道子思曰道待人而後行道無在無不在所以擴充之者存乎其人矧夫子宫墻宗庙百官之美富莫非道之攸寓惟其寄之于人故有作焉有敝焉有修焉夫作于前者固不能必無敝々而修之則不無望于後之來者鄭人不修學校無以遑佻達城闕之訊魯僖能修泮宫有以來思樂采芹之美一修一否豈非係于人乎由是知作者未必無修者未必易也吳江有學与州同陞初都元帥甯公玉縣尹丞務王公柔因其敝而共新之迄今三十餘稔所修者復敝焉延祐丙辰知州朝列高公仁甫下車首

謁先聖環視內外慨然有志于斯計費捐資無需于學自為謀畫期底于成明年丁巳新灵星門增儀門二大成殿明倫堂廊廡四齋大小兩學瓦垣甃地夾道植槐倉廩庖湢圊有不葺越明年戊午于正門外濱河累石疊墻映帶左右昔無今有觀瞻聳然蒞斯役者州吏沈懿前直學沈廷玉也既而聖賢象貌彰施一新公之志亦惓惓矣尚犹不寧于是月講季試躬親臨董大小生員勉励尤至抑嘗論教化為政治之本世之牧民者往往詳于政治而畧于教化公之斯舉可謂知所本矣茍非其人道不虛行是學之脩

廿四

信乎有其待也訓導趙繼祖曹謹偕學職弟子員謁予記其成刻辞于石以垂将来公之得士心如此儒寶辱公之知茲幸满替曷敢以固陋辞時延祐五年歲次戊午前平江路吴江州儒學教授顧儒宝撰

興修儒學記　陸居仁

吴之境以水為勝水之勝在震澤三江之交震澤西受天目宣歙諸山之水東趋三江以入海故澤江之交其境為尤勝交當南北要衝有虹梁亘數里逕交上通驛達之左為運渠而傍居民數千家在宋為縣今為州盖以鎮其交也州學在其渠東西面震澤山

水之勝一覽無孑遺長江抱其隈是學又據一州之勝者第夆址隘陋又廩粟薄歲久而隳靡措跂觀資至正庚寅燕山郃侯子敬守是州蒞學拜謁顧瞻咨嗟慨然圖新之首捐己俸為倡秋八月上丁釋奠卒郡民之富而好礼者观礼既撤俾升堂与燕淳以介景福郡人喜曰吾乃今日知礼樂之教也是侯欲厚我州俗吾民何幸也顧相勸。為善侯曰凡尔之同室而居有父子兄弟之親夫婦之别同里而居有長幼之序同類而有朋友之信封僕而有君臣之義者固彝倫之同秉然微吾聖人述經垂訓以為之教国何

廿五

以遵為常法民何以質為常典而得相養以生相安以居邪賴其教而不知所以報之無乃昧其本乎夫學校尊崇先聖先師春秋朔望制為祭祀所以報其本也設之師儒以鄉之物樂育群才所以布其教也今敝陋若此何以称崇教之意吾將擴而新之以致其報之誠以漸尓礼樂之儀尓民亦頓乎民咸稽首曰微侯吾幾不知民生之所由賴之所由賴犹敢後其報乎乃相率以來助于是大闢舊規庙貌神像華奐莊好高其閈閎加倉庚庙學于是告備起是年之九月三日乙卯至明年辛卯五月十二日庚申學觀

一新而江山之勝若有增偉者學職郡之民交為請記于是。曰信哉善政不如善教之得民郈侯俄頃之教而民即從化學校為之興起使久其任而教不輟為効可勝言耶。昔者名公化行南国而封于燕今侯生于燕而欲名公是似雖南陽名父何足多讓哉今守令六事興學為要若郈侯之政可謂知要矣雖然以興學為心相是役者不以利已為心故學之成也偉士之講業于學者相觀孫志而以侯之心為心則業之成也忞州當驛達使驛之過無虛日覽江山之勝瞻學觀之偉挹士風之懋必有舉麾而揖之者

曰是燕郤侯之甘棠也走也敢不為斯文慶至正十一年五月前鄉貢進士陸居仁記

儒學大成殿記

許從宣

按周制大胥春入學舍菜合舞秋頒樂合声故凡釋奠不有合也其登歌清庙下管象舞大武是也故月令仲春上丁命樂習舞舍菜盖李校礼樂所由出小有舍菜而以食為主大有釋奠而以飲為主其于學校習舞与声大合六代之樂一也吾夫子以聖人享南面王爵歷代尊崇礼頌之縟情文之備至于今而奠之能尚也唐貞觀間太宗以文治然廟享聖人

襲用齊典僅設架之樂六佾之舞而已繼後開元間釋奠始用宮縣之樂至于故宋崇儒右文可謂至矣然春秋上丁釋奠東序上戊釋奠西序雖登降有部至于用樂不以軒縣而以判架兼不設舞位先儒謂有歌而無樂非古人習樂合舞之意也遂乞釐正以表尊崇至于唐儲居其釋奠于斈鍾磬簨簴絲声在絃匏笙並陳柷敔令止賁鼓間作塤篪和鳴具有成規武礼將陳協郎俯伏舉麾則永和之樂作登歌則肅和之樂奏雍和紆暢悅人心而娛神明者其為樂可謂盛矣今夫路府州縣莫不有學其所謂尊崇聖

廿七

人者冠衣章服殿寢階陛頎已純于王者之礼矣若夫庙樂八音並奏盖有取乎虞廷之蕭韶豈不曰後世雖有作者虞舜氏不可及矣吴江之爲州也雖于吴爲南北津要然州治出乎江湖之上風濤所撇播魚龍所出没而州學迫市里之隘在垂虹橋之南庙享聖人既有著令學宫与庙雖皆具至于庙樂則有缺焉至正十二年州達魯花赤哈迷里人扎牙進公以奉議大夫来監是州既見戟門以太庙制顧命樂師選學之彦肄習庙樂備及期而樂大畧自凝安曲九变成章与八音並奏而無纖毫敢畧者庙于是告

完盖公之来是州也遣寇犯隣境州民憂惶而公能鎮之以安紓撫之以仁孚狡猾從化奸宄伏誅民既大和乃能以其餘力重製庙樂成奉議大夫西夏郡趙伯不花以首領来尹是州同知金剛訥昭信哈質承直判官那海敦武桓哲鉄穆尔從仕提控案牘錢惟賢都目陳濟頎能与公同志協心興學造士州澤国其人士之美者来游来歌者观感庙樂以矢其音况當大比之年其為世用必矣若夫琴瑟在御笙歌間奏且將見蛟龍黿鼉秘怪水獸与仰秣之馬出聽之魚咸感化于庙樂之盛者而况于人乎况于鬼神

廿八

乎至正十二年癸巳十月吉旦亞中大夫福建閩海道廉訪使許從宣記

吴江縣重修廟學記　趙寛

國朝之制縣必有學學必有廟天下皆然然有修飭者有荒陋者各視其地之文献及作興之人何如耳學所以明人倫育英才欲其寬閒静深以爲士君子進德修業存心養性之地廟所以尊祀聖賢報本追遠欲其高明嚴肅然後人望而敬有以興起夫景仰企慕之心吴江庙學自宋元有之正統中巡撫少司空吉水周文襄公始拓其基宇而改叙之規模宏廠

他邑莫及也歷歲既久日以頹廢弘治戊午春寬以刑部郎中奉使湖南便道鄉閭祇謁先聖庙庭顧瞻宮墻周覽區宇輪焉奐焉鳥翼翬飛丹雘焜煌照映雲日殿曰大成門曰列戟曰灵星祠曰鄉賢曰去思堂曰明倫齋曰日新曰時習以及神厨神庫膳堂射圃學官之居諸生肄業之舍倉庾庖湢之屬昔之卑庳者今則增以崇昔之毀敗者今則完而新昔之圬漫者今則潔而明衿佩之士絃于斯誦于斯藏修退息于斯皆得以安其居靜其慮大肆其力于詩書礼樂之塲而無喧囂之褋湫隘墊湿之憂予喜而問曰

孰為之哉何若斯之盛也衆咸曰此吾邑侯之嘉惠也吾侯下車首務斯文近日司宰牧者所未見也予因問繕工之始末曰侯以丙辰之冬來至任經始于明年暮春之初訖工于孟夏之終問經費之所出曰取財于官而役力于民民欣然趋之命陰陽訓術吳鑒敦匠事鑒公勤有幹畧長于料理學諭高居督視之尤加意焉故其成速而精予聞而嘉之侯之政豈不異哉侯以進士釋褐來宰邑視事之初錢穀獄訟案牘山積宜若不遑他務者乃能從容有餘以從事于教化之地其才力優于人遠矣世之好興事者厲

民悪勞民者廢事今也有子来之樂而無疾首蹙頞之怨此何以致之哉秉彝好德人之同心矧吾邑故文献者侯因民所欲而使之宜奔命之易也化教行而風俗美思樂之風作而棫樸之士興焉必自今日矣高君与司訓林君陳君聞予言請書之將刻貞石詒来者予辭不獲遂書以歸之侯姓郭氏名鄴字于蕃廣平肥鄉世家也廉明嚴肅達于政体治邑一年而良法善事具可稱述不獨興學之美云

吳江縣學在縣治東南初有文宣王廟在縣治西宋大中祥符間詔天下修廟學縣令李恭尉聶復

三十

始作新之轉運使陳克佐記慶曆七年縣令李問尉王庭堅欲重建勸民輸錢數百萬會詔止不果乃以其財建長橋元祐間知縣陳端始竟其事建炎金兵燬紹興間知縣石轍即東門外開江營舊基改建邑人王份献地廣之即今址也淳熙初知縣趙公廣拓其地建齋三十楹歲入米幾千斛錢若干以給學費嘉定八年孫仁榮重建大成殿宋季悉毀于兵元至元十三年都元帥甯玉校尉杜福重建殿宇塑像三十一年知縣王柔建講堂齋舍元貞二年陞縣爲州改州學立四齋大德二年

教授謝啟東建兩廡繪從祀諸賢四年知州李玘建灵星門延祐至正間知州高仁孔文相邵子敬達魯花赤扎牙進相繼修之　国朝洪武二年仍改縣學定為齋二正統十三年周巡撫忱朱守勝隘之徙左右民居以展宫墻景泰六年知縣賈亮建庙于堂左弘治戊午知縣郭鄆修今制左庙右學

嘉定縣建學記　沈璞

士生斯世抱負豪傑絶特之資固不待文王而興者至于中人性蕩湎易流雖曰秉彝好德亦必因物有

三一

遷尚無詩書以爲徑前無礼義以爲繩墨則頑愚鄙野老死與謀沒沒与草木俱腐自古及今何可勝數使遇真儒碩德以爲師友則漸摩誘掖開導激昂誦說乎六經百氏之書究明乎三綱五常之道涵茹今古嚅嚌道真學足以充其資才足以伸乎世一旦舒華揚英展采錯事建大勲業立大名節澤流四海事光千載不亦偉欤今禹身爲宰民地隣京国耳接鐘鼓笙鏞之音目見黼黻文章之盛名師益友講道授業者代不乏人然則尔士非學而奚務国家列聖相承右文尊儒庚越前古車書萬里声教四達至于要

荒蛮之域悉置學宮以專教養猗歟盛哉吴會今股肱郡嘉定爲邑寔崑山之東境地連江海炊烟孤迥往来蒲葦間故多盜田里爲之繹騷土豪大家或怙資恃强輕死冒法窶弱若益困豈教之未至歟嘉定十一年邑始創令尹高侯衎孫基之其明年春營學宮乃度地于邑之南面勢軒豁規模顯赫士民翕然殿堂門廡落成高壯華如廟貌祭器庖湢齋舍罔不備具于是父兄詔其子弟負笈抱經相懽以趍乃立子弟員有庾廩以充其食有課試以較其藝彬彬乎鄒魯之風矣學成迨今十有一年而未有記邑士

爲之請璞淺陋不學不知爲文然惜前人經始之勤久而未彰不敢固辭夫吴會之地非延州來季子之故國邾礼樂遺風猶在兹邑析在崑山崑山衣冠之富爲吴最其間佐鈞衡秉節麾者背項相望是邑同一封畛同一風氣尔士其毋弃暴務修潔博習以求合于儒有司勿鄙夷其民務尊吾道使沉浸涵泳期用于世異時來學之士將有躡魁躔登顯任以光耀其閭里豈若鄭鄉校徒議其執政而已哉於乎高侯奉天子命以作新于兹邑固職也然畢力憚慮事不可以泯没相其從者二士曰陳鳴一何夢龍皆力問

學厲操行乃以身爲邑士倡凡程工度材寔尸其劳
故併書之使刻于石宋紹定二年中秋日

嘉定縣修學記

林應炎

學宮以崇先聖厲後覺也公宇寧儉校庠序古有制
雖斗邑無敢不備嘉定邑學敞三紀齋可肆堂可踵
殿翼以廡可拜可趋来遊者尚陋之然廩斛歲裁三
三百半蠹于逕領職員議斧藻匪易應炎戊申秋始
至士翕然告頋邑計穷空靡克佐費于是抉貴抉故
以職員請者謝弗与今月有學給辞勿頋均摧寔搏
浮銖積錙累明年夏作中門壯以釘鐶森以戟飾又

明年作直廬極二十有八塑容漫久缺彰施之又明年外作重門彤其墻以衛表所入坊扁曰興賢横疏清泚植槐于旁磬設鼓講設席祭爲設服庶事視舊粗飾力所未逮犹多合數。役粟費斛五千餘緡費二萬六千餘皆国學生龔天定以直學董其事典計則水丘煥發張惟一先後爲方一開市末邑綮于好競甚侠駔于操贏甚譎也樸之犧尊山罍華之逢掖章甫日遭月征耳濡目染稍〻責力折券而衡泌有絃誦声捷貢版鳴園橋迩歲增見何文也天賦地産知不于此乎秘侠者剛之悪譎者巧之僞銷其悪使善剗其偽使真是机括安在令為多士先士為四民首惟簡御煩尊士之秀選俊以勸導衆異不雜一也惟賢詔愚迪愚民之農工商以信向兼善不啻獨也學宮其令問政士議政一大統會之地欣然而昔缺畧士謂令奚以教令繕葺令謂士奚其業佔畢迹也彫篆技也科級外物也士于學宮犹家然身家是孰若心家是心無他法自主敬始常惺、其待養活潑、其形著是心苟存則學宮今之沂泗楹夢非奠庙貌非像真見乎端冕而南面夫子坐如尸振佩而環侍諸子立如斋而吾身即賜于墻由于門外堂不遠伊

三四

迩乎淵之寢道。豈茫茫無下手處哉如其朔而謁旬
而課二丁而祀身。退心隨之邑人將曰青衿挑兮是
豈墨綬者所望時宋淳祐　年夏五月　日

嘉定縣學重建大成殿記

林應炎

國家自慶曆詔州縣立學必祀先聖明尊師也矣始
黄帝農始后稷社始勾龍莫不庭爲壇爲祀之學雖
一雷地無夫子宫墻可乎有之矣苟其日月俎籩風
雨漂搖可乎今兹邑遭与壞會弗動弗治是吾道反
不若異端者流其龕房像設金碧稍漫漶郎百千爲
群奔走謁資求所以還其舊今天下固無富哉縣如

曰吾方治賦聽訟姑舍是則朔告丁奠仰梁而摧俯柱而腐于心何如哉嘉定歲辛未五十年大成殿寢圮今桐川守常君懋為宰請于府得沒官田租市木瓦甓將召匠以鐵幕行史均俊鄉踵其後丞則鳩工度材斧鋸交作始乙丑春仲閱五旬殿宇顯廠庙貌崇嚴有門靈星有橋跨水主學唐均夢翔佐其決學正王子昭相其労為工千一百。五十餘楮六千九百餘米石三十餘既告成邑士相与。言曰物之成与壞者數也能俾壞復成者人也今茲常君規之史君隨之一新是殿矣繼今已後安得復如二君者捐已俸

三五

倡諸寓公使是殿久而常新者犹且尊師有殿而養士無廩奈何史君遂撥其功德寺田七十六畝有奇曰是爲後之繕修備給縣之廢庵田六十二畝有奇曰爲士之供億用于是邑士嘉常君之始謀感史君之終惠以予常簸秕是邦也合辞請紀歲月余惟唐陸衡山爲縣人立宣聖庙堂少陵過而詩其事余老矣弗克賡少陵作爲邑士賀辱徵文其敢以蕪陋辞

時宋咸淳二年夏四月朝散大夫新除秘書省著作郎兼国子監司業林應炎撰

嘉定縣重修廟學碑并銘　王遂

乾道戊子先君吉州簽仕崑山尉奉大父敷文以行時敷文南定湖湘北守淮楚虜為奪氣退居金坛買書數千卷聚子弟以學有詩寄子廉勤不可纖毫累帰来使我家中錢可謂任教之忠矣後縣裂為二以練溪之東為嘉定縣踰七十六年茅選被命典邑曰祖父舊遊何可不力載銀米糗粮自隨朝坐琴堂不夕不休訟于公者手自裁決負于私者寬期以償月輸歲送毫髮不私吏無所措手行道頌之惟是縣之學自令高衍孫始而養士之費總百石鄭提舉霖繼之增百石有差士始来學有与薦名者其後廢壞而

三六

繼至首以縣橋厥路不直乃命改作榜曰登龍得池元堅開講周梦虎主之東兑大伸之皆給之食凡有志者會食而宿于學四經之集来与而課試高下不輟增其小學三十人迎師以教之縣給之怗粮不繼請尊勝廢田于提舉得畝僅及二百者亦称足徐知府鹿鄉以田四十七畝繼之時講堂更刱爲新寓公周君次皋首助其費丘君斌龍君廷瑞薛君埴王君子昭孫君繼周吳君炎共相其成如其家事自殿及門廊屋三十三間　以朱文公舊刊金壇縣學者刻于門講堂則以袁蒙齋所書明倫堂扁示其齋

取建寧學宮所以命諸齋者名之規約咸具修葺未備者一切畧治計三萬四千餘緡米一十五石未嘗有取于吏胥牙儈而從學者欣然是歲有与薦者以遊學而与名旁郡者以上書賜第者其試入太學者一人有以辭賦与魁選咸曰登龍之効也會選第受代与諸公言者曰諸公之進德也如是此非選謹守祖父之力也亦諸公共成之耳繼治者湯公仕龍吾鄉里敏肅諸孫有不待勉而趋也無疑矣其可無以告謂遂曰兄退居丘園于世事非所及獨于邑之大務胡可無言乃即其事而銘之銘曰明德自始兮制起

虞庠逮我聖朝兮化行鄉縣伊吴有邑兮在海之旁始置文字兮士風頻昌帝命立學兮謀不暇詳令弟製錦兮于先有光翼翼濟濟兮明倫設堂有　斯橋兮渡水之陽俎豆莘莘兮頌詠琅琅朝講四經兮夕以為常登名天府兮辟雍翺翔諸公合力兮講習日長令雖去此兮士胡忍忘俾我後人兮愈大以章盖修厥　兮永有馨香。

嘉定州修學記　楊維禎

嘉定古婁縣之析也国朝陞州孔子宫亦從而大之在州南一百五十九步基于宋縣令高衍孫大德辛

丑儀門圮于颶風至大庚戌守王鐸改創明倫堂大曆己巳守趙道泰重建大成殿移堂殿之南士論病之擬遷廟東歷守數十而不能更閱三十餘年天將興之固先廢之至正丙申堂燬明年兼攝州事者太尉府分帥張元良以教授陳公禮之請謂時論雖急兵而吾庠序之教綱常所係不可以一日廢也于是撙節浮費及勸率力義之家募貧丁相什伍填淤池成址若干畝甃石隄捍水若干丈構新堂其上前接崇軒旁翼齋舍立教官廳于西舊西齋地也遷學廩于東舊東齋地也與夫直廬庖湢之所靡不新焉惟

三八

先聖龕帳与大成樂器泮沼儀門未具教授陳公礼復請于貳守鐵侯張侯州倅賀侯遂相与完而成之追理學租以廩生徒廣購書籍以資經訓礼致五經師使日与弟子員討辨道義磨勵忠孝。蓋不鄙夷其民實將責成于作養之餘以應賓賢之所需也豈徒輪奐其宮以務觀美哉張侯于政尤明治要与予有疇昔好使典書者王友諒走書幣請記且曰先生老文學幸有一言以諗諸李者予辭弗獲則告之曰三代之學之教心而已人心正天下無不治未有不正人心而能治天下也者堯之授舜舜之授禹成湯武王之建中建極同此心也當是時比屋有可封之俗人人有士君子之行人同此心心同此理也上之人作之下之人則之以心感心以理應理固不俟夫威驅勢迫也世教衰人失其本心至或淪于大憝君子救之亦曰治亂不一而心無不一尊君親上之出于天者未嘗滅泯也言教者教以聖賢之心身教者教以聖賢之行况其爲州來子之故壤礼義遺風犹有漸漬之地乎民不從治吾不信已請以是復司教者司教以復三侯時助學田者楊谿楊仁增益其所未備者三山林震林復也鐵侯名鐵穆尔普華字德剛

囯族也張侯名經字德常世。家金壇宋中書舍人忞之後賀侯名橋字守謙西山居士仲之子也張師字子讓州人教授字子約河南人兄祖仁壬午科狀元提控案牘廬以仁都目宋思讓陸元祐皆有力于文教之事云至正二十一年辛丑歲二月朔旦會稽楊維禎記

重修宣聖廟記　　前　人

嘉定州儒學以書抵余錢唐官次言其州太守郭侯之善治也先務以教化為治本至正壬辰夏侯由中臺監察御史歷工部員外郎遂膺守令之選于是州

先是為州者咸急权力迂教化聖人俎豆之區往々苟簡狼籍自元貞初縣陞州後庙制不加舊棟宇乍修乍圮不能支十年二十年之久侯以為病明年秋且大有民和而冠平又適當聖天子詔下申飭臣工勿以冠攘害文教遂与同知高昌和侯州判何君暨校官朱孔昭氏計議學事簿書之計得羨貲若干緡旁率好義之士林仁王文麟黄澤助資各有差首治大成殿增瓶挾殿若干楹撤舊两廡重築崇挾屋凡若干楹前後側廡及儀門周垣廢各以次舉從祀諸像易繪以塐冠衣身章悉合古制爵尊簠簋之物各

四十

極齊潔廟有雅樂廢已久遇祀日旋集市井伎夫玩
爲故常侯從博雅者復理古樂隸樂胥凡三十六人
儀容古茂音律諧暢昧昔之規制庳下礼度綿蕝者
不作矣海鄉之民扶負而至仰見吾聖人王者之宫
南面之位而又俯聽吾侯文告之誡雅樂之設無不
忻忻然有喜色思見太平以還絃歌之化殆不勞以
威力驅矣侯之爲州其得治本如是既乃躬率執事
弟子員行釋奠礼于庭峻事州人士相与立石悉侯
續幸吾子有以書之余曩以公事抵吴下聞侯主辦
大府科需皆截截有法少間即究心學事人始難之

曰自朱鬉氏挺禍江南守城社者不啻逆旅人之居談詩書者捄死不瞻顧欲務不急于此乎侯以為民可一日無食不可一日無名教無名教其隔朱鬉氏奚幾哉嘻馬上過魯者急祀孔子軍興于譙者亟令修學而侯于供。億繁擾之秋完葺黌庙罔敢一日後豈端昧務之急者乎噫侯之李于聖人者在是而不在彼也審矣侯名良弼字仲賢大名人和侯名和尚字仲瑄何君名演字伯夫与侯同心而合德校官字用晦寔能戢教以賛侯之為治者也銘曰皇皇神聖立經陳紀我皆以覺我亂以理海東之荒大邑是疆

四一

声教所暨孔庙将〻旅楹既闢陟降有奕鞉磬管笛

神聖来假神聖奏假吾侯燕喜允矣郭侯治有本始

鄰冦震迫不懾不驚迨冦既平絃誦鏘鳴入礼堂皇

出教堂下寔維民師豈維民父允矣郭侯教民信

銘在庭四方其訓之奉訓大夫江西等處儒學

司提舉會稽楊維禎撰

尊經閣記　　陸釴

成化甲午莆田林君正奉命按江南四府以来臨嘉

定既視事謁于先師孔子退而詣學考賢問德已復

環視四俯慨維　賜書所以嘉惠承學而於变丞

黎共其風移俗化固已默有成效然所以尊寵而照示之者畧無等威甚無称以上開示匡直之意為之不自寧者良久因進官屬而商諭之以茲邑為蘇之上縣而承宣昭布之意尚未有成非有司之缺典歟今郎欲斂財計日以速乃事恐太傷迫以為民劳請姑伺之明日讞諸訟繫獲非其情怙終者令收贖凡得贖緡若干曰可以有為矣當是時適閶陽吳君哲自進士来令茲邑嘆曰是惟林君宣揚布道明示意向覃恩侈德之嘉猷也哲承乏至此雖無所先且弗敢緩況林君先之哲何敢後哉遂以其貲市材鳩工

以其部民徐晃劉奕護其事亟而成其始工于是歲四月丁巳成于冬十一月甲子凡八間月為楹者三掖者二高七尋深損五之一廣益五之二五分其高閣之上得二分焉為梯二重繚以闌楯暢以　檽遠而望之岸然偉麗入之青碧炫爛而上窈然　窮頃之然後出高明俯城郭墟市之民川河之舟送迎之客皆若畫然蓋勢高故視物微眇誠一佳境也畢政務之繁與言藩之樂仰遺言于經帙發奧義于英髦倚衡板撩而盱目四視豈不有以宣暢優游而遺底滯者夫古之為政者草衣木食結繩而治其事遠矣

方日時不以忠孝為美談非有慕而為降此則以仁為愛以義為宜以賞罰為勸懲而勃然興起然各在于其人之身未入見之籍勸之而莫喻賞罰之而莫覺慮其習之久而性之難擾也于是乎言之諄諄書之浩浩至夫仲尼文字彩矣約之為六經修之為諸子天地之秘聖人之奧尽于是矣及我朝列聖继治憂患惟深綸言焜煌詔告無已蓋順時為治而不能有忘于言也茲邑被化百年衣冠礼樂日新月盛其涵濡沾溉之功儒生學士固已欽仰而佩服之矣至于鄉鄙之民風行草偃飽德而歌雖其身之納于平

四三

和至静之域而誠昧于帝力豈非所謂百姓日用而不知者歟林君爲此祇作而新之以動民之觀吳君承休繼美始終而弗遺所謂成厥功者二君有焉翰林院修撰承務郎郡人陸釴撰

重修學舍記　　王鏊

學在縣治之東南右距通衢左距河横瀝也前有土山松柏欝然而河水縈之蘇之俗以文勝而嘉定獨簡遠樸茂然其秀民長材往往頴鋭傑出名天下見于科記可攷也學屢有興廢大成殿明倫堂則成于前前縣事龔侯晋兩廡則今選部白君思明尊經閣

則今御史吳君哲而諸生獨無所肆至河間刘君翔之作縣也摧奸撫良振廢舉墮嘗行學舍喟曰身之不庇斈于何有乃　匠經始左郎河右郎廡列屋若干楹壁其前以為暗窓其後以為明楼其上以為奥閭曰暗吾欲謝其乎外明吾欲其便于業爽閭吾欲其講誦之餘以縱眺其心目時成化壬寅九月十日也民不知劳士用競勸于是教授李君長源来請曰頤君記夫劉侯可謂知治者也然吾有問焉侯之所以拳々新是學者何也所以勸學者之學而其所以學者何也無乃挟策而誦乎分題而講乎授簡而書

乎是三者今之所謂學也而學之道不止是茲其淺也有深者焉其小也有大者焉夫人之所以學者固將行之于身措之于家國天下其平居所講者則皆彝倫物理之常變天地陰陽造化之精微礼樂　數損益因革經世之具學成而用之則為名臣不用則為名人而豈若今之學哉夫今之學校古之學校也今之人才非古之人才矣則所以學者異也雖然亦為之而已矣夫昔之庳隘是斈也忽而高明爽闓犹是學也況所以學者哉故曰亦為之而已矣斈校人才之從出風俗所由始也不加之意可謂知治乎加

之意頤務其小而忘其大務其淺而忘其深可謂知學乎劉侯可謂知治者也余獨恐侯之新其學而所以學者尚循其舊也故進之然予固亦循乎舊志乎新則未能者也翰林院編修文林郎郡人王鏊撰

儒學應奎山記　　龔弘

詩曰既景迺岡相其陰陽書曰卜澗水東瀍水西自建邦國都鄙以下咸負毗名山大川為固若山之可築川之可濬秉其周覽未整翼者為之此裁成輔相之功于聖人所不後嘉之烝黎貲貸甲吳郡維人才恒不信他邑自宋寧宗嘉定中學隨縣設留光寺遺

抗前方莫能奮步撤去遺吾道之蟲是故有宋及元人材間出我　国朝天順間邑令吉水龍晉始築山障之人材爲之一盛閱今五十餘祀雨崩土湮山日就卑科目因之又一盛一衰士居常懷憤力莫之能今年春仲進賢饒公搪持憲節至邑曰山學之設也廹甚非宜迁置南許四十尋則斈宮高顯寺幾退隱委伏此明彼障吾道與焉屬邑令涿鹿陳侯渊挈其綱邑丞濟南李均延齡綜其事撿公帑羨餘售工役財力不費于民李均觸盛暑率衆赴事起故積培新壤築其北加闢增以崇高而漸殺其巔雖汗浹背衣

芾倦功就速緒甫及三旬其趾綿亘餘二十丈深一
十丈崇高如深二之一視舊倍其五岡勢蜿蜒分五
嶺購奇峯低昂樹之中峯起自沈氏義塾宋時物也
先是鄉人夜異其有光久之莫之省神灵豫為黙相
若此山之前濬河縈迴東瀦練祁源水候山澤以通。
氣河之上架木梁涉山麓作游息亭瀕河得故山空
地為射圃徑百步宜縱矢力圃西慼民居市其地益
之搆观德亭廣廡崇階可以上充于揖讓下周于步
武其外薄櫺星門大通衢舊限以垣今易之以闌楯
中代礎為棟作綽楔門顏山之名与櫺星對峙由是

四六

乾象坤勢山高水洑土膏毓秀灵化潛融巍然為一
望宗士折旋出其下可以游息可以喜好可以登泰
山知道在于迩功成一簣早夜淬礪彙出為王乂士
則与詩節南山者宜載形諸歌誦雖然饒公由厥翁
以進士傳家為名御史緯有風紀贊 天子崇教
化以啟来學陳侯臨位未幾務理政優先正礼門康
濟斯美李均常築城禦海冠安民兹能覈意同符君
子謂饒公貽遠之謀與三百餘年之缺典頤不偉欤
山之考極相方自北徂南見出吾儒理有不容遏者
視愚公宫詡与堪輿家所謂大逵庭爲科目之曠于

往初盛自今茲孰不曰此山始時訓導區福典教陳侯與之確謂嘉士登科肇宋龔識弘識之後。嘗游學于斯偕李均典史陳潔合辭以請故忘其不韙強為之記云

儒學重築應奎山記

都穆

嘉定縣學之南有一山焉名曰應奎蓋天順間築于縣令龍晉歲久頹圮前御史進賢饒公榶巡歷至縣嘗命改築參政縣人龔公弘寔為之記正德己巳莆陽李公廷梧以才御史出按吳中聞縣有淫祠立命毀而市之謂山迫于學且乏崇廣瞻視弗称乃以市

價歸學爲修築費俾縣令涿鹿陳侯渊總其綱而其事則專委縣丞清泉王侯輗董之王侯既市民隙地以廣其址遂移山稍上西南十有四武其崇視舊六尋有二尺修加如崇之數廣加二深有三尺建二亭其在山之東南者可以俯瞰橫瀝其在中之西者可以觀射山之北爲杏壇面西爲射圃亭樹綽楔而山之前復爲亭二東西並峙以寘予碑其下則鑿而爲池跨之以梁以通往来漫山襍植檜柏松桂千數百本垣于山之西南餘六十丈池之南復疊石爲山以相輝映工始于九月三日僅兩閱月而訖

初王侯之經畫是山也予適苗嘉定見其殫心竭慮
図惮劳瘁是以成之〻易而士之游于斯者欣忭賞
歎莫不頌李公之政而嘉王侯之不負所委也抑聞
之龍令之始為慈山鄉試一科而連登者七人進士
一科而連登者三人邑中至今傳為美談謂設學以
来之所未有夫人材之生世未嘗乏上之人能作興
鼓舞則感奮彙進不然則不免沈悔寥寂此勢之所
况至者今李公于學而作興若是安知今日之科目
不有符龍令之故事者乎又安知其盛不有過之者
乎然則李公之功當久而不忘而王侯之名亦将附

四八

此而不泯矣教諭鄧君樸訓導區君福張君相偕來請記云將勒諸石以示永久李公予進士同年且皐善而學校之事固予之所樂道也遂不辭而記之承德郎南京兵部武庫清吏司主事鄗人都穆撰

吳都文粹續集卷七

長洲錢　穀叔寶編

學校

燕居殿記

朱孔昭

道之在天下未嘗一日泯也由其記于今者或興或廢故道行于世者有明晦焉嘉定州學天曆己巳濟寧趙侯撤礼殿以舊聖像制小與殿弗称易置西廡下既而壞漏弗支冠裳剥落見者病之莫之攸改距今幾三十年矣天祐斯文起有日至正壬辰夏太守大名郭侯良弼守是邦首謁庙廷亟欲更張遣軍

迭興供億未暇次年秋　新大成殿金碧輝耀丨
兩廡丨　顯嚴位序有次門墀垣橋靡不周備丨
聖舊像未卜祀所侯寔惧焉衆曰殿後餘地尚廣丨
增創燕居則犹愈于廢置而弗祀也侯從其議郎鳩
工度材州之好義者歡然趋之屬予董其事增土壘
石基与殿齊廣袤二丈深亦如之為殿凡八楹翼以
軒窓缭以垣壁黝漆丹垔供具器皿实美一新落成
且有日仲丁甫臨侯率寮寀暨諸生行釋菜礼及竣
事皆翕然若有所帰也嗟乎三十年間往〻視為濶
廷置之弗頋其端昧于為政之本欤今也妥灵得其

所展敬有其地則吾聖人在天之灵有以相侯者必享矣故曰道之廢紀于今者可不信乎是舉也神安則人安學興則士興侯之為治可謂不昧其本者乎予既備員泠庠樂侯克成其志因紀歲月用彰不朽云至正十四年八月既望章甫朱孔昭記

大成樂記　周仁榮

大德十一年詔尊夫子加號大成至聖文宣王于是夫子之殿与祭祀之樂舊名大成者始益尊明越十有七祀嘉定州儒學大成樂成教授劉德載以知州周思明書請記仁榮曰自漢以降祀夫子用六樂歲

二

軒縣用　縣正用大成樂制樂章十篇叙一
降神備衆善以致享然後名正寔著国用無損
器金之音編鐘有十六石之音編磬十有六為一
絲之音琴瑟十有二琴一絃至九絃凡五等〻各二
瑟之數如其等簫二管二篪二為竹之音巢笙二和
笙二為匏之音土則塤二革則搏拊二木則柷二敔
二以簨簴牙業鎭麾暈竿流蘇之屬為之飾以五声
六律六同旋相為之用夫樂与升歌旋相之為宮也
樂之宮在律則呂為升歌之宮樂之宮在呂則升歌
之宮乃在律陰陽之氣和宮商始得合矣漢儒謂祭

尚隶無商音失旋相之義也旋相之樂無射為宮則黄鐘為商宮君象商臣象君声不可小臣声不可大因半黄鐘之管為四清宮以是旋相之奏有四清声者抑臣以尊君也八音与政通樂云乎哉樂象成也夫子之聖犹金声玉振始終條理合衆小成為一大成故樂修于學可以通神明熙教化移風俗古大司樂掌成均之法以治建国之學樂政德樂語樂舞皆教之事今之日知州与教授興學而修樂知古之教也夫豈曰用于祭祀哉天台周仁榮記

局田記　三

楊載

嘉定州贍學田五十五頃六十畝有奇歲收米千二百餘石籍于有司官若吏不能有所齮齧秉好歲荒旱之餘擅減舊額農夫分受其利竊為他名曰例米此官吏之所受不啻過此由是倉廩空虛用度不足雖礼文之士犹趋就苟簡學者罕至絃誦之声不聞棟宇坍頹墙屏荒翳有窮鄉衰陋之風延祐六年興和路周侯思明来視州事進謁廟廷延覽徘徊喟然太息守土于兹以承流宣化為職學校不修無以奉行詔書惧獲罪戾欲謀修飭頋材無所出未得其方會教授缺官請前李教諭三山林君疇权主學

事議從耆儒之言請于周侯欲復求舊額而歷時既久頑民必以死爭未易悉勝之也盍先收他名米一歲三百石有奇再歲如之三歲收二百五十七石屬富人出貸而取其息百五十石林君復議從耆儒之言請于周侯合三歲之積僅千餘石以之營繕復有所不足吾策不得行矣用所糴米别買膏腴田三頃八十七畝得米三百四石所收他名米三百石歲計六百石有奇置局修造不以給他費自是而後財用可使有餘雖撤宮室而新之無不可者先是至元六年林君之父前太學進士諱懋捨田二頃二畝歲

四

收米九十石有奇給凡繕修之費其後廢弛至是其米悉併入學中學校既壞則秀異之士無所于歸聖人之道何所辨明庶民之德何以观望而興起之郡周侯舉應詔條不廢戢守為政如此可謂之忠林君能成父之遺志可謂之孝兼忠與孝有所建立業垂不朽宜矣李者承籍如斯以強立志以敏趨學積累細微以至衆感名寔並克自家行之而達于朝廷四方由庶士而至于公卿道德純備光明顯融聖化宣通流衍無際則可謂無負也已建學于斯不無望于尔也周侯為守五年有惠政于民著蹟偉然可以于

古之循良非有待于講學之功能使尓邢林君用衣冠儒先累世富盛躬行節儉又篤于為義由興學一事觀之其他可知也已教授金華劉君德載調脈補綴享有成功欲息不忘欲彰遺美過徵鄙辭鑱諸堅石一再有請于是乎書翰林編修楊載記

興學記

薛元德

為一鄉善士使後觀感而興于行思之愈久而不能忘者非其德之所施者博利澤之所及者深不能也豈惟發一善言行一善行歸美于鄉之一時而能若是哉嘉定自宋始創學宮舊有田租歲入養士不繼

邑士東祁王先生子昭惧鄉校廢弛無以作育善類遂將己田二十七頃六十七畝有奇歲收租米一千一百一十餘石擬創義塾以教鄉里子弟志未遂而疾作臨終乃終其弟子潤以是田歸于學時至元二十五年也由是學廩充主講席者歲不乏人迨今成材者衆鄉人感思先生之德而不能忘也至正丁亥歲予叨教于茲一日郡士請而言曰吾鄉先輩東祁王先生為一鄉善士以田歸于學迨今六十餘載未能勒石以紀其績吾黨之士与鄉里子弟今日獲飽食而知教朝夕游歌于斯者誰之賜歟願求作文紀

其績以勸将来予鍾衆請之篤于義而勉為記曰古先聖王設庠序學校之教自鄉而行于国自国而達于天下其要本于明人倫厚風俗復乎民生本然之善性故也歷代相承治教雖有興替之殊而人心天理未嘗泯也先生篤意鄉校捐己田以養育羣材倡義于前而後人繼之者衆迨今思之而不能忘復請勒石以紀其績信乎天理人心之不可泯也若此而古先聖王之教其興感于人心者為何如也視世之有務聚斂而致富者不事詩書惟知奉己以私于子孫鮮克保有厥終者良可哀也孟子曰一鄉之善士

六

斯友一鄉之善士從今以後聞先生之風而興起者世必有其人則鄉校日興善士日盛未易量也先生名子昭東祁其號也尚志不群篤孝好義鄉稱善士省府聞知嘗辟爲吳郡學道祠官興舉有声子二人長應龍字剛伯次應祁字習伯一時俱以文學升上庠鄉人榮之世族昔盛于宋今能紹其傳而光于後者曾孫晋進道其字也至正九年七月教授永嘉薛元德記

嘉定州重建明倫堂記

牟瓛

夫教養必有學學必有講堂堂之扁曰明倫盖取諸

孟氏語練川本姑蘇屬邑陞而為州亦既有年而學宮尚仍其舊堂宇湫隘棟梁欹傾覌者陋焉戊申仲夏宛陵貢君松以六館士職教是學即議改作而力不逮心明年春會古汴王侯澤来守是邦始至謁學喟然嘆曰吾為長于斯寔領學事而講堂因陋就簡若是不增大其規制何以逭吾責何以振一州之文教其亟圖之勿以費為憚又明年秋貢君以羨餘之積鳩工庀材撤而新之時林齋賢沈鈞以值李董其事始于是秋八月迄于是冬之十月學廢粟為石五十鈔為錠一千有奇王侯又捐鈔四十錠以助不給

七

乃克告成跂翼翬飛視昔有加来游来歌莫不咨其偉駭其速烏乎斯堂之建豈直為美观而已正所以明人倫也夫五者之倫非人所自為乃天所叙也自天子至于庶人無一人外此人倫自一家至于天下無一事非此人倫人極之立〻此而已人紀之修〻此而已仁義礼智之寔由是而著礼樂刑政之具由是而修學校庠序之教由是而設易詩書春秋之書由是而作登斯堂者盍亦因名思義是修是明歸于而家父詔其子兄詔其弟亦惟以是庶幾千里之民薰為善良其于風化所關豈細事哉夫事之廢舉固

自有時是堂也微王侯崇儒則不能決計微貢君潔已則不能勇爲微沈林二士竭力則不能賛成貢君与予善書来請紀成事予耄矣末由一登斯堂然所喜駭而樂道者使州郡學宮来取法云

嘉定州重建廟學記　　智玉成

美天下之風化不可一日而無教也隆古盛時上自王宫國都下及閭巷莫不有學所以淑人心一民俗俾遷善向化胥出于教之本原玆嘉定爲吴壯邑皇朝元貞初禩例陞中州而學循舊制未克宏拓泰定丁卯冬濟寧趙侯通泰来守是邦首謁宫墻歎其卑

陋然未暇改為天曆戊辰僉憲濟南韓公鏞按臨謁廟顧瞻徘徊請趙侯曰庙与學毋相褻當析而二之尔所職也越明年侯請于府得允乃相地之宜卜河西杏坛舊址距學幾廿步令民負土寔河易釁宇上講肄有堂師生有舍門廡庖湢悉具至順庚午春始搆材鳩工大新孔子庙視廪帑莫伏營供因勸鄉之文獻巨家以佐其費先是坦齋林先生疇梅岩瞿先生懋為時名儒留志鄉校疇設教時增田七十八畝懋明經然誨人銖累束修餘資囑子元輔侯為營學計是時林先生子曰仁曰義曰礼曰智曰信聞侯命

頓助錢六千五百緡元輔助錢一千三百緡捨田五十餘畝收米二十石有司嘉之附其先君子于祠從衆請也是年秋七月新殿落成崇基美材蒼珉峀猷照耀層漢為吳庠最洎兩廡百六十楹廣廿一丈深卅一丈有畸工未畢而趙侯代覃懷靳公下車聽政之暇偕州長佐貳詣學以廟貌弗称庶事簡畧思所以克廣前績會省檄教授楊大倫校日書公郎命元輔揖教官董厥事瞿君務繼先志因儲贏樽浮補遺完美肖先聖四配十哲像其中繪從祀百有五人于兩廡植柏六十本于庭煥然而丹艧隆然而甃砌閎

九

敞壯麗視昔倍而有加廟既成釋菜且有日余諗諸
生曰三代教民礼義興于學孝弟行于家故治隆于
上俗美于下後世道缺學廢不足以勸然人心詩書
固未泯也嘉定地瀕海儌習俗未淳将观感于斯薰
而善良自今日始豈特為是邦观美哉是役也非林
瞿好古則不能以佐費非侯牧見于事則不能以勸
功非僚宷協恭則不能迄底于成達魯花赤名拜降
知州名端愛皆寬厚賢明所治與學宜有循良稱故
次歲月以記

嘉定縣重建儒學記

陳鑑

為治莫先于教非教則不知天地所以為生之理人之所以為人之道將淪于夷狄禽獸之歸夷狄禽獸也奚以生為先王重民五教而不敢後也三代以來無弗學之人無無學之地所以皆可封之俗無媮薄之民降而叔世利波一興義源既塞沉酣于嗜欲之場顛寘于譎詐之域而不自知其入于異類也可勝歎哉故世之善為政者必先于學學立而後礼義興礼義興而後民風厚民風既厚求其世之不治不可得矣近儒俗吏率謂非首務而漫視之是豈先王建學導民之本心哉我国朝法古為治上自国都下及邊

十

鄙莫不有學故百年于兹礼義興行風恬俗熙號称極治良有以也吾蘇嘉定之學自有宋置縣之始即有之在縣治之巽維有廟有堂有廊有廡左瞰通津右俯周道前臨釋氏之居處其俗之涵雅也築土山以為障焉高元明爽規制宏丽来游来歌者安焉由宋迄今人才彙征民氣朴雅大異往時者正以地之有學〻之有教然也歷歳滋久弊而葺〻而弊者屢矣補苴罅漏雖有其人撤舊而新則雖其任不有知所先務力有行先王之道不能振頹而起弊也天順改元丁丑之歳吉水龍君晉由名進士才御史以廷

議忤時出知縣事甫下車謁廟之頃即銳志興建稍
徯時和乃集尚義之士于學宮醵金以圖規恢之計
衆欣然曰義事也義而弗爲無勇也雖微賢令之勸
猶強爲之况勸之屢也乃協謀捐槖得金若干于是
乎飭材鳩工作大成殿灵星門兩廡暨學倉亦新之
若夫明倫堂尚完未敝則葺之而已土山則視舊而
加崇爲文昌有像先祠于東廡從祀諸賢上揆礼則
乖乃改作于學之東南少偏庶幾乎神安厥灵礼無
枉制師儒有廨隘于路隅且迫于儀門行者病焉乃
市隙地于學之北而維新之于是乎私有安居而公

十二

無隘道以至于垣則加崇衢則加闢凡麗乎學者皆
然經始于天順庚辰　月　日落成于明年辛巳
月　日予友駕部副郎范君誠夫邑人也走告
于予曰庙學一新士林增氣然不靡財于公不殫力
于民義声之倡成此偉圖知天下之事不難而難于
知所先天下之事不難而難于無所據知所先則天
下可不劳而治無所據則事隐然以辦人徒知嘉定
之民見治于龍君之速而不知由乎礼義之興行人
徒見庙學之興無庸于斯民之力而不知由乎義声
倡率然苟無其方則耰鋤德色見于父子之間況令

之与民哉民弗之從則無以遂規恢之計李弗之建則何以致礼義之興哉欲求善治皆妄而已然則龍君何以得此于人哉亦曰德孚于人民信之之謂也君之德民如此而已而凡教于兹謀習于兹者一以龍君之心為心足于己無待于人則處可以善鄉俗出可以善天下一邑云乎哉龍君今以劳績進守嶶郡吾知他日持是以善天下亦即此而在矣吾党之士其可不相与勉其在己者哉誠夫曰善請書以記之

宣聖燕居亭記

張洪

十二

嘉定儒學舊有燕居亭元末傾圮　國朝興復學校治隆俗美邑中士民王嗣范氏遊于學宮俯仰顧瞻慨然有修復之志白于邑令校官許之嗣昌不資民財不藉衆力市材僦工築舊址而增拓之甃磚累石既廣且平雖名完舊寔則創始作亭翼然爲請之儀廣深三丈高六尋重檐出陛翬飛矢直櫺牖虛明墻墉言〻牖間南向設崇高之位肖宣聖燕居像其中髹漆之几刻鏤之器陳列有踐莫作静嘉穆〻清庙肅〻令儀瞻仰敬恭升階降齊遨千古聖灵洋〻如在始事于宣德三年營室昏中之月竣事于五年灵雨

既零之時煥乎煌乎有加于舊覌其館賓范騰博霄喟然曰春秋之法常事不書異則書之美惡自見嗣昌為邑之士民而能崇重儒術興起學徒非異之美者乎彼佛寺之居有能為興起廢墜者寺僧且銘刻事功傳示後世吾儒顧弗若耶來徵予言記之予謂庙制有寢所以安神妥靈今學庙無寢燕居之亭其寢之遺制乎且佛氏必有像設以誘其徒吾儒豈為是哉其或肖像者所以狀聖人溫良恭儉讓之德使人敬慕興起今為燕居像亦以著聖人申々夭々之容申々者其容舒居舉一身而言有心廣体胖之意

十三

天〻者其色愉擧顔貌而言有自然雍和之氣俾躁者仰之而自抑怠者觀之而自勉士子既嘗鑽仰于經傳之間又得觀感于肖像之側嗣昌之心不既深且厚乎予故不辞其耄勉記其槩以俟後之君子發揮其事云尔 常熟張洪記

嘉定縣儒學科第題名記 徐有貞

科第有題名之典昉于唐而盛于宋然唐進士之題雁塔惟紀其始第游宴之榮而已至宋乃題之學宮蓋有責成激勵之意所以為盛也我 朝因之于凡歷科登第之士 天子既題之名于辟雍部使者守

令復題其名于泮宮視宋又加盛焉蘇南畿大郡而嘉定蘇之大邑也其儒學之建自宋理宗朝迄今三百餘年矣中更燬隊而復興修在乎部使者守令代有其人乃者臨海陳選以監察御史提督學校于南畿時巳逾賈奭亦以前御史来領郡計並奉璽書行事而成都洪晃寔為邑正三人者皆名進士也其道同其心同以能相率相承而主張焉而綱維焉而作興焉于是學宮為一新而政為之具擧焉學中故有宋進士題名之碑而今則缺侍御乃與守令圖之爰攷国初開科以来自洪武庚戌至成化己丑得進

士若干列其氏名而勒之于石餘左以俟後之登第者繼題焉使来請記維夫經術所以經濟天下之具也士必用乎經術而復經濟乎天下譬則梓人之必用乎規矩而後可以經營乎宫室也宫室完而功歸乎梓人天下治功歸乎士功之所在名之所在也夫梓人以藝事名犹有得題者士以經術名可無題邪然彼之題在成功之後此之題在成名之初故必有所責成激勵焉責成乎已第之士激勵乎未第之士前乎茲者往矣後乎茲者可無勉邪已第而勉于進修則必成乎其功未第而勉于進修則必成乎其名

詩不云乎濟〻多士克廣德心有貞雖不敏也亦嘗
忝乎科第敢以是諗于同志者武功伯徐有貞記

嘉定縣學在縣治南宋嘉定十二年知縣高演孫
建堂曰化成紹定二年王選修改明倫堂淳祐九
年林應炎塑聖像作直舍咸淳初史俊卿修飾殿
宇元至元閒邑民王子昭入田租若干元貞二年
陞爲州學大德三年教授楊巽繪從祀像天曆二
年知州趙道泰重建大成殿移堂于殿南至正十
二年郭良弼建燕居殿十六年堂燬 国朝洪武
二年改縣學六年知縣文殊奴修宣德元年知縣

十五

祖述重建燕居殿天順四年龍晋重建殿及門廡築土山學南成化弘治間知縣洪晃白思明吳哲相繼修今學制左庙右學

新建鎮海太倉衛學記　張益

正統改元之初朝廷用兵部侍郎毘陵徐公晞言凡天下衛所之附于郡縣者其武弁子弟皆令就教于郡縣之學若其地居邊裔与郡縣相遠者俾得建學如郡縣之制命既下四方才武之士莫不懽悦鼓舞遣子入學維時鎮海太倉二衛同莅一城在姑蘇之境去郡百餘里東西去嘉定崑山二邑又各

一舍許乃上礼部請以二衛併建一斈礼部以聞詔許之二衛官僚議欲建創會其費億萬計而莫知其所措者乃合辭白其事于巡抚、侍郎廬陵周公忱公曰建學教人是吾職也然必、使其費不糜于官不厲于民然後為美先是二衛兵士、有僦民田以耕者其常歲之租當輸遠倉而道里舟車、之費率与租額相等公乃集衆而諭之曰吾將易而遠、輸近倉使各省其舟車之費以為是學之資可乎衆咸、曰善于是命所司收其租費得米以石計凡三千有奇、公喜曰是足以有為矣乃度城之東南隅得舊官第為、地若干畝用加構築命太倉衛鎮撫張贇鎮海衛百戶王端崑山縣士民姜塤董其事復命主簿何寅揔督之工出雇募力各自効財以佑易所致皆良經始于正統戊午之秋落成于己未春正月其明倫堂則因官第之舊而加葺之乃若大成殿戟門兩廡孝敬忠義二斎肖像之屬庫庾庖湢之所皆從創制及其成也二衛子弟俊秀之來游者恒百餘人師有教授訓導而訓導羅英祖寔首至焉贇等以為茲學之創建皆周公主張以成之恐歲月寖久後之人或莫知之遂相与謀而徵予之記於乎斈校之設肇自古昔文武

一道豈異習乎洪惟聖明在上廣開庠序務欲四海九州無一人不游于詩書礼樂之塲以敦篤孝弟忠信之行而致夫雍熙泰和之治也二衛俊秀雖出于操戈擐鎧之族今也得依夫子之門墻挾策以游接席相講皆得以明夫修已治人之方而不昧乎尊君親上之義他日舉而用之文事武備無不得其宜矣是盖聖天子教養之盛心而可不知所自哉雖然斯學之建朝廷之恩厚矣向非周公能欽承而致所區畫之良其學之成有若是之易乎周公之區畫固良矣苟非贊幸能尽其力于下則學雖建其于殿

十七

堂齋舍百物所需有若是之壯美而畢備乎究其所存皆在于溪体丨朝廷建學育才之盛意而克盡其心也予故特爲之書使後之來者有所攷焉

鎮海太倉衛建學之碑　沈魯

宣宗皇帝臨御之七年詔天下增建學校廣育賢才將以光隆丨皇祚益昌文明之化是時鎮海太倉二武衛城守要害以控制江海生齒繁而俗狃于悍其子弟頴李雖衆而不能自拔也有隷戎伍者查用純以故宋文庙尚在乃丨奏得丨請于是有司復命委鎮海衛指揮武政太倉衛千户沈暹數之遣廵撫侍

郎周公恍視故址湫隘不可為遂徙舊廟于元之海道萬戶府闢地方廣前後臨渠〻於復　奏濬之以利舟楫而中創為李宮歷十科士由之登請要著声績魁多士于南宮者咸有其人庠之士徐龍金瑢楊星等曰用純有創始之謀蓋追紀其寔以勸士之崇右文教者則為伐石徵文將勒之戟門之下予乃言曰昔魯侯以泮宮發頌齊宣以稷下垂声夫何王景略之雄傑輔世而陽平乃以擅興見劾向非高子伯之忠言則猛不聞其過而勸懲之曲遂缺彼偏據自雄附登記載之国固非所以擬倫而　重光奕葉之。

十八

世絃誦之声相聞于八表而瀕海之民寧不被声
教耶予為表而出之

太倉鎮海衛學題名記畧　李亨

天順改元揔督揚州等處都督僉事翁公紹宗駐節
謁文庙見科第人物題于堂壁曰賢俊登庸　国家
盛事置之何畧當宗太學勒石以耀久遠遂屬鎮海
衛指揮武政董其事浹旬而告成乃命書其名以悉
之夫衛學之設往古所未有也肇自正統之初學軍
衛于郡縣相遠者則建學立師以教武弁之適庶与
營之俊秀以資任用迄今二十三年歲大比賓興賢

能歷科不乏衛學非古所建而古教大行教之所行道之所在也時維甲戌朝廷用臣享所言許民寮迩于衛者偕得就棫樸之美是以舊科第而涉庙廊者彬彬輩出向非建學以教之則安知文武一道並行而不歧乎雖然昔由科目以享榮名者固尚矣必如陸宣公所云上不負天下不負所學之言庶不負題名之意

太倉鎮海二衛學正統間巡撫周公忱始建至弘治十年設州乃改州學

太倉州儒學記

祝允明

十九

初兵部尚書徐公晞言天下武衛無有司可附者得輒立學校便—詔從之正統戊午太倉衛士查用純以衛与鎮海二武共守一城請如制合建一學　報可巡撫周文襄公忱董于成張内翰益沈處士魯記其事弘治十年丁巳昉造州緒正百度學制隨以更初守襄陽李侯端爲之補缺飾弊又添闢仁惠齋事事維力他日學正甘君澤等請于侯諉允明記之惟天下之治在君臣相遇其治之道一而古今用殊古之用人者二曰士曰民今之用人者二曰文曰武古之爲學者由明德知類由絃誦由諭政以及師旅獄

訟之講習咸是出凡民之秀者業于是爲士逮入官則文武具矣隨用以成勳其民則官者教而用之故于時文武不角立甲胄無專官由學校一地畫之矣後世裂而兩之苟予任五兵不必讀書爲從政然其後也勢終不可若是以班故復爲之齊量挈束文可縱武〻不得以獵文如官之分典也六而兵刑各其一刑者小兵〻者大刑是皆武道總萬幾一耳至鎮廵藩牧凡百有位孰不可執干戈以衛社稷若是者咸來自學校是竟不違先王之所以教也夫唯是所以教之地若術弗可異而文弗可以弗右聖人鏡机

而操樞乃他術合于一右文烏勛庸以牧始時無學
士就邑校以興洎學設乃弥盛于是文學政業詰戎
祥刑麗六官襄萬幾後先煒然有功称其地与術校
然著已今更一甲子而學還文制丨聖人右文意逾
至則士也大奮興鋪閎勳巍鴻称丨聖人意也廑復
奚若詩曰周雖舊邦其命維新其斯之謂欤小子幸
列下士仰沐　皇澤敢不是賛凡宫頻規度前纂有
揭及陸大叅容嘗疑所傳礼殿為宋故与學　為萬
户官第者當失寔[illegible]志述其說矣維更制之間所以
仍舊貫作新民承丨聖人意以通吾丨君臣相丨

遇之机者厥功在當道昔季路将以民社廢學而夫子悪之茲又何敢弗著綱維者都御史朱公瑄彭公礼監察御史方公誌王公鸮刘公昺王公約袁公經郡太守曹公鳳及李侯端也叅佐其務者州同知周君、明丁君隆判官陳君玺龔君詔黄君讓而典教席者甘君及訓導林君垍鄒君紈李君相周君幹云

太倉州重修文庙記

姜龍

皇帝御極執三重以躋至治維九載庚寅一詔以夫子祀典雖有歷代褒崇其像設儀章圖協于訓宜行称號曰至聖先師孔子若曰与天地絜大日月比崇

廿一

堯舜讓功者惟孔子則然萬世宗師以建人極自有常尊莫之與京非袞冕玄圭軒縣佾舞所能加重者也丨制下于時太倉州增修庙斈遵成太倉古婁地為吳附庸闔閭起南武城以備越蓋边境也自秦為縣未有崑山之名々之自梁始後或治馬鞍山陽升為州世有斈宮以祀先聖先師元延祐間移治太倉始剏庙學既復徙而西學随之丨国初建兵衛二以控東夷武備既張文教不無少弛垂百年間積靡漸涵日間與衛雖有良子弟無由自振以強問學勢使然也正統庚申尚書徐公晞上議天下衛所宜立學

略倣郡縣制　朝廷從之先是耆儒沈孟温者通五經即陳門塘之郤地為私塾以授徒錦蕞以祀先聖遂因之建斈立官扳閭右之秀以充弟子員不數年文教大起或以其斈倣鄉閭或以其文魁天下或風節動朝著或廉孝名四海而茅拔彙征者相望先後蔚為東南名邦學校之功安可誣也弘治丁巳都御史朱公瑄再議以太倉重鎮非州無以平兵農　詔可于是裂崑山之東鄙傅以常熟嘉定地之近者別為治是為太倉州更命學官而庙學仍舊初守李侯端嘗一新之嗣後或飾或拓規制略備唯庙宇經始

廿二

逼隘春秋釋奠尸祝之餘步武弗舒令守陳侯璜有事于學顧而陋之乃漁釣東之羨乃裒材木乃運陶埴梓圬畚鍤受直于官不以煩民輔以兩楹暈以前榮浚廣視舊不啻倍之翼翼眈眈既麗且嚴明年辛夘丁巳修祀事孔虔籩豆式礼成罔愆而士庶改觀耆老惟恐子弟弗預于斯其幼亦惟患父兄之弗我教也方來砥節挾能益挺益勵出贊治化者端不肇茲乎又嘗建啓聖祠尊经閣爲泮池爲射圃以次就緒舉其所重餘無可詳焉耳侯以司馬員外郎出守三年政成民安其惠他尚未遑學校是亟夫惠而不

知為政古人病之如侯者其知為政也哉州博吳君大本率其徒之長且賢者陸賜王梁請龍曰願有記以無忘侯之功龍故諸生也不敢以不文辞敬推聖天子崇儒重道之至意及吾婁有李之顛末如此是役也州貳姜君直楊君盛幕蕭君才用咸相厥成吳君暨其宗謝君詔張君東寔親蒞之以上下其功焉敦事者士民錢模也凡得章連以書于是乎記

尊經閣記　　周廣

嘉靖一天子龍飛安陸修道立教以化成天下乃歲庚寅冬一詔學校毁孔子塑像去王號減佾數以易

木主观聽一新祀典聿匹先是我牧伯陳君佩之留
心首務則就關庙宇疏泮池以仰契德意又登州之
士于堂告之曰大哉聖人之道乎秩秩乎一帝者之
制乎道載之經經以定制州學仍衛舊貫故無閣維
閣載建茲將無待与尔諸士當知所尊矣尊經斯為
尊孔子尊斯道以自尊道原于天具于吾人由孔子
而上堯舜禹湯文武周公之治政教流行宰物經世
由孔子而下七十子喪而微言絕大義乖六經之道
弃如瓦礫而漢而唐而宋得周程張朱相与講求其
義不啻如日中天江河沛地也以迄于今尔諸士當

知所從事夫六經之道同歸而散見則異易曰時書曰中詩曰正春秋曰权礼曰敬樂曰和皆统于心此固孔子修明以紹往開来者患未有能真知而力行之以自尊耳今之士其高亢者随于虚寂次則溺于功利詞章其能約于中正和敬以趋于時而達之权者寔寡也蓋經也者常也萬世不易之常道也道率于性ゝ命于天知性知天六經其筌蹄乎道之斯行兹將有待與矧天子躬行于上子承流宣化尔諸士其罔或弗恭以悖戾斯教諸士退相与語夫卿之彦毛彦深彦深謂廣曰乃歲辛卯春闈成是盛舉也烏

茁

庸以弗記廣聞而然之亡何復走書南郡曰石已代烏庸以弗書、廣因以牧伯所以告諸士之言以告後之學者

尊經閣上梁文　　　王梁

聖神御極兩儀尊而三光明循良守邦百度舉而萬姓悅維茲婁地擅吳中文獻之美播東南鄒魯之風星墟鹿司命于三台分野入牽牛之一度左控滄海絕勝是三島十洲右引會稽清澈有三江五泖論仕宦宮保尚書侍郎聯班接武于黃扉紫閣看科第會元狀元榜眼重光濟美于金馬玉堂今秋中解元乃

昔無而今有明年魁春榜皆齊步而連登為斯言也豈溢美哉由作興者有感心耳六經建閣萬世帝王之道益尊三甲成功百里封疆之勢增勝會文源道脉于一派壯大观旺氣于千年恭惟賢守毓秀兗山鍾灵鄒水誠通金石學邃天人世德本原于太丘家風来自乎師道靜安鎮俗清素持身甲第榮登兵曹膴仕馳声海内出守婁中濟經文緯武之才立内嚴外寬之体急先務而作興學校庇羣材以經始黌宮卜是日也日吉時良景明氣爽乃五行當、盛德之初廟匹月日躔娵訾之次氷霜頓解日星昭回福德文昌祥

廿五

光旁燭山河大地品物宣輝一時雨露收空五色雲
霞捧日建茲傑閣八柱擎天莫不聳巍〻乎之快观
任此大梁復虹架海固不形赫〻之美譽歷年百六
十未有若此不世出之奇功屈指数月間遂成天下
第一等盛事集濟〻之多士感明〻之魯侯用歌泮
水之章爰効閟宮之頌　児郎偉　梁之東尊經高
閣矗雲中佇看鵬摶秋萬里春雷桃浪躍神龍　梁
之西尊經高閣与天齊蟾宮旌府登名士尽来借此
上雲梯　梁之南尊經高閣与天參金声玉振登瀛
客笑指瀛洲咫尺間　梁之北尊經高閣凌天極人

在和風化雨中百代难忘賢守德　梁之上尊經高閣撐千丈奎聯東壁光射人會看文明新氣象　梁之下尊經高閣如虹架創立成功勒鼎鐘百代芳名振華夏伏願上梁以後惟我賢守褒旌進爵借冠一年福壽多男流芳百世俾此一方人文日盛道化天長家詩書戶礼樂由正路居廣居海宇樂清平蒼生多吉慶上下咸新乎明德神祇永歆于幽馨五教克修三時弗害同登虎榜之士獨占鰲頭之英立德立功立言源源而出為公為卿為相滾滾而來庶不負賢守之嘉謀得以慰邦人之厚望此工師氏之祝頌

廿六

乃王梁甫之代言

太倉州儒學職官題名記　胡　相

國家設天下學校而朕之以師儒之官凡府五人州四人縣三人衛二人於乎多矣非濫也蓋風俗之美惡係人材之得失人材之得失係教化之盛衰是故我天子躬行教化于上又專命臺臣提督之又分命天下諸司贊理庶政必以教化為首務而天下師儒之官仰承休風亦与有是責焉故多設以廣教也且儒官之選首用會試中一榜者充之而歲貢來廷者天子必親覆試之見可焉然後用之慎厥選也選已

又命天下諸司視學必加礼焉重厥責也是儒官者不為位卑而道尊祿廉而責重者乎受茲責者蓋亦知所以自立矣先太倉以衛建學弘治丁巳始立州因而改州斈焉額設學正一人訓導三人自建斈至今凡若干人今題其名于石予曰名紀于石非徒以不朽為可喜也夫亦可懼也何也諸生後或指其石而曰某也賢吾德之某也否吾弗德焉一言而褒貶以形不為可懼也乎固可懼也夫亦可喜也何也僚友後或指其石而曰某也賢吾仰之某也否吾戒之一覽而師資以寓不為可喜也乎知可懼可喜而後

艺

可論自立之道矣蓋官在師儒職先教化鑒古範今惟義惟道不可以肆而怠者也矧名由石著行由名辨者乎知此義然後可以遵道可与遵道然後可以与立然後可以立乎諸生之上而期其有真材之出然後可以仰承諸司休風以少裨我天子教化無疆之意也是為記

太倉州學弘治十年始立州知州李端因舊衛學增建兩廡嘉靖九年知州陳璜建尊經閣今學制左廟右學

崇明州遷建儒學記　張士堅

崇明踞海為州民社屋宇簡朴隘陋俗勤生而嗇力時號易治惟斈宮未称屢有改作弗良于圄並海砂磧傾圮成巨浸州与市益徙以北官民居室庫廩有條有范德化洽漑日加殷庶烏達魯花赤唐兀台氏八里顏公知州程公世昌率耆儒徐元昂朱禎共謀曰孔子之道要載萬世無古今遐迩所在有斈我国家尊事之典視往代特甚窮鄉下邑猶有一畝之宮以備絃誦今州北遷奠厥攸居獨廟學未有卜固吾守之不任亦二三子所當用心也元昂即捐地十畝亢爽者為基二侯割己俸資選木石材匠剔蠹拉朽

廿八

益新採堅學正任克明与朱禎芉寔相經營之工始于至正十二年秋八月至冬十二月告成殿宇門廡雅合法故齋堂庖湢聿佐舊規籩豆圖像丹堊髹漆弗侈而章舍菜落之神人懽慶里人楊文驥來謁記故不可辭夫學校之設非若布帛錢穀尤切于民生日用自天子至于庶人孰有不學而知、不教而成者耶綱常之本風化之基漸摩淪浹非日講于學民何從知之乃者四方多壘烟塵所襲潰裂奔竄亡為俘馘之不暇其在承平時有司視學事為迂緩漫不加勵竭力致身之學素晦弗究故也二侯涖惟体治之

要愛州之人垂教于無穷長育材器以忠孝立鄙豈
特鄉閭之賴爲邦家之榮是所河謂知所務矣乃作書詩
曰東海之墟生聚日繁沙滷流移不遑永安比迁既
寧民社攸塈維茲庙學風教所係二侯倡之和者躍
然神莫廣居瞻企肅虔叙叙降有常講肄有堂良士之
頵賢侯之光振振二侯教養孔宜勤詩于石㬎人則
之賜進士及第承務郎翰林修撰同知制誥兼修国
史院編修官張士堅撰

崇明縣廟學記　　徐有貞

成化紀元之六年崇明縣新修廟學成乃秋八月上

廿九

又更數政、罷事褭追玆由士達振之士達才猷治行与允威縣同而劳绩加多其爲之成之不惟庙學而廟學尤其用心之至者也若大成殿若明倫堂縣西齋則因其故而葺焉者若戟門若灵星門暨學宫之門若兩廡則拓其故而造焉者若庙之神厨及牲牢之所若泮池及池上之橋則皆故所無而今鼎建焉者若諸生之號舍僅數楹今則益而廣焉至二十餘楹學宫之墻故卑且隤缺無完堵今則擴而崇焉爲周垣至八百餘丈庙皆之前隘且弗嚴今則闢而爲之衢道中衢立科第題名之榜而以礼門義路其左右爲規模斯壯氣象斯新士之游居者爲之興乎志趨往来者爲之聳動乎觀瞻斯以盛矣及其治事之餘時造學中相与課程諸生又延礼鄉賢翼而廸之凡可以策勤勵惰者罔弗尽其方此吾徒所以頌記其績者也至若崇明之地故土壘也今則甓而堅矣社稷諸祀故荒墳也今則坦而肅焉縣治故無譙門則作之門海航無艦則作之艦涉川無梁則作之梁自郡使者之署及屬官之廨無弗飾焉此又通邑之人所以頌記其績者也予聞而嘉之夫邦新造則難乎治兵民襍處則難乎化于此而能治能化之餘其

三

無難尔矣昔范忠宣公之知襄邑也自公守學校至倉廩一新焉擇賢以教而時躬勸學者宋史美之至今有耀也士達其聞忠宣之風而興起者欲使繼今日往日加懋而弗已則其功名事業豈惟儷美允臧乎將匹休忠宣矣此予言所以為士達發也若夫講道之功成材之効則在諸為師生者懋焉于是乎記成化庚寅秋九月十有六日光祿大夫柱国武功伯兵部尚書華蓋殿大學士東海徐有貞記

崇明州學先賢祠堂記　楊維禎

崇明州通守張侯翩遺邑士秦約来致其言曰世教

莫大于道統自周程張朱先後輩出而輒其傳然得
二程之傳者龜山楊公也龜山之傳而啟朱子之學
者羅李二公也聞濂洛之學而貽南軒之傳者胡文
定公也得朱子之傳而表章其斈者西山蔡公勉斋
黄公九峯蔡公也廓朱子之斈而見于事業者真文忠
公也八先生之真履實踐皆足以紹往聖開来斈其
植立世教之功大矣濂洛諸儒已得從祀廟學而八
先生者曾未与焉謂有司之缺典非歟于是白于上
府上府允之又以邑之儁先時斋李君孝友秦君配
八先生之享今年秋丁肇行釋奠祠雖有堂而歲月

未紀敢請子筆之石予推唐虞夏商周孔之聖顔曾思孟之賢以至濂洛諸儒下及八先生者其道相继其學術相仍而德業相肖上下三千餘年之一大源委实天運之所係世道之所関也国家廟祀之或缺者京李有所未講而侯能于海陬之學講及之一時鴻生碩儒其負媿也多矣矧又能尊奬邑之鄉先生如李如秦者乎吾聞李君操履純確其施之于家庭閭里之間允為可法秦君与其先月山公皆出于紋峯方先生之李方先生出于朱子父子淵源統緒傳之先覺淑諸後人者焯焯未泯也侯之尊奬為不誣

也於乎大道之行天下為公初無古今之異貴賤之
等前聖後賢所以得与廟祀之典萬物議不能非者
亦以其道之傳者異世而同符也侯之是舉豈惟知
致之本而繫諸天運世道者其知所講矣孔子曰文
王既沒文不在茲乎吾于後之繼　賢者亦云侯字
翼之理齋其自號清河大族為政專尚風化其學一
宗濂洛云至正庚子冬十一月乙巳李歆牓第二甲
進士奉訓大夫江南等處儒學提舉會稽楊維禎記
崇明縣在州治之崇文坊宋嘉熙間奉使趙崇侯
始書堂元升為州學泰定間建殿堂齋廡未幾壞

三三

于潮至正間乃迁今地　国朝洪武二年改為縣學宣德中邑人給事中彭仲玉為置祭器成化二十年邑民傅謹捐貲建灵星門以石今制左庙右學

蘇州府社學記

徐有貞

言吏治于三代之下而能以教道為先務固君子之所為也然知此者鮮矣若吾郡太守朱侯其知先務者哉初侯之至也既行三學章儒官敦教事則又以謂古之學者必自小學而入大學蒙養既正而後進之以成德故其所至之大非後世之士所可及焉今

三學之官之所施者固皆大斈之教也然鄉校不立小學教弛士業失序躐等以進安望其才之古若也圖所以立之其責獨不在于為郡守者哉乃行視郡城清嘉坊之東有地焉負陰面陽侇爽塏而臨高明卜之食諗之地主繆賢氏賢固善士亦樂以為斈宮也遂獻之侯乃鳩工庀材審方定位中作講堂旁闢兩齋又相其左建祠以祀先師朱子而以鄉先生之應從祀者配焉繚以周垣鍵以重門廩庫庖湢無不飭具經始于正統丁卯之秋落成于戊辰之冬礼聘聞儒陳寬孟賢鄭繆德輝以主師席選長吳二邑蒙

三四

士之秀者充弟子員而教之遇三學之士有缺員者則進其良以補焉侯于臨政之暇輒至學引師儒坐講堂進諸生親課之以故民間俊秀彬彬焉興于學有古鄒魯之風於乎侯于是可與漢之文翁唐之韓愈宋之范仲淹異世而同功矣或乃以為迂闊而不急于事非也夫事立以賢賢立以教苟不知尊君親上之理而求其仗節死義之行烏可得哉故當經綸以濟世務必明義以正士習君子之為固異于衆矣吾故以侯為知教道者侯名勝字仲高金華人也以經術進秋官主事遷郎中奉　敕出守武昌而徙吾

蘇庲公明恕有守有為蓋無愧古之循吏郎建學一事餘可以類見云

洪武八年|詔府州縣每五十家設社學一本府城市鄉村共建七百三十七所歲久漸廢正統十二年朱守勝乃總建一所于清嘉坊東雍熙橋寺西選長吳二縣民間俊秀子弟教之

東陽義塾記　鄧文原

嘉定隸吳為州俗以居積尚贏富幸歲豐收惟有司縣征是急故往不暇以詩書絃誦為事沈氏居是州之依仁鄉家秉肇自五季以儒聞今忠翊之父仕宋

尉安豐之霍丘欲倣古爲家塾以訓鄉之子弟庶畊
俗尚有勸也不幸賫志以歿則囑其子武畧曰尓兄
弟勿忘吾所欲爲者武略又率忠翊續成其父若兄
之遺意乃卜地舍北周視元爽爲屋三間以象先聖
燕居四賢配侑修題敞庭登降嚴翼重門在其南中
爲方池成梁其上堂在燕居北不庳不踰用習頤養
悉此焉觀西有塾師之舍其東爲庖西南屬于兩廡
爲齋四曰志道進學观善時習延礼訓導二人以佐
塾師又設長是齋者二人分小大斈以閫教事買田
千餘畝在塾西畦有蔬廩有藏羣聚所須靡不畢給

經始延祐乙卯十二月閱七月落成有司狀其事以
聞中書表其門曰義塾又八年爲至治壬戌忠翊分
其友俞觀光走書京師謁余文爲記余曰古者二十
五家爲里則有門側之堂大夫士老歸于鄉曰父師
少師以教其鄉之子弟春出東作則里胥鄰長坐
右塾以知昏昕墮勤之節讀書力田道不相悖至秦
發閭左之戍而教始大壞然春秋距古未遠已有欲
毀鄉校不說學者豈王化陵夷固有漸歟吳自太伯
以礼讓爲國迨季札而遺風未泯吾夫子亦以習于
礼許之及聘魯觀魯樂皆能因其音節審知興廢蓋

三六

前是風雅頌吳未有聞也若楚左史倚相之于三墳五典九丘八索晉韓起之于易象魯春秋當時他国卿大夫亦多未之見後世易詩書春秋之文盈四裔而來學篤好者蓋鮮豈常人之情忽常生于所易哉吳距魯可一葦航也學于聖門者惟子游一人又能以教施之武城而武城大治若子游之賢信自拔于流俗者士茍志于道不其異乎今不同乎古矣今子弟之藏修游息于斯者勿習于紛華而謂本質為已遷勿競于声利而以貧賤為可厭勿謂淫辭詖行為可惑世而正路之不由勿謂小德細行為不傷已而屋

漏之弗戒孟子論友自鄉而之国之天下又尚論古之人誦詩讀書而知人是則沈氏自霍丘以来建塾之意也霍丘諱躍龍武畧諱雷奮忠翊名文輝与其兄武畧俱以航海給餉道論功珮金符千夫長而忠翊蓋恬于膴仕以上成先志且将庋書結楼其後自始建塾武畧之子鈞既躬其劳復撥地以益之蔡昇劉瑞張瑞亦相協厥成觀光名長孺好修士也今為塾師云

崑山縣虞浦社學記　王鑑之

天下之事每成于所易而敗于所難蓋是非难而敗

也處者難之而後之以難膠爲天下之事蔽矣惟知
者以無事應之事且理心逸而功倍是故水一也懷
山襄陵滔天鯀治之難逆而塞爲績用弗成身且
殛禹治之易順而道之地平天成萬世永賴此大効
明驗也弘治紀元 聖天子嗣極思与天下更新
始用大臣言毀天下淫祠復用諫臣言立天下社學
朝廷意向異端与吾道正斜邪消長之判豈細故哉惟
時守令愚者惑于禍福暗者昧于意向怠者憚于更
張舉諉之曰難可革者因可張者弛方命圮事余竊
病焉崑山尹楊君名父始得 旨取曰此 明天子

大意向所在斥異端崇正道撥乱反正之、幾有造化
存焉者吾能奉一詔遂徧籍治内無額寺觀菴院得
一百有十以朝廷意諭士民毀諸佛像散遣緇黄之
流各歸其宗不易植不改垣因其宇而変其制中貌
夫子像旁建社學選幼民之俊秀立行藝師而教之
朝夕謹肆其中不旬月閒絃誦之声四達士類驩然
以為成周之化復見于今日而君處若無事然未聞
以難告也今年夏君惧継者弗處必有惑乱変遷奬
介予同年秋官員外郎管君儒珍来請記以垂永久
且示戒焉仁人君子用心故如此維三代佛法未入

三八

中国之時上自王国公都下及閭巷莫不有學以陶養斯民無有邪慝汨昏其間故民性德咸廸厥正治効易彰自東漢永平中佛法倡和以因果報應之説惑衆愚者篤信而吾道始病衛道者恒攻之不啻千百喙然愈攻愈熾終不能撲其焰者徒以口舌争之也今幸　聖明在上天縱神知祛漢唐之惑以復三代之正抜本塞源用韓子廬其居之術潜圖消伏成百世不易之良規楊君首能奉順旬月之間以正易邪無智名無勇功而事告成績傳所謂君能制命爲義臣能從命爲信者有司之良疇能出君之右哉余

職斯文寄者樂观其事且重晉君之為請也亟書以歸之俾刻諸石後人慎毋替楊君意俾永永無斁庶幾善继者苟或不然国法具在戒之哉君名子器丁未進士在職請謹六事具舉此其尤美者凤紀司累以君政績論薦將有大用云大明弘治四年歲在辛亥秋九月朔旦　賜進士文林郎江西道監察御史奉勅提督南畿學校山陰王鑑之撰

長洲練氏義塾記　宋濂

皇上建大號之八年以為天下既已安輯而化民善俗之道猶有未備乃下　詔郡縣凡閭里皆啟塾立

三九

師守令以時程督之于是雖窮鄉陋壤莫不有學吳郡長洲縣之尹山民居繁庶習俗嗜利久不知教有司偶遺不舉大姓練壎自謂其父文達由睦來居嘗有志而未果今　明詔如此而塾不時立恐非　朝廷淑斯民意乃与弟篪謀叓土治材作堂三楹間以為講習之所旁為室以供寢處庖湢延儒士高平范煥為師俾里中子弟就學焉割田三十畝以食之始以洪武十一年正月越七月而後成其以其狀白于縣若郡郡許以為宜壎乃遺事來請文記成績古之為治者其法雖詳然不越乎養与教而已養失其道

則民貧教失其道則民暴貧則流而為盜暴則去而為邪二者皆亂之始也是以先王重之二十五家之閭必有左右塾塾必有師師必以仕而老于家者為之故是時無不學之民無無塾之地無邪僻淫靡之俗刑罰置而不用亂亡無所自而起其後強大諸侯欲圖得志相與毀詩書六藝之籍使其教壞而不行然尚踰數百年而後絕一民不忍叛其上教之足以感人若是自秦以降無教者亡有教者存得其道者盛以延失其道者衰以促千載一軌也皇上奮然憫前代之失大設學舍以教之欲使海內之民皆古

四

沐礼義比與先王之心何異壤非有化民之責乃能以淑其閭里是圖，豈非君子哉君子之所為貴乎可法于世他日三吴巨族人人能竭奉上設教之義以化其閭巷之民閭巷之民皆知尚礼義恥犯法如成周之民蓋將始于兹乎姑刻其事以俟

大塲鎮重修義塾記

王直

大塲鎮在嘉定縣東南六十里元有義塾邑士沈文輝所建中為殿以丨先聖四配十哲侍焉其諸賢象則圖于廡之壁有堂有室以為師弟講肄之所其制一倣縣庠而差小割田千畝收其租以供其祭祀飲

膳之費謂之義塾蓋當時所賜名而趙文敏公題其牓楊文安公為文勒之碑入國朝來田歸于有司師生無所仰給講肄遂廢迄今七十餘年殿堂門廡日入于壞會朝命下興社學民居有遠于郡縣子弟無所受業者俾學于其中而大場鎮當有所建置于是里之士人沈軒以故義塾白于縣丞張鑑欲修葺之以教里中子弟而力有不逮時工部侍郎廬陵周公巡撫諸郡毅然以興學教人為務鑑乃為書請于公公為屬之邑令袁昭及丞俞觀等俾協力治之昭嘗為監察御史亦篤意教事經營規畫市材命工

修大成殿三間明倫堂五間兩廡各十二間儀門如堂之數以正統八年八月興工越月而落成壯麗宏偉煥然一新里中子弟得受教于此而頌周公之德与賢令丞之功不置鑑復与衆謀曰是役也非巡撫大人之力不至是嘉惠學者厚矣不可無記以示久遠乃因長洲縣學教諭蕭彥清求予為記古者二十五家為里〻必有門〻之左右為塾里之仕而歸者大夫為父師士為少師主其教歲功方興凡子弟皆出學傳農事則父師少師旦暮坐塾中教之以孝弟忠信恭敬遜讓歲事既畢則皆入學年十五入小學

見小節踐小義焉十八入大學見大節踐大義焉其秀異者則以次而進用之今家于是鎮者累百計非止于二十五爲弟子者衆矣且其人多秀而喜文皆不以農爲業頗得專志以讀書則學乎此者其成功當易于古人然予聞之師者教之本也塾既新矣將欲成賢才美風俗以稱修塾之意于師可不慎哉今縱不得志士之老者亦必求夫德成行修之士爲之師使凡學者自洒掃應對進退之節禮樂射御書數之文以至修身齊家治國平天下之道皆深究而力行積中而發外蔚乎其有文卓乎其有力始而爲間

四二

里之榮終而爲邦家之光則于斯塾可無負矣初沈文輝之爲此凡教養之資皆其所自出此義舉也故名曰義塾今猶爲此名者周公以爲興學以教人与人之勉于學皆理之所宜爲不可緩也故云然〻則師弟子者其可佚居慢遊而已哉

同里社學記　史鑑

吴江之東有市曰同里舊設征商之署邑大夫金侯請諸朝罷之因其址以建社學弘治八年春命里人顧寬董其役越三月學成壬子侯師博士諸生与大夫士之仕而歸者造而進之釋奠于先聖先師礼也

事竣大合樂以落成之邑人史某請紀其事俾來者知作之所始。其辭曰維茲同里距江帶湖聚落麇居寔盛于廠初商貸駢臻肆爲賈區開局置吏以籠商稅匯曰利之抑末攸宜盛衰靡常日就于涼昔爲貸藏今爲牧場昔爲貿舍今爲草野凡厥吏胥求濟其稅率羣行兇取日罔于利抉剔刻刮利盡商散川舟斷行市肆盡閉公私交病罔有攸濟維金令君聿有隱憂謂此不去民病曷瘳告于御史御史疏之以聞于天子天子曰都維爾言是俞乃省吏函章還之于京以其廢址俾作學宮繚以周垣奠以講堂門廡齋

四三

舍靡不中程爰聘儒先以食黌士俎豆于是詩書于是誦声洋々礼容蹌々侯来視學遠近咸作観者従之填郛溢郭謂昔之地惟利之計錙錙較銖如火之方熾惟吾令君是艾于今兹邦向義之方誦詩讀書如水之成章惟吾令君是营吴江洋々特比一方專而不咸民能無望我告言者侯将偏舉々必有初継之以序伐石鐫辞其放于兹以亡忘緝熙侯名洪字惟深世家于觀

吳都文粹續集卷八

長洲錢穀叔寶編

續吳趨　蔡羽

層闌轉重疊，畫橋何曲折。物華冠中州，冠帶服胡越。遠遠高州來，風亦執言公。業藹藹南州士，煌煌丹台列。椎劍常宵鳴，紅塵夜不滅。紈袴白鼻騧，通都萬軫接。姑蘇高臺荒，伍胥精魂結。但聽清且嘉，亦聽悲且烈。

白紵辭　陸龜蒙

吳宮夜長宮漏短，簾幙四垂燈焰暖。西施自歌王自管，雲紵翻翻鶴翎散。促節牽繁舞腰懶，舞腰懶王罷

一

飲盖覆西施鳳花錦身作匡牀臂作枕朝珮摐摐王宴寢醒来閤門報無事子胥犯後言爲諱近王之臣諭王意共笑越王窮惴惴夜夜抱冰寒不睡

白紵舞紵本吳中物用以制衣故有巾袍之言俳歌所謂皎皎白紵是也古辭甚多

耒耜經

陸龜蒙

農之言也民之習通謂之犂冶金而爲之者曰犂曰犂壁斲木而爲之者曰犂底曰壓鑱曰策額曰犂箭曰犂轅曰犂梢曰犂評曰犂建曰犂槃木金凡十有一事耕之土曰墢墢猶塊也起其墢者鑱也覆其

墢者壁也草之生必布于墢不覆之則無以絕其本根故鑱引而居下壁偃而居上鑱表上利壁形其圓負鑱者曰底〻初實于鑱中工謂之鱉肉底之次曰壓鑱背有二乳係于壓鑱之兩旁鑱之次曰策額言其可以扞其壁也皆貼然相戴自策額達于犁底縱而貫之曰箭前如程而樛者曰後如柄而喬者曰梢轅有越加箭可弛張焉轅之下又有槽形亦如箭焉刻為級前高而後卑所故曰箭以其淺深類可否故曰評〻之上曲而衡者之曰建〻〻楗也所以柅其轅与評無是則二物躍而出箭不能止橫于轅之前末

二

曰槃言可轉也左右係以樫平軛也轅之後末曰梢中在手所以執耕者也轅車之胷梢取舟之尾止乎此也鑱長一尺四寸廣六寸壁廣長皆尺微橢底長四尺廣四寸評底過壓鑱二尺策減壓鑱四寸廣狹与底同箭高三尺評尺有三寸槃增評尺七焉建惟稱轅脩九尺梢得其半轅至梢中間掩四尺犂之終始丈有二耕而後有爬渠疏之義也散墢去芟者焉爬而有礰礋焉有磟碡焉自爬至礰礋皆有齒磟碡觚稜而已咸以木為之堅而重者良江南之田器盡于是

吴中田器織悉皆有名號具于是

迎春賦

王寵

欣陽和之来馭穆上皇于東方睠山河以占氣羌朝霽而蒼蒼藹萬里之風烟靄容与而含光何芳春之乍臨而膏沐之滂汪也于是皇風載夷長吏崇規刻三吴之炅境表都會于南陲山川環帶風氣華靡百花洲上春雲鹿鳥鵲橋邊春日遲春雲春日共交輝無數樓臺向景披紛九衢之紆直貫會城而交馳[illegible]飛梁于螭首跨綠水之逶迤若個陌頭無擁面若個游人不解眉共傳春色天涯至争道春光今日宜龍

三

啣宝勝飛漊隊鳳吐流蘇拂四垂粲綵花之歷乱紛羅葉之紕蕨窮剪綴于萬態絢丹碧之陸離玉釵弄影娉婷女紈袴棲香軽薄兒高調遏雲而羣奏繁絃應手以逞奇莫不目眩神竦耳觸心悲則有王孫接騎公子交嬉千金換馬尾揺絲八宝裝鞍光照地飛鞭誤觸綺羅車敲鑾誰知臺府吏慕鴛央之野偶頗鴛皇而接翅美袖粧妍傾身佯醉冀自成之我与又恍惚而靡遂雲開朱閣對芙蓉日射彤簾藏翡翠芙蓉翡翠一時新揔是江東絶世人動館娃之春思慕西子之芳塵蟬鬢新傳宮掖樣雲光恰似洛波神毎

嬌羞而掩態或搖曳以呈身翩〻飛燕能輕擧嬝〻遊神不可親默含情而未吐恨莫思以何伸祇道春歸春意濃寧知春到春心亂嘆佳期之寂寞悲年華之屢換朝〻璚圃愛花開夜〻蘭堂看月滿花月娟娟能幾時榮華冉〻嗟將半信春思之飄揚亦春愁之渺漫年〻風景倍傷春歲〻凋零無故伴于是僕本賤人沉淪江海見沙際之春歸驚天南之歲改紫禁春光不可攀朱顏春色那能待悵日月之易遁撫功名之安在齊雲樓下幾逢春祇是當年原憲貧差池春羽漸黃鳥憔悴春衣懸紫鵑吁嗟乎弱柳絲〻

四

拂建章宮花朵朵艷長楊人生不及春花柳長得天池繞鳳皇

迎春日啖春餅春糕競看土牛集于卧龍街老稚走空里

燈市行　　范成大

吳臺今古繁華地偏愛元宵燈影戲春前臘後天好晴已向街頭作燈市疊綵三千似鬼工剪羅萬眼人力窮兩品爭先最先出不待三五迎春風兒童種麥荷鋤僂僂偷閑也向城中看酒鑪博塞襍歌呼夜夜長如正月半災傷不及什之三歲寒民氣如春酣農家

亦幸豐年少，始覺城中燈市好

上元紀吳下節物俳諧體三十二韻　前人

斗野豐年屢，吳臺樂事并。酒壚先疊鼓（歲後即旗亭先擊鼓不已以迎節惠），燈市早投瓊（臘月即有灯市，珍奇者數人醵買之，相与呼盧，彩勝者得燈）。價喜膏油賤，祥占雨雪晴。篔簹仙子洞（坊巷以連枝竹縛成洞門，多处數十重），菡萏化人城（蓮花灯最多）。檣炬疑龍見（舟人接竹花檣之表，置一灯，望之如星），橋星訝鵲成（橋燈）。小家龎獨踞（犬灯），高閈鹿雙撐（鹿灯）。屏展輝雲母（琉璃屏風），簾垂晃水精（琉璃簾）。萬窗花眼密（萬眼以碎羅紅白相間砌成，工夫妙天下，多至萬眼），千隙玉虹明（琉璃毬燈，每一隙映成一花，亦妙天下）。薝蔔丹房桂（梔子灯），蒲萄綠蔓縈（蒲萄燈）。方縑繙史冊（生絹糊方灯，畫史冊故事，圖人喜看），圓魄綴門衡（月燈）。擲

五

燭騰空•穗小毬燈時擲空中推毬滾地輕大滾燈映光魚隱見琉璃
壺瓶貯水養魚以灯映之轉•影騎縱橫•馬騎灯輕薄行歌遇顛狂社舞
呈民間鼓樂謂之社火不可悉記大抵以滑稽取唉村田簑笠野村田樂街市管絃清
街市細樂里巷分題句每里門作長灯題好句其上官曹別扁名官府名額多以絹或琉璃炤映
旱舡遥似泛夹道陸行為競渡之樂謂之剗旱舡水儡近如生水戲炤以燈鉗赭裝
牢戶獄燈嘲嗤繪樂棚山棚多画一時丁嘲誚之人堵观瑶席隘唱道綺
羅爭禁鑰通三鼓歸鞭任五更蚕桑春繭勸春繭自蠟月即入食
次所以為蚕事之兆花蝶夜蛾迎大白蛾花無貴賤悉戴之亦以迎春物也鳧子描丹筆紅画
鴨子相餽遺鵝毛剪雪英剪鵞毛為雪花与夜蛾並戴宝糖珍粔籹餽指吴中謂之宝糖糍持為脆
美烏賦美飴餳烏賦糖即白餳俗言能去烏賦撚粉團欒意團子熬稃膈膊

声 炒糯穀以卜俗名孛婁北人號糯米花 筳篿巫志怗，香火婢輸誠 俗謂正月百艸灵故帚葦針箕之屬皆卜焉多婢子之輩爲之 箒卜拖裙驗 欵帚繫裙以卜名掃帚姑 箕詩落筆驚 郎古紫姑今謂之大仙俗名筲箕仙 微如針屬尾 以針姑卜伺其尾相屬爲兆名針姑 賤及葦分莖 葦莖分合爲卜名葦姑

末俗難訶止佳辰且放行此時紛僕馬有客靜柴荊幸甚歸長鋏居然照短檠生涯惟病骨節物尚鄉情掎摭成俳体咨詢逮里氓誰修吳地志聊以助訊評

吳燈兩品最高　　前人

鏤冰影裡百千光剪綵毬中一萬窓不可齊人誇管仲吳中風景竟誰雙

六

臈月村田樂府十首 并序

前 人

予歸石湖往來田家得歲暮十事採其語各賦一詩以識土風號村田樂府其一冬舂行臈月舂米爲一歲計多聚杵臼臈中畢事藏之土瓦倉中經年不壞謂之冬舂米其二燈市行風俗尤競上元一月已賣燈謂之燈市價貴者數人聚博勝則得之喧盛不減燈市其三祭灶詞臈月二十四夜祀灶其說謂灶神翌日朝天白一歲事故前期禱之其四口數粥行二十五日煮赤豆作糜暮夜合家同享云能辟瘟氣雖遠出未歸者亦留貯口分至

襁褓小兒及僮僕皆預故名曰數粥豆粥本正月望日祭門故事流傳為此其五爆竹行此他郡所同而吳中特盛惡鬼蓋畏此声古以歲朝而吳以二十五夜其六燒火盆行爆竹之夕人家各又于門首燃薪滿盆無貧賤皆尔謂之相煖熱其七照田蚕詞与燒火盆同日村落則以禿帚若麻藍竹枝輩燃火炬縛長竿之杪以照田爛然遍野以祈絲穀其八分歲詞除夜祭其先竣事長幼聚飲祝頌而散謂之分歲其九賣痴獃詞分歲罷小兒遶街呼叫云賣汝痴賣汝獃世傳吳人多獃故兒輩

七

諱之欲買其餘益可笑其十打灰堆詞除夜將曉雞且鳴婢獲持杖擊糞壤以制以祈利市謂打灰堆此本彭蠡清洪君廟中如願故事惟吳下至今不廢云

冬舂行

臘中儲蓄百事利第一先舂年計米群呼步碓滿門庭連杵成風雷動地篩勻箕健無粞糠百斛只費三日忙齋頭圓潔箭子長隔籬輝日雪生光土倉瓦龕分蓋藏不蠹不腐常新香去年薄收飯不足今年頓頓炊白玉春耕有種夏有糧接到明年秋刈熟隣叟

来观還嘆嗟貧人一飯不可賒官租私債紛如麻有米冬舂能幾家

燈市行 已見前集

祭灶詞

古傳臘月二十四灶君朝天欲言事雲車風馬小留連家有杯盤豐腆祀猪頭爛熟雙魚鮮豆沙甘鬆粉餌圓男兒酌献女兒避酹酒燒錢灶君喜婢子爭鬧君莫聞猫狗觸穢君莫嗔送君醉飽登天府杓長杓短勿復云乞取利市歸來分

口數粥行

八

家〻臘月二十五淅米如珠和豆煮大杓轑鐺分口
数疫鬼聞香走無處鏤姜屑桂澆蔗糖滑甘無比勝
黄粱全家團圓罷晚飯在遠行人亦留分褓中孩子
強教嘗餘波徧沾獲与臧新元叶氣調玉燭天行已
過来萬福物無疵癘年穀熟長向臘殘分豆粥

爆竹行

歲朝爆竹傳自昔吴儂正用前五日食殘豆粥掃罷
塵截筒五尺煨以薪節間汗流火力透健僕取將仍
疾走肥兒却立避其鋒當街擊地雷霆吼一声兩声
百鬼驚三声四声鬼巢傾十声百声神道寧八方上

下皆和平卻抬焦頭疊牀底猶有餘威可驅厲屏除
藥果添酒杯盡日嬉游夜濃睡

燒火盆行

春前五日初更後排門燃火如晴晝大家薪乾勝豆
藍小家帶葉燒生柴青烟滿城天半白棲鳥驚飛啼
格磔兒孫圍坐雞犬忙儲曲歡笑遥相望黄宫氣應
纔兩月歲陰猶驕風栗烈將迎陽艷作好春故要火
盆生煖熱

照田蚕行

鄉村臘月二十五長竿燃炬照南畝近似雲開森列

九

星遠如風起飄流螢今春雨雹繭絲少秋日雷鳴稻堆小儂家今夜火最明的知新歲田蚕好夜闌風焰西復東此占最吉餘雖同不惟桑賤穀芃〻仍前苧麻無節菜無虫

分歲詞

質明奉祠今古同吴儂同昏盖土風礼成席徹夜未艾飲福之餘郎分歲地炉火煖蒼术香飣盤餌果如蜂房就中脆餳専節物四座齒頰鏘氷霜小兒但喜新年至頭角長成添意氣老翁把杯心茫然增年翻是減吾年制釵勸酒仍祝願〻翁尊前且强健君看

今歲舊交親大有人無此杯分老翁飲罷笑撚鬚明
朝重来醉屠蘇

賣痴獃詞

除夕更闌人不睡厭禳滞鈍迎新歲小兒呼叫走長
街、云有痴獃召人買二物于人誰獨無就中吳儂仍
有餘巷南巷北賣不得相逢大笑相揶揄櫟翁塊坐
重簷下獨要買添令問價兒云翁買不須錢奉賒痴
獃千百年

打灰堆詞

除夜将闌曉星爛糞埽堆頭打如顛杖敲灰起飛撲

十

籬不嫌灰涴新鄴衣老媪當前再三祝只要我家常富足輕舟作商重舡歸大犉引犢雞哺兒野繭可繅麦兩岐、短衲换着長衫衣當年婢子挽不住有耳犹能聞我語、但我如頑不汝呼一任汝歸彭蠡湖

祀灶解　陸龜蒙

灶之壞者請新之既成又請擇吉日以祀之曰灶在祀典聞之舊矣祭法曰王為群姓立七祀其一曰灶達于庶人庶士立一祀或立户或立灶飲食之事先自火化以来生民頼之祀之可也説者曰其神居人間伺察小過作譴告者又曰灶鬼以時録人功過上

白于天當祀之以祈福祥此僅出漢武帝時方士之言耳行之惑也苟行君子之道養老而慈幼寒同而飽均喪有哀祭有敬不忘礼以約己不忘樂以和心室闈不欺屋漏不媿雖歲不一祀灶其誣我我苟行小人之道尽反君子之行父子兄弟人執一變以自糊口専利以飾詐崇奸而樹非雖一歲百祀灶其福我乎天至高灶至下帝至尊嚴鬼至幽反果能欺而告之是不忠也聽而受之是不明也下不忠上不明又果以為天帝乎

除夜禨詠　十一

楊循吉

歲除當此夜洒掃事匆、井上皆封草門前盡畫弓
祠堂神影掛客座佛筵崇撤豆禱兒疾存炊忌釜空
辟瘟燒木煖承俗燎柴紅啟篋新衣振除塵舊室攻
買餳迎灶帝酌水祀床公春帖題鄉究年書誦學童
插邊皆柏葉戲火有梨筒殘曆收年盡深缸洗臘終
市闤驕物貴隣里餽糕通未識他州節于斯異與同

重建瞻儀堂記

陳振

莆陽陳侯之治吳也振受廛屬縣再詣黄堂上謁侯与之為礼且辱臨其客舍從容坐語而命之曰郡稍闢瞻儀堂既成而未有以識吾將以簡授子何如振竦然曰合郡名勝士如林不可蓋走非其人也敢辭侯不可振又曰走不佞未嘗學為古文金石非古文惧不能以傳信敢固辭侯不可于是蹴踖承命退求諸掌故訂其事加祓飾秉翰而書之初瞻儀之建寔紹興歲辛巳鄱陽洪公即郡治西北結屋三間萃前後郡太守像圖之宮墻揭而名焉叅政文穆范公秩

十二

時財八品家食于吳洪公特命重爲之記後五十有二年侯自浙西部刺史擢領府事暇日登堂指計洪公以上百有二人距侯又三分其一蓋以八之數覽觀左右念接武殊未艾也而位置鱗次餘地可録續越明年度材庀工翼以兩廡中締新堂附益之列肖貌來者有容其外剡木爲櫺以謹呵護縣桀几以嚴香火奉祠二月甲戌經始九月戊申訖工蓋凡瞻儀顛末之緒暨圖像之改作如此竊嘗妄論昔之君子建牙授任用千里之國盛心美意有所設張不皆保其往也歲遷年運將遂湮微當是時一君子者振而

起之譬諸物剥遇陽之復而後造化生生而不窮頋
以智自矜者恥襲人後大抵有不屑為至材力弗贍
急符蜂午漏刻思捄過則人雖勉之為亦奚暇以為
哉今侯殿大邦以勤濟敏日無留事材与力固踰人
遠甚而能不矜其智廣視斯堂嗣鄱陽之功俾勿墜
精識弘度豈直尋常土木甃庭塗勤樸斲鮮漫漶而
已也按太平興国初吴越錢忠懿王奉其版籍上諸
朝方氏今牧守題名昉自至道陳公公字善則三子
而登輔佐其後更入政而後文正范公又六；政康靖
越公繼之至建中靖国而御史豐公寔來文正自邠

從吳〻蓋公卿郡公道德勛烈載在国史為鉅宋一代宗臣康靖服事三朝樂易寬博先正以謂合于易之丈人詩書之老成而心休〻焉者御史抗論連斥巨奸辨元祐垂簾誣謗風烈譽〻迄今凜有生氣雖剖符懷綬為時名卿者未易殫舉然緬昔人而儀其大節宜無尚于三公者侯文懿少師公之子篤學有文拜大理丞寓直中秘由是而躋升顯美見之行事決不泯沒若夫校華而歎名節阿附而比四凶詳許理而擯忠賢性非不善也而去之為不善非利欲有以汩其中乎侯一寓目烏丹青繪事莫能掩也故因

侯命扱拾前記之遺以復于侯而諗其書之可否侯曰可扎遂刊諸石嘉定六年癸酉閏月承議郎陳振記并書

瞻儀堂見前集嘉定六年陳芾併撤堂後道遷閣廣而新宝祐五年趙與篋重建端平三年張嗣古奉安韋應物王仲舒白居易劉禹錫范仲淹五賢像于内

齊雲楼記

周南老

齊雲楼即飛雲楼也在子城州治後今城楼三面為譙楼西為觀風又名望市齊雲直子城北豈摘古人西

西北高楼之詩以名之欤先是韋應物詩称郡閣白樂天始改號齊雲其後夢得述郡齋碧池華閣之勝是如今之池自唐則固其所矣當元和間樂天以詩人領郡登臨。宴咏落紙争傳又知當時民俗之淳簡而茲楼為中吳之傑観矣世多傳郡廨即吳故墟綴文者襲用春申黄堂事績志因之然吳越春秋称子城十里唐陸廣微吳記乃八里不同若是正観間歐陽率更載虞氏記闔閭小城曰門至秦時宮焚而楼存不知虞氏其地何所指耶按樂天賦東城桂謂古都在蘇東地已廢而為樵刈之場是樂天已不詳為吴之故宫矣盖世事綿邈文献不足雖則陵谷之变迁不可得而識者多矣独宫室也乎執今故城舊址其傳疑而齊雲得名近則因樂天之詩而有証愚然後知斯文之可以行遠而不可已也夫人處乎郛郭之中而日接乎囂埃之隘則雖游化人之城而不能以自知今登斯楼而俯眺則带山縈澤所謂十萬家之夥朱甍碧瓦莞乎参差若鱗次而鋪陳之者亦足以見吴郡之大与夫中興百年涵養休息之澤矣楼再建又幾年嘉定六年太守陳公大飭材命扶傾易蠹以還輪桷之舊夫不待其圮且廢而葺之役不煩

十五

而利遠是孟子所謂事半而功倍也公之智于是達乎爲政矣可不書乎凡爲屋中五楹兩旁三楹翼以脩廊皆繕而新之其高廣則仍其舊故不記公名芾字明可四明人今爲度支郎其材通博強敏爲郡一年民歌舞之五月州民周南記

重修齊雲樓記

大德初元歲在丁酉太守某郡某人來治吳之二年顧茲頹楼圮弗治乃命修之以工計自去歲十月迄于夏六月凡二百餘日以丹堊甓石計費爲二萬餘以鈔計凡五百餘侯既出其俸藏爲倡郡之好事者

咸助烏瓦翼翬飛棟宇丹碧　椽甃砌角立鱗比視
前規有光落成侯乃諗于衆曰茲樓之設肇自有唐
劉禹錫韋應物出守元和間號爲風流觴咏其間以
其品題也故茲樓之風物播于天下瞭然与岳陽落
星同美然以景言之近則槐市柳橋車輪馬跡市声
滾滾終日不息遠則西山　祠層峦深壑白雲　飛
清晝如画而其爲勝槩意者非有劉禹錫白樂天之
品題亦不泯也今之牧守簿書期會日擾擾不給其
能如侯興廢補獘以遇江山勝　雍容談笑放浪于
風塵之外能幾人哉不但茲樓之可記也然因茲樓

十六

之勝併記之美以傳後之人則不可辞衆曰然遂以為之記

齊雲楼在郡治後子城上相傳即古月華楼也吳地記云唐曹恭王所建白公有詩亦云改號齊雲楼蓋取西北有高楼上与浮雲齊之義擬此則自樂天始也故其詩云欲辞南国去再上北城观治平中裴煜建為飛雲閣政和五年重作齊雲楼成紹興十四年王㬇重建両挾循城為屋数間有二小楼翼之輪奐雄跱甲于両浙後陳芾沈皡史宅之重修大德中重修見前文而失郡守并撰文名

姑姓侯考焉

春雨堂記

應繇

淳祐二年春平江府治作新堂于池上秋工役告備顯謨閣直學士通奉大夫知軍府事兼浙西兩淮發運使史宅之拜疏聞于上曰臣蒙恩再領蘇郡賴天子仁聖格于上下物不疵厲而年穀熟獲与民相安郡治北池舊有亭曰池光郡太守澡心雪神思政慮善之地陋且圮也深惟一日必葺之義捐餐錢節冗費更建為堂堂成願名弗稱竊服惟念昔者幸備推擇守藩于茲粗知究心牧養叨被聖獎遣使賜御書

家有膏雨户有陽春八大字昭回下飾吴人以為榮
臣不佞敢敬奉春雨二字冠斯堂以揚寵光以揮德
意以丕廸聖訓惟陛下裁幸上覽疏可其奏錫以宸
奎使得揭扁於戲祉哉謹按吴郡志郡治後圃有北
池韋白之所賦咏一名後池〻光亭在其北紹興十
七年守鄭滋重建然則尚矣三十一年洪公遵葺之
距重建未久也而多歷年至于今撤而新之若有待
池光舊名莫考所從始淳熙中涑水司馬家孫曾至
則以嫌故借木蘭以名池之東木蘭圃在其何可復
出厥今度宏規成廣厦崇聖輸標嘉名春雨二堂遂

為吳中鉅麗之觀蓋非偶然者其庀役也因舊址厚培而勢若負山倚屏然堂高三十二尺橫視從之之淵如曠如四面皆架軒三間展如昭如南俯大池浮水觀以受荷薰北與齊雲相值如闢穹如臙如上棟下宇宇五間起乎中央數贏五十尺爲人莫不曰偉哉堂也堂名我不敢私雲章天華賁如濡如豈直以夸榮耀聳觀觀瞻而已自公退食言登斯堂因名而思義爰民澤物之之念油然以生充而大之仁不可勝用矣仁之于四端猶猶四德之元四時之春偏言之主一事專言之包四者故春者春之生夏者春之長秋者春之

成冬者春之歲歲何莫非春也乾坤之有六子動散潤止説互爲之用雲行雨施乃獨見于乾而所爲元者非春乎君天也乾也四時之行六子之運則臣也天朝選運岳牧臣子對揚休命均此臣也公既以自任又以規将來堂之名旨哉天資高渊綜而廣博天子以爲烈考是以治吴有美政選表而入且踐台斗矣属時以寔寒爲急吴中薦飢遂命公公奉使典州公再至能爲人作豐年以其飽邉兵而活都民天子嘉之兹堂所謂見吾善者机也公歸参化鈞穆天縡家有膏雨户有陽春又将爲天下誦之冬十月朝奉郎應

縣記

春雨堂在後池北初池光亭圮淳祐二年重建堂成史宅之乃以理宗書額揭之以侈君賜

通判西廳記

平江通判西廳在子城西南最高處宜隆而汙宜豁而拘宜整齊嚴肅而褻處闒闟甚不稱夫通都輔郡之体治中別駕之居翁居過遂而言曰余郡一年矣而假室廬于人其何以尊君命而寧親心且堂扁題以淳熙十六年東偏則次年施君邁之所營歲月非不深而事力微矣會將斤而丈之合舊而圖其新能

無惧余力之不任乎遂矍然而起曰君之及此言吾郡之福也乃与提舉趙公崇暉摠領吳公淵桂公如琥合六縣之長鳩材以助之而君以其力傒功其間一日往視之則堂崇成矣未幾又過之則廳事立矣門屋闢矣闢其東軒翼以後序高燥遠過其舊而營築歛退于初面勢朝揖莫不就正毫釐尋大秩秩不差于是污者隆拘者豁而整齊嚴肅隱然題輿泥軾之氣象偉哉其斯舉也謂記于遂因爲之言曰吳古之建國也自太伯季札以禮遜先天下至于晉唐千有餘年之間騷人墨客之所登臨忠臣義士之所感

慨不為不多矣而力未有以贍才又未足以給今居于此建官府而臨庶民坐堂皇而理百事于以出入王命經理兵事不亦韙欤入是諸與怡怡衎衎有雋不疑范滂所不能及者豈非天下之至樂乎柳吏退賓間舉酒屬客拍手而歌吳趨以訪闔閭之舊游尋菴蒙之遺跡其樂有人不与知而已独知之者又非言語之所能及也乃為之書居名逢龍字際可甬東人號菴翁登嘉定丁丑第詩思清越出大曆正元畦逕之表而長于吏才費之大小役之遠近不書余之為此者非但喜茲屋之成又以幸斯文之得所托也

嘉熙改元七月丙辰朝奉大夫煥章閣待制知平江
軍府事兼管内勸農使節制許浦水軍賜紫金魚袋
王遂記

通判西廳在子城西南隅城隍廟後淳熙十六年
施遇始立石題名嘉熙初翁逢龍重修逢龍又有
足清堂種書堂詩不詳所在景定五年趙與鑑撰
續題名記淳祐三年謝堂作屏星〻堂吳遂記城
上有小樓見西山名湧翠

平江府僉判廳勤繼堂記　石如壎

皇帝龍飛改元春宮改郡国賢能永嘉木公待問大

天下授僉書平江軍節度判官廳公事以乾道元年九月二十有四日庚午至皇帝在位四禩矣眷治道之方興想中原之未復以為未有不先内修而遽能外振者于是絀懦柔斥弃要譽民瘼革政疵本農桑懷歸附繕戎械肅邊儌剗文務實貴厚折浮靡遠近小大莫不改慮易圖趨上意之攸向木公樹琢而雖曰求治在朝應治在州一州不治也實虧天下治太守總州治之畧而已別駕貳州治之畧而已六曹有參邑有令丞簿尉復各有治其職而已匪守匪倅而守倅以之簡匪曹匪邑而曹邑以之諧比僉書之所

廿一

以不可廢虧其間也欲是州今股肱郡吾其敢易廳事之有堂可以燕可以息可以思可以為則名之曰勤繼蓋取郤成子能继勤继之義也求法書于郡人栝蒼太守范成大而題之且謂仲尼沒吾道中否無為之説滿天下而勤為鄙天下不見唐虞三代之治者知有無為而不知有勤也舜以無為舜〻之無為者聞其有臣五人而後天下治不聞其無臣而天下自治也吾聞其恭已正南面而已矣不聞其已之不恭已而南面之不正也五臣各得其職而又已之允恭南面之允正舜有一日之不勤哉舜不如是不能

無為而治也杜元凱曰勤則功继之人臣之功莫大
于禹稷禹乘四載随山刊木禹無為乎黍稷重穋植
稗栽麦稷無為乎禹稷不能以無為事舜後之人君
臣俱欲無為非奸則諫夫何修名之能立也木公胄
中之蘊將至萬、昇平豈適為州設耶寓名斯堂則
不小乎州而弗為也不小乎州者且何大于天下粤
明年五月召去如壎以散才承乏偶屬後塵時太守
顯學吳興沈公介精白惠綏不可以弗勤事也外臺
在郡使者寔今太守直閣會稽姚公憲風規振肅尤
不敢弗勤今憲使者司諫丹丘陳公良翰器閎道直

凡州縣屬惟恐勤之弗至三年之内出親吏師之儀退味繼勤之旨雞鳴而興功非所幾也在易蹇之彖者敢不以之顧將及爪矣而大魁同郡蕭公国梁寔來是固嘗茂明勤而舜俞之者也居斯堂也事斯上官也是殆相須以行乎禹稷之道者也是殆相須以礼樂斯民者也且何州之弗治天下之州皆有是吾無外軽之憂矣嚴班對杜區區中興之策奚為扶維四年龍游困敦辰在析木之津二十有二日庚戌吉

長樂石如壎記虎林之農林東書

僉判廳在儀門西舊名都廳淳熙十三年重建廳

西有勤繼堂

重修观察推官廳記

李卞

平江观察推官廳故在子城之南隅，去郡庭纔數十步，早暮入幕為良便。淳熙間有去官者，代未即至，便臺圖假以處幕屬，久而不歸，遂以麗譙南廢缺酒庫為治所，即今廨也。有屋數間，介于民居，敗椽破壁，支柱交午，每大風雨則岌岌然若將壓焉。累政相仍，弗果葺。呂君蒞事之三月，慨然曰：郡從事為今從八品官，雖卑，郡政無大小皆与聞焉。異時由此登顯途者項背相望，而所居庳陋若此，非所以称幕府待賓僚

廿三

之意從未能撤而新之獨不可為之以漸乎乃相地之宜即廳事之左闢屋數椽窓戶疏達四座顯敞繚以修竹為燕坐之所然後為壁為廡下至庖圊皆以次畢具經始于癸亥之末夏訖工于首冬凡為屋十有四間基堅材良不侈不陋視前日子城故廨規橅遠甚君將代去求文以記歲月并切聞昔之叔孫婼羈于晉其所館雖一日必葺去如始至況在官乎今之仕者多安于苟且重于改為視官舍如傳舍翫愒因循既幸其滿始飭胥徒旋加丹雘以遺來者棟宇之摧腐庭戶之湫隘謾不加省視婼有愧矣呂君來

未煖席方僕僕奔走應簿書期會剔抜蠹弊以贊郡綱乃能謀其室于從容談笑閒井井而辨客至則杯酒相屬吏退則書史自娛受用三載而遺後人以安嗚呼可以觀政矣故樂爲之書呂公名伯閏字正之申公五世孫也開禧丙寅夏五月壬辰朝奉大夫新权發遣安慶軍府兼管内勸農營田屯田事借紫李卞記右記官無崇卑居之者必有以記其到罷之歲月其來尚矣平江爲藩輔觀察推官爲幕屬中興今逾百年獨無紀載不其缺歟

觀察推官廳祥符圖經云在州衙門内西後遷子

苗

城南紹興間于平橋南舊酒庫改爲之嘉定三年呂伯闓重修紹定二年呂祖忞撰題名記

府院簡孚堂記　　陳之茂

平江録事參軍吳明可作堂于廳事之西友人陳之茂一日過之愛其闃然幽深与公齋不類明可徐謂曰僕猥以不肖典茲獄市嘗以人命至重大懼不明以抵累于非辜究懷怵惕夙夜靡敢自安茲堂之作非晏樂是圖蓋將爲訊鞫論囚之便爲客有取周書五辭簡孚之説以名者顧得子一言之茂戄然起而前曰嘻明可不苟于其官如此哉夫君子之任無大

小舉得以忠恕仁厚施諸人而功甚速者莫如獄然巽懦不事諉可否于吏吏因緣邀賕執爰書掊摭微細考一連十骯歲月不報否則觀勢利所鄉肆請託之私爲豪傑囊橐而羸弱寒窶卒以纖芥文致不臧幸而強斂可喜往往舞智苛察鍥薄慘刻務以威猛立名烏乎獄君子所盡心也使持法者一有是則刑失其平而啣恨蒙冤無所赴訴寧忍之乎是以哀矜欽慎巨細坐折皆得其寔等惟寬平之歸則食息俛仰庶幾無愧屋漏明可學通世務介而有守居官餘年明允篤寔之譽隱然在人則斯堂之義固已從容

廿五

躬蹈僕尚奚云明可行爲中都删修之官陪相国餘論筆則筆削則削一字輕重利害相萬頓無忘今日用心明可宜以此言請刊于石併以告夫來者明可名芾丹丘人紹興十一年七月旦梁溪陳之茂記

簡孚堂在府院廳事西紹興十一年録事參軍吳芾作院在子城内東南

平江府司户廳壁記

鄭霖

户曹之官廳壁記尚矣吳君天澤丙午成資鄭齊賓君辟置醴幕趣未不容縈辭余以續記爲請余竊覌今之仕者其迹如寄于其戰分所當爲者往往漫不

之察既去若素不曾到人何暇此爲我予与吴君昆弟交友矣素知其家學有守相繼登上科又能發明外氏龍川文藝公之學同志皆推之予來假守得君爲寮助我多矣君雖初筮其諳究官業如素然而戢掌版籍之外郡日受户婚之訟皆賴以决犂然當乎人心余恨挽之不可得情之依依尤甚也覌君之所存未易涯涘然犹拳拳于此記者盖不以獨善爲喜又將以詒來者壁故有記他不復贅言姑道吴君之志云淳祐十年七月朔郡守天台鄭霖記

司户廳在府院西慶元二年重建廳西小圃有翫

花池采香徑秀芳亭飛雲閣廳東有小山亭曰小蓬瀛池北有長嘯堂皆建人袁申儒所葺治并撰題名記

濟民藥局記

吴淵

淵猶及見先生長者談乾淳間事其言曰聖朝体列聖好生之德每以民命為重一念懇惻無所不用其至乃至濟藥療病亦加宸慮一日忽遣中使宣索太平局龍虎丹既進御命損其價十之九蓋聖意謂親嘗則主者不敢苟且廉則貧者易以得焉乎神農氏日試百藥周官醫師掌醫之政令自十全以至十失

沈次第而躬行誅賞实此意也近世天下郡国臺府開設廣惠局以便民服餌皆所以廣此意也姑蘇城大人衆余領郡設有春疫亟幸郡醫之良分比閭而治其人某坊某人某里家至户到悉給以藥窶而無力者則予錢粟疾不可為者復与周身之具由二月初至七月其得不夭者一千七百四十九人因念倉卒取藥于市既非其真非惟不真且不可以繼乃創濟民一局為屋三十有五楹泡澤之所修和之地監臨之司庫廩庖湢鑪磑咢臼翼然井然罔不畢揔具夫匠木石之費錢以緡計者七千八百四十五米以石

芷

計者三百二十三既落成復以二萬緡实之為市材費凡川廣水陸之產金石草木之品無珍不致無遠不取真有益于人故真其劑弗求羸于官故輕其值料置豐盈鄉味芳烈較市衒玉賈石者相去不啻萬沴則分醫以療捐藥以濟其為吳門之利蓋未有已也恭惟聖天子仁同阜陵視四海之癢痾疾痛如在一体淵幸叨選擇出守是邦求牧与芻不敢不勉此局之設蓋亦所以推廣德意萬分之一云紹定四年八月奉議郎直煥章閣知平江軍府事就除浙西提

刑吳淵記

濟民藥局在魚行橋東紹定四年吳淵剏于廣惠坊之左自為記開慶元年馬楊祖重于子城内路分廳之故址建之繼又迁于其北

重建居養安濟院記　　盧瑢

三代明君賢牧相与立治大抵以優老為先漢興詔賜束帛牛酒耄年月給粟歲加絮恩意詳矣然于鰥寡煢獨未聞奠其居而粒之終身者也国初民壽踰七十爵公本根于仁發之政列聖相授于四方咸自加其卹由是居養安濟院興焉建炎厄兵火遺踪故

廿八

址所向無存父母雖淪亡恩洽膚髓粤百世而德不泯中吴囊括千里拱日幾連江澤土膏而民夥自中興以来仁風四洽列戶者今廿餘萬守臣率用當世偉人淳熙乙未秋八月直徽猷閣陳公峴自東浙轉運判官秉麾来鎮檢柅奸欺撫摩疲弱吏畏斂強民懷靖寬境野熙盈無夜吠之警謹條節尚風化索民之隱得安養安濟事郎象院基之舊而勇為之經始于二月己丑落成于九月甲午官為備費民不知役為屋六十有五為楹三百有十為室三十長廊還繞對闢列序集癃老之無子妻婦人無夫親者分處之

幼失怙恃皆得舍焉籍官民疇千六百六十畝募民以耕歲得米七百石有奇旁著三廩浚二井庖舍疏閭食用寓具舉無一遺又立僧坊主其供病給醫藥死給槥櫝入叢塚以葬民胥歎仰道路視傳公賢明篤厚有志天下士至于減苗斛之耗蠲賦賞之負嚴屠牛禁網捕葺漏澤之費增土以葬骨其所施類如此黄昔霸治潁川為政尤異至使郵亭鄉官皆畜雞豚贍助鰥寡貧窮棺其無葬與其無祭竟以治行入為丞相公之政卹孤賑乏養生送死視潁川尤有異矣郡人咸曰是不可不書璐一壓梓里得事之始末

廿九

最詳敢書其寔後此者無終賢惠利而余安之則公之心也吴邑大夫曰黄君直中長洲大夫曰李君机繼之以吕君存中俱佐事而協成者淳熙三年十月癸酉宣教郎充兩浙西路提舉常平茶塩司幹辦公事浚儀盧瑢記并書

居養安濟院在社稷壇東建炎以來廢淳熙三年陳峴重建

安養院記　　陳耆卿

安養院在州幹廳後舊曰醫院宝慶中改今名安養院尚書郎林公之使浙右也決而和威而愛罪自死

以下周慮熟讞不得其情不止焉既而曰死于刑吾不忍而有死于病者若之何忍之于是安養院成郡府院四獄之以病告者而治其醫之政令大緊屋百礎田三頃飲食卧藉爐燎之物靡不具護視典領臨督之人靡不力貯藏須給激稿之法靡不將簡良材萃名方以授大小醫而精煉治之因氣畧不舒識之曆曆至因亦至既至醫拯療如法洎愈因与曆歸爭喜曰吾病憂死尔遇公今得不死果死可無憾況生乎且吾昔之病未若今之病之愈之速也果死信無憾也或曰因有罪者也果死、、有罪者也醫有罪使

三十

不死豈過歟予曰不然均是民也均是耳目肢体也其罪至死者法也欲生之者吾心也縱不可生當死于法而不當死于病也或罪不至死而亦死于病官实使之也夫不能生其所可死而致于死其所可生是假獄以穽也如公之心惟見其可生不見可死視其有罪也犹其有疾也則視其有疾而欲生之尤甚于有罪而欲生之之亟也洪惟皇上御極以來天覆春育尤拳拳岸獄事乃四月制下飭監司郡守以審充縷縷三百言公未讀訓詞蚤知德意院之成今已一歲成而不墜可百世蓋好生之君与宅生之刺史

照相合如此今而後因固無憾公亦無憾也哉公名介紹熙名御史之子御史按行東浙有異績先後輝映其克清謹廉獄有自來云寶慶二年八月天台陳耆卿記

安養院在州鈐廳後舊曰醫院提舉林介建改称

廣惠坊記　吳淵

淵不肖嘗聞先君子之訓曰先儒有云志伊尹之所志學顏子之所學又云自一命已上苟有志于及物于人必有所濟此吾之所以終身拳拳服膺而勿失者也書曰一夫不獲寔予之辜孟子曰思天下之民

有不被堯舜之澤者若已推而納之溝中此伊尹之所志也小子識之因入耳注心三十年于此矣故自領一簿宰一邑以至貳一州佐一臺未嘗不日思先君子言求所以及物濟斯民者乃庚寅之冬被命守姑蘇道過吳江橋下因延見所部吏艤舟焉時夜雪凝栗霜風凛冽襲裘不知其為溫附火不知其為炎于是惻然動心進左右而問之曰尔邦城大民夥鰥寡孤獨癃老廢疾顛連而無告者其多乎曰然郡有廬以聚之有廩以食之乎曰否因獨念言窮州陋縣猶有所謂居養安濟之所吳門夫三輔多名守富課

祖不應有此缺典既領印即括夫田之役入于王官者廢絶于緇黄者未足則以公財市民之膏腴者寸積尺累厥數既登乃卜地鳩材為屋七十程總土木夫役費錢緡九千六百八十米石三百一十七既成扁曰廣惠坊廳堂就如廓廡翼如男子婦人各有位置倉廩庖湢井臼牀几器用備具無一乏缺適然而疾病者又别室以居之大者人日粟一升半錢三十有三小者半之米則三殺其一焉夏有湯沐冬有裘纊病有藥死有櫬額以二百人為率亡者得續此其大畧也竊嘗考祖宗時在京有四福田院外郡有居

三二

養安濟、院當時奉行惟謹甚者至有設帝帳具酒食其所全活、不可勝紀深仁厚澤与天同普此国家運祚之所以久、長州縣長吏之所當遵守而廣惠坊之所由以作也後、之人与我同志尚思先儒之言益而修之是亦上不負、天子下不負所學之一端云若夫租入多寡別石具載、茲故不書紹定四年八月既望吴渊記

廣惠坊在魚行橋東紹定四年秋吴渊記

提幹廳重建超然堂記

趙希邁

水心葉先生負天下重名淳熙十年實浙右提點刑

獄幕士争宗師川赴谷應暇時賦詩超然堂上庭下
檜雙餘又手自種植從是堂名四播而草木声價随
重矣先生前建堂總八年後二十二年山陰陸君子
虞嘗經理葺治距今又二十二年風雨日剝摧破弗
支後人橕持苟延歲月庭檜蓊蔚恠梢穿簷亦莫事
修剪超然堂名在而已秦溪林公介從庚節易繡斧
數月四明趙君時侑来幕下主和而實敬政肅而書
省一日諸曹從容以新堂請材公喜從曰吾志久矣
亟命吏市良材隣郡且屬君務偉舊規給工料度不
計也越月堂成後堂復敞屋曰晝永東西偏各有新

三三

書房曰盡心曰一經移巨檜一株与先生手植檜闌楯對峙蔽以花柳翼以墻垣觀者目駭心動而超然堂名迹始相稱君屬希邁曰子游先生門最久又辱林公知識顛末非子事乎夫聽宮室之圮壞不事改作者常人所安也至于承廢處陋求作新而卒莫遂者志士所未滿也豈作新一念与苟安者同哉蓋力之勤惰在人而事之興廢在時時副人則可人勝時則不可超然欹傾非一日作新者又不知幾人時或尼之人力難至何益也君于林公一相晤語而新堂之志頓遂得非時在林公而君之人力因者乎始是

人宗文正范公學後和靖尹公讀書武丘山士亦知慕向至先生以良治端範陶甄斈者于是人所鋪張皆正獨真脉而吳之士乃盛林公方弭節首命僚屬拜文正祠未幾祀和靖且饋存其孫子昔先王淑教地又拓新之林公至于率屬蓋在此不在彼也居林公門人超然既新而無復前日之卑隘淺陋于焉持蹈于焉辨書而敢以游观咨其長孚堂南浚井寒冽可食檜陰覆其上居命曰雙檜泉尊慕往哲之心益不自懈也書得隱欤宝慶三年八月朔儒林郎平江府嘉定縣尉東甌趙希邁記　希邁一作布迈

三四

超然堂在幹辦公事廳之東廳後淳熙十年葉澧在任賦詩開禧初陸子虡葺之及剏題名記寶慶三年趙時侑再新之趙希逍記

○○常平司幹廳東齋記　李知退

縣浙水而西其郡入内拱行都如漢三輔澄按之权視他賦為重提舉常平茶鹽治吳中列屬為二隸常平者視醝茗為尤重使者總其綱而勾校纖瑣以身任勞則其屬之責也晨入幕府文書盈几暮廩之藏稽其盈虛而鰥寡孤獨恐不得養也戶婚力役聽其辨訟而是非曲直恐不得其平也陂澤之利何者當

興者然乎否也勞其至矣而其退也必有藏修游息之地齋精神舒心目安形体乃可以應方來之牘常平之屬其廨宇雖略備乃未有一室以便其私此非缺欤紹定庚寅季冬之月予弟致中既服官次計月廩之入頗取其盈銖纍而寸積之明年四月得緡錢若干鳩工度材即廳事之北闢地為屋二楹而以東齋名之以書來曰窓虛明而研几可設矣戶開通而風月可延矣室寬潔而賓友可接矣其于齋精神舒心目安形体今得其宜矣兄其為我記之予每嘆今之從政者溺志淺近顧影炭炭秩滿而舉于格掉臂

三五

去尔託宿蘧廬雖孅之立有不暇頹補苴罅漏尚或難之其肯闢地建屋以遺後人乎篋櫝之未豊田園之未備第宅之未立是吾之憂甚者豪奪巧取而其甚以他木易屋之良材者有之其不撤而為薪亦云幸矣其肯捐私材以營公宇予致中為人所難非律身以廉視公如私安能辦此然名齋之義尚有可言曰齋心曰齋莊中正曰齋戒沐浴曰齋明盛服齋之為義其嚴如此今揭名東齋居其齋思其名則齋之建也非專以逸其身也非專以燕閒之地也服勞乃可以居逸職業之修乃可燕閒之遑警戒策勵常若

嚴師畏友之在前，必無荒怠逸豫以昏吾志也；必無便僻側媚以奪吾守也。非心邪念潛消于未發之先，大公至正流于泛應之際。推是心也，以之參天地、贊化育可也，豈但一屬官稱職而已。予不敢以語他人，獨以告吾弟致中，勉之哉。若夫公事既畢，吏散庭空，涼竹簟之暑風，曝茅簷之冬日，好天良夜，樽酒論文，其樂無涯。他日書來，盡爲我言之。六月庚申，承議郎新差鎮江府推官貨務都茶場李知退。

東齋在提舉常平茶鹽司内

〇〇平江路新建惠藥局記　湯弥昌

三六

人物並生天地間人之所以滋身而穀腹飽肉而食
鮮以為生生之資者取諸物而悉備至于陰陽之変
暑寒晦明之感或節宣不時而致疾則又產灵藥以
療之天之惠爾民也至矣古昔聖人代天司牧肥与
推念休戚由己亦既教之樹藝佃漁以養其生且惟
疾之憂思有以扶持安全之成周醫師設官凡邦之
有病者咸造焉分授病醫之屬俾療以草木蟲石穀
之五藥而稽其十全之功是以國無疵癘民不夭折
子民之人如天之惠也聖朝以仁得天下嘉惠黎民
纖悉周密大德己亥詔路府設惠民藥局官給鈔本

散諸藥市月取其息以資制劑責任守長提其綱擇良醫主之歲一更代法誠良意誠美矣吳郡為大藩府生齒滋繁謁醫者無虚日初闤市有故酒樓嘗以為行用鈔庫已而庫他徙遂葺斯樓為之延祐三年春郡奉命增設用庫有司請仍舊貫而局設于醫學卑陋逼仄製藥無所總管布入沙正議惕然曰以大府而一局弗克建其何以嚴醫事而稱隆旨始議改作諗諸同僚諏諸幕屬議克協得頒春亭廢址于麗睢東南十步地居吳維氣鍾温厚卜者曰吉瓦礫既夷厥基隆然總管首捐俸為一郡僚屬倡下委録事

三七

孫良佐董役俾主局願其施其經營之構美材傭良工經始于四年七月迄良月落成高門北向重屋後峙各四楹堅壯完美高朗爽塏官不縻帑民不知役一旦龍角驤擧翬翼飛騫卓為一郡壯观甚盛擧也欽惟 聖天子体乾元之仁溥安民之惠食良二千石俾心赤子而圖其安吳郡得賢侯布宣上恩汲汲惟民病之是瘳局成而惠成窮矣然侯之為政豈鄭子產濟涉之小惠而已幾而發政出令利興害除惟恐一毫或病尔民推是心以往使病瘵者奮困者蘇呻者謳富壽安逸各得所欲而藥劑之惠特其一端

尒郡之士民欲紀其事而來徵文遂摭其实并以作興歲月而書之俾刻堅珉以垂不朽長沙湯弥昌記

惠民藥局在府治東南吴會坊側初以舊和豐樓為局延祐五年建于此

吴郡詩石記　白居易

貞元初韋應物為蘇州牧房孺復為杭州牧皆豪人也韋嗜詩房嗜酒每与賓友一醉一咏其風流雅韻多播于吴中或目韋房為詩酒仙予始年十四五旅二郡以幼賤不得与游宴尤覺其才調高而郡守尊以當時言心異目蘇杭苟獲郡足矣乃今自中書舍

三八

人間領二州去年脱杭印今年佩蘇印既醉于彼又吟于此酣歌狂什亦往往在人口中則蘇杭之風景韋房之詩酒兼有之矣豈始願及此哉然二郡之物狀人情与曩時不異前後相去三十七年江山是而齒髮非又可嗟矣韋在此州歌詩甚多有郡宴詩云兵衛森画戟燕寢凝清香最為警策今刻此篇于石傳貽將來因以予旬宴一章亦附于後雖雅俗不類各詠一時之志偶書石背且償其初心焉宝曆元年七月二十日蘇州刺史白居易題

郡齋旬假命宴呈座客示羣僚　前人

公門日兩衙，公假月三旬。衙用決簿領，旬以會親賓。
公〻多及私，少勞逸常不均。況為劇郡長，安得筵宴頻。
下車已二月，開筵始今晨。初黔軍廚突，一拂郡榻塵。
既備獻酬禮，亦具水陸珍。萍醅箬溪醑，水鱠松江鱗。
侑食樂懸動，佐歡妓席陳。風流吳中客，佳麗江南人。
歌節點隨袂，舞香遺在茵。清奏凝未闋，酡顏氣已春。
衆賓勿遽起，郡僚且逡巡。無輕一日醉，用犒九日勤〻。
微彼九日勤，何以治吾民。微此一日醉，何以樂吾身。

郡中西園　　　前人

閒園多芳草，春夏香靡〻。深樹足佳禽，旦暮鳴不已。

三九

院門閑松竹庭徑穿蘭芷愛彼池上橋独来聊徙倚
魚依藻長樂鷗見人暫起有時舟隨風尽日蓮照水
誰知郡府内景物如此始悟喧静緣何嘗繫遠迩

北亭卧　想北亭即北池也　前人

樹緑晚陰合池涼朝氣清蓮開有佳色鶴唳無凡声
唯此閒寂境愜我幽獨情病假十五日十日卧茲亭
明朝更呼起還復視黎甿

平江府譙樓門上梁文　陳克　宋人

伏以東南輿壤安堵者垂二百年表裏湖山環居者
踰十萬户持麾出守當宁蒐賢曩胡騎之長驅致名

都之。掃地干戈甫定，年穀屢登，人心思樂土之鄉。天子轂禁。林之重一新耳目，果振風麾，增修城廓之雄，浸復閭里。之舊，民欣載見，盛及前時。未崇譙闍之宏模，尤缺會都之壯观。惟翠閣之抑止，刓羽檄之疾馳。廻鑾復返于神。京，警蹕暫停于天仗。非加偉壯，曷表寅恭？爰因衆志之。樂爲，遂建椎居而望幸。層臺霞映，曉角風傳。從容卧治。之餘，際會樂成之日。篇章間發，森画戟以凝香；僚佐交。歡，據胡床而嘯月。共慶中興之盛，行隮極治之風。敢奏。歡謡，以伸善頌。

拋梁東，十萬人家烟瓦中。海色澄。波春淡蕩，日華披露曉

四十

蒙龍抛梁西閶闔斜陽一望迷月窟會瞻星緯動玉
闕新報燧烟低抛梁南春入滄浪水漲藍寒食故園
犹舞蝶薰風新令欲宜蚕抛梁北虎寺蒼蒼呈瑞色
穷胡閒道奏除書野老定知蒙帝力抛梁上百尺齊
雲誇大壯風傳飛將定神京日望回鑾駐天仗抛梁
下萬頃湖光連緑野聖德幽通玉燭明天河遠接銀
河瀉伏願上梁之後皇風遠暢睿澤咸蒙馨綿宇
永銷兵革編户復業農桑穆穆嚴裒仰一人之端拱
丕丕寶曆享萬福以延洪寵賴專城之重風移澤國
之椎野無犬吠庭圄皆空歌鹿鳴于大雅歲鸞声于

泮宮然後率勵在官之守益同戴侯之忠享榮名于有永保休寵于無窮

退思堂記

陳孟浩

蘇州府治舊名平江在長洲縣之東北厥後徙于縣之西南故平江仍以蘇州名郡今治所是也自洪武初經今七十餘年來守是郡者非一人故其勤民之政行事之善惜乎欝湮而未有聞焉宣德五年秋聖天子命擧在部賢臣爲天下郡守礼部郎中况侯伯律其一也侯以能声薦拜蘇州太守奉璽書来牧于兹委以重寄蒞政之始視官事如家事且急于

四一

修舉廢墜郡有太伯伍相城隍廟及陽山白龍祠内外館驛惠民藥局皆欹仄敝漏侯見而太息曰事神治人我之責也亟擇善治事者董工盡撤而新之俱不費民力而成至于府堂蓮幕吏舍弗具治者悉令究舊益新又與僚佐謀于府治之後構公廨一區以為退食之所意未敢擅作乃請于朝朝許之請于是鳩材庀工經始于庚戌之秋迄工于是歲之冬深奥親密窓戶疏達復自扁曰退思堂翰林侍書程南雲大書三字揭于兩楹之間其意以政有所未逮則退于此而致思也且屬予記之予告之曰心之官主乎

思也思則智慧生而是非得失判然于胸中而無疑也故思之于人大矣哉凡天下之事未有不思而得者以周公之聖一有不得于心犹且仰而思之夜以繼日况衆人乎蘇為郡領縣七當東南之都會地大物衆生齒繁夥錢穀稅粮甲于他郡素號難治故為郡于蘇者施政事于此不能熟思而審處則未有得其平者矣如欲平其政如之何而弗思此為政所以貴乎思也想侯日退斯堂神氣清明坐而思之民情欲壽則思若何而保其生民情欲富則思若何而阜其生訟獄之興獘若蠭午則思何以決之祖稅之重

徵輸愆期則思何以集之顛連無告者思有以恤之也賦役不平者思有以均之也事有可否思与僚佐而協謀定論理有顛倒思從公議而明辨是非某也廉介有守思舉其善而揚之于衆某也奸諛挾詐思声其罪而懲之于衆孰為可用而思進之孰為可疑而思退之在己之有過則將速改其過折獄之不正則必審克其情動靜云為不離乎道舉措施設必協乎中事事于此退而思之審而施之庶幾政平訟理則鮮有過舉而無忝厥職矣嗟夫侯朝斯夕斯兢兢業業上竭忠于国以圖補報下施澤于民以尽撫安

他日報政于朝書最上考託以大任鋪張鴻猷黼黻治化則光輝斯堂不其偉歟吾故不辭而特書之俾刻諸石俟後之来繼守于是者誦斯文為政皆以侯之心為心則斯堂之光豈有窮乎

退思堂在府堂後正統間郡守況鍾建今府治在織里橋東元初為江淮財賦提舉司後改都水营田使司復為平江路揔管府国朝吴元年就建府治洪武二年有旨加闢知府何質陳寧相繼成之

来鶴楼記

魏驥

四三

今工部尚書廬陵周公為左侍郎時廵撫浙西諸郡按部至姑蘇寓于宋大儒魏文靖公了翁之鶴山書院正統十一年十一月二十有一日集郡縣官僚民庶授以約束忽雙鶴自南而来翔集于庭衆環視喜愕咸相慶曰鶴乃尚書所服之制公必自此而升歟又曰鶴乃仙禽能調息引年其為公長壽之徵歟衆方議未定而郡守古婺朱公知是日乃公初度之辰遂躍然而喜曰斯鶴之来不来于曠地而来于衆目所下之庭不来施他日而来于公慶誕之辰是為公之瑞無疑斯不可以不記乃首捐已俸為倡率僚屬

于鶴所止之地萃材鳩工厥樓三楹既落成大書來鶴二字以顏之且因郡人翰林檢討王君具顛末索予記予惟瑞不徒瑞必因人而瑞公發身賢科為翰林庶吉士蒙太宗文皇帝選拔二十公今之列績學文淵閣才器大成遂膺擢任踐揚中外屢有成績頃以浙西水患民倉官賦皆有不足武斷鄉曲者由之而起郡守縣令或莫能制公膺簡命巡撫其地宣布教條民翕然從令所謂民食官賦皆不勞而給豪強梁跋扈皆不治而銷靡數郡之内人和神悦莫不感戴以為一朝廷任用得人所致也昔人有孝友于其

四四

一家者其園林尚有鳥不擇子而哺不爭巢而棲之
應況公之德化洽于數郡然則鶴之來庭豈偶然哉
易曰鶴鳴在陰其子和之蓋言感于下也詩曰鶴鳴
于九皋聲聞于天蓋言誠之格于上也今公之巡撫
東南也夙夜惓惓專以愛民澤物爲心其誠之感于
下者從可知矣公爾忘私國爾忘家其誠之格于上
者又可見焉斯鶴之來其爲公之所感召也必矣公
今位躋六卿康寧無恙壽福之來無有涯涘誠不可
以不紀也且朱公之人練達有爲誠東南之賢守若
公德化之成蓋亦與有力焉他日清風高節豈不可

与昔人一鶴自随者同其声光于無窮哉公名忱字恂如朱公名勝字仲高故併記之

来鶴楼在巡撫行臺之後正统十年知府朱勝建行臺即鶴山書院永樂宣德間為巡撫大臣治事之所

觀風題名記

徐有貞

惟｜皇明有天下當｜高皇肇大一统之初定鼎金陵以蘇松常鎮為京輔郡如漢扶風馮翊之于長安也其地大人衆事力之強控制江海屏翼｜天室而財賦所出国用所資最天下親扶風馮翊為加重以

四五

是
天子之命御史出廷巡按以察吏治而觀民風
于斯四郡常加之意焉乃成化三年監察御史古滄
張海朝宗寔來以斯郡四皆京輔而蘇爲會府凡
国初以来歷政交成承舊章成業之籍于是乎在顧
茲察院規制雖備而題名之典猶缺乃于治事之餘
攷求前政得五十有七人列其姓名而刻之石命之
曰觀風題名將待從政者揔而題焉以昭垂于來世
來請記予謂觀風者御史出巡之一事爾若舉其所
職豈止是哉蓋其官
天子耳目之官也自成周始
建秦漢以下代因之而于其制有所崇益分三院綜

吾曹監列郡司六察斯已重矣至我　朝乃合歷代之制而一之故其官視歷代為加重入則廣　天子之聰明于内辨政邪别淑慝公是非使朝無倖位国無寃人奸宄無所投其隙而四風有穆〻之風焉出則廣天子聰明于外究利病審枉直慎舉措使吏無庚弊民無隱情慼墨無所容其間而四方有平〻之化焉是其所職若耳之職聽清濁之不淆而雅鄭有可察也若目之職視白墨之不混而妍媸有可察也苟為不然則不職矣夫四体有不職在耳目以察之耳目之可以不職乎哉彼聰有不及則聾明有不及

則瞽聾瞽爲其有所蔽也蔽之由人且不可剏可自蔽耶聡明蔽于上而事物乱于下君德將爲正目是將爲定官邪將爲儆民隱將爲達耶是故天子之于御史任之常重而御史之自任亦重其所以重者盖歷代然矣豈惟我朝而我朝爲加重于天下然矣豈惟京輔而京輔爲加重誠以首善之地其近于天子譬犹在乎耳輪之内睫之間也承乎德音而被乎德輝实有加于天下視聽所及因所當先而可後哉朝宗賢其有志于斯也久矣故于斯舉盖將即前政之臧否爲後政之勸懲孰其称職而可

師孰其不職而可鄙必有辨之者在然則題名之記豈惟表章風憲為觀美于一時而已萬世之下于我
朝制度尚有所攷焉

巡按察院在閶德坊即元海道都漕運萬户府至正末張士誠改為分樞密院洪武元年知府何質改置後有池亭東為射圃軒宇靚敞特勝他廨成化三年御史張海立題名碑武功伯徐有貞記

廉石記　吳寬

石之產于吳者奇形怪狀不可書述良工采之好事者賞之君子則藐之于此有石焉頹然數尺重而不

奇蠢而不恠尽山中皆是物也良工棄之好事者藐之君子則賞之豈徒賞之又從而貴之敬之視其物殆与魯璵秦璧等非物也人也蓋當漢末吳郡陸公績仕于孫氏為鬱林太守相傳泛海吳舟輕恐覆取巨石為裝蓋其廉如此公家婁門之内臨頓里之北石留民家至今犹存而埋沒土中僅露其背過者犹能指而称之曰此漢陸公鬱林石也然未有表識之者今監察御史胙城樊君祉巡按吳中聞而美之謂知府史侯簡曰先哲遺物固宜表識且有可以風勵乎人者在頃其石僻在東城非官吏朝夕屬目之所

其為埋沒草耳吾將有以置而之俟以為然吳縣知縣鄺鄯長洲縣丞王倫相與督役夫曳置察院之側作亭覆之而樊君為名之廉石〻始僻而通久湮而顯觀者閧然而足跡不絶皆曰古之才御史足以揚清為事樊君此舉雖去之千四百年之久猶揚之况其近者乎且御史之職在乎舉賢舉賢者可以激乎一時石之不朽雖至于千萬年可也其有功于風紀甚大且久惟昔南中有貪泉飲之者飲宝貨以而手攫而懷之物之能移人心如此今之廉石正與此戾自茲以往有過而視之者其廉士固欣然摩挲

四八

愛玩以益勵其操若夫貪者將俛首赧顏趦而過之有不動心而改行者嘗得為人類也乎石之立為弘治丙辰四月二日越月而亭成樊君既題其楣曰漢欝林太守陸公廉石復別琢石請予為記予美其事故樂而助成之

跋

馬録

予讀廉石記未嘗不善樊柱史昭慈訓也嗚呼士之廉也由猶女子之貞也女非貞雖施嫱之姱蔡衛之伎国之人且醜之士而弗廉雖才美肖管晏君子弗取焉何也才耀乎外而本之弗修也烏乎吾觀陸績氏

若節㧕可以化士行矣夫弗訓而知攸向者上也訓而知之者次也訓之弗喻且甚焉吾弗知之矣孟子曰聞伯夷之風者頑夫廉懦者立志夫人若頑懦品斯下矣且知化〻也觀陸氏石而弗化焉者其惟猶犬馬與我弗類也或曰記所云近矯也非所以訓也錄曰過矣不愈于亡賴者乎彼苗憤縣魚雖非中庸然而令名施于後世夫矯也豈之是佐貪也乎故曰善杜樊史昭茲訓也謂其可以風凡爲吏者也不但蘇州尔矣嘉靖元年二月吉汝南馬錄百愚撰

廉石郎欝林石在婁門孫吳時欝林太守陸績罷

政歸官廉無裝缸輕不能道海取石為重世愛其
廉欝林石湮于民家弘治中御史樊祉舁至察院
門左創亭蓋而立之狀元吳寬作廉石記

治水分司題名記　張習

天之生人藉水土而水過多則為患神禹氏治之功
与天地準代戢水者雖小大不侔其得一日而廢耶
故周有醫人稻人漢有水衡水司空宋有都水監元
有都水使司莫非為是設也我朝初不置專官然于
三吳之水則惓惓焉纔遇滂溢必遣廷臣出治待其
平而後已洪武永樂間皆然自宣德来始用巡撫大

臣兼之郡邑各添治水貳倅丞簿犹莫能统于一成
化初復設憲臣提督其官條浙臬去吳頗遠未便弘
治辛亥三吳水至壬午爲甚甲寅尤甚近臣奏命工
部亞卿徐公蒞吳首決吳江之壅田次濬常熟之淤
港而水漸疏洩事竣還朝以謂平治水土我部司
職也烏可簡忽以遺宵旰之憂乃奏革憲臣而輪
選本部屬之賢者一員專治焉初得主事貴溪姚君
文灝不久以病免廷臣會議須老成練達如都水司
郎副新喻傅公爲称遂陞正郎領璽書而来
身任其事徧歷所轄相地宜究委源郎分司之在蘇

五十

者處之其松常嘉湖等六郡以時處之于焉開陂塘浚浦港鑿溝澮築堤防以至輿梁之備運河之通凡有益于官民者處之無不周而行之無不敏矧疆宇之廣往返動數十百里其為工靡可以尋丈計時日論也如是勤渠三年而治功告成雖遇水溢弗為患歲屢登而民咸悦舉祝頌公〻以分司之名实本都司分設而得其政不敢不勉不可不為後政鑑也用題名之石援習記之習耄何言哉窃覌天下之水皆流動不息惟三吳在東南最卑下書所謂土惟塗泥田惟下〻故水常滙而不流雖流亦不甚湍急所以

沮而宜稼惟其宜稼故生齒爲甚繁貢賦之重而吾蘇又爲六郡之甚繁而甚重者故三吳之水所當治而吾蘇尤所當先也且蘇之境切臨太湖〻受寧国等八郡之水積霖汎濫蘇必先當之苟欲疏洩亦不過即是境以導瀹俾注之海而後殺夫滔天之勢故蘇之水治則三吳之水無不治矣分司之設于蘇已挈其綱領而致治之功亟成宜哉嗟夫水治其治然後田有秋田有秋然後民生遂而貢賦充貢賦充則用無不足国家視吾犹倉庾也帑藏也兹治既成豈惟足国之用而已上有以副　聖天子委任賢臣之

五一

盛　下有以安列郡億兆之民生忠愛並施而不相悖哉孟子曰禹之行水行其所無事也行其所無事順理也治水之賊本諸順天之理未有順于理而利有不興害有不除者由是而知三吴之民自今以往莫有昏墊而無訴者矣然則題名之舉詎徒表章一時治功爲觀美百世之下于我朝設司任賢思患預防之意無非益乎民爲有所攷焉尔

望湖閣記

浦應祥

弘治十一年冬　聖天子授　敕于工部郎中傅公潮揔督江南諸水道自淮抵浙凡數十郡邑公受

命惟謹星馳駟駛陸輿水楫遍覌博訪于水之為民利且患者殫心瘁力務濬導而隄防之皆經遠計三年来民忘旱澇之虞歲享豐穰之慶公之功偉矣而吾郡形勢攷之圖径三江五湖之所浸滙地最卑下而賦役之繁反甲天下郡往時一經雨潦七邑告災下困上憂遂致阽危此尤公注意之深者今而袪災逆釐害除祉隤合郡士民感公之功較之他郡奚啻倍蓰也公分曹隷郡第廨之後地甚卑陋乃凌架一閣題曰望湖閣嘗登覽焉而具區陽城諸巨浸隱〻在望爰命予記于壁予辱公之知愛頗久不敢以文

五二

辞惟古先哲一有所存省于中則盤盂几杖門榻坐卧之所悉有銘志所以示不忘也公自臨蒞以来夏勤惕勵不鋭始而怠終致事舉而功就若可少紓其德矣茲高揭是扁朝夕斯顧公之心何如哉誠安不忘危之盛心也挾此以往則他日之相天下推是心而有餘矣公之兄大宗伯先生德望為天下先拜措日而公才美昔嘗在内翰茲以芳績重譽進擢復居詞禁則兄弟草制俾韓持国故事不得專美于前此又當代昆季莫伍之榮盛也敢于繆說之殿併記之以驗祝望之私云

水利分司在明澤橋東舊為館驛廢坊成化中設
提水利僉事始居此今專為水利官居

燕思堂記　　楊循吉

国家立鈔関一在蘇滸墅以户部主事一員司其入
今天子龍飛之九年刘君克章寔至、則克殫厥
心賢声茂著商旅莫不願出于其途而賦亦倍登惟
是公衙之宇不足無退食之室寔至若于廳事弗便
慨將畫之顧視厥後有廡相直惟闢石式宜則室
北牖其南垣其外中設揖讓之位而且以為息焉
費而亟成易規而大備既成題曰燕思之堂于是

延涼納温冬夏咸宜圖史在座花石盈庭客之登者莫不樂之他日以其意命予以記曰官政之修惟思乃克然非偃仰優柔之地則思亦無寄焉自古之来兹夙夜匪懈惟将勉其職是圖然而南檣北柁日勾枚不暇雖欲覽古今以求通于務有弗能矣故吾之為斯堂蓋以思而不以豫也敢弗志乎且是途居津要之會鉅公魁士由四方而来者無不得皆接見吾堂日有人焉彼皆天下之賢俊吾宜思而与之齊庶其及也夫燕居燕也燕會亦燕也一名二義皆用吾心故謂之燕思也予其書之君名煥真定藁城人癸

丑進士蒞官清尤洽文史達于治而孚于德識者期以遠大其爲是堂廣己之道而遺後之益抑非無謂以爲也遂謹受而記焉若其槩君所云皆具書事貴核故不復立吾言云

户部分司郎鈔關在滸墅監收舡鈔主事居焉弘治中主事劉煥一作熯作燕思堂于内楊循吉記

儉治其家士庶人以恭儉治其身然恭儉之爲恭儉也其行之要必有礼義焉恭中乎礼儉合乎義此恭儉之善者也恭而不中乎礼則勞矣儉而不合乎義則固矣孔子入公門而鞠躬如也過位而色勃如也君在而踧踖如也朝与上大夫言而誾与下大夫言侃〻鄉党而恂〻燕居而申〻夭〻此恭之中礼者也顏路請車爲子淵之椁而弗与遇旧館人之喪則脱驂以賻之冉求請粟饋于華之母而弗從于原思之貧則与之粟九百此儉之合義者也故凡聖賢之言恭儉必以礼義爲之主焉不然共工之象恭公孫

弘之詐儉何以別乎此君子之所當辨者也余又聞先聖之傳易有曰致恭以存其位是守位莫若恭也而近世名卿亦曰惟儉可以助廉是養廉莫若儉也夫養廉守位君子有官之大節而泰侈者之藥石也乎故重為鮑君言之鮑君生長文獻之邦熟聞儒紳之論而又嘗遊于　京師從事名公鉅卿之間其所知見廣矣于是勉焉以礼義自修而致其恭儉之行則聖賢可學而登爵重位可得而守也況于佐邑乎邑令葉君玄圭余之斯文交蓋博雅君子而以廉名也鮑君于其政務之間從而質之其尚有所益哉

泰民堂記

陸德輿

長洲龔令君作堂縣圃摘翰林王公辟語記扁以泰民既屬予書且諗以記予惡專斯堂之美遜者再請益劬予不可得而遜在易上坤下乾泰陽氣下降陰氣上騰陰陽欣合萬物生遂天地之泰也王澤下流物情上達上下相孚百姓悅豫吾民之泰也天地之泰天地不能自泰也必有賴于贊化之主君民之泰君民不能自泰也必有賴于宣化之臣宣化之臣其最近于民者莫令若也令最近民使民之泰則易然盍即泰之卦觀泰之象思所以致泰之由乎泰之六

文惟九二言治道為詳其曰包荒于馮河不遐遺朋亡者包荒含容也馮河斷制也不遐遺無忽于小朋亡無黨于私交泰之兆寔繫于此反是則不交不交否矣然則今之于民庸可忽乎必也居之以寬納之以仁學愛之化如彼武城弦之以信斷之以明不擾之政如彼蒲庭毋頑之忿毋細之鄙當若上蔡視之如子毋邪尔思毋側尔蹈當若姑臧不改其掾如是則氣之所通和之所致薰為嘉祥以蜡以除民其不泰乎其或弗掾弗鉏弗究弗慮如彼曲阿徒事求譽為酷為豺為暴為鷙如彼義縱治法行緒愁歎不聞

疾疢不蠲有若惠南罔念恤人利障不屏欲源不澄有若陳倉卒歛自營如是則氣之所關怨之所鍾形為咎徵證是萃是叢民其可泰乎一邑者天下之積也一邑之泰天下之泰所由推也一令之賢一邑之泰所由致也董子曰今之郡守縣令民之師帥也夫惟聖明在上師帥之賢泰錯天下則天下之民胥泰矣長洲地大物繁臺府鼎立夙號難治君處之裕如知所先後户庭無滯訟田野無寃声始至撤犴狴新之將去以空囹圄蓋數十年來未有土公所謂生生民之泰其有漸乎幾之矣觀君名堂可以知君之用

後之来者毋第以零陵三亭視是役也経始于淳祐庚戌八月落成于十月為楹若干為費若干役成而民不知又可書也已君名㴶今淮東常平使者基先之子其賦政固有源流云中奉大夫新改差知温州軍州事陸德輿記并書泰民堂在縣圃淳祐十年龔㴶建亾

長洲縣重建丞廳記　方〻杅

國家建官倣唐旧制自九寺三監萬家之邑率置丞員所以重其任貳其長也邑于民為最近丞于邑無所不當理漢後元之詔曰縣丞長吏也長洲為縣創于唐天后朝乾元中置為長洲軍至大曆間已而復

旧国朝中興吴居三輔長洲土廣民衆素號難治爲丞者非材術兼茂有理人之績莫得而著稱焉浚儀趙君帝室之冑沈酣經學挟其所有乘甲科佐江陰幕淳熙改元轉而丞兹邑視民如愛子馭吏如束濕興利除害邑人宜之君蒞民葉再黄矣政成而民有餘力年豐而物不疵癘視事之所棟宇欹撓榱桷朽蠹上漏下濕殆弗可居于是發私財以佐其用度故地以全其基役以糜至工以巧獻無損于公無憂于民廳事廊廡輪奂一新爲三十餘間塈塗整密瓴甓滑高其閈閎固其垣墉使後之居者得以賴其利

焉工既告成邑士願紀其歲月以傳示將來杼居是邦見聞君之政稔矣今之人視官舍猶逆旅顧弗毀而加葺已無幾積在官餘祿為居閑之助亦理然也君秩行滿又斥家財以給費求古循吏罕見儔比會者聞風庶亦知勸噫昔之建一堂搆一亭猶侈其事以詒後人若君謨之清暑子瞻之喜雨是矣觀君此舉匪為遊玩之所加于人數等其可無書乎君所以設施于一邑特其小小者尔推而上之庸可既哉姑書以為記云淳熙四年三月朔莆陽方杼記

丞廳在縣治西淳熙初重建

主簿題名記

周　南

天下雄鎮校一歲右賦之夥若姑蘇者不一二而吏縣長洲苗以石計者九萬二千三百有畸自占籍五等而上應輸之户五萬通歲合夏秋輸為鈔萃為邑者六七萬簿應時據案小吏執牘曰此為申此為乙稽其籍米鈎之凡一户之賦有輕重等色輸有先後不相均齊非一閱再閱輙随手可了也簿筆不停末日晏腕欲脫已離立欠伸索趣去簿間有志頃不離局不追趍人事不數數上官籤調而後能專或其人以曠達自解或憒以弗強或為在勢阻知而委事衆

則其職廢此予耳目所接往〻皆然嘉定庚午春陽羨周君大猷始刻辟記而屬文于予噫設官者固未有若近民者之重也今仕者習于簿而于為尉何哉豈非以尉之事雖工而簿之事易媮耶然尉不才盜不發明不求尉也簿失職民重輸根本且剥矣然必何壯縣如長洲者簿為重凡欲厚下而平賦者雖十室之邑必自丞若簿始矣大猷字允叔廉行而文故資政殿大學士簡惠公孫也初紹興十三年部使者得廩人刻弗深攷建請出隱剩益秋賦為七十萬詔即州創經界司行之將推其法于天下會間惠自湖

卷九　六

移蘇守雖之且辭其所以然部使者屈始以圖誌之旧為三十四萬至今所在犹言經界方量之為便而不見增賦之為永患者寔自簡惠爭之始也則其為德豈止是耶而已哉然公卒坐論斥餘十年而龍學徐公稚山亦自里居議使者括田讁矣予少時長老犹能道簡惠之事而歌思之者今去之七十年矣而大猷世其科而求仕始固其請既為之識其官之當勉者且并著其先世之遺思以求耶人之思焉記始于尚書郎豐公誼而下其前則歲月弗可攷矣周南記

主簿廳崧迎縣西紹興十七年尹機重建

慶元重建簿所記　　　黄士持

長洲主簿廳在縣治少西紹興十七年縣長尹侯機所建也經始苟簡計不及遠矮屋數椽陋甚歲久蓋障穿缺支柱欹危潦雨至上漏下濕坐榻一日數易夜聞聲砉然則愳其震之壓也慶元丁巳仲冬上浣予承乏庀職既弛瞻顧鬱悒則有意圖新焉然簿職卑力涼毫髪公費皆仰給于縣曩時長官或秦越相視居此者憚煩避謗蓄縮不敢謀因循歲歲月則弃去若傳舍亦勢然也予獨癡不自止試令梓人平章

以图未諗竹瓦木石計會織悉畧已素定越一年乃
以請于今大夫黄公宜治縣有声而友僚佐如兄弟
喜曰此公家事耳子能躬其劳吾何靳焉于是致日
鳩工昉于季秋之戊申迄于仲冬之己丑貿材于市
募傭于肆民不与知而工以辦告糜縣帑之緡四百
五十有八廪斛二十有四余以捐俸百千以佐用前
門一間廊屋八楹所東西偏翼以両軒可待賓至寢
之後為犬室安明窓四向時暄凉啟門扉以禦溼于
娱親爲宜繚以垣墻高丈餘闢小徑通縣圃其西有
敗屋数間撤旧取新爲圃　庖爨之所是居也不修

不庳于今若未足視昔則已夸予且滿去後之來者無忘營葺之難以時增葺其將多于前功不則因敝塞墐亦可為數十年之利然非予所料也書生每事欲為無窮之思正与北山愚公可同一笑姑識予意于石時六年庚申三月初吉長樂黄土特記山陰孫應時書

長洲丞題名記　　滕宬

自秦孝公集小都鄉邑聚為縣置令丞至今襲之凡丞以承其長為職不以一職称令能且專則丞無職丞能職或過于令〻〻職號最繁不越其邑丞或為郡

守部使者所才則牒移至雖其郡事与旁邑与旁郡之邑事皆或与聞之至往来無常処令丞之職頗不繁于令哉属籍趙仲权為吾鄉之長洲丞長洲与吳分治郡下俱劇邑多督領郡之雜務而邑諸鄉訟理逋租歲且盡輒窘至塞庭廡則与令分所之職雖繁精力常有餘謂吳有丞廳壁記長洲不可獨缺乃攷居前者得二十四人記于石仲權至官書再考餘七月餘矣今又揖縣事凡上官委以事弗辞遇事輒辦治弗為疾声厲色拒人人亦莫敢浼以私者夫介不遠物潔不亢已勤不苛撓敏不遺忽吏能盡此矣仲

权有焉可記也仲权名彦绾今為從事郎在任政績居官以文行廉吏荐者五人考滿當擢京秩仲权之嚴君右司公以清節称宬幸一識氣骨勁直目光瞭然仲权蓋肖之慶元三年七月上澣滕宬記

長洲縣續題名記　史顕卿

古者辟記非特志爵秩到罷歲月而已唐元次山作道州刺史所記彰善指惡寓鑒戒隱然有春秋褒貶法當時貪贖苛刻者挂名其下寧不媿死乎縣視郡不侔也然生植齒類欲其能撫摩休眷則同長洲縣題名始立于天禧王公嘉言續于紹興石公珵今續

卷九　九

記涉歷両政不暇識顗卿不敢廢也命石刻之往者不可諫来者猶可追其無忘次山之訓云紹定改元二月上浣承議郎知縣事史顗卿記

長洲縣續題名記　　謝　鳳

長洲以縣名自唐萬載通天中有縣以来不知令凡幾沓政凡幾新矣皇朝天禧間廷評王公嘉言涖政于茲始揭題名石于所事建炎之乱官舍焚蕩石亦隳壞自是軍興草創更數十政不暇議迨儀真石公領邑事之二年新作茂苑堂顧題名闕然無復旧事乃訪録遺文得斷石于瓦礫間彷彿可續其存者凞

寧四年五月以前而已如其文刊之于石跋寘于堂之左又捜次補綴自元豐三年以來僅得其官秩姓名者二十有五人其到罷歲月槩不可得而詳别刻石以刊于後俾來者續而書之尚永、無替绍興九年六月日主簿謝鳳記

縣尉司題名記　周復

尉与丞簿或賛而長然各有攸司弗相侵也使盜不入境户不扃夜非尉能尔也長洲縣北邑江湖所豬盜藪柑出没尉曠弗治則人靡莫居擬注者必銓擇乃授顧不重歟大梁趙公汝謗奮跡儒紳志趣高潔

乃不畀是而辱臨之威望悚聞境内以肅吏事明敏百廢修舉暇日悉取前任姓名而次第之跳其到罷陞遷則繫之于下将鑱石以傳遠使来者視前有攷而景慕夫官達者茲非賢乎予幸得与名其間且屬以序屢辭不獲夫題名公廨咸有之勸戒之意存此闕弗具豈前人未之思耶抑力有不逮欲爲之而未能耶二者必居一焉茲用自媿姑掇大槩以成公志云慶元丙辰季夏申庚承直郎差充高郵軍々學教授周復序

長洲尉廳記

曾復

姑蘇之屬邑五皆壯哉縣惟茂苑寔治郡之東北隅自齊門北出一里其鄉曰金鵝里曰金盃是爲尉治所宇隘陋蓋建炎兵火間所作擧簷与桷則迅莫如張弓他木類是南榮下垂過者率僂旅否則觸首是懼歷五十餘年更二十餘政弗改作也予始至官欲撤而新之慮其勞民以自奉乃弗果今計兩月即滿去顧不可以累後官則請邑長白事陽羨邵君軾許然領會乃劉錢五萬粟　斛相是役又征地租于富民趙昇得錢六萬予蒞官三年凡六修小長橋有餘材輒儲以俟用異時粥私販者没官船物得錢則曷

分之一以給捕者一以充公費通計三歲所入凡十萬有奇予秉敝壞之後鉦鼓旗幟弧弓戈鋋之屬悉亡焉三年之間儲繕畧備而此錢所餘什之一乃諏剛辰乃撤敗屋乃增故基木石竹甍磚甓舟艭所需百物悉揆幣以貿其徒蒸蒸或僱于彼而帀旬厥事告具前軒後廡不華不儉又以退材益以新木作新奇軒屋合六間修東西兩廡合十間又兩旬告成自經始以至訖事凡役二徒合九百七十二人計口給粟課工讐直又時酌醪醴以勞苦之人不告罷事用告成有賀厦者曰唯尉于民是親向也廷宇弗治階

等無辨于烏臨民矣以起敬一旦輪奐若斯望者肅然吾不惟矜子之勞且以尚子之能請為子記予曰凡物之興廢有時時之當興雖庸人亦能集事吾逢與時會耳豈能于前人哉矣其記如曰更造孔難宜以告來者俾加葺焉庶勿壞則吾能矣以煩執事容曰然則子忘之乃伐石以志淳熙十一年甲辰立夏日

桐川曾復記

尉廳符祥圖經云在齋門外去縣三里續志云在齋門外緣塘一里許淳熙中曾復重建所西有臺下臨塘岸扁曰奇軒

師正堂記

韓雍

濟寧陳君文淵景泰間爲監察御史以言事得左遷今上復宝位之初起君宰蘇之長洲君感激思所以报称乃名其出政之堂曰師正蓋取孔子之言之意欲正其身以道邑之人皆正也致書屬予記予尝観之物焉南山之陽有松歷歲既久凌空直上日升而中丶而昃陰雖時移而亭丶之勢未尝見其欹側也樛木盤枝屈節容光之處從而卬之是知表之正与不正影必随焉守令爲民師帥戟皆親民而令于民尤親民之表率也令之邪正民罔不從是故令能仁

則民尚忠厚能廉則民重廉恥能儉則民息豪奢能勤則民戒荒惰能恭謹則民無干犯之非能安靜則民無奔競之恥与凡一舉止之美一禁令之善民皆是傚是從不然彼將曰令長民且有禄位而其為人若斯吾屬何不可哉吾蘇為江南名郡齒姓之繁賦稅之重物產之美且盛雖提封百里非他方大郡所能及故守令之選嘗難其人君起家為名進士為良御史再轉為今官下車未踰年和平簡易之治邑之人無老稚賢不肖踴躍愛戴靡然從風非帥之以正豈易能哉孔子曰上好礼則民莫敢不敬上好義則

民莫敢不服上好信則民莫敢不用情于斯足徵矣然予將少進焉士君子讀書明道致用于時有志于為德為民者孰不欲趋于正哉然崇其名者或遠其實謹于初者或懈于終君尚當守之以恒使嚴苛峻刻不發于情奇巧玩好不萌于念侈靡之風不作于日用宴安之氣不設于平居礼以接人不長其驕道以守身不慕乎外凡所為無不正焉則吾民耳濡目染久而化成其風比隆于淳古君亦可以方古之循吏無疑矣古之循吏非一人論者以卓魯称首卓令容儒術為治道不拾遺魯令中牟德化為理孺子有

仁心固皆帥之以正而然後卓封褒德侯魯位司徒至今嘖嘖傳声名君誠以古人自期則名位所至孰能禦之哉否則名寔不符登斯堂者指而議之矣君尚畏之

崑山初秋觀稼回縣署與同寮及示姑蘇幕府　　張方平

邑民三萬家四辺湖海遶家家勤稼穡市井嬉遊少荐歲逢水沴飢勞何擾擾我來忝撫字見此心如擣去秋僅有年高田尚停潦今幸風雨調皆詰天時好春喜鵲巢低夏更蟬声早（吳民以此候旱潦飢穰）拏船袂參差

蒔岸縈迴繚執棟暮更急車声達清曉紡管犹掛壁何暇張魚鳥我時行近郊小艇穿萍藻渚長葭乱深野沃䆉稏倒孺子遠餉帰閭暇顔色飽預喜省斂管租賦可時了帰来軒館清曠蕩盈懷抱衙退人吏散庭廡閒窈〻露篠映孤亭風荷動幽沼置身木雁間茲鳥頡頏終老顛蹶走荣利況予拙非巧鱸鱠飯紫芒鶩醋酒清醥悵然懷友生虛齋為誰掃

題縣圃蘊輝亭

周承勛

瓦礫頻年積鋤耰十輩功旋移低地碧頗襍亞枝紅對酒逢寒食憑闌接煖風墻慳天自濶堪送北飛鴻

崑山縣重修察院記　楊循吉

弘治癸亥歲春監察御史彬陽馮公祗奉　上命按于蘇松常鎮四府所至振舉憲度紀綱一新吏民奉法無敢犯乃七月行部至崑山是邑也直蘇東境七十里迆必首先公入居行臺覩弊漏狀名邑令吳君議將修之曰吾聞昔之賢雖一日必葺其垣宇况茲出令地乎于是吳君諾惟謹公爲下文書斥帑餘爲經費盖始于其秋而成于明春作閱七月訖功厥有所以涖政門以啟閑堂寢以燕食廂廡庖湢各事其事凡爲楹間三十五大仍小更豐約有道才材塊甓

咸隸于工師蓋終事而民不知勞焉公既以吳君爲能且謂兹役之作所以嚴等威倫制度謹防閑而非得已也于是乎有書石之命惟我　國家採用漢制歲遣憲臣按行天下刺舉不法因逵民隱而布之德惠宣　天子所倚以圖治者而于畿内加詳故分四郡特設以莅之然則威之所加在郡〻重在邑〻重豈其居府而容有完畧焉此公作興之盛心也雖然修室于此而有腐焉必去之有良焉必植之作而有法在政斯類公其然乎且公之至冬歲適荒歉飢民嗷〻公疏請于　皇上免税六十八萬有奇又自裁

華均徭二千餘役凡省鏹幾二萬緡其明年又奏蒙
恩准輸折色粮三十三萬省米三十萬石尚爲賑濟
公之功大矣哉公名允中字執之成化甲辰進士建
白屢上克恢大猷蓋其心存經濟若此吳君名祺豐
城人弘治壬戌進士慎以有爲觀其績可知也用敢
併書于是庶他日得有攷焉

常熟縣記　陳映

上方駐蹕臨安于時吳門視周畿內漢三輔唐同華
我舊京之陳鄭也衣冠之所鱗集兵甲之所雲萃一
都之會五方之聚上腴沃壤占籍者衆雖前代與全

盛時犹不可同年而語府邑之事宜其倍称况乎府庫之出內獄市之浩穰蓋不待較而知者環府之邑五而常熟居其望爲時主客以户計者八千九百七十有二而今五萬一千一百卅八夏賦金錢爲緡二千八百其幣帛足合萬二千六百而奇弗詳秋租穀粟七萬六千餘斛乃合折帛爲緡者十萬二千三百而斛財損其旧二千邑之事其倍称何如哉今其邑從事于民者如是而邑復濱海道直故疆沂寮萊全齊在望刺利規帆舟師所宿則寔居今日之要害夙檣連林夜嚴震海資粮鉅萬以日饋給營繕百須以

時調度苟有不至責且乏興若兵民之事又如是重以府所倚集月四大萬版輸委風雨寒暑不渝比為令者材或不濟負罪投劾而去項背相望也則辟記之不列何以自警朝夕庸少惰乎映不佞爰來亦既年所事定得閒始閱次中興以來爲令者至映之名氏授受月日之鑱石辟端以告來者噫令秩比京寺月俸十餘萬廩逾四斛歲入圭田直過六百石其顧一己之利害去就而不思其責之塞將不特能禍其身千室之邑亦必有受其弊者而映其敢墮哉今吾邑之人或知映有不敢墮也率以淳風簡孚交相

卷九　十七

為治倘如是惕日廣乎列名下方其無辱若夫邑之
望則巫咸所止之山太伯所葬之墟言偃所居之里
龔景材所表之閭其風俗之美猶可槩見而邑之升
置凡附于府者有戢方氏不記〻其今昔之同異云
淳熙元年邑令陳映記　龔頤正代

常熟縣丞題名記　張溉

琴川吳都之劇邑也賦稅之重獄訟之繁非他邑比
以累致大夫數更易而貳令者類不得少休溉再轉
而丞茲又適多事之秋揖事幾年所謂松竹佳趣乃
变為鞭笞之地庭榥無存所宇漏壞俱未暇過而問

焉茲幸令尹葉君來此年餘百廢具舉政平事簡僚佐得以少安遂可留心悉与葺理皆成倫緒独不見有題名記心竊疑焉因洒掃書齋得二斷碑于塵埃間拂拭視之可其記也歲久字泯漫不可覽殊失所以重前賢之意易以琬琰而刊前後賢者之芳字于亦得以托不朽顧不幸歟嘉定改元歲在戊辰首夏望日錫山張溉書

常熟縣主簿題名記　　趙汝郕

邑令丞而次有部簿古職員令也掌凡邑之簿籍勾稽之事糾正縣內之治外此無責職若甚簡然豈知

户籍有升降産税有去留悉関筆削一有不謹則墮奸吏民且受病矧琴川繁劇甲于中吴去臺府幾三舍遠財賦分督牒訴委决檄命驅馳靡日不暇戢六未爲簡也汝卿昌承茲乏汲〻拯過自惟無足以傳後惡有所謂光于前者試求前人之名氏稽其行事以質其穷通而辟記闕然漫不可尋此者莫知究訪之故老令〔僅〕得今尚書蕭公而下十有三人焉前乎此者莫知也將立石以記之或乃謂人材短長政事臧否民言士論足可以印恶用是爲哉余應之曰公議誠足信然閲歲滋久名且不著实將安攷今之所訪

已若此余恐後之訪今蓋不如今之訪昔也奚以詒方來僉曰然乃鑱之石嘉定戊寅十一月初三日雲間趙汝郕記

簿所在縣治西与丞所對

常熟縣尉題名記

徐次鐸

縣有尉居丞簿下然號劇曹而縣令埒歷代選用常艱其人強者作聰明苛察掾切以擾吾民弱者不勝任縱奸長惡以害吾民其當官以威畏稱聞者異時以之宰邑刺史司察一道皆可判然迎刃而解常熟為浙右壯縣地鉅事叢吏狡民猾並江濱海而東

界為盜藪古有二尉分治長老傳聞廢置歲月無攷爰自合并以來旧矣雖仕于此者材名文士往〻間見然未聞有卓然超越為當世聞人者用是奔走巡徼日不暇給寧弗遑問其遠者大者此壁記所以不立而前事之師後事之鑒來者泯無覩焉今尉黄君應酉建安奇士也由始蒞職洎茲垂滿寬而栗威而不猛加惠黔庶芟除豪強黠吏束手受制所隸弓兵不寒而慄部内賊發輒捜捕得其主名遠御隣境籍其威声巨奸大盜漸以屏息今茲盜賞踰格將換京秩行脫迹泥蟠而強弩之末猶賈餘勇植志覔邈去

如始至大惧題名未創無以傳後自我作古勒茲堅
珉予見其材諳之華政事之美嘉其替之追而請之
堅也于是乎書嘉定元年奉議郎知常熟縣事徐次
鐸記

尉所在縣治北二里鄰順民倉

宣風楼記

王伯廣

楼以宣風名紀政也易于巽其象為風其位為東南
其時為長養萬物有虞氏得之以阜民財于是有薰
風之歌尹吉甫得之以美大臣于是有穆如之訓罪無
輕重功無大小使言偃弦歌之化常太平有道之国

雍〻乎和可知矣常熟古南沙也今為姑蘇望邑土傳賦衍民繁事劇綰縣章者每難其人紹興之二十二年政五六易規矩準繩莫一所狀守冬十有二月乙卯今曾大夫以王命來知足以知勇足以行禦灾如西門之治鄴愛民如子產之治鄭指顧之間政以善聞邑人宜之凡廢未舉蕲一新焉先是縣治之坤隅民居有架崇度于上其左蓋闕如也相其陰陽厥有低昂士庶雅有創構議矣至是以請大夫曰止〻吾至未幾遑急爾耶衆曰我食我力我木我石無貴于公以慰我私大夫乃命卜筮乃經乃理乃徹其庫

乃迄其址巧者衆斧壯者攢杵無煩戒約其來不可禦也蓋庀材于二十一年之夏四月至五月已工以畢告近遠少長奔走瞻望惟時歊暑泠泠之風自槁而下感用忻快乃有皤皤然被黄髮者歌而過曰風之仁兮物之春兮風之德兮物之殖兮誰其布宣大夫賢兮繄大夫賢樂堯天兮衆鼓舞和之因摭其辭以名斯樓且告鄉人王伯廣請文于石以係他日甘棠之思者大夫名構字叔重清源人大丞相宣靖魯國公之曾孫其爲政蓋有家法云內曾構一作曾慎

宣風樓在縣治西紹興辛未令曾慎建紹興四年

欲其常目見之而求所以治之也客唯唯而退遂書之以為記

巡撫行臺在縣治東北即文學書院宣德間移吳公祠于學以為巡撫公署侍郎周忱改称學道書院成化十九年都御史王恕扁其堂曰願治弘治十年縣令楊子器以其地隘請于都御史彭礼遷于西山巷之左市地

常熟縣重建都憲行臺記　謝遷

太祖高皇帝定鼎金陵準古王畿之制凡郡邑之近隸者則十有一焉而蘇郡古吳會也在禹貢揚州之

域厥田中下厥賦甲于東南　太宗文皇帝遷都幽燕国用仰給于茲実為根本重地勅巡撫大臣以總粮儲常熟蘇之劇邑也大臣巡歷則以學道書院為駐節之所弘治十年吾浙水楊侯子器以名進士来知縣事謂書院創于勝国意當時隨地勢以為規制前蔽民居後傍官道左隣學宫右通市肆門道出入若委巷然夫以大臣受　天子委任之重于此焉居似非所以崇国体肅憲度康兆民也特擇地于縣治衍慶坊西百步許而改建焉為料價二用之廣出于公取于民為不便以各年所餘均徭錢之侵于民

者追以供費乃通具其故請于都御史彭公如其請俾量計　從事以十一年十二月龜吉日鳩群工聚群衆材委縣丞張君翰董其役時省月考審曲面勢木以良斲陶以厚栗石以方甃塗以丹堊歷三時告厥成功中為所翼川廡後為堂夾以室前闢門中直道外繚垣隷人瞻事車馬有所基地以丈計長五十有七濶二十有六料價銀以兩計八百有四屋以間計三十有四更湫隘為爽塏易淺近為嚴邃治迂曲為平直揆理考制莫不如式請所以名而　署之并記以明遠按周禮御史掌邦國都鄙而及萬民之政

令以賛冢宰凡治者受法令焉掌賛書凡數從政者秦漢而下立法創制因革不一有御史大夫御史中丞殿中侍御史治書侍御史監察御史其署名曰府寺憲臺御史臺殿院諫院察院之不同而其任則專諫諍繩糾激揚蓋已異于周官之制矣　皇朝設都察院于兩京以都御史掌風憲自永樂洪熙宣德正統景統泰以來巡撫者兼督水利若尚書侍郎都御史差遣不一自天順成化及今弘治雖間有兼官則專以都御史寔有合于周官掌邦国都鄙及萬民之政令者矣宜名曰都憲行臺于以見差遣之一而有

卷九　茁

其寔于以異而京之署而有所據也国体以崇憲度以肅兆民以康而楊虞興工不爲過大臣之居高明豈爲泰哉遂不辭而爲之記時弘治十三年春三月之吉賜進士及第資政大夫太子少保兵部尚書兼東閣大學士餘姚謝遷記

吴江縣敕書樓記

李慶全

松陵令趙君伯虡爲邑二年其農桑勸其獄訟簡其簿書錢穀治辨學有新田三高有祠百廢具興不爲苟歲月計先是建炎中国步方艱而邑當冠衝祝融回禄相其虐自後踰四十年閣宇庳陋夷于民編乾

道強圍大淵蘇公始撤之為新門培基取材百用先具梓人執斧斤以聽畫至瓦甓坯釘亦出于公之指授焉其始于秋而落成于冬遲速之程不　于素飛棲干霄与江山長雄環視具區笠澤之廣雲烟卷舒濤瀾吞吐舞鴻鵠而歗魚鳥為三吴壯觀君乃以季冬之月感服率僚佐吏奉詔敕其上用以鎮撫其社稷億寧其神人遺民故老告語子弟咸謂役不踰時而功倍于昔微令尹不復見此矣是時　公終更甫旬月公不以欲去怠其事朝夕于斯迄用輯成真古人之用心也使今人之用心皆如君公家之事尚不

不有樂者乎故予樂爲之記乾道元年賛皇李處全記

敎書樓在縣門紹定五年李椿新之

琴堂記　　李椿

邑治之陋歲月尚矣因陋而居亦尚矣紹定庚寅良月椿承乏茲邑訪諸故老莫知始剏規模偪隘基址卑下矮簷敗壁不遠民居震凌之餘岌岌將墜壓屋古而蛇虺成穴地洳而蚯蟻爲壞棲止其下殆不可以爲朝夕安再瞻再歎尚容復因陋乎于是節浮費計實用市材木聚瓴甓銖積寸累踰歲而偹不敢掊

取不敢科役高下大小畀新三十餘楹以昔之正堂為今之遺愛姑存旧也琴堂向在寢室之東北隅愈陋而僻不足為公餘偃息之地前此帥未暇問夫琴者所以正人心也堂以琴名置此偏隅將何取哉余正堂既新所居丕正則琴以正心為義容可以偏隅之旧観而不易以居其正乎使出入乎斯居處乎是方寸之間無往不正琴之義盡在是矣昔宰武城以絃歌為愛民之政宰單父以鳴琴而成自治之化椿之不才何敢希前賢事業之萬一乃所願竊有志焉將書扁便使袁先生遺以珍墨揭示不朽抑又有光

于斯堂者歲在壬寅鳩工于季春落成于季夏從事土木与匠石較分陰于绳尺間自笑其愚者屡矣然君子之居一日必葺是犹有望于後人毋徒曰傳舍云八月既望维揚李椿記

琴堂紹定中令李椿重建于東袁肅題扁

吴江縣重建譙楼記　桂宗儒

吴江東南巨邑四明柳公臻来丞是邑之三年政平人和百廢具舉惟譙楼工侈費廣而未暇及邑之父老陳景祥等進告于庭曰譙楼一邑之壯觀而政令之所關也圮壞越二十餘年矣而官莫之舉邑民莫

不与之與欵于路募民財以構之俾官不需財民不需役而落成敢請縣丞公會議其所請于同寅王公懋本馬公驥僉曰善遂允之尋白于太府暨按臨大臣亦然之遂命匠務工営于旧址之上于是輸財樂施之士肩摩而踵接趨事赴工之民蟻聚而雲集不半載而落成朱甍画棟之翬飛而高棟天半雕檐翠桷之赫燁而照輝日月則有以度越前制者遠矣至于形勢之據吴淞而瞰太湖引江浙而俯姑蘇洞庭諸山映帶左右烟波雪浪撼乎几席此一邑之巨观也會永嘉葉公来尹茲土既喜其有成又美其壮麗

也于公暇登臨而歎之曰不惟有以縱其觀覽寔足
以玩心于高明宣情于欝滯以舒暢其政治也樓之
建有補于世教也大矣不可無記遂命使致書請文
于予譙樓者古制也自皇都至于郡縣皆有之所以
具鼓角漏高以警衆則其声韵感慨激烈以肅官府
之號令限士林之休息者鼓角也寓之于鼓角者政
也政平訟理邑無不寧民安物阜官無逋税于以見
絃、歌比屋頌声滿途其鼓角瀏亮皆由政之所發也
豈徒恃其樓之壯丽声之感慨激烈而已乎當今
聖明在上四海時清寧正士君子汲、修德莅政之秋

若夫萬籟俱寂之頃夜氣方清之初耳灵鼉之聲々聆梅引之鳴以清其政本之之所自出嗚呼声者政之所發也故曰聞其声而知其政令因其請遂詳書重建之始末俾有攷云正統元年夏五月行在翰林院修撰董溪桂宗儒書

譙樓在縣門

吳江州官題名記　顧儒宝

古者立国則有州邑稽古而建官皆所以推君之令而致之于民者也蕭規曹随往廻來續使民心起甘棠之思故題名之記不可無之皇元混一陞縣為州

卷九　廿八

越二十星霜矣吴江之地襟帶江湖馳驛南北遣當孔道州牧之劳与他州異其閒政事文學之才往往無傳何以爲劝耆老有請俾鐫諸石以垂方来爰命儒宝爲之記抑聞夫子曰道之以政齊之以刑民免而無耻道之以德齊之以礼有耻且格蓋徒政不能以自行而必及于化故能使民遠罪而已化則使民遷善而不自知先化而輔之以政循名而責其寔庶不失題名之意云延祐五年夏儒學教授顧儒宝記

吴江州官題名碑記　張天英

在昔官府書聮事之姓名者所以記歲月識臧否重

黜陟垂不朽也凡爲天子吏天下之民休戚繫焉吏循則民安吏酷則民病吏廉則民阜吏貪則民窮且敝吁可畏也哉元貞朝制陞吳江縣爲中州秩正五品官六人當是時已嘗樹題名之石于所事矣五十餘年人物同異千古之下毀譽隨之昭昭然其不可揜也夫有官守者可不慎与高昌那海公長是州有德政官當遷乃伐石刻名如前人故事俾來者知所勸懲云至政七年四月吉旦清河張天英記

仰高亭記　留元剛

吳江雪灘三高越范將軍晉張曹掾唐陸補闕之祠

也間者邑屋以繪像刊石置諸廳事之右越淳熙辛
丑後廿有六年令尹羅君勳展來于此茲恪瞻遺範
惧弗称景則之意屬時方輸錯出納経營未暇閱二
年民萌少紓纖悉餘侈作亭奉之名以仰高既成書
来諉記余謂三高者記其名也仰高者慕其寔也聖
賢尽性之學亦曰仕君致身仕以行義人受天地之
命則當任天地之寄弊屣世故傲然独善庸可為訓
哉噫少伯復讐不遺餘智薄遊從辟庶幾有為退以
保身之道進無益国之功或尔遠之其心可諒也而
有嗜榮則覬嘗試則居勳莫揜口禍亦踰福附離患

失矧執权乎介紹從行矧就見乎世变降而下之甚矣于于仰高有以得羅君之心請遂志之松江集自南渡以来作者弗与至是裒粹續集鋟梓于亭其顛末具于三高記者弗書嘉定改元仲冬甲寅日奉議郎秘閣校理兼翰林權直留剛元記

仰高亭在縣圃中

嘉定創縣記一　高衍孫

嘉定十年歲在丁丑秋九月吳郡太守集英修撰貳卿趙彥橚浙右憲使今左右司業王棐奏為平江所統五縣惟崑山素號難治蓋邑之為鄉者十有四都

卷九　三十

者五十有二縣治僻處西北而東鄉最爲隔绝奪权矯處相帥成風其害有三好勇鬬狠或刑人殺人追逮不從至有經年不可決者則獄訟淹延之害東至于海南至于淞江冦竊奸宄凭負險阻則盜賊出没之害豪民傲慢令不服役有二十年無里正者逋積秋苗四萬餘石他賦稱是則賦役捍格之害有是三害邑遂不可爲元欲增置一尉望輕不足以鎮之僉以爲立縣便今宜割安亭春申臨江平樂醋塘五鄉二十八保作新邑于練祁之滙且援昔之慶元例請以年紀名丞相魯国史公當軸列上報可就令辟吏

衍孫適試茲邑及瓜當臺代府不以其不才猥以姓名聞俾主創邑事衍孫遜至再而命已下切謂嘉定分創与慶元之事不侔慶元出于上户之申請則公公家固所樂聞嘉定始于臺府之奏陳則民情不無疑懼以所疑懼之民一切之政魚爛禽駭不潰則逸為先之以優容使民自悛守之以不擾使民自安則迹無詭異而人斯馴服然東鄉之所以成習頑獷者有由然也逋遺稅租詭挾户籍積歲既久從犯益深往往重足適市或聞追呼而行死不顧出雖有淳良之質未免玉石俱焚衍孫稔知其故遂白臺府今日

之後咸与維新凡八年九年五鄉畸零二税先後倚閣十年省添助本縣營造使民少寛新賦納自十一年始如減秋苗之納耗免夏税之增絓罷財斛司絶横歛之擾淳頑籍以示劝懲如此等類皆蒙聽從戊寅五月衔孫稟来此意一奉行敲扑不敢以輕施吏直不容苛擾意向所在民輙先信擧欣〻然而相告曰官府寛恤如此我輩何其幸欤毋怙頑毋作慝毋紐前以絶自新之路民听既孚始欲其作冐霜露披荆棘民于農暇取材于他郡経始于戊寅之仲冬越歳餘而落成屋以楹計者縣百有奇若丞若簿四[illegible]

有五若尉五十有五學宮四十倉廩惟半祠社有壇宇賓餞有驛舍郊設門閑巷植名表酒館花圃以次備具若夫營造之費則有朝廷撥賜五千緡本府給助一萬緡共丁丑歲畸零苗税一萬四千五百餘緡米一千三百餘斛足以充所費三分之二其餘幹旋酒税僅、給用迄于告成而民謂無擾今總而載四閱月而有三害幸遂屏息是皆凴藉朝廷之威德奉行臺府之教條所以致此術孫何力之有焉載惟民性一也胡昔頑而今淳轉移闔闢蓋自有道苟爲政者忿其頑嚴刑峻法以繩之故民有競心愈激而不可草若能撫摩其疾苦，啟廸其所趨向，則良心善性孰不油然而生。衍孫惟不敢鄙夷其民也，而年穀屢登，麦秀兩岐，皇天其容祐斯邑，作新之效當不止是。將見魁奇忠信材德之民群生其間，毋徒曰曩日東鄉之俗云。嘉定十三年九月朔日，宣教郎、嘉定縣主管勸農公事兼兵馬監押高衍孫撰。

重建州治記　貢嵩

大江以南，地廣物衆，莫吴郡若。嘉定，旧吴屬邑，始于宋嘉定，析崑山東五鄉，練祁鎮爲治，因年以紀名。在郡境江海際壤，浮力薄產，貢擬他邑爲下。皇元混一區宇化被幽遐俯視陬隅如在畿甸田野日以闢户口日以增元貞詔下劇邑率陞州嘉定以户口計應中州之制遂陞爲州以來品秩崇矣號令新矣独于州治隘狭浸漶仍旧憚于改作因循十年之積以至于是大德丁未達魯花赤脱烈迷失公知州事高源同知州事小云赤海牙公郭公偉判官趙公允中李公德暨提控董友直都目陳玉先後繼至克相協贊力行善政以導迎和氣歲則大熟民暇且豫乃謀建公宇顧費非所於出冨濟登兹于是州巨室聞而相与言曰吾儕小人皆有門户以避燥溼寒暑豈邦

庚吾父母而可無爽塏之居乎則皆折捐粟布以助刊木于崖浮竹于津厥材既堅厥土惟剛上殫其功徒既其力经营不數月而成堂階言言廊廡巖巖有門秩然有軒翼然观者改視蓋時其使節其用集于一朝而不為劳須十年之久而不為遲始謀終就高公良屬意焉然亦不自有其功落成之日率會僚友文學掾貢嵩言于衆曰昔者聖人作為為宫室蓋取之壯观矧太守实古諸侯而不壯厥居豈惟無以恭威重示表儀且將無以疏視論聽融祀暢心神而為出治之本茲宇之成美哉輪奐後之登斯堂者其亦

曰堂之建民之力也民既出税〻以食我又為屋室以居吾〻其可以忘之乎利恵未徧斯専之疾苦未瘳斯除之徭賦未省斯均之獄訟未決斯請之政声流聞達于京師明〻天子聴豈其遠而州之人善其言而顧之請記斯堂以彰政理惟春秋之間法事始必書今州始陞堂始建是宜書以刻諸石至大改元冬十月望日貢嵩記

嘉定郝侯政績記　黄溍

昔成周寓軍政于卿遂故兵与民一後世析而二之為将帥者〻往〻知有兵而不知有民善乎荀卿子

之論曰兵要于附民而以為將帥不思所以恤民可乎若平江十字路萬户郝侯蓋知兵之要而得先王軍政之遺意也初余在金華聞侯奉省檄巡塩浙東所過無秋毫擾心已志之及仕于朝往吴下見士大夫咸曰郝侯賢今年春官于儒司嘉定州父老沈銘等以侯政績請記于石予既知侯久重以耆老請誼不得辭因諏其詳則曰嘉定為吴要地襟帶江海每歲萬户府分官出鎮茍非撫馭有方則士譁卒囂適以病吾民耳今郝侯之來紀律嚴賞罰信凡麾下士不得以一毫撓吾民海隅晏安奸冦屏跡近歲知兵

者何以加此然古之名将有愛士伍而驕士大夫有愛礼君子而日鞭撻健兒後皆不能無獎今侯于卒伍既懐以恩而又能好賢下士不倦是又賢于古人者矣至于考其事業推其所從来則雖先獻祖訓有足取法而其好古嗜學之功亦不可誣也昔晉文公謀元帥于趙衰曰郤縠可以其説礼樂而敦詩書也孫权之雄才大畧而自云孤嘗讀書大有所益及吕蒙奉权教始就學魯肅過過潯陽輙称其才畧非吴下比則侯之德業又獨非好古嗜學之功歟侯名天麟世居宣德自元帥公定河南因家宛丘予既爲叙

卷九　三五

其事如左乃為之銘〻曰　海陬之邦控延大江飈驚濤奔藉兵以防捍〻萬夫虓闞如虎匪師之良孰靖其旅猗歟郝侯孔惠孔仁匪惟馭兵宣綏我民我有水旱惟侯之惻是禱是禜保我稼穡歲時豐穰海壖樂康庇馬不譁叢矢在房乃作大府其庭有殖我出我資匪藉民力民曰宜哉侯豈我需我懷侯惠昌不相諸侯燕賓士潤〻伐鼓有瑟有琴籩豆攸叙邦人來視為侯劝謼豈弟君子胡不樂胥昔尔祖父曰維元勳功載盟府裕于後人曾孫孝恭克紹其猷匪維世美实予民休天子明聖宜褒尔績惟籓惟宜以

惠四国赫〻厥声宜公宜卿百禄是膺子孫繩〻我
匪侯私人則具知德音不忘永觀厥辞黄潛記

嘉定縣廣儲庫記　董鏞

凡郡邑設置倉庫上所以供 国用下所以恤民財
皆有司之急務也厥今姑蘇東南大府属縣有七而
嘉定最為繁劇歲計所入租賦常不下五十餘萬石
折輸布以足計者二十餘萬畸其繁已乎然而租之
入各區置有倉囤比輸粟之期運赴各倉收貯其後
粮長轉輸漕運達于 京師并倉事不愆期官民兩
益貢法之詳莫善于此矣惟折粟之布其數亦浩瀚

逮徵令一出輸者蟻集而聚輙充棟或寄頓于僧寺或收貯于民居其間風雨虫鼠之損傷水旱盜賊之不測深貽所司之慮其時宸侯昭始来知縣事欲與處置之規而未敢專也今年夏奉　勅冬官侍郎周公巡撫至邑首慮貢賦之失期而民事或有未妥者諄諄告諭宣上德意惟恐官不加謹而旧弊之未盡革也于是侯合丞傳而下即以歲輸之布且白于公公曰租与布皆公賦也奈何不效置倉之法乎邑之左右或曠閒之地廠一庫俾聚而藏之以伺輸納庸傷侯芊承命惟謹继往陳于郡守况公允協其議然

後度地于縣治西一里許即西隱寺廢址周有通渠居民尠甚遂捧日鳩工𢽾庫一所銅鐵為鏞壘甓為牖前搆一所事以為官署翼以小屋若干楹以處主守之人仍闢門于前繚以修垣凡千若丈其在官粮里人芋麻不欣然趍赴經始于正統丁巳秋訖工于是年冬十月朔用约于官不費于民陶堅材美締搆嚴縝于是悉可聚歲輸之布度支亦有法出納亦有次俾各有專守之責誠經久之良規也侯乃貽書于鏞曰茲役也吾何力焉自非巡撫大臣与郡侯區畫之餘冒足以完之然亦闕于　国家興作歲月不可

卷九　三七

鄉練祁市宋嘉定置縣元爲州
皇朝初因之乃洪武二年復縣置令而迄今未有題名不具闕欵順義張侯重以進士來令茲邑期而政成謂是弗可已也乃蒐郡乘詢黄髮由洪武以迄嘉靖得若干人將鐫其名字爵里于石而以記屬褒惟嘉定瀕海而襟江數患盜警且土無異産舟車艱塞百貨罕通民苦重賦令于茲者不尤難哉按郡志宦跡載傑斯而下凡六公弘德以來雖未及纂續然吏治精核而純實亦少衰矣豈漸靡使然哉張侯之亟是也其有感也夫夫古者今之鑑也往者來之轍也辨倅以經治者存

乎典彰往以詔来者存乎文典以軌物文以永世公署之有題名古也以觀以興以勸以戒賢則企而型焉否則擿而訕焉其庸庸者則恥並列焉是先民之所以旌淑而警慝者也非所以崇侈飾觀也張侯之亟是也亦由行古之道夫覿茲石者沿近以遡遠規今以準古雖百世可知也

吳都文粹續集卷第十

長洲　錢穀　叔寶　集

（公廨）

奏立州治疏　朱瑄

弘治十年巡撫都御史朱瑄奏爲立州治以安地方事其畧曰臣惟事有便于民者不嫌于紛改有益于治者不憚于更張如太倉設州誠于軍民便利有六如崑山管轄唐茜涇等処常熟管轄直塘双鳳塗松等処嘉定管轄刘家港等處各離縣遠若干里到太倉各近若干里若將附近鄉都分割則納粮當差

不致遠涉一也又太鎮二衛本備倭寇而設近年官運俸糧俱往别縣関支猶為不便萬一寇發城閉何恃以守若立州則糧積充足有備無患二也又城郭内外軍民雜処大率軍多刁横欺凌民户興訟委官不得約會以致監禁日久若立州則民有宗主而不致受欺軍知畏忌而不敢縱悪設有詞訟可以旦夕獄成三也又附近人民每將貨物入城变賣有等光棍用強攙賣尋鬧搶奪以致鄉民别處市集变賣路遠費多若立州庶免前弊四也又崇明離蘇州府若干里太倉城若干里其民到府必經太倉而守禦千

户所又屬鎮海衛轄若立州統領崇明則遠近相制又衛學軍生例有歲貢三縣民生附近衛學肄業既無糧廪之資又無歲貢之路科第雖不乏人柰鮮額有定不無淹滯以致皓首窮經無由補報若立州、軍民生徒均有廪貢之沾寔為後學之幸六以臣愚見、灼知有益乞勅該部查照前後建議施行地方幸甚、軍民幸甚

前存州勘案　　刘世龍

嘉靖三年巡撫應天等府地方都察院右副都御史吴廷舉為撤毁添設州治以蘇民困事會同巡撫直

隸監察御史朱寔昌案驗前事案仰本府抄回着落
當該官吏即便行同知羅洪載鎮海衛指揮陳岳生
前去太倉州公同太倉鎮海衛掌印軍政指揮太倉
知州刘世龍等名集概州里老并二衛各年高父老
又等州學師生到官将進士屈儒所奏太倉衛官并同
知郭田所議多方詢訪逐一查勘要見州治應否撤
毁民情土俗有無樂從等因據州學廩膳生員王梁
等呈為息群議以安人心事切見太倉州地方古昔
為婁縣為崑山州東控海洋原設衛誠四險孤危之
地三軍無制之區軍人豪强得以自肆販鹽為盜奸

究百端居民受害及有各縣相近土豪大户多与軍衛搆党声勢相倚欺虐良善事難枚舉弘治十年間巡撫都御史朱瑄巡歷地方因見太鎮二衛殊失文武夹挾持之義以致軍民不便之嗟乃相地度勢廣詢博採群議協從

廟謨俞允是以割三縣附土田土人户并為一州誠千載增建之宜一方維新之治人〃慶幸規模既成民治久安三十年来声教文物載之大典版籍輿圖登之

天府庙有享壇有祀幽明人神咸知天下有太倉州為百世不易之定制矣迩年以来連遭飢荒崑山低鄉尤甚故崑山人户不

察大体蠭起妄議以為膏土割分于州而無復仰賴于東南高鄉此乃一時不揣其本之論況今州治不過割三縣沿海之地一百餘里如崑山一縣尚有腹内膏土五百餘里縣大州小識者以為割分不均何獨進士屈儒反言州有不利于縣且曰太倉之民不可問太倉生員不可問何其說之卑且陋哉芻蕘之言聖人不棄范文正公為秀才時即有志于天下事何謂生員不可問也前任知州等官目見民貧役煩將寄庄軍户一概照田編當糧長似此軍豪結搆民間狡黠之徒造揑妖妄不便之說動揺民業煽惑人

心昔人剏立之初意謂三縣人民縣治遠隔往來未便州立則道路適均此一便也今之說者因道路適均之言無隙可議乃託軍民混處借貸不便為辭此何涉于道路之便与不便耶昔謂二衛官軍俸粮在于各処関支跋涉不便州立則粮儲充足有備無患此二便也今之說者以謂不蒙會計存留本州仍旧撥派各縣殊不知會計撥派係于上司坐數下州非有司可得而專况今上司躰訪二衛軍粮俱被官豪势要積年買頭関支負軍顆粒不得似此不行即派官軍自謀不臧何咎于州耶自今以後官軍粮俸得蒙

上司撥派本州支給則粮長無轉輸之劳而官軍有坐享之休軍民兩利群議息矣昔謂太倉軍民襍處軍刁横而民善良興訟害民委官约問經年不得帰結立州則民有宗主约問可以旦夕成獄此三便也今之説者以為軍民同一詞訟有司並不移文經自拘問不便于事殊不知軍未必皆横悪民未必皆良善同詞合拘事無回護問無寃枉何不便于事乎昔謂三縣民人負貨入城变賣官軍舍餘用強搶奪州立則州官自有禁令此四便也今之説者竟以軍衛搶奪為諱專以民快生事為言殊不知強軍豪舍搶

奪之事未必且有之偶有犯者立州初議故有此言立州之後鄉民入市民怏生事唬嚇閙亦常有然有司知而不治豈其情耶昔謂崇明縣與蘇州府杳隔三百餘里至府必由太倉經過立州統治則遠近相安上下相制有便于民者五也今見立州之後崇明人戶多有徙居本州地方生理其崇明本土之人亦各安業但各沙頑民恃險為盜習染既久一時難免今之說者以為添設州治民窮為盜大禍蔓延殊不知州治未立之先若劉通金璠楊企芳悉皆大盜豈立州以致之耶昔謂衛學奏准許令附郭子弟附學

無廩禄又無歲貢州一立而均有廩禄之沾乃爲後學之幸有便于民者六也今之生徒作養州學濟濟其盛武軍民生後先而躋膴仕者繩繩不絶不特廩貢均沾而已今之説者以爲州治雖立而民間子弟皆有故邑之想而武戢子弟顧無陶成之益謬乱造言一至此哉然前人建立之初意酌量精審寔以便民爲心今以差役煩雜供億茸費爲不便是乃總小功而不著三年之察者豈真便之于前而不便于後便之于縣而不便于州邪天下大事當覈寔于大体審幾于大勢不當听之于細言拘之于末務伏乞公

天下之心待天下之法正大謨以定民心存大計
以安民業則一方生民不勝慶幸矣忝照呈揭州衛
軍民各執一偏之說審其利害宜合衆論之公太倉
之地屏蔽東南襟喉大海當今備倭之重鎮昔時海
運之故道也国初開設二衛所以捍禦一方先年
建立一州正欲犬牙相制乃前人思患預防之遠識
而居重馭輕之微意故建州之後居常無事則州有
譏察之任而販鹽下海之奸陰有所警盜賊生發則
州有擒獲之功鼠竊狗偷之輩不致横行若一旦撤
毀則彼海洋巨浸之區東南要害之處萬一寇盜滋

姚奎仍奏前事請以事勢之大者言之太倉之地保障東南一方重鎮誠海洋之襟喉江湖之門戶每歲風南至豫備倭舶之來各沙頑民恃險屢肆猖獗之勢且茲地負海為鹽〻徒盜賊不時竊發長艘巨艦西至黃山直出荆楚北循狼山徑抵直沽南從宝山餘杭可通閩廣東則三日夜可上沙門高句麗水出入無定哨聚無常獨不覩唐之黃巢胡元之張士誠皆起自鹽徒為禍不可勝言今有州治無事則譏察之任預備之策在州也有事則應調之兵擒獲之畧在州也州可安擧而輕毀之乎次以事躰之先者言之

兹土文教始于周文襄公建立衛學一時詩書絃誦達于里巷秀民俊士相繼而登顯要然猛悍擊搏之徒未免襍馳于儒冠博帶之中立州之後軍戎子弟皆知習尚礼讓勤事文學昔日臂鷹走犬之風踴躍格鬬之氣一旦頓除朝廷三次武舉中式三人实為江南諸州之冠州之有功于衛多矣又可妄議而輕毁之乎今姚奎所奏有云弘治十年巡撫朱瑄奏立之後人民自此而困傜役自此而繁百姓自此而逃亡土地自此而荒蕪稅粮飛詭牽制自此累歲不能清楚梁窃考見巡撫王恕朱瑄德望過人智識大遠

處周民物事中机宜是以先後皆有論列而州乃建于　孝皇聖明之朝誠百世不易之制三十年来士民感仰二公皆入名宦祠中典周文襄公同享血食後學淺見烏可輕議所謂民困役繁不在于州之立而在于官之得人与否也百姓逃亡土地荒蕪間有于水旱凶歉之歲今則人户如故田土如故也所謂税粮不能清楚殊不知黄冊造報已經三次何不清楚之有所云東連嘉定西接常熟雞犬相聞無廣谷大川之限州治不必建立殊不知本州去嘉定有婁江之隔去常熟有七浦白茆巴城諸湖之隔皆大川

廣谷杳遼阻謂之雞犬相聞可乎有云添出一畨冗食官員尤為無見立州以來歷任知州未易悉舉如李瑞之剛正瞿敬之仁厚刘世龍之端簡今陳瓆之豈弟惠澤下施百姓受福多矣又何虎狼吏胥之有哉有云添出一畨觧户粮里徭役然富家巨室在州當此户役在縣亦當此户役也謂之添出一畨可乎所謂三縣額設差科一應如故殊不知割去一畝田地减去一畝差科安得謂之如故乎又云費用之倍出錢粮之難查供應廩祿之費以致民困財匱百姓逃亡土地荒蕪稅粮欠缺今三十年來乞查百姓

逃亡幾何土地荒蕪幾何税粮迄今欠缺幾何及其先後援引事類皆瑣屑鄙陋之言非識大体之論未必皆实也有云刘元兆連名具呈孱州逃撫衙門案巻具在今則案巻並無刘元兆名目又云蘇州即旧日之蘇州何昔日戸口之繁而今日之逃亡四散乎識者見此莫不大相駭笑未尝見一州之立而致一府七縣之困穷也使三十年来如此則地方皆為鬼魅之區矣又云准行草州士民聞之歡声動地如獲更生中止則士民流涕父老追論立州之誤涕泗沾裳裳梁等生長此土未聞其欢声若此亦未見其流涕

若此姚奎家居百里之外何由而聞見若此如其情实可痛何本州士民曾無一人倡説具奏等因国初至弘治年間未尝有海寇犯　境殊不知成化先後年間海賊金璠刘通等在海聚衆行刼凫熖甚熾延撫都御史刘孜搽江白昂按臨督劉又云立州之後海寇施鈕作乱直抵太倉北門放火刼掠燒毁居民房屋一空臣所目擊梁生長此土寔見當時施鈕作乱随潮進港至西門止燒沙船二隻並無刼掠燒毁居民房屋一空之説設或有此則州衛官兵失守之罪豈容逃乎謂之臣所目擊則又梁等所不知矣觀

于此言則先後反覆之論奏果爲觸目時艱而痛心切骨如此乎抑亦别有意乎嗚呼處天下萬世之事當公天下萬世之心少有一毫私意存乎其間實所以欺朝廷欺天下萬世之人也梁不佞敢言幸賜果納

新建太倉州碑記畧　桑悦

凡事天贅其机而人啟之天無爲而無不爲人爲而實無爲事若是成犹納履赤趾畀裘粟肌騁途之夷應以車輿人心恬愉悠久永宜設若違天而行强以智力爲之在人爲贅疣在木爲寄生人欲去之惟恐

不速果能堅凝于無期邪天机之人成之人之所為即天之為故曰天無不為而人無為天人合一之道也太倉一名東倉在元時宣慰朱清張瑄于此開𢼸海運市民漕户雲集霧谿烔火數里久而外夷珍貨棋置户滿萬室延祐元年遂徙崑山州治于此十有六年張士誠據吴始築城鑿池以禦海寇州治復移崑山我　朝吴元年立太倉衛洪武十有二年分衛鎮海並治一城衆議薄城内外兵民糅居歲久脆㪉莫埒當設鐍鍵以為之防又兵累歲荷戈暉時屢乏餫或有庚癸之呼且崑山之東鄙常熟之南維嘉定

之北隅去邑稍遠艱于追呼合三爲一并以崇明爲屬足爲大州安民足兵計亡出此弘治十年巡撫右副都御史朱公瑄遂以立州事　奏聞　上曰俞廟議僉曰立州非艱而成州維艱易之在人茲州之立賴有新蔡曾公鳳爲才御史出守于蘇湖廣棗陽李侯端登科甲官六察平生勁氣直節聞于遐邇因忤权貴久屈下僚遂擢侯爲州守侯至若門堂庫獄廨宇學校橋梁壇壝公寓整造無遺著爲成法足以垂示方來當有紀述求予文勒石以垂永久予聞
国家初有望氣者云此州當復興鄉宦高君宗本陸

君容皆作詩歌以紀其实不可誣也然則上天立州之意已久天何言哉以氣代言而已矣侯今一新州治非成天意欤人心所在天亦随之立州之後黄童白叟輒々熙々數所使益咸以爲晚天心人心并侯之心混而爲一共成是州其果偶然者耶使侯爲政不能安集三邑之民一其懷旧之心則州猶未新也新州云乎哉雖然新之与旧相爲循環千古在前萬古在後茲州之新爲後之旧前繼侯爲政者能鼓舞作興新民之德又興廢舉墜不替旧規益光前烈則州可常新也是非侯之所以望于後之同志者欤夫

而使公宇不治曾佛老之徒之不若也何不思之甚耶今澄卿之孫也漢羽之子也前作後述奕世則效則何利之不興何廢之不舉豈直官宇不治之足慮哉衛本崑山州治固矣有以為左丞朱清地者有以為水軍都萬户府者何居蓋嘗攷之矣州治即清廢第為之水軍府之設亦常寓此而尋改今衛特云州治者舉其要也

太倉衛修造公署記畧　　龔弘

太倉衛公署即元崑山州治之故而新之既久就敝而屬司之署尤甚焉嘉靖乙酉夏五月侍御高安朱

公宦昌以巡按至揮使傅侯勲合僚屬請捐俸鈔之在有司者以充厥費公韙之移文蘇郡調度惟勤秋八月會少宰泰和陳公拜巡撫之命于南衛以狀聞公特許可而復以戾敎誡于是太守胡侯纘宗承之區畫判府蔣君文奎太倉州守刘君世龍承之以平價郡丞周君仲仁承之以聚財節推左君季賢承之以給餉衆工偕作用殫材良巍丶翼丶氣象宏遠始于是歲冬十月甲午迄明年夏五月甲子凡用夫役若干縻金錢若干各有奇乃者揮使請記其事以勒諸石嗚呼斯舉也都憲公丶与丶侍御之知大矣太守

与百執事見義有勇諸武弁能勉于辞禄与諸董工
捐俸官限于碑制未遑表著者亦當別繫之
太倉衛指揮使司吴元年立在鎮民搞西南基即
元崑山州治隸南京中府始設十千户所統軍萬
一千二百人洪武四年并爲右左中前後五千户
所有征歴鎮撫二司領吴淞守江禦千户所

重修鎮海衛治記畧　　葉盛

鎮海衛在崑山之東倉崑山旧無衛　国初以其地
瀕海自方寇後抄掠之患不息特設鎮海太倉二軍
衛禦之鎮海衛治城中東偏治事之堂廳屋廨宇規

制悉出開刱之日無不如法而歷年既久亦敝矣矣
正統中衛指揮使武侯政始蒞事即合諸僚寀之議
与其屬約曰衛茲不治吾奚得而怠然有司繁且遠
民力既竭且重其時毋劳民毋煩有司相宜積力加
之以勤勵吾與若事也由是工以防戍之休閒者材
合有司之助相者有過之、請贖者食以捐俸濟以羨
餘畝藝效劳程督不　始于某年月日訖工于于
某年月日輪奐一新　復旧規蓋為楹若干工費若
干并協力畢事　氏名用具刻于碑陰使後来者有
攷焉

十五

鎮海衛指揮使司洪武十二年分太倉衛官軍之半以立在武陵橋西北基即元之市舶提舉司統左右中前後五千户所有經歷鎮撫二司領崇明守禦千户所

兵備道　勅諭嘉靖十四年

皇帝勅曰蘇松常鎮四府係南畿重地国家財賦所給于此往年因盜賊生發貽患地方特設專官整飭兵備今特命尔專在太倉州駐劄往來四府沿江沿海地方一帶督同軍衛有司掌印捕盜官員操練官軍揀選民快修濬城池演習水戰緝捕盜賊廵捉私

監聽理詞訟兼提督各衛所屯田子粒務令以時耕
種依期徵納禁革奸弊官吏旗軍人等敢有役占科
斂剋削軍士及侵占屯田包攬拖欠屯種者依法究
治其各府水利督令有司官吏設法整理湖蕩河港
淤塞淺狹者即為疏濬閘埧隄防圩岸攻禦潮海塘
堋塌損壞者即為修築不許豪強之徒侵占毀壞遠
者一体究治仍聽巡撫官節制捕盜事情有應与總
督備倭官員計議者計議停當而行各該所屬官員
有廉能幹濟者具奏旌奬貪殘不職六品以下徑自
拿問五品以上并軍職參奏處治爾為憲臣委受茲

任須盡心竭力正已率下務使武備修明賊盜屏息
水利興舉屯粮充足斯称任使如或仍前專事逢迎
奔疲道路因循茍且虛應故事責有所歸尔其慎之
慎之故勑

兵備道在州治東南成化弘治官雖設而未有專
治正德七年御史王　始請建立以按察副使謝
琛領　勑專理刑名兵備九年都御史王　具奏
裁革嘉靖間巡撫吳廷舉給事中曾槐御史王
芊相繼奏復俱不得請十四年給事中朱隆禧復
請建至是以按察副使李士允領　勑至列衙浙

江今更山東其巡視之地則蘇松常鎮四府蘇州
太倉鎮海金山鎮江新安宣州七衛其所理則刑
名水利捕盜屯田十五年李士允于本道建坊牌
二東曰澄清西曰振肅

遷建崇明州記　百顔帖木兒
黄[illegible]行

天下之事有緩急之殊審事勢而度权宜凡切于民
生関于利害者皆爲急務也庸可緩哉崇明州俗尚
簡樸無澆競之風素稱易治以沙鹵流移逼于州址
久而弗迁民寔病焉至正辛卯春達魯花赤八里顔
公涖事之初顧瞻公署民居日就傾圮慨然嘆曰明

詔以安責任守臣不能与民遷利避害坐視淪溺咎將安歸乃謀諸知州程世昌同知土也光不花即州北十五里高阜之基慨然有樂遷之志卜既得吉首捐己俸募民力鳩工市材撤朽益堅分任有役督責有規而民之趨事赴工罔敢或怠經始于壬辰閏三月告成于是年冬十月所堂幕廡輪奂鼎新麗譙儀門恢宏旧規捕司庫廪完美有條至于遷其庙祀後築河堤營樹坊舍鎮守府司功業之有成不一書而足此非切于民生有関于利害者而可緩乎蓋嘗聞之民心難于謀始而可与落成昔州之未迁也洪濤

駭浪激之險民物日加殷阜焉是皆州侯心乎愛民故能菽基業垂久安為斯民者可不知報所自乎傳曰君子學道則愛人小人學道則易使也是州雖僻居海隅鄉校書堂未嘗廢弛吾州之人盡体侯愛民之心薰陶講學益迁于善以礼義立身以忠孝立節庶幾無負于侯作新之美意顧題不欲余承乏牧贊是州鄉之士民以記為請義不獲辭故書此以為來者劝云至正十三年癸巳癸十二月賜進士出身承務郎揚州路同知崇明州事百顏帖木兒撰

更建崇明州記

蔡景行

卷十　大

皇元慎選守令分治海隅職專而任重事有利害令
舉而行重邦本也善為政者審其勢而度其宜則民
不勞事不煩而易底于成此崇明州之所以遷而其
理之所當重建也崇明為維揚屬州斥鹵衍沃中海
而居非舟楫不能至州之境日為風濤蕩擊浸及理
所且歲久署宇卑陋有司視若傳舍秩滿即引去忽
焉不加憾憾于其心至正十一年達魯花赤八里顏
侯始至歎曰吾奉天子命來守是邦民之休戚繫于
上吾民競惕既無以奠厥攸居之署宇若是是皆事
之所當先者焉可委其責于後人而弗之察也于是

周爰咨度得地于州之北十五里曰泉沙去海稍遠遂迁烏侯首捐已俸為之倡而知州程侯同知州事王侯用事其議俾州吏錢寔施思敬魏德新董其役州之人士聞而樂相者奔走恐後掄材庀工其制尤宏于旧工興于十二年之三月落成于明年二月黄堂重嚴門廡輝映幕所吏舍譙棲庫庾靡不完好環州有垣環垣有濠周衛緻密經畫殊至侯復念朝廷以六事責備守令而教為之首乃先新孔子庙大闡學宮仍增廩給之粮若干石以為士養師徒絃誦洋〻盈耳思有以振起次及祀典之神食于其土者咸

卷十　九

新庙以祀至若軍校萬夫長府卒皆宏敞雄偉式称演武之所工畢其耄倪襍然而至舉嘻〻相告曰吾儕小人不意今日復見是州之鉅麗如此实有聳以吾民之視瞻也不可以不記遂疏其夲末介州士董仁礼来諗記于予時予戝教崑庠而婁江与崇明相望僅百里間每獲聞八里顔侯為政之善民之頌之若出一口嘗欲一艤舟泉沙造观新州以挹其土風之美繫官于茲頎莫能遂乃今庻托文字載名其間抑何幸焉嗟乎民不可慮始而可与樂成事特易于因循而难于首叙是州之民始亦惧其役繁将無以

致其力終則樂其功成而為無窮之利非侯之力足以任重才足以立功能若是乎雖然為政之道豈徒奉法制宣禁令而已若侯者誠為民之司牧能為之深謀遠慮審其勢权其宜而民賴以寧者也後之来者樂署居之廣而思刱始之不易專心一力無曠厥職以侯之心為心則崇明之民庶相安于悠久矣前年海寇犯境侯親率義兵奮矢石扼其要衝而力攻之海寇由是遁去侯之可書不一而足茲姑述其設施之次第刻之樂石以慰邦人之思去而不忘耳侯唐兀歹早備宿衛由雲南討賊崇勲擢太府監勾管

顧終外艱服闋授平江路摠管府判官今爲州云平
江路崑山州儒學教授蔡景行撰

崇明州唐武德間于西州置崇明州鎮屬通州海門縣宋名天賜鹽場提暫所元至元中升爲州隷揚州路越七十年爲潮汐衝齧弗克居達魯花赤八里顏苧徙于州北一十五里　国朝洪武二年改爲縣八年以去揚州遠甚改隷蘇州其南復爲海潮坍逼永樂十八年知縣高居正王瑛指揮使江麟度地于城北十里許地名秦家符遷之

重建永豐倉記　陳鑑

永豐之爲倉奠于閶闔門内所以待長洲吳縣吳江崑山常熟五縣歲入之賦而凡文武之士官于茲与夫介胄胥史之徒之在官者咸仰給焉倉址既隘浸弗能容屋久滋敝其何能待前郡守林侯一鶚嘗欲闢而新之遽以節憲莅江右乃止貳守王君仲顒盧君廷敬与二三僚友合辭請于　上詔下都憲刘公顒孜遂以委之今郡守邢侯克寬經營量度布位定方縣水置埶條列咸具旧有許溪倉隘其坤維從而稍西地形乃方于是乎群工子來五材就飭授之成

筭無毖指畫弗爲過侈以傷雅勿爲苟成以傷易朴素堅好实惟永图倉之爲屋凡十有一聨三峙其北聨爲閣凡十有三峙東西者其聨与閣之數皆如北二峙其南其爲閣則視北爲羸其二聨爲厫者三厫之爲屋或四或五不一其數聨又別爲小樓五小樓于屋極疏其櫺以泄米之氣屋下地衡布以巨杉而閣以甓乃藉以厚版以[米+閒]地之溼通爲屋以閒計者百四十有七以厫計者三十有三以千字文第厫之名天尊而北中據以專其一丶奇數也地卑而南分扡以擅其西丶偶數也天地定位于是自北而南復

轉而北而東而西既而復東仍轉而西至于陽字而極為廒貯米以斛計者多或至萬五六千少亦不下萬二三千通可貯四十餘萬歲費若干屋其所積可至七八年雖有凶荒之歲民可無菜色也北之左隙高揭一樓以司更樓鼓而守者知警焉繚以周垣守以重門以司出入而主得以防范焉中為砥道抵倉之半則有所事三楹司出納者得以涖事焉此特取其少蔽風日故仍旧館而已中門之外左為神祠以棲司倉之神右為寮屋以舍庾官之屬倉中之地空曠平衍可晒可晾可委可積收入之頃民尤便焉經

始于天順甲申冬十有一月落成于成化丙戌春閏
月工既訖功郉侯授簡俾記其成嗚呼天下之事憚
其難則慮事机之失忽其易則非經久之圖惟勿難
其難則無弃事勿易其易則無苟成茲永豐倉之爲
役亦大矣大必难〻斯憚矣憚則弗爲而止尔苟或
易而忽焉忽則苟〻則易敝易敝則弗若弗爲之愈
也初郉侯之爲是也忽羅歉歲人曰可以止矣侯曰
吾豈無所用情于斯民者哉亦計之審矣先正范文〻
正公救荒之策政欲貧民仰給于公耳且今之役皆
公帑之餘不敢傷民之財竭民之力以糜民之骨月

也彼無賴之徒皆得餬口公家不至爲溝中之瘠顧
不可乎既而民不知勞公無所擾而事隱然以辦要
瓦甃甓堅緻完美不爲苟作凡所蔵貯無久儲速腐
之患而公私遠近罔不隱受其賜者矣論者于是始
服其雅量之不可及也侯來吳二年小大之政罔不
咸宜乃今歲大歉民心皇皇弗忍釋而他去者以所
賴有怙恃也詢諸父老皆謂自我　朝置守以來未
嘗有然即斯倉一事已足以例其餘況大者乎予故
詳著于篇庶幾來者因此以識彼且時其修葺謹其
出納相与保之以無墮其成亦可無愧乎侯之用心

也夫若侯所過而入民之深者則有甘棠之思在于奚容喙侯名宥克寬其字東廣之文昌仕族子予同榜進士爲明執法知台州府轉吾蘇云

永豐倉在閶門内即元旧址四面皆水知府邢宥重建廒屋九連共一百十七間各縣粮自起運之餘悉併儲于此凡蘇州衛官軍俸粮及各項公用俱支給于此

吳縣修和豐倉記　王鏊

近世爲政者率重改作雖然政有堕壞將坐視其墜乎有垢弊將坐視其棼乎固有所不能也不能則將

起其墜理其替改其旧而新是圖圖之道有二一曰因天二曰因人因天莫若乎循其迹因人莫善乎順其心今天下財賦大半出于東南蘇郡居十之七八吳爲縣居郡之二三焉其歲貢京師者爲石至八萬四百畄縣者一萬六百轉輸淮揚鳳及兑軍者又三萬九千三百夏税三千四百有奇又有所謂加耗者不在是數而皆于和豐焉是儲倉廒于正統己巳兆撫周文襄公之爲也迄今蓋五十六年矣弘治壬戌遼陽孫侯伯堅來知縣事政治敷宣奸宄屏息侯憫吳民之憊也顧未嘗有所興作甲子二月和豐之月

宇廨灾民未遷怯也三月張実廨又灾五月視事之堂又灾人情大駭侯独晏然曰吾知之矣其欲吾之重新焉耳乃命撤污扶傾鳩工庀材二廨重新堂寢具完非侈非陋經始于五月日至十月日僝功焉非所謂因天而循其迹者乎問材焉取不戒是懲問工焉出不毛是罰非所謂因人而順其心者乎因天之迹則民不怨因民之心則役不勞孫侯可謂善為政也于是吳民相率求予記其成以彰侯之美蓋是堂之作有三民財之斂也于斯民財之散也于斯其訟之聽也于斯斂之貴乎毋徒取其羸也散之貴周毋

徒取其嗇也聽之貴公且明毋徒取其速也是政之大者也吾故為記之于壁以規于來者

和豐倉在胥門内周圍一百五十畝有三門厫屋三十六連共四百三十二間弘治十六年連災焚厫屋三連及所事知縣孫磐繕完

濟農倉記　王直

君子之為政也既有以養其民矣則必思建長久之利使得其養于無窮蓋仁之所施不可以有間也蘇州濟農倉所謂建久長之利而思養其民于無窮者乎蘇之田賦視天下諸郡為最重而松江常州次焉

然豈独地之腴哉要皆以農力致之其賦既重而又
困于有力之豪于是農始敝矣蓋其用力劳而家則
貧耕耘之際非有春不能也故必舉債于富家而倍
納其息幸而有收私債先廹取足而後及官租農之
得食者蓋鮮矣則又假貸以為生卒至于傾産業鬻
男女由是往〻弃耒耜為游子末作田利減租賦虧
矣宣德三年太守况侯始至問民疾苦而深以為憂
會行在工部侍郎周公奉　命巡抚至蘇州况侯白
其事惻然思有以濟之而公廪無厚儲志勿克就七
年之秋蘇及松江常州皆稔周公方謀預備適　朝

廷命下許以官鈔平糴及劝借儲偫以待賑恤乃与
况侯及松江太守趙侯豫常州太守莫侯愚協謀而
力行之蘇州得米二十九萬石分貯于六縣名其倉
曰濟農倉盖曰農者天下之本是倉專為賑農設也
明年江南夏旱米價翔貴有　詔令賑恤而蘇州飢
民四十餘萬户凡一百三十餘萬口盡發所儲不足
贍田里多餓殍者周公復思廣為之備先是各府秋
粮當輸者粮長里胥皆厚取于民而不即輸于官逋
負者累歲公欲盡革其獘以惠民是年立法于水次
置場擇人總收而發運焉細民逕自送場不入里胥

之手視旧所納減三之一而三府當運粮一百萬石
貯南京倉以為北京軍職月俸計其耗費每用六斗
致一石公曰彼能于南京受俸獨不可于此受予若
請于此給之既免勞民且省耗費米六十萬石以入
濟農倉民無患矣衆皆難之而況侯以為善力賛其
決請于朝廷從之而蘇州省米四十餘萬石益以各
場積貯之贏及前所儲凡六十九萬石有奇公曰是
不獨濟農飢凡粮之遠運有所失及欠負者亦于此取
借賠納秋成止如數还官若民夫修圩岸濬河道有
乏食者皆計口給之如是則免舉債以利兼併之家

農民無失所者田畝治賦稅足矣是冬朝京師以其事咨戶部具以聞　上然其計于是下蘇州充廣六縣之倉以貯焉擇縣官之廉公有威与民之賢者掌其帳籍司其出納每以春夏之交散之先下戶次中戶斂則必于冬而足凡其條約皆公所定畫俾之遵守又令各倉皆置城隍神祠以儆其人之或怠惰而萌盜心者宣德九年江南又大旱蘇州大發濟農之米以賑貸而民不知飢皆大喜相率詣況侯請曰朝廷矜念吾民輟左右大臣以撫我思凡所以安養之術蓋用心至矣而又得我公協比以成之往者歲

農民由犹有窘于衣食迫于債負不能保其妻子者今
遇凶歉乃得安生業完骨肉此　天子之仁巡抚大
臣之惠我公賛襄之力也今濟農倉誠善矣然巡抚
大臣有時而還　朝我公亦有時而去良法美意惧
其久而壞也則民何賴焉頋刻石以示後人俾善継
之永勿壞況侯然之屬前史官郡人張洪疏其始末
因醫官戚文剛来北京以書請予記予覌成周之制
縣都皆有委積以備凶年隋唐社倉盖本諸此我
太祖高皇帝嘗出楮幣徧天下耆老俾積穀以濟民
亦成周聖人之意也歷歲積久其弊滋甚至于無所

質究有司亦不之問而豪右兼并之家蓋無處無之則天下之民受其弊也多矣豈独蘇州哉今蘇人得我周公以沈毅闓達之資推行
天子恤民之仁况侯以闓敏勤慎佐之收其枉費以施実惠而民免于餒殍之患豈非幸哉後之君子因其旧而維持之使
上之仁被于無窮而是邦永有頼焉豈特其民之幸乃二君子之欲也故為之記使刻寘六縣之倉以告来者若其為屋若干楹所儲米若干石典守者之名氏与其條約之詳則列之碑陰而諸縣皆載焉使互有攷也獨崇明縣在海中未及建置遇歉歲則于

長洲縣倉發米一萬石往賑焉其爲惠亦遍矣周公名忱字恂如吉安吉水人况侯名鍾字伯律南昌靖安人其歷官行事之善别當有紀載之者此不著

濟農倉在婁門内東城下宣德間侍郎周忱建廒四連共五十四間

常熟縣濟農倉記　張洪

理財正辭孔聖之心見于易預防患難周公之志形于詩道雖極隆時雖極治亦必以財爲養民之本理財之道備然後防患之慮周故堯湯之世水旱不能爲凶荒也欽惟　太祖高皇帝臨御萬方修復古聖

王之道樂歲粒米狼戾則斂而藏諸民間凶歲民食
不足則發以賑之行之既久下民弗度名存寔廢
聖天子萬幾之暇惕然念之乃于宣德五年分命六
卿巡撫天下郡縣爰是工部右侍郎廬陵周公來旬
來宣以惠南國巡歷江南諸郡惟松蘇常之賦比他
郡相為倍蓰壤地不過二千里而京師百萬之衆待
之以供物產人力宜其竭矣當春夏之交農民之力
畎畝而饘粥不繼未免出加倍之息資之富人富人
与之若投餌穀始登場則勾取其子本以償存之餘
供倍蓰之賦不足又舉而償之是以常賦未充甑釜

已無烱矣公深悼之達旦不寐思所以援之〻策七年秋會　詔旨以庫藏之儲平糴及勸富人之粟以待凶荒公与蘇州府太守況公同心同力以全活窮民為己任出庫儲糴米三萬石勸借富人九萬石樽節漕運浮費五萬石搜剔豪右侵占絕戶田租一十二萬石通二十九萬石分貯六縣每縣置倉六十間常熟貯米五萬餘石增置倉四十間共百間總曰濟農倉蓋以農為天下本蘇松之農又為京邑之本之所在哉明年夏江南大旱民無食輟耕行斃公發濟農米賑之困瘁者生氣出死力以挽桔槔轉川澤之

流代為霖雨枯槁者潤澤焦卷者俱蘇〻矣適遇海
舶自諸番回供費浩繁庫藏赤立公私洶〻惧弗克
供公以濟農米廩食之民不知費邊海軍士乏食公
從容措畫餽餉相継軍民蘇息宜少安矣公方竭心
劳思以營來歲之計稽攷民間所入之賦去其浮費
三分之一民受寔惠銘刻心骨既而常賦充足又收
羨餘得粮精三十二萬蓋取豪右侵漁之資非加賦
也又增置六縣倉獨常熟居其三分之一蓋倉廩四
十間通一百四十間廉隅整飭如矢之直結構完固
如竹之苞風雨鳥鼠之害遠不相及工不告劳民不

卷十　三十

知貴何其敏猷以公知人善任使命常熟縣主簿郭南專理賦税南以感公知己尽心力而爲之防慮周密纖悉無遺滌場之月賦已告完自洪武初至今未之有也倉廩既成粮米充積居人過客相望者嘖嘖載路既而曰家有成法尚欲傳之子孫上有嘉謨可不貽之于後于是官吏耆民粮長吏胥僉曰 天子恩詔公敷布之窮民之生公全活之無所論載寔爲缺典乃相率造于旧史氏之庐請紀其寔予按太公立九府圜法所以权輕重之宜使農末相資無甚貴甚賤之貨而常平義倉寔記始于此得聖人理財之

遺意今以濟農爲名則所重在農〻重則本固本固則百度舉常平義倉之制亦行乎其中矣且使農民知其爲我而設雖有旱乾水溢而不怨誰敢放逸其心志或有侮予者乎有一事而兼衆美者此之謂也詩云君子所履小人所視言君子之所行小人視以爲法信斯言也則斯倉之建其引而不替哉

重建濟農倉記　李傑

国以民爲本民以食爲天故孔子論爲政而先于足食孟子論王道而先于養民是誠有民社之責者所當先務而不可緩者也歲之豐歉無恒所恃者

吾之儲蓄有恒古者一年耕必有三年之養三年耕必有九年之食而縣都之委積則有遺人掌之以待凶荒此所以雖遇水旱而民無菜色也今府州縣濟農倉蓋深得古人之遺意然其興廢則存乎有司之良否焉爾常熟縣濟農倉旧在城之東北隅爲楹百有四十乃宣德間巡撫工部侍郎周文襄所剏建者也方是時積餘粮至二十萬石每歲以春夏之交散之先下户次中户秋成之後止如數輸官自是民免假貸于富室以出加倍之息田資之以治賦由之不逋公私利賴後有司漫不加意倉漸傾圮至成化初

年而遺址鞠為草莽有力者佃為已業隣近者侵為
私舍餘粮无所儲蓄則寄于東南二倉一耗于侵欺
再耗于浥腐而儲蓄蕩然矣先是巡撫都御史似公
公嘗命工繪湖州府濟農倉制規授邑令俾圖修
復工未幾公遷少司徒還京事未克就弘治乙卯巡
撫都御史四明朱公自宣至縣詢及民隱首以是倉
為生民休戚所繫命蘇郡節推麻城萬君分治常熟
責以設法營建既而有貳守之擢君荷　朝廷異恩
又感巡撫公知己盡力而為之君知庫藏虛竭民力
疲困乃籍遠年侵逋粮料　于獄者得三百餘名

召人保領限者鬻產以償　輸銀于官至貯于縣庫出納則君自掌之凡　甓　石之價工匠夫役之直皆于是乎取給適郡主洛陽史侯以公務至縣相与謀度區畫務為經久之計君往來督工不憚勤勩且捐義官數人分董之百需无缺衆力競劝不兩月而公廨五間倉舍六十間修已並建惧風雨之摧凌也四壁皆累之以磚慮潤濕之蒸薄也離地而布之以版君又以嗣是而後餘粮充羨不足以容方鳩工度材復圖增廣至百二十間他若周圍之垣墉左右之橋梁道路靡不修築完固官不知費民不告勞

而續用當成人心胥悅于是縣之耆老粮長里胥僉謂延抚公恤民之深郡侯謀畫之審貳守君綜之密翊立之敏均不可無記述以示永遠乃奉重慶太守致仕沈观蘭之状屬筆于予且惟我 朝洪武中縣設預備四倉以俟賑濟 皇祖養民之至仁良法萬世所當遵守者也四倉廢而濟農之倉立实前賢所以奉宣 上德而惠此下民若之何又廢而不復乎況 列聖軫念黎元一遇歉歲輙下賑恤之 詔有司以儲蓄之乏也束手無策坐視民之流離困苦而莫之救食天禄治天民者 如是耶是倉之成後

之爲政者嗣而守之以時葺之則常熟之民庶乎永有賴焉爲記之俾刻諸石

濟農倉在縣北里許洪武間建初名預備宣德七年侍郎周忱知府况鍾又即宋順民倉址建廒百間以貯平糴及勸借米後廢弘治八年巡撫朱瑄重建祭酒李傑記

義役倉記　張洪

古之役民歲不過三日蘇威父蘇綽任于西魏以國用不足征賦頗重既而嘆曰今所爲者正如張弓後之君子其能弛乎威聞其言每以爲己任至隋文帝

時威為納言奏減賦役人每歲不過三十日後囯用充足益寬徭役自唐于至汴宋役弊未興南宋土窄人稠師旅數起囯用不足征役浩繁弊由之生長民者始為義役之舉矣縣之役有押錄手分貼書々司所子牢子市巡斗級攔頭務司直司等名其目二十有司[四]鄉役有鄉司鄉長機察等名其目未詳皆保正保甲供其費未免于常賦之外取之于民宋嘉熙初王爚為常熟縣知縣憫民之誅求立義役莊令富家出助役田共五萬五百餘畝收歲租二萬五千石分撥保正長以供役費自

善政自今覌之既無冗

役亦無冗費其有科徵

倫軍国之需耳但循旧

弊未能革去之也所謂弊者

如需之物直米五百

石每里該徵一石里長則每甲徵一石已什倍矣甲

首徵于編户又加倍蓰一槩動摇民不堪命至有鬻

妻賣子又不足供則舉家而逃者民既逃散所徵皆

出于甲首有舉償而累歲不償役一年而破家者也

又有无藉頑民攬納侵欺為弊百端不可枚舉上虞

郭公世南為常熟知縣深知其弊常防其源不敢出

一言及科徵事然上司明文有合供者又不可廢乃

詢其民曰吾欲令見役里甲每里均出米五十石邑

五百里計米二萬五千石申達上司公同支用蠲免以一科十之獘于若苛為便耶衆曰昔時甲首應役一年腿无完肌家業蕩盡今助米五石則有十年之安政之善者莫善于此令上之府太守况公曰有善政不宜私吾民當均被于天下遂上之朝報曰可令以邑之羨餘買民田七畝及棟楹椽桷屋瓦瓴甎之材置倉二十一間南其戶者九間為出納之門二東西其戶者共六間出納之門各二繚以周垣限之河塹始事于宣德九年月初吉用其在官者之餘力不役一夫未踰月而具與作之始末為

言以貽法于後嗟夫　　　　遠矣予亦稱述者
見力役之始也次及其歷變法之詳者雖未能復古
而亦為救時之善政也今郭令與民相約不遺人追
呼期　會亦至昔之諸役一切剷除既無役費矣而
義役之儲惟待軍資器物之徵耳若上無所徵則下
無所用不將補不足助不給以裕民也非但力役可
以復古而補助之政亦將因是而起矣雖然事有名
同而實異義者義役而已王令之義役將以役供人之
費郭令之義役將以禁其多取于民皆因時制宜名
雖同而實不似後之君子為政于斯者當求其實可

也

常熟縣東西三倉記　　　　刘定之

夫蘇爲郡田土膏沃賦入甲海内常熟在蘇邑中尤地土賦多覌邑所以名則豐稔蓋可歲必良由近海潮汐消長自溝港達隴畝無旱乾水溢之患然則治其田賦詎可忽乎旧時各鄉設倉散無統紀弊積于中正統間巡抚周文襄公忱縣設兩倉与東与南去縣甚迩且在水濱民便納賦官易典視弊漸減矣然築土爲墉積茨以苫其成弗難隳壞亦易巨魁里胥歲歛于民以補葺之因而侵漁尤妨貧弱自周之後

卷十　　三六

屢易巡撫重臣雖悉 改爲今 天子嗣
今南京刑部尚書刘 都憲踵周昔任甘令
邦澤自監察御史廣西臺副來綰縣紱綱維舉張納
鑾合契其乃承刘符檄于是謀諸郡守邢公宥捐俸
于已鳩材于義易両倉朽腐以堅木良甓豁狭址以
廣之聳卑宇而高爲倉四方各有門門内各闢爲場
場場各有官吏治賦之署各有貯米廒八十間合両倉
八場計之六百四十間始事于丁亥五月乙丑落成
于八月甲午民以賦来者入門而改观瞻至場而便
委積會計明于署轉輸集于廒向者葺腐已之憂無

所与焉助甘處畫是役者典史周從善也敘其事之价京師者義士刘儆也以儆來求文者邑士周中書紹榮也夫今郡縣使民弗獲遂休養庶富多由于稅賦無善政而然然則斯倉之成可無記乎記之非特彰修者美亦以俾後為政者思繼又使鄰封聞善者思儆則于民豈小補哉成化四年歲次戊子八月吉旦賜進士及第通議大夫工部右侍郎兼翰林學士永新刘定之撰

二倉一在縣西南二里一在縣　二里

吴江縣重建濟農倉記　楊循吉

進士廣平郭侯以弘治　年奉｜命来宰吳江凡政
令之建有利于民必　尽其力于是興作　列
而濟農倉之復厥功懋焉倉在邑城北隅｜宣庙時
故巡抚工部侍郎文襄周公所設以貯餘米而賑農
者也其法稔則積荒則散若古常平民用利賴而与
水次諸倉遠隔三里别而弗混所以分正羨示專独
而清出納先正爲人之意甚遠而不可忽也審矣先
是景泰中民大飢乃始尽發所積哺民而荐荒相仍
莫有以輸倉由是虚廢有司因撤而畦之倉之弗復
盖四十年于兹矣侯至首閲廪庾考盈縮而豊年適

登陳〻相襲所謂羨餘之粟或塞正厫而不得發乃
稽文襄之制覽故倉之基慨然以為未天子仁
聖惻憫黎元以屬之邑吏令倉名濟農而漫不加省
將非戢且俾儲無別而校無從斯粟之所以敝也盡
取而復之乎詢謀既同請諸執政並許得以經度支
勅從事侯乃鳩材名工惟賢若能而以屬吏沈經与
義民之謹者麗鏞等司其市買而督工程焉凡為厫
八十間計其所貯可容八萬而制作堅密匪直如矢
凡官程之苟簡者蓋一一皆侯心思目歷之所致也
其經始在十一年春二月　已垂就而侯以守制去

任先期具倉事支費聯　多縣一毫絲皆明
有歸且督勵主者以速　侯之律已廉潔而
忘家如此至是儒學教諭高公來屬予記昔文襄
之為是倉也蓋遍于六縣而吏部尚書王公寔記之
予讀其文而知當時建立之不易以為後世良法之
蔑以加也然昔之畦之者必曰一水次足矣奚濟農
為遂使君子澤人之道不旋踵而沮是豈知益固而
惠下者哉今侯乃克重恤民隱舉墜典而復之可謂
得為政之大体矣其邑之々人將洋々而歌永々而思乎
侯名鄂字于蕃肥鄉人高君名志曲阜人用敢詳書

以記于茲石
濟農倉在北門内侍郎周忱建厫屋五連共七十
二間後廢弘治十一年知縣郭郛重建

崇明州常平倉記　姜漸

崇明本唐海漲之地有東西三沙州治東沙之中視兩沙為最貧其地不宜五穀居民恒逐魚鱉之利仰商賈貿遷以為食或風濤寇警縣皆懸釜以待覔其西沙稍出粟米不足以給稅賦故三沙米粟之價常倍于他處不待飢歲而已困矣今同知州事孟侯集既睟政之三月乃攷　而閱其官有儲粟因慨

然曰此独非為民父母之所當究心者乎欲拯其困
非常平不可按此州　二倉久已湮廢遂文于
州轉以達于大府設　常平故事大府從其請命以
所儲粟二千石令施行之乃与同僚之士判官賀君
度相州治之南建屋凡三楹為常平倉与永豐倉對
立其出納仍命永豐倉官屬兼掌之功甫就適春夏
之交陰雨鮮霽二麦不登居民嗷〻米價騰湧遂開
倉依旧制損時值十三以糶而米價為之頓平侯喜
其政之成而惧其久或廢也走書東吳屬予記其事
余以為古者倉廪府庫所以為民豐斂歉散而民無

飢之憂後世民之入于官者既不可復輿而凶年飢
歲有司坐視而莫敢發則所以周其民惟者常平為
近古其法起于西漢而近世講之尤詳豐年則斂飢
歲則散可以平物價抑兼并人有接食官無折閱法
至良也然法雖存而行之非其人則徒法而已傳曰
其人存則其政舉可不務乎侯之于此蓋知所本矣
侯故宋外戚大家其先世皆以儒術致位通顯而侯
尤讀書績文嘗佐大藩為諸侯賓客選受是職則其
為民之政蓋舉而措之耳噫侯之于民如此民其有
不服侯之教者乎此　非侯所以屬記之意并以

卷十　罕

告来者庶幾承侯之惠之法有以推上之惠
斯民于永久也至正 年冬十月甲子日
行樞密院都事姜漸撰
常平倉在州治前捕盗司之東

吳都文粹續集卷十終

蘇州全書

甲編

《蘇州全書》編纂出版委員會 編

·吳都文粹續集

古吳軒出版社
蘇州大學出版社

吴都文粹續集巻第十一

長洲　钱穀　叔寳　集

公廨　古蹟　馹遞

重修姑蘇館記　吴之大

炎宋中天翠華南幸杭為行在所他日金人南乞盟許之惟是一介行李其過郡国之館吴為館二以南北名從其便也門而扁之曰姑蘇最後為百花洲々旁胥門故址臺而居之亦曰姑蘇群山拱揖西爽朝暮耕疇漁浒華門茨舍天作地産綺錯而碁布也山之外陽波宅焉其上楼　有光虹貫遐晞近　景

巻十一　一

態萬千尚想譯官　所以　大國已目眩心
煩專對而語寒内、餘年蔡破金藏
浸浸入于壞部使者　千石去日始至雖此乎
寓不三宿輒脱去如遺毋問過者大抵豊狐蚍蟻擾
而宫之矣太守陳公均以老手承敝諸、治理勤止期
有月、郡始神復氣還、乃新婁瘠二門、將繕斯館、會命
白芾果少出府儲錢、萬乜五百數、告新守古梧季公
鏞、頔訖圖之、公延見吏民、與行政教、迨我暇日、爰即
尒工、既成、費視永嘉公有加、大合國寄公落之、屬雋
濱人吳必大爲之記、客或守說曰、臺館也而並、館非

臺無以示壯麗、臺非館毋以款遊觀、予必為記臺為
先、予曰、若安所得此語、始吳築臺姑胥高可三百丈
宴安鴆毒是自求禍也今明天子在上賢卿相在左右
宮室苑囿無所增益珠胎翠羽雕文刻鏤之貢先是
而戒四方萬里有孚顒若咸曰君王儉德太平其今
日乎承流宣化伊太守耽直壯麗遊觀為詩曰商鑒
不遠在夏后之世臺名之存以志古也姑舍是吾請
為若言館古者王人出聘館于諸侯之祖廟若朝王
若相聘乃舍之他所故覲礼侯氏天子賜舍晉文公
無观臺榭惟諸侯之　大子產称之国無寄寓

卷十一　二

縣無施舍單子知　咎吴去天咫恭
覲宴京師通達宵　尊于天子此之
至者何觀吾儕小人　矣萬有一高車華馳
傳騖至偃然辱而臨之將何容焉寒暑燥濕而無所避
誰其廢禮則夫翼卑以高砥窪以平規隘以寬登也
有臺濯也有池步也有亭射也有圃堂立五丈之旂
廡環萬兵之帳主恬從安各瞻其事夫安得不汲汲
入如得歸出重回首斯館也其昔所謂傳舍之尤者
乎矧方千里王畿之內人從日邊來入有逆勞公其
庶幾承事無違以教天下之為人諸侯客者謝非所

及則書以記而又援愛棠之意告後之人俾勿壞曰惟二康侯蕭規曹隨停舫行艘駐節來麾于我乎館是適是宜是陰藩輔实邦之儀亟惟一邦四隣視之曰治天下亦如此屋先民之辞三極与立非人曷依人之能然惟志所之以是心志孰顛不扶孰危不持將多前功毋替後思來今億年敢以此規宋咸淳二年五月既望奉議郎添差通判平江軍府兼管内劝農事吳必大記

姑蘇館紹興十四年王晦奏建宏麗壯觀中分南北二館咸淳中又

卷十一　　三

姑蘇驛記　　方回

姑蘇山在今吳縣西　吳王闔閭築姑蘇臺于是山高見三百里　稽郡漢改吳郡東漢分置吳郡于闔閭城隋平陳置蘇州唐因之宋太平興國中改爲平江府而紹興初有旧姑蘇館在盤門内河西城上其下有百花洲州名姑蘇山名之一字臺与館用姑蘇山名之二字古迹所従来旧矣旧姑蘇館今改爲驛若姑蘇郡姑蘇臺皆一新之新之者誰嘉議大夫平江路捴管真定董侯也詩曰周雖旧邦其命維新康誥曰作新民易革去故鼎取新四序

推迁一寒一暑旧而無以新之則乾坤之生氣意不
發于息于東南郡蘇杭第一杭今設行省南海百蛮
之入貢者南方之數百郡之求仕者与夫工藝貿易
之趋北者今日杭州明日而蘇天使之馳驛而來者
北方中原士大夫之仕于南者東逺西域幽朔之浮
淮越江者今日蘇而明杭是故蘇爲孔道陸騎水舫
供給艮難大德五年辛丑七月朔淮浙閩海溢動百
里潮高數十丈爲患巳甚而蘇之颶風尤悪吹郡治
譙平地起虚空而後墮吴長洲縣亦然僧寺楼二十
四撤其楼櫛其鍾居民之高者或不免朝棟樑而暮

瓦礫太湖之水幾入葑門　　傳舍蕭條索如
閱月而董侯至爰　　登削遝首新郡治
姑蘇驛曰館曰驛曰　　而義一新三站而
其地一馬站曰光遠旁曰思政亭水站曰賓賢傍爲
通波亭以至𨁈運站鞍轡軸艫僕從蒸徒之之需無
一不飭帷幄瓶盎坐卧飲食土器無一不具而百花
洲以娛過往賓客至者翹首駭目憇劳息倦發喜生
欣高則摩雲之鴻梁漢之鵲板據于九霄之上遠則
飛雪之棹順風之帆睇眄于千里之外橋柚汀洲蒹
葭浦屿漁柳响而浩歌織杼鳴而幽咲可以拓詩思

助酒豪者悉与衆共之而弗靳侯又開驛馬大路平廣十餘里出城与盤門外橋相接大書姑蘇驛三字扁之而他題額皆侯老筆雖然數而寬廉而明先有一新已乎之心而後擧措云為使人改視易聽有以新乎民之心僉謂侯至郡未幾男女異路貞信有别獄訟鮮少道不拾遺城社屏迹巷無鄭声酤糶烹庖物饒價平究其所以然則知侯公退之暇不入内閤清坐絃歌每過夜分作善教二十四條父老刻梓大抵以观課農桑敦厚風俗為急務所以新已之心者既至新民之心何有昔晋文諸侯之館〻如

公寢是以淂諸侯爲中夏盟主銅鞮之宮數罩而諸
侯舍于隸人趙文子是以　　而壞其垣無
忘　　古今重事姑蘇驛之　　書特書侯名章
字文卿學者称爲小菴先生常守當塗年六十有博
學尤精于春秋云
　姑蘇驛即宋姑蘇館址增飾之大德五年摧毀董
章新之元統元年張忚古乃搆亭于南庿曰春澤
至元二年道童建館及橋庿曰來遠北館曰瞻儀
亭曰凝香南館曰賓賢

移建姑蘇驛記　立　霽、

姑蘇驛有二、一在府治西、一在盤門外、丞一人、統領之、郡當南北要衝、授館致餼者無虛日、而府西驛已久廢、盤門者存、亦就弊矣、且去府治縣遠、禮賓往來、上下告勞、霽假守是郡之明年、思移置之、請于巡撫大臣曰可、請于巡按御史曰可、遂度地胥門外迤運所之南、負城面河、地頗愜弗称、乃植木水中、為浘柱、作石堤三面凡四十六丈、廣地得縱八丈、衡如堤而殺丈十六、建屋六十楹、皇華亭據其前、後有重屋、名昭賜之樓、著所自也、燕休登覽、盡得山川之勝、庶

卷十一　六

幾乎所謂中吳之偉觀也、旧林、更新、運所門、
驛、並費不出民、皆自十閱月而告成于
礼賓眡觀、三代之政也館、子產与之陳無
單子訊焉、矧茲大邦、倫、胥不敏、承—天子
休命、來綏茲土、安敢妄自菲薄、亦為所當為而已、是
役也、其容已乎、雖然成之亦不易也、來者尚嗣葺焉
郡守丘霽記、

姑蘇館賦　前　人、

惟東南之鉅邦、雄財賦于往古、蹇予才其敝菲、承—君命
以守土、嘅夫館傳、僻在一隅、湫隘弗治、使客欷歔、粵

自春秋之世、王人四牡騑〻、陳無庐寄舍之、而來單子之訊、矧大明一統、蘇爲畿輔、地聯乎兩浙八閩、翼衛乎神京天府、臣工往来兮絡繹、星軺駐止兮旁午、烏可甯僻館敗舍、漏甕焦釜耶、彼前人兮安故循常、豈予心兮民勞財傷、匪直館舍[illegible]廢墜荒涼、徵諸民事兮百孔千瘡、海潮[illegible]溢兮無障、吴淞壅兮水漲、湖隄崩頹兮連遷、蕩漾圩塍圮毀兮同波漬[illegible]、民[illegible]多轉徙兮失厥仰望、歸咎凶歲[illegible]克餔餉、余乃窮水利兮、源流、究心力、廣咨諏、佚道使民兮、雖勞勿怨、農桑政本兮、雖休勿休、省費而積厥儲也、節勞逸兮、民力而

卷十一　七

養其餘也、袪奸頑兮、粮莠則芟鋤也、莽宿獘兮、訞亂
則爬梳也、于是東　二十里南瀆吴淞
水堅湖隄兮石齒　岍壘ゝ人事既
心協應而歳告豐屯　予始度地于胥門在姑
蘇臺前基負城堞隄廣河堧驛館移建運所比聯民
樂趨事工率赴虔經營規畫不日成焉宿有舍焉深
室庖有廚兮廩宦弘而陽之堂兮寒可攸寧高皇華
之亭兮暑可憩息前闢重門兮所事言ゝ後起層樓
兮闌楯殖ゝ偶焉臨而眺遠兮忽山水之呈奇匯造
化与心會兮何嘉勝之訞如天平嵩峯兮玉柱中峙

秦餘灵岩兮左右拱趋獅峯虎丘兮势若奔赴伏龍
黿頭紛兮形若舞飛渺太湖兮檻外一泓呀虹分支流
兮胥口来通横出驛館兮漫流無声會衆派兮瞿洋
朝宗蘇人兮咸樂遊观兮聯絡顧笑兮踏歌酒卮兮
肉槖、余乃詠曰、与客登楼而落成之、客忽驚訝曰館
傳之遷至、独使使臣之棲節、上下之劳佚、俾山水之
久沉、湮一朝而突出、閲他邦之勝槩、或彼得而此失、
誠卓冠乎東南、謂請謄之曰、吳中勝槩第一、兮謂客曰子
徒知遷館傳之便而不知民利與獲有餘力徒知賞
勝槩之樂而不知豐年屢熯衣飽食向使太湖水漲

卷十一　八

吳淞壅塞海潮壞稼　邑山無蕨而餔飢　有
波而還咸雖欲遷館　雖有勝槩何賙
此役之成用民力　一舉而數得客乃舉酒
壽余曰太守興利兮　碑太守迂驛兮民如不
知眼見吾人含哺歌腹而遊嬉寔由太守瘁心殫力
以撫綏余曰子尚未之知也天不遺民兮久憊而賜
之有秋民不遺天兮力有餘而共成厥謀勝槩吐秀
而献美兮亦從民樂而承天休余何功德之有敢當
辭(紓)于之憂于是名曰昭賜之樓客觴未已余復酬之
乃歌曰山峯矗矗兮拱驛樓湖水淪淪兮環驛流羗

湖山兮清且幽郡人樂兮群来遊豈予暇逸兮与客
倡酬聊亦寓兮江湖之憂

昭賜楼記　　刘昌

成化十年知蘇州府鄱陽丘侯以郡城之胥門故姑
蘇臺盖宋王畹作而亭館之廢久矣乃移建姑蘇驛
于其下以与遞運所並匯徒舉曠典復旧觀亾以光
国容便給役也既又作楼四楹以登以玩而太湖之
水由石塘注運河踰城而西以達于驛以北出市衢
縈廻映射楯闌之間光景浮動城西諸山則如旂旄
騎從前導後擁滃然而馳集其大者左曰穹窿右曰

秦餘杭高拱駢峙若張　而進者而天平一峯號為
郡鎮端重如王柱以　予群山之中而樓適臨
之其群山之勝有日　塢仰天秦臺皆如正人
直士陪位而坐秩、　此天所賜以壯固乎我蘇
而蘇民若未知者棲居既成山若加培水若加浚若
天墜地湧一日而有驛復雄麗且迤遞運所　国容
光華百需悉具無向者離越留滞之擾此皆丘侯之
賜也丘侯曰不然我之成是役寔惟洛陽畢公〻以
天子股肱之臣来撫来延吳民恬嬉而吾志用成此
畢公之賜也畢公曰不然——朝廷安養斯民既百有

二十餘年礼樂之教仁義之化已深入乎民心民供賦出力之餘益務于忠孝勤敏勤敏則不懈忠孝則易使不懈而是從成此朝廷之賜也而—朝廷諸節使之行過是驛者又言—天子以四海九州之民付守令茂圖治理而不自居其功今海内乂寧民不知兵以樂乎耕蘇為東南大都歲比有秋民得從丘侯復曠古之典表一郡之望以助成—國家萬世之業此又天之賜也夫天之賜—朝廷知之而民不知朝廷之賜大臣与賢守令知之而民不知民之所知者曰惟丘侯之賜則丘侯推厥所由可不思所以昭

顯天与—天子之賜之深于無窮孰裒聚翕合于此而使民知之此楼之所以作也請名曰昭賜楼而爲之記丘侯名霽字時雍天順甲辰進士以刑部主事擢今官博學善文而多佳政云

姑蘇驛旧在胥門裡河本朝洪武元年知府何質移置盤門外初名姑蘇站提領一人掌之二年改站爲驛提領爲丞成化九年知府丘霽重改建于胥門外基半築于水廣袤數十丈背城而河北有延賓館後有楼曰昭賜可以登眺丘自有記

昇平館　　陳釋洪偃○○

蕭〻物候晚肅〻天望清旅人聊杖策登高蕩客情
川原多旧跡墟里或新名宿烟浮始旦朝日照初晴
独遊乏徒[illegible]侶徐步寡逢迎信矣非吾託賞心何易
并

昇平館在梵門橋今有昇平橋

泊舟吳會亭　范成大

去年春盤浙江驛湛〻清波動浮石今年春盤吳會
亭冥〻細雨濕高城天边作客風沙裡今年去年成
成矣客心古井冷無波過眼人情亦如水憶昔三生
任翠微偶來平地著征衣山中故人應大笑扁舟坐

卷十一　十一

穩何當歸

吴會亭在織里橋西河北岸

望亭驛　　　　梁　庾肩吾

御亭一回望風塵千里昏青袍異春草白馬即吴門

獯戎鯁伊洛襍種亂轘轅輦道同關塞王城似太原

休明鼎尚重秉禮國猶存殷牖文雖蹟堯城吏轉尊

泣血悲東走横戈念北奔方憑七畧廟誓雪五陵寃

人事今如此天道共誰論

望亭驛酬别周判官　　白居易

何事出長洲連宵飲不休醒應難作别歡漸少于愁

燈火穿村市笙歌上驛樓何言五十里已不屬蘇州

宿望亭驛寄蘇州同志　許渾

候館人稀夜更長姑蘇城遠樹蒼蒼江湖水落高樓迥河漢秋歸廣簟涼月轉碧梧移鵲影露低紅葉濕螢光西園詩侶應多思莫醉笙歌掩畫堂

望亭驛去郡北五十里先名御亭唐李襲爲守以梁庾肩吾詩改称

登松江驛樓北望故園　刘長卿

淚盡江樓北望歸田園已陷百重圍平蕪萬里無人去落日千山空鳥飛孤舟漾漾寒潮小極浦蒼蒼遠

樹微白鷗漁父徒相待未掃攙搶懶息机

吴江驛　　　　　　　　　　　　張　祐

山色遠涵空蒼茫澤国東海明先見日江白迥聞風鳥道高原去人家小徑通那知旧遺逸不在五湖中　　　　　　　　　　　方　干

便向中流出太陽嫌疑大岸遍浮桑門連白道通天闕浪裏青山占幾鄉帆勢落斜依浦溆鐘声斷續在蒼茫古今恙不知意天偏把雲霞媚一方

晚泊松江驛　　　　　　　　　　李　郢

片帆孤客晚夷犹紅蓼花前水驛秋歲月方驚離别

尽烟波仍駐古今愁雲陰故国山川暮潮落空江網罟收还有吴娃旧歌曲棹声遥散採菱舟

題松江驛　　羊士諤

津柳江風白浪平棹移高館古今情扁舟一去鴟夷子應笑介符計日程

吴江驛今為松陵驛

平望驛　　張祐

一派吴興水西来此驛分路遥經幾日身去是孤雲雨氣朝忙蟻雷声夜聚蚊何堪秋草色到處重離群

題平望驛寄吴興徐使君玄之

前　人

故人爲作郡百里到吴興滌思江湖滿公平道路称包、山方峻直霅水況澄清佇聽司空第還知詔下徵、

平望驛懷李從寔周鉄二故人

李　逞

蘆葉風多驛堠長昔年携手上河梁青雲才子死鴻秀白石山人芝术香華韈欲陪先道路大川斯濟戢舟航少微星動桂枝發重正孤帆過水鄉

平望驛

元　薩都剌

左帶吴松右五湖人家笑戒隔菰蒲風濤不動魚龍

國烟雨翻成水墨圖越客卧吹船上笛吴姬多倚水邊鑪鑑湖道士如拾隱一曲他年得賜無

平望驛在吴江縣南四十五里唐屬吴興郡元初閶撥入吴縣洪武元年隸吴江縣

姑蘇臺賦　　范浚

歲崢嶸其聿遒兮冬陰寒充訪蕪臺之遺址兮遵吴都之故道日下平林烟横泉艸慨傷時而感往增予心之悵々念昔吴王盤遊怠荒臨陂池兮臺榭宿嬪妃兮御嬙于是越人讐之冬兵是棲蠡也揆策種焉建奇盖君臣鳴鍾而謀于漸臺者窮日夜而吴不知

卷十一　　十四

種有九術越、行其一取文梓梗楠以奉吴王之宮室吴乃営兹崇臺歴三年兮聚材斧集刃兮疊雪杵揩办兮殷雷金碧梁橑琳珉瑊階岩巍兮嶢嵲干兮霄切霓佩長洲兮茂苑帶朝夕兮濬池意將遠眺數百里而下窺雲海之涯當其虐用吾民骸髗莽暴天壓其酷故啟越之謀而夜生神木人羅其毒故勞愁慘悽而途嗟巷哭使臺土未乾兮已群遊乎麋鹿至若朝歌淫〻夕管愔〻困醪醴之酣沉則有西施蠱其心是助越人之侵又若奸讒回沉膏唇鼓舌吹正人而媒孽則有宰嚭閭其說是誨越人之代嗟乎吴王知西施之姝而不知宰嚭之妒知歌管之娱而不知吴民之痛知華其居而不知其国之墟知勾践之為奴而不知身之為獸夫信玆臺也寔亾吴之權輿吁

姑蘇臺覽古　許渾

宮館遺基輟棹過黍離無限獨悲歌荒臺麋鹿争新草空苑鳧鷖占淺莎吴岫雨來虚檻冷楚江風急遠帆多可怜国破忠臣死日〻東流生白波

同前　胡曾

吴王恃霸逞雄才貪向姑蘇醉緑醅不覺錢塘江上月一宵西送越兵来

卷十一　五

同前　皎然

古臺不見秋草衰却憶吴王全盛時千年月照秋草上吴王在時幾回望至今月出君不还世人空對姑蘇山山中精灵安可覩鬼跡人踪麋鹿聚嬋娟西子傾国容化作寒陵一堆土

同前　楊萬里

我亦年來散髮身避人不用避車塵揀天孤墻雲中出隔水諸峯雪後新道是遠瞻三百里如何不見六千人吴亡越伯今安在臺下年年花草春

同前　盧鉞

姑蘇臺下百花洲解語香魂此旧遊巧笑已傾吳子国浅顰又污范公舟湖山四顧無奇骨王伯俱空芋拙謀杯酒酹江應自誓男児西北有神州

洞仙歌　潘枋

雕檐綺户倚晴空如画曾吳[是]王旧臺榭自浣紗人去後落日平蕪行雲斷雨幾見花開花謝凄涼闌干外一簇江山多少圖王共争伯莫聞愁金杯灔对酒當歌歡娛地夢中興亡休話漸倚遍西風晩潮生明月裡鷺鷥背人飛下

姑蘇臺　薩都剌

卷十一　夫

閶門楊柳自春風水殿幽花泣露紅飛絮年〻滿城
郭行人不見館娃宮
野水滿城飛燕子誰家小艇載吴姬姑蘇臺上一尊
酒落日昏鴉無限悲

同前　張羽

荒臺独上故城西輦路凄涼草木悲廢家已無金虎
卧壞牆時有夜烏啼采香徑斷來麋鹿響屧廊空變
黍離欲予伍員何処所淡烟斜日不堪題、

同前　高啟

金椎夜築西山土催作高臺貯歌舞文身澤国構王

基却笑先生獨何苦銅溝玉檻鬬繁華幻出峯頭一片霞望处直穷三百里從時應發幾千家蟠空曲路迷仙仗板尽瑶梯繞到上外遶雕龍宛轉欄中施綉鳳蕨蕤帳薰炉長爇欝金香共道千齡樂未央苑茂月来秋佩冷洞庭雨過夏綃凉當窓衆妓如仙女揚袂迎風欲輕舉人從天上見経過鳥向雲間驚咲語日暮横塘花正開卷簾臺上望王来宴舟初自觀魚返獵騎还從射鹿廻從登不用持鈹隊自列紅粧侍高會香傳羅帕進黄柑縷切鸞刀供玉鱠燭光遠落太湖波驚起魚龍出沒多城上烏啼河漢轉此時誰

卷十一　十七

問夜如何管絃嘈〻聒人耳不聞兵來渡溪水欲携
西子走登舟醉倚画檐媠△不起瞑目無因到甬東可
怜一炬綺羅空献楫竟堕仇人計賜劍應孤諫士忠
客來試問遺宫路物色荒凉揔非故、褰衣始信不虚
言滿地荆榛見零露當年争戰苦劳机、却把江山付
落暉聞說越王臺殿上如今六有鷓鴣飛

同前　　周南老、

高〻起臺樹下〻深洿池不日臺已成今吴民已疲
柵楣巧雕鏤金璧光陸離詰盤路九曲闌檻斗星垂
蔵春貯歌舞永夜甘荒嬉望穷三百里不見来禦児

同前　王賓

鄰壞分明隔綺疏西施歌舞有誰如斜陽衰艸遊麋鹿搶面空羞見子胥

同前　前人

越王巧破夫差国来獻黄金重雕刻西施醉舞花艶傾妬月嬌娥恣妖惑姑蘇百尺曉鋪開樓楣盡化黄金臺歌清管唱嘆未極　伯西越寂寞千古皆古墟蕭條西地皆明月灵岩香徑掩禪扉秋草荒凉徧落暉江浦回看鷗鳥從碧峰斜見鷺絲飛如今白髮星星　迫賦悲秋館吴鄉越国淹留艸樹

烟霞昔徧遊、雲外夢魂多感嘆不惟惆悵到長洲、

次韵石田登姑蘇臺　徐禎卿

壖城带山色感慨幾經遊路闇牛羊夕臺空艸蔓秋忠何辞佞死国竟与恳休忍說干戈事魂銷萬古愁

再詠四首

秋風古城曲落日送清哀吴越今如此忠讒安在哉江流背寒郭山色弔荒臺不見懸門眦空餘血濺苔

其二

危楼何代譙晚日倚岑寥多病仍傷古悲歌独聽樵恨緘花下骨怒想月中潮忠魂泯誰弔臨風誦楚騷

其三

孤城犹突兀，往事已茫然。青草干戈後，荒祠豕鹿前。雲遮双目恨，山接五湖船。零落争蝸夢，兴亡共可怜。

其四

危机豈在明，釁釀已深成。劍石真吳冦，娃宮有越兵。奢淫亡自取，孤憤死難平。愁殺城南樹，昏鴉未息争。

姑蘇臺　宋　無、

妖艷分明構禍胎，黄金瓌丽更危臺。笙歌夜倚東風醉，粉黛春從南国来。原艸翠迷行輦迹，野花紅發舞衣灰。豪華肯信今爲沼，烟水翻令後世哀。

卷十一　十九

同前　　蔡羽

夜有吴題月朝有出楝雲高臺佇歌舞羅綺何紛〻
吴月常從越山起越花却種吴宫裡眼前不盡西子
惟安用旁观三百里興亡不自由春艸生銅渧惟有
横山色空带娥眉羞香魂想像朝雲廟緑泥鏽斷金
燕頭朝雲臧金燕冷夕陽满地青楓影

丁復　容仲

白日初高瓦影黑姑蘇臺前春柏塞百花緑洲水曲
尺小浪群吹庚遊鲫晴烟漲熳野荒〻箇〻西山澹
蹤碧海凨　揚短蓬吴兒岈坐坐長歌發逸興遥

将白波去送目飛鴻倦低翩扁舟甚有五湖思風雨漂摇從所泊幸逢大国全盛日地極蒼生無裂圻向来時運數更變河山　烽火隔人扳岩穴恐不險樂土不居何暇擇　只今　多壟鑿麋鹿所遊尽桑麦自笑生来但為客五十有家無土著有酒不作懷抱悪明日日出已非昨

沈周

姑胥遺事有荒臺今日登臨尚可哀千載芑桑天子弃六宮芳草美人栽南飛鴻雁秋風早西向山川夕照開流水梧桐幾番夢獨怜公望不重来

卷十一　二十

郊臺　盧堪

吳王城外拜郊臺，山色湖光共繞迴。終古翠華隨水去，何年玉牒爲天開。斜陽一笛牛羊下，細雨千帆雲鳥來。忠死佞存嚭伯業，登臨不盡客興哀。

同前　高啟

周綱昔隳頹，禮樂由諸侯。吳子乏代德，居然祀圜丘。燔燎升紫壇，青絃映玄裘。灵明豈来享，幣玉空旅羞。国南見遺壝，蕭條委山陬。雲和罷九奏，草樹鳴嗖颼。從来跋扈徒，幾人效其尤。魯郊失礼始，聖筆書春秋。

同前　周南老、

橫山東麓東阜丘高崔嵬犹存坛壝跡云是吴郊臺
惟吴本伯命溪名孰先開短垣斯自踰綱紀日已摧
員既請先死、億貟衆庶哉、上帝其可告、胡尔干其菑、

同前　王賓

公〻三讓辞天下孫子缘何却僭王溪祀従来安有
福未幾遭遇越兵亡

登吴王郊臺作　唐寅

昔人築此不論程今日牛羊向上行吴兒越女齊声
唱菱葉荷花無數生南山含雨眉俱潤西湖映日掌
同平本由万感消未易詎言哀樂過群情

卷十一　廿一

同前　王寵

酒酣更上吴王臺却憶霓旌萬騎來閲世浮雲千古
盡麗天春色五湖開平原細草遊麋鹿落日陰風嘯
虎豺踐毫飛揚攙黄土當筵須罄掌中杯

遊治平寺登吴王郊臺　王鏊

朝發石湖漬暮抵太湖岸青山亦多情供我船中玩
船行山亦行一路青不斷白雲渺〻山重〻不知何
処昔是吴王宫越來溪边越城在夫差受困此山中
今朝扣禪関訪古尋幽踪僧言事往那能識鍾鼓声
中度朝夕郊臺漠〻麋鹿遊荼磨團〻蔓荊棘不須

弔古傷懷抱且欲凭高縱吾睡人家歷〻新郭里川瀆沄〻胥口道吳江塔影崑山城一覽因之發長嘯天風萬里天際來吳王郊祀昔日登斯[illegible]臺千乘萬騎湖上下祇今安在惟見山崔嵬船來船去湖西畔青山無言人自換來〻去〻世無窮莫學牛山独興嘆

九日泛舟石湖登郊臺作　袁袠

睠兹季秋月言遊重九辰高飈息遠皐霽旭丽芳津山川信可娱况也諧嘉賓澄湖翔鷁首絲吹紛前陳載登吳郊臺曠望開心神玄鶴唳中天逸响落九垠

仙菊浮清醴茱萸調紫尊且顧今日樂焉能知古人
馬臺既蕪陁牛山徒悲辛但願坐上客遨戲永千春

（淮遺上頁）

郊臺在横山東麓石湖之上相傳吴僭王時嘗郊祭于此今壇壝之形尚存

館娃宫賦　王阮

汎浮玉之北堂得館娃之遺基從先生而遊焉揖夫差而弔之或曰是可嗤也奚以弔為哉夫沉湎以喪国固君人之失道然而有鍾鼓者胡可以弔孝闈管籥者民喜而相告茍厥妃之當愛惟恐王之不好矣是則女樂亦可少乎必曰夏有末喜商有妲已周有褒姒而吴以西子茍求其故未必專于此也齊有六嬖桓公以霸正而不譎聖人稱焉非夫九合一正之

卷十一　廿三

業得仲父以當其、任則其一已之内少有以自適者
舉不足以害成邪闗、大夫進夏德豈昏微子得政商
豈職聞蘇公家父並用、則烽火豈得妄舉子胥不見
戮則吴之離宫别館至于、今可存抑夫差之資異在
列国亦翹楚一戰而越沮舟、會而諸侯惧使僅得一
中佐置双翼于猛虎惟自剖其、骨鯁而放意于一女
敵秉其間無以外禦杯酒之失何、足間獨爲此邦惜
殺士之舉也此士不遺殺夫差不可、愚苧羅之姝適
足爲我娱胡得而窃我之符榮楯可居、適足華吾庐
胡足以隳吾之都維：忠良之既誅始倡狂、而自如臺

兮姑蘇舟兮太湖食兮鱠鱸曲兮棲烏宿兮、嬪嬙修
明兮夷光二八兮分明捧心兮專房徑兮採香、屧兮
響廊笑倚兮玉床奈樂兮東方稻蟹種兮不遺臭、盟
兮黃池無人兮箴規有仇兮相窺至德之庙遂爲禾、
黍悉陂池与臺榭倏一变而梵宇入笙歌于海雲令
声鍾鼓而轉鼓儼麋鹿之容与瞰僧像而观靚駭越壘
以、在望旲五戎之閱武松引韻以鳴咽柳顰眉而凝
佇山、巔、兮失色水洶、兮暴怒追此謬于千里本
差之于、毫厘譬之養生梋其良醫遠疾作于中夜懵
藥石之不、知志士仁人所爲太息于斯焉盖嘗反覆

于此窮謂種、蠡亦可哂也勾踐方明舉国以聽十年
生聚十年教訓、以此衆戰何伐不定何至假負薪之
女為是可耻之勝、亂始其土城鞠滛自君終烏五湖
合欢其臣青溪之典、不正金谷之義不立悠々扁舟
遂其金璧使之脫骂中、之魚而群沙頭之鷺返邪溪
之蓮而吐洞庭之橘窮謂越之君臣何其陋于此役
也越則陋矣吳亦太庸士目、既抉夫誰納忠可辠人
之亡也其自反而責躬乎公慨、然雍相与飲容起視
四山之中斍蕭蕭兮悲風

又

范成大

〇〇吳岩山寺故吳館娃宮也山上下聞臺別館之迹
彷彿可攷余少長遊焉感遺事而賦　范成大〇〇
洶西山之南奔勢鬱律其嵬峉如（若）大敵之在前忽踞
虎而跧龍半紫崖而砥平訪館娃之故宮是為逸王
之旧遊有墟谷之遺恫焉嗟乎悲（一作汏）哉愎臂胥之
忠告吳陰嚭之詖說闇養虎之後患縱處女使兔脫
追嘗胆之謀成駭疽囊之潰裂盖自有以賈禍非天
為之作孽方其銜哀茹痛收淚飲血僂拂士之前庭
尌三年而振粵訖甘心之一快夫何初志之英發及
其見棲于姑蘇遷雌伏而大壞援宿恩而乞憐或赦

圄于巨罪當是之時又何其戇也蹉禍福之無門曷
今愚而昨賢後千載之嗤黷莫不鍾谷于嬋娟固尤
物之移人柳犹可得而言蓋尝观于若人美好大而
欲速厭常而弃旧狃會稽之得意謂周鼎其唾手闖
齊楚以朶頤睨陳蔡而驤首道甚遠而疾驅氣已餒
而犹闚外未寧而内憂東畧之而西否阻関河以損
兵撤屋（墻）而致寇亟歸視其四封蔑一夫之能守是犹
螳蜋之慕蟬不知黄雀之議其後也然以蕞尔之旅
而衡行四方攻靡堅郛戰無距行事便時利如徑乎
無人之鄉惜也未聞大道宜其逸樂而志荒次有臺

池宿有嫡嫱左携脩明右撫夷光絜二八以前、列咸

绝世而浩倡嗟浣纱之彼姝乃独係于吳亡蕩龍、舟

之水嬉擷香徑之春芳載夕陽以俱还秉遊烛于夜、

長灔金鍾之千石傚酒池于旧商歌吳歈而楚舞荐

萬、壽于君王恨星河之易翻嘉来日之未央鋪銅壺

之鳴、悲爛急烽之淼范慘梧宫之生愁残桐夢之不

祥歔高、陵与深谷委盛丽于蒼范所謂玉檻銅鈎朱

簾榭房理、鏡之軒響屧之廊杳烟燕于露蔓移日暮

之牛羊况、于、捧心之百媚濯粉之餘妝者哉今則雲

雨之巔仙聖是宅研沿尊浮琴臺松崛封古蘚于井

卷十一　芵

鷲宿暗芳于洞（收）穴木鯨吼以清丽金磬隱其蕭瑟彼方外之徒龜藏而蠖屈者又安知往古与來今方枯禪而縛律翩鴻影之拂坐見山前之銜日」

館娃宮懷古　　李白

風動荷花水殿香姑蘇臺上宴吴王西施醉舞嬌無力笑倚東窗白玉牀

同前　　白居易

吴王心日侈服玩盡奇瓌身卧翠羽帳手持紅玉杯冠蓋明月珠帶乘通天犀行動自矜顧數步一徘徊小人知所好懷宝四方來奸邪得藉手從此倖門開

古称国之宝穀米与賢才今看君王眼視之如塵灰
伍員諫已死浮屍去不回姑蘇臺下艸麋鹿暗生麑

同前　　　　　　　　　　　　　　刘禹錫

宮館貯嬌娃當時意大誇豔傾吳国尽笑入楚王家
月殿移椒壁天花代蕣華惟餘采香徑一带繞山斜

和館娃宮懷古　　　　　　　　　　陸龜蒙

鏤楯消落濯春雨蒼翠無言空断崖草碧未能忘帝
女燕輊犹自識宮釵江山祇有愁容在劍佩應和愧
色埋賴有伍員騷思少吳王纔免似荆懷

其一

卷十一　　　　　　　　　　　　芝

鄭旦無言下玉墀夜來飛箭滿罘罳越王定指高樓笑却見當時金鏤楣

其二

半夜娃宫作戰場血腥猶襍宴時香西施不及燒殘蠟猶爲君王泣數行

其三

素襪雖遮未掩羞越兵猶怕伍員頭吴王恨魄今如在只合西施灘一作瀨上遊

其四

响屧廊中金玉步采蘭山下綺羅身不知水一作葵

今、何処溪月彎、歆效顰

同前　皮日休

一宮花渚漾漣漪，婑媠雅鬟出繭眉。可料坐中歌舞袖，便將殘節拂降旃。

其二、

幾多雲榭倚青冥，越焰燒來一片平。此地最應沾恨血，至今春艸不匀生。

其三

江水分明練繞臺，戰帆遥隔綺疏開。波神自厭荒淫主，勾踐樓船穩貼來。

其四

宝袜香綦碎曉塵，乱兵誰惜似花人。伯劳應是精灵使，犹向残陽泣暮春。

過館娃宮　于濆

館娃宮畔顧，国交生嬌妒。勾残胆未尝，夫差心已悞。吴亾昔誰在，越勝今何處。當時二国君，一種江边墓。

館娃宮懷古　張羽

館娃宮中百花開，西施曉上姑蘇臺。霞裙翠袂當空舉，身輕似展凌風羽。遥望三江水一杯，兩點微茫洞庭樹。轉面凝眸未肯回，要見君王射麋处。城頭落日

欲棲鴉下階戲折棠梨花隔岸行人莫偷看干將莫邪光粲粲

館娃閣　　高啟

館娃宫中館娃閣畫棟侵雲峰頂開犹恨當年高未極不能望見越兵来

同前　　周南老

綺閣高嵯峨上出研石山飛甍絢金碧館娃貯瑶環笙歌蕩春心嫵媚生欢顔闔閭不懷安自謂吞百蛮夫差竟窮欲亹對知後艱千年足慨嘆寂寞棲禪關

同前　　蔡羽

卷十一　　廿九

青山開玉館綠水帶長洲歌舞一夕散朝雲千載留
仰扳岸磴昃逕覓洞花幽楚棹赴闗促登高不自由

西施洞　宋之問、

越女顏如花越王聞浣紗国微不敢寵獻作吴宫娃
一行伯勾踐再笑傾夫差一朝還舊都艷粧驚若邪

同前　羅隱

家国興亡自有時越人何苦進西施西施若解亡吴
国越国亡來又是誰

同前　秦約

岩〻灵岩山欝〻松桂林石路轉陰洞覽勝肓且深

如何苧羅人傾国恣荒遥山花落笑靨山鳥流好音
我来[一作]重徘徊殘齒茁蘚侵至今山上月犹能照捧心

同前　高啟

廢宮春尽長蒼苔不見羅裙拂地来只恐西施是仙
子洞中別自有樓臺

同前　周南老

岩阿穴空洞中有黃金屋潜通苧羅山来此長蛾緑
深堂春似海嬌貯人如玉貪恋傾城姿寧忘檇李辱
烏知無鎖鑰乘風五湖曲摩挲石上痕洞口遺芳躅、

翫花池　高啟

桃枝兼杏枝春色遶宫池正愛紅繁処還怜緑浄時
芳香泛幽沚媚影照清漪垂條看妓折墮蘂見魚吹
杯涵、明月瀉舟逐綵雲移水流花落尽君王醉不知

同前　周南老、

花穠池水清碧涵紅影乱波浮緑霧明萍散錦雲粲
池上惜花人四時足娛翫胡知若耶妖致使民糜爛
一曲舞山香花空時已换緊彼後所得昌足供把玩

翫花池在灵岩山

研池　高啟

山骨誰鑿破一泓自深黝醉後欲濡毫蜿、見科斗

同前　陳子貞

湛湛泠山骨，幽幽抱日光。曉吟看雨氣，春供汲花香。

研池在灵岩山

琴臺　僧半顛

幾彈石上五雲深，挑出湖波片月心。絃外有声誰解聽，一山春樹曉鸎吟。

同前　張羽

坐鼓朱絃日，玉人方入吴。于今山月下，惟聽夜啼烏。

同前　高啟

美人玉琴何处遊，遺譜寫入清泉秋。落葉無人登旧

卷十一　三一

榭滿江明月烏啼夜

同前　周南老

山巔屹崇臺路迴臨草堂紫璚琴已化州山鳳高翔蘚花漬碧荐草緑侵石牀我來坐臺上瑟〻松風凉嶝陰灵籟生彷彿宣宫商慨彼攖梧人山高兮水長

琴臺在灵岩山

吴王井二首　羅鄣

古宫荒井曾平後見説耕人又鑿開拾得玉釵鐫敕字當時恩澤賜誰來

其二

含青薜荔随金甃碧砌磷〻生綠苔莫言數尺無波
水、曽与此花同照来

同前　高啟

曾開鑑影照宮娃玉手牽絲帶露華今日空山僧自
汲、一缾寒供佛前花

同前　周南老

山腰水一泓吳王甃為井千古瀾不生澄〻倒雲影
碧沁氷壺寒香沉蔗漿泠六月消煩歊嫣娃照粧靚
銀牀墮玉釵金缾汲素綆日晏犹醺酣為試先春茗

響屧廊　高啟

卷十一　三三

廊屧應屧鳴响細識腰輕誰道吳強国惟消舉足傾
苔間藏古跡月下歇餘声此夕人空听山僧曳履行

同前　　周南老

長廊架空屋屧响因虛迴時聽双妃声人寂晝陰靜
接武何輕盈揚儀應秀整凤来步摇動月明環佩泠
香迹墮塵消化作拈提境于今声已断空對蘇屧影

采香徑　　高啟、

晨粧出采芳零露溼紅裳種從山中品熏傳海外方
抱筐婦蕙徑焚罷薦蘭堂未足娛君寢西施体自香

同前　　周南老

香山昔種香下臨溪水長迢遥採香徑泛舟擷馨香
零露温翠衣膩水明紅粧天既奪之食種遺不復昌
塞流去如箭勢直千尺強香消魂不返月落秦餘杭

箭涇　徐賁

清溪無縈迴西望渺何極岸直形如剗波迅勢如射
飛鷗訝流羽亂雨疑鳴鏑天狼不敢渡澤兕應當匿
我志弦矢間一覽如中的

採香徑一名箭涇

桐梧園　高啟

桐花香桐花冷生宫園裏宫井雨滴夜風驚秋凰不

卷十一　三三

来吴王愁

同前　周南老

碧團宫園樹曾宿朝陽鳳花開襲香霏葉簃棲織翁
雨襍鐺珮声風生金石弄初秋一葉零深宫愁已動
前園忽横生怍入夫差夢知匯梁棟材盲童斯俑從

同前　王賓

七月交秋未变秋輕輕一葉下枝頭君王不在當時
悟真到凋残後始愁愁

梧桐園在吴宫吴王夫差園也樂府云梧宫秋吴
王愁

香水溪　　高啟

粉痕凝水春溶溶，暖香流出銅溝宮。月明曾照美人浴，影与荷花相向紅。玉肌羞露誰能見，只有妃央窺半面。絳紗圍擁怯新涼，歸臥夫容池上殿。空洗銘粧不洗妖，坐傾人國幾良宵。驪山更有湯泉在，千古愁魂一種消。

同前　　周南老

吳宮香水溪，俗傳脂粉塘。煖波浮漲膩，晴渚汎紅芳。美人曾此浴，魂消水猶香。可憐清冷泉，照此妖冶粧。不濯郎衣塵，孰比華清湯。只今開宝林，曹溪源正長。

卷十　三四

同前　王賓

春流漲膩蘸紅芳，人喜專房更晚粧。浴罷身肌賽蘭蕙，那知遺臭累君王。

香水溪在吳故宮中，俗云西施浴處，一云吳王宮人洗粧于此，故又呼為脂粉塘。古詩云「安得香水泉，濯郎衣上塵」，即此。

越來溪　范成大

西風初入小溪帆，旋織波紋縐淺藍。行入鬧荷無水面，紅蓮沉醉白蓮酣。

其二

一川新漲颭秋光挂起蓬窗受晚凉楊柳無窮蟬不斷好風將夢過横塘

同前　高文度

黄池盟會井蛙尊同列諸侯氣已吞忽報隣兵擣空穴已隨溪水入吴門

同前　僧半顛、

九閡風月醉傾城歌笑声中有甲兵却是吴王自亡国枉怨溪受越来名

同前　高啟

溪上山不改溪邊臺已傾越兵来処路流水尚哀声

昨日荷花生今朝菱葉死亡国不知誰空令怨溪水

同前　周南老

踞湖山雀寃来越溪沿洄美娃献国色栅楣輸梓材
連檣載越貢一一從此来經行路已熟禍作知有胎
兕甲忽夜涉桴鼓喧如雷至今風雨夕溪声尚餘哀

同前　王賓

吴人地面越人開岸上誰将柳樹栽春水緑波三二
月画船今是賽神回

越来溪懷古　王鏊

吴国江山亦壯哉一朝誰信越兵来旌旆尚動春波

影〻歌舞翻成子夜哀往事悠〻餘敗壘傷心脉〻一
登臺姑蘇麋鹿何須恨聞道阿房也刼灰、

越來溪　蔡羽

越來溪光常浥〻遠接吴江混寒碧暝鍾未起秋霞
飛坐眺無如茶磨石越來溪上多遊人香車寳轡俱
生塵桃花妬紅芳草緑三月來尋曲江曲春花秋月
无尽頭朝來暮往何時休吴臺越館今何在蒼烟碧
石俱含愁我來八月露氣凉常送雲端開竹房溪山
一卧便十日形骸尔我渾相忘沙明鳥白奈不得况
是長橋菰米香

卷十一　三六

秋日越来溪　　前人

十里横山带藕塘雞声溪上曉蒼〻青娥悄映荷花

日属玉群飛菰米香吴苑楼臺今古壮越城簫歌（鼓）〻水

雲長范園最是秋光美甘菊留人不論觴

採蓮徑　　高啟

青房戢多子采得儂心喜今夜水風凉君王宿船裏

行处绿雲迷歌声一道齊回頭調越女何似若耶溪

同前　　周南老

採蓮〻有涇〻帶城西南美人棹輕橈花深采芳甘

香、風飄翠奔明粧照紅酣摘鮮駢紫菂顧影墮瑤簪

藕絲長不斷君情短何慚食甘心更若君樂非所堪

采蓮涇在郡城西南運河之陽今尚可通舟兩岸皆民居而閒有蔬圃曠地即種蓮旧跡也上有采蓮涇橋

長洲苑　白居易

茂苑綺羅佳麗地女湖桃李艷陽時心奴已死胡容老後輩風流是阿誰

其二

春入長洲草又生鷓鴣飛起少人行年深不辨娃宮處夜〻蘇臺空月明×二

卷十一　三七

同前　温庭筠

錦雉双飛梅结子平春遠緑囱中起吴江澹水尽連
空三尺屏風隔千里小院有門红扇開天絲舞蝶共
徘徊綺户雕檻長如此韶光歳歳如歸来

同前　徐凝

吴王上国長洲苑翠黛寒江一道斜傷見摧残旧宮
樹美人曾棟九枝花

同前　許渾

香徑小船通菱歌遠故宫魚沉秋水静鳥宿莫山空
荷葉橋边雨芦花海上風歸心无処托高枕画屏中

同前　郎士元

草深那可訪地久但相傳散漫三秋雨疏蕪萬里烟都迷采蘭處强記館娃年客有遊吴者臨風思渺然

同前　刘滄

野燒空原盡荻灰吴王此地有楼臺千年事往人何在半夜月明潮自來白鳥影從江樹没清猿声入楚雲哀停車日晚薦蘋藻風静寒塘花正開

同前　趙嘏

扁舟殊不繫浩蕩路纔分范蠡湖中樹吴王苑外雲悲心人望月獨夜雁離群明發還驅馬閶城見日曛

卷十一　三八

同前　高啟、

中国久無伯闔閭思騁功誇蒐閑別苑訓武出離功
宮、宰嚭因忝秉巫臣寔御戎鼗鳴深谷處罝捡廣塲
空遠、曳梢雲旆高彎射月弓三驅儀已畢七代步還
同甲騎從輿後娥眉侍幄中莫貽頒紫豹膰掌得玄
熊樂事方、難及英圖忽易窮城迷歌黍客地屬禾芜
童輦道崩秋、雨旗門失晚風大亡娩肆狡人去雄争
雄草樹迎蕭索湖山罷鬱葱犹疑見獵火寒燒夜深
紅

同前　周南老

長洲何迢迢宛在水之中淏林麓蔭尃衍原隰平如砥
于焉開茂苑娛遊極雄侈講武耀威靈騎䠞而車馳
繁華忽成夢宮室漫流水信彼公聖占奚庸矜宰嚭

同前　王賓

闔閭遊獵太湖潯老濞來修勝上林除在那時人有
後蕭蕭芦荻到如今

吳宮二首　白居易

淡紅花帔淺檀娥睡眼初開似剪波坐對珠簾閒理
曲琵琶鸚鵡語相和和

又同前　前人

三九

一入吴宫殿無人覩翠娥臺高時貯舞宫静夜聞歌
半露胸如雪斜回眼似波嵬妍各有分誰敢妬恩多

吴宫　同前

李商隐

龍檻沉沉水殿清禁門深掩断人声吴王宴罷滿宫
醉日暮水漂花出城

同前

前人

茂苑城如画閶門瓦欲流還依水光殿更起月華楼
侵夜鸾開鏡迎冬雉献裘從臣皆半醉天子正無愁

同前

儲嗣宗

乱鸟哑哑飛復啼城頭農夕宫中棲吴王别殿繞江

水後宮不聞美人死　又五

又同前　前人

荒臺荊棘多忠諫事如何細草迷宮巷閒花娛綺羅前溪徒自綠子夜不聞歌悵望清秋莫悠、東去波、

又同前　曹、鄴

吳宮城闕高龍鳳遥相倚四面鏗鼓鐘中央列羅綺春風時一來蘭麝聞數里三度月明落青城醉不起江頭鐵劍鳴玉坐成荒壘適來歌舞處未知身是鬼

吳宮怨　張籍

吳宮四面秋江水江清露白夫容死吳王醉後欲更

卷十一　四十

衣座上美人嬌不起宫中千門復萬户君恩反覆
能數君心与妾既不同徒向君前作歌舞茱萸滿宫
紅豈垂秋風嫋嫋生繁枝姑蘇臺上夕宴罷他人侍
寢还獨歸白日在天光在地君今那得長相弃

同前　　衛萬

君不見吴王宫闕臨江起不卷朱簾見江水曉氣情
來双闕間潮声夜落千門裡勾踐城中非旧春姑蘇
臺下起黄塵祇今惟有西江月曾照吴王宫裏人

吴宫曲　　張祜

日下苑西宫花飄香徑紅玉釵斜白燕羅帶弄青虫

皓、齒初含雪柔肢欲断風可怜傾国色誰信女爲戎

同前　孟遅

越女歌長君且聽夫容花香水邉城豈知一日終無主犹自如今有燕声

同前　刘滄

吴苑荒凉故国名吴山月上照江明残春碧樹自由影，半夜子規何處声芦葉長侵洲渚暗蘋花開尽水烟平经過此地千年恨荏苒東風露色清

同前　貫休

夫差昏闇伯嚭傾千古凄凉地不灵妖豔旦餘宫露

卷十一　四一

濁忠臣心苦海山青蕭條〻陵隴侵寒水彷彿樓臺出

杳冥此是前車更非遠六朝何処不星〻

問吳宮詞并序　陸龜蒙

甫里之鄉曰吳宮在長洲苑東南五十里非夫差所

幸之別館邪披圖籍不見其說詢故老其不得其

地其名存其跡慼悵然興懷古之思作問吳宮辭

云、

彼吳之宮兮江之湄複道盤〻兮高且斜波搖疏兮

霧蒙箔菡萏囯兮夗央家薦之蕭瑟兮蛟之琵琶駢筠參

差兮界絲客燕曲房兮上初日月落星稀兮歌酣未

畢越山叢〻兮越溪疾美人雄劍兮相先後出火姑蘇兮沿長洲此宮之丽人兮留予不留霜氛重兮孤榜曉遠樹枯蹊兮愁烟悄渺欲攄愁烟兮問故宮又恐愁烟兮惟白鳥

吳宮在長洲苑東南五十里相傳吳王別宮南宮在吳縣界亦吳王離宮

錦帆涇　高啟

水遶荒城柳半枯錦帆去後故宮蕪穷奢畢竟輸漁父長保西風一幅蒲

同前　周南老

闤闠城何高城下環池濠臨隄垂細柳夾水開繁桃
春風張錦帆棲船駕炅鰲帷歌襍絃管放情遊以遨
載極嬌盤樂侈蕩誇雄豪忘尔申胥忠不念汗馬劳
錦帆涇即旧子城濠也世傳吴王尝作錦帆以遊
故名在大街西貫樂橋南市北直抵报恩寺

石射堋　楊維禎

周家十圍鼓散落陳倉野犹有夏駕石盤〻鼓之下
秦鞭血山骨吴獵焦野火見鼓違不扙石鳴知有寡
父老惧識言山空石長啞

同前　高啟

石射堋、張石城、石鼓响或發、石騎势欲行、彷彿古戰場上有愁雲生、餓鴟嘯寒風、砉若箭鏑鳴、何人作此崗山中、鳥獸欲過胆尽驚、疑是神禹治水時、來教兕射降妖精、至今風雨夕、犹聽人馬声、嘗聞父老言、鼓鳴則有兵、方念瘡痍民、脱命見太平、我願碎其鼓、隳其堋、一人安、四海清、自此萬年無戰争、

同前　周南老

石城山頭石屹立名射堋石鼓偎在篁石騎势欲騰昔傳父老言鼓鳴即致兵年來屢争戰斯石還有徵方今氛祲清堋泐鼓不勝何如岐陽石千載紀文明

同前　王賓

石有何凴也好兵射堋張處鳥飛驚量思肅慎將砦覔却是人工後始成

石射堋在石城山有石鼓〻鳴即有兵又有石馬望如人騎

走狗塘　高啟

春堤長春草淺此地吴王曾走犬獵場四面圍画旗紅炬照輦还宫遅割鮮夕宴誰共食臺上西子非樊姬春苑年来草仍緑韓盧已去多麋鹿君不見漢皇縱狗殊有功逐兎直到烏江東

同前　　周南老

遊田陟長洲、塘堤如坦途、吳王曾走狗、一一皆韓盧、犄狡逐潛兔、扼噬奔雄狐、追踪極蹂躪、徒搏爭馳驅、胡爲兩黑龎、南北同嘷呼、陰匿既符夢、伯業就與圖、

同前　　王賓、

差人來築費黃金、縱犬奔騰快一心、偏惜子胥先賜劍、越王不死役謀深

走狗塘在城西吳王遊獵處也越絶書云闔閭走犬長洲

百花洲　　高啟

卷十一　　四

吴王在時百花開畫船載樂洲邊來吴王去後百花落歌吹無聞洲寂寞花開花落年〻春前後看花應幾人但見枝〻映流水不知片〻墮行塵年〻風雨荒臺畔日暮黃鸝腸欲斷豈惟世少看花人從來此地無花開

同前　　周南老

灼〻洲上花穠纖亞紅白艷冶映朱楹芳菲連綺陌看花春復春豈知兩賢几再涉没以須人去春寂〻我來千載後繁華總陳迹悵望夕陽低平蕪慘寒碧

同前　　姚廣孝

水灧接横塘花多礙舟路波紅晴漾日沙白寒棲鷺
緑江魚網集隔渚菱歌度不見昔遊人風烟自朝莫、

同前　　　　　　　　　　　　　　　王　賓

當時人刴百花洲人面花光照碧流今日人來尋旧
跡菲〻芳草沒人頭

百花洲在西城下胥盤二門之間

魚城　　　　　　　　　　　　　　高文度

谷變陵遷自古今耕人指點説魚城緑波已涸無鷗
鷺禾黍離〻高下生

魚城在吳縣横山下越來溪西吳王遊姑蘇築以養

魚續圖經云吴王控越之地本名吴城方言謂魚爲吴故誤称耳今山之傍有岡隐隐如城又有射臺亦在横山周益公南歸録云魚城在田間基厚而方其高二丈博倍之爲田百二十畝土極細故久不壞

雞陂　　高啟

吴妃不解报朝盈空養雞鳴滿别城畢竟餘杭西走日五更誰唱出関声

同前　　周南老、

城東古婁縣門外有雞陂吴雞多善闘奮勇若吐奇

縱觀魯賜錦潋猛犹徤兒蹀躞遍城墟棲止不以塒
豈獨司晨旦端由肆諧嬉何如夜冥冥風雨鳴犹西
雞陂在婁門外吳王畜雞城也又名雞陂墟

酒城　　高啟

酒城應与酒池通長夜君王在醉中兵入館娃酒未
醒越人宜賞釀夫功

同前　　周南老

聞昔酒為池吳今酒有城築城以釀酒不憚民勞生
滿貯梨花春臊醽竹葉清沉湎曾忘国有戒寧莫懲
醉此越來水晝眠犹未醒城成更不易時得苦酒称

同前　王賓

只怕酒漿勸飲少那思版築害民多為城恣釀〻人呼

苦伍子胥知没奈何

苦酒城吴地記云在魚城西南故老云吴王築以

釃酒今俗呼為苦酒城、

越城　高文度

古意猶堪弔南湖不惟悼遥閶闔開国地勾践進兵

槁城郭高低黍莢炅日暮潮蒼茫遺独立斜日下漢

樵

越城在胥門外越伐吴〻王在姑蘇越築此城以

逼之城猶彷彿在

婁城

高城一望思茫茫湖轉婁江入海長边境到今無漢縣古倉何處積吳粮鷗棲淺渚寒芦静雁落平疇晚稻香野水閒雲吟不盡玉峯西面看斜陽

婁城即崑山故城也圖經云在縣東三百步旧志云吳子壽夢所築

言公井　　高啟

寥寥武城宰遺井虞山陰千載汲未竭九仞功應深藝圃自可灌道源誰復尋絃歌聽已歇瓶綆看還沉

卷十一　四七

無為渫弗食惻〻起嘆音一瓢樂未改庚幾回也心言公井一名聖井在常熟縣治北一百九十步言公宅傍吳地記云宅傍有井二傍有洗衣石

蠡口　王賓

連年謀國甚勞神一旦功成便脱身從此更相同伴去豈思全己又全人

蠡口道院漫興（二首）　胡纘宗

面〻皆春水臨橋跨小樓帆檣日來往誰解五湖遊

又同前

橋迴低臨斗樓危遠棟河碧桃開十里春興復如何

蠡口在齊門北

甪頭　高啟

高皇本壯士提劍定四方晚為兒女情悲歌起彷徨受、子欲建儲寵姬方侍側顧鷩四老人謂已成羽翼大臣、豈不諫孰能斡天机彼翁何為者足見人心歸始潛避、秦君終出安漢嗣世羅鳥能羇舒卷聊自肆我來甪里村、如入商顏山紫芝日已老黃鵠何時還斯人神仙徒、千載形不㓕犹想蒼岩中白頭卧松雪、

同前　周南老

洞庭之西南粤有甪里村中蔵避秦人寔為太伯孫

卷十一　四八

一出安漢嗣始知德望尊高皇遂悲歌顧寵不忍言羽翼既已成紛紛奚復論苟非留侯計元道終丘園

同前　王賓

先生未出去安刘人世那知在此遊西望商山行路遠白雲來往自悠悠

甪頭即甪里在洞庭西山漢甪里先生所居史記正義太湖中洞庭山西南有祿里村（甪里先生周姓字元道）

死亭灣　高啟

貧賤衆所弃豈惟愚婦人珪組何重輕能令变交親翁子昔未逢妻去恥負薪五十非晚貴不能待終晨

一旦謁帝闈还家綉衣新邸吏驚赤綬邦人候朱輪
無緣見故夫自殺此水濱誰知孟德耀元在尓東鄰

同前　周南老

亭〻金閶亭〻下水一湾水清宜濯纓不照慚婦顔
嗟哉翁子妻年少耻苦艱焉知夫晚貴持節衣錦還
雉經寧忍死唤彼真愚頑桓〻會稽守終身豈○○

同前　王賓

春風緣岸緑楊垂翁子乘軒到郡時逢着故妻加館
侍不思他怒去求離

死亭湾在閶門外七里漢朱買臣妻既弃其夫而

再、嫁後見買臣貴恥而自縊故名其處

吴都文粹續集卷十一終

吳都文粹續集卷第十二

長洲　錢穀　叔寶　集

古蹟　壇廟

毛公壇　范成大

松蘿滴翠白晝陰七十二峯中最深綠毛仙翁已仙去惟有石壇留竹塢竹陰掃壇石槎牙漢時風雨生蘚花山中笙鶴尚遺響湖外人烟驚歲華道人眸子照秋色要我介山築丹室驅丁役甲莫見嬉渴欲飲泉飢宜食餌术

同前　張羽

方壇蔭奇竹僛彼毛骨秀想見黄眉翁時來濯水溜
一往不可得尚問何日又

同前　高啟

欲覌漢壇符東上縹緲峯葛花墜寒露夕飲清心胃
月出太湖水鶴鳴空磵松真境久寂寥蒼苔閟灵踪
嘗聞綠毛叟變化犹神龍世人豈得見偶許樵夫逢
扳險力易疲探玄志難從歸出白雲外空聞仙覌鐘

同前　周南老

朝遊金庭館解駕毛公壇八景飛高清仰浮紫宸端
碧雞耀四灵玉井騰神丹漢符秘真跡宛宛雲龍蟠

我来观妙象月落空坛寒安得呼我起白日生羽翰

同前　王賓

許多灵跡在山頭市上人来只暫遊古樹生衣毛似緑枝柯經度不經秋

将遊毛公坛雨不不克往　王鏊

毛公已去有仙坛眼見亭臺欲到難翠壑蒼厓增惝怳玉芝瑶艸長闌干洞無金鑰誰能闖井有丹砂尚可湌傳語仙翁莫終弃當時雞犬從刘安

毛公壇　王寵

石門有遺營澗道時屡揭山迴谷籍長地迴琳宫秘

巻十二　二

近峯欝交青遥岑盪匳翠丹井周前除雲堂儼昔位
毛公颷羽翼白日翔鸞鸖自非山水灵胡為異人至
石髓不盈握圖經戚餘字樵人引蔓行鹿子銜花戲
蜉蝣不崇朝浮生漭如寄荷蓧斸黄精終矣丘園貴

謁毛公壇雨不果　徐禎卿

三宿無緣拜真宰修誠中夜枉斋飧豊泥已媿妨長
屐细雨虗煩淨小垓玉篆定埋雲蘚古刘根有鎮垓符金丹
誰鑿井淤乾有丹井今已涸幽探却負山中勝夢繞空庭檜
影寒

毛公壇　姜龍

刘根成道処岩谷氣犹豪曠世留遺蹤何時更代毛
春風吹草緑夜月倚壇高苦行有真樂浮生無乃劳

同前　　　　　　　　　　陳都官

古壇疊乱石、草木何恭差、黄衣宇其旁、陳迹刊豊碑
日初刘真人、齒髪不可訾、但見組緑毛、被體鬖〻垂、
雲駢一日去、空山留庭壝、弟子散岩谷、荆榛蔽荒基、
晚有周息元、探訪親斬披、白鹿忽跪前、灵符見葳蕤、
地勝人既偶、凝𢑱起宫祠、朿帛下幽聘良馬維素絲
前朝揖高風有美皮陸詩殆今三百年事去物亦隳
喬松委樵蘇野蔓號狐狸惟有煉丹井甘冽無苛夷

卷十二　　三

一酌非消渴欽慕尚神禧

毛公坛　　張雨

毛公坛上片雲閒

同前　　謝晉

刘根學道建仙坛清夜朝真風露寒刘根得道登仙籍壇上莓苔日應積知向深山歲月多自生緑毛如短蓑往来樵子咸相遇倏尔趋隐岩之阿一朝功滿昇仙去羽蓋朱輪曾此駐犹遺漢篆鎮坛符千古相傳爲福地

烏夜村　　高啟

荒村烏夜棲忽繞月明啼生得東家女身爲萬乘妻至今種高樹不遣烏飛去居人凡幾家愛聽啼啞〻啼啞〻忽驚怵婦開門向烏拜

同前　周南老

崑玉山南村祥光燭坤倪夜白奪明月群烏忽驚棲啞〻啼徹旦異此声太奇村東何家娼夜半生王姬烏知荆布女后服崇翟褘至今村上民不重生男兒、

同前　王賓

啞〻月下有時鳴不似當初夜裡驚身賤誰圖生貴女但求寬戚淂安耕

烏夜村在崑山縣晉穆帝時何皇后父準寓此産后之夕有群烏夜啼于村落自後有烏徹夜鳴必有大赦

重立鬱林石記（今呼爲廉石）　吴寬

石之産于吴者奇形怪狀不可尽述良工采之好事者賞之君子則藐之于此有石焉頎然數尺重而不奇蠢而不怪尽山中皆是物也良工弃之好事者藐之君子則賞之又從而貴之敬之視其物殆与曾璜秦璧等非物也人也盖當漢末吴郡陸公績任于孫氏爲鬱林太守相傳泛海歸吴舟輕恐覆取巨石爲

裝蓋其廉如此公家婁門之内臨頓里之北石甶民家至今猶存而埋沒土中僅露其背過者猶能指而稱之曰此漢陸公鬱林石也然未有表識之者今監察御史昨城樊君祉廵按吴中聞而美之謂知府史侯簡曰先哲遺物固宜表識且有可以風励乎人者在顧其石僻在東城非官吏朝夕属目之所其為埋沒芋耳吾將有以置而立之侯以為然於是吴縣知縣鄺璠長洲縣丞王綸相与督役夫曳置察院之側作亭覆之而樊君為名之曰廉石〻始僻而通久湮而顯觀者閲然足跡不絶皆曰古之才御史必以揚

清爲事樊君此舉雖去之千四百年之久猶且揚之況其近者乎且御史之職在乎舉賢舉賢者可以激劝乎一時石之不朽雖至于千萬年可也其有功于風紀甚大且久惟昔南中有貪泉焉飲之者見宝貨以兩手攫而懷之物之能移人心如此今之廉石正与此反自兹以往凡過而視之者其廉士固欣然摩挲愛玩以益励其操若夫貪者將俛首赧顔趋而過之有不動心而改行者尚得爲人類也乎石之立爲弘治丙辰肆月越月而亭成樊君既題其楣曰漢欝林太守陸公廉石復別琢石請予爲記予美其事故

諾而助成之

馬　録、

予讀康石記未嘗不善樊桂史昭茲訓也嗚呼士之康也由（猶）女子之貞也女弗貞雖嫱施之姱蔡衛之伎国人且醜之士而弗康雖才美肖管晏君子弗多焉何也則耀乎外而本之弗修也嗚呼吾观陸績氏苔節哉可以化士行矣夫弗訓則弗（無）依鄉者上也訓而知之者次也訓而弗喻日且甚焉吾弗知之矣孟子曰聞伯夷之風者頑夫廉懦者立志夫人若頑懦品斯下矣且知化矣觀陸氏石而弗化焉者其性由（猶）犬

卷十二　六

焉与我弗類也或曰記所云近矯也非所以訓也録曰過矣不渝于無賴者乎彼畄犢縣魚雖非中庸然而令名施于後世夫矯者訾之是佐貪也予故曰善楙柱史昭兹訓也謂其可以風凡為吏者也不但蘇州而已嘉靖元年二月吉汝南馬録百愚撰

欝林石　王賓

喜無人運去平泉犹卧来時旧宅边清白曾沾使君化到今不點污沓錢

欝林石在婁門孫吳時欝林太守陸績罷政歸官廉無裝舟輕不能道海取石為石重世爱其廉號

欝林石弘治丙辰四月御史樊祉曳置察院左以亭蓋吴寬記

交讓瀆　　　　　　　　　　　　　　　王賓

緑楊芳草一泓泉，見説多年弃道邉。除是平分与鳳月，恰如虞芮有閒田。

交瀆讓在干將坊乘魚橋東北，楊循詩琴丁結交事耕耘，似指琴高丁法海相讓處，續圖經則指張融陸慧曉言，今又有交讓巷。

越公井　　　　　　　　　　　　　　　高文度

甃缺傳歆角，已刓餅（ム）羸（ム）鮒射不生瀾，曾聞大慧無生

卷十二　　　七

法甘露餅中滴〻寒

同前　　王賓

當初開出水泉新日飲長兵百萬人從爲僧家消歇

後石闌高処尽泥塵〻、

建吳井洌泉亭記　　施清臣

侯国而隷蘇郡往迹而迩僧居故西接横山治北梵

刹之傍吳臺並峙吳井東衙沸流近閑之佳境也粤自姬

封斗野都据具區季華修泰纵無限之歆夷山之巔

碧鱗参差以巍其層穴泉之腹翠鴛周迊以寬其汲

左氏所謂吳夫差一日之行所欲必成珍異是聚遐

撫前載石莫容問矣然山不可移則兩臺未汲地不可改則一井未湮有臺以娱已有井以蓄衆一千九百餘載所以僅存也顧瞻此井埏土内甓潭爲一規衡石外圍舩舄八鋭旁齒識勒模款可辨首建唐楞伽殿後重修吴朝大井乃廣明九年二月箋演僧茂乾爲之記法鏡禪師初造其寺井則吴誌言當横山艮位越來溪西百步隋開皇十年越国公楊素築城湲之唐刻顛末如此去井南百步又獲深沙亭録神变相記雖在城(沈)瘗略無剥蝕亭則大中六年六月當州刺史奏置此寺于上方收拾餘材創立神宇𢾺此

卷十二　八

寺環于山井屬于寺皆昭昭也乾道壬辰相國周益
公南歸録繫日記行至石湖云初吴王築姑蘇前後
兩臺爲城三重遺基儼然夫差西施宴遊之地此言
臺也遊楞伽治平寺門外八角大井視闌刻字隋初
平陳楊素徙吴郡于此近地尚有新郭之名其後吴
人不安復还今城此言井也敘之于吴則井爲臺設
後之于隋則井爲城用豈細人能私哉蓋興替藉曩
昔而爲鑿形勢因天壤而並存一草一木計古有凡
記之方策又豈流俗能識哉迨熙寧中里有喬輩佃
其地爲塋迨今一百七十餘載挾後冒先廣包臺井

治平主僧義超越訴諸節府發運夏卿趙公目擊廣輪力誅其欺由墓之外悉歸之寺義超求叙端倪余曰貳守吴爱棠奕葉正直庚子厄數十有二政種々加恤捐餘幣一百八十萬緡以代夏賦股肱郡最此特泰山之毫芒耳抑豈算沙能喻哉復興木章粒斛結屋庇井親以洌泉扁之山(林)灵川后俱賀其遭相与作證云公名与簋今兵部侍郎知臨安府淳祐二年清明日施请臣記、

越公井在治平寺前小岡上唐廣明元年修井記云隋開皇十年越国公楊素築城穿此井其徑一

卷十二　九

丈有奇石闌如屏繞上有刻字

丹井銘

宋濂

海虞有虞山梁天監初漢天師十二代孫張道裕來
隱其下建真之治鑿丹井爲宋淳熙中道士李正則
浚井得藏丹石礮啟之化爲双紅鴿飛入尚湖至今
湖中丹光熀熀然迩年井且廢莫知其所周尊師玄
真窮日力尋獲之重加以甃搆亭覆其上時——
皇明洪武元年也然仙家煉丹必以井故名山多有
之其今在海虞者旧廢而新治豈玄學興之徵歟銘
曰太陰委精自天一融而爲液養萬物神丹熾熀熀赤
如日有夫玄中發戒室双禽銜霞飛晱晱灵泉甘適
容飲焉壽与天地畢

卷十二　十

登昭明書臺因訪丹室　沈周

遠秀目已週復駛登高足青山不孅人所取隨戒欲巍〻古仙臺寂〻莫林麓七檜交雲霞炅飈散請馥崇臺轉磴道扳緣把傍竹同行玉堂彥高咏龐虛谷逍遙東山風能去歌管俗中紙鶩連張謬圖附一幅軸聊以志傾賞流傳亦何卜或恐聞邦人有酒悔無逐

丹井亭　華請

宙侯孫子燒丹處野老來尋坐落暉大藥已隨神物化寒泉尤在昔人非樓臺抱影湖光動竹樹交陰暑

氣微欲借清泠洗塵渴清風吹满芰荷衣

丹井在虞山南嶺下

重修山川壇記　浦應祥

祀事国之重典也礼天子祭天地諸侯祭山川卿大夫祭五祀士庶人祭先祖名分各有攸係而其齋祓對越之誠敷達精明之德蓋不以大小而有異也然則祀事豈可苟忽乎哉吾蘇古名郡而封内山川隷在吴邑弘治辛酉春郡伯曹公将有事于兹而邑宰任丘酈侯先事而往随事整飭之餘復瞻顧揣度曰有事則為款謁之地過事則為草莽之區非所以敬

鬼神崇國典亦非所以為國經遠之圖也爰請命于公而增葺之公是其請用是量土地計徒庸開闢方隅補益坎陷礱石而為坛壝甃石而為周垣幽深閒邃廣衍庑潔齋宿有居庖湢有處高其門域固其扃鑰丹堊輝映品秩森欝望之而知重祀之所在也工畢合邑之士与夫知禮之詆咸曰侯之功施于位者溥矣然不能悉書而倫錄之也此而不記將何以昭侯之休嘉于永久哉胥命予文之以錄于石予隣侯之治辱侯之愛稔知侯之為人侯以名進士出知是邑抱明敏便捷之才濟閎肆辯博之學而施之以寬

厥威惠之政六載克舉而發擿奸伏有若鑑燭誠所謂赫〻師尹也其于民隱凋瘵則又深于究理所謂豈弟君子侯實兼焉今六年于茲矣賢司知侯之賢上疏而旌別其異能者三凡而侯益勤于政蓋其励志堅捺邁名而顧行者觀其所為有足徵矣更于其平日政事之餘棹鞅藝場遊而詞林殆所謂有乎内而能飾乎外非焚梓毀璞者比也侯趋擢有日此畧記其名行之槩侯其他日負荷重任則其豐功偉績當有秉筆者為之傳焉

淳祐重闢社壇記

李心傳

自昔有邦家者其祀事莫尊于社稷以尚書周礼中庸參攷之社之祀率与郊並蓋郊之祭則天地上帝也社之祀則地也后土也天以氣言則一而已故惟天子則祭之地以形言則提封有廣狹之異故自皇朝列国下逮卿大夫州邑都鄙之間各有祀焉蓋祈報之行于是乎在也後世此義不明而社稷列乎宗庙之下則失之矣今之縣古子男之国也国家欽崇典祀雖循漢唐之旧而社稷壇壝特放其制部刺史巡歷所至必謹祀之重民事也平江在東南為大府其所治長洲在浙中為壯縣而長民之吏揭虔者罕

春秋二祀有壇無宇榛莽弗治神靡顧歆水旱螟虫
無歲不有而養民餉軍之大計莫知所出矣淳祐元
年春趙君汝渴以選來為令濮邸近屬安化王曾也
學古入官三試礼部西山真文忠、公与群彥文舉之
以是通籍始至按視惕然靡寧載經載營猶未定也
會邑之奸民有以訾力詒害于私者刑獄使者陳公
稔知其惡因其自致按法論罪移之他邦邑父老乃
請趙君庚其常售之屋庐為齋居望祀之所趙君以
白陳公、許之夏五月己亥興工㮚月而畢壇壝增
崇垣墉畢備費出于有司而民不与雨暘以時歲則

卷十二　十三

大熟趙君因心傳之客東陽蔣持志以記文爲請且曰害治者既去而訓民事神又得其所是陳公之賜也不可以不書陳公侯官人古灵先生之從曾孫文學政事咸世其家銘定中尝以尚書郎持斧江右克清群寇具有芳烈分閫盗城威惠並著波江不驚嘉熙之朝遣浙右有羨兵之驚上遴選廷臣復被綉斧之命公奏用龔遂之策曾未旬月荷耰鋤者皆散歸南畝幾旬以寧公所建立如此則縛一奸民特公之細事顧吳人謂公清明正直彰善癉惡無小無大必行其志多以称是公者故亦不得而畧也公諱塏字

予奭今以秘閣修撰爲沿海制置使朝廷思其賢將召矣慶元二年冬十月既望朝奉郎新除寶章閣待制提舉江州太平興國宮李心傳記

長洲縣社壇記　孫應時

古之制祀以社次郊〻尊而社親尊故天子專之親故達于庶人非土不國非穀不食故有社斯有稷句龍于土棄于穀厥有大造開濟萬世故以爲配春秋祈報之外救災出火師田行役獻功戮罪君臣上下日相与聽命于社礼樂刑政于是焉出故曰明乎其義治國其如視諸掌乎世衰王制壞古義隱妖妄百

出而祠庙蝟興褻天蠹民幻為妖威日熾月滋上之人不以禁又從吏之天下郡縣雖通祀社稷世守不廢以為三代之旧章然獨其制度之形似儀物之文具而已有司者一歲再祀民不与観也民于社日或各從其俚俗鼓舞迎享醉飽相樂不知其何人且何礼也水旱禳祈奔走如織于社稷闕如也嗚呼知古者得無嘆息于斯乎今令甲守令下車必視社稷飭坛埤而遵用或寡且誘曰小祀〻亦不親其事至若倚郭之縣自為社于闤闠偪仄之門往〻臧裂最甚長洲縣之社在吳郡城内當縣治西南四十九步荒

毁有年慶元四年九月知縣事天台黄侯宜一治新之墠宇中度門垣靚深逵巷触闢身率寮吏時祭祀必謹黄侯儒者為縣如古循吏多善政可誦此其細事若不待書雖然愛礼者存羊因今之制存古之意君子重之縣寔小侯承天子之命司社与民固未有忽畧社稷而能父母其民者也然則凡黄侯之善政乃自社稷墠始乎是以記之因詔來者知所繼焉六年八月會稽孫應時記

社稷壇在宋有之今皆統祭于府

崑山縣社稷壇記　　項公澤

卷十二　十五

邑有社稷壇春祈秋報重農事也崑山縣壇蕪爲荒
墟雞犬放焉遇藏事則望拜于鄉校大成殿之戟門
豈惟祀非其所神弗克歆抑且背先聖先師焉前政
嘗有意修復惑于陰陽拘忌之説而未果予竊謂爲
宰者膺人民社稷之託寄平土播穀神寔司之民實
賴之詎容不知報本之爲急務乎乃即旧址而經營
之爰築[四]壇創造齋室周以垣墉植以松柏幣有瘞所
門有扃鐍其神位列于齋室其祭器寄于邑庠至期取
用焉典祀于是乎厥矣惟茲調邑營繕孔艱屢政撫
視今幸肇成繼自今其以時整葺毋或因循与宗祐

相爲無疆故書以示來者淳祐壬子中和節永嘉項公澤記

社稷社稷壇在縣治西南三里至正七年費復初建洪武二年知縣呼文瞻重修

常熟縣社稷壇記　陶任古

有民人焉有社稷焉民爲貴社稷次之臨民所重莫先于社稷也常熟爲邑亦古子男之国所寄以奉社稷之祀皆頹垣敗屋壇壝隳圮任古至官之初會春祀莫遑展俎豆之事以薦此誠念無以報神休荅陰貺越歲鳩工而治之不謀于公帑不假之民力取其

卷十二　十六

有罪眚而不丽于法者命贖之壮者献其力富者助
其資始于今年之孟秋振成于冬初壇壝垣屋爲之
一新雖無華丽亦使邑人知社壇之重祭邑官之所
存焉紹興甲戌冬十月記

重修社稷壇記　黄應酉

開禧三年春霅川葉侯凱奉辟命来宰常熟始至有
事于社稷顧壇壝隳圮屋宇荒蕪慨然思緝之方繕
學舍不果又明年始克成事旧址築土爲壇旁上皆
甓雪霜風雨之餘易以動摇寸竹之椽若將壓焉于
是更甓以石易竹以木垣亦中外低者高之堨者飾

之靡鎛弗補靡隙弗周紀始于嘉定二年秋八月告成于冬十月既落囑應酉爲記應酉何人哉弗敢謝不能君子謂是舉也有可書者三方其始至誚明農祀不忘本也及其欲修首其鄉校不先神也迄于已成費捐公贏不及民也春秋一善必書茲舉而三善備焉得不書十月乙卯廸功郎平江府常熟縣丶尉兼捉私茶鹽礬兼催綱黄應酉記、

重修社稷壇記　王遂

端平更化之歲山陰王君爚來宰常熟始至召邑之故老而問政焉曰久矣此邦之不獲乎上下也故老

則曰前宰孫應時後皆有以自取也君愀然作色曰是吾邑化未更始也乃新學宮飾教令謂子游邑人也別為宇為像祀之收言氏諸孫于農圃而教焉招四方之名士邑之秀子弟而學焉士風以變民聽以聳而以為猶未也昔泰伯之有国于此也礼遜之俗推重天子下今渡江百年授田無法制賦無藝民無常產則無常心宜也乃通邑而經界之以昌吾邑而猶以為未也有田必有役而役莫便于義合公私高下為之十餘年不止仁声義氣充塞一同大綱小紀具在方冊比及三年教化興而賦役簡士歌于學民舞

于途今日之事有大于是者乎設坛以祀社稷而風雷雨附焉皆本于朱文公鄂州社稷記俾來以圖請于郡太守曰予丞之三日檢視坛壝之不如法者命有司循飾畢具又去淫巫之幻以惑衆者期年之間人用安業歲以大熟余非不樂此而不爲也祀典之不恭而佛老是狗民義之不務而巫覡是度余甚不便于此乃掃地而更新之以暮春庀具季夏乃畢將以八月中辛集吏行事俾民与观焉子其誌之遂辭以不文爲辭然心許之會聖上不以爲不治易郡角東還家未幾則令已被命升　轄而進諸朝徵予文

益力于惟文公所記一本政和新儀而類礼有書始自通典終于嘉定新礼往〻詳于祼献陟降而畧于坛壝而向有所謂社東稷西風雨少却皆北向者有所謂同壇而共牲者于圖疑未合而未有以証也抑聞之礼曰郊社所以祀上帝也又曰社者所以神地之道也意者古先聖王郊所以祀天人君用之社所以祭地諸侯用之惟天子為能祀郊故得望祭百神若諸侯則止于社稷故句龍棄以功配風雷雨師以其陰陽晦明及百物者因類而致之上不敢擬于太社王社之制下不以群姓立社蓋其尊罍有數牲幣

有式至于車服之微因其尊卑大小咸有科級報本反始礼之至也而别嫌明微于礼之中又有礼焉誠能積精致感于肸蠁之間則于天乎不僭何憂乎释老尽心竭力于禨禳之務則于神乎無謟何憂乎巫覡自是以往風俗成而氣習厚有以他道惑民者鲜矣子曰明乎郊社之礼禘嘗之義治国其如示諸掌乎令之為此庶乎其善治国矣故特書之以是吏化善治之本恤民祀神之務而于祀典礼經因有攷云

煥章待制知平江府王遂記

社稷垓在北門外旧在縣西一里洪武三年移置

嘉定縣社稷壇記

趙浩

昔在顓帝祀共工氏子柱為社稷虞夏因之而不易湯以時旱乃遷柱以棄代之三代以降祀典損益不同皇元奄有天下詔京師郡縣建立社稷在都春秋二祀以大臣行事臨期取旨郡縣則有常典致祭延祐丙辰朝列大夫太原任侯立來守是州先是州以縣升地瀕江海事多闕畧旧有社稷在州治西南傍接民居尤為簡陋會壇災惟壇樹不焦若有鬼神相之者于是更治之葺糞壤除煨燼衆庶子來踊躍就工甫三月而壇壝成社居東稷居西築壇四面為門

而依方色塗之西爲雷雨垓各一繞以周垣截然砥平植以嘉木範爲尊罍斲木爲俎豆作始于延祐五年月落成于秋八月適丁上戊侯偕寮屬齋莊朝服升壇成禮神人協和霧雨澄霽風雲熙然來享來格觀者若堵父老乃相謂曰賢太守敬以事神愛以養民勤勞茲邑得無記之乎衆乃屬浩爲之記國子高芛生從仕郎平江路嘉定州判官趙浩記

重修社稷壇記　薛元德

有元混一區宇修禮教報本風俗淳厚治定功成自歷代以來混一之盛未有盛于今日者也世祖皇帝

即位之初詔天下郡縣祀三皇与先師孔子及社稷焉非惟昭国家盛典亦欲使民帰礼教知报本開萬世太平之基猗欤休哉嘉定州隸吴郡三皇孔子皆庙學社稷旧有坛在州治南前太守王侯遷于西南延祐丙辰歲太守任侯立以簡陋不称增廣而一新之迨今三十餘載歷歲既久風雨震浸壇壝臺門垣墻俱崩摧頹敗榛莽荒穢至正八年夏燕山孫侯伯元来牧是州一日登坛顧瞻矍然興嘆曰吾聞聖賢言有民人焉有社稷焉今如是何以仰副国朝崇祀劝民之盛意也遂捐已俸倡率州民衆皆悦従奔走

聽役若歸于市乃除榛莽闢道路修社稷壇洎風雷壇新四方門重築垣墻周圍二百五十餘丈下甃以磚石上覆以陶瓦視昔治工十倍加壇之北旧有屋三間供具祭饌之所勢將傾壓葺而新之又于東西增廣屋二間俟日躬詣董其役冒隆暑亾不倦役興于至正九年七月落成于八月不二月而功告成適值秋祀俟帥寮佐行事是日也積雨初霽午夜清明長空無塵星月呈潔乃肅朝服正笏設庭燎陳礼幣具犧牲奏以雅樂酌以醴齊神其來格觀者環堵三獻礼成咸興賛頌父老相携子弟以謝復曰不擬今

卷十二　廿一

日復覩国朝之盛典使民知有社稷重根本知是也侯曰未也吾將興學校以礼教民父老咸喜再謝而退以元德一州範模力請記其事辭之不可勉為記曰嗟夫孔子作春秋為萬世劝懲邦君為国大小之事皆書之今之牧守州郡者出一言行一事四民所視為則者也他日載于郡乘書于国史可不謹乎今侯能修社稷使民知勸以報本又欲興學校而教以礼為政之効必見于三年有成是時當代名筆又當為之大書不一書也至正九年八月薛元德記

社稷壇在北門外宋嘉定中建元大德八年知州

任立重建旧在縣西洪武初移置

重修至德廟記　潘凱

淳祐壬子春凱奉聖天子命來司臬于吳詰暴審刑自來社而祝之有永無斁不勝甚且等照得泰伯廟退著節萬世自宋武帝毀淫祠以勲德著者存至唐狄仁傑毀千七百祀惟留泰伯等四祠本朝范仲淹奉使江淮、率先承奉廟食有光且自去歲七月領此所請無不如志此在制應祠祀聰明正直之尤者謂宜謁　安靈使民知所趨向顧祠宇荒落民祭不時非所以章天休而修神惠且郡以來痛樽浮費百

卷十二　廿二

廢粗修至德之祠　嘗加葺間独惟念吴之風俗非
崇飾老佛之宫則尊事巫教而孝弟不作礼遜不興
則以至德之祀不废泰伯之德不昭明于人心耳今
者章康䓁所陳誠足以新視聽而昭儀　王爵以上
自唐以来或以封
罔敢怠弛既又惧民之不見德也領事三閲月載以
礼欵泰伯祠顧瞻徘徊屋老茁荒喟然嘆曰至德者

百世祀吏奉弗虔何以存古已而趨而廡下土妖木魅詭形罔象遷以淫厲汙以倿慝徧民首禍福瞙拜乞靈滋磨劍好勇之習仍斷髮文身之訛端委雍容之氣象　俗不美刑不清良有以夫退惕然不寧亟戒其屬曰崇明祀礼也黜非鬼義也某日度材某日鳩工某日撤祠之非類者乃攻乃葺乃像仲雍

卷十二　廿三

季札侑泰伯祀越月告成率寮吏三献、烏乎世澆俗衰馬蚕猫虎之灵往〻厥事之嵬瑣奸回尸而祀者肩相摩也豈復知礼樂鬼神之奥哉泰伯之血此祠尚矣特以盛德至善民勿能忘堂皇之修不修庬褋之屏于至德乎何損乃若辨礼息刑宣尚德化正人心而吳民風者吏独不任責乎昔唐狄公持節江南毁祠、淫千七百所留夏禹泰伯吳季札伍員四祠凱視狄公無能為役而是庙適在典領抑邪扶正不、得辞庙旧在閶門外錢氏徙今址故、有祊田一十八畆今益五十九畆有奇栗入五十有五、石飯浮屠以守儲其羸以為修祠備俾勿壞并叙其系、自古公至友為世三十三刻之石稔来者攷焉其年日南至承議郎直宝章閣兩浙西路提點刑獄公事潘凱記

至德廟舊碑

平江府臣等照得近據本府進士章康葉輔之周應午胡淳將恢李潛等三百餘之狀伏見吳之建国自泰伯始至德称于魯論因心著于毛詩此意相傳由仲雍至于季札所宜血食百世以主神人廟故在閶門外寔漢永興二年郡守糜豹所建吳越錢氏徙之城中本朝守臣若梅詢孫覔輩凡有所祈靡不響荅

卷十二　卌

元祐間賜廟額曰至德後郡守請封王爵詔進至德
侯渡江以後守臣沈度更新祠宇曾公幾爲之記遠
吴淵到郡雨暘必禱隨禱輒應楊簡復大書孔子無
得而稱一章以詔來世今者幸遇知府待制侍郎力
掃妖巫礼崇命祀去秋大雨而歲不爲害去冬大雪
而民不告災今春嘗以歲致禱而自夏及秋雨暘時
若昨者　心憂旱朝旨祈年郡守奉行滂沲大應人
皆知燥濕之得宜高下之並稔而不知皆神賜之無
窮也竊見在法應有德行而因水旱禱祈感應之处
長吏以聞制加封爵今泰伯封曰至德侯宜申請朝

廷更加褒贈使此邦之人知全吴之地福、德流被端

有

廿五

重修泰伯廟記　周忱

宣德五年秋七月，礼部郎中豫章况鍾伯律奉璽書

擢守于蘇州。視事之日，吏以囚牘進，見民之繫于獄

者凡千餘人尚爭務勝交相訐訟有經十餘歲而未決者伯律姑置弗問曰明日率郡之父老祗謁于吳泰伯庙見其堂宇傾仆垣墉頹圮吏民奉祀弗虔乃喟然歎曰民不見德宜乎刑之不清也是非郡守之先務乎即日命工度材撤其旧而新之曰堂曰室曰門曰廡爲屋凡四十楹繚以周垣堅以甓甃不十日而告成復率父老潔牲牢醪祗祀于庙居人過客瞻望咨嗟于是獄之繫囚交相媿悔曰泰伯以天下讓民無得稱焉吾輩所爭僅錐刀之末耳何重貽郡侯之羞乎皆相与俯伏庭下自服其辜不數日而獄以

卷十二　芸

空虛告予時奉命巡撫于江南列郡至蘇州祗謁
祠下父老以其事告且曰昔者梁狄公以冬官侍郎
為江南巡撫使毀吳楚淫祀千七百所而此廟則在
所留而不毀者去今千有餘年得吾郡侯葺而新之
巡撫使之來又適當其時吳民觀感興起自今其無
復爭競之風乎予乃登進其父老而告之曰方泰伯
之奔吳也斷髮文身示不可立然荊蠻異之從而歸
之千餘家遂端委以臨其民是欲辭富貴而富貴隨
之及其後世夫差狃于必勝窮兵黷武破越困齊欲
伯中土卒之亡國身戮妻子為虜是欲求富強而失

其富強矣然則吳地數千年之富庶由泰伯之三讓有以致之也其鬧訟之成風者亦由夫差之好勝有以啟之也尔民欲為泰伯之讓乎欲效夫差之爭乎一則廟食萬世一則貽訕千載其得与失必有能辨之者孔子曰能以礼讓為国乎何有此予与太守期望于吾民之意父老曰善請以是為記遂書于麗牲之石使四方之來謁者咸有所觀感而興起焉豈独蘇州之民而已哉是歲十一月望日嘉議大夫行在工部右侍郎庐陵周忱記

重新至德廟記　　陳音太常

卷十二　廿七

自泰伯逃于吳民載其德以有国傳二十餘世而越始入吳〻人懷泰伯之德不忍其竟弗祀也東漢吳郡太守糜豹肇建至德庙于閶門外以慰民懷歷六朝至隋而唐狄梁公巡抚江南尽毁諸淫祠而此庙特存五代時錢武肅王徙庙于城中有宋諸名公吏于吳者凡有禱輒應焉

国朝宣德間郡守況鍾伯律因旧庙新之凡為屋四十楹閱歲久復敝頃監察御史張淮卭鎮奉

朝命按吳祗謁庙下病其敝且隘也命有司撤而新之堂廡門垣之制雖仍乎旧而高敞宏廓則視昔大有加矣於乎天生民有欲易爭

爭在利与民耳利莫大于有天下泰伯以天下讓不欲自有其名此其所以爲至德而孔子称之後世雖微利輒爭〻輒自以爲是而加不美之名于人小者閗訟以犯于有司大者興兵戈以縻爛其民是真太伯之罪人哉泰伯之後壽夢欲傳位季札亦犹太王欲立季歷之意也諸樊餘祭夷末不能如泰伯仲雍之讓吴于是乎不競闔閭夫差復好大喜爭竟白甬東之辱以底于亡嗚呼始以讓而興終以爭而亡民之鑒于是者尚宜慎所趨哉夫民之趋舍繫乎上〻好廉則墨者息上好直則佞者阻上好讓則爭者愧

卷十二　廿八

邦鎮厥吳民多爭訟特新至德庙以重媿之可謂善斡旋民風而使之興讓焉邦鎮河南襄城人登巳丑進士歷知山陽蕪湖二縣事務皆以德民今憲節至吳復有旌德化俗之舉可謂讓德君子矣庙功告成郡同知毛瑄推官樊廷選請予記其事于石用書此以嘉邦鎮之績後之吏民其皆務尚德息訟爭以仰視斯庙而無媿焉

之荆操詠泰伯庙　高啟

粤我有土岐山之下孰是營之維我考祖今我于返邁
自岐徂荆豈不懷歸念我弟兄民勿我思我斯安只

国已有后先君季子

至德庙　　周南老

勾吴始封君实周之長宗三以天下讓去国何從容
君親義両全讓国德愈崇荊夷東海隅黎庶咸来従
遂令千載下至德歌遺風周祚已云竭庙食終無窮」

同前　　王賓

翦商從父最難爲有弟承家此意安逃在荊蛮讓天
下荒祠今是一僧看詩至于太王寔始翦商左傳太伯不従是以不嗣

仲雍

當時与兄讓国同庙祀從兄礼並隆此讓豈私起大

志武王來克果豐年（左傳周飢克商而年豐）

季札

寧從田野去躬耕一節心終不改更哭到墓前來復命使回旧邑向西行（右二祠共在泰伯庙）

本朝頒降春秋二祀祝文改封吴太伯之神

三讓至德民無可稱周基三百由斯而成

夫差庙　范成大

縱敵稽山禍已胎垂涎上国更荒乱不知麋鹿自遺患只道求魚無後災夢見梧桐生後園眼看麋鹿上高臺千齡只有忠臣恨化作江濤雪浪堆

弔伍君賦

楊維禎

吾讀伍員事，未嘗不悲員處父兄之不幸，而訖至倒行而逆施，蓋大不獲已者，而世多之以為名，不可也。當員急于反讐，遂不顧，急售吳光而進專諸，殺人之父以報己之父，彼夫州吁之子則將何所報哉？此員失也。而況父兄痛之仇，君讟無極也，無能有兵于費，而鞭墓以仇君，蓋失也。然員能用吳以復父兄之仇，而又為夫差復父之讐，之死不畔以畢志于其所事，則忠為有餘矣。惜其君不終用，逆料後日治吳之禍，徒以表其言之明，故予作哀員辭，雖過

卷十二　三十

其孝而多其忠云
窮獨悲夫讒人之喪邦兮甚子之〻熊居鮮朝吳已
去兮繼出蔡朱之何嗣子師之不幸兮与讒而為伍
君一過已多兮奪婦遂及城父殺建嗟奢二子兮一死一
生死不可以莫之就兮生不可以莫之行脫身東走
兮乃至吳鄙、君親新有君兮光楚日以駭斟不三年
其克振兮繼入郢于州來胡罷人之斯失兮而不熸
子切廉夫厲階誓包胥以必復兮鞭王尸以為秉犯讐
天之費𨁟羽切兇兮曾不異夫聞懷懷曰平王殺吾父吾殺其子不亦可
乎辛曰君討臣〻誰敢仇之君命天也若死天命將誰仇必犯是余殺汝當鱄諸之進士

兮始已失其策也知反仇之急务行之倒而施之逆也吾犹尚論其孤忠兮保先君之嗣也棲越子于會稽兮洒灵姑之耻也越灵姑浮戈擊闔閭卒于郢夫差使人立于廷苟出入必謂已曰夫差而忘越王之殺而父乎則對曰不敢忘何甘饋之餮吾兮忘腹心之侄毒也黄池業乎成伯兮忽姑蔑之在目也剄七士以何益兮知貟作員一人亡而国随甬東之乞死兮始地下之慚知已矣乎国以人而張兮亦以人而亡始讒費之禍国兮繼嬖嚭之乱邦荃不察夫忠貞兮刔外迷而内荒訪胥山之遺庙兮声烈〻以称王怒濤忽其般足兮些灵馬于横江

卷十二　三一

忠孝威惠顯聖王廟碑

鄭元祐

孝莫大于雪父讐忠莫大于以死諫能養志者孝矣而忠未之聞能尸諫者忠矣而孝莫之顯故兼全忠孝者自以爲難至于王而忠孝全節光映千古論者謂王脱身不死所以爲父至其捐身不以死所以爲君若夫求忠臣于孝子之門則王是也計迄于今幾二千年不特焜耀史牒与夫庙食不毁至于樵童牧豎亦莫不知王之爲烈也夫自泰伯以來隱约荆蛮謂其城邑不過三里而縱民耕耨其間則文身斷髮自同俚俗鼋龜与处者不異蛮民及王身事闔閭君臣

合志乃擴其小而大是圖屏其陋而明是向圖為之
築城郭建宮室实府庫厲兵戎使吳自拔于蠻夷而
盟會于上国者大抵皆王之功也于後吳雖盡入于
越而吳人思王不忘于是建廟于盤門裏城之西隅
宋建中靖国時蔡京為之記〻謂圖經与州縣版祝
皆謂双廟一為永昌武大王一為福順賢德王若邦
人与學士大夫自昔相傳則皆以為子胥廟所為福
順則常州陳烈帝異代異邦而吳所以祀烈帝者當
吳越錢氏有国時崇振之請也若王忠孝傑然自宜
專祀故唐贈右相狄文惠公其持節巡抚江南也毀

卷十二　三二

吳楚祗祠千七百所独夏禹吳泰伯延陵季子并王
四廟而已夫王德化自後漢太守糜豹按行境内其
功、曹唐景曰處家無不孝之子在朝無不忠之臣譪
乎其言莫之尚也皇元大德三年王嘗顯灵以止淅
江怒潮于是国朝推贈王爵至正十二年廉訪僉事
遼東李公書吏絳州屈臣巡抚吳下力為吳民繕完
城郭已而御史臺檄專以築城事諉之庸田僉事浚
儀馬公二公念為吳建啟土首築吳城者王之功莫
大焉今重築于二千載之後大工大役必依神庥庶
幾育而颶風不為民害城完之日當為王重建廟貌

以畜神之麻今城果完庙不可以不作也乃作王新庙于胥門之上按郡乘以為王嘗宅于其傍故城門所由名夫以王之英灵且将与三光五岳氣併為久遠則其神灵助順福国何有遠近而況于王之故宅与王之故国也哉庙成乃為迎享送迎之詩以落李公名帖木児不花字仲善馬公名世德字元臣監郡則六十字子約郡太守則高公名履字德基云詩曰

胥門岸ミ新庙收作神頎兹邦昔我是擴雲祈徘徊下寥廓兮神官肇啟殽醑醴羙神其頎歆醉飽以喜民安盜弭降福祉兮神之歸兮簫曾雲山矗ミ兮水

卷十二　三三

范〻金支孔蓋光纘矜素車白馬還天闇年登穀熟兮神賜者侈樂神無穷兮自今以始遂昌鄭元祐撰

伍相廟碑　王鏊

吴之先介在蛮夷不与中国通者十九世自巫臣来歸而後知射御季札出聘而後得覩周樂及子胥来奔以闔閭伯拔舒伐越臧徐入郢之舉楚国幾墟黄池之會遂冠带以主夏盟吴之進也非公則誰使之世皆咎夫差不能用公子独嘆闔閭知公而不能用也柏舉之戰春秋許其与中国之夏而責随必以周室爲請其所伏可知矣使禁兵輯民挈全楚歸之周

則是役也秦必不敢救楚可滅吳可強于天下惜乎籍館返夷春秋復夷之此則闔閭群臣之罪非公意也夫豈独非其意將必力諍而莫之聽也然吳自此遂通上国至于今礼樂財賦甲天下非公則誰啟之是故自春秋言之則以夷狎夏自今日論之則以夏变夷其有功于吳大矣論者又謂公于楚仇不當振于吳諫不必死不知公蓋間世之豪英邁之氣自信不惑志在親則親重親重故可以不死不死以有待也志在君則君重君重故可以無死而死死之以即安也此豈世之皷皷者所及知哉公之廟食于吳也

卷十二　三四

久成化庚子盤門廟災高唐劉君士元以御史按吳
命新之予以公忠孝大節昭焯古今而功在吳尤大
也故碑于廟銘曰烈烈英豪楚材吳用茹怨銜辛遵
晦時動一舉入荊戕、仇斯復賊嚭爲奸吳亦旋覆越
兵之來有材墓檟公雖、云亡有不亡者曷不劝之素
車白馬出沒潮頭升降于、天廟食于吳弥千萬年

吊伍胥辭　　高啟

覽勾吳之故墟兮漼莽鬱其蘢蓯館娃廢而爲沼兮
歸伍胥之遺宮奚千祀而弗毀兮緊若人之死忠昔
旁遁而西渡江兮奮孤跡于羈旅既入郢而雪恥兮

又棲越而擴侮使彼吳之強大兮非夫子何孰為向
夫差之自喜兮遽忽戒而荒娛陳昌言之悃款兮実
不忍視国之阽危衆以子為叵信兮肆譖辞之詆欺
夫豈不能全身遠遁以自庇兮顧先生之旧德卒待
隕而何言兮恨終不能悟君之孽慼載鴟夷以浮遊
魂悍々兮在中流江神為子兮哀憤鼓洪濤于高秋
嗟君子之出輔兮孰不願為伊皋使言從而志行兮
致雍熙之陶々何齟齬而多患兮惟重華之不可以
屢遭鄂侯爭而就醢兮龍逄諫而見屠蓋自古而有
之兮匪夫子獨罹乎此辜身雖歿而義安兮又舍是

卷十二　三五

將焉索彼循默而苟容兮寧或免乎泚顏想子犹念夫故都兮或乘雲而來歸顧荊棘之多露兮應攬涕而欷歔余亦何爲而感慨兮惧直道之墮也聊陳詞表烈兮亦邦人之志也

子胥廟　周南老

芃芃楚亡臣用吳復父仇倒行而逆施道極將誰尤爲吳保先嗣誓雪吳姑蓋嗟君孽讒聒合比孩童謀員也請遠先懸目東門樓孤忠耿有光寔与天地侔」

同前　王賓、

苦苦鞭平爲父讐常常愁越与君謀江山如畫吳城

郭人到東門盡淚流

同前又首　沈周

忠臣有廟千秋祀伯業無蹤一餉烟入幕靈風猶颭颭侵階細草自芊芊存亡好在鴟夷內慚愧當於瞑目前倚壁題詩重惆悵寒雅鴉飛散夕陽天

又同前　沈周

城頭伍相祠堂好眼見香炉生紫烟吳治沼已成花寂寂楚靈何在草芊芊一時遺事千年後此日清談斗酒前落䰟布袍冠蓋末悲歌亦得倚秋天

本朝春秋二祀子胥祝文

卷十二　三大

孝以雪仇忠以报国白馬素車威灵赫奕

吳郡陽山灵濟庙碑　胡儁

中吳古泽国也當春之季陰晴多不常鄉民以是卜白龍之歸問其所爲白龍則生有定日而毋有姓氏塑土刻木繪縑圖楮皆有其像者往〻而是歲三月十八日城之内外遠近崇信士女畢集于城西三十里陽山之澄照寺設伊蒲供唄大梵音鼓樂祭賽村疃成市蓋寺之前有二庙焉祀龍母於東祀龍于西辦香炬蠟醴酒進羞者更出迭入及暮而罷恒以爲常謂之龍生日耆老相傳曰東晉隆安中有繆氏家

于是山三峯之下其女始笄因出歸途日暮天欲作雨忽遇白衣老人詢姓名居所願假館避雨迨旦而前語竟遷失老人所在今謂之龍塘即此地也已而有娠父母悪而逐之乞食于隣踰年今日産一肉塊見者駭愕弃之水中忽焉塊破化為白龍蜿蜒母前若有所告者母驚仆地須臾雷電晦冥風雨交作人面莫相覩良久開霽則見白龍夭矯于山椒俄頃還復産所睞母已死乃飛騰而去鄉民皐葵其母于此地今謂之龍塚是也自是馮巫以求立祠且言所産白龍已庙食長沙于是鄉民建龍母庙于山巔每歲

是日龍必歸省母前期旬日天氣肅然生寒四山烟雨作晴復合正誕之辰龍必見形或長身尋丈隱顯于衆山之上或小如蜥蜴依伏于母之庙覩暴風雷雨澍湧歸木則其驗也昔庐山僧祖照嘗述其本源于壁間矣庙宇則自国初綠山巔一遷于山南之魯巷熙寧丙辰再迁于今所而定建炎中主寺僧覔明禪師又葺今寺祠宇而新之乃庙號灵濟則紹興己卯四月師漕以祈雨有應聞于朝而賜也夫人曰顯應則乾道戊子二月郡太守姚公憲奏乞以封也佛殿之西有仙泉者始于後唐天成二年中有鱗物時

見貽吳壬戌夏大旱郡丞楊公撫師兩縣令禱于此甫爇香鱗物遽出大雨傾注闔境沾足此皆龍之顯應也錫山唐大受歲作倡為是日闔寺連狀供郡人沈鎡主調淪湯茗以〻待四方來客貽吳癸未三月龍歸有期大受請伐石以紀其事故誦斯言于新安胡倬俾叙其顛末倬曰此固所願也倬聞之歲在庚辰三月三日客有艤舟南徐者忽白衣老人來附舟云吾至自長沙欲省吾親之蘇之陽山顛以金十緡為儆直而先酬其半舟師從之辰巳間解維至夜僅行數十里老人怒其緩自為捴舟〻師困困卧遲明

卷十二　三八

⿰舟就之使與舟已近山矣山距南徐三百六十里一夕而至老人翩然登岸徐步入庙舟師随之寂無形影顧龍母帳前⿰舟就舟半直在焉既而雷雨大作舟師問寺僧始知為龍歸乃撤餘直飯僧而去偉嘗書之曼云録中長沙庙食誕辰省母至此益驗矣然考之圖史往牒惜未有傳窃惟古先聖王立祭祀之典曰山林川谷丘陵能出雲為風雨見怪物皆曰神有天下者祭百神諸侯在其地則祭之而況龍之為神噓氣成雲上下于天百穀生成繫乎水旱而龍实陰主其机豢龍御龍古有命氏尤莫近乎人也豢流而遭齕

童神遇而產陰準涇陽振繫木之義中元助落鶩之
文函方獻于真人睡法傳于虎士一理感通無有異
殊吳人敬事龍之母子非一朝夕凡郡之水旱無禱
不應祠宇勅書固已垂當時而昭後世前日是否明
晦之跡遑恤其他勒諸堅珉沁有丘隴泉澗秘恠百
灵通肸蠁于幽明之間亦將默為呵護与此山長久
矣乃為迎享送神詩遺諸鄉民俾歌以祀焉命踞湖
詹帽書以正体題以古文而併刻之其辭曰春花落
兮春服成雨霏〻兮烟冥〻秧鍼綠兮蛙部鳴風蕭
瑟兮林有秋声縞為旌兮素為旆山之巔雲之杪雷

卷十二　三九

車轟兮電光掃龍將歸兮非莫即畢簫管沸兮鼙鼓喧肴羞苾芬兮酒醴潔蠲肹蠁通兮精意傳屢薦享兮屬袂摩肩歲有常兮應斯至人与神兮情何異嬰兒慕兮綵衣戲母子樂兮融融洩洩吳沃壤兮千里平勤稼穡兮勞農旺曰雨曰暘兮神有灵䐉垂陰相兮應其誠晌息萬里兮姑少憩酌獻盡礼兮期終遐惠年登穀熟兮益虔祀事自今以始兮千斯秋而萬斯歲胡偉撰

重修白龍祠記 胡應青

吳城西三十里陽山之麓為澄照寺寺古有白龍祠

宋屢封忠烈昭應廣惠靈豐公神毋顯正孚順聖善
妃邦人奉事唯謹祠重建于宋紹定壬辰歲久圮毀
務凜已欲壓寺僧守淳裒積衣資復募樂輸者僝營
兩廡重繪左右壁殿役最鉅力未易就會參政張公
謁祠下慨然曰吾歲奉朝命凡餉軍從東南者航海
以達于(今)京風恬浪平舟楫如砥迄濟登茲匪神疇
相是山龍所載育而庙貌弗修非闕欤乃捐金出粟
掄匠簡材殿序階陀像設導衛咸撤而新之丹碧髹
堊瓦甓甃壘視昔為侈更以田四十餘畝給祠事所
以致力于神者至矣噫萬生總總孰廸而康靡陽愆

卷十二　四十

元亢靡潦湜汩數為氣和緊是神灵惟參政公誠与神孚克隆斯舉而淳信師又能善信于人皆可書也予先墓去寺而近知祠宇興復為詳師以記屬義弗得辭初神遊陽山發祥而著迹陳山闌灵湖湘具(間)前後二記不書公名瑄今為資善大夫江西等処行中書省參知政事祠之修始元貞丁未越明年丙申告成距始建甲子踰一周云

重修陽山白龍祠記

金幼孜

龍之為灵著矣下上日星浮游海岳感風雲需惠澤變幻恍惚不可為像則夫世之所称神灵有逾于龍

者哉宜其肇迹之地人益崇信廟食之久神愈彰應
而祀典之盛累千百年爲不替焉距姑蘇郡城西二
舍許曰陽山有白龍祠其神誕育之異相傳肇自晉
隆安中而其靈顯感應莫盛于唐尤莫盛于宋元之
間錫號崇祀後先相望逮我—聖朝飭厥祀事命有
司春秋致祭著在令典乃宣德五年礼部郎中況鍾伯
律奉—命來守是邦歲夏秋之交闔郡大旱禾則盡
稿伯律乃攄誠禱神已而大雨沾溉歲以獲稔仲秋
之月適當祀神先期望夕伯律齋宿公館夢神告以
祠宇將傾丐即修葺翌日以其故語諸僚佐咸嗟異

之將祀之旦天氣澄明灵颯颯爽雲彩發祥蜿蜒焜燿至誠感孚神實降歆即竣事伯律周覽祠下喟然興嘆以為神之澤被及一方而祠宇傾圮若是豈所以安神灵宜乎神之預協夢徵吾儕忝蒞斯郡詎可不思改創以荅神休即遂倡郡邑僚属捐俸市材鳩工而重修之而民之好事樂助者益衆未幾棟宇并奕廟貌一新既相与落其成復謀勒貞石以貽永久伯律乃致書請予文記之惟禦災捍患神之功而事神治人守之責也白龍之神其肇迹之故余不能詳而自廟食以來歷世滋久能霈澤敷惠以蔭蘇人所

謂有禦災捍患之功者伯律出牧于茲郡天子嘗賜
璽書委以重寄而能欽承德意興利除弊和洽其
政人以大治復以餘力修葺神祠徼茲福祉惠以其
民可謂尽事神治人之職矣二者皆不可不書也予
故表著之以為蘇人告且俾後之繼守于是者讀斯
文尚求如伯律之舉于其政哉宣德六年資善大夫
太子少保礼部尚書金幼孜撰

陽山白龍神廟重修記　吳寬

陽山在吳郡西北二十里而近視他山特高且大蓋
吳之鎮也相傳昔有白龍産其下其說載于郡志甚

卷十二　四三

異其神秩于祀典庙而祀之亦甚久矣夫山之高大
者能出雲雨必有神司之而龍之為物用雲雨以為
灵者也使依得其地則足以致其用昭其灵而山得
龍以依其泽亦慱其势亦尊而他山固不足以擬
之矣陕右孟公以監察御史擢守蘇州明年為弘治
庚戌入夏不雨公以農事為憂曰国家餉粮多仰
給是郡使禾稿不收非惟民無以為食其何以免徵
歛之苦乎乃七月朔斋沐已率僚属行禱庙中未至
而雨遠近沾足民皆惟然頌公公曰此神之賜也其
何以為報哉顧其庙貌傾圮弗修者六十年于此若

旧有献殿特存其址而已乃具材用徵工役择人董治未及數月而功告成遠長洲丞魯聰以公事上京師俾持書来請文為記夫洪範庶徵曰肅時雨若無所謂禱者春秋始書大雩公羊傳曰大雩者旱祭也至漢世令郡国上雨泽旱則公卿官長以次行雩礼則有所謂禱矣世之長民者視書之說其身之修本也春秋之說其事之舉末也不修其身而徒舉其事雖禱于神〻将不降其居不歆其祀尚何有雨之應哉故于庙之成因書公之所以感乎神者必有其道則後之禱于此者其亦知所謹哉

卷十二

四三

迎送神曲

高啟

荐芳兮奠醑斷氷爲梁兮葺荷以爲宇神不来兮孰与処空山愀兮暮多雨渺吾望兮瀟湘雲冥〻兮水茫〻有美人兮在堂盍歸来兮故鄉

導赤鯉兮從玄鼉冷風廻兮水鷺波偃灵旂兮来下巫撫節兮安歌安歌兮未極倏廻轅兮山之側南有淵兮北有湫神不留兮吾心憂顧歲来兮惠我秋

白龍庙

周南老

陽山第三峯雲深神所栖下有白龍冢上有灵母祠昔傳民家女育龍此山陲龍化毋鷺绝雷電交相馳

于今禱必應雨賜無愆期繫灵神变化犹知有母恩

同前　　　王賓

白龍為子去瀟湘母在陽山有庙堂歲〻来纏堂下樹似思劬育意彷徨

本朝春秋二祀文、白龍神祀

抚育著灵变化不測興雲致雨普濟萬化

霊濟庙祀白龍神在長洲縣陽山澄照寺初庙在山顛太平興国中移建于山南曺巻熙寧九年又遷于此建安閣主僧明覺重修紹興二十九年賜今額乾道四年奏封龍母為顯應夫人今載祀典

卷十二　　四

建置祠堂范文正公祠堂
浙西提舉司申照會説友蒙恩守吴惧無補振窮見
先賢范文正公本郡人也道德文章功名事業載在
国史寔爲我朝第一流人物身没之後近二百年凡
公過化之地無不尸而祀之獨本府未有專祠附庸
學宫而已其于崇祀励賢見謂缺典郡雖窘乏而事
関風化曷敢弗力乃｜范氏義庄之東義宅隟土鳩
工度材爲屋六十楹以奉公祠仍撥没官田土拘收
租米充春秋二祀之費其祠容迎學道書院春秋二
祀　率其屬親蒞及遇月朔則山長率諸生徃拜

擇公之後賢者一人為掌祠若郡計稍舒別圖
教其子弟并以附于書院已捐九月十一日立木
候成舍菜奉安外所合具申朝省照會仍乞劄下本
府照應伏候指揮

省劄

照得知平江府潛提舉申先賢文正范公本郡人也
獨未有專祀今卜范氏義庄義宅之東隙土為屋六
十楹以奉公祠仍撥沒官田畝拘收租米充春秋二
祀之費已蠲吉日立木候成奉安外申乞劄下本府照應
合議行下

卷十二　四五

右劄付平江府照應仍具所撥田畝數目尚書省

准此 咸淳十年九月 日

吴郡建祠奉安郡守潛公諱義

咸淳十年平江府太守潛説友以公鄉郡建專祠爲邦人式得地于公義庄義宅之傍祠宇數十楹以奉公祠奏請于朝撥田以供春秋二丁祭祀朝廷從其請奉安日潛公諱魯穆叔荅范宣子不朽之説太上有立德其次有立功其次有立言此之謂不朽

春秋魯穆叔荅范宣子不朽之説也亦嘗因不朽之義而遡古人之所自立者乎易曰立天之道曰陰曰

陽立地之道曰柔曰剛立人之道曰仁与義人之所
以与天地並而為三者以其能立于仁義故也天之
立不根乎陰陽則戝褱若為而不息地之立不因乎
剛柔則戝載若為而無疆人之立不本乎仁義則戚
德至善若為而民不能忘何則德以仁義而立則德
為純德功以仁義而立則功為宗功言以仁義而立
則言為格言固未有無所立而能不朽者亦未有外
仁義而能卓然有立者是故本諸身徵諸庶民建諸
天地而不悖者仁義而已矣富貴利達不与焉夫子
曰君子疾沒世而名不稱豈教人以好名哉謂其不

知所以立而無善之可称耳君子而能立萬世不可
望忘之德業則天下自有萬世不能忘之人心夫舜
以孝禹以功皋陶以謨皆有非意于立而自尔立者
其仁至義盡弗可尚矣後世夷之清惠之和管仲之
一正天下史佚周任之有言亦皆隨其所立傳于来
世彼晉楚之富趙孟之貴非不自視哆然也往往于
荣華之飄風不踰踵而　塵矣曾子曰彼以其
富吾以吾仁彼以其爵我以　吾義夫仁義理也萬形
　有獘惟理獨不朽宣子乃以世禄為不朽不知物
之至易朽者莫世禄若也故穆叔之對以立德為上

立功次之立言又次之且證之曰臧文仲既沒矣其言立由是觀之則德也功也言也苟立其一亦可不朽而況三者俱立有如文正范公者乎公生我朝盛時寔鍾天地間氣光明俊偉二三百年後猶使人竦然起敬況當時乎考亭朱子論本朝人物咸嘆其初或譏其小狹于公而稱其傑出之才夫才而謂之傑出則必有參天地之化關盛衰之運者矣蓋公之于仁義如飢渴之于飲食須臾不置其見于修身齊家處宗族待閭里居官行事愛民利物浩如也此非富人所謂道大德具者乎我是以知公之德之立皆仁

卷十二　四七

義之所允拓陳宮壼之戒弭朝廷之憂腹中甲兵西
賊破胆而天章一疏实將振起我宋一代之治若使
尽見施行則後来者無所用其敘更而国家蒙福莫
之与京矣此非韓公所謂大忠偉節者乎我是以知
公之言也之立皆仁義之所成就公在天聖中遺宰相
書無慮萬言經済規模大抵畧見其後為牧守為將
師為執政平生所為無　　　言之不可行也
大冊小篇短章靡不　　　出于正此非蘇子所
謂有德有言者哉我是以知公之言之立皆仁義之
布濩流衍天地付公以不群之資而公能自立其与

天地相爲不、朽之事而富貴利達固不足爲公輕重
也嗟夫孰不爲、德而立德雖若存若亡德烏乎立孰
不爲功而立功難、倏成倏墮功烏乎立孰不爲言而
立言雖可無可有言、烏乎立惟立始能不朽惟不朽
始可言立若公則言非、徒言而功皆酬其言功非徒
功而功皆本于德無他仁、義以爲之主也德立則功
与言俱立矣是又合穆、叔之、所謂三者而一之此之
謂不朽信乎其不朽也彼皇〻汲〻于富貴利達而
不知可大可小者之爲何事卒于、下同衆人泯滅以
尽者何可勝紀其視公之所立果何、如乱凡公宦轍

所至皆祠而奉之吳父母国也乃無專祠以慰里人不朽之思說友景行高風久矣濫茲分牧亦且踰期始克肇新斯堂僎設公像以補此邦之缺典是役也上而朝廷中而士大夫下而閭巷之髦倪莫不謂然然則公之所以深服乎人心而莫間于今古者只就仁義上立脚做了天地間第一等人而已做好官易做好人難誰謂華　脩而敢因穆叔不朽說試從諸君評之廗　其大者

官廬陵刘坦陪講孟子曰聖人百世之師也伯夷柳下惠是也故聞伯夷之風者頑夫廉懦夫有立志

聞柳下惠之風者薄夫敦鄙夫寬奮乎百世之上者也百
世之下聞者莫不興起也非聖人而能若是乎而況
于親炙之者乎蓋謂公兼此夷清惠和聖人之德而
可爲百世之師也

吳都文粹續集卷十二終 孔

卷十二

四九

吳都文粹續集卷第十三

長洲錢穀叔寶集

學道書院記

陳宜中

昔者夫子講道齊魯之郊，從遊多北方之士，由句吳之墟登聖門者，獨吳公子游一人。今常熟其故里也。宋興崇文，尚治吾夫子之祀徧天下，雖以關洛大儒乾淳諸公得聖學於千載之後，凡其過化之鄉悉示表章，存務式吳爲今輔郡，公實東南道學之宗也。吳故有祠，紫陽先生嘗記之矣，而郡則未講，非前此司人風者缺歟？今樞密趙公順孫守吳，曰卜地於府治

[illegible]

文正坊之南甫經始　黃侯鏞繼之鳩工庀材命元僚陳宗亮董其事三閱月而堂成請於朝扁以學道書院取愛人易使之義而屬予記之余按公以文學列四科嘉言善行可傳者不一獨以二語乃親得於聖人而見於用復以印可於聖人者夫學之爲儒者事人所知也武城絃歌乃將合君子小人而使之既有聞於斯道夫子莞爾之笑又直與說開與點意同是其為義豈與後之言學者異哉思昔盛際聖教流行滿天地之間無非道舉天下之人無非學衢童子如咏舞雩中武林夫如見大賓漢廣游女

在汶上由後世言雖若未嘗學問而其所得所見訓詁章句豈能傳之哉流風未遠列國遺民塗歌巷咏發乎情而止乎先生之澤夫子拾其斷句殘篇而存之若非疏越遺音寥寥後而其吟咏性情於辭意之外亦非尋行數墨者所能知也道在天下終古常新何昔能爲天下公而今幾爲君子隱耶此余所以慨然正學絶續之際想絃歌之聲而不可得聞猶幸登斯堂者能有感於命名之義人以未喪斯文或因之而興起也嗟夫人知學則知道雖窓草池蓮亦足以起吾意何異親　師事之學非聖人之

所謂欿其白首窮年而卒無得於此曾不若日用易和耕鑿之中琢磨雖未加焉而璞固存也吳亦泰伯所居邦人至今質而無華伯之遺也記曰甘受和白受米吳人有其質矣使知以公之學而文之釆進於道者其不彬彬矣乎予故樂書之庶居是邦者人人有士君子之行云咸淳七年四月朔日朝奉郎新除尚書戶部侍郎兼中書舍人同修國史實錄院同修撰兼侍讀陳宜中記

重建學道書院記　胡纘宗

吳有學道書院尚矣孔門言子吳人也封吳公宋咸

淳間郡守黃公鏞奏立書院以祀公而教育其子孫
故址在郡城西南隅直錦帆涇之上元初奪於豪僧
至元間山長祖宗震輩改創之元末復奪於僧國朝
又百五十餘年久不克復迹益湮晦矣嘉靖初纘宗
受命來守郡從按故籍得其槩切嘆曰事有若緩而
實急者其是謂乎雖然無所因而為之吾懼其勞且
侈也既而行視其佛老之宫有曰景德寺者去故址
數百武而近南臨通衢形勢宏敞欲即是改為之然
不敢專也則以請於巡撫都御史盧陵陳右公巡按
御史高安朱公提學御史光山盧公皆報　歲乙酉

四月爰始興工撤其像設剗去其丹雘追　之踰制者而增葺之其南為門稍北為儀門又北為堂中肖公像曰學孔堂〻之北為師生講授之所曰文學堂堂之東西增作齋舍以居諸生之學道者凡若干間又北為樓曰絃歌樓垔而垣之周四周凡若干丈須其成以聞於朝歲修祀事而擇弟子之俊秀者講讀其中焉功既訖纘宗從博士弟子釋菜以告成事燕而歌泮宮之詩以落之僉曰書院之廢垂三百年及今而復不可無記予惟周道衰先王之教頹賴孔子及其門弟子傳而守之惟吴公起南服非學於中國

衰、然以高弟稱聖門盛矣顧其曰文學云者非盡於今之、君子所能而已蓋聖道之精蘊諸心見之言而達之政事、凡其粲然者皆是也而公獨得之故其治民則以禮、樂為教曰君子學道則愛人小人學道則易使也彼所、謂識其大者非歟今去聖益遠雖政與代移俗隨化易、而吳之文每先天下蓋非公則誰啟之君子揆禮意原、人情循報本之義則今日之舉固不可緩哉惟人才之、作養、則學校存焉條貫品式亦既具備宜若無事乎此、然玩常愒故則勸督作興之意當有出於法令之外者、於是乎拔其尤儲焉以待天下之用亦識治之所不廢欤若夫尚論景行以追前人之懿以求所謂學道之實則諸君子所有事者先正有言没不俎豆其間非夫也諸君子於是亦有所感乎纘宗不敏顧相與勗之以觀其成用為記而鑱諸石且以勸夫嗣政者俾勿壞

學道書院學孔堂記　　前　人

天不可以象名孔子之道不可以科名日月星辰象也德行政事言語文學科也謂天盡於日月星辰是小天也謂孔子之道盡於德行政事言語文學是小孔子之道矣學孔子者不得其全而各得其性之近

似乃名以科而不知孔子之道何可以科名哉雖然學孔子者非得其門吾未見其入也夫苟不欲知天則已苟欲知天在璇璣玉衡以觀日月星辰幾乎天矣苟不欲學孔子之道則已苟欲學孔子之道由博文約禮以達德行政事言語文學幾乎孔子矣言子子游孔門高弟也其稱於同列也以文學而其治武城也以禮樂禮樂固文學之見乎外者也其德也政也言也文也無不序焉之謂禮德也政也言也文也無不和焉之謂樂子游學於孔門而獨得乎禮樂之傳亦微矣夫禮樂孔子之道之一也學禮樂以入道

孔門之教之一也故學子游所以學孔子也學至於子游具孔子之一體矣而顧曰文學云者是所謂學焉而得其精華焉者也子游吳人也吳之先、啓於泰伯泰伯以讓風子游以禮樂風吳之文實彬彬矣夫豈後世之所謂文哉亦豈後世之所謂學哉後子游而興起者唐有若陸公贄宋有若范公仲淹贄曰上不負天子下不負所學仲淹曰先天下之憂而憂後天下之樂而樂文章勳業度越一世雖未敢上擬孔門其亦學子游而有得者歟學子游所以學孔子也故吳之文稱盛者聖曰泰伯賢曰子游先正曰敬輿希文焉爾其以文擅當時名後世者不與焉吳故有學道書院創於宋復於元迨至我朝湮廢已久纘宗忝守茲邦乃因佛廬之隙而鼎建之外為書院內為堂旁為固廬於是擇郡中子弟之良者肆其中而以孔子之道相切劘焉諸士子學敬與希文以至子游學子游以至孔子亦庶幾吳傳有之士希賢賢希聖聖希天其尚勗之哉其尚勗之哉

學道書院

周南老

有美吳公祠宋敕書院名爽爽燕居宮傍臨錦帆涇
地接浮屠鄰設購終侵陵聖學日以湮異端勢可乘

舊貫不可復貪夫猶可憎永言紀故實後人或有徵
學道書院爲吳公言偃立初在府城東北隅宋咸
淳五年知府趙順孫營度武狀元坊北普賢子院
故址未成而去黄鏞繼之奏以學道爲額選言氏
無先賢後及民間俊秀教之有先聖燕居殿師友
淵源堂并四齋撥官田以贍士又別有育材莊專
充孔顔言氏子孫費六年落成七年常琳建先賢
祠於西元初僧楊總統據爲僧司田悉奪去至元
二十九年山長祖宗震金德修共買徐貴子橋南
高氏園改勑儒職劉德剛訴復學田不果又廢

國朝嘉靖一年知府胡纘宗乃以景德寺建書院前門扁曰東南鄒魯儀門曰學道書院堂曰學孔塑吳公子游像於中夫以兩廊復又有樓曰絃歌今嘉靖三十年復改督根叅政府書院遷於雍熙寺西橋之右社學焉

文學書院記　黄潛

昔州縣未有學先儒或擇勝地建精舍以講授為政者輙就而褒表之號曰書院宋初天下書院惟白鹿睢陽之有田僅見於傳記皆上之人以是而厚其養未有以一鄉之善士專任其事者其後命州縣咸立

學而官校之官徧天下書院之創置日益增多我朝尊右儒術以風厲乎海内聞者莫不知勸有力而好事之家往往搆廣廈以崇禮祠輟良田以豐廪食其為書院者遂與州縣學並立布滿於四方既奉讌詻乾淳二三大儒以為先賢而於前代名臣山林高蹈之士有所弗遺凡尸而祝之者非仕其國則其鄉邑孔子之門從游三千速肖七十獨子游為吳人今常熟州實其所居里南州之先賢孰有加於子游乎故為縣時餘姚孫侯應時知縣事嘗為位於學官祀之後百五十年為至順二年州人曹善誠始買地立祠

宇而闢講堂於其後列齋廬於其傍有司因以為請于中書設師弟子員而揭以新額曰文學書院曹公瞻以田一千六百畝有奇恐旱乾水溢之不虞將割田以繼者疑為苗避征徭未敢自言大名王侯佩來守是州力勸相之於是曹君益之畀以田二千六百畝有奇事聞於郡未報而王侯以秩滿去曹君亦入椽太師府今守張侯術聞故牘而得其始末亟命儆吏賈天瑞諭郡闔白自是其田有苗稅而無力役春秋之事得不匱乏為士者亦有所蒙賴而優游於誦絃俎豆間鄉貢進士達里新署其山長來上攝書院

然[illegible]者之[illegible][illegible]責士人[illegible]人

事者儒學教授徐夢吉以為曹君有功於名教與兩

侯之成始終皆不可以無述爰狀其實屬潛記之潛

竊觀孫侯舉曠古之闕典意甚美而為事殊簡畧特

以先師朱子之記傳之至今曹君乃能不愛其所有

而汲汲焉致力於孫侯之所不及固已不易以一鄉

之善士而專任樂育人才之責亦古所無有也

文學書院在常熟縣行春坊内元至順三年縣人曹善誠建有司上其事省部准設山長今廢

文正書院記　李祁

吴郡祀范文正公舊矣自公貴顯時置義田義學以淑其族之人公殁而子孫世守之不廢然而未有專祠也咸淳甲戌郡守潜公説友始請建祠而劃田以供祀事公之子孫亦世守之不廢然而未有書院也至正丙戌郡守吴公秉彝建議請以書院易祠僉憲趙公承禧按行吴中是其議遂得請於行省行省上之中書中書議以兹事有關世道且不設教官而以

其子孫之居嫡者世主之於事便乃下從其請公八世孫文莫適主祀事專力殫慮改制增擴下既宏且遠矣祁時佐領江浙儒學以公事来謁祠下式睹其成衆謂不可以無紀而祁也幸際其會宜為文辭既不獲則取其家傳而徵之公之生當宋端拱己丑其沒也以皇祐壬辰至潛公為守時二百二十年天下郡縣足公之所至蒙其澤而聞其風者率為公立祠而於吳獨為缺典至吳公為守時又七十年他郡縣且有以祠為書院者矣而於吳尚仍舊規蓋吳為公父母之邦公之父祖墳墓在焉子孫居焉族之人比

屋而群處焉所以表異而褒崇之者宜有加於他郡
而反若不及者是宜賢郡守之有請也是宜廟堂之
上之從之也昔公以正大之學早冠羣賢以忠義之
氣振厲天下其功之被當時而澤及後世者固不可
徧舉獨舉其切而近之者則公於所在開設學校以
教育多士至吴郡則以已地建學規制崇廣迨公之
子恭獻公復割地以成公之志嘗是時天下郡縣未
嘗皆置學也而學校之徧天下自公始若其察泰上
孫氏於貧窶中使得以寵其業延安定胡公入太學
為學者師卒之泰山以經術大鳴于時安定之門人
[illegible]

才輩出而河南程叔子尤遇賞拔公之造就人才已如此其後橫渠張子以盛氣自負公復折之以儒者名教且授之以中庸卒之關陝之教與伊洛相表裏蓋自六經晦蝕聖人之道不傳爲治者不知所尊尚寥寥以至于公而後開來學校隆儒師誘掖奬勸以成就天下之士且以開萬世道統之傳則公之有功于名教夫豈少哉夫以公之有功名教如此則後世之宗而祀之爲學校以廣之固宜與夫子之道相爲無窮蓋夫子之道與天地爲無窮而公之功則與夫子之道爲無窮也此書院之所以立也雖然祠則改

矣書院則既立矣凡范氏之子弟與夫四方之来者宜何如亦曰誦其詩讀其書為其人之為而已公之為夫人之所能為也以公為不可為而不為者自棄也為之而弗力者自畫也高山仰止遺歌凜然有寤寐我公於千百載之上者承務郎浙江等處儒學副提舉李祁撰嘉議大夫中書禮部尚書郡人于文傳書翰林侍讀學士中奉大夫知制誥同修國史泰不華篆額至正十年八月　日立

文正書院在禪興寺橋西咸淳中郡守潛說友立祠祀公撥公田三百餘畝以公大宗子孫主奉祠

事歲時率僚屬致祭元至正六年總管吳秉彝奏請改祠爲書院國朝列於祀典子孫世守之

附范氏義莊申嚴規式記　　曾從龍

物本天人本祖閭閻之人有視其祖之子孫如路人相毀詈相并兼如仇敵者不知本爾槩少讀范文正遺事公居平語子弟曰吾吳中宗族甚衆於吾固有親疎然吾祖宗視之則均是子孫固無親疎也吾安得不恤其飢寒哉且自祖宗以來積德百餘年始發於吾得至大官若富貴而不恤宗族何顏以入家廟槩欽袛歎曰公之行百世之標的公之言薄俗之鍼

砭也吾鄉居家遇有不如人意事即因公言以自媿責不敢有一毫悉心官中都護與公之孫左司諫公之柔游見其處已靜而明際物莊而和雖姿稟之懿亦家法所自來一日於公几間得文正公與其兄推官帖問以遣女乏資共廿昔通無有不啻已子使人嘆玩不去手司諫公因言先祖所剏義田今幾二百年聚族數千百指雖甚寠者賴以無離散之患義莊故址曩因兵火為居民侵據之柔與吾兄良器極力經理為屋以棲義廩餘以得族人之無家者浸還吾祖之舊惟是義莊規式歲月易隳請之朝屬之鄉郡

勒之堅珉俾世守而傳之無窮者吾猶不敢懈也幸
倫位諫垣當具本末奏陳乞甲嚴行　不負文正
公所以責望子孫之意暨得旨　以記不容
以不敏辭抑聞之士尚志〻有大小功業利澤亦如
之方公正未遇讀書長白山凍粟虀而食人不堪其
憂而公貫通古今經濟之畧已具於此時及率言官
叩閽爭事自請鎮靈夏迄破戎人之膽功烈焜燿則
而其惠宗族者抑餘事也忠宣公致身白輔忠賢是佀
想其捐所載麥歸亳時文正公已心知其有子矣嗚
呼有文正則有監簿忠宣右丞侍郎數賢子厥後不

不熾昌競爽尚得為有天理邪諫垣所以立身承家固已無媿於乃祖頗益以文正忠宣之弘猷大節自勉公之族人又當相與扶植以成諫垣之志則范氏之門益大義廪之儲益闢義居之族益貴達當盛相·望將不止如今之所見云嘉定四年三月一日中奉大夫權尚書吏部侍郎兼權給事中兼侍講　綦記

朝議大夫權尚書禮部侍郎兼中書舍人兼太子左諭德兼同修國史實録院同修撰兼國子祭酒曾從龍書并題蓋朝散郎左司諫兼侍講范之柔立石

義學記　　　岳巘

古者二十五家為閭，閭左右各設塾，鄉先生為之師，褒衣博帶，晨坐閭門，教其民之出入田畝者，有教有養，誠為良法。自井田廢，閭左發，古制蕩除，漢以來或為講堂，為精舍，而養則未之聞也。范文正公常建義宅，置義田義莊，以教其宗族，又設義學以教，教養咸備，意最近古矣。攷厥初，宋時天下有四書院，應天府書院為首，先是郡人戚同文聚徒講授，方不遠千里而至，文正公亦依之以學。同文為人質直，尚信義，宗族貧乏則賙給之，喪則賑恤之，不積財，不營居室，或勉之，輒曰：人生以行義為貴，安用是？義之一字，實與

公意合暨公登第立朝為守為帥以至大用名位日
盛祿賜日厚遂成義莊義學為其宗族者宅於斯學
於斯所耕者義田所由者義路何遺不宜嘉遺後人
可謂篤至繼〻承〻亦推成規是守粤已亥兵戈傲
擾未遑茲事至元丁丑主癸邦瑞提管士貴大議與
學卜地于吳縣二讓里距祖塋二里所消日庀工為
屋三十楹祀文正公於其中會講之堂扁曰清白東
齋曰知本西齋曰敬身外闢室為教諭偃息之處
廪廥蔬菇之圃咸在外為周垣扁其大門曰義學
清溪松竹之間昉聞絃誦聲是役也義莊掌計之勞

為多提管又撙節助濟浮用增山田僅百畝備師資束修之禮子弟筆札之費一有以勸大德戊戌朝旨以義莊義學有補世教申飭攸司禁治煩擾常加優卹無復干吾籓者可肆志於學矣至大戊申提管馳書來雲俾為之記昔錢公輔嘗記義田𡽱也何敢與斯文竊聞文正公早歲就學應天時夜以繼旦冬月憊甚以水沃面食糜度日人不堪其憂其苦心勞形者如此博通六經尤長於易學者從之叩質樂與往復無徵弗究其難疑答問者又如此用力何啻十倍今人邪咨尔來學書尔佩衿盍益進思先志儗為學

孳孳以寒暑而為作輟庶幾他日業精行成式克有立得名為儒以應選用以副二范君惓惓興學之意其年七月旦日前朝奉大夫牟巘撰集賢直學士朝列大夫前江浙等處儒學提舉趙孟頫書并篆額

文正書院記　祝顥

書院在蘇城中吳縣西隅通衢之上祀宋大賢范公之祠也按范之先世自北徙南而居於吳公生於武寧官舍長仕中朝而甍于徐子孫奉其柩葬河南萬安山而祠于是者以公父母之邦且地其本范氏舊業公嘗經理作義莊以贍宗族者也當宋咸淳丙戌

太守潛說友始請于朝立專祠祀公元末至正甲戌郡守吴東羹又奏改為書院而以公之贈謚表其門閭舉其族之嫡嗣主奉祠事義莊田宅悉附天平山三太師所建墓際昌朝大新禮制遂以書院登諸祀典春秋祭享郡之官屬師生與其族之子姓咸集祠下行禮著為定規彰彰詳備可謂盛矣然自國初至今百有餘年而祠宇室堂日入于壞時雖修治而功費浩穰卒未能完美如舊今主奉從規與其族人屢欲經營顧力弗逮所賴郡守劉侯為之規畫又值歲祲公私多故未克就緒遼監察御史劉公持節按臨

爰自下車洞燭幽隱發奸摘伏而下無遁情洗寃滌漏而犴無留獄且不翕〻希同矯〻務異數加延訪以草情防故政不迷而廢墜畢舉於是郡守得以祠事白公〻曰事神治民敦崇教化郡邑首務有或不生非憲所當究乎夫事有經權時有可否貴在變通使無偏廢可也矧先賢祠宇風化所關宜亟行之勿怠吾亦為之處焉用是覩誼中纖悉必視默運寔思酌量措置悉付長洲縣令劉輝典史張灝董之而責其成令庶慎老成謹於趨事曾未逾時凡祠之敝者一撤而新之言〻赫〻加於舊觀邦之士庶来瞻來仰

靡不驚嘆而莫究所由蓋是圖也材給於上而官不加費力役於下而民不告勞神享其成而族賴以庇一舉而衆美悉具非善於謀敏於事而公於心者未易臻此衆方落成會監察御史戴公巡歷至郡謁祠見之加稱賞曰盛事也不可無紀於是令與主奉數過丘園以記為請予惟文正公高風大節彌兩間而冠百世者登諸國史載諸郡乘而襍出於譜傳紛播於品題者不可勝書至今庸人孺子一聞公名皆知敬仰 故其平生所至存有生祠沒有廟祀者不約而同于以見秉彝好德之誠不以古今彼此而有間也

況公父母之邦精神手澤所在則凡生於斯仕於斯者有不加之意乎是宜賢監司良守令之用情於是也第顧晚生末學淺見寡聞不能加毫末以光盛事為憮然嘗聞記者取記其事實信今傳後不失其真乃可故敢原其始末畧其彌文而為文之直書云侍御公名魁字士元唐高人戴公名仁字以德句容人郡侯名瑀字汝器蠡吾人皆以進士歷顯融所至有聲不係諸此不書

文正書院詩　　周南老

濟族日有田聚族居有宅即宅嚴公祀承承綿世澤

施于八葉孫勵志偉前迹建學請朝旨錫以文正額衣辭著忠烈流慶方冩奕嗟爾年利徒胡肯念往昔

新建和靖書院記　劉宰

秘書丞永嘉曹君提舉常平茶鹽事於浙西權斂散宜而水旱有儲究阜通之理而公私有裕又持受輸之平而輸者悅申義役之勸而後者安既田里晏然臺無留事一日領客登虎丘致敬于先正和靖先生尹公焞祠下慨然有懷以為方紹興五六年間中原震蕩南土未安内之所急者帷幄決勝之謀外之所急者奔走禦侮之力先生惸然一老漂泊蜀中猶皃之

飛於江湖何算而我高宗一聞侍臣之舉求之惟恐不及慮之其出之難既飭宣司具禮以勸行金遞絡繹于中途虜使肅迎于侯館修門未入而列之經筵講席未温而陞至禁從禮貌之隆冠絶當代；高宗之意夫豈徒哉二老歸而周興四皓来而漢定天命人心之去留固有非人力之所能與者異時經筵咨勿志意交孚危微精一之旨既有以續堯舜禹湯文武六七聖人之傳緝熙光明之學又有垂我中宗聖子神孫億萬斯年之式皇乎休哉初先生退自經筵教館於此猶牓曰三畏齋其持敬不倦如此後以其壻居會

續吳都文粹卷十三

稽迎以就養歿葬其地嘉定中郡守陳君芾始因郡
人黄士毅等請即三畏齋之舊繪像建祠君以為貌
像之有嚴雖有慰典刑之仰而佩衿之益遠「寧能」無
城闕之嗟擬什積累之贏略倣先朝四書院之制立
祠築室以舍學者買田收穀以食之而儲書其中庶
履其地必思其人誦其書必求其旨事方權輿而知
府事真定張嗣古提點刑獄前使者浚儀趙君立夫
後使者南豐曾君頴　秀復從旁吏之且各捐資以
助材不靳值工不靳庸指期而成不愆於素繼自今
朋簪日盍户屨日滿有學聚問辨之益無孤陋寡聞

之蔽斯文未喪於此有觀焉既成而屬予以記予方病吳人迷於佛而不知返以為曹君此舉不惟有以光昭我高宗皇帝之聖德抑有以美教化移風俗不孤使者之職故不辭而為之書曹公名涵今官朝散大夫余為漫塘劉宰時端平乙未八月中澣吏真寧張嗣古書

重建和靖書院記

鄭元祐

宋禮部侍郎和靖忠肅河南尹公紹興七年用崇政殿說書召遣奉外祠居吳虎丘先生没七十有五年吳守陳君芾乃始繪像建祠而勉齋先生黄公榦為

之記端平間提舉常平曹君豳請於朝易祠爲書院乃始買田爲經久計江南内附書院奪於僧有司以尊前賢勵後學不可泯泯遂已也於是以府治東南隙故宋檢法廳事基常平提幹廳事基大德十一年山長王達即檢法廳基建大成殿前無門徑旁無兩廡後雖克復故址而仍就簡陋士盖病焉元統二年新安吳晞顔来爲山長剔蠹弊樽浮濫積力稍久有志重建然猶懼或中阻於是請今大府時中書右丞耿公督餉吳下聞而善之公既被名復請于張侯其後入爲吏部尚書今郡守道童公廉公剛明古稱第

一晞顔請新書院公曰治不本於學豈稽古崇德之謂哉即遝從事某董程役而籍書院之粒米之在廩糶之得中統鈔八千六百貫葺大成殿即新址而前為儀門〻之西為先生祠又西為土祠又西臨廣衢為外門翼殿為兩廡殿後習堂〻東齋廬曰六有總為屋若干楹其即二始于六月甫冬盖十月而書院落成初先生卒於越〻亦有先生書院先是晞顔嘗為越之書院長亦既盡瘁完葺及今再調而入吳故晞顔每〻太息曰先生學繼濂洛道被海宇與大者斷不係於一祠宇之興墜然已何幸而一再獲長先

生祠下哉既不倿無以紹隆斯道之統緒若區區祠宇而復不能殫盡心力則豈承學小子之謂哉期其志有可尚者已若夫先生師及淵源出處大致皆具勉齋先生記茲不敢瀆而槩言其修建始末云遂昌鄭元祐記

和靖書院詩　周南老

肅公讀書堂昔在鍬池下宋季立書院祠祀来昭假教闡伊洛源于以集儒雅雲巖日廣寺僧占作蘭若疏請屢上陳口衆我力寡斯道或好還予將冀来者

接上另行寫

尹和靖遷書院記

袁袠

和靖書院舊在虎丘西菴遺基久湮　水胡公纘宗來守茲土考道之暇大懼荒沒為往哲羞抑無以法將來即故地祠而祀焉又以僻在郊外學者罕至乃徙祠於龍興寺旁其門曰和靖書院扁其堂曰三畏胡楹周阿揭虔妥靈顧瞻弁裳聳焉起敬又以香火於緇衣懼歲久寖怠乃選縣膠弟子員絃誦其中修皇王之業趨孔孟之軌以無忘和靖先生之意公暇

柳文作列

則游焉橫經析疑躬督肄習設俎豆醆斝於堂上懸夏楚朴箠於堂下董以學官申以科條將使四方則之後世傳之曰蘇湖之教其再見乎公之志也初尹肅公師事伊川先生為程門高弟遭宋不造闔室嬰金酋之害沉淵逃劉豫之聘振鐸於茲卒以窮死所齋亭又復圮壞使其不得志於當時者又將無聞於後世惜哉公是舉也蓋兼三善焉屏謡昏之鬼以攘異教崇往哲以修典刑振黌校以訓齋群冑後之人能率其故典時加敦勸俾無遺墜則觀斿之什協于閟宮矣諸生誦法孔子而不知相勸于古道者其

何賴于兹院成命裒記其事而鑱之于石

和靖書院祀宋尹肅公初公讀書虎丘西菴題齋曰三畏嘉定七年士人黄士毅請于知府陳希繪象祀之端平二年胡淳請即其地為學司倉曹涵因奏立書院以和靖為額齋凡四曰三省　本朋来時習提舉馬述建君子堂嘉熙四年提舉陳振孫作藏書堂景定二年陳淳祖建曹涵祠堂咸淳初提舉李芾建燕居堂以奉先聖建時習齋持敬亭元初為雲巖寺僧所據延祐元年移置長洲縣治東烏鵲橋北即宋常平提舉司故址郡守道童

續吳郡文粹卷十三

重建殿廡門堂又廢至國朝嘉靖二年郡守胡纘宗以吳縣治西龍興寺改剏爲堂廡門舍仍其舊而修飾之

鶴山書院記　虞集

昔者儒先君子論道統之傳自伏羲神農黄帝堯舜禹湯文武周公至於孔子而後學者傳焉顔子没其學不傳曾子以其傳授之聖孫子思而孔子之精微益以明著孟子得以擴而充之後千五百年以至於宋汝南周氏又深有取於曾子之學以成己而教人而張子厚氏又多得於孟子者也顔曾之學均出於夫子

夫子豈有異哉因其資之所及而用力有不同焉者
爾然則所謂道統者其可以妄議乎哉朱元晦氏論
論定諸君子之言而集其成盖天運也而一時小人
用事惡其厲已倡邪說以為之禁士大夫身蹈其禍
而學者公自絕以苟全及其禁開則又皆竊取緒
佚仕進而已論世道者能無盡然于茲乎方是時
蜀之臨卬有魏華父氏起于白鶴山之下奮然有以
倡其說於推廢之餘拯其弊於口耳之末故其立朝
惓惓焉以周程張朱四君易名為請尊其統而接其
傳非直為之名也及既得列祀孔廟而贊書乃以屬

諸魏氏士君子之公論固以與之矣及我聖朝奄有
區夏至於延祐之歲文治益盛所以四君子并河南
邵氏涑水司馬氏新安朱氏廣漢張氏東萊呂氏與
我朝許文正公十儒者皆在從祀之列魏之氏之曾
孫曰起者隱居吳中讀詔書而有感焉曰此吾曾大
父之志也何幸親復見諸聖明之朝哉今天下學校
宜與凡儒先之所經歷往往列為學官而我先世鶴
山書院者臨邛之灌莽莫之翦治其僑諸靖州者存
亦無幾而曾大父實葬吳先廬在焉願規為講誦之
舍奉祀先君子而推明其學雖然不敢專也奉定甲

子之秋乃来京師將有請焉徘徊久之莫伸其說至順元年八月乙亥皇帝在奎章之閣思道無為博士柯九思得侍左右因及魏氏所傳之學與其孫起之志上嘉念焉命臣集題鶴山書院著記以賜之臣聞魏氏之為學即物以明義反身以求仁審夫小學文藝之細以推致乎典禮會通之大本諸平居屋漏之隱而充極於天地鬼神之著儼然立朝之大節不以夷險而少變而立言垂世又足以作新乎斯人蓋庶幾乎不悖不惑者矣若夫聖賢之書實由秦漢以来諸儒誦而傳之得至于今其師弟子之所授受以專

門相尚雖卒莫得其要然而古人之遺制前哲之緒言或者存乎其間蓋有不可廢者自濂洛之說行朱氏祖述而發明之於是學知趨乎道德性命之本廓如也而從事於斯者誦習其成言惟日不足所謂博文多識之事若將畧焉則亦有所未盡者矣況乎近世之獘好為鹵莽其求於此者或未切於身心而致者及者曾弗及於詳博於是傳注之所存者其舛譌抵牾之相承既無以明辨其是非而名物度數之幸在者又不察其本原誠使有為於世何以徵聖人制作之意而為因革損益之器哉魏氏又有憂於此也

故其致知之日加意於儀禮周官大小戴之記及取諸經注疏正義之文據事別類而錄之謂之九經要義其志將以見夫道器之不離而有以正其臆說聚訟之惑世此正張氏以禮為教而程氏所謂徹上徹下之語者也而後人莫究其說以兼致其力焉昔之所謂鹵莽日以彌甚甘心自棄於孤陋寡聞之歸嗚呼魏氏之學其可不講乎今起之言曰起幸甚身逢聖天子文治之盛追念先世深惜日名起將於斯與明師良友教其族人子孫昆弟及鄉黨州閭之俊秀庶乎先君子之遺意而魏氏子孫世奉其祀事精

神血氣之感通亦於是乎在其有托於永久而不墜也不亦悲乎臣之曾大父實與魏氏同學於蜀西故臣得粗者如此敢輒書以為記魏氏名了翁字華父臨邛人故宋慶元己未進士仕至資政文華殿大學士叅知政事僉書樞密院事都督江淮軍馬贈太師封秦國公謚文靖而學者稱為鶴山先生云翰林學士虞集記

題鶴山書院　張雨

寂寂茅堂晝掩門藤陰花氣野池渾情知建鄴青精飯不到臨邛白髮孫

又　周南老

學遡濂洛源道倡摧廢餘誦居五溪人窮經莘華腴姑蘇有賜地歸葬吳山隅即吳奉祠祭建學宏規模題額後上榮著記懷永圖仰止白鶴山胡恐忘厥初

鶴山書院在南宮坊内宋魏文靖公了翁之賜第也公蜀人仕至參知政事學者稱為鶴山先生端平三年理宗親書鶴山書院四字賜之元至順元年曾孫起即故居教學奉祀

金鄉書院寓公堂記　胡纘宗

昔周之季孔子講業齊魯之郊中國之俊士拔自殊

者大抵皆其群弟子也當是時吳猶以蠻夷擯然言子〻游躬跂山川而北學於孔氏其宰武城所自與以為得人者曰澹臺滅明東游而寓吳今吳有澹臺湖及其墓是也夫子游孔門高弟也其所與即孔氏之流也夫子嘗云以貌取人失之子羽澹臺氏殆親及孔門者乎夫吳僻在海隅其君不得與中國諸侯會盟或者陋焉而子游北學而得其精華子羽東游而樹其風聲其遺踪故址千載而下使人有慨焉嚮往之志人知子游之開源於吳而孰知子羽之風亦不可誣也哉夫士必有倡也夫學必有本也夫政必

有綱也夫禮必有報也士倡則從學本則邃政綱則舉禮報則稱舍是而言治未見其為善治也舍是而言化未見其為善化也吳故有學道書院專祀子游歷唐宋元以入國朝或存或廢而澹臺氏無聞焉纘宗忝守吳既復學道書院爰因佛廬之廢者復剏金鄉書院金鄉固子羽之封也中為寓公堂命子羽像而嚴事焉復得吳賢之寓吳者曰尹和靖焞魏鶴山了翁遂用祔之後為正大堂旁列書舍以郡之良子弟肆其中而以孔氏之道切劘焉庶仕者相知所勉而學者知所勸孔氏之風其有興乎事既竣因文而

陷諸壁間俾後来者勿有斁

金鄉書院在西市坊内國朝嘉靖二年郡守胡纘宗即永定寺改建殿堂門廡因舊而改剏焉

文正書院記　　鄭元祐

至正五年龍集乙酉夏六月吉廉訪僉事趙公承僖分巡吴中至則首謁范文正公祠下拜瞻廟貌起敬起慕作而言曰文正公以德以功既無忝伊傳之為輔相以學以識則有功於洙泗道統之傳故其具文武全才出將則安邊却敵入相則尊主庇民其先憂後樂與先知覺之後知覺者何以異豈非聖之任者

乎其平生論諫直道正言剴切人主至上百官圖詆宰執為張禹觸犯盛怒雖坐擢抑曾弗少阻詎不猶木從繩則正而欲后之克聖者乎當時天下郡縣未嘗皆置學公至吳首以已地建學故學校徧天下者自公始識泰山孫明復於貧賤中授以春秋遂大明聖道於時延安定胡公入太學者師而河南　子實遇奬拔其後橫渠張子以盛氣自負公折之而授以中庸卒之關陝之教與伊洛相表裏蓋自六經湮晦聖人之道不傳為治者貿貿焉罔知適從以至于公而後開學校隆師儒造就士類作成忠義之風以

致道統之傳則之公之學識於名教豈小補哉公之甍也所在廟食一以忠烈錫名顧茲中吳公父母之邦所宜大建祠廟萬世血食如之何而僅享之於私第況今國朝崇德報功在、有書院以祠先賢豈有豐功偉德正學卓識如文正公而書院莫之建則是缺典豈有大於此者乎公八世孫文英具辭於趙公以為先公之功德學識誠如公所言顧惟范宗仰食於義廩食指幾千餘使建書院則官除山長有山長則有廩稍之奉矣今巍焉義廩不自給使但建書院以祀公慎選於人之賢者充主奉斯足矣官除山長則乞免焉於是公從其言時總管古燕吳侯秉彝聞公之所建明即敘公所書請于行省上之中書議有闕世道且不設教官而以居嫡者世主祠而行教於事便由是二公商由公帑羨餘命工益址而崇制既宏且固甫完屬元祐記之祐以蕞爾膚謭烏敢厠一喙於大賢之門雖然公之功德學識憲僉公知而言之則凡天下之士皆知道之也知其人而不思效之可乎子朱子謂人之立志必當以公自期待況游於公之門乎況郡人乎若然庶於公可無負所謂尚友友者此也元祐言不腆謹用復諸憲僉公俾書之石

續吳中文粹卷十三

續吳都文粹卷十三

馬遂昌鄭元祐撰

吳都文粹續集卷第十四

長洲錢穀叔寶集

文正公祠記

徐琰

至元壬辰予奉命廉訪浙西蒞吳中是為文正范公之鄉尊賢勵俗政所當先既仰慕其餘烈奬進其後人仲秋次丁有事以故事告將舍米于公祠舍予肅然起敬曰至當偕僚吏拜祠下與觀盛典是日成禮訪義莊登歲寒堂家園之碑巍然獨存祠正在其左門堂寢室嚴整令度蓋宋郡守潛公說友所建牲牢器幣則撥田以給之俾公子孫世守而歲祠焉薦奠

儀文皆當時所定乃申成建祠旋被兵意有所增廣
而不遂亦未暇有所記也一日主祠邦瑞踵予門求
記且曰祠雖建于前代禮實存于今日有一言而可
以毋底荒墜者繄我公之靈實永賴之予固辭弗獲
移治錢塘凡再歲徵踐言益勤謹按釋奠必有合也
有國故則否說者謂如唐虞有夔伯夷周有周公魯
有孔子則各自奠之近世則通祀孔子向微通祀公
獨非故有之夔夷乎而石守道慶曆之詩固已指公
輩為夔卨矣又按鄉先生殁而祭于社〻稷民以生
先師民所以生師法公獨不祭於鄉乎矧公為政所

去見思慶鄧数州之民往〻生祠画像既殁後祠于長白于海堰於睢陽于廣德于鄱陽公蘇人也郡學以建學祠公天平山先壟僧寺舊有祠然稽協古典必專祠於此而後愜於人心夫亦何為而然耶致至之志動物之誠放諸四海則雖百世而下聞者莫不興起也是豈區〻富貴利達以炫耀于須臾者可同年而語哉昔宋人定五代軍鎮之亂以儒立國儒而見用者何限以公而不得相其君展其憂天下致太平之畧彼一時也非可為之時乎自其入館閣為諫官諫則必黜〻而益諫陳善閉耶寧以身蹈不測而

續吳郡文粹卷十四

不悔非直以言語侍從為職也故雖當路不容委之邊鎮才兼文武遭受主知正己而不求人相與解仇戮力卒臣夏人以安中土為所當為一以自信其屢為守帥又豈尋嘗多議論少事功者哉晚參大政請倣周官六職分任輔相漸復古制開陳未終權倖甚間不得安于朝廷之上雖其國家盛衰由此而分而君子小人迭而為勝負嘗使人躊躇鑒戒而未已也嗚呼尚論其世不知其人可乎或以為王佐或以為傑出要其平生則以為有德者又公光明俊偉之本原歟畄心聖賢弘毅力行漢唐人材鮮克進于是矣

初公買田以贍俗族而族滋大立塾以教其人而子孫類份〻焉遭聖明仁恕恤其科徭祭前古忠烈比有事于公源深流長天佑善人於公蓋無爽者昔晁仲約之欵賊完城公不肎加誅文忠富公服其絶識蔡確詩獄公之子忠宣公謂責之太重元祐諸賢亦以自悔即其存至公全大體世之研幾成務不當如是邪人有古今道有顯晦瞻相儀刑是豈一家一鄉所得私者遠惟耇成人宅心知訓而予也曾何足以發之至元三十一年正月廿日中奉大夫江南浙西道肅政廉訪使徐琰撰　朝列大夫治書侍郎御史

行御史臺事李處巽書并篆額

范文正公祠堂重修記　修撰張益

肆惟我國家敦崇教化，尊尚儒賢，其於前代良臣誼弼功德及人而廟祀于郡邑者，必命守臣嚴祀事，葺祠宇，示勸之意不既深乎！顧在守臣之賢，乃克視此為重而盡心焉。蘇郡寔宋太師魏國文正公范公桑梓之里，而其先壟、義莊、義宅、義田、義學咸在，故公之祠堂久建于此，事詳舊刻。西江况侯伯律以奉政大夫禮部郎中奉勅來守茲郡，政敷民安，百廢並舉。嘗有事于祠下，顧瞻棟宇有圮橈者，因喟然曰：茲責在我弗急所圖曷稱上意郎請于朝用加修治于是卜日鳩工度材築墓撤舊易新拓小以大為祠堂前後各五楹後以奉公神像前置累朝碑刻東西有廊廡東祠宋郡守潛公咸淳中始建是祠者也堂東偏為書院構用舊材以其尚堅好也院亦有堂前後各三楹揭以忠孝舊扁東西有廡齋宿閲牲法及庖湢莫不有所西偏則范氏家廟歲寒在焉子孫歲祀公父子於其中外為門屋三間亦仍以文正書院舊額揭之垣墉周繚規制宏壯視昔有加凡所用度一皆出粟之羨貯于官者經始于宣德甲寅六月三日畢工

于九月十日况侯謹率寮屬暨學官諸生合范氏子
孫以落其成主奉元理及提管希賓爰與族人謀曰
祠宇再新既賴郡守盡礱鐫辭用著不忘遂以屬予
予忝爲公郡人於斯盛事在所當述故不敢辭以蕪
陋惟公間氣所生心與學術俱正毅然有爲於世奈
何周旋中外政府方登讒慝已構雖其才不盡展乃
若功德之及人者尚多節義足以厲俗進退綽綽非
古之所謂大臣者何能與於此乎當時使能盡用必
就將成就大業以濟天下此蓋君子所深惜也然而
公之自立于天地間者百世不泯祠當百世愈新况

侯為郡賢守克承上意亟致修治宜乎在郡多善政也詩云伐柯伐柯其則不遠斯之謂歟故余特為之書

重建范文正公祠堂記　　徐有貞

宋有天下三百載視漢唐疆域之廣不及而人才之盛過之此宋之所以為宋者也蓋自太祖而後十有五君〻德莫盛于仁宗前後輔政之臣幾百數十人人才亦莫盛于仁宗之朝就仁宗朝之人才論之蓋莫盛於范文正公〻之為人剛大清純天資忠孝而為學得聖賢之心庶乎所謂極高明而道中庸者故

其爲臣表裏一誠始終一正而文武經緯備爲公事仁宗自秘閣登諫垣出入侍從守郡帥邊多所涉歷而不得久處於朝及參大政方將及時復古權倖間之曾不期月而去凡所建明旋亦更革公之所存十不施其四五然而勳業德望之盛視彼久于其位者猶倍蓰焉使其久且盡施則宋爲之爲宋當不止是矣於是乎甚矣直道之難行也有君如仁——宗有臣如文正公其猶若此〻有志於世者所深惜也公之同時名臣莫如韓魏公富鄭公魏公於公每事推重而鄭公因事感嘆至擬公于聖異時大儒莫如朱文公

文公謂公傑出之才為天下第一流而吳徵氏亦謂公為百代殊絕人物之數公者豈無所見而言哉是以後之君子聞風而起者未嘗不稱公之為盛也凡公所嘗過化之地皆有祠吳中公之故鄉而文正書院故義莊也其祀事自宋元國朝列于常典春秋享之而其祠宇因故歲寒堂為之屢毀屢葺規制未宏乃者今大司寇萬安劉公孜以都憲奉璽書巡撫南圻而臨是邦因謁公祠顧瞻興懷爰諮所司撤舊為新闢而宏焉協議以賛其圖者前郡守黄岩林侯一鶚今郡守璚臺邢侯克寬承命以董其工者吳邑主

簿南昌李榮也於是公之十二世孫主奉祠事從規来以記請有貞聞之君子之於道也其有所立也必有所宗也求乎今而不足則尚友乎古之人所謂世異而道同者也今夫都憲公之巡撫於斯也猶文正之經制於陝在河東也兩郡侯之繼守于斯亦猶文正之為治於蘇潤饒越也事文正之事也心文正之心也是亦文正而已矣然則三君子之　於公豈非所謂世異而道同者歟有貞於公幸為鄉之後學固嘗寤寐乎公而思所企及者其能自已乎哉雖不文也頟執筆焉附名於三君子之後以庶幾夫高山景

行之意云成化二年歲次丙戌春三月望日立石武功伯徐有貞記

范文正公祠詩　高啟

開閣陳書對御筵，共言天子得時賢。才陪上相趍廷内，遷撫豪羌出塞邊。松柏自依先壟廟，稻禾猶潲義莊田。古来直道難終合，何必深嗟慶曆年。

同前　周南老

天平吴臣鎮奕〻魏公祠靈氣盛欝積慶源来逶迤策勲佐台輔威聲鎮羌陲庶幾百年後忠烈表令儀歲祀具牲醴有司循典彝雲仍蔭垂裕永〻惟欽祗

續吳郡文粹卷十四

同前　王賓

遠憂人主近憂民心在安邊冒顧身成就人才又多少中庸一語到今新

本朝春秋祀祝文

學冠天人才兼文武義敦九族名垂千古

范文正祠在義宅之東即文正書院也天平山忠烈廟蓋公先祠也此則專祀公而諸子配焉宋咸淳十年知府潛說友奏建自元及今皆因之

韓蘄王廟記　張習

一人之忠義一代之忠義也千古之忠義也忠義本

於人心同是心者同是好也烏有彼此久暫之異哉我朝　列聖發德音一則曰忠臣一則曰義士每令臣下舉以褒崇之不以古今而間者恩至渥也曩蘇郡守鄱陽丘侯霽以宋名將忠武韓蘄王上聞謂王當靖康建炎間屢立戰功捍衛王室維持駐蹕臨安而三吳實在畿內民獲脱虎口而弗致肝腦塗地者惟王倚賴也王後薨葬于吳墓在靈巖山麓止剩一穹碑而荒涼殊甚雖有裔孫居其傍微若一綫時享恒缺據禮凡有勞以衛民者於法當祭矧民至今感之茲臣欲每歲官為一祭所以酬其勞而慰夫民用

塞明詔惓惓激厲忠武之盛意敢請制曰可命大宗伯下有司以行事然而祭無常所或借山寺或在城結祓而祭如是者三十稔矣今太守新蔡曺侯鳳惻然于懷以為事神報功吾民牧分内事也擬於王墓立廟以為栖神常祭之所兼得洒掃松楸免為貍兎草莽之場乃白于廵按侍御安成劉公丙欣然允俞遂委郡貳守吳川林侯廷瓛董其事侯相攸得舒坦之地於冢南為構正堂四楹奉神主前堂四楹列祭儀有寢以安庶職之齋宿有廡以處百工之庖宰繚以周垣闢以儀門甃析丹堊孔曼且碩侯用心良密

矣經始于弘治戊午如月丁丑至仲秋之朏落其成
於是郡之士庶靡不相慶幸以為順其所望也爰授
習志諸石嘗謚王諱世忠字良世陝右延安人也風
骨偉岸目瞬如電蚤抱忠義見國步艱險即躍然應
募而起始攻夏城斬關而入斷敵將首擲之堞下掃
平南北群盜既而徽欽北狩高宗渡南而華風幾淪
戎禍方熾神器殆非宋有王於是時以數千殘卒與
兀术四十萬衆小戰百餘大戰數十自黄天蕩剉之
北遁誓蹙金人而滅之克復中原迎回二帝以竭其
忠義忠氣而後已奈何主敵奸相弗圖周漢之中興

續吳郡文粹卷十四

忘讐恐耻自甘瘡痍其生民棄捐其土地使智勇元
勳置而弗用齟齬偃蹇徒老而斃所謂自壞尒萬里
長城惜哉豈惟王之不幸寔宋之不幸也吁以一人
之身為國家之用否而繫天下之安危可見忠義之
在斯人與天地之正氣相為周流日月同其光明山
川同其流草木昆蟲同其生息暢達有不可掩焉
者故前後大夫不私于吾郡而揚于大廷襮之天下
聖天子於前代之忠義錫之寵光載之祀典俾三百
年之隱伏煥然一新于今日由是垂衍千萬丨世而
弗泯

曠蕩之恩為何如哉王之行寔備載本傳習何人耶敢爾加喙然誠蘇之齊民同一感仰於王者故忘其膚謭謹述如右仍贅詩以道王之功頌朝之恩為迎享送神三章當祭俾歌以侑爵云詩曰

延綏山川秀鍾于王英雄慷慨忠義滿腔出為國家掃除秕糠挺身百戰劍弗㓨鋌攙搶既滅強禦亦亡誓勦戎羌以迎二王以克上京以復舊疆垂四百年汗青有光

煌　天朝褒揚元勲前代忠義命祀守臣廟建于墳秋嘗用伸牲牷廣腯豆籩旅陳清酤黃流苾苾芬

芬灌鬯達泉燔蕭于旻八音和鳴百職駿奔肅肅恍
恂致享厥神
神既格思吉蠲享饎赤騮朱軝稍戟旄麾左右鞬櫜
騶從導隨珮琚颯然可接令儀歆畀言旋抑何所之
亦惟在茲體物不遺荅我　聖恩貽我民禧百歲千
秋式遵定規徽顯感通允慰慕斯

新建韓蘄王廟記　胡纘宗

完顏干曆踐華而夷之宋板泛蕩宮車流播二三臣

舊杞包之忠而勁陰挫之南轅脫輻越鸖泣新時則
蘄王効武宣忠遜夷忌死返麾而北拳勇神機晟亶
潰裂彼夷之旋我和之招宋室不復豈皆天邪王諱
世忠字良臣延安人也卒於越葬於吳故吳人祀之
王初應募虎捌而梟礫視夷腊也扶銀州笞之雞睦
之青溪劘燕山揚滹沱舉濬挟淄樹趙之屏撕西王
獨與金角搏其雄批魚臺攄黎驛經河洛鏺內雛於
平江至魚梁殲之提甲八千扼江之衝讋十萬騎鋌
走無音轢闔建蘄豫　章覆河南開軍受降掩大儀
繳十之八嘬而封之執楚之臂絕淮之吭城高郵塞

書吳郡文粹卷十四　上

續吳都文粹卷十四　二

洳口崇山陽虜乃慄縮而祭荊大小百餘戰主辱臣
死請當其重還兩宮復疆土之言慷慨激烈錦衣騘
馬勤兵交和金人嘗：憯何其偉邪夫金方熛熾上慘
下贖恤〻莫敢攖王以孤壘相當楛其觸而齧其鋩
龍潭渡而都無標烽山陽城而江無飲馬時非王固
魚肉吳炙宋其奈何故中興之功以王為首主之功
於吳為大至其撫論斥和政府之揖檜為側目爭武
穆之事不得乞身湖山徜徉謝世以全首領此其忠
有餘而智足稱也忠勇之號夷夏是欽天資人達〻史
臣歎息河山之誓太常之烝寔闕周典易世報功禮

亦勸矣予蓋浮圖之説昭代兼容其道雖夷為民則夏其習雖別為子則同世多奪而逐之其道未光也今茲之規祀得有廟僧不失廬可以悠敘且寺云韓宇亦代移世草矣在他室或有阻難而良定輦安然趨若舍金伽而事忠哲可不謂賢邪可不謂賢邪則夫郡縣諸公前倡後繼樂蠲其役豈非風一勸百之道哉

韓蘄王廟祀祝文

敵愾勤王精忠毅武功冠中興名垂千古

韓蘄王廟在吳縣靈巖山西麓紹興二十年敕葬

於此墓有穹碑而廟已廢成化十年知府丘霽奏入祀典每歲仲秋祀之弘治中知府史簡以王舊宅在城内南禪寺之左即其地祭之嘉靖二年知府胡纘宗就以妙隱菴撤去佛像爲王專祀俾僧守之胡有記

敕祀鶴山先生魏文靖公記　　吳寛

弘治十一年四月蘇州府長洲縣民魏芳奏宋魏了翁登慶元五年進士累官至資政殿大學士參知政事贈太師秦國公謚文靖公嘗講學臨邛白鶴山下及謫居請州建鶴山書院以居學者後在政府理宗

親書〻院扁仍賜居第于蘇州以疾命就醫郡中及卒遂葬城西高景山下後以居第為書院而墳墓至今有碑在焉惟公立朝大節及講明道學之功當時與真文忠公相上下故人以真魏並稱國朝既以文忠公從祀孔子廟庭而范文正公蘇人也亦有文正書院又以公有功于宋亦命守臣即書院歲時致祭顧獨遺公徒使書院巍然神位虛設寔為缺典茲幸遭際　聖明崇儒重道屢降　明詔表章先賢脩舉廢墜如念公之功特賜秩之祀典豈惟為魏氏之榮而已所以慰吳中士大夫之望者在是蓋芳之自陳

如此事下禮部議以公平生具載史傳考論其功於法得祀宜命守臣春秋舉行如范文正公故事覆奏從之芳感激乃謁予告曰 聖朝盛典一旦先責于斯文至矣幸載之文詞以示後世寛謝不能而其意益懇蓋公居第實在蘇城之南元至順初公之孫起欲以其地䂓為書院言于侍臣以達于上命以舊扁揭于堂楣復敕學士虞公為之記公之功至是始顯觀記之所云一時尊崇之意雖若甚盛亦不過令其子孫世奉祀事而已豈若今日猶於禮官之所議出於 君上之所從陳其牲醴奉其幣帛内出祝詞俾

有司奠讀如儀有　國朝之盛者哉公之功至是益顯豈前代之可擬哉抑公之仕宋當寇亂擾攘處于偏安之地忠言沮塞厄於權奸之人其事業旣不得大行於時獨其講學之迹見於所著如九經要義周易集說等書有不可泯者故雖百世之下學者猶有賴焉則夫論其功者祀之于一郡果足以報之乎蓋

國初王忠文公子充嘗著從祀孔子廟庭議其謂歷代儒先有功於聖道者至宋有周元公而程氏兄弟承之迨朱子集其大成中更學禁獨真魏二公不背其學力為己任其所著述皆黜異端崇正理質諸

聖人而不謬足以贊朱子之緒以爲當列於從祀其言合於公道君子取之久之　詔文忠從祀既如其議然則公固不得而遺之也夫報之典夫人當言之非一人所能私者則寬之記此亦豈以私於公哉君子其必有以取之

宋太師鶴山先生文靖魏公祠堂碑　楊循吉

弘治歲己未之夏六月　詔宋大儒鶴山先生文靖魏公於蘇先生本蜀之蒲江人蘇得祀先朝賜第與其墓在焉於時中順大夫知蘇州府事河南曹侯寔承令　上命卜以是年秋吉有事于書院惟謹既而

以為先生遭遇　明天子得發揚其道光於無窮德意甚盛不可以弗志乃屬愚俾書之石愚按先生諱了翁字華父宋慶元五年進士官至資政殿大學士通奉大夫臨邛郡侯加贈太師進秦國公其曰鶴山先生者著書白鶴峰下學者所共稱也先生學以忠信篤敬為工夫踐履既茂用發而宏故能正色立朝則不附韓史立言垂範而群經以明所謂有本者如是乎當宋之季宰相行偽禁法天下莫敢言道學先生以其所負者起而振之靡然從風士克返正然則程朱以來吾道當中微矣至於先生而又為一始

斯文之不墜地寔有人焉不然抑莫之所紀極也由是言之厥功為大而況有懿德忠節炳炳乎哉是以皇上發綸音稽太常慨焉以列於禮典而不惜者盖其報宜然也然先生去世且三百載漸融盡寒寂寥無聞而恩命優隆始自今日斯非直以為君子私頌而已　國家崇賢禮德之大于此焉覲而亦世道之所係也欤曹侯蒞郡以正篤尚名教至是由此以風勵為急加勤拳焉故不敢以淺陋辭顛末既具又為樂歌係其後將請用之獻爵云其辭曰　奕奕兮新堂牲醴兮苾芳靈風穆穆兮絳帷揚　皇有命兮神来肅

将褒衣兮峩冠有懷兮明德凜正直兮元氣儼靜兮容色擊彼畫鼓兮吹參差蘭烟焚而桂漿淋漓神其樂兮匪土之思徘徊　國恩兮按雲節而不倏馳以祐治化兮萬年為期、

本朝春秋二祀祝文、

晚宋明儒繼明絕學著書行世杭節立朝遺蹟攸存餘風未泯式彰明祀以厲方来

魏文靖公祠祀宋參知政事魏公了翁弘治十年從郡人魏芳奏即鶴山書院祀之

晉顧元公祠堂碑　周伯琦

吳城之東六里有丘焉曰晉散騎常侍顧元公之墓公諱榮字彦先吳人也仕晉累官至散騎常侍封嘉興郡伯卒於永嘉六年十二月贈侍中驃騎將軍開府儀同三司謚曰元後追封公至是千有五十四年吳人爲顧榮墓者是已以其地形如鳳又相傳曰鳳凰嶺云墓前有祠前代所建歷年滋多屢修屢圮蚩民禨祀他鬼其中褻而不虔過者病之毗陵老儒謝應芳避地其側睹兹汙瀆惕焉不寧適真定周君舜臣来爲長洲令君讀書化民知先務應芳請焉君曰我之責也遂偕詣墓祠展敬乃黜淫祠惟新是圖邑

人張實承命惟謹徵工庀材更朽易撓填黶葺缺新像設具器用階庭門墉秩然完飭祠前二墩植以梧桐名雙梧墩以張華嘗稱公為鳳鳴朝陽也踰月訖工周君祇奠而妥靈焉他日應芳介江東文士薛毅夫態進德謁文於麗牲之碑遂諾之予按晉史公機鑒絶人器識趨（超）遠有文武長材始與陸機兄弟入洛號三雋方歷朝署值宗室相殘宮輿播遷進退觸藩惟以沉酣晦迹崎嶇而南屬廣陵相陳敏阻兵竊據歷陽姻族盤固志在躡武孫氏鼎峙而國公乃頓首受職佯順風旨潛誘同心照諭大義羽扇一揮狂豎

烟散而六州帖然雖周玘紀瞻甘卓輩合謀協力然非公之言行素孚忠憤感動親冒矢石為衆率先曷能有濟遂使東南人心有所綴係而司馬氏不絶如綫之緒復延百有餘載其功為何如哉司徒王導表江南之望躬致賓禮以振士衆公進謨軍國以定大業觀其陳諫薦才孜孜扶奬則其平昔所蘊豈浮虛蕩軼清談惑世者比哉或曰賀循與公齊名望士陳敏之亂循以老疾不起何也夫人品雖同才智各異守道者以全身為潔徇義者以致身為忠未易以輕重之也公之卒也引循代之而終不就亦足以知其

志於乎勸善懲惡人心所同不以今古而有間也永嘉之際運祚屯厄其奸邪詭險鷙擅權流毒者後世唾斥不啻鬼蜮若公之忠義而功在天下者至今人所追慕睠睠不已此豈人力所致哉記曰以勞定國則祀之顧公之功宜秩祀典其可緩乎作迎送神詩貽吴民俾歌以祀焉其辭曰群岳之望兮岱宗南土之望兮顧公岱之雲雨兮歲以豐公之倡義兮功無窮邑有賢宰兮新其宫率吴民兮潔齋以恭千載一日兮人心同樵蘇遠迹兮馬鬣其封鳳皇翩翩兮棲其雙桐吴人追慕兮嘉慶是蒙教我以忠兮繄誰之

續吳都文粹卷一四　六

功大元至正二十五年歲在乙巳仲冬朔旦資政大夫江南諸道行御史臺侍御史鄱陽周伯琦撰并書

顧榮廟詩　　高啓

軍司吳國秀，機神夙超朗。弱冠遊洛師，已蒙南金賞。崎嶇諸王幕，沉湎務遵養。中羅廣陵艱，計脈匪誠枉。風雲一輝扇，義旅臻同響。事成耻言勳，飄然理歸鞅。晉祚始東遷，群賢悉收獎。道謁真感會，矯翼丹霄上。德聞一代稱，跡泯千齡往。時屯乏良佐，英謨益堪想。墳祠托荒郊，蕭條並榛莽。蕘童侵雨隧，淫巫閙塵幌。大夫過停轅，式瞻為含愴。衣冠復故貌，筵几陳新享。

寡劣忝鄉人因歌表遐仰

顧榮墓　榮與張翰言惟酒可忘憂其如作病何榮好琴及卒家人常置琴座上

王賓

不見人將琴走過白楊風鬣獨秋多生同張翰言還在酒可忘憂如病何

晉顧元公廟祀驃騎將軍顧榮也在長洲縣黃天蕩東以其墓在彼故稱其地為顧墓元知縣周舜臣重建

晉大將軍右司馬陸士龍祠記

徐有貞

蘇長洲益地鄉學生里有祠々晉大將軍右司馬陸

續吳都文粹卷十四　七

士龍之神祠久廢近里士沈隱君貞吉以已資與之
既落成隱君具顛末徵予記之士龍雲也雲與兄機
士衡並生於吳而仕於晉以文章顯辟爲公府掾遷
太子舍人出補浚儀令政稱神明去官百姓追思之
爲立祠於社尋拜吳王晏郎中令一以忠誠輔導之
雲愛才好士多所貢達嘗薦衛將軍舍人同郡張瞻
時論韙之入爲尚書郎侍御史太子中　舍中書侍
郎成都王頴表爲清河内　史頴將討齊王冏以雲
爲前鋒都督會冏誅轉大將軍右司馬因督粮過吳
妻地見歲祲以所督粮儲盡賑飢民忤成都王頴〻

將殺之而孟玖素忿怨於雲由是雲遂遇害雖死一身能救萬民〻感其德名其塘曰濟民以衣冠葬陽城湖之濱人呼為陸墓村立祠於相城市中至今民祀之不絕士龍家華亭華亭故吳郡古婁地也正今長洲東北維之壤所謂益地鄉學生里固其在焉矧陸氏自遜與抗為時於吳有功德遺其鄉國久矣士龍又以賑貸之祠之宜也古之享天下後世祀者必有大功德被于人〻思慕之而不忘其祀及乎遠蓋天地之妙萬物者神也神之為之者氣也是氣也得其靈奇則為偉人况雲為時名臣有文武長才故發

而爲忠義之業及其遭禍之死人皆悼惜之感之深思之久祠之不廢豈非出於天理民彝之正也故記之以告来者知所自焉

晋陸内史祠在長洲縣相城盆地鄉祀晋大將軍右司馬陸士雲龍也雲爲郡人因以督粮賑飢遇害民感其惠以衣冠葬此立祠祀之成化中里人沈貞吉重建

短簿祠在虎丘山門内東麓　　高啓

下馬空林閟廟扉衣冠寂寞掩塵幃不能復使桓公怒莫怪年来祭客稀

春申君廟　高啓

封吴開距壤相楚復強鄰名重三公子謀疎一婦人
盡幃留古像珠履絶遺塵蕭鼓時迎祭還憐舊邑民

同　周南老

築居故吴墟封邑遂有吴邑民嚴廟祀高宫儼冠裾
説秦歸楚嗣子時多智謂相楚誇豪雄得君良有初
胡爲惑寵嬖用計〻益疎彼謂毋望人英也其置諸

同　王賓

後来無妄事分明從約當初幸喜成門下客多誰第
一蘭陵有令是荀卿

甫里先生碑銘　胡宿

君子之無所失道，與世而汙隆；聖人之不滯於物，因時而遷徙。達則奮庸而無濟，否則懷默而獨善。堯舜許由，昔賢標一揆之論；禹稷顔子，先民有同道之説。繼世而作，易地則然。自風流之聿頹，固先靈之不屬。中古以降，作者實繁，舊史所存，孤風可見。咸能自潔身累，脱去世紛，耕岩石以相高，蹈山林而不返。語其玉立之節，姑得而云；體無道勝之韻，蓋亦有幾。若乃揖紛亂而高謝，標耿介而長往，漁釣一壑，寄傲無何之鄉，鼓吹六經，圖芳不朽之事，非夫高雅淑靈粹温簡正疇可以議夫是矣先生陸氏諱龜蒙字魯望笠澤之幽居者也吐崇嶽之符倬生民之俊溫其如玉而不加雕琢淵乎似道而無所澄撓神茂初學聲冠當世屬土行標季天宇驛騷俎豆委而不收干戈尋而未巳先生深歎鳳鳥志劇鴻冥刻窗函谷之關鼓枻滄浪之水棄去驕君之餌謝絶畏友之方於是上會稽探禹穴由臨安訪仙室歸長洲茂苑之下樂淞江甫里之勝乃歎曰時無明主安能宗予施於有政是亦為政退而賦考槃之詩且有終焉之計薙草開徑為臨江之居剪地一作剪茅作堂傲在鄒之宅南栬弁一作岍

峰
之色西帶重湖之光孤雲無心白焉可狎道素自
處物累不嬰好事之流或載酒而相訪雅遊之子時
款闔而請見戶外之屨常滿席間之丈屨啓稻田一
壟歲供薪水之費魚陂數頃日充庖膾之事至若金
樞之月靜夜赤城之霞啟旦花瀨不遠蘋風甚快先
生則必飭軥牛之乘戒白鷴之舫招來僧社之舊申
命朋簪之盍泛覽節物從容談燕筆床研格靜置於
左右琴歌酒賦相繼以晝夜擊銅鉢而賦詩指石嵒
而聯句青溪之曲亦復何窮白雪之倡其和益寡飄
然聲利之表自適仁智之樂真所謂風塵之外物天

地之逸民者也加以癖好聚書本皆有副得以傳寫則烏闌不計其費躬加校正則鷄距未嘗去手亡一簪而不慼以百域而有（一作自）喜雖張華海内之秘班超禁中之副無以過也由是富擁多聞優入聖域紬六經之妙論泛九家之清流摘發異聞多黄香之不見沉研精義皆郭璞之未詳此又稽古之宗師博物之淵藪也若夫言不詭聖志在拂世英辭闡揚朱之塵高論攻墨翟之守潤色夫子之際煥乎有章潛心大業之中阜然不類斯又三代之遺英萬世之先覺也自頌元和而下風什陵喪多哇之响甚喧大雅之

作幾隆先生攸五際之長波駕四始之高蹈縮制萬變入道奧而惟深刻雕衆形等天機之不宰微言之緒既墜正始之音復聞時皮公日休以高文大筆為世元儒先生幅巾過從一面如舊相與文酒之間坐忘形體之外凡所賡唱溢於几篋莫不研幾深以繹志叩虛寂以成韻天才艷發縟體交變褭蹄之性百煉而不耗大韻之音九變而彌雅居然嗣响蔚于中興其命世傑出之雄乎昔子山構閔辭多主於悲哀韓非遭亂書頻露于孤憤屈平怨刺托方物以寄懷虞卿窮愁慨詩書而見志何自待之未厚將不遇之

所與切況淵高曾未彷彿審而不雨嗟乎西郊之雲瑞非其時異哉東魯之獸至於青編紀素尚之節鏤板昭炳蔚之文雖與日月爭光金石昊盡可也宿仰企風徽積有年籥經涂所出舊址存焉巍然靈光鞠為茂草懿交照之不接悼園秀之無聞亦由歷高唐者想綿駒之謳過夷門者感侯生之事蹈揚盛德其庶幾乎銘曰——仰以觀文少微之位含德葆光淪精毓粹猗歟先生鍾厥靈氣郁哉懿文倬然上智五代尋戈三靈塞霧鶴在衛軒豺盈漢路哀鳳成歌冥鴻易慕長洲苑下松陵水邊內樂名教中有聖賢擁書

萬卷擒藻千篇江山豈助造化無權名理之言有補於世清高尚（一作）之風未墜於地壤樹俄空壠書不至清暉眇邈幽靈潛翳鞠草實繁秕車增欷講樹已凋琴臺久墜茫茫太素英魂兮何歸杳杳終古香名兮獨飛

甫里先生祠祀唐處士陸魯望也在長洲縣東五十里甫里白蓮寺即其故宅或云卒後就葬其傍廟食于此嘉定十七年錢唐龔時偁別建祠于左、元至正間縣尹馬玉麟重建齊東埜語云白蓮寺魯望祠堂像設皆當時物咸淳中有盛氏子醉仆

其像於水滿腹皆平生詩稿也知府偲普置盛罪更為塑像其腹稿不復矣

王長洲祠堂記

黃由

孟子之言大丈夫曰富貴不能淫貧賤不能移威武不能屈蓋古之所謂大丈夫者必有高天下之識容天下之量蓋天下之氣不得志則獨善其身得志則未嘗不欲行其道乘田委吏不敢辭卑而盡吾職之當然及乎立人朝則謀主斷國以身徇義死生禍福不足以動其心此豈尋常瑣瑣者所能為也後世徒見古人功名偶盛以為是出於偶然不知胸中涵養

早正素定非一朝一夕而紀旂常汗簡青特其粗也内翰王公元之自為布衣已慨然有經綸天下之志洎遭明時事聖君正色立朝凜乎不可犯文忠蘇公至追配以漢唐六君子平生大節載在信史夫人而能言之若夫服勤小官孜孜民事言誼卓然有大過人者國史逸其傳或不得而紀也公以雍熙改元宰吳之長洲首論榷酒之弊懼遺斯民之害以至激風俗而厚教化抑兼并而哀流亡形諸壁記而垂詔後來者大帥皆有深旨非涵養之厚不以職守大小貳其心者能若是乎公沒二百年邦人雖知公之有德

於民莫有發其徹者今總卿贛川曾侯㮚德寬来宰是邑始求公像繪之而併鑱歐陽蘇黄三公詩賛于石嘗屬予序其大槩矣盖曾侯之去十有七年天台黄君宜寶来拜公遺像而且嘆祠事之禮猶缺乃闢縣治東偏建堂而奠焉而求文以為記竊謂公之雄文直道暴白天下豈待予之文而後信况獲附名於三公詩賛之尾尚復何言昔王文公介甫宰鄞有聲利興害除民甚便之其後坐廟堂臨大政乃用其所以治鄞者而治天下惜其學術喜同惡異故為相聲名減於邑公則不然自令滿召試再陟諫坡三登掖

續吳都文粹卷十四

垣而晚入翰苑危言讜論裁抑冗費禁戢游惰緩刑薄賦修德厚本終始為上言之而愛民之意出於一轍咸平以來卒為名臣然則由百里之政充而至於致君澤民果且有異乎哉長洲為今壯縣令宰名德前後相望其間因是有聞而登宰輔者豈公風流在人于今未泯邪黄君舊同學校知其人不苟為政三年去之日如始至燕居之所未嘗葺而獨於此焉惓惓可謂知所本矣予嘉其志故喜為書慶元六年華文閣直學士通議大夫新知建寧軍府事長洲縣開國子食邑五百户黄由記

王元之祠

心知百姓在寒飢古寺荒祠有去思清夜虎丘山月上却疑顔色見今時

讃　范仲淹

昔王文正公曾居相位二十年未嘗見其愛惡之跡天下謂之大雅寇萊公準左右天子却戎狄保社稷天下謂之大忠樞密馬公知節有犯無隱天下謂之大直此三君子一代偉人也公與三君子深相交許情如金石則公之道可知矣

翰林王公祠祀宋王禹偁也公嘗為長洲宰天禧

續吳都文粹　卷一四

四年子嘉言復宰長洲作堂祀之後又建真堂於虎丘藏小畜集其中知州康孝基撰碑景祐間范仲淹守郡常為之贊後其子純禮易之而去淳熙九年知縣鲁㬇復繪公象而祀之黄由記仍刻歐蘇黄三公詩贊于石慶元間令黄宜又作堂於縣治東偏名企賢堂由復記之

忠烈廟記　牟巘

文正范公忠烈廟今在姑蘇三讓里天平山公自睦移守鄉郡再省三世松楸不但漢人過家上冢之榮而已嘗即白雲菴春香火泊登政府得追封三世置

墳寺始，奏改菴為白雲寺，祀徐國公、唐國公、周國公，蓋慶曆時也，猶未有忠烈廟之名。先是元昊據靈武，納旌節，僭位號，威脅諸羌，肆為邊患。朝議舉兵攻討，遂以邊事付公。首用种世衡築青磵城，扼衡要，大營屯田，聽民互市。鄜、延乃異時西夏貢路，但嚴備不出，以示招納。又築大順城以捍環慶，築細腰胡盧十二寨以制明珠、滅臧二族。元昊勢漸折，乃命公及諸知兵者分領要害，為持久計，以待其弊。已而昊卒納款，如公言。而公在廟堂，以議論不同，均佚南陽。既遂謝事矣。公外剛內和，恩威迭用，當時邊人相語此小范老子胸中有數萬甲兵不比大范老子大范指雍也或有以龍圖老子稱之其為人所畏愛如此鄭慶諸郡與屬羌皆立生祠繪像以事其終也屬羌酋數百舉哀備舍哭之如父三日乃去宣和間慶師宇文虛中以郡人思公不忘祠事甚謹奏賜額忠烈廟他有舊額皆易新牓紹興失秦隴慶陽廟遂、在他方始改奉于天平山每歲上巳三司率僚屬郡博士率前序偕來致祭廟久頹毀至元乙酉主祭邦瑞提管士貴共議重建取義學餘米歸之義莊為土木費司計邦翰宗遜等佐之其年四月既望新廟成丙戌二月既望率族奉安前設文正公神像內設三國公神儀廟凡十楹黝堊丹漆備極壯麗供具皆完好大德甲辰行省聞于朝禁治煩擾崇奉尤嚴於是士貴以書抵巘俾記厥成謭焉末學固辭弗獲惟昔文正公在朝聞延州危急自請代張存直欲委身不測之地入以為難巘切為未若上百官圖詆宰相為張禹雖觸感怒坐以越職曾不少沮為尤難蓋不顧其一身之利害禍福故能內肅朝綱外元方面謚曰文正廟號忠烈如是之偉也夫士大夫則知尊祖矣尊之者何銘其德善也是宜作為銘詩刻石列廡下其辭曰

南陽諸葛蜀漢再造志決身殲民哭陌道乃廟沔
沔陽成都夔子號曰忠武西人悲喜相傳尚記識雙
誅卻於惟文正異世同轍雖老益壯雖死不忘精忠
盛烈夏日秋霜昔討靈武皇威遠加聲勢震燀攉其角
牙忠烈有廟參錯西土公像在堂莫予敢侮天平之
山白雲之泉公歸自——西廟貌究然誰實新之偉以
柱石上公之服揚休山立內祀先公爰侖廟制維垣
啟宇光榮三世式濟世美忠宣第昆粵至斯今代有
賢孫乃享義廩乃廣義學同志合慮新廟攸作潔我
牲醪率我宗黨揭虔妥靈黙通肸蠁公在帝旁玉軌

既駕神遊，委迤馭風。来下佑我後人，俾熾而昌。廟祐是保，千載奉常。前朝奉大夫牟巘撰，集賢直學士朝列大夫前行浙江等處儒學提舉趙孟頫書，中奉大夫浙東道宣慰使都元帥李果篆額。

重修范文正公忠烈廟記　王直

正統八年十一月，蘇州府重修范文正公忠烈廟成，其十一世孫都察院照磨子易具事始末，屬直為之記。蓋公蘇人也，曾祖徐國公、祖唐國公、考周國公皆葬蘇之天平山。公嘗請於朝，改天平山白雲菴為白雲禪寺，世度僧守焉。作祠於寺之右，以奉祀事。至公、之子孫又作祠於是祠之南以祀公然忠烈之名未有也宋自元昊反西鄙騷動師出無功仁宗乃命公經畧公選將練兵築城寨墾屯田據其要害示以形勢招徠屬羌恩信大洽決策取横山復靈武元昊勢屈乃請降西人仰公之德服公之化皆爲公置生祠公薨相與哭於祠下者累日不絶宣和閒宇文虚中爲慶師言公忠於朝廷功烈顯於西土至今猶廟祀益虔然廟未有額徽宗命以忠烈名之且爲題其牓凡廟之在西者皆易以新名然蘇由未有也紹興以來西土皆陷忠烈之廟越在異邦蘇之守令與其士

夫謀曰蘇公故郡也而天平山則公祠墳在焉公之精神必往來乎此乃更作新廟揭忠烈之牓於廟門由是蘇始有忠烈廟每歲上巳郡縣長吏率其屬致祭歲久廟壞元至元乙酉嗣孫邦瑞士貴復新之末世兵亂燬焉逾八十年未有能復之者至是工部侍郎盧陵周公忱巡撫至於蘇而監察御史壽光劉君甄武昌劉君仕昌錢唐鄭君顒皆以事蒞焉郡守李侯從智來會政事之暇語及兹廟因相與歎曰公之德業著於當時傳於天下後世不係乎廟之有無也然表先正以儀來今使後生小子得瞻其廟貌想其

續吳都文粹卷十四終

精忠偉烈而興企慕之心則廟亦不可無也乃各出貲俾吳縣令永嘉葉錫圖其成錫毅然以身任之殫心盡力規畫處置几鄰邑之令佐皆以貲來助市良材命衆工為堂前後各三間以奉公及三世先公像東西廂如其數以藏祭器而齋宿寓焉壯麗嚴整有加於昔中作石橋〻南左右為碑亭前作大門牓曰勅賜范文正公忠烈廟經始於是年九月九日閱兩月而廟成直閣之士之能任天下之重者必以天下為心〻〻之欣戚主乎人而不私於己是以天下為心者也以天下為心則人庶乎有濟矣初公未顯時已

欲任天下之重嘗曰士當先天下之憂而憂後天下之樂而樂夫憂人之憂而欲免其憂使人皆樂然後與之同其樂此豈小丈夫然哉孟子曰禹思天下有溺者由己溺之稷思天下有飢者由己飢之公之心猶是也故其德業之盛不愧乎古人豈特著于西土也哉嗚呼士不以天下重者有之矣不以天下之重自任則其所存所行一主於為己人之利害不少槩於其心而又悻悻然自以為得功烈之卑無足恠也而所為士者固當為是邪然則公之孫與邦之人士及四方之來者拜公之廟慕公之功業必當師公之心

讀吳郡文粹卷十四

心充之以仁義而力行之於公其殆庶幾乎故為之記而道愚之所聞使刻諸石告焉凡以貲来助者其姓氏皆載之碑陰

忠烈廟詩　鄭元祐

西望層巒草木青魏公祠下拜儀刑經綸有策回天地憂樂無時忘國廷異代蒸嘗遵典禮故山香火下神靈浮雲變滅知何在閒聽楸風語塔鈴

同前　倪瓚

魏公祠宇青山麓崖石巃嵸森古木山下居人幾世孫泉道瓜綿分譜族太湖之水去悠悠異代蒸嘗春

復秋吁嗟濟世安邊計今日誰先天下憂

天平山謁范公祠　　　　蔡　羽

春山社日鳥嚶嚶父老銜香忽滿庭西北風雲遺廟貌邦家忠義仰儀刑陰霞細護碑文綠靈谷常籠竹樹青玄酒一卮心不死海空天濶鳳冥冥

忠烈廟在天平山白雲寺范文正公先祠也公之先自徐國公而下三世葬此宣和五年慶師宇文虛中奏賜此額本即卯慶間南渡隔絶改奉於此每歲上巳有司致祭今祭於城中書院此廟則子孫享焉正統中重修

崇本堂記

王直

崇本堂者姑蘇周浦所作祠之名也祠以祀先昔之作者未有名今名曰崇本尊祖也萬物本乎天人本乎祖古者卿大夫士必有廟祀廟制不行於是而有祠堂取尊祖之義以名之使為子孫者仰而望俯而思油然興其孝敬之心亦君子之所可者也周氏之先居汝之安城晉太康中有諱浚者都督揚州又從家陽陵其後子孫衆多散處遂昌蒲城營道代有顯人營道之族有輔成者登宋進士第為桂嶺令實生濂溪先生封道國公謚曰元先生嘗過潯陽愛廬山

之勝攜長子壽家焉壽之孫興裔官至武功大夫和州觀察使領侍衛軍馬都虞候駐劄平江請立先生祠於吳縣胥臺鄉道山之左武功與金人戰没於福山敕葬虞山東麓子孫世守焉宋亡祠廢有元盛時浦之曾祖松江監税文英復建祠於故址監税卒子江浙行省照磨南奉附于道山子孫因家蘇城中至正兵亂祠又燬焉浦之父長洲教諭敏嘗欲重構而力不逮乃專祠于家浦與弟淵奮欲成父志淵出為遂昌令滿九年銖累積寸累得餘俸若干欲以修祠堂歸至錢唐而卒浦乃極力經營市材庀工共為堂

若干楹於正寢之東中祀先生武功以下列置左右凡器用所宜有者無不畢具繚以周垣前為大門以時啓閉而祠堂之制大備正統元年朝廷尊崇儒道凡聖賢子孫皆復徭役其秀茂者收錄之恩禮至厚也先生子孫之在姑蘇者初由道而徙郡守况侯驗其實皆復之浦既蒙朝廷之德而益重本源之思至是堂成欲使子孫篤不忘其所自出而恭敬奉承於悠久既以崇本揭於楣使其子融縣丞綱來京師因都察院司務鄒亮屬予記自孟子没而聖人之道不傳學者莫知所向先生奮乎百世之下負絶出之資

有默契之妙繼往聖開來學圖書之作闡陰陽鬼神之秘啓性命道德之奥使天下後世曉然知聖人之道如日之麗天其本自先生發之今祀於宣聖之廟徧天下蓋不忘本也况爲子孫者乎禮不忘其本而君子謂之仁以其心之厚也斯堂也惟本於先生而尊事之信可謂厚矣然君子之尊祖豈獨祀享而已哉遵其道率其教而不違焉斯善矣先生之道載之書其所以爲教者蓋曰誠五常之本百行之源也苟能存誠則仁義禮智之具於心孝悌忠順百行之見於事者皆無有不實此大賢君子事也充而至於聖

人不難矣今之學者皆知讀先生之書求其爲教之本
而盡心焉則周氏子孫之當務可知矣朝夕出入於
此堂仰先生之德容服先生之教皆有以明善誠身
處則爲良士出則爲良臣斯無媿於先生無負於朝
廷優待之盛意崇本之名不亦光遠有耀哉是爲記
資政大夫吏部尚書前國史總裁泰和王直撰

濂溪祠在萬壽寺西濂溪坊内祀宋周元公茂叔
初茂叔孫興裔以和州觀察使駐節平江奏立祠
吴縣胥臺鄉後裔孫文英南老屢復而廢正統元
年孫周淵等遷于家

新建和靖尹先生祠記　　黄榦

和靖尹先生寓居平江府虎丘西菴榜曰三畏齋所題褋錄論語解皆可考所寓即上方也去之七十有五年郡守直秘閣陳君芾通守太學博士丁君焴始度菴空地爲屋繪先生像祠焉尊前賢厲後學也先生諱焞洛陽人年二十師伊川程子舉闈策士議誅元祐黨人不荅遂棄舉子業靖康初以布衣召不至詔褒爲和靖處士洛陽陷家殲焉先生死復蘇竄長安山谷中逆豫以禮聘溺水逃去展轉蜀道累年紹興五年以崇政殿説書召凡二十辭八年冬始入見

續吴都文粹集卷十四

除秘書郎明年遷太常少卿權禮部侍郎每遷輙力辭其冬除徽猷閣待制提舉萬壽觀辭不已遂奉外祠即虎丘以居年已七十矣貧無以為歸也後二年竟沒於會稽之寓舍先生所遇於世如此蓋嘗考先生之所學篤於踐行不為虛語未嘗求人之知人亦莫能窺其所蘊也今其可見者經帷進講門人記錄耳惟即其所寓於世者觀其所處然後知先生之於道卓乎不可及矣利害者人心之私義理者道心之公〻私之間迭為勝負一取一舍而賢不肖可知也至於歷險難之極而不變處貴顯之驟而不動抱仁

戴義終其身而不悔非盛德能若是乎理義充於中則禍福成敗榮辱得失轇轕萬變日陳乎前而心自若也程子之門從游之士皆宏博俊偉極天下之選而於先生亟稱之其　察之審矣顏淵退然如愚而夫子稱之亦曰簞瓢陋巷不改其樂又曰庶乎屢空然則先生者程門之顏氏歟里巷小人顛冥利害之塗不足道學士大夫則知禮義矣臨利害未毛髮許棄其所守者可歎也聞先生之風得無少媿有志於道者亦可以自勉欲二君為是祠有補於名教大矣故述其躬行之大節以示學者庶幾驗之於身而得

先生之道云嘉定七年六月既望後學黄榦記

重遷和靖先生祠堂記

黄士毅

平江府虎丘西菴和靖尹公先生祠者嘉定甲戌令軍器少監丁公焴通守吾邦之所創也而在山之西非隅後二年貳卿孟公猷聞有殯在西階之上甚懼非所以祓不祥而致蠲祀之誠者告刑獄使者柴公中行乃屬長洲丞趙君崇傴即上方通幽軒之南闢地而遷焉葢先生寓居之所也知府事沈公暐悉資其役為堂三間西向群山前列環隴近護老本修竹交闕左右高明靚深稱祀如昔甫成而柴公以召去

王公涔繼之復摹先生晚歲片紙手書聖賢格言五千餘字刊置兩序常平使者吳公格劃公田四十六畝俾住菴者為增葺費孟公以始創遽遷合有以示来者命士毅書之士毅因切慨念昔登朱子之門獲聞先生之學嚴於持守之本在此用力之真體驗之熟復發主一無適之旨至講說而不踐行則為虛語問荅而少差失則至悞人與夫未至於磨不磷涅不淄則不可如聖人之見南子者類皆務於簡實而戒謹恐懼之意隱然於其間未嘗不三復警省是皆持守之功也蓋持守則心存心存則其言斯訒其行斯

察有不期然而然者於是深嘆夫周程之所以上續孔孟者至於朱子粲如日星有目咸覩先后本末區別在前大小精粗各有攸屬學者於此不患講習之不能明所患講習之易明而忘持守之為本耳則嘗推明先生之學以勵後進今之祠事仰止遺像如親炙之必求先生之學而學焉是乃興起之道豈曰小補之哉此又其所可書之大者遂不復辭既次其畧輙附所聞如此然自先生來居積七十有五年未有表其事而出之者而二三年間其役再舉始克就緒則感夫事之難成而俾終弗壞焉以興起於無窮者

又有待於後之君子也先生居之歲月出處之大致已詳於黄榦之前記是役也始於四月甲午而訖於六月庚戌實丙子歲云後學黄士毅記

尹和靖三畏齋　王賓

兵後南来已白頭虎丘行過偶遲留齋居尤自名三畏黙檢身心肯暫休

和靖祠祀尹肅公焞也在虎丘西菴公紹興中嘗讀書於此扁所居曰三畏齋嘉定七年知府陳芾始繪像祠之九年郡人孟猷又還於上方通幽軒之南今廢改祀于學宫　附鄭所南和靖書院示

之講詩和靖書堂八面開新分半席在山隈若無

都歸去傳語生公借石來自注之從前聽者少是日聽者多

包山祠　　皮日休

白雲最深處像設盈岩堂村祭足茗柵水奠多桃漿

箬蓬窔古砌薜荔繃頹墻爐灰寂不然風送杉桂香

積雨晦州里流波漂稻粱公惟大司諫憫此如發狂

命予傳明禱祇事寔不違一奠若肸蠁再祝如激揚

出廟未半日隔雲逢澹光𩆀〻雨點沙漸收羽林槍

忽然山家犬起吠白日旁公心與神志相向如玄黃

我頋作一疏奏之於穹蒼留神千萬祀永福吳封疆

又　　陸龜蒙

静境林麓好古祠烟霭濃自非通靈才敢陟群仙峯、百重波浪沓中堂簫鼓重直君貝瓔㩓彷彿来相從清露濯巢鳥陰雲生畫龍風飄橘柚香日動幡蓋容将命禮且潔所祈年不凶終當以疏聞特用諸侯封

包山廟在洞庭西山俗稱包王廟唐咸通中郡從事皮日休禱雨有應與陸龜蒙皆有詩

水仙大王廟碑　　楊循吉

人有曲直必告諸吏至於水火疾病之厄吏無能焉神斯專之神之治人比於吏而其可憑過之何也吏

未必書公神則無不公者焉故人之憑神人甚於憑
吏不敢欺神人也吾鄉世事水仙大王建廟
天子之所封也有鄉者三視他人為貴鄉人有事則
告惟大王之神在上巍然而聽之若受焉者及其歸
而或賜之或不賜之又若有分别者盖誠有吏職焉
然神人得賜於神則喜不得賜於神不怒則神之尊吏
不得参焉非其公之至也人烏以若此嗚呼有良吏
或易而去神一而已則吾鄉人其敢不虔矣乎夫牲
醴錢幣所以報也若夫無辭以宣神德神謂人莫知
其公焉故碑

水仙廟在子城東南古蒼龍堂神即柳毅也今為上元鄉土社祠額著靈異一在城西雁蕩村俗名三鄉廟是也

重建武安王廟碑　祝允明

王勳在劉蜀天下得祀之勸忠也始王官終前將軍既沒蜀人祀之代有崇廣逮宋大觀間追謚又以義勇稱廟而四方之祠亦益廣矣若蘇城之祠則昉見於淳熙三年之公牒蓋當時市戶俞拱等請府判執狀置祠基石本也其前後兵火傷剝祠之始構與其歲時與其紀載并為消沉而不可考巳屬者廟旁民湯文淵輩以茲邦荷王休靈人和物蕃感而思報遂

與其廟道士張　謁告于太守　公　以王忠民
思之捐銀三挺爲　三十并諭長洲吳二縣出銀數
佐之俾咼建焉張等遂構材立殿三間木脩而價不
及陶甓　湯　乃獨典領其他裨守翼舍鄉人又相
與共成之廟遂以完以予亦鄰祠　被王祐　来請
紀事嗟夫王之陰力在吾土吾土之民知家寧户嬉
之樂而因以知其力之所出知其力之所出而因以
知所以報之者是固理之自然而王之忠義勳烈則
又足以勸夫人故太守之徇民又所以勸忠也今之
後吏益忠於爲公民益忠於報上虛玄之徒亦益忠

於所事勸忠之効大白當有茲舉始予受衆請為略工度始末取義之大者記之而又為歌詩三章系其後俾祀者用焉其詞曰　秋〻兮王宮桓〻兮王容藹牢醴兮潔豐王之神兮来降．王之神兮降止鼓鏜鳴兮成禮王之享兮凱如蔭吾民兮翼吾　王之去兮莫留神洋〻兮無行不周勸忠兮報德長無絶兮春秋

關王廟祀漢朝壽亭侯關雲長也在武狀元坊東大街上元甲午歲道士李原祐建

太倉關王廟記 在教場演武廳後

陸仲

有公廟在小北門内教場之西偏弘治
建州治教場南遷於張　倉基越六年
于總督備倭都指揮西公修舉如故或者謂公
甦吳人之手當不食於吳殆非通論今天下大一統
非復偏據一隅之吳矣況國初定鼎於鍾山鍾山非
孫氏開國之地乎故有公廟而新之是時禮官無以
為否者必有說也或又謂公之稱號不一嘗何從而
嘗考之公在漢末封為漢壽亭侯至宋祥符以來始
有義勇武安王之號迄於元之延佑則併諸號為一
多至八十餘字而濫極矣國初下詔謂忠臣烈士惟

當時初封以為實號宜正書其額曰漢壽亭侯關公之廟載記謂公生辰九月十八日今以五月十三日官殺少牢以祭因為詳著其事於麗牲之碑而系之以詩俾有事於廟則歌以侑之其辭曰山西兮河東神靈會兮虎臣以降炎光兆滅兮大統聿分庶還于一兮式弘厥功命之不淑兮弗克有終悠悠有識兮孰不哀慟忠魂炳朗兮彌塞區宇鞭霆掣電兮爰上爰下作廟迓成兮于江之滸我心不貳兮公將我與維其来兮以祀以妥維公之来兮其從如雲髯之飄飄兮顏如渥丹狐狸遯跡兮魑魅失羣雲風蕭颸兮

至止欣〻我心不貳兮公寧我嗔無遣其歸嚌于飧載拜稽手兮無敢不肅曰公是刑兮以服公其少留兮旋車勿速神曰醉飽兮既受爾祿爾心不易兮我猶爾復

靈祐廟記　范至能

按元符三年林戊記云梁衛尉卿陸僧瓚捨宅為寺有女不嫁既死祠於寺之東廡開寶中吳越王朝京道出吳江大風幾覆舟見女子拯之自言重玄寺之神本國加封感應夫人郡人於此祈子頗驗元符初夏初旱人多暍死明年疫癘繼作通判祝安上攝州

事禱神致雨、歲大熟事聞詔封慧感夫人政和二年曺斐記賀鑄書、中吳記聞云安上除知台州至錢唐將濟夢一婦人告、以風濤之險明日果覆舟數十獨安上得免嘗有祝史、竊廟中縣幡繫其身環走殿内自言其實盜也夜半踰、城還家神靈潛制於此建炎中金人入寇居民有事之、者夢神告以兵難不數日陷乾道三年秋禱雨有應父、老顧安時上其事加封慧感顯祐善利夫人參政范至、能記

聖姑廟　　高啟

潮心涌出黿頭山白波翠島非人寰清虛宜作　水

仙府鱗堂荷屋居其間淵都群靈孰爲主烟髻儵然
神女柔姿孰敢狎相親笑叱鼉龍起風雨玉骨蜕
蜕幾秋世緣已斷信無愁采蘭每約湘濱會捨翠時
陪漢上遊水禽翔鳴衛芝蓋長在蒼茫杳冥外鮫人
獻鮹裁作衣螺女供珠綴爲佩花落閒祠謝古春蕙
幃瑶席捻香塵空山夜夜星河遠芳渚年年蘅杜
新霞舒霧捲凝光彩笑語無聞復誰待冷風幾度引
舟迴宛似蓬萊隔烟海猿叫楓林魚躍波桂旂翻翠
莫寒多女巫佇望飛度獨奏箜篌引曼歌椒觴奠
罷況玄璧鳥沒遥天湛空碧遺情不結楚臺雲世人

何處尋踪跡

又　周南老

盈〻粉黛粧遺廟臨芳嶼楊靈洞庭西弭節奮山渚

駕龍乘白黿　鱗〻魚媵予倏来兮忽逝衛風挾雲

雨過舟恐濤惡〻靈奠椒醑傳載或可稽曰晉王彪

女

續吳都文粹卷十四

吳都文粹續集卷第十五

長洲錢穀叔寶集

惠應廟記

黃昺

蓋聞三代迭號仁義攸歸七國僭稱簡牘是誚或封建子弟或追贈公侯居於域中莫斯爲大然有功於國有惠及民後世專其道者亦受命無愧矣大聖山王者馬鞍山之神也按圖經梁沙門慧嚮諸兹山諸勝可與佛寺雖用志彌篤而力莫能逮一日冥寢山現曰頗助千工以副斯意是是雲驅電掣風撓闃之跡遍于林莽鞭朴之聲震於巖谷

[illegible]

悸數里詰旦陰翳潛廓靈基倏成雉疊

若築出之夷廣横袤十七丈高聳二丈小大規

矩混然削成其直如繩其平如砥非人功所能致也

事聞建神之祠錫命曰大聖山王蓋旌其功而表其

美也自兹以還威靈益著聰明正直鎮乎百里之境

福善禍淫庇乎一方之民凡猶豫者卜之如響靈龜

疾疫者禱之如餌良藥肸蠁之應昭昭而可驗牲幣

之奈紛紛而不絶及物之惠斯亦至矣然而年禩遠

棟宇隳壞軒墀蕪乎春草廊廡鳴乎秋蛩雖靈之具

存而像亦斯弊邑人陳仁紹者好善不回積財能散

眡廟宇棟橈思締構以鼎新今僧主僧志堅同募居以成勝事僧顧文清瑩亦賛其能賤踈一發如石投水施利四來如川赴海凡所得者僅踰千緡於是鳩工市材揆日蕆事歲時未易斤斧告停危檐翬飛疊瓦兕甓窓牖明邃榱櫨赫奕殿堂廣其舊制廊廡闢乎新規門闌有門左右有序中塑神象森衛靈官威儀聿成藻繪斯煥盖所以荅神休而肅祀事也噫古之鄉士有益於人者典禮尊其祀焉矧茲山王垂數百載而英烈不昧始施功而成善事終佑民而享明德建祠追號亦其宜矣前所謂有功於國有惠及

民後世尊其道者受命無愧其斯之謂歟曷因訪舊胥臺薄游是邑聞其異跡缺於紀事既蒙確請不獲牢讓辭旨淺近斯爲媿焉明道二年二月十五日記

惠應廟祀崑山神在縣西北馬鞍山之陽唐中和二年建宋崇寧間賜額曰大觀廟封神曰靜濟侯紹興間加永應淳熙間加昭德慶元間加顯貺開禧間改封昭惠公嘉定間加靈濟寶慶間加福應紹定間加康祐淳祐間封顯佑王國朝洪武中改封崑山之神每歲夏四月祀之永樂中廟燬宣德中縣丞吳仲亂重建祝文曰有山巍巍惟神主之

有民林〻惟神福之誥錫寵褒以答神休英爽如在享祀千秋

宋衛文節公祠堂碑　沈魯

朝廷崇禮先賢累下詔所在有司以時修葺祠宇除墓道使人守護如法崑山縣儒學教諭臣劉衡訓導臣章經奏故宋太師秦國公文節衛涇生於是縣之石浦蚤負經世之學魁多士於淳熙甲辰登要樞參大政中外歷任四十年所言皆經國遠謀關係世教為甚重自范文正公後繼先憂後樂之志者此其人也方韓平原之勢焰薰灼毀譽舛午今年朱元晦斥

明年趙如愚薨而僞學之禁日迫正士接跡遠引猶排擊無所容其身而惟重利祿輕行檢者附麗以成其私攘臂佻倖於一時而無以爲善後之計公以理亂安危之機間不容髮具疏利害請除之而佗胄師旦爲世大戮矣尤務搜賢才以立國長養振作以固不拔之基講求大計規恢遠圖而復見扼於彌遠之擅國卒無以售所言夙與元晦有契分至是乞召還而元晦已卒復移文新安梓行所注書又請爲右文殿修撰張栻賜謚于今三百年爲士者皆能言之而舊祠在馬鞍山荒涼搖落神弗寧妥民有以義起者

為徙置學宮之旁俾七世孫恰居守墓在湖州者亦已蕪沒不治臣衛等稽諸禮典法施于民則祀之夫立朝正色不忌規諫名誼所在急於飢渴故能克殄兇慝成謀而不居其功志雪讐恥自奮以厲不斟之氣其於君臣父子夫婦之大倫至言懇切惻怛忠厚而體國之誠根於天性鄉之先達為法後進如此而歲事不修祀典有缺使士大夫何以為風厲而世道無所取衷焉乞量為定立時祭則象方來庶不負明詔崇禮之盛意上可其奏命禮部參酌儀注歲時祀以牲特奠帛為三獻禮而祠墓彼此咸為嚴禁約毋

[illegible]

有所毁本部右侍郎葉盛與公同里常集公遺事得其出處大節而世遠湮没者不能具載知縣唐素主簿胡欽爲勸説協規之士買田數十畝以助脩葺費而恰得永爲世業俾魯撰詞刻石以示遠烏乎天之生才必資於世用〻違其才則無以自見於世而論者謂南士懦緩不及北之剛毅慷慨多大畧是以吳楚之國常不競於中原此非定論也金源氏之方與以回山倒海之力見屈於宗忠簡公之孤軍無援而斂戢不敢南下者累年李忠定公區處天下事規模措置再踰月而畢舉勍敵爲之震慴使二公終用而

得盡其才将海内豪傑惕息聽命之不暇大功之成夫誰能居其右者而謂閩越南産迂儒僻士果無能爲耶金源既衰壯鄙多故宋雖偏安而才武雄畧之士下扞牧圉者甚衆使公柄用而得與戮力必能集衆謀申警備厲鋭養威以作南士之氣使無忘北鄉覩形勢而決事機進可以得志退不失乎自彊假以歲月則大讐可復而宋室可興矣夫何高才見疎寡謀自用而動不相時舉天下於一擲卒之敗衂之餘後世不振雖公之明見不爽悉如平時所料而才不盡用所可見者如此而已烏乎天乎是曷故哉於其

續吳都文粹卷十五

祀作歌以侑，神歆曰：山蒼蒼兮海茫茫，懷故都兮天一方。中原在遠，兮不可望，事往人異兮而我心徬徨。嗟直行以自遂兮，耻徇時而爲否臧。苟校功資之得喪兮，夫孰乎名德之弗昌？玄雲兮翱翔，靈風蕭兮來景光。凛有食兮食有堂，歲事修我兮我其來享。時驟集兮而不可以兮，吾將返飈輪於帝鄉。

宋衛文節公祭田記

崑邑馬鞍山之顛有衛文節公祠堂，歷歲久而頹壞，樵牧所侵，神弗寧。妥邑人今少冢宰葉公與中同公里衖。景仰先哲見而憫之天順辛巳任都察院右僉都御史奉敕巡撫兩廣時都憲江右劉公顯欲適巡撫江南遂與言之從置學宫之旁為置田二十畝俾七世孫焓居守成化丙戌湖廣安陸唐侯豫叔來宰是邑之明年絃歌之餘登公堂而見其子孫之寒餒不自存者惻然歎曰吾宰是邑而先賢之後若此其窶而可弗加恤邪乃於公暇命其属陰陽訓術龔彥中勸説好義之士各捐已資相與助成之增置常稔之田二十畝歲得租米一十四石俾其後有以葺祠宇供祭祀而田址坐落圩號具刻于石撰詞記之以示後余嘗閲郡志衛文節公諱涇字清叔生於崑山之石浦宋淳熙甲辰魁多士居憲臺登樞要歷仕三朝任中外四十餘年所言皆經國遠謀志在匡濟時雖不能盡用而於綱倫之重至誠惻怛非根於天性者不能言也及韓侂胄之柄國危亂預密謀而剪除之功居多梓行晦菴經書傳注使人知宗正學惜公不能大展於當時而淑人之功有以及天下後世者則於崇祀之典其可缺耶然公之德業雖不没於將來而非我邑侯之矜恤其何以澤及後世夫君子之行事遺乎可繼而有以垂於無窮故崇禮於一時者

未能必其可繼於他日矜恤於一人者未能必其可致於悠遠而侯也不利之以貨財而資之以土田使其子孫世守奉其蒸嘗衣食足而禮義興必有繼祖風而光前裕後者出迨於是乎肇矣予忝參蜀藩歸老于家稔聞侯之盛德因其請遂不辭而為記請之者誰致仕訓術彥中也

國朝春秋二祀祝文

才全經濟學貫天人扶植世教羽翼斯文今茲仲春秋謹以牲帛醴粢祇薦歲事神鑒不昧靈其來歆

衛文節公祠祀宋太師秦國公涇舊在馬鞍山華

劉龍洲祠祀宋詩人劉過改之過廬陵人紹興間客死崑山其後主薄趙希懋葬之馬鞍山東齋之西岡復即東齋爲祠後燬于兵元季知州偰傒斯與士人殷奎等修復之

黄姑祠題壁　范氏

罔飈初至月埋輪烏鵲橋邊綽約身聞道佳期惟一夕因何朝莫對斯人

黄姑廟　高啓

農祭頻來水廟扉銀河東望失星輝天孫秋夜應相憶一去人間竟不歸

又　周南老

黄姑與織女睆彼河西東胡為玉山側靈姑于以降褰帷拜靈姑宛然天女容黄姑即河鼓誰能辨雌雄神亦不為誰惟民之所從有禱輒斯應歲歲祈年豐

黄姑黄姑廟在縣東三十六里地名黄姑事具中吳紀聞

葉文莊公祠記　吳寬

故吏部左侍郎謚文莊葉公事英宗一作正統中為兵科給事中當已巳之變京師戒嚴公忠憤激發數日奏疏七八上區處兵事悉中機宜自是有名於時後出

叅政山西擢都御史南北巡撫制禦蠻夷功績益著憲宗之世（一作成化初）召為禮部侍郎改吏部而終公蘇之崑山人也既沒幾二十年慈溪楊君名父由進士來知縣事自以少知公名今獲令茲土無以慰仰慕之意適今天子初即位用臣下言撤天下佛盧之私建者君承詔而喜曰吾志可成矣盖謂公之為人天下皆知其賢况鄉人哉沒而祀于其鄉此禮也顧佛盧有當撤者乃特毀棄其像以改公祠設位於中歲時率僚屬師生拜而祀之他日托公之子壻兵部郎中虞君元凱來道其事而以記請夫世之仕者孰不

急於政事有政事矣然無文學以資其識則所行者不免為俗吏之事又孰不重乎文學有文學矣然無氣節以立其德則所能者不免有文人之譏故三者每患人不能兼而有之公之政事載於國史甚偹已不必論其書册滿家篤學考古至忘寢食所著述專以歐陽子為法純雅明正其詞藹然平生尤慕鄉先哲范文正公身雖已貴蕭然猶寒士也諂佞之徒有所倚而起者惡之不恐與接所　自處可謂重矣是以其名起於當時傳於天下而士大夫置公於國朝名臣之列此豈無自而得者特公以中歲而沒使天

餞之年其見於世者當又不止於此烏乎惜哉寬初、入翰林雖及接公而愛其誨言然不久公已去世竊以為恨而名父嘗有斯文之契者况其為此又當乎人心故雖無文猶強書而復之祠成于弘治三年二月明年正月戊戌記

葉文莊公祠在儒學後祀禮部侍郎邑人葉盛弘治二年知縣楊子器建

吳公子游祠記　楊一清

成化乙巳冬監察御史鉛山胡君漢按節三吳過常熟祇謁先聖退謁先賢吳公子游祠〻出禮殿隘陋

弗展君顧瞻盡嗟乃進蘇州府同知華容毛君瑄曰吳公大賢常熟鉅邑維祠堂僻弗稱殆非所以崇明德勵風教也盍相與撤其舊而新是圖毛君曰諾爰率諸將士弟子度地于學之東偏遂承檄任其事然本以義舉不欲勞民力時教諭天台張景元捐俸首事邑之士民尚未丕應無何蘭江祝君獻起進士為邑令用君意勸誘屬人聞者風動共佽助之以後為恥材甓髹堊至于工傭餼廩之資胥此焉出乃卜吉元事命義官孫茪周棠董其役隆棟厚礎既矗且安堂室中嚴門廡森列經始于丙午春三月至四年秋

九月訖工議者猶病祠地前迫義官趙璧市民居以廣之由是宏敞開朗視舊觀不啻數倍耕農販夫但見新祠之煥儼而不見庸調之及已也莫不戴神之休以上之人不虞用其民為德毛君謂重建本末不可無記寓書鎮江屬予記焉予時至春秋王者不作詩書禮樂之化或幾乎熄矣吾夫子出始立教以振之時則有吳公邁迹句吳北學於中國篤信不懈遂能以文學上齒顏冉為高第弟子率開東南文獻之源其有功於鄉邑甚大且當時稱名鄉相謀人家國者漢乎未聞道功利之說瀾倒故以由求之賢其論

為國止有勇足民也可知已公宰武城獨能以禮樂為教使當官者知以道治民為賢而刀筆筐之吏不得為名教所貴其為惠於天下後世甚博先民有言盛德宜百世祀故鄉先生沒則祭諸其社尸而祝之公道德之在天下者朝廷通祀萬世無議其在鄉邑則澤潤後人不但所謂鄉先生而已為之持祠以奉祀事仰止景行之意於是乎存然自公沒于有餘禩宋縣令孫應時始剏建於慶元之三年晦菴先生為之記厥後改建於王爚鶴山魏氏記之重修於國朝之唐禮南陽李學士記之第皆僅取苟完無慮經

又其亦有待於後之人乎夫祠不祠不足為先賢重輕獨以義而風化其下者有司事也然世之為部使者所以程督其下惟錢穀訟獄期會聞是急郡縣之吏奔走不暇以應乎其上者如斯焉耳矣胡君方稽覈戎藉頗能於風化究心焉然不數月擢僉山西按察司事以去使郡邑之間不有賢者為之宣力則其志莫可自遂具以朝廷良法美意動為有司所格懸重典以待之不事〻者猶自若也況于一祠之小簿書督責之所不及者哉君子以是當有以窺其趨操之正矣若為政為學公所受於聖人之家法具在凡

吏於此而不能以詩書禮樂化訓其民士於茲而不能志公之志學公之學皆棄于公者也因以麗牲之石併著之

子游言公祠堂碑　桑悅

吾邑子游言公北游而學孔子之道得其文學一體以歸大江以南萬世尸而祝之攸宜宋慶元間孫君應時宰吾邑曾廟于學宮之東後令王君爚加意存其後人其廟累代修葺惟祀之於家者或有興廢本朝巡撫工部尚書周公忱及令甘君澤皆嘗新之後燬於鄰災四明之慈溪楊侯子器由名進士知邑事

至任峯〻以稽古崇德為事於公之胤周其學費而
婚其末亟為屋數楹以妥公神仍置田若干畝資延
世祀祠成公之六十四代孫江以記求予言予觀應
時嘗求紫陽朱夫子為之記凡公高弟聖門與能過
化於吳大畧朱子言之已詳予何敢贅一辭獨公在
當時以文學名獲居四科之列公之所為文學者當
以為鄉之後人告易曰觀乎人文以化成天下何如
其文也孔子曰文王既沒文不在茲乎是故聖人學
文於天地賢者學文於聖人文學以經緯天地為極
自非聖人莫能與乎斯文也然則公之文學又何如

其文學哉觀其為學必欲知本燕居必論禮取人必
以正天治人必用禮樂故朱子謂其敏於問道〻郎
吾夫子聞道是聞夫子然則公之文學乃入聖師文
學之階梯又豈止言語文字而已哉若曰孔子作春
秋筆則筆削則削游夏不能贊一辭是又以言語文字
為文學也以言語文字為文學特藝焉而已耳若公
之文學誠可謂道德博文者果可以小技目之欤今
去公二千餘年而世之名為儒者不過餔啜蘺策糟
粕為出入就使其文其學華藻如相如勸督如元凱
昌是以窺聖學之一斑而況淺識謏聞之士以小才

自恃不復知身心為何物甚至剽竊章句惟取掇拾科第而止以是謂之文學寧不有玷公之文學乎學公之文學必以求道為主等而上之見道卓爾則顔子之文學在是由是優而游之不知由之乃孔子之文學也烏乎是可一蹴而至否邪人能學公之文學則不死公之心庶幾齋心以祀公者無窮而凡暗室屋漏之中明窗淨几之下皆為廟公之祠宇者矣古稱王謝崔盧謂之高門然則為公之子孫者則又何如苟能不墜家學之傳斯為公之佳子孫予辱與公為後進願孔子而景仰於公者自丱角以至白首亦

非一日故記公之祠遂述公文學之實以勉鄉人之
并公之後人亦因以自勉
　本朝春秋二祀祝文
文學名科禮樂爲教啓我後人儒風聿興
吳公祠祀孔子弟子子游初㘴在縣東北一里宋
慶元二年知縣孫應時别建於縣治内寶祐間知
縣王爚移置儒學大成殿後咸淳間知府趙順孫
又剏書院于郡治元建文學書院于縣東今人祀
典春秋祀之

商相巫公墓廟碑　孫應時

續吳郡文粹卷十五　　七

人臣事君之道有變成有彌輯有鎮定變成者學術
能開太平弥輯者才能〻銷災患鎮定者德望能襄
大事斯三者君用之皆能致治臣行爲皆能盡職所
謂大臣者昔此商有賢相曰巫咸具兹道以事帝戊
予嘗攷文獻知之初雍已既立王業中缺刑濫法弛
德衰澤涸於是伊陟贊言公〻治王家有成作咸乂
四篇斬而復新翳而復明也故曰變成是時也桑穀
在朝昏生旦拱甚矣其妖也乃啓太戊修政明禮或
早朝而晏退或問疾而弔喪桑穀自亡此之謂彌輯
商侯昔有不王不享者於是效順越三年遠方重譯

至者七十六國聲靈赫烜國本敦固號曰中興此之謂鎮定至祖乙時子賢紹武殷道復興烏乎事是君者效勞於無事之時易也於艱難危厄之際而能斡全曲成者難也太戊立商祚中葉而祖乙殆甚公父子克忠以濟時艱一道允成天豈弃黜忠良於巫氏以興商乎或者英賢感氣運而迭起理自然歟嘗考越絶書虞山巫咸所出梁蕭統云虞山巫咸所出又唐張守節史記正義巫咸冢在虞山上子賢亦葬其側由是言之公父子邑人也而地志謂山西夏縣有巫咸頂相傳公嘗隐此况嘉定中鄉人掘地虞山西

麓名青龍山嵛山有腹岡得古碑八分書刻商相巫咸冢凡五字前令王公惀文治有餘搜巖剔埜以存亡繼絶為事念吴之先賢莫岀公右作廟此山之腹岡於山項則修墓焉春秋祀義起後人應時又恐去世既遠而成或泯乃礱玄石為文辭以為後世詔辭曰

於赫殷商業肇武湯中世有嗣王朝内拱祥桑桑枯德政良〻臣輔匡國勢熾昌作式四方四方既襄公艾成廟廊殷土茫〻誕降虞山陽山腹有圖靈氣揚奮千載聲亡碑文孔章新廟曰石旁駿奔靡遑歆功難忘酒清肴香曰公之故鄉鑒此蒸嘗

常熟縣新建鄉先賢巫公祠記　陳寰

虞山者吾常熟鎮也其東南椒麓形勝尤倍丹崖青嶂溪河逆折縣城址故環之緣為西闕萬井聯轃有仲雍子游墓有老子祠麓有致道觀〻內有七星古檜有梁昭明太子讀書臺有宋學士丹井銘歲時習朝儀於此為祝聖道場之西有　嶽廟有張許闕劉諸忠臣祠當瀔觀廟間地稍隙御史據之列樹鑿壙死將葬焉嘉靖戊子冬大巡撫荷峰陳公行縣至常熟先是吳公子游以縣之先賢故別立專祠於文廟左公睍謁文廟則謁子游祠見商相巫公咸與其子賢

續吳都文粹卷十五

亦皆鄉賢設木立廡下乃退坐明倫堂進一高等生俾講巫咸故實既畢復進一高等生俾講子游畢乃諭之曰巫與子游世次前後若此今爾縣崇奉鄉賢而列焉巫咸父子於子游兩廡於義何如瞻享既忒神必靡寧此固我官府責然事在學校亦漫無建請何耶諸生皆稱謝因再拜言曰昔宋嘉定間人治地青龍岡下得碑纔五大字曰商相巫咸塚皆古八分書縣令孫應時遂建祠宇碑記尚傳今青龍岡地雖莫可考然祇在山麓無疑於是爭舉鄉民壙地僭踰非制請禠為祠甚當公乃付之縣令胡君〻因出公帑

償鄉民償命歸壙石留其內門及堂廡橋道後建正殿以奉二木主前臨通衢作石門表曰商賢相巫公祠明年夏落成縣士大夫及齊民日相率往拜但見崇山幽林明秀森鬱高臺素甍與松林竹石相掩映莫不深副情佇慶忻頌美胡君與二令洪君熊君華以襄先嘗從史官後請纂言述故鐫石祠中永示後世襄不可默竊惟古稱鄉先生没可祭於社若公父子則豈惟鄉先生乎哉昔者周公嘗告召公曰巫咸乂王家而朱子集楚詞注又謂公古之神巫聖賢稱論蓋因事有指一以道言一以術言夫道有大小術

讀吳都文粹續卷十五　三

有邪正道固可該術而術不外於道今如周公朱子所述則其道非小道術非邪術皋夔稷契之所行義和仲叔之所明萬世而下欲以輔世相君與夫推玄運測化機者孰非巫氏家傳之學哉即其有功世教如此雖天下皆祠殆亦非過況於所生之鄉而今且弗稱固宜當道諸君考世申義而不能已也烏乎毅商之臣自伊傅外顯名後世者要不多見而孔門弟子江以南無聞焉今常熟海内一邑而商周人物已盛若此豈非東南之光乎為縣後學者景行先哲求無仰玷將若何而可哉遠勢忘利反身踐實蓋不必

追惜咸乂而所以為道術者必大必正不徒事文學之末以僅取科第而所以為臣子者必恭必敬以勵行等而進之以希聖賢如是而經傳遺教以及今日祠祀之新廢無負耳茍不能自振流與時俗溷焉則東南西北往來具瞻身過祠下而必推之其能靦然也乎褻敢激持是説顧從邑之後賢同悉所戒勉哉

巫咸祠在虞山之麓

宋周孝子廟碑　錢通

凡人位天地間居百靈長是故其何道以致此哉其必有以配天地而異乎百靈者也曰何道而已矣然

則道何先曰孝而已矣是故孝者冠百行首衆善亘古今而不息以之為家則家化以之為人則人從以之為祭則天地百神格以之為事則無有所廢而不當故曰堯舜之道孝弟而已矣孝既至而所推無難者矣琴川有故周孝子廟志傳孝子者諱容家世琴川人生有宋乾道間早失所怙事母朱氏克偹孝道凡鄉里義事力所能為者必極意以先之如糧已負人咸德焉至淳熙間先母氏没既殁之明日即降于家告其母曰兒神矣復自夭曰某雖死當必輸忠朝廷盡力鄉里不能蠢蠢隨草木腐也淳祐初鄉貢進

士邑人陳權簿等感其神謀祠其像於邑東南隅即今之廟是也凡遇旱潦疾疫疑所不决者必禱焉有禱輒應越十有二年壬子國子監進士邑人趙必鉘等遂條其實跡之驗於時者數事上尚書省奉勅賜額靈惠自後神益效靈後元泰定五年報恩寺僧耀觀主檀越楊公復募建前軒并後寢若干間以位神考神毋神之居始具我朝洪武初有事於祀典神有司亦上其事既加稱號仍賜毋每歲九月二十一日神誕物帛令有司率鄉老士人以祭神用荅神貺琴川之民信神者如信父毋歲而拜禱如賈赴市廟之旁

紫蘇山積善人得此以愈疾緣神毋生時所餌以嘗
愈其疾也烏乎孝之所推有感於人若此哉雖然若
人之所以為神者以克孝也朝廷之所以封祭者亦
勸懲也而人之所以奉神者以其靈也嗟乎奉神之
靈不如景神之行慕神之明不如體朝廷之情是神
之所有望於人亦朝廷之所大惠斯民者歟洪武壬
戌住祠里人臨廟貌之弗稱也既建明堂二間以廣
神棲已巳歲國子監生趙維字士綱北平真定府趙
州高邑人來賛是邑政平訟理有禱必應歲時躬詣
祠下以神之事跡未立石以張神之靈并志其事之

始末以求余銘謂若神孝行之實盖必有大過於人而不止乎是惜乎志畧其説史失其傳焉有墓在今縣鄉之四十五都虞山之陰銘曰　厥惟生人孝居德先一本既立百體斯全如水流濕如火就燥已既有　推無不報曰周孝子樹本惟良德専有事慶衍無疆輸忠盡力視人猶已厥誓弗違死而不死國有顯祀人欽緒風廟貌巍巍歷世惟崇洪武二十二年歲在己巳春正月吉旦鼓城錢通撰

海虞孝子祠　　吳訥

巍巍邑城裏云是宋周銘父殁居田里出妻躬養母

子孝母心喜母歿子復亡錫封崇廟祀寥寥二百年
流俗日彫靡歌詩弔英靈紀孝今誰似

本朝祀廟祝文

德成于已孝感于天旌之祀之敦我民俗

周孝子廟記 此廟在郡城孝友坊内　吳寬

姑蘇城東南隅有周孝子廟廟始建於常熟在宋乾道間邑人周容奉母朱氏有至行人稱周孝子且勇於為義見罹患難者拯救之恒恐後既歿一日降於其家以已為神告其母且曰兒願為國効力以保護鄉閭後果如言終歲民無災患遂相與廟事之其後

淮南大疫云有往施紫蘇湯者全活甚衆淮人渡江
酬之偶見廟貌始知為神事傳民間凡病者禱訖汲
井投紫蘇煎飲即差既七十餘年進士趙必銻等因
具其事又以除蝗驅虎救水旱寇盜等顯迹數條上
于官朝廷特賜廟額曰靈惠實淳祐十二年二月也
歷元至國朝秩于祀典縣長吏率僚屬歲一祭之不
廢若蘇城有廟歲月已遠莫能考其創建之由豈常
熟為蘇屬邑蘇人亦冀其神靈波及郡中以事之歟
而近自景泰甲戌歲吴中大歲民飢而疫作相枕籍
死禱者取水煎飲如法亦多獲生民益神之自是凡

續吳郡文粹卷十五　三五

有所求者爭趨廟下每旦庭廡如市顧其廟既卑隘禱者益多至無所容足旁有王英者自其父謙以來再世守廟以精勤稱謀欲改建而不敢專其事則與里正李忠周圯輩言于縣于府既如所請且下帖文俾英專守勿懈於募財于衆一時施予者踵接而蘇衛千户陳俊等更割地以廣其址乃以成化九年十月與工又明年廟成廟故西向始易以南爽塏端整有堂有室有垣有門覆井有亭焚楮有爐以至象設器用亦無不備他日郡人嘗德于神者相率言其事可記英遂礱石乞予書之自昔吳越多淫祠唐狄梁

公按行江南悉斥去之所不去者夏禹太伯季札伍員四廟而已君子蓋深與乎斯舉然奈法謂法施於民以死勤事以勞定國能禦大災能捍大患者則有祀今孝子為人雖非若古人之法施於民也然使里之悖逆者聞其風則愧而改行雖非若古人之能禦大災捍大患也然使里之疾沴者感其靈則安而獲福廟而事之豈不宜哉噫梁公既往吴俗益甚其尤可歎者家自為廟祀非其鬼人小有疾則指以為祟往往殺羊豕以大享之其歌謳懽笑俯仰跪起類乎生人之燕而卜筮巫祝之徒假以獲利者皆是曾謂

孝子冒享其祀乎而人亦敢以其祀、孝子乎予嘉孝子有補於世教也有益於民命也有合於祀典也於廟之成不能已於記翰林院修撰儒林郎吳寬撰奉直大夫南京兵部員外郎李應禎書并篆額成化十四年九月廿六日立石

周孝子廟在縣治東南百步孝子縣人周容事母至孝歿見夢於母曰兒已為神當輸忠朝廷盡力鄉里宋淳祐初邑人鄉貢進士陳權簿建祠祀之淳祐十二年進士趙必鏵上其事賜額靈惠洪武中封周孝子之神每歲九月祀之

張旭祠記畧

張著

張旭字伯英吳人也生有文藝好草書嘗為常熟尉及卒為邑學土神往往吏於學者惟其人則相之以安且顯其去非其人必傾之或弗終厥任或出即覆其所利或遂以滅亡其報之捷於影响至正乙亥秋八月天台陳君敬德來為教授誓神以不私居無何有不得肆其欲者謀敗君弗遂由是人皆知神之有以默相者焉吁唐去今幾四百年神之靈䫉如一日則後今日其有既乎

張旭祠在學門內祀唐縣尉張旭

續三卯乙卒表一九　二三

甘泉龍神祠禱雨記

鄭元祐

吴縣以水為國東出而為吴江其州郭低窪人烟聚落於浦溆之間洲渚之上州既左江右湖雲濤烟水其為神龍之宫靈怪之宅尚何異哉自非神龍依人以著靈而人托龍之庥以為命則其四封之内呼吸而詔之者故何難哉州之東行涉江湖而為梁者相望獨第四橋之下水最深味最甘色湛寒碧唐陸羽嘗品第之入茶經則其異於衆水也必矣世傳有龍居之州人即其橋之北水之中沚建祠以享龍謂之甘泉龍神祠其来蓋甚久矣至正三年夏大旱田禾

焦然將就槁時高昌稟、稚實理公為達魯花赤憂心惻然乃捐己俸市香蠟宿齋戒躬情祠致於昭靈觀道士富如心乞為將咸籲天、而公躬率幕僚胥吏之屬悉徒步謁神祠下再拜稽首、為民請命富君乃申其教法役神召龍鍊鐵符投橋下、符纔入而雷自水起玄雲四隨垂雨即隨至公驚喜以、手加額曰神明不遠如此哉船迎龍水至州署有赤鯉、躍入船中雨既告足即昭靈醮謝比竣事復迎牲祠下、令樂大奈以荅靈貺州遂有年於是年州之民讙然言、曰吾州依龍以為命故水旱必禱然未有若我公誠心、懇至、一念之頃神人孚合其響應若執左券交相付者其故何哉於是遂昌鄭元祐曉於衆曰若知公嘗爲泗州長尹乎天久雨泗之民將爲魚公箋詞以請於上帝其詞有曰甘減一紀之壽祿願起百姓於泥塗詞焚而雨霽然則公之臨政愛民至於不惜身命有如此者爾民亦知之乎於是州之民悉公之心戴公之惠其恃公以爲民命也有所在矣作甘泉龍祠禱雨詞

本朝二祀祝文

松陵之南具區之衝衆水所聚神龍之宮欽承聖代

祀典尊崇，歲時旱潦致禱必從，波濤不驚，利澤無窮。茲當仲春秋，式陳常祭，神其鑒之。

甘泉祠在吴江縣治南六里石塘第四橋北，祀龍神也。

重建三高祠記

寶祐丁巳之十一月，余友曹良朋爲吴江之五月也，謀新三高祠，明年二月成，三月書來屬爲之記。蓋自吾爲序也，或來賀焉。河南程氏論高尚之道有四：懷德不偶而高潔自守，知止知退而自保者，量能度分安於不求知者，不屑天下之事獨潔在其身者。鴟夷

續吳都文粹卷之五

子相其君伯扁舟去之可以為心退矣羹蓴膾鱸華
狀茶竈張季膺陸魯望豈真嗜之為大司馬掾摶刺
二州非不求知于人與不屑天下事也直懷德不偶
爾夫功成而退高矣不偶而去奚其高良朋曰不瘉
於不去者質者又曰是三君子者知幾而已否則大
夫種顧常侍鹿門子之倫彼非自高人高之爾人羣
然高之則靡然從之有天下者何利於此殆不可為
訓良朋曰天下無人乎哉吾惟知夫世之人不可一
日不慕三高者吳人之不可一日不葺其祠也遂慨
然為之不疑祠在慶曆間寓繪事於長橋稍遷於鱸

鄉亭最後徙今地邑人王份別墅之雪灘也居故偏
小不與地稱而地亦偏仄不與人稱韻人勝士往々
病之然而則令者也將百年於茲無動心者夫邑所
以名以有三高也三高所以名有風節也不世之為吾
真俗吏哉今地僻而屋顯且君家遠祖在焉顧述
予方斤歸非事言語時謝之惟謹其年五月以事渡
淮道松江艤舟祠下良朋要即其所都雅甚　入而
謁甫如也三君子者不樂於斯乎泉香菊蓋不與包
山洞庭相終始乎堂昔為閣之三今袟以厦二有朝
夕汎掃之居軨軒敞其前有展酹者陟降之地西廡

翼之蔽以亭〻之南爲榭下臨雪灘旁帶垂虹有
臨望泛浮之便可觴可咏可奕可釣不與祠藝此最
令君用精神處也予甚永日不忍去清風自生翠烟
自笛左江右湖雲山水樹電留而千態矣鷗掠而飛
征帆倏乎去來葦聲作秋菱歌起而俄歇莫不一〻
有思及乎而月淡漁燈起夜寂而水怪呈疑三君子
者消搖其間可緝而致特未見春紅鬬妍秋空紺徹
雪之朝雨之昏何如也噫嘻可想而知不此之記吾
亦俗人哉良朋永嘉人朋龜其字也府主觀文殿學
士趙公與憲捐繕錢遷隙宇以相之份之孫㮚亦獻

地以廣其址云其月既望山陰陸虡記資中李仲熊篆額良朋書

三高祠記　石處道

越相范蠡與句踐深謀二十餘年卒平強吳報國積耻引兵北渡號令諸侯以尊周室而其君伯於當時乃以為大名之下難以久居乘扁舟浮五湖由海適齊晦其姓名自謂鴟夷子皮晉張翰有清才善屬文初入洛都齊王冏辟為大司馬東曹掾觀時紛紛明能見幾思菰蓴鱸膾棄官歸吳嘗語人曰使我有身後名不如即時一杯酒任心自逸曠達不拘號為江

東吳步兵唐陸龜蒙舉進士不中自從張遊歷蘇湖刺史皆辟爲佐還隱松江講學益勤多所論撰尤長於詩自比涪翁漁父江上丈人耕釣往來不文流俗時謂江湖散人或號天隨子甫里先生吳江有古立三軸筆法頗工傳者以爲真前人作堂於斯就圖其壁目爲三高繪事滅裂稱號舛差不崇不嚴人玩視之余至官佐貳咸謂此宜葺久矣於是像而祠之三人者金玉始終異代同趣遺芬餘懿溢於無窮可以懲貪而導廉可以激俗而勵時後世有識之士莫不樂聞其風而想見其爲人然則肖形辨位因故增新

使人得以致其敬焉亦禮之莫敢廢者也元符三年三月三日端溪石處道記

重修三高祠田記　陸元吉

三高祠石湖范公一記盡矣所謂清風峻節相望於松江太湖之上而天下同高之邑人也獨奉其蒸嘗者蓋有自焉宋乾道閒徙建其堂于雪灘像而祠之垂二百年北南士大夫仕于州者初莅政必謁拜又率州之士民長老集于堂下以修祭祀禮闋歲悠久棟梁榱桷寧免傾圮非以嚴祀事而崇聖化也故鄉老耆傳爲元吉爲魯望先生遠裔居先生之里乃闔辭

見褒舉於有司乞以元吉主奉祠事既而江浙儒司
申命於國子監始得請焉於是設掌祠各一人以佐
其事元吉祗奉以來其敢不加謹然每念時祀有恒
則棟宇必葺其所能者可不為謀遂置吳江田五十
畝歲入租三十有二石為堂之公費又慮事祠者無
所憑為具詢州之學官他為儲頓有請而遂設之益
籍以教授印用防出內也鄉黨以為然俾予直書其
事刻石以傳永久　今而後庶所為蒸嘗而修飾者
自有不容反急也其畝數之詳具見公文之副墨云
泰定元年八月吉旦主奉陸元吉記

重修三高祠記

趙均

吳江城南之雪灘有祠曰三高始自舊宋以祀越上將軍范蠡晉大司馬東曹椽張翰右補闕陸龜蒙嶄陛虛敞門廡完偉前瞰太湖俯臨垂虹橋有堂翼然中肖三君像祠貌肅如也春秋仲丁州之官僚率邑人祭致于此比年屢更兵燹垣墉四室蕩然成墟堂雖僅存瓦缺榱崩不蔽風雨而三高像亦廢亭有舊碑穹立草莽中荒穢滋甚歲洪武戊申夏五月知州孔侯謁祠慨然曰三高先賢也矧嘗棄官歸隱清風竣節異世同符相望於松江太湖之上有勵士君子

續吳郡文粹卷十五　三

出處進退之機。今祠宇弗稱，豈非缺典？同知詹君、州判熊君、吏目李君合詞贊曰：「此吾同寅之責，不亟治，殆將摧毀幾盡。」有廢祠祀，遂庀工命徒，筮日肇事，斬木代石，廓新輪奐，後不踰節，儉不失度，與舊制等。踰月而克有成，且屬趙昀記之。噫！三高泥塗軒冕，脫屣世事，自放於江湖間，以盡天年，其明哲而知幾者。易曰：「知幾其神乎！」詩曰：「既明且哲，以保其身。」三君有焉。致若敦薄俗，振流風，深有補於明教，不惟邑人高之，天下古今莫不高之，是宜祀事，孰曰不可？因識歲月梗槩，勒諸石。若夫三高行跡，具載史策，茲不復論。祠之勑改顛末則有舊刻之碑石在亦不書孔侯名克、中字庸夫闕里宣聖五十五代孫世家曲阜同知唐、君名文質字子儀家豪梁州判熊君名以德字亦如之、君山南之中與人吏目李君名友仁字文友廣信人云、是歲六月既望大梁趙鈞記

三高祠記　立齋

蘇郡吳江縣有宋時所建三高祠祀越范蠡晉張翰唐陸龜蒙蓋取其功成身退扁舟五湖駕秋風而思蓴鱸、逸江湖而召不起皆不溺於功名富貴脫然高、隱清風峻節可以風士習厲貪饕而不知止者是有

益於風教也禮有功德於民則祀之次而忠臣孝子節士烈婦可範後勵俗亦祀之者必仕於其地産於其鄉人所向慕斯為有益風教如張翰吳人龜蒙居松江甫里而吳江祀之固宜也至於范蠡南郡華容人事越王勾踐初勾踐興師伐吳〻王夫差發精兵繫勾踐於夫椒遂圍於會稽勾踐用范蠡計令大夫種以美女寳貨獻吳太宰嚭勸夫差罷兵而歸勾踐子胥諫不聽以死勾踐歸國苦身嘗膽欲雪會稽之耻秣馬厲兵二十餘年始興兵伐吳遂棲夫差於姑蘇之山夫差使公孫雄肉袒膝行請成於勾踐勾踐

不忍欲許之蠡曰會稽之事天以越賜吳吳不取今天以吳賜越其可逆天乎句踐聽蠡言遂平吳地夫蠡之謀實於越而於吳則讐也今吳江之民得非吳之遺民乎安有遺民忘耻祀讐而可以風勵士習乎雖有不仕之節扁舟五湖之高於吳民何向慕焉昔夫差欲歸句踐子胥因諫不行被讒之而賜死今吳民世祀子胥以其忠吳而有功於民已於義裁之蠡亦胥之讐豈可同祀於吳地邪宋之建祠元之增修本朝載在祀典范成大亦嘗為記時未質以吳之遺民忘耻祀讐之事故因循數百年未釐正者無乃

反傷於風教耶余叨守郡因閱祀典至三高祠祀蠡事揆禮度義實未攸宜於是下議於郡之碩儒士夫相與許確倫予言為是將疏聞于上用黜范蠡更是祠為三高祠云

三高祠贊并序　石處道

范蠡去越適齊自謂鴟夷子張翰縱任不拘時號江東步兵陸龜蒙隐居松江稱甫里先生長橋東南舊有小堂圖三人於壁元符三年春始望像祀之因稍正其名號而記其始末復作贊以美焉

范之三從才維所施功就名顯國伯家肥進退在我

卷舒隨時鴟夷爲器盛酒以皮多所容受弛張咸宜達哉若人實亦似之

季鷹曠達清才絶倫見幾未然棄官如塵任心杯酒適志鱸蓴脱身於難蔫孝於親步兵之流江東一人

行不越禮尤得其人

魯望高放身與世踈心專論撰跡寓耕漁饘粥不足辭章有餘江湖游隱惟我故居召命雖至其守莫渝

先生如在甫里丘墟

又高祠詩

劉李孫

太湖際天碧浩蕩浮萬象中有洞庭山天作蓬壺樣

蘆葦秋蕭、時聞發漁唱　風如可尋明月迷所向
有人在扁舟髮白　夷曠扣舷兮不顧出沒信波浪
心已類水石何由知得喪遺名至如今自古惟越相
初為吳都因君后憂醢醬恐耻人謂愚祈生世知妄
尫懼脫萬死歸國奇謀剙行師舞群姓下令矐諸將
夜半覆姑蘇夫差始悲愴安側寬晷刻反掌成伯王
江山入會稽功高誰與抗寵利遠禍敗忠臣半誅放
遯去舉邦求君王鑄形狀寂寥數千年相見霜縑上
吳江淨如鏡吳艇輕如飛吳山遠如畫此景天下、
稀秋風曉撼、秋雨涼霏、誰將蒓菜擷正是鱸魚

肥時有季鷹者懷此如所歸浩歌有餘樂胥樂者陽
飢親朋不可挽飄忽雲邊衣亦聞有富貴大第嚴朱
扉食必列鍾鼎侍妾鳴珠璣簪裾望顔色賓從生光
輝一言轉造化枯朽生芳菲功高責更重勢　千天
威福深禍亦稱顛覆如知幾斯人語茲理弔世潛歔
欷浮沉傾寵祿安能與心違滄波浩無際草木情依
依可以恣幽步白雲藏釣磯靜引一杯酒高憐昨
非數峯太湖上斜陽明翠微虛亭展遺像想見猶忌
機　人物盛東南莫如吳郡陸漢季逮唐來班班聞
史牘門建迭輝赫龍虎爭馳逐風流郁蘭桂氣象鮮

車服魯望乃其裔清標映宗族文章及者鮮意趣超然獨寧從一瓢飲不枉萬鍾祿雲烟藹巾袖星斗粲胸腹来居笠澤旁蕭〻數間屋厨中甑起塵筆下珠盈斛吟須僧舍題醉就友人宿醒將太玄解卧把離騷讀心雖混漁釣迹亦混樵牧韻高誰可聽皮子往還熟唱酬數百篇名流必雌伏業書類有道不賦長沙鵰晚泊松江上遺圖見眉目分明孤鶴姿軒昂駿雞鶩

又　楊友夔

長橋度已盡有亭枕江湄常時閉其門為問居者誰

范蠡具明哲，功成學鴟夷。烟波五湖上，風月一西施。
張翰輕紱冕，歸及鱸魚時。生前一杯足，何以身後為。
魯望棲甫里，有田常苦飢。不應州縣辟，彰此皆中奇。
並為吳越人，名與日月垂。相去二千載，乃今同一祠。
壁間面如生，凜然人在茲。我本江海客，於焉起遐思。
死者不可作，來者詎可期。手持釣竿浩歌，孰從之。

郭紹彭

三君異代同清節，百世流芳共一祠。豈但吳江誇美績，要教今古慕英姿。寒江釣雪堪供膾，夜月垂虹直可騎。著脚豈容成點點，祇緣題好愧詩

續吳都文粹卷十五

袁聘儒

功成但可將身去，逃難安貧適所遭。三子有靈應共笑，一時何意故爲高。

劉寅

江流東去日滔滔，誰把功名等一毫。若使今人同古調，不應江上只三高。

人謂吳痴信不虛，逮崇越相果何如。千年亡國無窮恨，只合江邊祀子胥。

又　姜夔

越國不來頭已白，洛陽歸後夢猶驚。況思只有天隨

子蓑笠寒江過一生

不貪名爵伐功勞勇退深虞後患遭甫里閒居耕釣樂范張高處陸尤高

又　　元　陳孚

君不見洛陽記室雙髩皤不忍荆棘埋銅駝西風忽憶鱸魚膾歸來江上眠秋波又不見甫里先生心更若河朔生靈半黄土夕陽蓑笠二頃田口誦羲皇思太古二君隱淪豈得已一生不及鴟夷子吴宫麋走越山高脱纓經濯滄浪水丈夫此身繫乾坤豈甘便、老菰蒲根古今得失一杯酒我欲起酹汀鷗竟

又　　高啓

功成不戀上将軍一舸歸遊笠澤雲載去西施豈無
意恐留傾國更迷君

洛陽忽憶鱸魚肥便趂秋風問釣磯猶悵季鷹辭未
早不邀二陸共船歸

鴨群無食水田荒風雨孤蓬載筆牀猶有新詩驚太
守醉中揮翰木蘭堂

周南老

吳城事已濟輕舟歸五湖洛下棄印歸千里懷蓴鱸
甫里樂甘遯自比涪翁漁遭時固先後志操同一趨

三賢稟高節媿彼名利徒萬古垂虹月清光凋冰壺

又　王賓

功績收藏在短蓬聲名拋擲與秋風筆牀茶竈輕簪紱今古三人氣味同

謁三高祠　吳一鵬

垂虹亭畔三高像猶有餘風激懦夫北面何心縻爵土東遊隨地是江湖冥冥霄漢飛黃鵠漠漠郊原漫綠蕪斜日辦香增太息吳淞田背片帆孤

三高祠　宋無

退能合天道隱亦是人豪借問祠前水如今幾箇高

本朝春秋二祀祝文

功高南越，遂成烟水之游；迹遠東甌，遽動蓴鱸之興。官辭補闕，名號天隨；景仰三公之高風，激勵多士之清操。事迹顯於前代，祠祀奉行當朝

吴都文粹續集卷第十六

長洲錢穀叔寶集

顧公廟碑　石處道

建中靖國元年秋九月知吴江縣事石處道以事至顧墟見古祠陋甚問之顧公廟也及進謁祠下惟繪形于板衣冠不正尤可駭焉於是撤除腐敝改作基搆立其像設牓以位號春秋祀之按南史公名野王吴郡人精記默識博究載籍天文地理卜筮占候異書奇字莫不貫通其所撰集並傳于後篤誠至性勵精力行言無過辭動無失色志踰其貌勇溢於義内

考外忠罔見其闕當是時中原沒於胡虜而東南總統不一典章制度綴輯僅存使後世可考而知爲公與諸儒之力也惟顧陸朱張吳之舊姓其顯人高士有德有功不爲少矣而祀於今者甚寡公之此祠迥立於窮閻之濱獨以名存而不廢亦豈偶然乎哉新廟既成民愈知敬皆以爲不可復嘿嘿而無傳也因書其大畧且作詩以刻之庶幾有能歌以祀公者辭曰

臺城赫赫東南雄累朝文采諸賢公公之堂堂儒者宗詞學炳煥虎與龍幼則穎悟非常童丹青著蔡靡不通字書淵海藏心胷廣吞具區及吳松入謁我

孝出盡忠勇奮以於義其躬黃扉棘寺咸雍容國史秉禮任獨隆論著深博堅莫攻特立於世衡廬峯寂寥誰可詢靈蹤烟藹漢〻江波中一新祠像人益恭衣冠彷彿瞻遺風公惠斯民年屢豐德　祀永傳無窮

本朝春秋二祀祝文

惟公居陳國之顯官任黃門之清職製篇韻以深裨於士教捍湖勢以廣益於農田資其美功合登祀典式陳蘋藻鑒此微誠

顧公祠在非門外三里菴側祀黃門侍郎顧野王或云祠即其所居故地名顧墟初廟卑陋宋建中

靖國初知縣石處道改建今入祀典

三忠祠記　　趙鈞

大丈夫英雄勇挺生於當代而威風振拔於古今功業特立於一時而聲名激烈於千載至於殺身成仁捨生取義見危授命非至忠者不能也謹按諸史吳太宰伍員赤心事主犯顏極諫致遭讒毀竟死無辜於吳甚忠唐忠臣張巡獨守孤城粮援俱絕殺愛妾以食將士罵賊就死於唐甚忠宋鄂王岳飛奮身為國志在恢復中原大功垂成權臣為厄於宋尤忠時惟三子氣足以配天地貞足以貫金石力足以撼山

嶽有係國家安危之機行跡雖殊忠則一也是宜載
在祀典廟食百世吳江城東之橋曰垂虹上有亭俯
瞰太湖近接三江為東南勝槩前監州的斤海牙所
建內祀圓通大士命僧主之歲丙午冬燬於兵明年
春知州曲阜孔侯南下車輙欲經始僚佐克諧其議
以　明年秋政通人和庶務具舉遂命工
與役陶瓦聚材民趨其事吏督其程逾月而畢亭去
三高祠密邇一日侯瞻眺乃毅然曰三高泥塗軒冕
全身遠害固士君子之所當尚故聞其風而貪夫可
廉三忠持危扶顛以身殉國尤人臣之所當為故聞

其風而懦夫可立，然使在人人如三高之見幾，孰與共理其國哉？要之至亦各從其志而已。考無員、飛之忠吳、宋，保障東南，功為甚大；巡忠於唐，雖遠在睢陽，而蔽遮江淮，功最居多。矧自前代三高得祠茲土，而三忠獨缺，使人不能無憾。今亭既成，祠而像之，揭以三忠，孰曰不宜？俾鈞記之。烏乎！三忠以文武良將竭忠報國，向無奸臣之譖，負必不至見殺，吳國未亡；不有強鄰坐視不救，巡何以陷，唐室未至陵夷。若夫宋雖南渡，而中原父老日望恢復，使無權臣安主和議，飛不至見殺，國將還於故都，古所謂身在國安、身亡國危三忠有焉惜乎生也不幸死得其所此心一揆異世同符相望於千載之上雖死猶生有志之士盍深悲之異哉侯建是亭殆有三善表良將以勵臣節重名教也尚忠烈以敦薄俗正風化也繼述古跡不為遊觀之所則又循良之能事也有是三善奚容不書遂識歲月梗槩刻諸石以告来者洪武元年戊申冬十一月初吉大梁趙鈞記

三忠祠在長橋洪武元年知州孔克中立以奉吴伍子胥唐張巡宋岳飛

昭靈侯廟碑 事詳舊唐書本傳　　石處道

續吳郡文粹卷十六

元符三年春正月上以盛德大位旋轉乾坤一正造化號令風動巍巍煌煌窮廣極袤有知無形莫不被服其寵光而翺翔乎和氣凡天下神祠列於祀典者必命有司致祭而修完焉吳江昭靈侯廟內腐外毀左支右吾、偶形繪容缺滅弗備春秋薦享亦不復設名在實廢禮、甚易而人莫行大恩既降協于輿情乃鳩群材乃會衆、工官給其費私獻其力草陋為壯除敝.以新門廬潔嚴、儀像赫赫幽秘恍、惚若憑而安考于圖記乃唐曹王明、太宗第十四子也善飛白烏跡書見稱於時調露中為、蘇州刺史遺惠餘愛民不能忘先天二年始立此廟有黄蛇居其中人益異之水旱疾癘是穰是禱罔敢或怠而舊無碑刻俗失其傳朱梁開平間淮寇圍蘇州甚急錢鏐禱之輒自潰去江表以寧既而奏其事乃以為漢且而封此侯爵豈褒顯之意欲蓋廟食於縣境凡十有二號曹王者七李明王者五去唐朱人載籍具有而時代之差以近為遠稱謂之謬或斥其姓名烏乎修廟之歲霖雨沾足江湖不溢土田加闢年穀大穰於是邑之僚吏鄉之耆老皆以為祀事不可以不舉也故備禮以格之名號不可以不辨也故論其民而正之本末不可以

不紀也故撫其實而書之于以頌上德之萬一而揚
神休乎無窮其辭曰皇帝正位浩浩其仁升日之旦
發天之春隆恩誕敷流載溢覆于明于幽罔有遺漏
具區之旁松陵之墟霄澄壤潔神靈是居有唐曹王
太宗之子舊牧斯人人懷其惠聖政伊始嚴祠孔新
禮樂名辨昔屈今神報稱維何肸蠁貢祉彌億萬年
陰相宸宸知縣事石處道撰

曹昭靈侯廟神應記　沈義甫

朱邑令桐鄉謂後世子孫奉我不如桐鄉民遂葬焉
邑祠之如父母李頻刺建州喪歸郡民留之建廟棃

山靈響日盛烏乎偉哉善政之得民心如此耶王諱
明唐太宗皇帝第十四子也肇封於曹常為吳郡刺
史有惠政王薨謚曰恭郡民去思朝命立祠今吳江
縣城隍即王妥靈之所也慨而蜿蜒示異邑人異之
先天中遂錫廟額惟王生前已分茅裂土矣而褌以
侯爵告神議者隘之然胎靈美名邑人至今以為稱
夫王以帝子之貴能脫綺紈之習施實惠福千里六
百餘年之久吳人至今家祠而人祝之前後守郡者
鮮儷其視祠鄉黎山二賢實可比肩凡六邑惟松陵
奉之尤謹邑凡二十九都為廟餘中所仁美哉王之

祠

貺

德也非有大功烈大德政入人之深何以得此於吳人耶縣之西南八十里溪號雙楊廟之建已三百載民之家於是境有禱必應籤卜之靈其驗如響歲在丙子大兵南征民相率禱於祠下王陰有以相之他境則遭焚燬惟此方晏然無虞里人思所荅揚保護之庥者備極其至顧惟廟所在迫窄傾敧非所以彰神威而酬靈貺也於是鄉老周德華等捐金穀爲東西兩社首倡廣而新之人家富民從而樂助經始於丁丑之春落成於戊寅之夏繼而有徐道與建崇軒於殿階之前土木雄麗舊觀頓改獨像設未飾岡彬

叔者鄉之儒士信謹者也王復示夢於周俾加繪事自一廟由內及外煥然更新較之近都諸祠允為之冠余鄉震澤去婁溪纔五六里市皆火燬而駘靈一祠巍然存於烈焰中民居之附麗者得獨免焉方此敬異而邑士潘庚金以廟記為請予仰王之靈欽王之德久矣不敢以謭淺辭乃為之述梗槩著之金石以傳永久因作迎享送神辭以畀鄉人俾歌以侑祭焉詞曰帝子降兮涇渭之諸朱兩旛兮為吳邦主人聲演迤兮實惠溥去之六百載兮威靈有故疫癘驅兮禱而賜雨生我父子兮長我禾稌籤卜錫兮若相

告語夢寐接兮如目斯覩干戈搶攘兮室多燬蒙王之庥兮家按堵民思報德兮闢神宇牲潔酒馨兮蘋藻盈俎黃髮兒齒兮式歌且舞靈旂央央兮儼其來下佑吾人兮永為恃怙千秋萬祺兮廟食茲土至元十七年五月既望書

昭靈侯廟在縣治東半里祀唐刺史李明明太宗第十四子為吳郡刺史有惠政而民祀之今改衍慶昭靈觀一在縣治西南婁楊鎮

滬瀆龍王廟記　許約

自羲軒肇人文至堯舜而祭法始備如類上帝禋六

宗望于山川如泰峙王宫夜明幽宗雩宗牲幣祝號之次壇墠上下之等不過天地山川之神其氣憤盈發泄胎〻以示人者以薦吾誠而焚燎縣祀埋瘞亦各從其類爾宗祀郊祀而配以文王后稷以　明天地生〻之德而成之者在乎聖人之仁天地育萬物不負上帝之所托其作配也固宜至吕令始以五行著德立功者王名以人孟冬之月帝顓頊神玄冥以爲水官之長漢因之岳瀆山川百神之祀皆以人司之位次之高下班資之崇卑疏封錫爵命由上出殊非古矣今神龍之祀從漢制也歲甲辰前運海千夫

長任仁發以吳松故道湮塞使震澤之水失其性為
淛西居民害毋三十年慨然上疏條其利病疏道之
法中書以其議上聞聖天子惻然憫下民昏墊命立
都水監治事浙西以御史臺治書侍御史李公果為
省選持命江浙行中書省榮祿大夫平江政事撒理
公董其役公與千夫長仁發等爰諏爰度乃相其山
川形勢之宜高深廣狹之度工役之數錢穀之費畚
鍤之用飲食之需乃命民索綯乘屋阜稿秸以防其
卑濕時作輟以防其倦怠為醫藥以防其疾疫上以
誠感下以誠應上民乃歡呼四集而樂於趨事赴功

始於大德八年十月望前二日丙自上海縣界吳淞舊江口東抵嘉定石橋浜迤運入海長三十八里一百八十一步三尺深一丈五尺濶一丈五尺計夫之數一萬五千為工一百六十五萬一千七百一十有二至九年二月晦日畢工為日一百八十風雨祈寒休假實役七十五日復置閘竇啓閉以時分請明威將軍石抹置福山閘物不疵癘民無夭災而事竟集公乃集僚屬命州牧五覆五反潔牲牢以祭民觀者如堵如復覩漢威儀克復舊物仁發等以神龍祠為請公乃顧瞻黃土之灣民物日盛商賈日集茲土可

以安神需余為記余圜原茲自神禹治三江以洩震澤之勢至錢氏與江再塞嘗導之而迷者復今又塞公等又導之而湮者通使天地山川之氣呼吸吐納與潮汐上下者絶而復續鬱而復伸由是觀之旱乾水溢豊穰飢饉匪降自天亦人之力也吁安得是數君子都俞吁咈游於巖廊之上以復堯舜三代之治使萬物各遂其性如斯江也哉雖然事難於成而尤難於久誰君子具圖之惟神其相之大德九年三月二十四日河内許約記

滬瀆龍王廟在嘉定縣西南黄渡鎮元大德八年

建

蛟

白龍廟詩　在樂智鄉劉家港北　楊維楨

金碧龍宮岸海坳海鄉遇旱望雲交空中白氣俄成
練不比黃旗滾海蛟

東嶽廟靈石贊　尹惟一

至元乙酉朝貴命置碑石赴都抵直沽忽爾中斷
乃有聖像儼然復使載歸於嶽祠安奉烏道士尹
惟一敬述其事稽首而獻頌曰

天然一片龜山石中有靈異無人識海航萬里趨京
邑當與卿相鐫碑刻贔屓擘裂不可測洋洋上帝遺

續吳都文粹卷十六　一

形跡刘公練視志齋莊般勤扶護還故鄉尚虞湮没
難緼藏博士朱公為舉揚移鎮行嶽右道場人〻贊
仰功莫量上願聖君壽無疆

東嶽行祠在太倉州北五十里横涇市之南

天妃行宮　楊維禎

海國神風捷可呼絲林徼福苦相汙片帆尚借周郎
力護得遣龍到直沽

天妃宮在劉家港北漕漕口舊名靈慈宮

二鄉祠堂記　夏時正

國家仁愛小民在安之已矣亦既屬之内外群司而

拾八

猶慮夫府州縣有不職則民有不安也乃時輟在廷
大臣出巡撫焉惟巡撫有地環數千里其地即府州
縣之地民即府州縣之民巡撫高臨州縣之上凡軍
務民情咸得便宜處置以振擬入府州縣之所不逮
發政施仁黜貪去暴簡修進良剔腐蠹補罅漏持歙
傾燭幽隱凡可以嫗喣而袵席之者無所不致其極
也是以上宣德意下達民情以是對揚天子休命慰
荅人民顒望生則民愛戴之歌頌之去則思〻不忘
也没則祠而尸祝焉不亦宜乎工部尚書周文襄公
宣德正統中以工侍巡撫南畿謂巡撫事在安靜不

擾民自安大江迤南々畿若府州縣皆吾地也而蘇松常三府視粮淵藪國家之所倚重人民物産官府百凡科率視他或相倍蓰或相什佰又前此統紀不一征斂無藝費出非經民病去可田蕪逋征積數十盈萬民力竭矣足國云何故於三府尤注意焉下令置水次倉秋粮不許粮長私家收受一切諸倉抵石輸官起運存留外之羸羨名曰餘米一歲中若急副和買顧募徭役土木經營之類事起一時胥此焉出若馬草夏稅軍需歲造鹽鈔之類雖有常額亦此出焉外仍餘者耕補斂助歉儉賑貸恤孤養老均施溥

被之也何公心計周寄如此至到也耶自是居安逃復愁化咏歌適負有償宿蠹呈露志漁獵者無地售其巧喜夤緣者無路投其技閭無胥隸之迹户絶鬬析之呂雞豚蓄息麻穀被野歲復連熟米斗錢十七八文或十四五文稀曠僅有者乎如是十有七年還朝陞尚書復來又一年致仕歸民思之歌頌之猶洋洋也詩曰有斐君子終不可諼兮此之謂歟嗣公之賢則有南京吏部尚書崔莊敏公天順中以都察院副都御史來其地前日周文襄公之地其民前日之民有其地有其民得其道得其心文襄公心在安民

飭

得其心斯得民矣民之愛戴之不猶愛戴文襄公乎崔公於文襄也無所於改而持之特嚴然政由俗革偏滯頹靡整飭疏滌時措之宜乃相成以安民非相軋也是以貧戹在所惠鮮則均徭之法立財貨所慎出則遭運之費節鑿常鎮一帶運河免孟瀆下港遠涉風濤導吳淞等江下流洩震澤苕霅夏秋汛溢獄有疑濫每與平反崑山縣王阿除充太倉衛軍死無子里中揭黃冊丁盡戶絕輒無勾矣他日其同姓無賴子利阿除有舊田廬衛且去其家近是不出家充軍月得食官廩乃用自誣為阿除近親先避軍役貫

在他户言於清理軍伍御史信之遂逮里中論以隱匿坐充軍者二十四人列狀訴于御史于崔公崔公閱其狀非不根且謂律罪人首實則連坐當末减又中更　大赦全坐非律意乃移檄御史熡不省崔公回曰凡在吾巡撫皆吾民有不幸猶將隱之況充軍乎況二十四人手竟直此二十四人一旦脫去軍幡然復歸於民遠近莫不大快慊御史自後遇隱匿者猶與論減不充軍人謂由崔公有以覺悟之也在南畿凡五年還朝歷陞吏部尚書改南京致仕歸當崔公昭雪二十四人時今浙江茶政崑山陸公容之父封

職方郎中公名在二十四人中參政公尚未升作雪寃頌〻崔公而職方公欲爲立生祠屬制令不可止而此心則懸〻往来不置也適慈谿楊侯子器以進士授知崑山勤慎有立志期月政通民悦繼養以教乃孜民風按地圖得城中淫祠與菴院私創者悉毁無遺留而移其材爲公廨賓館郵傳申明旌善亭鄉賢祠社學材建需縣東去一舍而近太倉鎮海而衛在焉有三官閣者亦在所當毁參政公言于楊侯周文襄公崔莊敏公佳惠吾人吾人一日蒙其澤吾人一日廿棠之思也盍釋是屋不之毁改以祠二公永

副吾人勿剪勿伐之詠乎楊侯諸之乃獨水大其土木偶而綢繆其牖户汎潔其醜穢正其唐塗飾其漶漫黷黟斥其非度者琢美木為二公之主顯(題)曰工部尚書周文襄公之神南京吏部尚書崔莊敏公之神扁其屋之額曰二鄉祠堂而奉安之以少牢酒清辭腆神之格思遠近來觀賛歎悦懌謳歌而退於是參政公手述二公遺惠蘇人者之略來徵為祠堂記辭不獲乃記之曰惟昔臯陶陳謨在知人在安民安民則惠黎民懷之二公惠在蘇民民懷之深也故於祠堂之建其悦之也亦深一誠相孚思之人而不忘者

乎是舉也參政公實啟之而楊侯克成之因民心之不忘用以不忘二公是即所以不忘乎民後之繼之知不忘乎民則必不忘二公則此祠堂之建有永其無斁乎周文襄公名忱吉水人崔莊敏公名恭廣宗人謹記南京大理寺卿仁和夏時正撰

二卿祠祀周文襄公忱崔莊敏公恭先在陳門橋西南改三官廟為之後移置常春里文昌祠嘉靖二十六年同知周鳳岐立祠儒學

附崔巡撫辨誣記　吴寛

國家在軍旅為防奸禦侮計自京師達於邊徼曰衛

曰所建置殆遍而所謂軍旅多以罪謫發之人於法子孫絶則以同籍者充補惟別籍于謫發之先者不豫其人書于版册甚詳里有正有胥有耆老版册一出其手歲久弊起或脱漏或隱匿其罪著於律令甚重每歲部符下府縣州俾專官理之旁稽窮訊若治獄然又數歲時遣御史理之所以稽且訊者益密謂之軍政其法載於條例甚備蓋使凡名在尺籍者不得幸免然亦不欲誣平民以充什伍之數而吏不察往往失法意以為民患若某衛軍王阿隆者故崑山縣太倉二十九保人也既没而户且絶其族子凱一

紀吳者之米 卷十六 三

旦赴御史郭觀自首為隆之裔匿他里蓋凱固土氏別籍子特利隆所遺田產為是耳觀謂民無自誣以軍者信之二里連坐如律者凡二十四人悉配蘇州衛今職方郎中陸君文量時尚游鄉校以其父其為里正在連坐中即狀其事求白于觀觀以成案為詞衆爭稱寃適今南京吏部尚書致仕崔公以都察院右副都御史巡撫畿内走訴之公覧狀曰是固可辨檄觀辨之觀不理衆乃復訴于公公委所屬衛若府官集二里父老輩覈實而凱之况且自外歸白其事竟坐凱以罪悉復二里二十四人者為農實天順四

年之八月也時文量為雪寃頌以獻公其父曰公有恩德於吾人及吾子孫是未足以報乃與其弟祐圖于衆欲建公生祠歲時祀之顧有禁不可既數年衆益思公文量乃具始末請記曰此吾先職方公與里人之意也幸書之予因述此以復公名恭字克讓世家順德之廣宗登正統元年進士第歷仕内外四十年政尚忠厚而剛明善斷其出巡撫尤號識大體恩德被人者尚多此其一事耳在公固不足書然在崑山之民不可不書也且世之健吏為良患也久固有與其事類可書以示人者聞昔宣德初所謂軍政條

例始行于天下御史李立往理蘇常等府立既刻薄濟以蘇倅張徽之兇暴專欲括民為軍民有與辨者徽輒怒曰汝欲為鬼邪抑為軍邪一時被誣與死杖下者多不可數勝蘇人恨之入骨髓然畏其威莫敢與抗者並時常倅則有張宗璉獨不阿御史意數被辱宗璉痛民無辜竟忿鬱以死〻之日民相率奔走哭奠及喪出白衣冠送者數千人至立廟祀于江陰之君山廬陵楊文貞公實記其事而徽後犯法死刑部獄中鼠食其肉其子貧困寄食吳下道路見者猶唾罵之此善惡之報也大觀之刻不至立與徽之甚

而宗璉之遺愛可彷彿於公因附記之以為當官者之勸懲云

兵憲王公生祠記

姜龍

古先聖王之制祀典其大者三曰能捍大患曰能禦大災曰法施於民惟今兵憲肅菴王公有焉天下之郡劇且髒莫蘇為甚公為名御史銓曹者掄材莫如公宜乃屈公為守屬縣之崇明環海而宅其中厥土惟沙厥民漁稼之餘以巨艑轉販私鹺以為業甚則椎剽江海間莫復誰何沿習已久乃歲乙未有董五者黨翼千計憑陵隳突稍稍侵漁近地急之則標戈

内向邑里震懾耋稚號呼丁壯荷擔跂立晝夜四五
動司兵暨守土官大駭以拒則力綿以撫則信厄錯
愕相顧莫能出一語建一畫者民曰王公吾父母也
來則吾其寧哉寇亦曰王公吾父母也來則屬得生
矣公聞之攘袂起曰凡居民凡頑民皆吾赤子也其
弄兵政驅之耳夙駕至大倉呼諸耆老諭以刑福利
害俾轉相傳告辭氣慷慨志意開爽聞之者不啻挾
纊不自月渠魁授首群脅解散各安厥生無亡矢遺
鏃之費極塗炭而置衽席之上茲不謂捍大患乎又
明年七月颶風勃興雷轟焱發海水皆立決防壞壖

民用墊溺我藝我植秔稌雚菽麻苘木棉蔬茹果蓏悉偃悉褫株無子遺民以大困耕無所業織無所資喁〻嗷〻死徙充路公時為兵憲坐鎮卧護出餘散實呴病濡枯又借民力以治水利俾就公餉民賴以活土著晏然不異穰歲茲不謂禦大災矣乎太倉之地襟帶婁江枕籍瀚海厥土沮洳潮汐蕩激盈縮靡恒隆污相懸田粮紛紀日增月減賦大不均昔割三縣以為州也其土盤錯交互初開闢之際豪緣為奸取甫田者無斗稅無立錐者有宿逋者公於均賦餘力尤加搜抉銖較寸剖躬握籌筭務覈其實於是據

田者因隱而失業者蠲累積弊大鏟民痛有瘳又圩
分區布勒之堅珉後雖有桀黠者無所容奸茲不謂
法施於民矣乎州之士民頗生立公祠永以報祀州
太守萬侯敏郡博王君應槐偕鄉仕王世昌等監生
劉龍等學生陸之裘等耆老沈鯨陳信甫等太倉衛
官軍汪麟馬林等鎮海衛官軍武尚文袁湘等徵詞
於余以紀厥績且曰礱石以待久矣余州民也躬承
德澤歷歷可徵乃稽古制而為之辭以見祠之非濫
也頃歲王秦劇寇至廑朝命乃克戡定然公之功居
多別有紀載公於歷郡美政多有茲特為吾州頌故

不得無載焉公諱儀字克敬畿内文安人

兵憲王公生祠祀肅菴王儀在報本寺方丈内

孝友先生祠迎享送神詞　王逢

東海隅兮三州宅鼋鼍兮蛟龍湫羌聲教兮悠悠靈斯藏兮道修

道不行兮長邁祠學宫兮子孫永賴日薄堵兮風林鳴如聞音之謦欬

楚葵青兮靡靡牲甚肥兮酒旨白駒兮焱馳儼衣冠兮戾止有聖賢兮依歸川魚泳兮鳥飛雲靡靡潛伏兮弗昭著靈自今兮欽孰違

續吳郡文粹卷之六

孝友先生祠先生諱玉字德卿少游之裔受學于皎峯方公隱居崇明淑門弟子若干人先生卒門人私謚孝友請祠于州庠

常熟縣城隍廟記　吳訥

此六篇宜移在後其新建鄉社亭記等文移此下接

昔在太祖高皇帝恭膺天命作四海人神之主爰念元季綱淪法斁祀典瀆擾不經馴致禍災薦起民墮塗炭乃憂勤睿思建立制度正名定分為萬世成憲若郡邑城隍廟亦其一也初洪武元年戊申詔封天下城隍神在應天府以帝在開封臨濠太平府和滁二州者以王在凡王在凡府州縣者以公以侯以伯

時常熟循元制、為州得封城隍神曰鑒察司命城隍靈祐侯二年己酉、州改為縣三年庚戌詔定岳鎮海瀆俱依山水本稱城、隍神號一體改正仍頒格式蓋造廟宇屏去閒褋及泥、塑神像於是改題木主曰常熟縣城隍之神四年辛亥、特敕郡邑里社各設無祀鬼神壇以城隍神主祭鑒察、官吏人民善惡以賂福禍未幾復降儀注新官赴任必、先謁廟與神立誓期在陰陽表裏以安下民祝詞儀注、出自宸衷聖謨洋洋發明福善禍淫之機以警飭下臣、至矣然吾邑建廟垂七十餘載朽蠹剝落日就頹圮今、知縣事郭南

深懼無以揭虔妥靈躬捐俸資以為衆倡經始於正
統庚申落成於次年二月堂寢門廡宏壯軒豁視昔
有加適予致政歸老相率謁文垂示久永予惟明有
禮樂幽有鬼神古昔聖帝明王罔不以事神治民為
先務城隍之祀經典弗載蓋後人因其保障民生以
義而起也迨宋姚鉉編唐文粹始載乾元中李陽冰
縉雲城隍祠記然無所封爵配位也及元草廬先生
吳澄記江州城隍廟後殿則曰江右列郡以障頡陰
侯灌嬰配食豈以侯嘗定豫章諸郡而然歟自後繁
襃日甚聖明統御窮神知化始遂更正予耋耄華研

久絶茲今弗拒衆請者蓋欲昭揭聖制以示後人俾勿至于違墜也。

新修城隍廟記　錢仁夫

城隍廟自京師以達郡邑皆有之其神位號前代不經我太祖高皇帝詔令天下祀典神祇皆從山川名號一洗前代之陋習其神之職在默相政教康保兆民不既重歟凡有官守者蒞政之始必詣祠下與神誓蓋人之交於神明有不可誣者常熟縣城隍神廟在縣治之西背山而面陽有堂有寢左右有廡前有重屋爲門有道流以守之自成化初邑令澶淵甘侯

弘濟撤其舊而新之歷今三十年來日就摧廢無以
妥靈揭虔令今王君大經亦澶淵人也以進士領邑
謁於神欲新其祠以歲歉不果踰三年爲弘治乙卯
政務粗理喟然歎曰廟之弗葺子則有咎遂捐已俸
以倡首而寮寀相與賛成之始事於四月望日告成
於五月之下旬堂寢門廡黝堊丹漆悉還舊觀而又
益以前軒易新肖像邑之士紳嘉君之 治民事神
知所先後謀於仁夫請記其成立石以告來者仁夫
因是而有感焉常熟俗崇事神自廟遶運而西半里
神廟並列雖非祀典所在然有禱輒應民日奔輳摯

牲陳醴甚禮甚謹有如城隍之祠朔望有司展謁之外香火稀簡其庭悄然謂之何哉蓋民固愚非有威靈以警動之則其神為不神而怠心生焉今夫神之職之在於默相政教康保兆民是福也民蒙之而不知不知則無所事於祭賽且神以聰明正直為德其貴乎民者寧若世俗之情哉而為之有司者常先民以致敬今者祠宇之修是亦牖民之道也夫祭不欲數數則瀆祠不可壞壞則簡請以告之邑人而為令誦之是為記

城隍廟在致道觀東即東靈寺基洪武三年建正

統七年知縣郭南修弘治八年知縣王大經修

重修城隍廟記節文　范純

嘉定鬱為東南壯縣城隍神祠既作而燬國朝洪武三年始遷於城之巽隅逮今百年日敝日壞無以揭虔妥靈叅禱弗應民屢以災告天順改元秋龍侯謂來為令下車謁祠顧瞻興歎即選道士居守以謹防護明年下民信孚百廢修舉捐俸倡率和者如响於是作額亭易儀門新殿宇廓廊廡築垣墉中肅像貌側司肖屬規制位次布列以度黝堊丹漆施用合宜輪焉奐焉儵乎改觀是役也經始於三月八日訖於

十月十日匠以直庸夫以義集安恬無勞人懽神喜侯乃率厥寮屬告成于祠自是春秋血祭神每顧歆歲恒有秋而民病以瘳矣奉訓大夫南京兵部員外郎邑人范純撰

城隍廟在縣治東舊在富安坊洪武三年移置

太倉城隍廟碑　陸容

太倉城隍廟舊在今太倉衛治前元崑山州志云城隍廟在州治前十餘步盖衛治即州治也崑山州治太倉時立廟於此及州治西遷其廟不廢皇朝定制凡天下府州縣城隍之神每歲春秋與風雲雷雨境

續吳都文粹卷十六　重

内山川之神合祭于壇太倉制衛以來無壇祭歲二祭崑山縣主之蓋百二十餘年矣然此廟地纔餘畝逼臨通衢有司祭時來祭齋宿無所先是病其隘陋者亦嘗圖遷之而未果弘治庚戌知崑山縣事楊侯子器奉例毀淫祠以太倉東嶽行宮例所當毀乃毀岳神肖像而改為城隍之廟其地規模宏敞殿宇廊廡復整麗壯觀縣大夫春秋致祭衛武臣朔望展謁鄉兵民日夕瞻依祈禱上下便之既訖事住持道士奚宗哲因太倉衛指揮使張侯漢請予為文以記之予維天下之理歷萬世而無弊者曰誠曰正曰時而

已故天下之事去偽而反於誠者其名正違邪而歸於正者其言順由小之大而適逢其時者其事為易成若東嶽宜祀於魯而濫及江淮以南是偽為也城隍捍外衛內庇及生民功誠不在防水庸下故其神秩在祀典一實理之所在也非去偽而反於誠乎岳祠像設大率以天堂地獄之説誣惑人心是邪道也國朝制禮凡所謂城隍神者盡革前代封爵前謚號而悉正其名不使褻於叢祠野廟之列非違邪而歸於正乎又嘗攷之州初治太倉時廟制未備蓋嘗即興德廟祠之又嘗即海寧藏殿祠之又泰定甲子始

有州前之廟逮今歷一百七十年而改遷於是〻非由小之大而適逢其時乎然則是舉也有以萃人心之誠有以成祀禮之正有以適時措之宜上不費於公下不勞於民而事以就緒吾知神居安妥揚明效靈蓋將固金湯於億萬斯年與皇圖同其悠久庸詎直新改作聳觀聽於一時而已哉是宜揚侯有見於此而果於改遷宗哲等圖昭侯之德而不敢後也文既成復請曰謀遷之初從吏其事而贊成之者張侯漢與其僚汪侯澄江侯英咸與有力焉不可忘也因併記之

城隍廟祈晴文　　倪宗正

神奉天命守茲上而惟其禍福宗正奉天子命守茲土而惟其賞罰陰陽職分相為表裏天子又命宗正等歲祀月謁是又左陰右陽而抵以輔宗正之不逮恭惟天以生物為心天子體生物之心以為心神與宗正奉天命天子命守茲土雖一草一木一禽獸不得其生皆神與宗正之責況生人之靈乎茲土去歲淫雨秋成已虛民久乏食骨肉弗保顛沛流離餓殍載道茲土之民耗半所望者今有年耳二麥將登積雨為淫節枯穗凋蒸鬱內腐田疇既治盜水泛溢插

蒔維時無可施功秧始、發生隨即黄萎乏食之民上濕下塗不能轉展輸販謀、生無門待死而已況疾疫流行十舉九殞茲土之凶災、神固監之宗正又瀆言者畏天命畏天子命而神與宗、正職守弗稱宜名羅于罰宗正恐懼修省懲德蠹政不、敢有於身其才力之不逮惟望神是輔嘗聞天之命官、各有攸司風以吹噓雨以潤澤日以烜熯霜雪以摧折、四時以生以長以收以藏天特無思無為而已庶官各、以生物之心而行其職正也今淫雨為災是坎官浸濫、離官罷曠水盛火衰陽伏陰慝非天子之本心明矣且、朝廷利病天子許宗正等實封奏聞伏望神悲茲土利病及民物不得其生之狀昭告于天分庚官抑雨師揚日御竄雲霾降風伯閉開障蔽聿田清明天必降聽神、言諒無阻遏其或山潭溪潭水陸之妖竊神權而肆、虐、者神惟指揮神師覆巢擣穴明正厥戮然後聞之于、天、其或厲鬼潛悲吐氣凝陰神其出陷脫幽起彼逍遥、之、境無使含冤叫號閶闔如此則神功感通天心喜豫、祥、飆煽和旭日布輝宇宙澄清山川光霽茲土凶災以、弭、為生人造福而宗正與有力焉不然則神與宗正惟、待、天罰與天子罰而已夫以宗正之

續吳郡文粹卷十六

庸下而受天子之罰無怨矣神之聰明正直豈宜默默無為而受天之罰乎宗正冒昧狂言不知煩陋惟矜其愚悃而錫祐焉不勝悚懼之至

城隍廟在州治東南隅即元左丞朱清所建東岳廟弘治十年改建

重修城隍廟記　畧文　雷中

崇明治西南隅有城隍祠舊遵禮制而建水旱虫疫必於此禱第陿庳弗稱久未改作一夕回祿盡燬知縣長垣李顯率諸僚屬捐俸一歲易白金十兩倡諸好事者出貲以助猶不敢專請於郡刺史丘侯然後

市良材賃工役易故昂新作城隍前後殿宇若干楹高明宏麗加於舊規營治於成化癸巳冬落成於甲午春義助可書者則備書于左云

崇明城隍廟在縣西南思敬巷

新建鄉社亭記　顧清

弘治甲寅任丘鄭侯為吳縣令始至延見其邑人問邑之名德若廢闕之當與舉者禮部主事致仕楊君循吉鄉貢進士史君經醫學訓科盛君俌及鄉之父老合辭而言曰故禮部尚書希顏楊先生博綜經史尚古力行在仁廟初以薦起家入翰林為侍從若干

年受知　列聖預修纂三朝實錄大為館閣諸公所敬
禮　拜郕王府長史陞禮部侍郎方大用公而公遽
引年去景皇帝念公之賢進尚書為官其一子為吴
縣簿其始終全節見於公自撰墓銘少冢宰文莊葉
公之日記甚核為人淳厚而坦夷貞靜而直諒非聖
賢之書不讀非義理之文不窺孝慈友悌薰于鄉黨
考德詢事無愧古人見於少師東里楊公訓導陳君
永之﹑序述甚倫蓋宣德景泰之間士大夫稱厚德
者莫先焉而歿不數十年垣宇蕩析丘隴弗守雖學
宮有祠春秋不廢而閭黨之間聲響殆絕邦人興哀

謂德鮮祐振而新之斯亦表俗明民之一事也侯聞而韙之其明年侯作康復之橋於至德鄉既成以羸材屬義官葉璋度地於其北得信心菴廢宇撤而平之搆亭焉牓之曰鄉社取史君所刻白鹿洞規古靈諭俗文列置于左右而位先生於其中乃告其人曰古鄉士大夫之賢者没得祭于社吾具於是焉俎豆公何如皆曰善此吾之志也非侯其孰成之於是以日之良具酒脯肴酹於亭下而作歌曰

惟吳有氓侯則煦之惟民之僻侯則矩之民德是懷侯弗我違我甘我辛侯則是知孰新斯亭侯實我教

孰嚴公祠俾我民儆至德之鄉康覆之陌昔為緇廬
今也公宅褒德正回示我民極勅爾婦子告爾鄰比
侯爾父母公爾師資爾安弗師寧侯恐欺歌竟相與
瞻戀徘徊如公復生有感泣者史君曰夫表先賢以
勵民大義也與哀振微大惠也咸不可以無紀乃以
其事走京師屬予書刻之貞石用告于後來者先生
諱翥字仲舉鄺侯名璠字廷瑞與予同癸丑進士云
翰林國史編修承事郎兼脩會典華亭顧清記
鄉社亭為禮部尚書楊公翥建在信心菴内

石湖鄉賢祠記　莫旦

石湖鄉賢祠〻石湖之鄉賢也始漁陽史君俊之為吳縣也一日觀民風出郊至湖上見穹碑立草莽中上有石湖二大字御寶燦然詢之乃知宋孝宗賜范文穆公成大之　　也有亭曰御書廢亦久矣君慨然太息乃出俸金而作新之一仍其舊既落成而君遷秩以去今任丘鄺君璠以名進士來繼其職暇日與僚屬登亭四顧以為山水滿前景物如畫殆與西湖畧同惜不及西湖之有鄉賢祠耳今文穆亦鄉賢也豈不可即是而祠之耶於是攷諸郡志詢之故老自文穆以來士之出於石湖者得二十三人或以科第

發身或以材譽薦舉或以高潔見重而其道德功言皆足以師表百世而無間然者也遂準式為主序其時時先後書其爵謚姓名即御書碑後而奉安之題曰石湖鄉賢祠即古者祭鄉先生於社之意也於是醫學正科邑人盛俌来請曰俌與君皆鄉賢子孫也史廓二君作興之功如此事不可以無紀乃伐石為碑而以紀文見屬竊惟石湖為吾蘇勝景當吳縣吳江二邑之交山川清淑之氣鍾而為人者豈止二十有三而已哉然二十三人者遠或數十世近或百餘年其骨已朽何以得後人之尊崇企慕如此哉夫

然後知大丈夫之為人生不徒生死不徒死所謂道德功言師表百世是以美教化而厚風俗也不然彼丁謂亦石湖人也而真宗亦有宸翰之賜以世則在諸賢之先以爵則位諸賢之上今乃不獲與諸賢之列者何哉後之人陟降瞻仰可以悠然思惕然懼而思齊内省之心自不能不感發而懲創矣大尹君表先哲而勵後進其功豈小補哉是為記若夫諸賢之出處行實則載于石湖志云

范文穆公祠堂記　王鏊

昔在有宋吾蘇入參大政者有兩范文正公公當仁

宗朝開天章閣求治更張庶政將大有為未一年以小人不悅罷文穆當孝宗朝在政府兩月未及有為以言者罷前宋之治莫盛仁宗南渡後莫盛孝宗皆銳意太平二公皆以身許國可謂千載之遇而皆不能少試其志烏乎道之難行其已久矣忠良不可容於時自昔然矣孔子孟子沮於晏嬰毀於臧倉終身周流不遇以死獨二公乎哉文正子孫今在吳中最盛所謂歲寒堂者有司春秋享祀不絕而文穆之後無聞焉文正為宋人物第一流文穆其流亞歟觀其使金爭受書之儀舉朝皆悚有蘇子卿嚙雪之操繳還

閻門張説詞頭有陽城裂麻之忠奏罷明州海物之獻蓋與孔戡之政同其在城都演武修文獎用名節間與陸務觀諸人賡倡流風餘韻漸被峨峨而吳中民風土俗人情物態纖悉備見其詩讀其集知其用世之具素講於胸中固將有以也而時莫之用非其君之不用而小人則尼之烏乎其可惜矣吳城西南十里許有浸曰石湖山曰吳山湖山之間廢壘隱然即所謂越城也文穆之别墅在焉其景最勝周益公謂天關絶景以須其人而數世之後求其彷彿不可復得所謂天鏡閣玉雪坡之類皆已淪於荒烟野草

之中過者傷之而孝宗宸翰碑石然獨存巋若有神
物護持者焉監察御史盧君雍家越來溪上少時數
過其地與其弟襄約曰他日且將俎豆文穆於斯及
為御史始克如志正德庚辰　月廟成肖公像于中
移孝宗宸翰陷諸壁間以避風日有司歲時享祀如
儀間屬予紀其事於麗牲予聞之禮法施于民則祀
之以勞定國則祀之而所謂鄉先生者殁則有祭若
文穆所以施于民效于國表于鄉者卓卓如是而其
祀忽諸豈先生制禮之義乎侍御君之舉其於禮意
協矣既以是刻于廟中又從而歌之曰

湖之光兮嶢〻嗟公之節　兮與山俱高湖之水兮
滃〻嗟公之德兮與水俱遠吴臺越壘兮既毁且阤
行春之圯兮新廟儼而湖山如舊兮公行安之千秋
願享兮慰我吴人之思

直道陳公祠記　陳公名祚　沈壽

成化二十三年九月今上初即皇帝位詔天下諸司舉廢興墜凡名臣賢士墳墓所在即時修理吾鄉直道陳公之墓增封加飾如制守臣又以公清忠直節備載國志仍具禮奉公位神于郡學鄉賢祠歲一修祀越弘治十年丁巳嫡孫冠以家無專祀懼　有罰

乃謀建祠堂數楹將以揭虔妥靈謁于天官少宰吴先生先生題其額曰直道陳公祠復請記于壽以刻繫牲之石謹按公諱祚字永錫世家吴邑之南鄉曾祖翠山祖正父子敬能自樹立由南鄉徙居郡城廿節坊以貲雄里中母顧氏有懿行生四子公居次自幼不羣篤學尚氣治春秋補郡庠生永樂五年以楷書選至京六年應天府鄉試中式七年中禮部會試九年殿試賜進士出身尋改庶吉士入翰林明年上拔公河南布政司參議為政持大體多惠愛於民十二年言事坐謫太和佃户者十年洪熙初薦復起宣

宗皇帝即位勅所司覆試之公皆擢第一除山西道監察御史彈劾無所避權倖斂迹宣德二年出按福建六年出按江西所至威望益著嘗以大學衍義勸上經筵講說上震怒勅提至京師并籍其家屬繫獄幾五年英宗皇帝嗣位復其　屬書赦之正統三年出按湖廣發遼王不法事上怒徵繫論死後以王罪見原改雲南道六年巡視江上盜賊屏息商旅便之八年陞按察司僉事激揚有方一道清肅十三年移疾家居久之乃具疏乞歸得報即行囊無長物晚號退翁杜門簡出所著有小學辨惑夫公以清才正

學雅惟忠義數以直言遭貶黜而志不少挫信為垂
鄉先望卒之後蒙恩詔登國志列鄉賢宜也一時慕
公之風而興起焉者遺像有贊入祠有牘石刻有志
有表有記藏于家有傳有狀有錄與夫哀有詞輓有
詩固足以發揚公之盛德無容喙矣壽念自齠齔時
聞鄉人誦公之言行每為之拊髀興歎於冠之請取
不勉從是堂之作始於是年正月二十九日集材鳩
工衆力齊事踰時棟宇翬飛青　炳煥其規制悉如
五品之式中為一龕以奉僉事公像又為別室四龕
以祀高祖誠齋府君次曾祖即僉事府君次大父教

授府君次考存齋府君其曾祖之龕是將親盡不遷而爲陳氏之始祖也四月六日工告訖功冠乃備物具服率宗人祭之又无顯刻以示久遠可謂孝矣因系之以詞其詞曰陳實舜後維世遠哉傳德襲訓踵生多才山川効靈亦發于硎公直如矢爲世典刑三黜以言秉志不易朝奏暮疏功維社稷生榮死哀登志入祠宜建影堂維靈居之由高及曾同堂異置若祖若考爰述爰繼時有明薦孝孫惟寅以延百祀無忝神明

陳氏祠堂碑

王鏊

弘治己酉，始蘇陳氏治第于郡城之卧龍街，始作祠於正寢之左。越三月，祠成。於是大學生悦率其宗人得是月丁卯祗薦祀事，大小和會，遠近來觀。已乃具書走京師，求其友翰林王鏊紀其事，以示來裔，俾知所以作者。唯陳氏於吳中爲巨姓，然自故福建僉事公始益顯。公永樂中以進士爲河南恭議，與分巡官交章言事，編置均州太和山。且十年，宣德中起爲御史，復上疏勸講大學衍義，或指其語陂譏訕，闔門繫詔獄。五年出，復發遼府不法事，又下獄，出又劾法司亂成法。其忠義之心剛大之氣，踣而復奮，幾死而不悔天下想望其風采其後府學生王養浩等数十人相率言於部使者郡學故有先賢祠祀唐賢陸中允而下國朝若周文襄公故提學御史孫公陳公及公或深仁粹德延被吳人或孤忠勁節警動海内而廟祀未及後人昌勸於是有司奉公入鄉賢祠今上即位有詔修名臣墳墓公墓在吳山極花塢葬故有闕所司祇奉詔旨相與治碑碣華表石羊虎如制且禁人無得樵牧而復其為後者一人使專護守於是其孫悦退而歎曰唯先公忠義聞天下墓右封祀有祠而家顧無專祀歲時饋獻仍陋就簡不肖不孝罰其

可辭乃作祠如禮堂爲四龕西以祀高祖府君次曾、祖府君次即公次考教授府君祠之飾悉如五品之制、且設巨龕於寢以奉公像曰是將親盡不遷爲陳氏始祖云詞曰　國有正氣賑時屈伸在屈而振展也維人、公在河南以言得罪十載太和若終把秉帝思良臣起、爲御史公拜上言、固臣事臣有一編請置之陛朝夕、勸講四海其乂或從間之詔獄是縈闔門縲絏百死而生詔恩朝赦暮已抗章擿藩府隐帝聞爲驚初驚後繹維帝之明古有汲黯拾遺爲志亦有魏徵勸行仁義較、其所處孰難、孰易堂、陳公今

復有之廟祀嚴〻邦人之思邦人之、思況其孫子作廟于家爰及其自同堂異置籩豆載登、春秋饋獻百世其承

劉塘王氏祠堂記　楊榮

古者諸侯大夫士之祭其先皆有廟庶人無廟則祭於寢而祠堂之制未有也漢世始有即先人之墓以為之、蓋禮之變者也宋之大儒乃定其制始去墓而營於家、殆又變而得乎義之宜者雖非古制而後之君子皆取、焉者何哉蓋諸侯大夫士之有廟者以有祿位之貴也、禮度秩然不可亂矣叔世之士庶人不

得立廟而祭于正寢者以布衣之賤也禮度秩然不可亂矣叔世之士既無祿位貴雖未迨於諸侯大夫而視庶人之賤則有逕庭祀先之禮奚可終殺欤然以廟則上僭以寢則下淆創祠堂以祇事焉不亦可乎用是沿襲至今雖賢智亦莫之能改也蘇之嘉定王氏居邑之劉塘鄉稱士族之賢曰士昌思自勵考仲名甫以上世事儒書而圖所以紹承之遠力舉好文以世其家且篤于為善以義方訓子孫以雍睦待宗黨以誠敬交際朋舊尤親近士夫君子以游處討論孳孳不怠家素豐財不吝施予而貧窶多得之所

謂富而好禮者歟平居切〻于孝思而興夫追遠之念乃命嗣子璿等鳩工萃材于居第之東建祠堂若干楹用妥先世之靈歲時率諸子孫嚴祀享以展孝敬所以事其先者有道行諸己者有禮矣以篤率其子孫報夫本始者良不在是歟祠堂之剏以永樂丁酉之春迄今二十餘年未有紀其實者慮無以傳示乃致書吏部考功主事夏仲昭禮部儀制主事衛以嘉謁予文歸而勒諸石予嘉士昌之篤于孝其所以為此者實有關於世教焉故推本祠堂之制如此為文以畀之非徒以示其孫使善繼而不忘亦將以為

續吳都文粹卷十六

世之勸也大學士楊榮撰

崑山縣城隍廟記

沈魯

國家受天命奄有方夏奠安元元以統承萬國俾分職任功顯幽罔閒惟是小大郡邑山川城社咸秩祀事與天子之命吏同憂恤之寄焉其所以代天理物莫不一極其至而城隍保民為重廟祀固在以義而起崑山自唐為吳望縣光化中錢鏐攻毀其城宋世承平三百年柵竹為防而已元社將屋而始城之城隍則廟於縣治南百步國初增崇祀典規制堂宇徙於馬鞍山麓歲久摧敗宣德紀元之九年盧龍任侯

豫尹茲邑大修山川之祀至于廟下懼日益墜弗舉乃召父老而告之以禮事神之義慮財計庸易故而新之以完固重門後寢深靚嚴密神妥其靈式歆禋祀既落成之明年而侯去十五年而侯之明德克孚民不忘於思於是王惠均澤高瑞世倡祥率而之子曰吾邑廟祀惟是顯厥靈赫自段邨于今七十祀吾境內疾疢不興風雨時正六府三事順成卧赤子於衽席職神之由侯復以忠信成民而禮神人延釐益垂寧只請於麗牲之碑以紀成事俾為後規隨也竊惟天子之命吏與神同食茲土相須匡輔坐堂陛而

司平於民揄方明而禍福之顯幽不同而憂恤、之寄
同感有嘉德依人而行則夫神之獲安其室職有、由
然哉其辭曰、有廟奕奕于山之陽有赫厥靈實司其、
城惟城惟隍民、保民障神亦依憑光霽肹蠁歲歷彌
久、積其室廬尹哉、任侯為恤為謨式廟以增堂寢具
考神、有神廟民有攸、告司邑惟侯司城惟神咸底于
仁合于、太鈞我民報祀、無怠來者載書示徵勒之宇
下正統十、三年春正月吉、日

蘇州府重修城隍廟碑　王鏊

吳故有城隍祠在子城之西南陬莫詳其所始唐天

寳中採訪使趙居貞改作廟宇梁貞明五年刺史錢元璙、加宏飾焉至趙宋時有勅封忠安王嘉泰三年加號順、應嘉定九年又加號威顯寳祐三年又加號英濟國朝、則惟稱蘇州府城隍之神洪武三年以舊祠庳陋乃徙、雍熈寺故基在今吴城之乾位蓋百三十年於兹矣弘、治十三年住持戈原廣言於郡守曹侯鳳謂廟祀載在、令甲凡守土官始莅事及朔望必躬請祠下其嚴如是、而歲久就　壞棟腐桷摧墻頹礆圮肖像黯眛不稱瞻仰曹侯曰唯神與予分理吴郡予理其明神理其幽吴下頻年風雨調順稲麥豐登寇攘帖息疫癘不作茲神之賜予其敢忘乃下令境中願新神廟者聽又命義官、某等董其役於是貧富爭施厥財恐後掄材程役完舊勅新明年春正月始事至九月僝工殿宇峻整廊序逶迤、門墻顯赫過者悚悅會曹侯遷去東廣林侯世遠繼之求予紀其事城隍之祀不見禮經蓋起隋唐之際、吳越之間今京畿至郡縣邇方絕徼罔不嚴事且山川林、谷丘陵表啜防庸古皆有祭况夫作鎮一方司啓閉捍、寇偷婦子安畜牧遂非所謂有功則祀之者邪固可以、義起也况時有所尚敬有所偏今自朝廷及於閭閻祈、靈巧祥罔有晝夜水旱蝗蝻則禱之疫癘夭札則禱之凡有求則禱之有疑則禱之而神不能昭荅陰祐儼乎如臨其上至其家可謂靈也已予故　又之碑以彰神之威靈詞曰

於赫明靈作鎮南服上帝嘉之寄是威福誥〻幽遐雪劍星矛誅斬妖魔卒斬良慝屏植祓戾熇祥雨暘斯若老稚熙〻閭門夜開維神之賜其可誣哉清廟有嚴亶侯所飭林侯紹之邦典維秩䶑牲㵗醑歲事孔修福我邦人億萬斯秋

萬壽祠記　顧儒寶

五王自唐光啟中降靈于徽之婺源其初邦人祠之歷年多而施澤於民久禦災捍患衛國有功登祀典封王爵宜也惟神無方由邇而遠行幾徧天下吳門距徽千有餘里民之敬信過於他邦懷香褁粮而往拜者歲不知其幾猶為未足以展其朝夕慕仰之誠始建行祠焉祠在吉利橋西南可百步其地乃朱氏故園古木蕭疎清流映帶門徑通徹誠為一郡勝地神之妥靈蓋有攸自或云祠始於宋之建炎正殿則重建於嘉熙時比丘圓明為之洎寶祐甲寅通一鼎新大雄殿於東序景定而後正知善己相繼俱廟事

一新三門重闢兩廡既而行日亦克善繼月有閱經之會歲修慶佛之儀晨香夕燈靡不崇向皇元混一百神秩序五王靈顯視昔有光至元間行日勸信士孫子發偕弟子榮專建華光前閣而後閣則元貞以來集衆力而成大德間如海出囊中餘資買張氏基地以廣其居復置楓橋常稔之田永為贍衆理葺祠宇及長明燈油之需延祐丁巳建圓通寶殿乃寓公葉武德倡率衆緣樂成之其西有菴署曰上善徒弟淨德華居之以奉祠事斯廟完麗甲於他祠雖曰人謀實由神相轉崔為祥化頑為仁亦郡政之一助也

郛人語僧曰豈無紀述以傳將來一日僧書其槩謁予記予謂神之靈無在無不在水旱疾疫有禱必應者神之靈出入起居罔有不敬者人之誠有誠則有神求神於誠之外則荒矣昔人云見廟社則思敬是則廟乃誠所寄也或者以爲福善禍淫之道自有默運潛庸於形聲之表其果專在於廟歟曰不然聚其誠而久其敬廟固不容無也甲寅初元勅賜祖廟爲萬壽靈順此宜曰萬壽靈順行祠乃甲乙住持燈〻相續至今幾二百載矣成之良爲不易嗣而葺之將有望焉郡人顧儒寶撰

況知府重建五顯王行祠記

劉鉉

今之蘇五顯王廟於和豐坊者，或謂宋崇寧間其地舊、有浮屠。嘉泰癸亥，僧普智始菴於其旁，名如意，與其、徒德晟於徽之婺源刻木肖五王及他神之像，歸置於菴。復售鄰地以易其廬。寶慶乙酉，遂建閣，名華嚴，上以、度經，下以奉五王。至咸淳中，又撤閣為殿。而旱暵水溢、癘疫之禱，悉有奇驗，所以士庶歸心，信崇罙篤。國朝洪、武初，又規其地以廣府治，而廟蓋有改作焉。迨今八十、年，梁棟壞腐，甓瓦破缺，丹堊浸漶。時知府況侯鍾為郡、既久，弊剗惠敷，郡大稱治，凡所當行靡不興舉侯乃謂五王既克衛吾民而廟貌不振若是豈稱民之所以報事者乎遂約其聯官同知郃諶通判諸叔正推官方矩經歷王真知事金鑄照磨趙中檢校王善以祿奉之入節縮其出銖積寸累又率好善樂佽之士共得鈔若干萬貫於是度材鳩工葺舊則正殿旁殿樓閣磚塔楮爐剎竿新作則三門兩廡廚湢正殿之前有亭旁有過廊揔二十又六楹先是廟南畫於鄰垣中庭湫隘兩檐相逼至是貿其南地退樓閣之址於南北各丈餘越幾月告成庭既閎豁破完腐堅漫漶鮮好貌位嚴睟者益麗於前

威靈炳赫者知信於衆侯間屬予為記予聞五王者之降靈於徽以致享祀封王其能禦災捍患可知廟、于今固宜且行祠之徧於他郡者亦其神之無方感而、即通利澤之施既弗限於遐邇則人心之向又奚當閒．夫彼此况其精靈之妥於吾邦既久為蘇人之捍禦既、多廟於斯亦宜是知侯等之所以新是祠者豈有他哉、欲三辰順軌一元調和蓋寒暑節雨暘時百物值上、祝、聖壽以齊天下福吾民於悠久是皆可書故為之記董、其事者郡人王信勝偉徐誠盛泉也正統四年歲次己、未秋七月初吉立行在翰林院侍

讀　吳都文粹卷十六

講承德郎兼修國史、彭城劉鉉撰」

靈官廟舊名靈順行祠在胥門内朱家園名上善菴宋嘉定二年建一在西米巷名如意菴宋嘉熙四年、重建國朝正統中知府況鍾重脩

宋光宗封五龍勅

平江府靈濟廟第一位龍王右可特封東靈侯勅乎江、第一位龍王等朕雖不令祠官祝釐專鄉獨美至四方、長吏有爲吾民請曰某山川之神能惠於其方則褒崇之典朕靡愛焉以庶幾古昔百神之義矧惟五龍以時、節雨暘功著近甸良二千石雖不言機祥

吳都文粹續集卷第十七

長洲錢穀編輯

祠廟　園池　第一

平江路新建三皇廟記　牟巘

三皇何所本始乎上古有天地人三皇越在無懷大庭、赫胥氏以前寥乎邈矣孜易係辭其惟庖犧神農黃帝、乎蓋與堯舜並稱焉而周礼春官外史掌三皇五帝之書則揔號三皇又與五帝並稱其書則三墳言大道是也月令迎五德所王之神各於其郊而祭之立木德以太昊配立夏火德以炎帝配季夏土德以黄帝配則三皇祭法於五德由尤為可攷史記本不紀三皇以黄帝列於五帝而去少昊補史記者遂以女媧氏為三皇之非一也煉石補天之類語多荒誕要不足信肆惟今日三皇之廟徧天下重祠敬祭固有所本獨以之設醫學置學官者何居夫一陰一陽之謂道生生之謂易自有天地則有陰陽有陰陽則有民物實理流行生生無窮故易以道陰陽天地無私布陰陽闡易道示人以象而已三皇無為體陰陽周易道為民立命而已伏羲畫八卦陰陽相生二四成八八卦成列象在其中因而重之爻在其中是

時六十四卦已具伏羲氏神農黃帝制器尚象自我作古為之網罟耒耜杵臼為之宮室衣裳舟楫服乘為之書契市易門柝弧矢凡所以資民用而養其生至於送終過𡨋者皆有取於十三卦何莫非道也然能使之生而不能使之無疾則五德五運推氣之陰陽木草辨物之陰陽靈樞素問究病之陰陽凡所以療民病而全其生使不至於無妄嘗試者又有出於十三卦之外亦何莫非道也大哉三皇道貫三極德及四海而功施万代是宜隆廟貌設醫學而置官師焉夫豈小之哉姑蘓名郡地大物衆三皇祠之始建

因陋就簡神棲數庑下盟薦弗嚴歲在辛丑郡侯岳烈公涖事之初首謁祠下瞻頽太息非所以盡尊崇祀之禮乃欲闢而新之因基址之窄此志未遂大德壬寅七月之朔風烈雨驟吳中之郡衙縣治寺觀亭宇悉為摧毀即命工鳩叛郡治就移長洲吳縣附庸二邑翼其傍適有吳縣舊址之寬於是岳烈公乃欣然相地亟圖改作遂謀之總管董侯章及貳佐僚屬皆是其議而贊其成乃官給吳縣廢址俾賦文屬役岳烈公首捐己俸崇象設為之勸畫宮于堵某任某所某任某費皆謹趨之爰建大殿揭虔妥靈前為凌霄

門次為大門翼以两廡殿後為講堂東西各立四齋又為教授廳於講堂之東南繚以周垣前達於凌霄外臨衢道對峙两井亭以濟道暍經始於壬寅之秋明年冬新廟成規撫宏傑輪奐華曜甲於諸郡屋凡五十三間又市學田二百畝祭器靡不備是役也皆出於郡侯主維是而教授苗寔又深體郡侯之作成職思其居發慮協力董視工役倫著勤勞用能期月之間成此磊落事有他人視為虛文積十數年不能辦者可謂難矣今郡侯既美替還郡掌醫又無淄解篆有恒齋葛應雷繼其任前為提領日親承郡侯之

命相與協贊勸率衆醫助田令又受任于學視其創始之有闕者必補之未備者必完之勉勵諸生講明醫義務在濟人厥廣好生之德而無負作之意新新郡侯馬速忽喜功之有成於廟之東南壘土成阜作亭其上扁曰聚遠以快登覽廳事之前甃亭為臺禪暑露坐以便講習闢治花圃進修之暇以寓游息廡訪僉事阿里答覩前後興學之功而嘉之謂當勒石以示永久必徵記於陵陽牟巘以病耄為解弗獲乃考三皇號名祭法與其用易之道謹書之厥初三皇取法自然開物成務與為便安神化變通民日用而

不知南面無為而天下已治矣一毫智力靡容其間設以悶悶求快吾意今日出一令明日立一法朝夕召集其民而繩督之則上下勞弊失其故常雖欲為摽枝野鹿遊於混沌之天不可復得正如無病之人嘗試無妄之藥藥氣擾於鍼砭湯劑奪於湯劑陰陽舛忤而人始病矣不若勿藥之為愈也昔人謂誤註本草其害大誤註易其害小夫豈知本草之誤其害止目前易之誤其害及天下可不謹乎因附見其說覽者或有取焉大德十年七月望日記

三皇廟在流化坊內即舊吳縣治也元大德五年

移縣治於本路儀門西偏而建廟於此

常熟州重修三皇廟記

張著

伏羲神農黃帝世謂之三皇以其繼天立極教民以相生養之道有功大德於民故凡君天下者咸報祀之方今因前代之制郡府州縣皆立之廟既設醫官以典其祀且詔長吏歲時率僚屬行奠謁焉常熟初未有廟延祐丁巳監州朶兒赤始即州治西北若干涉虞山東麓度其地而剏之後二十年知州王侯侃一嘗修葺廢墜又二十年而處兵变流亡之士卒舍之序焉者趋之烟火相接風雨交摧齋室堂閣鞠為

瓦礫而殿廡亦皆脱落湮蕪守土之吏莫之恤也至治壬寅冬十二月海陽盧侯以守禦元帥兼知州事慨然嘆曰為治之要在政與教政惟民安教則必專聖賢與礼樂焉三皇孔子皆命世之聖也今學廟墮而弗治其何以為教之地乎由是首以己力大修儒宮越明年又勸士民作新是廟時儒民趙復特承侯志命工傭力掄材運甓由重門兩廡以及礼殿朽者易之剥者飾之圮者培之傾而頽者悉起而正之又造候官之屋凡八楹于戟門東西繚以周垣前後翬飛丹堊交映自秋徂冬而功告成於是神明有居祀

卷十七　五

享有具醫師有容齋宿有所而侯尚教之心蓋庶幾矣既而侯以内艱去職攝醫教授陳君仲明徵文學以記之予惟三墳之書言大道開天地之經立民物之命聖聖相傳一本於是柰何世世其書遂以為陰陽醫家所宗往往視祠宇為文具而不之嚴吁是果知尊三皇者哉然則盧侯起身汗馬乃能一與孔子之教崇之信賢也已盧侯名鎮字子安其遺愛之在民者不繫於是故不之書

嘉定三皇廟記　柯九思

常熟縣三皇廟在縣治西北招真道院之東

古之祭義思本而報始故法施於人能禦火災捍大患者則祀之今醫家者流以神農氏之制藥也推本而祭之國家稽古考文併置三皇之廟以勾芒祝融風后力牧配而附醫享焉三皇名數先儒所說各異然著見於易者謂伏羲氏沒神農氏作神農氏沒黃帝氏作安國亦云伏羲神農黃帝之書謂之三墳此三皇之明文也漢祠黃帝用梟破鏡唐天寶六載三皇併置一廟有司以時祭享後周以來藉田祭神農氏此歷代祠祭之典也嘉定州舊有廟學至元後六年大梁李侯壽孫來知州事李侯為趙國忠憲公字

清臣之後忠憲之忠勞於國家史牒有傳侯涖官治民廉直而明有忠憲之遺風故於國家之事無巨細悉盡其心視事之初謁三皇廟顧瞻殿宇風雨穿漏凜乎將壓門廡傾圮論堂湫隘像設弗嚴器用不具侯矍然曰此命祀也其何敢弗恭若是然方今水潦為沴民力未瘳奈何越三月政行化理民俗和悅侯曰可以矣乃屬州人士之好義者以修葺廟享之意衆奉命懽趨論堂之後得王氏地闢而廣之侯曰斯廟建於泰定天曆之間未及久而已廢壞是皆前人滅裂之過今也基必堅財宜必良惟永久是圖毋或貽誚

於後人如今者之責。曩昔也侯日置州事畢必至廟所循撫而程督之興工於至正元年三月甲子六月而畢嚴邃宏麗蔭以修木繚以周垣其有加於前人矣會民有隱斥塹者自歸于官侯命籍而屬之學以供粢盛廩餼俎豆之用於事廟學之事無或不供者矣夫侯先誠民而致力於神則宜四境之内政無不舉由此仕宦而顯於天下忠憲之世為不暨矣州人請記其事刊諸樂石故不辭而為之書其好義所助者併刊諸陰奎章閣學士院叅書柯九思記

嘉定三皇廟在登平橋西元泰定三年建

崑山州重修三皇廟記　許規五

稽古鴻荒之世，人文未開，蚩蚩之氓與鳥獸爭。一旦之命，不有聖神出而立人極焉，生人之類滅已久矣。毛茹而血飲也，爲庖廚；巢居而穴處也，爲之宮室；畫卦以通神明之德；造契以代結繩之政；爲之耒耜以厚其生；爲之醫藥以救其死；造律曆、垂衣裳以開萬世之治。其有功於生民甚大，廟焉而棟宇橈，祀焉而籩豆鈇，豈教民報本之意哉？崑山三皇廟自州治迁後，日就隳廢。至正十九年，州治復還，承制以傑列石同知州事，奠謁之初，顧瞻太息，退而謀諸知州費侯諸侯曰世事草創百廢宜次第舉三皇建極之聖今而廟宇崩摧神像暴露國家崇奉之意安在耶宜舉所宜先費侯是其議亟共捐俸為倡醫流義士翕然和之不數日得錢若干緡米若干石召匠度材以工給其役以吏董其事不數月殿宇之顛覆者隆然起兩廡皇門之朽弊者翼然張堦墀磚瓴之侈剥者整以容象塑丹白之漫漶者焕以新所謂人存政舉者是傳也夫張弛繫乎理不係乎時廢興由乎人不由乎數有為者何也所施而不可也李有田若干蕩租若干册籍迷失無所考石君有追究歸學之祭祀饘供之用

於是乎不窘矣廟成石君去費侯曰石君之善不可
没也徵予文記之余讀邵子經世書至皇帝伯王未
嘗不廢書而嘆也皇以道化人民伯以力服人世降
俗漓古道茫昧崑山之長二修舉廢墜而以皇廟先
爲其薄利功以尊道德者邪其知報本而善教民者
邪詩云有斐君子終不可諠兮後之人庶乎尚有攷
也費侯名復初字克明東平人石君字安卿西夏人
至正二十三年夏　月　日平江路崑山州知州
偰斯同知州事郜肅州判丁克明提控案牘趙從周
都目謝弘道醫學權教授許曄教授許規五撰饒介
文

書余銓篆額

崑山縣三皇廟在縣南闉坊西

○改修吳延陵季子廟記　　　蕭　定 唐人

有吳之興也泰伯讓以得之有吳之衰也季子讓以失之為讓之情同而興衰之體異何哉泰伯之讓ゝ賢也故周有天下而吳建國為季子之讓賢以讓也當周德衰而吳喪邦爲或曰非所讓而讓之使宗廟祀泯絕而不血食豈曰能賢斯可謂知存而不知亡知者矣夫治亂時也興亡運也故至ゝ而不可却終ゝ而不可留黄河既濁阿膠無以正其色鹽池斯鹹弊

簞不能匡其味與夫當濁亂之世召力勝之戎讓與
爭孰賢乎易曰知幾其神則季子之見可謂知幾矣
季子之明可謂知進退存亾而不失其正矣至於聽
樂辨列國之興亾審賢知世數之存沒掛劍示不言
之信避國保無欲之貞故有吳之祀寂寥而延陵之
享如在玄風可想至德興嘆美之辭哲人其萎表墓
著嗚呼之篆向徽德仁两至則夫子不復嘆焉詳其
精義被物鈎深致遠之旨烏可究其津涯而窺其牆
仞乎是知讓之為德在於生靈不獨其子孫明矣國
有祀典人懷永思定秩列藩條欽崇懿範于以加敬

嚴乎閟宫别闈壼之内外正衆神之序位舊以泰伯之廟在於姑蘓臺而制季子之祠像設東面非由典礼諒無取焉必也正名於是乎在祈報獻奠贄幣宜列於軒廂春秋礼薦俎豆當陳於正寢俾觀像者識賢人之遺風可律審度者經德之礼秩無差末學陋辭不足頌其休烈寒來暑往敢用同於紀年大唐大曆十四年歲在己未八月戊戌朔二十七日甲子記

卷十七　十

不用另頁

辟疆園　高啓

江左風流遠園中池館平賓客久寂寞狐兎自縱横秋草猶故緑春花非昔榮市朝亦屢改高臺能不傾

同前　周南老

晋顧辟疆園中吳稱第一林石萃幽佳勝槩少儔匹遺跡今無知品題存簡帙清景付任晦皮陸曾紀述後先幾百年盛衰成兩失慨彼樂有時每憐魚鳥逸

辟疆園自西晋以來傳之地館林泉之勝號吳中第一辟疆園姓顧氏晋唐人題咏甚多

陸山人樓亭即戴顒宅　儲光羲

暮聲襍初雁夜色涵早秋獨見海中月照君池上樓
山雲拂高棟天漢入雲流不惜朝光滿其如千里游

禇家林亭　白居易

閒健朝〻出乘春處〻尋天供閒日月人借好園林
漸以狂為態都悶無到心平生自得所未省似而今

又　皮日休

廣亭遥對舊娃宮竹島蘿溪委曲通茂苑樓臺低檻
外太湖魚鳥徹池中蕭疎挂影移茶具狼籍顛花上
釣筒爭淂共君來此住便披鶴氅對清風

又　陸龜蒙

一陣西風起浪花遶闌干下散瑶華高窓曲檻仙侯府卧葦荒芹白鳥家孤島待寒凝片月遠山終日送餘霞若知方外還如此不要秉秋上海槎

又　　張貞

踈野林亭震澤西朗吟閒步喜相携時時風折芦花亂處處霜摧稻穗低百本敗荷魚不動一枝寒菊蝶空迷今朝偶得高陽伴從放山公醉似泥

褚家林亭范志云在松江之傍

凌處士莊　　韋莊

一簇林亭返照間門當官道不曾關花深連岸黄鶯

鬬雨急春塘白鷺閒載酒客尋吴苑寺倚樓僧看洞庭山佐来説得仙中事新有人從物外還

和周伯温参政九日南園宴　成廷珪

步屧巉岩岩跨鰲望中詩興與秋高西山拄笏東山屐左手持杯右手螯返照入湖明塔影斷雲将雨過林皋松間飲散歸来晚金粉霏霏濕錦袍

苑相南園五百秋重来訪古轉多愁啼鳥樹老臺空在飲馬池荒水不流芹泮好從多士樂桂叢誰賦小山幽諸公高會詩如錦授簡安能接勝遊

南園　高啓

君不見平樂舘古城何處寒雲滿君不見奉誠園荒臺無蹤秋草繁白日沉山水歸海寒暑頻催陵谷改皇天大運有推移富貴於人豈長在請看當年廣陵王雙旋六纛何輝光幸逢中國久多故一家割據誇雄强園中歡游恐遲暮美人能歌客能賦車馬春風日〻來楊花吹滿城南路疊石為山飲泉為池辟疆舊園何足奇經營三十年欲令子孫永保之不知回首今幾時繁華掃地無復遺門掩愁鴟嘯風雨種菜老翁來作主空餘恠石臥池邊欲問與〻不能語春已去〻人不來一樹兩樹桃花開射堂陶圃皆青苔何

須雍門琴但今對此便可哀人生不飲胡為哉人生
不飲胡為哉

周南老

廣陵擬王貴擬此南園勝豪奢及年富樂只名實稱
黄州欲歸老徒發功成咏詔賜蔡觀察寵恩踰衮贈
繼入循王家歲晏時難更只今圃已荒風雨莽簷暝

題御書碑

范成大

淳熙八年三月庚戌制書擢臣居守金陵閏六月丁
亥朝行在所庚寅辭後殿翼日既望詔錫清燕苑中
皇帝親御翰墨大書石湖二字以賜天縱聖能游藝

超絶典則高古如伏羲畫體勢奇逸如神禹碑日光雲章垂耀纁素環列改觀禁籞動色臣驚定喜極不知忭蹈昧死奉觴上千万歲壽奉寶書以出越五日至於石湖藏焉石湖者臣區東匯自為一壑號称嘉山水臣少長釣游其間結茆種木久已成趣春秋時吳臺其陰越城其陽登臨訪古往跡具在汙萊露蔓千七百餘年矣有過而問者今猥以臣故徹聞高清天光博臨燕及荒野繇開闢来未覩斯盛裴度李德裕皆唐宗臣綠野平泉亦聲震當代揆今所蒙無傳焉何物妖魔獨冒寵荣百身莫殞莫能負戴臣蒲柳

卷十七　十四

18

早秋仕無補益縣官尚悗悗不休干止足之戒則將上累隆知俯愢初服臣用是懼冀幸少日遂賜骸骨歸老湖上宿衛奎壁與山川之神暨猿鶴松桂同在昭回中一芥姓名亦因是不朽使后世之人屬歆崇祿得全於桑榆以無辱君賜則陛下丕顯休命不委於草莽庶幾報恩之万一臣既摩刻扁榜又被之琬琰以傳且附著臣之自叙云爾七月朔端明殿學士中大夫知建康軍府事兼管内勸農事提轄本府界分諸鋪遞角充江南東路安撫使馬步軍都揔管兼營田使兼行宫留守吴縣開國伯食邑七百戶賜紫

金魚袋臣范成大拜手稽首謹書

題御書大字歌　楊萬里

石湖仙人補天手整頓乾坤屈伸肘爾来化作懶卧龍簸弄珠璣漱瓊玖五雲萬里天九重玉皇探拱蓬萊宮豈无九虎守閶闔北門半扉當朔風夜令雲師敕風伯鞭起卧龍湖底月湖水卷上天中央却鎖北門護風雪仙人馭風乘緑雲玉宸殿上朝帝真帝將北斗酌天酒氷桃碧藕脯麒麟傳呼玉粲吸銀浦黙霜調氷澆月兎洒成羲畫河洛書白壁一雙浮雨露石湖二字天上錦奎章壁宿落山扉昭回不飾吴花

艸姑蘓臺前近太微詩人不直一杯水自是渠儂命
如紙教人妬殺石湖仙手攬星辰懷袖底

懷石湖舊隱　　范成大

浩蕩沙鷗久倦飛摧頽櫪馬不勝鞿官中風月常虗
度夢裡閑山或蹔歸橋社十年霜欲飽鱸江一雨水
應肥冷雲着地墉蒲晚誰爲披簑暖釣磯

說虎軒夜坐

白雲深處卧痴頑挂起東窓水月寛但得好詩来眼
底何須寶刹現毫端一身莫作官身想萬境都如夢
境看蝌舍隣翁能日醉呼来分與一蒲團

北山堂開爐夜坐

困眠醒坐一龕多竹洞無關任客過貪向爐中煨榾柮懶從掌上看維摩閒無襍念惟詩在老不甘心柰鏡何八萬四千安樂法元無秘吝可伽陁

撿校石湖新田

今朝南野試開荒分手耘鋤艸棘場下地若干全種秫高原無幾謾栽桑蘆芽碧處重增岸梅子黄時早濬塘田里只知温飽事從今拋却半年忙

石湖别墅在縣西南十二里參政范成大粉因越来溪故地隨地勢高下而為亭榭别築農圃堂對

楞伽寺孝宗御賜石湖二大字又有北山堂千岩觀天鏡閣玉雪坡錦繡坡説虎軒夢魚軒綺川亭盟鷗亭越來城等處以天鏡閣為第一一時名人皆為文詞明道八年周益公過之留題壁間云吴臺越壘距盤門才十里而陸沉於荒烟野草者千七百年紫薇舍人始剏别墅登臨之勝甲於東南豈鴟夷子成功於北扁舟去之天閟絶景須留畜之賢者然後享其樂耶成大愧謝益公曰吾行四方園池多矣如薌林盤園尚乏此趣非甲而何

李行中醉眠亭　蘇軾

已向閒中作地仙更於酒裡得天全從教世路風波惡賀監偏工水上眠

君宜歸休我欲眠人言此語出天然醉中對客眠何害須信陶潛未若賢

孝先風味也堪憐肎為周公晝日眠枕麴先生猶笑汝枉將空腹貯遺編

蘇軾

是非一醉了無餘惟有胸中萬卷書已把人生比蘧傳更將江浦作階除欲眠賓客從教去倒挂氍毹豈暇舒京洛舊時真夢裡秋風無復憶鱸魚

卷十七　七

以

醉眠亭宋李無晦作無晦名行中居松江高尚不
仕東坡兄弟嘗過訪留題
元豐辛酉冬予解組歸吳明年過故同年朱
光禄旧居周覽園榭感事作詩以詒伯原
元絳
白頭重到故人家境是人非起嘆嗟三徑未荒陶令
菊四時長放庾郎花林風光動藏鶯葉溪浪痕生宿
鷺沙肯搆有材移病久會憑詩酒傲烟霞
次韻𡨚之少保題伯原秘校亭周三首　程師孟
少年為學已名家總折冊枝病可嗟節帶氷霜凌萬

竹文含風露麗千花世憐美玉猶存璞人恨良金未
出沙賴有隱居如谷口直將高意撫青霞
君家幽寂似山家閙者其誰不見嗟閉户幾多閒日
月掃園無限旧烟花書窓燕坐琴横石吟徑徐行杖
卓沙壁有謝公題好句國人方此識餘霞
碧瓦春城十万家可憐夫子獨堪嗟林園猶有前朝
木冠蓋難尋故主花（園乃錢氏所剏）亭瞰夕陽鄰古刹池通野
水見晴沙天然操尚無塵滓合徃蓬莱弄綵霞
校書朱君示及園居勝槩新篇一軸皆有標
目輙成長調格詩奉紀清矚　盧　華

姑蘇右淅會園榭森相望之子脫名瑣自放無何鄉
虛堂布遺經（邃經堂）周孔之文章靜齋播風雅（詩齋）絃音日
洋洋吮毫濯曲溪（筆溪）沘墨散芳塘（墨池）抱琴獨登臺（琴臺）
望山閒涉岡釣渚閱游詠竹路排青蒼（竹路）亭幽小勺
迴（渚亭橋）紅白相低昂（衆花卉）予此謝病歸旅吳歲月長常閒
君園勝欲往兩足僵開緘味題咏恍若披圖詳吾聞
玉川子破屋洛之陽東野廢官守止坐叢瀨傍豈如
吾子樂游息謪有方朝庭日清明百度良弛張子既
難其進論撰亦有光退之謂子學窮久道益強文辭
煒垂後將相未可當窮愁乃著書心志能渾剛倘来

奚足邺令名期自将

樂圃林館十首　張適

何處是吾廬，城西數畝餘。坊存前哲號，屋貯古人書。

已疾親栽藥，供飧自灌蔬。長年因謝俗，户外少来車。

又

林帘簾櫳暝，門清樹石連。合香乘雨霽，壓酒及花前。

嗜古思先輩，傷今話昔年。何由清鬱抱，春茗瀹林泉。

又

園池雖市邑，幽僻絶塵緣。水活元通港，荷稀不礙船。

竹陰迷藥竈，雨氣慢琴絃。試理牀頭藁，新来益幾篇。

又

結屋渾依水爲扉半是柴雨紅花落檻地碧蘚鋪階
去住梁間燕公私水際蛙清遊多感慨濁酒始開懷

又

方池居圃右幽隱足遊觀疊石花成岸塗丹曲作闌
鶩遊同腕法鶴舞按琴彈清事無時廢歌成擬考槃

又

林深招鶴磴地僻見山岡雛舞春衣緑梅飄臘雪香
晚岑留日露歸翼帶雲藏吟客談詩散充然思不忘、

又

本是林泉傎功名分定慳文章新中窮貧病暗偷顏林鶴心同潔沙鷗迹比閒青燈風雨夕無夢到朝班

又

境勝恆栖遲殘尊晚更宜主人因苦咏座客盡能詩今負梧來客聯遲句出奇夕陽在高樹醉首只低垂

又

庭前新種石恨未遇奇章薜荔藤牽客芭蕉影過長坐常忘洒掃對久引壺觴歲晚誰爲侶蕭蕭雪後篁

又

登堂無俗物結納豈恒徒小幀藏雲樹昏屏過雨湖

書銘臨瘞鶴絃調寄啼鳥茍樂無他志塵囂覺異途

余舊業在城西隅樂圃朱先生之故基也樹石秀麗池水迂迴儼有林泉幽趣余亂後多郊居辛亥春復返舊業二首　前人

園池春至凍全融玄館穿林路亦通窗响檻前含竹雨座香簾外落花風一餐幾駐緣詩癖万感都忘是酒功逸思不因貧索莫長時邀月弄梧桐

軒居巷陌是通衢流水林齋景自殊寄紙每因人索画打門豈有吏催租風篁苔石皆詩料吟子琴僧盡酒徒幾度緑窗臨帖後醉眠花外聽啼鴣

和廿白先生樂圃林居二首　倪瓚

閑〻幽鳥綠陰穠林　陂池曲〻通荷雨逗凉侵北
牖汀雲度水迅南風清琴詠雅寧諧俗濁酒消愁似
有功聞道秋来徧起早一簾晨露引梧桐

竹裡厨齋桺下衢幽林風景自應殊家無擔石惟憂
道鄰斷炊烟急索租山水　聊足樂雨雲翻覆豈
吾徒蘧〻　天涯夢楚湘雲叫鷓鴣

宿樂圃林居　前人

暮投齋館靜城郭似幽林落月半牀影凉風孤鶴音
汀雲縈遠夢桐露濕清琴喧畀靜塵慮蕭爽集冲襟

十六日新涼戲呈甘白　前人

閒靜幽人宅蕭條樂圃亭炎暑浹旬劇遠山當戶青涼生如病瘥愁解如（似）酒醒卧看風篁影落月滿堦庭

予來城郭暑氣熾甚偶憩甘白先生樂圃林居不覺數日相與蔭茂樹臨清池誦羲文之象爻彈有虞之南風遂以永日忽忽已淹留久如閒成此二詩寫呈甘白以寓笑樂耳甲寅六月十六日

過張水部樂圃林館　高啓

清和池館閉閑苔輕幰尋幽觸雨來井桁水聲繩作轉牀屏山色畫初開穿花百舌深緘口吹絮霜鱗半

露腮好賦一詩題壁去主人未肎便塵埃

又　　　　　　　　　　　　　前　人

林塢通幽閒山明雲出溪門無俗客至池有水禽啼

對酌山花下行吟野竹西石牀春寂寂苔色映青藜

又

開軒時野眺山色翠迢遥屏結霜中檜圖開雪裡蕉

煖烟初扇圃野水欲平橋曳杖閒來往時挑酒一瓢

又

幽居無洒埽風景自翛然紅濕花間雨青分柳外烟

山窓捫虱坐石榻枕書眠自得閒中趣栽花疊錦川

陳林

桃花夾林館宛似武陵溪醉後拋書枕夢回聞鳥啼
水光孤墅外山色小橋西盡日無來客徐吟信杖藜

又

見說林居好終朝無襍賓捲簾通紫燕投餌釣金鱗
林影雲連榻楊花雪點巾閑池養鵝鴨不使惱比隣

謝恭

故人非傲吏舊隱勝愚溪塵世人難到空林鳥自啼
青山縣榻下緑樹斷厓西終日無餘事全家盡食藜

又

十七

門徑稀人跡幽居只自然泉聲三月雨柳色半春烟
水檻看鷗浴山窓見鹿眠題詩花墅夕明月滿晴川

樂圃舊為朱長文所居元末張適師甘白築室於
上題曰樂圃林館與高啟倪瓚陳林謝恭姚廣孝
賡和為十詠　國朝宣德間杜瓊得其東隅地名
為東原結艸為亭曰延緑又有木瓜林芍藥階梨
花埭紅槿籓馬蘭坡桃李溪八仙架三友軒古藤
格芹澗橋凡十景一時名流俱有詩

附重建延緑亭記　吳寬

成化八年七月吳郡大風雨鹿冠老人杜先生延緑

亭壞焉明日雨霽先生曳杖遊于園中茅茨既摧梁木亦折垣墉且阤竹樹盡偃頃而嘆曰噫嘻亭壞矣殆天意耶雖然獨不有人力乎二子啟咨知其意遂、相與召匠氏築之既成邀先生坐于亭上則摧者完折者固阤者立偃者起蓋不日而舊觀還矣先生喜曰天意殆欲新吾亭耶他日乃以書来京師謂寬宜有記寬聞大道之世烈風不崇朝驟雨不終日而昔者之風雨也胡為乎来哉果天耶亦由人耶吾何從而問耶問之人則人非天也惡乎知問之天則天非人也惡乎荅既足以惑亦可以憂蓋余之居於是而去吳下也遠雖未嘗目擊其變顛其事理有可得而推者故嘗以先生之一亭觀之則四野之外弱夫貧婦其繩樞甕牖豈無有不勝其震凌而相對以怨咨者乎又以先生之一亭前後推之垣墉阤矣則疆畎之欲修也勞乎力竹樹偃矣則禾稼之不登也乏乎食而弱夫貧婦又豈無不勝其沮洳而相對以怨咨者乎當此之時亦有如先生之二子築而新之者乎是固可憂也夫先生隱者知一亭而已不暇此憂而余亦不敢以此告然而未可知也杜少陵茅屋為秋風所破歌有安得廣大庇寒士之語先生少陵後人

人也而老於詩為其後學其學則遇其變獨不憂其憂乎因書以諗於先生不識以為何如

定軒記

劉㷍

震澤楊公以定名軒予謂定一也而有老氏浮屠氏之定未知公之志果奚所屬也自儒者之言則大學言自定而靜靜而安安而慮慮而得其寂然不動者正所謂感通之體也自二氏言之則其所謂泰定所謂禪定者兀然枯槁而已爾漠然清虛而已爾人之一心與造化作大者以其往來闔闢之不窮動靜出入之俱妙也今以兀然漠然者為定則是無用之體不

感之寂也其可乎公以敏達果鋭之材而為明天子所任屬盖嘗屏上游護天塹開大幕府制置長淮而又法從近臣而總六師之職其志存乎立功其誼顓乎報主固非棲心無用者比也則其所屬心儒者而非二氏奚疑雖然定之難能也久矣自窮居獨善之士損百事息万慮以求之有終其身而弗獲者况於履功名之塗踐富貴之境凡為吾耳目之勝心志之域紛至錯立於前菀枯榮醜可喜可駭者日百千變其亟疾若破山之霆其震蕩若發屋之風其眩亂反亂反覆又若一葉之艇而舞翻空之濤甚矣哉定之

卷十七　芸

難能也若是者其疾焉在曰心無主而已矣竊嘗聞之敬則心有主而物聽命不敬則物為主而我從之古之君子對妻子猶君師之臨處幽室如十目之睹所以養吾心而為万物之主也心有主然後有定見有定見然後有定力酬酢万變無不可者是則儒者之定而公之所志也夫理有定而事無方隨事以應之使各通其可即所定也若乃處義未精而猥曰謂吾守之不可易是直私意之錮爾烏足語定乎哉故主敬窮理交相為用東魯西洛之正傳有不可誣者公之大父紫微公受學於伊川之門人為先朝侍從

公之所學自，其家世，且方嬰繁劇而不亂遭變故而不懾其於定之，一言用力深矣顧何足以發公之志姑誦所聞以復命，云權工部尚書兼太子右庶子兼、

右諭德建陽劉爚記，

定軒在震澤鎮宋工部侍郎楊紹雲所居有棲源洞，廣數畝，異石林立刘文簡公真文忠公皆有著述遺址猶存

樂菴初成二絶　　李衡

老子平生百不足菴成那管食無肉終朝閉戸只讀書四面開窓都見竹

投老菴居百事宜早眠宴起不論時更長睡足披衣坐傾耳林間聽畫眉

樂圃菴在崑山圓明村宋侍御史李衡彥平歸老之地四傍皆修竹經籍圖史滿堂

共樂堂 盤野諸題十一首　　黄由

繞到松陵即是家滿堂佳客滿園花看花揖客須清賞休向人間俗子誇

聯德堂

繞到松陵即是家便須洗盞泛流霞軟紅塵裡風波惡不似江頭與海槎

萮堂觀奕

繞到松陵即是家萮堂万竹緑交加午窓睡起無他想坐看園碁到日斜

登明月臺

繞到松陵即是家擎空皎月瑩無瑕自須臺上分明看擬欲呼仙泛海槎

登擁書樓有感

繞到松陵即是家樓高不管緑楊遮有書万卷時翻弄千古興亡幾嘆嗟

道院獨步

纔到松陵即是家參天檜栢古槎丫杖藜終日頻来往不羨堤邊路築沙

登三清閣

纔到松陵即是家三清閣下寂無譁小臣娓之絲毫報深炷爐香靜點茶

入園

纔到松陵即是家故園喜聽鵲喳〻上人只為貪風月蠻觸交争笑爾蝸

睦鄰

纔到松林陵即是家民間何處不桑麻欣〻老稚迎門

笑斗酒相歡亦孔嘉

無題

繞到松陵即是家休論恬淡與榮華古来顔路俱塵士自有時賢定等差

思親

繞到松陵即是家仙翁詩句發天葩鈍才不及賡餘韻留取時時罩碧紗

盤野黃由之别墅寧宗賜名内有墨莊胡夫人真跡三清閣共樂堂等扁由自作詩

松石軒記　鄭元祐

昔夏后氏畫九州而青州有鉛松恠石之貢當是時
未必有耳目玩好也儒先不能無疑於此焉以愚觀
之玩好於時未必然韶樂以球為主故后夔言樂然
獨於石則曰予擊石拊石然後言百獸率舞鳳皇来
儀蓋石音難和故磬必泗濵之浮今以靈壁所産石
用以為磬然非秀絶者不能有聲音之純故商頌曰
既和且平依我磬聲然則恠石之貢蓋必異於尋常
也已降自唐宋始以石為玩好然後石之品益繁宋
宣和間於物無不品定顧以太湖石品最高唐李賛
皇牛竒章二人相業雖不同於其愛石則一也中吳

在宋為義甸至今荒園廢宅一毀於刼灰者在在有之若夫松之為貢棟梁櫰桷無不可者至乃盤紐詰屈懸根獻秀始以松為園囿之觀玩今大參澄池亭江朱公出揔戎機入贊朝政私第在吳城之正中沈滮宏敞其客次有松有石左轄鄱陽周公扁之曰松石軒仍為之作大篆以表章之矣大參公疑之於松則廟清棟梁也疑之於石則韶樂天球也賓至而燕集於茲語笑于茲挹松之堅貞攬石之秀潤其所以為國幹播民和者夫豈尋常松石之謂哉

松石軒詩

周伯琦

華清貢秀萃凄清石友松君宿締盟鱗甲高褰風雨
合洞岩盧激珮環聲平泉官暇延遊盼綠野功成寄
賞情誰為澄江修郡乘好將勝迹播芳名

又　　　　　　　　蔣　堂

一桁緗簾細織紋華軒牕氣襲書裙老枝月冷蛟龍
骨蹲璞苔封虎豹文隱迹雅同真處士彎弓懸憶舊
將軍由來柱石居廊廟況爾雲霄素策勳

又　　　　　　　　董　晋

愛此軒窓隔市廛踈松偃蹇石嶄然瘦蛟匝地弄明
月蒼翠拂闌生紫烟大廈棟梁真可擬中流砥柱若

為迂何人下拜清風裡不是韋郎是米顛

又　成廷珪

長松落落風塵表蒼苔堂堂太古心屹立乾坤無改色叩之金玉有餘音人間兒女天機淺海上神仙野趣深獨有奇章知此意子孫清賞到於今

又　饒介

蒼松鬱鬱石嵯峨上下周依有女蘿虎䖣凝流千歲少羊群分跪一拳多聊須為地期相望遂以名軒示不磨賓客定如東閣盛或來醉卧或吟哦

松石軒在吳城中參政宋廷珎之第軒前古松蛟

騰佐石鵠峙鄱陽周伯琦扁曰松石有詩詠之

綠水園褉咏序　高啓

吳城南陬有曰朱家園者父老言宋朱勔故墅也盧山陳惟寅氏得之更名曰綠水園中有池且用杜子美詩語也其林沼亭軒亦各有扁爲近雖破廢然寬閒幽勝猶可以釣游而嘯歌惟寅以余往來其中最熟求徧咏之噫當勔以倖貴時窮尚豪侈園中之珍木異石崇臺峣榭固當百倍於此文人詞客爲之稱美而誇詠者亦多矣今皆跡滅响沉無復可覩惟寅雖窮居隱約而能以詩書其業篤於孝友其清德雅

搽固可以莵視勔矣則余為之執筆亦可以無愧焉
因不復辭且庶幾或傳使父老知園之更名綠水者
自惟寅始也詩凡十六篇

綠水園宴集　　　　　前　人

平居寡良會艱哉况茲時幸逢金閶英中筵接光儀
名園過修禊景麗春陽熙綠芷縈曲沼朱華敷廣墀
情宜寄高文憂襟為之披觴來不敢訴慮此朋歡虧
何以淹返旆頹光頤遲遲

同前　　　　　張　羽

芳圃逼江城迴波繞舍清主人擅文學過客揔簪纓

適向吳中會何殊洛下英唐虞共敷講風雅用和賡
矍鑠攻辭徤鏗鏘得句精建安方合体大曆却徒名
還展花前席仍敲竹下枰吟餘歌杕杜醉裡聽鶬鶊
徑竹班初脫庭蕉綠已呈渾忘在離亂惟欲盼承平
蝸寓休圖隱雞壇可負盟從容四美具感激二難并
更顧相加勉佃傳汗簡聲

綠水園在孫老橋東故為朱勔別墅元至正中盧
山陳惟寅惟允兄弟購得之取杜詩名園依綠水
之句更此名中有來鴻軒清冷閣蘿徑等名高啓
為之序

萬玉清秋軒　郭登

王謝堂前久不歸，野田荒樹幾斜暉。花開花落秋還在，年去年來事已非。楊柳風多凋翠縷，芙蓉霜重濕紅衣。故人空感山陽笛，一段傷心畫所微。

楊溥

社燕賓鴻共歲華，松陵禾黍故侯家。誰令千載柴桑里，一度秋風一度花。

劉鉉

甯公在昔稱時賢，頭顱半白來歸田。老懷澹泊慕幽雅，高居別築臨同川。數畝園林占清勝，四時景物誇

奇妍賓從日盈北海座琴尊晚載南湖船一朝陵谷
那知变廢盡東吳舊庭院扶疎修竹為誰清零落夫
容不成片白雲飛去不復来只有堂前旧時燕春深
幾樹花亂開無復當窓映人面繁華事往今已休東
沭老去懷旧遊歌舞重尋館甥處蕭索碧梧風雨秋
陶令宅邊松尚在習家池上水空流追思自足生感
慨何獨對此方為愁六十年来駒過隙俛仰之間已對
陳迹盡圖寂寞久無聞流落人間匪朝夕客從何處
遠持来佳致依然不殊昔夢回昨夜到松陵鍾斷長
橋月初白

万玉清秋軒在吳江同里鎮元江南財賦司副使里人寗昌言之別墅中有菊坡梧桐修竹揔謂之万玉清秋華亭張可觀為之圖

團溪魚樂記　楊維禎

至正八年二月月蕉瞿先生逢祥肥遁海東之團溪雲葉展空炯花膩陌予嘗循鳳溪而下步自團溪之陽傾瞻周遭若環帶然地固罕而隘中有隱君子之風焉先生居是溪歷宋咸淳僅百五十年予觀東南若震澤諸水道經感浦會歸於海風濤激蕩沙岸日崩走濵浦之人恒惧之而先生則弗惧且樂焉者溪

之左枕市廛障鹹水以便商者右遡畎畝引鹹水以利耕者乃若細雨侵沙波流若縠魚鳥浮沲天光上下先生則投竿而漁涼月浸軒秋聲在樹子鶴和鳴人影相逐先生則援琴而歌於溪（乎）之樂人或見之乎而不知之先生獨能知而樂之可謂得性情之正矣之園沙魚在沙頭鎮月蕉瞿逢祥隱居楊亷夫為記

東莊記　李東陽

蘓之地多水葑門之内吴翁之東莊在烏菱濠匯其東西溪帶其西兩港傍達皆可舟而至也由攪橋而入則為稻畦折而南為桑園又西為果園又南為菜

圃又東為振衣臺又南西為折桂橋由艇子浜而入則為麥丘由荷花灣而入則為竹田區分絡貫其廣六十畝而作堂其中曰續古之堂菴曰拙修之菴軒曰耕息之軒又作亭於南池曰知樂之亭亭成而莊之事始備揔名之曰東莊因自號曰東莊翁莊之為吳氏居數世矣由元季逮于　國初隣之死徙者十八九而吳廬巍然獨存翁少喪其先君子徙而西既而重念先業不敢廢歲拓時葺謹其封濬課其耕藝而時作息焉翁仲子原博以狀元及第入翰林為修撰獲以其官封翁朝士與修撰君遊者聞翁多為賢

東莊之詩〻成而莊之名益著修撰君以謂予曰辛吾子之識之也夫人之業未有不勤成而後廢者翁之為東莊也承往弊而修之懇悃劬瘁歷數十年然後備〻既艱矣而翁又遵道畏法雖處富貴泊然與韋布者類則所謂保其業者豈苟然哉易曰幹父之蠱有子考無咎厲終吉由是觀之翁之業雖百世可知也吾又聞翁積而能散衣寒食餓汲〻若不暇則是莊也寧直以自樂為讌游而已今修撰君科甲重朝廷文章望天下愛民憂國恒存乎心而見乎眉睫則推翁之心以達之天下又豈真足保其私業為為

莊山水之重而已邪然君子論家業之艱考世德之有歸信文獻之不可無者必自兹莊始作東莊記成化已未秋七月既望翰林院侍講李東陽書

東莊詩　劉大夏

吳下園林賽洛陽百年今獨見東莊迴溪不隔柴門迥流水應通世澤長十里香風來桂塢滿籬涼月浸菱塘天公自与莊翁厚又把栽培付令郎

又　沈周

東莊水木有清幽地靜人間與世違瓜圃熟時供路喝稻畦收後問鄰飢城頭日出啼鴉散堂上春深乳

燕飛更羨賢郎今玉署　恩封早晚着朝衣

聞奕姪構二亭於東莊以為予佚老喜而有

作　　　吳寬

爾父西菴扁拙修當年種樹帶平疇遥聞冐構為予
計專待歸休與客游山上看雲依鶴峒池边臨渚對
桑洲只憂筋力非輕健更欲沿洄具小舟

和韻　　　沈周

特意作亭知好修石基高築樹為疇欲承伯氏歸休
樂」未許他人造次游細路矮橋緣麥隴長濠新水漫
蘋洲宰公果遂南歸興我亦浜頭艤小舟

東莊吳文定公寬父孟融所治也中有十景孟融之孫奕又增看雲臨渚二亭

晚圃記　　王鏊

予初仕大理時寺正姑蘇列公約之與予僚寀多所裨益嘗造其室見有肅然其容蔚然其文者列座隅問其姓則錢而孟滸其字也乃常之臣族唐武肅王之裔今著籍長洲又聞孟滸涉獵經史精通繪事營以養親致聲搢紳間公之先人文恭先生聞之嘗館於貳室後予仕南畿孟滸亦嘗訪於寓舍比挾繪事來游於京甚有所獲歸鄉里辟地數畝於城憩橋之

南鑿池構亭蒔花卉培蔬果每春和景明群芳競秀衆香馥郁孟游則逍遥野服謳吟懊懊以自適及夫秋霜既肅則向之脆者堅而好華者斂而食橙黄橘緑畦蔬溪荇高者可采下者可拾孟游則邀朋速客觴咏其間談笑竟日其樂陶陶因以晚圃自號人亦以晚圃翁稱之去年春有南陽之行時籓府 唐王尚文喜賢聞孟游至特書晚圃二字遺褒潢成卷士大夫多咏歌以侈之未有記其首者孟游托寓速予言以弁其端久未復又書促之予惟物之囿於氣化猶人之囿於兩間於氣化者有春榮秋成之序囿於

两間者有少壯老成之稱故有圃之物苟培植之固人力之齊則秋成可望而人得以收其利矣人之生世苟能修之於少壯趨向之善持守之堅則老而有成而得以享其樂矣今觀孟游之立於身行於家而接人者循循雅飭則其修於少壯者可知矣而今年逾七十康强自如有子桓又善持己而精修世益日相遨遊況其子桓又善持己而精修世業見徵於朝將有禄養以及親矣孟游之享其成於晚年者為為何如晚圃之號不亦宜乎夫然則藩府之書士夫之歌詠以褒美孟游者端不負矣予因嘉之據以為

記弘治十六年歲次癸亥三月既望　賜進士第資善大夫南京兵部尚書參贊機務公安王軾記

晚圃歌　伊秉

華髮藍鬖籠席帽，半世丘園事高蹈。滿畦青甲長初齊，一點紅塵飛不到。令世於吾見古人，搰搰抱甕全吾真。苦厭桔槔作機事，肎紆紫綬勞心神。金谷風光回首廢，白露清霜賸幽致。菊徑不栽桃李花，蔬根勝似羔豚味。我愛此中樂事偏，願陪杖履相周全。醉君瓷甕罌中酒，共向藤蘿石上眠。

晚圃予曾大父孟澣所葺，在今慧橋巷

巫咸宅　　　　　　王　賓

舊說巫咸已上天，楚人歌裡亦千年。相傳住處今何在，一座青山縣郭邊。

巫咸宅按越絶書、圖經皆云虞山巫咸所居，舊志云在婁縣山下，今婁縣止馬鞍山，一無疑，巫咸宅當在虞山無疑。

太公石室　　　　　林大同

虛巖宛如室，空洞神仙宅。既非巨靈剖，何勞五丁鑿。閒門鎖薜蘿，寒烟縈翠幕。疑通少室山，或與紅塵隔。具瞻同廣廈，生民誠可託。大庇安如山，何愁風雨作。

太公石室在虞山室凡十所續圖經山東二里有石室范志太公避紂居東海濱常熟去海近或是

言偃宅　　周霞賓

列國推吞際人材北學難凄凉吴邑里悵望魯衣冠旧宅歸蓬顆新祠倚杏壇一橋通夾巷蔽井樹陰寒

子游遺址　　吴訥

句吴昔要荒僻鄙人不文叔氏豪傑士北學遊聖門身通列四科文學冠同倫井堙宅已荒橋巷名猶存至今里中子千載沾遺芬

言公墨井　　高啟

寥〻武城宰遺井虞山陰千載汲未竭九仞功應深藝圃自可灌道源誰復尋絃歌聽已歇綆看還沉無為渫弗食惻〻起嘆音一瓢樂未改庶幾回也心

言偃宅在常熟縣西今稱言公巷吳地記云宅有井〻邊有有浣衣石皆故物輿地志云石為太守蕭正德持去

范蠡宅　吳萊

漠〻寒雲隺影邊荒山故宅忽千年大夫已賜平吳劒西子還隨去越船白石撐空存屭屓青松落井化蜿蜒徒憐此地無章甫只解區〻學計然

又　　高啓

功名不恋上将軍一舸歸游笠澤雲載去西施豈無意恐留傾國更迷君

范蠡宅在太湖包山任昉述異記洞庭湖上有釣洲蠡嘗乗舟至此遇風止釣于上刻字記爲洞庭云在杜圻洲馬跡山南方十里多桑学菜果又前志云在東山翠峰寺

丁令威宅在陽山有丹井　　高啓

令威作仙上天去旧宅留在青山阿千年宅廢尚遺井何處更聞華表歌南陌黄塵足去客東流碧海絶

迴寉歸波重覽應惆悵地上丘墳今又多

又　　周南老

寉仙丁令威宅枕陽山陲仙化寉不返宅廢人已非餘遺丹在井口苔生衣丹光時夜發猶能照斕扉井月斛人籟寂寉自遼東歸為歌華表吟但傷知音稀

梅福隱居相傳在吴門西市　黄廷堅

吴門不作南昌尉上疏歸来朝市空笑拂岩花問塵世故人子是國師公

蔡經宅　　高啓

崑崙主者王方平身騎黄麟朝紫京舉手長辭漢公

卿得道不顧世上名，往来隱玄與朱明，洞中各有白玉城，絳衣游空擁幢旌，三山五嶽自按行，泠風吹連天樂鳴，瓊簫琅璈和鸞笙，羽衛蹙踏山海崩，龍車霍馭紛相迎，嘯呼神官走吏兵，魑魅罔兩號且驚，暫来經家駐雲程，人馬不見但有聲，虎頭鞶囊佩蒼精，神光爚然照軒楹，授以至言可長生，凡骨已作蟬脫輕，麻姑来會尋仙盟，芳姿娉婷似飛瓊，言從昔年宴蓬瀛，又見弱水三淺清，爪可爬背念始萌，仙意已識遭笞榜，餘杭阿姥酒罷傾，攝景忽去烟雲横，家人悲望空愽愽，桑田回首幾变更，神仙在世每自呈，凡夫不識等瞽盲丹元有田不解耕、但爱狗苟與蠅營榮華未滿咎責盈忽化腐鬼歸荒塋、金丹可學道可成木鑽石盤貴精誠誰能自拔水火坑、飛遊往来瑶樹英千載或有歸来情

又　　周南老

胥門一區宅居幽混民廛中有求道子骨相應當仙方平弭靈節揺響停雲軿麻姑適来會行廚進芳鮮若人、既委化虛形抱重玄胡為感外象背癢寧受鞭蔡經宅吳地記云在珠明寺西王方平與麻姑嘗過、其家

張融陸慧曉宅　王寘

两處樓臺一樣高空餘烟雨到今朝清心不見當時水楊柳名存讓未消

二宅並在承天寺其間有池〻上有二栁廬江何點曰池便是醴泉木便是交讓遜沛國刘璡至吴謂人曰吾聞張融與慧曉並宅其間有水此水必有異味命駕徃酌之曰鄙之萌盡矣

扈突明府廳　李白

陶令八十日長歌歸去來故人建昌宰借問幾時迴風落吴江雪紛〻入酒杯山翁吟已醉舞袖為君開

明府廳不知所在明府唐人以建昌宰休官吴中

韋承總幽居未詳其處　孟　郊

才飽身自貴巷荒門豈貧孟生堪繼相孟氏願依隣夜思琴語切晝情茶味新霜枝䲭過鵲風竹掃蒙塵郢唱一聲發吴花千片春對君何所得歸去覺情真

徐修矩宅　皮日休

東莞為著姓奕代皆儁喆強學取科第名聲盡孤揭自為方州来清操稱凜冽唯寫墳籍多必云清俸絶宣毫利若風剡紙光於月札吏指欲胼万通排未闋樓船若夏屋欲載如垤堁轉徙入吴都縱横碍門闑

卷十七　罒

縹囊輕似霧緗帙殷於血以此為基構將斯用貽厥
重於通侯印貴却金師節我愛參卿道承家能介潔
潮田五万步草屋十數楶微宦不能去歸來坐如刖
保兹万卷書守慎如羈紲念我曾苦心相逢無間別
引之看秘寶任得窮披閱軸閒翠鈿剝籤古紅牙折
帙解帶芸香卷開和桂屑枕蕪石鋒刃榻共松瘡癤
一卧寂無諠數編看盡徹或携歸廨宇或把穿林樾
挈過太湖風抱宿支硎雪如斯未星紀悉得分毫末
翦除幽僻藪滌蕩玄微窟學海正狂波子頭向中頞
聖人患不學垂戒尤為切苟昧古與今何殊瘖共瞶

昔之纂經史，有以傭筆札。何况遇斯文，之借不曾輟。
吾衣任鷇纑，吾食甘糠覈。其道苟可光，斯文那自伐。
何竹青堪殺，何蒲重好截。如能盈兩便，足酬飢渴。
有此競苟榮，聞之兼可嗤。東皋耨烟雨，南嶺提薇蕨。
何以謝徐君，公車不聞設。

和　陸龜蒙

嘗聞四書曰經史子集，爲苟非天禄中，此事無由全。
自從秦火來歷代，逢迍邅。漢祖入關日，蕭何為政年。
盡力取圖籍，遂持天下權。中興延嘉時，教化還相宣。
立后石刻五經，置於太學前。賊莽乱王室，君臣如轉圜。

洛陽且煨燼載籍宜為烟逮晋武革命生民終息肩
惠懷函寡昧戎羯俄腥羶已覺天地閉競為東南迁
日既不暇給墳索何由專爾後國脆弱人多尚虛玄
任學者得謗清言者為賢直至沈范輩沈約范雲皆藏書數萬卷
始家藏簡編御府有不足仍令就之傳梁元渚宮日
盡取如蚳蝝兵威忽破碎焚爇無遺篇近者隋後主
搜羅勢駢闐寶函映玉軸彩翠明霞鮮伊唐受命初
載史聲連延牴柱不我助驚波湧淪漣遂令因去書
半在餘浮泉貞觀購已遠蓬瀛漸周旋煜然東壁光
與月爭流天偉矣開元中王道正平〻八万五千卷

一一皆塗鉛案開元麗正殿書録云人間盛傳寫海内奔窮研
自云西齋書有過東皋田吾聞徐氏子矣世皆才賢
因知遺孫謀不在黄金錢插架幾万軸森〻若戈鋋
風吹籤牌聲满室鏗鏘然佳哉鹿門子好問如除痟
倏來參卿處遂得參卿憐開懷展厨簏唯在性所便
素業已千仞今為峻雲巔雄才舊百派相近浮日川
君苞王佐圖縱步凌陶甄他時若報德誰在參卿先

徐修矩宅未詳其處修矩思王府參軍世守書万
卷皮日休嘗借書

吳都文粹續集卷十七終

續集卷十八

長洲　錢　穀　叔寶　集

臨頓里十首臨頓名勝之地陸魯望居之不出郛郭曠若郊墅余每相訪欵然惜去因成五言十首奉題屋壁　皮日休

一方蕭灑地之子獨深居繞屋親栽竹堆牀手寫書高風翔砌鳥暴雨失池魚暗室歸山計村邊買鹿車

○●其二

籬疎從緑槿簷亂任黄茚壓酒移溪石煎茶拾野巢

靜窗懸雨笠閒壁挂焆匏支遁今無骨誰爲世外交

其三

蒴稀初上簇醅盡未乾牀盡日佃蠶母移時祭麴王

趣泉澆竹急候雨種蓮忙更葺園中景應爲傾辟疆

其四

靜僻無人到幽深每自知窪来添口数琴到益家資

壞塹生魚沫頹簷落燕兒空將緑蕉葉来往寄閒詩

其五

夏過無擔石日高開板扉僧雖與筒箄人不典蕉衣

鶴靜共眠覺鷺馴同釣歸生公石上月何夕約譚微

其六

經歲岸烏紗讀書三十車水痕侵病竹蛛網上衰花
詩任傳漁客衣從逓酒家知君秋晚事白幘刈胡麻

其七

寂歷秋懷動蕭條夏思残久貧空酒庫多病束魚竿
玄想凝鸐扇清齋拂鹿冠夢魂無俗事夜夜到金坛

其八

閉門無一事安穩睡凉天砌下翹飢隺庭陰落病蟬
倚杉閒把易燒朮靜論玄賴有包山客時時寄紫泉

其九

病起扶靈壽脩然強到門與杉除敗葉為石甃危根
薜蔓狂遮壁蓮莖卧枕盆明朝有忙事召客斵桐孫

其十

緩頰稱無利低眉號不能世情都大薄俗意就中增
雲態不知驟鶴情非會徵蓋臣誰奉詔来此傍妻肱

襲美題郊居十首次韻酬之　陸龜蒙

近来惟樂静移傍故城居閒打修琴料時封謝藥書
夜停江上鳥晴晒篋中魚出亦圖何事無勞置棧車

其二

倩人醫病樹看僕補衡茅散髮還同阮無心敢慕巢

簡便書露竹樽待破霜匏日好林間坐帽蘿僅欲交

其三

倭僧笛海紙山匠製雲牀懶外應無敵貧中直是王池平鷗思喜花盡蝶情忙欲問新秋計蓑綠一畝強

其四

故山空自擲當路竟誰知秖有經時策全無養拙資病深憐炙客炊晚信樵兒謾欲陳風俗周官未采詩

其五

福地能容塹玄關詎有扉静思瓊板字閒洗鐵節衣鳥破凉烟下人衝暮雨歸故園秋草蔓猶記綠微微

其六

水影沉魚器鄰聲動緯車燕輕梢墜葉蜂懶卧蕉花

說史評諸例論兵到百家明時如不用歸去種桑麻

其七

禹穴奇編鉄雷平異境殘靜吟封簶檢歸興削帆竿

白石堪為飯青蘿好作冠幾時當斗柄同上步綱壇

其八

強起披衣坐徐行處暑天上堦来閑雀移樹去驚蟬

莫問鹽車駿誰看醬瓿玄黄金如可化相近買雲泉

其九

野入青蕪巷陂侵白竹門風開栗刺沙淺露芹根高
迸鼠緣藤桁飢烏立石盆東吳雖不改誰是武王孫

其十

疎慵真有素時勢盡無能風月誰爲敵林泉幸未憎
酒材經夏闕詩債待秋徵秖有同居癖閒來對曲肱

臨頓里在城東爲吳中勝地陸魯望所居也
皮陸有詩十首咏之余卷次其韻蓋彷彿昔
賢之高致云　高啓

聞說橋東地高人舊隱居養生應有道覓舉絕無書
愛救黏絲蝶嗔驚出水魚時尋戴顒宅自駕短轅車

卷十八　四

其二

應愛山齋好秋風不卷茅鑿渠侵磴穴移樹帶禽巢
人世真浮梗吾生豈繫匏不逢皮從事誰結歲寒交

其三

載酒携山榼安琴製石牀晁眠皆傍母蜂去自從王
穀雨收茶早梅天晒藥忙不扶靈壽杖筋力老能強

其四

自少圖名意誰言世不知僧求開寺記客送買山資
細雨魚生子斜陽燕哺兒平生無事迫辛苦為尋詩

其五

斬伐憑樵斧經綸在釣車薄雲還露月小雨不妨花
酒債應多處詩名自一家虛煩時主召嬾脱故衣麻

其六

長物元無有何勞犬護扉借看高士傳學製道人衣
隐破容螢入船空載鶴歸定緣幽事繞不是宦情微

其七

澹泊心情在蕭踈鬓影殘引泉規作沼留笋待成竿
自诜沾泥屐誰收挂壁冠毛公新有約月夜礼天坛」

其八

沭罷便輕幘消揺咏晚天清風蘸病隺驟雨禁鳴蟬

旧史堆緗素新紅緑洞玄誰知城郭裡别自有林泉

其九

汩汩泉通圃蕭蕭柳映門折花摇樹影踏藕損蓮根飢鴨呼歸艦新蚕試浴盆屋前高石在知是鬱林孫

其十

茶祖催未得菊餌服還能行古時人笑文工造物憎貧留漁艇載老謝鶴書徵誰識先生樂悠然卧肱曲

臨頓里　周南老

吴館曰臨頓里巷因館名地偏足佳勝卜構居幽貞琴書樂蕭散軒墀謝驕榮鹿門隱同癖松陵詩屢賡

于今揔闥闔獨有槁庚〻過者爲歔欷猶能慨高情

幽居賦并序

陸龜蒙

陸子居全吴東距長洲故苑一里闔閼不通人事且欲吟咏性情曰燕居則仲尼有之曰卜居則屈原曰有之矣曰閒居則潘岳有之矣曰郊居則沈約有之矣既抱幽憂之疾復爲低下之居乃作幽居賦其序云

余少學窮立早持堅白其生也懸贅附疣其材也𢧵癭御痼居無養拙之資出有倦游之歎初張蓬矢嘗逞志扵四方末佩　敢違仁扵一旦雖家風未泯

而世德全袁門等韋平材蕪覬邴激清芬而鎮俗追
雅望於圖形荀勗乃天下表儀裴秀為朝端領袖朱
輪十乘紫誥千篇炳若星辰煥乎竹帛俯觀圖諜謬
辱孫謀五鼎蕭條賜書零落漆工酒保幾欲沉淪故
粟空桑屢膽摧折劉毅俱無擔石之儲許邁許劉起
詢但有山水之志思鑿坯而遁聊倚樹而吟師道氣
於龜賜扣兵鈴於魚腹窮年學劍不遇白猿隔日伏
痁未逢黄鐲止則蔑墻艾席行則葛履柴車仲宣方
既於棋枰夜還眠於蝦竈既知草知晦朔木讓榮叔
枯曰推墨別為三始悟儒分至八何晏之言道德不

及王生鄭玄之注春秋才同伏氏初陳梗槩漸入精微探桓範之智囊掘張憑之理窟遺其耳目然復為之聰明差若毫釐焉足言乎大小加以病惟鬭蟻力止戢鐔簾幃非翡翠之榮鍾鼓豈鶢鶋所樂退惟衛泌毗必切聊以棲遲建一畝之宮忝稱儒者置千金之產雅叶中人晏子以嚻塵可容曹公以泥水自蔽羅含宋玉嘗若出於荊蠻蕭相武侯亦潛居於僻陋揚德祖家惟弱栁殷仲文庭只槐枯馮列薑辛繁欽蕙碧精安有稻名半夏藥號恒春長榆亦降星修竹乃生雲母潘岳館裡嘗聞柰素瓜甘庾信園中亦話棗酸

梨酢（且故切）切觀笛咏惟尚清風今古攸同聖賢何遠仲
武游於沛澤伊尹耕於有莘子欲無言回不願仕神
交六位方為賣卜之人歌動五噫始作賃舂之客況
布緺綸帽尚足朝昏羽扇貂裘猶世寒暑得以書抽
庙僕射用牛螉自理茶租閒披釣褐經稱小品還下
二百籤賦謂名都略點八千處下問得犁塗之義淥
聽聞想怒之詩既已逢原遂成摛翰非曰授簡初擬
遺鞭不能粉飾大猷且用玄黄稗説貽於好事希從
得意而傳責以壯夫甘受子雲之笑賦云
泰伯勾吴通侯旧里地接庙近門臨雀市比顔巷兮

非陋方賜墻兮猶峙樂令有名教之樂必以仁行莊生乃道家者流咸從達起彼既得矣余何謝爲欲神游於浩氣法天隱於遺編魯仲孫衣疋七升之布樂武子食無一卒之田賤不容憂貧惟可賀冥心而姑務藏疾卷舌而誰能擊惰爭先敢脫乎半車自給方營於馬磨噫秦時巨命競作帝師吁漢末遺臣皆稱王佐吾爲用此僕病未能藝合慊求解表之力餌陂鳌明攻冷之懲悲少歌於趙壹喜長嘯於孫登万古騷人遠追乎橘浦百金獻事近出於松陵亦慕偷桃還怜嗜芰何悲尺蠖之屈未損丈夫之志投簪隱

几聊思夷甫談玄搦管彈毫聊效文通奏記夫靜者
躁之君名者實之賓進不參乎多士退宜追乎逸人
頌厥土之三讓託高風之四鄰總陸燥濕稍遠囂塵
以日繫時且復窮於魯史穿池種樹正欲類乎齊民
室乏崇垓墉非縮板因坎窞以為洫謝蒙龍而表限
孟介無是非之心阮籍能青白之眼龜狀鹿幘訝將
隱兮何遲椽飯菁羹笑謀生之太簡是知名安可釣
筆不堪耕有白鳳之才乃先為贅客有雕龍之辯然
後為狂生雄自投而幾死禰流慟而將行外釁方施
孟子虛陳乎仁義中謏既勝韓非徒恃其縱橫況復

支離壹鬱侹陋蹇吃才甚微而寡文體素羸而多病
險鏗藥銚披曉幌以皆来徐邈酒鎗擁寒爐而必出
自然忘物我混窮通將大宗師理叶與　貞宰情同
優游塞馬脫落冥鴻竊慕王晞眷戀於芳辰美景深
符謝眺留連於明月清風得不分畸岍而餙荒臺輟
金錢而貿佳樹蓴絲兮欲流千里草帯兮初圍十步
頳垣抱碧無非海髮山衣暗座飄香盡是松肪桂露
加以籬边種菊後堂生萱覆林之新桐乍引臨牕之
舊竹猶存花妨過帽抑礙移門夢去而雲遮洞絕樵
歸而水遠孤村過境逍遥就魚鳥之性樂閑襟散誕

見羲王之道尊罕濯玄泉屢游庭苑憂廢度而將落
懼無文而不遠豹管闚羊岐忘返搜束晳之三缺
補陳農之遺遁梁世祖府充名畫或得奇蹤任敬子
家聚羣書率多異本何嘗彷彿莫究分毫徒羡玉杯
珠柱(上書名下琴名)之號美象格犀簪之態高寧容朴野不
称蓬蒿悵殘編之未搆奚雅具之為勞況乎栖平蕪
古木之地壯披褐擁篇之事宜其綷合巾箱藤交餅
笥炊粃糠以為食割匏瓢而為器荷篠而行攓梧而
睡妖寧勝德休占貫誼乗壓醉可全真但舞王戎如
意其間豁爾此外蕭然姜肱則惟眠一被江革則還

甸夾毡望夫子之門墻仍過數仞顧先生之履襪不啻僂穿敝驚時而獨行聊收視而返聽豈可浪發志闒虛搖譚柄夜將半而誰客月每旦而誰評去声清言不屈孫劉寧減於中軍善講無窮支許那輕於小令或抽易軸或叩玄端演精微於簡易甘澹泊於危難澄如上水昃音測若長竿與去声牛心者赴敵持麈尾者登坛交衡而矛戟初利頓挫而風霜正寒與公雅韻仲祖旁觀始信何才當指地於丞相方知習捷抗弥天之道安彼濩落而無容且蕭條而高寄兼耳目以感外昌泣園之足貴幸春物之向榮列天姿而見遺陰

者負而陽者勝孰謂兩儀孱者緩而腴者先奚云一氣真宰難問洪鈞肯亩人間未適象表何求縱使陶烔霞而傲睨騎日月以嬉遊秉剛直上躡景冥搜縱橫兮四海飛揚兮十洲閱仙苑之琅書安能解愠傾洛公之金醴幾得銷憂不假大招寧馳別籠悲故鄉之何在望平原之無極（陸御在平原乃遠祖所封之地）歎鍾阜之沉光向漁樵而騁力庚桑有道猶居嵔壘之顏接輿佯狂亦取枇（音椿）櫨之食徐誇下舍陶愛吾廬上法於陵之畦圃旁分建業之村墟時葺殗堞自把渠疏友之惠施莫解連環之義醫無文摯誰知方寸之虛存其

道而或通失其居而或旅才將命兮坎窞性與時分
兮丼齟齬閒游廣澤頤學弋於蒲且作弋弋或終蹈滄溟
更移家於苧嶼夫動以勞吾身靜以沐吾神茍能推
於用舍自足究乎天人思誕於窮檐何辭井臼不任
求容於側徑何患荆榛湛沉音冥者朴素之源毀譽者
浮華之轍著名聚雪仍招死艸之譏琴觽落霞亦被
枯桐之說值聖則幽贊成功逢賢則雅音攸發同於
德者大亦宜然殷宗命相於嵓下周武迎師於渭边
有東山北郭之風緫能養素有佐（左）車右侯之計未足
圖王嗟浩嘆而哀吟畏蘭凋而蕙歇清尊方灩於瑶

卷十八　十一

水寶瑟坐凝於華月歸田少接猶疑斥鷃追飛羽攏
相逢可謂蕪菁唐突
陸魯望宅在臨頓橋又有别墅在甫里躬耕於此
有地數畝有屋三十楹有田奇四万畝其居後爲
白蓮花寺建祠堂塑像祀焉

酉室記　　江公望

王聖時吾畏友也有室曰酉誘予記之室無方不以
西名室非時不以秋名非色也不以白名非聲也不
以商名非味也不以辛名象數之所不能該也兌不
得而名流動非氣也堅利非物也金亦無所名焉是

七者酉屬也散一為七名体各足合七為一旦然一
室方其日薄虞淵行龍遯藏獸萃鳥下百二入息吾
聖時磅礴於無限逍遥乎其中隣烛光謝石爐燼寒
上下一色四方易位蝙蝠野鼠飛走竄伏同會於寛
閒廣莫之地而自得樂也凉秋九月予將訪吴門頤
從公游而為公記其屋紹聖十六年七月釣臺江公
望書

酉室王伯起所居伯起字聖時楊邦弼序其詩有
云伯起受經於王臨川學於曾南豐遊於曾宣靖
公父子間諸公皆推挽之年未及衰一旦弃去卜

居吴門獨處一室扁曰酉室日焚香燕坐於甚中其所爲詩若干卷號唱道野集

張處士谿居　　王禹偁

雲裡寒溪竹裡橋野人居處絶塵囂病来芳草生漁艇睡起殘花落酒瓢閒把道書尋晚照静携茶鼎洗春潮長洲懶吏頻過此爲愛山園有藥苗

寄鍾子充　　錢厚

倦倚吴門思泬寥懷人清致滿詩瓢池塘芳草夢初斷風雨落花寬正消一百五日寒食節二十四浦春江潮遥知藥圃晚經劚舍後蘼蕪添緑苗

鍾子充隱居旧志弗載以錢孚旴寄詩推之恐隱
士鍾璇子孫也

賢行齋記　朱伯原

德祖少而警敏生數歲其伯父今天章公嘗獲一鑑
背題龍朔德祖在旁曰此唐太宗時所鑄也子中奇
之他日諸父有所見問之即對皆與史合孔常父掌
楊州學德祖年十七試為諸生冠會神宗初罷尊號
坐客或論尊號之所起德祖避席曰宇文周宣帝生
號天光唐高宗自稱天皇自是美称寖多矣常父即
取筆札命書之擢為都講辭不受元豐中試大學博

士第一司業博士以為三舍之置未有此作也厥後
試二浙江東漕司嘗在魁選又用賦舉開封名第五
而連見黜於礼部一時諸公幸得之以為功見其失
也莫不驚愕嗟惜烏乎近世以糊名取士雖曰至公
其弊至於失才如此可為太息先公太僕當任子德
祖以遜其弟碩孺太僕不許德祖即取奏牘以碩孺
名上之會有詔任子必以長幼為之序德祖貽書諫
官曰某當以廢疾自弃矣是時岑嵓起仲子尒推與
叔弟德祖聞之諗起嵓建請乃得改法碩孺遂得入
仕太僕捐館河東號頓幾不勝間關扶護下太行而

歸未卒哭葬吴西山所以奉親終顯親之事無不自竭鄉閭敬服其平居論議必以帝王之佐爲師而頗喜賈誼汲黯諸葛孔明魏鄭公之爲人其志可知也

賢行齋在大雲坊林慮所居朱伯原記

壽櫟堂午坐　范成大

屋角静突兀雲低鴻濛殘葉颭疏雨孤花側凄風氣

北窓午睡起一笑万事空無人共此意苔階咽微蛩

壽櫟堂枕上

禪牀初着小山屏夜久秋凉枕上清繞鬓飛蚊妨好睡卧聽簷雨入池聲

范村午坐

好風入脩篁槁葉舞，而隨斷續一蜚吟高下僊蝶過䟽樾午陰圓靜極成痴坐老使几杖供慵嬾誦弦課蒲團輭易暖困来百骸情四傍無人聲誰驚短夢破、

范村雪後

習氣猶餘燼鍾情未濕灰忍寒貪看雪諱老强尋梅熨貼愁眉展勾盤笑口開直疑身健在時有句飛来

賞海棠三絶

芳春隨分到貧家兒女多情惜歲華聊為海棠脩故事去年灯火去年花

燭光花影兩相宜占斷光風二月時但得常時妃子醉何妨獨欠少陵詩

憶向仙華夜倚闌花光妍暖月光寒如今蹋颯嬿風露且只銅缾滿插看

范參政府在西河上文穆公成大所居有壽櫟堂其南有范村以唐胡六子涉海所居為名中有重奎堂奉孝宗御筆傍有便坐梅曰凌寒海棠曰花仙荼蘼洞中曰方壺衆芳襍植曰露雲其后菴廬曰山長具見公所為詩

和章秀才北城新圖　范成大

方游桃花隝窈窕入壺天碧城當嵒岫清湾如澗泉
風月歛無價聊費四方錢雪後春事起紅雲蜂蝶边
又
西城如西塞桃花古来多鈎艇鱖魚肥前身張志和
烔霏幾白鷺風雨一緑蓑清江韻新引清絶勝陽和
北城梅為雪所厄
凍蕋枯枝瘦欲乾新年猶未有春看雪花秖欲欺紅
紫不道梅花也怕寒
章氏別業在閶門裡北城下今名桃花隝當時郡
人春遊看花於此後皆為蔬圃間有業種花者

李重發隱居在崇明姚劉沙　重發詩

松竹一節廬其間隱者居無營心地靜懶出世情疎奉母甘蔬食呼童課古書自知生理拙未敢廢耕鉏

嘉樹堂記　楊維禎

吳之練祁有隱君子家為恕齋强氏其先八世祖贇自汴居吳遂為吳人手植嘉木一本在中庭俗名皁角者其根柢貫堂背枝葉輪囷蔽風暑實挺然資繅雪服食之用色理堅緻而不為螻蝗所近其越歲已二百餘幹益碩大枝葉花實益茂美於是强氏子孫蕃衍亦且六百餘指而有食君之祿者矣予與恕齋

為昆弟交過其家見其樹而知其先德之覃于后者未已也恕齋持觴為余壽且請記余聞諸傳季孫宿有嘉樹為韓宣子所美吾不知其樹何樹也宿曰敢不封植此樹以無忘角弓之詩遂賦甘棠夫季氏子孫為魯公室斧斤樹之封埴其敢比德召南哉宣子蔑魯媚季其得果名嘉樹乎嘗論世澤於甘棠之後若孔子之檜下為田氏之荊王氏之槐是已此非其子孫一時封植之勤也蓋一本之深百世之下固若有神明護持之力在焉吁非偶然也諗矣孔子之檜吾不得而見之得見如田氏王氏亦可矣若今強氏

之植非可續王氏之后者乎非所謂嘉樹而有田氏
光於傳者乎抑聞前人所種期收於後後人所培又
以固前人之本恕齋伯仲皆清修好學尊德而尚義
周人之急窘至於捐金粟以助國家荒政利祿之心
未嘗入焉輔廷業已表其宅里其於樹所培者厚矣
前人植之後人培之一元之氣維貫百世而可矣豈
直八世十世而已哉后恕齋之后者尚以余言勉之
於是乎書為強氏嘉樹堂會稽楊維禎記

文會軒記　前人

士大夫能成天下之風俗風俗不能病士大夫此天

下之名言也林宗之巾為雨墊人折角以效之安石之詠以鼻疾人亦掩鼻而效之士大夫之聲服係於俗者如此况其下者乎具區之東瀕海之壤其地卑薄俗習多輕浮險急民之秀不入刀筆胥則养睢眦從游徼習狐貍戎行閒者亦測寄跡老釋氏以陰結勢利閭有衣冠族子弟與海内名距游其行藝古茂始一洗旧俗則知輕浮險急者不能為之病祁之大族為嘉樹強氏強氏之秀而傑為彦栗自蚤歲有奇氣遊京國見東閣大臣及一時搢紳先生業將上書見天子值兵變歸々還先廬於城南傍孔子廟學觴

豆燕集日與佳士以唱和為事至郤聲樂繼筆劄以
程之又不遠道里拓致名師儒生文評以課文會其
卒作文風非惟丕變陋俗而賔賢能者實於是乎資
焉士大夫之家若嘉樹氏者其文雅嗜好不成一時
之風俗乎彦栗屢觴余為尊客觴徹出所會文詩請
評於西軒〻未名請於余遂命之曰文會而友為之
記彦栗名坦至正間授從仕郎平江路常州判官以
侍親弗行親為嘉樹老人云至正辛丑正月進士楊
維禎記

如意堂記　卷十八　大　　徐有貞

如意堂〻者吳儒生杜子用嘉奉母之堂也盖杜子迺生而喪父其母顔氏寡居守志手箴繭機杼以鞠育而資之學杜子之克以成立率由其教也及杜子之作斯堂也庭有嘉草生焉其花迎夏至而開及冬至而斂其莖葉青〻貫四時而不凋也杜子之母每愛而玩焉曰之草也幽芳而含貞殆如吾意也於是杜子喜曰吾奉吾母惧無以如其意而之草也如之吾母之言吾可以不承哉乃以名夫草也又因以命其堂而賦之三吳士大夫凡與杜子游者咸相與和焉以傳于人〻東海徐生聞而歎曰杜子之母其知

盡母婦之道矣而杜子亦可謂能子也婦以不二其夫為貞母以能教其子為慈子以敬承親志為孝母子能如是足書矣抑予聞之凡人之觸於物而有感者必以其類非夫動乎物也亦其志有在焉耳故勁草之感忠臣鳥鳥之感孝子烈風之感義士皆志與物類是也惟夫婦人亦然若衛共姜之賦栢舟寡陶妻之歌黃鵠其貞順純一之志往往託物而見焉今杜母之愛夫草也其志亦猶是已夫其花之于夏至而開者順陰道也于冬至而斂者避陽道也其莖葉貫四時而不凋者秉貞德也處陰道而順以貞寔節

婦之類烏且不生于他所而特生于其庭爲尤異矣意者天以其旌夫母氏之節也歟天既旌之人有不旌之乎其將至矣歲戊午冬十二月己巳日朝庭果下詔旌其門云

詠春齋記　　俞貞木

儒以毋追以爲冠逢掖以爲衣沈酣黄虞詠游姬孔其所居齋廬敷筍席據梧几函大中緪朱絃瑟一有客過其廬闖之曰是南園之居也乃下而入謁先生竢于垣之扉髙㮚婀娜拂人衣裳黄鳥相下上或翔而革或躍而鳴泠然有醒乎耳爲晋于扇之閾豐

草披靡嘉花苾芬白者朱者絢且綺者秀綠以藉之甘寒以膏之灑然有沃乎目焉乍于堂之階客主人拜稽首琚珩璇如跪起睥如為席坐東西條風時如水來煦客而燠體沖然有融乎心焉先生乃援瑟鼓之為之賦考槃客曰裕哉其順乎處賦伐木曰諒其同人乎賦旱麓之三章曰道其全矣夫不囿乎人游乎天瑟且希客起再拜且觴以頌之曰維本始之萌翕闔闢絪縕或磅礴以地或崑崙而天橐籥衆萬芸芸芬〻鶱而于雲詠而于川何物何我陶然一春弁而五六士卝而六七人浴沂以嬉風雩以歸而木渢

渢而樂怡〻匪列御風匪周觀魚造物者為徒而曽晳子與居舍曰詠春其㫖以名先生之齋廬者哉

端居室記　前人

端居室者山人俞禎讀書寢處之所也禎幼尚澹泊於世利紛華無所嗜嘗讀書必㝠心端坐以求其理趣因嘆曰學所以適用也不仕則無以及人乃習舉子業將以明經取科第既而惕然曰改學為己知在人何以投以世為哉於是悉弃所業潛心蒙冡一室之間左圖右書莫然外慕乃題其顔曰端居夫學須静也惟静可以觀万化之妙端居一室以拓充吾方寸

焉雖天之高也吾不知其為高地之大也吾不知其為大至於山河之崇深吾不知其崇深也反而觀之以吾眇然之身而處乎天地之內涵融自得浩浩焉混混焉不獲其人不見其身會彼之万歸此之一可默也而不言也室云乎哉因疏斯語於辟以識名茲室之意

盟鷗軒記　　　　前　人

旁蘓城郡之西南際野水有林木焉其廣袤不知頃畝空濶葱蒨遊者自能道海鳥泝而翔集之林木不見層軒數楹者山人俞楨之居也山人自顏其扁曰

盟鷗須予記鷗不待盟也盟鷗〻將逝烏人惟忘其機也故鷗從之機事一　鷗舉不暇邀而盟之鷗豈茍哉況盟非美事刑牲歃血要明神而誓之以合其交初非有誠信也口血未乾從而背之生隙長亂莫甚於君子之有盟夫豈得已哉且夫有機則疑機此忘何疑〻而後盟不疑何盟〻何補於疑哉忘其機而已矣吁山人之盟鷗寓言也山人之不得已也吾聞山人於世故泊如也何其利於鷗〻出沒滄波万里莫馴亦何求於山人鷗從山人之忘機山人忘其機而從鷗機交相忘何疑不疑何盟孔子云吾非斯

人之徒歟而誰歟山人學孔子者也其盟鷗豈得已哉使百世盟豈盟鷗也鷗盟則舉世之人皆不足與盟矣世皆不足與盟鷗何爲匪鷗則盟鷗將乞盟

詩　　鄭元祐

先生注易隱南城激石松風荅磵聲式玉式金王度在一寒一暑歲功成要參未盡須心悟紬繹群疑貴理明蔀屋見星元星晝寰瀛揆地可無程義精詎忍辭捫舌樂大何妨枕曲肱雨露每滋庭草綠雲霞不礙晚山橫成林詎舍千章木求友難忘百囀鶯歲月推遷陳跡在啓蒙常憶酒同傾

石磵書隱石澗姓俞名琰字玉吾號石澗所居在今府學西中有詠春齋盟鷗軒端居室皆玉吾孫貞木所作貞木孫振宗又作九芝堂今皆廢爲菜圃

附倪瓚端居室詩

五畝幽人宅端居思泬寥圖書充棟積心跡去人遥卷幔松風入當堦蘭雪飄善取顔子意陋巷樂簞瓢

耕漁軒銘　　唐肅

軒之幽繹耒而休其樂也由之軒之泰援竿以愓其樂也洩之朝華其宫莫或易而翁昨㫰其食今或虧

其骼〻勿舍于田勿忘于筌于以老于軒

于既爲良甫友契作耕漁軒圖復爲之詩。

倪　瓚

鄧山之下其水舒〻林廬園圃君子攸居載耕載漁

爰讀我書唐虞緬邈悕矣其悲棲遲衡門聊得我娛

敬慎誠篤德罔三二四勿是克三益来萃彼溺于利

我以吾義彼弃慒頑我以仁智匪今之同惟古是嗜

盧徐逍遥隱約斯世

前

溪水東西舍山家高下居琴書忘産業踪跡隱樵漁

積雨客留宿新晴人趣墟獸喧来洗耳清泚遠前除

朱澤民為徐良夫耕漁軒圖　前人

寂〻谿山面碧湖輕舟炯雨釣菰蒲曉耕雲際看雲起夕偃林間到日晡漢書自可挂牛角阮杖何妨挑酒壺紅稻西風鱸鱠美依〻蓴食待樵蘇

七日訪徐良輔（夫）十三日至七寶泉上及暮舟還宿漁耕雲軒二首

來看城西十月山桂花風起碧巖間扁舟夜過溪東宿七寶泉頭日暮還

桂樹窗間臥看雲風吹花落紫綸巾偶来山廨餌蒼

朮又泛江波釆白蘋

春日過鄧尉訪良夫士平　王　璉汝器

伊余蹇世用野性遂成疾欲追古人蹤忘此山水癖
茲晨屬休暢曳杖窮閱歷憩息嘉樹林逍遥美泉石
洞庭縱矚覽鄧尉屢攀陟平湖泛晴緑青苔印行跡
雲霄曠清溪烟霞閑幽寂愛茲風月佳樂與禽鳥得
宛彼二三友獲此竟晨夕興盡復言還賦詩寫良覿

和前韻　徐達左

之子閟閑門獨抱烟霞疾豈無高尚心復有詩書癖
誕宕意茫茫稽古心歷歷乃與茂叔孫結交比金石

良辰共携手佳山每登陟徜徉過禪居路躡麛鹿跡
空山春欲歸花落鳥聲寂既感同氣求何嗟晚相得
野肴具杯酌高論倏竟夕分手含餘情清秋重相覿

訪良夫徐　虞　堪

鄧尉山中春雨餘高人開軒方讀書力田歸來飽炊
黍垂釣徜徉多得魚水清白石爛歌濯纓兮夜滄浪
和旦謂我棲棲澤畔行空役長吟歲將晏

周　砥

夙存邁往志結茅依山澤不辭沮溺勞更慕濠梁逸
既耕亦以釣四體怀嬉息新稼登場丘嘉魚薦晨夕

菸嘗無足患喜復留我客野田荒烟翳平湖漵景寂
開襟睇孤雲窅然無遺跡緬惟高世士何嘗異今昔
識達理自周情恬慮非易念予屬紛糾抗俗頗有適
束帶趨城府愧予尚促戚百年誠草草會當從茲役

高啟

朝聞孺子歌暮聽梁甫吟豈無滄州懷亦有畎畝心
昔賢在泥蟠終當起為霖釣獲溪上璜鋤揮圃中金
茲世方喪亂伊人邈難尋既迷烟波闊復阻雲谷深
嗟我豈其偶聊將學幽潛唯予是同袍相期清渭陰

又

張羽 一作揚基

之子住銅坑人傳好事名如何同甲子翻遣昧平生
野岍風中釣湖田雨後耕秋天澌　冷或可赴前盟

又　徐賁

荷鍤喜逢春雨鳴櫛又近黄昏誰道南陽渭水不似
湘江鹿門
門泊陶朱歸棹家住故鄉霜落鱸魚出水秋晴張翰
嘉穀登場

耕漁軒在光福徐良甫作良甫有文學所交皆名
士為題咏者甚多

水竹居記　俞焯

洪範五行其一曰水其所以相生者不曰金邪然浮天載地水之為物至巨也世言河源與天漢接所以洩於尾閭洄於沃焦者抑豈五金所能生哉惟蒸而為雲霈然以雨也實乾以氣化之故乾為金而凡火日形氣麗於木者多由金光而変幻之雷電亦然耳故金鎔化而為水水非火所以制範而合之非如在水火土木著壞相也植物在震曰蒼筤竹一切草木卒由子種而生惟竹處中而有筍驟長而不積於漸抱籜而乗氣猶胎也走根而生不擇地也雷以声之盤結而旅處之區別於草木之中其性其情為化木

卷十八　廿六

之走者受氣於天者正故貫四時而不改柯易葉也受命於地也獨故既斬而不復萌焉無求生以害仁也移根必南枝也凝陰而不受暑也義也謂其秉震長男之氣一以清凉而卻俗塵者竹耳勉之曹君以之而名其居所以得凡而止者德日新以體聖之情如見成湯與夷齊也

水竹居詩　倪瓚

吳下人家水竹居俞公染翰笑談餘記文固已瀾翻甚嘯咏還當雨霽初篇什謾陳勞組綉園池無復有禽魚只今蕭散南湖土種玉疏清就侮予

曹謹字勉之隱居在吳江國初本學訓導所居有
水竹遂名其居

玉山佳處記　楊維禎

崑隱居顧仲瑛氏其世家在崑山之西界谿之上既
與其中為西第又稍為園池別墅治室廬其中名其
前之軒曰桃源中之室曰芝雲東曰可詩齋西曰讀
書舍後之館曰碧梧翠竹亭曰種玉合而稱之則曰
玉山佳處也予抵崑仲瑛氏必居予佳處所按郡士
崑山縣亭華陸氏祖所空生機雲時人因以玉出崑
而名崑山邑山本踊馬鞍出奇石似玉烟雨晦冥時

有佳氣如藍田焉故人亦呼曰玉又曰崐而仲氏之
居去玉山甚遠奚以佳名哉山之佳在去山之外者
得之山中之人未知也如唐之終南隱者與司馬道
人指山之佳身固在山數百里之外也雖然終南之
最佳處
終南之隱者未知也借佳為捷仕之途千古慚德至
于今山無能揜焉若仲氏之有仕才而素無仕志幸
有先人世禄生產又幸遭逢盛時得與名人韻士日
相優游於山西之墅以琴尊文賦為吾弗迁之樂則
玉山之佳非仲瑛氏弗能領而有之與終南隱者可
以辨其佳之誣不誣矣

玉山草堂在崑山元顧仲瑛所居有小蓬萊芝雲室可詩齋讀書舍来龜軒拜石壇碧梧翠竹種玉亭湖光山色樓百花坊其總名曰玉山草堂仲瑛好文喜客楊廉夫諸多遊其家國初從其子元臣還鳳陽

附吳國良過玉山堂轉附長句　倪瓚

玉山樹色隱朝陽更着漁庄近草堂何處唱歌聲欵乃隔雲濯足向滄浪珍羞每送青絲絡佳句多投古錦囊幾問棹船尋好事辟疆園圃定非常

蒳溪草堂聯句會者五人徐武功伯有貞祝

卷十八　廾

大參顥馮憲副定劉僉憲珏都憲公雍

葑溪古無名，得名自茲始。作堂惟一韓貞有覽景具諸
美山川何蔚然靈秀寔鍾此顥東迎滄海濱西接太
湖涘定獅峯南面蹲虎阜北窓峙珏波光動園林野
色到城市顥池深魚影晦林密鳥聲喜雍天潤飛
閶上下契心理貞有往古與來今左圖而右史定豈惟
賢主樂亦有嘉賓止珏廣席羅珍羞飛觴戰壺矢雍
美髯松水鱸果薦華陽李貞有獻酬心孔歡歌咏情未
已嗟予苦衰遲避俗隱桑梓群公忽枉駕感激欲輕
死況辱聯佳章足與風雅比閗雞不須言石鼎何足

齒行當勤貞珉傳播千万禩雍

韓都憲宅在葑門内公既貴歸吳治宅而居溪流環繞宅東有園作堂于其上曰葑溪草堂

三辰堂記　吳寛

維　皇明以經術取士士之明於經者或專於邑若莆田之書常熟之詩安福之春秋餘姚之礼記皆著称天下者易則吾蘇而已蘇之易始於顧順中先生一時游其門者出則取科第以其經轉相傳授歲久師弟子益衆延及他郡莫非出顧氏人方先生為漢楊何云先生諱巽順中其字嘗登永樂甲辰進士弟

後十二年爲正統丙辰，而其子今贛州守雎字德明者繼之；又三十六年爲成化壬辰，而其孫今工部郎中餘慶字崇善者復繼之。世三榮顯，歲適皆在辰，人以爲異。贛州公乃以三辰名其堂，而工部以予有鄉黨之好，且同年也，請爲之記。予因嘆曰：顧氏則異矣，而其盛豈獨蓋以於蘊人哉？粤自　國初詔行科舉，每三歲一行，其後或不行，迨永樂甲申至於今日，行之皆如制，殆三十科。于此可謂久且數矣。然方州所擢，其少者科止一二人，若陋邦僻邑，至未嘗有薦於鄉之士。文教之行，經術之明，其難也如此。而顧氏上

下五十年前後三世皆有其人此其盛豈獨益於
蕪人哉夫今固有兄弟同升者然其盛止於一時不
若父子相繼之遠況又繼之以孫者乎豈有不偶然
者乎蓋事之来也有自德之發也有時先生之學固
良然聞其先有隱德始於其身發之而又不及授政
以沒後僅以贛州公嘗任御史獲贈如其官宜其復
發之後人也惟公昔有聲憲臺及出守大郡惠政在
人今工部以明敏勤慎為　朝廷任用方奉　詔行
水淮濟間且有利益於　國後世之登第者不必以
辰而異也將有蒙其澤謐之而益盛者乎

三辰堂乃贛州守顧睢為之為其父巽永樂甲辰科本身丙辰科其子餘慶壬辰科故也

礪菴記

前人

世之夸者待其身甚美自以為人不可及卒之終身無一德名世以及乎人者惟賢者不然往往以樸陋頑劣自處蓋非甘為庸人之伍其心誠不滿假惟見人之美己之惡歉然如無能之人此德所以日進而人所以賢也歟礪為悍石則貞樸陋頑劣之物昔之好石者不以為貴君子獨取之以自況烏毛君貞甫自為諸生已有賢名及登甲科表然進士之列人尤

材之頎其意未嘗一日足也乃以礪名其菴居而以為號及是拜給事中將之南京來請予記夫石以堅為材彼之奇巧秀潤者非不可愛然多不適於用礪固悍石其質雖麄而性則堅惟其麄且堅也物之欲成器者反以資之詩所謂他山之石可以攻玉是也玉物之至美者猶資於礪非礪則不能以成器礪之為用亦切矣是可與他物之不材者並論耶然則貞甫之去而入官也豈惟使朋友寮寀資其德而已朝庭以笛務見屬其責任不小將上有益於　君下有利於世又如書所謂若金用汝作礪者乎蓋以礪

自處貞甫不以材美爲夸若可鈌者孰知人方以林林美資之有不可鈌者乎吾於貞甫斯文之契至學者敢以是以告之

礪菴在閶門下塘都御史毛珵所居也

拙政園賦　王寵

侍御王公敬止世吳人也寓籍于燕弱冠登進士官侍御史出按遼陽以不阿法抗中貴謫上杭丞再丞崕之都許驛徙知永嘉判高州竟致官歸吳爲公疏朗峻潔慱學能文辭遇事踔發當不：路意三投炎海筆儼然柱下有古直臣風十、不當　孝宗朝裁冠簪

折翼而下可畏哉戒途之難也公則茫然若遺逍遥
以嬉乃築室闤闠之城背廨市面水竹軒蕪糞莽取
勝自然頗愛潘安仁閑居之篇附于拙者之政寵遂
賦之以歌厥事爲其詞曰
蹇蹇之王臣秉靖恭於爾位企遐風於往哲干青
雲而高議際明時以自奮謂諤諤其無　冠切雲而
直指惟一人之余媚鏌鋣利而鈆刀揮毛嬙都而嫫
母恚信人情之翩翻羌愛釁其奚自睇天門之遥遥
臣得罪而去遠狺犬吠而掉尾虎磨牙而蹲踞快一
斥之不復薄炎荒而窮馭占巫咸兮則曹決唐生之

卷十八　三二

猶豫爾乃税鞅故國徊翔首丘豈宇宙之逌遥何余
栖栖而倦游我蔭有廬我耕有疇彼季子之奚人逃
卷衣於長洲洵伯通之不羈賦五噫而聿道徑山川
之故壚眷君子而夷猶撫佳木之蓊翳接吳會之長
洲羅以園言旋于休乃有滄浪之地夢隱之樓臺以
以遐觀堂則若墅竹栢潯真橘柚皇樹郁李張梨櫻
胡棠棣菡萏荼蘼冄瓜綠芋蘂實駢羅溝塍錯互於
是風妍景熙六合澄朗時鳥變聲鮮雲如掌曳山簡
之接䍠披王恭之鶴氅良儔言集恣意偃仰修山陰
之故事和蘇門之遺响朱果在橘䅿鱗揺綗醽醁載

浮圖書弘敞信巧拙之向居諳玄心於天壤眄鴻飛之冥冥知下上之決漭彼爰居之逍遥奚鍾鼓之為响吸元化以潛神嗽瑶津而獨徃永窹歌於聖朝錫萬年之鳩杖

寄王侍御敬止　前人

先皇法從臣海外文章傳宫袍錯落紫麒麟曾是諌草天南魑魅識星辰荊蛮流寓真吾士燕趙悲歌見古人渌水名園春更好挈壺花下伴垂綸

王侍御園林四首　前人

杜韋天尺五歸卧海東偏玉塵開蓮社金貂貫酒錢

園居馮水竹林觀俯山川竟日雲霞遂冥心入太玄

二

共有王猷好同酣修竹林山光雲凡浄水色畫堂侵
斷續冬花吐玲瓏好鳥吟輞川如有待那得戀朝簪

三

即事罕人力林居常晏然天青雲自媚沙白鳥相鮮
徙倚隨忘返風光各可憐個中淹日月人世玩推迁

四

薄暮臨青閣中流蕩西橋人烟紛漠漠天闊敞寥寥
日月東西觀亭臺上下揺林深見紅燭側徑去迢遥

拙政園在臨頓橋東王侍御顯臣所居

小丹丘記　陳基

予五世祖由永樂徙台之臨海距城百里而遠臨海之山大率自天台支絡綿綿延延若万馬東奔而欲于海余家實在焉余少孤不逮事先君子甫晛時即有四方之役道過天台不復能記憶少長閱天下圖經所載始知天台為名山而余家去山山之遠近了不能喻度也豈惟山哉宗族姻黨親疏釋羞要亦不能盡悉鄉人有自東而西游者与之接者聲相勞苦乃或始知其疏戚遠近否則不相知者十七八余少以

卷十八　三四

貧賤役四方久居于吳育子女於吳衣帛吳婚娶于
食稻于吳毋歿葬于吳之壤僕妾廝養皆吳人盡室
皆吳語而余獨操越音乎其間余所處亦豈得已乎
哉覊旅四方食飲服御與吳人異者鮮矣四方之
人遂皆以吳人目之而余老且仕不出吳境吾自視
亦吳人而已乎今年春余於所居西偏治廢圃可半
畝即其中陋屋三數椽稍治葺之曰扁曰小丹丘昔
孫興公賦天台有曰仍羽人於丹丘後之人遂以丹
丘為天台之别称余今扁之蓋猶有昔人不忘土之
意乎余生于台〻之戚婣少長不必親也余長於四

方而吳之家室子女不必跡也而治圃也何以丹丘
爲哉且余五世祖家臨海而五世之上不必知也余
今居吳而復於余者亦不必其知也凡人五世而親
盡親盡則塗人而已自余以往未能爲塗人則或猶
用知者故余於圃爲發之余於圃不遑締構之事屋
上棟下宇皆仍舊稍加塗塈者余所能也江湖好事
者或持梧桐美竹橘柚芭蕉薝蔔萱草蕙蘭之屬來
則襟藝於圃客自淮海遺以兩鶴甚潔白可玩同門
友起居郎金華戴叔能善爲古文詞余求爲之記而
又自著云云者恐人不知余非吳人而後之人不知

吾為台之人故詞繁而暇畧云

小丹丘天台陳基敬初所居基初仕偽周為内史得小圃於天心里以天台為丹丘因以名之金華戴良記

聽雪齋記　　陳基

顧居仲瑛飾藏修之室於所居小東山之左京兆杜徵君用隷古題其顔曰聽雪齋間徵記於予予惟天地之氣舒而為陽慘而為陰潤而為雨露凝而為霜雪而其所以舒所以慘而凝且潤焉亦何與於人而夫人之情見雨露之濡則神夷覩霜雪之嚴則神肅

必此有為之真宰於其間者矣且歲聿云暮雨雪交集君子於此宜感時序之代謝慨物候之變遷退而居重幃襲兼裘徵纖歌選妙舞厲金石之响諧絲竹之音以樂其樂今也則不然歛容以處其獨潛聰以察其微超〻然逃名乎虛空薄富貴而樂枯槁者夫豈所謂瀌〻變〻霏〻脉〻颺霙而屑玉緣甍而入隙者果足以悅其耳而懌其心乎蓋歲功既成嘉瑞時應出無覊旅跋涉之役入有琴書咏歌之娛而又、仰足以致其養俯足以盡其育蓋裕於己者不役於物足於内者無待於外於是施〻為衎〻為與蒼天

卷十八　三六

氏之民並游於熙洽之世嗚呼居太平之時聽豐年之雪其得於天者亦厚矣宜其不以人之所樂者以爲樂而以己之所適者以自適然則非仲瑛亦何足以與於此哉雖然吾聞井蛙不可語海夏虫不可語氷蓋泊於虚者猶篤於時也今仲瑛處裕而不畜居盈而矜不持虚以守實主静以制動蓋庶幾於不溺此不泥彼而能與物推移者故予樂爲之道也是爲記

聽雪齋崑山顧仲瑛所居之中者也

聽雪齋記

西夏郞容公寓第在吴門天宫里其東偏有屋六楹

樸而不陋公即南榮為小齋西為辟北為户疏其東南以楮承之中無長物左右琴書晏如也歲方冬公端居肅容心虚無為與物造者游俄聞中庭桂樹間索〻然有聲起而視之則積雪在地皜然矣公曰援琴鼓之客有候公於門者公揖使坐且謂之曰客亦知好此乎客曰僕東海之鄙人也何足以知之雖然公所鼓白雪之曲也僕不敏請為公和之客逡巡就席因歌曰白雪兮交下美人兮猶處歲晏兮何所娱撫陽春兮容與陽春兮遲〻白雪兮飛〻彼美人兮勞我思巾余車兮往從之端余居兮正余襟若有聞

兮青桂林、樹兮後凋撫白雪兮逍遥時至正十四稔、年十二月也

此聽雪齋未知何處

茂堂昷記

馬廷用

古者意之所向則喜隨之而因以名其堂示不忘也王晉公三槐意不在槐而在其後人以為必有為三公者、其後言果驗韓魏公晝錦意不在錦而直述其仕宦始終之美在當時莫之有或先者矣至于王晉卿寶繪聚、古今圖畫以供清玩其意趣識者有取焉夫槐取義於、木錦取義於服而繪畫亦不過技藝之

末耳皆足以寄吾意而為堂以紀之況　君恩之大乎誥封奉直大夫晉州知州庸菴沈公世為蘊州右、族公自少聰敏喜涉書史開卷輒能了其大意與人交還然訥不能出口及臨事則可否立定人有過必面折之畧不少貸其人改節歡合如初鄉人以是多重之有弗平往質焉有不之有司而之公者所居距葑門東二十里許鮫龍浦上有田若干畝宅一區環以松竹迴然為隱君子之廬公至是蓋八十有二矣乃嗣材美以進士補晉州知州轉刑部員外郎〻中尋改陞順慶太守雲南大參近擢山西右方伯所至皆有政聲其孫知剛知柔俱太學生奉方伯公意謹摘取誥中語服此茂恩益縣壽祉之句扁其堂曰茂恩以悅庸菴將借廷為佚老之具復屬予題娛情諸辭初方伯出守吾順慶幾九年政平訟理父老相見至今爭相問訊以為美談予所熟知而稔聞者久矣況二孫於門下有往還之雅其曷辭夫君推恩以禮乎臣故有錫予之典臣竭忠以事乎君故有珮服之誠古者君賜車馬服以拜賜衣服〻以拜賜他如口宣手敕莫不留藏于其家子孫相傳以為至寶皆所以榮君之賜而彰君之德也且士君子出當世用享

有禄秩得貤封於父母峩冠愽帶錦軸牙籤為鄉里宗族之光皆　上賜也而可忘乎哉沈氏可謂善名其堂者矣庸菴年躋上壽步履清健仰窺　天語所謂益繇壽祉者顧不足徵耶而賢子若孫群然滿前載覩扃揭於承顔稱觴之際問安領誨之餘則當思吾親之所以圖仁積德貽厥孫謀者何如而吾身之所以顯親揚名者蓋有所在未必不為之惕然而恐渟然而興也况飲食寤寐皆在吾　君則又當思所以圖惟報稱朝夕匪懈之意自有不容已者矣君子以沈氏一舉而衆善集爲如此予雖未及登沈氏之

堂拜庸菴於席末詩云樂只君子遐不黄耇尚請爲我賦之重爲吾庸菴頌也於是乎書正德四年歲在己巳秋七月吉　賜進士第正議大夫南京礼部右侍郎前翰林侍讀學士　經筵講讀官纂修會典西充馬廷用撰

茂恩堂長洲沈林都憲所居在皷龍浦上郎今鑊底潭也

吴都文粹續集卷十八終

《蘇州全書》編纂出版委員會 編

·吴都文粹續集

蘇州全書

甲編

古吴軒出版社
蘇州大學出版社

吴都文粹續集卷第十九

長洲　錢穀　叔寶　集

○○吴山賦并序

舊志嘗載晋名人左太冲所作吴都賦雖極其鋪張雄麗要非情實其次賦松江者三復有震澤太湖分湖等作近閻莫學録景周又賦石湖而于山賦特缺愚嘗憶少時与友遊天平而賦之矣兹不揣蕪陋併効為吴山虎丘洞庭三賦以補之其詞語鄙俚氣勢靡靡弱所謂俳不俳文不文僅雕虫篆刻之不遠烏敢望情形乎詞、合乎理可觀可法而不失騷人詩人

之軌度者訖然而非所有而安道之々罪庶乎可免
耳
江南勝景中吳奥區群山羅列龍蓯逶迤式遠式近
或崇或卑試登高而四顧紛總々而離々爰徧詣而
歷覽竟秩々而差々稜角脈絡之峭厲詎琢鏤之雕
巧紀堂楙嵒之嵁崿可 綴而增埤嶕嶢特拔為翠
壁丹崿之巉巇崔崒峽屼乃碧岑紫巘之阽危肆巑
屼而偃蹇豈造作之多態忽飄歘而起伏奚變幻之
無崖上凌層霄空青聳而嵐漠々橫布曠野濃綠染
而炯霏々玳簪翠翹綰髻鬟于金鏡斑剝雕戈排牙

爪于彤墀肖舞鸞兮蕩雁類伏鵲而蹲鴟猿猱攫拏兮駭蔌郊之豹兕蛟蜃蟺蜒兮走海堧之象犀閃子旌旄謾訝張幄窪設盆臼錐詑立錐執臨莊之士笏抹騁艷之蛾眉浮曉天之沆瀣開秋水之芙蕖如獻如拏如覄如椎若寢若揭若搏若儆或俛或若想或闇若痴或向似步或倚若疲或跂然如望或凝然若思或端矣而容正或醉乎而弁歌躋兮若章搆晰兮若姣姬日將晴兮似喜天將慘兮若悲狀豈尋常可容指擬勢迺百億莫殫言詞惟萬安之崟巒也萬安山名一名陽山在郡西北最高矗千丈于乾維作一郡之鉅鎮育靈物而

卷十九　二

躨跜躨跜龍動皃山趾繆氏常産白龍立以祀戴在祀典由龍能興雨以滋稼祠時化甘

澍以甦夏畦管与堪嶺東北有管山白堪嶺拱于艮方彭泊陽

抱西北有彭山陽抱山接于西陲甑兮霧蒸籠兮雜棲北有甑山雜籠

山皆以形名之此為吳山之宗主其他圖巖溫頎象福爬蹏

芋頫其北有巖山圖山溫山頎山東西即福壽山爬石嶺并南北二爪山有象山皆有

附麗也由是犬之餓陽山之南有賀九人訛呼為餓狗嶺嶺鳳之飛有鳳

現嶺聳碧蓮之峭範花山也上有池開千葉蓮故名呈玉井之芳姿腰

穿停洺滉漾琉璃是謂之天池千辮菡吐芾浧淤泥戴之

真經可考老子枕中記云池生千葉蓮服之通神服之羽化可期鹿之

乎噇鹿山也在華山之南龍飲乎堤龍池山也攢罍嵬簇嵒齬錦峰

擺乎步障（錦峯山也其石皆紫赤故名）玉遮拗乎晴霓（玉遮山也）虞雍国歷藏雲仍之秀特（宋雍国虞公孫夫曾成夫皆仕遮山）簡鄭兵部蒙表金畫之光輝（尚書鄭起潛居錦峯山致政歸時理宗書二大字寵之）若乃鄧尉聚鳩銅坑蟠螭（四山也皆在光福之西）切臨澤滙津液沁滋（山皆近太湖）浪濤激其跟麓栽植遍于坵埒（其山多出果品）朱櫻銀杏之畏樹林檎楊梅之壓枝杏桃粉李之結橙柑金橘之垂居民籍以貿易行商販而奔趍中有玄墓異境萬峰蘩園（光福有玄墓山鄉人称爲萬峯者景幽甲于吳）萃聚景象棲息梵緇殿廊燦金杉櫟蔽暈面波光之接天拂嵐翠之溼衣類天童之与雪竇陋開先之在匡庐勝槩壓

乎江左清幽擅乎浙西真蓬萊之仙區實人世之所
希周呂繁乎江（玄墓東南有呂山南有周山皆法择人墁人縣工之所居甚衆名）
華巽乎鉢盂（法華山名名塢鉢山）又乃夫穹窿駊騀（穹窿山名最高大）
峻逼秦餘（陽山一名秦餘杭山惟此可与為匹）巒疊五英（山一層謂之一英）嶺
伸雨波疊師岩于冢巔（其山平頂有国師岩）上噴法雨于翠微
（半山出泉謂之法雨）磽砐代赭素產石脂（是山產赤石脂古赤松子居此食而仙去）
赤松服之以成仙買臣樵此而讀書（漢朱買臣實隱此負薪讀書）
遂獻策于漢建守本郡之會稽（初吳為會稽郡至後漢始改名吳郡）其
顯融也無比故鄉衣錦而歸何終殞于信讒啟途仕
之歟歘巉嵯而巊砐峨而峻（嶁山相連也茲山右支迤邐而南數里至香山）

徑采香兮倩宮嬪之纖手（香山也下有採香徑）廟祀胥兮報直諫之忠壘（胥山有大夫廟）伍倍城縈紆半含隳陵傍浸湖口背繫以胥（山下之湖曰胥湖所入之港曰胥口）、迤東則屼嵲而岧岵屺而岨嶺（石山戴土曰橫以下橫山大皆石之戴土者也）薦福楞伽宝積姑蘇（四山相連薦福為大初從名之為橫山）荒臺廃圯何草莽之宂寞歌樓舞榭僅貍貉之凭依但見七峰巀嶪（薦福山有土峯七最高）五塢崔嵬（山有五塢曰白雲丹霞修竹叢桂飛泉又名五塢山今云九龍）脩竹飛泉之查古[上]藍刹之廻細蕣佳瓜兮馥美（是山出茗及瓜尤甘美名曰薦福瓜）鞠柏稚檜兮葳蕤（五塢內生柏栽檜甚蒼翠婆娑人多買以種玩）栽桂香飄嶧表丹霞晴護礀隈昔有朱侍中張曹椽皆竄

卷十九　四

而瘞之（吴朱桓晋張翰）繼有廣陵王節度使亦兆而記之（吴越

錢元璙及其子文奉墓並在薦福山塢中裔孫公著撰碑）陸雲公顧野王宅峙其

朱明（山南塋處名陸墓山野王墳在楞伽山南）鄭太尉富司徒窆穿于感

慈（宋文肅鄭戩与學士葉清臣二葬俱在宝華山司徒富嚴墓在感慈塢至今有石麟俯在澗）宝

華花園（二山名也）前後連贅青霞鴨蹐左右縈纚（吴山東有青霞

塢薦福西有鴨蹐嶺）吴山道院人往焚修者必上已重陽之辰

競（薦福之東峯號吴山上有真武祠吴人每于三月三日九月九日往焚香者如市）上方神

廟民來祭賽者雖寒暑旦夕之無違（楞伽山一名上方山有神祠人

來祭禱者自春徂冬無凨雨旦暮之間）行春橋畔之泊樓船紫微村裏

之舁肩輿（二處焚香者皆泊舟之行春橋雇肩輿穿出紫微村而登山）白雲散朧

弘情玩而情悦緋桃滿谷晨肇入而路迷白雲名見前注吳山南有桃花塢嶴ゝ普陀于岩頂楞伽山東北有普陀岩前石池甚奇崛ゝ茶磨兮水湄茶磨山也以三面皆水又名茶磨嶼箕踞湖澨鷹福諸山初名為踞湖山最為嵰嶮擬夫郡障衛乎坤維已上橫諸山皆在郡西南背抵黃岡黃山也之擁傚然筆格之施黃山似筆格亦名筆格山有灌邑之鶴阜何山初名鶴阜灌邑其地名也有鈴索之狻猊獅子山也鈴索其左右之小山中突靈岩靈岩吳山之高有名名者偪砢而礐偪砢大石也山多大石曰礐嶙峮逦畸景優當世名重昔時慨霸王之創業即館娃之故基廨廊悄而莫紆蓮步琴臺冷而孰鼓朱絃花罨西施之洞粉凝香水之谿井洺瑩滑山上有吳王八角井并石

卷十九　五

沿
倒涵象締殿閣鱗眴雄構厜㕒石鼓設兮喑由世
泰石馬蹤兮望如人騎（石鼓鳴即有兵石馬望之如人騎）其切附者
則嶁峼（山也）白華（山也）博士野芝（二塢名亦山也）其遠接者金井
塢岐禾（嶺名）官貞（二山名）雅宜（山名）⿰石蒦村研璞（⿰山蒦村山出研石）所文
房所資址有宋將之墓王封予蘄御題佐命元勳文
載中興臣碑（至今寫碑題云中興佐命定策元勳之碑）榮聖朝之祀典表
激勵之常彝生氣猶存英風凜如更有天予（吳山奇而名者）
秀育美姿為吳之望出類而奇振臯撐娑竭之闕（山豎
二大陡石謂之龍門）蟾蜍（石名）臥釣魚（石名）之矶溜穿綫縷（山有一線泉）
石劍梁楣（有大小二石屋）峰飛來兮匯㬎（山有飛來峯）湖照徽兮

兮無疵（山有巨石圓而西向謂之照湖鏡）亭亭峭崿兮卓筆磊磊欽崟兮累碁（衆石磥砢如碁布列）白雲一泉甘洌如飴酌之可滌乎塵襟濯之可淨乎冠緌評水味為第一笑桑学如偶遺挽秦臺（山名）羊腸（嶺名）以肘腋援仰天（山名）金赤（二山名）為尻肢谽兮谽谺岰兮甌叟天台罕儷與公雖形容于作賦終南堪匹韓伯盡次序而成詩仰御哲之庙貌拜忠烈之威儀繁綿之遠仍裔見義澤之永垂其憂樂先後于天下而道學授受于横渠此魏公為第一流人物而寔鍾秀萃美之于茲夫豈區區陂陀之為嶅瑣瑣巉嵯之為歸者哉座椅支硎（其北之山）南峯（支硎之山）

卷十九　六

別名委蛇嵌崖為室道林所居寒泉標踰文之字有泉瀉堅
其傍磐石上鐫寒泉二大字文許甚遒勁相傳顔魯公書碧琳縈壺磵之竣碧琳亦其
山泉名馴粘倚岫兮挈突兀之首牛頭峯神駿陟磴兮印
蹀躞之蹄山有馬跡石篠簜蔽洑薜蘿沿溪巘闢两肩兮
聳屼而通行山有石門亭放双鶴兮翩翻而凌虛支公有放寉亭
其址犹存中峯北峯皆列戟而輻輳報恩高景二山名揺潑
黛而琳璃秦国安灵兮綽楔犹在宋太師秦国公魏寉山墓在高景山
西金盃塢至今石牌楼柱并墓田碑尚存樂圃歸玄兮土饅芾頽宋圃樂先生朱
長文墓在天峯寺傍天雖云靜定而樵牧之來噪支硎北有定山固號
斜偃而棧巑之靡隳高景山南有斜偃嶺是為山之連屬者至

此而止矣厥亥隅之徐侯桓〻而拱(近望亭有徐侯山)有其寅方之白石齒〻而脊(許墅北有白石山)郡北數里孤竦于平疇者為虎邱之佳致而擅名于嶮巇焉匯詑梵宮宝塔之瓌麗穹樓傑閣之光輝淮木掩暎蔭幽徑逶(倭)遲日惟峋嶁(山頂曰峋嶁)原瘞闔閭利器三千魚腸盤郢巨闕扃諸皆在所殉洎永海銀凫致使金氣發精結成於菟非虎非羆其名以隨至今兩厓嶄绝清波漣漪景肆怪詭虢為劍池其他生公臺千人座試劍石陸羽泉眷寉磵短簿祠風景不一而足豈出于人為皆由于天巧屡经墨客之品題隱于此者何求何黜頎越

卷十九　七

史德義尹和靖紀其事者王珣謝舉顏真卿白居易蘇東坡王元之播之銘賦犹詳勒之金石無虧有好事者言今之所聞于实不及若見虎邱其寔乃逾又有言不抗雲而無藏影異跡林而匯土培一、月一遊以數則匯觀是言也既為昔之所愛詎特今之可怡所以當韶華艷冶紅紫芳菲舞粉蜨鳴黃鸝但見泛舟揖挐槳榼載肴雜簫鼓奏塤篪麝蘭飄香綺羅曳裾逐隊以遨拉伴以嬉貽無虛日亦弗少間于陰雨而炎曦也此皆在平於壤及有巽位尹張之墒有尹山張林山皆在郡東南墒塚也為周臣若在太湖中者洞尹吉甫昔守張玄之所葬地也庭林屋金鋒莫釐（此湖中四山爲尤大者）綽着灵跡共七十有二羌不能悉弃乎枚嗟夫山之爲言宣也含澤布氣而調神山者産也宝藏風雨之与斯豈特列屏而具瞻良克阜民而造禧況陽起于西北其餘皆之爲委支漫衍五六十里之遠何異群馬之馳而城郭正當其會聚坦然得置夫平夷所以屢出乎人物觀之嵩岳之降申甫魯立之孕宣尼其注意于育賢不然奚古今甲科之冠曾左驗其石之移（旧志穹窿山石移狀元定来帰宋穹窿山石移城中黄由冠甲科今弘治六年八月十八日蜀山蝦蟇石移九年城中出狀元朱希周良驗）詎但爲仁者所樂愛者所玩賦之以詞可傳登之以

卷十九　八

屐未足師故愚欲道之而犹排述之而莫揄弗惮博
議之所觚犢學之所喙聊掘摭乎覶縷以祈裁正于
深知

天平山賦　与友遊而作

危乎奇哉山之有天平也粤自上升下凝餘滓中停
遂成厥形邈不知其幾千萬齡也但有土骰而石蒼
倚空而撐漢渟冲和之萃氣作句吴之偉观其势脉
則戢湊而盤維其位置則負艮而面離椅籍乎支硎盈
盥乎天池暱灵岩于前郊朋穹窿于右陻薦福之嶺
九叠疑甲屛之列具區之波萬頃訝氷鑑之施芙容

浸兮鞞潤簪笏拱兮參差浮紫金之流灩兮掀獰飈
以歕蕩綰青螺之髻鬟兮沐膏雨而淋漓語其岸峷
兮逼東魯之凫嶧詫其挺拔兮儕西蜀之峨眉居兮
邃奧造兮逶迤詎容凡俗之所闖豈許瞽矇之所知
撰地志者闕載修山經者罔遺非夸高肥遯絕粒茹
芝者烏能幽憂以宅之邈遐覽冥搜遠世通真者何
肎逍遥以遊之蒙以素懷宿想且望宵興買彼輕航
拉我友生時春光以明媚刷鳥鳴兮嚶嚶指茲山以
為遨爰團辭兮以敘其所經抵岸命僕駕輿挈舭始
逗樵子之逕遂投化人之城岑樓傑閣碧甍朱甍象

卷十九　九

犀迭乎隐現鐘鼓訇而交鳴老衲出迓茗甌式陳逸
興孰禦躋然偕登陟其麓盱古松百尺偃若華蓋淩
其岡覩飛流一泒縈若綫帶石聳龜兮蟾蜍之傍峯
卓華兮飛來之外援樑木之藤蔂衡經堂之烟霄半
山有亭白雲其名泉出其上名同乎亭甚之煩慮可
袪酌之塵緣可清古人多于是乎駐行跡吾儕盍于
是兮揚心声去此則有蜿蜒之扃巀嶪巉崿夸娥之
力莫舉巨靈之斧曾斵湛青天之半痕劈孤雲之兩
角鯉濤澒洞使人心愕去此則自大小石屋湫由鬼
工廣砆罘宇貞珉欹囪蝕髀落之落蘚填圖幀之青

紅于烏陰息移時從容出則境益險詭步漸陟峭群
峦層巘鬬奇獻巧如蚪如龍如虎如豹或縱或却或
卧或矯伏者若拜突者若走織者劍鋩洼者瓦臼欹
者醉弁哆者喙口偃若曝鱉翼若搏鷺恣睥子之瞭
然得出無而入有動乎動靜乎靜詭乎詭正乎正擁
頭陀于猊牀迸蓮花于玉井千態萬狀靡可言罄上
則揖衣齋于丹梯紆履齒于飛磴琪樹發兮蒽蒨澗
葩敷兮娟靚乃載躋兮載扳務欲殫兮茲辰之娛驚
鶩鴻翔而脫兔奔共直抵于照湖之鏡至此則去天
一握而為山之絕頂脊脫巾兮坦腹肆箕踞兮坐諏

迴鸞雛〻兮垂蹺唱烏翮〻兮美影呼長風兮倏來
挹飛霞兮何迥羨六合兮無疵賀萬象兮齊奮坤輿
綿兮夷曠乾旋健兮斡運顧吾生之渺然立兩間之
末命宵免汗簡之捐徒被蔭蓯之哂陋牛山之沾衣
亦微悁之耿〻有蒙告曰其趾而被禩祠巋然是室
之范老而憂樂為天下先扶仁植義延四百年實吾
鄉之先正為蓋世之大賢厥神棲于此愧容与而留
連惟相距僅伊邇當會領而勉旃率各肅容凝望而
往拜烏噫醯雞弗足以言海夏虫莫可以語氷茍察
識之匪迓枉抑鬱之縈情瞻公遺像兮已信抱負之

忠貞慕公徃烈兮當服德量之恢弘若説之築岩兮山固由公而致譽若嵩之誕甫兮公亦由山而孕灵彼有曠百世而相感者雖頑懦兮廉立茍不能彷彿其萬一寧不愧邦之後生奚必仍羽人于丹丘睎不死之福庭捨瑶草騰璇冥脱屣委蜕爲不踐寔而厎躋彼荆榛之鄉却朿市怜而致醉宴乎蓬瀛之榮者哉咸洗盞起壽而哀樂交并退而要各考其所就庶幾無負于斯行

遊山記　周必大

五月丁亥早范至能顔休文相別于閶門外唐致遠

聯舟繞城望姑蘇館而過八里至横塘又數里至横
山又數里過木瀆遂至靈岩院至能走价送董香松
黄新茶其簡云来日登天平須扳援至遠公亭及諸
石屏处白雲泉名在水品其色凝白蓋乳泉也張又
新以虎丘升松江在第三第六而下此泉未知如何
試一別之向壽老欲作亭泉上及別築遠公亭寺石
上山路傍有石龜形極似向亦有名近無知者忠烈
廟具有文正已下畫像挂壁謁之丙辰早升小車過
天平下嶺甚峻約數里至白雲寺圖經云唐寶曆二
年置在縣西南二十五里本遠録公道場今爲范文

正公德功院文正父祖葖山下寺有白樂天蘇子美
王君玉蔣希魯詩刻欲同致遠登山而脚力苶(頓)疲雖
之然思至能簡中語遺恨他年遂奮衣右轉而上酌
白雲泉甚白而甘躡石磴至卓筆峯〻高數丈截然
立双石之上附致著甚甈甈疑其將墜餘如屛如矗
或揷或倚偹極奇怪行十六七里石愈衆而力愈憊乃
循左徑訪石屋三面壁立衆以二大石少休其中下
至小石屋一石衆之又下至飛來峯高二丈上銳下
侈徹附磐石前臨壑谷茲其異也又東下遠公菴一
名望湖臺正直寺後又下至五丈石亦閣石之次至

卷十九　十二

頭陀岩有蓋斜蔽之次至龜石脊勢隱起名不虛得此山大抵皆石也瑰形詭狀可喜可愕今日適疲倦又當暑不能窮其巔然郡人能至予之所至者寡矣況遊客乎歸寺欲拜文正及四子畫像坐待魚鑰移時乃至明日乃文正忌辰也

游天山平記

柯九思

中吳之西天平山為之長寔為吳鎮原隰環之河江絡之其上多恠石如斯氷如琱木或立或僵或如介夫或如奔馬不可名狀其木多松檜有泉出焉曰白雲之泉瀉于蒼厓激于巨石注于絶澗声如鳴玉其

味甘洌是山也范魏公之祠在焉其祠用中牢魏公
吳人有施于御覺德義至厚既死而不没故鉅公名
卿高人韵士經由是邦莫不肅拜祠下顧瞻遺像而
仰其休風夫玉藴石而山輝珠藏淵而川媚况德義
所加丘陵林麓有不增其高而發其耀乎故茲山之
勝抑其亦以其人也至元再元之歲冬十有二月江
浙行省參政字木魯公徵拜翰林侍讀學士于是郡
守濟南張公亦拜吏部尚書趍朝有旨適相遇也班
語旧偕遊是山謁魏公之像臨白雲之泉翰林各賦
詩七言四韵九思等屬而和之新除教授紹興路儒

卷十九　十三

學范文英靜翁魏公八世孫也主奉祠事奉觴為壽
而請曰翰林擅詞宗于當代尚書被遺愛于中吳雅
雅道允叶嘉會難逢不載以文何以示後請為之記
將刻諸祠翰林以命九思固辭不獲因道先生遺德
山林勝槩而附以茲游之歲月焉翰林名琳字子暈
尚書名某字潤仲同遊者平江路揔管府判官楊時
舉思明推官王大有廷秀經歷王諫仲正知事伯都
彥寬儒學教授蔣伯昇進之玄明通道虛一先生趙
嗣祺住持白雲寺沙門淨標為文者奎章閣學士院
參書文林郎柯九思

遊天平山記　　高啟

至正二十二年九月九日積霜既霽顥氣澄肅予与同志之友以登高之盟不可寒也廼治饌載醪相与指天平山而遊焉山距城西南西南水行三十里至則捨舟就輿徑平林淺塢間傍竹石叢翳有泉伏而不見作泠泠琴筑声皆欣然停輿聽久之而去至白雲寺謁魏公祠憩遠公菴然後由其麓徂栈以上山多恠石若卧若立若搏若噬蜡拏撐拄不可名狀復有泉出乱石間曰白雲泉綫脉縈絡下墜于沼舉瓢酌尝味極甘冷泉上有亭名与泉同草木秀潤可蔭

可息過此則峯迴磴盤十步一折委曲而上至于龍
門兩厓並峙若合而通窄險深黑過者側足其上有
石屋二大可坐十人小可坐六七人皆石穴空洞廣
石衆之如屋焉既入則凛然若將壓者遂相引以去
至此蓋始及山之半焉乃復離朋散伍競逐幽勝登
者坐者哦者肅者憊而喘者恐而眺者怡然若有樂
者悵然俛仰感慨者有悲者雖所遇不同然莫不皆
有得也予居前益上覺石益怪徑益狹山之景益奇
而余之力益憊以矣顧後者不予继乃独褰裳奮武
窮山之高而止焉其上始平曠坦石為池拂石以坐

則山之雲浮〻天之風謬〻太湖之水渺乎其悠〻
予超乎若舉泊乎若休然後知山之不負于茲遊也
既而欲下失其故路樹隱石蔽愈索愈迷遂困于荒
莽叢篠之間時日欲暮大風忽來洞谷吟听鳥獸鳴
吼予心恐俯下疾呼有樵者聞之遂相導以出至白
雲亭復與同遊者會衆莫不尤予好奇之過而余亦
笑其恇怯頗敗不能得茲山之絶勝也于是汎酒樂
飲將半予啟言于衆曰今天下漾蕩十間年之間諸侯
不能保其國大夫士不能保其家奔走離散于四方
者多矣而我與諸君賴在上之力得安于田里撫佳

節之來臨登名山以眺覽舉觴一醉豈易得哉然恐盛衰之不常離合之難保也請書之石明年將復來使得有所考焉

与范文正薦白雲泉書　陳純臣

粵自剖判融結其中傑然高嶽巨浸不待標異固已聳動人耳目不幸出于窮幽之地必有名世君子發揮善價所以會稽平湖非賀知章不顯丹陽旧井非刘伯初不振惟胥臺古郡不三十里有山曰天平山山有泉曰白雲山高而深泉潔而清倘逍遥中人覽寂寞外景忽焉而來洒然忘懷碾北苑之一奇（旂）莫并

州之新火可以醉陸羽之心激盧龍之思然後知康
谷之灵惠山之英不足多尚天宝中白樂天出守吾
郷愛貴清泚以小詩咏題後之作者以樂天托諷雖
遠而有未尽是使品第泉目者寂〻無聞蒙莊有云
重言十七今言而卜有七爲天下之信非閣下而誰
欤恭惟閣下性得泉之醇才犹泉之靥仁秉泉之傍
智辭泉之動霤是四推鍾于一德又豈吝陽春之辞
以發揮善價純臣先人松檟寘彼一隅嵗時往還尝
愧文辞窘澁不足爲来今之信倘閣下一嗽牙齒之
末肇牒發詠樂天如在當斂策避道不任拳〻之誠

卷十九　　十六

登天平山頂　范大成

翠屏無路强扳缘我与枯藤各半仙不敢高声天闕

近人間漢〻但寒烟

重遊　前人

旧遊彷佛記三年轟飲題詩夜满山〻上白雲應解

笑又将塵土涴朱顔

再遊天平有懷旧事且得卓之處呈壽老

前人

訪旧光陰二十年殘僧相對両依然木蘭已老無花

發石竹依前有鼯眠萬户直須亀手藥一龕何用買

山錢從今半座須分我共說昏〻一覺禪

遊天平山　　高啟

入山旭光迎出山月明送十里松杉風吹醒塵上夢
茲山凡幾到題字遍岩洞陽厓樹冬榮陰谷泉夏凍
恠石立誰扶靈草生豈種白雲翁然來諸峯欲浮動
高鶴有危棲幽禽無俗哢凌蘚知履滑披嵐覺裘重
常登最上巔遠見湖影空漁樵渡溪孤鳥鵲歸來衆
還尋老僧居隔竹聽清誦慰我躋攀勞為設茶笋供
幾年歷憂歡造物若椰弄迷途遠山林遲暮堪自訟
難追謝公遊空發阮生慟身今解組紱明時愧無用

卷十九　十七

閒持九節筇尋討事狂縱石屋秋可眠山猿許分共

倪　瓚

天平爛熳遊三日林下狂吟石上眠浩蕩春風芳草

緑梅花雪滿白雲泉

楊　基

细雨茸〻湿楝花南風樹〻熟枇杷徐行不記山深

淺一路鶯啼送到家

留天平范氏庄　　韓　奕

好遊忌六月隨處况相留苗槁石田廢蟬声山寺秋

解衣修竹下濯足石池頭為問高僧輩何人得自由

宿天平白雲精舍　張適

虫鳴葉響悲秋思，露氣風声送夜凉。自是神清苦無寐，翻疑僧境漏偏長。

重遊天平山　伊秉

群峯秀拔乱雲開，二十年前記我来。路入青松無導騎，山中猿鳥莫驚猜。

登天平山　前人

幾度天平遊未登，最上頭一身初辞宦海。内兩脚再與山灵謀，吳中自昔称山水，奇峯併在茲山裏。朶朶芙蓉秋岸生，亭亭鸞鵠晴空峙。仰天大放胷襟開，何

須弔古重興哀石獸荒烟卧荊棘龍門白晝藏風雷
九十春光正明媚況值太平無一事蠟屐追隨麝鹿
群清尊笑傲鶯花醉下山力憊宿禪扃十年塵夢今
始醒山之雲英英山之泉泠泠雲我可玩兮泉吾可
聽歸來準欲寄繼幽賞歲晚長鑱尋茯苓

滿庭芳 雨後遊天平諸峯　　徐有貞

水長新波山横爽氣朝來宿雨初晴動人清興紫翠
眼中明天也教吾快活要遊處便与完成最好是一
峯送過又見一峯迎　有舟中絃管車前鼓吹隨飲
隨行路傍人覷了還笑還驚道是神仙神仙來也不

道是个老儒生知誰解浮沉緣野裴度晚年情

遊天平山　　前　人

范公書屋已蕭然春暮來遊信可憐江雨㛹飄花下路白雲寒瀉岫中泉振衣独上千峯表引憐徐迴萬木边為待功成身退日應求一畝種瓜田

遊天平　　王　鏊

春風撩我作山行画舫西来半日程怪石揷天欹欲堕冷泉和月滴無声登臨不尽吳中勝憂樂誰関范老情晚立龍門最高處始知身世与天平

又　　前　人

濯纓重向白雲泉曲磴幽林詰屈穿駁落殘碑猶可讀坡陀巨石自堪眠俯臨人世三千界仰見龍門尺五天此地頻來殊有意肯教憂樂負前賢

登天平絶頂　周忱

來往姑蘇已十秋西山今日始來遊躋攀不復辭衰病直到中峯最上頭

陪天全遊城西諸山　刘珏

琴臺石屋恣扳躋上相襟懷豈苛閒一路兒童皆拍手幾人風雨点登山乳泉分入茶鑪内瑶草收來藥籠閒直把天平作盤谷烟霞高卧不知還

天平山　　　　蔡　羽

有峯天然奇發彩自融結猗梓交秀森陰潭歷清澈及兹宴暇辰獲奉親昵轍遊導被陀阪爰叩阿奥埡徊瞻范相祠道迴凬烈〻斯人義千古豈惟一世傑形〻疲心益強眼明畫飛雪頎言謝衣冠樵蘇寄岩穴

又

采緑南山暮秉霞北隐朝石闌迴碧磵銀磴列丹霄香餽出修竹晴光動遠條平生瞻望処今日坐岧嶤

天平山　　　　王　寵

萬嶺逶蹲伏天平勢自雄翠屛藏洞穴紫霧蕩虛空

戈戟龍門拱風雲鳥道通蒼蒼殊不及極長此鎮吳
中

遊天平山白雲泉　謝　縉

白雲泉上白雲亭京国歸來喜(重)登欲試坐間誰老健
酒酣先上最高層

天平山白雲泉　范仲淹

灵泉在天半狂波不能侵神蛟穴其中渴虎不敢臨
隱照涵秋碧泓然一勺深游潤騰雲飛散作三日霖
天造豈無意神化安可尋拖之如醍醐盡得清凉心
聞之異絲竹不含哀樂音月好群籟息涓涓度前林

子晉罷雲笙伯牙收玉琴徘徊不擬去復發滄浪吟
乃云堯湯歲盈〻長若今萬里江海源千秋松桂陰
茲焉如有價北斗量黄金

白雲泉　　錢　藻

白雲岩静最深隈泉溜泓容石竇開宿霧不生澄曉
月殘風輕颺蟄寒雷源從天漢星邊落流自鼇峯海
上回莫謂無心自本注曾隨霖雨下山來

又　　范大成

龍〻高啄嗽飛流玉醴甘渾乳氣浮捫腹煮泉烹鬬
膀真成騎鶴上揚州

卷十九　　二

又　　　　高啟

白雲不爲雨散作[在]清泉流泉氣復成雲山中同一秋岩前石竇幽寒處雲自長浮泉自注潛龍未起出深泓渴鳥時来下高樹雲應無心飛上天泉亦不肯隨奔川老僧愛此不復下山去卧雲飲泉終歲年

天平山　　　　周南老

天平翠巘叢高与霄漢齊星辰手可摘磴道飛中梯偫石聳奇秀岩屋藏幽棲溶溶白雲深流泉瑩玻璃绝頂照湖影光眩眼欲迷我嘗極遐覽枚履窮躋扳

白雲泉　　　　前人

出山為白雲在山為甘泉頋茲白雲深有此清且涓石竇乳流蒼竇秋碧涵青天乃知氣所鍾灵澤襲九淵水昇即变態弥亘層厓巔散作三日霖造化伊誰權

一線泉在山中　范成大

二十三年再入山此山与我有前緣時人不用憐衰病天与月房一線泉

華蓋松　俞焯

次近勾陳第六星一株相似色冥冥能眠獅子山前路難比龍門石上形此十八公非草草後三千歲独

青〻來遊未怕遭風雨不用秦封請勒銘

蟾蜍石　楊基

神蟇月中來化作千年石曾吞玉杵霜清露時〻滴

周南老

蒼烟潤生花墨光洒淳溙應知定遠投飛來風雨疾

東岩立孤峯上鋭如卓筆林表露青岑㒓然脱穎出

遥指研山石雲錦燦緗帙筆下魏公祠忠勲紀劳述

大小石屋　高啟

㟎厓立幽関一洞閒深守青嶂近為鄰白露間作主

不受杜陵風可避河朔暑華棟幾回新渠〻独千古

同前　張羽

山根攢棟宇簷棁勢崚嶒卻許誰來住閒雲共老僧

照湖鏡上有巨石圓而面湖者　楊基

團團山上石下照太湖影如何一鑑中三萬六千頃

天平山龍口泉　徐有貞

一口清泉湛湛流岩前閱度幾春秋風雲會有相從日霖雨君看遍九州

五丈石　高啟

勢危撐月墮影瘦倚雲平彷彿華峯井蓮花一半生

雨中過雞籠山　前人

春雲晻靄澗奔渾風雨行人過一村得似山家深竹裏乳鳩啼午未開門

寄琦元璞　　顧阿瑛

雞籠山下野人家破曉寫詩邀品茶秋風過樹落紅葉夜雨滿溪流白沙

雞籠山在天平之東乃其支嶺也

金山　　杜庠

闔閭城外翠微間揚子江心白浪灣蹈破芒鞋踪跡遍始知人世兩金山

同前　　王鏊

石徑縿窮忽又通重〻臺閣半浮空一林蒼翠瀟湘雨萬頃青黄秠稏風鈴語上方雲氣白詩題壞壁蘚痕紅未留玉帶空歸去慚愧山僧問長公

金山寺避暑望雨作戲效玉川子體　楊循吉

山中日〻望雨至立向山頭看雨氣今朝且喜雨果來陰雨成片當天墜雲之来兮奇且特有如推山至遮盡半天黑〻雲上有白雲行白〻黑〻兮重復輕不知黑雲是風白是雨白雲多處先沾注雲中雨脚畧可覩數條當天大如柱此雲光自北方起汗漫只

謂太湖中來返頭看忽然風自東向來却把西方之
雲尽吹散衆人观者都言苦復苦日、望雨又不雨
幸淂一片雲推來自天北須变[叓]作大雲有黑亦有白
令人覩之之恐怖生若要作雨不如此不淂雨未至
兮雷先鳴驚人不須用多只一声魑肝鬼膽在何處
世上亦有奸人立不住樹頭蕭蕭風作鬧如今却是
雨真到吾且閉門高坐看汝落落到三日五日也不
惡

金山寺　　蔡羽

西寺躡雲去東林觸雨來車前青樹合橋口碧流迴

香飯松花早，岩旁竹葉開。磵霞隨屐起，飛去護山杯。

又　王寵

山雨踈、點，藤花滿寺門。天香披畫室，灵影湛清尊。磴接丹臺古，碑殘緑字存。可憐春草意，早晚逢王孫。

金山亦天平之支壠也，初名茶塢山。晉宋間鑿石得金，易今名。頂上磐石有坎，潤三尺許，長二丈餘，深不可測，水堂緑，大旱不涸，人称為天。山腰有石横偃于兩厓，人行其下。其阯有育王墖、方石池、文殊菴。在烏東有有牛眠崦，逶邐五六里，直抵大河。

赤山旧事　楊基

旧向溪南看勢麻竹扛兠于一肩斜秧苗尚短仍含
穀荷葉才高已上花蚕屋栢烟朝焙繭鵲炉沉火畫
薰茶而今風雨成拋绝卧听西園雨部蛙

赤山漫興

松梢吹粉落衣裳躑躅花開竹笋長可是山中朝洗
藥一渠春水茯苓香

懷赤山旧業　前　人

東林携策處南垞釋耕時一徑都緣石諸泉尽到池
静怜松响續涼愛竹陰移盛世容歸隱毋令解組遲

又

漸与世紛遠自然塵慮消沿隨碧溪水徑渡綠陰橋
岐路迷還識孤村近却遥閒身任来往不為野人招
赤山在秦臺山南羊腸嶺之南長可数里土石多
赭色洪武中詩人楊基家其下

重九日行營壽藏之地　范成大

家山隨處可行楸荷鍤攜壺似醉刘縂有千年鉄門
限終須一箇土饅頭三輪世界犹灰刧四大形骸強
首丘螻蟻烏鳶何厚薄臨風拊掌菊花秋

淂壽藏于先隴之傍　前人

客迎松楸地一隅會心何必問青烏元宗（雑）愧鎮周子

沒世尚從先大夫京兆漢阡賢問望形山鄭冢僉規
模家庭遺訓煮蒿在不學卯卿畫古圖

仰天山在赤山之東近天平旧名馬鞍山宋范文
穆公成大營墓于此以近天平山慕范文正為人
故改今名傍有覔嚴寺為文穆奉祠之所今廢

靈巖　袁易

諸風散林薄洩霧開岩扃茲晨愜清穆曠懷延杳冥
九折度峻辟微行窮绝陘夫差昔戾止鏘鏘駐何鈴
華旗一以建繽紛朝百灵花飄磴道白村入禪闇青
吴娃煽方處越甲蔽長坰千秋魂魄歸過市渫亦零

嗚呼重華後格鬪何由寧秦宮委蔓草漢闕流寒螢
惟應金仙姿空山屹亭亭摩尼耀八極象教垂千齡

又　　周伯琦

丹梯百尺到松林連抱庭杉歲月深永巷廊虛曾响
屧荒岡臺古不聞琴娥眉傾國悲生樂麈尾談空後
視今山下良田川似箭一區那得老雲岑

重遊已隔十三春纖綠嬌黄幾度新白髮無情添世
態青山有約待詩人菜花閻麦畦㭊錦薜荔縈藤樹
簇鱗香徑斜陽啼杜宇舟迴圓月桂城闉

又　　高啟

閶上青臺望下方漁村樵隝尽蒼〻傾城人遠苔生
徑帰寺僧稀葉滿廊雲散池边笛塔影雨來閣外失
湖光廢興皆幻何湏問独自吟詩送夕陽

又 楊基

单艫集群英席窄坐每盞烔横半掩寺木落全見墻
斜流出渠分曲徑轉谿合村粧妍醜並野語悲笑雜
童捺吳音闍僧作梵偈荅霜苔滑难躋露棘朽易拉
磴紆螘緣樹扉敞蝸啟闔娛賓列五豆礼佛過三帀
晴庢冥憂雨秋洞寒疑騰窓扳盜果猶簷入避鶻鴿
掬池萍沾袖憩石蘚污衲琴忘荒臺弄屧鸞廻廊蹭

值險處思節得奇即傾榼感深怒須磔愁極哀髯飈
華年倏川融雅量㯺誨納嘯歌激欷歔雄辯互交發
禪寂虛無量道祖清静盖品羂蝸觸蠻變幻雀化蛤
狂遊頽飲酎薄宦避嚼蠟終當謝塵鞅掃屋分坐榻

水龍吟　徐有貞

佳麗地是吾鄉看西山更比東山好有疊樓臺金碧
岩扉彷佛十洲三島却也有風流安石清真逸少向西
施洞口望湖亭畔對雲影天光上下相涵安相照似寶
鏡裡翠蛾娟掃粧曉且登臨且談笑眼前事幾多堪
弔香徑蹤消簾廊声寂麋鹿還遊未了也莫管吳越

興亡爲他煩惱是非顛倒嘆宦海風波幾人歸早得
在家中老遇酒美花新歌清舞妙侭開懷抱又何須
較短量長此生心應自有天知道醉呼童更進餘杯
便拚得到三更秉月廻仙棹

靈岩山　伊秉

未愜登臨興兼懷悵望心洞遊環珮遠寺捹薜蘿深
吴越有興廢湖山自古今松風臺上起犹似韵清琴

紀遊靈岩有序　吴寬

靈岩爲吴故宫自唐以来詩人題咏甚多而吴人
歳必往遊故范文穆公詩有不到靈岩即虎丘之

句予少時猶見山下有石碑曰第一宮後寺既壞而山復遭石工之厄遊者益少弘治丁巳三月予將北上与文宗儒輩匆匆一行時主僧方戒鑿石種松滿山予喜茲山之復興也賦詩紀之

千載吳宮瞰瀆川重巡蹊徑意茫然青山亦有興衰日白髮空懷少壯年巨石鑿殘憐匠斧平湖浮動愛漁船主僧手種松杉徧擬待成林更坐禪

又　前人

三十年來續旧遊莫春時節水西頭前朝古跡終難滅半日浮生得自由鳥下林間双白羽山橫湖上兩

卷十九　二九

青漚笛声忽自琴臺起落日都忘滞綵舟

灵岩玩月　王鏊

浮雲過尽碧天高把酒層峰氣倍豪明月一年當此夜曠懷千古屬吾曹瓊樓玉宇身親到香徑琴臺首独揺天柱峯頭那似此淋漓醉墨涴宮袍

灵岩懷古　前人

夫差伯業今何在香徑琴臺鹿自遊天際青山還故国夜深明月有荒丘濤声不尽英雄恨草色犹含粉黛羞莫為吴宮多恨望今来古往總悠々

灵岩山　前人

天末遥瞻塔影層今朝携酒試同登吴中信是佳山水人世依然感廢興草滿琴臺徵有字鳥鳴禅院寂無僧懸厓斧鑿紛如雪何處題詩託我曾

登灵岩　蔡羽

車前緑草暗遥空山上殘霞積石紅但問袈裟幾時滅不須重嘆旧行宫

綉嶺岩嶢上碧天山河圍繞幾重烟双池紅漆胭脂冷常与遊人看月圓

登灵岩绝頂二首　王寵

鳳刹翔天外龍宫倚日邊君王罷歌舞我輩自山川

翠壁琴臺傍丹楓石洞懸徑々見麏鹿恍惚梵輪前
氣肅秋如洗山高興不群太湖紅浴日林屋翠蒸雲
河漢杯中瀉荆蠻掌上分下方鐘磬晚半嶺隔氤氳

灵岩　袁褧

君王歌舞地樵牧使人哀土木遺危刹丹青委廢臺
草堂香徑合花傍鹿場開且盡登臨興山河望裏來

龍門　高啟

龍門何峥嵘此地表奇蹟山分兩厓青天豁一罅白
知非禹功鑿想是鬼手擘長為風雨関開闔自朝夕
深含未吐雲對峙不崩石日光寒易傾苔色陰更積

只疑過此内别与人境隔始窺已幽深漸入尤險窄
暗中把危藤蜿蜒欲驚魍僧笛看古刻敲火照絶壁
晚聞松声號洶若波浪激不知神魚飛到此誰點額
我當謁真龍天門謬通籍何必更區區求為李膺客
周南老
両厓屹相向中扃啟空廓玄関若天開神孕非禹鑿
飛磴盤絶壁巉巖翠如削險隘不容乗幽深未須鑰
我嘗振衣過幾見神魚躍变化隨風雲俯愧求伸蠖
登龍門次盧師陳　王鏊
飛步凌虛碧嶂腰双扶贔屭逼層霄嵌中祇恐蜿蜒

卷十九　三一

蟄蚨處犹存霹靂焦擘訝巨灵雄氣力峙瞻元礼峻風標知君頭角嶄然久只候秋風八月潮

飛来峯　高啟

風吹峨眉雲来依此山住我来不敢登只恐還飛去

卓筆峯　前人

雲来初似墨雁過還成字千載只書空山灵恨何事

研池　周老南

城西研石山〻泓研池水陰霱玄雲生誰曾滌龍尾炯光漾晴碧墨花凝暮紫松滋染蛾緑濡漬毛錐子請成書七反揮毫雲落帋研枯池水乾不雪讐父耻

灵岩山在天平山之南一名石鼓山〻榭有石鼓鳴則有兵禍又名研石山〻連礦村產石可為研故名又有石馬望如人騎館娃宮在焉西施洞響屧廊香水溪吳王井皆其跡也其詳互見古跡山巔有琴臺刻字犹存又有研池玩花池山頂别有石池相傳生葵蓴今不復見灵岩在焉近燬惟一墖存耳

經玉遮山　吳寬

見山不謙山借問山中人玉遮亦深秀翠色聳嶙峋肩輿繞其趾面〻松杉新峰峦稍回伏窿穹復呈身

細草被長岸盛夏無埃塵秉間即行樂頗作茲山賓

雨中過玉遮山二首 高啟

松頭急風迴飛雨不到面何處豁清愁千山一人見

尋鐘入蒼茫一磵復一崦落葉去方深山扉雨中掩

玉遮山在陽山之南横川如屏今但呼為遮山旧志為查山

雅宜山 倪瓚

雅宜山旧名娜如山蓋虞道園所命然未若娜如之名近古也因為竹枝歌二首

娜如山頭松栢青闔閭城外短長亭来山未久入城

去駐馬回看雲錦屏
娜如山頭日欲西採香徑裏竹雞啼南朝千古繁華
地麝鹿蒿萊望眼迷

雅宜山在重遮之東本名雅兒唐青州刺史張濟女雅兒葬此吳語兒為倪因譌為宜或云虞集改今名傍有小山曰菽茹初名箬時近時居民掘地唐得元和十九年金氏墓志云葬于菽茹山陽始知其譌或云即雅宜山

遊玄墓山記

蔡羽

鄧尉之山長不知其幾里負其勝而名吳中者得玄

墓之萬峯寺甲戌三月十五里　谿滿崇礼主玄墓之遊乃從白馬磵出隺穹南面泥行田中未遠而林木起平野甚適忽從深林入磵道木葉蒙密日光無所漏泉行樹頭鳥鳴穴中林路斜衺媒引乃通俄從磵道登高山忽若開霽三里一墟又里一村烟火相望還視故道如在淵底始易絡以褶尋易褶以絡如是者屢屢行幾二十里僅見鄧尉出于烟際乍歛乍長忽又盤結如青髻立霧中萬峯寺藏焉求其道左入右出陟其岡外高內深岩巧而峦秀峯迴而谷長長松蔽日仰不見天白雲平鋪俯不見地殿屋如鳥

飛厓閣即之心恐客有愛撰上人方丈者飯焉從方丈望太湖如在門中包山烟浮如落几格客曰是所謂十洲三島也玄墓寔以此勝於戲余包山人也生長太湖中不自知其不凡乃從玄墓望包山人皆以為不凡ゝ不凡在我顧不自愛耶飯已撰導客從諸院或高視物表或潛行澗中或脩竹數十百畝蔭坐終日而不思去天黑不逮歸還逼于方丈處于維摩榻明日繞光福登虎山橋由海雲看茶屏返自官橋則出于窿穹之背矣

遊玄墓諸山記

袁褒

吴之山惟玄墓最僻而亦最奇面湖而險隩丹厓翠閣望之如屏背鄧尉而來法華障其前銅坑青芝迤運其左游龍界其右岡連嶺屬詭狀異觀相傳郁泰玄棲此故山以名山之奇經唐宋不顯自萬峯和尚披萊鑿石脩秉其下故山亦名萬峯其陽有萬峯塔院過此則有中井井故萬峯所掘于山為中渟泓廠沸飲之如雪山多美箭蒼蔚厓巘間緻石而上得浩公房望湖閣望中縹緲峯益軒而法華益畢楓林橋岫丹塗綺錯閣下多高松風起則谷嘯水涌声聞數十里宴碧照軒宿新院而軒院皆面湖望中如浩公房

湖閣惟益崷崒也其尤奇則在絶頂一登則洞庭諸山悉陷伏浮于湖而湖波遂混茫蕩爲一色不知其所窮山之麓有奇石甚詭麗在廬橘下勢欲飛動茲山之奇晨則覩日出夕則凌倒影而四時皆可居自東崦入四面皆山望鄧尉鬱鬱已有武陵山陰之想緣溪主虎山橋橋亦在亂山中而六水繞出其下波聮震澤映帶不已趍玄墓者必自茲始而奇亦畧相及是故詳記之

舟中望鄧尉山　　鄭元祐

卧枕船舷詩思清望中渾恐是蓬瀛橋横水木已秋

色寺倚雲峯更晚晴翠羽湿飛如見避紅葉香染嫋
似相迎依稀似近誅茆屋雞犬林蘿隱々声

鄧尉山次韻　倪瓚

雲卧雨声集庭樹颼以秋身同孤飛隺心若不繫舟
燕俎登松菌匏尊斟澗流蘭芳日凋瘁吾生行歸休
不作螻蟻夢遊神鳳麟洲青山淡相對白髮忽滿頭
仙去雲冉々鳳鳴竹翛々諒非伐木詩鳥嚶尚相求
居吳二十載未及茲山遊君才如鮑謝摛詞亦云優
惟然愛敬客能不為尔留桑土夙所徹户牖何綢繆
地無車馬塵路轉岩穴幽既晴引飛橋回望林閭樓

和　張適

城西佳山水不到倏兩秋偶離城外跡遠汎雲中舟況得共良儔放歌蕩中流登眺誓非極茲行弗云休落葉下空渚征鴻度遥洲只尺接幽峦仙人屋上頭逍遥伺我至環珮風脩脩境勝恍超世惕此復何求扳蘿躡飛嶠窮探恣情遊未工康樂吟已發劇孟憂樵翁欲邀返白雲奈相留琴尊亦眷恋猿寉復綢繆既窮竟日樂賡愜平生幽夕陽逐鳥歸殘鍾斷烟樓

過鄧尉山二首　楊基

随意扶笻入遠林紫藤花落逕皆深山中莫道無音

樂一片鶯声在綠陰
浮雲載山〻欲動清水煮茶清午夢綠蘋風起恰開
帆数声啼鳥来相送

遊玄墓　金問

昔年湖上極躋扳萬壑千峯紫翠間風便有時聞梵
唄雲深無処覓禪關鹿鳴過午花陰合鶴夢經秋艸
色斑何日相尋重着屐放舟依旧到前灣

重遊玄墓　韓雍

湖山如此世希有況是秋高烱霧空老我重遊尋旧
景入門何処覓清公　天開圖画滄浪裏人望樓臺錦

綉中若憶陶朱心未遂羞肴短棹駕長風

与駱蕲州驥沈石田周馬清痴愈同遊玄墓夜宿萬峰精舍因成十二韵　徐有貞

山水為我癖平生不厭遊每迂康樂屐時泛米家舟
石磴穿雲遠林扉入洞幽問途從野老結社集緇流
自喜逢清世誰能免白頭夢空千代事吟破五湖秋
嗜酒怜彭澤參禪悟趙州徑開柏二仲亭構擬三休
画与天机會詩將險韵酬蠡應羞霸越良也幸封留
邀月聊停盞臨風獨倚樓求仙聞即是何必問羅浮

玄墓山紀遊　張灵

寄跡吴山欲奮身心与地境兩無塵石衝細雨飛輕雪沙綉層臺布軟裀迂性不妨村僕恠野懷曾受老僧珍明朝更擬捐城府雲嶺烟巒自足清

玄墓名山久著注思少携閒伴是春時隔窓湖水坐不起塞路梅花行轉遲清福可教何日領閒情曾有幾人知漫收形勝歸村館夢裏烟霞点自追

遊玄墓和韵　刘珏

梵宇西峯下乘閒作勝遊朱陳嘶結好李郭喜同舟歲稔家〻樂村深事〻幽鹿迎仙旆上花逐羽觴流星宿瞻箕尾丹青得虎頭酒腸寬似海官况澹如秋

閣邃藏諸佛山明麗一州結巢懷李白還俗笑湯休已幸此身健聊將清興酬入雲疑世隔阻雨是天留醉卧三生石豪吟百尺樓推窗看溟渤新月挂闌浮

又　楊循吉

尋山行數里自欲辰微勞回望太湖濶仰睇青磴高松声沈塵耳雲氣襲練袍何不來歸隱浮住廿二毛

登玄墓　王寵

天鑿東南山秀出芙蓉片萬峯入雲端鳥道懸一線竹色照人衣桃花映人面烟嵐暗松杉采翠飛宮殿金磬忽泠然鳥背明于電忘却灵岩巔怪底江山変

卷十九　三八

淣厓神欲飛久坐心犹戰老僧具袈裟指點諸山遍
法華掌上螺太湖天上練鸞凰勢迴翔驪龍珠隐見
我欲解儒冠塵纓若羈纏况復春花開千林落香霰
何當投此山寧問羅衣賤

次履吉登玄墓　　湯珍

霽色麗春光雲霞落成片嵯峨萬峰山澗道絶飛綫
異州未知名珍禽初識面行遵孤兎跡却入青蓮殿
返照漾平湖紅光走金電屹然双洞庭對壘陣不变
諸峯七十二列戟欲相戰天開西南可顧覽畧已变遍
春花笼碧桃春服明白練飄飄赤雨輕冉冉紫霞見

逍遥凌太虛灑落失塵纏孤磬响松間天花散如霞

俯視萬家墟陡覺下土賤

鄧尉避暑 淨長年絶茹葷棋枰 園竹坐壺矢隔花聞吾韻清

袁褧

題下小字當是詩之下半首正与入山同韻而意亦相貫

棋枰園竹坐壺矢隔花聞吾頌字誤清淨長年絶茹葷

入山

磴世慮攀閣避炎氛林響湖含雨窓陰殿出雲

盧熊武功訪余谿上翌日遊七宝泉同遊者

鈕安仲文揚大本景和王諶之常各賦詩分

韻終日為樂用杜少陵泥融飛燕子沙煖睡

鴛鴦之句摘平声分韻　徐達左

雪消山路踈晴泥七宝泉頭倒接籬芝草琅玕吾所

愛何年卜築近前溪　熊得泥字

百鳥喧鳴春意同，流清搖影日融〻。連山十里梅花雪，酒興濃時句轉工。　達左得融字

散策行春陟翠微，吟朋簪盍興遄飛。一尊酒近梅邊倒，日隨麋㶊未肯歸。　安得飛字

雨過梅村好物華，泉流清淺露寒沙。間時歡會須行樂，攜酒重尋野老家。　諶得沙字

泉頭酌酒興飛揚，十里楊梅花送遠香。雪點客衣飄蛱蝶，風迴野棹起夗央。　大本得央字

同諸友七寶泉燕集二首　王汝玉

磴轉青苔斷泉歸綠竇深擷芳遵澗曲列席就蘿陰
野逈寒雲出徹山昏夕照沉酒酣情未極延賞洽幽心
与与子乘遠後年華幾度更寧知在茲夕忽復叙幽
情山月含秋影風泉急遠声相看吟坐久中抱有餘
清

寄七宝泉嶼上人　李應禎

鄧尉山中七宝泉勝遊回首忽經年近聞新結泉頭
屋他日重來借榻眠
湖上昔年經月留尋詩載酒作清遊青林曲逕最深
處白馬精藍居上頭酒伴常時思顧顧況詩僧今復

說湯休湛師問訊梅花樹待我投閒卧石棲

遊鄧尉山煑七宝泉　蔡羽

玉音丁〻竹外聞瀑潤清空出樹根脂光栗〻寒辟塵氷壺越宿長無痕碧山無雞犬車馬不到邨支公三昧火自閑桑下門泉風西落岩畔花煎声忽轉羊腸車建州紫磁金叵羅錢塘新揀龍井茶瓊液津〻流馬牙相如有文渴陸羽無宦情相逢開士家七椀同日傾茶炉若過銅坑去石上長罌好自盛

七宝泉　王寵

七宝在空翠谷口桃花流諸天香雨散百道白虹浮

華頂通海脉空中鳴天球雪噴石鍾乳練挂銀河秋甘于白獺髓清如赤龍湫陰山落寒氣二月思貂裘漸令神思爽坐使沉痾瘳携来双玉瓶酌以黄金甌雲英入雨腋漸覺風颼颼長歌賦歸来去向瑶池頭

同前　湯珍

月斧斲山骨列壑清山流既如月鏡懸又似太白浮金精食宝氣鉄色惟琳球泓澄自寒暑盈溢無春秋舉手凌白日扳厓弄灵湫陰寒落空翠湿我紫綺裘泉石我膏肓此疾真难瘳山僧頗解事汲取供茶甌芳鮮坐洒沃松風響颼颼塵襟一以滌返策曹溪頭

七宝泉　王鏊

嵌岩滴玲瓏，七宝甃完月。幽亭泉上頭，晴道曲通穴。剖竹走長蛇，晝夜鳴濇、。煎無三昧手，渴有七盌啜。寒能醒心神，澄可鑒毛髮。桑苧行不到，品第誰爲别。埋没向空山，惻此行道暍。

七宝泉　謝縉

鄧尉山中七宝泉，味如沆瀣色如天。半泓清淺無穷脉，一線長流不記年。剖竹引歸香積内，試茶烹近白雲边。我来酒渴仍秋熱，嗽尽餘酣就石眠。

遊玄墓山　伊秉

酒船曉發官橋路行背玉遮首玄墓首式救反趨向也眼前
風物及春遊雲外藤蘿接步高徊思鬱老開山時神
輸兒運非人為架竪梯岩失險阻朱甍碧瓦相參差
河源西道流不池側沈半影崑崙缺日輪月郭爭吐
呑暮霄朝霏互明滅波心遠近羅諸峯瑰奇似為觀
者容素練平鋪三萬頃飛落七十二朵金芙蓉振衣
千仭無塵土指點盤桓煩地主草樹汀洲亂帆檣蛟
龍窟宅傳鐘鼓古今作者多風流或在靈岩或虎丘
安得于斯同倡酬山鳥語留人山花笑迎客長安富
兒空有錢好景四時難買得遭逢無以荅升平哀鈍

何堪逐利名飽看湖光与山色醉和漁人歌濯纓

玄墓書事　方太吉

最愛青山藏白足雪花松影照清癯銅盤供石當香案竹筧通泉到淨厨却中野人春睡穩可堪工部夜吟孤十年載作梅花夢欲汎扁舟到五湖

玄墓　伍餘福

千峯盤錯太湖空曲〻禪房有路通到此佟多投足處謀生何必買山銅寒梅歷雪僧俱老宝劍臨風客自雄十載一遊如昨夢夕陽猶記問漁翁

夏日登玄墓　陸倖

百里尋幽去路長千峯蒼翠接林光太湖浪捲群蛟舞六月烟生萬竹涼龍藏護雲金界淨天花飛雨客裾香斜陽更訪高僧跡松影泉声繞石牀

登玄墓　顧聞

春日開玄境桃花然翠微山雲衣外捲湖鳥鏡中飛對雨禪房靜談經客慮稀諸天已昏黑吾意澹忘歸

登玄墓山　皇甫涍

西林最幽處迴合度長峦鏡閣來天色山楹動曉寒當杯浥秋色臨澤問仙壇想接浮丘馭時從松際看

吳都文粹續集卷第二十

長洲　錢穀　叔寶　集

○○虎丘山賦

繇金閶以北逗兮越山塘之七里盻峼嶅于平疇兮條㬪屭之崛起儼負嶠而可即兮諒僅隔乎一水維南以入門兮磴仄迤而躋逡巡冒蘙鬱之玄陰兮莓蒳違而積茵度嶺抵廣硎兮䓅可坐夫千人指巉屼之堂封兮於焉以弔古曰闔閭之崖竁兮乃在其下附叶音粵瘞之三日兮何來乎踞虎由王之好劍兮繫乎衷情殉三千之夥兮扃諸魚腸之異名鏤銀鳧以

泛汞海兮遂上發乎金精故結於菟而皎白兮犹帶西方之色訝灵物之迸騰兮劃而厓而驛立作延平之龍变兮躍蜐蟉之千尺通海眼之津、兮渟以為池浸寒碧而瑩徹兮滉而漣漪可潤乎渴吻兮濯化衣之緇西有陸羽泉兮乃甓甓甃之方井尝品評為第三兮味曾与之堪並時汲以試茗兮牽轆轤之脩綆東有石治兮號生公之講臺澄潟濚以周帀兮中擁乎崔嵬謂磦砢皆點頭殆妄傳其誕乱前有揮巨闕者兮劈盤陀之齎裂湛憨、兮之清泠兮恒不漲而不竭祠以祀短簿兮由其旧營之别業厥後有稠兮遁仙曩占以恭鶴登軒則小吳兮示姑蘇于掌握凭樓以望海兮渺蓬瀛于遼廓得勝景之過半兮在可中之孤亭所謂接應之不暇兮置物象于丹青欲寔三絶之譽兮須崇巔之一登陟五臺以環眺兮萃郡山之滿目遠浮蛾眉之淡掃兮近滴螺黛之可掬肆舒嘯于千頃雲兮湖蕩極瀰漫而漾緑構梵宫殿閣之雄傑兮梯岩架壑之崢嶸聳浮圖于璇霄兮响机簷馬之錚錚奞（音迅　又音雖）翬飛之鳶鵲兮金碧綵繢之晶熒旁花木之深幽兮通徑通而寥閬颭禪榻之鬂絲兮香烟裊乎絍室罥金因而斂踪兮奚庸祛乎

塵拂若此之静閒兮漠不知其幾處挾耄以夷犹兮煩慮未聞所聞而來兮得見所見而去羌遊者之衆兮交冗襍而纚連拉儕伴之什伍兮紛魚貫而蟬聯寡約拏夫沙棠兮奢侈駕乎樓船撥鉦鼓以韜閒兮奏絃管之淒切絢綺羅之璀粲兮列珍饌之整潔瀉觴榼之彤霞兮氣氤氳而凛冽蕙夫柔淑而便娟兮騁刻飾而靚粧嫚豔冶而閒都兮耀珠翠于釵梁式徘徊而容与兮飄褕袘之蘭香宜春陽之趣競兮閒有取乎秋清當炎寒而遠至兮亦靡阻乎陰冥曾弗少感于懷兮率唉〻而醉醒嗟古之人不可得而見

柰世遠莫值兮激光隙于流電賴紀載之猶存兮豈
弗可徵于傳漢清遠之詩兮迴簡古而拔俗梁野王
之敘兮良膾炙乎口讀王內史之銘固瞻兮謝太守
之賦則独歷唐白傅之屢遊兮刘禹錫題之不同酬
陸乃尚权輿兮詞翰傑出乎魯公佳致誇用誨泊德
裕兮唱和由襲美而龜蒙其他靡可悉数兮逮趙宋
為尤盛禹称偁堯佐之律絕兮近体持重夫文正舜欽
伯玉之長篇兮東坡吐摩尼之照乘其他長文揚脩
諸咏兮与子厚之律咸嘉王紳孫覿而何麒兮摛詞
各爛乎天葩程俱方深共擬選兮抵元匯會數十之

卷二十　三

嗚家我　　朝之文獻踔厲兮讓太史高之開先吉安楊少傅之撰記兮擅史筆之如椽累集幾數百首兮四韵迭推夫大年爰勒諸珉兮或昭之于册輝奪貝錦兮声諧匏石揆後來繼作兮犹未艾而暫息恡幽独之慌惑兮冒鬼而吟之傷悲説恩衲踰廿稔之遐兮始足一句之竒皆山中之故事兮宜後人之所知後人之可知兮盍亦鑑夫前修昔有居而志隐兮則彦江之何求洎其弟黙徹兮立心操行之皆優及寓此而湖郵兮為伊洛和靖先生道學出乎程門兮表吾儒之儀形闢書院以授受兮講述闡乎聖經羨

流風之未泯兮高山于焉而仰止法休德以服膺兮侑、途蹈夫遺軌豈尋常之事幾要始終究竟乎至理乃作歌曰立山之般〻上抗浮雲兮立山之亹〻音門山繼斷水屢弗見哲人兮信賢哲之可見由此心之不殊兮心苟求之弥篤即与伊人俱兮脫迩夫賞適而囿覔其故兮若棄商鼎而寔康瓠兮昧識孔履而闖武庫兮告樂進于吾子兮覬内走之狂鄙兮毋般諸以為詡兮

○○試劍石賦

空一格大字

石在虎丘道傍云吳王鑄劍成

○○而試之或云秦始皇掘得吳殉劍而試之

兹兩存其義云

赤堇之精，耶溪之英，伉儷剪爪，百鍊始成，太陽五金寄氣托炅，黿文縵理，價重連城，其鍔瑩氷，其鋒凝霜，眷挾霆威，鐔流電光，赬鳥揚輝，慧雞㓹芒，斂以鵜膏，磨以越砺，走蚴蟉于娑竭，飛天矯于旋冥，十步去一人，千里不留行，惟時皆順理之事，當晦其迹，而国有逆理之謀，則見其形，故無道則去，有道則呈也，就尔長一国者用之，盍斫長頸之宿仇，可刎佞舌之宰嚭，夫何反賜乎忠臣，是倒持而莫知所以，乃自绝夫至德之開国，致伯業之就圮，俾若君天下者浔之宜斬臂鷹之禁術當諫指鹿之闇豎夫何反加乎令子是逆施以乱夫人紀乃自傾百二之山河致鮑腥之不已妄肆一時之暴空遺萬年之恥於乎青天可倚白雲可決雖有利器兮那克任其剛烈博浪之對未明灵姑之辱莫雪彼盤陀有何辜兮徑劈之裔裂徒裝駕乎猛鷙曾剪除乎妖孽想當時破業薜震訇劃叶號閎而于岩扃飛大電之列缺駭海山之巨灵迸丹丘之鬼血故于歷世之千祀犹存雲根之而截蝕苔蘚之青蒼示磈磥之槃屑使後人之來观訝灵踪之未滅顧世事之若茲爰長嘆而欲咽

遊虎丘賦

楊循吉

沉清溪之浩蕩依茂樹之陰森觴循環而緩轉句搜索而長吟在巍巍以在目風蕭蕭而滿襟嘆人生之难偶嗟白日之易沉知江湖之無味思丘壑之可尋藤垂樹以蛇挂草没岸而腰深塵空岩于響屐苔幽澗于鳴琴頗逍遥而至暮忽輕動于歸心

虎丘山序

顧愷之

吴城西北有虎丘山者含真藏古體虚窮玄隐嶙陵堆之中望形不出常阜至乃嵒崿絶于華峯

虎丘山序

顧野王

夫少室作鎮以峻極而標奇太華神掌以削成而称貴若茲山者高不概雲深無藏影畢非培塿淺異踈林秀辟数尋被蘭杜于茗蘚播枝十仞挂藤葛于懸蘿曲磵潺湲修篁蔭映路若絶而復通石将頽而更綴抑巨麗之名山信大吳之勝壤若乃九功六義之興依永和声之製志由興作情以詞宣形言諧于韶夏成文暢于鍾律由来尚矣未有登高而能賦而韜斐麗之章入谷忘歸而忽鏗鏘之節故總轡齊鑣競雕虫于山水雲合霧集争歌頌于林泉于時風清邃谷景麗修峦蘭佩堪紉胡繩可索林花翻洒乍飄颺于

蘭皋山禽囀响時弄声于喬木班草班荆坐磻石之上濯纓濯足就滄浪之水傾縹甆而酌旨酒剪緑葉而賦新詩肅尔若与三徑齊踪鎗然以共九成偕韻盛矣哉聊述時事寄之翰墨

虎丘山記畧　王珣

山大势四面周嶺南則是山徑両面壁立交林上合蹊路下通升降窈窕亦不卒至

与沈炯書　陳張種

虎丘山者吴岳之神秀者也雖復峻極異于九天隐磷殊于大一衿帶城傍独超衆嶺控繞川澤顧絶群

岑若其峯厓刻削窮造化之瑰詭絶磵杳冥若鬼神之彷佛珍木灵草茂瓊枝與碧葉飛禽走獸必負義而膺仁是以歷代高賢輕舉棲托梵臺雲起宝刹星懸自非玉牒開祥金精蘊耀豈其神怙若此者乎

答書　沈炯

若乃三江五湖洞庭巨麗寫長洲之茂苑登九曲之層臺山高水深雲蒸霧吐其中之秀異者寔虎丘之灵阜焉冬桂夏柏長蘿脩竹灵源秘洞轉側超絶遠澗深厓交羅戶穴

從永陽王遊虎丘山詩　陳　張正見

滄波壯鬱島洛邑壯崇芒未若茲山麗岹嶢擅水鄉
地灵侔少室塗跟像太行重岩標虎踞九曲峻羊腸
淄深澗無底風幽谷自涼宝沉餘王氣劍隱絶星光
白雲多異影丹桂有叢香遠看銀臺聳洞塔襍山莊
瑞草生金地天花照石梁

遊虎丘　王鏊

年來偏仄緣何事只尺溪山到未能郭外清游还送
客林間軟語忽逢僧空庭石在頭寧點溪壑龍已氣
尚騰不必懸崖留姓字古皆埋没幾人曾
出城便愛小嵯峨濯足还來碧澗阿飛磴未躋先瘮

懍斷碑欲認更摩挲溪山有待登臨久今古無窮感慨多我比樂天官更適十年一到意如何

奉陪石田先生登覽虎丘　　楊循吉

中年棄予組丘壑固夙心窮探雖未暇迎勝或可尋睠茲西郭表平陸起孤岑水石多秀麗委曲抱幽深丹砂炳双峽翠屬暗千林何但遊人樂翔泳皆魚禽攝膽炅淵瞰流目高閣　況奉鹿門履玄言承滿襟撫已良自足終老復何歆

游虎丘和姚侍御　　前人

闔閭城外虎丘山半日工夫往可還粉牖起船橫水

次布袍便体混人間石池滿對闢泉長定宝樹争開
蕊欲餕邂逅禅僧見趺坐世途逾覔倦躋扳

虎丘閒泛与伯虎同賦　前人

名岩佳麗冠吳州永日逍遥榜綵舟菡萏含嬌呈水
面蔦蘿垂蔭罥人頭寂谷玄蟬藏影嘒長阿蒼狖領
群遊翠幌金尊何限樂欣逢絶咏媿難酬

仲夏三十日奉陪弘農楊礼部丹陽都隐君
君虎丘泛舟作詩一首　唐寅

朱明麗景屬炎州蘭橈桂檝遂娛遊逐蔭追飈暫容
与回波轉蕩若夷犹日承綺扇斂光發山入仙杯酒

氣象幸奉瑤麈論所頤皓首期言伏此丘

遊虎丘和錢學士韻　　刘珏

仙人騎鶴下瀛洲短簿祠前作勝遊山閣高寒簾捲暮海天空濶雁來秋澗中棋爲消閒着石上詩因弔古苗翫水尋山雖可樂紫泥只恐召韓休

遊虎丘　　伊乘

舟行山在眼到門山忽失去郭近七里攀磴窮百尺岩姿互明晦潭影窅深黑步倦松暫憩醉眠草堪席不逢鑄劍人犹覩試劍石臺殿半空起雞犬下方隔經声雜梵唄禪定悟空寂晉唐歷劫多刘白不世出

閒劇固殊調登覽各有適重來須作期昨遊究能憶
了性未有因寓形何苦役依此澹忘歸于焉永終日

虎丘同王元勲韵　前人

凌虚閣勢俯千門在野春光過各二分極目天長隨去
鳥盪胸山近欲生雲豪華誰復矜門地圖志犹看載
旧聞何幸与君成老大相從林下息塵紛

春尽虎丘　蔡羽

日〻憂花謝開門緑已齊煖舒雲外服靜轉樹中梯
泉香近丹井山空聞碧雞年〻春易去列籍俯迴溪

春日虎丘

名山正与官城近遊女朝〻朝佛壇桃花隔竹飛紅雨游絲牽粉入雕闌金尊落日江南遠瓊井流香法水寬我欲著兮經流歲晚生公明月逼人寒

夏日虎丘　前人

新開石閣紫芝香遥見松杉隱碧房竹裏鶯啼方日午山頭人坐喜泉涼傳来貝葉翻經古掃得苔花闌〻茗長直北數川當檻白晚来帆影〻轉微茫

秋日虎丘陪顧台州二首　前人

石壁開青道烱霄結紫閣霜凝秋堅秀人立曉闌虛屡戚雲边雁傳聞花外車台州才曠達客思亦蕭踈

日落歌不已江南滿目烟霜危沙葉紫鳥映浦花鮮
屐齒臨虛磴茶炉覓冷泉生公月未起思借上方眠

觀郡守胡公所開虎丘新詠　顧璘

胡公絶代才宰物有精識剖符鎮全吳揮霍破餘力
公庭寂無事惠化浹疆域虎丘古名阜標榜歷千億
豈乏岩壑姿往往厭偪仄公來登層巔回顧生壯色
海岳氣蒼茫曠然吐胸臆剖垣發蒙蔽芟穢出佳植
華構嵌青巘面勢各有得匪惟拓形勝實以表名德
洞庭七十峰歷歷移坐側古人總合愧神鬼難秘嗇
奇文挨精靈光映斗南北古篆蛟螭蟠穹崖示深刻

裁成演心神丕变昭政式燁燁千載名永以重吾国

遊虎丘二首　前人

画舫踈篁雨溪門落木秋黄花仍對酒白髮雨登樓
古井泉香發荒池劍氣浮驅馳吾已懶誰共老兹丘
故園初入望嘉客且同盟倚檻观秋稼吟詩對晚晴
浦寒鴻雁起天暝水雲横急管休催發悲歌正有情

陪鄭刘二户部徐翰林遊虎丘

胡纘宗

看山夏日長清茗坐山堂駟馬金閶度蛮箋玉署香
石開泉自出虎伏劍空藏鼓棹随明月盈盈物外鄉

与客登虎丘　前人

崇丘夏日凉竹石映空堂楼迥山俱集溪虚寺欲欲藏詞人奏大雅孺子歌滄浪無那南風迅荷花棹遠将

夜登虎丘

秉燭登虎丘八月星漢流牙璋迎萬户皂盖引諸侯溪轉迴雲霧池虚動斗牛佛燈忽千點玄塔水中浮

陪王侍御登虎丘次韵二首

春花爛熳照山梯乳燕飛飛自掠泥庭上月華犹绕座池中劍氣欲冲霓三江鶴近招能集十島雲多望

不迷驄馬行空風日煖翩翩宝塔望天躋

清泉白日照吳門駐馬停杯日未曛塔影青圍江左樹殿光紅映海東雲炅池窈窈能留客明月娟娟欲傍君詩罷聞歌掃花座遷喬春鳥語初勤

与客登虎丘望姑蘇臺卒然作

天上姑蘇繫虎丘迢迢一水傍空流海雲盤鶴庭前起紅樹圍山塔外浮宝劍空餘吳苑草荒臺犹是越姬樓青天斗酒李白醉落日孤帆謝客游

再入虎丘

聯橋入虎丘又是一年秋海月盈盈起江雲嫋嫋流

虎丘次韻

虎丘水竹繁二月風花冷歸去月凌溪姑蘇動高影

登虎丘千頃雲閣　　前人

秋日坐虎丘海寉盤孤影上有月一方下有雲千頃

与湯子重遊虎丘　　王寵

武陵不在遠人事故相違崔舫多君與鶯花日夕稀翠憐平水樹紅指麗人衣江山与歌舞一見一魂飛

虎丘作　　前人

平楚江湖漏炎方霖雨繁排雲扳古磴倒景嘯飛軒灵氣通丹穴天風弄綵幡清虛自無暑吾道貴丘樊

劍池　前　人

伏檻觀奇堅輕身摶翠屏山匿雲臬ㄟ石闕水泠ㄟ錯落金鳧影翔翱鐵鳳翎風胡去已久神劍泣精靈

酌陸羽泉　前人

曾甘惠麓水今酌虎丘泉石乳疑飡玉茶經似草玄登臨悲代謝著作總留傳挾醉下山閣千林落日懸

雪中遊虎丘　袁　褒

瑞雪從空下名山入望來珠林紛玉樹寶地起瓊臺縈襍回風舞花迎淑氣開剡溪滯幽賞日暮且徘徊

雨中遊虎丘　前　人

愛春常恐盡冒雨亦来遊北郭摇蘭槳山塘近虎丘
樹林攢寺峪澗水襍花流日暮凭高閣千峯嵐氣浮

陪孟僉事望之登虎丘山　孫太初

停舟倚暮色開醆對江濆山迥朱甍出鐘鳴碧殿聞
林花交野岸石薛動春雲落日狂歌客登臨興不群

偶遊虎丘二首　皇甫涍

返照開重閣游人在翠微石闌延暝色人烟樹列帶春
暉卜築容長往安禪喜独歸白雲吾托暮兹地捨山
扉
来遊每披豁春乱百城烟雪霽催帆席花深到谷泉

雲霞通一徑鐘磬發諸天坐樓山僧醉浮生衹自怜

登虎丘作　前人

每到丘中寺偏令思惆然登臨千古後容与一樽前鐘梵空烟度臺樓衆壑連惟予独往意留賞白雲天

首夏雨後登虎丘　前人

信此登臨美華林洞壑連藏陰霞收屿乱暮雨入溪長象外得吾好丘中宜坐忘藤厓遍幽磬帰徑雲蒼蒼

虎丘懷旧郡公胡中丞　前人

勝地名賢會風流在此山時乗紫霞觴賞高咏翠微

卷二十　十四

低一格

閶合舫烟霄下褰帷士女攀懷乩羊叔子一往竟無還

○虎丘唐宋元暨我国朝題咏甚多有山志在故不○録

陽山　　高啟

我登此山巔不知此山高但覺群山揔在下坐撫其頂同兒曹又見太湖動我前洶湧三十萬頃烟波濤長風吹人度層障不用仙翁赤城杖峯迴秋礙海鶴飛日出夜聽天雞唱中有一泉長不枯乃是蜿蜿神物之所都老藤陰森洞府黑樹上不敢留棲烏常年

禱雨車來此投金符灵旂風轉白日晦馬鬣一滴霑三吳岩峦蒼〻境多異樵子尋常不曾至探幽歷險未得歸忽聽鐘來澗西寺此時望青冥脫略塵世情白雲冉〻足下起如欲載我昇天行古來名賢総何有唯有此山長不朽欲呼明月海上來照把長生一杯酒浮丘醉枕肱洪厓笑開口天風吹落浩歌声地上行人尽回首

前題　周南老

高出衆山上獨有秦餘杭雲烟度林麓青翠摩蒼穹中有神龍湫以時司雨賜夫差昔夜匿于烏绝餱粮

依乙格

三呼輙三應道窮愈偉偟公孫言可徵山灵為傕傷

望陽山　　王鏊

青谿欲尽轉逶迤卧對陽山舟自移聞有高人何処在白雲紅葉影離﹔

○陽山一名秦餘杭山一名萬安在城西北三十里○高八百五十餘丈逶迤二十餘里以其背陰面陽○故曰陽亦云四飛以四面視之勢若飛動也大峯○一十五而箭鈌為绝頂相傳秦皇射于此故其下有射瀆戰国云○越王以散卒三千禽夫差于十隧今萬安山有遂○山即其地也

穹窿山　元　陳徵

緑水青山今再遊杜鵑花發雨初收猿声好在千章木雲氣深藏萬丈樓麋鹿近人来古磵麒麟無主卧荒丘吏情益愧成羈紲西望太湖烟際頭

前題　黄漢卿

何處春山好物華穹窿山下古烟霞出林澗水作清語上樹藤枝開紅紫花久住老僧如避世初来塵客懶還家一尊醉倒東風裏更覓沙鍋穀雨茶

前題　楊基

昨日出遊今日還登臨未盡湖東山紫藤花落高樹

下翠羽鳥鳴深竹間泉渟峻石淨可掬磴倚絶壁危
難攀人生跬步即天險不獨瞿塘与劍閣

前題　　吴寬

我聞吴中喭陽山高柢穹窿半壯哉拔地五千仞始
羨吴中有寺观銅坑鄧尉仙屛宸天平灵岩當几案
其間法華与雅宜水遶横亘如長岸何人著山經宜
作吴山观但嫌地势高山家每憂旱舟行半日青已
了却披濃雲忽遮斷水田路轉二三里依旧諸峯青
歷乱人云山頂百畝平合结茆庐倚霄漢龍門勝迹
違遊坐坐向船頭先飽看

遊穹窿山　王鏊

十年林下無羈絆，吳水吳山飽探玩。穹窿至近高且險，欲至靡由輒興嘆。喜聞地主有嘉招，春服初成襍童冠。畫船載酒出胥口，暑緯湖稍旋抵岸。民淳地僻客至稀，老少相扶出門看。吳山種香徑尚存，歲歲採香多伴我。聞且欲登香山，雨脚忽來行渙散。明朝雨勢止復作，世路陰晴那可算。文侯豈失虞人期，勇往前行賴明斷。籃輿前行那復辭，迤邐青山開四畔。前山雲接後山雲，侶是仙靈顯奇觀。嶔崎犖峭路登登，山腹盤迴轉危棧。諸峰一望皆下風，始信陽山總抵朱買臣馭落讀書臺曾是樵夫終佐漢丈夫出處會有時不計當年愚婦訕清泉一脉甘且寒肝肺塵埃淂湔浣山頭咫尺不淂升甘被同行訶老慳茲行雖勝興未厭斜日歸途幾番盼回頭一笑謝地主他日重來殊未宴

低一格

晚入穹窿山　楊循吉

曲曲修途入徑深已嗟天晚暗生陰誰知輿上方回首衆谷日光方閃金

○穹窿山比陽山尤高五湖賦云穹窿紆曲蓋此

○山寔峻而深形如釵股吳地志兩嶺相趍名曰

銅嶺越絶書爲古赤松子取赤石脂処又神仙傳赤須子豐人秦穆公魚吏也食柏實石脂絶穀後往吴山升仙去即此山也山高而頂平方廣可百畝中壘石爲堪龕名国師菴半山有泉名法雨四時流不絶下注淮田山東嶺下有磐石高廣丈許相傳朱買臣讀書其上後人號爲讀書臺穹窿寺在焉其北有紫藤隖百文泉海雲菴西址有白馬寺

華山道中

范成大

過午層陰未肯開煖寒村店竹扇灰蕭々林响棠梨

戰晚恐陽山有雨來

華山　　高啟

群山瞰笠澤次第記曾到茲峯最靈奇獨失有遺懊故人揔時彥休沐偶得告林壑軫遠情拾攜誓同造出郭縱鞍輿入谷并牙纛時當寒冬晨嵐霧恣披冒幽幽霜泉徹卷卷風葉燥尋溪見人烱問嶺知佛號意行恐迷誤遠托樵子導雲門不爲關地僻夜無盜居僧作蠻音揖杖喜迎勞客來豈先知定有山鬼報方池開層巔旱歲貯深潦清暉蕩空明萬影鏡中倒雨蘚蝕古屏風林舞高蹈翻龜巢宜列坐苔淨不用

掃浮杯逐流葉宛轉繞涯隩雪餘波更澄照鬓脫烏
帽青蓮可服食傳記在仙誥松鳴古壇虛泉滴幽洞
奥嶙峋岡頭石突起類爭暴緬懷融結初天巧亦多
耗探深識後返升險戒前躁谷蝯晚應飢澗鳥寒不
噪欲歸更留憇禪榻近茶灶詩歌叢桂篇琴奏猗蘭
操樂哉此嘉遊去浴似高蹈及春幸重來芹藻應可
芼何須效羊公登峴發嗟悼世路独強馳有力漫如
臬富貴不可求盡亦從此好斯理苟未宜山水解相
傲微言倘或能勿為俗士道

天池　前人

卷二十　九

灵峯可度雖昔聞枕中書天池在其巔每出青芙蕖湛如玉女盆雲影含夕虚人静時飲鹿水寒不生魚我來屬始春石罅焆霞舒灩々月出後泠々雪消餘再汎知神清一酌欣慮除何當逐流花遂造仙人居

陪臨川公遊天池　前人

騎馬尋幽度嶺遲老僧不識使君誰門開紅葉林間寺泉浸青山石上池殘果已收猿食少枯松欲折寉巢危壁間不用題名字無限蒼苔沒旧碑

天池　周南老

泉流出山巔平地聚深洼昔聞父老言曾出青蓮花

低一格

地灵可度雖真隱宜仙家澄泓沁晴碧清沙明白沙
山僧不好雅鑿佛臨水涯以金布厓石徒為兒女誇

紀遊天池　有序　吳寬

○予与李世賢文宗儒諸公徧游西山晚至天池
○有老僧三人皆垂白髮數寸見客相視腭眙其
○一人明卷(時)造予家索詩自言不入城者二十餘
○年矣怜其意懇既為題二絕句復賦此以紀之

恠石巉然鑱削成寺前仍有一泓清山深遊客來應
嬾林密居僧見若驚瘦骨能支猿鶴老長顱不剃雪
霜明將詩何用真堪惜二十餘年復入城

游天池和仲山韻　王鏊

小輿詰曲穿雲岑愛此巃嵸萬石林迴溪倒挂松樹老絶嶂半染蓮花深尋幽偶值此日暇訪古正愜平生心天池小立飛歸去夜来風雨聞龍吟

游天池山　沈周

佛国有池峯頂見樓臺倒影入沄沄源通汞海石中發氣接銀河天上分抱子龍君吟夜雨洗頭玉女動春雲詩腸一渥便歸去過嶺微鍾西日曛

天池　皇甫涍

何處東林寺尋鍾石徑幽雲藏春竹暗路入晚山稠

含磵峦烟下澄泓空翠浮塵纓愧鷗鳥一為洗心留

登天池贈毛中丞　胡纘宗

龍翔鳳舞石縈迴山仄池平雲去來閶闔天空萬笏
出洞庭日煖千蓮開花峯影隨門前水玉殿光乘寺
後臺一曲丹丘留百代兩朝紫誥燭三台

天池　王賓賓

藏在山間更不流倒涵空象只如秋碧蓮花朶開時
節誰化仙人去遠游

天池　王璡

清池空山坳止水玻璃淨雲衣汎晴漣天影涵空鏡

龍歸海氣寒，鳥度烱光暝。銀漢此雲通，仙槎去非迴。

石屋　前人

鑿石甃圜菴，結構因岩谷。危梁琢堅珉，溼楚栽寒玉。梵相終無壞，明燈自相續。掘斷青山根，白雲常在屋。

石鼓　前人

石鼓從何來，宛似岐陽璞。具相若天成，由來匪人鑿。雨蘚上重輪，天花蔭頑廓。定出時有声，逢逢殷山角。

石鼓　王賓

那似岐周有篆銘，雨淋青處土花生。山靈休遣音声起，零落吳儂厭見兵。

由南峯入天池　楊循吉

入谷也須緣磵道乘高忽又度南岑參差石勢雲行細鮮寞禪樹関鎖深春日綺羅偏映水江南櫻笋自成林十年不到天池寺南北峯頭費遠尋

支硎山放鶴亭　范成大

石闌門外古亭基樹老藤枯野徑微放隺道人今不見故應人与隺俱飛

馬跡石

跨馬淩空亦快哉龍腰隺背謾徘徊遊人欲識仙踪處白霓蒼厓白㙞来

支硎山中　楊循吉

初春好風日，命侶共來遊。泉漬雪花冷，鳥含蠻語柔。恠峯藏僻院，平野入高樓。揔爲尋山主，何妨此獨留。

登支硎山樓　徐禎卿

谷寺憐幽寂，茲樓表麗觀。烟雲連壑動，竹樹入門寒。獨往迷前徑，憑高遲所歡。時聞有清磬，遥出暮雲端。

遊支硎諸山回漫興　吴一鵬

好山是處一登臨，醉裏詩成醒後吟。婚嫁尚多兒女債，利名無復市朝心。江鱸入饌秋方淺，庭桂隨行歲已深。遊衍日長筋力倦，憨時眠就碧桐陰。

支硎山　王寵

支硎特峻秀平地棟芙容面面開霞辟層層折劍峰
白鷴巢野竹蒼鼠戲長松遠憶道林輩低頭礼數峯

寒泉　高啟

遠落叢峯間平流磐石上月照欲成潭風吹不生浪
声兼寒葉下色映秋菭漲野客照羸顔曾来倚筇杖

同前　周南老

道周有磐石如砥平而廣山泉流石上清泚挹西爽
涓涓漱甘寒湛湛渟 响支公留馬跡于焉税歸鞅
山以支硎名宜取磐石像高逸清且 泉能慰懷想

放鶴亭　王賓

生身高潔自仙材，可使樊籠裏面來。人在夕陽闌畔望，肯從塵外再飛來。

南峰　王鏊

石罅中間度板輿，南峰來叩故人居（君謙嘗居此）。高齋閒閑松雲外，絶棧危分鳥道餘。豈謂山僧成泄柳，却疑野老是長沮。明朝地主如相問，但看芭蕉葉上書。

赴南峰舟中　楊循吉

四月園林梅子肥，遥遥蘭槳弄晴暉。抱愁自適尋山興，避俗聊穿高士衣。野水鏡空雲倒入，晴嵐翠重鳥

迷歸岩房之地將千仞到此應知不用机

南峯　　蔡　羽

支硎岩石秀偏詑乍遊人玉闕旋輿險丹梯折膝頻
琅玕声襟珮茗藓松蜺鱗城郭已新夏岩花犹帶春

送楊儀部入南峯　　前　人

解組能輕世尋山為著書岩房旧卜築霞易日虛徐
佳麗望殊遠高明與自疎無心伴禪寂但仰子雲居

南峯　　王　寵

四月鶯花去重遊似逗春磴危青靄濕砌霧綠苗勻
表石天為闕凌霄地阻塵秋毫臨萬象高處太傷神

尋支山作　皇甫涍

不盡春山路，隨人溪水幽。石門在烟外，蘿徑登雲丘。
谷口懸清磬，我心聞白鷗。支公燕坐處，日暮寒泉流。

中峯南峯展眺　前人

松色引天路，禪門幽霄重。巒崟領一室，窕窕迴双峯。
岩溜亂游語，溪花澄道容。每欽支許輩，而悵雲泉蹤。
悟賞復蘿月，坐聞南林鍾。

南峯往北峯　王寵

南北峯相值，中蟠萬石林。諸天飛采翠，衆壑異晴陰。
竟日烟霞拂，長風虎豹吟。此身飛鳥外，散落步虛吟。

觀音山　白居易

好是清涼地都無繫伴身晚晴宜夜〻野寺秋景屬閒人淨石堪數坐寒泉可濯巾自慚衰鬢上犹帶郡庭塵

遊南峯寺　葉夢得

澤国鍾下流有山獨西南標奇錯明眼夙昔多窮探腹背眩金碧鐘魚半精藍支郎放窟地妙解無餘談高木氣未炎綠陰正清酣我懶倦登陟茲行咤犹堪幽尋雖云初佳處默已諳久欲謝塵滓往同弥勒龕平生術九〻晚識前三〻才也寔可人窮年玩烟嵐

胸中有定水方境潛包含嚴霜掃頹紫老幹餘梗楠噉蔗要自佳食荼亦云甘坐斷方丈室天花雨毿毿笑我窘世網何如老眼蚕我今已解縛真理早自躭但恐愛山意多求尚成貪頭借待月嶺重開頭石菴偃松久傲兀碧琳故澄涵言尋覓菴路更欲從徧參

○支硎山在陰池山東北以晉支遁嘗居此而山多平石故名按吳有臨硎吳都賦亦云古號臨硎又按續圖支硎一名報恩山以昔有報恩寺也山有石室寒泉遁詩云石室可蔽身寒泉濯溫手相傳遁冬居石室夏隱別峯也泉上刻紫岩居士虞廷臣書寒泉二字徑丈又有

○放亭崔馬跡石以遁得名山有南峰寺及中峰
○北峰二院北峰宣德間移于雞窠嶺中峰在寒
○泉上又名楞伽院南峰一名天峰即唐支山院
○也有碧琳泉待月嶺南池新泉馬坡本名养馬坡諺云馬婆泉者誤也
○坡南有石門乃三巨石直上干霄西連
○危峰東臨絶壑中犹棖泉然又有牛頭峰在寺
○門之下東址有覌音寺故又云覌音山

高景山泉亭　范成大

峰頭揮手笑紅塵天入双眸洗翳昏萬里西風熟秔
稻白雲堆裏著黄雲

自天平嶺過高景菴　前人

卓筆峯前樹作團，天平嶺上石城關。緑陰帀地無人過，落日秋蟬滿四山。

高景山夜歸　前人

伊軋籃輿露草間，夜涼月暗走孱顔。忽逢陂水明如鏡，照見沉沉倒影山。

高景菴讀旧題有感　前人

每嘗風雨旧詩留，十七年前鬓未秋。岩桂拂雲篁竹供，樹犹如此一搔頭。

過高景山拜謁魏隺山遺像　吴一鵬

低一格

巍然祠墓尚高峯時有雲仍為掃松俎豆正隆唐祀典衣冠無愧漢儒宗空山夜静猶聞慽樹年深已化龍仰止丰神生恨晚九原安得起相従

◎高景山（記）在定山年山北三里自天平来漫衍數里至此而至越絶作高頭山其西麓對花覺林厓谷盤拱處曰金盆塢宋鶴山魏公墓在烏其南為斜偃嶺

五鳴山—飛泉鳴　　高啟

山空响更遠雨過流還急餘沫洒迴風一林紅樹溼

修竹鳴

色映溪沉〻秋雲在夕陰無限楚山意鶴鳴風滿林

丹霞塢

遥聞丹霞塢中有飡霞者絳緑發朝〻還同赤城下

白雲塢

雲開見山家雲合失山路聞語知有人欲尋已迷誤

芳桂塢

欲攀淮南樹人去山寂寞嫋〻涼風生踈花月中落

飛泉塢　　　　　　周南老

層崖瀉流瀑泓渟貯寒冽乘風曳銀練激湍霏玉屑

飛珮声玎玲揚霓影鈌列澗底咽春氷松梢墮暗雪

相看頓清洒時能漱甘潔陰生朱夏寒泠然滌煩熱

修竹塢

陰森如渭川玉潤寒碧鮮林深積重翠風過鳴繁絃勁色凌霜露高標拂雲烟愛此抱節君不受相拘牽終日淡凝佇瀟洒壺中天再咏淇澳詩清景能留連

丹霞塢

控晨揖初暘丹輝粲綺麗朱烟炫玄峯絳津澄曉霧飄〻紫霓旌崖巖錦綾髺照映灵穴間翳薈青林際九苞鸞鳳文五采麒麟圖掇筆胡可飡逸踪久忘世

白雲塢

谷深多白雲盤礴西山西触石起青嶂垂天覆蒼溪芳林靄朝潤叢竹含晚淒擘絮縈秋練帶日橫晴霓悠悠親舍望舟舟岩穴栖白衣忽蒼狗变化胡可齊

芳桂塢

林塢藏幽芳叢桂團蒼玉子落明中月香生流磵曲風前墮粟金雨餘明淨綠伍以荃蘭幽愧彼桃李俗中有道人居清名紀仙籙為花歌古香對酒不忍觸

自橫山歸洞庭　王鏊

漠漠輕風不滿帆小船載酒舳艫銜陶朱事業今安在皮陸才情兩不凡白鳥斜飛鷺鼓吹青山倒影動

低一格

松杉却怜范老江湖上犹自憂譏与畏讒

横山在姑蘇山東隋書十道志云山四面皆横故名又名踞湖以山臨太湖若箕踞也錢氏葬忠獻王元璙于此建寺其趾曰薦福因又稱薦福山〻有五塢故又名五塢山後人又以堪輿家言称九龍隝山中旧有朱桓陸雲公顧野王墓續圖經云此山鎮郡西南臨湖控越実吳時要地隋迁都于横山亦以是為屏蔽云

尧峰　　戴良

已從錮泉游復向尧峯去尧峯深何所塵俗不知處

披拂强追尋疲痡窘凌遽息喘倚莫松濟勝犯零露
積石擁石溪飛嵐護遥樹仰观天宇垂俯睨河流注
石湖尚波瀾洞庭但烟霧遊子多悲懷觸景增遠慕
徽迹既漂泊流年復遲暮半生僅一來百齡能幾度
回駕悵難捨又復首前路

堯峯观朝雨　袁褧

山中多幽事幽事殊可悦飛雨黯以暮朝光互明滅
崇林嵐氣昏密徑樵采絶緣吾慕佳遯兹山亦寂滅
茂澗水當階鳴岡峦依户列寡欲謝所牵冥与智者
悦

低一格

○堯峯山十二咏　　前　人

○」半峯亭

連峯翠岧嶤孤亭半峯上山下雲起時翻向平高望

○○清暉軒

樹杪見風帆正對南湖水山月流清暉来照軒窻裏

碧玉沼

冷ㄟ碧玉沼青萍鋪水面風吹萍葉開水底魚皆見

觀音岩

複磴轉危岩寂寥古龍象空林人跡稀但聞清磬響

白龍洞

陰洞山之阿谽谺石勢逼還疑蟄龍起雲霧閑深里

多景岩

應接無閒暇日与賞心遇惟應山中人解識山中趣

宝雲井

古甃浸寒泉稚子時時汲迎晨入翠微嵐氣浸衣溼

偃蓋松

高松若車蓋偃蹇北山隈不蒙匠石顧詎識明堂材

鐵塔

雁塔蔽浮雲縹緲人天外風鈴鳴四檐獨往聞幽籟

妙高峯

逶迤群峯首躋扳興何已曠然心自開盡此丘壑美

東齋

楓葉紛、落荒徑無人掃萬念杳虚寂閑門閉秋草

西隐

朝坐東齋幽夕宿西齋静跏趺對佛燈沉、清夜永

堯峯十二咏同前　王寵

半峯亭

孤亭倚翠微青、四山抱期与鹿皮翁石上餐瑶草

清暉軒

康樂戀清暉徘徊碧霞裏而我愛名山學道終矣已

碧玉沼

山中百道磵噴薄落金池倒見芙蓉碧洋〻堪療飢

觀音岩

扳岩采石髓躡磴訪金仙竪〻香花滿祇疑兜率天

白龍洞

白龍卧岩洞霧雨長冥〻或化白衣老空山來听經

多景岩

群峯翔龍鳳效奇多景岩道人勞應接長日倚松杉

宝雲井

月照前山寒夜半吸深井鏘然古銅瓶尽投千尋綆

偃蓋松

蒼松偃岩苔屈曲如盤龍有時風雨来天上聞笙鏞

鐵墖

鐵墖翔雲表飛泛海上来玲瓏七宝碎面面毫光開

妙高峯

獨立峯之巔群山伏在下遨遊青天中雲螭爲我駕

東齋

旭日散高齋離離檀越影焚香對宝册古院蒼苔靜

西隐

結菴西岩中落日丹霞爛群閣將夕陰紫翠交凌亂

再遊上方　范成大

僧共老花俱在客將春雁同回范叔一寒如此刘郎前度曾來

早春遊南山　楊循吉

游思經營兩日前過暄深畏雨遮天啟明下地覩張具陽宿拋繙預買船霽景望來欣已動佳朋接到冗俱捐双搖疾櫓青皮裂四柱明窗碧漢填負北入橋村已僻投南遵湝路微偏成行梅柳將春妬吐氣含禹渇暖翻淺浪刺篙蓬濺水溼薪炊黍柁縈烟摩空宝塔超雲立擁(湧)地螺峯走馬連荼磨高存玉堆大石

湖晴動鏡光圓先朝錫翰亭犹護古相営居宅已迁竹轎候人喧守岸農黎观客静依阡僧房臨港舟堪抵佛閣依岩石共肩豆寔不離墻下笋杯漿原泉澗中泉梵書在手因挑讀道榻逢軀即借眠却顧城闉須返棹欲辞賓客獨參禅林峦自幻閑心事身世從来是業縁又逐濁風帰市郭各扶殘醉别溪筵還家秉燭吟詩句境物惆心尚歷然

陪郡守林公遊山二首　前人

緑瘦南山正杪秋嘉招欣奉旆旌游帽開湖水臨飛觀樹簇松陵見遠洲近壤風光堪醉杜環滁林埜已

名歐使君仁政何從見老稚欣〻擁道周
絡綈嘤〻鳴草間漸看水鏡起東山寒旻下露沾衣
湿野燎燃松照地丹蕙帳空兮方自笑峴臺登後更
誰扳穆生未必堪優礼又踏仙舟醉醴還

上方　姚廣孝

蓮宮據山杪岧嶤去天咫風香花雨新僧在白雲裡
幽沉樹樂靜蕭散烱中起人登石路迷依〻緣澗水

遊上方和錢學士韵　皇甫信

酒边竹樹晴犹湿湖上杉林晚更明独立岩扉傷往
事謾磨臺石記来名微〻遠水涵雲影落〻長松隔

鳥声一嘯空林下山去小窓風月夢魂清

上方　前人

載詩携酒到山中冉冉楓林落葉紅斜倚石岩思旧跡数声啼鳥隔林東

同彭宣之上方西澗流觴　蔡羽

峭辟連峯開碧壇遊人于此解衣冠千松架日岩房秀百道飛泉午殿寒香土不須如意遺炎天還有白蓮香要求惠遠流觴處直枕藤蘿好恣歡

題上方望湖亭辟　楊循吉

湖山開妙境當暑更多風萬頃涵亭下幾帆馳鏡中

中〻讓午山過我極目鳥横空獨酌無人伴酒顏聊自紅

○○与王履約履吉文壽承休承袁補之永之六賢上方山玩月　顧璘

幽懷怡清夜興言陟穹窿寒景自憭慄况兹山磵中明月出海嵎浮雲淨遥空二八輪正滿桂影虚玲瓏近〻河漢近人濕衣袂多烈風俯窺震澤外一氣涵鴻濛凭空意惝怳酒酣興彌雄浩歌楞伽岩響振馮夷宫山川閲今昔代謝焉可窮今兹欢樂趣往者誰復同吴越且黄土安問陶朱公不如林壑間偃仰息微

躬神超形無閡道合契有終彷彿絕塵境高舉淩烟
虹

暮雨登上方　　前人

暮踏孤峯雨蒼茫下界分平湖鋪大野高閣挂行雲
霜氣明楓葉天寒叫雁群擬投僧舍宿清梵夜堪聞

登上方

上方塔廟倚孱顔千尺懸崖手自攀村〻黄葉寺邉
寺處〻白雲山外山車馬趣城塵泱漭烟霞鋪地錦
斕斑東南勝槩秋如畫勝得山翁倒載還

上方月夜与殷子〻辛　　王寵

棄世吾慕嚴薄遊君類郁賞心歡笑同烔駕肅塵屏游衍倦平皋遐思集秋嶺頽陽隐半規織御曜圓景稍〻林霏交沉〻谷神静仰扳星七襄俯美波千頃歌翻雲外音舞動天中影野曠霽鴻號露下棲寉鶩謦岩岑已嶇岑吟嘯復孤永疑從灵圃游燕此華胥境若枝已堪折雲裝尔須整遺彼弱喪情逍摇任所東

月夜登上方絶頂四首　前人

五湖瀁青蓮削出千丈肆空中搆宫殿珠光相蕩射明月海上来照見半山赤千秋似疎動鳥獸夜辟易

飛馳入中天萬里掃空辟碧吴越何茫茫俯視一氣白身列星辰閶绝頂布瑶席舉杯酌銀河悮触支机石回首招王喬吾亦成羽翮

其二

吴山直牛斗豈必吾五岳奇飛梯入青天虎視東南陬海水涌吾旁太湖化為池波光蕩宝月萬頃堆琉璃魚龍百處現吞吐珠陸離歌嘯生雄風草木四山披腰佩豁落圖手掣蚩尤旗遨遊五城上極宴不知疲

三

三大

大道無端俛人世如蟻虱泠然馭風行天路非阡術望舒稍西傾東海已吐日山川兩照耀金波中蕩潏仙人夜遊行岩坐汎宝瑟吐故飡晨霞秉露采芝术嶮嶮金庭山中有煉藥室却笑尚子平寧須婚嫁畢

四

乾坤一寧銀海萬境群動䖝狂殺王子猷疑是山陰雪披襟當雄風酒後覓耳熱山精忽夜嘯谷響厓竹裂惝恍非人間身世如陡絶結束昇天行星斗為珮玦倒窺山河影嵯峨鏡中列始知飛仙人五岳視立垤紫霧何濛濛入口皆玉屑幾時丹砂成白日翔鸞

節

上方觀月出歌　前人

南州溽暑醉不醒思卧倒景窺蒼滄溟葛裙兩髻跨白鹿直上東山行翠屏翠屏迢迢幾百尺一幅平湖月東出驪龍弄珠吐復吞橫抹萬里玄雲屯劃然一躍忽千仞青天掃蕩縣金盆岩鳴谷應海水湧星河射人森欲動翠旗金支交盪摩貝闕銀宮光澒洞范范塵世愁我心便欲蛻却蜩蟬形蓬萊方丈在何許驂鸞馭寉多仙靈四筵賓客爲起舞禰衡特善漁陽鼓人生反覆何足凴龍或爲蛇鼠變虎清風明月鎮

卷二十　三七

常在山川似与人相待勸君滿飲吸金波河橫月落
奈君何

望湖亭　　前　人

宝塔孤撑日華亭迥列山禹功饒震澤吳服擠荆蛮
今古悲歌裏乾坤落照間雄風高處急莫放酒杯閒

陪大中丞金陵顧公玩月上方山　　袁　褒

詰旦趨廣渡昏暮陟崇岡川原氣候改林麓鬱蒼〻
陰霞冠陽阿容徑阻修梁樵采歸以絶游豫樂未央
翫往嘉遯儔遂謡叢桂章霜楓晒丹臒秋色紛難詳

依一格

飛月出層霄泫露沾衣裳列筵面澄湖肆眺臨遐荒
不醉諒無歸迴風騰羽觴令德暢徽音示我以周行
悅賢喻飢渴覯止承寵光各勉日新志豈弟神所康

八月十四夜待月上方　前人

憑高臨宝地選勝陟丹丘海湧金輪出風驅綵霧收
素娥懸鏡照神女弄珠游彷彿登緱嶺簫笙滿十洲

春日上方　皇甫涍

芳野尋幽勝春山度翠微臯風溪篠乱揺日谷泉飛
洞壑流虚籟烟波静落暉不聞孫子嘯空望白雲歸

春日侍諸父宴上方八韵　前人

一往鷲蓬髩今来就竹林帰間偶春服歡賞在雲岑負杖將奚適澄湖試共臨端倪遥莫辨巇崿會相尋薜荔連窓暗桃花隔岸深鳥飛殘雨霽鍾散晚霞陰信愜尊中趣聊成谷口吟因書謝當路丘壑本予心

上方流雲亭　前　人

翠微亭榭倚湖光修竹團圞隱上方趺坐白雲誰与晤遥心飛鳥共滄浪

冬暮上方書事　前　人

湖岸稍澄霽諸峯連暮輝漾舟靄汀曲幽意生翠微天路望逾邈松門期独帰鍾声白雲尽樵采寒山稀

烟景自多適年華那遽非

上方晚興　前人

清溪轉幽棹晚与名山期石几雲低隱岩窓竹礙窺晴開花雨際林静鳥鳴時莫問金門策淹留方在兹

重遊上方　前人

西津不假問溪路到雲林一徑緣花入疎鐘隔嶺深頻來增往慨惜去戀餘陰陰迢遞春蘿月空遺遊子心

觀音岩　陳一基

補陀原是海中山誰遣移來此地安岩下碧潭常浸

低一格

月雲根瑶草不知寒波涵南国秋千頃景薄西山日半竿為問此行詩幾首一時收拾与人看

觀音岩訪楚石和尚　　　袁衮

聞有高僧住翠微雨中来訪白雲扉空山落葉無人跡但聽泉声百道飛

〇楞伽山一名上方山在吴山東北其頂有浮圖

〇五通廟其下東南麓有丁家山唐人丁公著父喪負土作冢故名北為宝積山宝積寺在焉其北為吴王郊臺東北為茶磨屿以其三面臨水故云屿俗云云磨盤山東北（南）麓為補陀岩〻前

深峻石池陡絶石梁跨其上兩厓壁立蘿木交
映特為奇勝

登寶華諸山　袁褒

夙有登臨興春遊愜賞心山盤數嶺盡寺轉萬松深
樹古同僧臘泉多襍梵音仙津何處問即此可投簪

○○三月十三日晚霽与日宣侃上人循吳山麓
○○徐行看杏花作　王寵

漠漠春陰睡思慵興來扶策過前峯日斜更倚風篁
磴試望誰家花正穠
宿雨初收丽晚霞江烟淡淡薄籠沙山家翠壁團春

色野客敲門看杏花

○ 家叔携酒橫塘餞別晚登吳山

皇甫涍

香刹隱岩曲烟蘿〻徑懸那堪風景處共此別離筵
度嶺雲木異浮空島嶼連花穠三月酒春漫五湖天
勝托丘中好詩裁塘上篇終期謝塵紱歸賞竹林泉
前

○ 宝華吳山俱在楞伽山之西南

係一格

白石山

王賓

山前民有顧元新来与南朝抵北人戰敗不降兵數

低一格

百一齋投在太湖濱

○白石山在滸墅北越絶書云故為胥女山春申

○君初封吴更今名宋末顧五二山前民家子為

○宋起兵拒朔方軍结壘望亭隝設溪上

○○自横塘過黄山　吴寬

范詩云東風已绿南溪水更染溪南萬柳

低一格○條

溪南萬柳绿成湾先隴頻年抵暮还遥望松楸常洒

淚石湖詩裏過黄山

黄山　皇甫涍

低一格

茲山亦幽勝，橫亘西南天。一徑聊步趾，諸峯犹眼前。
湖波浩無際，雲日争相鮮。霞宿粲霄色，松風清磵泉。
芳菲乱空翠，靡迤浮春烟。迥瞰塔寺古，下窺樓堞妍。
近尋修遐討，投跡期忘年。未事登名岳，俄然意已宣。

○黄山在茶磨山北四里胥塘之北，諸峯高下相
○連，俗称筆格山。隋志載王世充破刘元進，坑其
○衆于黄亭澗，疑即此山。其西山之半有二石洞，
○深可三四丈，俗名虎洞。

登獅山　　徐有貞

麦黄天氣爽如秋，乘興聊為岸幘遊。香徑踏花来洞

依一格

口小舟送酒過溪頭橫塘樹色連龍隝茂苑烟光接
虎丘絕勝竹林觴咏處即今誰數晉風流
○岝崿山在金山東俗称獅子山以形名一名鶴
○阜又名笮雄吴地記云王僚葬此山傍有思益
寺

和伯氏過何山懷二何之作　皇甫涍

灵山徵往跡居士葬何年哀壑蒼烟斷空林落日懸
禪関二隱地花落五雲天共盡悲千古凄凉夜鶴旋

又

生時同隱㯿埋玉復茲峦野寺春常寂泉臺月共寒

低一格

法筵疑雨散亩塚埒花残不覔青山暮悠々遡夕湍

○何山在獅山北一里其地旧名寉邑墟故山名

○○鶴阜因梁隱士何求何點葬此改今名其坡有

○資福寺范志以岝崿山為寉阜山已上四山与諸山不相連

0○香山　范成大

採香徑裏木蘭舟嚼蕊吹芳爛熳遊落日青山都好

在桑間蕎麦滿芳洲

低一格

○香山与穹窿連屬南趾近太湖為胥口吳地記

○○云吳王種香于此遣美人采之故其下有采香

○徑

光福山遊記

吳寬

成化十四年五月光福徐翁用莊邀予為西山之遊予諾之然不忍独游也則為書招史明古乙酉明古來自吳江丙戌發舟胥門西過橫塘由木瀆斜橋折而北行經靈岩讀宋韓蘄王墓碑前望穹窿晚乃至光福首過徐氏用莊喜客至見其子玭其孫天頴更召其里隱士徐孟祥同導予步虎山橋〻南登擅勝亭還飲其家夜宿來青堂丁亥緣玉遮入蒸山謁武功墓循北麓觀眠松遂泛下崦入銅坑還泊虎山橋戊午遊鄧尉山飲七寶泉入玄墓寺憇奉慈菴登鳳岡

而還已已過海雲院观連理山茶讀虞道園百丈泉遺墨已乃别去晡時至胥門明古還吴江亭入城是遊也歷四日舟行六十里輿行四十里縂得詩三十首悉録帰用莊倫山中故事

亀峯勝槩記

朱存理

吴有光福山者一名亀山距縣西南七十餘里相傳梁九真太守顧氏之家山又傳為野王宅山有寺後據岡阜前臨林墅古殿修廊環抱林木蔚為古叢林也中有銅观音像水旱祈禱屢有灵應載諸名人碑刻并見朱樂圃圖經續記可攷殿右有方丈辟閣寘

唐進士顧在鎔詩刻後有墨洺亦云野王物洺水墨色如出染渠中蓋其遺跡欤方丈西從石磴而上有浮屠七級聳出一峯之上即所謂黿峯也今年夏予来避暑山中登其絶頂迴望天平灵岩諸山如在几席雖吾目短不能遠眺是日也風清雨霽徹日生凉而能豁然一瞬于軒檻之外波光鏡浄雲帆風鳥渺在天際洞庭東西兩峯涌出太湖之心若青螺然殆不可摸擬其形似也寺建蕭梁時日就傾圮寺僧普照首發私願辛勤修復崇臺層宇煥然如新予方修郡志成凡山川寺院悉經紀載厓鐫野刻又嘗備録

蓋吾好游之心老而猶在普照請言然竜峯雖多奇勝而未有記之者長者光臨必有以發吾山中灵秀之秘烏乎灵秀之秘必得磊落瑰奇之士標品纂述然後能發露于世顧氏豈其人哉竊幸一覽其勝自不能已于有言矧普照之請甚勤姑書是為記正德戊辰六月既望

光福山　吳寬

昔年曾學登山法縱步不憂山石滑舍輿徑上鳳頭岡趁此深夙當晚發遠山朝士抱牙笏近山美人盤鬟髮我身如在巨海中青浪低昂出復沒山下人家

起市廛家〻炊烟起曲突梅林屋宇遥復見一似野鳥巢木末山僧見山如芋闍畨恠群山近〔競〕排闥偶凭高閣發長嘯〻我胡為踞石鉢夕陽滿目波洋〻西望平湖更空濶水灵為我报水仙頎役清泠供酒渴吳人非不好登山一宿山中便愁绝扁舟連夜泊湖口舟子長篙未須刺懶遊已矣斯人駭狂遊不學前輩達若耶雲門在于越何必青鞋共布韈

長山　楊基

随意扶筇入遠林紫藤花落徑苔生山中莫道無音樂一片鶯声在緑陰

低一格

〇黿峯在鄧尉山東北光福寺在焉又有長山亦

〇附屬鄧尉山

〇〇遊西山記　杜瓊

郡城之西多名山山〻之隱士曰徐拙翁年踰八十强健不衰閒來城中与予相好殊甚其外孫鄭懷敏表姪祖用和交予亦然而華彥謀朱宗廣徐元吉輩又予旧識也而未能一造其第于心恒缺然乃正統庚申九月八日得附戒軒王夢熊之舟与湯至善共載是日早發閶門繞城濠而南抵胥門橋折而西行經橫塘由價川餉午于舟中目覽群山与二子道平生

不輟至善又能淪佳茗飲予既至光福登岸日未夕夢熊引予首謁徐元吉次謁顧孟洪次詣亡友徐可勤宅其子曰立美丰儀以父執事予謹甚予且愴且喜既又識徐孟祥孟祥有奇才吾儕當避路者夢熊歸家至善亦有事夢熊令其倩張倏導予由光福山徒步一里許有人烟處曰於里過此不遠則有洗心亭可憩又緩步二里許有喬木高恒佚曰此宗廣之居扣其老僕云主遠出俄宗廣歸乃大呼而入以來予為慶具饌晚酌追叙同門好論及卅年前事歷歷如指掌宗廣性剛正鄉人酷信淫祀宗廣酷惡之是

夕余少飲惟佚進數觥至夜分就寢明日天未明拙翁已至宗廣出轎二乘与翁同辭去天色將雨山林皆在烟林(雲)中心殊不樂翁指示曰此即新豐山祖氏居也此即萬安山吾之居也途不遠矣既抵用和而天色開霽用和出迓予未迓余入其外門〻徑瀟洒与宗廣之居不類傍一室黝堊其中尤可愛右壁有夢熊竹予乃寫松于左以相之并詩如上用和歸而喜躍余戲謂曰涴若粉素矣揮洒未竟而饌出肴核鮮潔与城府販鬻者殊飲畢与翁登轎小徑從畎畆中行時禾稻將收黃雲萬頃田野饁攜餽遺者絡繹

男子在田童子騎牛出小兒釣于水際桑柘茅茨間一老嫗黄髮而髻者以手摩一婦人肩背嬉〻然語笑真樂土也畒畎之徑將盡循山之趾入松檜中松檜既盡轉而復然行未遠則萬安山矣瓦屋翼然倚山而構喬松大榆列布門徑下轎而入高門相角啟翁曰此鄭氏居也懷敏已出矣乃拜翁于堂既覌其家庙之嚴潔子姓之淳謹其子亦白首矣茗飲閣出所藏圖書以歷覽之覽畢引入小軒有春官黄養正書樂善之額辟有謝葵丘王司訓先生題志啟窓牖則山嵐厭薝斜光逗之迨非人間世也窓下有石舟

卷二十　罡

舟可貯水浸崑山石其中石山有檜長二尺許本如拇指大翁云已三十年矣其具饌与用和之具不少異而家釀醇醲則過之翁舉酒飲予予不能引滿用和与佚皆不敢辞酒酣翁与予過山麓觀其壽藏予求别翁曰九日不可不登高翁先予而上振策摳衣作矍鑠之狀既至嶺倚策而立不勝其喘息矣西望具區波濤皆黄白色天光湛碧山色深色青五帆之艤若一葉小舉目之頃其趣無窮嶺上之松激風薄之韻如笙竽琴瑟然用和俾予佇聽曰此天籟也其造化自然之妙乎翁舉杖指極嶺曰吾復能登是矣

予笑而不言既下嶺入小菴屋宇曰山高下為之壘石為臺編竹為扃菴有二僧其老者年可七十餘白顛黎面齒半脱落猶能誦經偈邀坐啜茶出復登轎謁彥謀彥謀司征在公其少子某迎留夜宿予歸與不可遏其則大張筵于堂作樂以侑食予酣且飽特享其多儀而已既辞与翁別用和欲從予〻止之某欲以騎送予以不善御辞遂復命轎佚乗馬〻騰躍佚不能控遂馳而先予則緩其去不二三里復循昨暮之途細覽群峯之勝時斜日在山〻色青紫光福塔廟倚山而峙山乃南鳳皇山之支人言茲山如龜

形曳尾于後、、有虎山橋、極壯丽皆礲礱山之石為偃月形三洞其下橋之北有岡上有岳神祠殿宇与寺相照金碧相暈飛而寺之前後民居鱗競次其景之勝非図画之可貌将至寺所伕巳候于久矣入寺中夢熊至善来會同觀顧野王墨池、水尝黑色主僧本明具蔬飯客畢設榻于方丈之西序予欲留詩寺中值其夜誦不巳竟不能成而寐明日丑刻則又聞扣鐘考鼓而誦盖寺僧視釐之常規也世云山寺日高僧未起何不然耶辞僧早还伕復相送恋、不巳伕青年嗜學沐其外舅之化從予執弟子礼無少懈良可嘉也既而仍与二子還由全塘謁閱耕周先生扣性理之學重開茅塞而返夢熊謂予曰古人山行皆有記述予盍記之予惟是行也既伸根施之勤且識幽隱之趣而弔古探奇增吾聞見登高望遠擴吾心胸至若高年有德之可尊後進有才之可畏野無警惕呻吟之虞而有豐年太平之樂非惟有樂于吾心而已誠不可以無志非敢比擬于作者

吳都文粹續集卷第二十一

長洲錢穀集

山水

遊郡西諸山記

都穆

弘治己酉秋九月甲戌予與客汎舟將遍遊吳郡西諸山客曰虎丘之勝甲吳下且密迩闤闠遊必自虎丘始予諾焉亭午至山下觀憨憨泉泉爲人投瓦礫塞之將泥不食從石旁上東山廟即短簿祠中龐然襍以土偶有老僧方閉關坐穴中与語頗可聽下東山北行登千人石旁有古木根出如蟠虬一本而爲幹者

三經清遠道士放鶴磵磵洞灌莽生焉後人亭其上既而登五聖臺僧供茗命前導西南行至一菴甚幽寂蓋宋和靖書屋旧址也悵惋久之南行沿小溪復上嶺千人石度石梁酌陸羽泉近庵僧屋其半頗減清冽出觀劍池左石刻虎丘劍池四大字是顏魯公書上兩厓壁立數仞勢欲崩裂其陰多昔人題名衆恐不能久讀遂登可中亭北有李陽冰篆生公講臺字分鐫四碣而巳其一衆皆從故道下去時已逼晡予欲止宿客不可乃返乙亥乃泊虎丘午食出射瀆大風西北來舟遲遲行綷屢斷續西望天平衆粵秦餘杭

諸山如龍遊馬逸應接不暇過許墅入竹、青塘而西日光反射影在山半霞彩絢爛丹青褋施工、不能繪至通安橋已昏黑夜深抵文人朱氏宿丙子早、食出朱墅北泛彭山堰午西風甚急遂由堰西北約五、里至陳湖莊復五里由望湖橋南出遊湖從由港登新、豐南山共坐苔石山人有牧羊者予問瀕湖諸山始知、高出鄧尉者曰銅坑山亞銅坑曰安山半城嘴居游湖、北与安山對峙如兩峽然、而其西接太湖極北青霞一、抹視洞庭兩山尤遠者無錫之九龍山也下山歡歡盡、醉丁丑早霧翳翳布空中疑有变少焉日光曈曨衆遊與勃發由謝莊西行復經遊湖南過陸家港二里入西堰水益縵山益近岡巒稠疊橫廻峭拔呈技獻巧殆不可狀而浮圖七級聳龜峰巔影落水中予笑曰此王摩詰得意筆也泊泰定橋登虎山里許至光福寺主僧闇客至出速入方丈山峙其前者名鉢盂其左鄧尉山也壁有元人聯句詩多剥落皆不著氏名其字書類王豫章有墨沼從窓隙之窺僧云傳爲顧野田研池殆或然也過齋堂讀唐進士顧在鎔詩刻遂上龜山坐浮圖下浮圖有有巢鶴三見人戞戞作聲衆方欲酒僧謂七寶泉在鄧尉東麓

不三里而近共出登舟經東堰已半淤塞蘆葦蒲生生其中視西堰少劣至則捨舟尊山徑行夾道多古梅長松入僧菴有叟柹丹實絫絫可愛上山行脩竹間有亭翼焉其後即七寶泉泉生石間環甃以石形如滿月深尺許掬飲甚甘僧接竹引之然不知發自何處且平陸子之不能遍與茲泉之不遍也予索筆題名亭上暮還光福方丈戊寅至姚家河陸行數里遊奉慈菴中故有養賢樓元季里儒徐良夫好客四方賢士多集樓上今已獨扁存堂背白山茶枇杷鶴梅列植左右出僧欲尊觀山上泉不果三里至玄墓

山從松篠間傴僂而上山多楊梅〻樹湖水明滅樹間衆冉〻如空中行約一里入西塔院小飲晩院之僧具湯沐宿焉己卯自西而南四百步路多古梅皆螭蟠蛟結蒼蘚被之如鱗出大道東北千步有長松五株鷹巢其一又西北二百步度石梁上萬佛閣南望太湖法華山橫亘其中漁舟數十出沒若鳧雁然而洞庭長圻葉余梅灣諸山隱〻在烟霧間詩思頓發北而東二百步有僧揖入小閣〻視萬佛十才一二然所據地高出木杪山四面環之如玦景特奇僧歛客閣上仍出松花餅客作詩有不見太湖真面目

眼前終恨法華山之句予不以爲然乃作詩爲法華
訟寃西行可百步至僧房其扁曰天開画閣見湖最
多兼見小横山一抹由禪堂西南三百二十步有老
僧房前美竹數百挺与松栢爭長地崖然下衆嘯咏
焉又西三百步經僧房六已日暮不及遊還塔院宿
庚辰僧陪客下山西行復經奉慈菴謁宋金紫光禄
大夫黄某墓其傍有香火院僧盡出斷碑五六横草
莽間盖玄墓至是行四里至銅坑山其山一名銅井
僧云高二百丈予与客取捷上由别道山多亂石且
峻拔行者多顛躋每一人躋衆皆大笑至僧菴觀所

謂銅井已無水深可丈餘上大石若將壓者予令童子入井大呼敲不得出如甕中山頂多奇石可望見二百里群山在其下小山浮湖中如杯人人大快以爲平生奇觀遣山人送酒至遂剖橘作杯飲皆盡與菴僧煮菜供午食循道至山半勢亦斗峻皆掖以童子狼狽而下回視莫不心掉更慶以爲無虞去銅坑東北三里謁宋章都官墓抵包河登舟復從西堰過泰定橋東北七里還朱氏宿辛巳朱氏東南三里至蜀山訪王清獻公玄孫晉索其旧藏出清獻畫像及孝感詩族譜閱之門内有塑像置壁腳亦云是清獻

公墻角塑像爲尼相者清獻母張夫人也晉言清獻父死海上張氏年甫三十七抱清獻入覲時清獻生才三歲元主恐張氏二志命殿前祝髮爲比丘尼賜號無爲大師往住吴中妙湛禪寺出門讀草閣碑々凡三其一爲大師塔銘鄭文原撰午還朱氏壬午後經彭山堰行八九里蟻舟又二里至秦餘杭山夾道松如步障上六百步息足僧舍復二百三十步至大石下有泉二泓其一爲雲泉石錯互岩頦領斷齶從其後視之又若狻猊仰首尻下其前磐石如卧鼓可坐二三七人入雲泉菴躋石級有古梅生石間東折

石一股西跨類猛士跂足立人行其下又折而西鑿石爲階旁設以闌祝覩不可凭屋壁讀李武選吳太史張子静史明古諸公聯句東行有巨石閣庋上欲隨又上得大石岩上俯下嵌中像閣山像衆小憩午酌菴之北樓日暮下山与諸客别是夕宿通安橋癸未入城蓋自甲戌至癸未凡十日皆風日清美舟楫往還百數十里歷名山六小山二而諸客者皆衣尉詳雅從容尊俎間莫不目飽意滿充然有得而已其疲其慶幸不既多乎遂次第筆之以貽同志

紀遊　朱存理

端陽前一日過西崦訪朱叔英西崦旧遊也叔英故人也叔英喜予至速予登其新堂拜尊人八十三翁頊其蒲觴爲飲襍以山果溪鮮勸酬盡醉笛別有詩六西崦重遊日東城闊別時新堂陪杖几旧譜合宗支碧挪壺書幌紅綮映酒卮咽消聽欸乃風遠送吾伊好古同吾志尋幽君有期睞舟山色暝正是雨催詩予之來也爲訪吳中故家文獻叔英不以爲迂言王清獻公家蜀山不二里家有藏譜乃爲之假故有好古吾同志之句飲散登舟將數里至光福尋張雪樵雪樵与予論別將三十餘載相見各驚皤然爲詢

卷廿一　六

野王雪槎告以故吾張氏從顧姓今始復之矣尚不忘其初作推本堂有瓠翁首倡五言請予和之不及書即延入鄧尉山後鳳岡之前一草亭中治鷄黍相款讀其所自爲草亭記雪槎請留題予羡其老年有此竹樂喜爲之賦七言一章鄧尉嵯峨萬疊青鳳岡猶見地稱靈梅林數畝開新徑蘿薜千尋闢廣庭博望古槎仍刻曲醉翁今記似蘭亭岩花谷鳥供竹樂日〻春風不用扃晚同遊光福寺〻僧音照及其徒曉谷出茗供引客入方丈觀唐人詩刻野王墨沼是夕宿山中爲賦詩云短策行〻一里餘松林過雨步

徐徐來泓墨沼窺遺跡數仞龜峰望遠壚石磴夏涼青蒻合山扉畫掩綠蕉舒夕陽突兀浮圖影送目長天卷畫如再請作龜峰記未暇復也明日敘於塔下而別便道訪官橋葉氏求觀宗金紫公之譜主人宗佩甫猶子秉衡出示之且幸及觀宗誥敕四道葉氏之居在雅宜山下滄灣修竹逶迤石徑中而入登堂治其歡若平生亦爲經宿之留明日別宗佩有詩野人風音抱幽期每愛官橋風景奇水竹當門朝爽處山雲入座夕佳時雅宜望去無三里金紫傳來是一支醒醉不勝臨別意從前應恨識荆遲慈溪鍾正之

卷廿一

七

昔有一日之雅適主、賓、歡乃得笑談尊俎之間又可以為樂也日未晡過木、瀆、登靈嵓山而返抵舍已迫暮篝燈濡書時戊辰歲也、野、航、居士

清明後一日獨遊西山　楊循吉

淨揩雙眼洗心腸領納山光與水光到向春風未全燠離城野興一何長青黃不接麥苗短紅白間開花藍香隨處有茶堪擬納禪林三四遠相望

將遊西山道中　前人

竹轎晨登數里廷群山膏沐廷吾徒樹枝拂帽忽低首水影照人堪數須牛犢維門角如栗梅花壓路雪

成珠白龍廟中一觀憩祀罷野人方會餔

赴西山雨後溪行　皇甫涍

泝艇看山去溪流行更深春城過雨色芳艸入霞陰湖繞連雲度風迴灘木吟今宵誰与晤慧遠在東林

雨後舟行望大石諸山　前人

暝遊清溪上虹雨開西岑織月照幽意虛舟鳴夜琴寥寥翠微靜靄靄芳樹深雲徑空如此弥年違素心

次韵天全公招遊西山　祝顥

征袍洗盡宦途塵喜荷招遊引興新物外追尋多勝事座中觴咏揔儒紳青山不厭重來客黃菊偏娛暮

景人況有雄章傳太史蒼厓磨勒照千春

洞庭兩山賦

王鏊

楚之湖曰洞庭吳之山亦曰洞庭其以相埒邪將地脉有相通者邪郭景純曰包山洞庭巴陵地道潛達旁通是未可知也而吾洞庭寔兼湖山之勝始山特爲幽人韵士之所栖靈仙佛子之所宅至國朝名臣徽爵往往出焉豈湖山之秀磅礴鬱積至是而後泄於人邪東岡子曰山川之秀寔生人才人才之出益顯山川顯之維何蓋莫過於文兩山者秘於古而顯於今其寔有待子無用辭子曰

然乃爲之賦其詞曰

吴越之墟有巨浸焉三萬六千頃浩〻湯〻如滄溟澥渤之茫洋中有山焉七十有二眇〻忽〻如蓬壺方丈之彷彿日月之所升沉魚龍之所变化百川攸歸三州爲界所謂吞雲夢八九於胷中曾不蔕芥者也客曰試爲吾賦之夫太始沕穆一氣推遷融而爲湖結而爲山爰爲群峰散見疊出於波濤之間或現或隱或浮或沉或吐或吞或如人立或如鳥騫或如黿鼉之曝或如虎豹之蹲忽起二峰東西雄據有若巨君彈壓臣庶又若大軍之出千乘萬騎旌幢寶蓋

卷廿一　九

繚繞奔赴東山起自莫釐或騰或倚若飛雲旋飈不知幾千百折至長圻蜒蜿而西迤西山起自縹緲或起或伏若鸞鶴翥鳳不知幾千萬落至渡渚迴翔而北折試尝与子登高騁望近則重岡複嶺喊呀摩谽縈洲枉渚蛩蟺絢邈遠則烟蕪渺瀰天水一碧帆影見而忽無飛鳥出而復沒靈岩則返照孤棲舟山則輕烟一抹此亦天下之至奇也若乃長風駕浪歕山飲野足使人魂驚而汗駭及其風日晴凞縠紋漣漪又使人心曠而神怡至於瑶海上月流光萬頃星河倒懸盪漾山影又一奇也逸山霽雪凝華萬疊玉鑑

氷壺上下相合又一奇也風雨晦明頃刻異候烟雲變滅只尺殊狀雖有至巧莫能爲像試嘗與子平古尋幽則有迴岩寫壑窈窱相通琳宮梵宇暮鼓晨鐘壽藤靈藥美箭長松金庭玉柱石函寶書靈威丈人之所窺也貝闕珠宮綉轂鳴璫柳毅書生之所娩也翠峰杜圻范蠡之所止息黄村舟頭綺皓之所從遊也而闔閭夫差之跡尤多存者玩月之渚消夏之灣牧馬之城圈虎之山練兵之瀆射鴨之峦出金鐸於淺瀨逸梅梁於驚湍他若毛公燒丹之井蔡經練藥之墩聖姑絶雉之塘雪竇降龍之淵其石則发犛嶙

峒瘦漏嵌空牛奇章有甲乙之品宋艮岳有永固之封其泉則囦淪觱沸甘寒澄碧墨佐君表無得之名天衣禪白悟道之跡斯地也孫尚書悟欲卜居而不能范文穆思再至而不果豈如吾人生長茲土依岩架棟占野分圃散爲村墟湊爲闤闠桑麻交蔭鷄犬鳴吠里無鄭解劇孟之俠市無桑間濮上之音婚姻相通若朱陳之族理亂不識若武陵之源佛狸之馬跡不到周顒之俗駕自旋星應五車地絕三斑盧橘夏熟楊梅日殷園收銀杏家種黄柑梅多庾嶺梨美張谷雨前芽茗蓺蘇蒔竹水族則時裡之白鱠殘之

銀魴鱸鮒魮自音所琢吾且享摘山之毳披野之茸
割湖之鮮釀湖之醲從白少傳月夜管弦之冊和天
隨予太古滄浪之歌畀吴王之離宫和陽凡之靈窩
凌三萬頃之瓊瑤覽七十二之嵯峨其亦足樂乎彼
岳陽彭蠡非不廣且大也而乏巍峩之氣天台武夷
非不高且丽也而無浩淼之容蓋物不兩大美有獨
鍾兹謂人間之福地物外之靈降是固極遊觀之美
而未知造化之工且夫天地之間東西為下非是湖
為之尾閭洩之瀦之則汎濫横溢江右之民其為魚
乎懷襄之古湖波震蕩非是山為之砥柱鎮之繞之

則奔激暴齧湖東之地其爲治乎唯夫天作之寬以納以容地設之區以襟以帶禹順其流分疏別派三江既入萬壑允賴而後吾人乃得優游於此蓋至是而後知造化之意深神禹之功大辭曰

吾何歸乎吾將睇乎湖上之青山壑與吾而相遺起獨邁其逾遠海山兜率不可以驟到非茲峰之洵美兮吾誰與寄此高蹇

洞庭山賦

弧獷子賦吳山已精神費勤弛就寢便鼾曹騰之際忽遻一士踈肩高顴兀然安止而讓予曰往昔良史

寸善必耻子何以蒙宅波心屋水溢井獲儕陸處者
是齒胡、与蓮萊方壺邈置溟渤荒唐弗經者同一見
棄邪寻猶、栩々覺則蘧々緬思所以適有古閒先生
由震澤至其、容凝重与夢者無異予揖而扣之爲道
洞庭之自曰雄、矣哉其形穹崇其氣鬱嵸嵂隗巀嶭
滂衍龍從圍百四、十里高千二百亏宣布靈神品彙
取鍾儔類並列共七、十二峯環以巨浸正當太湖之
中曰維縹緲上有岫穴、譎矞雲吐爗虹峯豁崆峒拔
萃爲宗下有林屋亦曰禹、洞谽閜窱窔杳邃莫窮嶼
嶮兮儼駘蕩之魏殿南北峨、眉王屋連其西東內有

金庭玉柱銀房錦鋪鍾乳瓊英之蘂紫泉白芝之腴岩霤群飛石燕沙盆四足龍魚吴帝使臣入聆浪赦砰耳灵威丈人探出治水灵符號左神幽虛之天誠仚官真人之都辟上聖書隅几可攷如人負之踰穴不誣爰有丹臺神景宮側昔多至人蓀形煉魄漢室劉根成道綠毛被夫肘腋更有得真尸解尤有冲霄拔宅峭壁削下直壁戴上古賢題刻騕褭蹄涔猶在石鼓神鉦可擊歲遣投龍醮祭號為福地灵跡其左之支也翔爲鳳凰矗爲金鐔崦邊遺二老之歆唱冢頂涵九石之護落婆娑樹芳長青絲竹音兮閒作亦

有黿頭相配紅鶴揉夫玲瓏貢献存夫形像犛角至今工匠資用碑碣紀功雕琢膏澤者製玩其胎斑者就研璞聖姑灵兮爭携奮酎玄夫怪兮猶存蜕殼其右之属也嶺外王夏黃称大小慈里聚人炯兮鷄犬聞乎市心華峰搆梵宇兮殿閣聳乎雲表亦有植頭馮嶠湯玟金家雷鳴石玟最古而賢兮號曰角頭名重巖巔兮配夫四皓出輔漢儲兮羽翼何鴻飛冥冥兮遂杳尚留来裔兮雖繁皆事隱遯兮就老其前麓兮則有蠖跽赴水儀若蚪龍欲掀播乎濤浪將吸呼乎雷風垂涎渟兮甘冽休殘蠡乎妄庸佔恒明湾兮

卷廿一

十三

儼織之机杼嶕嶸折甸兮猶罩之鷄籠何迯佇之危
石作傴僂之老翁其後趾兮則有曈塘二里新安墩
頭砂颺子芳涵遠峰湖瀠浮兮壂芳洲平湖亂兮霎
霸小湖池兮甌窶乃若其中則有邵舍馬石塸黃電
紫炭浮一溥兄弟父子天壇玉童之乘颮石穴黃金
之化猙秦黃葉之三家蔡王毛之諸墓龜背繰車白
芋繞步張彈子之堪擲陸漠辟之可觀天王壽查之
攢雲可盤桃花之闌路石屋嵌空枝頭垂露羅漢撼
座于上下二方飛仚拋壺於野竹諸鴨或顯跂望而
拱立或鵠傲而却顧此皆其所有之名號与態度也

至若山之所生庶黎奠居至爲稠密聚鎮成市比次鱗櫛棼撩布翼甍楹湊戢亦有滂散攎墅什伍駢集延師教子詩書是習於中豪賈鏟利貨殖衒盈乾閔齊物平糴亦有離家旅估索理粮裹駕巨船乘弘舸揚荆襄之帆鼓瀟湘之柁巴西粤南無往不可但務資崇阜陵奚懾躬蹈坎坷遂致羸同猗頓侈竝烏倮兹山萬室處者尠而出者夥也山之所產稼穡惟艱桑柘攸廣養蠶拾繭濯雪填幌盆手繅絲呼嫗擘纊或衣或貿乃織乃紡是家相襲而里相倣徧種果实既繁且美張公大谷之梨梁侯烏椑之柹周文弱枝

卷廿一　卅

之棗房陵朱仲之李莛麥陳辞耀緋綻紫蒲萄林檎銀杏石榴三桃櫻胡二李朹緑枇杷楊梅椏柯綢繆杏梅椒棣萑貯龍收種類猻襍惟村与柚橙橘大小金碗紅豆味甘蜂脾可奪色蒨蟮血堪聞霜風圂圓璀璨錦綉興取南北遠近鷩售所謂千頭木奴可洿封君之富也若是其山之生息不亦蕃乎曰未也其他犮羲附丽同峙兹水長沙葉余謝姑售芋兩雷双獄陰横琴帝獐頭鹿頭笔格衣柃南馬石蛇咳合歷耳衡渴浮貢望夫玉柱石牌籃錫三山鷹嘴澤厥王舍湖鼂猫鼠箭浮白浮五姑西里其名近百莫可殫

擧或仕浪春撞或可人居處〻者種埴勿畏勤收着
孳利同一致皆崇卑遐迩散列四商若是其山之疇
類不亦廣乎曰否也林屋震方十里水程有山巍峩
欝然蒼青伍負迎親以養風標胥毋為名乞後隋代
將軍搆築偉弘郡來載號莫釐亦依鄉誏所稱比之
西山猶亞今揔謂之東洞庭是山也席溫法海碧螺
翠峰上金白沙象鼻芙容洎二平三湾皆在厥内益
廣而增雄至若叅虎射雕王巷長圻韓企豐辟龍井
大亀与高峰鷄栖皆在其傍淶秀而饒奇蓋可与西
山匹之其民剽繁墟鎮市闤業擅商賈積習懋迁藝

卷廿一　圭

煜

植果品育産絲綿亦可与西山儗焉猶未足為勝尚其大者焉吁山曰人而其靈始著地曰人而其奇乃揚麻姑獲袮於太伯諧葛顯跡於南陽原夫天下之奇山川必生奇士以受天之慶羌叶慈山之中有經書万卷狂腹撑腸作為文章汗漫煒煌里選鄉奉進謁廟堂　臨軒策問對天鋪張陳大義通乎天人挽斯古抵於虞唐　聖顔霽豫曄然輝光鴻臚唱名賜進士第一領三千英俊之班班是為天下之福者乃出於其鄉又有神思藻發天質秀穎五車熟於攻研万言成於俄頃攄聖賢之蘊奥極穹壤之高迥既發

解於旧京復獨丞於南省翰林鉅公得之珍異文凋
碩卿見之首肯登春榜第一表三場程式之綱領是
爲天下之才、者亦出乎斯覓斯境也前乎此者已有
析天香蹈鰲頭、使、畬邦善洛詠恭徵垣之大政閫方
面之嘉猷及其輿、兵、政於夏官握軍戎之樞密贊司
宣於甌閩重根賦之、儲、積其所産人才果何如是里
也後乎此者尤有躡雲、梯、探月窟峩鉄紂簪白筆山
岳爲之動搖豺狼因之斂、跡、及有明刑弼教謹夫三
尺平反推讞之公詳摘伏蕃情、之精覈其所出入物
又何如以至鄉閭掇科彬〻之、倫、洋黌脩德濟〻之

卷廿一　十六

葷文物丕振爲中吳之最若乃草木、禽魚珍怪會萃充牣乎內悉不暇計孤擴子曠然若、失、矍然若悖進而嘆曰滇渤溆茫以蠡測之不過一滴、之、濡叢林翁鬱以鷃息之不過一枝之寄邾婁之谷綿、邈、僅於尋咫俾傷之覽跂極惟在剡嶢若先生者乃吞、雲、夢八九曾無胸中之芥蒂走何可跂哉莫闖靈均、長、卿之門而嚌其胾那弗辭義俳謔而累乎己鄭刻鼠猫之、璞遠東白頭之豕狂爲同邑之晚生徒事尋章而摘句遂爾跼蹐無地其顏有泚先生曰庸何傷哉無所不、知、之謂智無所不通之謂睿此幾於聖若能之下此徽、外、金刀之子不能許其傳記非莽大夫之流烏能擅其、識、字且去多贅牘昏瞀簵醉黑白闇外方正倒植鄙夫、寡、識宜爾敢語畢就逝予不能援長揖判袂摻首踟躕、悵、怏而已

太湖諸山記

王鏊

太湖之山七十二其巍然雄峙起伏於東西兩洞庭其、偃然横絶而北首者馬跡自西而南透迤明滅於天際、者衡澇横三山此皆有居民村市里巷多橘柚茶椒桑樟之利東洞庭之東雲水明晒望之若斷而聯者武山、其北穹然若立碑者若屏突然而聳出者

蘇山其首銳而末岐者蕭浮若屋而欹者王舍王舍之南爲琴浮有若槖務於水者大務小務有若篋入水其耳可見者鶩籃有若馳於前後追而及之者猫鼠有若船者浮山横絶西南者三山三山之南爲澤山厥山西洞庭之北有若隆然而瀑水次者黿山山多石可脾又北爲長沙又北爲葉蘇有若石笋巀嶭立者對王柱捎郡者金庭有若飛而欲集者南鳥既集而喙者北鳥二女娟好背而立者謝姑其南爲峻山若人戴笠者帽山若房者舍山五峰並起若不相伏者五浮若五浮而以二者筆格驤首掉尾勢欲逝

者石蛇若螺者青浮其西大雷北小雷並傳二雷相近而不相見々風雷作小雷之北黯々水面若人者若禽者若馬騾者若羆浮者為大小竹東西獄衣杅曈浮陰山擿山紹山大干小干若琴者為琴山衛湯之北若沉若浮為厥浮殿浮白浮又北為大貢小貢又北為茅浮若五星參錯五石浮又北為思夫山馬跡東可十里為杜圻南夫椒夫差敗越處也与夫椒對峙而差小者小椒西北錢堆有峩冠立者獨山若二阬可凭者大阬小阬若隻鳬欲止者二鴨若坐人鏊折相向者大墮小墮然其最大而名者兩洞庭也

遊林屋洞詩序　　前　人

包山之西有洞焉曰林屋廣可坐數十人石皆簷笌中空紺碧深翠夏則涼冬則燠雨入則晴〻則陰森吾欲雨者正東有石橫道匍匐可入〻則豁然大明行數里有石牀石鉦金庭玉柱〻之上有字曰隔凡相傳吳人嘗遣人窮其境數日乃出宣州去莫知其然否而故武功伯徐公嘗至玉柱之側見隔凡字云弘治十三年三月水部郎中傅君曰會以治水至山中公暇約予同遊予以治任北上不及偕君遊之明日以詩寄予曰奇矣奇矣乃作亭於洞之口使遊者

塏爲予生長山之東於所謂林屋洞者嘗一至其處
其於所謂禹凡者志欲一詣焉以驗其然否而竟未
之能也物有近而難至者豈謂是歟聊因傳君之遊
和其詩并錄之亭上　禹九深處禹書存尚有神靈
爲守門穴底玉泉流作承岩前碧月過留痕燕飛尚
驗晴爲雨龍戰猶疑數應坤闔說逶〻天漢接胸中
雲夢不須吞

游林屋洞記　　蔡羽

己丑五月十一日通州監屋焦公儲孝豐之鶩事畢
且還聞林屋洞之勝期与四三士往觀而羽与時霖

卷廿一　九

霡未斂客各求道取疾有頃咸會於洞門天亦霽有小亭与門峙從解紂履襫方袍為山行裝南行繞丙門出於陽谷之上趺于石辟〻高盡見太湖之境從者曰前有曲岩複下辟攀木行里許次於岩畔自亭逮丙逮陽谷逮曲嵒皆五步一石十步一潭嶮〻為獸蹲凋〻為龍伏泉灑〻行樹根攬栢翳去豊草然後得一伸足灵祐道士曰此毛公垓水也垓距洞且十里而南流出於洞門大者成川小者為潭為淵用是茲山之樹青葱墾翠少花而多根焦公有山水之趣与客最名岩中還至亭下從者已在洞平坂矣靈

祐道士習於秉橇〻以先驅洞口微隘稍前得夏屋穹然黑颯然豎毛髮左右請火公命列炬辟闇下燭潛湎上照銀屋石鍾倒懸無慮數十夾屋爲石牀冉壯道士曰茲所謂金庭玉柱者也然距石樓神鉦尚遠道士內鳴鉦外奏樂客各據牀脣石鍾〻仰砥乳穴暑月如盛寒如是者几幾室而室〻不同乃縱左右各爲向道或之內門或之陽谷屛處或若斷絕而無不穿漏惟之隅几者久許方有人声還報火屢滅不能進羽怪茲山大不踰他峰而中色空洞莫知攸際靈威丈人所言有無不可知求諸隅几以外亦已異

已果幽明之境殊，豈造化者設者是巧不得而窺邪？出洞門日已暝，爇石乳飲訖各謝去。

登縹緲峰記

前人

滙三州以爲澤水始大中五湖以爲鎮山始尊然三州之利不同而形勝亦畧不歷其尊未易徧也而尊莫尊於縹緲峰其陽空虛無梯可至西爲晋陵水最大山最遠第四峰臨之特親第四峰之於縹緲猶人之掉右臂北歷三嶠以由西面東踰莫里以窺吴江秦家嶺臨之最親秦家嶺之於縹緲猶人之出左臂北爲姑蘇城穹窿陽山或遠或近厥疆不齊砂子嶺

臨之最親由砂子嶺歷西湖寺躡峰之陰尤近是升峰之三道也然客終以艱危爲病常中廢而罷還於所親以求三方亭臨亭鬱亭受屏蔽而五湖之觀解克周徧正德庚辰十月之望中山湯子重太原王履約履吉客余之明日得第四峰之道輿舁以進蓋踰時而造厥巔也遊於空虛忽見大水下求千嵓莫知所在客已有惧色矣屋頃獲詢三州之形如螺如黛隱映烱隲可以意求難以形辨然東北隱起非河非虹可指者灵岩浮圖也北爲無錫其入最深可臆者陽羨諸山也西方不究厥始然下山獨親南屬苕霅

可接餘杭武康雲以東不得而擬矣於是三州始合象緯始覩客始吐膽去結消襌壅蔽混元支離浮予須洞覽予杳冥超然萬仞之表矣時冬氣甚肅日白無色客迹天路非人宜屋各狀桀去綦子記

林屋洞　范成大

擊水搏風浪雪翻烱消日出見仙村旧知淨玉北堂路今到幽墟三洞門石燕翻飛遮炬火金龍深阻護君根宝鍾靈鼓何須扣庭柱宵晨已默存

再遊林屋洞　王鏊

遊山有路那曾到林屋無扃可數來宝笈石函那復

見金庭玉柱為誰開秖愁黯黮渾無地又恐砰訇忽有雷不是隔凡〻自隔重門欲叩更徘徊

過洞庭山　沈以潛

夫容縹緲隔烟霞水國茫〻去路賒一望湖光三萬頃雨重山色幾千家角頭有地皆栽橘洞口無村不見花范蠡何須重吊問且尋漁艇作生涯

遊林屋洞　前人

烟霞縹緲洞中天白石蒼〻路宛然月落岩頭聞鶴唳雲封洞口識龍眠毛公煉藥坛空在夏禹藏符穴尚傳今日我來屬有道不妨深入見群仙

遊林屋洞　　徐禎卿

劃然中豁盎然浮，一徑微通王府幽。龍炬漸遠無藝攖（相傳有石燕，遇火則觸拭），扶笻多躋有狼憂（余時有蹈坎之危）。沓迢淺漬寒濡足，雲石穌觔銳觸頭。丹刻縱存何處覓，十年飽領只虛酬（相傳有夏禹丹書石穴）。

遊林屋洞歸道中偶作　　前人

歷嶺循坡石路紆，行邊濟弱有育輿。墻棄霞葉歇僧帽，洞艸分香上客裾。積儉振家風俗美，繁寒傷橋地祖虛。他年若為兒孫計，合卜於菟向此屋。

入林屋洞　　王寵

白觀已仙去碧山遺宝符齋心扣靈闕企石窺清都
雲堂褭撐柱百人可跏趺白玉斲陰棟青蓮綴流蘓
昔人煉液處淋羋鬱金鋪石乳纍而長交錯如珊瑚
蛇行屢迴互磬折窮有無限之祉生識鳥篆空模糊
時聞神鉦鳴地底越江湖眞濛翳日月窈窕通蓬壺
悠然遂雲卧心將天与徒羽毛如可就千載有龍徂

丙洞　前人

天傾霞石開日映雲門敞夫容秀絕壁菡萏排仙掌
下窺黯無垠跳紭有象丹藤蔓冰壑蒼苔蝕銀膀側
野鹿浥飛泉寒兔逃外莽攀蘿眷仙灵祈麻私向往

訪道空名山前途浩渺渺誰令獨去憂扣武陵意想

曲嵓　前人

乘雲欲先登扳崖紛廣眺孤峰上寒日平楚騰餘燒
天高風物緊地迥山川敻飢鶻下陸梁哀鴻相叫嘯
企石揖雲帆披霞迎海嶠空水空汎瀾虛無自余照
林深蒼谷神辟仄圖景耀光風爛芝苓玉髓滋蘿蔦
樵隱自夷猶末路多奔峭懷哉甪里公千春可同調

林屋道中　前人

海嶠雲霞虛翠屏閬風吹袂飛真行壺中樓閣天齊
動石上瑤花冬自榮遂有浮丘來馭鶴似聞子晉解

吹笙金庭玉柱千年閟日月崢嶸婗此生

遊林屋洞　　胡纘宗

洞中別有天我亦地中仚屈曲山斜入磈礧石倒懸細翻禹貢讀高枕道書眠去〻復幾許龍宮還窅然

又　　前人作

繫馬靈宮第九天紫霞丹灶坐羣仙金庭空濶蛟龍鬬玉柱玲瓏日月懸改火欲烹山乳食掃雲初藉石牀眠隔几不隔岳陽水黃鶴飛〻何處邊

林屋洞口古井二絶　　王鏊

聞有紫隱泉真誥云包山有白芝又有隱泉之水止紫色華陽雷平山有丑公泉飲之除腹

卷廿一

茁

中之虫与隱泉水同味云是玉液之流津閟在靈岩
也用以浣衣不用灰此爲異矣
境金庭不可扣且此汲寒井洞口有深井雲漿湛虚
空我來攜一罌會与仙源通

縹緲峰 范成大

滿載清閒一棹孤長風相送入仙都莫愁懷抱無消
豁縹緲峰頭望太湖

登縹緲峰絶頂 蔡羽

莫訝登高不用扶手招鸞鶴與如何環來島嶼人間
小側去陽塢寒色多虫下雨來浮碧靄伏頭霞去落
蒼波千年石上仙人迹爲問王喬幾度過

登第四峰　前人

青磴去已遠蒼藤住未能山高鳥不到天近氣先凝
掃石喜無事開岩初得朋落霞三萬頃俯首看吳興

登縹緲峰一首　王寵

宵夢升天行明登縹緲岑圜海湧鯨脊大漢對鰲簪
吳粵倦周覽乾坤滂淳沉千嵓連拱帶萬頃逼侵淫
歊蒸塞靈灝氣候異陽陰寥寥囁雲磴落落捫河參
鵬霄迩灵岳鳳野開煩襟偓佺空中語蒼虬烟際吟
天衢非所術起駕有遐音覽化自靡足懷仙傷吾心
臨風寄瑤草遲爾崑山林

縹緲峰絕頂　　前人

絕頂親扱日月行，五湖如帶自廻縈。山川歷ㄴ分南服，今古茫ㄴ混太清。万里風烟臨海嶠，百年身世悵浮萍。未騐鸞鶴雲車遠，兀坐松杉濁酒傾。

第四峰登眺　　前人

絕壁已天半，廻峰獨翠微。磴危尋蘚迹，風引曳雲衣。野燒孤烟長，川光落日霏。樵歌深自鼾，應飽北山薇。

登縹緲峰　　徐禎卿

靈峰峻偉插吳天，鹿道斜通路草間。波湏逼疑下方雨，烟明微見隅州山。藥苗細染雲絲碧，石縈重生雉

尾斑麈骨未仙由不得剛風吹冷布袍還

与客至林屋洞　蔡羽

方丘茂草溫五月入溪寒古洞仙娛引丹狀法大觀誰嬪灵迹隱我愛石樓覓袖得長生術常將鍾乳飡

林屋洞　張雨

山中春水從蜺骨長於樹拏舟探穴口甚深不可渡窮冬枇始華爛然朱光處

洞庭山　周禺

玉柱金庭古洞天兩峰中斷碧波連涞来甪里人如玉笈去毛公骨已仙山有樓臺天在水地無蛇虎橋

爲田沙頭鷗鷺如相識曾駐郵車記昔年

自胥口泛舟太湖至洞庭　楊循吉

西望茫茫接幾州群山無數障中流飛帆半日纔能到賭命今番始得遊城裡見天無許大漁中覓飯有何愁穚商渡慣心猶怯恠殺衝波一小舟

自靈嵓至西洞庭四首　袁袠

靈嵓高處是琴臺舞榭歌梁已草萊西施洞指雲中出范蠡舟從海上來

龍爭虎鬭事千秋越壘吳宮麋鹿遊更分震澤爲彭蠡亦有三江養十洲

州

天開地缺浸方輿滃滃波濤混太虛縹緲峰頭看浴日毛公垓下閱丹丘

七十二峰天削成青蓮萬朶画亦明若爲飛舃都遊遍不減蓬萊頂上行

遊西洞庭山記　　前人

夫覽山川辨物宜稽民俗舒性情遊之概也西洞庭去吳城百里予自胥口泜山館於林屋山人山人負經濟之學敦奇而山居曰山創樓名曰玄秀消夏環其前縹緲倚其後山之勝萃於茲矣是日也遂登縹緲之顛山有九峰而縹緲獨峻崚而上披而前既登

卷廿一　芑

則東洞庭如帶而七十峰特小湖常諸山皆若屏拱落日陷波中金紫萬狀遊之明日泛消夏灣觴於小龍山而踈又明日渡蔡嶺憩明月灣登石公山山之陽有石坂其半沒於湖猶可坐千人乃相與濯足而歌曰山屢屢兮石如砥湖澒洞兮百川委又觴而歌曰震澤定兮水朝宗億萬年兮仰禹功於是捨陸而遵舟復館於蔡氏明日乃遊上方諸寺山人知予將踈明日乃同遊毛公壇觀林屋洞洞深黑而中甚卑入者皆俯而進余獨與文子探隔凡而出題其旁曰通仙隔凡洞之最深處也山人曰子歸矣山有曲嵓

其石如黛峻而秀不可以不觀乃觀之遂張帆而昳表子曰西洞庭東南之沃壤也梅梨橘柑楊梅枇杷魚鹽茶竹之饒錯以良田山之人朴願而信塗無婦人可不謂美乎自夫差以來不被兵燹抑又美矣同遊者伯氏邦正文子壽丞潘子修伯山人者蔡氏九逵也復有諸蔡皆同遊歸之明日而記其事嘉靖庚寅夏五月六日

消夏灣記　蔡羽

山以水襲爲奇水以山襲尤奇也載襲之以水又襲之以山中滋池沼寬周二十里舉天下之所無奇之

又胥消夏灣是也灣去郡城且百二十里春穐時吳
子嘗避暑因名消夏自吳迄今垂二千年遊而顯者
不過五六輩其不爲凡俗所有可知已湖之峰莫大
於色山〻之峰莫大於縹緲縹緲峰高不知其幾里足裒
五十里有胥也峰之南水道三十里爲莒溪其能与
莒溪參者諸巒抱其外也莒之舟北行三十里以求
縹緲峰其勿能与峰直者亦諸巒爲之拒也四面峰
巒交萃獨以一面受太湖中虛如抱甕其南列門闕
焉由門闕東西盼西爲龍頭山其次爲小洞庭爲石
蛇爲舍爲燕爲鼠闞之石不得而名焉東爲大小明

月湾為石公為峰為厥為三山不得而名焉明月之湾其背為梭山厥土墳垆厥産林禽鴨脚櫻荈柚柿梨栗龍頭之背為圻峰厥土白磔厥産玉石盧橘中消夏之腹印湾其上下有下無為衆安之洲帆落洲上則四面環合為屏為翰聳妍効竒以与縹緲朝貢峰之巔有草無木其麓多木無草丹宫梵室蒙蔽林林靄鐘鳴鼓應然後知仙釋之廬魚行鳥過形影交徹帆翔其上而莫之知避也夫地既異而處甚僻信乎遊者之難至矣向使移置之附郭則撰壺觴秣車馬者日不暇給苟日不暇給豈獨凡吾湾哉人將焦

收

焦乎劍負以趨萬物失所矣夫造化無意者也設是湾如有意鬼神之秘不得而与非其界其事孰能樂之於戲非惟去之人不得而樂湾之人亦莫得而樂也予去屋湾上有所獨得私志之

銷夏湾　范成大

蓼汀楓渚故離宮一曲清漣九里風縱有暑光無着處青山環水、浮空

又　高啟

凉生白苧水雲空湖上曾聞避暑宮清簟疏簾人去後漁舟占盡柳陰風

又　　周南老

湖流抱山曲平林俯風渚十里足清景六月不知暑
陰厓振靈籟飛波洒凉雨桃笙凝翠濤梅寒生白苧
氷簟晝不捲恍疑眠洞府時異景亦殊湖上空延佇

又　　王鏊

四山環列抱中虛一碧玻瓈十頃餘不獨清凉可銷
夏秋来玩月定何如
画船棹破水晶盤句句夫容止好看信是人間無暑
地我来消夏又消閒

又　　王寵

卷廿一　　平

十山玩廻轉溲闋開嶙峋圖作玉鏡潭流水桃花春鷄犬自甲子衣冠乃秦民表裡重湖阻丹青四望匀孤峰表日觀群嶂摩天垠波光别駘蕩霞彩相鮮新疑觴西王池誤攀織女津海鷗戲蘭薄潛鱗瑩心神牙檣悲昔幸玉輦罷今述榮華無常玩山水有天真塵纓聊以濯慚尔擢歌人

湾中覽古　前人

帝子樓船天上來渚宮巫殿海中廻山河錦綉千年觀歌舞風塵萬壑哀澤國魚龍吟落日荆蠻雲物悵登臺茫茫今古渾無賴直北長安首重回

練瀆　高啟

吳越水為國行師利舟戰夫差開此河艅艎試親練十萬凌潮兒林比佽飛徒鼓棹急風濤揚舲逐雷電當時意氣盛謂已無句踐鷗避去沙洲龍愁閉淵殿恃強非伯圖倏忽市朝變臺上失嬌姿泉間掩慚面至今西山月恨浸秋一片猶有網漁人時時得沉箭

又　周南老

夫差習水戰決瀆湖之傍回瀾滙衝激破浪瀦汪洋千艘連舳艫三軍練艅艎一鼓山岳傾再鼓波濤揚焉知君子卒潛涉江中央江湖利並失兵弛不復張

奉陪太傅王公練瀆泛舟二首　蔡羽

山曉鍾冥冥石門樹歷歷餘霞烝初陽微颸轉孤鷁
水宿凌晨光境絕欣所遣回纜挹長川搜墟踐空辟
古人練兵處滄洲長長荻冬曦娛公旌萬壑盡昭析

二

逗舟網罟村假楫陽烏屋山從鏡心迴水接海表虛
羽族儔琛華公行亦觀魚緣霞興悠悠度水行徐徐
已叨形骸非獲奉談塵餘謝公從遊徒曳裾容散樗

明月灣　高啟

木葉飄乍脫霜鴻夜猶飛扁舟弄明月遠度青山磯

明月處〻有此處月偏好天濶星漢低波寒芰荷老
舟去月始出舟迴月將沉莫照種〻髮但照耿〻心
把酒酹水仙容我宿湖裡醉後失清輝西嵓曉猿起

又　周南老

秋高木葉下凉月照湖曲陰精濯浮金氷壺炯寒玉
露澄彩奪鮮波涵光可掬蘭舟棹空明良宵清氣肅
萬象森寒芒川澤盱駭矚把笛不敢吹湫龍豈容觸

同　謝縉

湛墟一湾穐冷浸萬古色風定水自磨烱消鑑常拭
澄光共涵映清氣交侵逼誰將廣寒宮移入水晶域

春言雲皈〻毋使雲羅黑

桃花塢　　徐禎卿

猶有嘉名照荒寂，百年塵跡已都非。繁崖日暖桑麻貴，沃土風輕荳葉肥。草木歲深應委腐，山原春好久芳菲。誰能更買千株種，走馬來看十里緋。

綺里　　高啟

高皇本壯士，提劍定四方。晚為兒女情，悲歌起徬徨。愛子欲建儲，寵姬方侍側。須驚四老人，謂已成羽翼。大臣豈不諫，事能斡天机。彼翁何為者，足見人心歸。始潛避秦君，終出安漢嗣。去羅鳥觖羈，舒卷聊自肆。

我來甪里村如入商顏山紫芝日已老鴻鵠何時還
斯人神仙徒千載形不滅猶想蒼苔中白頭臥松雪

登莫釐峰記　王鏊

兩洞庭分峙太湖中其峰之最高者西曰縹緲東曰莫釐皆斗起層波矗逼霄漢可望而不可即成化戊戌予疎自翰林丈吳縣天爵過予於山中相與窮溪山之勝行至法海卿見異峰寺僧進曰是所謂莫釐者也文振衣以升衆皆繼之或先或後或喘或顛至乎絶頂而休焉天若爲之寬地若爲之闢西望吳興㵎淼一白有若雲爲隱見天末或曰下山也北望姑

藴横金一帶人家歷歷可數有浮圖亭亭曰靈巖上
方也東望吳江雲水明丽帆影出没若有若無蓋七
十二峰之麗三萬六千頃之竒皆一覽而在目大抵
觀乎相与席地竹觴踞石賦詩久之暝色四合微月
破林湖光湏洞岩壑黯黮乃相与循旧路而踈鳥語
有之不登高山者不知天之高也不臨深澗者不知
地之厚也莫疊猶尔况所謂泰岱恒華者哉予以是
知學之無窮也故記之

望洞庭寄翠峰長老　陳基

一上尭峰望洞庭東山只尺勢堪凌橘林霜老金千〻

顆紺關雲藏翠幾層平古獨来尋晉宋酌泉誰与别
淄澠戴君自是忘机者相約同參大小乘

湖上望西洞庭　吳寬

百家棧上望西山縱目遠過消夏灣未遂真遊勞指
點聊憑高興去躋扱石崁相距幾十里林屋都來有
萬間報与山靈須少待會將親手扣企関

和徵明登東洞庭　徐禎卿

鳩僻雲深石徑紆漸從平履涉崎嶇炯迷遠景山藏
屋林遠微明日墮湖佳境到時應就宿肩輿停處合
臨罔莫躉絶頂屈還上得似鄰峰縹緲無

又和遊洞庭將歸再賦　前人

名山本自饒靈異還倚高人品價高梵宇留將題壁偈水妃傳作步虛詞遥聞暗浪風生早欲發疎帆月落遲知是不貽猿鶴怨雲栖元未有心期

自西山踈東洞庭　王鏊

西來暝色一帆孤纔見青山忽又無白借天光猶須洞里添雲氣轉模糊人家遥指來旧諳塵眼頻揩見却初迷作惜無摩詰句五湖烟景若爲圖

与嚴太守道卿同登莫釐峰　前人

微雨發春妍東風花外軟良朋約佳遊遥指莫釐巘

平生山水心老脚肎辭爾壺觴紛提携曲磴屢迴轉小憩山之腰秋景漸披蔵紫翠盖幢翻青黄綉裀展須臾造其顛四顧目且眩太湖小汀瀅風帆時隱見吳門俯可掇越嶠杳堪辨摩挲旧題名斑剥半苔蘚日斜下山椒肎尒迷近遠問途值樵夫失脚悔已晚懸厓颭伶俜絶壑窺澳沍熹微認前村山寺吠鳴犬解衣得槃礴俯視坐猶喘韓公躋華岳正自恐不免登高勿知猒持用戒軒冕

登莫釐峰絶頂二首　朱琬之敬

春山結伴好登臨萬仞凋霞屐齒深大海東迴拖白

練群山西走列青岑一隻日月懷閒玩七十蓮瀛鏡
底尋安得神仙不死藥餌之於此捫天心

二

殘臘已破春乍臨春雲布地春山深懸崖掛壁入蒼
翠翔鸞舞鳳羅敷岑六龍停車不敢度四海指掌亦
易尋我欲乘風跨雲鶴翩然下浴瑤池心

洞庭山　范仲淹

吳山無此秀乘暇一遊之萬頃湖光裡千家橘熟時
平看月上早遠覺鳥來遲近古誰真賞白雲應得知

遊洞庭　湯仲友

寒色滿空山脩然一徑開鳥啼黃葉外人度翠峰間
古殿藏雲氣唐碑帶蘚斑未窮幽絶處興盡忽思還

過洞庭　唐珙

西風吹老洞庭波一夜湘君白髮多醉後不知天在
水滿船清夢壓星河

洞庭曲十首　金信

竒峰七十二菡萏青蓮開遥看出雲雨不似楚陽臺
海客走相報龍王嫁女來雷車挾風雨高浪白成堆
波濤三萬頃倒浸中天月蛟精戲神珠開扃白銀闕
洞庭西去浪出没有隻雷遥看青雨雨不識其雪堆

浩蕩太湖水東西兩洞庭吹簫明月裡龍女坐來聽毛父来刺船遂入林屋洞〻户夜不扃風雷自相哄雌風吹雨脚龍腥湖上聞小姑彭蠡至来謁洞庭君日落洞庭波青山風雨作平龍挂修尾有似青旂脚湖上望蘓臺水与青天遠長風送飛帆忽到長洲苑有客浮槎去槎頭挂客星仍將莫邪笛吹与老蛟聽

望洞庭

楊維楨

瓊田三萬六千頃七十二朶青蓮開道人鉄精持在手嘯引紫鳳朝蓬萊龍子卧抱明月鬢吏化作桃花騘尒雲槎子何處忽飛來蓬萊之淺今幾尺黄河之

清今幾廻雲搓子云是趙江上來但知東方生賣藥五湖上不知張使者北犯北斗魁雲搓子吾與尔何哉汪公釣竿在東海潮墅桐江〻上臺

洞庭曲十首　　前人

日落洞庭波吳娃蕩槳過道人吹鐵笛風浪夜來多

道人鉄笛响半入洞庭山天風將一半吹度白銀湾

仙橋大如斗泛之過洞庭江神渾未識喚作楚王萍

海客報奇事青天火毬飛明朝雷澤底新有落星矶

網得珊瑚樹移栽瑪瑙盆夜來風雨横龍氣上珠根

海上双雷島渾如灩澦堆垂龍拔山脚飛度海門來

卷廿一　毛

潮來神樹没潮去神樹青雲裡天妃過龍旂帶雨腥
客入毛公洞〻深人不還明朝探禹穴相見會稽山
太液象圓海金蓮夜〻開水中萬年月照見崑明灰
秦峰望東海雲氣常飄〻桑田明日事奚用石為槁

洞庭山　周南老

兩峰東西峙對屹具區澤波搖峦嶂浮雲開倉翠積
地古山有灵蛇虎絶蹤跡林壑窈而深中有真仙宅
威靈探禹符竆函振金策信有不死方奚為異今昔

送人之洞庭　姚廣孝

西風飛錫度如舟來向湖閒作勝遊七十二峰青一

色君看何處獨堪留

洞庭謡　　前　人

東洞庭西洞庭兩山突兀摩空青七十二峰在其下氣勢直与秋旻清太湖三萬六千頃夫容秀出漫亭亭湖底闢林屋洞羅浮句曲通仙靈嵐雲水氣互出潛没渾洒八極風冷冷晦冥变化不可測波濤洶湧如山傾鮫人停織百怪屏瀟耳洴湃千雷鳴魚龍騰躍兕物泣舡檣摧折舟人驚斯須陽動忽開霽波平湛湛瑠璃明林巒無處不蒼翠島嶼日照花冥冥斯山景物豈止此千態萬狀猶難成中有空宅亦有仙人

卷廿一　三八

扃翳塵不可到勝槩如蓬瀛神僧還迴看杯渡帝子下降停雲軿我昔畏險曾匆過兩山每對空傷情我歌洞庭謡請子為我聽何由乘槎尋子去翠峰深處藏餘生

洞庭緜秀歌　吴信

洞庭之山秀而靈東西屹立如畫屏試歌洞庭緜秀歌請君側耳為我聽太初元氣合胚凝上天好奇遣六丁鑿開混沌見兩青鎮以白玉之柱黄金庭副之七十二峰碧稜嶒太湖一水清迴縈佳氣四時互鬱蒸儼如蓬萊三島浮滄溟帝禹之功何有能真是天

造地設成縹緲欝嵯峨莫巃嵸崢嶸勢如虎豹形名巍眉攢日月互吞吐相霞發精熒草木葱菁紫翠層灵迹勝景難具称攢雲嶺上雲英々夫容山下花冥冥明月灣頭夜深明月明錦鳩峰頂春煖錦鳩鳴王母西來駐雲軿吳王銷樂醉夢醒樂天遨遊為揚舲子美水月鐫碑銘藥墩煉藥有蔡經仙坛仙人綠毛生東園綺里芝草茁紫莖雪竇古井涵清冷翠峰浮來神鍾吼華鯨峯折海眼瑩碧開兩晴林屋龍洞水氣腥中有石鈕石鼓扣之声鏗々灵威丈人昔曾行神景宮中古檜如龍形上有百尺兔絲下有千年苓

卷廿一　元

道人斵苓食之白日能飛昇古来遺跡信可徵緫是樂遊耽適漁樵盟未有政如房杜文如班馬之輩出此畱芳名　聖朝文化四海咸賔興　國初伯昂山長殊有数年来吴分當奎星山祇水后合献禎多士濟濟皆登瀛東麓使君衣錦榮愜弘王綱闡　帝紘少年狀元向亭馨文魁名振白玉京蔡子干将出豊城藻思如泉新發硎後進雖未加冠纓文物礼樂能相承史君精神玉壺冰龍駒已膺月旦評王郎氣象百障增風雲際會皆可秉偉哉洞庭鍾得天地精千年孕育今大亨虎丘蝟縮獅山鶩氣勢直壓華与恒

請君爲我繼此頌太平

吳都文粹續集卷二十一終

吴都文粹續集卷第二十二

長洲錢穀編集

删去

遊石蛇山記　蔡○羽○○

亀鼊龍蛇之山大抵皆花石之材嵌者空竅濟者瘦利然皆不於山之腹特出於波濤亀鼊龍蹲皆負林麓走飲於湖惟蛇山爲不然當太湖之西北背龍頭而迎風濤截乎大洋故境愈險而愈奇㕘必得而觀焉正德乙巳清明日与客放舟龍頭西踰小洞庭還見聚落十餘家爲烏泌井厥石萬狀恍ㄍ爲洞ㄍ爲

緣於嶺岏不敢搖動然去蛇山尚十里客請乘東風
之便乃從烏井解舟纜薄蛇山之東還見大石劃下
若有門闕而無人蹤傾其勢而㪷水尚急舟不能停
緣辟里許則山之陽也岸始舒水始緩若有里墟而
無垌大鳥嬰獸窟以巢其間者大抵皆柔石之人厥
崖惟廬厥坎惟炊厥寢惟幾以漬以斂維石之宜始
舟人与岸人見獲通語言而汲詰潭未可卒進投竿
測之視岸人指〻止行焉始獲登〻其丘山空地
奔足有報躡其巔梯斷石滑側身而不能前復擧帆
去則山之西麓矣辟愈高石愈亦若矣客聞花魚龍

蛻甲上者屏列下者楇卧隐〻波底者不可窮状所見既異而境復迁僻由是領舟辟下環臥涯游客皆引滿載欲晨徂而暮忘返夫蛇山掌石耳其勝頗出黿鼉龍頭之上余与　甚迩而平生不聞其勝一日跨波濤觸烟霧獲覩其奇則古之不言石蛇而言黿鼉、者有以也噫物愈奇則愈難余志石蛇之奇俾還好奇、者覽焉

遊石蛇後記　　前人

山林之与臺閣其味不相堪非止甘苦也閣有勉嗜之者得之必不深与之必不能相忘惟太傅王公則

不然去臺閣投山林釋軒冕憩泉石爲返古踐真曾無纖芥耳與目惟恐其不遠情與度惟恐其不廣一日聞濟陽蔡羽言石蛇之奇欣動不已期其歲己巳之臘八挾小一舸載輕麾奮發乎消夏灣之上以羽佐座貳之以扣舷之客緣大小明月灣絕流西去瞬息而達蛇山簫管一鳴林谷振响山精水怪潛匿而不敢出乃與客冥搜乎嵒穴循環乎溪澗扶搖乎撏覔之間高駕乎洪濤之上以吐納烟霧履峭絕跨蓁莽與徒夫爭先而公不知倦於是水報洋洋萬籟俱和通乎耳矣東過雲溪西過夫椒通乎目矣仰周八表

俯撥九㵎通乎度矣鼉吁而鱉歙羽翔而鱗集通乎情夫山不必高王公一踐之三萬頃之勝可以撫而有也雖老於山林曾不如又何嫌於臺閣日欲落公手剥石衣書名於壁而去蔡羽記

過石公山　王寵

島嶼屢崩奔石林突參錯朝雲正吐秀冬水亦漸涸槎牙熊豹蹲蜷曲蛟龍蠖波濤激中洞嵐靄紛上薄金膏赤日流石鏡青天鄂表灵徵名罔疋賞諧幽諾蒼鼠不驚人冊楓時自落茲焉可投綸畢志甘塲藿

思夫山　高啟

江上曾看望夫石湖中今見憶夫山夫君好采山中藥獨長生竟不還不似蕭郎与秦女得來鸞同去彩雲閒

又　　周南老

峨々湖中山々崦閒石扉應知避秦者遠与世事違良人採藥去歲久不復歸天寒翠袖薄日夕勞夢思化作山頭石引頸雲依々山石或可轉妾心終不移

又　　王賓

夫来采藥避秦昔妻守空廬獨淚多非是妾身甘憶死恐夫憔悴在山阿

思夫山相傳秦時有人採藥不返其妻思之至死
故名

望大小二貢山　王逢

大貢如大人小貢如小臣大人方正笏小臣亦垂紳
太湖七十山而此我所珍清淑萃間氣端厚凝風神
岳路蓮一朵海偃月半輪遠分馬跡秀近奪蛾眉真
岫峴蔽素夕雲盍擁高晨深谷虎豹隱幽絶狐兔隣
將軍雖相望邈若越与秦我行柯村外紫翠忽鮮新
不無灵異栖飛度招隱淪洶洶白水波杳杳清路塵
芳尊被中沚采之淚盈巾父老昧知識謂我諸侯賓

我豈諸侯賓均是天王民

琴山八首　　蔡昇

誰將太古琴橫向洞庭陰山泉泠泠响彷彿絲桐音

白浮山

水面有浮山色白勢突兀浮焉胡不流非浮胡不沒

五浮山

有客報我五星隕流向太湖為石頭下有巨鼇負之浮羅列水面如企洲不識其語讖然否誠然亦逾萬万秋我欲汎彼木蘭舟五處岩巒皆尋幽只恐上帝不肯由故遣夸娥一子收收去人間何所投五岳各

与滲一丘山灵如此先當愁

烏蚌

烏蚌在湖水〻流蚌不移圓月出山頂疑是吐珠時〻

綠石山

南山層〻石非紫亦非白寒暑亘千古長是莓苔色

夫容峰

一朵金芙蓉雲根在土久伊誰能折之擘山巨靈手

玄龜山

山根有玄龜電尾將若行夜雨長石髮彷彿綠毛生

西湖灣

卷廿二　五

湖水清湖堤平薰風芰荷氣急雨菰蒲声湾中漁人夜吹笛宿雁飛起眠鷗鷺

禹期山　相傳禹會諸侯於此　王賓

堯時神禹會山巔洪水滔〻勢接天今日三州祖賦地秋風禾稻自年〻

射鴉山　吳敏

東山空濶原埜平吳王養鴉築高城秋天飢鴉未飽食側翅下攫殊無情守城武士心孔悪旦夕窺弦捕鴉鴉雕弓一展羽箭發鴉也時從半空落山人學射藝漸精遂使山無鴉鳥鳴却思勾踐侵吳日何不令

之射越兵

大小竹山　前人

竹繞山山映竹山色長青竹長綠大小兩山何處同瀟湘坼頭淇水澳昨朝山上清風生翠梢遙動鳳凰翎今日山前晴旭照綠陰滿地鷓鴣報鷓鴣敎啼未絕兩山雨濕琅瑯鄉

登西湖小洞庭　吳鳴翰

春波飛雪打芳汀扶醉来登小洞庭金闕夫蓉千疊嶂玉壺天地一孤亭直須橫槊歌明月更擬浮槎作使星不獨坡仙誇嶺海茲遊還許紂平生

題煉墩　　前人

三江引去桃花水露出波心小玉屏四面海天涵地白一方烟霧破湖青登臨有客鶯浮去今古無詩咏落星若此湖州仍見似便應添箇看鷗亭

鎮下放船過東山　　范成大

打頭風急鼻雷鼾醉夢闌心鉄石頑惟有愛山貪未歇西山總了又東山

老禪竿木各逢場詩客端來共葦航一任顛風貽高浪滿船欹笑和詩作

社山放船　　前人

社下鍾報送客船凌波過鼓轉滄灣橫烟裊處鷄豚社落日穠邊橋柚山八表茫茫孤鳥去萬生擾擾一舟閒湖心行路平如鏡陸地風波却險艱

東山渡湖　前人

渡船帆飽如張弓倏忽去界寒沖瀜堪輿無垠日夜汎浩浩元氣蓬蓬風湖光日色不可辨但見水精火齊合集虛空波臣川后敬愛客約束秘怪驅魚龍威大千總作大圓鏡光中飛度迷西東蒼茫一身無四辟八方上下惟孤蓬毛仙出迎笑相問何乃自苦荒寒中吾生蓋頭之片尾到處漂搖如寓公猶嫌塵土

碍人眼兹遊勝絶餘難同九衢車馬恍眎夢付与一
笑隨飛鴻〻

踈自西洞庭阻風登黿山頂　王　鏊

親朋挽衣留不住逆風冊向平灘駐灘頭寂莫誰与
言青鞋飛縱顛厓步黿頭有山〻不崩東望東海西吳
興群峰羅列七十二如拱如立如奔騰我行天下亦
多矣所至有山或無水其間有水却無山何處能兼
山水美蒼茫萬頃浮髻顏惟有海上三神山者然可
望不可到不如此地日夕隨我往与還胡為十年幾
一到風乎亦知吾所好

登縹緲峯　前人

仄徑槃空艱復艱快哉七十二峯顛星晨（辰）可摘九天上吴越平分一水間日轉林梢看鳥背烟横谷口辨人寰屋然自可小天下誰道吴中無泰山

明月湾石坡　前人

巨石陂陁扱（板）揉平三山當面看雲生何當子夜重來此濯足滄浪對月明

石公山石洞　前人

石公之景殊不惡巨石懸空欹不落爭知不是補陀山中有仙人像纓絡

石公山試劍石　前人

懸崖峭壁立千尺，有洞虛明忽中坼。吴王寶劍烏能然，恐是巨靈神斧劈。

石公山　前人

石公幽處無來跡，亦有人家散阡陌。我船欲開還不開，愛此暴顏蒼雪色。

崑山　滕繼

一水浹辰外，飛晴如酒醒。臨谿照淨練，陂瞰到高青。翠靄俯深樾，黄雲迷遠洞（峒）。超然信塵表，風袂襲泠泠。

又　孫寔

絶頂地平昜軒囱風怒號半空垂象緯四面湧波濤
洞僻荒苔蘚泉深冷骨毛登臨欲忘返城市最煩勞

登玉峰　陳省華

四望平小獨一峰前峰瀟洒是蓮宮松聲竹韵千年
冷水色山光萬古同客到每憐樓閣異僧言曰得鬼
神功縣民遥喜行春至鼓腹謳歌夕照中

又　范周

萬叠青鴛厭巨崐四垂空闊水天分夜光晴帶三江
月春色隂藏百里雲桂子鶴驚空半落天香僧出定
中聞不將此境評張孟三百年　屬老文

夜發崑山　范成大

歲寒人壅户，霜裏獨登舟。弱櫓摇孤夢，疎篷蓋百憂。但吟今不樂，寧計幾宜休。慚愧沙湖月，年年照薄游。

施元光在崑山病中遠寄長句次韻荅之　前人

四海飄蓬客舍邊，幾多雲水与風烟。絶無旅力驅長轡，空有孤忠誓大川。參月忽垂征馬上，斗牛應挂故山前。親交情話知何許，詩到天涯喜欲顛。

崑山聯句　楊維禎　顧仲瑛　姚子章　張叔厚　于彥成　郯九成

二月二十日，樓船下婁江。破浪擊長舻，楊　驚飈歘髙

杠。梅峰遥古色 姚 石樹鳴悲腔躡墱屐齒〻 張 登堂
鼓逢〻地險立孤柱 鄭 天岳開八窓烏升海光浴于
鳶騫(鶱)風力降畬賦夾闕佑 顧 越謡褋呉嚨仙樵椎結
萃 姚 胡佛凹眉龎婆律嗊獅髯 楊 琉璃照龍缸曾軒
坐疊浪 鄭 落筆飛淙愛此韞玉石豈曰取大缸文脈
貫琬琰 顧 豁韵含鼉缸驅羊欲成萬 楊 種辟得無双
多今文章伯 張 萃此礼義邦龍駒幸識陸 姚 鳳雛亦
知龎翠笄掉文古 顧 崙衲折幔(慢)憧敏思抽連藺雄心
闈孫錣句神躍台劍才提下水艘謦声重寡和髯刀
軭辟扛昆渠詩已就誰謂龎頭瀧

卷廿二　十

登玉峰　夏元吉

崑阜遥看小一拳登臨渾欲青接天神鍾二陸人林
秀勢獻三吳地位偏岩澗下通僧舍井林霏近褋市
廛烟幾時重著游山屐來訪當年種玉仙

同前　沈以潛

嵯峨千仞聳凌空滄海西來茂苑東勢轉江流三里
外翠分嵐影半城中岩前有洞仙家近溪口無花釣
艇通間説幽人茅屋底捲簾相對咏無窮

陪徐天全夏仲昭遊玉峰　劉珏

青峰高聳白雲頭今日來陪上相遊南里晚烟縈茂

茂苑洞春庭水接湖州山中未之連城玉海上空閭萬斛舟勝會況逢全盛日蘭亭不減晉風流

登玉峰　吳寬

崐岡玉石未俱焚木樹危藤帶白雲小洞烟霞藏术客下方簫鼓養山君千家屋屋黃茅蓋百里行人白露外更上淩峰最高處滄溟東去湫斜曛

賦得玉峰春霽　張遠

玉峰小朶夫容秀嵐氣晴分翠接人一鳥啼残蘿逕曉万花開遍石岩春洞雲已出從龍去海燕仍来与客親此日登臨文學彥酒酣離思欲沾巾

秋日舟過崑山　　前人

蘋末起輕颸，楓林葉漸凋。孤村烟樹鳥遠逕夕陽樵估客收村市舟人候夜潮偶因山水勝暫此繫蘭橈

舟中望崑山　　王鏊

雲外孤峯欲墮江船頭風浪共低昂廿年舊事空回首山自閒閒水自忙

玉山辭為顧仲瑛作　　陳基

山嵁嵁兮磅礴太古木葱葱兮雲英英而欲雨日朝出兮在戶光輝輝兮水流其下非君子兮夫誰與處采我蘭兮為佩搴我荷兮為蓋從子于山兮聊逍遙

兮卒歲

郎官柏詩序　　金問

蘇之崑山古之婁縣也地大物盛爲今圻內望邑按郡志城本吳子壽夢所築山在城中而石多白似玉因以得名自昔靈區奧壤紺園琳宇環布其下傳歷滋久荒蕪弗治則委頓於荒烟野草之間至若名人達士高墳大冢皆歷歷在望仁人孝子於其先其封樹等威禮所得爲者宜無所不用其極矣其或丘壟告衰而殘碑賸柝見欺於狐兔而增過客彷徨者自非有忠厚之人居可爲之地烏能興起訖正統丙辰

廣陽羅延齡由兵馬副指揮來宰是邑既視篆即進父老詢民利病而興除之曾未浹期政和歲稔輿情大悅暇日復從吏民循山之麓顧瞻徘徊喟然嘆曰山為一邑之鎮民賴以安而凋弊若此非古人教護屬功之意乃率其民相與植栢於上鑿石通路而塞其旁路經理既嚴樵蘇絕跡且方事之際陰雲蔽虧霢霂時至未幾而條枚四合蒼翠彌望邑人感之名其所植為郎官栢儒林君子即其題為詩以美之兵科給事中王用朗等謁予文以序其篇詩不云乎維桑與梓必恭敬止靡瞻匪父靡依匪母蓋人之思慕

其親而不見則寄情桑梓而不能已焉矧体魄之所安乎漢天子以之而來趙陀安君平以之而激翁人之念天理民彝有不容已者不待丁寧訓告而自然之應捷於桴鼓此郎官栢之名所由著也嘗憶徂徠新甫使无生植則亦魯邦之培塿耳而詩人詠之万邦誦之千古之下傳之者豈徒然哉然則延齡之德与茲山茲栢同於不朽者寧不本於諸君子之言乎

郎官栢　　張和

君不見河陽花胡為蹴踏餘塵沙君不見桃江柳一夕霜風变枯朽何如羅庚種栢盈吾崑佳氣鬱鬱山

長春草閣翁仲仰深庇泉下髑髏懷至仁層陰扶疎霞荒土夜半精神作人語喬柯秀拂寒空雲黛色遥連翠微雨寫碑用表吳民情大刻遂著郎官名我歌狂歌頌侯德千載芳声播南國

馬鞍山在崐山縣西北廣袤三里高七十丈一名崑山寔因華亭之崐山而名縣境連接湖海而孤峰特秀上有浮圖其陽有慧聚寺東偏有山神祠西有文筆峰（相傳孝宗時有魁星現於此）山巔有華藏寺南有桃源洞北有鳳凰石及春風亭（夏太常杲建）正統間知縣羅永年植栢千章名郎官栢

登秦望山　　薛振

南登秦望山目極大海空朝陽半蕩浴晃朗天水紅谿巒爭噴薄江湖遥相通而多漁商客不悟歲月窮振纓早迎潮弭棹候遠風予本萍汎者乘流任西東茫茫天際帆栖泊何時同將尋會稽迹從此訪仕公

秦柱山在縣南三十里千墩浦南帶海上有烽火樓基吳時以望海敘吳録云一名秦望山又輿地志云秦始皇嘗登因名

綽墩　　高啓

滈予曾解救齊城偃孟還能念楚鄉嗟爾只教天子

笑不言憂在祿兒兵

又　在縣西十八里相傳唐黄幡綽所葬於此云　周南老

詼諧多滑稽啟寵納慢侮笑取玉環歡拍按育胡舞
天寶志欲滿侈心日益蠱宮車遠播遷魄喪漁陽鼓
胡爲王門優有此一抔土遂令村之祇猶能三反語

虞山　孫應時

長嘯虞山迴天開風氣清南窺五湖近北覽大江橫
歷歷三吳地悠悠萬古情雄觀有如此聊復記平生

遊虞山　倪瓚

陳蕃懸榻處徐孺過門時廿冽言游井荒凉虞仲祠

看雲聊奏翰把酒更題詩此日文獻意依〻去後思

巫咸山　王寳

舊説巫咸已上天楚人歆裡亦千年相傳住處今何在一座青山縣郭邊

虞山　王汝玉

平生不識海虞山覽秀曾同圖画間雲入空濛開倒影僧依蒼翠閉禪關湖田穜熟秋千頃烟浦舟行路幾灣天上崍來暫停轡何當留我老年間

登虞山絶頂有懷吳思菴　周忱

晴登孤嶂俯郊原指點東吳遠近村齊女墓荒枯樹

老言游祠古斷碑存一泓白水通湖口数點蒼山近海門此地向傳多勝跡重來期与故人論

遊虞山　　　吴寬

夜宿相小口清朝喚舟人舟人請所之指點虞山根山如知我來笑迓野水濱藹藹春雨餘翠洗雲中身我本重茲山竦然正冠巾虞仲骨已休高名宛如新悠悠松間路弔古在茲辰放舟轉山塘行行自知津春服亦既成庶以適此春

同前　　　沈周

虞山我隣壤欲往路非遥比來有好抱風日虚春朝

茲藉佳友興理舟訪堯峯嶄喜蒼翠近谿眼嵐霏消
上有古松杉落落旌幢標其下見行人往來禖僧樵
我坐意亦馳豈倏雙屐超何異謝康樂巫湖眺且遨

三月九日舟泊靈山下　前人

霽色澄靈山正与遊人偶一年無多月春三及秋九
勿獻傾郭人隨俗悅親友春風若招邀處處鬧花柳
林華競妍新無復見悪醜間見叢綠中遠映紅裙婦
休云惱山谷點綴亦可取樞趨識壯步屢損驗皓首
尚有散逸流列石自俎豆老夫目中盡未在逐逐走
況當氣力衰孫生還可酒

拂水嵓　李傑

六月西嵓上，南風拂石端。無雲何處雨，洒面作輕寒。

同　沈周

只有看山是勝緣，青鞋布襪且輕便。天收雨脚睎今日，我趁花時遑老年。絶壁雲扶將墮石，谿崖風勒下奔泉。此來不愧空歸去，旋搆新茆揀竹鐫。

陪邑尹沈侯遊拂水禪菴　陳言

百丈崖翻白雪堆，下穿雲磴線縈廻。元陽六月亘飛雨，静夜三冬忽隱雷。花墮真疑龍女地，灵直許虎歆跑開。八風不動摩尼淨，藥我塵心入茗杯。

遊拂水嵓二首　　黃省曾

玉趾遵虞嶺松逵轉次寥覓泉迴島曲攀嶂歷空遥
雲辟懸垂漢風珠細拂霄王孫遊意遠命酒始相招

二

振策凌丹磴珠琲散紫氛翠嵐浮踆日瑶髓下層雲
捐借蒼厓卧琴將玉澗聞古重湖樹迴杯酒接氤氳

舟中望虞山　　吳寬

蜿蜒平野卧青山相見令人獨厚顏徒有詩篇曾記
詠已無筋力再躋攀船頭旋轉涀黃帽水面低擬迷翠
翠鬟旧日同遊者誰在欲從東老學清閒

卷廿三

七

与啟南遊虞山　前人

斜日下嶺西，落日滿川上。晚色催人還，輕舟復遥漾。佳山難爲别，持酒忽惆悵。悠然忽回首，舟尾叠青浪。故人知我懷，捉筆寫其狀。懷土心未除，移山力何壯。便如王維詩，終南亦可望。流觀入中夜，鼓枻起高唱。

舟中望虞山　陳基

一望虞山一悵「楚公曾此將樓船。閶闔百戰捐軀地，慷慨孤忠罵賊年。填海欲啣精衛石，驅狼頗假祖龍鞭。至今父老猶垂淚，花落春城泣杜鵑。

遊虞山　陳蒙

埜店杏花紅滿枝江南天氣早春時青山笑我來何晚白髮催人老不知雲竇雪消龍澗滿星壇樹偃鶴巢危明朝欲盡登臨興還赴雲間羽士期卜

和許大尹虞山雅集　楊循吉

鼓擢琴川來駕言為近遊覽仝化方洽豈俟耶余謀張宴山之巔有酒滑如油雲開見百里南望古蘇州尚湖當其前揆時惟杪秋仁政召佳瑞歧禾鬱盈疇我醉屬公飲勿遺此遐陬言子本邑產古今契良投有月照松杉賓容起互酬攀勝重移席撫遠還登樓粲粲新篇詠廻看風馬牛良會詎亦難餘歡溯滄洲

次韻計明府虞山雅集　王禹

西蜀春星杜老堂此軒高檜与天長且尋蕭禹讀書處莫問夫椒是戰瑒空谷葉報流晚翠遠湖雲影開秋光品題消得羅池客名勝如今定不凉

晚次虞山　皇甫涍

清溪杳無際望々迥行舟海縣雲歸市山城樹滿樓桂餘拔紋興菊近拔衣秋夜發東林磬冷然破客愁

虞山溪行　前人

朝從虞阜出終日愛溪行鷗近看疑下雲遥望若迎嵐昏作海氣風滿助江声莫恨三山隔東看炯樹平

寺門望虞山　　王寵

禪門吐雲氣前与虞山通大海蒸巨壑烟嵐日龍葱
蓮花挺秀辟綉幛羅高岊飛泉四時雨福地千年宮
蛟蜧時出没青天飛舒虹是節属夏首灌木敷丰茸
鶯啼紫岩幽鹿鷟青林中薰風蕩蔦蘿沃雨鮮篁叢
蹇予抱沉瘵未得窺玲瓏還期覽日出夜半千崖紅

虞山在常熟縣西北一里高一百六十丈周四十六里六十六步吴地記云孫權置虞農都尉於此故名按吴越春秋吴太子娶齊女病而死曰必葬我虞山之巔以望齊国越絶書云虞山巫咸所居則虞山吴越時已有之或云虞仲葬此得名一名海虞或云海隅以東臨滄海又名烏目山雖

無峰巒而蜿蜒起伏累如卧龍上有土埞硯礧或
疑其古冢而不可攷也山麓有老君殿旧名乾元
宫宫側有池（宋嘉定閣鑿）又有雪井南有仲雍墓有維
摩菴太公石屋傍有石洞天將雨則雲氣出于中
又西北為拂水岩厓石陂陖水奔注如虹凌風飛
濺最為奇勝自南循山而西有致道觀又西有招
真宮昭明太子讀書臺又西則岳祠諸廟吳王廟
九六里有試劍石又有三沓石与石城石門諸峰
錯峙下有石坛周八十步又西則宝嚴灣其北六
里為破山

遊破山　僧皎然

疊峰百戰後真界滿塵埃蔓草緣空壁悲風起古臺

野花寒更發山月暝還來何事池中水東流獨不回

破山〻居八詠　僧常達

自間依祖寺志僻性多慵以室遺真旨層樓起暮鐘

啜茶思好水對月數諸峰有問山中趣庭前是古松

二

晚望立虚庭心〻見祖情烟開孤岳色雨霽減泉聲

遠樹猿長嘯層岩日乍明更堪論的旨林下筍初生

三

卷廿二　平

一室塵埃外翛然衹麽長睡來聞寢帳鍾動下禪牀
谿浸山光冷秋凋木葉黄時題諸祖意歆石看斜陽

四

西來真祖意衹在見聞中寒雁一聲過疎林飛葉空
心閒憐水石身老怯霜風爲報參玄者山〻月色同

五

真性寂無机塵〻佛祖師日明庭砌煖霜苦藥苗衰
汲水和烟酌栽松帶雪移好聽玄旨處猿嘯嶺南枝

六

古寺凭欄危時聞擊妙机庭空月色淨夜迥磬聲移

漏轉寒更急燈殘冷焰微太虛同萬象相會詰玄微

七

胡僧論的旨物、唱圓成踈揶春來翠幽窓日漸明

禪心親石室蝶翅覆花陰好聽談玄處喬松鶴數声

八

祖々惟祖旨春融日漸長霜輕荄草綠風細藥苗香

月滿真如淨花開覺樹芳谷前鶯囀處時聽詰圓常

烏目山五題 有序　　李堪

余被物役塗汙故羈於人務綢於吏位誠此身為官

府有也今四十加六年始覺老非欲而已至病不期

而自來生何常而本空死如踈而其寂由是登水木
之虛室過烟霞之美夜聞經梵之清韻覽香花之筵
會則心悅以情動目爽以言發綺靡以文著冰襗以
意達前月中隨漕輓牒治金穀事至常熟縣過烏目
山其山左右前後僧居佛宇者有五曰戒壇五皆卒
不可作非高妙也大中祥符三年四月五日序

龍院

林下金仙坊晋門擁夕陽花飛殿塔頂池照雲霞光
松老鶴仍夜洞枯龍已翔中宵動清衆一磬發虛堂

餘題興福寺延福院淨居院永慶寺散見諸寺下

破山八詠并序　　劉極

元豐元年蘇州常熟縣沙門思雅謁予言曰海虞之勝鍾於破山然林泉之勢遊觀之繁無近與遠傳之盛矣自倪瑯州捨宅為寺數百年間偉人奇士往々閒出而入無知者須有以發明之余因而詠之

興福寺

峨々烏目山曾臨貴侯宅重屋昔珠翠峻宇換金碧泉激晨霞明松遠暮雲白宜尔山中人日輪自朝夕

救虎閣

三昧遊深恩結宇依蒼崖猛虎伏危閣拔俞非忌嚴

叁廿三

廿三

齠齔雖覆車危雀猶投懷況我見已忘而彼猶其儕此

宗教院

妙義傳天台迷雲浄如掃初終雖五時修短自三草

結隱非此峰獲藏亦真宝秋來月正圓獨照僧已老

龍聞澗

白龍聞危峰長澗落千尺灵泉應奇蹤高連暮雲碧

寒影凌蒼厓清流動危石八月當正枯猶能変甘澤

常達塔

圓苷[旨]探叏林危言發南華万里疎一空誰云正非邪

門影揺青松曾廻貴侯車猶遺數層塔岌岌凌飛霞

懷迷塔。

妙理悟三伊巍〻抗奇鄮千尺岩下松蕭然獨凌雪

珠影雖青黃月輪豈圓缺危石揭寒泉至今伴清絕

空心潭

碧潭發幽石瀟洒無纖塵寒光湛秋月有物難比倫

羅鈎況無魚千尺徒垂綸到此心已空何用濯吾纓

御賜鐘、

大聲扣洪鍾萬里為形涯鳥聞樓影重星淡雲氣清

餘响繞岩壑林葉如同鶯有客發深省塵耳非謗傾

題龍山　　高九萬

卷廿三　　廿三

古澗滄浪外精藍縹緲間木枯曾閱古龍老解分山鳥道秋迷迹禪房晝掩關詩成游子去流水自潺湲

破山古傳龍鬭而山破故名上有興福寺又有鬭龍澗旁有珠砂洞放生池慶元志引山海經曰虞山之北岡壠相接即烏目山今頂山之南有烏自目澗疑即此也此東北九十步有空心潭取唐人常建詩潭影空人心之句又有舜井

秋晚有懷頂山　孫應時

小山搖落故淒涼想像登臨野興長萬里晴空初雁入一年好景又橙黃極須痛飲償秋節生怕踈鐘報

夕陽搔首故園歸未得籬邊寒菊為誰香

秋晨至頂山　前　人

散目秋郊趁早凉纖雲不點鏡天長松杉沭露連天碧秫稻眠風萬頃黄可惜文書妨勝日又還時節近重陽小山叢桂搘　浮故故隨人作陣香

中夏獨遊上方　前　人

澗水有奇觀山蟬發清歌萬林翠光合深谷凉風多孤遊轉寂歷佇立久婆娑吾生正須此欲去意如何

六月宿山禱晴　前　人

鵲為勉晴喜山如秩秋夜凉蟬聲起筝琵雲影散牛羊

神理應難昧民憂敢自康平生靜中趣未猷宿僧房

詰旦喜晴　　前人

一壑有幽意三年幾獨來龍鱗松薜荔翠羽石莓苔

潤喜朝光動清知嵐氣開山前迎父老同作笑顏回。

宿頂山白龍祠　　梅詢

千株碧擁雲樹五一綫紅泉透石飛童子怕寒爭閉

户夜深風雨有龍歸

頂山上方　　程準

雨歇黄梅後秋生麥熟前偶因金馬客來訪玉龍泉

竹葉一尊酒榴花五月天不妨扶拄杖行到白雲邊收

頂山　周霞賓

路轉清風徑泉通古石橋規模灵隐小景像上方遥書壁藤牵袂尋源草没腰每懷登覧日東海暮生潮

遊頂山龍潭　李光

招提清絶尉諸方谿繞山園勝氣藏好在池塘存旧址依然花木隱禪房風生殿閣元無暑雨後松篁自有香日暮不敎清興盡更登絶頂瞰微茫

頂山在破山北十二里上有高女峰相傳齊景公女葬此白龍池在烏西北有水簾洞两水合流從石厓下注漫流若簾云。

福山　　徐有貞

冒雨衝風泛綵舟，共君載酒七峰游。海門東望天連水，江市西来樹隱洲。喜有錢劉新著作，能無王謝旧風流。登樓莫漫題詩句，留与山僧作話頭。

又　　李傑

九日携壺上釜峰，海天萬里浄秋容。百年幾度尋清樂，廿載重來認旧蹤。漠〻水雲開復合，離〻霜樹淡還穠。當時老衲今何在，窓下依然偃一松。

福山在縣治西北四十里，高九十五丈，周五里。本名覆釜，唐天寶六載改爲金鳳，後梁乾化三年又

改今名山麓有東岳竹祠

鳳山　　徐恪

家林原在鳳山前，綠野茫茫際讓川。直道曾遭展禽黜，知机不似李膺先。悠悠往事今何較，落落虛懷我自便。臥起兩峰如濯翠，炉薫聊復對遺篇。

遊秀峰即河陽山　　楊維禎

河陽山色画圖開，絶巘懸厓亦壯哉。華表不聞仙鶴語，醴泉曾引鳳皇來。玉魚金盌埋黄土，石獸豐碑長綠苔。獨有桓桓丘隴在，秀峰相對讀書臺。

又　　陳繹曾

平生丘壑愛躋扳，此日披圖意任閒。江浙去題龍虎勝，海虞行看鳳皇山。鶴來華表千年後，雲在丹厓萬壑間。聞有青囊書卷在，訪仙求術待秋還。

登鳳皇山次徐亞卿韵　王禹

身世平生此石坳，只應猿鶴是心交。謗勞神物護丹禹，豈有文章奪鳳巢。山鬼吹燈扃夜户，石泉分茗趁齋庖。苦吟未就渾忘寐，雲外霜鐘莫浪敲。

河陽山一名鳳皇山，在縣西北四十里，高一百二十丈，周七里。山頂有井，嘗出醴泉（見水慶寺碑）。又有梁朝古檜及唐狀元陸扆讀書臺。

登穿山　劉玨

屼立晴沙翠作堆是誰移得小蓬萊渡厓不逐秦鞭。去一穴渾疑禹鑿開挾雨龍從雲裡出看花人自洞中回酒酣倚杖層巔上笑指滄溟水一杯

馬進士抑之穿山送別　前人

五典三墳滿案堆君才不讓呂東萊池邊夜月蘭舟泊花裡春風絳帳開已見陳蕃待徐孺還期孔子禱顔回多情最是穿山色飛入離筵相別杯非

又　徐有貞

一峯秋水骨兀立浦雲邊地僻通靈邑門開似玉闕

碧分芳草色蒼入古苔斑爲有劉安客題詩咏小山

又　　　陸　杲

早朝天上黄金闕墮落腰間白玉環愁殺奚奴尋不見却來年地作穿山

又　　　陳　蒙

石門空虚誰鑿闢薜荔挂影蒼苔積懸厓偃樹鵲栖巢古洞出雲龍故蟄

穿山在州東北五十里高一十七丈周二百五十步中有石洞前後通徹故名臨海記曰海虞穿山下有洞穴高十餘丈昔有海行者舉帆經其中今

考其洞上猶通人往来而其下爲地去海已遠旧
屬常熟縣今分隷太倉州

鎮洋山記 在州治後壘土爲之 祝允明

弘治十年蘇州府新建太倉州成遵詔命也堪輿
肆其樞烝黎矣其鎮而巡撫右副都御史朱公瑄建
白之太守曹公鳳主維之同知萬公祥等申畫之所
以造規攻工凝績垂遠咸出於州守李公也初治廨
既立百具皆作而相維沿州之東滄溟環輸搖洎滔
漲萬古不休雖邦呼然傲睨踞豎而萬井衡夷無標
極之形於是即廨宇後築爲崇巫肖像三山中隆夾

亞堅壤豐積纍石奇疊材木蔚章鳥獸馴集岌乎摩蒼霄歘乎跨黄祇風蟠氣迴情愜勢到足以睽絡地軸支控鯨渤而又為亭者三㞍山之前者曰迎仚首曰來仙西偏曰遊仚為洞一㞍山之麓曰集仙既成州人讙聳征商歸羈羌倭附服。艅船安流伯若輿寶龍魚帖㞍乃稽勳名山謂之鎮洋同知州事周君明令義官鄭餘慶請記夫兩儀育物而川岳奠位王公設險而城隍作藩肇州封山其來久矣又況維洛食而周禺定咸陽峙而漢闕依形相之方孰可為廢然而不藉賢宰疇咨　聖圖故龍門砥石禹成舜功南交銅柱揍標漢業厥今沙海漸暨揚波不聞所謂龜筮協從神鬼受職曰民而利職競由人然非深不足以經遠非明勿慮以輔幽有如兹州倣構斯山圖輿化机物情未云周審今則地理順謐水土平康物性充而形勢强陰陽和而陵犯解易曰后以財成天地之道輔相天地之宜以左右民臣也者承君之彖以致之民者也則鎮洋之創我丨后知始群公作成乾坤交宜人物攸賴豈不謂財成輔相者歟非天下至深至明其孰能與於此惟李公揔英荷傑直氣凜〻殆乎海其知而山其仁者也蚤由進士簡擢御史繡

卷廿二　廿九

斧所指霜憲峻肅當道駈豺遂落伏馬丨廟堂揚明
特起茲仕然臥治東嶠絃歌鷄割非大賢之路明辰
大行獨留魏声共山無折則民之懷矣永以有託公
名端字表正東陽人董其役者陰陽典術瞿坤医學
典科杜壁也允明既纂瑑勒懿綴為銘詩曰
繹繹新州尊尊崇丘附寧大流厚土崔崔剛民差差
坎絡坤維三壺委形日觀授明五岳連衡陽侯效職
波臣屏息其究安宅都臺建勲郡公秉鈞凝於州君
六府維修人謀鬼謀以承天休乾清坤夷蒼生熙熙
重譯抵一股肱其良庶事其康獻於丨天王

又　　桑悅

孔子曰譬如為山又曰為山九仞傳曰丘陵學山然則山猶可為可學者欤太倉前揖婁江東接巨海湖元至元十九年宣慰朱清張瑄於此通海漕兼市易海舶遂成華市延祐元年以崑山州治徙之於此後因海盜陸梁州復移崑山我朝　吳元年立太倉衛洪武十二年　又立鎮海並治一城荷戈与操耒者游屋歲久皆頃弗倫怯胥饑殘弘治十年巡撫右都御史朱公瑄　奏聞欲割崑山常熟嘉定三邑地之切近太倉者立為州以扶抑之　上曰俞廟議僉曰鶩

卷廿二　　辛

悍欲歛跅弛欲繩纏紐欲劃釐裕展拓克勝厥任者毋慮屈一人以伸全州人咸以湖廣之棗陽李侯端素以學行名於時登黄甲官六察平生直道而行有忤權貴久淹下僚非斯人勿克料理是州其驥足又滯一方混同衆寡莫利害不足爲侯惜乃推侯爲州守侯至任經營百方整齊州治凡門堂牢庫學校壇宇之屬煥然一新又念州中山寡絡延巨浸惟土足以勝水效東坡治徐造黄樓意遂於州後隙地因陵爲高命典衙瞿坤董工採土築爲三峰下連坡坂點以奇石山成侯名之曰鎮洋蓋欲茲山運神畜靈利

如五兵之在庫險如長城之臨鄙威如宿將之坐幃幄而凡浮泡微沫足以瀾遠抗屢与夫鯨波陸飛蕩析屋民之祠永〻其無有也侯心其厚矣哉方為山之初侯与予相其向址告予曰予欲於其處為山〻之上下植以錦卉弃後凋難老之木絡以亭館公暇与州士大夫觴咏其間論道古今斟酌民瘼不亦可乎予應之曰侯廊廟之具浮沉州縣多歷年所公道不泯近司銓衡者舉侯為四川監司官名聞於｜上不久將為閩南之舉正王元之所謂未知明年又在何處者侯能一日樂於茲山歟侯笑而不答雖然已之

与人相為盛衰草盛則衰穀已盛則衰人故為已千歲者計則不為人一日計〻人於千歲者則不計已於一日理之必然者也侯自為吏持廉秉公信於老稚已不待言及治兹州興衰舉廢立綱陳紀恒如不及至於重繁纓惜餼羊辦一身以當是非毀譽之衝凡百建立懇〻若為曾玄計者正与為此山同果望身享其樂邪使凡為吏者皆能克其為已之心克又克馴至於無已已無已斯人皆已如是則利与天下同樂害与天下同憂堯舜君民之道有外是哉若侯者亦可謂不負於吏者矣予旧常嫠人新徙名數於

州知侯心事最詳曰州判官浙江之蘭溪龔侯○詔求
予言勒石以垂永久遂爲紀其事如此嗚呼閩州奧
祖侯功不刊州人後世亦爲美談曰猶望高子可望
是山

賛　　陸晨

巍乎高哉惟茲鎮洋三峰拔秀五岳献祥一簣之土
一拳之石積之絫之成此茂績卓哉李侯出計孔奇
夸娥巨靈天寔相之鎮我海甸固我地軸壯我一州
登我百穀路不拾遺海不揚波四境奠安所藉者多
龍蟠虎伏鬼護神守巍巍岩岩蒼蒼茫茫有玉可緼

有豹可藏紆々徐々盤々曲々路轉峰迴深與幽獨旁栽嘉樹襍植幽花恩流雨露秀發烟霞雲氣結構嵐光澒洞韓詩態狀諸或兼共侯惟公篠委蛇徜徉一躋其巔俯觀四方民有顛連奔在侯目照破窮陰侯心似燭思玄泰子文章大家為侯紀功上磨其崖小子昭甫目擊其盛歌頌攸宜燕詞罔称扱之山靈侯德用昭地久天長山無動搖。

詩　沈周

水涯風衝海溆茫新州東壓示雄強白泊萬里登臨近青益三山指顧長歲久魚龍扶地軸春深草樹發

天香邦侯卜築功成後從此波濤不敢狂

太宗文皇帝御製寶山文碑

嘉定瀕海之墟當江流之會外即滄溟浩渺無際凡海船往來最為衝要然無大山高屿以為之表志遇晴晝風恬而入則安坐無虞其或晝夜陰雲晦冥長風巨浪帆檣迅疾倏忽千里舟師勿戒瞬息差失觸堅膠淺遄取顛躓朕恒慮之今年春乃命將士相地之宜築土山焉以為往來之望其址東西各廣百丈南北如之高三十餘丈上建烽堠晝則舉煙夜則明火海洋空闊遥見千里於是咸樂其便不旬日而成

周圍樹以嘉木間以花竹蔚然奇觀先是未築之前
屋民恒見其地有山影及是築成遠在其處如民之
所見者衆曰蓋有神明以相之故其兆先見皆稱之
曰寶山因名其所稱而不易遂刻石以志之詩曰
滄溟巨浸渺無垠混含天地相吐吞洪濤駕山嶕嶫
奔巨靈贔屭相噓歆揮霍变化朝為昏駭神褫魄目
黷胥蒼黄拊髀孰為稜乃啟茲山當海門孤高靚秀
猶崑崙千里示表欝焞燩永令帆濟無憂 宝山之
名萬古存勒石悠久同乾坤 永樂五年 月初九
日

寶山晴雲　高宗本

馳驅萬卒一山成寶藏含輝雲自生隱約壺天浮瑞彩依微海市奐新晴從龍目駭畬船客捧日歡騰水寨兵珎重——吾皇洒宸翰千年草木被光榮

寶山在嘉定縣東南八十里依仁鄉永樂十年三月平江伯陳瑄督海運築爲表識上建烽火高三十餘丈周圍一十五里

震澤賦有序　朱右

按禹貢震澤底定在揚州之地說者謂太湖也国語太湖韋昭注即五湖也書謂之震澤尔雅謂之巨區

周官職方揚州藪曰其區浸曰五湖又似与之不同
吳越春秋又名笠澤吳地記云五湖者菱湖游湖莫
湖貢湖胥湖漢貨殖傳吳有五湖三江之利太史公
自序亦云登姑蘇望五湖愚意震澤以其震蕩不定
而名具區以其既定而草藪聚爲義而五湖者又太
湖東圻五灣瀦水之别淑今連屬已春秋時釣笠澤
漢傳吳志指爲五湖皆即今之太湖也於　　推本作
震澤賦以爲極庶類之繁衍明禹德於不　　其辭
曰
客有鄱陽生號遠遊公子俶倘玫瑰超奇拔偉衣白

雲之翮〻、戢翹、冠之韡〻、神恍〻以欲逸、風飄〻而
凝佇、於是上會稽、探禹穴、訪遺踪、超洞壑、軺車前驅、
輜重紛錯、王子進之以笙鶴、江令贈之以芍藥、遂乃
揚帆錢塘、鼓枻中吳、將欲窮覽山川、壯遊江湖、造松
陵主人、而歡然從子、主人曰、子號歷覽、亦嘗聞澤之
大有三萬六千頃者乎、生曰、未也、可得聞歟、主人曰、
唯〻、夏名震澤、周曰具區、下屬三江、是為五湖、右接
天目、宣歙出溪之源、左通松婁、中江入海之洳、衆流
之委、群利之儲、苕溪出其南、溧水經其西、五湾瀦其
東、垂虹界其堤、流甘泉之清液、隱雪灘於北偎、洞庭

中起、林屋天開、湫彭蠡、呑雲夢、駕雷夏、軼孟豬、杳不
知其幾千里之遠、疇能記三萬頃之有餘、其澤則汪
洋浩瀚、洶湧洵大、潤瀰漫滓瀛渙々沄々、流飈吹波
結絡龍鱗、日光玉潔、澄泫亂盪、清瀾凝漪、錦花成文、
浪濤噴濆、澎湃泫瀄、出雷騰虹、烝雨生雲吸呼陰陽、
呑吐乾坤、如潮汐之不測、或早暮而異觀、飛揚蕩
復汩淪、千態万狀、蓋不可殫論其數、則碧泚盪、
黄石武夫、菰蒋蒹葭、白蘋青蒲、菂芹蘊藻、芰菱荻、
蔓青杜若、江蘺蘼蕪、芡筳雞頭、草長龍須、茭荷翠、
蓮鷄芬蔓、衆物歷之、何可勝圖、其土埂則塗泥微露、

埤濕就乾、葴菥蔍蒿、蔵芷蘅蘭、莒蒲馬莇、荃蓀射干、坮揚絮白、水柳葉丹、蘋蓼早綠、揄楓暮殷、朱橘火齊、黄柑金丸、連枝並秀、駢集于其間、尒乃周流梗概、溥覽闌班、兩兩相峙、蔚乎崇山、其山則層巒崑崙、疊嶂嶙峋、岑欽參差、如陵如墳、崔嵬崷崒、陂陁糾紛、上拔併岡、下臨渭濱、控地軸以磅礴、逐水曲而折旋、馬跡屹立以嶷嶷、翠峰峻拔以盤桓、亘浮雲之流景、俯蛟龍之深潤、空谷谽谺以無底、磴道蜿蜒以相連、其中乃有奉真之祠、供佛之堂、琳宮道觀、梵宇禪房、雲烟縹緲、金碧焜煌、黄紺緇衣、來往而倘徉、談玄贊空、學

卷廿二　三六

从

幻言哤、或登座以演法、而或擊鮮而称觴、駕白魚之艎、
泝、重淵之汪洋、水産則粘蠓旋、螺玉蛤石花、鰌鱧鯽
鯉、鱖魴鰽鰍、縮項之鯿、赬尾之魴、細鱗之鯽、紫甲之
鰕、稻蟹盈尺、腯螯載車、長鮫巨黿、穹龜灵鼉、周遊涵
泳、其樂無涯、羽禽則晨鵠莊鷄、鶄鶴鳧鷺、交兼鳺鴨、
鸂鶒鷫鷀、群鴻來賓、陽鳥攸居、鴛鴦遠奔、鷗鷺忘机、
唯並鶩、属玉交飛、振翮刷羽、以遨以嬉、来如風飄、
去似烱琉、若乃絶坼之濆、漸水之石、或伏或倚、或側
或立、或方如圭、或圓如璧、或矗如峰巒、或平如几屏、
或滑如脂肪、或巖如劍戟、或赬而赤、或蒼而碧、或皎

如玉、或黝如漆、爲中流之砥柱、若逆河之碣石、惴惴奇奇、熒熒、礫礫、斯又天造之神功、而出於茲水之蕩激也、思昔夫差、競伯圖勳、鏖戰於此、勝負未分、旌旗蔽空、舳艫如雲、始魚鱉以爲樂、終麋鹿以成群、乃肴踈釣之徒、著書之士、去國賜夷、汎舟西子、亦復溯溯滄波、茫茫白水、主人之辭未終、鄒陽生肅乎改容、喟然而嘆曰、甚矣、世道愈下而人心之不古也、吾子好學、頗識典策、不述職方之經邦、而盛稱茲澤之庶殖、不思禹績之胼胝、而徒嘆英賢於戰国、皆所以極覽之顧望、而察夫五性之至德也、遐思往古、擊節太息、

卷廿二

毛

請即主人所聞而陳子之所得嗚呼噫嘻浩蕩方割懷襄未平九域混而莫辨百瀆壅而不行支政（祁）倔強於淮甸天吳披揭（猲）於海濵時維茲水震蕩靡寧渟渟洶洶者者轟轟擬撼天而動地猶駕雷而鞭霆類不周觸而天柱折若巨鰲抃而洲島傾斯震之澤所以錫名也迨夫九載既南庚土交正波神受職川后令應龍畫地以効功庚辰持戟而制命導吳淞以流別淮海而表境於時澤安其所水順其性鳴者停動者自靜斯震之澤所以底定也千載之下美禹功昏墊之害既遠灌溉之利無窮故漁人舟子之

出入、蒙商薄官之經從、擊楫鼓浪、引帆隨風、莫不連檣接軸、往來乎其中、斯又其區之敷、以萬民惟正之供也、方今海宇清明、　朝廷靜謐、内宣民化、外修貢職、農安其耕、女效其織、工業其習、商佑其值、士守遺經、民食其力、風不揚波、水不濫泆、方鎮以寧、土地墾闢、開禹之疆、廣禹之績、是以九州之外、咸仰一聖育沾濡乎仁義、涵泳乎道德、浹洽恩波、沐浴膏澤、漸摩浸潤、流衍洋溢、天無亢燥之災、人樂沃土之俗、試言其故、則辟雍湯湯、聖化行矣、靈沼洋洋、聖澤汪矣、御溝浴浴、生意茫矣、溥德川流、達要荒矣、下視一隅、寧

不隘杯水於坳堂矣、主人於是疎乎樂聞、憮然自失、仰
禹功之長存、慨餘子其何益、相与鼓枻乎滄浪、曾不
芥蔕乎胸臆、乃起為歌詩以頌德、詩曰、
於赫禹功、配天比隆、生我遺民、宅我土中、原隰昀昀、
江漢為東、萬古永賴、惟禹功是崇、丨於皇禹德、立我
民極、手胼足胝、救焚拯溺、鑿而井飲、耕田而食、靡謝
天功、焉知帝力、丨於昭太上、示民以應、眷祐我皇、与
民立命、丨禹疆土、繼禹作聖、其混合四大、維民之正、
丨於穆丨聖皇、惟上帝不常、敬哉有土、亹亹不敢康、
五岳四德、七澤九罔、不修其職、来享来王、丨来享来

王、受天之祐、于萬斯年、媵我有土、有土有民、有子有孫、有引勿替、以須斯文、

太湖賦

王　鵬

吳之有太湖彷彿乎三萬六千頃寔水德之所鍾乃江南之佳境跨三州而無限納大象而絕迴隸淮海之維揚賴禹疏而克靜匪淶虖之可方或雲夢之堪益觀其浩溔潢洋淼漫漰茫沉沉隱隱訇磕砰磅動盪地軸噴薄穹蒼尋涼姿而未涯混朝宗而有常鄙綱絡之群流色消滴之濫觴鼓洪濤之激逸沃玉蟾之盛光扇大塊之怒氣蕩陽烏於扶桑灧灧乎不可

以際飄〻乎莫之能傷溺焉如霧勃焉如烟泫澄澹
宜泓漭緜延陽侯崛強而起立馮夷織翠而周旋象
未凝之胚腪罷已極之幅員曠矣乱習坎之道不可
以計往而弘兮罔知津來而潤兮湫無倫此則太湖
之大畧也若夫大魚崢嶸老蛝蟉蚪巨鱗濯錦而展
綃長鬣拂雲而捎斗其靜也則風烟帖寂四　碧
其動也則驚濤觸天高浪沃日撇捩而林谷　振
呑噬而舟航若失其滈湟之際璇環之中玄　連屋
而燭夜珠光抹電而燒空神鰲惟鼉闇見詭出聳兮
可怖邈兮可蹤復有豪漁旅〻千檣萬櫓挾任公之

奇能效龍伯之步武運若林之荃簦列排雲之綱罟然後鬣掉尾振迅儵　者曝采赤腮晃澗起溺大者大鯀小者數尺或迎綱而自獻或飲鉤而可得腥炯蔽昏數不可極其山則有東洞庭巖然如立其上則有神人之府眞仙之宅乃左神幽虛之天南接羅浮北通岱岳王屋東連峨眉西達故謂之洞庭地脉及有招提蘭若丹青烜赫其石則如煤如鉄鋡釾瓔瓏透眼穿穴龍虯蟠結虎豹巀嵲文士异以楚辭諂人貢之魏闕其松則連雲卧島擱參歷昂修百仞廣吞抱材中棟梁勢凌穹昊上有白鶴飛翔下有蒼鷹出

沒其中民屋如城如市鱗次比櫛駢甍連塿華榱接、址大者則有陶朱猗頓之流海賈番商之侶絫貨如阜鬻產成庚靡乣耄俔惟利是務閒有以經史為生涯付光陰於膏晷道宗程朱、詩法李杜、作為詞章雲騰川騖亦有務光巢許之徒、長沮桀溺之輩、待玉帛如塵罝、龍爵祿為泥滓、樂考槃以自遣、柰枕流趣、家必有園則千頭木奴、飽霜爛目、其他櫻桃梅盧橘梅杏桃李蒲萄椒栗、絫絫如綴聰曜游目之觀瞻寔卒歲之衣食更有餘峰七十二為如群螺之隨玉盤者又豈勝悉舉其跡扎辭既客有舟而過者曰子之知太湖之樂者如此而可惧者則有未知也是猶知火可燃炙而不顧其燬裂之禍知水之可飲可滌而不顧其沉溺之患者也先生曰噫予非不知也經不云乎飄風不終朝驟雨不終夕天地尚不能久於其常吾惟謹於涉而簡於出與掩關高卧之固守何如揚帆騁興之取咸故當順其變之足與離保乘其勝之偶得也歟客喜而歌曰渏渏太湖其波漣兮覃及四方王道平兮先生於是乃賡再歌曰太湖之深兮可以養我之心兮太湖之浩兮可以泰吾之道兮客乃胡盧舒襟揮袂再揖辭

謝鼓枻而去、

吴都文粹續集卷二十二　終

當是通蓬萊与瀛洲

吳都文粹續集卷二十三

長洲　錢穀　編輯

山水

五湖賦

此賦出藝文類聚上下有缺文重其古也錄之

吳揚泉

乃天地之玄源陰陽之所徂上值箕斗之精與雲漢乎同模受三方之灌溉為百川之巨都居揚州之大澤苞吳越之具區南與長江分體東與巨海合流太陰之所毖玄灵之所遊追湖水而往還通蓬瀛洲萊與爾乃詳觀其廣深之所極延袤之規方邈乎浩浩漫乎洋洋西合乎濛汜東苞乎扶桑日月於是出入

與天漢乎相望左有苞山連以　頟崔嵬　窮
紆曲右有平原廣、澤蔓延旁薄原隰　阪各有　格
茄蘆茭亂隱軫有錯衡風之所去、零雨之所薄

初學記收楊泉五湖賦作西晉楊泉與前文不同復錄之

余觀夫主五湖而察其雲物泉哉大矣以為名山大澤、必有記頌之章故梁山有奕奕之詩雲夢有子虛之賦、夫具區者楊州之澤藪也有大禹之遺迹跡川導滯之功而獨闕然未有翰墨之美余竊憤焉敢妄不才述而賦之其辭曰濤矣大哉於此五湖乃天地之玄源、陰陽之所徂上屬斗牛之精與雲漢乎同模

受三方之灌溉為百川之巨都居揚州之大澤苞吳越之具區南與長江分體東與巨海合流太陰之所淼玄靈之所遊追潮水而往還通蓬萊與瀛洲

五湖記

王鏊

吳郡之西南有巨浸爲三萬六千頃中有山七十廣二襟帶三州蘇湖常也東南諸水皆歸爲其最大者二一自寧國建康等處入溧陽迤邐至長塘湖并潤州金壇延陵丹陽諸水會於宜興以入今寧国建康之水不由此矣一自宣歙天目諸山下杭之臨安餘杭湖之安吉武康長興以入而皆由吳江分流以入海一名震澤書所

謂震澤底定是也一名具區周官職方氏其藪澤曰具區山海經浮玉之山北望具區是也一名笠澤左傳越伐吳吳子禦之笠澤是也一名五湖范蠡乘舟出五湖口太史公登姑蘇望五湖是也五湖者張勃吳録云周行五百里故名虞仲翔云太湖東通常州松江南通烏程霅溪西通義興荆溪北通晉陵滆湖東連嘉興韭溪水凡五道故謂之五湖陸魯望云太湖上稟咸池五車之氣故一水五名然今湖中亦自有五湖曰菱湖莫湖游湖貢湖胥湖莫釐之東周三十餘里曰菱湖其西北周五十里曰莫湖長山之東

周五十里曰游湖沿無錫老岸周一百九十里曰貢湖胥山之西南周六十里曰胥湖五湖之外又有三小湖夫椒山東曰梅梁湖杜圻之西魚查之東曰金鼎湖林屋之東曰東皋里湖而吳人稱謂則惟曰太湖云

自蠣山東望震澤　鮑照

瀾漫潭洞波合沓嶀嶂雲漲島遠不測嵓澗近難分幽篁愁暮見思鳥傷夕聞以此藉沉痾棲迹别人群結言非盡書有念豈敷文

泊震澤口二首　薛據

日落草木陰舟徒泊江汜蒼茫萬象開合沓聞風水
洄沿值漁翁窈窱逢樵子雲開天宇靜明照萬里早
雁湖上來晨鐘海邉起
獨坐嗟遠遊登岈望長洲寥落星欲盡朣朧氣漸收
行藏空自秉知識仍未周伍胥既伏劍范蠡亦乘流
歌竟鼓枻去三江多客愁

又　李紳

范子蛻冠履扁舟逸霄漢嗟予抱險艱怵惕經㳽漫
窮通泯澀勞趣適殊昏旦浴日盪層空浮天淼無畔
依灘落葉聚立浦驚鴻散浪疊雪峯連山孤翠厓斷

風帆同巨壑雲矗成高岍宇宙或東西星辰沉粲爛霞生頃洞遠月吐青熒亂豈復問津迷休為呂梁嘆漂沉自詎保覆溺心長判吳越郡異鄉嬰童及為飢依稀古井邑嘹唳同鶩鶴舉棹未宵分維舟方日旰徵斯濟川力若鼓淩風翰易狎當侮遊臨深罔知難

太湖秋夕　王昌齡

水宿烟雨寒洞庭霜落微月明移舟去夜靜夢魂歸暗覺海風度蕭々聞雁飛

泛太湖書事寄李湖州　此詩曾見前集　白居易

烟渚雲帆處々通飄然舟似入虛空玉杯淺酌巡初

匝金管徐吹曲未終黃夾纈林寒有葉碧琉璃浮水無風避旗飛鷺翩翻白驚鼓跳魚拔剌紅澗雪壓多松偃蹇岩泉滴久石玲瓏書為故事留湖上所見勝景多記在湖中石上吟作新詩寄浙東軍府威容從道盛江山氣色定知同報君一事君應羨五宿澄波皓月中

早發赴洞庭舟中作　前人

闔閭曙色欲蒼蒼星月高低宿水光棹舉影搖燈燭動舟移聲曳管弦長漸看海樹紅生日遙見包山白帶霜出郭已行十五里唯消一曲慢霓裳

宿湖中　前人

水天向晚碧沉沉樹影霞光重疊深浸月冷波千頃練飽霜新橘萬枝金幸無按牘何妨醉縱有笙歌不廢吟十隻畫船何處宿洞庭山脚太湖心

夜泛陽塢入明月灣寄崔湖州

湖山處處好淹留最愛東灣北塢頭揜映橘林千點火澄泓潭水一盆油龍頭畫舸銜明月鵲脚紅旗蘸碧流為報茶山崔太守與君各是一家游

泛太湖　方干

長天接廣澤二氣共含秋舉目無平地何心恋直鉤孤鐘鳴大岸片月落中流却憶鴟夷子當時此泛舟

湖中曲

李商隱

閶門日中吳歌遠陂路綠菱香滿滿後溪暗起鯉魚
風船旂閃斷芙容幹輕身奉君畏身輕雙橈兩槳尊
酒清莫因風雨罷團扇此曲斷腸惟此聲低樓小徑
城南道猶自金鞍對芳艸

除夜寄羅同年

王禹偁

郡僚方賀正獨宿太湖稜階下羞為吏船中祇載僧
折梅和薄雪煮茗對孤燈應笑排衙早寒靴踏曉冰

舟泊太湖

羅處約

三萬六千頃湖侵海內田逢山方得地見月始知天

南國吞将盡東溟勢欲連何當洒為雨無處不豐年

過太湖 二首　范仲淹

有浪即山高無風還練靜秋宵誰與期月華三萬頃

二

平湖萬頃碧謝客一開顏待得臨清夜徘徊載月還

舟泊太湖　楊傑

區區朝市逐紛華不信湖心有海槎八十丈虹寒影卧一千頃玉碧無瑕古今風月歸詩客多少蓴鱸屬酒家安得扁舟如范蠡烟波深處卜生涯

又　李穎

旋經義興境損棹石蘭渚震澤爲何在今惟太湖浦圓徑縈五百盼目眇無覩高天淼若泝長律襍如縷窈窕尋灣碕迤遞望島嶼揚飛湍浮霄漾懸岨鶩飈輕禽翔雲漢游鱗憩中許黷藹天時陰嶢嵓舟航舞馮河安可徇靜觀戒行旅

太湖阻雨　孫覿

白首對瀧吏辭汗媿逐臣溪山不改色風雨解留人轗軻知天意漂浮任此身紛紛小兒女何必淚沾巾

大霧中自胥口渡太湖　范成大

白霧漫空白浪深舟如竹葉信浮沉科頭晏起吾何

敢自有山川印此心

再渡太湖　　前人

囊風閣雨半陰晴慘淡誰知造化心委命浮沉惟一葉計身輕重亦千金紅塵猶道不勝險白浪莫嗔如許深晚得鄉山堪繫纜卧聽鼉吼與龍吟

太湖辭　　趙孟頫

儂住東湖震澤洲烟波日日釣魚舟山似翠酒如油醉眠看山得自由

渺渺烟波一葉舟西風木落五湖秋盟鷗鷺傲王侯管甚鱸魚不上鉤

雲海亭望具區　姜夔

茫〻復茫〻中有山蒼〻大哉夫差國坐占天一方夫差醉蓮宫巨浪摇不醒越兵從何來奪我王萬頃年〻亭上秋一笛千古愁誰能知往事飛下雙白鷗

過太湖　唐桂芳

向晚推篷望群山隱約青篙工排陣勢野飯礁魚腥水濶疑無地天低剩有星吳音相爾汝聊復慰飄零

又　許謙

周迴萬水入遠近數州環南極疑無地西浮直際山三江歸表海一徑界河間白浪秋風急漁舟意尚閒

又　張雨

漾瀰魚龍戲僻側鳧雁宿幷吞三萬頃寧不為小曲
唯應鴟夷子曾泊西山麓

冬夜震澤風雪異常

晴曖不可恃一夕冬令变屡忘和煦恩惟曰祈寒怨
老、屋雪沒隙廣澤風肆便反覆鼓洪濤揚簸塞荒塹
隱然洞庭樂勇甚鬮鬩戰萬物蒭狗如埋沒加蹂踐
凌晨往嚴洍野日復蔥蒨仁哉天地心觀斯復可見

過太湖　李洞

衆水東南會三江左右通夫差中習戰范蠡此休功

鷗鳥青銅鏡魚龍紫目宮扁舟嗟未遂蕭散愧漁翁

又　　程煜

擊楫中流去西風客思催地吞南極盡波撼北溟迴蛟館懸秋月龍宮起夜雷濯纓人不見長嘯倒金罍

又　　朱德潤

扁舟去何所渺渺太湖陰依依桑梓村拍拍枕寒潯飛雲入遐睇鳥道橫青岑篙師戒勿渡柔櫓力不任我身雖骨立未宜折壯心放船當中流浩歌激清音何當披宮錦再作峨嵋吟

又　　楊基

天帝何年遣六丁鑿開混沌見雙青湖通南北澄氷鑑山断東西列畫屏揜雨龍歸霄漢瞑網魚船過水雲腥乘風欲渡終吾老甪里先生在洞庭

又　徐貞

遥天散曉華疎星斂微采鳥聲山林繁木葉過露改荒村幾家成平流衆流滙鴟夷渺無踪空煩艤舟待

又　高啓

長溪如白虹分走荆雲派具區納群流襟帶三郡界太虚混鴻濛元氣流沆瀣初疑溟渤寛稍覺雲夢隘茫茫雁飛遲颭颭帆度快雨來鼉報鳴風起鷗鷺邁

神龍作涸都豈復數鱗介珠光照水府不受白日晒
朝看跑車雲雪浪動澎湃聲吹地將浮勢擊山欲壞
黃頭雖輕生掁拖不敢懈有時湛明鏡峰吐青幾堄
烟中樹若薺波上舟如芥漁就沙岸炊客來水祠拜
震澤思禹功夫椒記吳敗白魚逢夏出黃柑待秋賣
我性好遊觀風負雲水債欲尋鴟夷舸不顧涉險戒
人生亦何為世故自拘械萬事風飄花百年露垂薤
何當扣林屋秉炬訪仙恠試探不死方為人起病瘵

月夜遊太湖　前人

欲尋林屋隱還過洞庭遊遠水初涵夜長天盡作秋

湖如青草濶月似白蓮鷗浮萬壑風傳笛三更斗挂舟
葉應隨鳥散山欲迹波流浩蕩吾何適鴟夷不可求

舟過太湖　張羽

具區涵空濶一葦凌風度烟花亂晴天浪色生寒霧
遥山含碧氛青蒲冒孤渚解帶俯清流開襟散塵慮
乍聞商婦歌或見漁航聚微茫姑蘇城緑縟洞庭樹
緬思底定功疏鑿有遺處懷安諒非賢臨深豈無懼
且當趣歸棹沿洄難可住

震澤　前人

具區維南澤洪潴奠吴會并包漢汙聚涵育魚龍大

崩浪撼坤樞水氣積陰晦蒼茫神灵遏極目光烱碎中有兩洞庭秀色迴相對峭立根虛無接影浸淡瀨飛鳥去何窮長垣亘天外風波多險阻舟檣易傾壞緬思懷襄初洪濤渺無界賴茲神禹功底定永無害吴越何區區向此角成敗賢哉鴟夷翁臨風發長慨

遊太湖　　徐有貞

遊賞那分雨共晴從教水宿與山行畫船載酒過林屋翠幰衝花入化城半夜放歌驚鶴夢三秋浪迹逐鷗盟閒居每續龜蒙賦醉後時吹子晉笙萬里歸來聊獨樂五湖占斷有誰爭老天於我非無意明月隨

人似有情索靖也知憂世事謝安雖起媿蒼生痴翁
自笑痴猶在欲為　皇家致太平

題太湖　　施槃

木喬山秀草惟夭西距姑蘇百里遥水派具區留禹
迹地連南越見胥潮霜林橘熟黄金顆石洞人吹碧
玉簫疊巘層厓堪歷覽白雲飛處是夫椒

雨中過太湖望洞庭　　吴寬

孤蓬遥蹕太湖心着雨高山水墨深積氣上蒸炊已
熟弱流西去壓將沉不因追遁辭清賞轉覺空濛助
醉吟詩裡白公誇月夜未知奇觀屬春陰

歸省過太湖　王鏊

十年塵土面一洗向清流山與人相見天將水共浮落霞漁浦晚斜日橘林秋信美仍吾土如何不少留

遊湖　前人

游徧南湖與北湖畫船隨處宿菰蒲青深着雨山如染綠淨無風水似鋪玉帶蟒衣爭快覩鳳笙龍管醉相扶輕撓又轉東湖去何似當年范蠡圖

再游南湖　前人

漾舟出深港舟人問安之我行無定在信彼天風吹東西與南北遠近齊所宜連朝風雨頓晴明喜今茲

嗚笳發湖口蘭橈蕩輕漪紅鱗潑剌驚鷗鷺相與飛
扣舷激吳歌續彼滄浪詞風雲忽變色前山雨將來
勸君速回棹無為遠崦嵫

丁丑八月二十日與弟姪輩泛太湖石蛇山
舟發微雨後雨大作抵消夏灣蔡九逵舍明
日連雨遊興索然乘便風還家則日出皎然
矣為之一笑賦詩紀之　前　人

載酒張帆信所如青山含雨轉糢糊虵丘咫尺翻成
遠夏渚逍遙可作踈世事無端還自笑秋陰有像若
為圖始知白傳真堪羨五宿澄波皓月湖

自胥口入太湖　徐禎卿

洪波終古汎冥茫，襟繞群山地軸長。水脉潤資南國遠，仙家深構玉堂凉。沙邊過雨龍腥暗，帆下分飧客鱠香。許把一筇隨一杖，不將崑閬羨虚皇。

奉和徵明過太湖　前人

浮光滉滉漾瑶空，神淡千年説禹功。寒漲平烟吞越分，虚濤入夜撼蛟宫。遥汀嚦嚦悲秋雁，落日微微颺綢風。堪笑吴兒心侶鉄，輕舟衝逆駕扁蓬。

與徐太史入太湖　胡纘宗

十載襟期震澤遊，蓬萊仙子忽聯舟。龍旋水抱兩山

石、縹緲雲連三郡樓輕帆時傍溪橋出明月空隨星漢流七十二峰秉浪起淡烟疎雨帶漁謳

泊太湖呈座主守谿公　前人

潭潭相府洞庭偎渺渺晴窓馬跡堆常日談經鶴駕至及時東帛龍函來一尊獨俯五湖坐半榻斜依百瀆開東閣門墻趨侍地紫薇猶見燭三台

太湖六首　前人

茫茫四郡壓㠊外渺渺五湖烟霧中若更無山天地涵縱云有石水雲空澄潭日出漁帆集遥浦潮平賈棹通為謝東莊王相國金庭玉柱属三公

楚有洞庭江與滙吳有洞庭海欲連水心樓觀疑無地渡口溪橋別是天子夜月寒波浸玉秋空藥杵浮春烟翩然鶴夢驚初覺七十二峰何處仙

仙壇窈窕微茫外春水淼〻混沌中亂石巉岩猶嚙浪群山縹緲欲浮空沉〻玉洞千年閟皎〻銀河一派通玄鶴月明堪載笛扣舷何處覓蕪公

傍海月生潮不至緣江路隔水還連太平有堤兩山雲出東西樹五夜星搖上下天洞口鱗〻千頃玉水心晶〻萬家烟鳥喧花發壺觴亂太守頹然醉若仙

即看鶴駕盤湖上擬有仙曹集洞中日月隔橋生碧

海星河當户動瑶空天圍春樹千村合山漏秋濤十郡通獨放扁舟載　王敉白雲深處問三公天外洞庭遥隔絶日邊鍾阜近勾陳翩〻鳳馭三千地嫋〻鸞簫十二天春漲繞湖山漱石秋晴合浦水圍烟百篇斗酒誰能述空憶當時李謫仙

胡太守孝思奉　詔存問過太湖有作次其韻　王鏊

東南巨浸茫無外吳越交争向此中漢〻鴈飛愁欲墮冥〻帆遠若乘空樓臺倒影星河動花木交陰島嶼通倘沐　皇恩分一曲他年請爵太湖公

林屋峰前受一廛渚凫汀鷺任相連久塵殿閣三台地歸占東南一洞天　詔下屢沾新雨露林間還與舊雲烟自從白傳來游後直到君侯兩似仙

太湖三萬六千頃七十二峰烟雨中萬壑奔流秋野闊孤松倒挂寒潭空恍疑灵境與凡隔豈謂人寰有路通画船五宿湖波裡千古風流始屬公

洞庭東西雙玉峙物外地脉相勾連雨後人耕隴上陌月明犬吠洞中天紅蒸遠岫上朝日暝入孤村生暮烟漁郎再到忽迷路錯比桃源道是仙

入太湖　諭祭溪翁相國　胡纘宗

烟雲淼淼水冥冥，七十二峯何處青。東山日出魚龍浴，西崦風迴松桂馨。一代君臣崇舊典，兩朝勳業注新銘。鑾坡供奉空蓬炬，細看三台夜夜星。

胥口　范成大

扁舟拍浪信西東，何處孤帆萬里風。一雨快晴雲放樹，兩山中斷水粘空。

再渡胥口　前人

古來此地快蓬心，天繞明湖日照臨。一雁雲平時隱見，兩山波動對浮沉。衰髯都共荻花老，醉面不如楓葉深。留尸釣徒來問訊，去年盟在肎重尋。

卷廿三　廿五

發胥口達包山　　蔡羽

秋水連空皃鷺長滄洲菰米飯初香地寬不辨帆来
影雲起遥疑石上房青壁常含芝艸秀朱苞新染橘
林霜年〻佩紉嗟游子莫笑南山豆盡荒

旦發胥口經湖中三首　　王寵
曉帆

瀛壖委蕰藪地險隘山川渾沌自太古決漭開吴天
卬歙咸池津俯灌東南偏龍宫嵑峴丽鮫室閟幽玄
孕化晨陽吐涵虚霄象懸洪流旣湔沛列嶂六迴延
雲標海上闕石秀鏡中蓮開冬春肅氣落木浩無邉
黄鵠有竒翼八表恣周還尚遇浮丘公欻忽蓬萊巔

又　　前人

夙有丘壑尚緬懷鸞鶴蹤揚帆忽夭嬌赤水驂虬龍
五湖寫杯掌三州溢雲胸金屏帀地軸玉鏡開天容
秩則四瀆亞浸維百谷宗丹丘駐日月瑶艸連春冬
絳氣恣縈薄青霞何複重仙人蛻化處千載容芙蓉
咄哉委腐鼠絕頂巢雲松

又　　前人

遊子戀清暉舟師詎高浪水宿濟前湍蓐食凌窮嶂
雲託帆多奇霞石非一狀龍性已難馴鷗機弥怳蕩
靈妃曳翠旗川后搴綃帳蒼茫天外殊澒洞風濤壯

安流不復功長嘯鴟夷放昔人已摧頽宇宙空俯仰
感往不復朝追來胡弗暢摠轡萬壑巔振衣三島上
彼美戰賢薛蘿遥在望（勝）

泊胥口太湖月下作　　胡纘宗

一年此夜月如晝萬里茲行榻似桴雲湧樓船天上
坐樹圜簫鼓鏡中浮兩山的的河初挂百瀆盈盈星
欲流況有玉堂徐學士一尊長嘯洞庭秋

晩登木瀆小樓　　范成大

萬象當樓蕭散張闌干一士立蒼茫雲堆不動山深
碧星出無多月淡黄宿鳥盡時猶數點歸鴻驚處又

斜行陵松正有鱸魚上安得長竿坐釣舡

舟次木瀆聞庶子學士入山不得相見賦詩寄之　陳基

布帆西望疾如飛影逐高雲入翠微欲與赤松俱隱去却騎黃鶴幾時歸烟霞寥寐無深淺塵世功名有是非白首君恩俱未報可容終采碧山薇

過木瀆　吳寬

舟行三十里初向瀆川過客路偏逢雨人家盡枕河横橋光福嶺水接洞庭波倏尔踰春及田間見荷蓑

木瀆在胥口之東九里香水溪在爲

上沙夜泛　范成大

困倚船窗看斗斜起來風露滿天涯亭亭宿鷺明孤葉閃閃凉螢入稻花月下片雲應夜雨山根炬火忽人家江湖處處無窮景半世紅塵老歲華

上沙　前人

水邊犬吠隔蹊林籬落蕭森日半陰繁杏鎖紅春意淺晚梅飄粉暮雲深

上沙遇雨快凉　前人

刮地風來褪葛衣一凉便覺暑光低雲頭龍掛如垂筋雨在中峰白塔西

上沙田舍　前人

更無雲物起微陰隴畝人家各好音歲晚陽和歸稻
把夜來霜力到楓林兒童笑裡豐年面鳥鳥聲中落
日心釀秫炊秔都入手賸拚腰脚辦登臨

上沙捨舟登陸　前人

村北村南打稻聲竹輿隨處款柴荊斜陽倒影天如
醉明日山行更好晴

香水溪分派遠出西山而東為上沙水

晚渡白洋灣　王鏊

扁舟深夜尚孤征兀坐蓬窗看月明西岕秋蟲互相

應不知端復為誰鳴

白洋灣亦太湖支流東出吳山之南

石湖賦

莫旦

鱸鄉子歸自天上休於林下戶有清風門無俗駕卧白雲於空山聽天籟於秋夜時維春暮琴書餘暇乃拉客為石湖之遊聊以樂昇平之化於是乎乘畫舫挂輕帆開芳尊具盤飧往來乎綠楊芳州之地宛猶乎碧浪清波之隈陋泛舟之訪雪鄙携妓之遊山酒半顧謂客曰水之豬而為湖者世固不少湖之著名於世者人亦共曉如彭蠡洞庭震澤青草非不萬頃

茫茫千里浩浩然蹈之者身危望之者膽掉不若是湖也規模雖小而有遊觀之美氣候雖微而有人物之秀吁覩其一水所滙而界中分北之半為吳邑南之半為松陵西擁横山東望吳門溶溶漾漾渺渺沄沄入夜則月華而星彩當晝則鏡明而練紋列屏嶂於辟岫開圖畫於諸村九夏之林峦擁翠三春之花柳爭妍吁風月冨萬家之臺榭帆檣渺千里之烟雲菱葉蘋花之遂性浴鷗飛鷺之相親采蓮人欵乃於遠近劬書子唔咿于旦昏傒神徼福者貴賤接踵攜朋玩景者鄰序相仍肩輿遊騎之不絕朝鐘暮鼓之

相聞水際度漁歌兮牧笛谷口倚樵檐兮耕犁叶春醉街頭何處勝遊公子晚粧樓上誰家倦繡佳人此其大畧也若夫溪山之美景物之勝則上方矗〻兮殿臺重疊茶磨盤〻兮草木葱蒨宴宮仙人二里兮接秀楞伽丹霞桃花二塢兮青連吳嶺紅蓼渚兮紫薇村觀音岩兮吳王井治平宝積兮二寺相角姑蘇拜郊兮两臺未泯行春越城二橋之雄偉御書綺川二亭之深静魚城兮酒城殳涇兮彭涇越来溪兮木瀆越王城兮半崩李墅新郭兮人多龍斷范村莫舍兮家有科名其物則田有嘉穀林有美木水有禽魚

原有雁鶩芍藥如揚海棠似菊浥村壽櫟綺川壽樸
磬口之梅佛頂之菊傷荷藕兮梅花蕈舄公荚兮桃
枝竹可以適口而充腸可以悅心而娛目其人則夫
差之霸吳承壽之分封抱越仇而思報乃於此而卧
薪叶雪檇李之前恥會黃池而爭雄可謂能慷慨以
立謀隱忍而成功者也夫何、怛會稽之得意謂桐夢
其佳卜許敵人之行成受美姝、與神木起姑蘇之高
臺乃荒淫而縱欲外伯嚭兮舌如簧內西施兮顏似
玉朝絃兮夕管燕歌兮楚曲使國祚兮陵夷忍吾民
之魚肉太子友徒借螳螂以為喻伍子胥空指麋鹿

以忠告抑孰知嘗膽之決於復讐猶疽囊之終於潰毒是以蕉臺之歌舞方殷而越溪之兵戈已逼叶亟起視其四封蔑一夫之特稍嗟乎悲夫可為痛哭於是援舊恩以祈哀竟伏劍而瞑目何昔日之雄飛而今時之雌伏使仲雍之祀中絕而泰伯之風可扭蓋吉凶由人自召非天為之禍福天其也覽遺迹而懷古可殷監而警俗自是以來寥寥千載悵人物之已非惟湖山之長在有宋隆興人才挺生則有文穆范公一代人英啣命膺廷氣壓氈腥二府柄用誠哉股肱文章功業輝輝汗青所以光孝兩朝有科名歷官郡

邑循良有聲括田令下權要縱橫公獨違遺詔烈哉忠貞所以理宗制詞有仁人之褒至今為湖上之美稱然而丁謂何人亦來經營雖有真宗之詩難逃五鬼之評回視二公不啻嚇鴟之猥神鳳鼠糞之汙大羨者也惜哉天眷　聖朝明良際會則有都司徒之功業許冢宰之聲譽朱訓導之文章吳同知之詩句莫侍郎與陳知府之勳名盛居容與張南村之高致至於吾師順菴以卓行而謚貞孝吾父由菴以進士而膺郡寄御醫盛公三朝寵遇之數公者俱列鄉賢而祠百世者也其他科目聯翩輒簪纓耀親或奮身

於鷺薦或筆札之妙是皆石湖秀氣之所鍾難以枚舉而相告客聞此言唯唯諾諾扣舷浩歌洗盞更酌俄而蘋末風起西山日落皎皎天上嫦娥動人間之鼓角舉百觴而共醉有不盡之餘樂嗚呼噫嘻人才之生何代無之誦孟子然而無有之句則知是湖也豈無如前數公之鳴於盛時者乎

遊石湖記

朱逢吉

姑蘇之西不一舍而近有石湖可千餘頃岸左右皆居人襍植桃柳梅竹其下帀水率蒲荷菱芡之屬中涵澄波猶冰鑑然沙鳥風帆出沒往來無虛時具區

橫其南良田沃壤綿其東溪絡其北層峦疊巘越來
環其背西具區行數十里至湖西而止峙為三峰盤
旋如蓋由山麓抵絕頂可三里晉支遁嘗棲其上唐
因建梵宇曰楞伽後立浮圖岌岌撐太虛若欲飛動
前闢小殿列為神像者五自前代時城內外暨村落
百餘里間男女稚耋當春夏月遠近各相率舟行載
酒肴雜樂戲具徒行乘馬驢竹兜以壺榼食器自隨
或登岸以樂神日肩摩跡接畢則宴游以樂太平遠
今如之今年正月余奉　詔理水是郡偕吳吳縣判
簿濟陽江君率民循行田間築隄防疏壅障遏奔激

夙夜從事罔敢怠舟嘗過之未暇一登覽二月既望行次湖上適以風波遂輟棹登岍君曰今幸農事周水之汩田他鄉者已漸縮惟瀆湖歛否莫覩盍相與凭高覽之遂登峰之巔四顧其下田向所謂瀰者蒼翠覆阡陌井井乃矚吳西群山如穹窿灵岩如天平陽山薦福如獅子橫山吳山小者離離如青鬟黃山螺髻高者列翠屏參差出烟樹杪湖波瑩然在足底始天啓畫圖信為遊樂之境餘所莫及抵暮寺主僧德啓倒屣出翠微亭延觀漫泠泉掃榻以宿時治平僧清渭先在坐焚香煮茗相與清話翌日下山復歷

諸村墟若木瀆若光福若横金及過具區登包山督
促成農功於是堤之圮者整頽者立坎者戽水以車
力入於湖溪田野漸復故脩禊日舟過湖濱入治平
精舍值僧謂松陰中相與尚羊觀吴之冽泉及深沙
神池泉池所甃石已撤毁所存潢潦一窪而已遂縱
步登中第二峰披蓁薉攝衣以上可三百武其顛方
整若印故老相傳吴王夫差嘗即此為祀天之所俗
因呼拜郊臺外繚崇垣循湖堤坡陀起伏如昔向有
寶積寺居其麓今叢荆野蔓悉莽為狐鼠之墟與廢
不常無足慨者獨其北第三峯未登翌日老僧淨日

直其舍後蘿荒穢取道叢篁曲折間扳援而上殆數十尋峰頂狀如磨故名茶磨山當石竅中出泉一泓不溢不涸甚清冽可愛峰之北下瞰湖尾瀦為蓮花陂山之環拱騰蛟翥鳳至湖以峙者奇秀萃此止峰誠中冠治平寺獨當之峰左則枕湖有二橋聯絡東曰越城西曰行春其旁有亭宇俯臨湖波乃即樵徑崎嶇而下入面湖佛祠祠裂巨石鑿岩洞幽邃清絶襍樹陰翳樛枝交其上岩下泉一池黝碧深百尺許魚洋洋游其中飛石梁其上踰數仞過此而北岩中立石斲大士像前為小軒尤奇因少憩俄見樹杪懸

一蛇可三四尺色蒼碧初疑為蔓童子以磔擲之輒昂首空中騰及他枝而去老僧以為異云至亭下有刻石湖二字〻盈尺其兩間璽文一曰御書之寶小字三曰賜成大具有表文乃知宋人范成大當孝宗朝為參政乞歸老石湖故有是賜表即其上謝者按蘇州志載公以文學政事著名其歸於斯園堂亭榭游樂之所非一湖因之以称今遺址漫不可攷獨湖北數里山曰天平文正公祠猶存今四百年山林蓊蔚如故所置義莊子孫掌其澤未窮是知君子惟道德為永世之本山水未足云〻然古明達士游覽所至

必紀其見聞所以益智識今余老而無學於格物致
知之道不敢不勉故記永樂二年甲申春三月五日
樵李芝山老樵朱逢吉記

御書石湖二大字跋　范成大

淳熙八年三月庚戌制書擢臣居守金陵閏六月丁
亥朝行在所庚寅辭後殿翼日既望詣錫清燕苑中
皇帝親御翰墨大書石湖二字以賜天縱聖能游藝
超絶典則高古如伏羲畫體勢奇逸如神禹碑日光
雲章垂耀縑素環列改觀禁籞動色臣驚定喜極不
知抃蹈昧死奉觴上千萬歲壽奉寶書以出越五日

至石湖藏焉石湖者具區東匯自為一壑號称佳山水臣少長釣游其間結茅種木久已成趣春秋時吳臺其陰越城其陽登臨訪古往迹具在汙菜露蔓千七百餘年莫有過而問者今猥以臣故徹聞高清天光博臨燕及荒野由開闢来未覩斯盛裴度李德裕皆唐宗臣緑野平泉亦聲震當代揆今所蒙無傳焉何物幺麼獨昌寵赫百身萬殞莫能負載臣蒲柳早秋仕無補益縣官倘晚晚不休奸止足之戒則將上累隆知俯娓初服臣用是惧異幸少日遂賜骸骨歸老湖上宿衛奎壁與山川之神暨猿鶴松桂同在昭

回中一介姓名亦因是不朽使後世知臣屬厭榮禄
得全於桑榆以無辱君賜則陛下丕顯休命不委於
草莽庶幾報恩於萬一臣既摩刻扁牓又被之琬琰
[illegible]且附着臣之自叙云

聖筆石湖太字歌　　楊萬里

石湖仙人補天手整頓乾坤屈伸肘还来化作嬾卧
龍唆唾珠璣漱瓊玖五雲万里天九重玉皇深拱蓬
萊宮豈無九虎守閶闔北風半扉當朔風夜令雲師
漱風伯鞭起卧龍湖底月湖水捲上天中月却煩北
門護風雪仙人御風乘綵雲玉宸殿上朝帝真帝將

北斗酌天酒氷桃碧藕脯麒麟傳呼玉蜍吸銀浦黙霜調氷澆月兎洒成羲畫河洛書白璧一雙浮雨露石湖二字天上歸奎星壁宿落山扉昭回不飾吴苑妝姑蘓臺前近太微詩人不直一杯水自是渠儂命如紙教人妬殺石湖仙手攬星辰懷袖裡

初約鄰人至石湖　范成大

窈窕崎嶇學種園此生丘壑是前緣隔籬日上浮天水當户山横匝地烟春入葑田蘆綻笋雨傾沙岸竹垂鞭荒寒未辨醉招君且吸湖光當酒泉

與周子充侍郎同宿石湖

幽香馥蕙帳，清夢安且吉。蘿月墮蒼苑，松風隱蕭瑟。
曉禽啄且鳴，喚我起盥櫛。鉤窗納雲濤，灧灧浴初日。
金鉦忽騰上，倒景落書帙。佳晴有新課，晒種催蓺秫。
從今不得閒，東皐草過膝。

壬辰三月十八日石湖花下

夜飲海棠月，朝漱山茶露。臞臞儒枯木，形受用後如許。
荊扉隔黃塵，誰識花鳥路。惟有瘦節枝，共飲園中趣。
林神釀餘春，改不美無度。葱蒨千萬重，芳意未渠暮。
風香薦秀色，鼎俎謝腥腐。雖無稻粱謀，捫腹有餘飫。

壬辰七月十六日侵晨石湖路中書事

白首烏紗稱老農溪南溪北水車風稻頭的皪粘朝露步入明珠翠綱中

初歸石湖

曉霧朝暾紺碧烘橫塘西岸越城東行人半出稻花上宿鷺孤明菱葉中信脚自能知舊路驚心時復認隣翁當時手種斜橋柳無限鳴蜩翠掃空

次韵蜀客西歸者来過石湖并寄成都舊僚

走遍埃塵倦鳥還故鄉元在水雲間黃粱飯裡夢魂醒青箬笠前身世閒鷗鷺飛来俱玉立松篁歲晚各蒼顔岷峨交舊如相問鍥鎖無扃任客攀

次韻同年楊使君同泛石湖舟中見贈

客舫中流下人家夾岸看洛花堆錦煖吳藕鏤冰寒莫厭清歡暫須知後會難小詩煩本事任秃彩毫端曲誤不須顧客狂當好看日斜雙槳急風駛夾衣寒騰說歸田樂休歌行路難石湖〻萬頃何處憂覔端北渚乘風渡西山帶霧看袖單嫌翠薄杯淺怯金寒宿雨收全易春酲解却難且留行色住重肯過蘇端

乾道辛卯歲三月望夜與周子充内翰汎舟石湖之間夜艾歸宿農圃距今淳熙己亥九年矣余先得歸田復以是夕泛湖有懷昔遊

賦詩紀事

石湖花下浮春空憶共仙人同短篷三年半醉吹笛去棹入濕銀天鏡中鶴鳴喚歸斗未從却步扶踈花底月不知行到碧桃邊但見天風吹積雪月圓月缺今幾回依舊滿湖金碧堆仙人還上玉堂宿合有片時清夢來一笑流光飛電抹嫦娥相對兩愁絕桂枝應亦老無花蟾光不須疑鶴髮

晚歸石湖

何須車馬眩鄉閭只作歸農老圃看夢裡曾腰青結佩年年新着來情游冠和烟種竹聊醫俗帶月聞蛙不

在官久矣此心恬不動如今併與此身安

午窓遣興家人謀過石湖

雲日初收破柱雷小窓坐穩興悠哉爊爐花氣朝酲解茶鼎松風午夢回謝客門闌風動竹惜春時節雨肥梅西船破浪亦一快聞道湖光如潑醅

將至石湖道中書事

水緑鷗邊漲天青雁外晴柳堤隨草遠麥隴帶霜平白道吴新郭蒼烟越故城稍聞雞犬鬧童僕想來迎

三月十六日石湖書事三首

春事日已闌暑陰正清美拖筇入林下秀緑照衣袂

盧橘梅子黃櫻桃桑椹紫荷依浪花覷笋破苔色起
風日收宿陰物色有新意隣曲知我歸爭来問何似
病惱今有無加飯日能幾掀然謝父老衰雪已如此
種朮二十年手開南野荒苒苒新歲月依依舊林塘
汙萊擅下濕岑鬱驕衆芳萎毋尚能瘦竹孫如許長
憶初學圃時刀笠冒風霜今茲百不堪褁帽人舁将
龍鍾數能来猶勝兩相忘
湖光明可鑑山色淨如沫閒心愜舊觀愁眼快奇矚
依然北窗下凝塵滿書簏訪我烏皮几拂我青毡褥
荒然賦遠遊幸甚遂初服老紅餞餘春衆綠自幽馥

好風吹晚晴斜照入疎竹兀坐胎息勻不覺清夢熟

石湖中秋二十韻十二年前嘗與工部兄及賓客為此遊今有隔世者懷舊而作

野外行吾意城中寄却愁半秋三夜月千古五湖舟瀰地金泓發行天玉鏡流珠星沉不現銀漢黯如收高浪連三境長風近十洲水天雙對鏡身世一浮鷗迥白包天氣空明熨病眸只憐心浩蕩不管鬢颼飀放棹莫狂矣閑門有此不四并非易事一笑亦難謀急管參漁笛清歌間棹謳逢迎成邂逅嘯味勸綢繆女擷蘋花獻妻傾竹葉酬今宵如不飲何處可忘憂

憶昔誰同賞于今歲恰同陟岡睽魯衛伐木愴應劉獨嘆灵光在能追汗漫遊大都緣未盡豈是病都廖縱意褰蓬席輕生倚柁樓鄧宣誠小爽猶勝賦悲秋

與游子明同過石湖

契闊相逢一笑懽當年森桂共驂鸞試談舊事醒村酒仍趁新晴煖客鞍梅粉都皴啼宿雨柳黄不禁展春寒從今昂〻多幽事仍嘉蛙聲不在官

次韻徐提舉游石湖三絶

三徑荒蕪岫幌開錦車何事肯徘徊春風想為高人住落絮殘花好在哉

日脚烘晴已破烟山頭雲氣尚披綿却須多謝朝来
雨洗淨明湖鏡裡天
天上麒麟翰墨林當年手筆擅文心欲知方頃陂中
意但向三篇句裡尋以上石湖詩俱范成大作

除夜自石湖歸苕溪三首　姜夔

細草穿沙雪半消吴宫烟冷水迢迢梅花竹裡無人
見一夜吹香過石橋
笠澤茫茫雁影微玉峯重疊護雲衣長橋寂寞春寒
夜只有詩人一舸歸
桑間篝火却宜蚕風土相傳我未諳但得明年少行

役只裁白苧作春衫

石湖　　鄭元祐

越来溪上水灔〻閒蓊鷗曳棹底風煖霧黄消治平寺燒痕青入館娃宮笙歌作樂年〻少魚鳥閑情處處同弔古從来易興感尚循華髮繫孤篷

陪陳敬初遊石湖　　戴良

束髮企名都宦遊及茲〻年遂陪登瀛客来上湖〻汎船水光耀殘日林影溢中天岩穴渟撓見樓臺鼓枻看蒼〻歛暝色羃〻曳寒烟菰蒲有餘凄鷗鷺相與閒窈窕遨迴浦蕩漾媚遥川水宿怯宵清篷臥愛月穿

俯視潛夜魚卽睇衝曉鳶窘身惧浮霄歛跡慚躍淵何當謝冠履歲晏此盤桓

石湖寫景　　高文度

闔閭臺下越來谿處處西風颺酒旂翠辟丹梯開短軸黃花紅葉入新詩鎔金霜蟹需高價蘸甲香醪輒滿卮落日去程驢背穩短琴雙笈一童隨

與客携樂遊宝積山泛石湖　　高啓

雲山擁春郭烟花漲晴川看花入山中諸峯恣扳緣客吹玉管笙合以金柱絃清音度碧嶂松風助泠然宛若鸞鳳吟要眇入紫烟行人盡矯首謂遇雲中仙

下山輿未闌相攜更登船虹收嶺外雨烏沒湖中天嵐翠破夕陽樓閣影倒懸酒傾綠脂膩鱠斫瓀絲鮮獨恨無紅粧清波照嬋娟微風吹帆緩欲使歸途延衆賓起懽呼舟仄水浸舷迴艫掠寺過揚榔山門前此地有離宮美人艷當年羅裙灑春舞艸色餘芊綿況我惜此遊冠蓋十里連重來復誰在新知滿中筵人事竟若斯今古俱可憐能遊即稱達何須問愚賢我欲呼馮夷捧月出海邊醉後不歸月照舟中眠去

石湖与戴叔能懷雪坡大參　陳基

來時登掃匪遊盤故舊相攜盡楚冠兵革戰爭雖未

息湖山陶寫有餘歡輞川賓客惟裴迪江左功名獨謝安想見鳳皇池上路秋風吹佩玉珊〻

石湖送別　王汝玉

青山嵯峨雲外起下有澄湖綿十里春風吹雨洗吳天〻淨湖明玉鏡圓范公昔日曾遊處水色山光帶烟樹春明畫舫載笙歌獨有遊人自来去美人從此赴京師湖上楊花正亂飛歌罷湖上前度曲珮聲歸去侍彤墀

至正戊子三月十日雨中張伯雨顧仲瑛石湖諸山宿宝積寺賦花游曲　楊維禎

三月十日春濛〻滿江花雨濕東風美人盈〻烟雨裡唱徹湖烟與湖水〻天虹女忽當門午光穿漏海霞裙美人凌空躡飛步〻上山頭小真墓華陽老先海上來五湖吐納掌中杯石山枯禪開茗盌木鯨吼罷催花板老仙醉筆石闌西一片飛花落粉題蓬萊宮中花報使花信明朝二十四老仙更試蜀麻牋寫盡春愁子夜篇

和　　顧瑛

真娘墓下花瞑濛碧梢小鳥啼春風蘭舟搖〻落花裡唱徹吳歌弄吳水十三女子楊柳門青絲盤髻鬱

金裾折花買眼一囬步蛺蝶雙飛上春暮老仙醉弄鐵笛來瓊英起作迴風杯與酬鯨吸瑪瑙椀立接鳴箏促象板午光小落行春西碧桃花下題新題西家忽遣青鳥使致書殷勤招再四當筵奪得鳳頭戕大寫仙人蹋踘篇

九月八日遊石湖與祝大參劉廷美僉憲聯句待韓永熙都憲不至

徐有貞

明日重陽今日遊攙先來賞石湖秋青山有意邀詩棹黃菊多情送酒籌烏帽任從風外落緋袍不向坐中畱同歸同老應難得莫把茱萸嘆白頭

次天全諸公石湖聯句　　韓雍

吴下衣冠集勝遊扁舟遊遍五湖秋未能執筆陪聯句懶得逢人説運籌緑野文章傳在洛亦松心事弃封留賡歌趣我歸来與莫道非才尚黑頭

石湖氷阻聯句　　王　鏊

西首戀松楸扁舟乘曉發行〻抵斯湖　銓　望〻指巨缺曾氷塞長河流澌截輕筏　鏊　大塊噫餘威玄冥令仍烈帆集比魚鱗峤妥蜕龍骨　銓　人斷越城橋雁杳竟峰〻　鏊　嵯峨峙玉山璀璨恍銀闕或碎若彫鏤　銓　或銛如斧鉞或蚩如玉釵或挂若象笏　鏊　鰲廷歃莫

文鵰戴鵰背負如關 銓 造煩魯遜工解倩師襄夏虫語應疑 鏊 宵孤泝還歇戒自履霜初 銓 藏豈凌陰節山腰助饀餅譯腹增㟤嵲 鏊 上下眩坤乾東西混吴粤王祥鯉莫持 銓 孟宗笋堪掘國忠信難倚灵均未須涸 鏊 進如狼跋胡行乃車無軏舟子立招〻 銓 人、行意怨〻一葦未能航五丁未渠伐 鏊 飛渡諒斯難來歸佐時咄況當陽生辰正値春王月誰乘浮海桴 鏊 莫惜凌波襪行止豈偶然聊歌記顛蹶 銓

石湖聯句 與師名　　前人

兹地屢徑行孤亭坐寥闊今來悚具瞻畫棟映轇轕

久聞玉川史新表石湖薛緬懷文穆公弗翦越城茇
穹廬受書爭勁氣凜莫奪岷峨開府議高標藐誰剗
阜陵借襃貢益國推挺拔天鏡閣澄泓玉雪坡達枅
甫辭狼胡壼尚說虎須捋因人地逾重懷古心尤渴
歲事薦蘋蘩登庸紹衣鉢鄉里重衣冠邦君事祖割
君功已奏成我冗敢辭撥方愁積潦深忽見陰霾豁
天公如有待我輿其可闋舟借花邊維道屏松下喝
未獲從駿奔猶幸瞻履鞹山僧具袈裟田笠襆緇撮
展席俯清泠開園擷芳棘野坐厠漁樵叢談參毳褐
呦鹿杳不聞游鯈瀅湛掇盟與沙鷗親吟免山蟬聒

陳跡俯頽垣流芳仰先達五湖勝全貢三峡恐始脱
帆影遠若凝波光澹如醊石梁卧湖心浮圖見林末
高歌和滄浪清夢渺黄閣倡酬忘詮次今古藉囊括
帰帆指西日天際雲一抹

舟過上方湖　　桑悦

前輩高賢范石湖許多好句落姑蘇傷哉兩度湖邊
過舊學荒来一字無

過石湖　　徐源

湖山不改鬢成秋老與春深一放舟楊柳堤前黄鳥
立桃花洞口碧溪流峰巒迓客留青鬢波浪驚人自

白頭萬里雲霄今杖履祇將風月錦囊收

江神子 石湖避暑　　楊循吉

船頭翹足卧湖風火雲紅有奇峰多少雲山都在醉眸中方頃清涼消不盡飛鳥度鏡光中　蓮花開遍水晶宮玉玲瓏錦香穠粲粲上方金碧聳虛空痛飲從来真得計堪愛賞碧荷筒

泛石湖　　皇甫信

橘緑柑紅秋暮天畫船雙槳石湖邊西風吹酒不加醉落日微微瓊淡烟

諸友泛舟石湖還次治平　　蔡羽

水氣連山靄晨遊夕未窮烟中懸磵暝天畔矗雲空新月在潭底百花燃鏡中竹房禪榻隱處〻愛山翁

遊石湖記　　前人

非高山不能驅吾神非深林不能沈吾思遊虎丘之一日求石湖焉時以雨春盡漲未起舟梗於越來之溪客剌木揭跣始獲登遵岈百步得茶磨之觀音岩間行憩岩中為閣從者至又百步得治平寺之竹林西起茶磨東繞拜郊臺其山皆墻立其腹多怪木美箭望之蔚然深黑治平之林樾也從郊臺東走環突奔聳為楞伽山顛為楞伽寺有浮圖揷雲中吳西南

之鎮也竹林逮楞伽不及五里峻甚多石客始輿負
以升浮圖之前平展百餘步有亭其上曰望湖之亭
於是石湖經其陽梅湾出其背左引灵岩右帶吳淞
不出十五里林巒蹴秀水風清潔生雲之山出泉之
谷咸會亭下客始定飲於亭而臨觀焉夫治平深林
楞伽高山入其深搜玄鉤僻萬化俱瞑登高其心空
目開萬象俱顯於一日之遊而兩極其情四月竹脫
節松生花草木灌茂玉膏出林輿泉俱香服之已暍
而神生主人王履約讀書石湖蓋三年矣用能抽其
奇奧以與客共暮不謀歸而忘其倦則玆遊也王子

之功蔡羽記

石湖秋汎同段戶部子辛文太史徵仲之作

王寵

濩落類莊瓠沿洄依孔桴冥心委江海屏迹逃人徒鶴厲申獨往鑊區謝當途持此百年操居然山澤癯兩賢顧同調枉楫臨家湖駢筵屬秋序嘯侶邁元夫初旭洩雲翳落景鮮霞鋪重霖豁朗霽商氣集高梧南陵絢丹碧北渚冒菰蒲瑤甍迺隱見羽節時有無陟峴礼精室乘峰眺名郛神超礼自逸世往迹與徂弔古指遊鹿歡今懷過駒請君謝天伐畢慮收桑榆

雪後石湖與諸友同汎二首

共有丘中好而揚江上舲花潭氷漾綠松嶺雪含青靄色迴銀漢鮮雲卷画屏子真歸舊谷為報北山靈

二

多才自潦倒孰謂古人無雪照王恭氅雲開范蠡湖故山饒酒伴修竹有行厨且逐林中鹿安能轅下駒

石湖作

勾吴山水秀西南雲白天青萬嶺含峭壁摶風時卷浪平湖湯日忽成嵐金支翠節虛無見貝闕銀宮縹緲夲渀渀乾坤秖自後草堂長枕百花潭

石湖

石湖秀色那可奈蛾眉掃鏡丹青開飛浪九天蹴牛渚落霞千里臨高臺吳王醉卧不復曉西施載去何時來當杯未足轉愁夕霜露沾衣鴻雁哀

石湖作

自得名川勝沿洄殊未窮秋高千嶺出地濶五湖空古堞雲横雉懸梁影卧虹樓船催画鼓野寺落丹楓綺席波光蕩紗窗霧氣通山人何惜晚歸路使樵風

湖上八絶句

石湖春色太可憐却似美人明鏡前錦甸平鋪鴨緑

水白雲飛動蔚藍天
星橋北挂瀉春流映出黃山水面浮霞石天青飛練
鶬桃花氣駿醉輕鷗
春山面面翠屏開盡繞吳王百尺臺一代霸圖憐燼
滅五湖流水恨東迴
越來溪上柳千絲西鼓樓船晚更移一曲紫雲歌越
女婆鬟白雪舞吳兒
三月暮春春服成含風疊翠越羅輕生憎乳燕掠春
色轉遺飛花蕩酒情
數松磊落千尺強恰如天際群龍翔吟風嘯雨聲瑟

瑟大澤深山藏棟梁

登山臨水春將歸獨樹桃花猶未飛玩世繁華真歘忽後時顏色轉霏微

古木朱藤跡着花淡雲斜日淨江沙黃金臺上無推轂白石山中有歲華

同王子美湖上看月二首

百尺星橋卧綵虹青天飛鏡水涵空憑君看盡人間月誰似湖山枕簟中

酒榼茶鐺步步隨春江花月夜何其故人明日京華去任說山公倒接䍦

湖上逢曹子繩之

童子論交二十年舊遊凄落已茫然石湖三月梨花雨忽漫相逢野寺前

湖上

郡峰合沓錦屏圍樹色泉聲帶晚暉盡日拏舟無一事平川十里看鷗飛

脩禊石湖作 有引　袁袠

嘉靖丁酉三月三日上巳也其日又為穀雨既欣令節乃集良朋爰修禊於石湖羡羲之之山陰希點也之沂水不有賦咏何以述志陶情乎乃作此

詩以倡同游之士

大化陶天地，令節届春陽。澄湖包廣皐，翠嶺連崇岡。嘉鯈躍以嬉，冥禽翩高翔。微雲藹遠霄，泠風吟修篁。雖無絲與竹，散懷藉壺觴。神怡理自足，心暢憂可忘。既詠舞雩什，載奏山陰章。悠然傲千古，爲用游羲唐。

同諸文學避暑石湖二首

理棹泛湖陰，停橈占水心。風簾煩暑隔，氷檻薄寒侵。劇飲方河朔，良儔選竹林。蓬壺何處是，只向此中尋。

彩鷁浮天上，紅妝照鏡中。歌翻金縷曲，人住水晶宫。酩酊山公似，清狂賀監同。歸舟不惜晚，爲戀舞雩風。

江寺副于春過飲橫塘莊遂同泛石湖

每逢北使問京華忽漫停驂野客家小飲花前張艸具勝遊湖上附仙槎納涼宴坐迎風便聯句忘歸恨日斜佐爾別來才思進江淹今已筆生花

石湖次彭孔加韻

秀嶺雲藏鳳刹澄湖月偃虹梁風帆遠隨落雁漁網高挂斜陽

石湖送徐太史子朴　　胡纘宗

委佩乘雲入鳳池綵毫染露立彤墀仙桃春醉承顏酒御柳晨分退食遲五色初裁　天子詔千秋還上

侍臣詞石湖風雨那為別白雪陽春獨爾思

春日展墓還眺上方石湖　皇甫涍

松瑩畢哀酹返徑陟田園天溟悅虛滉霄崿曬嬋媛霞波影共爍鷗鳥自翩翻珠宮鬱翠微石磴靄雲門復茲美春仲華日散皋原烟蘿搖絳瀑花竹引清源紛吾羈宦客五載夢歸軒回首愧伊昔遊目暫遨魂弭節澹容與平蕪落照繁誰能別此去空响北山猿

春日石湖　前人

望入空亂樹影微山雲湖水競芳菲自隨春色桃源去卻笑秋風江上歸

石湖在白洋灣之北界吳縣吳江之間有茶磨諸峰映帶頗為勝絶相傳范蠡從入五湖處初不甚顯得文穆公而名方芳〻著

吳都文粹續集二十三卷 終

吳都文粹續集卷二十四

長洲　錢穀　叔寶　編集

橫塘　范成大

南浦春來綠一川，石橋朱塔兩依然。年〻送客橫塘路，細雨垂楊繫畫船。

曉泊橫塘　前人

短夢難成却易驚，披衣起漱玉池清。遙知中夜南風轉，洶〻前村草市聲。

出橫塘　韓奕

未曉出横塘舟遲覺路長峴痕秋水落曙色海霞凉
短褐迎霜授新粳帶露嘗山中與僧約不比仕途忙

出横塘　蔡羽

鷺啼吴苑秋千靜寒作春陽草色遲高低紺宇山幾
寺遠近青溪花半枝叅燈已扣松邊笈賽鼓遥從水
上祠繡辟丹崖隨意宿梅洲蘭渚纜頻移

曉出横塘路三首　朱琬

曉出横塘路塘横物色新鶯聲歸柳嫩燕影掠帆斜
水積連旬雨溪深爽峴花孤舟望鄉路去去興無涯

二

曉出橫塘路塘幽事〻清礙流深樹影喧靜一雞聲
蘆葉清江遠桃花春水生渺然歸興發背日獨含情

三

曉出橫塘路塘深趣亦奇野花繁曲岸江竹靜疎籬
順水牽行疾盤雲鶴上遲往来幽玩褻準擬結茅茨

自石湖至橫塘二首　王寵

山水繡相錯清暉如可飡峰形分塢〻沙曲擁灘〻
西荷香拂蕩南屏秋氣寒嘯歌終日裡懶散不簪冠

二

人家叢水竹廠土沃塗泥澤徑菱花覆霞莊稻葉齊

漁人千網集開土五雲栖草履長林下持編且牧羝

橫塘歸　　袁褧

片月出雲嶠荒烟起茅舍薄暮見漁舟來集澄潭水

橫塘晚興　　皇甫涍

郭外有幽棲閒情泝碧溪湖山相映發鷗鳥日招攜
霞色浮塘上鐘聲過水西歸來一丘壑源路使人迷

長蕩泛舟　　沈周

發迹過長蕩識此平生生始春流方漫衍曠蕩弥十里
老葑蔽重雲數芽青擬〻正如一明鏡皺蝕銅繡起
西山欲流照掩郛螺髻美山亦拗怒去南走太湖涘

群勢擁疊浪爭捷互排擠我恐先我去揮手喝止〻
湖山四面好轉側皆可喜此面正佳絶扁舟載西子
芳洲有隙地宜賣脫紫綺移家非丹砂所好在山水

長蕩汎舟　皇甫信

清風江上下銀鈎一片蘆花萬頃秋向晚月明洲子
畔數欵乃起吳謳聲
長蕩在虎丘之北

黄天蕩　張憲

昆明劫燒成灰火臨平葑湖撥不開黄泥萬頃下無
底海眼一綫通往來南徐江邊海鰌走江神頓足黄

龍吼便翻銀濯（漢）泥沙要使妖蛇先授首

黄天蕩在葑門外

過獨墅

短棹微風窈窕片帆落日横斜舍傍誰開酒肆牛疲知是田家

宿獨墅　華幼武

獨墅三更月孤舟萬慮乆東行鄉慰意北望總傷神

水闊風烟遠秋高黍稌新尚憐魚菜美庶以奉吾親

黄天獨墅在黄天蕩之東獨墅王墓朝天三湖連綴中微隘如川其實一水也

過車坊漾

蕩舟滄波萬頃揺櫓白鷗渚傍不知新月東起回頭過盡東方

宿鮫龍浦口　吴一鵬

鮫龍浦口夜停船微雨初收月滿川只恐鮫龍時崛起忽生風浪攪愁眠

鮫龍浦口在獨墅之東一名頹墩湖其東北又有車坊漾比諸湖更深又名鑊底潭

過陳湖　陳基

平湖秋色曉蒼蒼鼓枻聲傳浦溆涼鴻雁欲來天拍

水蒹葭初老露為霜菊荒甫里人何在鱸入松江與
轉長不用臨流重懷古葦花菱葉滿滄浪

泊陳湖　　華幼武

縈纜陳湖口茆簷野趣多薔薇紅炫日楊栁綠涵波
漁網依時集農田着處歌地偏苛政少其樂更如何

歸闔閭浦

極目烟江盡頭虛指揺城渡口世人不理曲肱自餉
黃雞白酒
陳湖在車坊漾之東又東為闔閭浦

過龎山湖　　楊維禎

湖上足晴晝雨餘生綠陰扁舟到城近曲港入村深野叟頻相問郎君不可尋西菴有分席吾亦老山林

與麗福一遊麗山留題西隱菴　甯玉

麗山西隱阿蘭若中有高人趣不同千偈瀾翻無滯跡一塵不到有清風門前湖水三萬頃雨後雲山八九峰對現堂〻無別事一聲漁唱月明中

和　麗福一

松陵城外古提招隱入西雲路不迷明月清風深夜靜斷雲流水小橋低香含優鉢花饒笑韻叶頻伽鳥亂啼如此佳山與佳水幾多詞客為留題

遊龐山祠龐雲翁　　于文傳

山本無名惟有名入山〻意自分明墻隨畛高低畦築船趂沙灘遠近横别墅午晴雞喔〻隔林風細鳥嚶〻山翁獨把烟霞占五十餘年未入城

龐湖　　桓夔帖木爾

湖波渺〻鏡光寒湖上遊人得勝觀一片霞鋪紅葉渡數團雪墮白鷗灘再登古宇探龍穴謾汲灵泉奠鳳團聞說鱸鄉何處是明朝猶約弄漁竿

登龐山　　周谷賓

意思宛然在命名良不虚林泉儘幽勝地土亦華腴

葵韮家〻業朱陳世〻居山灵應不吝寸地着吾廬

過龎山湖　龎龍

年来問旋到龎湖風景分明入画圖細浪魚吹蕩雲日飛花鳥載度烟蕪憂時范老心常在奉使張騫輿不孤郄笑十年名利客蹉跎萍迹尚東湖

龎山湖在澹臺湖東自分水墩流入甘泉橋滙於此其下為流黎湖菱湖葉澤湖新湖

題九里湖　吴驥

太湖風濤湧銀屋望處令人駭心目豈知數里小澄湖近接吴淞烟水曲未能朝宗會百川頗擅清虚遠

塵俗沿堤冉冉春流湧拍岸溶溶朝雨足桃花浪煖鏡光明時動微瀾綃輕縠忘機鷗鳥自往還無意菰蒲為誰綠農憂亢旱資灌溉户有鮮鱗供口腹我游溯方思故鄉恒厭黄埃暗山谷比日南歸得縱觀欣聞漁唱聲相續欲收佳景入吟懷俄報斜陽舟去速

白蜆江阻風夜宿江口懷徐賁　姚廣孝

顛風渡江難停櫓依菱葑濤烟翳暝光灘月浸寒夢漁歸候火明鳧眠忘蘆動遇險更思君陡覺離愁重

八月十三夜泛姚城江　陳基

画船撾鼓唱回波皓齒青蛾不用歌好月愛看輪未

滿清秋莫問夜如何明將織女機絲動寒恐孀娥白髮多天上清光應更足羽衣安得共婆娑

何年江水出姚城轉覺東南地勢傾綵月夜當河漢動客星秋入斗牛明微波不起魚龍靜嘉穀初登海宇清生喜太平仍少壯浩歌擊楫豈無情

九里湖在葉澤湖之東亦名同湖急水港杓頭潭清水蕩在焉又東為姚城江白蜆江小龍江

汾湖賦　陶振

釣鰲生朝發乎東海夕將抵乎西鄙遇茫洋之大澤勢滔涵乎太虛以為洞庭耶則層樓不見翬飛乎黃

鶴近山不見列翠於蒼梧以為彭蠡耶則瀉不見銀河九天之瀑布而張不見屏風九疊之匡廬於是東覽三泖西瞻具區然後知三吳之巨浸名所謂分湖者歟是時也日落蒼灣烟淡平蕪恍東山之月出遇隣舟之老漁停挂楫而揖予言曰吾將子以分湖之所以得名行子以分湖之大義子亦樂而聞之乎是湖也兩界中分南北無虧其南也則千綆之無盡其北也則百弓之有餘故南其半為嘉禾之境北其半為松陵之墟湖之得名其以是歟故老相傳信而不誣原其始則蓋具區之溢出而旁滙乎此瀦然点安知

其不溢觴于崑崙之頂泄瀚海而來尾閭者耶乃若
白微波不興一碧萬頃如青銅之淨拭似白練之平
鋪颶風倏起長鯨怒呼拔銀山之千尺捲輕濤之雪
如使觀者不覺心戰而胆慄頃刻碎行人之軸轤其
產則辛夷杜若菡萏珊瑚大貝之寶明月之珠春水
桃花之鱖秋風蓴菜之鱸白頰奪淮西之風味紫蟹
剖吳下之膏腴又有魚鱗之屋水晶之居其源莫測
其奧莫覩構波神之窟宅作馮夷之幽都月白風清
似或聽廣樂鈞天於縹緲雲消雨霽恍若見金支翠
旂之有無既無凌波之仙子豈無騎鯉之仲夫玉宇

生涼則足以稱純陽飛劍之渡緑雲曉漲則足以供漢陰抱甕之斛散落霞錦光於蕩漾濯殘陽紅纈於扶踈昔杜少陵空有渼陂之樂曾不及此一覩李翰林空有郎之汎曾不及此一窺故凡游乎此者自宜有以得其樂又何必渡黄陵而遊赤壁隔滄海而望翠蓬與玄壺也哉雖然此特其槩耳若夫地靈人傑同德相符則有陸龜蒙之苗裔陶弘景之後徒天游子季貫乎載籍六一翁道究乎精粗雲樵先生之磊落采芝逸士之清臞是數公者莫不韜光於草莽混迹於樵漁披羊裘於風雨澁綸竿之卷舒一棊不肎

郤淝水之戰一箭不冐射聊城之書仰高名於辭漢之嚴子慕清風於去越之陶朱悉能篠清光於治世處高明而不汙吾嘗品其人南州高士之列孰云誕而為迂若是則今之分湖不獨有異芳奇物之產神仙巨灵之宅抑且為浙西人物之淵藪東吳孛海之歸墟也語畢老漁鼓枻波間倏別而去飛玉龍之一聲捲輕濤於別浦折風木於太湖八百之西灣下覺七十二峰翠鸞之掀舞紛落葉以相觴洒篷窗之急雨起而視之則時夜將半雞三鳴更四點月已墮海西丈五矣於是叱湘妃捧斫命洛神展素授長扛大

筆於青天醮蟾窟九秋之清露想老漁所述之前言而遂寫為紛湖之賦陶振字子昌華亭人贅於龐山謝氏遂為吳江縣人

游紛湖得武字　楊維禎

盪舟武陵溪朝出伍子浦還過西陸家仙童啓岩户棠樹大十圍桃花燦欲語遺我古鐵枝色比脩月斧為作古江調江鳥凌亂舞攜之謁龍君湖水吹暮雨晚飲花石岡亭臺已無主瀛橋步月歸竹枝和銅鼓道人早歸來脫冠挂神武

得錦字　殷奎

平湖天錦落波濤殷寒枕鴦飛下帖帖龍眠驚諗諗

道人吹鐵龍百竅聲盡噤柳溪千花明燦若天馬錦
交朋類搏沙美會猶拾瀋主人敬愛客十日相泥飲
嗟予一介微好古亦天稟作詩續貂末芳評賴題品

得上字　　程翼

樓船載酒汾湖上萬頃玻璃綠新漲玉簫檀板館娃
歌銅鼓雲璈仙侶唱涼蜜金盤荔子漿紫駝銀甕葡
萄醸桃心大舞天魔宮分班小擺花神仗人坐盤陀
古翠岩鶴立海棠青錦帳醉揮玉麈奪詩魁氣噴鐵
龍驅酒将三五朱扉流水香十二闌干花氣王歸來
涼月白紛紛湧出銀濤三萬丈

卷廿四　十

得花字　王佐

青簾画舫載吳娃晶晶行行十里賒湖光遠帶柳溪雲水春色好在桃源家十幅錦帆風正健一聲鐵笛月初斜玉壺香醪興未盡更醉海棠嘉樹花

得溪字　陸宣

翠岩亭下問棠梨上客同舟過柳溪花下停歌聽鸎鵡竹間把酒飲玻璃緋桃照眼春無賴石洞閑雲路轉迷金粟彈箏銀甲冷珠簾度曲翠眉低錦帆捲浪風生座羅襪生塵草被堤屢舞不妨飛野馬醉歸遮莫報隣雞梵王臺殿空陳迹鮑氏池亭憶故栖鐵笛

吹殘山月白竹枝唱駟橋西

得陵字　　陸恒

春風画舫錦乘鮑陸池臺次第登翡翠花枝人似帆玉葡萄銀甕酒如澠泗洲寺裡看題竹伍子灘頭聽采菱歌扇斜搖波縠綃舞衫輕脫唾茸凝七星鐵管金為點萬斛珠琴寶作屑臂脫朱鞲明越白燕銜烏帽濕吳綾雄詩奪錦欺三謝俠氣凌雲比五陵醉卧氍毹驚露下夫容月浸碧壺冰

致仕還汾湖問信海棠　　陸行直

湖濱春水似桃源楊柳青〻燕子喧晴日煖雲歌別

樹錦天繡地醉金門流光冉冉長為客清夢時時遠故園借問當時花下影紫簫吹斷幾黃昏

再遊汾湖　　顧遜

武陵溪上花如錦花氣薰人如酒濃簫聲時倚鏌鎁鐵雲影忽落玻璃鍾小娃傳令覆蓮掌遊子撇篷玉容汾湖歸來夜何許明月近挂青螺峰

汾湖一名分湖分屬吳江嘉興也其東流入謝宅蕩笋菜蕩南陽港又東通三泖

鶯脰湖　　趙時遠

鶯去湖存事渺茫梵宮占斷水雲鄉四圍烟樹波濤

闊六月橋亭風露凉遠近征帆歸別浦高低漁網挂斜陽翠微深處一聲笛起驚眠沙鷗鷺行

春日游鶯湖偶成　陳一初

聞記鶯湖舊有名飛湍瀉碧响春聲鱗鮮雪貼銀花細大舶風生竹葉輕西塞玄真留勝迹東林白社樂閒情我来半日溪亭坐吟得新詩信筆成

游鶯脰湖　吳億

樹色烟光兩岸分棹歌聲裡散鷗羣船浮春水天疑近人對東風酒易醺翠袖不須花下舞洞簫還待月中聞仙游釣客今何在湖上年年自白雲

卷廿四　十三

游鶯脰湖　張淮

白鳥眠沙夢不驚，寒生水國半陰晴。酒涵春色花邉過，船載湖光鏡裡行。南浦愁連芳草緑，東風歌送落梅聲。那堪日暮臨岐別，更聽河橋栁上鶯。

鶯脰湖在太湖之南，其源自天目東流至荻塘，會爛溪水併出平望安得橋，滙於此。以其形似鶯脰，故名。亦名鶯鬭湖。

過沈張湖　吴復

繇舟蕩槳看青春，栁色桃花岸岸成江國微風醒酒力水村落日見漁人

沈張湖在鶯脰湖下流之北

松江賦　葉清臣

澤國秋晴，天高水平，遥山晚碧，極浦寒清。循游具區之野，縱汎吴淞之澨，東瞰滄海，西瞻洞庭。槁葉微下，斜陽半明。樵風歸兮自朝暮，夕溜湍兮誰送迎。浩霜空兮一色，横霽色兮千名。於斯積潦未收，長天無際，澄瀾方興，扁舟獨詣。社橋初黄，汀葭餘翠，鶩鷺朋飛，别鵠孤唳。聽漁榔之遞响，聞牧笛之長吹。既覽物以放懷，亦思人而結欷。若夫敵寇初平，羈徒方盛，均憂待濟，同安則病。魚貪餌而登鉤，鹿走險而忘命，一旦辭

禄揚舲高詠功崇不居名佇斯令達識先明孤風夙
競又若金燿不融洛塵其蒙宗城寡捍王國爭雄拂
衣客右震燿江東拖翠綸兮波上膾蟬翼兮柈中倘
即時之有適遑我後之為恫至如著書笠澤端居甫
里兩槳汀洲片帆烟水夕醉酒樓朝盤魚市浮游雲
外之物嘯傲人間之世富詞客之多才劇騷人之情
思緬三子之清徽諒隨時之有宜非才高見弃於荣
路乃道大不容於禍機中屠臨河而蹈壐伯夷登山
而食薇皆有為而然爾豈得已而用之別有執簡仙
瀛持荷帝柱晨韜史氏之筆暮摇使臣之斧登覽有

澄清之心臨遺動光華之賦荷從欲之流滋慰遠遊之以惧肇提封之所履屬方割之此憂将濬疏於滙川其極濟乎畛疇轉白鶴之新渚據青龍之上游濯埃垢於緇袂刮病瞙乎昏眸左引任公之釣右援仲由之桴偲勤官而裕民乃善利之遠猷彼全身而遠害盖孔藏於自謀鮮鱗在俎真茶滿甌少回俗士之駕亦未可為茲江之遊

泊松江渡　　許渾

故國今何在扁舟竟不歸雲移山漠漠江闊樹依依晚色千帆落秋聲一雁飛此時蕪送客凭檻欲沾衣

吴江旅次　張　喬

行人愁落日去鳥倦遥林曠野鳴流水空山响暮砧
旅途歸計晚鄉樹别年深寂寞逢村酒漁家一醉吟

又　姚　鋐

句吴奇勝絶無儔更見松江八月秋震澤波光連别
派洞庭山影落中流汀芦擁雪藏漁市岍橘風香趂
客舟清興不窮聊一望烟空雲霽倚層楼

又　孫　何

晚灘如雪起沙鷗只尺姑蘓亦勝遊逺勢瀉歸滄海
逺泠聲分作太湖秋蒔田幾處連僧寺橘岍誰家對

馹樓魯望不存無可語片帆中夜渡清流

又　王安石

莽莽昔登臨秋風一散襟地留孤嶼小天入五湖深柑橘無千里魚鰕有萬金吾雖輕范蠡終欲此幽尋

又　張先

春後銀魚霜下鱸遠人曾到合思吳欲圖江色不上筆靜覓鳥聲深在蘆落日未昏聞市散青天都盡見山孤橋南水漲虹垂影清夜澄光合太湖

與子瞻會松江得浪字　秦觀

松江浩無旁垂虹跨其上漫然銜洞庭領畧非一狀

恍如陣平野萬馬攢穹帳離〻雲抹山窅〻天粘浪
烟中漁唱起鳥外征帆颺愈知宇宙寬斗覺東南
太史　文監謝家畫詩將超携外形檢語笑哄頡頏
㛹娋幸不　撥刺亦從放獨留三百缸聊用沃軒曠

得岍字　参寥

蜿蜒跨長虹吳會振奇觀水連幾萬頃放目失垠岍
倒影射遥山青螺點空半從來誇震澤勝事無昏旦
破浪湧長鬣排空度飛翰肺腑入清境劃若春冰泮
安得変〻九垓從公遊汗漫

松江晚泊　吳融

樹遠天宜盡江奔地欲隨孤帆落何處幾日更新離
客是淒凉本情為繫滞枝寸腸無計免應　楚猿知

又

落日停橈古渡邊古今踪跡一蒼然平沙盡處雲藏
樹遠吹收來風動天並困東西千里路可憐瀟洒五
湖船如何不及前賢事却謝鱸魚在洛川

又　前人

吳臺越嶠兩分津萬々檣烏簇夜雲吟盡長天一江
月更無人似謝將軍
白蘋紅蓼間汀洲水鳥飛翔更自由我若功成解簪

綬會須來買釣魚舟

松江作　趙嘏

松江菰葉正芳繁張翰逢秋憶故園千里帆遲館娃寺一川風煖採香村潮聲漸過仙人宅鶴市曾迷子夜魂我有五湖烟艇在不堪殘日動征軒

松江秋書　陸龜蒙

張翰深心怕禍機不緣菰脆與鱸魚肥如何徇世浮沉去可要拋官獨自歸風度野烟侵醉帽雨來秋浪濺吟衣無人好尚無人貴吟嘯低頭又揜扉

松江懷古　前人

碧樹吳州遠青山震澤深無人踪范蠡烟水暮沉沉

又　　楊蟠

帆落帆開兩渡頭洞庭木葉擾離愁青山帶日低平野白浪隨風過別洲月靜沙寒知雁宿雲深水煖菱魚遊画橋隱隱横天漢人度空中影倒流

又　　郭祥正

群山高下浸湖濱暝靄朝霞物物新甜道更穿東北去青銅影裡看行人

軒亭多作碧湖傍蓮子枯時荇葉香最愛夜深鷗鷺散釣船明月似瀟湘

又　　范致虚

黛潑峰巒安用染，鏡澄湖面不須磨。已驚張翰鱸如玉，想見西施髻似螺。目斷樓高知水濶，雲開山盡見天多。吾家本是烟波主，好律魚翁一曲歌。

又　　楊友夔

落日湍大江，孤舟猶獨行。蒹葭交相風，中有肅殺聲。適從城中来，始覺秋氣清。世路若迫隘，江湖自寬宏。平生獨往志，久與白鳥盟。陳人多所閲，新事屢可驚。惟有江上峰，残年眼中青。

過松江　　范成大

長虹斗起蛟龍穴朱碧闌干夜明滅太湖三萬六千頃多少清風與明月青鷗驚飛白鷺閒丹楓未老黃蘆折誰將橫笛叫蒼烟無限驚波翻白雪洞庭林屋舊遊遊處玉柱金庭路嵾絕水仙逢迎摻脩袂問我歸計何當決去年匹馬冗春寒今此孤篷宿秋熱人生意氣得失間輕重劍頭吹一吷莫將塵土涴朱顏却待丹砂回白髮

松江舟中二首　　戴復古

夜聽楓橋鐘曉吸松江水客行信匆匆少住亦可喜且噲鱖魚肥莫問鱸魚美

垂虹五百步太湖三萬頃除却岳陽樓天下無此景
范蠡挾西施功名付烔艇

泊松江　　吴瓊

孤舟尚遠征向夕泊江城淞口潮初上雲間月正明
吴歌聲嬝娜楚客恨飄萍卧穩霜天漏沉〻欲二更

吴江曲　　朱一松

吴江女兒白如玉花底紗窗傍溪綠玉簫春煖貼朱
唇故作陽春斷腸曲扁舟掠水去如飛不見嫣然一
笑時回首江城只孤塔向來一念復因誰

吴江舟中　　樓鑰

阿連久矣共一被小别愁生夜無寐風帆將我上征途回首江山忽千里小舟橫臥吳江水夢回依約蓬窗裡五更漏急月黄昏烏鵲一聲未起人

過吳江　高本

江吞大澤無西東危亭聳立如鶩鴻曉晴不見天地色上下澄碧迷雙瞳菰蒲千頃鷗鷺國風波萬丈魚龍宮逢時自好盡忠義莫學衰世鴟夷公

吳江　汪藻

好在松江水丁年憶此過垂垂梅子雨細細麯塵波花老千頭橘香聞數丈荷百憂今已矣搔首意如何

還吳江　　黃由

帰來三閲月無心事一閑心刈草尋花徑開池漾竹陰
江邊問明月天際數帰禽幸有高賓至相逢似竹林

夜過吳江憶華終之　　呂寅伯

更深無盡燭清氣滿山川沙上風鷗聚烟中霜草鮮
故人別何處新月照孤眠欲寄相思意征鴻未可傳

吳江春望　　嚴羽

客有東吳別馮高正憶家春青江上艸湖白岍頭沙
去年無邊盡帰帆幾處斜音徽不可問惆悵結瑤華

松江　　王安石

來時還似去時天欲道來時已惘然秖有松江橋下水無情還送去時船

吳江懷古　胡元質

子胥今日委東流吳國明朝亦古丘大笑夫差諸將相更無人解守蘓州

吳江道中　許棐

一別吳松二十秋敗荷枯柳摠新愁白頭交友凋零盡賴有寒江幾個鷗

吳江　陳基

城邑帶秋水盈盈笠澤湄西風一夜起鴻雁盡南飛

晋日東曹掾唐朝左拾遺長揖謝軒冕悠悠千載期

又　　前人

釣雪灘頭暫艤舟晴虹千尺飲長流吐吞日月天無際出沒魚龍地欲浮濟世誰當扶砥柱乞身吾盍老滄洲裁書為問天隨子杞菊荒來又幾秋

自吳江回　趙孟頫

壯氣浮孤劍餘生寄短篷戰塵昏野色積雪眼春風北望旌旂闊南歸郡邑空江花與江水客思兩無窮

吳江晚泊　高得暘

江色入秋清蒹葭白露零星移孤雁影月落亂雞聲

旅泊常隨處舟行不計程三高呼莫起誰與話幽情

夜泊吳江　王原傑

小舟輕似葉載月過蘓城柔櫓數聲响長江一派清
天低連水色風順送鐘聲隔水疎林外漁燈一點明

吳江夜泊　馬臻

不見天隨子令人逸興孤村砧声自答岸　相呼
河漢回西極星辰入太湖古情今不盡明月照姑蘓

吳江夜泊　釋宗衍

風壤三洲接江湖一水分虹消滄海雨日落洞庭雲
客意終難盡漁歌實飽聞長思陸魯望不出可忘君

舟次吴江　　善住

客路渺無際，崎嶇何日平。積烟迷遠樹，残照下荒城。
水宿先歸港，朝行暗計程。長橋知漸近，笳鼓隔林鳴。

過吴江　　李孝光

左帶吴松右五湖，人家笑我隔菰蒲。風濤不動魚龍國，烟雨翻成水墨圖。越客臥吹船上笛，吴姬多倚水邊壚。鑑湖道士如招隱，一曲他年得賜無。

舟過吴江　　前人

十五女郎可憐生，牵挽百丈踏泥行。洗脚上船歌白苧，春風吹過闔閭城。

舟次吳江寄溉之李學士　張伯雨

垂虹散髮思飄然悔不金陵捉酒仙詩有羊何方得和世無李郭更同船金人掌上三危露玉女窗中五色烟莫待遂良鬚盡白共尋瑶草看明年

倪元鎮避兵吳江　包英

不待兵戈郎遠移吳松江上住多時從容只為知機早阻絶應嗤會面遲角里正堪商谷隱龐公未赴鹿門期山川搖落空相對每切渟雲一賦詩

同上　謝應芳

詩中有畫畫有詩輞川先生伯仲之襟懷不着一事

惱姓名惟恐多人知竹籜裁冠晨沐髮蓮蓬洗研晚
臨池數年同飲吳江水明月清風有所思

過松陵　陳　謙

第四橋下風水惡千斛船中心骨驚蛟龍有時就廟
食鴻雁每歲不南征松江太湖會合地莫雨寒潮交
戰聲獨客倚篷歸嘆息崎嶇世路何由平

次韻王松陵　陳　深

江上青山擁縣城江頭結屋放歌行散人昔有陸魯
望處士今無禰正平萬頃雲濤聊自賞百年肝胆定
誰傾何時適有扁舟興趂得垂虹夜雪明

將赴京口道出松陵　　鮮于樞

夢裡丘園去未能眼中憂患日相仍向憐楚澤行吟
客今羨禪林坐斷僧千里雲山望京口一帆風雪度
松陵三高祠下空低首不獨　心愧李鷹

陪淮南僚友泛舟吳江城下　　王逢

伏波魚龍夜不驚菱花千頃湛虛明吳儂似佐青絲
馬漢月重臨白帶城世說賓融功第一獨憐阮籍醉
平生樓船簫鼓中流發及未東南早罷兵

吳江　　張翥

坐倚風檣看太湖波濤須洞半三吳寒通上界咸池

氣黑入中流水伯都雲暗蛟龍應起立雪深鴻雁自驚呼望亭有酒堪消醉買得漁家一尺鱸

避地吳江九日　楊維禎

行年七十猶為客何處江湖着老夫黑髮空留數莖在黃花也笑一錢無家徒活計如鳩拙病起形容似鶴臞獨把茱萸還自酌酒酣不用阿孫扶

吳江夜泊　前人

晚向三高祠下泊滿江秋氣入征袍紅蓮水碧留客色白鳥沙明見羽毛海賈結　天上住吳兒將艇月中操手斟白酒休辭醉明日西風浪雪濤

吳江　虞堪

三高祠前流水五湖烟外孤篷楓落吳江夜冷高情都付漁翁

松陵　倪瓚

松陵原上望長洲綠玉平鋪江水流水取釀為千日酒大瓢酌月散煩憂

夜泊吳江城下　前人

人家近住江城外月色波光上下天風景自佳時俗異泊舟聞咏白雲篇

吳江月下泛舟　胡奎

餘霞歛遥岑微靄生近浦迤行坐良夜月出鳴柔櫓
茫〻天欲流歷〻星可數水螢乍明滅沙禽或翔舞
此意誰與同三高渺千古

松陵道中　岑琬

野濶烟凝樹湖深水近田丫髻挑菜女獨櫓賣魚船
鳥去春山外帆收古驛前孤吟看北斗戀闕意忘眠

松江同宿和唐人韻　張楷

吳江楓葉冷獨客慢多愁月落汀烟曉天晴海氣秋
萍踪隨雁鶩鄉夢越汀洲回首青雲路低頭愧白鷗

吳江夜泊　薛績

舟傍垂虹宿夜深飛露華鍾聲來梵刹燈影近漁家
槳响風生樹灘明月映沙去家雖不遠惆悵即天涯

渡吴松江　高啓

稍離城郭喧遠適滄洲趣乘潮動旅檣露散寒江曙
蒼蕪靡靡出白鳥翩翩去不識隱人村舟中望高樹
遺時嘆有極物慚無具不向此鄉居飄零復何處棘

至吴松江　前人

江淨涵素空高帆漾天風澄波三百里歸與與無窮
心期弄明月追逝辭金闕晚色海霞銷秋芳渚蓮歇
久別釣魚磯今朝始拂衣忘機舊鷗鳥相見莫驚飛

過吳松江風雨大作不可渡晚覓漁舟抵松陵官舍　前人

風雨方知客路難飛鴻相逐渡江湍港收漁市歸舟晚門掩官廳對燭寒此地昔年曾遠宿何人今夕共清懽枕邊不為江聲急夢寐憂時未得安

松陵江上　韓奕

閒游何處寄閒情江上維舟眺晚晴秋雨荒城猶艸色天寒遠寺又鐘聲支離形影中年過蕭散心情物外輕問信偶來居士室焚香煑茗話無生

泊吳江寄僧　孫大雅

松陵橋畔太湖前斜日青楓繫客船引頸數看花鴨亂含情深愧白鷗賢千鐙庚嶺傳無盡一宿曹溪覺有緣稍待月明風細細臥吹簫管學坡仙

吳江中冬至日　王禕

十年走馬竟何如轉覺謀生事事非時序每驚愁裡換家山長向夢中歸吳江歲晚寒波積楚塞天空鴻雁稀酒後登樓倍惆悵緇塵猶滿旧征衣

徃吳江　朱文奎

一蓬涼雨晚初晴雜水蒼茫落日明菱葉荷花徧入眼鵁鶄鸂鶒自同盟釣竿且覓玄真子紗帽還從漉

卷廿四　芸

酒生笠澤留連今十日只囙此地有蓴羹

吳江春望　　吳復

二月江南春雨晴雜花開栁樹飛鶯江湖一色葡萄綠吳越千重錦綉明珠箔小娃金縷曲玉樓仙客紫鸞笙白頭庾信思鄉國無限春光感舊情

舟次吳江　　胡奎

江上凉生白苧袍荻花楓葉晚蕭騷長虹飲澗天在水怒雷磅山風送濤地勢混茫通九澤風流今古屬三高收帆暫向楓灣宿喚起吳姬壓小槽

回至吳江　　陶振

長憶松陵是故鄉，白頭耿〻未能忘。綺筵華日三春樂，畫舫荷風六月凉。橙虀蟹螯催早薦，蓴香鱸膾喜新嘗。交游何處皆星散，訪舊令人重感傷。

秋夜吳江泛月　陳一初

短棹迂程夜渡江，蘋香月色滿篷窗。天涯流涕青山遠，烟際閑情白鳥雙。赤壁仙遊疑有約，滄洲漁唱不成腔。明朝訪舊松陵郭，對榻挑燈共一缸。

泊吳江　藴平

艤舟垂虹近驛樓，水晶宮裡喜同游。腥風隔浦吹魚網，遠火臨流映客舟。萬頃烟波寒浸月，一天星斗倒

涵秋酒醒共向篷窓坐誰詠滄浪起白鷗

和　尹寛

酒醒長歌倚柁樓雪灘祠下又重游湖光萬頃沉孤月燈影三人共一舟天轉星河知午夜風傳砧韻報新秋百年身世眞萍梗機事何煩問海鷗

吳江春思　莫禮

積雨閑庭春艸長空齋不語坐焚香堦前螻蟻輸粮急花底山蠭課蜜忙處士只應如靖節將軍誰復數麋芳絶憐二月吳江路無數東風開野棠

吳江道中　卞榮

蘊臺東入吳江縣〻郭縈迴枕白沙沿路石橋知幾載隔湖烟樹是誰家水深半浸青蒲葉風急偏欺細麦花一望〻平〻野闊欲疑漂泊在天涯

吳江阻風　前人

驛夫及候趨長道江鳥忘機立淺沙苦被風波欺客棹欲投烟火宿人家月明夜市猶沽酒水満春瓶自養花坎坷須臾何足道也曾天漢泛仙槎

吳江舟中　聶大年

壯懷牢落宦情微夢繞鄉山未得歸貌比安仁今覺瘦年如伯玉始知非五湖烟月家何在萬里雲霄鳥

倦飛同是一年將盡夜椒盤銀燭賞心違

宿吳江　楊一清

長堤維暮色野況獨蕭然水市魚蝦上江城鳥雀喧疎鐘寒破夜荒菼暗浮烟竟夕淹遊舫揆予有勝緣

吳江早發　前人

水驛聞殘夜揚帆泝遠流草虫知急景江樹入深秋寒雨鳴孤棹晨光見淺洲問津應未厭清興若為酬

吳江晚眺　吳寬

霜林搖落洞庭微澤國茫茫對夕暉湖上客來金橘熟橋頭人賣玉鱸肥扁舟范蠡當時計獨棹張翰何

處歸景物蕭條增客思更堪回首雁南飛

過吳江訪張子靜泊南津口　沈周

吳江南下黃溪路歲晏逢君溪水頭雙鬓都生五年雪雨人相對一孤舟關前晚纜翻鴉樹夜半寒燈落雁洲未識新春此杯酒更於何地得同游

與少宰吳江舟中聯句　趙文　林寬

望斷平湖浪接天　林　好風百里促歸船白銀盤裡青螺小　寬　宝帶橋頭素月圓此地遥知燈滿市　林　池人休送酒如泉同游不是天閑驥　寬　骨似坡翁石浪鐫　林

吳江道中　杜啟

卷廿四　廿九

十年来往鏡光中此日帰来作釣翁香擘霜苞連緑帶鮮烹銀尾四腮紅乾坤事業雙腊鬐風月平章一短篷欲續江湖散人句天隨何處得相從

呉江　沈周

緑幕紅窓映水開長橋夾岸起樓臺樓前舫子過湖去雙櫓鳴環淅索来

泛呉江　朱存禮

一帆風便到呉江〻上飛来白鳥雙舟子飯時吾夢覺起吟新月坐篷窓

呉江竹枝歌　胡奎

第四橋頭楓葉青白龍吹雨浪花腥過橋買酒待月出今夜〻宿垂虹亭

青裙女兒雙髻螺唱得吳宮子夜歌酒醒月明眠不得秋風吹起洞庭波

西山落日東山黃儂唱竹枝行晚涼十幅蒲帆弓樣滿南風吹過白龍堂

同前　　都穆

雙櫓艎船無比輕耳邊唯聽踏車聲龍王堂下風波惡自是儂心柰得驚

江上納涼　　前人

酒餘茶椀手還持，水樹風多坐屢移。却憶去年城市
裡，汗衣塵土正奔馳。

吳江道中　陸顒

鱸肥蓴脆正秋風，綠水紅橋宛轉通。不獨季鷹思故
里，扁舟過此戀吳中。

吳江舟中謝伯一有詩次韻　楊一清

寒露初零暑氣收，吳中風物此高秋。老須朋從與尋
樂，興在登臨非浪游。烟樹夕陽歸鳥盡，石橋新水落
花浮。船頭一嘯悠然坐，愛看清溪帶月流。

山光水色此兼收，一棹西風萬里秋。病起不勝元亮

酌老来猶作子長遊烟花露柳濛〻濕沙鷺汀鷗故

故浮林籟無聲人語靜長空如洗絳阿〔河〕浮〔流〕

使浙日承親友送至吳江　楊循吉

送〻未覺遠回首江上眠天寒人共被夜靜水衝船

候旦窺雅發離家記月圓未知從此去何處過殘年

吳江舟夜二首　皇甫涍

旅泊季冬時寒深百川匯隆條寂無禽晴蹊雪仍在

獨夜湖傍人遥汀霧蕪靄望月測虛盈臨流意瞑瞹

懷古發棹謳扁舟寄幽曠

邑壤帶豐津人家映迴汜徙泊眺長原數處征鴻起

卷廿四　三

遠心滄波外客愁鐘声裡夜寒江舟靜孤月照炯水
獨寤方悠哉勞懷曷云已

吳江詞　建炎庚戌西浙被虜禍有題水調歌頭吳江者極悲壯錄後　出中吳紀聞

平生太湖上短棹幾經過如今重到事愁與水雲何
多擬把匣中長劍換取扁舟一葉歸去老漁蓑銀艾
非吾事丘壑已蹉跎鱠新鱸斟美酒起悲歌太平生
長豈謂今日識兵戈欲瀉三江雪浪淨洗胡塵千里
手不挽天河回首望霄漢雙淚墮清波

已上諸水並屬吳江長洲

過沙湖寄顧玉山　楊維禎

五月落殘梅子雨沙湖水高三尺强大風開帆作弓滿白浪觸船如馬狂唱歌賣魚赤鬚老打鼓踏車青苧娘故人相見在婁下坐對玉山懷草堂

冒雨過白沙湖　　高啓

天寒滿湖雨獨棹東歸急遥望水邊村蕭條暮烟濕家人應候我深映柴扃立

沙湖一名金沙湖在婁門外二十里湖雖小而與松江諸水吞吐青丘載墟二浦在焉

宿蠡口　　華幼武

春風吹短棹迤邐望歸程刀斗溪邊戍旌旗野外營

卷廿四　三三

市橋人跡少，官路馬蹄輕。欲向東湖去，邊烽永夜明。

蠡口道院二首　胡纘宗

面面皆春水，臨橋跨小樓。帆檣日来往，誰解五湖游。

又

橋迴低臨斗，樓危遠揀河。碧桃開十里，春興復如何。

蠡口陳孝子歌　孝子名輿立，蠡口人，事載郡志。　吳一鵬

孝子芒鞋并布袍，孝出天性由兒曹。世居蠡口治農業，家無擔石窮無聊。白頭阿母臥牀褥，路中思食王家糕。王家却住臨頓里，地隔東西殊路遥。去買長從五更起，風雨寒暑寧辭勞。日高駐足對流水，黄冠避

逅揚涇橋為云病母亦愛此技贈慨然如故交復回
溲踵向臨頓阿母頓覺疴病消豈知黄冠已相送入
口味若吞蟠桃空中仙袂忽遐舉挂壁只見葫蘆瓢
舉家驚説事奇異母子喜氣春陶陶却開門第建宮
觀引領擬把仙翁招孝名三日傳遠近坐令光彩生
衢茅巍巍祠廟衆所仰雞香男女皆還朝琴川前有
周孝子聯壁正恊邦人謡法應血食勵風俗誰為草
疏揚于朝嗟哉祠廟兵火後頹垣破壁風蕭蕭眼前
豈無仗義士克復舊觀摩雲霄我慚同里生最晚衣
冠瞻拜空英標頎歌懿德播海内孝名永與吴山高

蠡口在齊門外十里

發漕湖　　華幼武

漕湖東南大星起灔灔光晶射湖水兩髯摇櫓送風行浪花激船洒飛雨我時起坐推篷窓天地黯慘開鴻龐扶桑日出東海沸波濤滉漾珊瑚光迴風揚帆舟子喜唱歌逕度三十里樓閣參差見吳市

晚過漕湖寄楊孟二處士　　前人

秋天澹澹水泠泠十里湖光鏡面平紅日近山霞縹緲兩舟如在畫中行

歌聲迤邐瀼西村灯火人家半掩門却憶溪南孟夫

子新詩吟罷共誰論
浮雲過盡月生光野徑依微認草堂獨倚柂樓情思
惡不知風露濕衣裳

漕湖即事　　吳一鵬

晴光如練繞村居渺渺相望十餘里叉港霧迷知有
屋廻波霜落愛多魚送青兩地山長峙陽山虞山相對轉漕
千艘粟可儲水際會墳亭早建最宜觀月夜清虛

發漕湖　　孫太初

初日浮高樹清鷗散淺沙挂帆湖水上聞笛野漁家
岍圻菰蒲合雲迷山郭斜芳洲動興幽自起采蘋花

漕湖本名蠡湖寰宇記范蠡伐吴開蠡瀆通此湖故云唐書地理志云元和八年孟簡開太伯瀆并導蠡湖故以瀆為孟瀆湖為孟湖其實古之蠡湖也故其東為蠡口西貫無錫之太伯鄉亦有蠡尖口其稱漕湖不知所始或云以通漕運故名其土屬無錫而其浸皆屬長洲

黄埭舟次　韓奕

野意入新年清溪獨放船曉行衝峭雪夜泊就人烟
古井梁鴻宅空山陸羽泉老来光景短隨處且留連

黄埭塘在漕湖之東對蠡口

常熟塘紀功碑

劉允文

吳之藪曰具區郡之大惟蘇州商爲貨居農實邦本錫貢多品厥田上中土宜在民地利乎水常熟塘按圖經云南北之路自城而遥百有餘里旁引湖水下通江潮支連派分近委遐輸左右惟強家大族疇接壤制動涉千頃年登萬箱豈伊沿泝之功實由灌溉之利故名常熟歲無眚焉洎貞元以来時屬大旱谿是填淤蕪爲塗泥而淪胥怨咨殖物痡矣郡守隴西李素字人原始覩獘則由任穿導之遂聞於本道廉使吏部尚書韓公秉文惟謹施德惠人發令爲適觀

風悅隨人無間言〻我得從政攝令吳縣主簿李仲
方稟其成規請事疏鑿於是參井邑之役則經費其
力而長洲當三之一爲縣宰李暵復善供命乃計工
量日候隙庀徒為利涉之宜蔽反壞之害詢蓄洩之
勢增遠近之防人不告勞事為永逸先期而望表綰
直不日而終朝子來塘開地中工畢泉出山澤作氣
江湖發源積為長流实自新淛舟楫鱗集農商景從
春秋有施水旱斯備嗟乎塘之堙鬱也久矣何壅之
無慮而啓之有時非體仁弘多應用高朗曷以越前
所未暇逮今而行其志哉則史之滌渠書之滌源以

墜流其惡潤彼稻田況山川襟帶之廣林鹽沃饒之資規同九州殷列七縣其提刑底績固良二千石之能惟李公敏於直方精在損益為信安未半歲而吳郡餘一年為政猶風行惠與時至文學備全清慎寡欲通貨豐財五行因之順下致理之實不其偉歟去歲朱方構患而郡邑連陷公毆白徒以捍狂冦挺拔凶黨修復城池皇帝聞而嘉之俾金章與紫綬給誥垂美必將大闡王度紹休朝庭豈惟與民分憂是塘之為政也彼人士以允文在公之守備詳其事請刻于石庶詞之可復銘曰瞻彼塘矣昔之所關物利衆

舟土膏其澤歲有堙塞時罔疏滌誰爲澄流変爲廣
潙降是良牧猗歟龐西揆日爰鑿經旬洞開湖水南
迤江源北来旁分溝洫潛畜風雷政可施利役無勞
止力均二邑功逾百里舟楫攸往田疇所視義實通
方智侔經始濬自高岍豈云隨山人懽在路魚樂于
泉伊此化遠矧夫事宣立石川上継無窮爲元和四
年二月十八日将仕郎前左威衛録事參軍劉允文序

雲和塘本名元和唐郡守李素所治成於元和四
年故名後譌元爲雲今但呼常熟塘

尚湖　　張洪

嫋〻秋風起白波維舟無柰客愁何江湖滿地人来
少蒲葦連天雁去多只尺不遑安信宿百年能得幾〻
經過自憐旧日嬉遊處都被農家揷晚禾

經尚湖望虞山　沈周

日午放舟湖上頭虞山〻走不休高雲郤見出翠隨〻船
壁飛影下接滄波流青雲人家隱山麓鷄鳴犬吠聞
中洲鸕鷀郡飛竹葉暗蜻蜓特立荷花秋蓮歌漁唱
尚互答落景在樹猶堪遊小舟爭渡各先去獨逆風
波渾不憂

過上湖　韓奕

卷廿四　一　三七

家事不相關扁舟自往還雞声茅屋外客夢水雲間
汀樹村邊峇沙鷗水上閒故人何處訪田舍繞青山

秋日同李尚書錢正郎廷瓚弟遊西山下尚湖次韻　　桑悅

霜樹紺紅爛不收畫船如入鏡中遊詩篇襟畓多新作風景依稀似暮秋開口幸逢今日笑移家忘却去年愁（時流賊劉七在狼山）杏花春雨江南醉誰似先生尚黑頭

尚湖一名上湖在雲和塘之西長十五里廣九里上有虞山頗為奇勝

福山港口待潮　　陳基

吳山如畫楚江平消得孤帆半日程潮落沙頭總一尺舟停江口復三更時清不識風波險世亂方知性命輕坐擁貂裘待明發臨風空愧魯連生

二十日福山港寄諸友　　前　人

漢將西尤肅羽儀簡書日〻有程期東溟潮上犀船發南斗星横虎節移青入楚封山點〻白添吳鏡雪絲〻美人宴罷芙容署一色銀花翠壓枝

福山塘自縣城通江門北行四十里入楊子江是為福山港福山渡在焉

常熟縣許浦塘疏濬記　　倪　岳

四明楊君子器以成化丁未進士來知常熟縣事孳孳治理事有病民者次第罷去惟是縣治濱海其東北有許浦塘上接梅李塘會昆城諸湖水以達于海在宋元時常立水軍寨建為鉅鎮我　朝更置巡檢司以事防守歷歲滋久海水衝珊至今海口已三十六里巡檢司三易其地浦為潮沙所壅堙塞亦久旱則潮汐弗通澇則沮洳弗泄民兩病之君軫於中思力濬治以工鉅弗穰未易事〻適水部郎中新喻傅君曰會奉　命來司水政首具始末以請謀之而協遂命治農丞趙祥者董其役民用胥勸役者子來於

是濬許浦之壅者濶十二丈深八尺長四千三百二十丈有奇分占工作梢食稱事為力易者人三尺為力難者人一尺有奇工畢即釋不計早暮不踰月告成凡役二萬二千人有奇鑿地之紆者十有二所除兩厓積土以為坦道植柳于兩厓之上俾得不善崩以蔭行者得旧石閘于浚墩移置海口俾啓閉以時蓄泄有節旱澇無虞易置巡司于閘上用便巡邏復謂梅李復居上流水北不通舟行用阻仍以萬二千餘人濬之長六千一百三十丈有奇深濶減許浦十之二始濬許浦繼濬梅李蓋自城東門抵海口七十

里有奇凡為工三萬三千有奇木食之費僅二十工
緡有奇始工於弘治己未十一月壬申訖工於庚申
正月癸未為費省而成功速有如此哉邑人咸謂是
浦之為民病者幾五十年矣一旦賴賢令尹之力民
享其利者將無窮焉苟非紀載其成著斯績於弗
抑何以昭示於後紹斯績於費替也耶乃相率建亭
鑿石置諸閣上介邑庠生朱紳來請予言以紀予惟
朝廷張官置吏惟以為民故閭閻之下呻吟病苦率
於親民者是賴也而世之銳者樂於速化既無意於
為民鈍者安於無為又無力於為民是以民病日深

莫可告語徒為竊嘆而已若今許浦之役其事可謂重大其費可謂浩穰而其為民病亦可謂久且深矣先之為政於斯者亦當有慨然一加之意者否乎使非楊君之篤於為民傳君之樂於從善欲求是浦底績亦難矣於是而知天下之民病亦豈易於瘳乎雖然孔子之論從政嘗曰因民之所利而利之斯不亦惠而不費乎擇可勞而勞之又誰怨觀之斯役尤可信也是亦惟於為政者何如耳然則楊君其無忝在于聖人之徒欲用是具書以告來者

許浦按教水軍　袁說友

小臣銜命入雲屯聖主如天詔語温萬甲銜風隆士氣一言挾纊荷君恩頓驚霹靂燒戎旅更想艨艟上海門欲挽長歌問豪傑豈無擊楫歎中原

次韻袁起巖許浦按教水軍二絶　范成大

横波組練試揚舲風捲魚龍海欲凝但得綈袍如畫纊何妨鐵甲冷如冰

戈船戰棹疾如飛莫遣潮沙澱海湄草奏直須窮利病奉身從此繫安危

許浦屯郎事　袁説友

皇家百萬兵一一供行闕盼恩勞軍士有詔消良月

鳴鑾肅天仗君王自親閱旌旗照鼙鼓鎧甲耀氷雪
金繒辱君賜再拜嵩呼疊天子曰嘻哉長江殆天設
雲屯皆壯士寧有中外别乃命臣說友腆犒均行列
許之閲軍旅利害與優劣臣聞疇昔論舟師利通涉
出入[illegible]似風馳進退如電掣鄉来經始意規畫有餘烈
更張一何事〻亦隨廢鈌横舟卧平沙鍪甲半折裂
艨艟纔十五水卒無梟傑祗今衆弊見噤不一語訣
往〻憂國者無路伸喙舌小臣何肖似銜命紆華節
頎陳一得慮竹頭而木屑方略許圖上稽首思罄竭
君王赦其愚臣敢畢其說

許浦在常熟縣東北

白茅塘閘歩　　桑悅

北方井地平秋草南來沙淤要科米絲紜斗斛册上書雖須光黔心不許沙淤不久隨潮坍册書之米不要還

吳都文粹續集卷廿四　終

查目錄二十五二十六兩卷係水利土產花果等條全集並無題畫一門今二十五六卷一本俱題画詩跋而水利等轉缺但無別本可查姑依舊本錄存之也

吳都文粹續集卷第二十五

長洲錢穀叔寶集编

張僧繇画龍　在崑山慧聚寺　崔融

人莫嫌山小僧還愛寺靈殿高神氣力龍活客丹青

題米南宮画　鄭韶

風流不見米南宮依旧雲林遠寺重貌得連房旧遊處半江秋色洗芙蓉

題米南宮雲山圖　釋來復

南宮米黻生殊方馳名画史妙莫當墨雲翻空太陰

許浦在常熟縣東北

白茅塘閘歩　　桑悅

北方井地平秋草南來沙淤要科米絲縚斗斛冊上書雖須把黔心不許沙淤不久隨潮坍冊書之米不要還

吳都文粹續集卷廿四　終

吴都文粹續集卷第二十五

長洲錢穀叔寶纂編

題畫

○○張僧繇画龍 在崑山慧聚寺　崔融

人莫嫌山小僧還愛寺靈殿高神氣力龍活客丹青

題米南宮画　鄭韶

風流不見米南宮依旧雲林遠寺重貌得達庐旧遊處半江秋色洗芙蓉

題米南宮雲山圖　釋來復

南宮米顛生殊方馳名画史妙莫當墨雲翻空太陰

墨功奪造化開微茫酒酣放笔情爛熳愛寫長林帶溪圻崑崙移得毫茫間數點浮雲落天半鴨嘴灘頭沙浦通鯉魚浪颭苔花風山腰路險不可攀飛瀑倒掛青天虹戒憶南遊迴湘沔七十二峰長對面亦辟山高看洞庭一道澄波瀉秋練人生誰無丘壑懷可奈塵土羈長才子陵不遇劉文叔釣臺未必高雲臺展圖頗識旧行處彷彿微鍾隅炯樹荒盡菱祖老未跡寄書欲問沙頭鷺

米南宮雲山歌　張羽

古之画法不復見六朝人物留遺譜後来山水出新

意二李三王差可觀洪谷之後有荊關營立渾雄獨造古華原處士志奇崛餘子紛紛何足數郭熙平遠疑有神北苑爛熳皆天真画院宣和衆史集俗筆姿媚非吾倫豈知南宮迥不群一掃千古丹青塵神閒筆簡意足自窈窕青山行白雲黃侯黃侯安得此元氣淋漓猶滿紙晴窓拂拭對高秋恍惚神遊華山裡生平画癖柰此何為予試作雲山歌珍藏什襲子須記世間名画今無多

為陸全卿題米南宮雪景　吳寬

北固山前江水清長供此老濯冠纓焚香寶譜齋中

坐江山寫入毫端輕此老胸中有奇氣不與衆史爭門名倏然一種自機軸驚倒范寬拜李成昔者吾嘗閱画史遺蹟人間嗟見此卧遊佳境不逢人但覺寒光浮棐几古樹枝摧瞰急湍雪嶺更從人面起全卿藏此凡兩幅持一贈我分片玉曾是平生好潔人挂處休將手頻觸

題米元暉山水　趙孟頫

卧遊渺萬里楚天清曉秋初日江上出白雲山際浮莽蒼迷烟樹隱約見孤舟丹青不可作思予徒離憂

又　前人

澄江漾旭日青嶂擁晴雲孤舟彼誰子應得離人群

又　柯九思

帝鄉春日曾舒卷溪館秋風每見之處處雲生山似四年年老去鬢如絲

題米元暉墨山　丁立

生來墮塵網若為塵所縛暇日起我早騎驢出東郭城門老人髮半秃問我騎驢何所之為言欲向山中去茅屋正在清溪湄山中之人面如玉手把素書跨黃犢石泉夜煑茯苓香滿屋秋雲邀共宿綠蘿曉月懸松風縹緲帷烟外鐘聞十年往事一回首已隔雲

山千萬重潦倒狂吟頭半白把卷令人念疇昔石田瑶艸近如何題詩好寄山中客

題米元輝山水　張以寧

高堂曉起山水入古色慘淡神靈集望中冥冥雲氣深秖恐春衣坐來濕江風吹雨百花飛早晚持竿吾得歸身在江南圖畫裡令人却憶米元暉

題米元暉雲山圖　高啓

海岳老仙非畫工自有丘壑藏胸中大兒揮洒亦莫比妙趣政足傳家風敷文閣下書幃淨夢入空山覺衣冷起拈綵筆寫幽蹤一片飛來楚雲影彷彿三湘

與九嶷翠峯猶抹二娥眉水生江上鴻歸後樹暗沙
頭春去時蒼蒼遠渡連平麓烟火參差幾家屋林深
谷静断行人惟有禽聲啄枯木偶向高齋玩此圖斷
縑猶貴千金沽自緣絶筆人間少如此雲山何處無

米元暉雲圖　　張羽

前代幾人画山水逸品只數南宮米海岳樓前北固
山頂刻烟雲生滿紙古云丘壑起心胸恍惚似與神
靈通素壁高懸卧清晝耳邊恍若聞松風怪底青山
起毫末森沉緑樹臨溪活仙人道士疑可招芝艸琅
玕俯堪掇千里能移方寸間天机揮洒過荊關如今

画史空無数對此高踪詎敢攀

題鄭所南蘭　倪瓚

秋風蘭蕙化為茅南國凄涼氣已消只有所南心不改泪泉和墨寫離騷

又　張賁

穴六谷中無限春幾年培養此蘭蓀殘花雖小幽貞在不負當時雨露恩

長抱幽貞獨自芳芳條日日戀春陽靈均去後無人佩誰念殘英有國香

題蘭　張弼

所南画蘭不著土昔痛中原落夷虜淮南濠上真龍飛大明一統開洪武從此此蘭生始著根所南英魂亦呼舞此蘭不知画者誰幽篁奇石相為伍蕭〻涼月浸湘川煇〻光風轉玄圃似有芳香撲鼻来襲我衣裾拂尊俎不惹臙脂坡上塵只歸翰墨林中譜援琴欲彈不忍彈空谷佳人心最苦抱素凝和三十年國香将吐猶未吐江蘺揭車不入群萬古知心賴尼父撫圖握筆驅天風天風吹春滿天宇

題鄭所南墨蘭　徐禎卿

是處丘園成草莽芳根無地着幽蘭愁人自寫西風

怨合與離騷一樣看

又　　　　文徵明

江南落日草離〻卉物寧知故國移却有幽人在空谷居然不受北風吹

張仲敏鈎勒風林　　　　張雨

墨君神駿出洋州形似無如老薊丘可惜風林半窗月試憑老眼為雙鈎

題張遜鈎勒竹　　　　倪瓚

霜松雪竹當時見筆底猶存歲晏姿文采百年成異物西風吹淚鬢絲〻

髯張用意銕鈎鎖書法不凡詩亦工清苦何憂貧到骨筆端時有古人風

題顧定之竹石　張雨

龍孫乍脫襁兒錦石面都皴彈子窩画妙通神欲飛去虎頭痴絕奈渠何

題顧定之竹　郯韶

吳下幾人能画竹風流只數顧參軍都將數尺雲烟思寫作當年篆籀人

又　鄭東

眼中得見珊瑚無乃佳人碧玉釵樹酒醒同誰步清

影不勝白露滿秋階

題傾定之為周正道寫竹　倪瓚

蕭〻瑟〻一林風寫與城東拙逸翁石室先生仙去遠虎頭孫子獨稱雄霜毫淡墨陰晴外曙月寒窻夢寐中對月懷人一悲慨雪泥蹤跡似飛鴻

題傾定之墨竹　朱經

虎頭諸孫揔痴絕老安不痴乃用拙憶在吳中寫墨君雪紙氷絃每飄撇妙處不減文湖州同時更有柯丹丘眼底只今無此客使我悵〻懷風流蒼梧想見斑竹活看盡忽為幽思豁安淂二老從之遊蕭騷涼

風起天末

又　　虞堪

録事官常州丞是太平日想得鳳皇枝掀髯揮彩筆直節應承雨露恩五色之雲護子孫而今飛向南閩去摇蕩春風化墨痕

題頋定之出墻竹　　前人

熒熒虎頭痴偏憐鳳尾斜粉墻遮不斷翠雨濕多時

題頋定之画竹　　德祥

吴下曾逢顧定之十年長記別来時蕭蕭白髮江南思難解尊前唱竹枝

卷二十五　七

題朱澤民山水　虞奈

積雪山陰道嵯峨筆底生雲門見童子禹穴閟蛟精
高卧人何在幽情絶詠成杜陵空想像晚飯柁樓晴

又　郯韶

洞庭南下水如天篷底看書白日眠我亦憐君爱山
色直須買酒過秋船

題朱澤民秋江獨釣圖　鄭果

山川無微雲萬物粲可數長江秋氣至美人在中渚
涼風吹蘭舟木葉下如雨魴鯉豈必多書卷良可咀
初非與世殊聊以樂空寠

朱澤民山水　楊維禎

雞林道人落筆奇筆跡遠過李咸熈不画射洪雪絲澄心一定光琉璃丹厓碧嶂開參差古木麻立交樛枝崩流千尺晝夜飛練帶不受山風吹仰見招提出林尋俯瞰略彴横彎碕碧桃洞深花落處長松樹杪雲生時便從天姥發夜夢况復曲水招春嬉苦無澆筆酒千鴟忽落曉窗神坐馳吁嗟我来山陰正如此山陰道上歸何遲

題朱澤民山水　陳基

東曹興逐秋風起長揖齊王歸故里托言鱸膾與蓴

羨遠害全身良有以神交海上陶朱公遺世雖殊心則同讀書把釣松江尾仰矚浮雲行太空八月嚴霜下喬木萬里青冥渺飛鵠為謝長安馬上郎世間何物為榮辱

又　李祁

洞庭之南湘水東青山奕〻蟠蒼龍雲陽峰高七十一欲與衡岳争為雄我家近在雲陽下来往看山如看画十年塵土走西風每憶雲陽動悲咤吳中勝士朱隱君筆精墨妙天下聞画圖画出湘江水青山上有雲陽雲〻陽山高湘水緑十年不見勞心目只今

看畫如看山萬里歸情寄鴻鵠

朱澤民山水歌　　虞　堪

江山青〻江水綠市上何人吹紫竹避暑宮前不見春落花滿地遊麋鹿千古江山列畫圖朱侯愛寫咫尺烟糢糊扁舟依然在洲渚應可自歸五湖此昔人去者今有無

題朱澤民荆南舊業圖　　高　啟

睢陽醉磨一斗墨夢落荆南寫秋色太陰垂雨尚淋漓哀壑回風更蕭瑟楓林忽入烟霧清湖水愁翻浪波白溪上初逢野老航山中遠見先生宅秋田半頃

連竿　區茆屋倚蘿薜僧来看竹乘小舆客去尋
巻借高屐任公臺下石可坐周侯廟前路曾識虎跡
時留暮岩紫嵐氣或化秋雲黑城郭當年别已久風
塵此日歸不得落日書齋半壁明圖画卧對空相憶

朱澤民画　蘇平仲

朝〻謀隱地忽見好山川雄麗皆衡岳幽深有澗瀍
羊眠松下石虹挂屋頭泉便欲抽簪去依崕結數椽

朱澤民寒林平遠圖　張肯

凍雲壓空雪欲作曠野陰凝氣蕭索朔風一夜捲長
林萬木離披盡揺落天連平遠眼界寬前山宛在空

濛間溪頭流水急如瀉日夕噴薄聲潺湲我嘗經行出林際望斷孤村日將暮野鳥啼飢那忍聞瘦馬驚寒瘦行步悄無人跡途路睽此時能不思還家人生慎勿思行邁披圖尚尓添咨嗟

陳玉汝所藏朱澤民画　　李東陽

雎陽書家流作画如作草松根石崚嶒健笔凌絶島垂蘿飄人衣盤石坐不掃鳴琴聲差〻石籟風稍〻君看蕭散姿稱健林下老遺纓百年内嵐氣濕不槁陳郎湖海情浔此恨不早我生不學画入眼分醜好嘗觀耆舊傳歎息風流少此意君獨知丹青安足道

題朱澤民集古玉圖後　吳寬

五瑞示信存虞書玄圭錫禹成功初後来列國分寶玉魯璜楚璧皆其餘圓河方折不爱寶昆吾刀銛雪同皓辟邪人馬若天成琨環瑑琫猶反蒸卧蠶蟠螭看更好細數三十種非少今世誰為張茂先試言此物何必造鷄冠蒸栗及猪肪土花斗蝕痕蒼蒼其間直出三代上遺形尚發呼尹光龍眠居士不可作洗玉池中水應涸何如征東舊提學過眼寫之無執着丈紙流傳二百年妙矣宛如新出璞

題朱澤民小景律詩後　前人

睢陽画癖不可醫睢陽作画真画師豈惟長絹善揮灑只此短紙誰能為野曠天寒氣蕭㶊人坐茆亭絶塵想階前舊雨客不來天末晴雲心獨往青山滴〻青於苔平地忽見芙蓉開秋聲似向耳邊起石上喬松若箇栽意長要在無多筆餘墨淋漓綴唐律詩中有画〻中詩百年再見王摩詰

題蘇昌齡画　張以寧

徐君遠從西江来親為蘇子作松石松三千年鉄作膚石亦蒼寒太古色幾株老木相因依氣格不敢與之敵洲前搖〻著舟子短棹棹滄江蕩晴碧著子嘯

於其中仰視青天岸白幘是時東山月初出無邊露氣連赤壁潛蛟出舞巢鶻翔江姬色動三太息眼中之人有太白風雲變態俱無跡前輩風流今復聞人間絶景豈易得徐君更為添野夫共泛靈槎卧吹笛

題顧仲淵臨柯丹丘竹　于立

湖州去後丹丘老見此風枝露葉新千古中郎那可得虎賁猶是典型人

題趙善長為李原復所畫山水　王逢

日光青寒殺氣白山童林髡似縮瑟城春指墮株送蒼莽坤輿大霄宅齊東趙原吴下客辞榮養母韓

康脉、酒狂忽憶雍熙時画法荆關海岳客魁峯傑嶺大將顏、秀㟴峭壁仙卿班雲氣蓊渤月華表石肌犖确峭函間、翬飛樓閣深翠隐猷群遠跡人烟近一瀑天垂雪練紳、萬松花落黄金粉森蘿翳檞杳莫盡若閭行歌采芝菌、夢觀森攫攘妙洒獨心苦神工精會合鬼物毛𣯶竪娃、釁扁舟露沙溆磨輪新坊俯場圃雌伏雛窠懸在梁罄、折田翁飼其牯土膏不假酥雨潤帘脚似逐東風順貢䑫、包匭旅槖粮驢驅馬馱力角奮恒然闇笆泪滿腮龍、虎」虛卧溧陽臺累朝德澤百年運短禍老汯江南哀我詩題罷眼中泣又見他

鄉鴻雁回

沈仲說畫樹石　鄭元祐

風流沈傳師浩蕩江海姿默菴豈誠默開口談書詩
興來捉筆畫樹石溪深岈高浪波白毫端無非篆籀
法折鐵中郎此其式世人貴耳賤目者于此却令三
歎息

題張叔厚白描麻姑像　前人

狡獪仙人來自東海波清淺日輪紅易遷宮裡飛霞
珮只在鸞笙一曲中

題張叔厚白描鸞仙　柯九思

秦臺縹緲近天涯紅露霏霏隔絳紗蕭史不歸春欲
老吹簫祇在碧桃花

題壽陽公主梅糚圖　張天英

正月七日含章殿落梅吹花香撲面玉人睡起猶未
知重理新糚鏡中見花如玉貌多嬋娟三十六宮都
學遍城中醜婦不解羞采花自點雙眉頭

題張渥描乘鸞月仙　前人

素女乘鸞月下飛飄飄環佩語相依帝家曾識乘槎
客笑倚天孫錦字机

題馬公振画竹　釋良琦

馬氏白眉者隱居妻水湍間將笔五色醉掃玉千竿
露重鳳毛碧月明龍氣寒春山歸正好稚子喜相看

題馬公振画簫竹圖　秦約

鳳立張樂夜厭厭飛蓋追隨思未忺憶得瑶階新雨
過笑渠猶倚水晶簾
昔年曾住風篁嶺絲玉參差眼愈明五月涼生不知
暑臥聽山溜落溪聲

又　顧瑛

渚宮避暑晝厭厭折得宜男思不忺薄暮羊車過門
處夢隨春雨度湘簾

瀟湘江頭秋水濶芙蓉城裡月波明為君截作參差玉吹徹鈞天廣樂聲」

題文海屋洛神圖　陸　仁

神之媛兮霓裳凌長波兮廻翔龍輈兮孔蓋秋之水兮如霜浦有蘭兮蘭有萸折芳馨兮遺所思揚舲兮遠遠目眇〻兮愁予

題瞿曆天鈞勒竹　王　逢

我嘗宴龍君醉蹋白鳳尾都將蒼梧雲零瀟亂湘水

張商画竹歌　虞　堪

洞庭張商愛修竹放筆縱橫寫千幅世上今無玉局

翁胞中自有篔簹谷黄金易成金錯刀石室洒〻生秋毫鳳皇飛去寥〻張空喬落墨何其高

虞勝伯畫雨竹　鄭元祐

渭川烟雨緑漪〻公子飛雲出硯池萬箇青琅秋一抹高梢特聳鳳皇枝

題虞勝伯畫仙臺高士圖　倪瓚

仙臺有高士閒在最高峰濯足五湖水結巢千歲松霞飛雲迴閣丹壑落花如雪吹徹濛醉顔高卧日曈曈飛舄蹴踏金芙蓉紫芝眉宇玉鍊客往來倏忽其猶龍誰能貌此世外蹤青城山人仙臺翁運筆真與

天同功倪生作詩以詠歎凌跨倒景他日期相從

僧日觀画葡萄　宋无

玉山道人蒼壁立胸瀦萬斛松煤汁吐作千年古怪藤猶帶西湖烟雨濕元氣淋漓草木活太陰菌蠢龍蛇蟄須蒸翠霧瘦蛟走晴突玄珠黑龍泣神劍鬼刻穿崛奇水精火齊光陸離天魔拳來帝青寶鯨波湧出珊瑚枝墨花酣春鳥乳漲醉夢渴想西姿涼風窓秋凝蝨葉語露架夜憶虬柯蛩須臾掩卷何所見月落空庭無影時

題明雪窓画蘭　柯九思

卷二五　十五

清事相過日應酬山僧信筆動新秋王孫遺法風流
在解使平臺石點頭

僧慧晥畆同芳圖 慧沈姓嘉定儒家子也　王逢

君山秀蔚太江白慧書記者山椒宅爰吟楚詞寫楚
蘭宿世應為獨醒客霧均獨醒那復見〻蘭猶見霧
均面迹来蘭亦少見之騷人志士良心春一春天氣
今日美思攬山雪濯江水席帽飄蕭蒼隼林松腴孏
熳冰蠶紙〻灃水沅茝澹不嬌光風入薰佩影摇婉乎
淩波之微步〻隱然拔俗之清標孤竹子〻節自持似
與玉樹賓朝暉〻

女蘿婦寺態倒舞嵯石青裳衣

郤憶驂鸞夢遠馳洞庭淼范吞九嶷蔟蔡平接賈傅井鷓鴣叫斷湘妃祠湘妃祠賈傅宅蹤招魂兮魂莫省先民不作兮淳風邈回木魅前跳兮山鬼後騁慧也釋氏奚意匠摛染趙承旨頓除結習慰我好早離夢想方舊太史窺荊衡桂醑奠芳烈琴絃發商聲以寫曠世感慕之中情

題士元邊樹圖 時吳寅甫來自梁溪同題　　良琦

梁溪〻上曉揚舲吳人竹枝自可聽不得迴船繫崖石寺門松樹為誰青

題初士元松亭圖　　前人

蓮花一峰烟際青澗水松風長茯苓定復還山有佳
句題在支公放鶴亭

題黃子久画　張雨

中峯大面削鉄如巖岫綺錯非一塗上連閣道旁屋
廬尋窓穀戶愁崎嶇米顛瑯製三尺圖筆力視此微
粗跡閬風之臺遲子久不敢歸正為松江鱸

黃子久山水　鄭元祐

衆人皆黠我獨痴頭蓬面皺絲髮垂勇投南山刺白
額飢緣東嶺采青芝仲雍山趾歸休日尚餘半生五
色筆画山画水画樓臺萬態春雲研拗出只今年已

八十餘無復再披光範書留淂讀書眼如月萬古清
光滿太虛

蘇昌齡西澗詩意圖 華陽道客黄子久作　陳基

逍遥西澗翁汗漫華陽客渴飲杖頭瓢醉卧溪畔石
澄觀無聲趣默聽寧有迹擧目雲鳥飛側耳川流急
天籟静適闓天机動弥寂冥搜屬意匠繪寫遺刻畫
此客不可作斯翁老無敵寤寐西澗圖令人心莫逆

黄大癡吴山玄隱圖

吴山嵯峨青入空白雲滃浡千萬峰雲根澗水聲琤
琮樹木晻苒紛青紅石杠灣碕細路滑何人結屋烟

霞重問渠山中何所樂我欲從君擷芳葯風塵須洞將安之出門荊棘車輪角桃花源口問迷津武陵溪頭尋舊約大癡道人氣如虹酒酣脚踏赤鮮公蓬萊方丈渺何在月明飛夢水晶宫三生石上董北苑千載神交松雪翁時時挺筆小遊戲墨渴吳淞半江水道人絶似虎頭癡更著吳鯢岩壑裡

次韻題黄子久画　倪瓚

白鷗飛處碧山明思入雲松第幾層能画大癡黄老子與人無爱亦無憎

題黄子久画　貢性之

此老風流世所知詩中有画〻中詩晴窗笑看淋漓
潑墨得人呼作大癡

題大癡関山疊嶂圖　　虞　堪

老癡作癡便癡絶画山画樹画若鐵想從憶昔少年
遊飽在燕山度霜雪重関複道壓層峦萬水千山咫
尺看只今無復黄知命脱去人間行路難

黄子久山水　　李東陽

子久丹青仲舉詩百年風物兩稱奇分明一片江南
景醉後相看醒不知

黄子久山水　為陸翰長庸伯題　　程敏政

丹青舊數黄公望一幅溪山似瀼東懸瀑自天噴早雪飛橋臨水跨晴虹談玄偶接蘿門士采藥空迷雁蕩翁安得為絃招隱操只憑岩石面松風

陳叔方雲山餘潤圖 為滕教諭汝明賦 劉濤

江水日夜流雲山曠清致古人不可作今人亦能事在昔陳叔方胸中盪奇思元氣結太古㬎硯復顯〻有時剪粉紙墨汁躬染漬衡岳橫青蔡海岱衍赤埴糢糊右丞真纖悉北苑秘規模才咫尺萬里勞布置其時滕尚書卓犖負才智天朝掃胡氊名起參從侍轉漕漢蕭何疏奏唐陸贄忠良赤心赫直道無嫵媚

媚乾坤合清寧禮樂亶修脩欲從赤松遊職義有未
遂叔方誠久要所寓有深意吮毫一揮洒光怪走魑
魅故山白雲深清流浸薜荔依稀猿聲愁仿佛寉鳴
唳隱然示招隱緘封遠相寄未移北山文竟灑西州
淚遺墨今尚存十襲藏諸匱手澤重千金詎等末敢
餌塏也南陽秀德自尚書遺采〻白玉姿表〻青雲
器發軔出郡庠走馬脫飛轡宦遊今涉遠雲路方展
翅欲攜茲畫往懼有蛟鼉祟走謁眾畫工臨摹誰擬
類杜瓊叔方徒高簡傲聲利言論每出奇野戰衝突
騎繪事極高古俗子俯首避滄洲無限景須洞見胞

次高樹蔭跡惟寒泉响經笥若非款識新孰能辨真偽范〻天地間流光一何駛為有生必懷披玩心若醉尚書大名舊事業豈可至瓊亦擅三絶能與前輩厠吳江深且廣吳山鬱空翠何當載瓢酒共坐折綠芰

題宋仲溫竹枝　倪瓚

画竹清修數宋君春風春雨洗黄塵小窓夜月留清影想見虛心不俗人

題故友楊孟載画竹　張雨

數葉蕭〻浮俗塵人雖物故墨猶新故人清瘦原如

竹見竹何殊見故人

楊孟載画竹　　徐賁

江南看竹不為罕水村山郭常栽滿東里千竿繞佛亭西隣萬本運書舘密葉分陰小閣深斜枝度影虛簾短蕭疎夜月翠羽涼揺曳南風鳥聲暖嗟余好竹處處遊徑造豈減王猷誕湘江淇水無不到嶰谷柯亭亦常款人間音律性所好收作鸞笙與鳳管或裁文簟製小冠時尋新笋供清饌朝行竹下暮仍往自謂行緣終不斷邇來苦并州寒地沙土樸面心煩懣寧無寒艸共山花惟覺粗疎俗吾眼胞中塵氣久矣

卷二十五　二十

積對此汾河詎能辭君心飽有渭川思揮灑風烟意
閒散封圖遠送邀我題措語苦澁顔何赧

題張來儀畫次高季迪韵　徐賁

萬水更千岑朝晴又暮陰猨聲風出樹虎跡雪圍林
酒具遊曾遍詩林思更深相看畫中客不異共行吟

題故友張羽金華山居圖　姚廣孝

張君留侯孫游心在雲山飄〻神仙姿濁世孰可扳
廿年不相見或云髩成斑豈期歘長往墓土埋黄菅
幽明既敻隔何由聞珮環死生知有數大丹空九還
縱成千歲翁寧出虛無閒爭如尋竺仙為叩黄龍關

二法不可學且須遵孔顏

張來儀楚江清曉題　吴寬

江州失守遺空宅避難為吴地客來當年北郭擅才名若比唐人是張籍社中四傑知為誰楊炯徐陵暨高適感時無事相倡和歲久家家有詩册吴地非無祿可干直氣填胸羞枉尺筆端奬借意何深試與題墓石幸逢世道輯干戈山谷遺民總徵辟自信容臺不負丞初行重典難逃責災荒不及江流清懷沙賦就翳如戕傷哉社友誰復存雲上孤墳少松柏莆陽朱君游宦來得此橫圖殊愛惜登堂示我寔失

驚展卷茫然為離席此老能詩夙所知丹青豈料居高格米狂餘事已盡傳王宰何人敢相迫墨痕流動淡且濃紙上斑斑皆手蹟日光雲氣蕩欲開最愛層層楚山碧竹窓疎雨助新涼坐我扁舟沿七澤更將八詠當棹歌直下龍江酹仙魄

題徐幼文畫　張羽

溪路過橋分晴山自少雲茆堂遠相訪憶似我迎君

徐幼文蕭山古寺圖費景祥索題　前人

山人手持酒一卮長跪向我求新詩自言此畫君所識乃是河南使君之所為砯崖怒瀑形崛奇天門閣

道相因依巾有臺殿橫天梯金繩碧瓦光參差使君當年作此時秖是昇藏一布衣豪雄意氣今已極圖畫應知得者稀右丞輞川不易致此公名位豈卑微請語世上悠悠若人生貧賤安可欺

金文鼎秋醉歸圖為沙溪陳原錫賦　劉溥

霜華濃紅樹頭葉白雲掩映山重疊黃犍駝醉出西莊童僕扶持穩如楫此時陶然那復知世途奚較險與夷眼中萬物一何有只有松風吹接羅踈林斜光漏殘照酡顏霞影爭輝耀深山閒靜不逢人豈有褒陽小兒笑柴門向晚猶未關山妻煮茶方候還人能

出飲醉即返千里龍媒應是閒

次杜東原與甥魏公美詩画韻　沈周

蒼蒼筆力似荆關白髮圖書老不閒未許羊曇乞西墅画中分與舊溪山

題張儀制所藏杜月嘉画　李東陽

聞說當年杜陵老老來詩画滿江干青林白屋蕭條在每到東曹一借看

杜東原畫　吴寬

曾過杜老宅不見舊林亭此日看圖画多年失典型古藤垂地紫弱柳映門青彷彿當時意吾衰鬢已星

仲昭竹為韓侍御雍題　李時勉

渭川一千畝此地兩三竿盛夏那知暑隆冬豈畏寒清陰連野外翠色上雲端不是全高節如何耐久看

題仲昭竹　聶大年

舍人老作鄱陽守尚愛揮毫寫竹枝絕似艤舟湘水上鷓鴣啼斷雨來時

題夏仲昭墨竹横卷蓋陳緝熙故物也　李東陽

崑山夏老能筆耕閑雲種玉看崢嶸千條萬葉入霄漢毋問草木空有名朱持琅玕叫閶闔坐使燕石無光晶北人貴竹如貴玉直以高價酬丹青衡開丈幅

直踰咫不見枝梢見根柢恍疑湘浦推蓬行颯雨驚飈過雙耳九疑山高望不極影落洞庭清徹底靈籟時來天樂風鈎竿不動珊瑚水珊瑚水冷魚龍藏此翁一去魂茫茫江山有神故物在環珮無聲涼夜長東吳老子圖書散南國諸生思未忘重向玉堂修竹譜須將偃竹記篔簹

夏太常墨竹　前人

白髮先朝老夏卿酒酣隨意筆縱橫空梁落月仙臺迥獨聽清秋玉佩聲

又　前人

江南墨竹近来荒剩有人傳夏太常圖印祇今猶舊
姓風流知是少年狂 圖有朱氏仲昭印

重題荃之画蘭　　李流芳

秋風蘭若長干客蘩樹陰〻小窓碧千里間関遅予
来殘燈細語為誰劇當時予画我作詩今日開看已
陳迹我昨送子寒城東荒草茫〻掩阡陌腸摧淚竭
無奈何手澤相誇竟何益吁嗟乎人生不死空有情
慙媿旁人知愛惜

夏仲昭画竹　　顧璘

石籟涓〻水風篁裊〻枝塵途貪見画艸閣夢題詩

枕簟横秋薄莫罾過月遲蒼林殊可老朱紱果何為

題崑山屈鑰畫竹　李東陽

太常墨竹是彭城又到江南屈處誠可是崑山能種玉一枝初老一枝榮

謝孔昭臨黄大癡畫　吴寬

大癡道人避世士移家舊隱虞山裡早年能畫老入神落筆虞山究相似深林依稀村塢重水口近與昆湖通高岡硯碗勢欲墮此老前身黄石公百年以後誰其亞昔者吴門称老謝案頭臨畫似臨書咄咄逼人真可詫風流前輩杳難攀謔語空傳謝疊山窓中

遠岫依然在天際春雲仍自還孔昭善寫山自称謝疊山

題劉僉憲寫遺石田畫　吳寬

寂寂茅亭下悠悠野樹邊扣門無俗客題句有詩仙

虎跡黃泥坂鶴群白石泉相城回棹後画裡故依然

題陳啟東竹卷　沈周

亭亭碧玉真堪倚矯矯青鸞不受騎豈是玄都觀中

物秋風秋雨自江南

張侯藏張翬山水歌　李夢陽東

張翬有名成化間大塗小抹成山水樹石燥硬筆意

古往往人間落片紙此幅粗淺色更枯或謂非翬出

其子張侯識鑒天下精物〻如金見沙底尒家圖畫千萬軸素壁高堂安用此寧知上智不滯物兆壯不貴〻者骨尺山即如對玄圃草屋臨崖氣出没崖根臨堂頗清迴遠雲淡沲開秋嶺霜蘿細紆岩檻暝昏猿接掛花溪靜自從去年拋弃官夢想山遊駕河舸見此拂衣便欲往攀緣轉玩情無那崕亭更着一人坐斗絕看書樹婀娜張侯豪曠人共知敏捷言談皆勝我盍車轡没騏驥哀棄拙逢時每相左崑崙洞庭不我隔異時倘結烟霞果

沈恒吉小景　　吴寬

扁舟同泛十年前夜宿西山一鴈烟逝矣斯人猶在目古邨黄葉帶清泉

沈田石画障為張通守題石田自題楚詞一曲　程敏政

石田老人非画師胸中丘壑天所私揮毫便覺真趣發意到豈借丹青施通守張君画成癖半幅生綃比金璧望中會作雲門山遊人擬辨登山屐峯廻路轉溪流長誰向石林開草堂風簷舉手欲相問扁舟載客来何方老人画出今人上鄉評未数黄公望一石俄成斧劈皴不類群羊更奇壯石田隱處輕輞川秀句却似王維傳吴歌一日变楚語幽芳懶鬭春花妍

我從胥門八面過古寺長邀聽經坐老人不惜與西
山擘節詩成幾人和上方有詔徵遺才白髮蒼顏能
一來還君此圖意無限停雲正結姑蘇臺

為周都尉題沈石田画　前人

不見姑蘇老沈郎披圖疑在石田莊眼看雪乳春酲
解手拂雲根午坐涼高柳似填山下缺奇峯如出鏡
中粧艸庭都尉能珍鑒何日重開寶繪堂

題石田画　吳寬

麤毫濃墨信手寫長卷初開是誰苕溪泉山石斷復
連亦着茆亭在林下石翁足跡只吳中意到目忘工

不工平生所見亦不少但覺一幅無相同僞作紛紛到京國欲亂真翻費力我方含笑人獨疑真蹟以于今惟水墨我觀此画雖率然老氣勃勃生清妍江湖欲尋具眼識須上米家書画船

又　　前人

閉户蕭然亂雪中已無賓客晚堂空搞梧獨據忘為我老筆能揮愛此公却搆石闌臨絶澗似聞茅屋卷秋風十年别却西莊路歲暮相思白髮同

為史明古題石田画　　前人

崒嵂絡南山黄河抱其趾舊聞塞天地延袤幾千里

陽烏浴虞淵，落霞散如綺。層巒藹佳氣，蒼翠不可擬。史君松陵彥，家世昔居此。夜夢或見之，既覺心亦喜。老南慰玆圖，歷〻宛相似。不知經營勞，但見丘壑美。赤松真吾師，白雲是知己。為報山中人，明年泝江水。

出閶門與陳味芝諸公送德純舟經山塘登壽聖寺閣時雨初霽西山益佳還飲舟中文宗儒談龍甚異故及之　前人

偶聞客談萬山中，靈湫一勺能藏龍。春來佳氣滿空谷，想見龍起雲爭從。誰驅雪浪盪我胸，驀然吹散渾無蹤。半塘雨過登高閣，引手欲摘青芙蓉。

題萬壑春雲圖圖為石田寫贈袁德純　前人

袁卿高爽不可攀，平生眼底無吳山。肩輿偶度支硎嶺，俯視龍池繞破顏。前山後山作屏几，千步橫岡鋪翠被。向曉濃雲觸石生，當春好雨從龍起。吾鄉沈子今王維，筆端萬壑能移之。圖成欲贈袁卿去，却請我輩仍題詩。天台雁蕩東南有，鄉昔好游曾遍走。縣齋晝靜對新圖，從此不須開户牖。

沈石田擬謝雪邨山水為楊起元題　前人

雪邨已逝知幾年，妙畫曾向吳中傳。少時看畫老能憶，此事還輸沈石田。昨者西閶楊給事，乘興放舟過相川坐間偶及雪邨画為言楊謝世有連石田呼董急展絹丹〻水石兼雲烟兩山秀色相對峙長松落磵聲隨泉禿翁觀泉不歸去豈是澗底尋詩篇石田作画不賣錢給事得之真有緣墨痕斷爛称古蹟莫上米家書画船

為錢世恒題石田雪景　前人

步當斜徑綠成圍賴有長藤棄不稀不恨刺蘼枯朽盡向來行處慣鈎衣

題石田倣大痴画卷為林御史舜舉　前人

大癡道人顧長康平生癡絕仍画絕長卷當年我亦

觀大畧猶能為人說山川歷〻百里間仿佛扁舟適吳越平林曲岸客共遊複嶂重湖天所設漁工樵子互出沒定有高人在岩穴墨瀋淋漓拾未能信得畫家山水訣為人說此亦徒然把筆安能指下傳對本臨摹未為若運思想象誰能專晴窓設色手自改輸與吾鄉沈石田

為奎姪題石田雪景　前人

瑶林依石斷雲攢雪後西山更好看憶向越來溪上過梅梅灣玉削數峯寒

題啟南寫緋桃圖卷首題石翁樂事字桃作

六出有議其誤者因解之　前　人

石翁樂事嗟何事終日春風繞筆端吹寄語看花人
仔細緋桃千葉半開時

石田百鴨圖　前　人

柳塘流水春沄〻誰放百頭花鴨群石田老翁真好
戲點染霜毫成錦雲錦雲歷亂不可數飲啄浮沉散
還聚白瑩翻令鷗鷺猜彩鮮更被鴛鴦妬菰蒲劍牙
一尺強水香烟暖任回翔正憐身上無泥滓安用人
間覓稻粱洞庭之波連笠澤深緑晴搖漢江色甫里
先生得意時自挈雕欄引文翼我家恰與天隨鄰慣

見毰毸弄碧鄰就中亦有能言者不取槖金鶯使人

次韻題石田畫　林俊

高雲落水自深秋獨客年華水共流今夜月明何處笛最難割遣是鄉愁

雲移石磴峰疑斷溪轉人家樹故重枕股石林無別事碧天秋水看芙蓉

蘋藥苗齊竹又孫渾忘歲月是烟村貼山墻短雞登樹背路花深鹿卧門

到頭奇事只江鄉寂寂溪山歲月長何許將歸同調曲桃花春水就漁郎

題石田畫二首爲仲深作　邊貢

夕陽半落群峰高，古林萋迷猿正號。欲招同人眺野色，安得揚州何水曹。近烟蒼蒼遠烟白，此時獨作郡西客。君不見石子岡頭蘿薜深，麋鹿成群詎相識。平生不識石田子，往往相逢畫圖裡。世傳百本無一真，抹青塗紫俱門人。秋堂對此雙眼豁，倏然置我溪與壑。君不聞畫家貴意不貴工，只在冥冥漠漠中。

沈啓南畫　徐渭

坐對雲霞坐，行隨鷗鷺行。已無烟火氣，況有市朝情。紅葉從書積，青峰帶浦平。世間那有此，畫裡尚難成。

便欲招為伴其如不可憑只將題詠處聊寄此心情

題朱堯民小景　　徐禎卿

朱君西法學吳姬盡掃鉛華出稚姿萬里雲山一行墨令人惆悵憶天涯

題文待詔春江圖　　孫一元

過午輕雷風色鮮斷虹迎日破寒烟鷗清沙淨宜詩句舊日仙人白下船〻野樹無人陰自合斷峰隔岸雨猶青鸕鷀鸂鶒留春住正是江南杜若汀

題周臣西　　顧璘

曡嶂寒松護碧霞一溪春水夾桃花山坳若見漁舟
入莫問人間舊歲華

文衡山爲其友人伍君求作山水小幅十年
甫成君求出示余因題　　　　　孫一元

蔄光墨色喜新增肯作尋常斷壁稱十載獨留阿堵
妙画師誰是傾金陵

題唐子畏画山水　　　　　　　顧　璘

赤城霞氣連東海九疑綿〻舜陵在曾遊兩地縱奇
觀曡嶂塡胸何礧磈洞庭波濤拍雲天吳江長橋絕
可憐扁舟夜携二三子高歌月下招壺仙歸来草堂

老無力山水迢遥苦難得蘊臺居士好画手一幅盡寫蒼茫色林壑高深氣杳冥空潭颯颯水風生開簾對此坐清晝彷彿邀余萬里行

又　　　　　　　　張　琦

巒天梅雨雜江潮五月青林未可樵泥白草深歸舊隱一支山路入中條

題子畏古松水壁画　　　　徐　渭

南京解元唐伯虎小塗大抹俱高古壁松水閣坐何人若論游魚應着我

詩餘題子畏所画美人　　　　前　人

吳人慣是畫吳娥輕薄不勝羅偏臨此種粉肥雪重燕趙秦娥　可是華清春晝永睡起海棠麼只將穠質欺梅壓柳雨罷雲拖

唐伯虎畫崔氏鶯〻并題因次其韵　前人

彷彿相逢待月身不知今夕是何辰行雲揔作當年散胡粉空傳半面春嫁後形容能不老畫中臨搨也應陳虎頭亦是登徒子特取妖嬌動世人

題文待詔百雅圖歌　羅洪先

文君寫此百雅果何意把玩令人不忍置憶君曾作金門遊待直晨趨五鳳樓尓時銀床聲半滑尓時銅

剪聲初歇鶩群忽逐禁鐘來弄影遥隨宮霧没光借祥烏一延佇勢凌鳷鵲從來去仙橋有路自飛騰詔樂無聲亦蹌舉托身既得所引類還有時太液分飲九龍水上林更宿萬年枝中郎彈射不敢向內庖烹割多所遺時人每取占王氣競謂禽烏先得知只今歸來甘寂寞獨卧南窓對山郭窗前古樹大十圍不見群鴉見飢雀

題虎山橋圖　吴子孝

春湖萬頃玉溶溶橋上春山翠掃空神女月明珠遺浦仙人雲曉笛迎風花枝香覆琳宮外艸色青迷紫

洞中思挂一颿凌絶頂看圖翻愧賦難工

題文待詔玄墓四遊小幅　俞允文

春光着處使人迷柳暗花繁雲水低一路沿洄光福寺太湖還在石湖西

千年荒殿滿青苔盡日無風湖上開更是空林春色晚誰人為掃落花來

招真觀圖　楊仲弘

欲學無為道來居小有天精神消物怪采色變風烟恬澹知天德虛無象帝先高風何特達古蹟尚流傳地涉洪荒表山開混沌前谷幽疑見聚峰巧類人仙

叠起三重閣，分流百道泉。岩穿留虎跡，石冷逗蛟涎。放浪曾無日，遨遊未有年。古經披覽罷，毛骨爲醒然。

題松江烟雨圖　陳造

遠峰近薄鑑中浮，每泊行舟十日留。雨望晴臨俱不惡，最憐烟霧暝高秋。

千里湖山宿霧昏，倚欄一筆解平吞。漁郎好在收綸罷，想踞苓箵共一樽。

吴淞山色圖　倪瓚

吴淞春水緑，揺蕩半江雲。峯翠窓前落，松聲渚際聞。潘郎狂嗜古，容我醉書裙。鼓枻他年去，相從遠俗氛。

題畫　　前　人

舟過松陵甫里邉幽篁古木尚蒼然何人得似王徽士、静看輕鷗渚際眠

青山矗〻水舒〻相見郊原霽雨初絶似三高亭上望人家依約樹扶踈

題倪雲林天池石壁爲錢稚賦　　張　雨

嘗讀枕中記華山閟中吳神泉發其顛青壁繚其隅春風四山來群緑互紛扶羽觴曲折行浮花與之俱採珠搴薜荔洗玉弄芙蕖聱叟頗好名石窪作魚湖鴻乙志草堂挑烟遂成圖向此滌煩慮閲世如樗蒲

癸與雲林子盥手與我摹居然縮地法挈入壺公壺

題大癡天池石壁圖　　高啟

黄大癡滑稽玩世人不知疑似阿毋旁再謫偷桃兒平生好飲復好西醉後灑墨秋淋漓嘗為弟子李少翁貌湧華山絶頂之天池乃知別有縮地術坐移勝景來書帷身騎黄鵠去來遠縞素飄落流塵緇穎川公子欲湧之手持示我請賦詩我聞此中可度難王：枕秘記傳自青牛師池生碧蓮花千葉光陸離服食可騰化遊空駕雲螭奈何靈跡久閟藏荒竹滿野啼猩狸尋真羽客不肯一相顧却借釋子營茅茨我昔

来遊早春時雪殘衆壑消寒姿澄滑不敢騎馬上青鞋自策桃節枝上有烟蘿披拂之翠壁下有沙石蕩漾之清漪晴天倒影落明鏡正似玉女曉沐高鬟垂飲猿忽下藤裊〻浴鶴乍立風澌〻匡廬有池我未到未省與此誰當奇掃石坐其畔沿洄引流卮醉来自照影俯咲知為誰落梅撲香湍接羅暮出東磵鐘鳴遲歸來城郭中復受塵土欺十年勝賞難再得恍若清梦一斷無由追朝來觀此圖惻愴使我悲當時同遊已少在我今未老形先疲人生擾〻嗟何為不達但為高人嗤漢南已老司馬樹峴山已仆羊公碑

惟應學道悟真訣不與陵谷同遷移仙岩洞府熟最好東有地胏西峩眉高崕鐵鎖不可攀援以逕上仰望白雲樓觀空峩巍此山易上何乃遺便與猿隺秋相期欲借太乙舟夜卧浩蕩隨風吹洞簫呼起千古月照我白髮涼絲絲傾玉醪薦瑤芝招君來遊慎勿辭無為」漫對圖画日夕遥相思

題龍門春曉圖 為復菴

姚廣孝

淒崖寂寂翳雲松曙色纔分露氣濃憶得岩僧從定起」數聲啼鳥一声鐘

曈曈初日曙光微淰淰山雲靄竹扉五丈石邉琴一

卷二五　三六

曲桃花三月鯉魚肥飛

又　　梁時

一别天平向十年夢魂時到白雲泉今朝重覓山僧話却憶當年秖惘然

訪復菴出前画求題　　倪瓚

天平爛熳遊三日林下狂吟石上眠浩〻春風芳艸緑梅花雪滿白雲泉

又　　亢宗

金烏飛彩上扶桑照見峰頭一抹光空翠浮嵐吹不散清寒飄濕荔蘿裳

又　　孫作

八節龍門迴三生似有緣那知白居士不到白雲泉

又　　張適

仗策長時度翠微白雲深處扣禪扉泉頭欲聽松聲坐石上乾苔不涴衣

又　　金文徵

窈窕攀蘿一徑微滿林啼鳥掩閒扉城中車馬多如許不信山深有衲衣

又　　鄒素

山氣奔騰似浪生埈峦峙立斷塵纓幽人定起無餘

思只有梅花照眼明

又　張博

雨後行吟到石林飛嵐濕翠落衣襟一聲啼鳥無尋處山在白雲深更深

又　劉以禮

昔時曾看白雲泉矣變飄零又十年今日重來登眺處野花啼鳥自依然

又　沙大用

来往天平二十年煑茶飽賞白雲泉于今吾老僧頭白共倚山窓聽暮蟬

又　王行

昔年來此是秋時只到龍門便賦歸今日重來登覽遍滿山濃翠濕春衣

又　劉吧

出郭名山廿里遥松蘿雲石路岧嶤經行喜隔塵凡遠不許人來說市朝

又　陶琛

曙色微茫嶽影高松風習習鳥嘈嘈白雲盡向龍門去散作岩前萬頃濤

龍門茶屋圖　倪瓚

龍門秋月影茶屋白雲泉不與世人賞瑶艸自年〻
上有天池水松風舞淪漣何當躡飛凫去采池中蓮

龍門春曉圖為竺芳師賦　謝　振

東方欲明猶未明西林晻靄斜月傾花間百舌弄晴
語井上轆轤牽水聲天平寺裡鐘鳴早楞伽山下人
行少東風碧樹萬家春海霞紅映龍門曉

虎邱春霽圖　王　行

群巘抱西郭一峰出平田孤秀凌太虛旁絶絡與聯
古蹟遍林谷干將閟重泉劃開千尺崖下見清泠淵
翠壁絢霞彩葩詞詠前賢于時屬青春霽色明高天

鳴鳥亦已和，衆卉紛自妍。夙駕爰此遊，襟懷遂悠然。豈曰事賞心，觀俗古所傳。來年歲卯壠，饁耕滿疇阡。樂土有若茲，勤政復勉旃。願同擊壤民，熙熙度餘年。

為徐仲山題虎卯觀泉圖　吳寬

徐予昔年官水部，乙馬蕭蕭歷齊魯。運河水滿萬艘通，汶泗交流無壅土。歸來泉誌手親編，好與河渠書並傳。不識當時陸鴻漸，齒牙定味虎卯泉。

題啟南寫遊虎卯圖　前人

啟南初遊靈岩遇雨，明日既霽，乃與海虞周景新游虎丘，因寫此圖，并有詩記其事。李貞伯云是日在陽山遇雨而歸，陳永之謂雨霽日獨以事在陽山，抱恨不能与啟

南同樂也皆有詩題其上景新寄予和之

雲岩不減靈岩好（虎丘又名雲岩）昨者胡為涉行潦千人石上雨青鞋日出深林歌杲杲一時取樂能償勞水西山北爭探討澗泉漱齒心亦清石壁題名手親掃西去陽山十里遥冒雨有人歸不早明朝見話入雲岩扼腕捋鬚空懊惱好山不趁晴時游此事已差何足道安知猶有獨遊人陽水相望在陽抱何處攜來此画圖我方起視餓絕倒詩情画意各有在歲月依然仍可殘虫難得失不須爭泡影死生難自保（永之已殁）再到京華住六年匏翁頭顱欲全皓江南歸計有時成

次第山行非草草卧遊且把畫圖開寉磵松庵亦天造翻嫖二客不能從回望周郎與東老

題天平石湖二圖次韻（為王應爵）　前　人

萬石如林貌得真縱横碧澗共蒼峋城中拄笏須閒客林下峩冠有正人支老鄰居馳駿馬范家先墓倚危麟峴山未必高如許遺愛當思繼晋臣（時應爵出仕）

古亭石刻手曾摩宋墨當年記石湖絶澗百盤横略彴晴波九級蕩浮屠開園種樹山為界放水灌田天賜租重提四時編雜興范家莫認是堯夫

題啟南過吳江舊圖　前　人

吴淞江腹太湖頭雖寬連蹉卧碧流我昨經行覺尤
勝滿船明月一滄洲
周用曰長洲沈啓南以詩畫名東南但此老畫筆
筆用焦墨人易於摹搨一時偽作甚多然得具眼
者蹊徑了然自别不難也嘗聞其所為過吴江圖
而未之見駕部徐君間以示予豈即此物耶吾邑
多水田絶無高丘大木圖乃有之蓋以識淞陵也
即此已不可與專求形似者論矣
與太常典簿頤謹中題畫　　董良友
彷彿風烟笠澤東吴山不與越山同誰家樓閣停歌

舞舊是吳王避暑宮、

為盛愛臣題山水長卷　　吳寬

城西蕩漾槳遥背伍胥門人家枕河住漸喜歷鄉邨豁然見平田農夫荷鋤去好風低嫩苗微雨灑高樹葦間多放艇柳下或板罾錦布芰荷蕩沙明鷗鷺汀魚梁接斗宫沽酒新郭市迤邐到横塘虹橋盡四趾亂山似遮路旋轉自長溪水入太湖北雲生光福西扣舷唱吳歌有客中流過千載懷古心悠然欲相和香徑既云殁琴臺亦成空山頭明月上仍照館娃宫登高信徒勞望遠發深喟間展圖画看舊遊一何類

題林屋仙隱圖　楊維禎

我欲蓬萊一問津蓬萊淺去已揚塵桃花流水寧無路落葉空山尚有人時見青禽解近客忽聞黄石秪疑神碁邊甲子過容易遲尔山中七日春

題黄雲鄉林屋先塋圖　良琦

雲鄉祖居洞庭後遷婁東懷其祖父寫圖以自慰楊鐵崖曾題其卷云

江夏先塋林屋洞七十二峰碧參差寵道冥冥雲作蓋秋風颯颯樹成帷海鄉西望空情事江水東流永孝思好在詩書光祢祖楊侯佳句有深期

又　秦約

望洞庭兮極浦長太息兮愁予英〻兮白雲秉清氣兮降時雨倚窣木兮聊淹留念我心兮孔抽山有岡兮水有湫駕吾車兮泛吾舟鳥鳴兮嚶〻鹿鳴兮呦呦激木杪兮迴風冥挂槳兮高立高立兮何所遭吾道兮西顧西顧兮不忘懷續言兮遺來者

陳履元畫玉山草堂　鄭元祐

故人陳孟公詞如春雲氣如虹畫法師海岳山如騫鵬樹如龍騎箕上天二十載有子[illegible]臭畫極工驚蛟嘘雲海浪白離鳶照水岩花紅皴鱗張鬐聳鬱潤底松中有一畝幽人宮石林支頤睨飛瀑意遠欲托冥

飛鴻我欲從之不可得青山萬叠金芙蓉

題孟用賓崑麓小隱圖　岳　揄

孟觀字用賓以貢士授浙東行省都事元末隱居崑山

老松幽壑舊青山朱紱歸來次第間眼底紅塵公事少天涯芳草貴人還屋通流水循除活竹隱疎苔綴石斑何日醉遊忘尔汝共將寶玦掛腰間

前題　游　詹

瑶華省識君王面國破家全歆斷魂每見英雄扶社稷未聞帷薄正乾坤梁園文獻誰能整崑麓詩書子獨存致政歸來成小隱旋栽蔬果洽清尊

題雅宜山齋圖　　倪瓚

靈巖對直雅宜山穹林巨石憶蒼灣若翁遁跡在其麓〻有子讀書常閉関松根茯苓煮可掘林下慈烏去復還寫圖爰此錦步障白雲紅杏春〻

題耕漁軒圖 朱澤民為徐良夫作　　前人

寂〻溪山面碧湖輕舟烟雨釣菰蒲曉耕罷際看雲起夕偃林間到日晡漢書自可挂牛角阮杖何妨挑酒壺紅稻西風鱸鱠美依〻蓴食待樵蘇

題鶴亭鬬茶圖 鶴亭吕敬夫也　　盧昭

花陰小隊鬬龍章巨盌香分第二湯莫傍略奴風味

好內厨催送大官羊

題張子政大痴松亭高士圖　盧儒

大痴老人天下士，結客俠游非西史。酒酣潑墨寫荆関，咫尺微茫數千里。背箕泉頭崔上仙，空遺寶繪人間傳。弟子顛張早入室，重開岡叠嶂雲烟。太山斗絕何由緣，下有鳥道丹梯懸。此中疑是避秦處，仰見茅屋岩崖邊。松亭寓目者誰子，耳譜流泉横綠綺。不知捷徑在終南，每逢佳處輒留止。我生亦有山水癖，吳楚燕齊遍游歷。風塵澒洞難再往，坐對此圖三嘆息。

西塘圖為吳隱居題　孫蕡

放臣海曲懷京華孤旅天涯念鄉國誰傳此意入西圖令我一見長太息毘陵野老吳中人舊與季子曾相親太湖三萬六千頃蕩漾咫尺閶門雲姑蘇臺荒烟樹緑下着詩翁數椽屋涼風洲渚芙蓉開細雨林園木瓜發西船擫鼓海天晴越女新裁白苧輕館娃宮暗暮雲陰子夜歌闌春水生季家風流誰與比況是吳興外孫子曲几時攤舊賜書牙籤滿插前朝史南來無復少年狂茅棟低低一炷香久嫌塵居隘容膝更買別業開西塘西塘隱約湖山曲塘邊還種虎立竹對酒菰蒲照坐明捲簾鷗鷺當窗浴此圖風致

真可人點染直欲窮天真平子愁來獨長咏張衡老去誰為鄰吾觀季子好風骨正好還家及秋律筆床茶竈逐天隨蓴菜鱸魚莫相失

題萬玉清秋軒圖　郭登

王謝堂前久不歸野田荒樹兇斜暉花開花落秋還在年去年來事已非楊柳多凋翠翠縷芙蓉霜重濕紅衣故人空感山陽笛一段傷心画所微

前題　楊溥

社燕賓鴻共歲華松陵禾黍故侯家誰令千載柴桑里一度秋風一度花

題萬玉清秋圖　劉鉉

蘓人甯某仕元為大中大夫，晚年致仕，築别業於同川，雲間張可觀為作萬玉清秋圖，盖美其所居景物之衆也。長洲金仲旻贅其家，及甯氏既廢，其配尋卒，仲旻亦不在甥館，兹圖流落久矣。後六十年而仲旻復得之，乃為裝潢。噫，物在人亡，不能無感。今其子公素持以徵言，為備道其始終云。

甯公在昔稱時賢，頭顱半白来歸田。老懷淡薄慕幽雅，高居别築臨同川。數畒園林占清勝，四時景物誇奇妍賓從日盈北海座琴尊曉載南湖船一朝陵谷那知变」廢盡東吳舊庭院扶疎修為竹誰青零落芙蓉不成片白雲飛去寉不歸只有堂前舊時燕春深幾處桃花開無復當時映人面繁華既往今已休東床老去還舊遊歌舞重尋館甥處蕭索碧梧風雨秋陶令宅邊松尚在習家池上水空流追思自足興感歎何獨對此方為愁六十年來駒過隙俛仰之間已陳迹西圖寂寞久無聞流落人間匪朝夕客從何處遠持來佳致依然不殊昔」夢回昨夜到松陵鐘斷長橋月初白

萬玉清秋圖爲金公素學士賦　劉溥

名園占奇勝萬玉含清秋主人契幽賞賓從迭追遊亭軒擬蓬壺木石儼滄洲金谷差可方緑水安能儔況此謝豪權黄金積如丘海舶致珍玩蘭車載名謳張筵日爲樂豐肪羅庶羞瑶琴奏白雪玉瓚傾黄流鼓鍾朝已陳綏帶久未休亮有佳倩賢周旋義無尤盛時雖久恃人事相仇繁華忽會銷歇露艸生煩憂器覆固戒滿水逝誰能收惘然覽遺墨故跡庶兹求

萬玉清秋軒在吳江同里鎮元江南財賦司副使里人寧昌言之别墅中有菊坡梧桐修竹揔謂之

萬玉清秋華亭張可觀為之圖

追賦虞公務白鶴山房圖　錢仲益

無錫虞公務與予為從表兄弟，居蘇州之陽山，山有丁令威祠，因名白隺峯，扁所居室為白隺山房，蜀人王息菴為畫山房畫并題詩其上，距今三十餘年矣，息菴化去已久，公務亦殁于戍所，觀圖誦詩，不勝悲愴，因賦是詩云。

遼東仙人丁令威，千年化隺曾來歸。何年度海到吳下，巢松直向陽山飛。遂呼山名號白隺，荒祠古木橫烟霏。至今仙人煉丹井，赤霞燁燁騰光輝。陽山山下人性高潔，架巖鑿壁開門扉。經年讀書不出户，超然肯受功名羈。松間行拖緑玉杖，石上坐理黄金徽。研硃點易滴清露采藥穿雲入翠微客來隨分設肴核床頭酒熟黄鷄肥時招白隺下庭除按舞翩ゝ翻羽衣青城仙翁隔鄰住往來慣熟俱忘機為題詩篇寫畫圖染毫粉墨縱横揮騷人墨客競題詠展圖畫軸皆珠璣邇來轉眼三十載青山不改人民非仙翁騎鶴去不返山人遂戍亦永違孤山無人赤壁靜蕙帳冷落誰根依空餘山房舊時月夜深寂寞穿簾幃嗟余撫卷三太息感今念昔重歔欷

題林居圖兼柬盧公武　高啟

竹梧翳苔石知是幽人居林間鳥鳴後亭空簷散餘

閒有盧鴻愛長年留著書

題允中山居圖　　徐　賁

昔年為客處看圖懷故山今日還山住儼然圖畫間
泉來繞蘭徑月出花對閣應知農事畢高坐有餘閒

竹莊讀書圖為龔彥中題　　葉　盛

十里青山近馬鞍一溪晴碧下江湍舍南舍北無他
植只有篔簹千萬竿
鈍菴高節望期頤未是尋常句讀師知有名門家學
在切磋不忘武公詩

題徐氏遂幽軒卷　　徐有貞

隱居求志不求名，雙鬢蕭蕭眼獨青。吳下詩人多結社，閬中才士盡傳經。雲迷李白空山塚，月落楊雄舊艸亭。夜讀遂幽軒裡卷，愁看天際少微星。

為都元敬題春山讀易圖　吳寬

山中春雨過，嘉樹如新沐。鳥語時復聞，惟聞澗聲續。對此一欣然，孤懷浩無欲。便攜童冠人，詠懷效沂浴。歸來亦何事，妙意溢春服。寤寐羲文間，手持一編讀。惓惓濟時心，願言均發育。

題吳白樓借屋卷　邊貢

草園亭樹竹園菴，十載真成故事談。忽漫得來原不

偶揔然稱借亦何慙詩篇舊已傳都下画筆今須倩魯南（陳編修沂之字）却過昔遊尋往迹月中門巷幾留縣

應制題王朏画吴王納凉圖　邊貢

雨過太湖上風生響屧廊紅綃拂几席白紵製衣裳未光淪厚地明月在高堂何以保玉體長年樂未央

題吴王納凉圖　陳旅

吴王臺榭滿汀洲湖上風來暑雨收坐有紅粧可娱老市無赤米不教愁采蓮舟載烟苓晚响屧廊通水殿幽嵗暮甬東寧有此夜涼歌舞莫令休

題吴王納凉圖　李孝光

六月長洲水殿凉酒酣揮袖倚新粧芙蕖露冷秋雲
薄回首西風響屧廊

又　袁凱

微月斜侵響屧廊芙蓉清氣滿金塘鴛鴦只傍雕闌
宿也愛君王水殿凉

口號題吳王半醉圖　李白

風動荷花水殿香姑蘇臺上見吳王西施醉舞嬌無
力笑倚東窗白玉床

題吳宮衰柳圖　袁凱

遠岸依依落日明吳王醉處少人行多情獨有垂楊

柳猶送深宮夜雨聲

題子胥吹簫圖　　徐有貞

行乞吹簫野水濱，只緣讒口間君臣。鞭尸覆楚由無忌，員也何曾是狠人。

半帶愁音半殺音，西風吹入楚雲深。丹陽世上人空聽，誰識英雄一片心。

題范蠡五湖圖　　趙孟頫

功名自古是危機，誰似先生早拂衣。好向五湖尋一舸，霜黄木葉雁初飛。

題扁舟五湖圖　　陳旅

按史記止言陶朱公將徒屬浮海而無載西施事杜牧輩乃誣也故為之辭

羑里人去娶女來帝辛飲酒沙丘臺酒闌不但太白旗竿血花紫會稽凜凜吳日驕少伯乃是師閭夭姑蘇城下箭如雨艷骨應成館娃土五湖烟浪摇青春小兒船尾中細君吾王功成境土富扁舟只載妻孥去良工貌得千古心寓形空尔靡黃金

朱翁子負薪卷　張藹

富貴危機解殺身是非千古付樵人當時長吏覵應悔不向山中只負薪

范莊梓樹圖次石田寫贈錢嬰伯　吳寬

行人墻下摩挲處，重是范公親手培。此日載將嘉樹賦，清風長傍義莊來。空尋蟻穴難成夢，免製犧尊豈不材。須信画家原有意，展圖如對北山萊。

麥舟圖　李東陽

江東故人半零落，江頭石郎淚雙閤。三喪未葬家苦貧，舉世今無魏州郭。睢陽范郎方少年，相看不語意茫然。江舟載麥五百斛，揮手付之如一錢。歸来侍立庭闈畔，白髮聞之為一莞。亦知父子本同心，若待庭趨嗟已晚。君不見慶州飢民曾告荒，使君自發常平

倉

米元章拜石圖　李東陽

南州怪石如奇士，士有好奇心欲醉。平生兩膝不識地，石也受之無色媿。着袍摧笏當石前，禮而不荅貌益虔。呼為石丈丈不語，四覘諸峰盡兒女。當時觀者笑且嗔，眼中見石不見人。嗟君好潔已成癖，無乃冠履沾泥塵。古來玩物必喪志，況尔物後忘其身。惟石巖巖瞻赫赫，一州雖小寧無民。宋家只令米博士，誰遣出刺無為軍。君不見漢家留侯拜黃石，石亦可拜不可昵。千載英風石益高，猶憐誤落神仙迹。

前題　　儲璀

虎賁猶似對中郎末世那知老子狂才到宣和流落
盡眼中誰是丈人行丶

鶴屏　　皮日休

三幅吹空縠紋寫仙禽狀毦耳側以聽相隺經云雛側毦耳則聽響遠赤睛曠如望赤露眼睛則視遠引吭看雲勢翹足臨池樣
頗似近蓐席還如入方丈貌既合羽儀骨亦符法相
未許子晉乘難教道林放盡日空不鳴窮年但相向
願升君子堂不必思崑閬

前題和　　陸龜蒙

時人重花屏獨即胎化狀叢毛練分彩踈節節相望相寉經云大毛落叢毛生其色如雪又云高脚踈節則多跛也曾無乾鬣態頗淂連軒樣勢擬搶高尋身猶在函丈如憂雞鶩鬬似憶烟霞向塵世任縱橫幽襟自閒放空資明遠思不待浮丘相何由振土衣一舉棲瀛閣

吳都文粹續集卷之二十五　終

吳都文粹續集卷二十六

題畫

題畫二絶　鄭允端

點〻青山翠欲流，短蓑漁子坐扁舟。荒村五月凉如水，茆屋扶踈艸樹秋。

青松望極是桃花，去〻仙源路不賖。便好解衣衝水過，洞中午飯雜胡麻。

題画

誰寫江南景，風烟萬里寛。金銀開佛寺，紫翠出林巒。

遠客馳行役幽人賦考槃蒼茫無限意撫卷為盤桓

太湖以下俱奇遊圖詩　馮大受

東南天盡五湖開萬點蒼山鏡裡迴縹緲峯頭明月
上懸知一望是蓬萊

姑蘇臺

吳宮花柳是荒丘臺下惟聞麋鹿游芳艸青青烟水
綠春風揔入闔閭愁

虎丘

寂寂荒臺樹色昏吳王宮闕杳無存月明劍氣還來
往留得干將化後名

天池

此地湖山是倒懸翻于山上滙清泉更分華岳峯頭色一朶峰如太乙蓮

天平

青山繚繞白雲圍似笏千峰擁翠微仙仗一經岩岫過飛霞片片逐人歸

靈巖

一山青靄日溶溶翠柳隨烟漾碧空紅雨落殘春晝煖舊花重發舘娃宮

玄墓

卷二十六　二

湖外青山湖上看振衣時覺兩眸寬攜節徧拾金閶
景玄墓山頭亦大觀

支硎

蒼崖翠幹碧參差樹色嵐光兩鬬奇只看生公壇下
石至今猶似點頭時

虞山

拂水岩頭錦作屏搖壇朱敞日初明朝看爽氣千峰
紫黃鶴飛來翠羽輕

題施雅山所藏宋漢國端孝大長公主所題
桂花便面手卷後　虞堪

宋端孝公主理宗女也其所自題桂花詩便面以碧紗為襯所折桂淡然與月輝映自是宮製絕俗可知而東廬王野叟（名琦字德玉）所識有云在武林時與故舊劉仲昜邂逅茶話因及楊中齋駙馬事出此見遺（劉郡王孫）乃是吾家婦之母之筆也藏於篋笥三十六年而外孫施宜之其先有兄弟並登科者有雙桂堂尚在堂匾與扇合識可以再為其後來者識故裝成卷箄其顛末併製桂香詞於後以予為且曰貴主題此時猶未

卷二六　三

出閣天上清芬世間何有則知前輩寶重之如此至隆山平先生賦之有滿身風露不知寒之句尤極悽惋使人一讀無限感慨今雅山處士亦既老矣珍寶外家遺物又凡五十年自謂雖獲夜光每弃弗顧而獨護此卷如新不忍去手時時出以示人諷詠不輟其風韻又可知矣間屬堪賦之惟前代閨門舊物固是罕得然相傳之久殆百有餘年而不出西家當時遺老又能詳記其事使更千百載足以起人之興懷

于無窮若雅山之寶此其意亦有在乎於
是追次其韻反而歸之為雅山處士
字云

一一方諸鏡樣圓金壺霑墨豈無端萬年枝上天香
盡遺恨青天碧海寒
誰復風流鬬鳳團天人手骨想毫端楚吟翻泣銅仙
淚共灑秋風玉井寒
天水淒淒桂影團喜符佳讖上眉端外家風采今猶
在長嘯空山霍鬢寒

麗人行題玉山所藏周昉画　楊維禎

卷廿六　四

楊白花飛愁殺人美人如華不勝春錦韉䭾起鞭鳳
縷、黄門挾飛五花雲白石日雷霆夾城道樂園遊裡春
正好、就中小姨最嬌強雌雄鞭飛觀者惱瑶池鬭艸
碧雲移、草青草歌春不知黄裙有恨隨春水椒房青
蠅何處起、君不見翠羽飄飄悵一空東方蝃蝀纏紫
宫蝃蝀一作螮蝀

題玉山所藏唐人羣馬圖　張翥

天育驥子初長成廐官引牽將進羣頭如　兩耳
聳、青絲絡腦屹不動君王一顧生光輝、黄帕已蓋銀
鞍、歸當特四十餘萬匹此馬權奇當第一曹將軍畫

老有神龍眠居士尤得真兩家翰墨今已矣今之筆
跡無乃似黄門　森羽儀遺事可按開元時古來
良馬多泛駕振鬣長鳴思御者君不見材士不可羈
乙
寧可呈身如此馬

題趙千里金碧山水（玉山所藏）　張天英

天上白雲滿空谷樹下三間兩間屋玄晏先生不出
門自檢殘書手中讀醉翁斜着紫綸巾過水呼童御
黄犢〻背之樂不可言王孫寫入冰綃幅君不見戎
車萬戰場秦宮失其鹿咲殺當時園綺翁白頭去揖
隆準公

子昂蘭梅為玉山題　張翥

佩纕零落墨香存，瑤瑟空彈夜月魂。一自江南芳草歇，風流誰繼楚王孫。

為玉山題子昂墨竹　前人

竹裡疎花的ゝ開，凍香和雪冷蒼苔。天寒日暮無人見，只有隻峰特地來。

子昂畫馬圖紇幸者為玉山　前人

君不見漢家將軍求善馬，戰骨縱橫血流野。歸來作歌薦宗廟，寧悲鬼哭宛城下。何如聖代德所懷，入獻磊落皆龍媒。右幸者誰鬚且偲，萬里知自流沙來。眼光照鏡蹄腕促老奚識性仍善牧時巡之外遊韋稀飽秣原頭春苜蓿吳興學士藝絕倫妙處不減曹將軍只今有馬無此筆誰與寫之傳世人為君甘作駑駘群

題玉山所藏魏國夫人趙管墨竹詩　夫人首寫坡竹後自京師寄於仲光

前人

龍香暖脫青螺麝麝劑光凝生漆點玉臺近曉畫眉殘紫硯新磨玄兔染一枝戲寫碧嬋娟冷雨欲飛粘濕烟雲窓霧閣春窈窕恍如移置苕溪邊苕溪縣〻秋水隔遠眼京塵渺相憶微綃一點冰雪生弱蕙幽

蘭少顏色、書中曾有衛夫人畫裡如何崇德君林下丰神原散朗、尚從墨妙見天真

題管夫人竹與玉山同賦　　于立

烟雲湘月明露下湘波冷脩然林下風吹折琅玕影

又題　　顧瑛

鳳毛輕染碧池春渴作琅玕紙上真試看腕中百斛力前身應是李夫人、

題玉山中錢舜舉畫五柳庄　　張天英

飛泉屋後銀河懸孤松屋上蒼龍眠四山無數白雲出好柳五樹當門前葛巾丈人步其下悠然別有山

中天

內人吹篴詞　為顧仲瑛題盛子昭畫

楊維禎

天寶年年教春坊紫雲製曲吹笙王美人何處竊九漏耳譜亦解傳伊凉鵾絃轉斷黃金軸獨擫胡床奏攧玉冶情怨逐野鶯飛十指紅蠶走起伏御溝水暖浴鴻鵠天地久無征戰鼓芙蓉楊柳自搖落豈識黃雲邊塞情、西樓今夜月色午內人思仙望河鼓白日蕭條鳳不來井梧風動神烏語

內人剖瓜詞　為顧仲瑛題盛子昭畫

前人

轆轤索褪垂金井水殿風來晚花靜美人睡起袒綽

紗照見臂釵紅肉影荔子凝酸搖左車阿毋新進朱陵爪侍奴手浴井花冷水冰去声金盤擘豈掌窊鳶刀未破團手斗斗破紅冰驚落手王郎渴甚故相嘲可恐三食殘團月四

李息齋竹爲王山題　張翥

竹上千年恨未消湘皋灩跖正迢迢冷烟疎雨無窮恨欲爲騷魂賦大招

予向爲顧長卿作梅竹圖明年其弟仲瑛于姚子章席上索題遂成口號　柯九思

晴雪模梅蕊春風裊竹枝美人應失笑記得捲簾時

題柯敬仲爲玉山人画竹　楊維禎

五雲閣吏天上還玉山草堂人止閒自將賜筆寫龍影落日風動江南山

題從子倫寫生芍藥于玉山　柯九思

九十春光事已非飄堦紅藥尚天机画工點染成生色說与東君作待踈

桃源春曉圖爲玉山題　張翥

流水空山幾度春白雲隔斷世間塵桃花一放漁舟入不是秦人是晉人

題玉山所藏洞明踈來圖　吴克恭

陶令昔去官當去豈知賢杖藜柴桑里汎舟即斜川
春風五柳陰秋日林盈田歲釀杯中物佳辰奉賓筵
觴來各有趣斟酌罄交歡爲生豈易老藉此一欣然
咄哉羲皇人既遠身名全

題東山圖王山同賦　于立

不起謝安石其如天下何向來遊賞地芳草落花多

又題　顧瑛

江左風流第一人東山歌舞日紛紜當時不爲蒼生
起司馬山河總白雲

題王山所藏畫水仙卷書達秘書後

袁華

窈窕楚皐女委蛇佩陸離臨風翳翠裡弄月靡雲旗含嚬默延佇悄悵失佳期涉江采瓊芳將以慰所思

題王山所藏水仙画　達兼善

翠羽靈旗候洛津凌波微步襪生塵可憐金屋重門十掩只有陳王夢阿甄

題吳山顏王山一咲三生图　釋來復

虎頭應是再來人画史丹青貌未真一咲溪山如識我三生風月異前身空傳華表踈遼鶴誰向昆明問刦塵吳下草堂今寂寞獨憐花鳥泣餘春

題琵琶仕女圖註云以下二作亦題玉山所藏宗本先

江水東流月滿船江風怨入冰絃何如銀燭秋堂夜

一曲新声值萬錢吹

題墨竹　宗本先

可人家住篔簹谷明月清風千萬竿一自玉山相見

後滿庭清影夢高寒

題吳性存所藏趙仲穆竹枝雙蝶図与玉山

同賦　張翥

滿叢鮮碧露團香院落春紅過野芳蛺蝶一生花裡

活飛來還戀風凉竹

又題　顧瑛

卜閶道春風度湘簾夜月初多情凄峽蝶也解逐羊車

吳克明知嘉定爲題馬圖　吳寬

吳卿別我吳門去手把橫圖索題句開圖見馬如見人、逸氣稜稜八尺身圉人騎度燕河水萬里長風生兩耳、踈來能餒玉山禾吳門草青奈尔何

題孔昭画　吳寬

盧鴻艸堂今有無吳中昔見謝翁圖松風澗水書声合、林下高人不可呼

題子善所藏画　張翥

江閣空明宿雨殘青山如洗隔叢看神仙不記天台
路萬叠千峰暮色寒

題盧侯所藏畫冊　張著

露滴天香酒力微風迴秋影動秋衣夜深盡醉霓裳
曲忘却驂鸞月裡歸　右畫人賞桂
露濕銀床海月低冰絲寫怨小窗西〻鄰正有臨小
客莫作秋風烏夜啼　右聽月奴清
花暝深宮晝漏遲隔花羅襪步委蛇春愁如海誰相
問得似黄鸝盡語時　右春晝聞鶯

題黄筌畫竹鶴圖　并序　呂誠

脫字无從補

○黄荃画竹鶴圖已入能品余鶴亭舊有此圖心甚惜之散落他室今數十年矣忽于鄉友處復見之喜嘆無已然尤物自爲脛翼而能徵几人去不与歲月同化亦一奇哉因賦此重爲覽古者一慨云

蜀人黄荃寫竹鶴數百年前一奇作玄裳縞衣意閒暇老氣崢嶸重林聳挺〻玉立雙琅玕枝葉扶疎鉄鉤絡憶昔鶴亭有此本鳥散烟銷久冥寞今朝忽見喜絶倒老目摩挲殊不恧千年令威安在哉旧物都非況城郭去閒此圖亦希有重襲尤宜置縹囊高堂懸明月中應有仙音下寥廓

為開元道士題倪雲林画　徐　賁

聞說仙翁去採真，山中艸木幾同春。開元堂上重來客，猶是當年問道人。

姚少師所藏八駿圖　曾　棨

周家八馬如飛電，夙昔傳聞今始見。銳耳雙分秋竹批，拳毛一片桃花旋。肉騣疊聳高崔嵬，奇知此真龍媒。霜蹄試踏層冰裂，駿尾欲掉長飇迴。瑤池宴罷帰來早，絡月羈金照京鎬。紫鞚飛青逐落花，雕鞍解處眠芳艸。由來駿骨徒且馴，弄影驕嘶不動塵。有時渴飲天津水，五色照見波粼粼。圉官騎來難久駐，飲

向春流最深處、珠銜寶勒不敢踈直恐飛騰化龍去古來善画韋与韓、此画豈同凡馬看人間造次不可得苜蓿秋深烟雨寒、

題孔大圖為金公禹賦　沈潛

花下茸〻細草中群眠未許識雌雄待看長大平原上一獵秋風狡兔空

題沈孟淵所藏王叔明墨竹　劉溥

雲漢昭回舞鳳翀海波清淺露珊瑚、猜風萬古吹不盡錦瑟無声彈鷓鴣

題劉主事廷美所藏竹　刘溥

愛看亭亭碧玉光画船來往水雲鄉幽林列處森如
以
束、只此長梢保歲寒
繡幄連雲護壯丹玉杯誰問碧琅玕露香　冬檀心
花獨占清風護戭寒
終南進士行為刘廷美賦　刘溥
長空糊雲夜風起不久成群跳狂鬼倒提三尺黄河
氷、血洒蓮花舞秋水飛螢負火明月羞操黛影黑啼
鵂鶹、綠袍烏帽逞行事磔腦剖腸天亦愁中有巨妖
誅未得、盍駕飈輪驅霹靂如何袖手便忘机回首東
方又生白、

王舜畊山水為繆竹人搩題　倪瓚

烟嵐萬壑吐復吞雨過洑漲溪流渾埜橋山店夜初曉〻杳靄不辨東西村嘉樹蒼〻迷近遠白雲滾〻銀濤捲〻皆封古道闃無人未放曦輪上孫獻舜畊王翁八十餘〻眼明能看細字書醉揮老筆元氣俱風景似是圖達廬〻多君長才擅專對好山覽遍芙蓉翠看畫馳〻憶曉行詩成正攬皇華轡

為李貞伯題朱寅仲小畫　吳寬

春半扁舟過太湖〻洞庭看雨翠模糊惟應旧日同遊者愛此米郎水墨圖

題黄應龍藏巨然廬山圖　文徵明

筠陽文學倦官職十年踈來四壁立探囊大咲得片
紙不啻瓊球加拾襲攜來示我俾品評謂是名僧巨
然筆淡跡滴踪那辨真白間淺印還堪識古篆依稀
贛州字先宗流傳非一日要知源委出珎藏未誰論
何定名跡墨渝紙弊神自存老筆嶙皴況超逸岡巒
迤邐叢落樹浦溆縈紆帶村室盤盤細路繞山椒斜
引魚梁更東出遠窮山盡得幽居穹宮傑構臨清渠
仙邪佛邪定何處仿佛勝境如匡廬還從文學問何
如大咲謂我言非虛自言遠遊真不俗曾見房山真

面目五老之峰披白袍、玉虹萬丈皆飛瀑某丘某壑皆旧遊屐叅晴窓眼猶熟、抵今老倦到無由對此時〻作臥遊慚余裹足不出户聞君此語心悠〻高懷只尺已千里眼中殊覔欠扁舟、化

郭忠恕雪霽江行圖　程敏政

蜀山曉起雪大晴蜀江早有商船行前牽百丈後催舵、欲動不動難為情兩艖相依若兄弟雪後風清江水平古来川貨甲天下尔中何物皆充盈一舟繫尾大于兎、蕩漾不敢相先争有時遇險即分載主者自解操奇贏、長年三老各司職翹首疑聞吁嘯声飛〻

遠樹霧中出、點〻玉峰天外明櫂郎呼凍相偶語隔
圻恐是夷陵城、大灘小灘難悉數自出兩川今几程
嗟哉遠道亦良苦、鹽井有戒何相輕披圖一見肌上
慄凜然朔氣生簷楹、摩挲久之意乃定何人古寸勞
經營素縑半幅不盈尺、云是東都狂郭生宣和天子
愛書画親与印識題其名、一朝桑海忽遭變内局委
棄隨榛荆郭生惟餘比干画、犹幸不燬南來兵奎章
學士子山子獻納曾傾葵藿誠、尒來二百有餘載屈
指春秋九几更不知此本尚在否、撫摻益覺心怦〻
石田沈君家傳雅重購所得人皆驚裳演完好無罣

裂入手坐見增光榮郭生斯圖乃其一、餘者往〻皆
精英題詩有暇或臨搨也以丹青是下嗚、聞君家住
湖水側青山古木相迴縈何當倚櫂一尋訪、君當倒
屣來相迎翩然坐我竹窓下石鼎細呼春茗烹、揮童
開奩取卷軸甲唐乙宋聊相評旁人定謂太古癖、塵
襟且擬冰壺清却愁玩物犯祖戒未敢先輸他日盟、
啟南此画題者已多不容復贅獨記在宋元史局
時嘗見蠖子山進郭忠恕比干圖事題者偶未之
及爰綴成篇聞啟南家多藏古画法書甚欲一觀
之因復自念啜茶觀画皆先𡈼所遜謝未諳者不

覺惕然爲之中沮更俟商確云

郭忠恕雪霽江行圖 沈啟南藏 吳寬

路出三峽風颼颼江天雪霽宜竹舟水枯灩澦高突
兀、木葉落冬俱東流艨艟相撥蔽江下半空結搆如
危樓、兩艘之間可走馬主人恐是王益洲独嬾百物
具蓬底、如何不設弋与矛後繫一舟亦千斛什器滿
載餘甑甗、青巖翠巘互掩映絲紱錦纜紛綢繆玉爐
頻爇沉香火、寒氣不到珊瑚鈎篙工舵師禁無語指
作
落層水誰爲求、安得挽以百牯牛代汝僕夫力且休
人生得意在富貴、鄉里小兒驚宦遊望中隱隱連遠

洲深樹落炤哀猿愁日將暮矣泊何處萬里幾轉青山啸狂仙画笔窮冥搜圖外意思令人求陶翁頹棄五斗米未肯折腰從督郵飄然輕颸孤舟去惟有葛巾猶在頭高哉斯人誰与儔嗚呼高哉斯人誰与儔

高克明溪上雪意圖　吳寬

此圖列僉憲浔之任太僕今跡沈啟南後有天全跋克明宗仁宗時人題曰臣克明上進

赤脚真人龍鳳姿俯視藝苑時游嬉良工待詔金門裡高生前身應画師含毫吮墨立良久自言臣是唐王維平生胸中無一物祗有山水独容之郭熈成名

乃新進、髙宗有詩云克明已死寧逝郭熙後有新成名直范寛得意縱竝馳
丹青競巧、称院体後來不比宣和時寀竹千岡松萬
壑蒼翠峰巒、白湖樂岸旁桂楫何處移磵曲茅堂是
誰縛竹人暮歸、天漠〻遥望前村葢雪落船頭一老
獨閒暇詩思外明、入寥廓刘侯朝回過燕市亦復夌
收画入骨髓偶從太僕、得此圖每一開之心輒喜天全
企翁惜題字評品數竹、而已矣翁今已逝侯亦已兩
洞庭荒湫湖水翁嘗自称、大洞庭主人而食慿家有小洞庭故云石田多才
從後起況有佳兒好文字只、今此物欣有托賦詩獨
慚前人耳宗祏久已屋宗画如、有神刘侯地下勿長

嘆楚弓得失皆吾人

題海虞錢氏藏王均章虞山圖　吳寬

均章名珪號中陽老人生元盛時年未四十棄官歸隱虞山之下慕丹術尤邃于醫所著有泰定養生主論等書年余九十而卒見吳思卷

扁舟昆湖去憶向虞山還當時迫日暮未得窮躋扳至今三短章寂寥不重刪安知六載後依然見茲山諒無愚公偶賴有頑仙頑頑仙隱居處深林置柴關丹灶火常伏藥闌苗載芟高情付縑素丹青色斑斑竝山卧平野隱然不成環遠迤亦甚遠攢蹙何其慳只尺見百里群峰互盤鬟飛鳥歸易沒浮雲出偏閒

拂水巖奇画空、岩故漩澴天風或捎定石辟仍潺〻
仙宮對佛寺妙境非人寰獨憐仲雍墓誰為剪榛菅
短棹載書卷浩歌出雲間彷彿歸菴翁往來宝岩灣

題治平寺琬上人所藏巨然山寺圖追次虞

道園先生韻　吳寬

疎林逗晚照際水向柴關中有方丈室翠納千重山
〻〻路多白雲翛然隔塵寰倚筇望崷崒展席聽潺湲
頗邀巨然老置我水石間忘歸飽清暉從此終日閒
層巒結瞑色不逐樵夫還

題趙仲穆馬圖　李世賢藏　吳寬

王孫画馬兼画人　神全色不均一人汲水來飲
馬一馬欲飲將騰身二馬俯首嚙芻藁一人按樹覘
櫪皁天閑不待秋高肥一馬不渴二馬飽朔方用兵
萬騎馳三馬竝立如不知

題古賢太史扇　程敏政

浦上南風急漁舟破浪還不知離岸遠時見樹頭山

題沈氏所藏石田臨小米大姚江圖　文徵明

卅

長洲沈氏所藏小米真跡成化間有假中官之勢
取之石田為追摹此圖

春雲沉空山有無眼明見此姚江圖〻窮爛熳得題字〻照人百顆驪龍珠平生雅識數文書紹興就月仍不誣〻豈知尤物能媒禍繭紙蘭亭已非故石翁信是學竹人〻能使胡鄭還故步憶昔儉人賄為圖贖財更假狂闖手〻千里珍奇歸撿括故家旧物那容守沈氏藏茲二百年〻一相掣去心茫然誰言物聚必有散手澤相關常累嘆〻未能一哄付忘兮且喜百年還旧觀豈余鈍眼錯顏標〻祇掌真成孫叔傲區〻不獨形摸似更存風骨驪黃外〻時點筆廻通神得非小米是前身從來藝事關人品〻敢謂今人非古人

又題敬所藏仲穆馬圖　文徵明

犖犖才情与世疎等閒零落傍江湖不應泛駕終難用閒看王孫駿馬圖

爲懋上人題画二絶　徐禎卿

湫湫洞庭秋水濶軽舟搖動碧琉璃松陵不隔東西望楓葉寒塘露酒旂

布衣藤杖稱芒鞋貪看青山偶獨來心与白雲元不礙長天一鶴忽飛囘

題文太衡山所藏趙子昂馬　王寵

神馬來從屋洼窟王孫貌得真龍骨天池洗出霹靂

声恍惚似与蛟龍争奚官厮养不敢近騰驤蹴蹹久
乃定、朱衣輕拂焰紫雲五花隐起生龍文黄帕高封
碧玉鞍、紫絲未挂千金勒九重一笑獨當御天閑萬
馬無顏色、我聞漢武駥龍媒又聞唐家師子花常思
此物在天上、何乃匹素開風沙驊騮自是萬里足豈
應流落天之涯、嗚呼天地变化兮雲霧晦冥吾知此
馬之為龍兮終當、飛入於滄溟

余表兄瑕山大参以自在居士墨竹俾予題
詩　　　　　　　　歸有光

奉常余之外高祖儒雅風流絶近古少年侍值承明

窗重幢屡同加慰拊玉堂無事只寫竹影落纖湘生
風雨、翠葉蒼筠滿人間淩海越嶂爭購取吾家宝藏
三大軸、其一今在尚書府二幅翻飛入島夷人物化
去不可睹、吾兄安得此尺素千緡不吝雠海賈盛夏
張之紫薇省、涼氣欻忽週堂廡劃然北壁開户牖雨
埶欲飄風披舞、此時靜坐亦何有滿眼不復見塵土
湘妃帝子對之泣、藐姑神人誰与立吾兄好画識画
意余方涼倒困蓬户、墨竹昔称李夫人湖州孟端皆
堪譜高人自有千載名、世上兒子何足數作詩題竹
非為竹俯仰自覺吾心苦、東坡先生豈浪語知吾之

兄惟老可

題水仙圖　劉鉉

山中有幽花姿容都且閒水仙之名本洞府何時移
出來人間落葉垂冷愈碧炯霏作團曉來積綠羅樓
帶未周圖蒼玉簪長已盈尺齊紈疊縞緻繁英微風
迴雪飄輕盈湘靈玩月珮環墮神女戲水驪珠明江
天摇落氷霜裡開共梅兄与替爭欲集芳声猒湋蘭
収
肯逐穠華致桃李上人慧性奪仙机毫端𠛬化多神
奇生綃聯幅偶教本彷彿仙子盟瑶池或持金杯倒
醽酥或着黄裳高如玉或向雲邊下素鸞或去山頭

乘白鹿天然巧相合、有為不足爭妍效凡俗門徒得此久珍藏間持索我題、詩章我今習靜娛餘古披圖坐對渾相忘道心由來本、空照有言那如不言妙茶餘捲軸客出門獨對南成一、咲山

夏仲昭竹為劉中孚題　　前人

亭亭何處出幽姿渭北湘南未足奇青鎖門邊深得地、玉欄杆外最相宜種分原自蓬萊島影落多臨太液池、一寸虛心常自潔百年貞節豈能移欲為邛杖隨龍化、定作簫韶致鳳儀好對雲霄看挺拔莫因風雨咲離披、芳同老圃含霜菊類比中庭向日葵猶記

斑留尭女泼、不斷歆入武公詩偶緣客舘披圖處笠
說家園食笋時、幸際聖明無隱逸誰於林下結幽期

恆

題画茉莉 吳子[illegible]
瓊蕋南中秀竒香竝外偏過時君不採惆悵越江邉

王禄之画梅花
大湖東畔梅千樹昔我懷之即除去枝、踈瘦老槎
牙、墨色根柯如鉄鑄素枝浥蕋交紛綸物外異香天
所付、人間花卉不敢先天上曼陀差可伍霜巾氷帨
襟瓊旋、玉盞瑤旂幢珠綴手姿綽約臨姑射衣佩輕
盈凌洛浦驚人題品苦難工踈影暗香非妙句千古

知心獨少陵、欲乱鄉愁傷戢暮揚生筆墨頗擅場石湖先生猶未許、寫生貴在得風神心与天遊天所与偶從便面見形容德似玉人非浪語氷雪侵凌氣益伸嫵媚李桃那足數、強項令公虽不鄭鉄面端公色偏毅謂君何必貌孤芳、須記廣平題作賦鉄肝石心表幽貞調愚廟堂方識味、

范蠡蹤五湖圖　元僧溥光

功遂名成泛五湖知幾千古擅良圖向教勾踐堪同樂不識先生肯退無

許彥明白蓮詩奉沈石田画金赤松趣

卷二十六　廿三

顧璘

珍圖白蓮何皎然盈縑風露臨秋鮮丹青豈同俗匠伍貞素獨与幽情便璚瑶滿池琢不碎翠葉兩重歆仍顛盛開欲落比雲散飞踈復密如星朕何不放笔鋪十頃中間蕩漾吴姬船嬌歌艷曲互酬答氷肌玉向矜嬋娟風流領袖自石田好事遺之帰攝泉赤松郢倡復絶去後来和者難爲前我欲西湖招勝侶金罇美酒斗十年林逋宅前放舟去六橋曲曲相回旋古人今人画如此安得壽命金石堅人間富貴草頭露不須錦瑟調朱絃与君雪藕擘蓮子共唱新詩湖

上眠

周臣為余寫水墨山水大障徐子仁特賞其妙口占謝之　前人

峥嵘華岳三神峰，移置草堂雲霧濃。泉飛樹挺氣生動，羽人彷彿中林逢。周生作此特神妙，髯仙見之欲狂叫。眼中失却梅花翁，人間豈乏鍾期老。

題荔枝白練圖　王叔承

練尾低紅紫玉枝，閩南仙色兩相輝。却思妃子調鸚鵡，咲擘輕紅美雪衣。

題画馬　道衍

巻廿六　廿三

身被五色雲才超異北群莫教空老去須借霍將軍

題秋寺晚晴圖　道衍

猿將朔吹哀雲帶溪流駛相送獨歸僧蕭蕭夕陽寺

題許由棄瓢圖　道衍

獨坐雲深處迢迢遠市朝名知身是累應不棄山瓢

題獨釣　道衍

天高日華明江清水光動何事尚垂釣不入非熊夢

題畫　道衍

小小板橋溪路深深茆屋人家竹塢夕陽多雨桃源春暖多花

怡

題菊花　道衍

三徑疎来已就荒觧齋觴咏足徜徉籬邊更有琅玕
樹不使秋英独傲霜

題雪梅雙鷀圖　道衍

孤山〻下雪茫〻雪裡寒梅已早芳雙鷺飛来花底
立却憐同色不同香

題菜花　道衍

雨餘盈圃嫩還柔小摘調羹玉糁淨不識此中滋味
好東坡烏肯友元修

題画　景隆

卷二十六　苗

横斜疎影浸漣漪天際初升月半規孰謂林逋仙去
遠暗香依旧似當時

水仙障歛　　鄭允端

我有一疋好素絹画出江南無数山笔法豈但李营
丘直擬遠過楊契丹良工好手不能遇此画森然能
布置層峦叠攤翠復開怪石長松儼相對杈楇茅屋林
之隈瀑流激石声如雷恍然坐我匡廬下便覺胸次
無凡埃此自但向閨自恨無由致蓮島布韈青鞋負
此生長對画図空懊惱

此贊句脱二字

收

題周臣画　　顧璘

石壁炯霏夏氣清水光人影靜分明綸巾羽扇者誰

子來共沙頭賦濯纓

衡山禖画二首

嵓嶭飛壓絕孤亭壓水雲偶來乘興野非是獸人群

其二

雨霽春潮潤扁舟坐不還放情覩白鳥覓句贈青山

題徵仲雲山

江声喧草閣雨氣湿楓林雲外青螺影匡廬幾許深

吳中山水歌　姚綬

吳中佳山水布置卷軸間吾舟煥虹月披展情高閒

聲字不叶庭改賬

自、非石田胸中有丘壑安得撥墨相耀霍盤雲絶巘碧玉、寒揺天長波素綃薄靡燕兼葭被洲渚柳揚芙蓉此卸、落吴舟釣侶柢綸竿騎馬何人自城郭平橋可度客簑、蓑徐々来昔人孟浩然風負清詩才踈林髙低出翠尾、夏屋渠々付摹寫解鞍相面定盤薄到

叶

此誰為句東、菴藕臺凌空築不易風擷笙歌落平地判手推半夜達旦、蘑花撲酒春無声賬一朝臺傾走麋鹿西施載去何年復、不如此山此水此画圖遊客見即償詩逋刈君會當買、屐兼買掉合使登山臨水之樂無日無余与石田久同、調淡蕩多為俗一唉金壺

汁是龍香墨寫時不受人促促迫君不見五日一山十日水杜老知人乃如此

沈周画鷄爲陸浩壽其母　魯鐸

露立誇花底鳴當興櫛時北堂延曉色愛日正遲遲

陳太學月甫送沈周画　雷思霈

本朝画手誰第一超逸無過吳沈生後來作者文同謝謝彷彿前代関与荆會有遠岫似雲起独立斜陽待月生生劳君贈我蓮池閣置之丘壑輕榮名

次韵題石田先生摹王大痴山水小障　徐禎卿

大痴千載松石叟戲紙傳意到机隨手詩成骨欲仙
風烟黄葉景水墨白頭緣展玩今何處蒼江落日邊

題石田画上有文徵仲詩

柳繫漁舠吹笛子徵君風味誰堪比親題數句感山
陽二絶兼称文太史

許章甫以周服卿画松贈胃公命予作詩

葛一龍

長松歷落青氤氲垂蔭之下多芳芬古石盤根漱香
瀑壑技閙日〻不聽岩堅手神自表〻人間桃李何
紛〻有時蒙茸挂僧衲有時綽約來企裾峨嵋雪色

州

太山雨九除雷声七嶺雲白雲不出山清風惟為君寒齋靜抱月明卧松子打窗誰共聞

題白氏畫竹　前人

髯郎好竹好神仙淑拾清風自賣錢白紙小窗茅屋裡夜吹蕭颯曉生烟

和韵題石田墨杏花　徐禎卿

春工來手散花遲二月嬌紅未入枝城草欲搀詩谷句故輸新碧映雕旟

題徵明墨竹次韵

探掩精房且息忙幽庭春晚百花香竹窗閒對疎疎

雨戲寫新枝直過墻

題扇三首　前人

橋通綠水家〻舫門掩青秋處〻山住向此中貧亦好却無人肯羨清閒

渺〻洞庭秋水濶扁舟揺動碧琉璃松陵不隔東西望楓葉寒塘露酒旗

湿重溪雲壓綠楊寂寥深閉雨中堂閒庭盡日無行跡鳥下平苔啄破蒼

題徵明戲效元暉小景　前人

文技元非千載計江湖卷冊幾漂萍元暉槁骨知何

在賴是閑高見典刑

書海棠扇　　前人

春風吹壓胭脂淚散作妖花一樹丹可柰五更清夢

州短杜鵑声歌雨絲寒

夏仲昭画竹　　顧璘

石瀨涓涓水風篁裊裊枝塵途會見画草閣夢題詩

枕簟橫秋薄樽罍過月遲蒼林殊可老未紋果何為

美人圖　　葛一龍

無聊聊復掩軽羅花學含顰月肖娥替入画圖終是

貌貌纏將愁緒強成歌生烟送緑春天遠艷水埋香畫

雨過、芳信不通簾半揭喃〻双燕語何多

薛姬小影歌和俞羨長　范汭

俞生曾言薛家兒筵前醉舞花一枝思之不得心眷〻有歆曾髲歙閶变鶴市東邊虎阜西停橈隔浦鸞相見客、語旁人聽轉微斜倚方牀掩團扇團扇輕盈貌女郎是、邪非邪太婉嫕蘋末風扶江月高倒翻波影長千縷沉〻〻寒漏夜何其醉起挑灯注日時清壚坐上還相肖嫚屬圖中更不疑是誰解作刻人術圖中坐上分身出、

魁星圖　徐禎卿

收

披雲靜夜觀七星繁珠煌煌赤色殷祥形斗合癸天藪芒角下掃昌人文逆來日光照吳分英儒碩學爭奮迅凝向承明獻此圖倂爲吾皇頌文運

題牧牛圖上少宰震澤王公　盧雍

芳草芊芊春雨餘平原飽臥正安如明公入相陰陽理、問喘何煩特駐車

受牧勤求牧与芻牛肥自喜事無餘長歌白日何人聽、一卷清風角上書

題郭次父得收石田松有序　沈明臣

○郭次父王大父仙舟公七十時石田沈先生畫已

八十一高矣手寫喬松圖爲壽上系四十字乃弘治丁卯歲當是時隨輒失去乃今隆慶改元歲亦丁卯盖六十年於兹矣次父得是画於揚州棠池宛然旧家物也事故不奇甚耶懸之草堂相對悲喜益沈先生常德仙舟公云命臣記事遂有此篇

石田先生豪儁士高誼少年郭公子兩人結交無嫌猜歷盡歲寒俱皓盡郭公自號仙舟君七十耆名滿

帖

人間石田老翁年更強手寫咀崍把相視上有新詩金石聲筆力墨氣殊縱横兩人自比後凋節直幹並起淩龍精高堂忽驚風雨走一時賓客皆回首翠色

猶疑撲酒缸寒聲聊欲生襟袖偷兒何物解爭奇一落江湖甲子移揚州大賈侈至寶持售阿孫驚欲倒傾囊不問幾何錢但買得歸便云好六十年來還故物歲星合度仍丁卯世間何事無離合樂昌之鏡唐宮葉塞翁歸馬客何疑劍水飛龍君莫懾

爲王元美題沈啓南畫春山欲雨圖

沈明臣

東風吹暖海氣惡黑雲推山白雲薄眼前疊嶂埋峰頭水北高林穿日脚鵓鳩亂啼花亂飛溪漲濃嵐雨將作欲來不來天半昏似將混沌疑乾坤推移不識

上帝意猛虎如排閶闔門九閽不扣玉女泣天吳描
蕩江湖立電母摧傾霹靂遲但見炯霏章頭濕芙蓉
山前茅屋低東陽老子閒剡溪箋端欲奪造化力倏
卌
忽雨氣生淋漓詩成繪了已廖廓天高地下還清濁
花明樹綠呼酒來怪無客至相酬酢百年遺墨歷眼
空神物今歸王長公長公兄弟把相示醉後揮毫姓
偶同

沈周墨牡丹即次周韻

許穀

入春紅紫鬧不斷春深更得名花看考功園中品策
多贈我向來分一半小臺種成今廿載歲吐千花足

奇玩遮護常愁風雨狂喧嚷任教蜂蝶亂我觀此圖善寫生紙上復技何爛熳此翁洒墨偏動人西蜀趙昌應不換胸中巧思知幾重圖裏春光鋪一段君來索題花正開一笑揮毫飲無筭

題色山牡丹圖　　前人

詞人拈綵筆寫出洛陽花葉似含朝雨花疑簇晚霞縉中看圖色圖裡見天葩試問黄荃後何人是作家

黄淳父宅觀沈啟南嵐容川色圖足法董北苑僧巨然梅花道人者為沈画第一

王叔承

弥堂酒色盃半酣杯邊忽自開川嵐國朝画品飛吳
時勝妙亦不過沈啟南此幅却師董北苑梅花道士然
瞿曇云是平生第一作即余所見無二三當時此老
亦自重、小字歷歷詳其端不知画後幾十載笔氣亂
亂不肯乾、點染無他只水墨淺深若有千重盤徘徊
嘆息日欲晚、夕陽紫翠生欄干有時白雲過天際便
覺烟雨蕭蕭寒、乃知神物参造化氣候每在圖間首
坐久相忘與相息、呼童竟索東山屐飛飛小艇欲渡
余樹裡人家恍招客、俄思去歲武夷遊三十二峰翻
故蹟百金終不賣價与古畫均古画並傳少當為後

並珍傳來臨本徒效顰輞、川石刻逾失真幾人目見古人筆所以學畫難其人非、如文詞好梨棗字有刀石藝傳神祝生字帖徐生詩沈、也丹青高一時三絕云亡老成盡中興似尔頭髮慈歆、君洒洗君耳出門總畫圖入屋惟山水平川可夠嵐可、樵謾為慈文嗟後死

題沈石田楚山圖　熊明遇

楚岫千峰照遠碧一江風雨一江晴松根抱嶺龍鱗怪迷、、石脚吞潮虎眼清芳草自隨流水意斜陽不隔斷雲情仙人黃鶴久騎去吹笛船頭何處声

題黃太史水村圖　董嗣成

田水荒村郭外屋隔雲林樹半蕭疏漁翁收拾漁竿

去拄杖青山暮雨餘

題耕牧圖　鄭元端

幽人薄世味耕牧山之陰自抱村埜姿常懷畎畝心

行行南山歌落落梁父吟挂書牛角上揮鋤尾中金

飽飯黃昏後力田春雨深四体勤樹藝三生怡浮沉

巢父世高尚德公人所欽伊人去已遠高風邈難尋

撫卷空嘆息俯仰成古今

題秋胡戲妻卷　鄭元端

婉彼魯姬萎出深林下乘遠人何處來下馬古道傍
黄金致微言少年爲貴郎婦人秉素心鉄石塡衷腸
豈爲物所移古井波瀾揚謂謝道傍子請歌行路章
敞

題画　　俞允

誰寫江南風景烱萬里覧金銀開佛寺紫翠出林峦
遠容馳行役幽人賦考槃蒼茫無限意撫卷爲盤桓

山鬼篇廻錢叔寶所摹鍾馗移家圖

沈明臣

鬼妻鬼妾鬼襁褓鬼婢鬼僕鬼盔藏鬼兒鬼女鬼槖
囊鬼車鬼獸鬼筐箱鬼形鬼貌鬼腹腸鬼哭鬼笑鬼

跳梁、鬼語唧々鬼胆張魁魅魍魎魑与殤髑髏虐耗
孤与廷、結束負戴何所將别營鬼窟還鬼方吾聞度
索之山近、扶桑海外更有鄷都王汝既去之弗汝禳
急々如律令、皇々老馗欽々敕帝章不用三尺投八
荒人鬼異國兩、相當汝纏汝域汝徜徉汝逍遥兮樂
無央送汝還兮路、茫々旭日陡挂天蒼々

題画 鄭元端

青松極望是松花去々仙源路不賒便好解衣衝水
過、洞中午飯煮胡麻

題画菊芙蓉 吴子孝

水邊幾見木芙蓉籬下湘英又幾叢歲晚無窮秋色
美可憐桃李只春風

題虎山橋圖　前人

春湖萬頃玉溶溶橋上春山翠掃空神女月明珠遺
浦仙人雲曉笛迎風花枝香覆琳宮外草色青迷紫
洞中思挂一颿凌絕頂肯圖翻愧賦難工

吳都文粹續集卷之二十六　終

《蘇州全書》編纂出版委員會 編

·吳都文粹續集

蘇州全書

甲編

古吳軒出版社
蘇州大學出版社

吳都文粹續集卷第二十七

長洲　錢|穀　叔寶編

花果　食品　徭役

○○|園丁折花七品各賦一絶　范成大○○

○○——單葉御袍黄

舟前鵝羽映酒塞上駝酥截肪春工若与多葉應入
姚家雁行

水晶毬輕盈嫵媚不耐風日又名醉西施又名風嬌又名玉勝璫

縹緲醉魂夢物嬌嬈輕素輕紅若非風細日薄直恐
雲銷雪融

卷廿七　一

壽安紅 深色粉紅多葉易種且耐久

豐肌弱骨自喜醉暈粧光掩宜獨立風前雨裡不要人醫

疊羅紅 開遲旬日始放盡

疊積剪裁千疊深藏愛惜孤芳若要韶華展盡東風細〻商量

崇寧紅

勻染十分艷絕當年欲占春風曉起粧光沁粉晚來醉面潮紅

鞓紅

猩唇鶴頂太赤柚萼梅腮弄黄帶眼一般官様衹恐瘦損東陽

紫中黄

沉沉色与露濃泥泥香隨日烘滿眼艷粧紬袖紫綃終是尒風

深紅壯丹　王禹偁

渥丹容貌着霓裙何事僧軒衹一株應是吴宫歌舞罷西施因醉慢施朱

又　朱長文

奇姿須賴接花工未必妖華恨洛中應是春皇偏

色却教仙女媿乘風朱闌共約他年賞翠幄休嗟數日空誰就東吳爲品第清晨子細閲芳叢、

新栽牡丹開遲有作　沈周

爛熳東隣醉牡丹也持杯酒待花看却疑有爲偏教慢亦料終開底作難貴介莫遊知地僻美人初聘家寒我無羯鼓相催發秪撚吟鬚日凭闌

賞玉楼春牡丹　前人

白頭杯酒重臨軒喜見名花又一番春粉膩霞微着暈露紅漸玉淡生痕酷憐似醉還饒笑儘是多情尚欠言老者相看聊見在遠謀何暇爲兒孫

咏白菊　陸龜蒙

還是延年一種材，却將瑶朶冒霜開。不如紅艷臨歌扇，欲伴黄英入酒杯。陶令接籬堪岸着，梁王高屋好歌來。梁朝有白紗高屋帽月中若有閒田地，爲勸嫦娥着意栽。

和　張賁

雪彩氷姿號女華，寄身都是地仙家。有時南國和霜立，幾時處東籬伴月斜。謝客瓊枝空貯恨，袁郎金鈿不成夸。自知終古清香在，更出梅妝弄晚霞。

和　皮日休

已過重陽半月天，琅華千點照寒烟。蕊香亦似浮金

鬢花揉還如鏤玉錢玩影憑妃堪比艷鍊形蕭史好
爭妍無由摘向牙箱裡飛上方諸贈別仙

和　　鄭辟

白艷輕明帶露痕始知佳色重難群終朝凝笑梁王
雪盡日慵飛蜀帝雲燕雨似翻瑤渚浪雁風疑卷玉
綃紋璚妃若為寬裁剪堪作蟾宮夜舞裙

和　　司馬都

耻共金英一例開素芳須待早霜催繞籬看見成瑤
圃泛酒初疑傍玉杯映水好將蘋作伴犯寒疑与雪
為媒夫君每向風流事應為徐妃致此栽

蒔菊　沈周

合尾團〻縛小盆炯叢分蒔繞秋軒先教辨葉方知種更慮澆泉太漬根寒送餘甘歸藥籠晚投薄夘与柴門開花解向天涯笑遊子何時憶故園

寄題石湖海棠　范成大

手開芳徑越城頭紅錦層𧄼結綺樓。不把萬枝銀燭照淡雲微月替人愁

老嬾居家似出家園林春色雨霑泌海棠尚有無心肴天女何須更散花

生色海棠　沈周

粉合胭脂作曉妝富於顔色吝於香東風不肯全分付相對梅花各斷腸

海棠皆單葉別有蓮花海棠重葉豐腴如小蓮花范成大自蜀移歸吳中遂有此種吳人沈立嘗撰海棠記一卷

石湖芍藥　盛開向北使過維陽買根栽此因記旧事　范成大

萬里歸程許過家移將二十四橋花石湖從此添春色莫把蒲萄苜蓿誇

西竹歌吹荻花秋遺老垂洟送遠遊羌笛夜闌吹出塞當年如此夢揚州

芍藥范成大北使過維揚買栽於石湖有深紅紫
白諸色千葉重臺數種

山茶二首　朱長文

栢葉同冬翠桃顏未比紅留芳占春月吳蕊耐秋風
自称庭堦玩休煩帘幕籠佳篇補韋白流品重吳中

其二

珍木何年種繁英滿舊枝開從殘雪裡盛過牡丹時
對日心全展凌風幹不欹藥階如賦咏欠此尚相思

山茶辭　沈周

惟茲古株以孤立兮后土敏樹根蟠固謐兮燁如渥

若枝葉孔翕兮奕綠團欒朱榮欄兮歲寒雪霰芳斯發兮衆植搖落倮子〻兮顧彼華滋裒然襲衣兮君子有常小人中非兮外縝内貞羌有此淑行兮材倨不振知受命兮物曲尚利工弗能兮繇棄而完遂生樂天兮敬以爲圖賢足友予兮山空無人聊与尔㞐兮

山茶開於雪中有单葉千葉之異別有深紅着名寶珠山茶又有黄白色

辛夷　朱長文

楚客曾留詠吳都獨擅奇風徒存老幹桃李避芳時

名入文房梦功資妙手醫紫薇顏色好先占鳳皇池

玉蘭　沈周

貞蘤為妖艷白賁쬐除前秋枝愛兀贅叢玉天匠鐫清馥揚遠風標度逸於仙我生具素懷眼謝桃李妍旨酒通微辭頗言修淨緣

辛夷葉如柹正二月生花色白帶紫春夏再開初開如筆故又謂之木筆又一種花正白有香榦葉与辛夷一般以辛夷本接者吳中近來盛賞

錦帶花一名海仙　王禹偁

一堆絳雪壓春叢嫋嫋長條拂晚風借問開時何所

似好將錦被覆薰籠

何年移植在僧家一簇叢條綴彩霞錦帶為名卑且俗為君呼作海仙花、

郁李花賦　陸龜蒙

試問花翁得郁李之芳叢移來砌下出自山中長沾澗雨迴洒岩風曾不得次玉堂而展低艷承画閣而逞微紅塵在芳菲之數徒干造化之功弱植欹危繁梢擘積一枝上能万其膚萼一萼中自參其丹白且挑以夭而蕣以華芍藥為贈兮夫容可嘉誰為剪緗綺碎明霞鳳葆龍旌於水殿霓襟擒角於雲車靜倚

庭搖徐飄藍氣落幽閨怨别之夢寫空谷遺崇之思
初侍東陵聖母冶態嫣妍近辭北燭仙人愁容委墮
嗟其結莓蕊之地抱林麓之姿蝶喜舞而相畧鶯能
言而見欺香憐墜少蒂戀飄遲當盃者不願守道者
應知請看嵇康高士傳莫信長安輕薄兒

郁李花小花繁縟可愛

吳郡送水仙花二大本　黃堅庭

折送南園栗玉花并移香本到寒家何時持上玉宸
殿乞与宮梅定等差

水仙花　葉自強

卷廿七　七

水晶宮闕雲毋軿列仙夜晏曉未闌方妃倚竹翠袖寒捧黄金杯白玉盤勸酬未足雲中歡天門呌班奏祥鸞鶩此綽約落塵寰嫣然花面明雕闌天香宮態氷雪顏江梅避舍不敢干宥与噲伍羞山礬説似詩伯平章看

次韻龔養正送水仙花　范成大

色界香塵付八還正觀不起又斜觀花前猶有詩情在還作凌波步月看

詠水仙花　劉鉉

山中有幽花姿容都且閒水仙之名本洞府何時移

出來人間客葉垂〻泠愈碧烟霏作團曉来積緑羅
捲帶未周圖蒼玉簪長已盈尺齊紈魯縞綴繁英微
風廻雪飄輕盈湘靈玩月珮環墮神女戲水驪珠明
江天搖落氷霜裡開共梅兄与謦弟欲集芳声最蓓
蘭肯逐穠華效桃李上人慧性奪仙机毫端幻化多
神奇生綃縑幅寫數本彷彿仙子盟瑤池或持金杯
倒醽醁或看黄棠面如玉或向雲邉下素鸞或去山
頭乘白鹿天然巧相各有為不是爭妍效凡俗門徒
得此久珍藏閒持索我題詩章我今習静婗饒舌披
圖坐對渾相忘道心由來本空照有言那如不言妙

卷廿七　八

茶餘袖卷客出門獨對南山成一笑

水仙花賦　　徐有貞

百花之中此花獨仙孕形秋水發采霜天極纖穠而不妖含素華而自妍骨則清而容腴外若脆而中堅而匪凡工之雕刻伊玄造之自然夐獨出乎風塵之表兮憺幽貞以忘言亦其族生瓊洲分植琪樹華宮琳館靡所不含先春而開後春而謝粧不改於粉黛香何藉乎蘭麝時從变乎炎凉景無殊於晝夜若乃芳敷南澤翠發中坻儼如王母宴於瑶池秀挺芳田英翹蕙畹又如上元遊於閬苑至於微雲細雨乍伏乍

起彷彿巫靈夢彼楚子輕陰薄陽半露半藏恍惚宓
妃見彼陳王或倚修竹露華朝濕一似湘娥揜袂以
泣或傍寒梅月影宵浮亦如漢女弄珠而遊或侶幽
蘭碧霞之坛有若文簫之遇綵鸞或依蕉綠層臺之
曲有若蕭史之偕弄玉皎皎兮其若飛瓊褭褭兮其
若淩成綽約兮其若神人之處姑射瀉泊兮其若素
娥之居廣庭或踈或密或信或屈叢者如隱擢者如
出千姿萬態狀莫能悉繇此特奪其形似之末而未
究其理趣之寔也是故冰玉其質水月其神挾梅兄
与馨弟接蘭桂之芳隣宜紉佩於君子亦結縞於幽

卷廿七　九

人臭不奪於蕕香不染於薰操靡摧於霜雪氣超軼乎埃氛懷清芬而弗眩兮乃獨全其天真非夫至德之士上罷之人孰爲比擬而与之倫哉亂曰清兮直兮貞以白兮發采揚馨含芳澤兮仙人之姿君子之德兮

水仙花有单葉千葉者

紅薔薇　陸龜蒙

倚墻當戶自横陳致得貧家似不貧外布芳菲雖笑日中含芒刺欲傷人清香往〻生逢吹狂蔓看〻及四隣遇有客來堪玩處一端晴綺(晚)烟新

和　　　　　　　　　　　　　　　　皮日休

誰繡連延滿戶陳暫因遮得陸郎貧紅芳掩斂將迷蝶翠蔓飄颻欲挂人低拂地時如墮馬高臨墻處似窺隣祇應是董雙成　剪得神霞寸寸新

薔薇紅白襍色多生水邊別有金沙寶相刺紅紫玫瑰金樓子佛見笑皆其類也又一種黄薔薇格韻尤高

木香　　　　　　　　　　　　　　項彥同

天遣司花寶笈開斂綃散剪碧雲堆勞根移自蚕叢遠薰釀曾隨鳳詔來秪恐飄風撼新竹却驚殘雪觸

蒼苔水仙欲逞幽香壓山谷似無詮品才

木香細朶垂條匝地有黄白二種黄香淡而白濃

窗前木芙蓉　范成大

辛苦孤花破小寒花心應似客心酸更凴青女留連得未作愁紅怨緑看、

携家石湖賞拒霜　前人

水上晴雲綵蝀横許多蜂蝶趁船行漁樵引入新花塢兒女扶登小錦城艷粉發粧朝日麗濕紅浮影晚波清誰知摇落霜林畔一段韶光畫不成

九日無菊賞芙蓉　沈周

夫容九日爛尊前籬脚黄花苦未錢素謂及時畨落後本開遲者却當先紅粧風露秋無價白髮年光醉有緣今許滿頭還亂插齊山笑口不須偏

芙蓉紅白二種生多傍水陸者為木芙容一名拒霜

瑞香花　范成大

萬粒叢芳破雪殘曲房深院閉春寒紫紫青青雲錦被百疊薰籠晚不翻酒悪休拈花蕊嗅花氣醉人濃勝酒大將香供惱幽禅恰在蘭枯梅落後

瑞香花紫色而細一叢千朶生葉之中香極穠馥

次王正之提刑韻謝袁起巖知府送茉莉二
首　范成大一

千里移根自海隅風飄破浪走天吳散花忽到毗耶
室似欲横机試病夫

燕寢香中暑氣清更煩雲鬟插瓊英明粧暗麝俱傾
國莫与馨仙品弟兄

再賦二首

薰蒸沉水意微茫全樹飛來爛熳香休向寒鴉看日
景秪今飛燕侍昭陽

憶曾把酒泛湘灘茉莉毬邊擘荔枝一笑相逢雙玉

樹花香如夢鬟如絲

茉莉海南來者花香而白今吳中家〻有之

次韵袁起岩郡治雙蓮圖　前人

珠洞玉水折方圓湧出雙蓮照酒邊壓倒小湖三級草增光後沼兩重蓮苕華名字元相並桃葉根枝本自連好把吳歈翻楚些陽阿新曲勝當年洞庭小湖寺旧冩瑞像有草遶之報草湖中生三級紅蓮皮日休有木蘭后池重臺蓮云兩重元是一重心皆吳中瑞故事而未有雙蓮之傳也

再賦郡治雙蓮三絶　前人

館娃魂散碧雲沉化作雙葩寄恨深千載不償連理

怨一枝空有合歡心

池光闌檻倚斜暉把酒看花醉不睞但許夗央相對浴休驚翡翠一雙飛

兩歧秀罷已蒿萊春意還從菡萏来不是使君和氣勝此花應向別人開

小松　　　　陸龜蒙

擢秀逋客岩遺根飛鳥徑因求飾清閱遂得辭危夐貞同栢有心立石珠無脛枝形短未怪鬣數差難定況密三天風方遵四時柄那興培塿嘆免荅隣里病微霜靜可分片月疎堪映奇當虎頭筆韻叶通明性

會拂陽烏胸掄材膺帝命名山記云松有兩鬣三鬣七鬣言如馬鬣形也立粒者非

又　皮日休

婆娑只三尺移来白雲徑亭亭向空意已解凌虛負
葉健似虬鬚枝脆如鶴脛清陰猶未成紺縷空不定
陰圓小芝蓋鱗澁修荷柄先愁彼䳇搶頂恐遭蝸病
結根幸得地且免離離映磥砢不難遇在保晚成性
一日造明堂爲君常畢命

栝子松俗名剔牙松雖産他郡而吳中爲多故家
有踰百年者或盤結盆盎尤奇可沉子而生又有

檜樹亦可盤結　二種僅可供庭除之玩耳

小桂　　皮日休

一子落天上生此青辟枝歘從山之幽斸斷雲根移勁挺隱圭質盤珊是油姿葉彩碧髓融花狀白毫毿棱層立翠節偃蹇樛青螭影瞻雪霽後香泛風和時吾祖在月窟孤貞能見怡顛老君子地不敢辭喧卑

和　　陸龜蒙

諷賦輕入植擅名方一枝才高不滿意更自寒山移宛宛別雲態蒼蒼出塵姿烟歸助華杪雪點迎芳蕤青條坐可結白日如奔螭諒無劉音鶯翦憂即是蕭森

時洛浦雖有騷人聊自怡終為濟川楫豈在論高卑

岩桂　范成大

風簾疏爽月徘徊悵望人家把酒杯病着幽窓知幾日瓶花兩見木犀開

越城芳徑手親栽紅淺深黃次第開不用小山招隱賦身如強健日千迴

一株蕭索倚宣華東苑香風屬內家丹碧層層銀燭照平生奇絶象山花少城園中有一株建康東御園有亦不多四明丹桂特奇州宅所種尤茂蔚嘗与䙡丞相飲其下

詠庭前桂　　沈周

庭前有芳桂聳立自孤生時當風露凄頗發黄金榮
翹處群植間悠悠揚德馨衆纖豈不忌氣稟莫相能
桂与木犀當是二種今吴中不有桂

小竹　　皮日休

笠澤多異竹移之植後楹一架三百本緑沉森冥冥
圓緊珊瑚節欹斜翡翠翎儼若青帝仗矗如紫姑屏
摵摵微風度漠漠輕靄生如神語鈞天如樂奏洞庭
一甑九藏冷再聞百骸醒有根可以執有蕧音福竹譜云竹寔也可以馨頗稟君子操不敢先凋零

和　陸龜蒙

別塢破苔蘚嚴城樹軒楹恭聞稟璇璣化質離青冥竹璇璣玉精受氣於玄軒之宿色可定鷄脛寔可招鳳翎立窺五嶺秀坐對三都屏晴月窈窕入曙烟霏微生昔者尚借宅况來處賓筵金罍縱傾倒碧露還鮮醒若非抱苦節何以偶惟馨徐觀稚龍出更賦錦苞零

食楊梅　薛章憲

南村諸楊傳自古人道下山勝聚塢吳船已倫宿舂粮盡說道遠且多虎闠闠城中十日留拾得二南東道主鶻鴣饒古管陰晴意在布谷宜甘雨物無兩便

可柰何恶見紛紛委泥土荷擔入市走歷碌憔悴滿筐多呰窳終朝傴僂手自掇尚與孩十可得五猶勝屋家不出門日日擔頭俱莽鹵醉後還求茗醉君繫船門外垂楊浦主人好事持足陌走使山中懸重估倏見堆盤置我前出自望外喜欲舞屬国還憐得乳瓶詩人肯信無童。毅省頻不及閔仲叔刻畫從人笑傖父

初食楊梅　楊循吉

楊梅本是我家果歸來相對嘆先作往來南北將十年久不食汝已忘却憶從年小在吳中食以成傷難

[illegible]蘖年年端午即有之街頭賣新先附郭初閙生酸
帶青色次見嫩從枝上落吳儂好奇不論錢一味絳
連須倒槖生時薰蒸喜烈日所怕狂風陰雨雲有紅
有白紫者佳大如彈丸圓可握生芒刺口易破碎到
牙甘露先流，咢王船奉貢晝夜走數枚出賜惟臺閣
其餘官小那得頒說着江南懷頗惡吳人益蜜百計
收不知本味終枯涸肉存液去但有名奪以酸鹹無
可嚼我今到家又遇夏正是高林雨方濯瀾盤新摘
恣狂啖十指染丹如齒着細思口食亦小事其來乃
以微官慱使予不有故山睞安得香蘚列班錯人生

百歲在遂意恣口勞勞何足樂

薰楊梅　沈周

摘落高林帶雨枝碧烱蒸處紫纍纍肉都不走丸微溲津畧加乾味轉滋烏口奪生鮮恐爛能晴藏熟久還宜珍飡食品作楊家腊報寄須當費我辭

楊梅吳中名品不減閩之荔枝出光福山銅坑苐一聚隝次之人家以此薰之薦客尤妙

枇杷賦　薛章憲

皇有嘉寔貽於畐媼剛勁冰挺堅貞內抱寔玉顆兮彈丸葉金刀兮剛邪尔其舒花耀日顛擢凌霜褫素

縞被黃裳剖錐胥截鴉肪脊雕狙俏玉觴摶瑀露咀璚漿廼道傍之苦李失台南之甘棠故夫千百綴枝十五並蒂縈縈水蒼絫絫火齊歟有王孫兮朶頤而諦窺烏有公子兮駭目而增逝酢失綠橙甘兮丹荔皓齒咀兮犀欲動纖手剝兮蟬自蛻若夫洞材抱恨子京獨嘆〔木〕冰晶熒兮溶煥蕨霜璀錯兮流寒珊瑚木難兮槎牙而丽縐夜光明月兮錯落而走盤既乃移根上林投種下土琅玕周庐翡翠當户列亞夫之棨戟植寄奴之葆羽巴橘亭論功蒟奚取沾雨露以濡汏凌雪霜而經度若夫壯丹朝酣海棠夜睡卿雲旌

旂以零亂緋霞紛紜而剪製倏忽殞穫須臾淪替借兒女之戲玩發壯夫之深喟豈若遊龍夭矯修蛇修詰曲四時不凋凜貞松之操一朝而盡笑柔桑之莌匪光榮易歇而德爲二三蓋深固難遷而志則專一樛枝婆娑聳幹鱗兀律謝春紅之灼灼含晚翠之蔚蔚著歟

枇杷出洞庭山初接則核小再接無核

摘櫻桃賦　　薛章憲

蔚含桃之嘉樹兮藹弥望而不極青葱幄兮翠綃冪之青兮水之碧粲含桃之甘冥兮紛磊砢而潦漯紫

璚膏兮青玉蒂日光珠兮火色貝烱絫〻兮丹更圓
煥離〻兮蠟作丸素手擘兮銀絲蘢兮丹膏映兮赤
瑛盤鳳之啄兮絳寔破鷺之含兮紅豆殘翠鈎筐兮
野人玻瓈盌兮太官措大異耳富媼同爲妻大順兮
樂復樂訊夫君兮然復然

菱　唐東岫、

交遊萍荇似菰蒲懷玉藏珍類隱儒葉底只同頭角
露此生不得老江湖

菱王氏武陵記云兩角曰菱三角四角曰芰其葉
似荇白花赤寔其花晝合宵炕（開）隨月轉移猶葵之

卷廿七　廿八

向日旧説鏡謂之菱花以其面平光影所成又有紅白二種白者如餛飩菱惟長洲一種出須邑墓特大而美謂之須窰蕩崑山一種如須窰蕩而味畧减謂之婁縣菱今訛為留遠

芡實　楊萬里

江妃有訣煮珍珠菰飯牛酥軟不如手擘鷄腮金五色盤傾驪頷排千餘夜光明月供朝嚼水府靈宮恐夕虛好与藍田餐玉法餘編辟穀赤松書

芡葉似荷而大俗名鷄頭狀類鷄首也出吴江者殼軟色緑味腴出長洲車坊者色黄有梗糯之分

蓴菜　前人

鮫人直下白龍潭，剖得龍宮滑碧鬚。曉起相傳槃珠闋，夜來失却水晶簾。一杯淡煑宜醒酒，千里何須更下塩。可是士衡殺風景，却將粘膩比清纖。

又　高啟

紫絲浮半滑波上　秋風憶共香蒓莕吴江葉艇中

同　韓奕

采蓴春浦作羹膏玉滑絲柔帶露香却笑張翰未知味秋風起後却思鄉

蓴采出吴江味甘滑四月生葉似凫葵莖如釵股

短長隨水淺名爲絲蓴即張翰所思者

茭白　許景迂

翠葉森森劍有稜柔條鬆甚比輕冰江湖若借秋風便好与蓴鱸伴李膺

茭白即菰也八九月閒生水中味美可啖中心生薹如小兒臂名茭手或名茭首以根爲首也各縣有之惟吳縣梅灣村一種四月生名呂公茭茭中生米可作飯即菰米飯也然今未有作飯者

芹　高啟

飯煑憶青泥羹炊思碧澗無路獻君門對案成三嘆

芫生春澤中潔白有節其氣芬芳

鱸魚　蘇軾

金橙縱使里人知不見鱸魚價自低須是松江煙雨裡小船燒薤搗香虀

又　楊萬里

鱸出鱸鄉蘆葉前垂虹亭上不論錢買來玉尺如何短鑄出銀梭直是圓白質黑章三四點細鱗巨口一雙鮮秋風想見真風味衹是春風已迥然

鱸魚即四腮鱸出吳江長橋南者味美肉緊纔而爲膾經日不變出橋北者三腮味鹹肉慢隋煬帝

謂金鼇玉膾東南佳味也

鯉魚　張雨

桃花鱖魚不常有蓴菜鯽魚浪得名試吃江南鯉魚尾侯家無此一杯羹乚

鯇魚諸魚中惟鯉最壽且大吳人謂其小者曰鯉花

河肫魚　梅聖俞

春洲生荻芽春岸飛楊花河肫當是時貴不數魚蝦其狀已可怪其毒亦莫加忿腹若封豕怒目如吳蛙庖煎苟失所入喉爲莫邪若此喪軀体何須資齒牙

持問南方人黨護復矜誇皆言美無度誰謂死如麻
我語不能屈自思空咄嗟退之來潮陽始憚食龍蛇
子厚居柳州而甘食蝦蟆二物雖可憎性命無舛差
斯味曾不比中藏禍無涯甚美惡不[亦]称此言誠可嘉

河豚歎　范成大

鯸生藜莧腸食事一飽足腥腐色所難況乃衷酖毒
膨亨強名魚殺氣孕惨黷既非養生具宜謝砧几酷
吳儂真差事網索不遺育捐生决下筯縮手汗童僕
朝来里中子饌吻不待熟濃睡喚不譍已落新鬼録
百年三寸咽水陸富敎斅一物不登俎未負將軍腹

爲口忌計身饕死何足哭作俑者誰歟至今走末俗或云先王意除惡如藝殺逆梟与毒獍歲〻參幣玉芟夷入脊羞盍欲殲種族死生有定數短命烏可續遭丁是時者未易一理局黿黽公子怒羊羮華元亟異味古所珍無事若畏縮駢頭証此語戒諭秖取瀆聾盲死不悟明智諒已燭

河豚魚有毒烹調失宜能殺人吳人甚珍之謂其腸爲西施乳

蟹志　陸龜蒙

蟹水族之微者其爲虫者有藉見於礼經載於國語

揚雄太玄辭晉春秋勸學等篇考於易象爲介類与黽与鱉剛其外者皆乾之屬也周公所謂旁行者欤彖於藥録食疏蔓延乎小説其智則未聞也惟左氏紀其爲災子雲訊其躁以爲郭索後蚓而已蟹始窟穴於沮洳中秋冬交必大出江東人云稻之登也率執一穗以朝其魁然後從其所之早夜觱沸指江而奔漁者緯蕭承其流而障之曰蟹斷（鍛）斷（短）其江之道焉尔然後扳援越軼遯而去者十六七既入於江則形質寖大於旧自江復趨於海如江之狀漁者又斷而求之其越軼遯去者又加多焉既入於海形質益

大海人亦異其称謂矣嗚呼執穗而朝其魁不近於義耶捨沮洳而之江海自微而務者不近於智邪今之學者始得百家小說而不知孟軻荀揚氏之道或知之又不汲汲於聖人之言求大中之要何也百家小說沮洳也孟軻荀揚氏聖人之瀆也六籍者聖人之海也苟不捨沮洳而求瀆由瀆以至於海是人之智反出於水虫下能不悲夫吾是以志蟹

蠏寄陸魯望 皮日休

紺甲青筐染菼衣島夷初寄北人時離居定有石帆覺失律惟應海月知族類分明連鎖結形容好箇似

鎖結未詳

蟛蜞病中無用渡螯處寄与夫君持手持左

和　　陸龜蒙

藥杯應阻蟹螯香却乞江邊採捕郎自是揚雄知郭索且非何胤敢餦餭骨青猶似含春靄沫白還疑帶海霜獨作南朝風雅客夜來偷醉早梅傍

謝客惠吳蟹　　宋祁

秋水江南紫蟹生寄來千里佐吳羹楚人故使東亩甲齊客何妨死顱烹下筯未休貧快嚼持螯有味散朝酲定知不作蟛蜞悞曾厠西都博士名

謝吳正仲遺蟹　　梅堯臣

卷廿七　廿三

年年收稻買江蟹，二月得從何處來。滿腹紅膏肥似髓，貯盤青殼大於杯。定知有口能噓沫，休信無腸便畏雷。幸与陸机還往熟，每分吳味不嫌猜。

寄賈耘老　沈偕

黄秔稻熟墜西風，肥入江南十月雄。横跪蹣跚鉗齒白，圓臍吸脇斗膏紅。蘸須園老香研柚，羹藉庖娘細擘蔥。分寄横塘溪上客，持螯莫放酒杯空。

同　高似孫

天雨洞庭霜，寒驅蟹力忙。全然空俗味，只是作詩香。酒已方纔熟，橙猶未肯黄。讓渠茶灶火，和月煮滄浪。

蟹凡數種出太湖大而色黄殼軟曰湖蟹冬月益肥美謂之十月雄出吳江汾湖者曰紫須蟹出昆山蔚洲者曰蔚遲蟹又江蟹黄蟹皆出諸品下吳中以稻秋蟹食既足腹芒朝江爲衆蠏采捕於江浦間承峻流緯蕭以障之名曰蟹斷

蛤蜊　梅堯臣

紫緑常爲海錯珍吳鄉傳入楚鄉新尊前已奪霜螯味當日尊羹狂對人

蛤蜊産於海口紫緑者佳

蟶　沈周

海户求仙食瑱筐管族繁枤泥深詣窟緣殼暗尋門
擿玉容生摘凝酥怯過熘着薑相打合漬酒与温存
角聳蛮娃髻纑纏抸婦魂味饕人口腹蓄絫尔兒孫
比類憐吹呴含津憶吐吞庭霜委故蜕泓雨没虛痕
稃爽山杯後休將蠣蛤論

蟶出海邊似蜆而長

龔美以魚箋見寄因謝成篇　陸龜蒙

擣成霜粒細鱗鱗知作愁吟幸見分向日乍驚新到
色臨風時擗白蘋文（魚子曰白蘋）好將花下承金粉堪送
天邊咏碧雲見倚小窗親襞染画圖春色寄夫君

奉酬見答魚牋之什　皮日休

輕如隱起膩如飴除却鮫工解製稀欲寫恐成河伯詔試裁疑是水仙衣毫端白獺脂猶濕指下冰蚕子欲飛若用莫將閒處去好題春思寄江妃

砑花牋　李衡

三月江南花滿枝風輕簾幙燕初飛遊人休惜夜來燭楊柳陰濃春正踈

其二

崔嵬霜幹欲凌雲俯映寒梢數尺春須信蒼然明信老坐中客有散花人

牋唐有魚子箋宋顏方叔嘗創製諸色箋有杏紅露桃紅天水碧俱砑花竹鱗羽山林人物精妙如画亦有金縷五色描成者士夫甚珍之范成大云蜀中粉箋正用吳法元有春膏水玉二箋皺色尤奇又以觀紙見蠋色兩面光瑩多為大藏經傳流於世故有宋箋元牋之称近年所造者幅小於昔雖便用而無古法

萬眼羅　范成大

龍綜縲水繝魚文綾玉英雨絲風外颺雲縷日邊明疊暈重重見久光面面呈不深閑裡趣爭識箇中情

琉璃球　　　　　　　　　前人

弱國千絲結輊球萬錦裝彩雲籠月魄寶氣繞星芒

檀點紅嬌小梅粧粉細香等閑三夕消費一年忙

又

鏤冰影裡百千光翦綵球中一萬窓不是齊人誇管

仲吳中風物竟難雙

老人燈　　　　　　　　華幼武

燁燁衣衫勝後生青藜入市賀昇平掃除白髮三十

丈透徹丹心一點明側耳坐欲疑有聽凝眸珠翠獨

無情時人莫道風中燭南極星辰自有名、

卷廿七　　　　芸

走馬灯 周庚

何人刻紙作遊龍尾似流星耳逐風皎皎練光馳隙過欻欻逸景過群空溝分楚漢驚圍突陣接燕齊許火紅一躍便當三萬里不知局促在環中

鬭鷄燈 吴寬

坐上初看吐綬紅夜深童子忽開籠羽毛爭詡分明處烽火都踈踴躍中句到孟韓猶覺晦力如劉項慢爭雄獨持一炬當尊俎輸与朱翁善折衝

走馬燈 前人

鉄騎交馳映落暉長戈應藉魯陽揮真成烽火連三

月早築金城已四圍矢石報沉堅莫破旌旂影轉疾如飛伯仁一炬非相戲信落兵家第二機

燈往時最多范成大詩有琉璃球萬眼羅二燈為奇絶他如荷花梔子葡萄鹿犬走馬之狀及擲空有球燈滚地有球灯又有魚魫鐵絲及麦稭為之者一種名栅子灯在魚行橋盛氏造今不傳耶雲南所謂綠絲灯也近有作羊角灯

酒府五絶　　白居易

变法

自慚到府來周歳惠愛威稜一事無惟是改張官酒

法漸從濁水作醍醐

招客

日午微風且暮寒春風冷峭雪乾殘碧毡帳下紅炉畔試爲來嘗一盞看

辨味

甘露太甜非正味醴泉雖潔不芳馨杯中此物何人別柔旨之中有典刑

自勸

憶自飢貧應舉年脫衣典酒曲江邊十千一斗猶賒飲何況官供不着錢

諭妓

燭淚夜粘桃葉袖酒痕香汗石榴裙莫辭辛苦供歡
笑老後思量悔殺君

看壓新醅寄懷襲美　陸龜蒙

曉壓糟床漸有声旋如荒澗野泉清身前古態燻應
出世上愁痕滴合平飲啄斷年同鶴儉風波終日看
人争尊前若使常能渌兩綬通侯總強名

和　皮日休

一甕松花細有声旋將渠盌撇寒清秦吳只恐篘来
近劉項真能釀得平酒德有神多客頌醉鄉無貨没

人争五湖烟水郎山月合向尊前問底名

謝姑蘇學士寄木蘭堂官醞　梅堯臣

公田五十畝種秫秋未成杯中無濁酒案上惟丹經忽有洞庭客美傳烏与程言盛木蘭露釀作甕間清木蘭香未歇玉盎貯華英正值菊初折便来花下傾一飲為君醉誰能解吾酲吾酲已不解百日毛骨輕

洞庭春色　蘇軾

二年洞庭秋香霧長噀手今年洞庭春玉色疑非酒○賢王文字飲醉筆蛟龍走既醉念君醒遠餉為我壽缾開香浮座盞凸光照牖方傾安仁醽莫遣公遠嗅

此條移入談藪一條

要當立名字未用問升斗應呼鉤詩鉤亦號掃愁箒君知葡萄惡止是嫫母醜須君灩海杯澆我談天口

「酒」唐有五酘酒宗有木蘭堂洞庭春今其法不傳惟煮酒以臘月釀貯小瓶旋賣名生酒蒸過泥封爲煮酒可以經歲或入木香荳蔻金橘諸品則各以其類名之香冽超勝轉販四方謂蘇州酒別有白酒名秋露白蓮花白社茅柴

茶塢　皮日休

閒尋堯氏山遂入深深塢種荈已成園栽葭寧記畝石窪泉似掬岩隙雲如縷好是夏初時白花滿烟雨

卷廿七　廿九

和　陸龜蒙

茗池曲隈回野竹多繚繞向陽就中密背澗差還少
逶盤雲髻慢亂簇香篝小何處好幽期滿岩春露曉

煮茶　皮日休

香泉一合乳煎作連珠沸時看蟹目濺乍見魚鱗起
聲疑帶松雨餑恐生烟翠尚把瀝中山必無千日醉

和　陸龜蒙

閑來松間坐看煮松上雪時於浪花裡併下藍英末
傾餘精爽健忽似氛埃滅不合別觀書但宜窺玉札

茶出吳縣西山穀雨前采焙極細者販於市爭先

騰價以雨前為貴也昔洞庭山茶嘗入貢水月院

茶載經續記

松花餅　　張雨

怪来粔籹作鵝黃渾是蒼髯九粒香甜味中邊唯食蜜苦心早晚待休粮仙人騏驥由有取道士葛陽遠寄將箋比紅綾春餘巧蟲牙根底嚼糖霜

松花餅春夏之交山人取松花調蜜作餅頗為佳勝僧家尤貴之

油堆　　吴寬

膩滑津津色未乾聊因佳節助杯盤画圖莫使依寒

其書信何勞送月團曾見范公登襍記獨逢吳客勸
加餐當筵一嚼誇甘美大老無成憶胆丸
油堆用粉下酵裹糖製如餅煎食之堆一作餡

圓子　前人

淨淘細碾玉霏霏萬顆完成素手稀鬢上輊圓真易
拂腹中磊磈便堪圖不勞劉裕呼方旋若使陳　食
貝肥既飽有人頻咳嗽席間佳佳落珠璣
圓子撚粉為丸范成大詩撚粉團圓憶二品俱為
元宵節物

徭役

承受寺院事件自熙寧行保甲罷耆户長壯丁而法始变至元祐復耆户長壯丁猶以保甲而法大变及紹聖而後以耆户長壯丁錢盡隸公上而法盡变民避役如避敓奔去盡然端平既正經界而按籍選差於是同數都義役之旧一以乾道詔書從事排年位役率田供費條畫列之規約宸旨丁寧一一具載之曾未二十年更革幾無復移而受害者大抵如故今撫義役省劄著之據平江府狀據常熟縣知縣王議申窮惟賦役二事關於民生利害最大本縣户版厖亂奸吏縱横官督虚籍之賦民苦破家之役追惟

卷廿七　三

其弊不必復言當職自初到官亟圖所以救之修復經界整比版籍民按寔產受常賦貧富大小率就明寔偽不及時團結義役則作偽詭寄以自利尚氣者紛糾前功盡廢抑恐後患滋多乃分委鄉官勸率役產參合都分主客之勢斟酌地理寬窄之宜量役費之輕重准助田之多寡經始於端平丙申四月竣事於嘉熙丁酉五月繕寫成帙申府僉印發下冰其間更有數條事體稍重關於義役修廢乞從本府備省朝札下本縣遵守併札提舉常平使司會施行一本縣九鄉五十都義役田地共五萬五百二十畝一角

五十八步五尺五寸歲收租米麦共二萬四千九百九十八石六斗四升一合一勺已隨都分大小糾撥与保正長聽其任便收支以助役費有餘不足官司更不復干預其田並係常平物業不許公私典賣亦不許移易轉換違者按法坐罪其助田之家將來富者不加增貧者不許收入仕而免者不給還一諸都旧亦各有役田止緣役首揜取田租或献納本縣杈帳庫或献納常平司旋即冒名侵佃官司苟目前之徵利不暇為赤子深謀庸錢不除役費日重在杈帳庫者二百餘畝在常平司者見議申乞所有今来見

管義田日後竝不許奸民獻納官司亦不當收受一保正長向來充役之費最爲浩輸保長既爲産去税存逃亡户絶等户代納税租保正者亦抑之催科例行陪納其他色目尤多如保正則有科供竹木科取蔬果科買糟酒節序灯油接官罷其檢屍定　之費保長則有着役名保請結虚限出豁簿書　夕冬至二節供送吏胥之費加以上落牌頭關拆司苗税按誅求無藝已一切禁戢蠲免具申本府及諸司永与蠲除後如吏胥更有纖毫科擾即仰役人与机察科舉衆户經縣及經上司理訴一令將各都新排經界

田籍備録二本印押交付機察謹密收藏每遇人户典賣田産並許具狀經縣陳乞差下机察仰置簿打號發下保正役主內係起催夏稅以後入狀者即責付新苗保長內係新催秋苗以後即責付新除保長令取責契照及兩家砧基點對保明類申机察類申本縣送鄉憂局參對官籍移割其詭名寄産者繳回元狀嘉熙元年八月二日奉 聖旨王倫修復經界義役職事修奉与轉一官並下浙西提舉司平江府常熟縣永遠遵行

宋　職田則例

給与文武官養廉地民佃起粮上自八斗七升下至六斗

卷廿七　三三

三合三勺

宋咸平二年復唐制吏得職田供祭祀六縣通管六萬六百八十畝有奇租一萬八千二百石有奇知軍府事八百六十石有通判軍府事句僉判句教授句節推添差節推句察推句知録句司理司法司戶監粮科院監糴納倉監都稅監在城稅務監贍軍庫監都酒務監比較務句排岸巡司轄司句總管句路鈐添差路鈐句路分添差路分東南第三正將句南一廂官南二廂官北一廂官北二廂官常平司提幹茶鹽司提幹文臣支鹽官武臣支鹽官黃姚押袋官江

灣押袋官監黄姚鹽場監江灣鹽場監南蹌鹽場各有差知縣事三百石知長洲縣事三百六十石知崑山縣事四百四十石知常熟縣事六百八十石知吳江縣事三百八十石知嘉定縣事一百五十石各有奇縣丞主簿尉及巡塘官　巡檢　句　監酒務監稅務以下各有差元則平江路達魯花赤總管各一員每負田八頃同知治中府判推官經歷知事提控案牘照磨承發架閣蒙古教授兩医學教授録事司達魯花赤縣尹録事　句　録判各有差吳縣長洲二縣達魯花赤縣尹每負職田二頃縣丞縣尉典史巡檢各

卷廿七　畐

有差崐山常熟吴江嘉定四州達魯花赤知州每員職田四頃同知州判提控案牘都目各有差海道都漕運萬戶府達魯花赤正萬戶副萬戶經歷知事照磨檢校通事驛史鎮撫千達魯花赤正千戶副千戶止有禄米無田　國初蘇州衛太倉衛指揮僉事亦有撥賜田歲收米一百六十石今無

寛恤税粮詔旨

洪武四年中書省宣使張彬賷　詔開讀免過秋粮二百四十二萬六千八百石有奇六年八月奉旨今年三四月間蘇州各縣小民缺食曽教府縣鄉

里接濟我想那小百姓好生〻受原借的粮米不須還官都免了七年中書省劄付奉　旨說知蘓州松江嘉興三府百姓每好生缺食生受今年夏稅合納的絲綿錢麥等物盡行蠲免恁省家便出榜去教百姓知道有司粮長毋得科擾

按洪武初官田重額止於七斗三升而今民間乃有一石三斗一石六斗或二石者盖莫知其所始豈所謂抄沒官田者乎固非定則也且洪武中止耗不過二百一十四萬然猶屢下寬貸之詔

均徭

卷廿七　三五

巡撫都御史崔恭劄付據長洲縣老人呈先蒙巡撫
侍郎周公忱蘇松稅粮繁重百姓艱難深惟民情均
其徭役將鄉都通縣排年里長編成一應差役每名
出銀一兩輪當一年歇息二年酌量輕重多寡朋合
造冊在官猶如車輪而轉吏無那移之弊民得輕鮮
易完至今民有去思之念後蒙本府知府汪滸編作
上中下九則之法上戶重役中戶中役下戶輕役然
其中以病民者有四九万人戶付在吏胥之手年月
無拘名數不定難以稽攷易生奸弊一也數年之內
消長難期二也年直部類兵正副出銀一十二兩尚有

往迴使用不計中等之家卒難收集三也今本縣以從九則之冊點選户役其豐盈庫子併各倉斗級俱應於九則冊内點選今又著里長保選非惟重疊錯亂抑且奸弊復生假如本區人户王葦閔里長保啟定人户納花紅價銀二兩九錢則冊内點出貼隸兵銀四兩上下難以相照重役多端者四也如蒙乞照侍郎周公所立良法及吊本縣原造文冊詳看仍旧施行參照所呈有理合行劄付本府轉屬從公查勘計議停當開立前件定奪施行乚

馬頭利病呈稿

卷廿七

成化十四年巡按劉愳問及馬頭利病有吳縣二十八都耆民陸伯良具呈竊思洪武年間原是北方土民買馬當夫後　太宗文皇帝憫土民買馬艱難故此　聖旨暫借南方百姓買馬當着過三年仍着土民買馬替他回來欽此至今百有餘載因循不曾改正又南方百姓不習水土不諳馬性多是雇倩土民養馬既費庸直身又不得歸農況又不才驛官串同南北馬頭故將馬匹空餓倒死以規買之利以致市鬻女兒破蕩家產莫若照依　欽旨事理仍着土民養馬當夫止令南方百姓買辦馬價鋪陳等件不拘

馬匹高下例以三年五年爲限如馬過期不死亦是
本驛官吏畜馬有方即以其價賕之如不及期亦是
本驛官吏人等不行用心或捏病死之故必先期給
与事辭既定則土民自然用心養馬無妄捏倒死之
弊南方百姓亦情願辦直以免着役當差之苦南北
皆便又聞前巡撫侍郎周忱設法前項馬價舖陳已
於秋粮中科取謂之義役米後官府於秋粮中既徵
義役米又取辦馬價定爲重復亦望查考旧案仍於
義役米中或積出餘米內取辦尤爲便益等因未得
施行

楊侯清理賦記　周倫

國賦莫要於田均賦莫善於井〻田之法廢也久矣而國之用日殷征斂之法撗爲溢出雖田之名棼然襍揉重者曰官田輕者曰民田賦則重輕頓相倍蓰近世仍之未之裁酌遂爲成法務在取盈以足常賦不均之嘆溢於道路莫之能告也然賦莫重於蘇松崑山又蘇松之重者民勿能勝弊源益滂宣德閒周文襄公忱受命董其事而撫綏之凡田區以頃畆〻

以傾圩々以字拆號以數徧賦以則定其冊曰流水圖曰魚鱗以序姓氏以正封洫於是田有定數賦有常額其間肥瘠高下之等未遑創議歲久籍殘胥徒倚奸規利紊亂甲乙飛詭宕懸滅若倒瀾會計不足則加賦於民羡積之餘則歸諸私橐遂使純良小民賦贏而產薄產去而賦存者訟牘蝟興直案山積監司安其常守令制於分豪強汏利訾議沮撓欲清滌而一新之難矣同安揚侯逢春尹崐之明年洞惻民隱核之父老告之明神力主清查之議毅然任之靡所傾忌今邑民陳表以供役道晝夜自厲蒐輯故圖

藉稽之故額索弊端而比之法其自首者聽發匿伏之奸釐減增之弊一圖籍可憑燦若指掌巧者靡容其喙拙者獲享其成計其清出之數得米二千九百石有奇雖不能盡復文襄之旧而今日圖籍真後日之文獻也豈曰小補之哉或曰若之何而後可以均田均賦以立不刋之典曰夫田固有抗而瘠有下而瘠者亦千百中之一二也請於上責之良有司有察其瘠之甚者而酌之而薄其賦於是盡取其餘酌而均之夫疇曰不可俟今既辟夙駕在道耆民盛信輩救不可得請紀其續於石以告來者

吳都文粹續集卷二十七終

吳都文粹續集卷第二十八

長洲錢穀叔寶編集

道觀

平江府重建三清殿記　牟巘

混沌既判，惟天爲大，不可俄而度，攝遠視之，其色蒼蒼，以形體則謂之天，作善降之百祥，作不善降之百殃，以主宰則謂之帝，元始而亨亨而利貞，以性情則謂之乾，不疾而速，不行而至，以妙用則謂之神，合理爲氣，其可得而名言者如此。古者祀天雖有壇壝之制，配侑之礼，五方之名，粢盛牲玉之薦，大抵一精二純尚忠質而已非若後世為之尊號爲為之宮室爲為之冠冕衣裳爲自唐封天寶以来追尊本始加上徽称益崇以備豈非神而明之章尔靈度震動宇内俾知所嚮奉欣平江玄妙觀三清殿寔再建於淳熙丙申殿凡七楹雄傑冠浙右越八十年甲寅住持嚴守柔重覆屋又八年辛酉蔣處仁重葺周欄又三十四年為至元戊子阮籍郡秉政賜額舊觀浸頹處仁之徒嚴煥文與仁作新而爲費甚重發心緣募善誘衆施時則今左轄朱公文清与妻若子大捐金錢以相其役煥文不避寒暑致木江淮官易其梁柱以致

方圓偃值靡不堅壯圬墁陶甓靡不完密斧藻像飾靡不嚴潔始於己丑二月成於庚寅十月煥文嘗職事淳祐倫魁黄由之孫學得其奥旨恬静有守人皆皆傾住持許學祖張善淵滕伯淳皆志同慮協故所爲必成焯有可記也大德壬寅十月吴興趙孟頫謐於陵陽以年歟曰殿成十有三年矣淳熙之役逮遇三丙申殆非偶然已治石廡下願爲記成事固辭勿獲夫氣有盈虛物有成壞事有因革惟理獨不朽昭上靈〻千載一日蓋覆冒中之主宰性情中之神化也洪惟新殿有嚴典頎煥文不有其功方且夙夜

祇格用對越在天亢所為民禱禬在固有出于土木科儀瓜花香燈之外上帝溥臨降觀有恭肅敬之哉是為記

玄妙觀三門碑銘

前人

天地闔闢運乎鴻樞而乾坤為之户日月出入經乎黄道而卯酉為之門是故建設琳宫摹憲玄象外則周垣之聯屬靈星之横陳内則重闉之劃開閶闔之彷彿非崇嚴無以倫制度非巨嚴無以竦視聽惟是勾吴之邦玄妙之觀賜額改矣廣殿新矣而三門甚陋萬目所觀譬之於神觀不足一身之内強弱弗侔

非父欲觀之徒嚴煥文深念前功是究是圖時則有夫人胡氏妙能捐其簪珥給其資用爰士辰之紀歲丞先甲以庀徒曾幾何時悉更其舊翬飛丹拱簷牙高矗於層霄獸嚙銅環鋪首煇煌於朝日大庭中敞峻殿周羅可以樹羽鄣可以容鑾馭可以陟三層之壇可以通九閽之奏可以鳴千石之簴可以受百靈之翰氣象偉然始與殿稱於是吳興趙孟頫復求記於陵陽牟巘曰土木云乎哉言語云乎哉惟帝降衷惟皇建極曰人心固有與天下為公初無側破無充塞然或者舍舊而求諸遠既昧厥元欲入而閉之門

後迷所向孰謂抽關啟鑰何異摘埴索塗是未知玄之又玄户之又玄也夫始乎沖漠者造化之樞紐極乎中庸之閫蓋所謂會歸之極所衆妙之門庸作銘詩且刻樂石其詞曰

天之牖民道由大路未有出入不由于户而彼昧者他歧是騖如向墻壁如弗牖故脱扃剖鑰孰發真晤乃崇琳館乃延飈馭闢闔洞啟端倪呈露同達民迷有恭臨顧咨示羽屬一尒志慮陰闔陽闢恪守常度

蘇州府玄妙觀重建弥羅寶閣記

胡濙

正統五年𢾺八月望日兵科給事中郭璘禮部司務陳珪率道士張宗繼不遠數千里齎姑蘇道紀司都紀郭貫讓副都紀呂志清疏狀謁予南宮徵記按狀蘇州府在城玄妙觀剏自晉朝名真慶道院唐更名開元觀宋賜額天慶觀高宗御書金闕寥陽之閣揭於殿端光榮輩傀有裵衣何真人寓居其中能愈人一切諸疾靈跡顯著孝宗召赴行在眷賚甚厚人咸傾向郡守陳峴命羽士募緣增崇修建雄冠諸郡寶

祐景定間住持嚴守桑蔣處仁重加修飭施以闌楯元至元間賜天慶之號而改今名道士嚴煥文張善淵復爲修理時左轄朱文清大捐帑廪以相其役由是穹門邃廡奥殿巍閣傑出吳中元末至正間燬於兵燹迨今百有餘年殿堂廊廡漸次修建率皆完美惟弥羅宝殿工費浩繁久虛未建誠爲缺典崇繼乃募衆緣遂爲創始正統三年巡撫侍郎廬陵周公恂如郡守南昌况公伯律因歲旱率耆老命都紀郭貴謙禱於其觀遂獲甘霖二公暨闔郡吏民咸欲修墮舉廢戮力同心侍郎郡守首捐俸資以興復爲己任

吳都紀郭貫讀鳩材庀工貫讀先令化士尤玄真張養正至鎮江市木栰從揚子江踈遇大風衝散化士仰天告曰買木盖造弥羅宝閣供奉玉帝今木衝散不存斯閣莫能成就頃閒風恬浪靜忽覩玄帝見於雲端化士驚愕再拜至孟瀆河口木皆先集舉無漂遺衆咸駭嘆不勝忻感歸以白於貫讀轉白侍郎郡守罔不驚異悚敬二公為之益力今年夏厥工告成複霤重檐金碧煇煥極其壯麗威儀像設嚴奉惟謹謂不可以無紀神明顯應之靈与夫侍郎郡守作興之績用函示於久遠也予惟有虞肆上帝成周禋祀

昊天而道家者流制為寶閣虔奉玉帝寔為虞周同一尊事之禮今其閣既成而請記於予又安得不深喜樂道而奬与其能予是以為之記而不辭俾歸勸諸貞珉庶幾來者知所重崇而祇事於無窮焉

重修東嶽行宮記　黄省曾

東嶽之廟國典在泰安為專祠拱城傑殿煥甲埏海蓋自封禪告成以來宗崇久矣然而道家流以兹嶽天孫也萬物肇始知生莫之修短而陶隱居真誥著曰東鄉司命統括萬神折衝群靈者張説頌云泰山受天官之名總人靈之府皆斯旨也以是洞真之

教舘布郡縣嶽廟与之俱流雖濟南且別有行宮矣在吳郡者則建玄妙觀左觀晉之真慶道院也歷立目之正統中郡守況公詳神長民旱而作禱曰山川出雲莫大於群岳乃顧行宮嘉尌其應遂以祿資卒歆僚武造五岳樓於宮後而宮之燬鑄則成化中監察御史鄭公郡守劉公感岳夢而成之者也是時宮之羽士韓執中寔啟其緒二傳至張日新幼占宮籍迨歲玄悟之師不作張莫之風斯泯闕頹牖隕日新憪然懮惻清修齋誦以祈光拓嘉靖己丑里舊葛拥懐謙白之德慕松高之勝戾止丹居載輿科颯感其

卷廿八　六

凋廢訾言樂相創施金錢蕆募衆善羅積三載甫克首工或改或仍斟營夙夕凢宮閣前殿内寢捿廡皆材良貌嚴及附祀于宮一切神宇亦奠座飾像若庋始然冶鍾一懸爲晨夕視鼇之節玄炉若干求永厥奉始於壬辰四月十六日訖於甲午十五日諸工計三萬二千有奇皆日新与耕之勞績也葛之及管恩時同預厥事宮成乃請記於山人省曾告之曰今宮之成也惟尔能矣若知所以綿引之術乎亦惟精三一摂象先以道德爲父以太和爲友毋借仙事爲貲階毋移方門爲大宅則織腸可緑沸髓行素紫旄之

秉華旛之從玩寶之談將降於尒之庭矣豈但莊嚴而已耶日新日謹聞戒矣不敢爲岳神瀆遂書貞珉永耀來祀俾可　廻高軌而景承之焉嘉靖十三年十一月望日吳郡黄省曾撰長洲章簡甫書并篆章仕刊

重修清真觀記

俞貞木

錢塘黄孤山真士蚤歲喜道術方藥南遊閩越北上燕趙晚止蘇城燕人康德昭者抱痼疾曰藥室建清真壇奉北極玄武真君與遇醫愈疾聞真士医者多著靈驗求療治之而其疾隨愈乃捨壇以真士主之

卷廿八　七

於是募緣重剏建殿宇廣其廬舍真士嘗崇安靈宝
道士時其師滿雷鑑翁蓬自崇安來遂延之以開山
焉三十八代天師爲題其額曰清真道院仍建丹房
售藥以給伏臘計既而翁與真士皆高年終其弟子
永嘉陳君正學與其徒陶君希仁又加修葺遂以狀
聞於玄教大宗師乃移牒集賢院改今額爲觀云粵
自滿黄二師開山於元之皇慶間以甲乙住山於是
希仁求嗣道者得三人焉曰程安道曰馮本原曰楊
處静及乙巳之歲觀毁於火安道以售藥資粗創未
完丁未之歲而安道又委蛻迄今洪武庚申本原與

處仁同心協力重建大殿山門兩廡塑真君与侍從像以明年九月訖工求予為記夫老氏之學以清淨為宗其論谷神玄牝乃曰綿綿若存用之不勤則修煉之微旨存焉至抱朴子著內外之篇陶隱居注本草又皆發明藥石服食之秘然藥与道術相通修真濟人一也孤山既以医鳴而蘇城之人無遠近少長咸称黃孤山道觀之藥之神自茲以往其諸弟子相傳雖無恒產而歲積藥金有餘至本原處靜悉傾槖中所有以新其觀宇可謂善於繼述者矣噫古之列仙雖与世和光然往往泯其迹令孫山乃能傳之後

人俾守其業而本原處靜又能與復之而不墜且追繼開山之勞績念繼承之不可不任其事故又磨石刊之以示永遠是不特將以貽於後人抑亦有光於其教矣本原名寧高年清修退藏弗耀處靜名守中瑞慈守道闡教今爲道紀司副都紀云

清真觀在玄妙觀東元皇慶元年道士黄孫山賣藥吳城以所得藥貲創建武夷潘雷鑑開山初爲道院至正間始賜今額爲觀周伯琦記洪武中廢院永樂中重修

福濟觀新建祠宇記

徐有貞

蘇州之乾維有靈宇焉巘其山峙翼其翬飛傑出乎闤闠之中而超出乎埃𡏖之外者所謂福濟觀也觀之創自宋淳熙初舊名巘山道院〻有真士陸道堅者嘗与省齋王大猷設雲水齋於此感會純陽呂仙翁授以神方大猷子孫至今傳以濟生元至大間繼道堅者葉竹屋以申請得觀額竹屋後王無僞紹道安繼之所營爲嘗盛矣迨元之季　國之初府經兵燹數十年衆無能繼者風摧雨剥旁侵中隳寖以敝〻於時卧雲煉師郭君宗衡寔來主之宗衡出自王峰士族而學道冶城西山初師朝天提舉陳洞默繼

卷廿八　九

師長春真人劉洞然得清微靈寶淨明神霄諸法之傳遊歷兩京侍伺行宮久之及頒是觀額頒而嘆曰主張是綱維是而使敝敝若是前予吾者往矣後予吾者誰歟然則吾其可以但已乎乃言於郡守況侯伯律首復觀地之侵欺於旁人者用其法為人禬禳祈禜得飲助爲傾入約出鳩工庀材以漸經营中建玄天之殿為祝釐所旁作翼宇二一以祠純陽及南五祖北七真一以祠長春諸師自三門兩廡暨庫庾泡湢畢飭其法中所宜有者像設暨鍾鼓笙磬畢具又樊之樹之有池有島蔚然為城市山林宗衡乃集

其徒以言曰吾聞之吾師吾道之所寶者三慈也儉也清淨也是吾教所宜然也今吾徒從事於斯其必寶吾之清淨以養吾之真寶吾之儉以養吾之身宝吾之慈以㤗吾之人庶乎其可尔吾又聞之儒之君子民生於三事之如一是世教所宜然也今吾徒出乎家而度乎世於君親莫之致力矣將惟師事是嗣而師復迁化如致力何惟是晨而香夕而燈致精誠以慰荐吾師若吾親之靈以祝吾君之釐事庶乎其可尔且吾之觀謂之福濟吾徒將何修而可以称是名乎嘗試思之夫祝釐者蓋祈乎　天以祐乎　君

將以一人之福而敷錫乎天下以福乎億兆之人者也其所濟可謂博矣盍亦修吾清淨致吾之精誠以從事於斯乎雖然吾慮夫後之繼吾事者之或怠且怠也願從君子乎圖之遂因予伯氏以請記予謂宗衡遊方之外者也而予遊方之內者也夫道不同不相為謀予何以為宗衡謀哉然以君子之道而處其中亦惟昧夫義理何如耳彼譸張為幻者固予所弗与矣若其為言幾乎義理者亦安得不与之也邪予於是乎為宗衡記之

過福濟道觀訪煉師郭宗衡　劉　鉉

脫字

卸出龍涎向吾焚仙翁留客意殷勤紫簫声啟招黃鶴石榻光浮卧白雲晝日風雷宣帝令夜壇星斗煥兵文於今雖籠鵝在誰寫黃庭似右軍。

福濟觀在城西北隅宋淳熙間道士陸道堅建名巘天道院道堅嘗与省斡王大猷設雲水齋於此感會呂公翁授以神方大猷子孫至今傳以濟人元至大間道士葉竹屋奏賜今額元季兵燬正統中道士郭宗衡重建徐有貞記

清微道院三官閣碑　　都穆

姑蘇清微道院在郡治西宋端平中建於法師余靈

山至國朝永樂初而廢里人成普玄者募緣重建宣德丁未玄妙觀道士王嗣先主之正統丁巳嗣先益廣其地建閣五楹奉所謂三官神者逾六十有五年爲弘治辛酉閣四楹傾壞風雨莫庇院之道士王源清何惟榮募緣新之又謂斯院自端平至今歷年雖遠然未有文以紀顛末乃來請予將刻之石以示其後人予嘗攷之漢有漢中人張陵与其子衡道符書於蜀之鳴鶴山制鬼卒祭酒等號分領部衆民有疾者俾書其名及謝罪之意一上之天著山上一薶之地一沈之水謂之天地水三官至衡之子魯而其

術益盛則三官之名蓋昉於此後之道家創為土木之像飾以冠服儼然南面以為寔有其神由是閭巷細民往往趨以祈福夫道家祖陵以為天師今名此無乃背其師之說乎雖然天下之事多出於襲而其襲之之久雖有智者莫能卒變勢則然也故今為道家者亦惟謹守其傳以事焚修求無墜而已矣是閣之壞殆非一日置而不脩則無以祝　聖釐聳人望非主之者之責乎源清惟榮是舉其費頗鉅而且當盛夏之日身親其事不憚勞苦可謂有功於院者矣因不辭而為之記并系之以詩曰

姑蘇為邦多老氏宮有若清微翹然其中由宋逮今久歷年歲莫為之先後何以繼惟茲層閣穹傑洞明四檐翬飛勢凌紫雲神休是祈　聖躬是祝朱檻一凴萬象森目風摧雨剝旧觀莫還爰有真士掮什補剏煥焉聿新煌丽逾昔邦人來遊無不嘖嘖稽之道家其宗無為曰清曰微一而靡他剏茲閣者起予物表八𥦗玲瓏纖埃莫攖聖凡同歸其患勿脩人而莫昏盍媿羽流刻求斯文置閣之右厥幾後人永永其守

清微道院修三元閣募緣疏　朱存理

伏以三元高閣聳縹緲之雲炯七寶諸坊闌清徹之香火觀彼規模宏廓愛其棟宇高明居士辦心於胥犄神天着力於圖成小疏頭敢相伸意大檀越惟願發心金銀財帛之攸充木石磚瓦之既濟輪奐美予興復丹書飭亦經營遂令光彩此山門頓見神仙杳世界謹疏

元和道院重脩真武殿記　蔡羽

中吳城直府治之北巍然香火之玹四境之内奔走翼奉於祝於詛天則有旱霖歲則有豐歉時則有康虞一家一人之得失咸决於神而神荅之罔不允愜

卷廿八　十三

元和道院之係吳城大矣院故有真武殿厥初胚基維宋端平則顧道堅其人也歷若干年而刲於元又若干年則復於本朝當正統五年太守況公鍾寔新厥房住持則柴繼宗方思讓其人也思讓一再傳而得謝復清查得真咸克勵守為三官閣李王閣寔宏前規而真武殿末之及弘治間殿寔就毀垣頹尾落梁垂宇敗禹折於地鏞沉於泥風雨交蝕神衣不完狐穿禽糞人莫之省禱請之礼連年不講弟子陳洞章德真之徒也憂惧莫知所為謀於里人張用節等銜香頂誠祈搆循緣事有會興人衆相助鳩工化孤

肇於正德三年三月十五日朞年而工落真武正殿焕然爲新益以中堂二拜殿三儀門一座門欄砦除墉牖既飭完厥貌像雲霧之衣星辰之座龍宮神女咸極畫繪由是歲時禜禳祈請之日父老羽士升降有所齋宿有堂堂則輝煌室則馨香酒漿清潔神歆人欣矣抑是功洞章徵用節罔克贊厥志徵其徒若孫罔克相厥力至卓立勤苦誠意感動則皆出於洞章也正德已已洞章念施与之人与同勤苦謀立石以言於后里人崔民憲嘉之特磨石請文爲次其本末并列人氏於陰俾後之人有所攷

元和道院　　前人

秋光道院早氣雲午堂涼向竹開金芰綠桐砌碧房

種芝丹洞小放鶴碧空長不滅芭蕉綠偏凝虛室香

元和道院在府治後至正間建

跋——御書放生碑　　項公澤

臣恭惟仁宗皇帝澤潤四海仁及群生乃以景祐三年十一月己亥朔詔天下乾元節宴設量事烹炮毋得過殺物命皇乎休哉好生大德不遺微小所以壽我宗於萬年之脉者在是也於時中外之臣靖恭愷悌推廣上意若民若物涵濡闓澤於闔生之內肆惟

皇上遵守家法親洒宸翰俾誕節賜晏一遵景祐三
年詔書大哉王言上以續仁祖生生之澤下以遂萬
有生生之性臣嘗管窺蠡測竊謂聖德之妙溥博無
私仁民而愛物皆此一念充之皇上曩以訓廉謹刑
二銘董正吏治茲仁民之本原也今戒烹宰仍於所
在放生池刻石具愛物之著見乎　臣承恩試邑負
奉德音敬摹勒清真觀放生之所昭回之光焜燿百
里飛雲泳川同躋壽域臣敢不對揚休命奉行寬大
詎容徒使恩及禽獸而功不至百姓有負聖天子一
視同仁之盛心乎庸敢推明聖心并載於下方宿祐

卷廿八　圭

十年正月望日跋

昊天閣記

陳振

循縣西行一里許必折而東得道家者房曰清真觀々有閣傑出曰昊天閣嘉定四年正月知觀事馬拱辰劉道映所建也歡空爲臺三面扶闌振嘗夜醮其上月星低垂天地收籟步虛清越珮声如鏘是心油々以敬以肅閣之達頹不足妥靈僨祉欲觀爲放生池振見時閣一至小亭孤立度以浮梁乾道七年道士翟守真辛自天台睍縣家四維欠薰祟香火地始有諸官助躬經理十五六就緒淳熙初元外大父左

史李公師禹公士民狀翟公有操行廷常熟縣故道宮額牓曰清真而推翟君主之當是先君尚無恙也閱三十一年而馬君嗣又九年劉君嗣至是棟宇之制十倫八九矣而闕又其高明壯麗者噫老氏學長生不死而神仙得道之士蟬蛻埃壒影響不接於人故閭館真祠寥寥郡縣距劉用力三去而外大又以下若先君已虛廿又八人指計惟一存者獨往來達道蘇然壽宮不曰難乎振於是有感焉則又曰雖然績底於勤圯於盈志植於強肆於安劉君乎能念前人所以燾其後者乎朝修有所繙閱有經祝皇之壽

卷廿八　十六

酬施者之勲考擊鼓鍾弗渝必久若是則凢厥未成者將百日而成之况其已成者乎苟爲不然食飽而衣鮮暑簟而寒毡忘厥由來以嬉以怡若是則雖其已成者惧勿能堅且久也况其未成者乎

放生池 縣志作蔡仍作 秦約

碧水池頭秋水深芙渠萬柄翠生陰玄田種玉俱成子琪樹開花已滿林道士步虛蒼玉佩仙人吹笛水龍吟西堂風雨清無夢隅竹報聞搗藥禽

又 楊維禎

放生池上晚披襟五月涼風艸樹陰玉井水寒船作

鶼葛陂雨過杖成林淒淒並命烟車下楚楚蜿蜒夜半吟道人當晝洗研石自臨青李与來禽

又　郭翼

放生池上應五月爛熳花開坐夜長月出金盤擎露影天高玉井散妹香雲邊小淑瀛洲近鏡裡微波太液凉准擬王喬借飛舄仙遊從此恣翱翔

又　偶桓

殿閣峨峨轉夕暉放生池上客來稀應知羽士登真去獨見山童汲磵歸雲冷松巢空鶴氅雨荒丹灶長苔衣野人素有烟霞癖欲向玄關共息機

卷廿八　七

崑山縣清真觀在會仙橋東即宋放生池也乾道七年道士翟守真建真武道院淳熙元年移常熟縣清真觀廢額改置嘉定八年建昊天閣陳振記元大德間燬延祐間重建揚維禎 本朝永樂初重修

虞山招真治碑　昭明太子蕭統

夫東瀛淥水三变成田西岳靈桃千年未子尚以星起牽牛部首迨遷律生甲子氣數杳冥况復上遊玉清損之又損高排金闕玄之又玄豈言像之能詮非時鄭之所辨海虞縣者則虞豊都尉太康置其罕境

有虞山越絶書云巫咸之所出也高岩欝起帯青雲而作峰瀑水懸流襍天河而俱會吳門採藥之地楚望覗擬之歆陽及流沙之霓錦繡洑陽之禹無以喻焉其峰則有石城石門虛跪自然不度匀吳之馬神功挺起豈似岡陵之畫魏后永成夜陣推息長安慈石浴鐵暫流較跡比期優劣斯遠道士沛郡張君諱道裕字弘真漢朝天師陵十二代孫天監二年来至此岫迺十有餘載夜忽夢見聖祖云峰下之地面勢閒寂宜立觀宇可以卜居裕師審洪隱始寧四明山無何有人耳長髮短云從虞山招真治来言訖忽然

不見淄馳信報君〻曰辭山舊屋而以夢中所指降
下之地即以爲治故號招真髙臺迥立有類玉臺之
山長廊宛轉還如步廊之曲柱削芳桂豈俟開陽木
飛才選海檀無勞豫章神技黄庭司命之府有類玲
瓏朱陵赤后之觀同符弘敞遠望仲雍而髙坟蕭瑟
旁臨齊女則哀瓏蒼茫鱗尋千仞之木氣叶星晷華
飛五香之草形圖宫室帷葉綴花舒卷蹊徑陽桃候
棗榮落岩厓樹息金烏檐依銀鳥鳳將九子應吹能
歆鶴生七歲遂節成舞旭日晨臨同迎若華之色夕
陽斜影俱成拂鏡之暉玉礎微潤應山雲於髙牖鳴

籟餘响引和風於空谷方當轉氣致柔入無為之境周行不殆窮混成之致茅子奠歸輟響無已魏姬燕罷笛篤不歸何止持節变淮南之金傳符蔣北鍾之稍明月鮫龍之騎驅之使聞四銖七子之鏡引以成刀散李齊之羽起雄鳴之霧而已哉乃為銘曰

玉龟二始金書八會道浹地心功浮天外故常可小惟真能大德起同塵善生塞充物保自然人符交泰掩映緑蘿寫綦紫蓋仙治之美此焉為最雄柱千丈陽臺百丈水均下矚山逾高掌野寂雲興琴繁山响斗缸夕栖豐雷朝上元陽作石竹龍成杖書藏玉匣

藥蘊銀筒燒鉛褋鯉折桂和麪羽衣可服雲駢易通斧柯雖朽碑石無窮

虞山道觀新建覽翠樓記

楊循吉

常熟據郡北境山水咸具領其勝而可遊者無若致道觀觀有古檜七株蕭梁所植也往歲邑令計侯之宰是邦以其幽麗時至而樂焉而老氏之司存亦於此丘産先是有堂曰來雲居其右偏稍却既久而將弊矣計侯相地度勢以爲是觀所得非不饒於湖山然而入者有面墻之嘆必欲盡發厥美而致之几下盍即而樓之於是道會陳尚義進曰斯堂起林復真

歷王志玄頗常清皆以羽服司教門事而蒙寔承其汎窮謂雲之來自至和奕去是守堂不可去也請負存可予計候領爲而倡之於是尚義乃益已資乃鳩良工乃市碩材無幾何遂成樓焉又成門屋与兩廡焉落成之日候坐其下曰雲固無恙宜仍字來雲建一登覽而群山咸在右向之翳翳者皆欝然爲吾有矣遂題之曰覽翠云他日尚義以記請凡是邑之遊者必跋致道踄而不獲与峰巒接不不得謂之遊計候獨能一旦拔其勝槩俾盡彰顯不有功耶抑古之人所至必崇臺館延景物蓋其志尚清逸使然無足

卷廿八　平

恠而後去按迹而思其人亦於焉有故則斯樓固侯之峴山也欤侯名宗道郴州馬平人以解元第進士政尚簡易礼賢有文民用是不忘而尚義又克就厥績可書也正德丙寅之春訖於是年之冬又明年記乃成是時許侯已遷邵武府同知去踰年矣禮部儀制清吏司主事致仕吳城楊循吉撰

乾元宮 孫應時

塵蹢咫尺媿山林勝日追隨得共臨千里江湖堪送目一窗松竹更論心清風正尔生秋意小酌何妨到夕陰倈路踟蹰獨惆悵強須倚蹇一微吟

致道觀　王大成

極目湫無際洞然天宇寬蒼烟浮遠樹流水繞空山夜月涵丹井晨風拂紫壇山屋塵不到心与白雲閑

又　鄭昇元

撫琴泳泉石霜鶴酧清音惟有七星檜歲寒同此心

秋日登海虞致道觀　姚廣孝

琳館無塵真福地門前萬竹自青青丹成井底飛雙鶴檜老壇邊布七星鶴舞出林朝每見龍吟歸壑夜還聽我來秖為逃秋暑非是神仙問道經

七星檜　沈周

海雲七星檜宜爲群木尉列生老子宮与邑作奇觀
廣墀氣蕭森入門凜欲汗久信天地成沃知雨露潅
傳植從蕭梁其說永恐湧驗斗形巨全七既甃其半
三株寔聊存雖執歲月鼻各々具一異形容匪詞輸
西骵裂多撟豁然敞三判東骵活亦裂筋骸互續斷
北脊蜷而禿袖破舞脫脆葉亦不暇葉幹亦不暇幹
左文皮索糾孤藐項角纖搓折象齒蹺瀴决兕目爛
蹏越復叢穴散骫仍軒坼蛟擘及蜆跛努力不得竄
矛長及劍短接戟驚楚漢如此紛怪駭眴君不能按
知遭幾雷厄還屢兵火難生死付冥然造物反被玩

君子重貞固禎醜小人闌緑高坐吹簫我欲吁鵂鶹從根覓埋丹洗泉覬紅燦長生就其蔭采作婆娑伴

登昭明書臺因訪丹井　前人

遠秀目已週復騁登高足青山不嫌人所取適我欲巍巍古仙臺寂寂奠林麓七檜交雲霞靈飈散清馥崇臺礴磴道攀緣把傍竹同行玉堂彥高詠應虛谷逍遙東山風能去歛管俗中紙驚連章謬圖附一軸聊以志傾賞流傳亦何卜或恐閒邪人有酒悔無逐

寄題虞山星檜　李庭相

虞山山高靈異多山高時有仙人過簫梁羽士張道

裕飧霞辟穀開芽窩手栽七檜象北斗龍蟠虬屈交祖摩道人仙去神不滅倏忽千載纏烟蘿精神上与元氣接風雨為培兒為訶復有神丹閟古井紅光夜〻騰岩阿於戲七檜去希有山河或变紅塵走乃知仙家别有傳何時為尔一回首

致道觀赴計明府宴集　　楊循吉

七檜坛前雲水堂使君招飲興何長虞山景好是此處名教清淡得幾觴鼓瑟時〻驚鳥下開扉隱〻見湖光夜深松竹皆含露重舉金杯吸晚凉

致道觀溪口　　皇甫涍

宿處玄林靜鍾敲清夜初星河仙嶠滿雲霧洞門虛

竹下逕中散松前問隱居溪陰是天路獨往意何如

致道觀丹井　前人

炯駕追遥向紫微玉泉秋霧閉寒輝君看湖上丹霞

色猶似丹砂化鶴飛

絳闕晨扱檜樹中尚湖晴望引雲空瑶窓不隔銀河

路惆悵仙槎去未通

致道觀在常熟縣虞山南嶺下梁天監二年漢嗣

天師十二代孫張道裕居此感異夢建招真治并

建寥陽殿虛皇臺手植七星檜其後道裕仙去瘞

劍於山之西麓簡文時改乾元宫宗治平中道士李則正浚井得藏丹化隻鴿飛入尚湖政和七年改致道觀元泰定間鄧道樞建知止山房於西北山嶺上　國朝洪武中周玄初永樂初李本中相繼重建

招真菴記　　康譽之

自姑蘇出齊門沿西北望山形如巨鼇横亘原野盖常熟縣之虞山也山之東瞰萬户治劇邑〻去江不及程陂湖畎澮之積自南至者傾馳會於江〻河既應則迅瀾倒流逆於市橋之下二水相制移時而不

能去山無奇谷惟荒墟白草醜石亂散坡陁迤邐而西有脩林橫抹隱見於兩峰之間其中爲招隱菴元祐中道人申氏秦陵徐處士高弟也基營於此菴成並去不知所終松林森茂庭宇簡敘如隱君子之居通川道士喻抱元增治之旧名竹林至是更以招真請記於予乃敘招真之辭以系之辭曰

白鶴巢兮丹井空蓬山杳兮烟霧濛陵谷变兮今古木葉下兮秋風飛仙去兮朝太微黃冠茔服兮以遨以嬉飡霞卧月兮去不我違与去滁映兮天門可馳蒼龍嘷兮雲滃靡石泉冽兮山羊肥俯仰宇宙兮日

卷廿八

苗

月蔽虧靈秀同薄兮野芳呈姿山中之樂兮万化莫
移仙人不來兮隱者曷歸

極目亭　　　　　　　　　　　　　　　　　徐次鐸

幾點歸舟破暮烟數行雁字落霞邊岳陽安得王摩
詰爲寫琴川作輞川

又　　　　　　　　　　　　　　　　　　　謝肅

虞山積翠横東海上有岧嶤極目亭并屋鷄鳴弄曉
霧石潭龍影落秋寅風回江塹飛濤白天入蘋臺遠
樹青何處言公遺故宅画橋緑巷眼偏醒

乾元次宮在虞山北宋元祐中海陵申元道將南

遊請於其師徐神翁〻曰遇雲則止無雪則開申
始未悟及至是山遂揷竹爲菴名竹林山舊無井
一日大雪惟山坳不積因浚井得美泉名雪井紹
興丁巳道士喻抱元改築招眞菴承致道旧額名
乾元宮舊有極目亭米芾書扁元燬　國朝永樂
初重修申道人煉丹之地別有凞眞館在梅里潛
眞館在福山与此爲三眞云

瑞雲觀記　　黄潛

瑞雲觀在平江城東三十里今所謂笠澤福地者也
吳松江由其區來出其西而南爲姚城江東爲龍江

又東爲陳湖其北則闔閭浦也重波複浪四望如一其中可居處乃多沃土民安於畊桑皆湻朴有古風水木之清華魚禽上下泳飛之樂敻爲若世外然而更千百年棄委於田夫埜老之手未有能啟其秘而專其勝者玄門有高士陸君志寧始作菴於其處由是昔之秘者無所伏勝者益以發舒君不以得於耳目者爲已足復斥故宇易菴以爲觀合其徒而居焉凡觀之制中爲三清殿而旁爲玄天北斗太乙三元之別殿祠堂寢室講舍齋庐門廡庖湢次第畢備惟玉皇大帝之閣爲役最鉅久乃訖功而觀以成擬爲

屋以間計者百有二十繚以脩垣而除道成梁以屬于南埭又割上腴之田千五百畝有奇以資食飲百物所需其法之所宜有者無求而不給爲費一出於君而君悉力殫慮二十年於此矣菴之初爲觀也教主嗣天師爲署今額冏命君開山而以甲乙爲世守既而所司具以觀之成剡上天子特下璽書加護焉君既勵其徒俾勿替且飭其族人毋敢有所預惧後莫之改而或毀其成也爰代石以記來屬夫乾坤清淑之氣川融山結非有數量而仙經所錄洞天福地僅一百二十八神而明之不有其人欤幸而人与境

遇又蒙帝力如遊而息焉着術〻施〻未有已也或者真仙異人於此乎函則福地之在笠澤而笠澤之有瑞雲將与金廷玉局並存於天壤間尚何成毀之足慮哉顧不可以無著作始之自乃弗辭而爲記其顛末云 紹興路諸暨州判官黄溍撰文太常博士柳貫書 大明成化十八年歲在壬辰九月吉賜進士第承德郎刑部雲南清吏司主事郡人馬愈重書上石

募刊瑞雲觀碑疏 朱存理

竊惟瑞雲觀陸氏開山舊石碑黄公作記今其地輿

創於兵燹之後故斯石埋沒荊棘之中使過遊之客遺恨徒多訪集錄之家全文其在所謂不朽之托者將以傳焉則其借重之辭也於斯見矣茲將命工礱石請名翰重書必求好事捐金俾斯文大著爲題短跋特叩高門倏尔完功就請留名石畔慨然樂助遂成壯觀山中謹跋

過吳江瑞雲觀　陸道判建

吳　寬

笠澤磯頭訪瑞雲洞門高掩寂無聞重湖急雨過龍潭小鴨亂石眠羊群有懷廬山陸脩靜敢比會稽王右軍与客松陰論往事摩挲殘碣慨遺文

卷廿八　芑

瑞雲觀在吳江縣庶邨元泰定間鄉人陸志寧建

集仙宮　常懋

松菊新來入夢頻公餘乘興得尋真紅塵物外長清境白日壺中不老春栢子灰寒烟寂寂桃花風暖水粼粼逍遥羽士閒如許愧我浮名役此身

又　盛如梓

真宇出闤闠来遊盡寂流水環四圍入門松檜碧幕長廊烟霧生靈觀幡幢密主人聞客至尊酒延丈室編竹逾萬箇老桂高百尺日色淨不喧松風凉可挹翛然人間去陡覺詩興逸

集仙宫在嘉定縣治西南隅宋嘉定十七年高道
葉子琬建

玉芝祠記　　張与材

至大之三載歲在庚戌門人傳處潛入侍講席以平
江路道録普福觀開山提點住持周靜清狀来請曰
靜清凡骨未换其於聞道不知塵有幾也唯是焚脩
不敢不力以當福地之名乃孟冬朔有見似人入仙
宫祠者蹱之無有啟鑰惟菌生焉其生之氣猶蒸然
從地而起一根而為莖四十有二若珊瑚交技而寶
蓋其上者明日數舒可二尺許又明日開以金縁觀

者日幾百人辯之者曰是所謂玉芝也非菌也莫不徘徊嘆息共言其瑞踰浹則霏霏化為素烟如瓊花已入天宫矣異哉蓋仙官祠分六曹其一曰五芝百穀曹意其覩瑞也非欲世間何物非幻其來也誰使其去也不可執然自有江山幾千年而有普福由普福以有今日玉芝生則亦非偶然之故嗟夫微吾教主吾誰与歸謹為圖以請額有記而處潛又稽首重為之言則諾而記之夫芝者仙家之一草耳不常有於天下忽然而遇未有不以為瑞也古之時箕山為多而未始以為瑞也然許由得之而不食五穀商山

所採皆是物也漢武帝時朱草生則紫芝也類以為金人盤露之所謹按五芝五色唯白芝名嬰兒手服之可以通仙然則相期瑤草必蓬萊可也不知何以見於此哉普福所居州為常熟必神人居之物無疵癘而然耳鳥有鳳者恒出於有道之國獨取以名其地千仞之上將覽德耀而下之三山十洲於是乎在則雖謂普福有瑤草豈不可信靜清吾之子弟于吾祖鶴鳴夜半之所授受無所不備丁丁万斧如修廣寒与同道人共住于茲有年將由有為而詣無為匪朝伊夕玉皇有詔不翳玉芝不已也抑宇宙間惟應

与感禎祥之相值果非偶然者契精神會聚黄冠往來天地神示昭布森列則一芝之瑞是故吾心華之發現而已有以異乎無也或曰芝之為芝常止于九未聞若是再倍于眞而不足一挂於蓍而大有餘者則又安知其非所見似人者以玄帝行滿之期而最之又以旌陽拔宅之數而望之欲吾闡之曰或者之言亦是也弟子勉之是為記嗣漢三十八代天師正一教主太素凝神廣道明德大真人主領三山符籙領江南諸路道教所事金紫光禄大夫留國公張與材記

題玉芝祠　　陳蒙

玉芝不見草蕭蕭，古栢陰廊晝寂寥。琳館廢来餘福地，名碑留在記前朝。碧梧樹老鸞飛遠，華表天空鶴去遲。惟有迎仙橋上月，夜深還自照吹簫。

玉芝祠在婁鳳鎮，元里人周靜真幼穎悟，酷嗜黃老書，師事玄靜真君，即其地構普福宮，尋改為觀。至大庚戌冬，仙官祠忽產芝一本，四十二莖，玉色照耀，有色氣直上如綫，遂名玉芝祠。

通番事蹟石刻於劉家港天妃宮之壁

明宣德六年歲次辛亥春朔，正使太監鄭和、王景弘

副使太監朱良周福洪保楊真左少監張達吳忠都
指揮朱珎王衡等立其辭曰　敕封護国庇民妙靈
昭應弘仁普濟天妃之神威靈布於鉅海功德著于
太常尚矣和等自永樂初奉使諸番今經七次每統
領官兵數萬人海船百餘艘自太倉開洋由占城國
暹羅國爪哇國柯枝國古里國抵於西域忽嚕謨斯
等三千餘国涉滄溟十萬餘里觀夫鯨波接天浩浩
無涯或烟霧之溟濛或風浪之崔嵬海洋之狀變態
無時而我之雲帆高張晝夜星馳非仗神功曷能康
濟值有險阻一稱神號感應如响即有神燈燭於帆

檣靈光一臨則变險爲夷舟師恬然咸保無虞此神功之大概也及臨外邦其蛮王之梗化不恭者生擒之敵兵之肆暴掠者殄滅之海道由是而清寧番人賴之以安業皆神之助也神之功績昔嘗奏請於
朝廷宮於南京龍江之上永傳祀事欽承　御製記文以彰靈貺褒美至矣然神之靈無往不在若劉家港之行宮創造有年每至於斯即爲葺理宣德五年冬復奉使諸番國艤舟祠下官軍人等瞻礼勤誠祀享絡繹神之殿堂益加修飭弘勝旧規復重建岨山小姐之神祠於宮之後殿堂神像粲然一新官校軍

民感樂趨事自有不容已者非神之功德感於人心
而致予是用勒文於石并記諸番往回之歲月昭示
永久焉　永樂三年統領舟師往古里等國時海賊
陳祖義等聚衆於三佛齊國抄掠番商生擒厥魁至
五年回還　永樂五年統領舟師往爪哇古里柯枝
暹羅等國其國王各以方物珍禽獸貢獻至七年回
還　永樂七年統領舟師往前各國道經錫蘭山國
其王亞烈苦柰兒負固不恭謀害舟師賴神靈顯應
知覺遂生擒其王至九年歸獻尋蒙　恩宥俾復歸
國　永樂十二年統領舟師往忽魯謨斯等國其蘇

門答剌國偽王蘇榦剌敓侵本國其王遣使赴闕陳訴請救就率官兵勦捕神功默助遂生擒偽王至十三年歸獻是年滿剌加國王親妻子朝貢　永樂十五年統領舟師往西域其忽魯斯國進獅子金錢豹西馬阿丹國進麒麟番名祖剌法并長角馬哈獸木骨都東國進花福祿并獅子卜剌哇國進千里駱駝并駝雞爪哇國古里國進縻里羔獸各進方物皆古所未聞者及遣王男王弟捧金葉表文朝貢　永樂十九年統領舟師遣忽魯謨斯等各國使臣久侍京師者悉還本國其各國王貢獻方物視前益加宣

德五年仍往諸番開　詔舟師泊於祠下思昔數次
皆仗神明護助之功於是勒文於石

次韻倪尚書天妃行宮　　陸杲

海門一水連三島玄宮獨數靈慈好　文皇在御賜
褒崇金額煌煌絲雲繞蒼松樹古偃見龍翠竹叢深
栖鳳鳥洒　可有仙人居層城十二清風曉洞門深
鎖碧窗寒滿地落花香不掃一山高疊青叢叢玲瓏
妙奪天工巧羽仙双瞳秋水光遐齡直與天地老金
母曾分似盤桃安期常嘆如瓜棗我亦玉皇香案吏
胸次廓落机心少錦袍天上承恩賜自喜平生事應

了培塿西窺泰華卑盂盂東視滄溟小何時同醉碧桃春浩歌一曲眠芳草

天妃宮　楊維禎

海國神風捷可呼綠林徼福昔相污片帆尚借周郎力護得青龍到直沽

黄太倉汝爲晏天妃宮二首　王　寵

岩邑表東海名侯握蕩符自公豐逸豫延賞濫文儒
島日林間吐朝流天外紆平生慕靈氣高嘯入蓬壺
首夏霭清暉琪花應未飛迴峦披玉館列桂蕭金扉
琴作鳳皇語雲飄龍虎衣山公殊恋賞不醉且無歸

靈慈宮一名天妃宮有二一在太倉城中周涇橋
一在劉家港北漕漕口

普福宮記　吳澂

太玄元普福宮者真人周靜清所建也周東吳望族南工臣附之初有顯忠校尉職千户督海道運粮事真人其子也夙好黃老言既長父命往信州龍虎山師事天師張真君爲道士躋升道院於常熟州之双鳳里越數年陞爲觀又二十餘年陞爲宫施水田若干畝收其歲入以食徒衆大宗師張閑府以靜清之名上聞制授職名者二璽書寵異者三號清寧抱一

凝妙真人而其徒周應靈保真凝素崇道法師襲其
師提點之職璽書寵異亦至四明法師來京師曰道
院之興肇自至元乙酉殿閣廡廚庫至乙丑乃備
始觀額甲午再充拓之斂衆有其所說法有其所得
燕坐又有所礼上下神祇四方萬靈靡不有其所大
德庚子建書樓貯諸子百家之書辛丑立東岳岱宗
祠作止一金真二館以賓南北學道之士至大辛亥
作鍾鼓二樓及漢天師殿新觀門為重屋延祐丁巳
以來應靈增飭旧規且作石橋曰迎仙遂改宫額自
惟晚末忝紹先志膺上命其將何以報君師之賜

誠宜　宜以示永久敢有謁於史示予曰道家者流
咸劉　柱下史彼蓋隱君子也　哀周歷亡秦漢初
諸人籍其餘緒亦足以聞於時張文成以之爲帝者
師曹平陽以之爲天下相晉唐而宋以來今源遠而
流益別然並之忌盈而引退超晦而保全者猶或詢
其名而寄迹爲真人隱遁之高法師繼承之善皆人
所難能也況以聖恩優渥俾方外畸人享安榮於山
間林下此天涵地育之造也其可不紀録以明法師
戴上無斁之衷以彰真人貽後有光之美予於是不
辭而爲之記

普福宮在婁鳳鎮

高真堂記　王鏊

東洞庭之陰有峰端正娟秀曰嵩變麓嵩之呀然下飲太湖如鳥之張喙曰梁家瀨前爲太湖其襟抱虧蔽浪石即嚙自宋時則有高真堂以鎮其衝元季兵燬光怪時見行者相戒莫敢出於其途成化間里人上其事於縣作祠肖玄武像以鎮之於是光怪滅息人和歲稔相率請予記其事謹按文耀鉤云北宮黑帝其精玄武北方之神也真誥則云昔軒轅子昌意娶蜀山之女生陽德號顓頊伏萬靈以信順監衆神

物役御百氣召致雷電此所謂玄帝也莊周云
顓頊得之以處玄宮而道家之說謂有人焉産於淨
樂之國來居武當道成飛昇然亦武靈玄老始焉之
化復位坎宮變化威靈固宜祇事或謂方今太岳太
和　朝廷崇餙琳宮寶殿照耀海宇顧茲塊焉神其
享之乎予以爲神之在天其次爲奎婁其威爲雷霆
雲車風馬陟降於天大而大安焉琳宮寶殿不爲侈
小而小安焉土階采椽不爲陋又何擇於高卑之間
乎且山人皈依誠敬萃焉吾安知神之不昭荅肸蠁
依遲而不去也故爲之記使鑱之石

高真堂在東洞庭山

吳都文粹續集卷之二十八終

卷廿八

吳

吳都文粹續集卷第二十九

長洲　錢穀　叔寶　集

寺院

○○蘇州重玄寺法華院石壁經碑文

白居易

碑在石壁東次石壁在廣德法華院西南隅院在重
玄寺西若干步寺在蘇州城北若干里以華言唐文
譯刻釋氏經典自經品佛衆號以降字加金焉夫開
士悟入諸佛知見以了義度無邊以圓教垂無窮莫
尊於妙法蓮華經凡六萬九千五百五言證無生忍

造不二門住不可思議解脱莫極於維摩經凡二萬七千九十六言攝四生九類入無餘涅槃入無得度者莫先於金剛般若波羅密經凡九千二百八十七言壞罪集福淨一切惡道莫急於佛頂尊勝陁羅尼經凡三千二十言應念順願々生極樂土莫疾於阿弥陀經凡一千八百言用正見觀真相莫出於觀音普賢菩薩法行經凡六千九百九十言詮自性認本覺莫深於寔相法密經凡三千一百五言空法塵依佛智莫過於般若波羅密多心經凡二百五十八言是八種經具十二部合一十一萬六千八百五十七

言三乘之要旨萬佛之秘藏盡矣是石辟積四重高三尋長十有五常厚尺有咫有石蓮敷覆其上下有石神周護其前後火水不能燒漂風日不能搖消所謂施無上法盡未來際者也唐長慶二年冬作太和三年春成律德沙門清晃矢厥謀清海繼厥志門弟子南容成之道則終之寺僧刱元捨藝而書之郡守居易施詞而贊之贊曰

佛涅槃後世界空虛惟是經典与衆生俱設有人書貝葉上藏檀龕中非堅非久如蠟印空假使人刺血爲墨剥膚爲紙即壞即滅如筆畫水噫畫水不若文

石刖蠟不若字金其功不朽其義甚深故吾謂石經
功德齊如來付囑之心

宋徽宗佛牙舍利贊

崇寧三年重午日自蘇州報恩寺迎請釋迦牙佛入
内致恭祈請舍利感應隔水晶匣出如雨點神力如
斯嘉嘆何已聊以贊曰　大士釋迦文虛空等一塵
有求皆赴感無刹不分身玉瑩千輪在金剛百煉新
我今恭敬禮普願濟群倫

捨銅龜子文　蘇軾

蘇州報恩寺重造古塔諸公皆捨所藏舍利子無舍

利可捨獨捨盛舍利者欲為四恩三有捨之故人王頋為武功等長安有修古塔者發舊藏得之以遺予予藏私印成壞者有形之所不免而以藏舍利則可以久藏私印或速以壞貫舍利而賤私印樂久存而悲速壞物豈有是哉予其弃是捨之

平江府報恩萬歲賢首教寺碑　閻復

至元壬辰予客吳郡正月望日遊報恩寺南軒薰公大師迎憩丈室導予登塔周覽殿廡師貌魁梧儼若梵僧問年則与予同庚甲他日肩輿来訪持報恩興替之跡求為寺碑予辭以未暇居數月觸熱復来

卷廿九　三

申命典記、往返再三辭不獲命遂書其事俾刻諸石
按報恩本吳通玄寺吳主孫權爲乳母陳氏作也隋
代陳爲吳令孫覔所廢唐僧慧頤更築之開元中詔
郡國名藍爲開元、寺郡以此寺應詔大順乾寧復燬
於兵錢氏有國日即、故址而新之揭以支硎山報恩
旧額報恩之名寔本於、此古塔起於梁僧正慧久堕
刦灰元豐重建蘓文忠軾、嘗捨銅龜以藏舍利崇寧
初賜名萬歲建炎之難鞠爲、煨燼今所成者九成盖
紹興僧金大圓所造寺有寺檡、迦文佛示寂像長乃
數丈弟子環繞擗踊哭泣極形似、之工土人呼爲臥

佛寺迺歲淳祐敕造傑閣以覆茲像、今賜今額圖志
相傳又有不染塵觀音像唐太和石經像毀於建炎
而復於紹興經石則蕩爲冷灰矣自吳赤烏紀年迄
今千有餘歲浙右精藍此爲最古旧分文殊、法華迴
州水陸普賢五院合而爲一大敞法筵牓曰華、嚴性
海寔出芝林石橋諸師手董公耶開山嶽鑒義法、孫
也皇朝混一之初來主教席以謂寶坊淨域臣子祝
釐之地不可不嚴於是度材訓工歲緝月絫起水三
門營東西廡中甍法堂上嚴塔刹若賓寮若戲室若
土地祠若華嚴祖師殿若僧堂以至井亭浴室視座

法器之屬獘者以新缺者以完墜者以奔輸奐以益計數百有畸壁闌以畝計數千有畸工用以緡計數萬有畸子既叙寺緣始末且諗以報恩之說曰父子之親人皆有之君臣之義人皆有之今師以無礙辯才闡揚妙法曰權顯納民於善俾為子者思竭力以報親為臣者思盡忠以報國豈非真報恩耶什篇之義就外是乎師曰善哉謹槩以銘其辭曰

佛日西暉慈雲東冐赤烏紀祥通玄斯肇禎明被兵乾寧陷盗爾去開元迺崇今號塔始蕭梁中厳倂宝元豐起廢藴文可攷圯於建炎金圜再造滄海幾塵

笑問幾、慷不壞真如長圓覺照孰主是圓孰明是妙
崧秀相傳、繼薰克紹載闢堂筵載嚴塔廟彩繪虛空
金現蓮瞿鷲、表靈蹤亀呈吉兆花雨晝零蓮灯夕耀
啟迪愚迷闡明、道要何思不酬何德不報為臣思忠
為子思孝是名報、恩允符真詮歷刦光華恢弘象教
通議大夫翰林學士、江南西道肅政廉訪使閻復撰
并書中奉大夫江浙等處行中書省參知政事新除
江南西道肅政廉訪使徐、琰題蓋至元二十九年八
月望日住持傳華嚴教觀慈應大師處薰建、

報恩萬歲賢首教寺長生殿記　黃溍

卷廿九　五

平江報恩萬歲寺在府署北五里許其先吴大帝赤烏年嘗爲乳母陳買田造寺名通玄至唐改賜開元號五代錢氏時更擇地徙置之田亦隨徙已乃取支硎山報恩故額建寺補其處今有寺之始也寺旧有文殊普賢法華泗州水陸五院宗李悉合而一之遂爲大叢林凡學子賢首氏而遊其地者咸聚而餘焉歲阻入田租不足充其食其徒盖病之久矣大德中颶風起海上穿城郭壞房舍寺適颶風之衝屋盡毁頽敝事者卒爲之倚席不講而竭其晝夜之勤以支傾而植仆未暇謀田事也延祐　年夏五月佛性圓

融無得大師被璽書嗣住是山首捐其衣盂之貲以倡衆鳩材會工搆鍾樓高至百三十尺鎔鉅閣覆佛般涅槃像尋又葺栖僧演法之堂方丈之室於是昔之所有皆復完其未始有者亦無或不備而穹檐廣霤厚棟大梁敞顯嚴邃視旧有加焉土木事既訖乃大發其私笈買田三百畝有奇募施者得田又千五百畮有奇以爲長生田而別籍之歲推有齒德者二人受其入以給學徒之食且俾竟庫毋敢与而聽主教席者稽其出內講事以不廢懇後無所改而志之弗繼也爰伐石來取文以記之夫報恩之爲寺蓋

百年而所以食其徒者待師而後具蓋師之畢力殫慮於此爲不易矣惟遊於斯者毋苟利予安且飽而務究其學爲庶有以壽国福民而延其施於無窮也是不可無辨廢興以示誡勸乃勿辭而俾以文師名傳教字别傳者旧僧任興造者普修普照輟田以捐之者允貞普頒也田步畝鄉落之詳自有籍兹不書

應奉翰林文字儒林郎同知　制誥兼　國史院編修官黄溍撰并篆額鄱人錢良右書至順三年良月既望住山沙門傳教樹石

報恩寺萬歲賢首講寺釋迦文佛卧像銘

有序

宋濂

姑蘇報恩萬歲賢首講寺乃吳赤烏初大帝為乳母陳氏所建名曰通玄唐玄宗因其年改作開元吳越錢武肅王為之起廢渴以支硎山報恩寺旧額宗徽宗崇寧初加以萬歲之號至佛日裕公来為住持專講華嚴經疏尊為賢首講寺寺有淳祐鉅閣七楹閣下覆釋迦文佛滅度之像相傳自唐則有之州民攀慕徼福者殆無虛日元季偽吳張士誠據有其地惑五行家言強為佛卧非吉徵更造立像民情焦然弗寧及偽吳亡德嵩法師俯徇群情起主寺事不二三

年易腐爲堅殿堂樓閣門廡寶塔之屬一一葺之煥焉如新已而嘆曰諸役幸粗完象不可復於古乎於是走告民間不外毫倪皆奔首加額競輸貨泉以後爲娓法師乃戒搏土之功斲嘉木爲骨骼承以高座塑臥像其上塗以五色覆以彩衾諸弟子涕淚悲泣環列前後摩耶佛母亦立其側悵然興哀惟曇殊普賢二大士神情閒曠超出死生之外用意精致形模宛然像長六十六尺高一十二丈曇殊等像高一十八尺經始於洪武十一年秋七月十五日明年夏五月十六日訖工縻錢五萬有奇用功六百有奇伻來

但濂記之嗚呼佛之法身猶如虛空本無去來何有生滅其示八相以覺群迷不過降本垂跡俾同人法而已本則真諦跡則俗諦真俗混融皆不思議之事烏可以異觀哉況八萬四千無非度門觸類而入洪纖果達始以入滅論之是其華嚴五教大有小乘雖除吾執未達性空但知是色故示之以涅槃非近於愚法声聞教予色法二相本無自性皆從緣生滅度之際斷緣疎空獨存真空既存幻有亦住二躰互融了不相礙非近於大乘終教予滅而非滅而滅非滅而有既滅而空空有双泯理事交奪如如不動無即

無離非近於大衆須、教予滹連河間屈然唱滅靈山會上儼尒常存隨夲既、色隨夲即空如示一身不起於座如化多身徧滿塵、刹、無量為一一為無量力用相收縱横自在非近於衆圓、敷予諸有情衆若勝若劣來瞻靈像隨其机宜證入教、位至於混極不翅親聞盧舍那演説圓滿修多羅之為、快法師此夲其於樹教基續慧命有功於法門甚大非、特福澤被於一州而已抑濂聞昔人設像俱有所表、則、非苟然也如來中屈表衆生大覺之心猷克勝尊在左、表自利之行慶喜在右表利他之行曇殊乘獅子表大、智而降嗔也普賢騎象王表大行以制貪也他日如劍斧兩神則表觀空擇法二智取義深遠使人目擊而道存故歷代襲之定爲常法而此涅槃之像柰何獨無所表乎濂因畧牽襍華之說斷然謂五教之理咸其不然佛法偏在一切處果何言哉濂既爲作說啟勤遐仰復學主夜神以倡贊佛之語繫之於後法師名凈行德嵒其字也博通常心雲賢首清凉定慧諸家書力振其宗於將墮之時一彈指間悉起諸廢其化導有緣以成法師之志者善良正宗二沙門也倡曰

世雄大悲利群物果後示權不思議既由應身顯法

身從体起用宣妙法人机既得饒益故唱入滅度示
化儀化儀有始而有終所以懲創懈怠者七宝牀中
右脇卧慧日一朝竟西沒娑羅樹木皆変白諸天衆
號雨天花四衆圍繞更悲咽妙香結稜奠金棺發三
昧火而自焚各分舍利建塔廟如来雖入涅槃畢竟
終無涅槃者是知一性鎮常住不從変易有生滅倬
哉賢首古伽藍三吳法會斯第一乃造涅槃微妙相
同相攝入有情衆近遭亂更荼常制緇素執然失怙
依有大比丘起復古最先補葺諸樓閣一一莊嚴成
妙境次令埏土肖靈像五色交纏廣傳身州民瞻礼

至洒泣如還故鄉逢故物此、即大乘正法門種〻皆能濟群品觀者毋以像觀、像如、觀襍華大經王字〻化爲法餤雲〻中化物皆現前一、身示現無量身、無量身中現一身令我悉除邪見網直、濟難思解脱海行住坐卧皆見佛〻之智慧如虚空無、性無生無所依大光明藏時〻現与我無同亦無別從、上所言真寔法衆生慎勿懷疑念、

重修報恩寺塔記　陳琦、

吳城之大刹最古而名著者惟報恩賢首講寺爲寺剏、於吳大帝赤烏初年而塔則造於蕭梁時凡十一

級屢墮劫灰至宋紹興間沙門大圓僅成九級即今塔是也然歷歲既遠峻峙亭毒風催雨擊易就隤毀過者興嗟弘治庚申今僧綱司副綱法律曾住是山請於吳邑宰鄺侯命僧德壽鳩工修葺且戒諸人勿得撓其事未久德壽示寂衆舉僧德昊道充宗恩師司之善士倪道完復相其役各協乃心不憚勞勩若見若聞悉生喜躍於是大姓割其財小夫奏其力銖積寸絫總費萬餘緡經始於是年五月明年是月乃底於成易腐爲堅增新去旧珠頂光瑩金純交絡白唇外飾丹梯上通像設莊嚴天神森衛闌楯旋繞層

〻如一風鐸之声聞乎四境夜灯之焔燭乎半空頋不雄哉諸僧以興修之功不易皆　侯外護之力不可無文刻諸貞珉用昭永遠乃持其所述本末介士英陳先生謁文於予按佛氏之說釋迦說法於靈山多寶佛塔從地湧出為作証明及其入滅留舍利八斛四斗為浮圖八萬四千遍滿娑婆利樂群品此塔之所由興也若今之塔蘊文忠公曾施銅龜以藏舍利於中想八萬四千之一也哉　國家神道設教仁壽躋民而亦崇嚴宝乘乃無象教之功易感蠢愚之善心也哉茲塔之偉麗觀者起敬可以住持佛法輩

固、皇圖爲東南塔院之對冕矣但今之學佛者或離乎真、或蔽乎物高者爲名下者爲利餘波、末流未嘗不至、而佛法微矣德昊輩必不若是其得義以了心者乎因其、請記故序其事而警之且以告後之同志者嗣而塔之、廢斯塔之不朽也、

報恩佛殿重修記　楊循吉

凡古之古刹在吳無居報恩先者惟殿亦然由南宋至、今三百載而巋存如故然後知佛之道大而尊特一宇、蓋久若是也然佛言曰凡佛之成必歸于壞而況其久、者歟夫值其久遭其壞勝之以力而不移於

常數此又、存其人爲始殿之獘再修再輟或言趙靈
燡文瑛之能、而不以佛市者遂迎之至則果以勤役
無私動乎人赳趣、仆而植易腐而堅入其中靚深弘丽
不啻若所謂神通、溥化爲者儼乎菩提道場之弘開
而天人之憧憧也、於是其徒嘉之相与言吾佛大師
福德被三界莫不崇欽、而一土木之興綿紀弗就何
哉、誠篤其說者道不足也、今若人乃能成是其於道
不優而能然乎、曰僧詣余述、其事願書以勵其人乃
倫録以爲記而使鐫之於石、

爲報恩臥佛寺衆請瑛師主修崇寧大塔敘、

祝允明、

瑛師字獨煇，居大姚之大覺寺，始郡人張廷玉以臥佛寺觀音殿久毀，請師來主造，既完，住山。澤公以正殿未完，与大檀陸明輩止師完之，歷七年，諸工告成，師乃還旧隱。於是澤与合山勤旧議，以崇寧大塔日就頹獘，為山中父事，復圖請師來司嗣葺。乃求予言似師，以彰前功而表今願，以謝以懶。予謂佛以其大弘力蔭護開發我人，我人受其蔭護開發之力，故為修造安奉以報之，而為之徒者乃為經營以成就我人報佛之心，而使佛之力永行於我人，是惟天人小果而經營感應之閒寔有一因緣且師未來時觀音之毀而久矣孰意不幾寒暑而處完又孰意正殿之弊又繼是而并完也哉以是知修造之果雖在其徒有成就報佛之心而其經營感應之閒則難以強也其遂是不可謂非佛緣所致也師於此請安知非未了之緣邪吾聞師先主崑山之趙霧一出山後屢造勝果隨造隨成是則此緣所在當不可外師而他請師予倘是予言當便飛錫

義和尚號了菴記

前人

有一苾芻其名曰義住蘇州城臥龍街上大阿蘭若

於大阿蘭若中造一小舍號舍曰了於身稱喚不復、如是、來請臥龍街中菩薩弟子明為說其義我聞去人謂諸、心事究竟完結謂之曰了如苾蒭者謂之曰了我未知、識譬之如舍於舍一間謂之曰了一間無逆如一間外、為當曰了當曰不了謂當曰了則舍有二謂曰不了舍、身乃　譬之如舍於舍一間於一間柱謂之曰了一柱、無逆如一柱外還有一柱還有十柱百柱千柱還有一、梁十梁百梁千梁乃至又還有椽有拱有墻有瓦有門、有窗有地有堦當件件謂之曰了為當揔件謂之曰了、於件謂了則未完舍於揔謂了件非〻了如是苾蒭不、謂一舍乃謂一身如謂一身血肉曰了四大見存如謂、一身心性曰了心性未泯如日已沒謂曰日了如謂已、了明日還日如謂不了日在何處於一夜闇爲當曰了、當曰不了於此境界於此時候爲當何稱爲當有稱當、無有、稱我問苾蒭苾蒭何答所以我於稱喚云未知識、云何爲說我聞菩薩究竟完結在一大無苾蒭如是當、大明心當大見性當大發力如是乃知菩薩究竟完結、在無所了亦無不了亦、無無〻了与無不了一念不生萬、緣俱息轉〻殊無乃是了義苾蒭聞我所說歡喜解悟、

乃爲重宣此義而説偈曰
我觀苾芻身非無非〻無身外復有舍〻外復有稱
如、是以爲了如稱亦云爾苾芻如了此無稱亦無舍
無身、無我語而究竟完結、

宿報恩寺水閣　　皮日休、

寺鎖雙峰寂不開幽〻中夜獨徘徊池文帶月鋪金
簟、蓮葉含風動玉杯往〻竹梢摇翡翠時〻松子擲
莓苔、可憐此際誰曾見唯有支公盡看來、

和　　陸龜蒙、

峰抱池光曲岸平月臨虛檻夜何清僧穿小檜纔分

影、漁榔高荷漸有声，因憶故山吟易苦，各橫秋篁憂難成、周顒不用栽書動，自得涼天証道情、

寫墨竹

趙孟頫

閑軒叢竹秋坐久，聞清韻重雲結，春雲小雨生衣潤。親、交有嘉集，笑語發真蘊，游衍暮始還，流光疾如瞬、

跋

黄・潛

至大間，趙魏公遊姑蘇報恩，小憩於丈室，秉興寫墨竹、一小枝於壁，題古詩五言四韻於窗間。今垂四十年，竹、故在而窗紙久不存。住山宣公法師聞吳江賢上人裁得此紙，物色得之，并竹摹刻于石，將使久而

勿壞廢後來有以想見其清標雅韵也夫禖花境土寔報莊嚴毘盧樓閣非我壞相高人上士游戲作如幻事豈以石之壽為真足恃哉姑以倫好奇者之一覽云爾

又　陳基

秋風日蕭爽散策一空林有竹心已清無言念弥淺禖花不容把踈磬有餘音逍遥毘盧境落景駐遥岑

北寺竹林　楊基

僧居古城陰迤邐通萬竹林光落虚牖坐愛衣裳緑齋餘孤磬遠茶罷微烟續道人悟重玄淡然無衆欲

譬彼石根泉，亭亭湛寒玉。

報恩講寺在城北隅，故呼北寺，即通玄寺旧基。吳越錢氏移支硎山報恩寺改建於此。宋崇寧中加萬歲，尋尊為賢首教寺。舊有五子院，曰文殊、泗洲、水陸、法華、普賢，今皆廢。浮圖十一級，建炎兵燼後，紹興中竹、若全大圓募建九級。又有不染塵觀音殿，邊知白記。後殿七楹，下塑釋迦滅度像，長六丈六尺，高十二尺。張士誠據吳，以卧佛非吉之祥，更造立像。国初僧復之。宋濂撰碑，宋張即之書華嚴性海四字，皆經丈刻牓猶存。

綠陰堂記　雲集

至治壬戌集始遊吴斷江恩公住開元光公雪窗客子所同往見焉是時斯堂始成樹陰四合三人者清坐良久共嘆韋蘇州緑陰晝寂之句有心解神釋而不可名言者恩公曰子爲吾記之乎予曰諾未幾還禁林緑陰之勝概往来予懷欲以數語道時所會了不能成自是屈十餘年每初夏時天子燕閑穆清中氷靖謐予与學士二三人侍顧問於閣下危坐終日遂無一事亦緑陰之一時也及歸江西以久處北方不耐新暑輒求泉石以自容蒼松古磵人跡幾斷此又緑陰之一時也然穆清親切嚴密敬畏端思固不

逮開元之適也而山中枯梗寒絶殊之清潤之意求夫寂然湛然之中純粹洞徹生意充滿融液如開元遇殊不可得然後知韋候佳句非語言意識所可到也是以終無以復恩公者豈忘之邪昔人以爲同此境其人脩証造詣不同則所見遠有差别況人境俱不齊者邪今恩公年垂八十歸坐雲門之上道德日盛于切諷其旧吟如望積雪映空不見其迹光公攝坐此堂亦有如當時可託以記此者予元統乙亥四月蜀人虞集記

吳中禮石佛

江淹

刼生太浮詭長思多洸髮〻思不　詭生寧盡時
敬承積刦下金光爍海消火宅飲焚炭藥艸　惠滋
常願樂此道誦經空山坻禪心莫不襟寂行好無私
軒騎久已決親愛不留遲憂傷湯〻情靈意終不緇
誓尋青蓮界永入梵庭期

開元寺樓看雨聯句　皮日休　陸龜蒙

海上風雨來掀轟襟飛電登樓一凭闌滿眼蛟龍戰
龜蒙　須臾造化慘儵忽堪輿變萬户响戈鋋千家披組
練　日休　群飛抛輪石襟下攻城箭急點似摧胥竹斜如
中面　龜蒙　細雨洒空冷橫飄目能眩垂檐珂珮喧擾尾

珠璣濺。休日無言九陔遠，瓣息馳鴈偏密處止垂絙微時又懸綫。蒙龜嶌作玉界破，吹爲羽林旋翻傷鈌列勞却怕陰豐倦。休日逞聽山露色，漸覺雲成片，遠樹欲鳴蟬深擔尚藏燕。蒙龜殘雷隱轔盡，返照依微見，天光潔似磨湖淥熟於練。休日疎帆逗前渚，晚磬入涼殿，接思強揮毫窺詞幾㷊研。蒙龜結栗烏皮几，輕明白羽扇，畢景好疎冷餘涼可清晏。休日君攜下高登，僧引還深院，駃蘚淨鋪筵低松濕垂鬣。蒙龜齋明下虛豁，林霽逾薆蒨，早晚重登臨欲去多留戀。休日

開元寺避暑有懷陸魯望因飛筆聯句

陸龜蒙　皮日休

煩暑雖難避，僧家自有期。泉甘於馬乳，苔滑似龍漦。

日休　任誕襟全散，臨幽榻旋移。松行將雅拜，篁陣欲交麾。

龜蒙　望塔青髯識，登樓白鴿知。石經森欲動，珠像儼將怡。筍蕈臨杉穗，紗巾透雨絲。靜譚蟬噪少，涼步鶴隨遲。

日休　烱重迴蕉扇，風輕拂桂帷。對碑吳地說，開卷梵天詞。積水魚梁壞，殘花病枕欹。懷君瀟灑處，孤夢繞罘罳。

龜蒙

右二詩宜在通玄寺作，因唐所改開元故尒。

避暑聯句重録。

遊開元寺懿綠陰堂、

韋郎句中尋画　刦灰不盡綠陰〻鴻文重記青城客、内典新傳瀑布僧石佛浮江軽似葉神珠照鉢隐如燈、秋羅樹子風前落吹滿忌公旧毾㲪、

送忌禅師弟子勤歸開元寺　高啟、

山衲經寒補襍繒白雲高寺遍尋登法身已見學來佛、宗旨曾傳化去僧帰過江城誰施飯定依舊院自懸明燈、朝應恨千峰阻欲問楞伽已不能、

開元寺雨中觀梅　姚廣孝、

遥思西崦開千樹渴往東林見一枝烟雨溟濛杳影

盡爲緣惆悵立多時、

開元寺聞鐘　胡纘宗、

開元夜半鐘驚起長安夢彤墀曙色寒紫陌春風動、

開元寺在盤門內有石像石鉢々近燬紹興間守臣洪邁作戒壇元至治間寺燬僧光雪窓悳斷江重又取韋詩綠陰生晝寂之句作綠陰堂宴集爲文國朝永樂間重修、

城中登瑞光塔望舊遊諸山　姚廣孝、

寶塔乍登臨靈蹤蕩夕陰故山俱對眼此日獨遊心遠、水勞歸楫長空倦去禽自非嬰世難何不遂幽尋、

又　沈周

城中五日浸脚紅塵有俗氣填吾胸今朝風日美妍美城南載酒尋花宮古濠流水帶榆柳深屋逶迤茶烟中老僧与吾非夙契却許小閣開松風山杯到手送西日醉倒信呼田舍翁未知明日又何處出門大笑歌萍蓬

瑞光禪寺在開元寺南赤烏間僧性康建名普濟院宋宣和間朱勔建浮圖十三級五色光現詔賜今額并賜塔名天寧萬壽寶塔靖康兵燬淳熙間重建并復塔七級元季復燬　国朝洪武中僧曇

芳重修僧大祐記寺有四瑞堂

平江承天能仁寺記

黄　溍

平江承天能仁禪寺在府署北之甘節坊梁天監初衛尉卿陸公僧瓚捨宅以建也初賜名重玄陳隋之際燬至唐而復廣德初加號廣德重玄遭廢於會昌末重興未幾而又燬至後唐而復宋咸平間更一新之大中祥符初始賜額曰承天宣和中乃改其額曰能仁南渡後燬于建炎末而復于紹興間淳熙初始定為禪居皇朝因之而悉蠲其祖賦差役曰承天能仁者並存其故額也先是嘗於大界相之内折其地

爲宝幢永安龍華廣福四院久之復歸於一尋又别立圓通禪院於其後而分立宝幢永安兩教院於其前凡建置沿革与興廢之故可見者如此其易律爲禪也姚菴宗公爲開山第一祖繼之者有若無門覺菴諸公皆以明德爲世師表法會甚盛珎樓宝屋紺殿緇房雄據乎萬井中而隱然爲一大叢林五山十刹殆無以尚也仍紀至元之元年冬十有二月寺厄于菑惟無量壽佛銅像及盤溝祠靈祐廟獨存佛身丈有六尺邦人所共瞻仰依盤溝靈異之跡尤著靈祐則尉衛之女不嫁而精於梵行以經營寺事而祀

爲護伽藍神以禱祈有應而賜廟額敕封慧慈靈感顯祐善利夫人者也　烈焰熾然而不與刦盡化人知爲重興之能矣頗法席久虛越三歲莫有任起廢之責者行宣政院詢於僉言俾廬山開先南楚説主之其至以四年冬十有二月僅以衣裓坐具一布囊自隨聞其風者輸則薦貨川赴山積台匠簡材首建大殿殿楹之高百三十尺其大圍十有五尺廣加其脩若干尺厚棟脩宗曲欒方藻咸以楹稱楹之表上至屋極又若干尺脩去其崇若干尺廣加其脩若干尺像設繪事種種莊嚴塼土設色皆出國工之手殿

之後有萬佛閣其楹加於殿楹三十尺閣為閣五而東西朵樓為閣四除其中而殺其旁縱横脩廣各中於度其上列十五大蓮花一花一佛一二花瓣亦各佛以足萬數下施机輪可以轉運奇詭殊特昔所未覩範銅為鉅鍾至萬八千觔比舊加三之一會南楚升居徑山所作無量壽觀音護伽藍神三小殿及演法集僧之堂三門兩廡廚庫之屬皆勿克視其成他所宜有而未及為者猶多也今住持雪窓明以至正四年秋九月由虎丘迁主兹寺亟損衣盂之資搆經鐘二樓各為閣者三其崇十有七尋脩廣称是栖

經有藏塗以純金一柱八面納函五百天神、環繞力士翊扶旛盖香雲繽紛幪蔽達官大姓好事之家觀者莫不目眩心駭爭投錢幣以助勝緣雪窗之經、畫相劳靡憚其勤甫及三載土木之功秩然有序以老、病歇理繁劇悉柬衆施併傾已橐以授提點僧而退處虎丘之東菴八年冬行中書省右丞石啚公左丞吳公謀於行宣政院挽之復出遂以九年春三月再正法席、增餙萬佛創造四臂觀音四天神王護伽藍神補画、正役之八十四龕廡下之三十三泰圬塌瓴甓縝壯磨、峩嶫形金碧絢耀華美廚堂庫院什器之須纖細畢備南楚之弗克視其成者至是可以無憾矣斥大方丈為閣者五上為重閣下為廣堂前為廳事而黌堂有位衆寮有閣倉庾湢室亦次第告成南楚之未及者雪窓無不按其法之所宜有而伸其志之所欲為雖曰前規後隨而功寔倍之南楚之成其始者奎章閣侍書學士內翰虞公記之而雪窓之成其終者未之有記於是其徒奉耆旧僧所述事狀屬滑書而刻焉阿含經云尊說若能補故寺是謂二梵之福南楚虎嵓達嗣雪窓以晦机笑隱為師友相与紹隆祖道扶植教基期与國家億萬斯年永永無

極是用假方便力示現有爲不離丗間法而入第一義豈止可資二梵福而已雪窓之功倍於南楚而溍於虞公無能爲後何以贊一辭乱姑序其歲月而使來者有攷云尓

承天寺重建大雄殿記　　吳寬

蕭梁氏好佛其下化之一時佛寺江左爲盛然尤莫盛於吳中若承天又吳中之特盛者相傳寺爲衛尉卿陸僧瓚宅而捨以建者自梁以後廢輟興之至元至正間主僧南楚極力改作而其制之壯偉精巧絕矣金華黃文獻公溍爲記其事入

國朝殆歷八十

年當正統癸亥之十月寺一夕大火蕩然無存又明年遣朝廷領大藏經至僧綱司都綱永瑞時兼住持特建堂九間以奉尊之其後僧徒相視莫敢復措手者蓋三十年於茲今住持道澤謂寺不可終廢也然功宜自大雄殿始乃謀建之蓋承天固郡人之所瞻仰者也於時聞有是舉爭出錢粟來助其徒戒昌更刺指血書法華經營成其事而助者益衆矣竟以成化甲午七月丙辰起功凡六年而功始完高廣深濶一如舊制凡所像設亦無不備於是澤公領郡薦來受都綱之命乞予書之其言曰寺之功甚鉅未及其

半吾嘗次第成之而未可必也幸先界之、文以記嗟夫大雄之建非奉佛也乎佛之道吾不能知、然嘗觀於其書務為宏博廣大之說故學其道者每務、為宏博廣大之事亦惟好於上者極其護持而不拘以法禁化於下者致其崇奉而不惜乎財力此其事之所、以成也今夫官府學校所以出政令而資風化是固有益於上下者或病其敝且陋而有所為爲費於公而罷、戾至勞乎民而怨讟生繼之者視以為戒故有終其任、不易一木增一瓦者此其事之所以廢也則澤公之為、此舉固其才之長力之專以出乎其徒亦

惟其為假而不為此其費若勞雖不可以數計而卒能隨其用使致其才力以成予所謂宏博廣大者而還郡中之舊觀也予故記之以示其後之人

重修承天寺記　陳繼

寺之剏於梁天監初曰重玄唐曰廣德重玄宗曰承天後曰能仁元曰承天能仁　國朝曰承天歷載既溪廢而復復而廢者絫矣至元間南楚説公主之繼以雪窓明公二公先後為大殿為穹閣為經鐘二樓及諸殿堂皆極宏麗而天下未有与之秡者也然未百年而剥陊傾敗者日甚其為之主悟然視之莫能

葺者已越數輩長其教者恒慮不寧乃謀于衆曰東南大觀而振吾道以爲衆之所昧惟在承天主席既虚勿得其人將何所托僉曰南印定公其可爲南楚雪窓後者即擧其住之公淡然若無所爲唯勤其道教其行以善化人而已与之遊者薫其仁慈不爲殘恐浸其寛裕而默其隘陋茹其誠篤以謝浮薄跡其剛毅用変柔懦故人皆曰定公賢德而足以綱吾善之爲者也咸傾心向之公乃唱於衆曰吾欲使是寺而輪奐之若初也盡出其資以集工材其樂施占事者源源而至始葺大閣爲佛萬數再葺經鐘二樓葺

無量觀音二殿而新盤溝殿末理大殿為四天王於三門畫五十三參於兩廡凡諸貌像而皆餝之旛幢供具處所宜有無一不備金碧耀日輝煌映發入而觀者恍然不知其為人境也其功盛哉然公之志未已也往時南楚雪窓皆為宗門碩德著声江湖其相繼事以雄土木之功尤称不易況公一身而復新其舊者哉前有作者後無繼之其傳不遠公可謂有功於二公者矣可謂不私於所知者矣公溧陽人也姓李氏生六歲聞長者誦佛書即忻忻喜悅父母以其有宿故乃命出家於邑之興化寺持規就度而若素

習者十七遊京師，止天界，日接諸老緒論，釋然開悟。既而泝大江，抵荆、湘，遍求佛祖陳迹，盡謁有道以正其學。久之，超然而還，止菴祥公与之語，喜而謂曰：「子能爲吾宗嗣矣。」公始出，主於吴江普濟，轉湖之天聖，人皆睞之。起廢爲新，其主承天能仁，越十年，言行如一日。嗚呼！公可謂傑然而不凡者欤？余紀其事，述其行，以刻於石，俾有勸於後来者。從其寺之耆舊衆所請也。以書數抵北京而恐予言，与之後者藏主琳剃石也。

據全唐詩改

同皇甫再〔冉〕登重玄閣　李嘉祐

高閣朱闌不厭遊蒹葭白水繞長洲孤雲獨鳥川光暮萬井千山海氣秋清梵林中人轉靜夕陽城上角偏愁誰堪遠作秦吳別離恨歸心雙淚流

重玄寺雙矮檜　皮日休

撲地枝回是翠鈿碧絲籠細不成烟應如天竺難陀寺一對狻猊相枕眠

和　陸龜蒙

可憐烟刺是素螺如到雙林誤礼多更憶早秋登北固海門蒼翠出晴波

卷廿九

芒

承天閣

楊維禎

荆棘荒涼吴故宫梵王突兀画圖中地連滄海何曽斷月墮青天不離空螮蝀挂簷秋易雨蒲牢吼屋夜還風越南覊客登臨倦尚賦冈山日月籠

承天能仁禪寺在府治北甘節坊梁衛尉卿陸僧瓚捨宅建初名廣德重玄寺宋改承天宣和中禁祢天聖皇王等字遂改能仁寺前有二土阜内有無量壽佛銅像及盤溝祠靈祐廟萬佛閣寺屢燬至元間僧悦南楚重建黄溍鄭元祐記至正末張士誠據以爲宫尋復爲寺僧綱司在焉　國朝宣

德十年尚書周忱建賜經閣正統八年十月寺燬

成化十年僧道澤戒昌重建

贈無照上人住持定慧寺序　祝允明

聖朝定制凡釋流之在寰宇者在内有僧録以總之在外有僧綱僧會以涖之至於名山大川叢林廣刹物衆而徒多者則推擇衆僧之學識優裕才負幹濟者以為住持之長俾歲時朔望倡率其徒諷誦經典上以賛　國家之陰禧下以補生民之疵癘無非曰其所明之理而尊之以當然之務順其所知之學而率之以事上之勤此天下所以無棄人也上人文叟

字無照蘇郡松陵人自幼慕尚釋氏正統間礼定慧寺僧瑛公為師誨以離群絕俗之法景泰初復礼右覺義堅公為宗而得明心見性之傳由維那而識書記其見知于禪林推服於輩行久矣一日以同門僧戒璇將歸侍師於故里共舉無照以主持定慧住持之席躬来南京預僧録司文劄以往時秋官郎中張公鄖之以曩嘗養疾定慧与無照有風昔之交因其行也求大夫士作詩以贈来徵言弁諸首予惟贈僧之典一也然有贈之而可為一身之榮者有贈之而可為一世之榮者有贈之而可為萬世之榮者如唐

宰相齊映喜僧流遇其人即有衣服之贈此一、身之
榮也京兆尹楊憑重佛教或置買居地以蔽僧徒、此
一卋之榮也韓昌黎柳宗元擇僧之識達者而交之、
或贈以詩或贈以文至今光照簡策使人傳誦而不
已、此非萬卋之榮者耶若予秋官郎中公胥由翰林
通籍太史氏此固今之文章巨擘也不惟自有所著
以贈無照而又求大夫士之詩滿卷軸以華其行鏘
〻乎其音也炳〻乎其耀也彬〻乎其文也無照得
此以歸於是、過宰相京兆尹之惠矣豈不為萬卋之
榮者耶雖然東、吳名郡也定慧古剎也昔杜陵思慕

卷廿九　廿九

東南乃致重于若、耶雲門之遊今予亦將老矣倘他日辭疾歸休道過蘧、臺則青鞋布襪必當目定慧始慎勿如東林遠公以無、酒辭淵明使重足虎谿閒也姑爲序以贈長洲祝允明、

壽寧萬歲教寺裝佛之記　徐普林、

至元六年庚辰夏初愚因南遊訪於吳城壽寧萬歲寺、住持幽谿講主喆公館留月餘一夕爲愚而言曰竹喆、叨承宣政院委任來主是席有年矣惟以大殿中聖像、歲月侵遠彩繪剝落而塵埃翳積每升堂祝誦輙兢之、而慚爲必欲重新裝飾愧無餘力矣非誘

化淨緣莫能成斯之勝事也方興是念即有東禪寺住持長老澤菴恩公而言曰夫泥龍塑像乃住持三寶之依開化人天之先者也使人一瞻一礼但獲其福而植善種也况世祖皇帝所設御講存爲一邦教化之重寄予今有其僧弘其法且佛像若斯其何以開化蒙俗而啟人信心邪於是以其衣鉢之長易彼金朱之料命良工粧繪釋迦如來之像慶喜飲光妙德普賢弁二護神七尊之像煥然一新計所費楮幣七千五百貫莫不金碧輝煌丹青燦爛凡所以往來遊觀者皆肅然改觀而称賛焉噫澤菴積財能捨而

敏於樹福哲誠感慶爲自非道眼明白神机廓徹孰能見義勇爲而成斯之美邪經曰五五百歲之後有持戒修福者佛法爲之不衰其澤菴之謂歟頗爲戒記之毋他辭也三輪空寂乃爲佛之行也所以一香一花皆爲佛事況捨淨財裝嚴佛事乎故曰非莊嚴是名莊嚴其福德不可思量苟以施受之相而著焉縱傾七寶如恒河沙數雖多亦奚以爲故曰凡所有相皆是虛妄刻文諸石以記之乎然則使去之深積厚蓄不能拔一毛以惠人迨終其身而委於糞壤者知所以勸爲是可書也愚既與公有道義之故義不

可蓮睃爲、記云太中大夫平江路捴管府達魯花赤
兼管內勸農、事也兒吉你晉篆額至元六年歲在庚
辰十月　日記、住山釋佛心普智雄辯大師行慧樹
石、

慧林房記

吳寬、

慧林房舊名菴在蘓城東南王司判巷元大德庚子
有、吳十四公者捨其居以建而初主之者曰明慶也
慶傳、宗杰〻傳其珪〻傳其賢〻傳與齊〻傳永默
〻傳宏、漸當國初有詔天下佛寺大可須其徒者餘
悉撤而迁、入之於是慧林入壽寧禪寺更以房名時

洪武辛未也、漸傳道舒既皆化去舒傳文靖〻傳智勤則歲久而房、舍益敝矣乃成化己亥其師徒遂相与修葺之且謂慧、林自泝於此宜得文字使後人可考而知因數請於予、惟昔孫吴國於江左爲之有寺蓋自此始至於蕭梁踵、其故都好佛愈甚一時寺房廣殿徧於國中今試詢其、肇建之代無非赤烏天監而已延及後世其君所好雖、不及前代之盛然亦有興無廢至其徒又倣其制而致、力於斯金碧丹雘往〻而〻是而寺益盛矣　皇明有天下政令一新乃以爲過而裁抑之百餘、年來頹垣壞礎、閭、壟晦秩〻使人得畊種以爲食者皆昔之所謂蘭若也京都不暇論凡今四方私創者着于律求一寺之肇建者不可得此固　聖政所當紀者豈特使慧林後人攷其始迁歲月而已漸偉然緇流中与先君友善于幼犹及識之舒能讀儒書靖与勤皆清介謹厚不妄交遊蓋予家故屋在東城下比歲与吾弟原輝往理之道中數訪其房久而益知其行可敬也勤有徒曰惪侃孫曰善考皆能保其業者云

次韵定慧欽長老見寄　蘇東坡

羅州定慧長老守欽使其徒卓契順來惠州問予

卷廿九　三三

安、否且寄擬寒山十頌語有璨忍之通而詩無島

可之、寒吾甚嘉之爲和八首、

左角看破楚南柯聞長藤鉤簾帰乳燕穴紙出痴蠅

爲、鼠常留飯憐蛾不點灯崎嶇真可笑我是小乘僧

右一

鐵橋本無柱石樓豈有門舞空五色羽吠雲千歲根

松花釀仙酒木客餽山飧我醉君且去陶云吾亦云

右二

羅浮高萬仞下看扶桑卑默坐朱明洞玉池自生肥

從來性坦率醉語漏天机相逢莫相問我不記吾誰

右三

出入白骨觀大士甘露滅根塵各清靜心境兩奇絕
真源未純熟習氣餘陋劣辭如已放鷹中夜時掣紲

右四

誰言窮巷士乃窮造化權所見皆我有安居受其全
戲作一篇書千古發爭端儒墨豈相殺予初本無言

右五

閒居蓄百毒救彼疲與盲依山作陶穴掩此暴骨橫
區區效一溉豈能濟含生力惡不已出時執汝非爭

右六

卷廿九　三

少壯欲極物老閒餘此心微生山海間坐受瘴霧侵
可憐鄧道士攝衣問呻吟覆舟平私渡斷橋費千金

右七

淨名毗邪中妙喜恒沙外初無往來相二士同一在
云門定慧師尚欠竹腳債請判維摩凴一到東坡界

右八

定慧院顒師為予竹下開嘯軒　前人

啼鳩催天明喧喧相詆誚暗蛩泣夜永唧唧自相吊
飲風蟬至潔長吟不改調食土蚓無腸亦自終夕叫
鳶貪声最鄙鵲喜意可料皆緣不平鳴慟哭等嬉笑

阮生既疎狂孫子亦未妙道人闢此軒清坐默自照
衡風振河海不能號無竅寂寂吾何言風來竹自嘯

觀定慧寺東坡海棠詩　皇甫信

當年花發妬春紅今日虛無野寺中留得坡仙詩尚
在今人千古挹清風

送僧定佩住城東定慧寺　吳寬

又從玄墓山中隱又向湖州市裡行浮世此身皆可
托應同圓澤語三生

定慧禪寺在双塔寺西初名西方院本雙塔之子
院也天禧中賜今額始貳於雙塔宗僧卓契順常

㕍此訪東坊於恵州者元季兵燬　國朝洪武中
僧景新惠澤先後重建

与薛十二穆過壽寧精舍得歌字

姚廣孝

同是山中客尋幽入薜蘿草香凝蕙蕚鳥韵識鶯歌
暖日花陰少晴濤樹杪多不緣經歲約那得此相過

此詩當在前壽寧下

重建寶光賢首講寺碑

曾棨

寶光寺在姑蘇長洲縣治之東北漢末鬱林太守陸
績捨宅為之故至今寺門外有巨石曰鬱林石寺蓋

以此也吳亦爲時郡守請額於朝始賜名曰寶光仍
命圓法師主之以爲十方講刹歷兩晋六朝隋唐以
來廢而復興隳而復振者盖嘗有之而寺之名迹固
弗泯也迨元至正間佛殿兩廡三門講堂鍾樓經閣
以洎衆屋靡不完具宏壯雄偉冠於一方可謂盛矣
國朝洪武初闢拓郡城始遷寺於跨塘橋西據齊婁
二門之衝去舊址才數百步而近其後有　詔并叢
林於是境内諸寺悉隸於此方其時郡副都綱湛源
圓法師寔居此以領教事乃以所授賢首一宗教觀
与四方學徒講說究竟克闡厥宗暇日与文儒縉紳

之流倡和其間而寶光之勝遂燁然於勾吳之域矣永樂改元之初有楚蘭馨法師繼主於此將欲興造以復前代之規制而被　召入京与修大典願弗之遂九年寺僧大禎大衍同心協力出其祖之遺資及傾巳帑仍資檀施庀材鳩工剏建法堂聿新衆屋甫及三載告訖工輪奐重新金碧照輝真乘門之盛事東南之偉觀也今年冬楚蘭馨以仇校藏典留寓北京遂述僧之本末偕中書舍人王和甫來請予文記之惟佛氏之教入中土而四方禪林講刹星羅棊布不可勝數若求其如寶光之綿歷累代上下千有餘

年而愈遠愈盛者蓋亦尠矣是雖佛氏之靈有以默相陰祐於其間然亦豈非續之孝行素著而其流風遺韻藹然被於其鄉者有不能遂泯者歟是可書也因併書俾刻諸石庶後之人得其所考且系之以詩曰

東南名郡粤為姑蘇秀氣所鍾湖山奥區蘇彼宝光巍巍梵殿云昔陸續捨宅以建聲林之石名高穹窿伊續之遺凛其清風兵燹薦更有隆有替迨際天朝值茲盛去衆剏所蘇蔚為叢林曰有湛源克振圓音賢首之宗益暢厥旨其徒如雲見聞悉喜乞於楚蘭

志拓前規承、詔在公弗見於爲繼此而興曰禎曰衍資帑克捐厥功、以顯翼翼、殿堂棟宇維新金碧煌煌、有光璘彩暮鼓晨、鐘幡幢杳靄如旃檀林若華藏海　聖壽齊天佛道興隆、勒石於斯以播無窮、

寶光講寺在城東北隅跨塘橋西本鬱林太守陸績、故宅宋紹熙中僧蘊仁元至正間僧紹隆先後重建、初寺在婁門内鬱林石在焉（石今迁察院前）國朝洪武初寺、爲軍營遂廢其後普熏菴僧善識捨本菴地改建於此、學士曾棨記、

宿龍興寺　綦毋潛、

收錄元詩選

香刹夜忘歸，松青古殿扉。燈明方丈室，珠繫比丘衣。白日傳心靜，青蓮喻法微。天花落不盡，處處鳥銜飛。

次韻贈開白雲　趙孟頫

聞説龍興寺，多年未款扉。風林發松籟，雨砌長苔衣。殿古灯光定，房深磬韻微。秋風踈動興，一錫向空飛。

又　虞集

凌空一錫歸，幾日到禪扉。野橋陰西户，天花影上衣。井冽春露淨，簷鐸午風微。三藏都看遍，想思夢欲飛。

其二

歷歷唐朝寺，松關幾易扉。花交珠寺綱，苔長石入衣。

卷廿九

毛

秋水依空淨浮雲映日微白雲無所住此際亦歸飛

寄白雲閣　前人

龍興寺裡白雲房不到於今二十霜橘柚向來垂屋重松筠此日過人長千函秘寶心源淨百歲長齋盞頻香茗念尚書舊行履三生石上莫忘鄉

龍興寺在吳縣治西今廢為公廨

天憲賢首教寺記　陳基

吳門天憲賢首教寺郡沙門如山安公之所建也公世居松陵家本士族父旻伯濂甫隱居奉佛母王氏崇信唯謹及公之生母感異夢爰在襁歲性禀殊倫

必長出、則服膺墳典入則篤意　奉父母祭其不群
聰以出家、博訪名師不計寒暑編探秘義尤嗜華嚴
理暢心融殆、若天授閱讀大報恩寺篇而嘆曰吾佛
所說廣大悉備、眷求其端寔在孝敬於是食粗衣菲
而心專於色養緇、積寸絫而志存於報本既猶勤儉
得致饒益則以其贏、購地於郡城之東廣袤若干步
度材鳩工作庵以居日、益月增擴而為寺經始於某
年某月落成於某年某月、門闥宏亩殿寢邃深講堂
言東西有序以至栖經之、閣選佛之場方丈之室
与凡齋庖庫庾其法所宜有者、靡不完備公於此身

先戒律率徒閱藏經梵並宣襍華芬郁莊嚴殊勝士民其瞻前僉行宣政院事張公嘉乃休績為請於帝師龍錫今名俾為十方礼聘清涼疏主之嫡傳者開山演教既竣事尋以事之顛末徵文為記去言浮圖氏善以小致大以難致易蓋用力勤者其功博刻意專者其效速矧其心懷願復嚮已厚親肇開圓頂之門永表追遠之地逕續華嚴之奧學紹隆賢首之正宗且未始持簿走入民間資銖黍之助於人若安公者非用力勤而刻意專者予為其徒而居其居者皆知以弘道報本為務因其所以成嗣而繕葺之則無

上福，田仰以衍無疆之丕祚，俯以答罔極之私恩。而吳門之有天竟天惠之宗，賢首將与東南列刹競爽於無窮。所謂功之傳者日以興，所謂效之速者以日，罔非蓋公之志，而予之所樂道也。故為之書，俾勒貞石云。

至正十二年　月　日。

天竟賢首教寺未詳其所，今姑錄其文，俟他日改之。

元敕建大昭慶寺碑　虞集

大昭慶寺者，在吳郡城中東北隅，朝列大夫前同僉

宣政院事僧阿咱剌之所建也阿咱剌蒙古瞿須台
氏哈剌哈之地至元二十四年世祖皇帝親巡朔方
以之踈才十歲尔成宗皇帝時皇姑魯大長公主遣
侍輦真國師遂祝髮為僧從　大徒弟曰沙監偏以
榮禄大夫宣政使行院江南公主又為請於成宗皇
帝授齊寧僧録武宗皇帝又為之請授饒州路僧録
皇慶元年仁宗以吳郡之良田增徽文懿福禎壽大
長公主之湯沐命驛至其郡蠲免其賦入為久之思
報君師之德買地築兹寺以泰定二年閏正月經始
公主聞而喜之厚施俾造其寺天曆元年造成前為

大門奉四天王像中爲大殿奉三世佛觀世音文殊室利之像長壽兩石塔在殿前法堂方丈在殿後翼以兩廡東則伽藍祠神庫堂香積之廚在焉其西雲堂天台智者大師与諸祖之祠在焉買地租以贍衆倫鐘磬旛蓋之具次供佛事凡事之宜有者無不畢備明年正月以聞今上　皇帝嘉之俾官于宣政出璽書護其寺御其遣使賫寶香至寺以慶其成至順元年皇帝賜大藏經五千餘卷皇后賜金買田以飯僧使月誦是經以祈祥益壽云三年五月奎章閣大學士中書右丞撒迪傳敕命臣著文刻石以示久遠

卷廿九　四

臣集再稽首而對曰聖天子以仁恩厚德覆幬天下山川艸木衣被雨露咸遂長生凡有知覺孰不欲自獻報稱於萬一哉而四方無虞兵措不用勇者無所効其力年穀順成萬民樂業智者無所効其謀於是士大夫歌咏於朝農忭於野商悅於市休休焉重熙累洽而不自知也若臣僧阿咱剌者去爲国人身奉梵教深知吾佛之力足以集福於国家垂賴於萬有是以既竭心力不吝財宝幾歲之間成此無上之勝因豈非報本者乎敢述贊以系之其辭曰

皇帝建元天曆歲吳郡大昭慶

僧徒幻授佛禁

戒發此弘誓不思議報國報師報佛恩以至皇后〻
之毋煌〻梵宮偏宇内府財民工之所就此稱有
何以故衣鉢之資積絫成願力終始無限轉大作光
明梵網聚三世諸佛僉常住莊嚴相好紫金光曇殊
室利觀世音來救衆生悉就位四大天王威神力持
地結界奉世尊大室樓閣現空虛梵音法雨普宣布
聖皇最勝現在佛念尒善果故垂憫具多室經微妙
法無量壽數所表見舟車象馬自遠致寔諸天宮龍
藏中聖后大慈寶月輪報毋劬勞廣法施供養僧室
令安穩常轉法輪無間斷是時羣臣在法會請表功

示人天護聖護国護群生回向贊嘆阿僧刦微臣
奉勅媿凡劣得以文字為佛事願吾聖皇与佛同壽
命福德無盡藏翰林侍講學士通奉大夫知制誥同
修國史臣虞集奉敕撰

大昭慶寺旃檀閣記　黄溍

平江路大昭慶寺新建旃檀寶閣成住持妙辯弘教
大師懷壽使來求文為記勒於兹石按狀寺始成天
曆元年寔朝列大夫前同僉宣政院事阿咱刺公所
建規制宏偉隐然為吴中一巨刹至順三年奎章閣
侍書學士虞公集奉旨文其碑後十有七年為至正

九年公復即大佛殿後度地以建茲閣而妥奉旃檀佛像於其上旁爲文殊普賢兩菩薩像闢閒閣繪万佛及五臺山貝函寛大藏經循壁而列其下設普陀落伽山觀世音菩薩像並祠故榮禄大夫宣政院沙監偏公於中沙監偏公者所從受法之師也其右爲公生祠左爲公夫人童氏之祠閣凡楹四十有四以間計者三其崇五十有六尺修去崇一十二尺廣加其修一十六尺層榱步檐方櫺曲檻上下四圍悉称其度緜彤金碧内外光明種種莊嚴殊特妙好庀事於十月甲寅以十一年三月竣事閣之西又建方丈

三間其費一出於公官不知而民不与往來過者莫見闤闠萬井中飛紅湧翠突起天半瞻仰贊嘆惜未曾有而莫知其爲役之殷也夫旃檀有像自雙林唱滅之後周流中土以示有爲驗時盛衰而爲去住歷代靈迹紀述莫殫迨我國家聖神撫運握金輪以御區宇与佛之化同一廣大以故其像今應祥見瑞於京城之大招提希有殊勝可徵不誣頋惟茲閣佛像亦因無旃檀之名者盖佛之具身徧滿一切三千大千世界在在處處莫不有佛非彼非此無去無來故閣之既成佛即在是閣之未建佛豈離茲而况佛本

一佛無有異象象既無異名何有殊此殊非愚俗之所能知而亦非去締言語所得稱說若夫公之信力堅固一心觀佛誠以財法二施等無差別故助顯第一義而作是勝緣惟佛有言積土聚沙皆為佛事皆成佛道今木石之役窮極壯麗熾然建立如此其為功德詎可思議是則不得不托諸字以傳無窮庸不辭而為之記至於寺之顛末及公之行業已具虞公之文者茲不復書壽別號南山族姓董氏以至正四年來住是寺云　翰林侍講學士中奉大夫知　制誥同修　國史同知　經筵事黃溍撰

昭慶寺看芍藥　王渙

一半春光過牡丹又開芍藥遍禪關久辜佳約蓮社、今續清懽到寶蘭壺露幾圍花向溼東風一陣燕泥寒、酒邊何味呈奇供綠筍朱櫻正滿盤、

和文待詔懷昭慶寺之作　王寵

明光起草五雲邊猶憶同參雪竇禪花雨石牀聽說法、竹林茶碗愛談玄拂衣未許還廬社飛夢時能墮輞川、借問玉皇香案吏何如兜率鍊形仙、

昭慶寺在城東北隅元至正間宣政院差僧懷壽開山、虞集黄溍記今廢、

吳都文粹續集卷二十九終

卷廿九

罒

吳都文粹續集卷第三十

長洲錢穀叔寶集

寺院

萬壽禪寺重搆佛殿記　宋濂

蘇之長洲東北二里萬壽報恩光孝禪寺在内焉初晉義熙中有沙門法愔自西域至中夏与慧遠法師結社虎山已而來蘇蘇以念佛三昧化道有情蘇人翕然趍之爲淨壽院梁時更名安國長壽院二年又更名長壽尋燬于兵吳越錢氏有國中吳軍節度使錢文奉重作之又更名安國長壽禪院始易禪僧明彥

主之宗大中祥符二年丁晋公謂奏改爲萬壽崇寧二年始加崇寧於萬壽之上政和初又更名天寧紹興七年復詔更今額、爲徽宗薦嚴之所元至正末天下大亂寺爲兵所燬群、僧散蝟爲榛翳之場　國朝洪武癸丑蒲圻魏觀來吳爲、郡周視廢基蹙額而言曰是刹之廢不得名浮圖不足、以起之行中禪師仁公乃寂照和尚去嫡今住虎丘德、涵道融堪爲天人師且兼通儒家經史發爲文章嚴簡、而有法内外之學双至中興之責其在是乎遣使者致、書幣凡三往而後應之視其寢室則牀笫蔑如也稽其、穀粟則盎無斗儲也訊其執役則僕無有也師泊然獨居若隸子萬鍾之祿者曾不幾何僧之散者復還遠近清修之士負貫而來有餽食者有供三衣者有施黄白金者禪師曰可矣戒左右重搆大雄殿五楹間鑿石於山市材於江陶瓦於郊工者奏技壯者獻力翰明完應不督而集四阿有嚴若翬斯飛丹護絢爛炫人心目像工於甲寅春二月至乙卯冬十月厥事告成禪師太息曰寺之凡　殿爲钜殿既成門廡堂室當易爲耳吾耄矣宜選春秋強盛者繼之禪師乃退居松林蘭若勤舊合与議延瑩中獻公瑩中嘗請業禪師

不復同辭乃走吳江水月廢刹輦致三世如來像安奉殿中觀者起敬瓛公晝夜孳孳將次第成禪師之志復來請文以示後之人誠可謂賢也已嗚呼大千界中不離一念建治銷毀隨感而形者也茲刹付之虐焰化接觀而爲灰燼果誰使之哉此一念也翦翳剔荒变瓦礫而成梵宮又孰爲之哉亦一念也善惡之所繫其懸隔有如此者可不慎歟禪師起廢之功無讓闍基瓛公善繼之力必漸復於舊觀皆肇於一念之善者也法社緇衣之士來居於此尚當擴而充之爲声聞爲緣覺爲菩提埵雖曰等妙是覺亦可拾

級而升無有出於此念之外者毋徒委爲、有漏曰果如忽之訧昔有唐僧貫休所畫十六羅漢像、頗著、靈異吳越時卯思賓寺共建二石幢今猶存詩曰、

牽牛南斗姑胥墟義熙神僧建梵居相傳正受起凡夫、以法龍絡爲周阹污泥欲現金芙蕖盛衰相循雲卷舒、歲幾及千道如初飛樓涌殿薄太虛欝似毒焰翻赤烏、化爲灰燼無復餘上遮叢棘下夫須白烟斜日寒隼呼虎丘尊者名浮屠見性炯若摩尼珠胸中藏書比石渠、應聘而起三嗟吁食無糗粮衣無襦赤豆何以興吾廬、蕭然隻榻結隻趺風声颯颯撼州閭

其作曰

四方聞者魚貫趨、布帛盈橐粟滿車稛載有若神鬼
輸成此宝構只須臾、龍礎承楹列碔砆榱題濆星塗
以朱日月回薄氣扶輿、偏慳破執道力軀空中樓閣
臍毘盧法筵誰嗣乃其徒、利如干將溫六瑚吳江有
刹委平蕪尚留像变金作膚、妙莊嚴相愍且都輦致
中座青蓮敷直揭紅日昇天衢、大綱既挈萬目攄三
門夾序暨堂塗勢可馴致當不孤、秖令勝槩曼然殊
黑白駢首施拜膜鎧器如獲聞鐘魚、有情弱負同巴
其暮枯寧復論朝腴一念搖曳風中旗、大雄慈憫猶
已痛乃假塔廟作壵模由外修內垢淨除事爲不落

有与無空〻色〻皆真如作銘者誰仙儒鐫之青瑶
字紫紆後千百載期不渝　國史兼太子賛善大夫
金華宋濂撰幷書

○○—萬壽禪寺重脩記

通議大夫吏部左侍郎前詹事府少詹事兼翰林
院侍講學士郡人吳寬記

佛寺之盛多創於前代至　國朝則著於律不得擅
有所興建況洪武初獄其煩襍且有隷併之令尚何
敢於興建乎百餘年來寺復就獘而能修葺者少蓋
前代寺多腴田畧無限制今則悉入於官凡賦稅之

歉無可蠲免大率相農民等則其人人謀衣食之不瞻何暇於修葺予吳城東有萬壽禪寺相傳晉義熙年間有惜法師自西域來始屋之梁唐時更名屢易至宋詔萬壽禪寺歷年既久而寺蓋常廢矣南渡以來江南有十剎之號而萬壽居其一則其盛非特為吳中禪寺稱首而已由元入

國朝歷歲既久而寺益廢雖衍中禪師起廢之功未全周製宣德間都綱兼本寺住持夢菴南公亦有起廢之意衆服其道行咸出財相助遂建法堂三間廊五十間久之又得白菴金公其道行愈高衆服而助者愈多建天王殿三

閣已而其徒僧録司覺義戒璟請藏經自京師至建閣五間寺之既倫至弘治初歲復久矣漸就傾圮而住持定秀戒爾化去始請大覺英公繼之其爲人苦行強幹前補塗既以盡其勞逾年寺訖一新於是白菴金公年八十餘矣退居後院以子家居徒步造門余老不預寺事獨喜守之完也惟茲寺甲於吳中然無所攷幸宋學士之記存雖然直遺初迹耳往往與毀不能悉彰復之一言以示將來予感其言竊有撫嘆夫蕭梁氏至今幾年矣而區區一寺巋然獨存完美之觀尤加於昔豈佛力之不能護持耶蓋其人存

則其寺存否則鞠為草莽固有不知其處者吾見亦多矣蓋物係於人人獨此而已會白庵之裔孫方靜上礼部請撥歸住持懇懇申其祖之意乃書前寺之所盛者也俾刻之

登萬壽寺佛閣　　王鏊

吴城第一好山川半醉来登意豁然天際雲開浸塔影城頭日出萬家烟六朝故老空遺宅吴下叢林不

記年今日隻鳧同眺望分明身現宰官前

萬壽禪寺在府治東北晉義熙中西域僧法惛建名净壽院梁改安國唐改長壽宋大中祥符二年丁謂奏改萬壽禪院崇寧中改崇寧尋改天寧紹興中改萬壽報恩光孝禪寺為徽宗薦嚴之地唐僧貫休嘗居此號禪月大師寺有禪月閣寺前周廣順中所立尊勝石幢猶存上有吳越軍節度上柱國邵思望周存礼題名元末兵燬　國朝洪武中重建宗濂記嘉靖二十年御史舒汀知府王廷長洲縣知縣吳岳良改為長洲縣學

師子林菩提正宗寺記

歐陽玄

姑蘇城中有林曰師子，有寺曰菩提正宗，天如禪則之門人爲其師創造者也。林有竹萬箇，竹下多怪石，有狀如狻猊者，故名師子林，且師得法普應国師中峰本公，中峰倡道天目山之師子岩，又以識其授受原也。寺名菩提正宗者，帝師法旨与以是額也。其之地本前代貴家别業，至正二年壬午，師之門人相率出貲買地結屋以居其師，而擇勝於斯，爲因地之隆阜者命之曰山，曰山有石而崛起者命之曰峰，曰含暉，曰吐月，曰立玉，曰昂霄者，皆峰也。其中最高狀如狻猊是所謂師子峰其脣有文以識其名也立玉峰之前有舊屋遺壙容石磴、可、坐六七人即其地作栖鳳亭昂霄峰之前曰地下窪、瀦、為淵作石梁跨之曰小飛虹他石或跂或蹲狀狻猊、者、不一林之名亦以其多也寺左右前後竹与石㞒地、太、半故作屋不多然而崇佛之祠止僧之舍延賓之館、香、積之廚出納之所悉如叢林規制外門扁曰菩提蘭、若、安禪之室曰臥雲傳法之堂曰立雪庭旧有栢者曰、騰、蛟今曰指栢之軒有梅者曰卧龍今曰問梅之閣竹、閒、結茅曰禪窩即方丈也上肖七佛下施禪坐間列八、境、光相互攝期以普利見聞者也大概林之占勝其位置雖出乎天成其經營寔由乎智巧究其所以然亦師之願力所成就也師每説法參問多至數百隨其悟解開導誘掖有所質疑剖析至當眞不虚往寔歸至於安衆必擇法器不汎然以容擅施与貲視師意向亦不強委師取共其財足即止諸行省平章若河南之圖魯江浙之道童江西之買住行宣政院使若岳叔本肅政使者若普達寔立揩顏問道執弟子礼弥恭嘗覩異之師法施平等官貴崇卑若罔知也寺成之十三年宜春之比丘之嗣談以臨川比丘克立所

撰事狀來京師謁余爲記余聞師之名起敬日久既撫其事狀述寺之勝概而記之其師子名義則必有以復於其師与友也古有師子音佛有師子武佛言佛之威德能制諸魔也又曰師子乳一滴可迸驢乳百斛言佛法之真寔能破諸妄也又若文殊之學得於智普賢之學得於行智之勇猛精進莫師子若故文殊之好樂在師子行之謹審靜重莫象若故普賢之好樂在象後之肖菩薩以之莫詰所從也今天目之所謂嵒姑蘇之所謂林其取義居一於是矣而豈獨以山石肖貌言之乎雖然物有桀格而後有伏降

卷三十　八

有比假而後有真贋就若物我兩忘形勢俱泯以師子還師子以石還石以林還林然後佛自還佛法自還法菩薩自還菩薩哉論至於是師必有以警策其徒矣予聞師所說法不設崖險不輒揄揚不自陳衒悟解緣由以啟學人提出蹊徑其為學平寔顛谿鞭辟近裡一時諸方之乍見乍聞而張磔旁午未証未得而捧喝生風者聞師所言皆喋故自中降以來臨濟一宗化机局段為之一変焉師曰多論建有楞嚴會解若干卷有語録別録剩語若干卷行於世近乃一掃空言不尚文字於談之請立之狀余之記然無

綺於玆予師俗姓譚氏吉之永新人江浙諸名山屢請主席堅却不受遁迹松江之九峰間十有二年道價日振帝師与以佛心普濟文悳大辯禅師之號貞与金襴僧伽梨衣至正十四年甲午五月癸未翰林學士承旨光祿大夫知　制誥兼修　國史庐陽歐陽玄撰　奉訓大夫兵部員外郎臨川危素書　宣文閣授經郎兼經筵譯文官王餘慶篆

立雪堂記　鄭元祐

榮祿大夫前江西等處行中書省平章政事高昌簡齋公懸車吳下休心空寂一日語其門客遂昌鄭元

祐曰昔普應國師倡道天目時予之先人秦國公方平章江、浙行省以其素所學叅扣於國師時國師之門人高弟、東殫三韓南極六詔西抵身毒北弥龍沙則其近地摡、可知已今中吳師子林主人天如和尚在國師之門尤、為得法上首穎異而秀出者也余也今茲所寓与師子、林相密邇時々扣門聽礼請益其為室不滿二十楹而、挺然修竹則幾數萬箇師与其徒休止其中團蒲禪板、如大叢林勘辯根研以發明國師之道名公貴人向師、道風叅拜跪跽獲聞一言如飲甘露然師机用險峻、傾企莫及至于杜門却掃經歲不出余雖不敏竊嘗締觀師方以太虚空含納沙界王公庶士貴賤雖殊若夫生死泡沫起滅須臾則非嘗少異自非師隨方誘掖以倡明心宗則國師之道幾乎其熄矣余曾出高昌依佛爲命覩兹僧宝敢同寒蟬第以學匪房裴覲於贊頌輙爲師手書二扁牓名其說法之堂曰立雪禪燕之室曰卧雲仍命工刻諸梓而揭之以寓余忝承之意子其爲我記之元祐曰世習下趨豈但人情而已要雖出世間者亦罕不爲名聞利養之所動若天如師者殆所謂香象渡河金翅擘海爲砥柱于波頽瀾倒之日振清風於

卷三十　十

炎埃腥腐之中也。欣夫禪自少林立雪傳心垂八百餘載，至普應國師而其化益隆。今天如師上繼普應，直截衆流，弘倡大法，使真參寔悟之士永有依歸，是則簡齋公立雪名堂之意良有以哉。至正七年歲次丁亥穐七月甲子元祐記。

師子林詩序

李祁

自天如師坐師林子中，地益闢，景益奇，四方之來得於觀覽悟悅者益衆。於是內而京師集賢翰林之名德重望，外而郡邑詞林賦藪之才俊英逸，皆托之詩章以寫其景物之勝。至有足未及造其境而心与之游者亦想像摹寫以極其趣夫如是則師子林之得名當時亦已遠矣余嘗觀其地之廣不過十餘畝非若名山鉅刹之宏基厚址也屋不過一二十楹非若雄殿傑閣之壯麗焜燿也其徒衆僕役不過十數人非若高堂聚食常數千指也若是而能得名於當時之士大夫無乃以其人而不以其地歟蓋天如師夙自警孜孜恒居天目侍中峰國師而盡得其旨切深力到愈久而彌彰是以世之賢士大夫莫不慕其為人而樂談其道即其地而賦其景耳師之上弟詎可迮將褒之以為卷持以示予予復之曰昔之佛舍僧

房託名群賢集中以傳不朽者多矣、若師子林則固無待於詩也無待於詩而詩以美之者、當世之士大夫也褒之為卷以傳永久者可庭也可庭、之意非天如師之意也欲知師之道者當於此卷之外、求之時至正庚寅夏五月茶陵李祁書於吳城之狀元、坊

師子林圖序　朱德潤

泰定中僕自京師還吳中適侍御史岳石木公郡守道、童公會於城南詢僕以歸來意僕告之以歸休泉以遂、息肩意二公曰子有退休志盍求侶乎近城東偏有天、如則師者自遊松江九峰間泝錫來吳結屋

樹竹號師子林其爲學也真寔謹密平淡無爲子盍
与之言也僕於是謁師〻喜曰先生來何晚耶相聞
舊矣遂款淨室蒲團茶其接引清話薄扣其旨則問
辯明敏了無滯礙余益信岳道二公之言爲然他日
出其所撰語録別録余讀之嘆曰師真所謂有識者
耶因觀其林木蔽翳蒼石峻立所謂師子峰者突然
乎其中乃諗諸師曰昔達摩傳言法中龍象智度論
解曰水行中龍力大陸行中象力大茲林曰師子豈
非以其猛威可以懾伏而爲　也若以威相則文殊
固有精進勇猛之喻矣僕又曰昔人言作師子吼得

非以其声容可以破諸障乎師曰非也以声容則無此声容也其有不言而喻者乎僕曰不言而喻余知之矣不言而喻其唯師乎噫古道紛囂不以形色則不能懾諸欲信而吾師以師子名其林者姑以遏古紛而自得於不言者乎別師之真寔可以破諸妄乎淡可以消諸欲若以静默不二則雖有形有声猶不能悖況乎無声無形而託諸後視以警群動者乎雖然觀於林者雖師石異質一念在師石皆師也一念在石師亦石也然不名師石兩忘者邪師曰唯唯余識之久矣不能寄諸筆墨也師既示寂其徒卓峰立

師克嗣其學与余交請為圖之且系其說於左至正二十三年歲在癸卯重陽日老雎陽山人朱德潤謹序

師子林十二咏序

高啟

師子林吴城東蘭若也其規制特小而號為幽勝清池流其泉崇丘峙其後怪石崷崒而羅立美竹蔭森而交翳閒軒浄室可息可游至者皆栖遲忘歸如在嵒谷不知去塵境之密迩也好事者取其勝概十二賦詩詠之名人韻士屬有繼作住山因公裒為巻帙對以雎陽陳澤民舊所繪圖而請予記焉夫吴之佛

庐最盛叢林招提據城郭之要坊占山水之靈壤者數十百區雩臺傑閣甍棟相摩而鐘梵之音相聞也其宏壯嚴麗豈師子林可擬哉然兵燹之餘皆委靡於榛蕪扃閉於風雨過者為之踟躕而悽愴而師子林泉益清泉益茂屋宇益完人之來遊而紀咏者益衆夫豈偶然哉蓋創於天如則公頤力之深繼以卓峰立公承守之謹迨今日公禹昌宦族棄其膏梁而就空寂又能保持而修舉之故經變而不墮也由是觀之則凡天下之事雖廢興有時亦豈不係於人哉余久為世驅身心攫攘莫知所以自擇聞訪日公於

林下周覽丘池復取十二咏者諷之覺脫然有得如病暍人入清凉之境頓失所苦乃知清泉白石悉解談禪細語粗言皆堪悟入曰公所以葺理之勤而集録之倫者蓋爲是也不然則飾耳目之觀賞詞華之美皆虛幻事豈學道者所取哉是則來遊而有得者固不得不咏因公亦不得而不編既編則予又不得而不序也洪武五年秋七月渤海高啟序

遊師子林記　王彝

蘇城之東北區有林若干畝佛者居之曰師子師子者林之一峰如其形故名而其地特隆然以起爲丘

爲禊植竹樹丘之北崖然以下爲谷爲皆植竹多至數十萬本始升其丘之南麓便仰見師子峰高仰若千尺如舞且踞兩旁復各有峰亞丘之東曰含輝作人立左腋下有穴一腹枵然有四穴日始出則其輝映峻相射西曰吐月頗峭且銳稍夕月即見其上師子之北有关曰禪窩含暉之東有隙地踰尋礱石子爲環坐者之所藉曰繡經臺傍有峰特出曰立玉然其狀欹若刀劍劃作四五葉者或曰以地肺名之爲宜吐月之西有澗自竹谷中來自架石爲梁曰飛虹踰飛虹以西而下其西麓乃北入竹谷中委蛇東來折

以南出立玉後而上其東麓復折而南且西出師子前而下其南麓几丘之巔踵自三西峰外諸小峰又十數計且叢列怪石什伯爲群而所取道往往經緯其間既下南麓有二道其循麓而東者至立雪堂者堂之南爲卧雲室又南爲指栢軒其循麓而西者至問梅閣問梅指栢相直梅与栢各一皆相結爲欹虬其壽幾二百年栢之南有池曰玉鑑若鑑影以自媚者梅之西有井曰氷壺初鑿井時得古壺罇地下而其泉冽且甘以淪茗味尤勝云余在昔於斯遊也蓋屢焉而不猒今年秋復与茅宅民陳彥濂張羽端

来遊而曰師者予故人也止予宿問梅閣得咏歌其丘与谷者參日師曰是果可以咏歌欲頣有記也故書之石而使刋之先是有十二咏書石上其倡者高太史季廸和者張水部子宜王文學止仲謝翰林玄懿今亦為同遊者洪武五年秋七月稽丘王彝記

○○師子林十二咏

○○○題咏人多不能全録今各存其一

師子峰　高啟

風生百獸低欲吼空山夜疑是天目嵓飛来此林下

含暉峰　張適

特起雲成朶高明玉有輝奇岑映初旭霽色舞羅衣

吐月峰　王行

昨吐月不缺今吐還非圓〻缺有多少孤峯只宛然

小飛虹　申屠衡

渴虹飲不足連蜷澌彊縮我來躡其背下瞰無底谷

禪窩　張簡

草窩隻樹下借与定僧居會待虛空境坐卧總從渠

立雪堂　陶琛

升堂獨立時一言悟未徹皓〻雪齊腰凄〻夜寒切

竹谷一作栖鳳亭　僧道衍

萬竹雲朝合，弦亭月夜明。鳳來緣覽德，不爲玉簫声。

臥雲室　王彝

秋潭看月還，片雨千山瞑。獨有鉢中龍，蜿蜒伴僧定。

指栢軒　高啟

清陰護燕几，中有忘言客。人來問不譍，咲指庭前栢。

問梅閣　張適

陽回知幾許，問信臘花前。月白無言荅，如參不二禪。

玉鑑池　王行

方池開玉鑑，炯炯湛虛明。瘦影何須照，心源已共清。

冰壺井　謝徽

氷花霞銀床雲滚沁瑶甆一勺甘露漿入口不敢漱

詩一章奉題師子林就簡天如和尚

張　翥

老佛叢林伯休居得名園幽藏嵒壑勝負絶城市喧除徑去宿莽引池發真源鳳亭迴澗橋梅閣臨栢軒咄嗟龍象地丹碧粲雲鶱惟石洞進來荒臺洗秋痕散落萬竹裡劣若熊豹蹲中有青猊視主當衆峯尊凴陵鬼神會呀呷風雷奔道人一飯已趺坐蒲團温來者自名相何有眼耳根伊昔刃住翁千偈波濤翻作大師子吼洪音殷乾坤師傳一燈出与古爍群昏

摳衣雨花外詎繁叅學繁要知天目下廣闢甘露門
平生撈㢘讀衲侶夙所救身雖縻塵緣是心了然存
聆彼中林社遲暮或往論斯師法擅度此道非空言

小偈奉簡臥雲室中老師　　危素

坐禪銘自集雲傳一念還超佛祖前此是菩提真種
子成華成寔自年匕
天目嵒前澗水深穀絕厓荒在少人行等閑會取撈
嚴旨雲散天空月自明
九衢塵土自湯匕瞬息光陰執控搏師子林中方入
定天花如雨落嵒端

道人燕坐萬緣空栖鳳亭深一徑通只有庭前栢樹子無言長日倚東風

鄉僧幾載客吳門卋味蕭然道義尊等是江湖未歸去寸心何日与同論卓峯上人与素同里故云

落托京華久未歸山中閑却綠蓑衣閑來描憑虛空看但說虛空早已非

五十六字奉上如禪伯　周伯琦

多士來參萃若林阿師語默示無心鉢中龍起窺禪定洞口猿吟學梵音鄮嶺寒烟阿育塔祇園秋雨結孤金柏軒梅閣春無恙解組何時遂雅尋

卷三十　六

余夏日過天如禅師竹院周覽歡甚師呼茶坐予竹下因問西來意作麼意生師荅曰修竹不受暑余嗟嘆而永歎之不已遂集杜少陵之句以紀師之高踪以發來者之清晤云

夏日過天如禅師　　錢良右

東下姑蘇臺驚浪滿吳楚江山已定居喜無多屋宇一丘藏曲折户牖絜可數開軒納微凉脩竹不受暑耆老擇門子文物多師古價重百硨磲榮貴如糞土瑞屋茗續煎香美勝牛乳隐几亦無心敢為故林主今我一殘老衰謝身何補瀟洒共安禅沉思情延佇

出門復入門天欲今朝雨廢足充淹留夜闌接軟語

獅子林即景十四首　維則天如

鳥啼花落屋西東栢子煙青芋火紅人道我居城市裡我疑身在萬山中

萬竿緑玉繞禪房頭角森々笋稚長坐起自携藤七尺巡林絡繹似迷堂

素壁光搖眼倍明隔林風樹吳新晴樹根尾鼓鳴殘雨恍惚南山水樂声

指栢軒中六七僧坐忘忽怪異香生推窗日色暎如火薝蔔花開雪一棚

相君来扣少林宗官從檻門隘不通散入鳳亭深竹處石林分坐繞飛虹

半檐落日晒寒衣一鉢香羹埜蕨肥春雨春烟二三子水西原上種松歸

鴉鵲爭巢似憤兵惡鳴兒鬧亂縱横可憐踏壞桫欏樹滿地落花無路行

道人肩水灌畦蔬托鉢舡踈粟有餘飽飯禪和無一事繞池分食餵遊魚

卧雲室冷睡魔醒殘漏深深促五更一夢又如過一去東方日出是來生

西隣毋鶴唳無休鶴意吾知為主憂養得雀成騎雀去揚州未必勝藕州

竄見深夜誦蓮花月度墻西桂影斜經罷轆轤声忽動汲泉自試雨前茶

林下禪關盡日開放人來看臥龍梅山童莫厭門庭閙不是愛閒人不來

斜梅勢壓石闌干花似垂頭照影看白晝陰雲天欲雪半池星斗逼人寒

雪深三尺閉柴荆歲晚無心打葛藤立雪堂前人不見秀雲峰似白頭僧

卷三十　廿

師子林三十韻　僧道衍

上士栖禪地精藍故有名勝逾林屋洞奇冠闔閭城
岌岌諸峰秀青青萬竹榮空同冏藻麗地等布金平
刹頂靈光集幢陰瑞靄縈漾飛晴蝀見礦踞怒猊獰
近悅眾罳擁遝儕睥睨橫挂踮經閣瞋蕉傍佛龕清
井甃冰壺淨池開玉鑑明鉢拘龍伏卧亭接鳳來鳴
曇蕚還如菊頻伽詎類鶯庭梅新著彈軒柏老垂纓
槲葉欺螺翠榴英妬罽赬露晨知蕙吐日午覺葵傾
磵覆叢生芳渠陰樹列桯藥欄蜂恣繞蘚砌蟻艱征
風籟吟濩徑天花雨兩楹炊香馴鴿戀廡响雁庇鶯

日下播交影，雲深磬一声。蘭灯長際曉，蓮漏不違更。焌觸松煬灶，清喧若沸鐺。篆炯重翳幌，鏡月獨懸欃。僧出齋房靜，童歸化骮盈。蟬號隨梵奏，鶴舞逐徑竹。慕境人屋過，忘形客倦迎。參時机較寂，定處步宜輕。踈澗緣方絕，孤高道始成。遠閒思結社，潛醉頤投盟。要識林中趣，應存物外情。會須来掃石，宴坐學無生。

師子林池上觀魚　高啓

穿蒲尾獨棹，唼蘋口群仰。波平沒見痕，池靜跳聞响。

漁罛已免捕，僧盂每分飡。落日意無驚，識我臨流賞。

和　徐賁

微微林景凉悄悄池魚出欲去戲仍戀乍深驚還逸
竹徑由島幽聚傍新荷密不有濠梁興誰能坐終日
七月十五与高季迪過師林　張　適
方罷文字燕復來釋子居軒颸颯暑後斜日下林初
非無明旦遊偶此清思餘適當解憂日辟公正安舒
或出囊中文或發函中書久論理昭析玄談趣中虛
仰聽歸林翼俯察沉淵魚物性咸自遂遊心亦晏如
七月廿七日過東郭師子林蘭若如海上人
索畫因寫此圖并為之詩　倪　瓚
密竹鳥啼邃清池雲影閒茗雪爐烟裊松雨石苔班

心靜境恒寂何必屋在山窮遠有行旅日暮不知還

所子林菴在城東北隅元至正二年僧維則建多聚奇石狀類狻猊故取佛氏語名一名菩提正宗寺内有十二景名人題咏甚多不能悉録今取其文并人各存其一首其倫載紀勝集中嘉靖爲勢家所廢萬曆壬辰始復賜額曰聖恩并大藏經一部

送弘上人住蕪州正覺寺詩序　金　問

蕪城中多名藍勝刹相望而起正覺其一也相傳爲歧王公香火院寢堂奥殿宏壯奇麗自剏迄今數百

年來固非一人一日之力而纂承繼述自非制行精白願力宏深鮮克有濟滇南弘上人自永樂甲午不遠萬里來　朝既願識於天界禪寺尋奉　詔旨遊方若湘湖閩浙間名山古跡涉歷迨遍常住福州天王寺伐翳剗莽幸有成功未幾來吳因駐錫爲起閣門吊橋於頹波斷岸之間造承天寺萬佛於層樓傑閣之上與凡方便事力有可及者無不盡其心爲由是道價益隆禪芳益茂乃宣德乙卯會覺報主席久虛未有當其任者衆舉上人爲宜遂達於録教事者弘因以寺名奏請特賜今額其所以仰承　帝訓往

踐祖庭士庶其瞻山川增觀不可無文以表著之也中書舍人姜君子徵得同朝大夫士送上人詩若干篇謁予序首簡予惟佛氏之學外形骸齊恩怨踽踽凉凉將特立於物表其自視不輕矣然自昔神僧勝士能不免其名者亦資文以傳尒予雖未識弘而大夫士之詩鏘金戛玉諧韻協韺必其有可誦之迹矣别子徵之請予言尚吝靳哉是年秋九月初吉行在太常少卿兼翰林院　侍讀學士金問公素序

正覺寺記　吳　寬

吳城中分四隅惟東南居民鮮少自巷衖外彌望皆

隙地大卒与郊埜類訪其遺迹先朝廢宅及故佛老
之宫爲多今正覺寺者相傳其先爲宋楊和王别墅
後爲元人陸志寧寓館既而捨爲僧院號大林菴
國朝二十五年洪武　詔清理釋教菴併入壽萬寺
遂廢久之一内侍有公事於吴得其地適有僧自滇
南來曰弘此宗者木智人也寓於吴多所興修内侍
遂以其地遺之於是此宗上京師奏乞爲寺　朝廷
特從之因賜寺額曰正覺而爲住持寔自此宗始時
宣德乙卯歲也其事見翰林學士金公問所贈序文
此宗没傳其徒福暄〻傳其徒祖鎮再世有戒行能

守其業予昔家故居与故山西叅政祝公往遊坐談竟日留詩而還蓋二十餘年矣一日鎮公以書來言寺創于前人已久未有記之者願書之夫吳自六朝來佛老之宮相望於郡中寫門廣殿長廊傑閣土木之功窮極侈麗所以成此者豈皆其徒之身之所出哉出之人而從其說以爲福田利益者也予嘗獨愛正覺爲寺其地殆百畝非不能爲彼侈麗之觀者顧其屋總數楹於奉佛居僧僅足而已其外悉用以樹藝其徒特食其所入以自足不鼓其說以求人其賢於其類者哉故爲記之志焉故大家在當時園亭勝

絶尤好植竹至今美種蔓延不絶人猶以竹堂稱之地既幽僻入其寺竹樹茂密禽声上下如在山林中不知其爲城市也又幸其去予家更近徒步可至予將歸老良時策杖与故旧子姪同遊於此即事賦咏其樂有日也

正覺寺退居記　　徐源

浮屠氏多衆庶家俊秀子初未喻儒術可以經世故卻步從釋授佛書稱弟子始祝髮爲侍者稍長爲維那其進爲藏主爲首座以至爲長老巍然領袖主名山大刹之席凡日用飲食衣服菜果香燈之費慶祝

朔望而賜祈禱之儀悉掌之衆則受戒視訓其才且能者從而張大其教崇建予殿宇皕設予貌像金碧煥耀鼓動遠近華嚴大藏之書會讀群誦積日累月動千百部功在沙門於是洗心藏密異居別處投身物外所謂飲食衣服菜果香灯慶祝朔望而賜祈禱之事不服治理日維掃揭甚香高者欵賓談詩下者念佛待老是東堂樂地梵言所云波羅者是也吴城東南有竹堂寺為元陸志寧園亭嘉竹蔓衍幽禽密樹遊其間者若在山林初為宋揚和王別墅傳之志寧志寧復捨為大林菴　國朝宣德十年滇南僧弘

此宗者遊寓於此，始奏改今寺，賜名正覺，事載翰林學士金公問《贈竹序》中。此宗再傳得今祖鎮，清修澹泊，於寺爲稱。成化壬辰推爲主席，歲在丙申乃退。先是，贈侍郎東莊吳翁、鄉士叔謙錢翁俱交厚於鎮，捐厥材費，剏爲退居，堂室軒墀、庖井湢廁，秩然就位。厥後好事者又助而闢之，於是寬衍潔淨，幽雅成趣。建正德改元，鎮之居是踰三十年矣。乃者，磨石介侍郎之孫嗣業過予請記。惟鎮初去其家以從浮屠，視世之鶩利者若復處矣；既又從浮屠氏而退焉，則其志慮澄澈，與世相忘，所謂見性到岸久矣。因想揚和志亭當時富貴地在而物改時已变而竹獨存則萬鍾之貴千駟之富其於我何有哉夫凡物有其進必有其退雖造物陰陽寒暑皆然也若鎮也可謂達其理矣吾党之士与鎮少遊竹堂或就假居卒業久之去為有司為京朝其於生民飲食菜果日用能主之否也能不使之告之否也能弘大吾儒之教否也猶且汲〻求進忌其退爲嗚呼異時懸車過鎮得共此車樂者不知伊伊誰人也記之以待通議大夫都察院右副都御史致仕瓜涇徐源撰

与叅政祝公遊正覺寺　　吳寬

陸公已逝逐浮塵，弘老重來刹野榛。百畝園林成故事，一天風雨醒遊人。碧梧淨洗今何在，修竹叢生舊有因。白髮耆英留醉墨，晚凉傳玩席間珎。

已未春与天台李秋官、吾蘇楊黄門同遊竹堂古石上人梅東房，時梅爛開，小宴花下賦此　　沈周

竹堂梅堂一千樹，香雪寒門無入處。秋官黄門兩詩客，騎馬西來爲花駐。野翁携酒亦偶同，花不留人人自住。滿身毛骨沁氷影，嚼蕊含香各搜句。吉祥壯丹背本欠，定惠海棠幽亦未。只凭坡口詫繁華，似恐同

花不同趣酒酣塗紙作横斜筆下珠光濕春露只愁此紙捲春去明日重尋花滿地

同　金琮

問我歸期尚渺然老僧預餞竹堂前此身清淨元無垢今日遲留似有緣柳色到門青送酒梅花開樹白連錢醉來忘却山下路明日滿城生夜烟

過正覺寺　皇甫信

暫著荷衣到上方梅花無數落清香山窗僧定眠雲冷石鉢歸龍帶雨涼舍利有光迷寶座佛燈分影照金廊廻詩不覺來晚回首遠天落日黄

雪晏竹堂寺　王寵

遠公偏愛客高會兔園才画室香貂滿天花宝樹開林端迷塹谷象外徹棲臺對此復能醉長歌甘草萊

竹堂　皇甫涍

杳積深藏竹雲寒鐘磬微踏花迷雨徑入爲到林扉真想竹猶在浮蹤悵屢回來茲耽寂樂清夜坐忘歸

正覺禪寺在城東南隅其先爲揚和王别墅元爲陸志寧萬館尋捨爲大林菴洪武中廢永樂中滇南僧弘此宗再建奏　賜今額吳寬記其地多美竹又稱竹堂寺

閑趣軒記

徐有貞

吳之東禪寺有正受上人者其迹寄浮圖中而志慕吾儒攻詩文善談論賢達士多与之遊屋一軒高敞幽閒中惟貯古今圖籍不設佛事客至則相与倒觴和詩竟日不厭嘗自詫曰吾閒事無我与矣而求閒者莫我若焉遂大署其軒之楣曰閒趣因予表兄范以清來京師請為之記余以其浮屠能慕吾儒也乃不之拒夫趣向也志意之所向為趣若目向色而有視之趣也耳向聲而有聽之趣也鼻向臭向味口而有臭嗜之趣也是皆趣也而志意之趣尤大志之向

富貴也則有富貴之趣志之向功名也則有功名之趣志之向道義也則有道義之趣富貴之趣淫功名之趣壯道義之趣真天下之趣富貴十八九爲功名五六爲道義一二爲盖耳目鼻口之趣同而志意之趣異〻爲者要亦不出乎三者之外矣今受也又獨以閒趣名余不知其何趣也其耳目鼻口之趣乎則色声臭味皆浮屠氏所幻而空之者也其志意之趣乎則富貴功名亦浮屠氏所幻而空之者也惟道義不可以空幻而浮屠氏又不知求也然則其趣果何在耶雖然受雖迹浮屠其志意非專向浮屠者也使

其不迹浮屠則其於富貴功名道義之間亦必有所取矣惟其迹浮屠故棄富貴謝功名越道義而自趍於幽寂無事之域与山水雲月為侶不以閒為趣得乎宜其求閒之深也夫趣富貴者不知求閒趣功名者不及求閒而趣道義者不必求閒求閒者誠莫若受也嗟乎受也子不惜其不得富貴功名之趣而獨惜其不得道義之趣也苟以浮屠氏空幻為言則其所謂閒趣者亦空幻又豈復有軒之可名而待予記哉

又　　遇賢

卷三十　　廿九

門前綠樹無啼鳥，階下蒼苔有落花。聊与東風論箇事，十分春色屬誰家。

宿東禪靜公房　吳寬

來爲東莊遊，還作東林宿。林下扣禪扉，幽徑竹自蔌。齋廚夜寂然，倦眠襆僧僕。方床習趺坐，飲我一茶足。坐久湯室溫，洗沐解塵服。衲翁故延款，展畫更燒燭。遠近水上城，突兀月中屋。夜靜風轉號，曠野有高木。疎雨忽復來，春夢不可續。端如紫極宮，百感入詩腹。便當遊汗漫，安復事拘束。晚歲返歸廬，爲隣豈須卜。

又　李應禎

松杉滿院風爪豆一籬綠不聞車馬過時得高人宿
隻來還獨歸悵望城東曲

八月廿二日与諸友過東禪　蔡羽

已候東林磬仍追綠蔭凉波光迴佛地樹色寂溪堂
坐訝尊中翠竹憐屐齒香日沉初梦醒黄鳥弄幽房

二

庐山月未起座上白蓮開已識遠公操何妨謝客来
秋風動溪籟蘭氣發山盃片石難將去煩君護綠苔

晚過東禪　皇甫涍

炉氣花陰禪徑重高僧出去住中峯尋幽自入清溪

路遠聽雲門起暮鐘

東禪教寺在萬壽東南臨城濠吳赤烏間陳丞相宅因池中生瑞蓮遂捨爲寺名鎮國院唐大中間敕改東禪明覺寺宋吳僧遇賢號林酒仙居之元至正間燬　國朝洪武間重建

過永定廢寺　高啓

亂後僧何去門閒落葉時晝昏秋蟲老齋斷午禽飢罷說傳心法猶留賜額碑不知興壞理來此豈無悲

過永定精舍訪南岳上人　劉鉉

誰識名林有遠公閒齋只住郡城東詩禪脫悟追靈

瀲畫墨清虛宵恵崇座上梵追金磬响佛前燈應室幢紅相過莫問三乘道萬法由來本是空

永定精舍　楊循吉

古刹吳城裡相傳始自唐殿高鷹磨頂門啟檜成竹布地將千載分燈有數房涵空雲沼淨當閣埜梅長塵動無餘法經完室蘊香暫遊非久住靈境獨徜徉

永定講寺在吳縣東南吳地記云梁天監中蘓州刺史吳郡顧彥先捨宅建唐乾符間賜今額陸鴻漸書葦應物罷郡寓居寺中故多賦咏初寺在閶門北景福五年始迁於此天福中更名普慈元僧

聲九皋作海印堂又取韋詩作閒齋元末燬　國朝洪武中重建嘉靖間郡守胡纘宗屬爲金鄉書院惟存一房於後出入

蘇州南禪院白氏文集記

白居易

唐馮翊縣開國侯太原白居易字樂天有文集七袠合六十七卷凡三千四百八十七首其間根源五常枝派六藝恢王教而弘佛道者多矣然寓形放言緣情綺語者亦往往有之樂天佛弟子也備聞聖教深信因果懼結來業悟知前非故其集家藏之外別錄三本一本寘於東都聖善寺塔院律庫中一本寘于

廬山東林寺經藏中一本寘於蘇州南禪院千佛堂內夫惟悉索弊文歸依三藏者其意云何且有本願願以今生世俗文字放言綺語之因轉爲將來世世贊佛乘轉法輪之緣也三寶在上寔聞斯言開成四年二月二日樂天記

南禪集雲寺重建大雄殿記　吳寬

吳有佛寺曰南禪集雲者　國初賜額也寺之始建不可考自唐宋以來多名僧居之　皇明又有若寶曇和尚者　高皇帝知其名召赴闕下俾住蜀之峨嵋化行其地久之而還因奏先所居吳門集雲旁有

妙隱大雲二寺乞合而一之爲是　上從之始　賜今額寔洪武二十四年也事見左善世弘道所制寶曇塔銘乃成化十二年十月十三日寺燼於火主僧德本以爲己事欲重建之而力未能也於是偏扣富室求施積財蓄料蓋越十寒暑爰以二十二年五月十一日興工始克建所謂大雄殿者像設既完供養益盛乃復建方丈以爲宴息之所觀者稱嘆以本公之勞其心力役其精神不負乎其教有可嘉者然其意猶以寺之規制未備欲悉建之而力亦未能也特求予記其功之成者至於數四而不已惟兹寺在城

之南有山林幽絶之勝自昔賢士大夫嘗辱愛之蓋唐開成初寺僧法弘惠滿等作千佛堂經藏刺史白樂天既爲之記又嘗以文字七帙寘於寺中非以寺之有人而有所記乎及宋蘓子美謫湖州長史流寓吴中作滄浪池以樂今其寺後積水猶汪汪然子美嘗遺洛中故人詩云吴多佛寺可遊玆寺非其首歟夫前賢遺事其可攷如此予獨愛一言而不爲本公復哉本公字一源俗出陽湖馬氏而受業於半塘壽聖寺曰顯祖庭爲徒今年老退休歸隱而惓惓於玆寺如此真所謂不負其教者乎

贈鏡菴上人　　徐縉

滄浪池頭秋水渓，滄浪亭上秋月明。上人栖隱已七十，披衣攤錫傾相迎。竹扉松徑自成趣，獨記當年濯纓處。從兹借榻學生笑，指天花落庭樹。

南禪〻寺唐開成間僧元遂建有千佛堂輪轉藏白居易記居易在郡嘗書白氏長慶集留千佛堂旧称南禪寺唐有之今失所在按今寺在郡學東本名集雲　國朝洪武中名僧示應號寶曇和尚首奏請爲南禪集雲寺成化中燬僧德本重建吳寛記正德中寺僧良定建天王殿嘉靖中住持祖

重脩楊循吉記

大雲菴重建殿宇記　楊循吉

天竺聖人一仁而已矣其法東流二千餘年雅為王公大人之所尊仰所以寶坊金刹隨方顯現吳為大郡尤為櫛比焉大雲庵者南禪集雲之別院也洪武中寶曇師欽奉　高皇帝賜額統之本寺吳中諸蘭若多出前代襃崇至於親承　聖澤惟此得之其寶曇遺墖所在前沼後岡古松標青又廣陵南園之舊跡斯遵伽藍之傑然者然欲境不能勝必有嗣人繼而復興茲惟道力於是西房一峰高公暨徒松嵒鎮公

又一始於斯菴也甞正德中菴遭回祿已爲瓦礫之場十二年一峰師徒以己資先建大殿不藉檀施之力其八月告成至今嘉靖三年又建堂宇門廡自爲一房亦成座下半雲雪溪本開吟筆馳声叢林至是咸預駿奔共落勝事然後祝　聖有所居衆有寮矣哉輪且奐矣十四年南禪主席缺負衆推松嵒爲綱紀亦爲盡力修葺傾囊無吝明年隨牒上礼部領劄住寺既踈其事跡請記尋先約也惟大雄氏之道弘被四洲匪徒以寂滅爲事其中富貴与去締等惟善嗣者受其福茲菴化舊爲新能恢弘先業非其匹承

紹續得人之一驗歟且苟　國家恩命外緣無擾受
賜匪常得不晨香夕灯以竭誠俻之報則永構法陰
傳祀無極可不勗諸一峰妙通醫術龢釋行仁由是
克裕淨財用充興復既崢嶸於法門矣松嵓剛直有
為醫尤青藍兼好文字皆前修之上足本山之小宗
昔創固之不易也今復能為難為是宜書以志之

草菴紀游詩并引　沈周

弘治十年八月十七日余有設於城東寓草菴為
始遊也菴名本大菴雲前有吉草菴者居之遂為
為結艸菴々近南城竹樹叢邃極類村落閒隔圻

望之地、浸一水中其水從葑溪而西過長洲治縣支港稍南、折而東復南衍至菴左流入環後如帶滙前為池其、勢縈互深曲如竹螺殼中池廣十畝名放生中有兩、石塔一藏四大部經目一藏宝曇和尚舍利東西二、小洲植而方浮泊塔下猶笔研相倚東洲南次通一、橋惟獨木板耳過洲復接一木橋人行側足慄股徹、橋名与世絕自此達主僧茂公房〻攜東偏中有佛、殿後亘土岡延四十丈高逾三丈上有古栝喬然十、尋其枝骫骳深翠数百年物西亦有房与東房等寔、茂之侄禎公分栖處也山空水流人境俱寂宜爲脩禪讀書之地勝國時有斷厓和尚肇業於此繼之宝曇〻傳爲斷厓轉生皆了悟之人地理家謂其四獸俱全風氣藏蓄以是觀之吴城諸蘭若莫之及矣是夕宿西小齋紙窓月色耿〻無寐因得五字律一首

塵海嵌佛地迴塘獨木梁不容人跬步宛在水中央
僧閣兀蒲坐鳥鳴空竹房高然僂石塔和月浸滄浪

沈石田寓結草僧院次韻　楊循吉

門前即人去沽板作飛梁古殿崇三寶寒泉繞四央
松枯老成怪蜂出晚知房更提分禪榻来聽夜雨浪

贈澄上人　　蔡　羽

五載眼雲宅如浮海上舟斷梁僧渡熟疎竹鳥啼稠
靜得觀魚樂閒堪學道謀棹歌何處起城裡有滄洲

寓大雲菴贈茂公　　王　寵

趺坐長眉老稜稜捧五峰池開通宝筏巢古挂雲松
拄杖胡藤斷袈裟金縷縫徑行那出戶堦蘚自蒙茸

贈松嵓　　顧禹臣

老納身負道不負談經施藥濟貧人松嵓可是千年
物影落金山丈六身

大雲菴一名結艸菴在南禪寺東即其別院也元

至正間僧善慶建

碧筠精舍記

蔡羽

天王寺洽南洲爲精舍竹二畝池倍之閣十尋軒五竹之一客之造南洲先於軒次竹次池次閣還休於軒古罷像充爲暑之月池於濯竹於巾窓於書席於琴於奕閣於風酒食之會則於軒其霽也池明竹明窓明席明軒明而閣又極明城中之臺榭城外之雲山皆在閣前其晦也池暝竹暝窓暝而閣亦暝閒萍藻之声竹之韻而已余之臥是軒也當壬午六月洞心澄覽則得之池爲洒襟臆颷毛髮則得之竹池爲細

晝昏誦則得之窓爲凴空御遠覩中吳之氣雲物之变則得之閣爲憩息舒倦守神則得之軒爲弥月居得已多使終身居之得又何如也書以爲碧筠精舍記

送常上人住藴城天王寺　　謝　縉

巍巍梵刹古宮邊講席新登況盛年山迥栁橋闉錫振林閒梘市見燈燃芭蕉綠上翻經葉薝蔔香飄煮茗烟好對清風揮玉麈蓮花漏底坐談玄

再至天王寺有感　　王　鏊

深鎖禪扉暫一開竹閒那復舊池臺叢寒只有庭前

柏五十年前見我來

舊日沙彌今老禪白頭我亦異當年見恒河性依然

在莫爲浮生一惘然

天王寺訪濟之不遇　皇甫信

特爲尋君不見君山窗寂寂鎖秋雲偶然回首逢僧

話滿樹寒蟬帶夕曛

天王寺　胡纘宗

叢竹陰陰覆子城煥雲靄靄度瓜涇僧歸何處溪頭

雨野寺寂寥春鳥鳴

天王寺在子城西唐大曆元年僧不空建　缺記

姑蘇餘仁菴言

祖瑛

有道者不求人知而人自知之故身弥隱道愈顯天目寂任本公其道大而弟子至者衆迯於窮山海島弟子追逐之不捨高麗君長即山問道朝廷屢徵不起於其死也謚之為普應國師之號仍賜其書入藏嗚呼何其盛哉夫内不足者急於人知而人不之親窶人之子得一金日抱之以號於道路曰吾甚　吾甚富而人莫不笑之若夫積富之家深藏若虛其有道者亦若是耶方師之迯於潛至于皖也有祖震者先隱此山願為役終身從遊匡廬金陵旋至天目擇

其勞者躬爲之如庚桑之於老聃薛勤之於郭林宗明大禪之於妙善必有厭服其心者也至大四年吴江居士陳無心以白洋山新菴施師名之曰順俾震主之震以姑蘇而禪衲遊訪之行而無所歸皆至治二年買仰家橋嚴氏地南北至河東西延二百三十三尺卓菴曰能仁以駐飛錫有果菴居士吴志曰者佐之施財作觀音羅漢之像自門而堂及買菴基之右太湖余氏地爲園南北至河東西延八十三尺至順二年復買菴基之左戴氏民地爲園南北至河東西延八十五尺爰及松陵贍衆之田六十二畝

心之所施者畢應菴既成以順心所度弟子正性頎
菴享定爲甲乙傳授立誓以示誨蓋震之侍師
得師之道爲用其上首固足以成　況其精者予於
是震之死又一年矣性慮其後圖　先規而數成法
介吾友福慶院長老從雅求文爲記爲述本公之
震之能勤其師以告之云元至順三年二月十一日
四明沙門祖瑛撰翰林學士承旨榮禄大夫知　制
誥兼修　國史趙孟頫書題篆

馡仁菴開山祖師遺囑　　法雷震

祖震自幼出家濫叨田服唯清苦自持堅守戒法持

往淮西天柱山結茅居之時天目幻住和尚方來茲山遂發志參礼而夙緣慶幸乃蒙攝受誓期終身給侍已而從師過房岳之金陵歸天目日設夜禪寒暑不憚勞苦至大四年有吳江檀越無心陳君建菴于吳城西白洋山請師開山師名菴曰順心俾震主之領衆甚備告天祝壽自尔菴緣日隆食指亦衆乃剃弟曰善擁善濤正午正等正性正智各領菴務復剃正勤正登正行切念十方禪侶參學問道往來無栖宿之所至治二年買府城仰家橋嚴氏宅第卓菴扁曰能仁及承果菴居士吳公施財作觀音羅漢并

卷三十　罕

嚴供養之其仍買菴基之左右太湖余氏戴　等
為園其基若園南北抵河東西捻延四百一尺
吴江瞻众之田六十一畝九分凡　之未倫者亦
化緣而成之復承吾友道翁禪師　長洲之二
都東吴鄉山居施余名之曰能仁慶福菴命
智掌之泰定間震以老病引退檀越隣峰徒弟
正等預順心菴事方歸休能仁未幾哀病日攻復
徒弟正性領能仁菴事自性而下擬為甲乙之傳俾
後之來者重念生志建始之心當從佛恩次福檀度
拔濟冤苦超度沉淪自利々他令法久住若不然者

即邪魔外道重招來業決非吾之眷屬也大元至順二年春正月十二日老僧祖震遺囑付能仁主僧正性收執元紀元年春正性買東園東北枕河王氏空地一方入深二十丈五尺東西足二十丈三尺因付吾師遺囑摹刻上石遂識於後至元二年十月十七日住山沙門正性立石吳興趙孟頫書丹并篆

能仁菴在城西北隅仰家橋西元至治閒僧法震建僧祖瑛記今為婺家所有

吳都文粹續集卷之三十終

吳都文粹續集卷第三十一

長洲錢穀叔寶集

寺院

平江幻住菴記　釋本明

清淨本然云何忽生山河大地楞嚴有是語昔僧問瑯琊〻返是語以答之僧頓悟玄旨人徒知山河大地是幻而不知清淨本然亦幻也鏡光本淨物像無狀而生水体元清月影不期而現原夫昭〻影像所現之幻迹也澄〻水鏡能現之幻体也幻与幻盡覺与覺空斯僧所以悟極也大德庚子予進吳中郡人

陸公德潤施松岡數畝於閶門之西地曰雁蕩結茅以栖禪者踵至僅半于指几三見青黄絶際上人永中與董菴務一日集衆請名其菴冃謂衆曰二千年外大覺世尊棄王位臥深雪覩明星於無邊有情同時涉入如幻三昧嗟乎衆僧迨今沉酣情長而不自知我曾出家雖依此如幻三昧如幻三昧而住亦有所未悟者宜以幻住名之可乎時有避席而言者曰承教有言幻身滅故幻心亦滅幻心滅故幻塵亦滅幻塵滅故幻滅亦滅幻滅滅故非幻不滅其不滅者是住乎非住乎予曰子以識量分別欲知幻法是住

非住無乃增益幻見安有悟入之理也尒但能蘊無義語於識藏以究其心捧應量踞於擅門以正其命荷百文不作不食之其以効其勞守諸祖萬慮冰消之誠以堅其志一旦能所頓盡功用兩忘廓尒無依劃然超悟則是住非住正不待借手於無臂之人也越十八年歲丁巳中忽相值於吳淞江之舟中從容叙舊亟請筆以爲幻住菴記擬相傳於久遠云尒

雁蕩除夜　前人

茅屋三間冷似冰灰頭土面十餘僧掃除自己閒枝葉不打諸方爛葛藤就手揭開新歲曆和光吹滅旧

時灯頂門别具摩醯眼越死超生似不曾

宿幻住栖雲堂　高啓

窓白鳥聲曉殘鍾度溪水此時幽梦廻獨在空山裡松嵓留佛燈葉地响僧履余心方正寂無使群動起

遊幻住精舍　前人

寒扉斜向竹間推此日重來是幾廻行遍空林僧不見慰人憐有一枝梅

宿幻住草庵二首　道衍

草菴寂〻住城西寒夜重來樂旧栖譙鼓無聲更漏永滿林殘月聽烏啼

一燈長夜佛前明庭樹枝多宿鳥鳴野外霜寒人未起林僧肅肅又經行

訪幻住院僧不遇　張逵

捫蘿躡高嵓入院分禪席松風來澗阿洞霞護石壁白鶴向人鳴閒雲同客席集久為塵緣羈愜此幽境寂道人不知還西崦已含夕

幻住木蘭花　伊秉

春濃桃李競追歡一段幽情在木蘭且得閒身遊宝地凴將老眼送米九女郎名在人猶惜甫里才高和獨難頫借黄堂戟數本風流會使庶民安

幻住菴作　王寵

春水抱林流，緣源曲逕幽。石牀喧鳥霞，霽宇法雲遊。
寶思虚空發，玄玑罔象求。凴將百年計，長此托靈丘。

同文太史徵仲方山人質父過幻住菴　袁袠

高賢勞枉過，淨域喜相隨。路轉青山郭，門臨綠水池。
一官羞筐業，尊酒負花時。便欲從蓮社，終當与世辭。

遊幻住　趙孟頫

雨後溪水溢，横流行地中。輕舟何迅邁，浩波兼順風。
碧蘆榦始長，柔桑葉已空。瞬息抵山曲，窈窕徹徑通。

青林夾道周流泉响幽叢多慚衆衲子前路相迎逢
禪扉新結構斧斤未暇工蹇闍出塵躅六窓自玲瓏
久矣厭城市飄如脫樊籠妙香清鼻觀新鶯驚耳聾
汲水揀山花開牖納松風經声出廊廡寂然聞鼓鐘
蔬食忻一飽亦与膏粱同緬懷老尊宿燕坐毘盧峰
塵緣苦未斷無由往相從一宿返歸棹迴望但青葱

又　　　　僧善住

夾徑列杉竹茅堂絕四隣野僧秋不到明月夜相親
林靜鳥窺室泉清魚避人何時離城市來此寄吟身

又　　　　沈德虔

野寺屋僧少林扉傍竹幽綠苔沿砌網紅葉冒霜稠
炉熏閒風夕茶烟細雨秋展尋松下月衣涴鶴邊流
不是逸心賞那能愜勝遊慮忘因悟幻過此且遲留
幻住庵在閶門外雁蕩村元大德間僧明本建初
本至吳喜其地名与雁蕩山合遂結草庵於此趙
孟頫為名之曰栖雲其後別創精舍改今名本自
為記　國朝洪武中重建宗濂記相傳結草庵時
趙松雪馮海粟為治役云

雍熙寺訪友不遇　　僧良琦

暇日遠相問古寺幽　深青苔蘇花落覆樹一鶯吟

炉存散微篆茗熟　成斟明當持山酒慰子客歸心

秋日過雍凞寺彩肅二上人　劉鉉

支許從來説共遊埏埸多學冠緇流龍蛇翰墨驚懷素珠玉詩詞駘賀休祇樹繞園靈籟發雨花飄席異香浮多情為我分茶供肯惜徘徊半日留

僧院幽深埜趣饒浮生來此暫逍遥心當初地机方定身戀塵緣業未消滿座白雲秋寂寂半簾疎雨竹蕭蕭寶幢金磬明燈畔坐看慈航駕海潮

雍凞寺在城武狀元坊内本周瑜故宅梁為陸襄太守宅天監二年捨以為寺僧清澗開山名法水

寺唐僧辟法重建宗改今名元燬　國朝洪武初
以其地為城隍廟僧廣宣乃即城隍廟左重建

靈鷲寺脩造疏　祝允明

修造雖小果之因不修則壞喜捨乃大壇之願惟捨則成要知來去之緣足證今生之作敬持短疏編叩高賢茲為蘇城靈鷲寺者創由天監之朝元是永光之額久安我佛曾降真仙奈日月之漸深致棟梁之甚弊杷笏已失鼎然病日之維摩諸漏未除辛苦役中之六祖如是如是念扎念哉今者欲辦蓋頭可嗟空手巧婦不為無米粥獨立難成仁　度有緣人

衆輕易舉是以托管城子將命之孔方兄點頭所願長者宰官善男信女各發菩提樹同建旃檀林只願損盈而益虛便可爲新而革故諸助力不日成功大完種〻之莊嚴重現如〻之妙相將見南朝四百八十寺寺〻莫加如來千百萬億身〻〻不壞千椽正直都是緣根萬尾清凉無非福蔭功在人天而不朽个个圓成福同沙數以無窮人人如願五風十雨萬戢千穐

靈鷲教寺在城南北隅旧名永光院又名東林院

梁天監中僧永光建

春晝馬禪寺　　蔡　羽

斜日上河股，殘春投佛家。維摩元有榻，優鉢已無花。柰下曾聞道，松間聽煮茶。坐來心自適，此地寂無譁。

馬禪賞月　　陸　八

鼓角啞啞漸入更，短庭長坐候初生。魄虗天影双鈎小，光滿雲層幾片明。酒豔瀉霞歸木甕，茗坡延爽貯磁甖。良宵便欲遺書去，早訂西堂對賞盟。

絲雲呈瑞見玲瓏，皓魄初懸殿角東。好景晝凴今日賞，故人那有一尊同。地靈競發金銀氣，天巧難描造化工。香霧滿庭還散集，無窮玉色醉醒中。

馬禪寺在平權坊内唐大中間郡人司馬厚捨宅建吴越錢氏改寶慶院宋大中祥符初始改西竺寺　國朝嘉靖中廢

虎丘陳公樓記　王曉

隆興二年四月己未敷文陳公自天府易鎮吴興憩於蘇臺憚煩人事避暑虎丘寺之衆無慮數百十人庖湢之供日取水劍池當炎赫之時負者登降百級喘吁力屈不暇息肩公惻然念之乃捐金錢二十萬俾琳摟其上為井幹以便汲寺僧承公之美意度材鳩工不日而成以陳公名之要与此山俱傳不朽豈

非仁人之利士君子志於道一念一慮之間未嘗不
以濟人利物爲己任初無大小之異推是心以往則
知公剖符四郡持節兩道護民之勞所施者博矣有
勿幕不待爲茲設也池泉清而甘不爲旱乾水溢
而增損其樓懸跨兩崖瞰臨九仭登之者聳然魄動
如歷雲棧之險尚慮歲月浸久震陵所侵藤蔓穿契
期後人加護增葺垂諸有永庶無負
公之志剏茲名刹識古道場禪河在傍許三畝度化
城不遠終一牛鳴宝閣萬椽宸奎岳鎮玉東千衆伏
蹕天臨其勝概雄視他處爲不足道住持廣彥真歎

大禪師之嗣子且公之里人也余先君与真歇為立外交識師旧矣一日來告頌紀琳楼之由于是嘉其意而為書八月丙子右朝請郎主管台州崇道觀王曉記

千頃雲記　　家之巽

虎阜為吳會絕景幽嵓田沼佳木盤石之環麗娟秀悉在寺前劍池鋟山腹以出清泉在寺中寺踞山勢為高下廣袤規置不能平直而撑空駕虛俯仰避就各有態度大室盡山之背一目千里以故遐披遠眺空濛浩渺之趣迺在寺後中為致爽閣淮木蔽虧目

不得騁，必東可十步前無翁翳，望眼始逸。屋圮陋弗称。今住山古田師撤而堂之，前為軒，居東向，以延納空翠，收拾平遠。然後畦疇畎澮之交錯逶迤，平湖之隐現出沒，風帆陸車，樵歌漁唱之断續欸乃，千古塵迹盛衰興亡，滂滄寂寞，可悲而不可繪，可繪而不可言者，莫不悠然翼然于几席之上。使騷人墨客登高能賦之士，俯仰感慨，竟日徙倚而不能去也。既成，摘坡翁千頃雲之句扁焉。性存予來遊而問義，師曰：宇宙之間，人物之衆，榮枯生滅之相，相餞盈虛消息之相禪，亦猶夫雲之一聚一散而不可常也。以名吾軒，使來者悟此觀之本空去締之非有劃然有覺以求吾常住不壞之寔体不与形罷俱存已者其庶幾乎性存于軒然笑曰師贅矣乍有忽無者雲也而雲未嘗盡倏成倏毀者去也而去未嘗窮以至天地日月子之教以為刼至皆壞吾意有形雖有數而天地日月無終息也昭昭矣謂雲為有謂去為真是之為縛謂雲為無謂去為幻是之為脫臧与穀俱亡羊也尹与僕俱昔夢也且翁有言自其变者觀之天地不能一瞬自其不变者觀之物与我皆無盡吾則不变者不能一瞬变則長上古而不老子知雲則知易之道矣

卷三十一　九

吾不學佛以吾意言之云尔師曰善哉子之言莊周不如頗受而藏之爲記古田名德皇天台人宗通眼正其主虎丘百廢具舉景物爲一新云咸淳九年正月三日性存子家之巽記并書

石像大士記

徐恪

有聖人焉得大圓通能以善應妙行不拘一方而隨感示現無作妙力不遺一物而自在成就夫何故本如來藏真音聞体如水中月遍一切處觀音大士化道無碍本有如是故佛与辟支聲聞等身隨其得度而爲說法人与非人險難諸境隨其恐怖而施無畏

則妙相示現妙力成就可思議哉吳興臧達少侍親嘉禾以瘵疾常齋茹誦觀音夢白衣人鍼其耳疾遂愈達善丹青弟寧事鐫刻曰願以觀音像於石且首欲繪相爲法不敢以意取而祈以夢証心思頗勤十年如是也一夕夢觀音夢道之相及覺能追之故臧氏所傳吳人以爲應夢觀音爲達慶曆丙戌自秀如杭復來蘇募衆立像往返經畫二十年晚得鍾離智光者助凡舉大緣無能爲之貲則誘募必以衆力達窶且貧獨其心至誠終始不倦雖道途之久羈旅之困去情之艱難人不堪受達晏如也吳俗樂善好其

施其視遠所為既不散所有以助積日月之施為足以成其志同訪太湖之洞庭得石尋蘇至潤而金声亭像之唯相之肖其瑞肘纓服圓容麗質去人皆推為獨行道之相夢感心得如有所授而不自知雖大巧在前其裓毫髮加損耶若廈屋以為帡幪闌楯以為防限大小之材倫締構者皆以良石凞亭癸丑得地於蘇州虎丘劍池之西南明年九月朔立宇置像隨各就緒又得時公卿大夫觀音經墨妙終卷僅百數勒之石辟以永其傳斯時之盛事也且靈明虛寂無相可取上机喻焉中下蔽蒙隨其流轉不以相示之

則不信不以善尊之則不入此西方聖人於有爲中隨所建立式其以威儀而有名相飾以莊嚴而爲功德皆以漸次使之信入而已古之佛像其土木瓦甓金碧丹艧取于所慕甚衆而所積且勤然成非其材寓非其地一失經始則弊不旋踵斯石藏之湖津融結成就浸漬凓雪其骸堅其質粹而成之得其材飛甍峻宇喬松絶巘青蘿白雲氣像洒落叢林之冠而寓之得其地則創置之美悉其于此足以副聖相感通之意任物所爲供養承事依歸瞻仰者愈久而不敝其利可勝計哉夫即相論道而道不異相即方杖

卷三十一　十一

之室尋尺之像華藏之道塲普門之法身于是乎在以至大千亦復如是何適而非真耶元祐丙寅春季初吉日徐恪記住山慧先立

水陸堂記

范成象

自吴西門出並城以北十里而近有山孤峙于平田中無有重複綿亘之勢而盤積巨石撐突嶜崒轉步幽險若在衡房深窅處中如劈華絶壁劃然湛盧之澗下臨無極即之危懼若墮而猶虎丘之名聞於天下維勝次當東南二三殆有神明之所扶持哉故大士說法頑礦至於頷首山鬼由咏嵒穴爲之生悲惟

景勝地靈結爲佛房精廬鈍他刹釋氏有教施及旨其宜其徒號爲水陸環浮圖比比是爲四方所歸向獨盛者亦莫虎丘若也宜有道場廣博爽淨然寺之屋　其顏　不能倫衆事所謂水陸之共僅列廡下卑隘不称威儀前後領徒雖巨擘咸弗克究度今傳法者定慧圓明禪師廣彥始至籌室即慨然有興作意且道行爲衆所仰乃有信女張氏法濟欲成夫薛贊之志命其二子曰澄曰汚捐資率諸家總七百餘萬有僧義才運其智巧絫石累基郱營大廈架楹爲梁結樓閣飛亘小吳軒揖對如翼鳩工於乾道乙酉

之冬役不逾月藻繪金碧如刻如化既落成又增置
田半頃永爲祠閣歲給蘭膏蒲塞之助凡城邑聚落
与夫舟車衝衝見聞喜躍輦則爲供輻凑沓來想其
清夜沉寂太虛泬寥鈴鐸振响梵唄摩空山川草木
爲之肅然而況三乘十類有情無間靈　　湧
沉幽法力一加普偏蒙盍諸法施中　　諸莊
嚴中此爲最勝彥以一方便成就二　　移書屬
隨順居士范成象爲之記成象嘗讀華嚴經見諸
用心得永陸起教之源有曰佛住甚深真法　寂然
無相同虛空而爲第一寔義中示現種種所行事此

如來以大事出現知諸法差別相住無爲開此施門利益一切也又曰菩薩善知權道　行道雖以相如莊嚴其身而示受醜陋貧賤之形常　集衆善無諸過惡而現生地獄畜生餓鬼此　然大士所以隱其福德假諸惡道以應緣闡教也又曰住於涅槃而示現生死究竟寂滅而現起煩惱此此慶喜尊者所以內懷智慧外示悲憂以祈哀顯化也此一大教聖賢如是周遍建立於世間法決非示補　付囑者宜何如哉此定慧圓明傳佛祖印而下乚得垂手以有爲法興建佛事也嗚呼善哉先佛以誓願爲衆生故此法

卷三十一　十三

會不斷滅後人以慈悲同一契故此法會常相續

黄溍

自佛學行於中土法幢所建必天下之名山莫不侈爲寶構華居以宅夫形勝蓋以表靈山之未散作大衆之依怙俾來者睹相而生信也丹青土木之事雖若涉於有爲而事之与理不相留礙推理而達於事清淨覺地即大伽藍混事而歸於理積土聚沙皆以成佛一切世間成住壞空之相固未有出乎心境之外者苟非乘方便力遊戲如幻安能具大莊嚴爲無上之勝門也哉吳郡西北有山曰虎丘或謂之海湧峰有大招提曰雲岩寺山之得名寺之孤立悉見圖

志山則吳王遺蛻之所記秦皇轍迹之所留劍池及試劍石存焉寺則晉王氏昆弟司徒珣司空珉所施之別業生公講堂處點頭石千人坐在焉宋至道中始以寺爲禪刹皇祐初又更爲十房住持紹興長老大比丘隆公以圓悟嫡子坐鎮茲山席法勢盛東南大叢林號爲五山十刹者虎丘遂居其一大慧以法門兄弟相依最久經有臺容聲像然繼以雪繙廷瞎堂松源笑翁諸宿德唱道其中而宗風愈振纂承基緒代不乏人而支傾植仆日不暇給際今昌辰尊崇家教猶或失於因循未克大起其廢重紀至元之

四年行宣政院以慧燈圓照禪師普明嗣領寺事至則裝飾佛菩薩阿羅漢執金剛神塑造文殊普賢觀音三大士繕治舍利之塔經律論之藏範美銅為鉅鐘視棟宇之摧墮蠹獘者或因或革百役並舉大佛殿千佛閣三大士殿藏院僧堂庫司三門兩廡古木寒泉劍池華雨諸亭則　其舊祖塔衆寮庾倉庖湢宴休之平遠堂遊眺之小吳軒山之前為重門則改建使一新環寺為渠六千餘尺堙以容土水過勿行則疏瀹之凡其費出一于經用之羨財而集其衆施以助其不給方謀石築隄屬于城闉以復唐刺史

白公故迹未及茂工禪師迁主本郡之承天能仁禪寺爰序其成績來取文以記焉禪師才周而智圓達理事之不二觀一切法皆佛法未嘗以法中妄計無爲有爲而生欣猒故其經度指授久而弗懈閱七年如一日宜有以底於成而不愆於度也前作後述是在來者可無以告之使勿墮其已成之業而益廣其所爲之志乎記焉與造而作山水靈异風物之美著於前賢紀咏者此不復出禪師族松江曾氏說法嗣晦机和尚于大慧爲五世孫于除公爲五世從孫云

至正六年冬十月甲子中順大夫秘書少監致仕黄

溍撰并書太中大夫礼書卿泰不華篆額

建千佛閣疏

伏以胥臺會府虎阜名山十萬家之華屋相輝軒車禺盛數百年之精房聳峙鐘鼓闐声肆我先朝建之傑閣列聖奎文於此於戲悉聚十方雲集舍是何觀正歷歲之浸深將振風之可慮倘不重新於殊勝必將盡廢於前功住山人發廣大心立脚處具勇猛力未及一載便成大殿崇龕更結衆緣欲整層甍疊棟仍即小吳軒之地并崇賢剎佛之居要令跂翼翬飛齊烟霄而輝映永使琅函瓊笈与天地以綿長必須

卷三十　十六

十五萬緡錢方可圓成若得千百萬億化身初無難
辨作如是念諸天三寶默相扶持畢未了因群賢信
士皆大歡喜共成偉觀切幸芳題

虎丘雲巖禪寺修造記　楊士奇

蘇長洲縣之西北不十里有山曰虎丘吳闔閭所葬
處世傳既葬有白虎之異故名岡阜盤鬱泉石奇詭
蓋有王珣及弟珉之別墅咸和二年捐為寺始東西
二寺唐會昌中合為一而名雲巖者則昉于宋大中
祥符閒載盧熊郡志如此始清順尊者主此寺至隆
禪師而復振歷世變故寺屢壞輒屢有興之洪武甲

戌寺復燬永樂初普真主寺始作佛殿寺僧宝林重葺浮圖七級繼普真宗南作文殊殿十七年良玠者繼宗南是年作庖庫作東廡明年作西廡作選佛場又明年作妙莊嚴閣三年落成蓋寺至良玠始復完所作閣之功最鉅凡三重崇一百尺有奇廣八十尺有奇深六十尺上奉三古佛及萬佛像中奉觀音大士及諸天像其財之費為鈔三十餘萬貫金石彩繪之費六十余萬貫又經營作天王殿以次成良玠杭之海昌人原石其字前僧録闡教止菴其師也余聞諸刑部主事陳亢宗云原石甞從亢宗遊遂曰以求

余記其戌余閶虎丘據蘓之勝歲時蘓人耆老壯少閑暇而出遊者必至於此士大夫宴餞賓客亦必至於此四方名流貴人之過蘓者必不以事而廢遊於此也然而亦有興念夫王氏之嘗樂於此者予嘗時王氏父子兄弟寵祿陰盛光榮赫奕奔一世孰加也而能遺棄所樂輕若脫屣焉者豈獨以為福利之資乎其亦審夫富貴之不可以久處焉与子孫之未必去有有者乎雖其智識趨向高明正大不　以廢幾范希文之為而無所係累乎外物視李文饒溺情猥志下至於草木之微者豈不超然過之也而自建寺以

來今千餘年，雖屢壞而屢興，其飛甍傑構，凌切雲漢，與其山川相輝煥，稱名勝於東南，愈久而不衰者，固佛之道足以鼓動天下，亦必其徒多得瑰瑋踔絶刻厲勤篤材智之人，能張大其師之道，以致夫多助之力也。瑰瑋踔絶刻勵勤篤之人，其用意也宏，其立志也確，有不爲，爲之而孰禦其成哉？嗟乎！其若是也，使就于世用，有不立事建功而可以當時聞後世哉？吾又以慨夫屢見之於彼而鮮遇于此也。永樂二十二年甲辰歲　月朔，奉議大夫左春坊大學士廬陵楊士奇撰，翰林院侍讀承德郎華亭沈粲書，徵仕郎中

書舍人三山陳登篆

蘇郡虎邱修塔記　　　　　　張益

虎邱寺有塔凡七級在絶頂故視他塔特高始建於隋仁壽九年當其掘地築基得舍利一人聞空中奏樂并之吼者三日虎丘既爲蘇之勝地而塔之靈異又若此其來遊者不但欲遂登覽之樂且以致崇信之心焉寺凡屢燬塔罔無恙洪武乙亥僧舍不戒于火寺然延及浮圖永樂初住法至重搆殿宇則塔特專托寺僧寶林加葺之宣德癸丑火復作於僧舍浮圖又及於災而加甚於昔爲住山定公南印慨然難

曰是魔耶予不有廢也則何以與人能與其所救廢無他在其志之所立何如耳乃鬻衣貲所有粗具材石既而巡撫侍郎周公郡守況公聞南印之有為也即捐己俸首助之郡人爭以財物來施由是材非美者繩墨不加石非堅者磨琢不及經始於正統丁巳之春落成於戊午八月三日露盤初上有白鶴數十迴旋塔頂久之乃去舍利之光連夕燭天既閱月復有紅白之光自塔頂出横亘北斗之下靈異叠彰衆目所睹謂尤甚於塔之初建時也南印又因餘材飛構大雄殿丹碧交輝寔与塔稱惟茲塔之重建也始

發心於南印而力之所成就者多出於周況二公之樂施力於此者又因南印梵行內學高而且深有以動之也南印字味蘖南印其號也蓋爲天界住持蒲室之孫樸菴之子禪泒傳自臨濟歷吴江之普濟湖之天聖蘇之承天住持今爲郡僧綱司都綱僧臈踰七袠矣嘗承召命較藏典於北京賜賚緇素致崇艷爲其徒永瑞斲石於寺求文以識師之重建是塔之由用示久遠予嘉印有志於事而竟成也乃爲書之石云

賜進士行在翰林院修撰承務郎姑蘇張益撰

敕賜藏經閣記

周忱

欽惟我朝奄有萬邦聲教所覃地大且遠列聖相承廟謨迭出爰乃參用直乘助宣皇度廣資福利昭薦國釐故凡神州赤縣必鼎建梵宇增飾莊嚴復有詔校修大藏經典至是事竣頒敕降經於天下寺之暴著者而蘇之虎邱雲巖禪寺與焉適忱叨蒙上命巡撫京畿嘗敕護送藏典至于其寺當正統戊辰正月望也主寺奘師自聚緇衆大啓寶函同音閱誦忱獲拜瞻何幸躬逢勝事見其縹帙帖之整彩幢而光騰奎畫之妙能翔而鳳舞猗欤盛

哉然則天章玄文之重奚可不度而珎藏所司以帑
廩羨餘度材庀工爲層屋五楹高六十五尺廣九十
七尺深如高函以龕匱設供以几案雕繪金碧靡不
堅完於是臣忱謹題曰 敕賜藏經之閣〻後炤師
復罄衣橐搆一軒以待往來休息又建香積堂伽藍
殿海泉亭相時殿塔之左右前後可謂得人矣既而
師狀附遠來江右躋門求識其事於石余已衰老獲
乞骸骨歸田文思凋落曷足以應其求耶雖然師之
勤篤惡能終拒抑予嘗与爲且春秋之法常事不書
今 天恩如此之被佛典如彼之全誠曠古盛典其

可不書矣予筆斷折訥無以昭示後來姑述梗概以復之師嘗奉　詔内庭校經名照字熒嵒林隱其別號也故云資善大夫工部尚書致仕廬陵周忱撰

雲巖雅集志　徐有貞

天全翁自永昌歸吳三載於茲矣閉門却掃非湖山之遊不出出則孤蓬短棹飄然往倘然還而未嘗有同遊同樂者甲申秋九月上日自在居士之自王洚來也始相約為登之集約所登日山之近而佳者高則虎丘之雲嵒予約所集曰凡吾詩社中人皆可也然不必期翌旦至者即與及旦而鹿冠道人自東原

至愛雲道人自墻醒菴未菴兩文學至自緑水園東翁乃与之載酒肴盂閶門追及居士於画舫而長泖幕賓繼至遂即舫中張宴為水戲望山而進日卓午乃至而吾七人皆古衣冠步自山門笑咏以登嵒緇野褐腭眙相視迎而尊之自麓及巔凡臺殿亭館之有名者畢造焉既乃遵鶴澗過松菴循劍池躋雲閣列席而飲用司馬公真率會例酒至自斟杯行無筭於時黄花方盛開柔英浮白薦以紫萸緑橘而山珍海錯間之每酒行三五巡則一瀹以茗故雖酣而不醉醉而不亂間起而延佇嵒阿凭軒以眺遠而千章

之松萬竿之竹雲作之色風作之声海濤怒鼓天籟和鳴目眩耳聾應接不暇遠而陽華諸山自乾而離陣列車連衡絶乎莽蒼之埜其區之浸自坤而巽滙乎三江極乎雲海之涯坱圠混茫与天無際使人神爽飛越將与造化上下同流而無間者曰相与尋勾吳之遺跡乎闔閭之玄宮慕泰伯之至德企延陵之高風嗟伯圖之易泯而知有道者之無窮也居士乃倡為四韵鹿尉繼之兩文學繼之愛雲長泓又繼之而翁則旋酬而適和之於是六人者齊起奉爵以属翁曰古今〻人率以菊節登高登高必以詩酒為樂事

卷三十一

廿二

然能兼之者鮮矣孟參軍之於龍山有酒無詩陶徵士之於栗里有詩無酒老杜之於藍田小杜之於齊山有詩有酒而無屬和之什且彼晉唐中季人乱日滋其皆不能無憂而我輩幸當太平之世以時遊衍而兼有詩酒賡酬之樂然則斯集之雅蓋前此所未有也不可以不志翁乃起而謝曰然哉吾聞君子而有道也其憂以人其樂以天未聞以詩酒也以詩酒為樂者世之流連光景者所為耳君子而樂乎詩酒雖時有之豈其心哉是故居廟堂而憂民處江湖而憂君以人而然也簞瓢陋巷而樂不改蔬食水飲

而樂在中以天而然也以人者有時而不樂以天者無往而不樂若夫居士優老而踈幕賓從宦伊始鹿尉愛雲嘉遯丘園而文學表儀鄉校蓋有樂而無憂者顧吾獨以戇直忤時陟難幾危于人而幸全於天其憂於人者不可勝言矣而樂于天者亦未嘗不泰然而自得也乃復恭承　先帝　今上之恩賜之環命之服優游田里去危就安時從諸名勝之遊何幸如之何樂如之夫會飲食者其得味同而飢渴者若加旨焉今吾從諸君之遊亦猶是已敢不如語志之

居士為玉峰夏仲昭其仕歷踐清華以太常卿致仕

詔進階二品鹿尉爲京兆杜用嘉愛雲爲吳興施堯卿醒菴未菴皆陳氏故太史怡菴先生之子仲爲孟賢季爲孟英長汝爲彭城劉廣洋故大司成假菴先生次子也余則前　國史玉牒經筵官中執法兵部尚書　華蓋殿大學士奉天翊衛推誠宣力守正文臣特進光禄大夫柱國武功伯東海徐有貞云

虎丘復第三泉記

王鏊

虎丘第三泉其始盖出於陸鴻漸品定或云張又新或云劉伯芻所傳不一而其來則遠矣今中泠惠山名天下虎丘之泉無聞焉頽閉于頽垣荒翳之閒雖

吳人解式至爲長洲尹左綿高君行縣至其地曰可使至美蔽而勿彰乃命撤墻屋夷棘荆疏沮洳荒翳既除厥美斯露爰有巨石巍峙橫陳可數十丈泉觱沸潄其根而出曰茲所謂山下出泉蒙宜其甘寒清冽非他泉比也遂作亭其上且表之曰第三泉吳中士夫多爲賦詩而予紀其事所以賀茲泉之遭也雖然天下之美蔽而不彰者獨茲泉也乎哉因書其後以識詩曰

巖巖虎丘磈磈絶壁出光湛盧厥浸斯蝕有支別流寔冽且甘昔人第之其品維三歲久而蕪射鮒且泯

卷三十一　茴

其誰發之左綿高尹寒流涓涓漱於石根中泠惠山異美同論百年之敵一朝而褫代石高厓以記其始

虎丘別序

胡纘宗

汴人郭道符氏自徽郡丞拜按陝西按察僉事初郡丞以臺臣薦專治漕舟於蕪茲自蕪將之任陝西其友蕪郡守胡纘宗氏郡丞郭田氏周仲仁氏皆秦人於是載酒虎丘閣再拜而餞之屬纘宗言纘宗辭不可於是再拜而贈之曰吳名山莫如虎丘祖道亦莫如虎丘吾人高登興懷賦詩言別亦莫如虎丘於是預餞諸客撫景命題即虎丘而分之曰劍池曰和靖

讀書堂曰千人石曰陸羽泉池取其潤也臺取其崇也石取其載也泉取其洞也夫潤則溥崇則高載則厚洞則明曰如何曰今按察古廉訪也振紀綱一風俗秉法度者也於內視都御史臺於外視御史臺非溥其何以充也非高其何以立也非厚其何以受也非明其何以廉也曰如何曰含弘灝灝見而溥矣真積皃皃見而高矣持載体体見而厚矣鑒别粲粲見而明矣公也今之三秦有餘地矣然秦重藩也觀風問俗殆有大於此者曰何如曰吾闡昆明淼淼載潤載溥也泰華巍巍載崇載高也秦川納納載振載厚

也涇渭差〻載洞載明也公也臨斯地大斯觀廣斯義攬轡秉驄立綱陳紀純慈摘伏振廣平之風沛新安之澤擴姑蘇之才則関中隴西之人莫不仰神明望風裁恨公入秦之不早矣言既諸客賦詩且成洗盞復酌〻且醉於是按察公与諸客停雲拏舟再拜而別

虎邱寺災次衍上人韵　沈以潛

吳宮消歇梵宮開回祿團烟忽降災神劍有靈光出地佛書無恙亦成灰清泉白石僧重理昔雨酸風鬼自哀今古廢興皆是刼何須惆悵首頻回

虎邱萬松堂避暑　楊循吉

雲崗不一勝窮歷到幽房塢入深林暗風來高閣凉
鳴蟬消永晝懸澗落寒漿擾擾塵途者空知隱策長

重過生公講亭　前人

池光如鏡影山臺峙石喬松美矣哉昨日曾遊今又
到恐貽佳境重徘徊

虎丘山房　蔡羽

去滌塵端茗無如竹裡人嫩尋身外境暫浣目中塵
好樹偏臨水餘花似逗春風烟步步足欲别轉逡巡

虎丘東閣　王寵

春色凭高望山河指掌開半空環緯象絶地湧樓臺
法雨迎風盡杳雲拂霽来登臨千古勝把酒氣雄哉

虎丘塔　　袁袞

雁塔翔雲表龍宫湧寺心秉高宜眺望暇日与登臨
山回文例遍湖魄震澤深平生飛動意慷慨一狂吟

虎丘慧上人山房　　孫太初

古勝景相依僧閒水竹扂䆫幽滋蘚暈樹老帶虫書
石鴻秋𦗟句溪園野翦蔬山錢可借許我築𦵏廬買

虎丘題咏極富有山志存焉止録近時諸公詩文

稚兒塔　　高啟

黄土但埋骨豈能埋性靈昔聞宿草間曾吐蓮花青
身臥長夜壟口誦西方經尋跡殊肖有聞声每泠泠
塞灯照空塔時有山僧聽應使冢魂憐沉迷盡皆醒

同前　周南老

巍巍半塔塘自昔名稚兒兒兒葬塔之下臭腐化神奇
青青蓮開冢土花光凝碧滋謂兒轉法華曾說陀羅尼
經聲或夜聞精爽猶嘎咿諒彼義烈人千載疑傳疑

宿半塘寺　趙与旹

夜宿半塘寺惟聞塔上鈴老僧竹逌影童子誦經声
竹峪風猶逗窓幽月愈明鬼炉香斷處一揭灑然清

簡默堂記

徐有貞

虎丘之佛惠蘭若有比丘弘簡號曰默堂而請予為說其義予應之曰若學佛者佛出東土我西土人不學佛言何以為說佛義然而若必欲我說也是若強問我不得不強荅也若佛之學蓋曰空寂而已空則無物寂則無教無物則無作為無教則無言語無作為故簡無言語故默若所云簡默者意其在是乎然簡默之近空寂而非空寂也簡有跡空無跡默有意寂無意由有跡入無跡由有意入無意無跡無意果有所云簡默乎果無所云簡默乎于是弘簡躍喜合

什起謝曰妙哉言也寔開我心予曰否是若所強問
我所強答者也非我所學而知者也我所學而知者
可以告我徒不可以告若〻〻無以我為冰若也耶

佛慧菴在虎丘寺東宋紹興間僧無善建菴有鍾
秀軒梁用竹記

白蓮寺池上次内弟周思敬韻　高啟

月出露已白荷花香滿池高僧愛清夜留客坐題詩
竹動鳥驚夢草凉虫語悲開窗一瓢酒應不負幽期

雨中登白蓮寺閣望故園　前人

亭〻高閣上湫〻清川曲日暮靄靄愁蘿衡雨中緑

聞鐘僧已返荷笠人猶收歸棹獨難尋江南望雲木

獨遊白蓮寺池上看雨　前人

輕衣忽变冷池雨来消夏圓紋細〻生密响脩〻下荷披魚躍起樹静禽鳴罷賞澹自忘還非因与僧語

白蓮寺次杜進士喜余訪旧之作　前人

不辭鳴棹遠相尋欲向江齋伴旅吟百事未成年已長幾時纔到夏將深萱苗倭蝕蓮池綠樹帶殘鶯滿寺陰恐被老僧嫌滯礙旧遊休說更傷心

与杜進士登白蓮寺閣對雨　前人

遠愁高樹共離〻風逆潮声上浦遲海客市中烟起

處江僧閣外雨來時船歸杳靄惟聞櫓樓隱蒼茫不見旗回首南朝今幾寺可堪重咏牧之詩

白蓮教寺在長洲縣十五都地名陸塘吳赤烏間僧了然建後燬僧法雲重建

建吳井冽泉亭記　　施清臣

侯國而隸蘇郡往跡而迹僧屋故西接横山治平梵刹之旁吳臺竝峙吳井未眉近閲之佳境也粤自姬封斗埜都据具區李華侈汰縦無限之欲夷山之巔碧鱗差參以巍其層穴原之層腹翠鴛周帀以寛其汲左氏所謂吳夫差一日之行欲必成玩異是聚遐

撫前載

莫容問矣然山不可移則雨壅未沕地不可
改則一井未湮有瑩以娱已有井以蓄衆一千九百
餘載所以僅存也頋瞻此井埏土内甓潭爲一規衛
石外圍舩爲八銳旁亩識勒模款可辨首建唐楞伽
殿後重修吴朝大井乃廣明元年二月箋演僧茂軋
爲之記法鏡禪師初造其寺井則吴誌言當横山艮
位越来溪西百步隋開皇十年越國公楊素築城浚
之唐刻蘋末如此去此井南百步又獲深汕亭禄神
变祖記雖在沈瘞畧無剥蝕亭則大中六年六月當
州剌史奏置此寺于上方收拾餘材創立神宇改此

寺環於山井屬於寺皆昭昭也乾道壬辰相國周益
公南歸録繫日紀行至石湖云初吳王築姑蘇前後
兩臺爲城三重遺址儼存夫差西施宴遊之地此言
臺也遊楞伽治平寺門外八角大井視闌刻字隋初
平陳楊素徙吳郡於此近地尚有新郭之名其後吳
人不安復還今城此言井也創之於吳則井爲臺設
後之於隋則井爲城　豈細人能私哉蓋與替藉曩
昔而爲鑑形勢因天壤而並存一草一木計古者必
記之方策又能流俗能識哉迨熙寧中里有胥輩佃
其地爲茔迨今一百七十余載挾後冒先廣包臺井

治平主僧義超越訴諸郡府發運夏卿趙公目擊廣輸力訴其欺由墓之外悉歸之寺義超求叙端倪余曰貳卿守吳愛棠奕葉正值庚子厄數十有二政種々加卹捐餘帑一百八十萬緡以代夏賦股肱郡最此特泰山之毫芒耳抑豈美泳能喻哉復畀木章粒斛結屋庇井親以冽泉甬之山靈川后俱賀其遺相与作證云公名与蕙今兵部侍郎知臨安府淳祐二年清明日施清臣記

石湖草堂記　　蔡羽

吳山楞伽茶磨並縁於湖茶磨屿為尤美北起行春

禡南紫薇村五步之内風景輙異是茶磨使之也上為拜臺郊下為越來溪緣溪曲折旋入山腹其林深黑治平寺也夫登不高不足以盡江湖之量

夫平湖之上翳以數畝之竹厓谷之間曠深不足以萃風烟之秀於其所宜得而有之草堂泉石之位造物者必有待也使無是堂則遊焉者不知其所領倦焉者不知其所休是湖与山終無歸也

辛亥之秋今

天子踐祚之初治平僧智曉方謀卜築事与緣合乃諸文士翕至賛助經畫不終朝而成明年改元嘉靖來主斯社爰自四月緧版盡六月九

旬而三廡落成左帶平湖右繞群巒負以茶磨拱以楞伽前却修竹後擁泉石映以嘉木絡以薜蘿翛然群翠之表於是文先生徵仲題曰石湖草堂王子輩以記來屬夫湖勝概也尤萃於茶磨茶磨之勝則以能容深林也尤深於茲竹則是堂也勝將焉讓且地徵人雖靈奚傳人徵地雖高奚發向也山猶是湖猶是竹猶是而遊不兼息息不兼遊人與地得無病今也林不加闢地不加深而湖山在函丈禽鳥在尊俎遊於是息於是瞋霽覽集於是人與地不亦皆遭觀予喜二者之遭作石湖草堂記

石湖草堂後記　前　人

形無大小在全其趣而已趣無古今在領之而已東南之形勝萃於吳大者震澤澤洞庭穹窿鄧尉小者虎丘石湖爲壤不同全無趣則一也禹貢所志周礼所載吳越居先孫錢居後高人間氣騷士鍾靈故范蠡蟬蛻角皓鴻冥松陵發响白傅登臨翔茲近代之賢獨得於形迹之外者予石湖范文穆歸休之地形視震澤百之一而趣自全當楞伽之北茶磨之南其岡可踰中半而作夫差之郊臺也緣臺而却還領茶磨進退之間可以憩息治平之竹林也王子輩作草

堂之四年為嘉靖丙戌二月余獲繫舟溪口休其楹
載其竹王子葦方攝卷啟帙挹芬茹芳用厭泉石陶
厭風烟若將無事人去者然經綸猷納周孔之庭用
至于科第又細細也逃雖高能遂忌予以吴之勝湖
得其小矣湖之勝竹得其小矣然而皆全為湖之觀
非楞伽之亭不獲盡至于風雨不侵人声不至嵒峦
巉岏陰翠蒙翳暑多其涼雪多其煦晨作暮休飲心
醉眸以為亭克之予微是堂將無睞夫夫差騁其巔
勾踐鬬其下文穆館其間適意不同而皆有所願謂
今日之願不在諸子吾不信也雖然堂之外山光水

色萬象朝夕之變而已堂之內寒翠滿室而已若夫可以景得而不可以景窮者別有在也諸子當自知之

自思益寺次楞伽寺作　白居易

朝從思益峰遊後晚到楞伽寺歇時照水姿容雖已老上山筋力未全衰行逢禪客多相問坐倚漁舟一自思猶去懸車十五載休官非早亦非遲

楞伽寺　張祐

樓臺山半腹又此一經行樹隔夫差苑溪連勾踐城上坡松徑澁深坐石池清況是西峰頂淒涼故國情

楞伽寺晨起汎舟道中有懷　許渾

碧樹蒼蒼茂苑東佳期迢遞路何窮一声山鳥曙雲
外萬點水螢秋草中寺揜竹齋微有月棹移蘭渚淡
無風欲知此路堪惆悵菱葉蓼花連渚宮

題楞伽寺　前人

碧烟秋寺汎湖来水浸城根古　摧盡日傷心人不
見石楠花滿旧欹臺

游石湖蘭石二首　釋見心

荷花蕩西湖水深上有蘭若當高岑客吟時見猿鳥
下僧定不聞鐘磬音雨　秋林橘子熟雲落空礀棠

梨陰閒来掃石坐竹裡静与山人論素心

五龍之峰雲作屏淩厓削出芙蓉青何人㒋裡拾瑶草有客松間尋茯苓林風不驚虎臥石山雨忽来龍聽經吴王臺榭今寂寞秋香薜荔花冥冥

題楞伽山寺壁　高啟

惆悵空山裡寒梅應自開雪中何處覓須待雪晴来

留題治平寺　吴寬

野垾艤舟揖登登扣禪關木杪望飛閣半依茶磨山翩嬪棟宇高隅林見人衆石湖分一曲殿脚臨潺湲老僧閲梵唔趺坐塞雲閒不知城中人暫到非長閒

棹歌沓空谷沿流月中還

初夏遊楞伽精舍　皮日休

越艓輕似萍漾〻出烟郭人声漸疎曠天氣忽寥廓伊予愜斯志有似劇蘇瘼遇勝即猶夷逢幽且淹泊俄然棹深處虛無倚岩崿霜毫一道人引吾登龍閣當中見壽像欲礼光紛箔珠幡時相鏗恐是諸天樂樹杪見觚棱林端逢頽堊千尋井猶在萬祀靈不涸下通蛟人道水色黯而惡欲照六藏驚將窺百骸愕揭去山南巔其險如刀筰悠然放吾興欲把青天摸紫藤垂罽毦紅荔懸纓絡蘚厚滑似漦峯尖利如鍔

擬傚和韻寄作

斯須到絶頂似愈漸離爔一片太湖光只恐天漢落
梅花脱綸帽乳水透芝房嵐姿与波彩不動渾相着
既不暇供應將何以酬酢却來穿竹徑似入青油幕
穴恐水君開龕如鬼工鑿窮盤入慈院前栢臨巨壑
遺画龍奴獰殘香虫篆薄禠覡窺玉鏡澄慮閣金鐸
雲態共留鳥紫言相許諾古木如勢偃近之恐相齶
悠泉声似激聞之聾似博時禽忽已嘿衆籟蕭然作
遂令不覊性恋此如纏縛念彼上人者將生付寂寞
曾無膺撓事肯把心源度胡爲儒家流沒蠹勤且恪
沐猴本不冠未是謀生錯言行既異調栖遅亦同託

卷三十一　三五

頗力倘不遺請作華林鶴

和　陸龜蒙

吳都涵汀渚碧液浸郡郭微雨蕩春醉上下一清廓
奇蹤欲探討雲物先漈澄飄然蘭葉舟旋倚烟霞泊
吟譚亂篙擕梦寐襍巘崿纖情不可逃洪閣筆雖暫閣
豈知楞伽會乃在山水窟金仚著書日去界名極樂
薝蔔紂諳香琉璃代諸瑿禽言經不輟象口川亭澗
萬善踆爲城巉巉扞群惡清晨欲登造安得無自愕
險穴駭坤牢高蘿挂天笮池容潜相向蛟怪如可摸
皆蔽石髓根蒲差水心鍔嵐侵苔摩詰日照後視絡

仰首下眩旋回眸更煇燿簷端凝飛羽磴氷浮碧落
到迥解風襟臨幽濯雲嶠壓杌性非便静境心可着
自取海鷗知何煩尸祝酧峰園震澤岸翠浪舞綃幕
瀲灩豈堯遺戕嵺非禹鑿潜聽鐘梵處別有松桂叢
靄重灯不光泉寒網猶薄僮魼躡古刹烏貫親撰鐸
眼道身可遺乞聞心已諾人間亦何事萬態相毒蠚
戕壘競高深儒衣謾褻慱宣尼名位違未必春秋作
管氏色伯圖須人解其縛伊子采樵着蓬藋方索莫
近得風雅情聊將聖賢度多君富適采識度兩情恪
巨龍生滅詞肯教夷夏錯未為堯舜用且向烟霞託

我亦擺塵埃他年附鴻鶴

遊楞伽寺　　亦無

蘿徑入蒼靄鐘声来翠微招提在何許雲外一僧帰

題石湖治平寺　　徐源

青山湖上翠微深誰住僧家第一林嗔樹蒼烟古木色刦灰飛盡尚如今

讀書治平寺下院　　蔡羽

水房虚繞竹石徑細生霞冬入經深雪春帰盡落花磵香來白鳥草緑聞新茶久与交遊隔空踈類佛家

宿治平僧房　　前人

古寺雲依靜澄潭夕話長露隨花墮濕竹与月歸房懺悔知前誤拈愉喜梦涼哀鐘推掉發臥泌樹蒼蒼

石湖草堂别獲吉　前　人

山深不見草堂深何事紅燈竹裡明滄洲欲下十年梦禪榻驚啼半夜鶯曲曲岩房留客久悠悠雲水挂帆輕要知後會蓴絲早百合花前再定盟

楞伽寺　王　寵

雲竹素所愛山林道難忘荆蛮吃水府五湖湯湯連峰枕其腹翠辟森開張流峙兩參錯南斗迴文章絶境闢蘭若颯沓開雲堂星河挂北户日月經其陽

法雨不斷洒檀越紛成竹時時吐虹霓下飲平波光
風帆日如織室篾度迷方道林更愛客文宴依松篁
脫屣石苔滑料頭飛雪涼朱炎久蒸薄臥喝小強
掃除洞壑白盥浴披天香迴思隔朝市執熱濈相望

首夏同諸君看竹石湖草堂　前人

掃竹天花墮看雲石鏡摩百年渾浪迹一月幾酣歌
詞賦雖虫拙山林習氣多角巾全不整長日臥藤蘿

其二

盤谷藏脩竹雲堂吐白雲映空搖水碧面勢坼天文
露頂參龍象冥心入鳥群金繩如有覺寶地會平分

其三

烏皮聊隱几紫蘀漫裁冠曝髮雲門嘯澄懷法界觀
風花時點〻竹樹静珊〻直作匡山社金池繞絳壇

其四

酒聖能齊物鶯歆解損神雲霞千挺竹江海一畸人
蘀落遲聞道浮游得永真故山芝术在終不誤風塵

新築石湖草堂二首　前人

山枕五湖水堂開千樹林棟梁天下仕鸞鶴野人心
獨挿南峰秀平臨北斗侵吾生厭卿慕洒酒一披襟

二　卷三十　三十八

蘿帶還初服，山尊落草堂。献書長不達，招隱得相將。
勒字芙蓉薜，繡經紫翠房。百年何自苦，來劍欲摧藏。

楞伽精舍詁子重　前人

精舍横開千竹林，翠微隱瞰石湖陰。隔惣雲霧窺青薜，入户山泉寫玉琴。向秀真爲攀鳳侶，孔明聊作卧龍吟。草衣木食吾徒事，江海真〻遲暮心。

夜燕石湖草堂　前人

風竹泠〻虛草堂，春星歷〻净琴張。冥栖自許專丘壑，痛飲寧辭典鷫鸘。歌曲玲瓏花鳥恨，舞衣飄香薜蘿長。十年献賦頭蓬葆，明發天台度石梁。

楞伽山栖　　前人

山栖朝日溢雲胸，坐見桃花映遠峰。黄鳥美晴靄音﹅，碧天生媚水溶﹅。齊梁殿角丹青古，吴越山河錦綉重。陽說平生飛動意，十年空聽上方鐘。

雨後從湖過楞伽寺　　前人

湖上群峰環翠屏，雨餘泉壑杳玲瓏。鷗鳧故傍山人艇，江漢誰占處士星。野寺松杉叢古殿，竹林風日淨虚廳。空山自結荷衣侶，石榻來翻貝葉經。

散步楞伽諸院口占短句　　前人

高下禅房依碧山，花枝冪歷鳥閒閒。風光處﹅能牽

惹楚鶴孤雲不記年

卒業治平寺示同志　　袁袠

干祿游黌校卒業投山林山林從吾好文史可娛心我友榮華寔輸棄逾斷金淨域寡營慮墳典共披尋嚶〻和鳴鳥楊園流好音叢竹無俗氣嘉樹多清陰陶情托毫素遣興唯幽琴寂滅理無昧清虛念斯沉大道究玄覽物滓澄沖襟言示諸同好懇悃觀兹吟

石湖草堂成即事書懷　　前人

弱質弛耕牧幽悰春丘壑章句非吾好徇物豈云樂工拙貫遺己焉能縻好爵減跡投蓬蒿養痾對山郭

傾寫諧良知篇翰時閒作茲山蘊靈異新搆果宿諾幽妙難具述烟霞殊丹艧經始寡人力洹牆謝藻削疊石即故基傍嵒無改鑿枌梓羅軒楹藤花布帷幕啟扉列岡巒抗館來爲雀暮春美遊遨即事多歡謔園桃舒紅英林篁包紫籜物序覩丰容深柬遂栖托隨時任偃息道情永寂寞將貽飢瓜誚抚躬媿虗薄

治平寺　皇甫涍

風中到香界獨往意冷然步引花木亂坐看洲島連一林寄空水滿院生雲烟正此化心寂鐘声松外傳

同子魚風雨舟往治平寺　顧璘

卷三十一　早　寺

伍胥城東月映樓越王橋下雨隨舟石湖噴薄魚龍
氣水國沾濡鳥雀秋竹徑僧房人隱隱酒杯香篆夜
悠悠平生白首相知侶對宿空山與轉幽

治平禪寺化造竹亭疏　唐寅

竊聞調御大夫身無刹而不現歲寒君子心体寂而
長虛孰云草木之無知皆是龍神之擁護慈寺治平
禪寺搆基南渡勝概東吳聖凡同所皈依河山鍾其
秀而莊嚴佛土孰云寸草不生回向塵勞便得六根
清淨是以香嵒和尚擎鉢而悟空清平禪師指竿而
說法意欲前輩僉發衷情謀建草亭翼輔蘭若波清

池水足咏壇藥王地伽藍冥空鑒証撰茲尺牘用告大方闢三徑以招賢肴筍根之稚子種十个以醫俗延林下之清風幸拾蘇資共成勝事謹疏嘉靖壬午仲秋既望晋昌唐寅撰潁川陳渻書纆方正立石

治平教寺在上方山下梁天監二年僧法鏡建旧名楞伽寺宋治平元年改今名寺有石井隋人刻字蓋楊素移郡橫山時也　國朝嘉靖三十三年井復浚出

吳都文粹續集卷之三十一　終

吳都文粹續集卷第三十二

長洲錢穀叔寶集

寺院

與客携遊寶積山遂汎石湖　高啟

雲山擁春郭烟花漲晴川看花入山中諸峰恣攀援客吹玉管笙合以金柱絃清音度碧嶂松風助泠然宛若鸞鳳吟要眇入紫烟行人盡矯首謂遇雲中仙下山輿未闌相携更登船虹收嶺外雨鳥沒湖中天嵐翠破夕陽樓閣影到懸酒傾綠脂膩鱠作瓊絲鮮獨恨無紅妝清波照嬋娟微風吹帆緩欲延歸途延

衆賓起懽呼船尺水漫艇迴艫掠寺過鄉揚山門前
此地有離宮美人艷當年羅裙罷春舞草色餘芊綿
況我昔此遊冠蓋千里連重來復誰在新知滿中筵
人事竟若斯今古俱可憐能遊即稱達何須問愚賢
我欲叫馮夷捧月出海邊醉後不歸去相照舟中眠

寶積寺八詠　謝縉

平湖澄碧鑑匳閣瞰清波有月心同賞無風水自磨

右清鏡閣

楞伽千載室蘭若一函經為問看經者年來幾百齡

右楞伽室

影向湖波落青臨梵宇開上入趺坐日高處作層臺

右青蓮峰

一逕蘿霏襟冥〻掃不聞空中聞錫响知是有僧來

右白雲徑

碧甃寒相對澂渟西復東不緣居一地那得兩心空

右雙泠泉

石徑穿雲去山亭傍路安坐來清潤積吟袂欲生寒

右翠微亭

層樓向滄海月出須能期想是凭闌處人間未見時

右先月樓

欲識古人趣當玩古人心古心既自得視古猶視今

○○右玩古軒

○又八咏

趙失名

○○白雲在

迢迢白雲在縈帶入山林未測幽通處氤氳幾里深

翠微亭

山當翠微半得住白雲間分得千峰秀都由几席間

清鏡閣

高閣登臨處平湖一鑑澄照心兼娛影時有倚闌僧

漱冷泉

滋益功能並寒甘味更同只是深坎底潛有一源通

楞伽室

高僧栖息處閑户讀楞伽山遠無人聽空中自雨花

藏暉齋

外物豈能昧有光中自韜莫期幽隱室昭晰見秋毫

先月樓

雲收山吐月樓迥獨先窺清景非偏照述方見自遲

青蓮峰

亭亭青蓮峰何年自天闢雲散石湖邊千尋淨如植

遊石湖寶積寺追和危太僕　吳寬

禪堂擁翠總雲岑誤認天平萬石林學士放歌來外
曲道人偏袒坐飲陰泉別澗溪多鹿啄松木空山或
野鶴亦欲他年閒倚棹繞湖風雨聽龍吟

寶積寺在橫山下隋大業四年僧永光建今廢

題橫山寺　戴叔倫

偶入橫山寺湖山景最幽露涵松翠濕風蕩浪花浮
老衲供茶盌斜陽送客舟自緣歸思促不得更留遲

楞伽寺　高啟

夕陽下西嶂返照東湖水來尋古寺遊楓葉秋幾里
叩門山猿驚維馬林鳥起鐘声出烟去半落漁舟裡

楞伽義未曉摝紊方自恥欲打塔碑銘從僧乞山紙

同　周南老

曳杖行春擕擬向招提宿路過横山阿門挹湖光緑
尋幽得清境探奇極遠矚山頭屹浮圖銘碑立蒼玉
大業魏瑗書秀整殊不俗老眼為渠醒摩挲再三讀

又　釋宗衍

疊嶂來山尾平湖對寺門登危逾近郭望迥更連村
客醉迷花畔樵歌坐樹根不煩留煮茗雨過井都渾

送辰長老住横山寺　鄭嘉

紫檀烟凝鶴廻翔清磬冷冷出上方邑畔異花薰講

席澗邊修竹護禪房東林結社蓮初種南岳分春茗
下香三伏炎蒸應不到綠蘿風洒石龕涼

上方　　姚廣孝

蓮宮據山杪岧嶤去天咫風香花雨新僧竹白雲裡
幽沉樹樂静蕭散烟鐘起人登石路迷依依綠澗水

遊上方小酌僧舍　　吴文度

上方氣壓湖山勝老衲登臨思惘然一鳥影沉秋水
外千峯勢斷夕陽前青尊白髮酬今日画舫朱簾記
昔年獨倚危闌重平古荒臺樵唱起蒼烟

上方山懷古　　錢復

亂山高下半雲裡，曾築樓臺倚翠崖。勾踐有謀臣范蠡，子胥無計佐夫差。蒿萊滿目悲吳苑，麋鹿成群入館娃。千載越來溪上路，行人一傾一興懷。

踏莎行　秋夕宿上方寺　　韓奕

秋水平湖，夕陽低樹。扁舟還覓來時路。到城料得幾多程，停棹爲欲尋僧去。　杳杳松蘿，冷冷鐘鼓。上方更在雲深處。鬢絲榻禪話今宵，從師要了無生句。

上方山樓春眺　　皇甫涍

落日攀躋樹首，山倚畫樓。竹氣簷際合，蘭色雨餘流。疊嶂春爭入，長天雁獨浮。知予千載意，遙在五湖舟。

上方寺有浮圖在楞伽山上一名寶積寺一名横山寺豈皆一寺蓋不可攷但碑中云横山蓋當時未有楞伽之名此山固横山也

与戴叔倫遊寶華山寺因宿 陳基

上冢桃塢原尋僧宝華麓舟汎石湖清茗煮餇泉綠
山空木已落天高氣弥肅松月有餘輝共向西齋宿

宿寶華寺 袁袠

杪秋慘憭慄涉晨事猶豫川原昧氣侯臨眺亦寡趣
環堵澹澄潦平陸多荒霧水禽紛飛鳴葭葦蔓零露
衝風揭夕波進帆趋廣渡雲霞晏餘翠山麓耿昏暮

旃林蔚岧尭始与賞心遇丹楓射陽阿輿矚咸可賦月出照古澗蒼蒼隱寒樹法侶欣招邀禪寂夙有慕清曠屏氛襟沉冥覩良悟萬事徒龍蠖短謠輸情素

寶華寺在寶華山旧名智顗禪院餇餇尊者嘗卓錫於此寺有餇餇泉

太祖高皇帝御製賜僧無念詩 有序

皇帝諭僧無念佛生西乾為淨飯國王既長悲憫衆生罪重嵬山愆深曠海因是有警於絫世因緣遂入雪山棲邑屋樹六載道成歸演妙法天人感聽其所說也為戒生死死生其釋伽之道靈通上下妙貫三

界博破衆中此其所以尊称大覺金仙此也近來通
靈侯秘奏知有僧無念者方今群僧中是神僧者也
陛下可召會之於是即遣内臣帆舟星馳數日達
京師即日面見朕目是僧雖壽有年其項捐巍然色
声俱倫者嗚呼自童子忘慾至於壽高自受業而成
人辭本師之席雲水衆中尋方問道謂高名而不已
方乃内觀噫身外無身戒外無戒在處有佛又何指
方尋佛本性即佛々外更何有佛々外更尋他佛又
何佛之有哉今無念定若河山戒照日月于斯之時
獨出去界念僧他日脫去其名長壽如日月在天猶

諸水所在有水無水　豈不千江有水千江月
萬里無雲萬里天嗚呼久同天地名盍不仍此無念
者也
從師童子問青玄去事茫〻學坐禪習出漸知身是
佛老來悟得性通天來門不謁藏金錫寄屋幽栖飲
碧泉召至九重談妙法問伊落魄幾經年

覲畢歸舟

舟行帆飽柁机玄船室堪栖老衲便兩拆樹摧風力
徒一江波湧蜃威豈邯鄲誰問黃粱夢从室渠黍不
二禪午夜雪山星忽見前三〻是苦空年

懷僧無特賜松寔詩　并序

朕於庶務隙中將去人心意較之是非折之兩端思之再三謀之不已其人之情意變態多端倏此條彼是非混淆紛然難折朕閱人既多歷事且久尚不能治不善而安良於仁壽之域此果不師古而有此善耶抑人心不古而亦有此耶嗚呼靜觀熟慮人之情意殆至古今倏然忽焉反覆不常艱於治政古人有云犯刑憲如飲食嫉良善如仇隙信有之不誣也嘗聞西方有大聖人不教而自化不治而不亂此大覺金仙之道也朕於繁慮中觀瞻佛之道者能如是快

美哉出三界而不輪迴神通妙用無碍於上下逍遥
乎兩間出世者也前者僧無念戒精明於皎月定慧
穩若丘山暫來一會去此常懷〻不已之遺人就見
特以松筵供之兼詩勞之
志空五蘊隱藤蘿深竹由來積歲多山鬼鑑知常擁
護水到處每為訶戒如皎月天將說定若威嵬世神
欲歆幾度有時懷善者命賚松筵詣盤陀

賜僧無念用松筵詩韻

談空幽隱入烟蘿路合松苔歲月多問道無門明五
教進齋何處受三訶殘經對月從容誦補衲朝陽自

在歌似影山間真寂寞傳灯松下任陂陀

与駱靳州顥沈石田周馬清痴愈同遊玄墓夜宿萬峰精舍且成十二韵　徐有貞

山水爲吾癖平生不厭遊每逢康樂屐時泛米家舟石磴穿雲遠林扉入洞幽問途從野老結社集緇流自喜逢清世誰能免白頭夢空千代事吟破五湖穐嗜酒憐彭澤參禪悟趙州開徑招二仲亭搆擬三休畫与天机會詩將險韻酬蠡應羞伯越良也幸封留邀月聊停盞臨風獨倚樓求仙聞即是何必問羅浮

山樓雨晴同諸公臨眺具區林屋景象天開

遂成聯句　　前　人

湖上雨初晴分明見洞庭　驟　天光同映日山影倒含青　有貞　水鳥依清淺風帆度窈冥　周　酬來豪興發吹笛与龍聽　愈

和公素韵　　前　人

離逕縈廻手倦扱上方只在白雲間鹿眠花下僧傳法鴉噪林前客扣關石磵流泉和声响松梢落雪點衣斑欲知何處宜禪蛻秋月涓ゝ水一湾

寫畫贈別傳上人　　杜　瓊

欲尋閒處遠登山為愛山房又寫山好被山靈來笑

我此生何事不能閒

入玄墓寺

吴寛

高登鄧尉山還入玄墓寺老僧具衣展出門迓予至落落長松間一徑獨深邃幢幡鐘磬声鳥雀少驚异仰面睇山腰殿宇危若墮長松掃清風修竹自爲篲結夏四五人趺坐更無事樹蚤三果懸草深井泉秘旋登小樓幽洞庭正相值洋洋太湖波兀兀林屋翠始知衆山中此寺真画筍昔聞萬峰老卓錫據此地道行既孤絶遺言有高致化去動吴人金帛争布施歲久骨當朽遺容未全毁被堂畫仍開向来之供饋

惟餘佳山水，不改太古意。磨厓紀勝遊，吾當一題字。

玄墓寺　　王鼎

馴鴉驚客散，種竹与人齊。春色閒門靜，泉声就枕低。两山何似裂，一劍不空提。亦愛全身地，誰能學馬啼。

春夕宿萬峰高閣晨起留贈敬堂長老

陳霽

披雲上翠微，春山縱芒屩。和林变明姿，菲菲陽卉灼。濤驚風繞松，泉鳴雨飛壑。躡磴石多欹，扱藟葛猶弱。空翠拂人衣，覽之不可掇。荒基漫苔痕，幽龕翳蘿幕。巨浸窋潜蛟，層厓樹巢鶴。字古辟糊摸，禪枯灯寂寞。

波游揚素帆雲臥栖香閣聆茲山澤濯外物徒護落紉蘭擷瓊英斲筍栽冰韡思遠境偏奇玄悟情無着願隨王子由吹笙向寥廓

過鄧尉山題天真上人新禪院　王鏊

手斲嵌嵒鄧尉濆五湖風月自平分鐘声夜扣林間雨蝀氣朝横嶺上雲慧眼又傳新法嗣幔幢曾折古魔君我来亦是尋常事信息誰教野鹿聞

為懋上人題畫二絶　徐禎卿

淅淅洞庭秋水濶輕舟揺動碧琉璃松枝不隔東西望楓葉寒塘露酒旂

布衣藤杖袜芒鞋會看青山獨偶來心与白雲元不礙長天一鶴忽飛回

錦上人西堂有作　陸無蹇

滿山微雨竹烟昏路轉桃羅又一村石燕避寒春落子籜龍驚暝夜添孫危峰疊殿天初迥缺沼當函水半渾頗向西堂分半榻禪翁莫厭客敲門

宿遵上人房　王寵

山僧不厭客留我宿雲島藤蘿半銜日轉覺江山好古崖暗於墨平湖夜如縞遥望錦中沃萬象皆垂倒道人下山去為我摘芝草渴飲石猶羹飢飡鸛鶴稍

石牀含雲綖清寒逼人腦自非烟霞骨安能此投老
明發又入間虎溪相送早

和　　湯珍

既登烟霞嶺旦宿烟霞島日出群動息嵒屋更幽好
泉鳴樹間琴月曳湖中縞雲軒夜生白萬想盡傾倒
巡筵悉琪花帀地皆瑤草坐之綠竹牀飯以金蓮稻
金偈靜降心宝薰清入腦始知名勝地偏与僧栖老
一宿媿暫畄晨光動林早

贈味間長老　　顧愚臣

萬玉青林表依然見遠師貝靈翻葉々蓮漏滴遲々

詩賦滌黄芻名山見白眉身心兩無碍自在倒期顧

憩萬峰寺　徐縉

憶別兹山二十年夢魂常繞白雲巔湖光山色如相待竹徑松堂亦可憐嬌鳥偏啼吟几外寒梅故放酒尊前洞庭西望烟波濶媿我時乘范蠡船

宿玄墓寺碧照軒　蔡羽

親躡山中雲遥眠樹端閣開窓太湖来當几孤帆落歩々玉青葱曲々徑盤錯受倚千尺樹頻頫修廊脚兩點色山烟空黛真寂寞飛驛出雲外猶疑十洲薄翠石寒堪摩蒼藤老難斫羅衣濕山霧瓊水飲中酪

幽緣苦不久一宿深自作同来虎溪游由題在丘壑

碧照軒　皇甫涍

森沈轉幽徑遠近含澄輝秋色引初曙孤軒當翠微
玄言應虛籟宴坐發清机繕性從茲遣丘中無重違

題山偈　蔚萬峰

玄髙向午面朝湖三鳳三龍天下無左右環盤前後
澗此山真好立禪徒

玄墓寺名聖恩菴在鄧尉山之南岡元至正間僧
蔚萬峰自杭来止于此初蔚辭其師千岩請所往
答曰汝名汝所止也及至鄧尉之葉承三氏地結

菴屋之其徒大集鋪敘三十年遂成精藍爲吳中名刹　國朝洪武中僧普壽普隱永樂中僧智璿先後重建內有碧照軒今爲勢家所有漸廢無攷矣

送僧還文殊菴　劉昌

袈裟何地更相逢一錫東歸隔萬峰松偃旧窓僧臘久花薰晴殿佛香濃空山晚叫巢雲鶴古洞春藏化雨龍定起有詩還自寫下方驚起夜深鐘

文殊菴在金山東嶺以獅子山相對故名亦名金山寺元至正間僧時蔚建

宿靈巖山　戴叔倫

馬疲盤道峻，投宿入招提。雨急山溪漲，雲迷嶺樹低。凉風來殿角，赤日下天西。偃腹虛簷外，林空鳥恣啼。

靈嵓寺　張祐

靈嵓寺　范仲淹

古來興廢一愁人，白髮僧歸掩寺門。越相烟波空去雁，吳王宫闕半啼猿。春風似旧花猶笑，往事多遺石不言。唯有延陵逃遁去，清名高節老乾坤。

靈岩寺　趙禹

我爲茲山好登臨列日曛岩幽餘暑雪鐘冷入秋雲萬咏唯僧助塵煩与俗分明朝入東棹因得識吾文

靈嵓寺　周南老

招提名秀峰昔吳館娃宮繁華須消滅梵宇歲穹崇禪堂擁深翠虛閣涵遠空曾来西土僧繪像遺廡東赫靈示神異往來咸信從烱烱大智灯明光破群蒙

同前　高啟

閒上香臺望下方漁村樵塢盡蒼蒼傾城人遠苔生徑歸寺僧稀葉滿廊雲散池邊由塔影雨來閣外失

湖光興發皆到何須問獨自吟詩送夕陽。

題靈巖一首兼簡載師長　鮮于侁

馬繫箠策車馳轂終歲塵勞常碌碌喜聞巖寺並山麓路轉清溪入幽谷乍行山口是洞天窮深一上翻平田千層臺殿隱林木四面石壁生雲烟山僧迎門笑相揖爲語祖師存往迹屈指於今八百年已在西來達摩前鵠鳴飛上黄金地錫杖湧起清凉泉境稱四絕名天下天台石橋乃其亞千峯不改戟寒皆一水最憐秋月夜半生遊學頗艱苦且向空山老此身也知方丈安禪處解笑東西南北人

靈巖次庶子學士韵　陳　基

嵒嶤千仭頂高閣倚空開箄吏栖禪處吴王避暑來波清尋甬井平古上琴臺回首長洲苑曆城擁翠埃

靈嵒　前　人

石湖解纜日高春同上靈岩最上峰紺關下臨波萬頃琴臺高入翠千重客同平古頻登閣僧爲迎官誤擊鐘一碧五湖如鏡淨扁舟歸不計雞從

遊靈嵒三首　周伯琦

吴宫花草久爲塵千仭空山嫵藁靈雲閣面湖春瀲瀲天池浸石碧粼粼諸侯互勝猶爭奕三世如來却

現身白杜獨聞由秀氣清游訪古及芳辰
丹梯百折到松林連抱庭杉歲月深永巷廊虛曾响
屧荒岡臺古不聞琴娥眉傾國悲生樂麈尾空談後
視今山下良田川似剪一區那得老雲岑
重游已隔十三春織綠嬌黃幾度新白髮無情添立
態青山有約待詩人菜花間麥畦摘錦薜荔紫藤樹
簇鱗香徑斜陽啼杜宇迴舟圖月挂城闉

靈巖山　　陳方

客吳十五載始上靈嵓山入門地始削凭險絕躋扱
孰云念鄉國不復憂險艱回首楚与越茫茫一氣間

向來朝會時自謂吞百蠻焉知王氣衰空添禪栖閒
山川自瀟洒木石饒斕斑俛首萬里外浩歌風雨還

題靈巖寺壁　倪瓚

我到靈巖古寺中雲烟樓閣鬱重重今朝醉到山前
石畄取綸巾挂偃松

遊靈巖寺　前人

此山勝景玄賞旧遊今日皆非籃輿林間烟暝欄柯
谷口忘歸

靈巖寺　曾禎

青山臺閣共差峩玉輦曾於此地過洗硯池頭荒蘚

合採香徑裡落花多英豪有恨嗟誰在歲月無情奈
老何欲問鴟夷旧踪跡天風吹起太湖波

又　王珍

谷口崖間晚寺鐘又陪吟侶到山中半空摟閣千峯
擁十里藤蘿一徑通松下白雲封文室竹間流水响
連筒笑予好酒非陶令結社何慚覓遠公

和況太守登灵嵓韵　談震

騎馬看山度水涯楓林紅葉醉霜華欲窮西子曾遊
處踏遍蒼苔一徑斜
路轉峰迴石磴遙花容含露濕宮袍泓空閣畔登臨

處水色山光景倍饒

登高正值菊花時借榻禪房共鶴栖范蠡不來西子去五湖烟雨望中迷

登靈嵒寺　劉珏

攀盡藤蘿躡盡雲上方纔到又斜曛花空越女曾遊徑草沒韓王舊葬墳往事不須遊客嘆山却与老僧分浩歎歸去扶殘醉驚起松梢幾鶴群

遊靈岩遇雨次日至靈岩晴　沈周

已向靈嵒雨裡行靈岩天肯放新晴却從昨日論今日道是無情還有情花下得追佳酒伴石頭多認旧

遡名人生樂地休輕別况此春明与太平

陪計常熟遊靈嵓　　前人

伯業消沉突此峰使車登覽夕陽中衣沾雲氣疑身希酒挹湖光奄眼空翠雨靡廊啓匳帀綠陰琹石樹玲瓏下山更平斷王墓十丈穹碑萬古忠

次韵　　計宗道

直上靈嵓第幾峰湖山烟景醉眸中吳王寵幸千金地宮殿崖飛一炬空古井湧泉甘冷冽方池印月碧玲瓏豪華已盡徒興慨酹此椒漿弔古忠

靈岩寺　　雯讓

来訪中吳第一峰石林高聳梵王宮靈岩雨過千山碧香徑花飄十里紅步轉長廊空响屧客來深院喜聞鐘抱琴更与凌高頂回首姑蘇夕照中

次下有韻字增

次韻　陳頲

石磴穿雲入亂峰松陰停騎扣禪宮屧廊芳草人何在香徑春風花自紅千古琴臺空對月六時花雨但聞鐘危闌俯瞰平湖近一曲漁歌感慨中

靈嵒寺　涂珵

靈嵒佳境古禪宮殿塔嵯峨逶碧空天際湖山蒼霧裡林間茅屋鎖霞中猿哀絶頂琴臺月鶴唳西施洞

口風昔日香魂何處覓惟存餘景見遺踪

遊靈岩　丘霽

衝風冒雨費躋扳豈是有與愛看山蘄國中興猶有冊宋家南去不知還穹碑剝落烟霏外孤塚荒涼草莽中千古英雄有遺恨九泉羞濺懦夫顏

又　趙同魯

灵岩臺殿古離宮今日繁華事不同嘗胆計成歌舞散捧心人去綺羅空夕陽荒草幽栖處剩水殘山感慨中一段興亡誰管領野花啼鳥自春風

又　聶大年

逆〻曲徑接平沙一上香臺望眼賒幽磵泉渾初過
鹿高林巢動亂歸雅白雲洞裡入仚境綠樹陰中釋
子家下有田園千万頃穰〻禾黍間桑麻

又　杜庠

聞將往事問田夫越國兵戈入戰圖不待館娃歌舞
散知扒范蠡已歸湖

又　伊秉

未愜登臨趣兼懷悵望心洞遊環珮遠寺擀薜蘿深
吴越有興廢河山自古今松風臺上起猶似韻清琴

送僧住靈嵓　王汝玉

〻字當在深字上
今改若更前三

百花深寺處猶指旧吳宫事往人何在香消徑已空
今朝送師去茲地闡宗風別意兼鄉思依〻雲樹東

送北瀚海住靈嵓寺　張逵

靈岩古招提飛閣涵太空我昔登其上題詩碧雲中
巖松蘿雨衣含澗谷風訪古思耿〻感時心冲〻琴
於焉送吾子同之尋幻踪境空亂天花林迥响鳴鐘
車行渡石橋僧侯依岩松喜子道門秀應能振禅宗

次韻　劉纓

官身在苦無他事故國佳山得肆遊画舸春風開碧
水息輿晴日上丹丘飲能從量緣多病句不驚人亦

起羞夢到古情何足較嶺雲溪月自悠悠。

訪靈嵓住持清一元　賀元忠

一上靈嵓感廢興蒼苔雲樹更含情吳王宮闕空遺址智積禪林却擅名香徑有踪疑學步琴臺絕响似希声悠悠瑰古驚千載得繼前修數幾僧

次韻遊靈嵓　楊循吉

岩陽草木本芳幽更有寒泉相繞流學道豈須勞乞鉢入山何用待封由東峰西嶺苔鞋下明月清風挂杖頭回首古人皆不見休因越喜為吳羞

題靈嵓　鄺璠

百花深寺處猶指旧吴宫事注人何在香消徑已空
今朝送師去茲地闡宗風別意兼鄉思依〻雲樹東

送北瀚海住靈嵒寺　張適

靈岩古招提飛閣涵太空我昔登其上題詩碧雲中
琴當在滋上
滋松蘿雨衣含澗谷風訪古思耿〻感時心冲〻琴
於焉送吾子同之尋归踪境空亂天花林廻响鳴鐘
車行渡石橋僧侯依岩松喜子道門秀應能振禪宗

次韻　劉纓

官身在告無他事故國佳山得肆遊画舸春風開碧
水息輿晴日上丹丘飲能從量緣多病句不驚人亦

起羞夢习去情何足較嶺雲溪月自悠〻

訪靈嵓住持清一元　賀元忠

一上靈嵓感廢興蒼苔雲樹更含情吳王宮闕空遺址智積禪林却擅名香徑有踪殘學步琴臺絕响似希声悠〻塊去驚千載淂繼前修數幾僧

次韻遊靈嵓　楊循吉

嵓陽草木本芳幽更有寒泉相繞流學道豈須勞乞鑑入山何用待封由東峰西嶺芒鞋下明月清風拄杖頭回首古人皆不見休回越喜為吳羞

題靈嵒　酈璠

靈岩突兀碧雲橫嘯倚巔峦百恠驚極目乾坤些子大俯身霄漢一毫輕研池墨洗天潢水琴石絃飛山雨声莫漫乘槎犯斗斗好依紅日庇蒼生

靈巖懷古　孫磐

簿書堆裡抽身出來待先生山水遊預辦尊罍供小宴敬從杖履上高丘皇圖浩蕩乾坤古伯業淒涼草樹羞入夜遐觀更奇絕一輪氷鑑自悠悠

靈巖　唐寅

山鬼踉蹌佛殿荒老僧指點說吳王銀瓶物化餘古井柹葉秋深滿屧廊地下有魂悲藥劍草間無處問

秋梁伯國零落何須問越国如今也鹿塲

經靈岩　謝琛

靈岩之山捕天起山巔吳宮遺故址琴臺石井尚依然。不見輦蹕歌浩蕩春風夜靜松濤鳴丞磔猶疑環珮聲。玉釵斜處干戈伏苧蘿之女傾人城江頭古廟蒼烟裡、伏劍冤哉子胥死讒言悞國賊忠良當時恐心太宰嚭、英雄一去伯業傾卧薪嘗胆人成名文臺宴罷君王樂、長頸鳥喙謀臣驚玉顏易狗真成比載入扁舟泛湖水、留得空山夜月明蜀鵑叫碎吳人耳欲將興廢問山靈、野草年〻春自生吳亡越伯今何

卷三十二　廿一

在慨我千秋萬古情

和　于範

湖畔群山伏且起突兀高峰餘故址行臺有約偶登臨小徑落花印屐齒吳宮不見山鳥鳴管絃化作風雨声當年尤物貯金屋君王無意在江城相逢猶恐夢寐裡顏与蛾眉共生死拋黛叢中伯業消不必借劍斬宰嚭麋鹿遊時臺已傾館娃猶存旧日名會稽塵埃亦已久尋常興廢何須驚吳下新醅琥珀比芳草遥映春江水會飲况復盡人豪不學巢由浪洗耳題詩笑我愧山靈負却岵花爛熳生豪吟幸有臨川

手寫盡興亡萬古情

靈岩歌　徐縉

當昔靈岩繁盛時吳王曾此宴西施西施洞口傾城姿管絃歌舞日相隨琹臺冉冉烟花滿香徑紛紛蘭蕙滋一朝樂極然生悲越國兵來那得知臺上空憐走麋鹿江頭却恨投鴟夷離宮別館今琥跡露井殘碑半湮沒梵宇蕭條山欲頹見此空為人太息我來日暮松風生獨立荒丘山月明不緣興廢重回首祇為英雄一愴神

遊靈嵒歌　顧禹臣

鈇鉞使者江海士及瓜已了　公家事地官分司得清
暇玉堂散吏亦相值追陪李郭飛仙艦曉從春游真
偶尔姑胥浩蕩開天景重湖碧峰七十二浮沉瀲灩
各生態黛鬟銀盤繪屏几古木幽沉伍相祠寒食何
人薦芳芷吴子么麽軒擾社伯業未成謀士死長城豈
侍王顏傾故国波生劍光裡扁舟越蠡戒前轍鎬〻
冥鴻近炯水英雄得喪雨安在俯仰乾坤堪一浄湖
山群　羅紫炯靈　疊巘開青蓮小輿伊軋松林午
高情直捉山之巔　蔬食褋綺筍虀金美酒搖舭
船剪壺羽箭兼勝賞亦有鳳　和鵾絃山僧指點因

借問館娃舊跡今茫然琴臺草長迷香砌古井苔花浸乳泉銀床宝柱歸何處屟廊施洞名空傳當年粉黛皆尤物就中西子飄雲仙妝石如人寂無語曾按瓊筵聽歌舞美人進酒甘如飴不道降王嘗胆昔前山高臺凌杳冥鏤金為梁玉為柱朝朝暮暮恣行樂臺土未乾麋鹿聚興亡豈獨悲吳越秦宮漢苑皆蕪沒驕淫無度忘敗織山河王氣終消歇我曾撫此百感生欲勸主人為曲突吁嗟富貴能幾何電掣漚消真歘忽共君及時且行樂趁取春光明綠髮林深鵲杳不可留落日蒼蒼灝氣浮鳴騶歸路非吾願興在

晴沙双白鷗急流解組何年是掉頭不共妻孥謀縹緲峰前卻卜築清冷洄上重夷猶汗漫尋山遍五岳赤虬黄鶴帰滄洲東風吹破眼前夢天際浮雲千古愁

登靈砳贈住持霖雲谷　祝允明

尋常一種無心物偏与空門法味俱任尓深藏或呈露本来面目自如上

登靈砳　林庭棉

春日肩輿野外行緑雲高下晚禾成愁顔剛爲貧民

觧挪思偏于久客生沙鳥向人如欲語山花過眼不知名我来豈為躭遊樂欲㩀豳風奏舜廷

同　陳璚

靈岩千古館娃宮事往名存感慨中形勝當年風景在繁華瞥眼伯圖空春歸香徑遊林鹿月上琹臺起寺鐘老子酣遊挂笏日一番閒咏付東風

靈岵懷古　朱寬

矗矗湖上峰遠近各含態何必躡茲岩酸風入人肺金碧想故宮歌舞花叢叢吴王樂極時脊骨流江中越山兵馬雄前溪是來處色艷伯氣消腹心向誰處

琴臺雲故散香徑春仍瑩湖風漱洞庭遺恨殊未平
誰招麋鹿群日繞西施洞娟娟井中月照破千秋夢

遊靈岩　高草

靈嵓下白日萬井動秋風衲子坐炯島田家收歲功
淡雲浮古水清磬落霞中我亦躬耕者蕭然楚思通

同　吳一鵬

名山只在郡城西細草青青路不迷訪古卻尋僧作
伴凌空郷借石爲梯降頭日漏雲初破洞口春歸鳥
自啼風景撩人杯入手興豪何惜醉如泥

其二

絶頂登時暑氣無群山環拱一峰孤馭風彷佛來公侶入眼分明列画圖鉅井似潭深貯月遠涇如前直通湖勝遊繼此真非易休話留連到日晡

靈嵒寺　陸俸

伯主餘基礼佛壇愁心落日倚闌杆猿啼洞口烟蘿暝僧掃堦前木葉乾麋鹿自遊孤月曉魚龍欲動五湖寒東風不管興亡恨吹過梅花万樹攢

靈岩寺上方　宋無

伯業消沉烟樹濃吳王臺榭梵王宮屧廊人去土花碧香徑僧歸秋葉紅颶毋射岩風動地蛟精徙穴霧

卷三十二　廿五

迷空明朝江郭重回首寺在翠微蒼靄中

涵空閣　高啟

滚滚波濤漠漠天曲欄高棟此山巔置身直在浮雲上縱目長過去鳥前數杵秋声荒苑樹一帆暝色太湖船老僧不識興亡恨只向遊人説往年

又　陳毓

層構峰頭切太青凭闌恍若遇仙靈窓俯挹西湖水簷聳高懸北斗星足底浮雲生冉冉目中飛鳥去冥冥百年塵海須臾事誰得身閒幾度登

靈巖禪寺永樂中燬弘治間重建今復燬惟存一

殿与塔耳

尹山寺東菴　王汝玉

地湧琉璃界，天開翡翠林。那知近湫隘，誰意得幽尋。
日雨花臺廻，雲横巨闕深。紺園浮露彩，琪樹帶春陰。
玉澗珠泉滴，丹窗緑嶂臨。梵王紅錦服，仙女碧瑶簪。
金作山龍甲，米為海鳥襟。鳴鐘声堆舞，講法引猿吟。
境静塵准染，机深慮不清。頋曰清淨力，從此識真心。

尹山寺夜咏　楊循吉

離城至此二十里，翻作遅遅半日行。古寺夜投僧盡
出，空廊獨步月初明。學披梵策言生滅，借浴芳泉体

潔清僮僕不諳禪默相翻憐無侶詁羈情

丹山精舍　王寵

古殿深岩曲朱門碧水聞鈴声衛鳥落幢影拂雲迴

院入斜丹檻窗迎滑蘚苔東來車馬道聊尔滌塵埃

崇福教寺在長洲縣三十一都丹山故称丹山寺

梁天監二年僧左律建　國朝洪武初名僧永隆

常住此陰乞焚身度天下沙門

春日与王卿放舟出陳湖東登大覺寺

張適

曉日滄江暗釣舟為來林下訪湯休松間老鶴同僧

有脫

立柳外閒峰越客遊半屋雲花分夜搗一池月色蕩
春流高深堂上多清供琴羅香

宿東明禪院　吳寬

東明院裡曾投宿偶見前題一慨然歎枕亂蛩如昨
夜入門高樹却多年李方不与元方在小郎還同大
郎賢何處玉笙吹未歇山扉新月照人眠

和　李應禎

孤舟出熟秋雨晴如風半日到姚城故人天上新沾
祿衲子山中旧識名春日暮雲無限思炉薰茗椀有
餘清一寒夜生眠未穩夢迴時聽海潮声

大覺禪寺在長洲縣二十七都大姚山梁天監間僧道邦建寺有東明禪院最爲幽勝

宿天宫寺　陸容

閒游三日滯天宫，寤步西齋雨又風。睡起牀頭書帙亂，興來墻角酒瓶空。真蒙野色迎寒碧，狼籍春痕平落紅。别後只應如杜老，袈裟棋局念旻公。

再至和前韻

此度停橈入梵宫，橘花香裡坐薰風。閒心頗爲江山奪，寔理元非夢幻空。雲隱小窗禪榻静，日斜深殿佛燈紅。由題欲和鴻泥句，誰復才情似長公。

天宮教寺在胥山南太湖之濱梁天監三年僧汰雲開山唐德宗時重建宋天聖中重修進士張沭記

昭明寺記　　雲集

吳中多古佛寺往往有蕭梁遺跡郡城西四十里曰錦峰之昭明寺相傳以為明昭太子所建故曰昭明或曰錦峰之山産文石中為用罷華采炫爛故有是名或曰其寺中據汰壤群山如屏如翼去寺皆遠無所障蔽其稱昭明之名此殆是也然而不見於郡志豈會昌沙汰之後日就頽廢修志時泯沒不聞故也

永嘉泰中里人周氏子爲僧　寓篠白馬寺曰南公

歸省其父父曰吾老矣汝毋遠　南乃即昭明故址

葺之以居辛苦勸乞周父又以其財力助之已而施

與者日至歷數十年法堂僧堂廚庫粗備土田稍爲

人所侵有者以漸來復其子本立寔相其事南沒立

躬任作勞思成南之志益殖美壤作佛殿門廡方丈

之　度弟子九人約以次相繼嗣主院事至元中執

事浸用懈惰遂以中微南公之頹力幾息矣一真始

出爭其閒大有以充闢之山林廣袤而林木足用土

田易治而供禩有餘矣屋宇華麗內固外完其計慮

久遠者日以周倫矣昔之處此者不知有紀述以待
來者是以數起數僨相尋於數百年之閒而莫之有
定獨真公知以此為意亦自其積之不易而成之不
可忘也噫為佛者之初固不以植生營業為務然而
四方名勝之處或因於主者之不一徒衆之集乃至
失其所依曾不若去繼而守之者之為遠也然而得
其人則易以興不得其人則易以衰物理之是然豈
特昭明而已哉然則真公欲為記之也宜矣予之先
隴在吳者與其寺相望為鄰故不辭而為之書錦峰
旧有宗穆親書　賜貴臣之家者今留昭明寺云

年　月　日虞集記

懷陳寅山人時居西山昭明寺作

高啟

閒看西澗月秋閣与僧開正是相思夜鐘声君處来

昭明寺

陳基

山居有餘樂縱遊良不孤生多濟勝具豈辭足力劬處〻青蓮座人〻僧宝珠雨花無宿蔕玉樹盡僧抹勞生局形跡矯首謾踟蹰

昭明教院在吳縣錦峰山相傳為昭明太子所建或謂山産文石故名然不可考矣唐會昌中廢宋

嘉泰中白馬寺僧南宫重建宗理宗書賜鄭起潛
錦峰二字藏寺中

光福舍利塔記　唐崔鵬

式觀元始聊覿玄風夏巢冬穴之時茹毛飲血之立一寒一暑一陰一陽其道雖分萬彙猶　逮乎伏羲氏之王天下也始畫八卦造書契由是文籍生焉然後歷堯舜至周孔由是釋像興焉及乎東被大漢尤加崇飾按牟子云佛生西竺假形王家則其生也又拂衣双樹脫　金泳則其滅也雖然示生滅之相距加恍惚之道何異經巨海者終年不見其涯測虞淵

者畢竟不知其底吾以此觀之佛理不可盡也若夫舍利者即金人之遺骨堅剛不壞變化自然而天敬之立爲塔廟昔育王見而不信吳王修以效度適運南移年代頗久大哉寂滅之理豈一魯男子以探其好爲余素不留心畧爲叙事故經云若能起塔供養皆獲福田此乃聖教所談事豈虛謬固知爲善者天報以福爲非者天報以殃雖則玄妙難求而實精專可驗光福寺者即梁九真太守顧氏之家山也士有惡嫌塵網棲植善遂捨林泉建茲佛刹根立寺之始其由起爲斯地之銀闕移來洪波架出碧岫孤聳青

天下臨洞庭勢控吳苑上止斗牛之宿旁連太伯之墟何必鼇負蓬萊蟠崐閬苑歌樵翁于片石臥禪子於幽林草樹爾而攢花杉蘿深而蔽日長松古柏緣情無塵去之机遠岫平湖奔目入畫屏之色其僧自相謂曰此之靈境爰有上方可以建立亭臺而莊嚴塔廟既而不日不月其功就焉斯塔也梁大同之中建矣唐會昌之末燬焉興廢之由是其一也然則基址雖在而乃炯蘿以荒於時咸通　天子明膺四方清平野人入朝賢士出去而戒吳郡　之一也鸞鳳異態龍虎殊姿嘯傲誰同孤高自得雪霜徒侵

碧色松塵埃難染白璧光嚴陵臥時国之賢良鄭均
間時位齊鄉相魚腸之劍利斷鯨鯢龍頷之珠光浮
日月燒金肩玉閒進蓬島之仙釣月歌風隱笑武陵
之客公不惟優游儒籍然亦探奧禪門故儒則素王
間生於禪乃金人謫下則知人情雖及智用全殊每
登山而踟躕因鷲塔之荒毀是斯塔之將興也一則
合天中后聖德遐被慈心博施行是日之堯風徵當
時之漢夢于是三宝起跡十方歸心布金祇園圖像
花界今者又澄清域外鏡朗天衢金柯開蘤背之花
宝位乾銀河之浪玉潢丹甑坐分瑞應之符撰子漁

翁眠唱太平之曲　乃遇公道窮生滅心、達苦空信塵刼之迷途悟法門之了性追吾家之旧迹再葺蓮花護吾佛之真身重修宝塔然後增基表刹雉草開林剪荊棘而雲平列松杉而洞出時維三月鄁屬九春鶯吟風而千般草壺岩而万種建金棺而心動羅宝、蓋而雲陰緇徒共瞻士籍咸悦奕落座上飄三界之異、香薝、蔔花園　大之法雨是時也祥雲結絲氛氳於竹道之坛慧日澄華照耀於然灯之位公乃覩相生善、至誠感神遂發善心爰命工者于是依凴氣象結構規、摸初、標覆簣之蹤漸着凌雲之勢亦有飛閣周繞回廊接連石工呈奇巧之才梓匠設雕鏤之妙壯觀而龍蹲虎踞巍峩而仙掌蓮峰繞柱屹而星攢雕梁艷而虹指掩映而初鯨吐稜層而欲鵬飛不踰一年拘就工畢斯狀也險體千仞高標七層凝青霄上又若神助上穿霄漢下壓雲根豈劍閣之能齊此炉峰而尚峻鶴歸天而一駐雲收霽而半開發郢客之詩情壯吳宫之地勢金輪縹緲亞日月以高明雁像參差拂虹蜺而若動偉哉塔之美也其功者莫繼焉至若遊人訪景淑女尋春入幽徑而扱羅步睛崖而拾翠巢鳥映葉嵐烟惹衣苔鋪石而霞斑花

映峰而綺合高瞻闤闠千家之臺榭龜文迴瞰林巒
四面之波濤練色其乃金飈凾鄮銀露催寒何用悲
秋正堪憑檻天朗而雲霞美錦風高而松篠張琹葉
葭之浦上漁歌蒲蓼之之汀邊雁影疊浪裁古人之
素群山閑少婦之眉開謝客之愁襟捋休公之佳詠
松間疎聲伴高鳥而飛来湖上輕烟映孤帆而掠去
斯塔也非公不能見矣斯景也非公不能形爲時有
刹當僧道庄文瓚崇建寺皆以高空皎月深谷奇松
挂衣錫而雲間臥烟霞而鶴瘦真宗真理金言積于
情田無垢無塵玉蓮生於　土且少人識比求劍材

非利雖　　焚香　　璧角常嘶于未達辛苦十
載每思蚊夢之徵搏躍九衢頗有龍門之志曾勞閑
户何嘗仲舒之三年誰念無家更甚相如之四壁惟
公不捐質微詞陋命作斯文操觚長吟永日忘斁何
以著公之美大播芳風詞曰
皇堂之去運變千秋産公之才當代風流荆聶之氣
金張之儔但樂風月不干王侯英明少年卓犖公子
敫貴巨榮時人鶚視洞天竺黄春風不起金谷開花
玉堂携妓南山積石北溟揚波紀公之德未足為多
年　月　日唐崔鵬記

光福寺在吳縣鄧尉山龟峰上梁大同間建寺有
舍利塔

奉慈菴　吳寬

梵寺堪逃暑登〻遠扣関林深長得樹路轉又逢山
石鉢分中飯雲房借半間玉茶花落盡坐抚不知還

奉慈菴在玄墓山麓宋靖國元年僧明昕建

賦得寒山寺送別　高啟

楓橋西望碧山微寺對寒江獨掩扉船裡鐘声催客
起塔中灯照遠僧歸漁村寂〻孤烟近官路蕭〻众
葉稀須記姑蘇城外酒烏啼時節送君違

寒山寺　胡纘宗

半落寒山寺鐘声自往年海風臨客枕江大傍漁船不聽禅心寂偏聞旅思懸誰家管絃急歡笑玉樓邉

送僧道性往寒山寺　劉溥

寒山寺近闔閭城老衲分燈向此行地接楓橋江市遠林開松殿野雲平身經暮雨三衣重影度秋潮一鉢輕後夜相思何處是滿天霜月更鐘声

陪元侍御游支硎寺　劉長卿

支公去已久寂寞龍華會古木閉空山蒼然暮相對林峦非一狀水石有餘態密竹藏晦明群峰争向背

峰〻對落日步〻餘青靄香氣空翠中猿声暮雲外留連南臺客想像西方内旦逐溪水還觀心兩無得

宿支硎山房　僧皎然

上方精舍遠共宿白雲端寂寞千峰夜蕭條万木寒山光露下見松色月中看却与西林別蹤心即欲闌

支公詩　前人

支公養馬復養鶴率性無机多脱略天生支公与凡異凡情不到支公地得道由來天上仙爲僧却下人間寺道家諸子論自然此公惟許逍遠蒿山陰詩友誼四座佳句縱横不廢禪

贈支山南峰僧　皮日休

雲侵壞衲重隈肩，不下南峰不計年。池裡群魚曾受戒，林間孤鶴欲參禪。雞頭竹上開危徑，鴨脚花中擿廢泉。無限吳都堪賞事，何如來此看僧眠。

和　陸龜蒙

眉毫霜細欲垂肩，自說初栖海岳年。萬壑烟霞秋後到，一林風雨夜深禪。時翻貝葉添新藏，閑捕松枝護小泉。好事清冬無外事，匡牀齋罷向陽眠。

平雲閣　范成大

背倚天峰湧化宮，横空閣道拖双虹。火雲六月應奇

絶青瑣玲瓏八面風

鐵杖　支道林遺物　　前　人

八環流韵空杖鳴古鐵無花紫翠鳴明莫遣閒人容易振泉飛石落兕神驚

金沙　沙中麸金色取煉多不成　　前　人

莊炭福地守靈仙不為人間計子錢一擲斕斑光照眼路旁饞隸柱流延

遊南峰寺有支遁放鶴亭　　高　啟

每向人間望碧峰石門今得問幽蹤路　風破冷冷策寺隔烔離杳杳鐘窓下鳥來多墮果亭前鶴去只

高松一龕傾，借依香火。莫道詩人非戴

支硎山十三咏　姚廣孝

支硎山

南峰一何高，東峰一何壯。惟有定餘生，時來泉石上。

報恩寺

古寺烟霞裡，經营東晋時。支郎今不見，令我起遐思。

南池

秋深水更清，游鱗手可撫。後來觀咏人，誰能繼皮陸。

石室

窈々環蒼石，陰々覆白雲。深夜僧入定，鐘磬寂無声。

八偶泉池

風迴波不動葉落僧無声却憐清徹底有誰來濯纓

寒泉

涓涓石上流和雲白于永汞閒来試一勺令人毛骨竦

石門

曉除神龍出宵分猛虎衝白雲開復閉蒼蘚剥還封

馬跡石

堪笑支遁林愛馬却成癖飛走石苔間千年尚留跡

南峰

竦立去城遥嵐霏近午消奇形常炤日雄勢獨凌霄

待月嶺

盤盤去谷遠矗矗出林危過樵常待月不曾到家遲

碧林泉

辟間瑪瑙紅澗底琅玕碧童子爲煎茶山瓢汲還滌

放鶴亭

隱隱嵒高處空亭杳靄閒神僧去不返空望鶴飛還

牛頭峯

群山不同高一峰嵐翠迥縹緲白雲閒惟見牛頭露

支硎山十二咏

附沈大本　謝縉

楞伽閒靜域閒自適林與山水清佳處由來半屬僧

林中禪寂地古木叢青靄當年結屋人惆悵今何在

右楞伽院

平池澄曉鑑虛閣涵秋月時有凍形人間来照鬢

丙穴暗泉通清漪浸碧空白蓮秋未老魚戲葉西東

右南池

寒逼禪僧定涼醒醉客眠戶樞從不蠹歲月任推遷

鑿石容趺坐還將石作牀山中當夏日此處獨清涼

右石室

鑿石破蒼苔青天地底來夜深寒月映疑是曉窗開

不作方圓甃池形似塔形雲光來復去孤影湛渟渟

右八隅泉池

峭壁擁双扉，亭亭来翠微。山靈雖解説，不禁白飛雲。
設户防來往，兩厓相對青。山僧無一物，入夜不須扃。

右石門

空巖積陰晦，層厓迸冰雪。下有清冷泉，終年流不歇。
飲来如雪味，入口帶天香。流出空山去，能令大地凉。

右寒泉

追風蹄似鐵，留跡向山深。神力猶訶護，苔痕不敢侵。
支公有駿馬，已騁千里道。留跡在空山，猶戀山中草。

右馬跡石

月出衆山首月落众山黑朝來捲幔看氣勢凌秋色
迴峰帶秋色蒼翠聳晴昊澗底有寒梅年年看花早

右南峰

詩人一壺酒待月升東嶺松聲起濤声山風吹影
入谷路已昏遠寺鐘報歇炯中人語諠蹤樵待明月

右待月嶺

涓涓清澗中長洗山僧鉢還將鉢盛去瀉向玻璃滑
泉流苔石下瀠渟映空碧上有踈篁枝蒼蒼同一色

右碧琳泉

又養籠中鶴如何却放歸不知初放日曾別主人非

放鶴人何在孤亭橫翠微客來亭上坐惟見白飛雲

右放鶴亭

頭角昂藏出經春臥夕曛無人來問喘噓氣自成雲
懶隨年共化獨卧空山裡時有牧童來長鞭驅不起

右牛頭峰

初春山居還城却寄支硎僧院一律

揚循吉

好山不看詩人句辜負浮嵐翠滿空梅子蛻花春事
半雨聲追冷昨宵中來尋茗碗禪幽閣却上藍輿別
遠公白髮漸添身老大何緣追興逐東風

吳都文粹續集卷三十二終

卷三十二

吳都文粹續集卷三十三

長洲　錢穀　編集

記詩

天平山白雲禪寺重興碑　姚廣孝

天下佳山水固有矣必遇乎名公偉人以發其跡然後境益勝而名乃著也興壞理亂措諸事業必賴乎才能智謀有足為者然後見其成效也山水雖佳微名公偉人以發其跡則境之蕪沒而名之昧昧者蓋多矣興壞理亂微才能智謀有足為者必不能見其効也非惟不能見其効而反致於顛覆隕墜者往往

亦多矣故山水事業顯隱成壞在乎其人若汲〻欲得過於人而人不可必得者或數千年百之間不求而自得者何也蓋物之顯隱成壞關乎氣運屬乎時緣而致然尔豈在有意而為之者哉天平山白雲禪寺剏於唐寶曆間至宋天聖寶諦大師來是山見寺之基搆狹陋不足容廣衆始開拓其塲地以成大刹慶曆中文正范公愛其泉石清麗林園茂密故奏請為香火院忠宣公繼父之志遴主法席者謀諸蘇長公子瞻遂延致遠録公始革律為禪矣寺之住持非有德有言者不足以當之故歷代皆名沙門也元末

丙午　天兵臨吳城寺燬於燹蘩無所有但荒烟茂草鞠為孤兔之囿也洪武七年復菴圭禪師來領是寺復菴乃先住持士瞻公之大弟子也其戒行無優榛署並善故寺衆與文正公子孫謀曰起寺之廢者非復菴不可也於是相率耆彦禮請主之維寺恒産而賦役甚劇復菴夙夜酬應弗有勞苦況東序比丘智在左右羽翼支費撙羨以興厥功故大雄之殿方文之室說法有堂栖禪之所山門廊廡庫庾庖湢鐘魚鼓板之設熏炬爪華之所廿年之間無不備具而未嘗持一疏干一人恍然成此大業若地設天造可

謂能事畢矣噫天平泉石之清麗甲於中吳文正公為之主維故境益奇而名益振奇極其廢得復菴為之中興而有以見其成効也以斯論之山水雖佳不遇乎名公偉人則境湮而名替興壞理亂不賴乎才能智謀有足為者必不能見其成効也審矣今復菴之中興是寺雖經營措集弥歲不寧略不見其艱難困苦之狀可謂才能智謀有足為者矣今年秋以書来北平求予述之以示其後予吳人也天平乃燕遊之地復菴與予友頗切知寺之興廢惟詳故弗讓而為之書乃復系之以詩曰

天平之高冠於吳山林木茂倩雲泉潺湲巖〻龍門
是為玄闗雄虓既伏天狐寧扳勝妙境界佛剎是宜
廼創于唐寶誌載治堂構靚深緇徒皈依偉乎范公
朝請主維欽延紫石始習禪儀境益其勝名益其彰
靡有碩德莫據猊牀歷代繼席皆匪尋常人境俱絶
可抗大方越歲丙午　天兵臨吳欻羅鬱攸百燬一
無錦繡園林化為丘墟有來遊者無不長吁復菴㧞
起効其才能不廿年間衆廢具興比丘智在乃同厥
心左右賛襄其力孔任棟宇蔚如丹碧爛然有物畢
備一如其先濟〻真侶安居弥堅寅夕禪修天子萬年

卷三十三　三

錢滌

小巷通行三十里亂花深淺到山西誰知絶徑無閒
地還有幽人向此棲簷上泉聲龍虎動堦前林影日
星低高僧不放白雲出欲搆岩峦與閣齊

又　　范成大

訪舊光陰二十年殘僧相對兩依然木蘭已老無花
發石竹依前有蘚眠萬户直須龜手藥一龕何用買
山錢從今半坐須分我共説昏〻一覺禪

又　　袁桷

青鞋高挂天平壁遥指雲門三兩峰禪榻已容黄葉

覆詩瓿從把綠苔封曉風殘月千村穲細雨疎烟隔水春我向京師宜老矣吳山清淺越山濃

又　　倪瓚

龍門秋月影茶室白雲泉不與世人賞瑶草自年年復有天池水松風舞淪漣何當躡飛舄一采池中蓮

送圭復菴還天平寺　　釋來復

白雲泉上遠公菴我首棲禪借一龕夜壑松濤寒作雨春林花霧濕浮嵐龍門客賦詩成軸虎阜僧來頌有函楚些難田南麓定蒲團詩與話同參

江左多年不得書范公祠下往來疎義田無恙徵科

後梵刹重新刦燒餘火擁芋爐寒榻靜水添蓮漏夜
堂虚袈裟曾習西方觀兑聽晨鐘報木魚

天平謁范祠　　陳基

古木蒼藤開寺門清泉白石駐華軒丹青不改天平
廟閥閱猶知慶曆尊四面峰巒旗鼓列一村桑柘子
孫蕃皇〻冠冕餘生氣再拜令人愧後昆

登天平山訪圭禪師　　姚廣孝

遠歸吳下寺重上白雲泉勝地游非偶名山到是緣
僧行晴雪裡乕嘯夕陽邉開士情何厚茶餘話昔年

夏日遊白雲寺二十韻　　前人

地靈山勝絶觸熱試幽探斗近龍門險岩深虎穴嵌
嵯懸藤絡石波静竹林潭谷响風前澗峦光雨後嵐
松鶱華蓋麗泉出白雲甘夏寔知青李冬梏識老枏
蟒窺嵁匿黿鶻摶草棲鶬掾徑猱行疾遮遂蟻戰酣
岫伸眉細細荅布髮毿毿沼旭疑盤沐湖天訝鏡含
歸樵仍佩斧游子每停驂一澗分高下雙峰自北南
煌煌忠烈廟穽穽遠公菴桂聚香為室蘿縈翠作龕
函文殊貝葉遮蔓異優曇刹影晴杓遠鐘聲夕度籟
東西廊兩兩前後衆三三法自齋餘說禪從浴罷參
歷奇寧有倦玩勝已成耽便欲攜瓶錫相依詎不堪

春日過天平輿上口占　前　人

樂遊那厭去程賒穩穩籃輿勝小車烟柳青邊疑野店露桃紅處是山家澗分燕尾泉来細嶺轉羊腸路入斜趣既有餘吟亦就此行應不負韶華

次韻答天平復菴師二首　前　人

清晨荷笠出江城乘興来參肯待晴雲起東山藏刹影水流西澗帶鐘聲茶燒活火嘗新味詩寄長牋寫舊情便欲泉頭分半榻相依談笑盡餘生

獨客燕山近薊丘隨身瓶錫數年留昨朝過魯非無樂今日還吳卻有愁屋老鄭園蛙產竈窓寒風雨鼠

侵裘故交猶得師存爱握手歡呼慰白頭

寄天平復菴　前人

不到天平二十秋老禪宜是雪盈頭白雲泉上青松下惆悵年來絶夢遊

題天平壽老方丈　范成大

二十三年再入山此山於我有前緣時人不用憐衰病天與丹房一綫泉

送壽老往雲間行化　前人

天平船子過華亭舍衛城中次第行留取鉢盂歸院洗東岩新出一泉清

天平寺　蔡羽

石壁如仙掌行人輕路長千重翠鎖秀百畝綠陰涼
紫磴連瑤關青岑控石梁白雲泉味洌得共遠公嘗

自一雲至天平白雲泉晚興　皇甫涍

鐘聲緬迴策秀色餘西岑微徑不知處白雲長自深
松窓散花雨溪牖搖峰陰獨夜泉亭月寥寥期此心

白雲泉寺在天平山一名天平寺唐寶曆二年僧
永安建名雲白菴以山有白雲泉也宋慶曆間范
仲淹以先墓所在奏為功德寺因賜今額元末燬
國朝洪武初僧復菴重建

秋日重遊穹窿山海雲精舍　姚廣孝

昔年曾駐錫此地喜重遊樹影兼雲合蟬聲帶雨收
澗循松下砌峰繞竹邊樓到後嗟難偶吟蹤去復留

其二

歷〻青山裡層崖倚曲房竹雲時駐影桂露夕團香
未暮先蛩暝方秋已薦涼莫言今索寞自可勝他鄉

其三

巖棲還傍隝複嶺自層〻扣户頻來佃尋蹊每到僧
苔深終隱甃樹老尚懸藤但可行吟處題詩記我曾

其四

林屋葳深密盤〻石徑斜過樵驚睡犬田收亂鳴鴉

垣碧蘿葳葉籮紅槿綴花到時須放浪莫問是他家

其五

迢遞青村外崎嶇紫邏間過林纔見日到渡不逢山

一室依岩險進扉傍竹閒曾看雲際隺向暮獨飛還

其六

勝處初遊日長疑別有天樓開扉納月危棲覓通泉

鐘散群峯外禽回變樹邊也知宜眺望不獨可安禪

其七

地遠塵難到人家半隔溪放禪還候磬起曉却憑鷄

雲度隨山窈泉行趣澗低披叢尋蘚壁更為刻新題

其八

積雨秋初霽林園蘚護扉葵妖花愈盛橘病實還稀

徑露香沾屐嵐烟翠上衣山翁能引客徐步向斜暉

其九

一徑通林遠時聞長者来水光搖定室松影落香臺

援為防彪設軒因放寉開若將吟適興滿眼是詩材

其十

山人無所事沿堵只栽松黄葉深〻屋青烟遠〻峰

苔蹊屯鳥跡石厂宿雲蹤留客同迂步秉昏欲聽鐘

訪道衍上人時寓海雲　張羽

尋僧自補屐，古寺夏雲中。聽鳥明聞性，看花悟色空。風傳烟磬遠，竹引野泉通。便欲捐塵累，香燈事遠公。

宿海雲上人房　韓奕

古刹松間寺，閒游夢裡身。雨聲留杖屨，香氣煖牀茵。僧話禪餘靜，交情道誼真。老來偏好佛，從此往來頻。

留海雲菴　前人

年老人間事不求，每從方外樂清游。雲深古寺疑無暑，雨足山田望有秋。嘉木千章當徑合，懸泉几杖下溪流。也知賓主相忘久，竹杖籃輿任去留。

頻年度夏此僧房眠食清便禮數忘盤出楊梅堪薦酒瓶添薝蔔罷薰香满堦松影斋鐘午繞榻泉聲客枕凉况有諸生皆向學時〻列坐論文章

寄海雲僧　前人

香暗燈明佛殿深梵筵僧散夜沉〻庭梅影轉經窓月誰伴高人擁被吟

庭雪初消蕙艸香日晴便覺有春光老来事〻心皆懶獨有登山興未忘

海雲院觀連理山茶　吴寬

奉慈山茶好標格花開如杯呈玉色海雲山茶更奇

絶奇處不論紅與白兩株並植東軒前翠葉如屏遮
几席枝柯一一相交加為是同根忍分析初疑一人
獨叉手忽作兩人仍促膝少焉捽臂纔跬步又獨控
拳當肘腋碧玉磨沙成玦環青絲絢索分微纏我来
庭除稍摩挲引此青蛇受毒螫試量旁幹淂三圍每
掃落花九一石風霜飽歷三百年未識何人手中植
尋常繞樹多詩客階下莓苔留古迹河中曽辱昌黎
文西蜀休誇孔明柏世間大樹儘有之似此山茶何
處得

前題次匏翁韻　伊秉

匏翁詩存古風格譬則毛施真國色滌除烟粉市門粧綷約肌膚天下白海雲禪院賦山茶文采風流傾合席兩間淑氣逢交暢殊本連柯豈輕拆迹來誰遣異榮悴坐滅賞心空抱膝常侍貂璫耀左耳詩老偏枯傷右腋揚眉意氣影華纓垂首幽憂係縲纆修容想為過客妍鮮眺凝逢毒蛇螫分留物色供品題且免隨綱入花石百年存歿感交情滿紙縱橫遺墨迹靈山黃面憶曾拈淨土緇衣舊傾植地脉潛通上世瑩古形作配前朝柏從知物理有興衰休絢人情量失得

海雲寺　王寵

名山時訪舊絶壑愛觀泉徑隱千重竹林窺一帶天跌花遲候發好鳥洞音傳悟得無生樂行藏不離禪

暮春過海雲寺寫竹石古槎　倪瓚

春盡湖濱偶獨來高僧煮茗得談諧鳥啼花落忽如夢水影苔文渾上堦空咏遠遊悲世俗聊將曠望遣情懷竹林生笋還相别人事睽離亦易乖

海雲寺在吳縣穹窿山北麓宋熙寧間僧性海建姚廣孝為僧時常住此內有連理山茶

堯峰山佛殿記　王鏊

吴横山之西南有峰名尭莫知其所始或曰尭時民於此避水也蘇子美詩西南登尭峰俗云尭所基洪水不能没上有万衆栖唐末慧禅師者始建精舍曰免水院宋改曰壽聖寺有寶雲禅師継居之會學去来恒数百人元涉　國初久弗不治弘治初有雲谷禅師諱蓭始謀居之與其徒文通披蓁剔薈支傾葺頽歳餘人漸知之雲谷軌行峻特通亦戒律清修遠近希謁者日衆始相與立山門繚以石垣觀音龍王之殿寶雲碧玉之沼東齋西隐以次修復而大雄殿費鉅未遑議也久之雲谷示寂通矢卒先志乞諸檀越一時鉅公名士亦多禮爲於

是富者施財，貧者施力，豫章瓴甓無脛而自至，不召而雲集，大雄之殿倏還舊觀矣。初予自內閣告歸，間一造焉，峭壁梯空，側足而上，及至其顛，曠然平夷，林壑岩洞之縈紆，池沼泉石之秀麗，却而望之，則太湖萬頃浩蕩在前，而吳興、雲間諸峯亦隱隱可見，信地之高且勝者也。則洪荒之世，民聚居以免懷襄之患，亦或然歟。地雖勝而其蕪也，以得人爲居之，則蕪者治，頹者起。事之興廢，其不在人乎？今天下之事廢而不舉者亦多矣，彼獨何修，有若易易然者乎？予誠嘉焉，爲記其事，嵌諸壁。

堯峰寺　高啓

堯帝何年到名猶在此峰岩留千尺井寺發兩時鐘僧出因尋菌人來為看松白雲深洞裡聞有聽經龍

又　周南老

橫山聳別峰仰陟高岩嶢佛宮古唐宇照耀山之椒老松偃翠蓋澗壑迴鮮飈滔澄碧玉瑩龍歸白雲飄開軒面平湖清輝日可照尋僧特相問峯名何以堯

題堯峰寺蓓公山房　伊秉

我生素有烟霞癖蓟輿清暇窮幽僻隔嶺猶聞鐘磬音荒苔似斷漁樵跡山居老宿霜滿鬚蒲團遶眼看

楞嚴神龍聽講出深洞野鹿御花常近檐人烟曠絶非凡境石湖倒落晴天影千年文字留斷碑百尺轆轤牽古井小童座上送茶甌軟語接耳爐熏浮羨蔡飯糗度晨夕草生木落為春秋幻相偶然分主客姓名免使磨厓刻明朝回首白雲深半空飛鳥青山色

宿堯峰寺　王鏊

堯峰自在諸天上半醉來登不用扶愚入湖天同浩蕩望窮雲樹轉模糊五更客夢侵雲冷一片禪心對月孤自是世緣猶未了幾時同此結跏趺

堯峰寺在横山即唐之免水院

暑中遷寓甫里精舍　柳貫

城隅亦有果園坊，容得幽人借草堂。何必漁樵之笠澤，故多水石近滄浪。過橋稍接魚蝦市，泛艇遥連雁鶩鄉。秋雨幾時能破塊，夜燈休負讀書牀。

夜投白蓮寺　徐賁

飲別東家叟，行投西寺僧。無風收閣幔，有月罷廊燈。竹夜聲偏集，池寒色似凝。無端值詩景，清興覺逾增。

白蓮講寺在長洲縣二十都甫里，即陸龜蒙别業祠堂。在爲宋熙寧六年僧惟吉建。

覺海菴　徐有貞

游興殊未盡，強君還共行。登山身特健，看竹眼偏明。
醉覺人寰小，閒知世事輕。勞時莫辜負，難得是昇平。

宿覺海菴　沈周

幽居嫌未邃，窈窕藉雲重。地濕千莖菌，門陰十箇松。
古廚寒食飯，虛谷夜分鐘。起坐月當午，推窗見碧峰。

早起　前人

茆峰舊到今又宿，一夜頓忘行力勞。隔橋屐跡林雨
過，聒枕鳥聲山日高。自知狂客興不淺，豈是老禪吾
愛逃。悠悠竹閣盥漱際，恰有微風吹鬢毛。

下蓮峰尋山登覺海　皇甫涍

蓮峰板陟罷獨下虎溪澗鐘動閒雲外春濃落日時
去携泉竹淨行歷石苔滋更踐無人境烟霞與興隨

覺海菴在賀九嶺之東元至元間僧志仁建

過磧砂寺　吴寛

日斜湖上過野寺儼登臨老樹風聲合頹垣雨跡深
蛟龍潛近浦鳥雀避叢林不見筠溪叟詩禪久絕音

又　沈周

隻幢落日倚漁汀北下孤舟此暫停野客偶驚雲外
犬老僧隨擔石邊經沙洲古樹藤蘿紫大殿遺基薺
麥青今夜試留湖上枕疎鐘高浪不堪聽

磧砂禅寺舊名延聖禅院在長洲縣二十六都陳湖北宋乾道間僧道原建元僧圓至記寺有大藏經坊僧云鳥崖不入坊中元詩僧至天隐自江右来居此號筠溪有詩集

接待寺八詠　　姚廣孝

玄音堂

道本静中心秋潭皎月沉無言得真趣何用覓玄音

含暉樓

樓高逼層雲遥瞰東湖境香斷客不来斜陽半簾影

挹青閣

虚閣映漣漪禪龕隔蕙幃夜寒深雪裡正是挹清時

止息齋

悟得西来意高齋閉止息欲語衆人知流雲去無跡

雲深處

靄〻復冥〻晨昏不斷生欲尋支遁宅須待有鐘聲

一掬軒

蕉葉度窓陰池春緑漲深誰將一掬水大地作甘霖

松花室

翠雲壓真松凉影涵花塢晝静鳥聲幽風窓墮晴雪

聽聞室

誰讀貝多文跡簾捲夕熏臨来無得說江上冷秋雲

接待教寺在婁門外

宣德中

遊金碧山記

皇甫信

吴多佳山水莫不可遊覩予生於其間未能盡識未嘗不以為恨歲丙戌三月十日與友人陸君儀吉賀君澤民王君濟之輩遊於西山諸君各乘小肩輿入天平予與澤民濟之漫步僅一里有寺曰普賢寺之後有山曰金碧崇岩危岑聳揷雲霧飛泉瀑布清映珠璧迴嶂盤紆花木秀麗意者非人間世耶其有神

仙輩寓其間也於是入深林渡曲澗窮髙而止濯纓溪流箕踞遐睇則與吴之山川歷〻如在足膝而輕雲微靄綴青襲翠眇接遠近四望如一而不覺恍然遺去塵氛飄〻然意吾三人者非所謂仙者耶已而日色莽蒼林蔭交密歸鳥飛止鳴聲無人於是喜而飲〻而醉〻而卧〻而忘其歸也既去儀吉與諸君始自天平還酒罄肴絶力既疲矣謂澤民曰舍車而徒亦有得乎澤民笑曰將與不若步遠不若近矣乎諸君以為恨夫事有偶得而時有適逢例而廣之人生行蹇動静固不異是欲遂書之以為記

普賢教寺在天平山之東牛頭峰隝內宋景定間僧智斌建顏汝勲記　國朝永樂十三年僧可立曇蕚重建

陽山大石雲泉菴記　吳寬

吳城西山連延不絶曰陽山在稍北雄偉特甚其陰石巉然起如人負奇骨而偃者當嶔崟磥硊間有僧居焉名曰雲泉菴成化間予與太僕少卿李貞伯吳興張子靜松陵史明古往遊自許市北轉入小溪舍舟從平田行仰見石勢欹墮舉足甚恐入門竹樹幽茂薜荔滿墻僧緣崕架木有小屋在石下益奇客喜

而就宿聯為長句明日太僕大書屋壁復題名石上而去後二十年予再還吳中則太僕以下相繼而逝自嘆不能獨遊而徒得沈啓南所作鉅圖時取而玩之耳一日有僧来謁問其名曰智韜則菴之主人也曰山居辱公題詠後遊者接踵而至大石菴之名暴著於世皆此詩人和篇也予既為書其末智韜復請曰菴未有為記者更乞為書之蓋山之有菴相傳為宋珍護禪師所創其扁則銀青光禄大夫齊國公德剛所題然莫能攷其為何人也石之大且奇者前列不一當時與客議此可亭此可堂且軒者尚多今歲

久其地如夢中事不能了〻況余且老未知他日歸休再能遊否所幸宋僧有開拓志來遊者或能成之當再爲書之刻厓石上通議大夫吏部左侍郎前詹事府少詹事兼翰林院學士專知制誥長洲吳寬識

吳興張淵子静松陵史鑑明古長洲李甡應禎吳寬原博穎川陳瑄雲泉觀大石聯句

巖〻者大石甡奇觀人所誦遐想十載餘寬來遊五人共捨舟始登陸淵杖策不持鞵是時日當夕鑑茲山氣逾溺入門信突兀甡拾級駭空洞落星何破碎寬靈鷲宜伯仲仰觀神欲飛淵俯瞰心屢空鱗皴苔

蘇剝骨立冰雪凍 鑑 神驅道擣訶 姓 鬼䔍紋錯綜尊
嚴凛君臨 寛 張拱儼賓送環列盡兒孫 潤 擁護等僕
從欲假愚公移 鑑 諒匪雍伯種卧鼓慨捋亾 姓 對臼
怯杵重猊吻呀未收 寛 龍鬛怒難控凝血宜痛鞭 潤
立肺詎蒐訟上漏還啟窓 鑑 中通自成街大惟補天
功小可砭肌用分文蕭慎來 姓 浮磬泗濱貢 潤 康利
並攢劍兀梟側倚甕嶧山辱嬴秦 寛 艮嶽遺汴宋截
彼民具瞻 潤 壯哉客難奉 鑑 落照紅抹赭歸雲白流
秉僧講點頭磨 姓 將射没羽中塵緣契三生 寛 陣圖
懷七縱 潤 在懸太師擊攻玉詩人諷仙黄充腹飢 鑑

卷三十三

大

俗揩兔腰痛瑤琨產惟揚寅琅玕出乃雍高題少室名姓怪作東坡供半空見玉蝙千仞附青鳳淵棲禪餘百年問僧僅三衆憑虛迴曲闌寅架壑出飛棟竹幽補堂坳鑑樹古嵌崕縫竇黑炊烟熏姓坎平鍾乳擁盤〻棧道危寅淲〻水泉動淵登頓足力疲眺望眼界空鑑松雪鬢欲濡潭月手可弄寅窮扳任生皴姓醉吟微帶醺列坐對彎跧淵大呼應鏜硌嗜癖朱李愚鑑詩戰鄒魯鬨拜奇得顛名憂墜成噩夢試與叩〻山靈倘售捐薄俸姓

與唐子畏遊陽山大石聯句　王鏊

峻極惟崧嵩，嘗聞吉甫誦。寅　石今若何為，勢若與之共。偶来試春衣，暫尔解塵鞚。鏊　登原路屡迴，入門樹争溺。寅　叠處嶱為山，呀然忽成洞。鏊　撗陳類涅槃，分峙儼翁仲。寅　湫湫猿度悲，貼貼鳥飛恐。鏊　躍冶祥金流，黙然聖鍈凍。寅　化工孰燃爐，氣机潛理綜。鏊　一螯還一歃，誰迎復誰送。寅　陽山劃中開，帘阜凜旁縱。鏊　靈壁豈同儕，岐陽真異種。寅　仰窺天闊低，側壓坤維重。鏊　蹲猊怒將噬，奔馬猛難控。寅　有並若肩隨，或分如鬧訟。鏊　龍象螯法筵，邋遢失家術。寅　鑒須神禹功，煉待媧皇用。鏊　巖巖揖孟軻，侃侃立子貢。寅　洲邉樓碎植

卷三十三　十九

江上城卧甕鼇憑爲或言晋砰尒傒隕宋寅五丁安
能驅百神互相奉鼇負戴纇鯤鯨黠化謝鉛汞寅支
傾力已疲任大材堪中鼇攫拏咒亦驚秀傑天邪縱
寅好事来重尋佳句時一諷鼇寧能辭脚薾且得愈
頭痛寅秦禪偶遺吳漢封當始雍鼇扛非九鼎雄富
比八珍供鼇咄吡起老羝搏拊来儀鳳寅太湖隱見
微遠山朝挹衆鼇沉船露危檣敗屋横折棟寅苔古積成
衣藤枯倒穿縫鼇最負下倒懸嵌空旁或擁寅凌競步難
移琴縮心屢動鼇幔亭危冠顛梵宇巧補空寅舉酒欲浩
歌援琴時一弄鼇雲生殿閣浮風發鐘磬硿寅上帝闕九

重下界市一闤（鏊）目中無全吳胸次有雲夢（寅）便當結幽廬採擷當月俸鏊

詠陽山大石次匏翁聯句韻　楊循吉

巍乎此陽山有石怪可誦形將水怪截勢與蓮花共仰觀一何高輕陟不可躋鳥飛必迴翔雲出自騰滃孤圓外成嶠空朗中含洞瘦如辟穀良清若食蚓仲深思殆天設乍至令人恐濃蘿誰作陰寒泉滴為凍戴菴亦顛危攜觴更反綜耳脇忽駢攢勒拳時獨送巍巍上少林森森下多從荒崖始誰開倒樹諒非種在茲三吳間當以九鼎重崇岩借冠冕罕峦聽提鞚

勞呼猿固匿被壓松堪訟曲躬始得門側身還入術
拂莟劣容眠收乳蕙資用志猶記秦餘材昌遺禹貢
立久氣濕袍嘯高聲荅聾論年越殷周言時晦唐宋
一為佛者居永作遊人奉病宜謚著丈寀称搏養汞
四方傳不誣諸公評切中臨谷疋還酸柔嶺日偏縱
支頤詎厭看極口難竭諷咒鑿手須掰鯨負背應痛
東岱徙小魯西華繆推雍懸磬風發鳴香爐烟結供
曝沙伏靈黿食罔停遠鳳是知隆拔群邪貴秀合衆
偷餘殿容櫰就隙亭閣棟枯藤蔓穿竅長蛇舌撩縺
輕清受指彈玲瓏脫泥塹芾拜本無忝羽撼爭得動

栽培稀尺閑搆架靡寸空炎伏涼自生清秋月堪弄
林深必賴燭嵐酷能鼉星化猶立迯龍吟殊作叶硿
嶺獅馴已賓阜虎獰敢闋久嗟隔勝賞頻劳落清夢
即欲營終棲其奈懷微俸

前題　　沈周

望〻秦餘杭首尾行不了大石突其尻翹然一拳撟
山體厚藏骨吐秀此特表正類抱中嬰頭頂露於褓
形大氣則散趣延喜在小其深雖未即接目遠已好
頃來莫能窮繼至敢艸〻循墻道林麓記曲乃遺杳
登〻覺向峻漸〻駕木杪猊峰據門左呵禁口欲鼓

有磴沿百級有殿嵌山造正殿跨假石懸身龍嫋嬌
行人自其下恍惚布四爪轉高踏其背股栗身亦掉
鎮腦結佛亭所仗力可擾四壁滿題句貴賤成襍掃
同遊懲涉險旋踵促及早次尋宕間寮蜂房互窈窕
緣勢盡西向局地窄接撩雲棧中貫穿所歷平地少
山靜日自長石脊人亦槁坐僻覬居安傳奇被遊攬
陽崖詫吞掀陰竇疑目盲虛含風泠〻濕映雲稍〻
衆縐不可熨亂壘龜拆兆層疊百寶合正紺或厠縹
亘此金剛座千古不可勦危椒壓屋脊雷雨常怯倒
草木亦作怪牢絡萬蘿蔦蒼松長深縫本矮枝節老

斜見山桃花微紅映叢篠草異傳多藥采掇未諳曉
欲宿償三過衾裯悔忘抱既夕氣更佳延月象倍皎
尚欠一踏雪意先有瑶島情狀要細述言語未獲巧
東坡昔袖去援例我非狡山僧苦着相便覺生煩惱

又　徐源

茲山有奇觀巍峩設形勝神禹刊木避女媧補天剩
磷磷柱國臣鈞力倐與競日華生錦繡烟雲罩苔徑
盤桓上中峯仰睇復危磴絕頂諒捫天筋力頓不勁
岱宗不可磨此石宜自慶

又　徐縉

陽山宿稱奇大石更靈怪崛峭忽中空岩連復縈洄烟霞斂夕霏荔薜留霧靄未經神禹鑿冀受米生拜曰予抱幽僻薄遊竟誰礙攀蘿躡巉屼采芳越森薈道以沉毅趨賞與孤高會想念山中人秋空發虛籟虛籟能娛人客心殊未艾何當謝塵紛乘雲弄烟瀣

又　方鳳

殷勤挾小艇迤邐登大石怪險若神造幽閟真鬼宅凌漢龍頭昂負重鼉背磔倒拽萬牛喘列坐千人窄眇視笑一拳端拜俯半額凴肩護脛酸呼酒鎮心忒古壁剥舊題厓竇礙頹屐甫快雨忽晴剛醉日欲夕

老禪嗜文詞短卷盈咫尺揮毫神欲飛雲開萬峰碧

又　薛章憲

隕星自天着山巔與天作石知何年訝𪖈屭斷復裂欲墮不墮相鉤連硗然蹄股躩且跧霜饕雪虐成堅頑夸娥負山跂一足罔象拔河聳兩肩嵌空窐鏬鬼手刓蜂房聯絡僧廬懸崚嶒石磴蛇倒退泆往未省愁攀援還從青衣駕赤犢更覓小有窮兜玄

又　朱節

山深閟奇跡步散漫探索春盡強登臨與衆信云樂玄〻豈渺茫去〻還咨度伊誰鳴玉琴飛瀑出幽壑

捫蘿苦多岐躡磴特輕蹻繞耳响松筠暫眼惜花萼
眺遠挹湖光興逸超魚躍倚馬擅三長淂鳥在一博
穿雲衣自濡爵茗泉堪酌薄暝忘言旋餘情戀酬酢
明月脱沙中清風下飛閣此會良不虛重來訂初約

與諸寮登大石　胡纘宗

昔聞大石大於圖今見大石大於山崚嶒絶頂壘初
出縹緲中泓橋欲懸波湧洞庭高入座帆圍滸墅近
當筵氅衣兩々隨玄鶴天路紆回望若仙

欲別子循登大石雲泉菴　皇甫涍

惜別向何處以山龕到竹林以予獨往意憐尔倦游

心石壁飛殘葉蘿軒下夕陰清溪一回首惆悵白雲深

大石雲泉菴在陽山之北麓

上方寺置田疇記　　僧淮海

具區為東南之勝湖以頃者三萬六千山以名者七十有二天光上下烟雲有無風帆出沒渺乎蓬嶠之可到者也夫差留連于銷夏毛公栖遲于林屋蓋洞庭佳絕處也艸木蔥蒨居民淳古業以漁釣藝植五峰尤為崒秀文崗蔓麓佛仙多依而廬孤園寺在其下梁將軍吳猛所施盛時衆至無所容僧有厭憒鬧者陟上方別業數椽高明澄遠宜禪誦唐會昌六年

也厥後歲增月建成院乾淳間有無證修善師出自閩徧叅訪方還基考室矻々垂三十年所當有者必具嘉泰開禧無證再主萬壽衲子歸心信風傾向曇秀上人復佩師道力於彈指間聳大樓閣於門庋奉血書華嚴經乃師舊所業也上方之名始著師曰美哉吾菟裘也微恒產曷能久安傾囊尚得千緡屬其徒可任者曰元素糾增立局置畮僅二百入租斛倍之香積院饒雲行水至平等無礙永香火於深雲傳鐘鼓於下界巍然窣堵無證不已頂雪垂々素亦老矣念厥艱難庸詔来者請記余曰道非人不弘人非

倉不支行乞吾法也當時已有過午餓況像末兼并嫉吾病民者夥矣於戲井賦既開病民非一端也今上方營二頃田存千指之衆安居而暇食五觀之餘罔或逸豫盍思所以淑民者而去其所以病民者則素之心可塞也若田鄉都比界備載于券于書其序序如此西山之遊栩栩飛動尋香山之留詠訪甪里之遺跡穿幽透深窮高極遠他日尚能賦之

上方寺　范成大

艤棹古鎖夏措節新上方珠湾鎖圓折冰鏡沉空光楓纈醉晴日橘黃明旱霜閉門松竹徑隨處有清涼

又　張雨

橘林千黄金林盡路逾僻忽臨銷夏灣雲海浩如積
綺李不可追空餘騏驥跡

又　王寵

山水雲門會林壑石徑微毫光空翠落花雨瀑泉飛
麋鹿叅金鏡莓苔積寶衣浮沉竟何益轉覺此生非

上方教寺在洞庭西山唐會昌六年僧道徹開山
本名孤園寺宋嘉泰間萬壽寺僧無證重建始著
今額復置田疇僧淮海記

祇園寺記　李居仁

釋氏稱給孤園祇陀太子之園也以黃金布地得八十畝施為寺南朝散騎常侍施所居為寺名孤園其心必有契於祇陀之心而以名寺耶不然則他人以其事符於施給孤園之事而以寺名耶抑猛之名多載儒典予嘗求猛之行夏月不驅蚊恐去已噬親猛愛親好善也崇釋好善也若猛者善人爲施所居為寺宜乎有其事也復聞猛好道術田豫章江急莫可濟畫水成陸路而行夫猛好道學長生也好釋求不死也若猛者釋道兼好者爲施所居為寺宜乎有其事也寺在陳隋閒規模宏麗棲僧半千唐初有徽道

師者脫俗其間宗風大振寔居猛之居既而以人影務繁無以成學乃作別室於北山麓今上方院也廣明間巢寇作寺燬僧絕惟上方克存無恙宋咸淳年僧有名能名門名輝者欲與其廢共力為之遂募緣於鄉之巨室銖積寸累成五十餘楹亦以猛之址也工畢請記于余〻嘗閱郡乘知寺肇於猛故不辭而書之

祇園寺　　蔡羽

空門靜雲水古木亦蕭森鐘咢丹砂亭碑文綠字深溪光動靈籟野曠颯秋陰放棹過湖去青天疊翠岑

祇園寺在五峰嶺下本名孤園寺一名下方寺

華山寺記　　僧懷深

洞庭華山觀音院者本在西湖之北宋元嘉中會稽內史張裕請於朝而立焉初裕嘗事應真謹甚感池產千葉蓮因名院曰華山隋大業間廢唐開成四年遷於此往時浚治得會昌斷石碑其畧云羅浮常安禪師卜其地即里人徐玨甫所施也咸通十五載奏賜今名再廢於會昌至是復興有屋十楹覘洞庭西峰諸刹最為勝絶處主佛維照篤志學佛材氣足以立事嘗語其徒曰茲院號觀音蓋未覩其像名存實

亾於是用紫旃檀八百两造像餙以黄金工妙天下并刻諸天十六為火殿以居之規模雄偉動人心目費錢三百萬毫釐銖積閱二十年厥功乃就弟子維監寶左右之既而照公欲刻諸石自太湖泛舟登靈巖謁慈受叟懷深求記其事懷深曰華嚴經云海上有山多聖賢衆寳所成極清淨是大寳殿起於層波中見工神運豈異此耶請試宴坐反聽默觀則風濤澎湃水石相薄林木鳥獸粥魚齋鼓由此也喜照公能以成就故樂為之書像造於崇寧五年二月工然於四月殿作於靖康二年之二月落成於建炎改元

之七月記以是冬之十月初八日也

華山寺即觀音院在龍頭山之西宋元嘉二年會稽内史張裕池生千葉蓮奏建本在胥湖之北唐開成三年重玄寺僧契元移置於此宋僧懷深有圓通殿記

福源寺田記　　王公振

田疇利天下尚矣神農作耒耜后稷教稼穡一或去食人類絶矣釋氏雖以虛無爲教田疇則何以哉福源肇於梁之大同廢於隋之大業復於唐之貞觀大於國朝之紹興殿宇巍然古迹僅存東西廊廡映帶

皆比年草創之規模也寺之初未有阡陌慶元改元比丘志寧矢心發願營浮屠宮抵儀真會里人劳公檀越相與言曰學道無有自虛空入者常住二時盖謀饘粥之計乃慷慨興念與錢三十萬歸今之常住慧通戮力營置田二十一畝有奇慧明又募衆積勤累年合為八十餘畝歲有常產以充淨供始免謀食之憂有金穰之應無水旱之災彼給孤施園知末而不知本妙意設食可暫而不可常視此孰勝恒沙有竭此食無竭劳氏之德溥矣予遊西山十二年知寺僧亦不妄食人之施者於是乎書嘉慶十二年二月

望日三山黄公振譔

福源寺在毛公壇之南攢雲嶺梁大同二年吳縣令黄稹捨山園置僧普國開山隋廢唐貞觀中興

華山寺

范成大

五湖西岸孤絶處栴檀大士来同住性空真水遍清凉隨緣出現無方所蒙泉新潔鑑泉明瀹茗羹藜甘似乳何須苦問蓮開未桂子莓花了今古三翁彩筆照青霞從此他山都不數我今閒行作閒客暫借雲窓觧包具魂清骨冷不成眠徹曉跫跌聽粥鼓脚力有餘西嶋盡明日灣頭更鳴櫓却上東山喚德雲别

峰應在銀濤許

寺在西山盡處多泉泓僧房中數處有之有湯岐公胡茂老孫仲益題詩

同孟文質弟元大游華山寺　陸川

嶺畔華山仄徑通新年游興有人同桂垂玉筋消殘雪壑湧松濤瀉晚風鳥背日斜屏嶂綠岩腰泉落鏡潭空雲深更是幽棲處脩竹奇杉翠不窮

西小湖寺記　曾棨

姑蘇太湖有山爲磅礴峭拔屹然特立湖中山頂有小湖泓渟澄徹烱若寶鏡每太湖風生浪湧則小湖

必相應梁大同間達法師始以其地創為寺唐乾符中有沉香觀音像汎湖而来諸山具舟爭迎莫能動獨西小湖寺僧誠禱像忽隨波低昂一棒而上遂至寺像旁楊枝水下滴皆生千葉蓮花由是四方水旱疾疫禱莫不驗寺遂大興宋元之際弛于火棟宇無遺泰定中昌法師始剏觀音殿　國朝平張氏中山武寧王駐兵於此號令嚴肅寺得不廢永樂初僧惟寅主寺事十餘年出其先師康伯寧遺貲公輿造閭者爭以施始建三聖殿暨廊廡方丈衆室像設靡不備高甍鉅棟金碧煥發湖波嶺岫光彩浮動於是西

湖一寺之勝悉復其舊西湖為東南名刹唐白居易
宋孫覿咸嘗題詠茲來京請記其事遂為之書

西小湖寺　　　　白居易

湖上山頭別有湖芰荷香氣占仙都夜涵星斗分乾
象曉映雲霓作画圖風動白蘋天上浪鳥栖寒沼日
中烏若非物外多靈跡爭得長年水不枯

西小湖天台教寺在縹緲北二里乃觀音教院也
嶺有一小湖名海眼每太湖波濤起此中波浪亦
涌蓋水脉相通云相傳唐時有沉香觀音像浮波
而来諸寺院迎之不可得西小湖晚來迎得之像

上有水滴路皆生旱蓮至寺有草少許繞像弃之池中即開重臺蓮花後人殺犬汚其池花不復發

國朝永樂十四年僧惟寅重建

包山寺　范成大

仙隝遜半坐精廬遷古幢槁衲昔開山至今坐道場巇然說慈忍禪海薰戒香稱竹暗寒碧飛松盤老蒼船鼓入宴坐紅塵隔滄浪藤杖懶歸去共倚蒲團牀

又　徐震休

屋下清泉屋上山薜蘿深處扣禪關尋僧款問三生話使我能偷半日閒雁沒浦雲秋外鶴歸色庭樹夕

陽間人生為惜懽遊少石壁題詩記往年

過包山寺贈旭東明　杜瓊

東明八十守枯禪不出包山已數年聞道我來門口坐兩人扶掖下山頭

包山寺　王寵

百嶺自迴合天開寶樹林雲藏靈影曳風竹澗泉吟白石參龍象青山習道心網羅空繾綣吾意在高深

宿法華寺　王鏊

法華我曾來懸崖縱飛步長松高撐天修竹亂無數北岡瞰空闊風帆在其下橫陰紹千山歷歷皆睹可

蓬萊亦咫尺神仙在何處安得乘長風飄然從此渡

坐法華後石上望遠寄王元德　前　人

午烟孤起碧山厓尾屋參差日影斜只隔盈盈衣帶水不知何處是君家

法華寺在金鐸山之嶺

與陸無褰宿資慶寺　蔡　羽

空壁聞啼鳥雲深冷石房春隨落花去人自采茶忙葉暗翻經室泉虛點易牀陸郎谿壑主假榻久何妨

資慶寺在涵村之陽

訪翠峰寺和樂天韻　李彌大

山浮群玉碧空沉，萬頃光涵幾許深。梵刹樓臺嘘氣蜃，洞天日月浴丹金。秋林結緑流連賞，春鳥藏紅次第吟。擬泛一舟追范蠡，從来世味不關心。

題翠峰寺　范成大

来從第九天，橋社繫歸船。借問翠峰路，誰參雪竇禪。應真庭下木，說法井中泉。公案新翻出，諸方一任傳。

寄翠峰寺敏仲謙　釋子賢

敏公遥住洞庭西，咫尺烟波路欲迷。落日断霞山叠疊，揚舲鼓枻風凄凄。魚龍出没隨潮上，橘柚參差壓樹低。東崦人家更清絶，也思来此作幽栖。

入翠峯寺　吳寬

步轉危峯路豁然梅花叢裡見青天春泥不涴登山
屐又過長松啜冷泉

題翠峯寺　吳鳴翰

野服乘春到梵宮上方佳境似崆峒藤蘿翠掃千峯
雪薝蔔香傳一殿風閒聽磬聲知定起靜依潭影覺
情空清時未許投簪紱此意還應問遠公

遊翠峯寺雪竇道場　徐禎卿

香燈閒照古堂空虛日午桐陰上井遲嘗橘客求藏
蘧法煑茶僧乞啜泉詩聽經猶剩當年鹿好事誰摹

宿草碑陳迹半銷何處問令人空憶翠峰師

謝吳東澗惠悟道泉　吳寬

試茶曾憶廿年前抱甕傾來味究然踏雪故穿東澗屐迎風遥附太湖船題詩寥落懐諸友悟道分明見老禪自媿無能為水記遍將名品與人傳

和　沈周

彭亨一器置堂前思此泠泠久鈌然借取白雲朝慔甕載無明月夜同船小分東澗聊知味大吸西江亦喻禪紗帽籠頭烟繞鬓煎茶有法是盧傳

酌悟道泉　王寵

名泉真乳穴滴〻滲雲膚白石支丹𡵓青山調水符靈仙飡玉法人世獨醒徒長嘯千林竹清風来五湖

翠峰禪寺在莫釐峰之陰唐將軍席溫其捨宅置蘇州志云宋初明覺顯禪師住茲山説法時有龍出井羅漢亦隱樹而聽寺有悟道泉

興福寺記　　吳寬

吳地多水其最鉅者曰太湖太湖中多山其最鉅者曰洞庭洞庭為山周可五十里中百有穴相傳禹藏渚水符於此因名其東十里又山相距而差小其勝略等人稱東洞庭以別之當波濤浩渺間兩山對峙

鬱然蒼翠儼如畫圖殆道家所謂蓬萊方丈者民環山而居善植果木世擅其利而屋宇閭巷聯絡映帶忽不知其為山林也其尤勝處往往有佛寺據之成化十五年二月既望予與李兵部應禎為東洞庭之游自岱心吳氏肩輿行十里許入俞塢得寺曰興福主僧恩復出迓客延登其後小閣是時梅花方盛開彌望如白雲崖谷莫辨山有九塢九塢之水合流循寺門而行松根石罅水聲濺濺意甚樂之予既留詩而去未幾北來京師車馬塵埃間未嘗不想東洞庭之遊之樂也一日有僧扣門來謁予熟其貌則昔者

復公之徒也其言曰興福寺久矣甚恨無文字刻石可考往者幸辱遊覽惟終界之此智勤所以來者予嘗愛其寺據山水深遠處殊為幽僻宜學佛者居其徒歲食田園所入可以自足而予所接如復如勤輩又皆恭謹能守戒律稱學佛者予何愛一言不為之記之寺建于梁天監二年傳有于將軍者所捨宅故在山之麓始居者曰清禪師至唐遷於此歲久興廢皆莫能知可知者廢於　國初而深谷邃公復興之二傳仍廢而僧亦絕矣景泰間今復公始自其山法海寺從里人之請而來凡建門堂殿閣數十楹而佛

像咸具盖智勤實相其事而成之是爲記

興福寺山居記　王鏊

浮屠氏之道有合乎吾儒之所謂静何也達磨西來傳佛語心〻或撓爲則安得而寂或淆爲則安得而清或翳爲則安得而明是故亦有資乎静也静斯定矣慧矣然後推其所之静亦動也動亦静也洞庭有湖山之勝而恒患於偪狹所謂俞隝若窈然而深坦然而夷長松摻天奇花異果紛峙羅列而興福寺又據其勝占其幽勤上人又擇其嶾絶之處作山居爲旦暮焚修終年蔬食年且九十而貌如少壯者非有

得於靜耶若吾人之所治若何靜而安而慮而得其素講也頗擾〻焉曰馳乎外非名則利有若勤之靜且專乎是不能無愧於彼也然吾有問焉勤之若靜惺〻然專一之中其有所主乎其無所主乎有所主則倚無所主則蕩則所謂靜而定者其亦難乎故因其居之成為記諸壁而因以問之

興福寺小憩　吳寬

九隖寒泉一澗流遥從木末望山頭春風未掃禪林雪更為梅花半日留

興福寺在俞隖之南梁天監二年于將捨軍宅建

清禪師開山　國朝成化中僧智勤重修

靈源寺　葉顒

散花丈室靜焚香小〻雲龕穩勝牀須信定中還有
定莫言方外更無方青蓮滿眼非真色白月流金只
慧光今日相逢陪軟語塵緣俗慮一時忘

又　前人

碧螺峰下靈源寺草木無多屋半荒一自先生來卜
築山雲山霧盡文章

宿靈源寺　徐禎卿

江城歲晚欲回舟山寺攜衾作夜遊愛月不妨寒步

影岈冠微覺露濡頭蒲團對語僧閣燭菊影分題客
詠秋恠是思清還廢寢鐘聲為破小堂幽

靈源寺在碧螺峰下

遊能仁弥勒二寺　前人

古殿秋荒落晚鷹扣門先怕鹿鷩廨靈池石亂金龍
隱梵磬聲清石洞閣遊客到稀塵裹鉢高僧化後雇
哀雲飯石禪師旧居于此幽懷未吐煩君問何日禪床許見分

能仁寺在長圻嶺之東弥勒寺在飯石峰下

宿華嚴寺　王鏊

歸來每向招提宿心若閒雲着處安已到家山無去

任偶闐塵世有悲歡烟霞自可通禪觀草木還應識
宰官少小來遊今白髮兊回欲去更盤桓

華嚴寺在翠峰之陽

飯法海寺　　吴寬

行盡松杉嶺漸平日高深谷喜新晴山樓飯罷渾無
事獨倚危闌聽水聲

法海寺在莫釐峯之陽

三峰寺莊田記　　曹熈

三峰古刹也四面皆平湖遥岑屏列空際山屹乎其
其中孤絶而巧世人名為小蓬萊以其與人境割也

鐘鼓三百年風月三萬六千頃勝槩甲於吳中清高之士往〻萃焉由是二時之供常苦不繼朝营暮求出者勞力居者勞心不知清淨之為樂移念慮于米鹽細故者多矣上人惠因者欣然有衛道計乃罄囊中物轉鬻長生田為善士倡此邦之人爭割己以助成之得田百畝者視歲之之數而僅充焉使同堂大德開單轉鉢不必乞諸長舍城中而能具足圓滿豈不美歟夫田百畝有限福利無邊歲月有期齋供無盡食輪既轉道心益堅推原所自烏能無紀耶噫事莫難於有始而上人倡之事尤難於有終而善信繼

之是田也無時而已是福也亦無時而已西方之聖人教行於中國果且如是而已乎果且不如是已乎

三峯寺在三山唐咸通十三年僧真銓開山

徐氏襲慶菴重修記　　徐有貞

禮不墓祭墓而爲之享祠禮乎曰禮無之也其義則有取焉先王之世卿大夫士之祭有廟士庶人之祭有寢固無事乎墓祭也漢立原廟後世因之而卿大夫士庶始有爲祠以享于墓者其於禮則遠矣然原其爲心則固有孝子順孫追遠報本之意焉君子於此其可深非之耶光福徐氏吳之望族也家於鄧尉

之陽而墓於其山之陰以昭穆而數之着餘十世為
國初季清之曾大父建寧司訓良輔始建享祠于墓
左春秋合族而祭即今之襲慶菴是也菴之建距今
蓋七十餘年而日就隳圮季清顧之歎曰先祖之祠
子孫坐視其廢吾罪多矣遂請於族長汝航而新之
其祭享之儀一循良輔之規為季清乃具始末謁予
請記以示子孫嗚呼季清其賢矣哉世之不肖子孫
藉先世之業而莫之能振觀祖父墳墓有如路傍之
廢塚荊蓁不翦狐兔不驅薪其樹而貨其田曾無戚
忽於中亦獨何心哉觀於季清之拳拳以奉祠為意

而惟恐弗逮其順悖豈不遠乎君子於是乎有以賢乎季清也雖然予猶有所告於季清古之所謂孝子順孫者以其克繼承乎父祖之志也迺曾祖之為是菴而以襲慶名之固將以貽慶於尓子孫而冀之世繼其志爲耳易曰積善之家必有餘慶是慶之致必以積善也善不積慶何由而致季清於是孜孜爲以善繼之乃子乃孫又孜孜爲以善繼之則天之福善必世祐之徐氏之慶其可量乎是為記

襲慶菴在鄧尉山北

題善惠菴八詠

劉溥

潛心堂

松堂坐来久脉〻夜方永明月上寒城不照塔輪影

覧勝橋

修渠擬虎谿野色分南北遊人来復去群峯聳寒碧

綠雲軒

冪〻畫陰合重〻涼影浮清風吹不散洒然孤磬秋

翠濤林

潮音出東海風洒松梢夕聽耳久無聞喧来詎忘寂

白蓮沼

水花涵玉香苦心愜幽素入社方有戒不著窺魚鷺

紫蘭室

一室大如斗，中有萬古春罣罥終為累畢竟許誰紉

梅牕月

南枝本無影皓晛閒自照横斜上疎楞相對成一笑

桂苑風

西林釀天香鼻端来陣〻僧厨飯初熟適此吹花信

善惠菴在長洲縣九都元大德間僧明本開山剏

天如記有施茶亭

天池寂鑑禪院記　釋克新

距姑蘇城西一舍皆山五峰環峙者曰華山峰之趾

有泉泓然曰天池大旱不涸池北為寂鑑禪院沙門在公環庵所創者以至正丁酉避兵來愛其地而賢首師別閶聰公施財因巖為屋以居道侶正堂無竭募衆資之於是作石殿三間就石肖釋迦藥師弥陀像其菩薩侍衛之神與供養之具皆石為之又琢石為五十三叅於三門左右壁累石作外門〻上為重屋夜寘膏火其中曰天燈樓磨崖刻三十五佛名鑿池左右立石為弥勒、弥陀而屋焉署曰兜率宮極樂國前樹梵塔對峙巍然他及禪誦之室庖湢之所賓客之舘咸具如式既成而在以基地為大覺寺業為未備今年大覺以致聞號山五十畝售在〻偕其徒菩澤傾槖買之乃來請書其事于石昭示來者按山舊誌劉宋時為會稽太守張裕私第裕事佛甚謹因供羅漢而池有千葉青蓮花之異復有鏡法師於此著書曰法華玄義行世趙宋乾道間為張書監別墅有亭館曰浮槎望湖滌煩釣灘者十餘所造圓通像於蒼玉洞又肖己像侍焉由是山名益著以降而寂寥者二百年今環庵於兵戈擾攘之際荊蓁莽薉之中不數年化成蘭若非夙秉願力疇克如是耶所謂前身後身未可知也開基日方舉一石則泉隨石而

湧潴之可給二百人其有以夫環庵名道在京口人度於普應國師得中峯本公師事既久遂升堂奧所至士民向化嘗築菴武庚之上栢丹陽之環谿二邑之人迨今思之行年七十有七精力强健可喜故樂為書之今年洪武二年己酉也其智文辯大禪師蘇州府承天能仁禪寺住持克新撰　前資善大夫江浙等處行中書省左丞周伯琦書并篆　住持沙門端文菴主正敏副菴道隱西序契端性實同立石

華山天池院記　趙同魯

天池在華山之麓距郡城西二舍許岩石奇秀望之

如屏池生千葉蓮昔人服之羽化老子枕中記云此地可避難有十一景之目誠三吳靈秀之區也院創於劉宋時會稽太守張裕舍宅為之復有鏡法師者著書於此宋乾道間為張秘監別墅既而廢弛踰三百禩至正間有環菴在師中峯本公上足也始來居之扁菴曰寂鑑建石殿肖石像壘石為門劖石摹五十三參相磨崖勒三十五佛名天鐙有樓兜率有宮侔大叢林無所不備自後鐘魚不鳴法龍不吼迨將百年弘治初寺僧清古潭誓欲修之而力不逮聞天目山有異僧普惠師寓蘇之寒山寺將往迎之未果

而古潭示寂其徒淵天泉慨然曰吾師之願不可不竟也謀諸鄉耆德蔣廷用輩偕往禮請師乃幡然赴之法幢一建四衆雲集貧者効力巧者獻伎富貴者投金帛善人龐彥誠首施白金二鎰衢工江友文力甃石壁三百餘丈遂于今年三月八日起建大雄殿壯嚴三世諸佛旁列阿羅漢像講法有堂棲禪有所增飾而庖廩圊湢以次修舉落成之日天泉以為惠師之願力檀施之良心興建之歲月不可無記乃龔密石手疏顛末介予友翁君景和謁文為記余少時嘗觀黄子久所繪天池石壁圖及高太史諸公之

什恨不一覽其勝迨今未遑間嘗夢入一山瞻石室像而浴清泠之淵尋得其疏并菴記讀之其與夢境若合符節吁奇矣哉惠師出大願力作如幻事花草莽之金碧山川為之改觀雲烟為之動色予以夢寐之頃獲接真境若身履之以償素願非其教所謂一切有為法如夢幻泡影者歟雖然土木成壞有數而有不成不壞者存蓋佛之為言覺也將以覺群生沙門之言息也將以息諸忌師能演其教啟群迷為正覺轉惑見為真智其有功于象教為何如遂書以復於天泉俾勒諸石系之偈曰

顧諟天池水湛然浸虛空虛空原不壞萬刼為如是
其中青蓮花亭亭出泥滓有如清淨身色相無染着
嘗聞枕中記此地可避難龍蛇縱起陸是中常自在
刼火熾欲然至此即消滅屏去諸煩惱屏去諸惡業
是謂兜率宮是謂極樂國惠師化利功成此希有事
擅越争駭奔神輸鬼復運棟宇極翬飛莊嚴最壯麗
天人阿修羅一切皆供養几百供張具種種無不備
阿含經有云能補故事者是謂二梵福故事具云然
是非故事比功德當云何無量亦無邊以至不可議
弘治五年八月中秋郡人趙同魯撰文任山道淵立

石

吳都文粹續集卷三十四

長洲　錢穀　編集

寺院

慧聚寺東亭　張方平

夜色秋光共泬寥，水村蘺落晚烟交。拄笻田就下山路，行看斜陽隱樹梢。

題西隱　趙彥端

西風數客一闌干，野色蕭然得細看。潦水倍知秋事早，夕陽更覺晚山寒。小留待月鐘無遽，半醉題詩燭未殘。憶得向来幽獨處，黄精初熟客衣单。

翠微山居八首

閒来石上卧長松，百衲袈裟破又縫。今日不愁明日飯，生涯只在鉢盂中。

臨溪草〻結茆堂，静坐安然一炷香。不是息心除妄想，都緣無事可思量。

老〻山僧不下階，雙眉恰似雪分開。世人若問枯松樹，我作沙弥親見栽。

幼入空門絶是非，老来學道轉精微。鉢中貧富千家飯，身上寒暄一衲衣。

一池荷葉衣無盡，数樹松花食有餘。却被世人知住

處更移茆舍作深居

茆檐靜坐千山月，竹户閒棲一片雲。莫送往來名利客，堦前踏破緑苔紋。

爐中無火已多時，早起惟將一衲披。莫恠山僧常冷淡，夜深無處拾松枝。

豈是栽松待茯苓，且圖山色鎮長青。他年行脚不將去，留與人間作画屏。

訪翠微上人　　鄭僑

行客倦奔馳，尋師到翠微。相看無俗語，一笑任天機。曲沼淡寒玉，横山鎖落暉。情根枯未得，愛此幾忘歸。

又　姚舜明

僧臘俗年俱老大儒書佛教舊精勤姑蘓一帶披緇客四事無如彼上人

又　盖嶼

聖宋吟詩只九僧詩成往往比陽春翠微閣上今朝見格老詞清又一人

訪凌峰閣賢上人　鄭僑

步入凌峰閣尋師師未歸凭闌寂無語惟見白雲飛

慧聚寺和唐人韻二首　高啓

鳴鐘警迷方枯僧兀趺牀石姿生寒稜松子落古香

殿鎖山雨氣樓迎海暾光遥望蒼〻城愁是車馬場

其五

烟歛城初出潮来野欲吞危樵緣磴角倦衲憩松根
刹表蔵林寺鐘聞隔海村西龍飛去久空掩殿堂門

慧聚寺　周南老

梁寺依山險疊構傳咒殺殿左隨龍化遺基尚神跡
雲歸海氣昏石潤蘚花碧林壑生春陰鐘魚鳴午寂
僧房見山圖佳勝皆目擊獨有雷火篆靈異人莫識

夕秀軒　李粟

逍遥金地與人踈山靜風光碧有餘聞築當年看錫

卓梵修今日聽星居靈株瑞草人難識明月清風室
更虛坐久半天瓊珮响泠〻此理屬真如

華藏寺　張景修

白雲原未高香砌等林梢側逕隨山徑低頭認窟巢
客清茶破睡僧瘦筍供庖詩句非吾祖何人繼孟郊

又和　僧冲邈

磴澗藏雲族檐虗壓樹梢有井龍應蟄無泥燕不巢
經常逢夜講齋不過中庖登臨增野興四望盡寒郊

又和　朱穀

行〻身漸高長袖掠花梢一線道縈鳥千年居等巢

地嚴金襯步天近玉分庖撫掌棲松鶴鶩飛雪黙郊

新建華藏寺　易恒

茲山奠海堧高處宅金仙歷刼浮圖聳經時古寺遷煙霞深一徑樓閣近諸天翠積祇園樹蒼攀華岳蓮巨鰲當勝地孤鷺起平川玉氣陰晴見燈光晝夜傳空花皆是幻水月不離禪暮景飛蓬逝殘花落照懸獨尋方外友已斷世間緣坐久談玄理松花落麈前

遊崑山華藏寺　沈以潛

崑崙千里鬱岧嶤一墜東吳玉未消石為向陽多出火井因通海暗生潮花明曉嶂深藏寺雨漲春溪欲

斷橋三島十洲應不遠海天高望與偏饒

題馬鞍山寺集句

葛次仲

全吳臨巨浸皮日休青山天一隅李頎靜境林麓好陸龜蒙勝概
蔆方壺李白泓泓野泉潔暖暖烟谷虛攀雲造禪扃韋應物
躋陰築幽居謝靈運道人刹猛虎李白復來雞棲燕杜甫咄嗟
檀施開杜甫以有此屋廬韓愈側疊萬古石李白功就豈斯
須賈島磥砢成廣殿龜蒙兕功不可圖日休有窮者孟郊韓愈
過此亦躊躇孟郊賦詩留岩屏李白詞律响瓊琚錢起我訪
岑寂境龜蒙幸與高士俱韋應物時升翠微上李白凉閣對紅
蕖岸幘偃東齋果藥襍芬敷韋應物上方風景清華敞綽

有餘(居易)高窓瞰遠郊(應物)萬壑明晴和(齊己)賞爱未能去(應物)稍霞照桑榆(宋孝武)老僧道機熟間持貝葉書(柳宗元)秉心識本源(杜甫)高談出有無茗酌待幽客(李白)頓令煩抱舒(應物)儒道雖異門(浩然)意合不為殊(李白)抖擻垢穢衣(居易)惟有摩尼珠(杜甫)餘生願依正(貫休)投策謝歸途(錢起)

華藏講寺原在馬鞍山頂舊名般若宋宣和間信法師者易今名本在山之北麓　國朝洪武十三年僧大雅移建于此

夜步東寺之西　范成大

人家簾幙夜香飄燈火蕭疎照市橋滿院月明春意

好小樓吹笛近元宵

東禪廊廊夜二絶　　前　人

澹雲如水霧如塵殘雪和霜凍瓦鱗織女無言千古恨素娥有意十分春

一聲黄鵠夜深歸棲雀驚鳴觸殿簷北斗半當樓閣外風幡直欲上雲飛

薦嚴資福寺在縣治東南唐天祐三年鎮遏使劉璠捨宅建匡禪師開山五代梁開平三年改崑福院宋大中祥符元年敕改惠嚴院尋賜金額寺有普照堂高宗書扁又有法堂記曾敗泰定二年燬後至元四

年僧希賢重建　國朝永樂九年僧道良重修

遊報國寺　沈周

東崑不到兩年强六月來遊是趂忙城裡誰家無暑地水邊人說有僧房入門認竹天光晚借榻眠雲夜氣涼造次題詩纔一過不知三過幾時償

報國講寺在縣西南

常熟縣慧日寺修造記　宋　張珽

梁僧慧嚮造大寺三在淮南曰慧照在崑山曰慧聚在常熟曰慧日環常熟之境他佛廬無慮數十所或背岡巒而深隱或面江湖而舒曠其得勝槩固宜獨

慧日在縣西稍北九十步一殿屹立檜柏葱翠當闌闠中乃有山林瀟洒意鐘磬石鼓之音時徹縣齋為令者藉以少清胸次為不易得也院從昔名重甲諸刹旃檀林卒聽二千指非但為展鉢計頗知相勉希請或在定累日無少懈怠以故主席者必當世龍象然後心悦而誠服嘉定丙子夏五比丘子幸以少師樞使大丞相魯公之命来住茲土始至之日旱蝗積逋舍宇就弊緇袍稍〻雲散幸與佛為謀奮空拳而一新之凡所得施利悉以助修設毫髮無私為居無何甑中之塵銷而戶外之屨滿矣於是首興造事聞

者响合富室至捐百金窶人子亦分錐刀至若法堂若庫若庖湢若衆寮若華嚴閣若水陸殿既已次第補葺復製幡幢二十四首以嚴冥陽之儀敝經函六百餘枚以足大藏之數三門廡舊為賈區卜肆喧啾冗雜亟闢諸公而尼斥之塗以丹雘輝如也繼此來者欵門而容改升堂而意消使人折不善之萌若固多謂佛法無益世教不孚誣哉挺來試邑既喜與蘭若鄰壁故因其求記而有考焉自梁天監初院為十方禪林幾千載于此矣中更鬱攸碑碣無有老宿或謂三錫勅額曰壽聖曰晏安曰晏日亦口相傳以

卷三十四　七

熟尒乾道間僧宜意建佛殿淳熙間僧宗璉建法堂嘉泰間僧祖印慧光又建寢堂丈室皆未就去間閲至今乃迄于成是必有數存乎其間斷非偶然之故也抑嘗誦須菩提經云菩提莊嚴佛土不〻也世尊何以故莊嚴佛土者即非莊嚴是名莊嚴夫靈山六年鵲頂芦膝佛自處也金碧晃耀十二由旬人奉佛也二者並行初不相悖今慧日奉佛之道備矣若夫離相莊嚴則在比丘而自得之嘉定十二年解夏日宣教郎知平江府常熟縣主管勸農公事兼兵馬監押龍泉張琁記

慧日寺　周霞賓

盡說梁朝寺誰叅响老禪莊嚴存象教汨沒悵塵緣七寶祇園樹變金佛地蓮海鄉烟霧裡月落曙鐘傳

慧日寺在常熟縣治西稍北梁天監間吳興僧慧响開山名壽聖又名晏安又名慧日禪院宋紹興間燬乾道九年僧安意嘉定間僧子先後重修

寶嚴院新建佛殿記　陸絳

近代儒家流以韓退之擠佛老賢與不賢皆欲隨而去之未熟思之甚矣夫受命天者莫大于君中國其間哲后辟王治亂興亡之主接迹而不可勝數至於

治而興者則諸儒必曰非人事也天之曆數輔治世而興者也亂而亡者則諸儒亦曰非人事也天之曆數厭亂德而亡者也夫如是則治亂興亡之運莫不推之于天韓退之唐之鉅儒也以堯舜禹湯文武周孔之道不行於當世而釋氏之教獨盛於中國故力排而擠之若原道篇佛骨表皆著辭深切疾痛時君奉之太過者也其所以然者誠欲抑之抹其寖盛未始不為釋氏福殆非納而黜之彼得益其惑遂有會昌之禍豈非道隆則汙物盛則衰之數歟天意若曰蠹中國害生民則使大中履會昌之迹如韓文公之

比者佐而輔之固當抜本塞源矣豈會昌廢之未数年而大中復之易如走丸疾如反掌淂非天之未厭其教哉噫大道喪而有仁義仁義衰而尚權詐故堯舜禹湯文武周孔之道塞于時襍于霸金仙氏之說其有不興乎由是源于流于漢魏波于晋宋齊梁間與吾儒老子之教鼎峙于中國若夫本空寂破迷妄以出生入死之說為興善滅惡之筌蹄蹄之泯從而遠罪則如来真意深乎救世者也而時君奉之或多立寺宇以徼福或廣廈崇居以崇教上為者接之下為者化之如之何不為後世弊盖崇之者反於其道耳

文中子曰齋戒修而梁祚亡非釋迦之罪此誠浮之
我國家四聖御宇燭知化源寺觀沿舊而存卒禁其
私置僧道限年而入必試以行能故名山勝槩或有
所㫋異者非道存乎人孰能與于此哉姑蘇北走有
邑曰常熟邑之西偏有佛宇曰寶嚴即梁天監中所
建也倚山面湖繡若屏障嘗有希辯禪師者必悟大
乘是爲棲處錢氏霸國時以名聞召歸餘杭普門寺
目爲慧照禪師及錢氏獻土隨召請見賜紫方袍號
曰慧明大師維時厭居京國歸隱舊刹錢氏以師人
境俱勝復賜金五百兩建七級浮圖一座淳化中太

宗皇帝詔賜急就章逍遥咏秘藏詮太平聖惠方凡
一百四十三卷嬰髙風旌善地也院舊名延福天禧
中邑尹胡公順之飛章上請帝可其奏改賜今額為
院有佛殿者積其歲月了無尺椽明道中武陵龔顯
始發信心崇修妙果次有東京禪慧院僧清鑒浮杯
至止苦行自修謀茲勝緣有若符合復有邑人諸葛
頔李仁壽樊福僉悦所聞贊成其事且曰仁祠之興
為我福地今紺宇不立粹容無覩則吾儕何所起信
哉由是捐孥施貿良材庀徒傳工審曲面勢即其舊
址隆以新創經始于景祐之丙子落成于慶曆之乙

酉九數年而能事畢矣觀其壯而不華嚴而不陋巍乎中者其宇一所以納高廣之座而宅乎毫相也翼其旁者其舍二所以容儀衛之位而列乎寶位也遠而望之若太微之凝帝宇聳在雲端逼而察之猶列漢之立仙宮來從方外其為功德殊勝可思議哉武陵公祭無多藏屋無餘潤獨以興弊補廢皇皇於佛事人所難能矣若夫辨師興之前鑒公繼之後事有冥契豈誣也哉絳里人也因熟于茲山之遊目擊諸公之善以文見託得以直書時聖宋慶曆六年歲在閹茂王正月一日將仕郎守真州揚子縣令陸絳記

遊寶巖院

王伯廣

平湖鏡淨中背貼青峰峦去郭二十里金碧輝波瀾是曰寶巖境萬象鬱以盤壯哉窣堵波一瞰天地寬誰懷墮塵鞅幾欲招飛鸞我生眇何能山水情所安扁舟幾来斯不為開愁端意到自行樂尊酒那追歡何如結青蓮起適心外安塵迹身兩忘浩然天地間

又

姚愈

浮圖揷雲表列嶂環古刹平湖渺澄波萬態天光發我来陟層巔秀色助毫末扁舟返明月萬頃玻璃滑

又

陸曦

出屋蕭々竹数竿入門襟袖便生寒相期更待梅英
發醉棹短篷来細看」

過寶嚴萬緑山居　　陳言

曉暾劃林扉朝躋散岩　藤輿過山莊藜杖訪蕭寺
水竹湛清華檉椐密陰翳紫筍擘錦绷紅櫻摘火齊
濁酒長鬚沽細鱗纖手劊松軒漫敲棊蘿徑聊息騎
安巢羨林鴉照影愛山鷺保我露電軀脫渠風波地
且免玄髮催肯貽素絲涴衣食喜有餘身心幸無事
放歌歸去来疎散任群議

寶嚴禪寺在縣西十六里梁天監中建初名延福

禪院宋天禧間改今額錢氏時高僧希辯居此後隨國入朝賜號慧明大師歸隱故處寺有浮圖七層相傳泗州僧伽塔第一此為第二仁宗朝賜銅鑄東岳聖帝像為伽藍按中吳紀聞吳越錢王之子祝髮於此太宗賜御書急就章逍遥咏聖惠方于寺中而陸絳記所云賜書乃希辯不云錢氏子豈辯即錢氏子耶景祐中重建　國朝永樂初始改為寺近為邑人侵占為墓僅有畝餘介于其間僧營小屋以棲縣令楊子器撰記

空心亭記　段天祐

海虞山循常熟州治西北十里而近曰破山直破山之麓有寺曰興福澗流絶山而下瀦為深潭潭之上有空心亭山以崖斷石裂得破山之名亭以唐少府常建詩得空心之名海虞之勝萃于破山而破山之秀鍾于斯亭孱顏峙其前泠冽渟其下設置既空而稱謂也當人知少府之詩之工而不知亭以為工一登斯亭不言而喻矣亭之始莫知為誰歲月滋久風雨弗支正至五年寺僧徹上人謀撤其故而更剏焉走邑士鄒君天游侯君議皆許諾二君人望也既相為先後聞者樂趨而朱君其倡者也落成宏敞雅潔

十倍其舊先是崔后二君嘗與寺昌上人取少府詩析為韻授四方名士大夫各賦五言一詩至是悉刻梓揭之亭冠以少府詩亭所宜為者始大脩以天祐佐是州而山若實亭所遊歷致書屬為記惟元氣結而為山其秀且奇者所不乏非有文章才藝之士發之未必顯于世破山之以秀傑称宜矣必少府詩出而後人知之又必空心之亭立而後人人信之地有待夫人重事有待夫時如此擔甍翬飛棟宇雲涌晴陰雨雪光景變幻游若脫塵鞅縱清濁蔭林樾之薈蔚野各岩之硼礴寓聽於琴筑而致迹於氷雪平昔

寵榮勢利之膠乎中者蕩然火燼烟滅其靈臺虚明直與潭水相為洞照名亭空心儔曰不、空天祐不敏方將命杖履載筆札從諸君子之後崔君名元方后君名克正朱君名士昭八年九月應奉翰林文字儒林郎同知制誥兼國史院編修官段天祐記

破山寺　莫儔

久聞勝地有蓬宮乘興来遊杖瘦笻庭老樛枝翠瓔珞池生並蔕玉芙蓉飛仙何意来題柱開澗當年想鬭龍歸騎回看樓閣處雲深隱〻度疎鐘

又　李光

招提清絕冠諸方溪繞山圍勝氣藏好在池塘存舊址依然花木隱禪房風生殿角元無暑雨後松篁自有香日暮不教清興盡更登絕頂瞰微茫

又　陳與義

不到龍關十載強斷崖舊掛依斜陽金銀佛地浮佳氣花木禪房接上方飆馬暫來還竟去流鶯多處最難忘老僧不作留人意看水看山白髮長

破山寺隻頭白蓮　陳揆

湘南夜永風露清明月耿耿破盂平嬋娟有人步羅襪瓊璫玉佩隻娉婷可憐玉骨埋藏久腸斷人間無

復有豈知化作蘭若蓮宿契未忘猶並首想應快意洗塵緣不向謝池爭取妍玻璃盤中浮玉頰一心稽首西方仙請君以圖獻天子當與佳禾並周史毋令寂寞墮空山泣月悲雲清夜殘

破山後院　周霞賓

一路入青山禪房樹木間竹泉和雨釀梅壑倚雲攀塔冷高僧骨嵐清俗士顏夕陽鐘磬遠相趁采樵還

興福院晤秦文仲學士二首　陳基

蘭若臨江次層城北海壖地通重譯貢門泊孝廉船人事桑田後春光穀雨前未忘栖遯迹來此欲逃禪

兵革艱虞際思君減帶圍折衝存俎豆贊畫恭樞机
交義陳雷古功名管晏微江城花爛熳莫惜典春衣
破山興福寺在虞山北嶺下齊始興五年邑人郴
州刺史倪德光捨宅為寺名曰大慈梁大同三年
改興福寺舊有飛橋石泉修廊複閣氣象雄古多
唐時屋堂三柱皆有雷篆倒書奇怪不可識庭有
瓔珞樹左開花右結實池産白蓮千葉香色異常
有巨鐘相傳為僖宗咸通九年所賜寺有通幽軒
空心亭蓋取唐常建詩語歷歲久其跡皆廢獨石
梁外尊勝石幢猶存其上經刻乃宋平原陸展書

清勁有法妙蹟也寺址修廣自官路外山門皆僧業兵火後僧徒散去為人占而為墳比歲豪右據者不已地理家以為山破敗稱不利埜地僧舍故得僅存

東靈寺莊田記

陸嶶之

壽聖東靈寺天台教院教院者肇修于天台六年涉二紀而告備焉基自講師光瑞而成於今闍黎梵崇佛舍中嚴講堂後邃學徒聞而至者無慮百數歲比不登邑民艱食崇師患無以贍學徒則每推施利之應已有者悉歸之衆猶不能給也然而人皆知崇師

之能導矣於是僧道賢率諸檀信等買田二百一十畝永為常住供崇師感檀越之享施也則欲鑱石刻其名銜而屬為之記予謂吾儒言人情者聖王之田而以脩礼陳義講學為本仁為耕耨播植之喻至於佛說福田亦不過種諸善根而已合而言之其理一也夫方寸之地人皆有之果能竭精進之力以致穮芟欲惡之萌以絶雈常則信善之心生焉可已也充信善之心無施而不可則所以為利益者廣矣且衆生以愛故入生死由于愛境有逆有順而生喜怒造種〻業所謂情田福田者于此荒蕪矣展轉六趣至

千萬刧本所從来惟有一愛更無餘病佛大醫王對病爲藥唯有一捨更無餘藥常以此藥而治此病如水救火應手當滅故當世導師必破人愛欲之萌而起人喜捨之意使人皆知情田福之説而内自得田爲則彼區區在外者何足靳邪况夫檀則能施越則能度生死是諸檀越充信善之心以捨施則將絶愛境而脱生死矣予故言情田福田之利益而歸之于導師之救病也

壽聖東靈寺在縣治西北梁大同中建唐嗣聖二年爲中興寺旧在吳縣界神龍元年賜今額移于

此宋熙寧元年重修有子院曰延福端平中重建今城隍廟即其地也

頂山龍堂記　皮日休

禮山林川谷丘陵能出雲為風雨見怪物皆曰神禮之宜矣常蘇澤國也風雨恆物日作于民祀之則民被其利汝南周君為令之初夏且旱於雲破山之潭上禱果應于是命工肖其像為宮以蔭之著之于典以潔其祀連歲以穰春秋書雩勤民之祀也日休嘉其民勤故書

重建龍湫亭　王同祖

海虞于吴鉅邑也陳州沈公以名進士出宰期月而政成三年而化大行感愛並敷允讓咸則優〻瞿〻惟直諒是崇惟恭慎是秉凡境内名山大川以暨群祀厥有俾于民載在令典者公躬事禋望惟寅罔有弗秩惟虞山之西北曰頂山有龍神祠自天監始代著靈異春秋水旱雩禜禮有加焉務民義也祠旁上方院中涵方池曰龍湫水清瑩可鑑無旱潦盈涸寔龍所窟也宋令趙崇惠秋旱即湫禱雨輒應乃搆亭翼湫之上以介神貺後數更除葺歲久頹圮不復存矣丙申春沈公以歲事祼獻于祠睹遺址儼然咨嗟謦

惕曰龍神之靈能為禦民災捍患祀典所飾亭之建所以事神事神所以為民也今廢不治曷稱所以事神為民之意乃召見邑耆舊王君澄曰亭不建則慢神建則勞民慢神勞民令胥惧為奈何尒邑之良父老也其圖之澄曰敢不式克欽承以事〻乃獨任其役以故亭翼湫善崩刻湫既龍所窟翼之使山澤之氣鬱而不宣非空也爰度湫之北得隙地營之為堅永計亭作于是歲某月某日浹旬而成夏秋之交甘澍應時遠迩欣暢僉謂公之誠感召之也王君於是詣同祖屬記其事曰庶以彰公勤民意也竊惟古人

善政往〻于今見之何也令之職最為親民其所施為舉措無遽傳下遠輒响應爲是役也嚴祀事以重民社不為責咒興義舉以紓民力不為傷財沈公循良惠愛及民之政可槩見矣夫豈不足以感召神貺哉同祖居鄰邦亦與被河潤之澤樂聞是舉之成且重王君之好義也故為之記嘉靖十五年仲秋望前

進士翰林　國史編修文林郎崑山王同祖書

留題頂山僧居　范希文

吾師仁智心隱然一山起中有白龍泉可洗人間耳平湖數百里爰茲山〻水音結茅三十年不道日月深

笑我名未已来問無端理却指嶺邊雲斯爲贈君子

頂山　　周霞賓

路轉青楓徑泉通古石橋規模靈隱小景象上方遥書壁藤牽袂尋源艸没腰每懷登覽日東海暮生潮

又　　冦準

雨歇黄梅後秋生麥發前偶同金馬客来訪玉龍泉竹葉一尊酒榴花五月天不妨扶拄杖行到白雲邊

頂山壽聖禪寺在頂山之麓梁大同三年石史君

捨宅爲寺因名頂山院宋治平四年改頂山壽聖院後改今名

送安公歸頂山瑞石菴　王琪

謏空一紀餘重出訪岩居身是汾陽嗣囊惟郭璞書公庋倒屣後泉石結茆初山頂收榛栗經秋信莫疎

中峰　林逋

中峰一徑分盤折上幽雲夕照全村見秋濤隔嶺聞長松含古翠衰藥尚微薰自愛蘇門嘯懷賢事不群

又　王伯廣

躡徑登高亭天遠不敢局踈簾捲危檐飛泉漱寒玉

江橫縞帶明山隱螺髻綠啼鳥破長烟百里在舉目雲田猛虎嘯清風繞岩谷颼颼入青松古澗琴一曲倚闌更凝望斜陽上修竹欲去更遲遲勝槩那可足

瑞石菴中峰寺俱在頂山

福山大慈寺訪僧不遇　黃清老

欲扣禪關未有詩滿山空翠濕人衣竹間倚杖到西日試問白雲歸未歸

大慈寺　楊子器

鷲嶺雲深杖屨幽竹風松影共悠悠何人分得僧家榻坐看南山一片秋

朝来騎馬入禪關萬頃滄江指顧間芳艸青〻春雨歇長松落〻暮雲閒仙家誰道無蓬島塵海人言有福山分付老僧休出院居然北往又南還

又　　徐渼

上方突兀擁層樓竹影扶疎曲徑幽花柳年〻幾春事乾坤日〻此江流半窗月色中宵夢千里鄉心兩地秋撫景只應開口笑牛山何必淚盈眸

同諸君子遊大慈寺　　徐有貞

冒雨衝風泛綠舟共君載酒七峰遊海門東望天連水江市西来樹隱洲喜有錢劉新製作能無王謝舊

風流登樓莫謾題詩句留與山頭作話頭

大慈教寺在縣北四十里福山鎮梁太清元年僧普明建天監中又爲法水院宋大中祥符元年改今額相傳海中有巨木出沒波中諸寺求不可得大慈禱而得之遂以爲棟名泛海梁元燬　國朝洪武初僧善持重建

勝法寺　孫應時

古刹精廬隱茂林斷雲疎雨正秋陰黄花又見一年事枯木依然千歲心病酒未能忺獨酌懷人無與共清吟僧窻夢覺鍾魚靜聽徹寒蛩語夜深

又　李光

舍南舍北竹千竿，鏡净無塵碧玉寒。中有老人清似水，晚来相對倚闌干。

遊勝法寺兼簡深公　陸綰

道傍有古寺，巋然聳梅林。迩来衣褐徒，包禍歲月深。埋伏狡兔穴，嘯聚惡木陰。安得智慧劔，力斬奸邪心。吾師曹溪流，所在人依欽。郡邑兩交疏，来發雲雷音。初如醉瓦礫，乃見真球琳。聾者破其聾，瘖者破其瘖。有若鸞鳳巢，無復鴟梟禽。嗟予困吏役，海峤宜投簪。扁舟扣船户，清風滿衣襟。高論松桂間，為師揮玉琴。

勝法寺在梅里鎮唐元和中閻将軍捨宅為寺院乾元〻年置離火宅寺晉開運中改為境寧宋大中祥符元年賜今額至和初更名禪院閻将軍今為寺也伽藍神頗著靈驗人有移家以居者必有蛇虺見箱篋牀席間寺之東即将軍墓也歲時寺僧設蒲饌祀之西北有洗馬池〻側有小冢盖其劍甲所藏也寺廢五十年　國朝嘉靖中僧某人重建于故處

與友人維摩寺小飲　王　昺

暫依禪榻息塵机墻外東風畫掩扉欲上高峰尋旧

躡輕衫短帽不禁吹

維摩寺　　錢仁夫

蔓草芊芊沒寺門墻根殘刻已無文敗檐尤滴夜来雨高樹尚屯窓外雲佳境故容僧管領禅床時許、来分傳呼且莫穿空谷下有松間飲鹿群客、

維摩寺在虞山上宋隆興元年僧法運建

遊智林寺　　李光

扁舟来訪小叢林花木通幽院落深旋拂胡牀成午夢閒持貝葉動秋吟竹聲瑟瑟生虛籟山意森森入素琴更喜老剛能會事手携炉銚自相尋

[illegible]林寺在李墓村唐乾元〻年建初名永安宋大觀四年為犯宣祖陵改今額寺舊在地名閦身後以鐘聲不聞於近而聞於李墓遂徙于此異僧了通嘗居之

遊鷲山寺　徐恪

香刹藏深紫翠坳岩亭長見薜蘿交翻經葉上蟲書字挂衲枝頭鳥寄巢誰似金仙畄賜帶先叅玉版向齋庖日斜茶臼林間响疑是松門過客敲

鷲山法輪寺在縣西四十里五鷲山南麓

養病白雀寺　王寵

香雨洒金沙輕陰蔽日華山蒸飛殿靄海潤簇樓霞
地僻偏喧鳥林深尚落花載窺清淨理韋志梵王家

宿白雀寺　王寵

木魚声起梵音長子夜焚香礼道場病客斋心渾不
寐萬緣都掃事空王
繙遍華嚴几卷經殿堂突兀帶春星此身已集禅林
侶破衲枯藤野鶴形

白雀寺在縣治北三十里僧如瑶建

吴江聖壽寺　羅處約

漁翁沙鳥傍迴塘携印閒吟繞寺廊遠岫不離青草

渡片帆時過緑蔭墻風狂林木生清籟日煖漣漪動晝梁張翰思鄉應有意几多屏障水為鄉

又　王禹偁

松江〻寺對峯峦檻外生池接野灘幽鷺靜翹春草碧病僧閒說夜濤寒晨齋施筍惟溪叟國忌行香只縣官盡日門前照流水濯纓無便淚闌干

吳江聖壽寺九日寫懷　徐行

自笑羈縻作楚囚登高誰復共清游黃花籬外無人至白酒尊前有客愁世事浮雲俱滾〻禪心流水兩悠〻輕裘肥馬徒為尒得似烟霞一釣舟

聖壽禪寺在縣治西北延壽坊故名北寺吳赤烏間建梁開平間改吳寶院天福七年重修宋天聖三年賜今額淳熙三年重建陳武子記

報恩寺風雨聯句　張憲　高啟

盲風歎天吳憲凍雨翻海溟魚蝦落半空啓蛟龍鬬中野勢吞九河黃憲功潤千里豬怒疑決沙囊啓振訶欲摧尾横行天兵駃憲大笑電女哆乾坤發生多啓道路暍死寡潦漲湧濤川憲旱去滅烟野谷號竟誰嘘啟木撼不自把泗沒社必变其聖乎憲弗迷維舜也陰岑氣如炊啓高葉聲若打陽烏韜不見憲乾

鶺噤皆啞重翳晦復明　啓　餘點歇還洒雖恍灌園人
憲　應愁渡江者侍玉笑楚賦　啓　及我慚周雅避思恭
山顛　憲　戰憶昆陽下既露想大田　憲　廣庇思巨廈桔
橰向晚停　啓　紈扇未秋捨亂號官私蛙　憲　莫辯来去
馬臥驚浪喧耳　啓　歸恐泥沒踝勿憂捲茅屋　憲　且喜
憩蘭若民期歲有登　啓　国荷天錫嘏沛澤宜載歌　憲
斯篇試姑寫　啓

宿屯村報恩僧院　朱存理

野寺荒烟暮色蒼偶来一宿照公房秋深客裡知何
夕年少僧中有此郎漫說江鄉鱸正美試行籬落菊

初芳安排詩句歸舵上白鳥滄波引興長

報恩寺在二十七都唐大中間顧文通捨宅建

無礙院牡丹　宋和儀

霜氣棱棱草木窮花王忽綻曲闌中鮮妍首作三吴瑞裁剪何須二月風芳艷已依銀色界清香不斷白蓮宮出群品格無雙譽珍重人天造化工

題月禪師方丈　蔣堂

我到雲房是有緣坐移蓮刻聽禪詮江邊異日人應記吏部曾來見大顛

阻風宿吴江無礙寺　陳基

龍伯笛人暫艤舟偶過西寺得詩流僧窓烟景五湖晚澤國雨聲三月秋我欲弃官來釣雪誰能作賦共登樓此身何日都無礙共向毘盧性海遊

無礙講寺在常樂坊西故名西寺梁開平間僧本遂建晋天福七年賜額華嚴賢首講寺吳越王嘗浴于此故名無礙浴池猶存

潮音堂詩　　張景修

安得并州剪半江詩翁吟就筆頭椿過橋漁艇初收釣傍水僧軒不下窓南北虹垂具區瀾東西雲起洞庭叟道人施石心無礙龍鬼應須向此降

西軒　王摩

步躡霜莎入梵宫一軒佳趣屬支公剎開青瑣延明月竦植修篁待好風笠澤波声春雨裡洞庭山色夕陽中江頭景物牢籠盡欲寄琴尊此养蒙

西軒洗竹　楊維禎

華嚴寺裡斷雲師許我来題洗竹詩未論竿頭能進步且教節外莫生枝定回午夜秋声减經罷西軒瞑色遲從此一塵無染着歲寒惟有此君知

過華嚴寺贈斷雲師　成廷珪

斷雲老師如斷雲無心舒卷自氤氳空山與之結為

侶遠道也堪持贈君黑夜雨隨龍聽法青天風引鶴
同群江湖我亦忘機者半榻今宵喜見分

宿吳江埨院　張鎡

宿雲蔽空谿溟濛我船曉繫紅蓼叢宿雨滑道樹滙
漉我車早轉青泥衝破程約涉一舍外遠目未快千
山供岸傍小店換馬去氈裘障冷披蒙葺須臾巾盖
不容展莽莽暗霧逢逢風偕行客輿屢掀欹邊值官
騎来幢幢刀弓負帯競肆硠轤駰驒驖騅騟驄争前
迭進步殊窘迫暮始望橋垂虹石塘百丈捍駭浪間
有灘磧紛魚筒雅群黑白混鷗起帆影乱點還波中

筆牀茶灶住此地，得句未必慚龜蒙。浮圖老屋且投宿，鮮擔正聽黄昏鐘。紗籠炙灯照佛古，蘭席布榻便吾慵。恍驚足履未游地，欲記倦著新篇工。呼僮温酒立懦志，逸興恐失難重逢。案邊爲盡莫翻寫，不覺紅日看生東。

登吴江塔　王守仁

天深北斗望不見，更躡丹梯最上層。太華之西目隻斷，衡山以南闌獨凭。漁舟渺渺去欲盡，客子依依愁未勝。夜久月出海風吟，飄然思欲登雲鵬。

登吴江塔　王鏊

吳江高塔在與客試來登欲盡五湖勝還升第一層

寧境華嚴寺在東門外梁衛尉卿陸僧瓚捨莊基建嚴法師開山名華嚴院東魏太平初重建宋元佑中邑人姚得瑄捨錢四十萬緡建浮圖七層其鄰舊有寧境院紹興五年併華嚴為一賜今額並存二院之舊也　國朝永樂十三年重修

游圓明寺　吳復

不到禪宮二十年庭前古柏已參天衰容自哂多華髮故舊相逢亦白顛勸客新春醅未煮留人苦茗夜重煎一窗風雨催歸興好向溪頭問釣船

圓明寺訪呂山人　　高啓

憐君不出户結夏與僧同陰竹行廊遠香花擀殿空飯分齋鉢裡書寄藏函中茶晏歸来晚西林一磬風

圓明寺在二十三都宋乾德間僧月覺建

寄顧仲瑛寓法喜寺　　謝應芳

客来喜得平安信蕭寺楼居日掩扃湖近浪揺窓影白地偏苔泛履痕青群賢方結蓮花社小楷允鈔貝葉經歲晚歸舟經甫里好尋漁甫過寒汀

宿同里法善寺　　華幼武

九里湖邉寺參差樓閣重空林初落月深殿已聞鍾

門揜溪流静橋分野色濃暫來生逸興無計削塵踪

法喜寺在二十六都九里村唐武德中僧西遇建

登崇吴寺樓望太湖　錢惟善

西望洞庭青挿天蛾眉两點秀娟娟勢翻震蕩蛟龍窟氣漫高寒牛斗纒支遁每招過野寺龜蒙曾約種湖田凭闌不盡登臨興更駕長風萬里船

崇吴教寺在元浦梁開平二年僧妙義建

吴江普濟寺　前人

初到湖邊寺相逢有徹師深悲十年事朗誦四懷詩高栁窺春旱寒灯照夜遲寧無一杯酒慰我鬢如絲

普濟禪寺在震澤鎮宋元豐中僧壽善建

游吳江永樂寺　高啟

鬓隨鶴羽總秋零幾日江行思渺冥夜卧客舟聞咏史朝過僧榻共談經沙洲雨足蕁初紫林隝霜遲橘尚青後欲尋公曾到處留詩應在竹間亭

永樂寺在婁楊村宋淳祐間僧無際建柳貫記

寶覺寺　張適

留衣山館久飛策海城秋迹逐初來雁情親欲下鷗晚雲黃葉渡斜日碧江流正是懷思處聽鍾獨倚樓

寶覺寺在曹村宋紹興十年僧佛光建

寄羅漢寺僧伏虎林　朱良寔

我将八耋断塵緣愛聽松風看瀑泉和靖吟懷梅瘦損濂溪生意草芊綿謀生未許全抛俗問話那能不離禪長想知音在何處他時定汎剡溪船

和　伏虎林

黎里人家石上緣幸師来住古林泉夢回竹榻聽猿嘯定起松軒看鶴眠暇日每留香積飯長年不離苦空禪老夫亦是幽棲者久欲相尋共釣船

羅漢講寺在黎里鎮宋淳熙三年僧法燈建

過吳江永定寺　高啓

乱後僧何去，門閒葉落時。晝昏虫蠹老，齋断午禽飢。
罷説傳心法，猶看賜額碑。不知興壞理，来此豈無悲。

永定教寺在荒村浦

吴江泗洲寺二首　　易　恒

幽尋林壑間，春暝護禪関。到寺過頭杖，開門對面去山。
灯傳清晝永，僧與白雲閒。欲覓泗洲老，高風詎可扳。

開士僧中彦，緇經晝掩関。禪心秋水覌，詩景夕陽山。
鶴下松雲破，鹿眠苔徑閒。老尋棲息地，着意欲追扳。

泗洲寺在蘆墟村，宋開熈間建

接待寺　　劉　濤

江許收帆試倚闌目圍平野望尤寬氣吞四澤鵬相近路入三山鶴夢寒壓曉几思看浴日凌秋誰許傍觀瀾應憐低首邉塵客何日風枝得暫安

和　張　檄

小檻翛然着曲闌登臨聊使壯懷寬浮天野水東南折照座雲山紫翠寒風定綵虹銜落照夜清紺塔卧微瀾自公休暇宜來數寄傲南窻膝易安

接待寺在東門外南津口俗稱南寺宋紹熙二年僧寂照建名承天萬壽禪寺元至元間僧正壽重建改今名

題梅堰顯忠寺壁　景奎

千古梅塘寺山門面水開地清塵不到僧好客頻来澹墨題詩壁残碑字没苔杪欏樹下石云是講經臺

顯忠教事在梅堰宋王樞密祠堂也

長橋寺化修造疏　釋大訓

開山　祖梵目祈雨感觀音授以目復明朝廷為建寺昔聞大旱金石流而土山焦爰感精誠天雲垂而海水立盡謂暴尫之何益獨徵瞽目之重明有功生民在祀典猶修其礼大德我祖而後人不葺其居頹于心之何知視其額而有訛塔鈴自語况多舶提之

風土偶相憐葢甚瓢傾之雨尚想美哉輪奐豈曰嗟乎權輿長橋臥波依舊虹蜺夭矯高岸為谷向來雨露淋漓敢圖逭責六廣幾爲當見勇為而興起者使黄金同土價額布一語之仁得白壁照夜光不待立談之頃百堵皆作萬福攸同

吳江洲水月院記　前　人

吳江洲南五十里有湖數百頃湖中有土阜隆然廣可五畝曠古莫有居之者宋嘉熙間僧覺春廬其上曰水月菴六傳至允諒諒築隄以廣之作殿堂樓閣悉完好請予帝師易菴為院而求記於予且曰世以

良田美宅貴鬻豪奪災積之寢廣而官之賦役益重於是有不勝其用而病且覆者相望也故吾祖取人所棄而有之以至於吾吾以一身之微寄於水月之上汎汎如虛舟之淩滉瀁何往而不自得哉予謂志早者殉利樂閒曠者殉境其誘於外而為物所勝一也若是則子之媚夫水月以居之吾為子記之皆外物也能歛念以返觀乎內雖宇宙之大虛空之無窮曾無一漚之量而彼水月者又不啻隙中過影耳則子之居將無所寄庸寄吾喙於其間哉雖然虛己必觀物則物皆吾用不泯於空不窒乎有中道然也如

是而子之媚夫水月以居之吾為子記之載歌水月之章以遺之其孰曰不然辭曰水之逝乎有潮有汐維月之恒亦朏而魄有生必化孰不如物不有至人會萬若一爰執其樞以游化初物我無睽水乎月乎長橋寺與水月寺未知何所今録二文于蒲室集

嘉定縣崑福講寺　　僧懷瑾

峩峩跨蒼穹登臨豈辭陡冷風天外來陽烏檻前走縱目春正妍蹊桃紅間柳徙倚漫裁詩不覺日在酉樹景感舊懷臨風一搔首恍爲凌太虚煩襟復何有

崑福講寺在縣西梁天監中監建

圓通寺留題　　楊貢

曾向嘐城跨玉驄，又乘五馬到圓通。僧房有榻懸初解，暮夜無金睡正濃。當道豺狼休躑躅，號寒兒女且從容。莫言廉范從來少，尚有今人可繼宗。

圓通講寺在拱星坊内，至元間里人高氏子爲僧，名明了，捨宅爲寺。

嘉定州南翔寺藏經記　　釋大訢

至道無爲，無言也，而所以爲以言者，將埏埴群生，陶鑄聖賢，其有爲而然乎？以本覺明妙之性，淪于六趣，散于萬類，形氣情欲相禪以生，相感以化，以蕩流無

垠故　情而訓之以割情絶欲澄瑩精一求返于初而甚矣情之蔽固性之不克復也乃酌其机隨器所授示六趣以果因影响使之遠惡進善以趋于聖賢之域導二乘以四諦十二緣荣菩薩以六度萬行逮人〻妙覺物〻全真以偹一代化儀而猶曰彰其迹尔若夫顯本帰舊雖聖罔知豈世智凡識所能擬度哉況性之精微言所不及惟善言〻者能言于無言而後可以達無言之言于是有月指筌蹄之喻而啟廸将来非教莫宣斯三藏之文為世法宝聖凡顯幽所共戴仰如日月于晝夜賴之以為向導也藴之嘉

定南翔寺僧祖勝以己別業為經堂度經于中嵗選淨行僧閱之復施田五頃給其費餘以備繕脩而求記於予々禪者故取直指見性之道與契經合者告之而申以辭曰

餉空于缾酌水于缶而水與空非大非小如性圓形々不能圓瞬閱萬世芥視八表有覺瞿曇稱性而譚虛空為舌萬象交參彼昧罔覺或聾而悟善啓其機爰得我心如屬于耳如接面命弥隱而顯鳥飛魚沐花雨風清海天如鏡孰為檀度日比丘勝々即我謀妙斡其樞不有作者德山之徒視佛不為火書壞廬冥行同趍不既豐與

又　　葛天民

南翔建自梁天監白鶴不歸江自轉深禪空憶祖師齊昔有老堪今有遠我趂江鷗訪遠公遠公不有湖天遠七歲驅皃有幾房三百苾蒭無半面殿閣參差高入雲一堂可着千僧飯古柏槎牙不記年柯如屈鐵色蒼蘚古意偏閑倦客懷歸舟有句無人遣明日中流遇阿英連宵細說南翔院少待崇蓮宝塔成春風共看巢梁燕我欲婆娑借數椽子當力學如顧吾

一任江花惱殺人閒邊自数飛花片

和　　僧普洽

白鴨南翔何日返杳雲不動春風轉屋為鱗次江枕
安江作蛇行到門遠的〻明燈金殿寒沉〻複道長
廊晚老翁矍鑠皎須眉愛客將迎笑盈面自言天監
拓基未食指數千猶共飯斷碑壁下試摩挲龜趺剥
落生苔蘚蒁〻往事比寒潮蒼烟落日愁难遣遣中
何處愜深深王羲新池開刷二齊已去老堪殂故院
壘空來巢旧燕吾宗有弟知此懷炊黍功名豈云願
便呼阿買寫新詩研池澁擁清冰片

又　　　楊維禎

三生石上有因依隻鶴偏從石上飛自笑老禪能事

畢不隨淒去復淒歸

又　　道衍

齊師不返鶴南翔梵刹如雲始自梁護法天臨朝擁殿放禪僧出夜循廊碑殘亭下思皇宋檜老堦前識李唐事業已經千載久空王誰道有興亡

保寧寺鐘樓記　　徐冲

樂一歲為十二鐘武事以鐘為伐蓋鐘與鼓等鼓陽主進鐘陰主退樂以鐘配地戰以金為斂吾儒用鐘大矣西方教尚金声鐃鈸鉦磬亦胡部樂寂滅之訓宜有取于静退之音其書謂罽賓吒檟畢化為九頭

魚刀輪舞波斷首復生循環不息聞鐘少停此緣起
也流入中國則曰䰟行中陰假聲進步人死不滅業
通三世恣為因果設余童時見隣有虎適野者童聚
戲詬其竅將困鍾一聲出雲杪遂閴然弱冠侍親謫
婺爨獲自經夜出圊蒙隣寺鐘鳴始去扣一夕必正
良驗矣世習以鐘驚迷暴戾潛消久矣猶樂通和鉦
退師比也況佛祖誓願天龍統攝通神明齊生死皆
由人心發昂鑄好屏鐘鳴山應吾儒不為奇佛家藉
以立教士不揣本義之曰吾不及也鄙之曰吾恥言
也是皆不知倫類出姑蘇葑門沿吳江百滙為青龍

(8)

江距海三十六里曰商量湾三精藍獨保寧以石晉天福建屋老而大長廊重楼方一新有吴越鐘四百觔開宝九年諸葛氏為報恩山中峯寺作不知何年帰于此旧楼且隤法喜聽天台覌嘆曰吾徒二千指號聾聵司昏曉者庳陋若斯可耻也猛欲撤而新之裒媪申明為倡檀施趨和遂以嘉定壬午歳嘉平上澣成廣三尋縮式尺高七尋盈六尺栱藻重檐四牖咸备葺頻年以王事住返一夕法喜炷香瀹茗求為記余指楼而告之曰幻土木之奇焜金碧之輝揭盛時之聲鐘懸百尺之崔嵬穿逸响于天外振阿含之

軌儀昔爲墜典今登濟斯尔所以懽喜衆所以難息歟曰然又告之曰東西鼓尚陰折陽示無生意以鐘柔剛暘暮息萬籟靜而清長晨雞未嘒作而鏗鏘息者付道業之全缺作者抑妄念之披猖痴扃破鐍夜景發先律心萬法豈徒釋爭訟于曲直之場施形百斛何會罷怨懟于矛盾之傷繼令以始午鼓並鐘食輪轉法輪翔入耳着心化凶反良兆我一身爲世津梁此示衆未盡知其以語而宣揚合反曰法喜作楼本心也敢垂樂石四衆受持嘉定癸未八月既望記

又　薛松心

工曲蕭梁寺山僧畫掩扉土花封石梵翠竹上人衣
海近潮声促廊空木葉飛我来味禅寂相對両忘帰

保寧教寺在江湾鎮石晋天福三年東京大相國
寺僧智光所謂龍樹法師者駐錫于此募建後周
廣順二年賜額元至正八年僧惟正重修　国朝
永樂六年再建

西隱寺空翠亭　張南渠

人間風日不到處林石照衣顔色鮮半天六月雨蒼
雪隔水一僧吟白蓮座中得趣成三笑竹上題詩令
七賢他年此會或可再須借北窓供醉眠

壽樂亭　　鄭元祐

西隱西邊壽樂亭，六時天樂語檐鈴。傍人馴鶴竹穿竹，掠水飛魚出聽經。月到中庭開碧落，星從南極上滄溟。千年一息那伽定，長結慈雲擁帝青。

真節軒　　楊維禎

西枝林中訪遺直，況有文采錦斑如。誰參如禪到玉版，自愛此君如史魚。彭澤風高印綬解，空廬雪冷節毛疎。道人詩似春秋筆，大字琅玕節下書。

西隱教寺在縣西北清教塘，元泰定元年僧可悦建，僧圓照記。

普濟教寺重修記畧　曾棨

崑山距縣治之東一舍餘爲太倉其城之南門外有普濟寺其先當宋季時有僧結菴于此然旧無田產唯募粮以贍衆至元間有五臺僧曰普明大師者東遊卓錫于此日擊木魚化募婁江之上時有朱左丞者厭其煩聒令奪木魚弃擲水中已而泝流而上左丞驚異遂捐貲改今額張士誠據有姑蘇寺悉焚蕩獨存靈山聖像靈屋祥師思欲重創弗憚勞勤俄而神光屢見施者雲集即鳩工庀材構堂五間以居衆像　国朝洪武辛酉建大佛宝殿癸亥作方丈併爲

卷三四　三九

叢林永樂戊子昌梵與梵衍各捐貲并募重建造圓
通殿佛氏之教以慈愍濟衆為心故世之人瞻奉向
仰以求福田利益者日滋月盛況于其徒崇況于而
歸向之以樹立而振作之歟
普濟教寺在州南一里宋末五臺僧普明止此遂
卓錫建寺元末燬惟靈山一會佛佛存焉　國朝
永樂六年僧梵衍重修

淮雲寺　趙孟頫

淮雲三十里見者以為奇而況于淮雲遠被浙水湄
其上聳樓觀丹碧何絢丽子孫有如雲咸能嗣厥事

老我作是詩刊之于樂石庶尔保令名照映滄江色

淮南精舍言懷二首　張　泰

幽獨臥禪林經年輟醉吟久知書可讀不耐病相尋鳴鳥夜還曙落花春又深餘生憑藥餌又感問朝簪

年〻春不改風雨是花時弱葉終遮樹鮮英且附枝屏心居對景隨意步臨池聊用忘吾病憂中一較詩

登淮雲毘盧閣　陸　昶

危樓高入白雲層拂袖閒來試一凭紅葉城樓閒斷角夕陽溪路見歸僧地偏不着塵埃氣心遠應超大小乘安得吟邊添兩腋九重霄漢快飛騰

淮雲教寺在城北二里陳涇橋北元大德六年江浙軍器提舉顧善夫營祖墓于此建爲養壽蘭若以其家世淮人不忘其始奏賜今額趙孟頫書扁國朝永樂中平江伯陳瑄重脩

崇明縣奉聖寺　程用昭

霜落平沙楓葉丹可人情意滿江山空梅瘦褪猶踈放山鳥驚猜六往還孺子與同秋水遠支郎心與白雲閒此時野寺題詩處昨夜穪寒湘竹斑

又　劉秩

白馬馱經日本西偶来此地訪招提長廊松樹何年

種別館梅花後夜題結社東林思靖節留衣南海愧
昌黎江風山月今如此拚得今宵醉似泥
海國瀛洲別有天上人駐錫住經年三花樹繞眠雲
榻七寶池通洗鉢泉清磬响時晨聽講名香爇罷夜
叅禪何時來問無生話喚醒人間醉夢緣
奉聖禪寺在崇明縣東沙唐貞元間僧道成建宋
紹興初里人陸思聞謝之剛拓而大之元泰定甲
子至正甲午重脩鄭元祐記

吳都文粹續集卷三十四終

《蘇州全書》編纂出版委員會 編

·吳都文粹續集

蘇州全書

甲編

古吳軒出版社
蘇州大學出版社

吴都文粹續集卷第三十五

長洲錢穀叔寶集

橋梁

乘魚橋　高啟

橋上西行人，橋下東流水。遊人如水流，朝暮何時已。
誰知有飛仙，赤脚踏神鯉。波警風肅〻，渡海秋萬里。
左招騎龍君，右携采鸞子。笑飡紫雲英，同飲蘂宮裡。
歸來旧城郭，千載一日耳。下看橋上人，還隨雞鳴起。
去者已如灰，來者猶如蟻。不解養谷神，紛〻自生死。

同　周南老

范、陽水府仙脚踏赤鯉公乘之過此橋飛昇凌太空
御氣鼓兩翼飄飄雲霧中魚化仙已遠橋影架晴虹
冷冷橋下水隨風自西東鱗鱗或來迎誰与巧相逢

同　王賓

此處正當城市裡誰知轉眼到蓬萊如今不見真仙
過那得神魚再起來

重建夏侯橋記　盧夢旂

六飛駐浙吳爲輔藩地望崇重視昔有加井邑阜繁
於、今爲最郡治稍西橋曰夏侯以地有夏侯廟得名
締創、于皇祐壬辰重修於紹興辛未刻于碑記于志

可放僅、此他無閒爲水環樓堞陸帶闤闠左奉臺府
旁睽宮寺、右亘蘸、館列津候糟丘級其首閒醼廡濆
其腹人物輻、輳使客旁午飛轂馳轡電褶躡履交往
迭來必由斯橋、曉鼓未作声迹嘈襍夜漏未半暫止
復動戢久而弊非、兩馬力將持厥危非一木支寶慶
初元邦人相率出力、改作使守嘉其志悉捐金以助
遠近翕尔而應乃命工、師課負程其木石以仲秋癸
丑撤其故而新之下則疊、石爲址刻内直外如值半
圭護以連楹而垳對起而合、以梁上則鋪石甃向空
中偃端如浮脩眉翼以扶闌兩、廂互應而接於達明

卷三十五　二

年七月工以訖告大容九軌高内、巨船不峻而陰不削而盂遠而望之巍巍乎其崇迊而、履之坦坦然其矣厥材孔良厥砌孔堅足以閱千祀而、不朽矣大自行都抵京口渡維揚直都梁臨中原咸有、通溝貫城以行運艦長虹跨水以便徒趨然其源泉併、為一川架波取道無幾惟吳吁吸其區滙注五門曲河、旁達踈泒且有飛梁錯峙与歧俱多輿轡經隧樓帆通、肆左賦美之夜橋菱藕春船羅綺草詩詑之其流所以、聚、故民頤而富其水清且泚故俗粹而美橋梁道路責、在有司吳人尚義多出私閭里興修歷歷可舉茲橋、底績其有自哉僕生於吳舉于吳隨牒四方三十年未、嘗一日忘父母國甫入都故老貽書述斯役俾作記忻、然諾之厥幾登名於碑他日歸老能從容予其所若勸施位名金穀品目列之左不復書寶慶二年七月朝散、郎郡人潘夢旂記

夏侯橋相傳夏、侯司空建或云橋傍有夏侯廟故名

烏鵲橋　　楊備

月滿星移水照天南飛烏鵲影翩翩雖然上屬牛斗分、不爲秋河織女填

又　　　　　　　　高啓

烏鵲南飛月自明恨通銀漢水盈盈夜來橋上吳娃過只道天邊織女行

又　　　　　　　　周南老

古有烏鵲館橋名曰館旧烏鵲已南飛影落蒼石竇彷彿霓横空知是何年搆往來頻送迎女牛曾邂逅銀漢秋逾高靈槎莫予覯愧非濟川才欲進不可又

烏鵲橋在吳縣東古有烏鵲館曰名白樂天詩云烏鵲橋紅帶夕陽

顧家橋　　　　　　王賓

水落沙崖古岸斜垂揚幾樹有慈雅將軍孝行宜旌表獨見橋名稱顧家

顧家橋在樂橋東孫權虎頭將軍顧悌家焉悌在官得父書洒掃設几筵拜跪讀之居父喪痛不見父終哭泣未闋而卒

百口橋　王賓

百口橋邊春日斜旧時開遍紫荆花山東人說張公藝此是中吳顧訓家

百口橋在婁門西東漢顧訓五世同居百口同爨故名訓歲朝會集行酒子孫三歲以下皆知位次

故又名試飲橋

孫老橋　王賓

白傳經營年紀衰蕭蕭白髮滿頭絲孫公頗來修葺又在衰年白髮時

皋橋　皮日休

皋橋依舊綠楊中閭里猶生隱士風唯吾到來居上館不知何道勝梁鴻

又　陸龜蒙

橫絶春流架斷虹憑闌由想五噫風今來未必非梁孟却是無人繼伯通

又　　楊備

隱士貧居日傭舂物情欽在五噫中釵荆舉案何人識猶賴橋邊有伯通

同　　高啓

闔門啼早鴉拂面見飛花綠水通蝸舫紅橋過犢車誰尋伯通宅只問泰娘家

同　　周南老

漢郎皋伯通卜居近西城門前橋突兀時以皋爲名大横當孔道來往人營營伯鸞操井臼衆中爲欽迎豈惟隱士賢乃貴知人明二賢久已矣問橋猶有徵

同　　　　　　　　王賓

伯通久家没橋邊，有姓依橋尚遠傳。非是偶然人說取，緣他知得伯鸞賢。

重建虹橋記　　　　虞集

吴郡内外皆鑿溝澮，納太湖之水以行舟，逾絶爲梁，經、緯、縢屬，其高庳修縮視水大小。獨虹橋在郡閶門西，跨官河，通驛道，爲咽喉要處，水至橋下匯爲洄淵，折而東，行埶用剽悍。橋舊植以木而加甃，歲久腐撓，乃今夏大霖雨遂壞，水陸並阻，民吏憂駭。縣長吏計會役大恩不即成，郡人鄭文貫謂官自言架木非久計請出家財以成之遂以八月乙丑召工匠圖畫撤其旧而新之絶水下石欵啓鍵周衆起拱合理緻無閣下通圜空涵水象月引重過之堅塗定地泰定元年十月成凡用中統鈔十五萬貫云夫鄭高橋半畝謀遂沮卜式輸財漢用不匱以一民而專有司之美不可無書也故爲倫載不辭

同　黄溍

泰定二年冬十有二月平江閶門外新作虹橋成古者辰角見而除道天根見而梁成有司之事耳春秋常事不書此何以書在有司常事也而此非有司常

事者也、按郡志橋之載於圖籍者三百五十九而為虹橋者三、其二在城西若干步即此橋也去年夏大雨水暴溢橋、壓兩水之交莫能与水抗一夕盡圮其地遂控通衢徼、令賜予布政於遠方國奉貢輸賦為行者病謀所以復、其故而官帑不可輒發又重以其役厲民未知費所出、郡內民人鄧文貴請以家貲之半更為石橋以利永久、既又以為此有司者之事非細人所得干也乃飾財用庀工徒以聽要束焉遂以八月乙丑始閱入甲而告訖、功橋之修四百尺而其修十分修之一五分而殺其二乃与堺等脊之廣得髙之半而趾之廣加其什五上設扶闌爲之用法其下爲門如半月以釃漕河而陛其兩垂以度輓者所用錢以緡計者十二萬五千有奇役以傭計者二萬四千有奇今總管郭公既率僚屬觴酒橋上以落其成且謂文貫編户民非有名田稍食貨殖奇羸若他大姓比水梁逵路官寔傾之而文貫顧能輟其衣食之餘以紓有司之急務不宜無以示勸相乃伐石俾滑執筆書其凡而記焉夫以一大户利物之功而長民者能表樹之以寓其風勵之意是皆有司常事之所不及而於法宜書者滑不得辭也

卷三十五　七

夜過西虹橋　王鏊

破楚橋邊步偶停夜船燈火散如星館娃歌舞今何處笛滑吳歈与客聽

西虹橋　蔡羽

引顧烟無際凭虛念自深雲同滿川雁秋起一城碪颯ゝ閣侵暮孅ゝ月上林扁舟從此逝把酒不堪禁

虹橋在閶門外初木為之元時鄭文貴易以石後復以木俗名釣橋成化六年改名永濟

楓橋　張繼

月落烏啼霜滿天江村漁火對愁眠姑蘇城外寒山

寺夜半鐘聲到客船

又　張祐

長洲苑外草蕭〻卻筭遊程歲月遥惟有別時今不
忘〻暮烟疎雨過楓橋

又　湯仲友

出城繞七里地僻罕曾過孤塔臨官路三門背運河
鐘鳴驚宿鳥墻矮入漁歌醉裡看題壁如今張繼多

又　高啟

畫橋三百映江城詩裡楓橋獨有名幾經過憶張度
繼烏啼月落有鐘聲

又　周南老

楓橋橫廣駟西出閶門西大明江上邢霜紅映清溪舟衝跡雨過帆收暮烟低鐘報来半夜月落林烏啼景為詩人勝二美留唐趙每為乎陳迹過此或少稽蹤至楓橋

高啟

遥首城郭尚疑非不見青山旧塔微官扶加身應謬得鄉報列耳是真歸夕陽寺揜啼烏在淹水橋空亂鴨飛寄語閭裡休傳羡錦衣今已作荷衣

重過楓橋　張羽

晚泊楓橋市真搜憶旧遊月明天不夜江冷水先秋

田圩依漁艇高林出戍樓堪嗟名与利白刼幾人頭

壬寅冬余初至吳中諸故老与遊石湖上方抵夜還舟宿楓橋飲閻陳叟李行爲之歌音甚清壯諸老以余爲詩和之因以老字爲韵云

又　徐有貞

總角爲儒學未能讀書不事登科早金門射策有非時聊向滄洲拾瑶草故鄉風景初未識每聽人來說其好茲因訪旧始得還遊目喜陪諸父老南湖十月波乍寒霜葉紛紛落如掃輕舟淺擢木蘭舟乘風放入湖中島紅菱綠橘薦松醪斧鶻浩飲闌懷抱陳翁

醉後高興發、繫、著悲歌望蒼昊琅然音韵出金石驚起潛魚躍芳藻、小子何知敢申和把笔題詩殊草草

月明弭棹宿楓橋、狼藉杯盤更傾倒夜半聞鐘想懿孫寒山依旧寺門道

楓橋　范成大

朱門白壁枕彎流桃李無言滿屋頭墻上浮圖路傍堠送人南北管離愁

回舟吳城外將由楓橋轉虎丘　陳基

閶闔城外楓橋畔款款移舟近虎丘不用酒航更慶哥只携琴册恣遨遊兒郎楚楚春生玉兄弟蕭蕭雪

滿頭負郭不求田二頃一竿擬欲釣滄洲

楓橋在閶門西七里豹隱紀談云旧作封橋後因張繼詩相傳作楓今天平寺經多唐人書背有封橋常住

顔橋道中　范成大

村村籬落總新修處處田疇盡有秋一段農家好風景稻堆高出屋山頭

顔橋通支硎山路

許市重造普恩橋　吳寬

滸墅在蘇西北境上其民際水而居農賈襍處爲州

吳中一大鎮自景泰間　朝廷置榷司於此舟楫停集居民益繁貿易往來以限於官河皆不稱便成化初雖嘗作橋以免濟渡而南北遠絶人迹折還猶以爲不便也里父老相傳故有橋在周孝侯廟傍訪求之果得石刻題曰普恩橋視其時宋慶元三年也乃圖重造而不敢專以户部主事藁城劉君焕方奉命分司於此敏而有爲始合言以請君曰是民功也吾何敢沮且從而獎勸厲之他日工部主事貴溪姚君文灝行水至聞其事亦從而相勸之民既樂爲則又言於知府史侯侯曰宜又言於巡撫都御史朱公上

亦曰宜於是更相告言出財以助凡得白金若干兩擇弘治九年五月興工是年十二月工畢劉君喜其事之果成也曰是橋則費甚鉅勞力甚多然而利益甚大不可使後人無所攷也介鄉貢進士浦君應祥請文以記夫事之成未有不由於人和者周之作洛曰四方民大和會橋梁之役雖非是之比然而民不欲爲則上之人雖驅而使之不能成也至於民旣欲爲上之人或咈之而不從則其事亦豈能成哉惟夫民欲爲之人能從之故雖財用鉅而費力多不待踰歲而穹然堅厚不易爲之役遂以告完雖然人則和

矣亦惟得其時耳蓋吳自古爲澤国數被水患今則大熟粒米狼戾民既有秋成之利視彖所在慨然施予亦不知吝此事之所以易成也欲橋之修一十二丈其廣二丈三尺崇如廣而堅堇其役者曰倪俊凡出財者其姓名則列刻於碑陰云

普思橋在滸墅

虎山橋　吳寬

南人相見詫杭人自料西湖讓一籌天爲漁家開下渰晚宜画舫駐中流新詩已判縱横寫佳景從教次第遊孺子歌声何處起落霞孤鶩水悠悠

又　王鏊

湖上仙山翠巘重畫圖面面對夫容人家斜日東西崦野寺浮風遠近鍾我欲濯纓來此處誰能築室傍前峰放舟又過溪橋去恐有桃源猶未逢

又　蔡羽

初出山腹中復見水竹處透迤得平墟蒼茫急回顧山、染不爲高延攬自成趣風條薄林翠珍木接葉香前範、未及葬後夢重競芳朝遊屢過坐霞石夜曾宿拫松栢房從來不識銅玩向今日青青落吾掌上崦何明媚下、崦亦清朗揚花飛飛青錦破荇葉差差木

卷三十五　十二

蘭槳前帆滅後撈與長川引領雲冕〻游絲起煖氣昏須臾不見西華村東風吹亂鷗鵝群水西顏色何紛〻繫馬荒祠忘夕曛

秋自虎橋訪朱子羽山居　皇甫涍

春辭五馬到雲莊頭白知君旧省郎二古風流誰得似四愁心事耿難忘歸來獨臥青山遠不盡懷人秋水長悵望桃源遊未遂迢〻孤月限河梁

晚過虎山橋　前人

楊桡轉溪路山影亂晴沄向暮滄洲上閒來白鳥群微涼迴落日滿澤散秋雲會有行吟客清歡期不聞

拂曙度虎橋尋玄墓　前人

谷口望未引前林烟未滋箔言明星夕獨向青山時稍〻衆峰出熒〻孤月隨逶過石梁去厥以遡心期

虎山橋在光福西接太湖宋嘉泰中重建元泰定甲子改爲圓洞三遂以紀年名泰定橋成化乙未重修　郡人陳頎記

吳郡溪瀆三橋　陳霽

吳郡橫山之麓震澤之濆斷流漸壞以通舟楫陸逵四達故多橋其東屬吳江爲越來溪春秋時越伐吳兵從之入故名南距澤水二百里爲越地茲寔吳之

故郵也、橋曰溪橋溪之支流為筆港脩直如筆取象類也橋曰、饒祿其南屬吳為管瀆因以名橋襍山帶澤厥維要區、饒祿旧為木梁朽折且盡溪瀆且盡為之圯甚隨石刺、水中鉅石危欹業〻欲奔徒者却顧胥息趨而過舟行、者望而憂之經其下驚悸凛汗同視皆相賀或不憚迂、路遶出之盖三橋之弗葺先後数年矣尚書工部都水、司郎中新喻傅公奉璽書督水利於三吳興廢疏滯鉅、細畢舉既二年行郡經泽之臨視茲土集耆老問狀曰、是葺之晚其加崇予然、毋勞尓民下屬邑理其役發帑、鳩工代石聚材民爭趨之隄塹偕作工用次年禱危以、安代木以石拓旧規新高廣有加焉靡公私錢十有八、萬役夫千人始作於弘治辛酉春三月成於其冬之十、月綜其事者吴令鄺君璠判官吴君東吴江令劉君澯、邑丞于君旺竣事諸吏民謀曰公惠民深矣茲一役也、功倍而利傳隆而克完亟而勿勞不有述也其奚攷引、公德以詔於後乃相与来請爲列其事以書於石

吴邑重建永安諸橋記　　浦應祥

吴爲藴之首邑而藴寔古都會覽周職方氏連三江浸滙五湖其波流衝射爲濠爲塹爲溪爲瀆爲津港

為陂塘者難以數計苟可以通舟楫處必資橋梁以利涉焉故橋之為數致之地志城内官橋凡三百九十自其郭外言之則所謂徒杠輿梁者奚啻數倍也承平百年來多所傾圮行者病涉間有好義者欲修葺而作新之視上之人無有以勸相而倡率之遂至於隳墜而不舉良可惜也弘治己未工部郎中新喻傅公奉敕總督江南水利來蘇治水之餘令曰橋梁道路利於民者不細乃檄有司出公帑為倡而民之好施樂助者聽一時要津孔道窮僻陬隅朱闌碧甃罔不聿新誠盛舉也茲者自胥門之西二十里許至

木瀆爲橋者三曰永安永濟永福自木瀆之東南不
數里許有塘曰興福爲橋者四咸隸是邑公爰咨邑
令鄺侯璠勸農溥喻君秉弱董其役畢者崇之狹者
廣之傾者圮者固之上可以通車輿下可以通巨艦
信久遠之良圖而非直目前之美觀也其所以利於
民者誠溥且博矣公蒞政三載將復　明天子命鄉
之被公之利澤者胥謂予曰公之德政施於他古者
咸有名筆以記公之盛今公去爲明天子留而不復
至也則公之休美施及吾鄉者歲月流邁能不有所
遺忘乎吾輩敢礱瀝堅珉請執事文於上庸以樹於

通、衢以昭示於來者執事無斲爲予是其請遂不辭而書、之橋凡有七其徒庸材用高廣尋丈与夫財施丕作之、里民姓氏當別叙於碑陰故於此而畧

圭晉二涇通水建橋記　楊循吉

蘇之郡惟西爲盛而吳邑司之有水焉來自太湖引大、濠而別注者南曰歸涇北流三里至逵而正北曰普安、涇南流亦三里至田而正中隅小溪淺不及膝村民以、資澣濯溉莫之能貫焉弘治辛酉胥門浮橋與邑令、任丘鄺侯相水至斯嘆曰噫是固有別津而人不知也、决逵鑿田其克有濟予于時巡按侍御

長沙袁公方祗奉 上命致〻治道郡侯汝寧曾公盡力民事尤敎、恩、愛、侯其以請皆慨然許可乃集地之耆年而敏事者語以、故曰咸兹川堙塞且數百年今故形具在龐眉之老思、復其旧而不可得大夫有意吾儕其何幸則又諭田者、俾售之果以地獻消日斷土庶民子來不旬月功告成、凡用役一千開地四十丈而南壍之決於一日者不与、爲沿流而行又隨在疏剔其遏地之侵官而屋其上者、必斥無貸豪強共命惟恐後代樹祛蘊洞爲流波一望、洋〻靡有阻遏於是鼓楫而過者無虞晷臨流而守者、競厥居黎

卷三十五

十六

廢祠慶胥來聚觀若天造地設理固有定而遭予成
也方役之始侯欲廣渠容巨艦慮卑梁可納乃作
十橋跨其上在北者首晉安顧其五曰昌祿壽安永
福積善富民在南者首圭涇顧其三曰通惠張盛豐
利七之用石三之用木率取陰顯壯於里壓朱闌綠
波、照映遠近綴以倫兩徒者便之然後鄉人以為舟
之出、是有二美焉胥不能阻闇不能險是民志也乃
謀代石、書偉功謂遇屋与水迹宜不得辭愚惟物爵
則思通然、必遭而後濟功成則不朽然必惱而後克
觀之斯渠昔、否今孰瓜於大小其不有遭予上下一

心以建威飭其不謂倘乎雖然由是以求執政之賢不可以不志惟侍御公以公忠持法而憲体振惟郡侯公以廉正率下而收道立惟今侯承之以勤慎潔修而邑政用本是故吾人安堵樂業熙熙乎無所不遂也若夫浚河作梁乃一時餘事流澤布麻而亦垂之無窮君子居位而尚通物之仕秉建功之基既行之矣可無紀乎哉是以敢筆其詳以示於後世與茲流永久

饒豫橋記　莫旦

橋以饒豫名志豐年也豐年所以為生民立命也古

豐、年而立民命豈無自而然亂必有大德大功以涵煦於、其間而人莫之知也鵠在郡西南二十里南周村之上、跨越來溪之支流左右居民務於耕稼亦有以儒爲業、者是以人無怠荒而俗多謹厚爲橋之創始不可考旧、疊石爲境上横以木歲久傾推將有厲揭之患里士盧、綱欲葺之而未能也其子璡以文學受知於欽差提督、水利工部郎中新喻傅公間以白爲公檄吳縣簿喻君、秉詣示之君謀於大尹鄺侯播給公錢重建而里之好、義者皆樂助乃甃以石爲之經始於弘治辛酉春三月、四日落成於夏四月廿又

八日遂爲溪山偉觀而行者便爲綱謂不可無述以
詔後乃以貲財立亭於橋之北既而以碑文見屬予
予惟王政以食爲首農事以時先農事失時而欲爲
民食足也難矣此橋之所以饒祿名歟抑於是而易
有感爲吳於元末干戈之際淪於僭據苦於虐政尚
何饒祿之望哉而我　聖祖龍飛爲中華主命將出
師討張士誠空其巢穴遂以平吳爲畿輔重地今百
四十餘年惟見黃童白叟熙熙然耕田鑿井以樂其
樂孰知　上之功德所以涵煦者如此則夫一橋雖
小揭以饒祿豈不足以照昭　上賜而與民同樂也哉

卷三十五　六

余家去橋不遠一望往來於斯習知農事今願与諸父老率其子弟從事於耒耜之間暇則誦詩書習礼義使父子慈孝兄弟友恭夫婦保守鄉里雍睦興礼讓息爭訟自然和氣薰蒸豐年可望而所謂業儒者亦將出膺時需以圖報於盛時也夫然是則橋之建豈止免厲揭之憂也哉公名潮字日會今禮部尚書龢齋公之弟以明進士累今官所至俱有成績橋梁若越溪若管瀆之數處俱為重建非止是而已也謹記

吴縣康履橋記　　楊循吉

蘊環水而城其西曰閶門滙會者五奔流蹙束湍益急舟過輒恐由是前人鑿新河以避之而其上曰有橋焉以航以塗水陸咸賴利雖在人邑政是足觀先是壞且有年圖卒靡興石脫幾墮為行游者憂岌如也鄜侯任丘人也以名進士來令吳力官勤民百廢咸作至是得其宜修狀乃召里之謹愿有力者十人俾任其事咸以為當民心閑永利欣然共命則使良工代美石易故以新寘其中而飭其外非迹之圖惟久之謨而侯朝夕臨視其授以法增除之凡二尺車馬孔宜大舟得通以其昔危今安克良於行曰名之曰

康履皆侯意也其經始於、弘治八年十月僅百日工成父老咸曰自侯之來也強、草弱寧四境豐晏吾人受康多矣今也又康吾橋其能、無書乎蓋衆謀方合而經生朱臣以其石告夫橋仁夲、也百冗充庭而能及於是則措心邑事宜無遺焉抑以、知賢牧之在上才大而餘功建義感而民力趣其澤人、殆如是也是誠宜碑故述焉而以附十人者之名侯名、璠字廷瑞有志康立者也茲邑其其小試乎

重建勝安橋記　夏璣

蘇城西北虎丘山塘之半有橋曰勝安始於唐旧以

木為之至宋端平時里人金進易以石梁迨我　國
朝積歲傾圮不堪於行正統己未巡撫文襄周公郡
守況公重建以廣旧制自成化以後纍遭大水衝激
日底於壞甚於往昔行者病之弘治己未耆民周惸
聊鑑勸里中義士蔣瓊陸榮為首倡又舉壽聖住山
僧圓智里人陸釗勸募朱繼等相為出貲以圖重建
白其事於　欽差總督河道水部正郎傅公曰此王
政之一事乃吾責也又請於郡伯曹公公以為宜時
通府陳君長洲劉君吳邑鄺君貳尹竇君又復勸諭
而奬尊之由是瓊等遂經始於是年三月乙酉鳩工

聚石財皆民助晨夕監督不憚勞苦匠氏効力而落
成於夏六月癸未高加三尺廣十有六尺翼以闌石
行者始免病涉之勞勝安之西不二里許又有橋名
范店者亦病於涉公復命粮長江仁老人朱恩等成
之於是遠近靡不賛頌水部公之德且謂不可無記
乃築亭於橋左請予文以刻石垂於永久則瓊等脩
公之心可見橋成公厚勞之莫不勇躍閧風興起豈
曰小補噫天下之道皆然遇水而不貫者非橋梁則
患於徒涉也涉水者必橋梁以相濟也橋之濟物如
此況以道兼濟天下者是益傳公相天下之志也民

知向義而樂於為善豈非善政之所致歟敢用刻石以為義者之所勸云

重建渡水橋記

楊循吉

東洞庭峙太湖中心厥惟吳邑之重鎮民居鱗次隨高下結屋若古桃源耕田樹果殆無寸地隙人力作耐勤苦以儉為事廛陌經絡不下萬井其往來上城邑日憧憧然在途摩接無棄陰而宴處者是故道路之宜修急於通都勿可以荒遠視也其區港界二峰之間西五里曰莫釐峰東二里曰武峯其南北貫於太湖太湖本其區也以其水恒出是故以為號焉其

流廣而且急隄越行旅爲必由之要津故有石梁曰渡水廢四十年矣里人慮其工巨勿敢圖架木以濟高危凜凜每風雨晨夕人之提携負荷過者多恐怖兢業或仆而溺有之居武峰之下有曰前賦長吳天禬謹愿人也病人之厄慨然思作之邑令鄺侯美其志白之郡守史公公大善之道吏獎勸者曰汝必底成乃績無終懈惟汝名侯亦曰汝成予其義汝天禬感厲益勉厥事旧石材惡弗可盡用棄之別購礦材之良者甃焉遂以弘治九年之九月告成凡長一十六丈高二丈九尺東西爲石隄延袤又各四十餘丈

其費金將百拒而不吝工部姚公方督水利事亦懿而旌之然後山之人大悅弗憂於雨弗惕於夜坦途下視風濤不驚能耶驩嘑嗟以爲盛舉而今賦長吴將周元暠寔其石以來顧有書也余聞立政以肇人爲大澤而不費抑又善爲吝夫利害非其獨有而欲使之傾材以濟衆非勸其孰能成之於此以見是役之舉雖營于下而寔出乎上以二三執政之仁而成斯人之義皆永永不可刊也已其能無述乎然天禬之爲是不遺其力而務廣其惠故又有餘績者三若迂傍涇之梁出之隄上而道不迂若作屋三楹其

傍以迓來往而客有息肩浚橋之東故井且亭之而暍者勿病皆其事也是宜得牽連而書故余勿敢略焉

渡水橋在東洞庭一名具區風月橋旧以横木元周富七郎始易以石　國朝成化九年吳天祿重建

如京橋記　葉挺

皇帝踐祚二十一年將有事於規恢飭諸郡守臣治橋梁除道路以便王師征行吳郡古都會由全蜀荆襄湖廣江淮而下危檣巨舸往來相銜盤門運河環

城尤𨇧要津有橋如虹惟波濤洶湧車馬蹙躡歲久隤圮且路多瀨湖坎窞驊騮過者病焉參政張公文昌李公俱以碩德重望來殿是邦君期謂度亦既具舉謂橋道弗治害稱上旨以吳縣尉羅相剗意事功乃命經理之尉承命弗避弗疑亟募道者徐妙行師徒鳩工首䇲驛衢達于松江幾五十里其傍舊橋有三繼踵營治悉用堅整至是橋也益加其工光闡故基易陶以石夾峙雲繞巍闌翼飛洞門天成面勢山屹在官無費在民無擾厥功告成聞者驚嘆因相与言曰凡四方貢賦之所輸百工技藝商賈之所輳播

紳豪傑文人儁士之所萃九夷八蠻朝聘會同之所歸莫過於京師厥今駐蹕錢唐異時還都中原茲橋適孔道寔遠近所必經從者益以如京名之衆曰韙哉合橋与路積工五萬爲費三十萬有奇經始於嘉泰四年正月成於開禧丙寅四月既望民既落之曰并識其事朝請郎新知岳州軍州事葉挺記朝散郎直龍圖閣新知贛州軍州事鄒應龍書

如京橋即盤門虹橋宋開禧二年重建改今名周虎書三大字刻其下

重建越城橋記

張習

吴邑西南横山之下行石湖之水而東注者曰越来溪溪之上湖之滙有石橋名来溪橋又謂之越城橋蓋今之新郭即春秋時句踐築城以代吴之地築城彷彿具存而橋與之尤近故名創之所始未可攷可驗者重建於前元之至正再修於

國朝永樂之乙未風激湖波旦夜淘嚙歲久漸圮邑令文侯爲令之三年政平民安常號於衆曰王政之一事非杠梁之謂乎閭頹而未齊伊誰之任予有以是擒白者侯即首捐俸資以率邑之願助者聽選民之着而良者徐衡等董其事仍諭以其風波衝蕩之故墜矴提杙務

力倍蓰堅固經始於成化乙亥五月之朔落成於明年庚子六月六日崇廣若干丈視旧各加以尺計者二旁增石闌下袞石址由是人之所履物之所載咸出焉入焉而無少窒也僉感侯之德以習爲邑人授以石屬記焉攷諸成周之言曰辰角現而雨畢天根現而水涸雨畢而除道水涸而成梁此有司濟人分內事也夫何政不果若司民社者視治道眾成事爲泛常故民往往有病涉之嘆況吳爲澤國舟楫之所通行者侯穎敏好古勇於爲義凡諸廢弛必舉而新之則他日爲我國家猷之遠大豈不猶之治一謀

邑也耶侯名貴字天爵遠陽人成化乙未進士茲奉
天章召入憲臺司風紀併條此所以慰民去思之
縣云

越城橋在石湖北口舊名越來溪橋至正間重修

重修行春橋記　范成大

大湖日應咸池爲東南水會石湖其派也吳臺越壘
對立兩涘危峰高浪襟帶平楚吾州勝地莫加焉石
梁臥波空山映發所謂行春橋者又擅其會胥門以
西橫山以東往來憧憧如行圖畫間凡遊吳中而不
至石湖不登行春則與未始游無異歲久橋壞人且

病涉　之萬景亦偃蹇若無所彈獻過者為之嘆息
豪有力之家相顧環視莫恤漫以諉之官前令陳益
劉棠皆有意而勿果作淳熙丁未冬諸王孫趙侯至
縣甫六旬問民所疾苦則曰政孰先於輿梁徒杠者
乃下令治撟補覆石之缺易藉木之腐增為扶闌中
四周而兩旁翼之歲十二月鳩工訖於明年之四月
保伍不知工役不預邑人来觀歡然落成而已今天
下仕者視劇縣如鼎沸屏氣怵惕猶懼不既候於此
時從容興廢蓋亦甚難四鄉之人不能出力傾助者
至是始有愧心則相與商略他日將作亭其上以憩

後游者尚庶幾見之今姑識治橋之歲、月亭成將侯書云侯名彥真字德全旧名彥龢除興元、年進士擢第後改今名橋成之明年日南至資政殿學、士通議大夫提舉臨安府洞霄宮范成大記

重修行春橋記　失名

洪武戊午歲春三月重建行春橋成設大會以落之邦、人士暨道俗會者數千人先是宋淳祐間徑山淮海禪、師、莫來行橋有文在石於是乃請今徑山以中禪師行、橋、以修故事人謂相距百三十有餘年猶一日也既事、衆請揭其槩示諸來者按狀洪武七年四、

橋壞公私大、沮計無所出蓋橋當郡西北孔道又山
水間合為吳中、奇觀據要須勝橋不可一日廢也明
年優婆塞正宗方、事經始愳弗克終乃以屬長洲僧
善成〻傾誠勸募寒、暑匪懈由是人爭其化錢布米
粟之施日至乃大鳩工、裒財悉撤而新之取石必堅
傭工必良植枋必密以深、以為石湖乃其區之委至
是東為澄潤湍流漂疾喜与、石闘弗若是不足以支
久也役且半會將作大有繕營、盡括匠氏以去役幾
中止秀州人錢玄濟素習橋事机、知便巧并善龔斷
淵深履險易甚平地來未期月而遂、以告完橋之修

廣制度一仍其旧而堅緻過之見者驚喜以爲天造有相之道焉夫橋梁有司之事也使諉於有司則必賦於民民將觀望泯惜其財弗援而集乎就令勿擾而集也則取其苦窳又可冀其堅久耶佛以慈悲弘濟利天下而橋梁居八福田之一鼓其善以勸而人樂趨之故無煩官厲民而卒濆於成也然歲丁運侵百貲騰湧劬躬盡瘁猶閱三歲更三手而後成抑何其難也二三子之勤亦已至矣來者思其成之不易尚毋忘嗣葺以永其利可無述乎鄉之好義贊助者尚多有人則書於左

歲晚行春橋　王寵

渺渺泛星渚翩翩躡虹橋青山正落日霞彩散層霄
天吳靜不發廣川無纖飈蒼林起長烟千丈暴冰綃
紫翠青無端姿態欻横起南疇稻花吐北渚荷香飄
禪室蔥森鬱湧塔翔嶕嶢傲然睨天衢鳶鶴紛相邀
寤寐屏中圖煩心劇旌揺茲辰散輕策万象同逍遥
了浔養生理長歌白雲謡

月夜卧湖梁之上咏蘇長公赤壁賦諸子和而歌之樂也嘗人遺致白魚乃遂觴於松下而賦是詩　前人

長公胸中足磈礧，横歷江山發長嘯。一時感遇迹已陳，千年古月今猶在。古月今人代不同，欻忽浮雲日千態、我曾高臥石湖梁，彷彿亦辭江流長。長公不死倏來注，風馬雲車遊帝鄉。琅然夜詠窈窕曲，驚起泳上双死央、四山草木蝟毛竦，星河為之久低昂。綃人無声老鮫泣，水面金躍蝦鰻光。氣酣風急月正午，便須一飲傾千觴。白魚出水如人長，鳥刀飛割猶倔強。三三五五坐松下，修然落雪陰山涼。古来賢達皆如此，何必山林減朝稽。康不獸黄公垆市，酈生放誕高陽里。人生有身貴自適、狂向侯門躡珠履。君不見夫

差宮勾踐壘狐兎紛〻嘯山鬼

夜憩行春橋　　前人

夏夜煩林莽星橋躡太虛市朝真翕赩江海一蕭疎
白露橫中下金波滿意尉王喬殊可接騰踏五雲車

中元夜同王子美朱日宣行春橋看月　　袁褧

欲賞中秋月來陪達旦遊月當今夜好客為故人留
皓魄渾疑晝寒光更挾秋乘槎吾興發直欲問牽牛

其二

月白蟾疑動秋清桂欲凋金波浮綺席彩暈射星橋

雲過來兮嘯風傳子晉簫還思牛渚會未必勝今宵

八月十三夜行春橋賞月　前　人

皎月昇清漢金波散碧光湍揺牛渚動氣飲鵲橋寒衣凝弓將滿還愁扇未圓不能明達旦秉燭盡餘懽

行春橫在橫山東茶磨屿下跨石湖上与越城橋聯有石洞一十八

重建安里橋記　姜　漸

蘇州府城之東南曰葑門其水陸之要衝有橋曰安里自宋歷元歲久滋隳里人周君玄初時修真於城東之丹霞館憫其人民之艱於行也謀於里父老徵

而新之經始於甲午秋八月畢工於冬之十一月欲求余文以為記而遭世变故不果閱六年庚子復請記之嘗為之言曰文之有記所以志其制作之勤蓋古人經久之意也近世承平日久碑銘墓碣無處無之可謂盛矣自兵革屢興皆靡有孑遺雖古今士大夫之文傳不傳未可知未嘗不拊嘆碑之不幸也向使玄初得予文而刻之則其存可復冀予竊欲以予不足傳之言刻之於既毀之後其不為達人之所慨者希矣辭不獲則書其言俾刻之而玄初亦以多故未遑也　大明建国之元年師臨於吳凡附城之輿

梁恣爲内兵所毀獨是橋賴今大丞相信國公駐師其前不敢蹂壞及克城之日師由是而進橋有力焉玄初竊自慶其功之不泯也復來請曰吾始爲是役將以濟夫病涉者已又豈知造物者俾我新之歟以濟夫　王師也不然何故毀而新獨全于是宜重記之以夸於無窮也噫余之言其果可傳者歟然自甲午至於今蓋十有六年一求余文而不果一爲記之而不暇刻凡再罹於兵而橋幸不毀終濟王師以成大成功則予之言果可待而傳焉者矣是不可以不記故不辭而其載之使來者有所攷焉

安里橋在葑門外

葑門塘改造二橋記

吳寬

吳城東爲長洲境其南曰葑門〻之東有河〻上下有塘〻之東曰梅里汪又東曰金汪旧皆有木橋以通七區之人往來者歲久傾圮人以爲患里有義士盧珪〻玉者屢常曰珪遺腹子也惟吾父母早喪幼鞠於伯父〻以長年十七即自樹立成家今幸有田廬而衣食不缺〻者豈珪之自能哉吾父母積德之所由也且聞吾父母〻嘗有意於義舉而不及爲使吾吝所積而不肯爲人不惟〻謂我愚而亦爲吾父母辱矣然

吾雖常爲之顧無以、及於衆也惟二橋人迹必由者是宜代石改造爲經久、計乃召工市材擇日興工以弘治十年二月始造梅里、涇橋〻成里人僉名曰通濟明年十月再造金涇橋〻、成僉以廷玉之功不可忘也則名曰盧家橋以記之工、部郎中張君守之與盧姻家也以其事當載于文來請、且曰對門有塘長六七里居民稠密而上塘尤甚塘以土、築土既善崩追天雨更泥濘行者不便數年前廷玉、嘗甃以石其費亦不少也乞附書之予嘗觀於今之人、凡積之厚者惟必吝故好積者早夜汲〻惟其家自圖、是門以

外与衆共者不肯損一木鑿一砧者是皆久之其財
与身同於澌盡而已不然遭不肖子孫敗之至于踈
財者異於是然而家益盛身益康子孫又傳之久〻
者於人事若相及而天道則好還有不可誣者予識
廷玉已久同知其為人其治生也無悖入之貨其待
人也有周急之心及視二橋使若他各者不以為意
必至于大壞人將病涉矣至于泥塗不治若無大害
然行者有沾濡之苦仆跌之危亦仁人之所不忍也
今廷玉不求於閭里不煩於官府一旦捐數百金為
此義舉不謂之賢哉夫義舉人多為之有好名而求

人如者有求福田、利益如佛氏之徒者君子皆無取焉今廷玉念其父母、所謂欲報之德善繼其志者則又出于孝思不又謂之、賢哉廷玉常出粟助有司賑飢授承事郎平生義事尚多、不能全載予特因守之、請為書此云

金涇橋一名盧家橋在對門塘東

重建寶帶橋記

陳循

蘇州府城東南半舍古運河之西有橋曰寶帶按運河自漢武帝時開以通閩越貢賦首尾亘震澤東壖百餘里風濤衝激不利舟揖唐刺史王仲舒始作巨

隄障之以為挽舟之路寔今為郡之要道也然河之支流斷隄而入吴淞江以達於海者隄不可遏橋所為建也仲舒鬻所束寶帶以助工費故曰以名宋元以来脩葺不繼遂至傾圮無遺有司架木以濟行旅每有覆溺之患正統七年廬陵周公恂如以工部右侍郎巡撫茲地覩之興慨乃与知府朱勝謀曰是役工費浩繁不可輙為乃戒有司預備工材之用又四年為十一年公率知府及長洲知縣張旻吴縣知縣葉錫注計度之所積咸具而俾耆民李禧等董其工橋長千三百二十尺洞其下凡五十有三而髙其中

之三以通巨艦其用材計石二千六百丈木四方二千五百株灰二十四万三千六百觔鐵一萬四百斤米二千六百石橋既成咸賛頌曰此周公与朱侯經畫之得宜縣大夫奉命程督之有方其惠甚大不可無記會錫以政績至京師來求為文夫為政之道在於惠民惠民之事苟有所當為雖聖賢亦未嘗嬾于勞而不為孔子政言之美而曰惠而不費惠而不怨孟子之謂王政亦曰歲十一月徒杠成十二月輿梁成而民不病於涉蓋謂事之關于王政雖費且勞亦不為過而況於不勞者乎況於惠而不費者乎諸公

之爲惠於是邦而能免聖賢之所不嫌其超出於衆人之所從政也遠矣斯橋之建舟楫得往來之安行旅無徒涉之患商賈免盜賊之虞郡邑首屢葺之皆其於惠也孰大焉予故嘉之而爲記

寶帶橋與履吉同賦　袁褧

分野表三吳星橋控五湖天河烏鵲起靈渚綵虹孤陸海環荒服江淮委其區濟川懷壯業駐石想雄圖

又　王寵

春水桃花色星橋宝帶名鯨吞三島動虹臥五湖平表裡關形壯東南海勢傾當知題柱者猶是一書生

寶帶橋去郡城十里跨澹臺湖南北長三十餘丈今呼小長橋相傳爲唐王仲舒捐帶助建故名宋紹定五年郡守鄒應博重治之正統間巡撫周忱又爲修治

重建尹山橋記　錢溥

天順六年秋七月長洲縣重建尹山橋成其冬予使交南還縣耆老浦嗣昌過予而請曰尹山距吳城東南十里許有土隆然起若覆笠而枕於運河之陽旧有石梁跨其上廢凡四十餘年有司俾工鉅而費殷僅駕木爲梁既高且危每風雨晨夕閒商旅提攜樵

襁負荷而往，返者不無奔仆跌溺之虞。都憲萬安劉公巡撫東吳，叢務既飭，大慰人望，爰命郡守黄岩林侯曰：「是丹山爲民涉之病，盍易木以石？予捐俸以倡之。」橋不踰年而底於成，長凡二十二丈三尺，高四丈二尺，而廣視其高三分之一。以石計四千五百五十，以工計四千九百有奇，堅緻宏壯，視昔有加。先是，滅渡、宝帶二橋，正統初大司空廬陵周公嘗命郡守況侯成之，丹山雖同時吳城之南，獨遺之而勿舉，豈非有待二君子乎？噫！橋聿成于久廢之餘，功其難也。劉公恢廓先輩之宏規，林侯存心愛物，將有過於前守之為者宜其同德協謀成此有不難也頤為文誌之以為頌予曰事出于昔人之所難而成於今日之所易非惠而知為政予鄭子産春秋惠人也猶所乘輿以濟人於溱洧孟子譏之蓋為政有大於此者諸葛武侯嘗言治世以大德不以小惠至于治蜀而橋梁道路靡不繕理然則冬月成梁民自免于病涉矣何必市惠以激名哉二君子可謂知為政矣蘓人歌頌將喻於乘輿人之頌推是德于人人當不止于治吳也系以詩曰

尹山有橋界于吳域石既云隤木貽其戚都憲治吳大施厥德命彼郡侯俾復以石過者

思爲有永其無斁

丹山橋跨運河久廢天順六年郡守林一鶚重建

重修夾浦橋記　沈燾

吳號澤國諸水會于其區流而爲三江以入于海水由地中行其最衝要者莫有甚於夾浦其地去郡城四十里在鮎魚口之下流衆流所經水勢迅疾舟楫不能橫絶中流而渡南通閩浙北接淮揚寔爲漕運孔道時或烈風甚雨篙人棹卒每多告艱宋紹興初建爲石橋人皆稱便橋有五空因以五星爲名西納其區之水由吳淞以達諸海奔流日夜靡有停息遂

爲深淵人疑其下伏蛟龍我　朝宣德間一夕大風雨遂傾圮久未有復之者前巡撫工部侍郎文襄周公忱創爲浮橋以代之造船一十六艘鎖以鐵紼架爲浮橋上濟渡下通洩權宜無踰此制歲久屢葺屢壞行者亦每間阻延者都察院右副都御史瓜涇徐公源與其弟南昌經歷君澄數過此切以爲憂適今官正郎傅公潮奉　敕治水乃具利害白之公臨視數四擬復建石梁謀於郡守曾公鳳乃集鄉人野老計之濶三十六丈深如五之一或又疑其成之難者乃命長洲尹劉君珂吳江尹孫尹傑給繹往返試皆

如前公仰思切切有聞曰得之矣毋易前人成、制吾但集材鳩新消荒圖豐而已又令通判沈君溥陳、君暐縣尹劉君澤復視之皆曰宜然遂增船四艘併旧凡、二十艘真擇募良工俾縣丞竇君胤喻君秉協董其、事、自浦南抵北其維之貫之之其悉倫于前所之搆之、之、工咸精于昔又衡於梁者加豐厚之木繫於圻者盡、鞏、固之方步而履之有若平地俯而視之瑣忘其險吏、置、守者六人人有厚給寓有安居傍建屋數楹行而劳、者、有所憩弘治庚申季冬十九日橋成鄉人聚而觀之、咸、曰休哉不煩吾衆而溥其利而享其安其功豈小補、哉、爰徵文于燾刻石以昭不朽燾以為知水道者率疏、濬、利徒涉者建橋梁橋梁建立寔有碍于疏濬之勢疏、濬、川澤每多畧乎橋梁之本二者將安處乎求其水道、疏、通而橋梁修本並行不悖而彼此均利莫如浮橋其、孰、能與于此哉傳曰如智者亦行其所無、事則智亦大、矣是役也其庶几乎寧由美政並武芳躅不倍乎疏濬、之道而得乎博濟之術則其識量宏遠夫豈晚生末學、所、能窺哉因叙其顛末俾後之人知所攷云。

夾浦橋在鮎魚口下流吳淞江由此起水勢迅疾

卷三十五

三七

疑有深洞下伏蛟龍宋紹興初建爲石橋國朝宣德閒風雨傾圮遂不復侍郎周忱創造船十六艘鎖以鐵索架爲浮橋至今日之弘治閒都水郎傳瀚又爲增置倍於昔矣

長洲縣建官瀆朱涇二橋記　都穆

工部郎中新喻傅公以　朝命蒞吳水利於茲三年凡政之可以利民而行遠者公悉心爲之罔憚勞瘁而州縣亦奉行惟謹莫之敢後公嘗謂橋梁者水利之首務惟長洲官瀆朱涇二橋在郡東北旧隸於縣定當要衝歲久傾壞以爲此而弗修則行者病而水

道塈非所以為政也乃出在公之銀以為之倡而縣民馬璘曾源等復、欒助為公命縣丞竇君藺專董斯役徹其旧而一新之、經始於弘治庚申秋八月至辛酉春二月而工告完官、濆旧修十有五尋崇三尋有四尺廣減崇之二來涇旧、脩八尋有四尺崇不及二尋廣減崇過半今視旧減崇、三尺廣倍之而洞其下者亦然事雖董於有司趨於小、民而所以規畫之者大抵皆出予公是故成之之易而、其堅厚雄偉則又可以久遠而非利於一時者也穆嘗、稽之郡志橋梁之盛唐称三百有五十以今視之其數、盖不止是但旧之司水利者皆州縣之佐官無專負其任弗除往往墜廢自如而水旱迭患迩年以来溢以　廷、臣由是其事始重而况忠勤諒直如公者哉是舉也官、不知費民不告勞而徒者舟者莫不感嘆謂公之愛民如此水道之通詎有藉焉公之惠不其溥哉賓君俾穆爲記將刻諸石示不忘公之功穆吳人也蓋嘗受公之、知而目覩其事故敢執筆而記之公名潮字日會由科、甲進士典内翰而至今官政事文學与其兄大宗伯骵、齋先生齊名於時

官瀆橋在婁門外跨至和塘元至正二年建朱汪

橋在齊門外

治長涇普濟橋記　杜啟

長洲縣屬里有地名野塲涇其處多居大家欲重其地美其名也故易云治長猶陳太史爲相小沈氏之思賢涇然也亦足以知其民之好事易於爲義矣涇遠邇若干里而首碣湖巨浸南尾漕湖相值盖众水之潴也郊原四出則爲常熟崑山無錫百里間貿易耕收平慶醫卜往返之所必由故有木橋名曰普濟廢已久矣陸行不通若干年弘治之七年居民周方等欲創爲之募錢於衆得若干貫閻歎錢不時集又

慝藏之於私家非便、白於郡而貯之官既三年歲稍稔請錢於官時典郡者、他貴之且丰僅給餘錢甃成橋堵自是募緣不屬塹堰、阻水不通舟行者又三年既而都水郎中傅公　奉敕來、督三吴水利巡行至其地詢知橋事始末以為於官与、民有不得不舉者存踈召知侯縣劉侯議之侯曰如命、究厥費數以補給之尚未敷也公又出公帑若干緡俾、之盡斥旧規乃磨巨石為之命水利縣丞竇胤董之價、充材倫民樂趨之不兩月告成縱計一百五十尺横一、十六尺隆三十三尺上為懸虹之勢中穹兩垂影飲河、流下爲偃月之形，洞空輪廓，帆檣經度，直闌横楯，偉觀村落，不誇改名，以便稱謂。於是請用事者諸紀石以表公績。嗚呼！民之義奔而幾靡於官，閲歷數年，公則興之，侯乃承之，始畢民志，亦維艱哉！固宜書之以示後者勸繼存。爲作治長涇普濟石橋記。公名潮，字日會，別號静齋，江右新喻人，成化辛丑進士，歷今官。公勤廉恕，於凡河道事，畢盡心力以爲民利，類此橋者尤多。侯名珂，湖廣興國人，弘治丙辰進士，初試縣爲政。修整竇藺，山西隰州人，出身太學生，奉事克謹，將姓名刻于陰。

普濟橋在治長汪西一名南橋

長洲縣十字河重建兩石橋疏　馬愈

伏以子産以乘輿濟人惠而不知爲政惠州以犀帶而施亦是方便存心雖非雪擁藍關馬不前奈叫流水斷、橋人不渡回成短疏共結良緣恭惟蘓州府長洲縣乃、江南奥區武丘鄉彩雲里寔吴中勝地水出五湖其浸、地有十字大河南通長蕩而北貫鵝津豈但有兩個黄、鸝鳴翠柳東注漕河而西連　蕩却那看幾林紅葉送、秋、蟬其泉河原有三虹木橋其北橋亦有麋城旧杓蘓、松、常、鎮行走者旁午相通商賈農

工往來者絡繹不絕、柰、何歲年長久頻遭雨雪崩頹
又被水勢奔衝以致塊、石、壅塞路途阻滯舟楫難行
凡遇公私急務、同而溺己、者、有之更兼風雨不時從
而覆舟者無數深爲未便良、可、哀憐於是着儒施文
德者有軫于中義士虞以勤者、頤、弘依濟奔兩搗不
通之利害荷二尹李公之賢明詢、其、所成大爲明便
爰令會計經營其定工程浩大其東、長、二十二丈環
洞高三丈五尺有奇其北搗長一十丈、環、洞高東河
爲弱石闌石塊今無秦始皇用術鞭來石、券、石梁安
得女媧氏通神煉就杉木打樁〻木千餘根、盡、須錢

買油灰陷石〻灰數百担也用柴燒駮大去挑泥、難
道着他恐餓魯般來下斧也須美与工錢所費不貲
急難措手是以持疏踵門仰叩達官長者捐
、俯求君子賢良而同成勝事　浩大而廣種善
根獨、力难成巧婦恁煮沒米粥米輕易舉消得龍王
幾陣風、便須壘石成山全伏揮金似土杀郊度蟻尚
然感動天、心叅守黏鯉豈不大為陰騭向此際人〻
歡喜捨又已、後步〻好前程東搞造就要着高似昇
仙北春落成圻、見平如圮下更有相如題柱豈無黄
石傳書十一月徒、扛成十二月輿梁成民何病涉三

百年灰不朽三千年、石不壞福利無窮謹疏成化二十三年四水星含辛未、四月佛誕日大勸緣道人賜進士出身刑部河南清、吏司主事在告太湖釣者馬愈拜之甫著并書

募修韓墅通濟橋疏　朱存理

諺曰脩橋梁利人爲事亦曰捨錢財善者發心切見韓、墅村有箇板橋年深壞爛　瑞雲觀伊誰道士日來、布施營修是橋也東爲龍江西接九里湖寺口而南則、同里北即陸直判莊頭通濟之名其斯得矣方便之事、誰不爲之吾等不敢徇私匿己公輩猶當

見義勇爲他日橋成刻芳名千古後來客過覺風景一新

葑門外馬路北募造石橋疏上傳水部

前人

伏以出葑門距城三里行由馬路望處一橋寔爲舟車之要衝勿俾人炯之冷僻陸以直通婁齊門去水則遠接吴淞江来若干將墩尚存古疏而金涇淹直泝上游每嘆歲深夜橋之欹更愁霜曉泥塗之滑將以禺新革故施財須仗高明務欲易石鳩工作事心期永久盛德萬人方便義名千古傳揚江國雲開笑

見波淩螮蝀泅、隄柳拂笑肴人倚闌干謹疏辛酉正月

修彩雲橋疏

袁褎

彩雲橋者攝橫塘之靈境跨吳會之通津蓋四達之所、經趨九衢之所輻輳者也年悠歲久石圮岸崩行人咨、嗟屋民慨嘆既妨游息亦病輿徒嘉靖己亥有胥臺袁、子營別業於斯丘繼而處行王翁考新宮於茲壤務躭、幽僻永謝塊頻肆頹傾頹爰謀改作於是雲門道人矢、心發誓差日鳩工展宏基於曩規無煩驅石之費揭雄、觀於今構奠免從橋之危凡我十方

各捐一木務使星、輝月偃臥蒼龍於水中蝀舞虹騫塡烏鵲於河表自今、伊始駟馬瞻題拄之人億万斯年匏葉免褰裳之畧累

吳都文粹續集卷之三十五　終

吳都文粹續集卷第三十六

長洲錢穀叔寶集

橋梁

文學橋銘　黃士毅

魯鄒而降道爲絶學千五百年起濂續洛寥寥闕泒久幾復絶再起滄洲教修日揭無極二五在人一源故不同地時生聖賢吳通上國公即游魯胡然歷去莫踵公武觀跡亦昧吁方肇祠是用作記意嚴洫訊嗟予小子去闕產吳敢誦所自滄洲之徒登橋而思刻銘述記期我同心如水游至能会後學本末易明

僞行不作踵公自今

文學橋在縣治東北子游巷口舊名言偃橋又名醋庫宋慶曆五年録事夏秀建　國朝初里人陳貞重建

重建跨塘橋記

曹緯

琴川去京畿八驛而近境大壤平舟車走集東吳之望邑也東吳澤國千涇萬瀆悠然逝隤然止而皆潴於三江滀於震澤帶而下至琴川分為五浦而後縈入于海其經絡于闤闠之間旁注而側出者乃其一也舊有橋曰跨塘凡迎肅朝廷之命令接勞四方之

賓客摩肩總、轡憧憧於逵路者莫不由斯歲翕綿稔
雨潦滂毀來往、患之邑人欲更爲石梁久矣上人之
獄訟是務踵武怗、視莫肯一屑意淳熙癸卯邑大夫
魯公爲政之明年也、歲物豐成閭里康阜搢紳父老
合辭以請公曰衆之所、欲苟憚其勞是委民寄於草
莽也其可乎然役鉅費夥、非號召裒集要當以身先
乃出公帑之餘爲之倡於是、遠近士民靡不感動協
議畢力克伸僝功故材不賦而、美工不發而多魯忝
踰時汔湊成績公謂是橋之新也、玉虹蜿蜒直縣數
百步寔東西取道之首一境阡陌之、會名其可以不

稱乃以邑之地名之曰琴川自公改斲蒼民結址盤固而高廣有加也登焉引見則千里在睫晨霏夕靄春穠秋瘠征帆飈見飛鳥明滅瓌奇萬態閒見層出騷人高士過之心景宜會則停驂嘯傲蹤步微吟江山之樂自達於意之表雖簪纓之鳳臺月榭仙籟之紆岩繚谿兼得之也真所謂處喧躅而接遐曠者歟何向晦而今顯自非公之精誠逸韻其能經營裁畫之如是耶且搆梁之興廢先賢以是觀人之政豈細事哉子產以乘輿濟人於溱洧而孟子訊其惠而不知為政公成梁於暇日民無褰裳濡軌之患過子產

遠甚濟川之功兆於此矣公天資純粹以文學世其家於書無所不窺施於有政則應機立斷鈎隱察伏洞見精蕴而歸於忠厚凡民五過丽刑鉛簡投詞有至于庭者涉筆批解而人無不得其情不以吏追民不以政為吏設施見于日用者先定其規模而後從事庭廡肅如也至若通漕渠而貫鑑得以資迓送福山白茅二浦溉荒蕪為膏腴興學校而子弟知為善之可樂若是者未易一二而詳大凡天下勝處非人莫傳滁山之林泉以醉翁亭而傳西湖之景物以蘇公隄而傳此橋以公之善政遂為一方之超觀將振

耀而傳無窮也邑之求文以識其事事公之治績赫赫不可掩何待嘵嘵之辭盖人之向慕傾戴而不足者非刋之金石無以垂不泯而慰邑人之拳拳也故爲之書吉州司理參軍曹緯記

跨塘橋曰名信義在縣治直南宋淳熙十年縣令曾榮建

韓氏修造橋梁道路記　桑悅

天下之事成於義而敗於利義之爲字一而已矣視之無形求之無跡顧宇遇之巍巍翼翼曲踏得之平平直直城池傾圮有之則餘廩廛落莫值之則溢戒

為則勇、戎戰則力大至為臣死忠為子死孝扶天綱
立人極義、其可少之邪是故事以義成不犯五刑物
以義得不勞、神力交以義結宴賤不絕甚矣哉天下
不可無義也練、川之婁溪有故家子韓君珙字良玉
寔魏國忠獻公後、平生讀書伏義年至六旬後無
繼回慨然曰吾蓄之、留聚之則利散之則義可不為
濟人計那顧婁溪至邑、橋梁俱有未修民或病涉邑
侯青城孫君奎以名進士、宰本邑政通人和百廢具
興茲橋心思須民尚未之及、遂捐己資自韓涇新圍
涇譚涇周涇新漕涇袁涇俞項、涇莊涇孫涇為橋者

俱以木易石足爲久遠計共費白金數百兩又造北門城隍橋及砌婁後街三千丈皆畢成初橋成孫侯申文欽差工部郎中傅公潮大加賞嘆批答有云一毫不拔慨古俗之可憎九橋連修覩斯人之獨異又曰与其厚之以幣孰若華之以文用旌尚義之賢并作守錢之戒令侯備綵帳俾縣學教諭周成彰之以詞併備以羊尊侯親下其居鼓樂前導輿從塞途光輝滿路里巷之人無不榮之夫橋之成道路之修使出於官所損不知幾家所刑不知幾人良玉以獨功成之於鄉之人前無所損而後有益是豈易得也耶

夫藏經有曰積財不施者自己無分五家子有分令良玉以五家之物為萬民之利所得不既多乎良玉素以之嗣為憂橋功之就郡庠一佳兒名錫有符孫候昔日與諭之言他日見之成立而闈諸橋或期馳馬之過或詠青龍之現必有待也余以文字為職業因為記其事即可勒之於石以垂永久

諸橋在嘉定縣

常熟縣新建迎春橋記

王宗錫

常熟縣治之東南路接崑山太倉為縣通衢舊有橋以木為之易於朽腐脩理惟艱自吾邑侯下車之明

年政、事以和即與廢舉墜凡學校城隍廟以至諸司公廨東、南濟農諸倉悉一新之曰念橋之頹圮行者病涉且慮、木之不能久也乃易以堅石申請於今總理河道工部、正郎傅公躍然曰此誠經久圖也即命以行於是召匠、計之仍命義民唐政侯珮瞿旭董理其事經始於弘治、己未六月十五日落成于十一月二十八日未幾橋即、巍然煥然如長虹駕空見者驚喜橋之麓多侯姓旧名、侯家橋邑中積歲迎春皆從大東門地頗近北外有觀、音堂甚卑隘不堪即事改之節令春從東方来非北地、所宜況官吏師生粮塘里老以及通縣旋倪群聚而觀、地不足容邑侯因易以東門總收倉場即事畢經行此、搗其地寛其方正父老歡呼咸曰百年因襲之弊一洗、而新之遂改名迎春橋傳公又曰此盛事也不可無言、以記其建邑侯与諸僚佐謂予染指卜商之學徵言志、之切惟鄭子産以乘輿濟人於溱洧孟子譏其惠而不、知為政若此橋之建舉之者邑侯也成之者傳公也二、君子存公平正大之體而有紀綱法度之施所以集此、數百年之、事功不煦煦為人鰓鰓為惠利澤及人真可書也他如福山唐墅小山湖橋皆常熟要津旧悉傾圮、侯復次第禹新均未有記亦缺典也兹併入記中以見、侯之恵澤如水行地豈特一橋一事已哉邑侯姓楊名、子器浙之慈溪人以名進士起家授知崑山高平常熟、三縣今應　召而起大用有期傳公名潮江右新喻去家、奉　命東南大興水利功業未量若治農官趙祥縣丞張、翰楊明主簿郝尚賢董賓皆能贊襄惟謹可以書矣嗚、呼後之視今亦猶今之視昔繼斯邑者尚當勿替引之、是爲記

迎春橋在東門

利往橋記　　錢公輔

出姑蘇城南走五十里民屋數百閒撮然沙渚之上者今吴江縣也東湖之流逕貫城之中隔限南北横可以渡者今吴淞江也隱然長虹截湖跨江便來濟往安若履道者初作利往橋也橋本無有慶曆七年冬大理寺丞知縣事李問縣尉王廷堅嗟邑民之鮮陋慕學者將改立至聖文宣王廟侈大黌館以進廷諸生吟官民辭曉以奉釋氏不若助縣官興學民始聽且駭屈一日心曉意解歡然從命遂輸緡錢數百萬未詔禁郡縣不可新立學二人胥与謀曰民既幾從財既輸矣倘不能作一利事以便人吾何以謝百

姓遂合傭僝工橋役興爲東西千餘尺市木萬計聞者異之沮議百端不兩月功忽大就則橋之心侈而廣之搆宇其上登以四望萬景在目曰垂虹亭並橋之兩涯各翼以亭而表橋之名於其下使往而來者可指以稱曰此某橋也初縣城爲江流所判民半居其東半居其西晨暮往來趍事無巨細必必舟而後可故居者爲不利縣當驛道川奔陸走者肩相摩轊相接也卒然有風波之變則左江右湖漂泊無所故行者爲不便及橋之成行者便而忘向所謂不便居者利而忘向所謂不利議者皆古強不敢發噫賢人

君子措一意興一役豈直爲游觀之美登賞之樂哉往〻有悅其景物清絶脫落人去者名屋之利行之便則、茫乎其莫称也雖然湖光萬頃与天接白洞庭蒼碧雲、烱戰清月秋風夏霽滅埃斷牛謳漁吟喑鳴閶發榜声、棹歌嘔啞互引後盼前睨千里一素是亦有足樂爲庭、堅之字曰去美精敏沉毅顧其胷中不止、予佐一邑李丞、仁厚通雅喜其有能而信從之視、事幾數月塗巷室、閭新然一变若是搞利大功傳可傳可記者餘固不可、以一二書也、余觀今去人平屋燕議時孰不欲求位以、伸道試麾以一職則曰職小位謚吾無以伸惟鋥毀奉、法保已之不暇若世美盡力其位不以小謚自繫者余、未之見也始則欲設庠序恢教本使民知堯舜周孔之、尊及詔條尼之遂能合財力興功利為久久之便其周、旋進退無一不中於道噫豈常人而能至哉吉美余友、也欲余之文以信本末余嘗學春秋太史氏法乃書曰、慶曆八年六月二十八日蘇州吴江縣初作利往橋成、

吴江州重建長橋記　袁桷

震澤東受群川汪洋巨浸至吴江尤廣衍地為南北衝千帆競發駛風怒濤舂激噴薄一失便利卒莫能

制唐刺史王仲舒築石堤以順牵挽宗慶曆八年邑
宰李其始建長橋由是各捨舟以途來往若織水嚙
木腐歲一始葺蓋為民病泰定元年冬州張君顯祖
始蒞事茲、寔、首政稽工程財莫知攸出當茂於民〻
有調役惟、淨、層、善計度長衡廣殿瞬息以其吾語諸
衆有獲廣濟、僧、崇、敬寔來敬言木為梁弗克支遠易
以石其迄有濟、參、知、政事馬思忽以晳運至吳乃釆
其議周詢以籌首、捐貲、以勸敬復曰作事謀始不可
不慎有善士姚行滿嘉、興、人能任大工役必屆必委
繪圖相攸經畫畢其咸服、姚、議於是叅政委郡守郝

卷三十六　九

侯鵬翼役未興丞相沓剌罕公朝京師回道由吳江郡白橋議丞相曰吾必首倡耶捐萬緡而府縣士民相胥以勸平章高公買乃由湖廣江西來江浙乃屬張均俾終是工杜侯真來守是土亦曰張之言然二年閏正月建橋明年二月橋成長一千三百尺有奇捷以巨石下達層淵積石既高環若半月爲梁六十有二釃以剽悍廣中三梁爲尺三百以通巨舟層闌狻猊危石贔屭甃以文甓過者如席旧有亭名垂虹周遭虛敞因名以增榮觀爲是役也教師鳩徒輸財寔三之二贏財十萬復以爲寶帶橋助姚恕其綱張

均、首議出於政事有聪合而是州與役見知於丞相誠出、大幸厥今運舟相聯驛使旁午咸曰丞相謀猷經遠、張、均美績由是得書將永無極繫之以詩

茫茫禹甸、昔隣于魚維四載功茲為具區有失其防群、嗷喁喁曰、維李侯構茲虹梁經始孔艱任負陽陽歲老、水洌臨履、若驚張侯涖官飭我政初曰茲橋匪修渡者、益病召維、耆老貿布莫竟相国之來六轡徐徐詢行審、宜以究以圖割其民錢俾民樂輸橋既成矣虹飛于江、千柱承宇群流迴矼儼子層城爛其軒窓張君籌思相國成之彼清淨士克式承之千載永

賴庸以銘之

吴江長橋銘 有序

釋大訢

泰定間鹽官海溢，江浙故相脱歡公憂之，有禱於天竺，謂山予言：比過吴江，見僧作長橋，不煩於官而工敏于事，吾以萬緡助之。又閱諸郡志，若橋井道路，昔之人悉委之僧。豈僧有才智，而不知耶？吾以海患，因縻其貲，民竭其力，閔己之勞，而羨彼之有成功也。予復之曰：古之繕修委之僧者，非其才智有餘，恐吏緣奸而工若賈不盡得其宜，故託之僧，亦推宜尔。且事有人力而成之者，有修諸人而仰成於天者，是不可

槩論也今言者方興水利地道不爭公能用蓋公之
言治以清淨使民自安而何有于繕修哉公曰然既
而政化大行言水利者亦罷而海循故道矣中丞望
公如曹參以相齊者相天下而公遽薨惜哉時公所
見作橋者僧從雅師立捴其役崇敬率衆以給其費
居士姚行潤任勞以終事參政馬速忽州判張顯祖
倡義以贊成之橋若干尺費若干緡經始於泰定乙
丑二月期年而成後九年州守的斤海牙作鉅閣奉
觀音象于上以師立之徒永福居之復置田以繼其
食他日從雅求記於予予以雅嘗從中峯於天目宜

弘其教以拯夫三界之昏墊而為井為梁為筏之諭
且不可得況拘〻從事於木石哉雖然道無不在為
与無為中峰之教人如是崇敬敦篤好義度量廓然
嘗交於予〻又知受於脫歡公故追憶其語而記其
事系之以銘〻曰
国之食貨資於東南覀傳星馳朝吳暮燕萬艘千騎
水陸會同昔危而安今絕而通嵒〻之石我礪我砥
孰先履之相君至止君之憂民如援其溺輔以吾道
乃煦乃翼天嗇其施天下痛之我心匪石敢負所知
霖潦洹鶩鼉吟風作我安如山禪定寂吝寂而恒用

人齊壽域于以闡教于以報國

重修垂虹橋記　　錢溥

成化十有七年歲在辛丑暮春之初重修垂虹橋成橋旧名長橋在吳江縣治東三里許注太湖所瀦三郡六縣之水注三江以入於海書所謂三江既入震澤底定是也然水無所洩必有震凌之患人失其濟必有阻溺之虞則是橋也寔據兩浙八閩之衝驛使撇遞者在焉南北興販者往焉蓋要地也橋袤千有餘尺下開七十二洞跨鯨波之濶聳鼇背之峻人行背其上第見洞庭諸山出沒於烟霞縹緲之間而東馳

卷三十六　十二

諸海日夜不息此真勝境也歷歲滋久崩隤日甚殆三之一行者病焉去年冬巡按御史高唐劉公鬼過而見之召其治縣者修之工鉅費繁未易規復其邑有故義官暦晟之妻趙氏聞之慨其遺姑孤承宗嘆曰而父積鉅資以貽汝兄弟今汝兄弟已歿汝安能保其所有耶令孫壻周禮告於縣曰幸毋贖于官毋擾於衆願自為之庶揚夫名於不朽保幼孫於有成于是縣達于公公且喜曰以一婺婦若此非有烈丈夫志者不能宜令縣學官礼于其門奬勵之藉銜指揮揚端董治之周禮則稟趙以酬應之鳩材庀工籌

議克合乃出白金千餘兩經始於於其冬不二月、逾復其旧煥然維新乃請於公頤立石以記述公曰吾聞春秋常事不書此修橋亦常事也奚容書獨以彼祢、丈夫者多保利蔑義雖至死不悟而趙乃能之宜書以、為積而不散者之勸趙亦遺禮謝曰婦人無聞惟公巡、我東吳威声義聞自足感人而興起為非有所為而為、之也余乃嘆曰此乃一事而數善并為公能使民以義、而加夫勸人之礼趙能捨財取義而存夫保幼之仁況、端与禮内外謀合上不負公之托下卒成趙之志皆得、牽連書之使後之有事於斯橋者

寧不視以爲勸乎詩、曰
諸水牙湊滙成其區靈瀆泛溢東海是趋輦石爲梁
横亘天衢軒豁呈露罔測端倪垂虹中斷病涉艱虞
繡衣、使者不言自孚感兹孀媍善保其孤一揮千金
惟新是圖坱坱脩造廣袤範模龍翔虎伏玉砌金鋪
工甫三月、雨霽虹舒勢控山湖秀欽堪輿撫奏書傳
如履坦途如、矢斯直曾不必逕勒石告成有永不磨

長橋　王安石

三江五湖口地与天不隔日月所蔽虧東西渺然白
漫々漫北斗浩々浮南極誰投此虹蜺欲濟兩間阨

中流襟蝀氣闌楯相承翼初疑神所為滅沒在頃刻
晨興坐其上傲兀至中昃猶憐变化工不謂因人力
令君持酒漿談笑傾賓客頗誇九州物壯麗此無敵
熒煌丹砂柱璀璨黃金壁中間不慮始助我皆豪殖
喟予獨不可還當求民力

同　　　　　　　　　　葉夢得

長橋跨空水淼漫北望登天去無垠洞庭自湧東西
山驚濤忽起行人斷禹功十年在坤輿東南大浸惟
五湖何如胡来不必恨鐵馬萬騎翻長驅

吳江長橋　　　　王令

老匠鐵手風運斤、一揆爪入千山晃明堂有柱不見
用此為炎地猶濟人西渚巨澤江海通陽侯利溺驚
濤風當道獨能支險阻更東安得与天窮莫比垂天
紳莫比跨地帶渴龍乾死苦無鱗絕海失舟踏鯨背
秦帝東游逐仙跡繫重內多飛不得二州水隔不到
山借得紫虹千萬丈平時塵土埋英雄吾亦棄劍來
游東欲觀水盡朝宗海安得身乘破浪風為約他年
可咏處獨倚闌干不思去李膺范蠡不足奇待吾為
去咏之

有朕

長橋　吳及

有客過津亭高軼頹濯纓闌干聚烱碧波浪捲秋声
蝀飲瀟湘渴龍游河漢橫夕陽看不歇待看月華生

夜泊垂虹　孫元京

蝃蝀無晴雨横空不計年長身欺浪溯鉅力歇風顛
懷古方聞笛邀詩且住船飛鳴中夜雁何處得洲眠

月下游松江垂虹亭登長橋夜泊南垞口旦
游寧境院因成十絕呈君勉且寄子通
朱長文

絲衣幾度醉江濱今日重來泪滿巾惟有旧詩存屋
壁豈知投老負垂綸

前哲臨流猛拂衣身逢憂患是先机非才自合居閒
曠不泛五湖何處疎
雲動鑑中溲樂飛天圍林外片帆疎闌干倚遍日欲
暮坐看丹霞生翠微
人爭軒冕安在哉我愛烟霞疎去來魯望有靈還見
咲更同城闕戀壠埃
兩山映日磨蒼玉萬頃涵虛皺碧羅不會樂天猶近
俗謾將弦管襍烟波
長虹穩臥碧江心夢蘇頻游覺莫尋歡友相逢清絕
處酣歌一夕抵千金

漠々秋烟羃故園沉々暮色暝漁船月華未出詩翁遠樂事人間少十全
銀潢到瀉入滄溟身近魚龍夜不驚喝觴空飛孤雁過漁燈焰浦一星明
僧舍蕭疎竹葦間閑軒處々面雲山詩家不及禪家樂坐臥湖光百慮閒
江裡鲈魚味不羶江頭酒美滑如泉長橋為席雲為幕祇欠紅產笑拍閒

同楊立之步月垂虹回寄章蕪州　沈與永

萬頃澄江白玉寒金波由影動波瀾清時難賦離騷

卷三十六

事獨墊巾綸夜倚闌

蹭翻鼇背步徘徊萬里青山一鑑開欲醉餘酣平清影自憐非是謫仙才

斑萊愁隨晚葉凋天涯半落一身遥憑君莫惜松陵月且借江邉照寂寥

舟過垂虹　何應龍

垂虹橋下水連天一帶青山落照邉三十六陂烟浦冷鷺鷥飛上釣魚船

過垂虹　姜夔

自作新詞韻最嬌小紅低唱我吹簫曲終過盡松陵

路回首烟波十四橋

長橋玩月　陳遠

去閶八月十五夜何處樓臺得月多不及吳江橋上
望水晶宮殿揖嫦娥

長橋　張元

雲收霧霽水風高百丈虹橋豪勢氣疑是玉龍藏爪
距潛來江上看波濤
萬頃平湖水接天湖光水色遠相連虹蜺截雨歸未
得横在波心幾十年
記得當年過此橋月明江上暑風消而今重到經行

處空有湖光伴寂寥

垂虹望晚　　僧晦岩

老眼青〻望洞庭虹垂斷岸月初生淄〻橋下無情
水不為吴王洗甲兵

垂虹橋　　沈清女

晚來移棹泊垂虹閒倚蓬窗問釣翁為甚鲈魚低價
賣年來朝市怕秋風

長橋　　揭希韋

溲虹鎖湖〻水長影搖洞庭吞三湘霜飛八月擣抽
熟花欲打船聞水香晴天晚眺過湖曲歷〻遠樹波

茫茫客中有懷不得盡無人同上三高堂

垂虹感慨　　葉廣

垂虹橋頭浪如雪新築層城堅勝鐵長隄十里土花
青盡是吳儂戰時血孤兒拾薪臨水渚學得楚歌并
楚語仰觀飛矢在浮圖江水江雲便如雨

松江長橋　　陳孚

松江波萬頃橋倚碧雲端白鳥穿孱小青天落鏡寒
夕陽明佛塔秋色漁竿無限凭闌意何時此掛冠老

垂虹晚坐　　成廷珪

長橋戎馬後旗幟尚紛紛吳越東西隔江湖左右分

荒哉皮學士去矣范將軍誰種千頭橘空山臥白雲

題垂虹亭

王逵

長虹垂絶岸形勢壓東吴風雨三江合梯航百粤趨葑田連沮洳鮫室亂魚鳧私㤀鴟夷子初心握伯圖

長橋

薩都剌

捙天蝃蝀勢嵯峨截斷吴松一幅羅江北江南連地脉人來人往渡天河龍腰撑出漁舟去鰲背高馱驛馬過橋上青山橋下水世人能見幾風波

吴江長橋

李坦之

架木爲梁若路平朱闌步步接空明江湖日夜流虹

影城郭東西隔水声賈泊聚檣朝作市戍樓撾鼓暮
帰営三高祠畔垂揚抑潦乱春風平古情

吳江石橋新成　宋無

五色何年補泬漻百婋無地架瓊瑤老龍千尺臥寒
玉雌霓半空橫淼綃天路行看星象逼江濤怒息水
犀蹋騎驃便玉起銀漢直踐台階挹斗杓

垂虹眺望戲作出入韵　高文度

左右江湖襟帶地天開圖画信豪雄吳淞潮漲天為
坼林屋山高雲是峰上下炊烟生紫翠去來帆影乱
空濛闌干不厭頻來倚要豁平生芥蒂胷

卷三十六　十九

垂虹　冨恕

坤軸東南坼两端巨靈擘華墜平川玉鯨偃蹇吞三峽彩影連蜷落九天有客吹簫明月下何人釀酒大江前闌干三百風烟晚獨立蒼茫欲洞天

又　鈕麟

老龍天半倚高寒氣墜三吳控百蛮江海水声吞合辟東南地拆鎖連環玉闌凭月天應近石洞藏雲夜不関老衲一隻屐拄手釣鼇猶在五湖間

垂虹中秋對月　龔舜欽

月晃長江上下同画橋横截冷光中雲頭焰焰開金

餅水面沉〻臥彩虹佛氏解爲銀色界仙家多住月
華宮地雄景勝言不盡但欲追隨乘晚風

垂虹亭詞　蘓軾

飛梁壓水虹影澄清晚橋里漁村半烟草嘆今來古
往物換人非天地惟有江山不老　雨巾風帽四海
誰知我一劍橫空幾番過按玉龍未斷月冷波寒歸
去也林屋洞関無鎖認雲屏烟障是我庐任滿地蒼
苔年〻不掃

同　劉斯立

路隔臨橫烏倦飛行人恐犯女星机長虹出浪無冬

夏老蜄浮空半是非兩圻履声雲内合三州帆影月邊歸闌干獨立秋風早豈待鲈魚始拂衣

又　林景熙

地拆東吳海脉連画橋兩道跨晴川影翻河漢蛟龍國勢獻江湖螮蝀天幾處征帆浮日月四州譙角隅江烟三島遠矣荒祠在一箇闌干夕照邊

又　蘓轍

六月長橋断不收朱闌初喜映春流虹腰宛轉三百尺鯨背參差十五舟入市樵蘇肴絡繹歸家塩酪免遲留病夫最与民同喜邪酉怨〻無復憂

長橋　　　　華翥

何人拔起蒼山根挾來壓住江流奔三四百尺斷虹影七十二灣新月痕玉闌雨過翠苔渾滑石洞舟行清水渾幾欲臨風又題柱恐驚司馬未招魂

泊垂虹　　　　顧瑛

三江之水太湖東浪激輕舟疾若風白鳥群飛烟樹末青山都在雪花中

垂虹橋下新水生白龍廟前雪未晴大風挾帆過江去驚得沙鷗戛戛鳴

江風吹帆數里野花笑　應獨行更須對雪開金

盞要聽鄰船撥玉箏

次韵　鄭韶

洞庭之西湖水東客行三日上江風行行塞雁青天外箇箇輕鷗白浪中

江上日日客愁生今朝春雪始放晴舟人挨柁看山影驚起中流鸛鶴鳴

鸂鶒鸂鶒揔多情蕩漾春江取次行日日沙頭候歸雁爲郎彈得小秦箏

次韵　陳基

旭日初生積水東白頭波起鯉魚風洞庭西望平如

掌七十二峯圖画中

無限客愁撩亂生，春寒強半雨初晴。煙波萬頃深無底，彷彿鮫人織杼鳴。

誰是岑參兄弟情，好奇長作渼陂行。如今翻動江湖興，月滿樓船聽按箏。

垂虹　前　人

出郭雨如注，入舟天欲低。飛梁跨雲渚，嵽嵲亘長霓。三江風水急，五湖煙月迷。夙昔鴟夷子，扁舟此入齊。

次韵泊舟垂虹倡和　前　人

何年代木架危橋，鯨浪翻空白雨飄。勢控三吳虹倒

影氣吞七澤水通潮重洞有怪犀難照蔓草無名火
不燒伯國黄金閻鑄像王門白玉想爲標功成海上
身先退膽煉江東興可進歲月幾何流水逝山川如
舊古人遠鴻飛增繳何由慕鶴去樊籠不可招浩蕩
扁舟歸艦曲寂寥方丈似中條越人尚以鷄爲卜楚
俗相傳鵩類鴞自把文章論隱伏敢將交態較浮沈
五湖烟景隨時異萬里觸處風萍漂却憶春暉樓上
去爲君裁取玉爲簫

垂虹　　高啟

行人脚底响波濤驅石神鞭是孰操影落蛟龍朝窟

踏形垂蝃蝀暮天高炯中去憶鴟夷遠月下吟誇長史豪幾度凭闌賞秋色鱸魚新買繫歸舠

長橋　陶振

道人置立半通仙鞭石平湖捧巨川晝鑠玉環輪影缺夜開金鏡月華圓万邦冠冕行鼇背三島神仙出洞天最是晚來烟雨後浪花堆裡看龍眠

垂虹夜月　周忱

清波臥長橋深潭漾月華肅肅直景澄澂澂天籟發幽人亭宇間鉤簾坐清絕

泊舟垂虹橋　劉珏

貰酒烹鮮敵暮寒垂虹橋上倚闌干行人笑指詩翁嬾不向城中訪縣官

長橋晚興　吴頫

垂虹橋下波濤壯人在鼋鼍背上行落日帆檣廻水驛春風鼓角動江城鮫人織抒潛蛟泣戍卒彎弓過鳥驚七十二峰波浪碧卧聽仙客紫鸞笙

垂虹橋　杜庠

天垂蝃蝀跨三吴橋上分明見画图七十二彎平作路万千層浪直衝湖石闌干外青山小芦葦叢邊釣艇孤老我昔年題柱手弃杯今日醉尊鮮

舟泊垂虹　吳一鵬

溪亭踈爽枕平波，避暑初從此地過。高塔風霜僧院古，太湖烟水釣舟多。試烹蓴菜知佳甚，欲采蘋花柰晚何。清脱茗杯成久坐，月明隨處起吳歌。

過長橋　朱寔昌

浪起秋風萬頃花，吳江一望太湖賒。子胥謀畧原仇楚，張翰功名尚憶家。廟倚虹橋長臥水，舟搖月棹遠侵沙。不堪夜静鳴孤鶴，坐看牽牛憶歲華。

秋夜長橋遣興　周仲仁

長橋秋夜月華清，共坐江頭楓樹鳴。湫湫金波來萬

里消々王露落三更隔舟漁火明還滅傍晚山雲断
復生張翰扁舟何處是高歆尊酒一含情
垂虹橋在吴江縣東門外一名利往又名長橋宋
慶曆八年縣尉王廷堅以木為之東西長千餘尺
中有垂虹亭治平三年知縣孫覺重修紹興間夷
人犯淮有建議焚橋者郡守洪遵持不可而縣民
相與聚泣圮下不可焚元泰定二年判官張顯祖
甃以石下開七十二洞　國朝洪武元年知州孔
克中正統元年巡撫侍郎周忱相繼修治成化十
七年重修

附垂虹亭詩

垂虹亭　孫覿

宛宛白虹貫層梯出雲半乗雲来帝旁立侍玉皇案
銀河經千里水接天漫漫一杯屬明月俯見人影亂
張公江海客坐嘯白鷗伴寥寥如清風一笑亦可喚
明朝駕飛軒揷羽流白翰行矣且勿驅來牲安石幾
神光射斗南絢若金碧爛出門問何祥銅章付雷煥

又　陳瓘

三年爲吏住江濱重到江頭照病身滿眼碧波輸埜
鳥一蓑疎雨屬漁人隨船曉月孤輪白入座群山數

點春張翰英靈應笑我緑袍依旧惹埃塵

又　米芾

斷雲一葉洞庭帆玉破鱸魚霜破柑好作新詩寄桑苧垂虹秋色滿東南

又　楊絳

垂虹臨絶景仙隱寄人間遠水平吞野疎雲補斷山空明寛眼界透迥破天慳深羨鴟夷子扁舟竟不還

夜宿垂虹亭舟中有感　龐元英

離家無數里客思便侵凌久撥爐無力頻翻被有稜弦蟾如得伴哀雁擬傷矰牀底寒清冽推篷露氣凝

垂虹亭　陳珏

高壓王龍腰叅差雁勢朝雄吞五湖濶平揖兩山曉
闌檻中流出炎蒸白晝消暫来塵慮息那復日逍遥

又　陳武子

行樂江亭上情弥天壤間舟訊王訪雪妓卻謝登山
佳致輸公擅清歡愧尔慳賓僚陪宴笑興盡莫輕還

又　祝

冷浸三江碧青圍四向山帆歸烟浪杪人住水雲間
風颭波声碎虹垂雨意閒無端動歸興一棹喜輕還

又　陳直卿

西望洞庭突兀東連仙里人家笑指闌干三百醉来
就此秉搓

又　蘓舜卿

氣象清雄天与鄰世間不合有埃壒擬將糸酌酬佳
節只恐江山解笑人

又　丁謂

悠〻風物四時新苒〻山屛萬古春多少江山人不
看却来江上看人行

又　錢明逸

千里波平瑟〻風纖雲不解翳虛空素娥自有清光

在上下清明一鑑中

又　李定

一夢江湖三十年青山隱隱水湯湯當時把酒誰人在回首重來獨倚闌

又　王琪

上跳丹空

虹橋跨浪二千尺橋上危亭在水上六月火雲燒萬里夜來風細似秋深

又　王忠

長橋千步截江洄虹影隨波綠翠開誰与上皇傳信息定從此路入蓬萊

夜泊吴江宿垂虹亭　戴良

悶悶練月宵，棲棲表秋節。拾掉上孤亭，臨江候歸客。佳人殊未來，幽意為誰適。徘徊當夜半，彷彿去天尺。仰接銀河橫，俯照星緯逼。直疑穹壤連，豈有人世隔。飄飄形若蛻，耿耿思何極。居然怯風露，聊復就衾席。亦既不成寐，將何慰茲夕。賴有同人心，連牀語疇昔。

垂虹亭　無名氏

石橋翊翊如游龍，上有亭子名垂虹。飛梁橫跨碧波上，砥柱屹立洪濤中。氣吞其區三萬頃，目覽洞庭七十峰。岩巒顕伏固非一，江湖合勢遠相通。醒心豊樂昔称勝斯亭直与之相雄前年烽火亭燒燬劫灰徒逐東流水此邦壯觀已蕭條喜有孔候復經始候家清白素王孫葺舊補殘有理倫棟宇翬飛洲渚閒窓扉輪奐烟雲裡廟貌三忠自候建遺像肅然人敬企邦人士卒共樂成鼓舞歌詩頌候美從今逆客踏靈鼇盡說登臨氣象豪秋水夫容翻錦浪寒汀落日散金濤風帆沙鳥近隱見烟雲竹樹森相交個中景物吟不足空對山川送游目停杯聽我歌此曲弄刀快剪吳淞綠

垂虹亭　倪瓚

虛閣春城外澄湖暮色邊飛雲忽入戶去鳥欲窮天
林屋青西映吳淞碧左連登臨感時物快吸酒如川

垂虹晚眺　柳貫

山光自献一螺青入立垂虹酒乍醒兩界星河涵倒
影千家樓閣載浮萍欹檣側柁衝風勁網罟踈刮
浪腥正是鲈魚忘去味隨方我亦且笭箵

又　劉致

海神鞭石架穹窿突兀虛亭瞰碧空藻井動搖天上
下彩虹拖沓水西東貫通百粤連吳會流接三江究
禹功周道於今坦如砥檣航喜與萬方同

宋

垂虹亭秋日遣興　宋無

滿袖玉皇香案烟絲蜺背上眺晴川紅黄霜樹珊瑚海黑白花光瑇瑁天玄圓空離樓十二玉墀對羅字三千吟豪醉醮吳江水馮与騎鯨李謫仙

垂虹亭　僧仁裕

珁玒陸續楚連蛮底定狂瀾萬馬還水府有門容掉入洞天無鎖許誰闚髙空勒住黄金索滄海浮來碧玉環月夜江樓蝃蝀長虹横臥翠濤間

又　周密

水國生涯一釣綸荻芽魴膾四時新安知白首滄洲

客不是三高行輩人
圻艸江花萬古春感今懷古最傷神不知一片垂虹
月照知凭闌幾許人

又　　　　李繼本

金尊綠酒蕩晴空花壓雲鬟舞袖紅莫唱何戡渭城
曲銀箏鳴咽怨秋風

又　　　　高啟

泊舟登危亭江風墮輕幘空明入空眺天水如不隔
日落震澤浦潮來松林陵驛綿綿洲溆平莽莽蒹葭積
凭闌不敢唾下有龍窟宅帆歸雲外秋鳥下烟中夕

欲炊菰米飯待月出海白喚起具珠君聞吹華三笛

又　周南老

虛亭架垂虹宛在水中沚江湖界左右闌檻俯清泚踈簾動秋碧遠山凝暮紫憑虛際空濶應接殊未已漁歌忽互答声落烟波裡扁舟去遙遙可是鴟夷子

垂虹晚眺　吳復

水落沙明露遠洲楚天萬里見飛鷗橫空瑞氣張華劍浮去功名萬里舟落日接臺吹笛晚高風木葉下林秋青冥共展圖南翼肎學馮唐嘆白頭　范蠡

夜泊垂虹聞笛　謝常

翦浔柯亭碧玉枝誰家哀怨隔江吹玉関風急飛霜早銀漢雲攛月上遲停杼想應鮫泪滴倚闌聽断雁聲悲梅花一夕冰肌瘦堪泣愁人獨坐時

仚里橋　張明達

蓬島徒遼遠遥池更湫泛波間有林屋只是此仚鄉

在縣治東古傳陳昉於此仙去故名下有仙人洞

庶寧橋　前人

比屋連甍棟居民庶且寧早來漁市散終日敗鱗腥

在縣治右元初改州又称州橋

大明橋　劉嘉謨

東望扶桑路迢迢幾萬程滄浪將盡處忽見大明生

萬頃橋　前人

巨浸莽無極聊爲萬頃看豈無黃叔度君試倚闌干

定海橋　前人

昔日松江上潮翻定海來而今旧橋木不到半江回

甘泉橋　倪瓚

松陵第四橋前水風急猶須貯一瓢敲火煮茶歌白苧怒濤翻雪小停橈

吳江第四橋阻風　王逢

虹梁雪灘光明滅風着圻脊氷鱗生空翻天晚亂木

葉太湖日寒多雁声馬周斗酒足自慰龟蒙扁舟有餘囊清中青錢不滿百聊買小鮮來就烹

又名第四橋其下水甚清冽在水品第六

新建大有橋　朱存理

吳江縣治之東四十餘里地名莘塔傍有橋歲久傾圮舊址僅存里人凌通慨行者之病涉也思欲新之而力有不逮乃告於鄉之巨室冀助成厥志承事郎周君惟敬慨然捐貲助之其妻之祖母趙氏妻母周氏素皆好施聞之亦樂助焉趙嘗以白金千兩脩縣城之垂虹橋義聲滿邑雖厚積而人以爲難今兹舉

也若易ゝ然者凌君遂市石鳩工始於秋七月乙酉落成於九月　請予易其名復徵文爲記予遂至其所狄風澤国黄雲瀰野得覩大有之年歡呼笑語聞於疆畝蓋樂斯碣之成也因名之曰大有期以爲歲之兆也衆以爲然又以爲其鄉人之慶也鄉人之相率助君事欲堅久故君督視惟謹而功頗大所費出自君無吝宜其歸功於君誠爲義舉也已予雖不文恐後人昧於興創之由故鐫石以記成化甲辰十月朔長洲朱存理性甫記并書篆

重建獅子橋銘　吳洪

吴江尹侯陳君秉鈞來蒞吾邑之三年政平而人愛悦邑衙之前有橋名州橋久圮行者病之侯乃以豐歲勸、衆有力者爲之民不勞而城倏成惠於民也寔多其橋、名未易也成化癸卯五月六日夜風雨交作侯二鼓就、寐夢神衣冠偉然揖而進曰子爲斯邑令一下車民無、凍餒百廢具修是橋之建爲民千祀之利也但橋名當、易也吾爲子告焉子嘗覽郡志乎是邑儀門旧有亭名、獬豸廢久而名存子以斯亭名名橋不亦美乎侯答曰、獬豸乃神羊能觸邪古人取以爲御史章服之飾是邑、鴻碩顯荣之多將萃於兹也神人聞之大吳而去侯覺驚畢筆其說以書來京囑予銘之予邑人也知侯為為祥侯以鄉貢進士除是官有清白操貌然有為不可干志在為民首力屢遏威權不少避侯之大節不可及矣士論偉之咸以遠大望侯也況今　聖天子簡賢任使凡在郡邑有異能者悉詔補侍御侯之建橋而神假夢如此固為吾邑之禎侯之超遷將先符於茲乎神之靈不妥也今特為銘以鑱諸石使後人知是橋之名由茲而立是橋之建由侯而始侯之澤茲邑將與橋同久矣肇工於成化　年春　月畢工於成化　年　月侯

名尭鄉

銘曰

猗歟吳江，鉅於吳東。陳侯之來，憂民若恫。室家胥悅，歲屢獲豊。乃鑿白石，乃建飛虹。民不告勞，千夫卒從。神乃假夢，詰言從容。有亭獬豸，載郡志中。乃為神羊，一角如龍。無邪不觸，無佞不攻。易以名橋，足振儒風。侯乃稽首，禎兆是崇。橋由此名，沄沄朝宗。乃期是邑，俊髦烈轟。致身執法，接武登膺。孫忠直節，咸躋公我。起擢兆先，此逢神之嘉貺，罔有窮。

登平望橋作　顏真卿

登樓試長望，望極与天平。際海蒹葭色，終朝鳧雁声。

近山猶一作全彷彿遠水忽微明更覽諸公作知高趣

姓名

吳都文粹續集卷之三十六　終

吳都文粹續集卷三十七

長洲　錢穀　叔寶　編集

○市鎮|墳墓

○○木瀆道中風雨雷震大作　范成大

惡風奔雲何壯哉溪水欲立山欲摧石岍迸裂纜邊樹胡牀動搖船底雷靈岩塔後雨脚挂胥口廟前浪花來蓬漏衣沾不足惜酒缾傾側愁空罍

○木瀆去縣西南三十里

光福塘上　前人

指點炊烟隔蒼茫午飧應可寄前庄鷄聲人語小家

樂木葉花草深巷杳春去已空衣尚絮雨来何晚稻初茁秪今農事村〻急第一光陂貯水塘

登光福鳳岡　　吴寬

昔年曾學登山法縱步不憂山石滑舍輿竟上鳳岡頭趁此涼風當晚發遠山朝臣抱牙笏近山美人盤鬟髮我身如在巨海中青浪低昂出復沒山下人家成市廛家〻炊烟起曲突梅林屋宇遥隱見一似野鳥巢木末寺僧見山如等閒翻佐群山競排闥偶凭高閣發長嘯笑我胡為躡石鉢夕陽滿目波洋〻西望平湖更空濶山靈為我報水仙預設清冷供酒渴

吳人非不好登山一宿山中便愁殺扁舟連夜泊湖口舟子長篙未須刺懶遊已笑斯人騃狂遊不學前人達若耶雲門在於越何必青鞵并布襪

光福鎮在縣西五十里

泊橫塘　倪瓚

山寺微茫深渡寒烟莽蒼橫塘杖梢自挑村酒船頭猶帶漁郎

過橫塘　吳寬

夏半橫塘風日多畫船載酒壓晴波高田得雨皆秔稻長蕩翻雲盡芰荷未必他年成故事也須隨處結

行窩悠〻十里城西路此是登山第一歌

橫塘鎮去縣西南十三里有橫塘風景特勝

甫里　高啓

長橋短橋楊柳前浦後浦荷花人看旗出酒市鷗送船歸釣家風波欲起不起烟日將斜未斜絶勝苕中剡曲金鼇玉鱠堪誇

唼〻綠頭鴨鬧翻〻紅尾魚跳沙寬水淺江穩柳短莎長路遥人爭渡處斜日月欲圓時大潮我比天隨似否扁舟醉臥吹簫

懷甫里　倪瓚

節竹依〻故里石刊翰墨糢糊龐公力田二頃拾遺

扁舟五湖

甫里去長洲縣東四十里俗名六直浦

許市　方回

太湖晚山雨白鳥去冥〻古冢多無後荒祠豈有靈

異峰巉石骨遠樹聳人形兵革已甦息廢田蒲稗青

滸溪　姚廣孝

青山兩岍分夕渡舟橫口夏雨欲生蓮秋風先到柳

聲殘烟寺鍾香餘茆店酒相見無別人唯逢耕釣叟

滸墅送別劉員外　胡纘宗

去年送客菊初栽今年送客全開鄧尉雨晴花造菊次穹窿雲净鶴徘徊功名礌々還堪疏詞賦翩々亦可裁把酒別君々且醉感時休上鳳凰臺

舊說許市去縣西北三十五里一名滸墅詳見古迹民居水際農賈襍處為一大鎮舊有巡司急遞鋪景泰中置鈔關於此

陸墓　　韓奕

楊柳郭西門人家水上村豐年隨處樂生聚向來繁晚飯尊全滑村沽酒半渾逢人詢舊俗喬木幾家存

陸墓去縣北二十里因宣公墓在焉

舟經荻扁阻風王抑夫田舍　吴寛

歳暮江村落日懸誰家漁網設平田岸頭行客訟風伯堂上主人疑水仙斗酒急呼鄰慰藉扁舟欲去重甸連荒溪白屋炊烟少縣吏那堪横索錢

荻扁在十七都鶡冠子云四里曰扁

尹山　陳基

人傳周吉甫遺基在勾吴蕭條入墟里泱莽帶烟蕪豈伊姫臣裔散落在江湖負耒林丘下容非隱者徒

尹山去縣東南十里

滯雨夜泊相城寄陳孟賢　徐有貞

卷三七　四

江風吹雨阻行舟薄暮孤村且暫留回首那堪望君處白雲只在水西頭

相城訪沈啓南　伊秉

此日初登君子堂幾回快覩德星光畫圖神品驚當代詩法名家遍盛唐雲煖石田生玉徧烟晴溪樹對門長不才生忝十年後杖屨甘隨老故鄉

再往相城忘路誤經湖中　前人

渚禽格々樹蒼々暝色湖光接混茫始信桃花春岸水仙源回首誤漁郎

行次相城有感　王鏊

幾年約茲遊為訪石田叟石田今已亡不使此言負
相知三四人挐舟過湖口行〻抵相城自郊將及百
四顧何茫然天水合為藪節屋幾人家荒蒲與衰柳
本來魚鱉宮自合鷗鷺有始田者為誰餒也非自取
有司事征求亡者逾八九念此為彷徨獨立延佇久
作詩當風謠以告民父母

相城去縣東北四十里

許浦按教水軍次袁說友韻　　陳造

萬灶連〻瀰舊屯朝來喜氣襲人溫固知除器須平
日改復投醪六至恩帝綍函春周壘辟使星同耀照

卷三七　五

和門文經武緯君王聖汗簡須知紀治原

許浦鎮　周霞賓

形勢東南地兵戈阻隔時樓船張水陣幕府壯行麾
江口衝寒急潮頭應月遲空存舊營樹夜〻海風吹
許浦鎮去常熟縣東北七十里思政鄉宋紹興置
鎮及水軍寨

湖莊郎事　吳堂

十五嫁来時東墻桑壓枝早禾低處甃盛飯滿花瓷
自從潦為沴常見水平隄燒桑向東菑桑溼火力衰
児飢苦啼畫車踏我足胝東圩苗泛青西圩渺〻

云是連夜雨海潮漫前陂出門搔首望歲計嗟安支
不愁寒與飢但愁官租遲
湖莊市在二都
夕次同川　　李繼本
鵶噪晚涼天新晴景豁然槲橋通水市荷港入湖田
鷺影沙頭月人烟渡口船相過又相别書到是明年
同里　　倪瓚
依微同里接松陵緑玉青瑶繚汶縈為咏江城秋草
色獨行烟渚暮鐘聲黄香宅裡留三宿甫里門前過
幾程借書市藥時来往不向居人道姓名

同里懷元用　　　　前　人

一水東西雲窈窕幾家楊柳木芙蓉齋居出入無人到屐齒經行破蘚封寒竹冏虛秋半雨楓林寺遠日沉鐘寄詩為道長想憶想亦依〻念去蹤

夕次同川　　　　姚廣孝

長江遠接天一望一茫然夕靄迷沙樹寒鴉落渚田林香通佛寺⿰山斥語到商船野路偏難識經遊況隔年

重過同川　　　　韓　奕

攜家曾此避兵塵川上花開幾度春頭白重來如故里看花應少舊時人

同里鎮去吴江縣十六里在二十六都有巡檢司稅課局

平望蚊子　　吴融

天下有蚊子候夜噆人膚平望有蚊子白晝來相屠不避風與雨群飛出菰蒲撲撲蔽天黑雷然隨舳艫利嘴入人肉微形紅且濡振蓬亦不懼至死貪膏腴舟人敢停棹陸者亦疾趨南北百餘里畏之如虎軀噫嘻天地間萬物各有殊陽者陽為任陰者陰為徒蚊蚋是陰物夜從喧墻隅如何正曦赩吞噬當通衢人筋為爾斷人力為尔枯衣巾穢且甚盤饌腥有餘

豈是陽德衰不能使消除豈是有主者此鄉宜毒荼
吾聞蛇與螫避之則無虞吾聞蠆有毒見之可疾驅
唯是此蚊子逢人皆病諸江南夏景好水木多蕭疎
此中震澤路風月弥清虚前後幾来往襟懷曾未舒
朝幾蒙襞積夜仍跧蘧蒢雖然好吟嘯其奈難踟躕
人生有不便天意當何如誰當假羽翼直上言紅鑪

平望驛　張祐

一派吳興水西来此驛分路遥經幾日身去是孤雲
雨氣朝忙蟻雷聲夜聚蚊何堪秋草色到處重離群

平望驛寄吳興徐使君玄之　前人

故人為作郡百里到吳興藻思江湖滿公平道路祢包山方峻直雲水況澄清佇聽司空第遥知下詔徵

平望驛感先輩李從實周鉷二故人　李郢

蘆葦風多驛堠長昔年携手上河梁青雲才子鴛鴦李白石山人芝木香華驥欲陪先道路大川斯濟戢舟航少微星動桂枝發重整孤帆過水鄉

過平望　顔真卿

茫〻孤艸平如地渺〻長堤曲似城日暮未知投宿地逢人便向問前程

觧后劉公尤於平望聯舟夜話　蘇舜欽

卷三七　八

昔別蘋初生離謳發清商契闊幾何時遺轉尤在梁
我亦宦遊者吳會非故鄉三考一瞬息扁舟此尚羊
邂逅通夕語弭楫水中央淡影月照戶清音雁南翔
擿意良未盡詎及羅酒漿予去尚千里道路阻且長
崎嶇慎所歷無令馬玄黃

過平望　范成大

寸碧闊高浪孤墟明夕陽水柳搖病綠霜蒲蘸新黃
孤嶼乍舉網蒼烟忽鳴榔波明荇葉顫風熟蘋花香
鷄犬各村落蓴鱸近江鄉野寺對客起樓陰濯滄浪
古來離別地清詩斷人腸亭前舊時水還照雙妃央

平望道中　王惲

今日風日好，舟行喜清和。吳江抵嘉興，遠不百里過。
解衣坐篷底，閑聽吳儂歌。大艑從東来，帆檣鬱嵯峨。
云是淮海公，赴名躭徵痾。蒼皇不少住，進棹如飛梭。
物情忌太盛，從者不得多。尚餘蔽川載，意氣隘两河。
有懷陶朱公，伯業到不磨。功成委之去，敝屣與弃
左顧萬金橐，右顧西施姿。可想不可見，五湖渺烟波。

平望　陳基

下田不憂旱，高田正宜雨。四野已足霖，三吳復無暑。
盂酒及豚蹄，盤羞及鷄黍。擊鼓樂社翁，燒灯御田祖。

卷三七　九

泊平望弔玄真子　　孫　銳

仙非勝地仙不昇地非仙跡地不靈古今絶勝天下景多為羽客梯雲軿松江之南平望驛千古絶名垂載籍遺基廢井離不存依舊湖光接天碧我聞在昔張玄真平生活計一釣綸浮家泛宅戲人世龜魚為友蒹葭隣故人分符刺苕水東遊歷遍溪山美翩然聯壁至此鄉回視塵寰如敝屣酒酣水戲身甚輕席行水面同舟聲祥雲瑞鶴欻然至泛此凌空歸太清西塞山邊飛白鷺其間儘有朝元路綠簑平日恣遨遊何忍臨歧弗相顧爭知萬頃玻璃中清都紫府遙

相通故来成比一奇事欲將名姓傳無窮風帆過後沙鳥墜靈蹤雖存人亦記白蘋紅蓼自爭妍誰識此為真福地何人好事能揮金結廬繪像湖之陰寒泉一盞薦秋菊往来不負詩人心玄真今在天何處獨立河梁望飈馭丹臺玉籍名相容攜手乘風共歸去

平望亭　瞿衡

懶於篷底閱青編來坐亭前一鏡天識我鷗閒如舊日問人鶯鬧莫知年半竿落日收漁網幾樹春風繫客船邂逅花邊須酌酒囊中賸有賣詩錢

平望夜泊　僧蕉室

凬静寒塘起暮烟数聲秋雁客程前湖波東下青山盡客路南来綵鷁連伯國城空惟燐火卝仙祠古有題篇夜深何處漁歌發明月蘆花野水邊

泊平望　　僧道原

計程息勞牵日晚江路永連檣如有待聚泊就村井沙明鷗群回月出人語静心清獨不寐况乃風露冷因思往来客終日困馳騁得非衣食驅無乃緣造請吾人方外士素志慕箕潁胡為逐水宿混迹闤闠丈夫别有念此意誰得領人生未聞道如何卧烟景

過平望　　張觀

喚醒江鷗夢舟行認洞庭石橋浮半月漁火點殘星
驛路千三客春風十里萍逢山青未了回首又長亭

過平望　陶振

平望橋東倚畫舟江天空闊称冥搜瀰漫烟樹村墟
晚浩蕩雲濤澤國秋戶繞鴨闌開驛舍旗揺雉尾見
譙楼　聖恩優老身康健許着羊裘狎海鷗

平望八景　俞睦

雨過南湖水天寬琉璃影裡月光寒隻鷺一去無踪
跡夜夜惟看浴素鸞——鶯湖夜月
樹色依微欲曙天一痕殘月墮江烟鶯湖西畔前朝

寺惟有鐘聲落釣船　殊勝鐘聲

蘆荻蕭蕭起晚風行人從此挂帰篷遥看隔浦含烟樹尚帶殘陽一抹紅　遠浦帰帆

畫棟翬飛聳碧空湘簾高捲緑楊風吳山雲水無窮趣都在凭闌一望中　驛樓覽勝

當年于頔刺湖州曾築長隄捍逆流兩岸曉風楊柳緑王孫得意騁驊騮　頔塘躍馬

桃花流水鱖魚肥之子仙遊尚未帰留得青山苔石在行人錯認緑蓑衣　玄真仙跡

溪橋酒店繫垂楊好鳥多情喚客嘗最愛春風初起

處一簾踈雨杏花香——溪橋酒店

幾家茅屋住烟村桑柘重〻綠映門昨夜鶯湖初雨
過漸看新漲入籬根

平望鎮去縣東南四十里在二十四都有平望驛
巡檢司

震澤別業自遣　陸龜蒙

數尺游絲墮碧空年〻長是惹春風爭知天上無人
住亦有春愁鶴髮翁

震澤道中　王原杰

村市蕭條數十家扁舟夜泊傍蘆花江空歲晚歸心

切水遠山長去路賒帶水野田鳴落雁連雲烟樹繞
昏鴉勞生徒負燈窗志只合西園學種瓜

春過震澤留別　智愚隱藴昌齡　謝應芳

松江太湖春水生湖上白鷗尋舊盟遠公沽酒壯行
色坡老賦詩言別情燕子日長書屋靜柳花風颺釣
絲輕相過不負青山約一棹夷猶兩日程

震澤分題送李均翰　周鼎

湖上雨晴添綠波郎船將發唱吳歌誰知三萬六千
頃不及儂愁一半多

野老乘舟自打橈閒看翡翠戲蘭苕連山不斷南山

口曲水迴通底近橋

太湖東去水相通大浪掀天難使篷今夜且来洲裡宿明朝又怕日高風

震澤鎮去縣西南九十里十都有巡檢司

過梅堰在二十都　陸龜蒙一作務觀

春行霧雨暗衡茆兒女隨宜治酒肴便覺此身如在蜀一盤籠餅是豌巢

過八赤遇雨在三都　前人

勝事營居觸事奇酒甘泉滑鱸魚肥松江好處君須記風靜長江雪落時

宿庵村在廿七都　僧北澗

秋風寄衰柳此景亦蕭然月落牛方飲舟行雁未眠蓑衣無吏習茆屋有詩禪村僻人家少烟空水接天

柳胥暮歸在二都　姚廣孝

歸城心欲速短艇夜還乘僧寺烟中磬漁家水際燈遥天昏訝靄高樹聳疑陵陽岈山偏好徐看想舊登

寓柳溪感懷　陶振

漂泊東南萬里船故鄉回首白雲邊慈親白髮三千丈客子貂裘二十年韓信每朝常寄食張衡何日賦歸田不堪腸斷思鄉處風雨蕭蕭暗海天

車溪道中在二十三部　　僧善住

葦白蘆黄溪水清倚篷閒看浪鷗輕板橋横處人家小脩竹參天落照明客裡蹉跎歲欲闌水邊楊柳尚平安夜来已作還鄉夢滿目西風客棹寒

仲雍墓　　周霞賓

虞墓東山頂岐州萬國西人皆憐伯仲心實似夷齊海水龍無害蠻花鳥自啼寂寥懷古意文保見遺黎

前題　　傅良玉

仲雍古冢已丘墟冢上閒雲日卷舒奠薦不聞陳簋

篕筊夷端合禁樵，蘇杜鵑啼血春風。狡兔穿塋夜月孤，過客無勞增悵惘，至今讓德重勾吳。

前題　　王　賓

斷髮文身正隱時，清高裡面有權宜。空山葬處惟荒草，到處人來必拜之。

又　　吳　訥

虞仲隨伯氏，泯跡逃荊蠻。至今仲雍處，猶自稱虞山。遺跡邈難尋，廢冢留山間。鄉邑失開陳，歲遠埋荒菅。予賤忝末裔，有淚自潸潸。誰爲禁樵牧，陳辭扣天閽。

又　　鄭　東

野鼠穿黃穴遺封百草深死無歸國夢人識逸民心巒樹冬愈碧江猨夜亦吟海虞山上月梅里共沉沉

又　周師敬

賢哉虞仲氏讓國來荊蠻斷髮文其身之死不復還孤冢鬱峨峨屹立山之間高風播宇宙邈矣誰能扳青山得以名萬古永不刊

吳仲雍墓吳地記曰在常熟縣西虞山上與言偃冢並列寰宇記曰虞山有仲雍齊女墓東

吳王闔閭墓　張伯玉

東客往來過虎丘橘花渡口維扁舟闔閭宮殿不可

見但見古塌寒飈〻惜昔吳王全盛日水犀千萬橫吳鉤楚山既掘荊人冢越壘仍將勾踐囚豈謂西施能破國誰知麋鹿上臺遊惟有吳王在時月夜深閒照劍池秋

又　高啟

水銀爲海接黃泉一穴曾勞萬卒穿謾說深機藏盜賊難令朽骨化神仙空山虎去秋風後廢榭烏啼夜月邊地下應知無敵國何須深葬劍三千

又　周南老

穿土鑿山骨積壤崇林丘黃腸固銅槨玉鳧浮汞溝

金精来踞虎瑞兆符賑牛生維寶莫邪于焉殉純鉤池空因劍名寒碧澄險湫高深胡足恃昌用智力求

又　陳毓

下穿老骨瘞銅棺要使先王體魄安金虎氣消天地老玉龍光射斗牛寒蓬科有恨埋千載麥飯何人奠一盤休笑子胥無葬所古今廟食拜衣冠

闔閭墓在虎丘

干将墓　高啟

干将善鑄劍〻成終殺身吳伯亦遂亡神物豈不神始知服諸侯威武不及仁徒勞冶金鐵精光動星辰

莫邪應同埋荒草千古春青蛇冢間出猶欲恐耕人

又　　周南老

神物須人就爍身劍乃成厥妻剪爪髮投冶濡金精兩龍而躍出干將獲全生獻睢匿其陽殺自逆鱗嬰匠門傳有冢春泐還自青劍化已云久吳治墓亦平

孫武墓　　王賓

行兵無敵顯當年有墓于今是野田八十餘篇書在昔流傳惟有十三篇

孫武墓城北平門外西北二里

要離墓　　楊維禎

金昌亭下路春草沒荒丘云是要離冢令人生古愁侏兒三尺餘不佩隻吳鈎中包猛士胆白日照高秋惡死屠骨肉視身若蜉蝣荆軻不了恨慶忌成身謀如何五噫客死與爾同儔

又　　周南老

細人胆氣雄一坐挫壯士匡吳許申胥垂氣刺慶忌兩勇苦相戹多君囊底智弃妻固非非仁殺身始全義西出金昌亭亭下幽扃閉年年草自春舉目山河異

又　　高啟

弱夫殺壯士誰敢嬰其怒今日古城邊耕人肆侵墓

又　　王賓

當日要離投慶忌甘從驅使計謀深何如豫讓能明白羞媿人臣懷兩心

要離墓在吴縣西四里閶門南城内相傳在今梵門橋西城下馬婆墩舊有砲座基宋嘉定十六年提刑司脩城此地多得古塚莫詳姓氏

瓊姬墓　　高啟

夢別夫差殿頭墮釵零落誰收土昏青鏡忘曉月冷珠襦恨秋麋鹿昔來麋苑牛羊今在荒丘香魂若怨亡國莫與西施共游

又　　徐賁

館娃宮裡已堪愁況值泉臺閟小丘月冷寶奩無復
曉池空玉雁不知秋蘿閒舊屋僧来往竹下新亭客
過遊不有佳名留郡志誰能識此為停舟
瓊姫墓在陽山與夫差冢相近

吳女墓　　高啟

魚燈照艷魄夜冷珠衣薄白玉土中埋紅蘭霜後落
不乘臺上鳳空舞橋邊鶴韓重未歸来泉宮秋寂寞

又　　周南老

鶴舞導靈輀花落埋香玉幽憤為誰嬌愁攢春蛾綠

不復棲鴛鴦烏知走麋鹿嗟爾韓家兒故爲遂所欲
相思異死生佳期難再復維鳳鄙衆鳥誰能慰煢獨

又　　　　　　　　　　　　　　　　　　王　賓

眼看家國把眉顰無奈芳年病損身歌裡分明人聽
設若猜儂意是懷春

吳女墳在閶門山塘

齊女墓　　　　　　　　　　　　　　　周霞賓

惟弟三千里辭親遠結婚謾傳招楚些難返望齊魂
蘭麝山頭土蒿萊郭北門生涯歸一瞬標榜至今存

又　　　　　　　　　　　　　　　　　　張　洪

南風初勁北風微爭長諸姬復娶齊越境定須千兩送戒途應拭萬行啼望鄉不憚登臺遠埋恨惟嫌起冢低夢艸萋〻猶泣露倩誰滴向故鄉泥

又　　吳訥

齊景不自强涕出女於吳迨〻三千里百兩來姑蘇死葬虞山顛北望父母都芳魂逐飄風艷骨歸黃壚空餘一荒丘月夜嗥飢狐

又　　程式

宗國中微日勾吳始伯時來歸非我志時事有天知身死蘇臺下心馳淄水湄萋〻芳草墓千古不勝悲

卷三七　十九

又　　　　鄭東

突兀孤墳在，千年恨尚新。荊蠻非偶國，盤瓠娓吾人。躑躅春啼血，狐狸夜得鄰。營丘無伯業，吴治更傷神。

又　　　　林大同

嘗聞齊景公，涕出女於吴。孟姜志貞烈，憂憤身為俎。吴亦聞其生，卜葬於海虞。中宵立飛燐，昭明燭太虚。有客從宦遊，考功朝帝都。燁燁有耿光，應與忠義俱。

齊女墓，吴越春秋云：吴太子娶齊女，女思齊而病，將死曰：必葬我於虞山之巔，以望齊國。闔閭傷之，如其言葬之。

子游墓　　王寘

有樹枯來不記春却依虞仲冢為鄰山家相約休樵
采十哲人中第九人

子游墓在海隅山上史記吳世家注仲雍冢並列

朱梁墓　　前人

行二一里近婁門有漢朱梁墳尚存人欲知他身種
德其家多代出賢孫

朱梁墓在婁門東南二里

顧三老墳　　前人

魯有兩生名姓佚人皆嗟惜信其賢分明名姓稱著

卷三七　二十

德何必切〻史上編

顧三老墳婁門塘北漢顧綜為尚書令明帝時三老吳顧氏是其裔

梁高士碣

梁　肅

有漢高士梁君諱鴻字伯鸞扶風人君天元純誕其生知囊括道妙而遊於世遭漢微缺澆風偃物君以為道不可徇時故安節以高蹈〻不可以激俗故高蹈登卬以作歌〻不可以遺患故適越以遐遯〻不可以不立故寄食於杵臼是以孟氏悅其道而妻之伯通尚其風而禮之安夫大而遺其細忽夫語而順乎

默樂則行之憂則違之斯可謂高世之逸民矣原夫天之運也曰明與晦人之道也曰否與泰達人知否與晦之不可為也故耦而耕狂而歌鑿坯以逃荷篠而晦德避難不成乎名於戲伯鸞非斯人之徒誰與哉唐大曆六年小子旅於吳得君之舊遊焉孟子稱聞柳下惠之風者鄙夫寬薄夫敦然則聞鴻之風聲亦將含爾朵頤以觀我靈龜乎乃刊貞石以識遺烈銘曰

山隱器東河秘馬圖伯鸞不行獨與道俱太虛無際浮雲無繫伯鸞伊何冥跡人世直道辱身三黜魯邦扣馬逆諫餓于首陽邈矣伯鸞靜而含光作銘

皋橋萬古是望

梁鴻墓（伯鸞有五噫歌因効其体）

高啓

顧瞻亭皋兮噫立墳有嵩兮噫衞春亦勞兮噫危邦可逝兮噫先生何高兮噫

又

周南老

伯鸞抱清節衞春苦勞生吁嗟歌五噫豈其相杵聲配無德耀賢曷以成佳名城西礼讓鄉有此高士塋過者為俯軾路追金閭亭于今冢雖夷指地名猶称

又

王賓

憂國心多賦五噫君王清問合尋思埋身客土終傭

保正在東京盛治時

梁鴻墓在吳縣西里要離冢北

祭梁先生文附　　陸龜蒙

先生為五噫之歌漢天子聞而病之南走乎大江之陂客臯氏之宇下志沉潛而靡他自吳縶以舉臼夫人之勤亦多不懷志沉潛而靡乎道之無頗比要離之烈魄冢雖夷而不磨嗟予後先生之千祀聊奉奠而求過俯灌地而仰語願先生之謂何心偏性誕客他人之宇下不得故垣而自翰身病妻弱自吳民之餐不得故力耕而自獲所以法先生之義者庶五噫

之可作

伯通墩　王賓

龍織梁鴻與孟光生時人已不尋常城西墳上皆荊棘名字流芳却未荒

伯通墩在西門郎其墳也世称伯通字奉卿

漢吳郡丞武開明碑 金石錄

右漢吳郡丞武開明碑云君字開明而其名已殘缺又云永和二年舉孝廉除郎謁者漢安二年遷大長秋丞長樂太僕丞永嘉元年喪母去官復拜郎中除吳郡府丞壽五十七建和二年十一月十六日遭疾

卒其可見者如此其他磨滅不可盡識按後漢書大
秋丞二人秩六百石本注宦者又長樂少府位在長
秋上及職吏皆宦者又有太僕二千石在少府上丞
六百石據志所載中宮及長樂宮官屬皆以宦者為
之而以史傳及漢魏石刻參攷如大長秋少府之類
皆襍用士人今武君以孝廉為郎謁者郎中吳郡府
丞皆非宦者之職然則兩宦官屬蓋亦襍用士人也

代吳令謝詢求為諸孫置守塚人表

張悛

臣聞成湯革夏而封杞武王入殷而建宋春秋征伐則晉修虞祀燕祭齊廟夫一國為一人興先賢為後愚廢誠仁聖所以悼而不忍也故三代敦繼絶之德春秋貴柔服之義昔漢高受命追存六國凡諸絶祚一時普祀親與項羽對爭存亡逮羽之死臨哭其喪將以位嘗侔尊力嘗均勢雖功奪其成而恩與其敗且暴興疾顛礼之若舊殘戮之尸乃以公葬若使羽位承前緒世有哲王一朝力屈全身從命則楚廟不

墮有後可冀伏惟大晉應天順民武成止戈西戎有即序之人京邑開吳蜀之館興滅加乎萬國繼絕接于百世雖三五弘道高周祢仁洋洋之美未足以喻是以孫氏雖家失吳祚而族蒙晉榮子弟量才比肩取進懷金侯服佩青千里當時受恩多有過恩臣聞春雨潤木自葉流根鴟鴞恤功愛子及室故天稱罔極之恩聖有綢繆之惠追惟吳偽武烈皇帝遭漢室之弱值亂臣之強首倡義兵先衆犯難破董卓於陽人濟神器於飄井威震群狡名顯往朝桓王才武弱冠承業招百越之士奮鷹揚之勢西赴許州將迎幼

主雖元勳未終然至忠已著矣夫家積義勇之基世傳扶危之業進爲殉漢之臣退爲開吳之主而蒸嘗絶於三葉園陵殘於新萊臣切痛之伏見平吳之初明詔追録先賢欲封其墓愚謂二君並宜應書故舉勞則力輸先代論德則惠存江南正刑則罪非晉寇從坐則異代已輕若列先賢之數蒙詔書之恩裁加表異以寵亡靈則人望克壓誰曰不宜二君私奴多在墓側今爲平民乞差五人蠲徭役使四時脩護頽毀掃除塋壟永以爲常

孫王墓辯

盧雍

右漢豫州刺史孫堅〻妻吳夫人及其子會稽太守策三墓並列盤門外三里即今齊昇院東南面勢據古蛇門正與府治相向祥符圖經云豫堅墩方俗稱為孫王墓按吳書堅死於初平二年〻三十七策死於建安五年〻二十六吳氏死於建安七年合葬堅墓黃龍元年權尊堅為武烈皇帝廟曰始祖墓曰高陵吳氏為武烈皇后策為長沙桓王太元〻年八月朔風拔高陵松柏石碑蹉動晉陽秋云惠帝元康中吳令河東謝詢表為孫氏二君置守冢五人備掃除有詔從之其文張悛所作今載文選陸廣微亦云盤

門東北二里有吳武烈皇帝并長沙桓王等三墓前志云宋政和六年村民村民發墓其磚側有萬歲永藏四篆得金銀釵十数枚東西銀杯初若繁花良久化為腐土并金搔頭十數枚金握臂二悉皆如新一尾熏爐與近世陸墓所制畧似而箱底灰炭猶存焉碑石斷缺僅餘中平年三字將州遽命捧之所得古物盡歸朱勔家洪伯芻香譜亦畧載此事即楊友夔所賦孫豫州墓者是也洪氏三庚志云盤門外大冢紹興二年秋雨隤圮牧童入其間得銅器数種持賣於市鄉人往視圮處蓋其隧道有石刻隸書云大吳

長沙桓王之墓赤烏三年九十二字知府沈揆亟命揜塞仍立石表其所勝宬為記表席之為策死距赤烏三年也四十載豈非權稱制之久復改葬乎所得之器滕藏小鏡一其背有銘十四字一銅小麟鎮皆無款識以遺席之嘉熙中墓傍土中又得唐孫德琳墓志云開元十年窆於十四代祖吳武烈皇帝陵南平地又按丹陽圖經載高陵在縣西練塘鄉吳陵港以傳記證之當是堅葬曲阿後遷于吳史不及詳載爾勝宬所記謂紹熙中提舉常平張體仁智命其屬表之題曰先賢墓徐誼屬宬考訂止從俗稱孫王墓

宬盖據陳壽說破虜葬曲阿及策之薨其將周瑜魯肅皆赴喪獨指此為伯符之墓亦未嘗及謝詢所表不審三墳同域故論說紛紜自相抵牾在政和知為豫州之墓在紹興知為長沙之墓皆不能質諸傳記以求其說地亦嘗為窆故舊志不復詳究矣因備載始末傳諸好事仍錄古今文詞如左云

行經孫氏陵　　何遜

昔在零陵厭神器若無依逐兔爭先捷犄鹿競因機呼吸開伯道叱咤掩江畿豹變分奇略虎視肅戎威長蛇衂巴漢驥馬絕淮淝交戟無內禦重門豈外扉

成功舉以弃凶德愎而違水龍忽東驚青盖乃西歸竭来以永久年代曖微〻苔石疑文字荆墳失是非山鶯空瞩响隴月自秋輝銀海終無浪金鳧會不飛閴寂令如此望〻沾人衣

長沙桓王墓下別李紆　張南史

長沙千載後春草獨萋〻流水朝將暮行人東復西碑苔幾字滅山木萬株齊佇立傷今古相看惜解攜　劉長卿

長沙王墓　范成大

英雄轉眼逐東流百戰工夫土一坏蕎麥茫〻花似雪牧童吹笛上高丘

又　劉克莊

伯畧誰堪敵伯符每開史策想規模一千掃衆橫江去十七成名自古無警蹕未迎歸大内英雄可惜死東吳君看末命猶特指顧張昭為托孤

題孫伯符墓　韓淲

自無太史慈孰對孫伯符群舒有餘地周郎或知予既推道南宅以濕謾相濡本擬馳中原掃滅許下都天手許貢客一箭失壯軀勉遛付後事張照昭乃其奴赤壁之大攻僅可保全吳公瑾復不長伯符益荒蕪至今春草生高墳在姑蘓傳言尚相點經行倍踟蹰

異代歲月速，誰爲我非夫。酹酒起英爽，白楊鳴赤烏。
荊州忽已分，曹劉竟稱孤。堂堂破虜冢，歸命誠是俘。

孫伯符墓下　周弼

梧葉蕭蕭墓草長，夢魂曾斷九迴腸。空聞絳帕離漳水，誰見黃旗入洛陽。虎峙有基宮樹老，龍盤無廟石城荒。赤烏不識桑田變，猶自棲棲戀白楊。

吳桓王墓　鄭元祐

有吳桓王之墓田，乃在盤門南郭邊。墓中玉鳧久化土，石上赤烏猶記年。寒食無人洒麥飯，東西湍地飄榆錢。功昭前王啟吳祚，葬地合擇名山川。闔閭城南

不百步土薄易致耕夫穿昭紘諸臣號詳容慮不及
此寧非愆緬思山東舉義日媚灶顧已無諸賢惟王
父子起相繼黄星閃避東南天假之脩齡定四海許
下豈容躪着鞭鑿山捹匠等發掘朽壤一桮誰獨專
白楊蕭蕭北邙路姓名能得幾人傳

吴桓王墓　　高啟

朝出南郭門高墳鬱蒼蒼借問葬者誰乃是長沙王
黄腸豈不錮盜發取所藏金環出世間封樹無輝光
緬思衰炎際當途逞奸强英雄失所據虎視誰敢當
王初奮稚孤英風凜飛霜談笑定江東賢豪欻来翔

少假須臾年足見伯道昌胡為困仇奴輕獵不自防
天意豈祐魏遽使斯人亡因觀感往事喟焉令人傷

又　　周南老

城南桓王墓高冢何穹窿昔為盜所發冢開寶氣空
孱然一髫孺揮箠定江東闢地餘千里義勇日以雄
萬歲期永藏誰能錮幽宮英雄昔所在燕麥摇春風

孫王墓　　王賓

千里爭衡最少年馬驕風疾喜行前正當許下迎天
子玉樹生埋在九泉
孫王墓在盤門外今為義塚

石崇墓　　高啟

虬須欲怒珊瑚折步障圍春錦雲褻真珠换妾勝鶯鴻笑踏香塵如踏空酒闌金谷鶯花醉家逐楼前舞裙墜財多買得東市愁綺羅散盡餘荒丘猶令白首同歸者坐伴游魂楓樹下

又　　周南老

城西多岩砮信美非金谷荆州石刺史胡為此埋玉緬懷步障春雲錦爛綺縟買嬌教歌舞不惜珠三斛顧此墮楼人爲知禍所伏蒼蒼墓已墟誰歎悲宰木

石崇墓在吳縣西六里

張翰墓　王賓

洛陽城裡秋風起，天下紛紛事暗多。歸去不將身向酒，虛名有後是如何。

張翰墓在横山東五里

陸績墓　前人

寥落孤墳荒草深，一迴行過一沉吟。邊頭有土如栽橘，表見當年念母心。

陸績墓在陽抱山，吳地記云在閶門外泰伯廟西。元至元間郡人朱澤民祖母病卜地此山，夢偉丈夫告曰勿奪吾宅，吾且為夫人後。既而穿地得石

曰鬱林太守陸績之墓別有刻曰此石爛人來換石果斷矣遂拚之而卜兆其傍今狀元朱希周是其裔也

顧榮墓　謝應芳

白髮吳儂說姓名将軍墓近闔閭城徵車入洛稱三俊割炙知人得再生江月似留揮扇影松風猶作鼓琴聲停舟一酹蘋花渚野鶴飛來躑躅鳴

又　王賓

不見人将琴走過白楊風緊獨秋多生同張翰言還在酒可忘憂如病何

顧榮墓寰宇記云在赤門外九里吴地記云在吴縣東南二十里側有左威將軍張敏墳今寔在葑門東六里長洲縣黄天蕩南俗訛稱顧邑墓西有祠題曰顧將軍廟或云上將軍榮從子和亦葬吴

瞿硎先生墓塼

瞿硎先生字鶼子廣川人隱居不仕葬于東陵武安寺重岡之原

瞿硎墓慶元志云在直塘市市有廣安寺浚塘得古冢墓磚稱云云武安蓋廣安舊額也今其地尚多瞿姓事見晋書隱逸傳

顧野王墓　高啟

南朝舊碑倒墓近樵蘇道應與讀書堆離離揔秋草

又　周南老

迢迢越溪水映帶楞伽山清寂氣所窮鬱鬱佳城環野王識龍穴卜兆于其間平地不起墳乃知防後艱癖愛山水勝清興殊不慳丹青更稱絕猶得留塵寰

又　王賓

身瘦更無哀毀甚行應有杖亦難扶提兵慷慨誅兇逆健者臺城赧子無

顧野王墓在楞伽山下吳地記云在橫塘別隅平

平不起墳宋紹興間碑石尚存

陸墓（忠宣公）　　前　人

董生有學似相當文氣從容理又長奔走奉天勞諫諍忠州閒坐集醫方

陸墓在齊門北世傳陸宣公贄葬焉朱子云董仲舒陸宣公皆有宰相之學

真娘墓　　李商隱

虎丘山下劍池邊長遣遊人嘆逝川罥樹斷絲悲舞席出雲清梵想歌筵柳眉空吐效顰葉榆莢還飛買笑錢一自香魂招不得祇應江上獨嬋娟

又　張祐

佛地葬羅衣孤雲此是歸舞為蝴蝶夢歌謝伯勞飛
翠髮朝雲斷青蛾夜月微傷心一花落無復戀春暉

又　羅隱

春草荒墳墓萋萋問虎丘死猶嫌寂寞生肯不風流
皎鏡山泉冷輕裾海霧秋還應伴仙子香徑夜深遊

又　顧阿瑛

何處真娘墓雲埋斷石根夜深風雨急誰喚海棠魂

又　高啟

金釵葬小墳楊柳寺前村已斷花間信空歸月下魂

山鶯留曲韻，草露帶啼痕。車馬逢寒食，還來酹酒尊。

又　周南老

女郎善歌舞，日事繁華樂。死葬虎丘山，未忍甘冷落。香䰟化蝶飛，每為春風托。至今墳上花，猶能媚輕薄。絲〻遊冶兒，懽呼為盤礴。幽〻短簿祠，誰來酹清酌。

又　蘓衡

不見當時窈窕娘，空遺孤冢對斜陽。凄涼夜雨悲瑶瑟，埋沒春風怨錦囊。墳上不生連理樹，人間那得返䰟香。分明蘓小西陵路，草綠蘼蕪易斷腸。

弔幽獨君　周南老

閬乎山之幽玄扃閟覊獨嗟爾長夜魂愁共哀須哭
衆情見于辭隱石句堪讀形化神不留奚啻同朽木
冥冥既飄散胡為未忘欲猶知念所親身百其可贖

又　高啟

君本何代人姓名復為誰何年棄人間長眠此山陲
荊榛鬱蒙蘢孤墳尚無碑游魂久未化哽咽還能詩
人歿乃歸滅憂樂豈復知君何獨煩冤猶有親愛思
一死衆所同已矣焉足悲陳詞為相弔此理君當推

幽獨君墓在虎丘山北

唐通議大夫和州刺史吳郡張公神道碑墓

此四字誤在前

銘　　白居易

張之為著姓尚矣自漢太傅良侍中肱[四字塗去]丞相嘉以降勳賢軒冕歷代不乏肱避地渡江始居于吴故其子孫稱吴郡人嘉以孝悌聞于郡故其所居號孝張里嘉之曽孫裕在宋為司徒郎公五代祖也司徒之孫儔在隋為吴郡都督郎公曽王父也台州臨海令諱鯤郎公王大父也袁州司馬諱孝績郎公王考也或以人物著或以閥閲稱迄今為江南右族公諱無擇字無撓未冠丁袁州府君憂廬于墓晝號而夜泣者三年矣有靈芝醴泉出焉既冠好學能屬

文從鄉識登經第應制舉中精經史科補弘文館通校書郎調左金吾録事換杭州録事換杭州録事參軍在杭州前後諸譌制補吏三十八人駮假竹侍老二千人舉而正之人服其明會劉幽求為刺史聞詔授絳州録事參軍絳之郡有主胥者怙寵侮法豪奪人利公數其罪露章奏之章下丞相姚元崇奇之致書褒美尋改太原府功曹參軍給事中張祖為江淮安撫使表公正直奏置部從事吏部尚書陸象先為河東按察使狀公清白奏授懷州獲嘉令在獲嘉以不茹柔得人心以不吐剛得罪於是左遷鄂州司馬

移深州司馬轉虢州長史時上方思理詔求二千石之良者特宰以公塞詔擢拜和州刺史時在郡奉詔條恤人隱而已不知其他無何水潦害農公請蠲穀籍之捐者什七八時李知柔為本道採訪使素不快公之剛直密疏誣奏以附下為名遂貶蘄州別駕老幼攀泣而遮道者數百人信宿方得去移曹州別駕歲餘謝病歸老於家天寶十二載正月二十一日終于東都利仁里私第其年二月十二日葬于河南府伊闕縣中李原享年八十三噫公之天地間八十有三年可謂壽矣其間當明皇帝馭天下四十有五年

可謂時矣有其才得其壽逢其時然默不遇陪臣秩僅至郡守凡所貯蓄鬱而不舒嗚呼其命也夫公之文學嘗為賀知章賈彥璹許之公之諒直常為李邕張廷珪稱之公之政事又為劉姚張陸推之夫以八君子之力援而不足以一[illegible]知柔之力排之而有餘厄窮不振以至沒齒嗚呼其命也夫古人云道不虛行又云其後必有達者故公之子大理評事誠以節行聞於時公之孫戶部侍郎平叔以才位光於國報施之道信昭昭矣不在其身則在子孫相去幾何哉長慶二年某月某日平叔奉祖德碣之居易據家狀

卷三七

三七

序而銘之其詞曰

有木有木長碩大破為榆杙不作棟梁有驥有驥規行矩步辱在短轅不駕大輅嗚呼噫嘻公亦如之何時不遇我而我不遇時勿謂已矣天錫多祉既賢其子以濟其美又才其孫以大其門苟無先德孰啟後昆

唐贈尚書工部侍郎吳郡張公神道碑銘并序

有唐嶺南觀察推官試大理評事吳郡張公大曆三年十一月八日終于伊川別墅五年八月七日葬于伊闕縣中李原春秋五十五元和十三年詔贈主客

員外郎明年贈太常少卿又明年贈尚書工部侍郎夫人吳郡陸氏貞元二年某月某日終于某所春秋六十六追封嘉興縣太君又封吳郡太夫人嗣子通議大夫守尚書户部侍郎判度支上柱國賜紫金魚袋平叔以長慶二年某月某日立神道碑太原白居易文其碑云

公諱誠字老萊吳郡人父諱無擇和州刺史祖諱孝績袁州司馬由高曾而上世德世禄載在和州府君碑内此不書公年十八以通經中第及調判入高等授蘄州長洲尉秩滿丁先府君憂既禫又丁先太夫

人憂泣血六年哀毁過制以方寸再亂殆無宦情既除喪退居不調者累年而親友以大義敦責不得已而復起選授左武衛騎曹參軍分司東都屬安禄山陷覆洛京以僞職誘刑脅劫士庶公與同官范陽盧巽潛遁于陸渾山食木實飲泉水者二年訖不爲逆命所汙反肅宗嗣位詔河南尹薛伯連搜訪不仕賊庭隱匿山谷者伯連得六人以應詔而公與巽在焉繇是名節聞於朝野君子以爲知道優詔褒美特授容縣主簿未周歲遷宋州碭山縣令時雎陽當大兵後野無草里無人公撫之一年襁負至二年汙萊闢

三年衣食足及解印去縣民相率泣而餞之君子以為知政嶺南節度觀察使李勉偉人也既高公許渾之節又美公碭山之政欲以名職礼命起而大之遂奏授試大理評事充觀察推官及除書簡牒到門郎公捐館舍之明日也才如是命如是嗚呼哀哉公常自負其才不後於人自疑其命不偶於世及將去碭山而反伊川也頓駕搦管洸嘆久之因賦詠懷詩云論成方辯命賦罷即歸田竟如是言終于衡茅之下君子以為知命公有三子曰平仲平叔平季夫人陸氏郡國子司業集賢殿學士善經之女賢明有法度

初公既殁諸子尚幼夫人勤求衣食親執詩書諷而
導之咸爲令子又嘗以公遺志擇其子而付之故平
叔卒能振才業致名位追爵命碣碑表繼父志揚祖
德此誠孝子順孫之道也亦由夫人慈善教誘之德
浸漬而成就之不其然乎居易常辱與户部遊而知
其家事殆見托撰述庶傳信爲銘曰
猗嗟碭山以文行保家聲以義節振時名以惠政撫
縣民而職不登諸侯卿秩不及廷尉評悲哉猗嗟碭
山前有和州名德如彼有户部才位若此才子之後
父名父之子賢者無之可謂具美休哉

右二葬碑銘雖不在蘇而皆吳人然孝張里是宋
孝武旌張敷字景胤之居非張嘉也然必一族也
其事見姑蘇志孝友傳

陸象先墓　　王賓

皇姑威令震朝中君不低眉暗去從墳上從来松柏
樹青青遮莫雪霜濃

陸象先墓在光福山西象先不附太平公主玄宗
謂後凋松柏

廣陵錢王墓　　前人

一鎮中吳三十年農桑處處是人烟于今人到墳山

下来見碑亭已泫然

廣陵王墓在横山西王名元僚為中吳節度續圖經言其儉約鎮靜中吳賴焉范氏古蹟門稱其嘗喜追遊不事園苑惟見虎丘則色喜至必規劃脩繕

范氏祖墳　　前　人

陰陽家說到墳前風水真冝子息賢文正有賢君聽取祖宗積德百餘年

范氏祖墳在天平山三讓原

丁晉公碑　　曾　鞏

丁謂字公言初字謂之蘇州人常袖文謁王禹偁禹偁愛其郎為詩贈孫何及謂比之韓柳名遂大振文淳化三年登進士第累擢知制誥諫議大夫兩為三司使大中祥符五年叅知政事九年除節制知昇州天禧間復叅知政事改樞密使四年與李廸同相廸對上斥謂為奸邪同罷而謂獨留加司空封晉國公仁宗即位進司徒兼侍中坐雷允恭移山陵皇堂事罷少保分司再貶崖州司户叅軍凡五年徙雷州又三年徙道州明道末復秘書監致仕居安州又徙光州卒年七十二詔賜錢十萬絹百疋謂淳化間為福

建轉運使初置龍焙歲貢團茶數品供御咸平初峽路蠻擾邊會分州陝為四路謂領夔州轉運使措置蠻事作誓刻石柱境上其後又入寇止委其酋領討平之居五年詔許其代乃舉薛顏景德初契丹入寇謂知鄆州虜騎稍南民大驚趣楊劉渡舟人邀利不時濟謂斬死罪囚于河上舟人惧不復稽阻又令廣旗幟擊刁斗聲振百餘里虜亟去遁大中祥符初議封禪未決謂因言大計有餘議遂定謂機敏有智謀憸巧險詖亦鮮其儔文字經目雖十百言無遺忘在三司案牘有差老吏不能曉者決於一言皆中其理

朝庭營造莫不兼領凡奏祥瑞事皆謂及王欽若與焉少遊江南遇呂洞賓語之曰君狀貌同李德裕言訖不見其後果驗弟誦說諫子珙瑚珷玘

丁晉公墓在華山習嘉原

范氏復祖塋記 此在河南故不錄　　陳基

故宋太師魏國范文正公以上三世墳墓在吳縣之天平山至公之薨始葬洛陽萬安山母夫人謝氏之兆其子監簿忠宣恭獻侍郎以下三世皆祔爲中更靖康之亂子孫之在吳者弗獲以時展墓唯顧瞻山河北向流涕而已我世祖皇帝混一四海列聖相傳

誕敷文德而尤惓惓焉致意於古今忠臣烈士有功於名教者故公克與天下之名山大川前代之聖帝明王並登祀典每歲仲丁有司祇奉中牢致祭惟謹可謂盛矣然亦不過即天年之白雲以寓其高山仰止之意而萬安之原至大中八世孫國俊僅一至其處同知徐君景孺為復侵地亦存什一於千百自是

吳都文粹續集卷三十八

長洲　錢穀　叔寶　編集

○墳墓

○○范文正公仲淹神道碑　歐陽修

皇祐四年五月甲子資政殿學士尚書禮部侍郎汝南文正公薨于徐州以其年十有二月壬申葬于河南尹樊里之萬安山下公諱仲淹字希文五代之際世家蘇州事吳越太宗皇帝時吳越獻其地公之皇考從錢俶朝京師後為武寧軍掌書記以卒公生二歲而孤母夫人貧無依再適長山朱氏既長知其世

家感泣去之南都入學舍掃一室晝夜講誦其起居飲食人所不堪而公自刻益苦居五年大通六經之旨為文章論說必本於仁義祥符八年舉進士禮部選第一遂中乙科為廣德軍司理參軍始歸迎其母以養及公既貴天子贈公曾祖蘇州粮料判諱為太保祖秘書監諱某為太傅考諱某為太師妣謝氏為吳國夫人公少有大節於富貴貧賤毀譽歡戚不一動其心而慨然有志於天下常自誦曰士當先天下之憂而憂後天下之樂而樂也其事上遇人一以自信不擇利害為趨其所有為必盡其方曰為之自我

者當如是其成與否有不在我者雖聖賢不能必吾豈苟哉天聖中晏丞相薦公文學以大理寺丞為秘閣校理以言事忤章獻太后旨通判河中府久之上記其忠名拜右司諫當太后臨朝聽政時以至日大會前殿上將率百官為壽有司以具公上疏言天子無北面且開後世弱人主以強母后之漸其事遂已又上書請還政天子不報及太后崩言事者希旨多求太后時事欲深治之公獨以謂太后受托先帝保佑聖躬始終十年未見過失宜掩其小故以全大德初太后有遺命立楊太妃代為太后公諫曰太后母

號也自古無代立者猶是罷其册命是歲大旱蝗奉使安撫東南使還會郭皇后廢率諫官御史伏閤爭不能得貶知睦州又徙蘇州歲餘即拜禮部員外郎天章閣待制召還益論時政闕失而大臣權奸多忌惡之居數月以公知開封府開封素號難治公治有聲事日益簡暇則益取古今治亂安危為上開說又為百官圖以獻曰任人各以其材而百職修堯舜之治不過此也因指其遷進遲速次序曰如此而可以為公可以為私亦不可以不察由是呂丞相怒至交論上前公求對辯語切坐落職知饒州明年呂公亦

罷公徙潤州又徙越州而趙元昊反河西上復名相呂公乃以公為陝西經畧安撫副使遷龍圖閣直學士是時新失大將延州危公請自守鄜延捍賊乃知延州元昊遣人遺書以求和公以為無事請和難信且書有僭號不可以聞乃自為書告以逆順成敗之說甚辯坐擅復書奪一官知耀州未逾月徙知慶州既而四路置帥以公為環慶路經畧安撫招討使兵馬都部署累遷諫議大夫樞密直學士公為將務持重不急近功小利於延州築青澗城墾營田復承平永平廢寨熟羌歸業者數萬戶於慶州城大順以據

要害又城細腰葫蘆於是明珠滅臧等大族皆去賊為中國用自邊制久隳至兵與將常不相識公始分延州兵為六將訓練齊整諸路皆用以為法公之所在賊不敢犯人或疑公見敵應變為何如至其城大順也一旦引兵出諸將不知所向軍至柔遠始號令告其地處所往築城至於版築之用大小畢具而軍中初不知賊果走追者不渡而河外果有伏賊失計乃引去於是諸將皆服公為不可及公待將吏必使畏法而愛己所得賞賚皆以上意分賜諸將吏使自為謝諸蠻質子縱其出入無一人逃者畨酋未見名

之臥內屏人徹衛與語不疑公居三歲士勇邊實恩信大洽乃决策謀取橫山復盡武而元昊数遣使稱臣請和上亦召公歸矣初西人籍為鄉兵者十数萬既而黥以為軍惟公所部但刺其手公去兵罷獨得復為民其餘兩路既得熟羌為用使以守邊因徙屯兵就食內地而紓西人饋挽之勞其所設施去而人德之與守其法不敢變者至今尤多自公坐呂公貶群士大夫各持二公曲直呂公患之凡直公者皆指為黨或坐竄逐及呂公復相公亦再起被用於是二公懽然相約戮力平賊天下之士皆以此多二公然

卷三八　四

朋黨之論遂起而不能止上既賢公可大用故卒置群議而用之慶曆三年春召為樞密副使五讓不許乃就道既至數月以為參知政事每進見必以太平責之公嘆曰上之用我者至矣然事有先後而革弊於久安非朝夕可也既而上再賜手詔趣使條天下事又開天章閣召見賜坐授以筆使疏於前公惶恐避席始退而退列時所宜先者十數事上之其詔天下興學取士先德行不專文詞革磨勘例遷以別能否減任子之數而除濫官用農桑考課守宰等事方施行而磨勘任子之法僥倖之人皆不便因相與

騰口而嫉公者亦并外有言喜為之佐佑會邊奏有
驚公郎請行乃以公為河東陝西宣撫使至則上書
願復守邊郎拜資政殿學士知邠州兼陝西四路安
撫使其知政事才一歲而罷有司悉奏罷公前所施
行而復其故言者遂以危事中之賴上察其忠不聽
是時夏人已稱臣公因以疾請鄧州守鄧三歲求知
杭州又徙青州公益病又求知潁州肩舁至徐遂不
起享年六十有四方公之病上賜藥存問既薨輟朝
一日以其遺表無所請使就問其家所欲贈以兵部
尚書所以哀卹之甚厚公為人外和內剛樂善汎愛

卷三八　五

喪其母時尚貧終身非賓客食不重肉臨財好施意
豁如也及退而視其私妻子僅給衣食其爲政所至
民多立祠畫像其行已臨事自山林處士里閭田野
之人外至夷狄莫不知其名字而樂道其事者甚衆
及其世次官爵志于墓譜于家藏於有司者皆不論
著〻其繫天下國家之大者亦公之志也歟銘曰
范於吳越世實陪臣叔納山川及其士民范始来此
中間幾息公奮自躬與時偕逢事有罪功言有違從
豈公必能天子用公其艱其勞一其初終夏童跳邊
乘吏始安帝命公往問彼驕頑有不聽順勦其定根

公居三年怯勇隳完兒憐歎擾卒俾來臣戛人在廷其事方議帝趣公來以就予治公拜稽首茲維艱哉初匪其難在其終之羣言營營卒壞於成匪惡其成惟公是傾不傾不危天子之明存有顯榮歿有贈謚藏其子孫寵及後世惟百有位可勸無怠

○文正墓雖不在吳而孤忠大節為宋朝第一等人○且其義田祖墓在是因録之

○○滕學士甫墓志銘（代張文定公作）　蘇軾

神宗英文烈武聖孝皇帝初臨海内厲精為治旁求天下以出異人得英偉大度之士滕公元發始見知

于英祖而未及用書其姓名藏于禁中帝以是知之既見公姿度雄爽問天下所以治亂不思而對曰治亂之道如黑白東西所以變色易位者朋黨亂之也帝曰卿知君子小人之黨乎公曰君子無黨譬之草木綢繆相附者蔓草非松柏也朝廷無朋黨雖中主可以濟不然雖上聖不治帝太息曰天下名言也遂以右正言知制誥諫院開封府拜御史中丞翰林學士且大用矣而公性疏達不疑在帝前論事如家人父子言無文飾洞見肝鬲帝知其誠盡事無鉅細人無親疏輒以問公或中夜降手詔使者旁午公隨事

解荅不自嫌外而執政方立新法天下洶洶恐公有言而帝信之故相與造事詆公帝雖不疑然亦出公於外以翰林侍讀學士知鄆州移定與青留守南都徙齊鄧二州用公之意蓋未衰也而公之妻黨有犯法至大不道者小人因是出力擠之必欲殺公帝知其無罪落職知池州徙蔡未行改安州既罷入朝未對而左右不悦者又中以飛語復貶筠州士大夫為公危慄或以為且有後命公談笑自若曰天知吾直上知吾忠吾何憂哉乃上書自明帝覽之釋然即以為湖州方且復用而帝升遐公讀遺詔僵仆頓絶久

之乃藴曰已矣吾無所自盡矣今上即位徙公為藴
楊二州除公龍圖閣直學士復以為鄆州徙真定河
東治邊凛然威行西北號稱名將而宦官為走馬者
誣公病不任職詔徙許州御史論公守邊奇偉之狀
且言公不病詔復留河東而公已老蓋年七十有一
矣即力求淮南上不得已乃以為龍圖閣學士知揚
州未至而薨蓋元祐五年十月二十四日也方平歷
事三宗逮與天聖景祐間賢公卿遊公雖為晚進而
開濟之道邁往之氣蓋有前人風度以先帝神武英
斷知公如此而終不大用每進小人輒讒之公嘗上

章自訟有曰樂羊無功謗書滿篋郎墨荷罪毀言日
聞天下聞悲之鳴呼命也夫公諱甫字元發其後避
高魯王諱以字為名而字達道東陽人也滕氏出周
文王之子錯封於滕所謂滕叔繡者十一代祖令琮、
為唐國子司業令琮、生太常博士翼、生贈戶部侍翼
郎侁々生贈礼部侍郎蓋々生戶部尚書贈右僕射
珣々生大中大夫睦州刺史迈々生越州觀察推官
勱々生祠部郎中文規文規生公之曾祖諱仁俊為
温州永嘉令祖諱監不仕皇考諱高贈中大夫曾祖
母祖母皆范氏継、母陳氏皇妣王氏追封太原郡祖、

君生公之夕夢虎行月中而墮其室九歲能賦詩敏捷過人范希文皇考舅也見公而奇之教以為文希文為蘇州而安定胡先生瑗居于蘇公往從之門人以千數第其文公嘗為首常舉進士試於庭宋子京奇其文擢為第三人而以聲韻不中法罷之其後八年復中第二三授大理評事通判湖州時孫元規守錢唐一見公曰名臣也後當為賢將授以治劇守邊之要召試學士院充集賢校理判吏部南曹除開封府推官三司塩鐵户部判官同修起居注判户部勾院公在舘閣未嘗就第見執政故宰相不恱不還者

十年既遇知神宗為諫官知無不言然御史中丞王陶論宰相不押班為跋扈上以問公〻曰宰相固有罪然以為跋扈則臣為欺天陷人矣為開封府三獄皆滿公視事之日理出數百人決遣殆盡京師翕然稱之為御史中丞中書密院議邊事多不合趙明與西人戰中書賞功而密院降約束郭逵修堡柵密院方詰之而中書已下褒詔矣公言戰守大事也安危所寄今中書欲戰密院欲守何以令天下願敕大臣凡戰守除帥議同而後下上善之諫官楊繪言宰相不當以其子判鼓院上曰繪不習朝廷事鼓院傳達

而已何與於事公曰人有訴宰相者使其子傳達之可乎且天下見宰相子在是豈敢復訴事上悟為罷之种諤擅築綏州具與薛向發諸路兵環慶保安皆出剽掠西人復誘殺將官楊定公上疏極言亮祚已納款不當失信邊隙一開兵連民疲必為内憂京師郡國地震公三上疏指陳致災之由大臣不悅出公知秦州上面諭公曰秦州朕非意也留不遣詔館伴契丹使前此館伴非其人使者議神塔子事往復紛然是歲契丹遣蕭林牙楊興公來聘朝廷憂之公見與公閒懷與語問其家世父祖事曲委詳盡與公驚

且喜不復論去歲事將去與公馬上泣別林牙謂與公曰君與滕公善豈將留此乎上聞之大喜因公奏事殿中歎曰朕欲擢卿執政卿逾月不對而大臣力薦用唐介矣公曰臣恨未有死所報陛下知遇豈愛官職者唐淑問孫覺言公短上不信悉以其言示公所以慰勞公者甚厚公頓首曰陛下無所疑臣無所媿足矣河朔地大震涌沙出水壞城池廬舍命公為安撫使官吏皆幄寂居民恐其棄家而茇舍公獨臥屋下曰民恃吾以生屋摧民死吾當以身同之民始歸安其室乃命葬死者食飢者除田税察墮吏修隄

防繕甲兵督盜賊河朔遂安使還大臣將除公并州上復留公開封府民有穎者為隣婦隱其金閱數月不能辨穎憤悶至病傴仗而訴與公公呼隣婦一問得其情取金還穎穎奮身仰謝失傴所在投杖而出一府大駭除翰林學士夏國主秉常被篡公言繼遷死時李氏幾不立矣當時大臣不能分建諸豪乃以全地王之至今為患今秉常失位諸將爭權天以此遺陛下若再失此時悔將無及請擇一賢將假以重權使經營分裂之可不勞而定百年之計也上奇其策然不果用欲以公為三司使力辭已而除公瀛州

安撫使公入頓首曰臣知事陛下而已不事黨人願陛下少留昔日之眷無使臣為黨人所快則天下皆知事君為得而事黨人為無益矣上為改容公以皇考諱辭高陽關乃除鄆州治盜有方不獨用威猛時有所縱捨盜為屛息移知定州許入覲力言新法之害曰臣始以意度其不可耳今為郡守親見其害民者具道所以然之狀至定州以上巳宴郊外有報契丹入寇邊民來逃者將吏大駭請治兵公笑曰非爾所知也益置酒作樂諭逃者曰吾在此虜不敢遣人動使各歸業明日問之果妄諸將以是服公韓忠彦

使契丹楊興公迎勞問公所在且曰滕公可謂開口見心矣忠彥歸奏上喜進公礼部侍郎再任詔曰寬嚴有體邊人安焉公因作堂以安邊名之公去國既久而心在王室者著書五篇一曰尊主勢二曰本聖心三曰校人品四曰破臣黨五曰贊治上之其畧曰陛下聖神文武自足以幹運六合譬之青天白日不必點綴自然清明識者韙其言天下大旱詔求直言公上疏曰新法害民者陛下既知之矣但下一手詔應熙寧二年以來所行新法有不便者悉罷之則民氣和而天意解矣富彥國之守青州也嘗置教閱馬

步軍九指揮彥國既去軍稍缺不補公至請復完之至溢額數千其後朝廷屢發諸路兵至今為盛其謫守池安皆以靜治聞飲酒惟青州與王或喪失不還賦詩未嘗有遷謫意侍郎韓丕旅殯于安五十年矣學士鄭獬安人也既没十年貧不葬又為葬之著克作佐郎木炎居喪以毁卒公既助其葬又為買田賙之教使謝謹市物于安因緣為奸民被其毒公容疏奸狀上為罷黜謹自安定先生之亡公常割俸以賙其子及為湖州發其墓哭之慟東南之士歸心焉自楊徙鄆歲方鄆乞淮南米二十萬石為郡學士食不

給民有爭公田二十年不決者公曰學無食而以良田飽頑民乎乃請以為學田遂絶其訟學者作新田詩以美之時淮南東京皆飢公獨有所乞米為備召城中富民與約曰流民且至無以處之則疾疫起并及汝矣吾得城外廢營地欲為席屋以待之民曰諾為屋二千五百間一夕而成流民至以次授地井灶器用皆具以兵法部勒少者炊壯者樵婦女汲老者休民至如歸上遣工部郎中王古按視之廬舍道巷引繩棊布肅然如營陣古大驚圖上其事有詔褒美蓋活五萬人云徙真定乞以便宜除盜許之然訖公

之去無一人死法外者秋大熟積飢之民方賴以生而有司爭糴穀貴公奏邊廩有餘請罷糴一年從之徙知太原府河東兵勞民貧而士豪將吏皆利於有警故喜作邊事民不堪命公始至蕃族來賀令曰謹斥堠無開邊隙有寇而失備與無寇而生事者皆斬自軍司馬沿邊安撫以下皆勒以軍法西人獵境上河外諸將請益兵公曰寇來則死之吾不出一兵也河東十二將其四以備北其八以備西八將更休為上下番是歲八月邊郡稱有警請八將皆上謂之防秋曰公賊若并兵犯我雖八將不敵也若其不來四

将足矣卒遣更休而将吏惧甚扣閤争之公指其頭曰吾已捨此矣頭可斷兵不可出卒無寇省芻粟十五萬河東之所患者塩與和糴也公稍更其法明著税額而通塩商配率粮草視物力高下而不以占田多少為差民以為便陽曲縣舊治城西汾決徙城中縣廢為荒田公奏還之使縣治隄防如黄河民復成市諸将駐列城者長吏或不悅据誣以事有至死者公奏立法将有罪徙他郡訊驗諸将聞之喜曰公保吾生當報以死西夏請復故地詔賜以四寨而葭芦隸河東公曰取城易弃城難昔弃囉兀西人襲我不

脩喪金帛不資且為夷狄笑乃命部將訾虎蕭士元以兵護還號令嚴整寇不敢近無一兎之失將賜寨公請先畫界而後弃不從西人已得地則請凡畫界以綏德城為法從之公曰若法綏德以二十里為界則吳堡去葭蘆百二十里為失百里矣國家以進退尺寸為強弱今一舉而失百里不可力爭之已而諜者德城人之謀曰吾將勁兵於仁吳二塞之間刼漢使不得出兵則二寨亦棄矣公遂復申前議章九上至數萬言議者謂近世名將無及公者公為文與詩英發妙麗每出一篇學者爭誦之篤於行義事父母

撫諸弟以孝友聞臨大事决大議毅然不計死生至於己私則小心莊栗惟恐有過其事上及與人交馭将吏待妻子奴婢一以至誠任自大理評事至右光禄大夫職至龍圖閣直學士勲至上柱國爵至南陽郡開國侯食邑至一千六百户實封至八百户贈銀青光禄大夫有文集二十巻娶李氏唐御史大夫栖筠之後晉卿之女累封建安郡君先公卒贈永寧郡君子三人祐祁皆承奉郎裕尚幼女五人長適朝請郎知楚州何洵直次適宣德郎秘書省正字王炳早卒次適宣德郎太學博士王涣之次復適王炳李適

方平之子朝散郎南京通判恕孫男六人將以元祐七年八月二十二日癸酉葬於蘇州長洲縣彭華鄉陽山之栗鳴銘曰　天之降材千夫一人人人之逢時千載一君生之既難得之豈易而被讒人曾不少置昔帝堯在甚畏巧言讒說震驚雖堯亦然偉哉滕公廊廟之具帝欲用公將起輒仆賴帝之明雖仆復興小試於邊戎狄是膺日月逝矣歲不我與老成云亡吾誰與之若古有訓無競維人公之治邊折衝精神猛虎在山藜藿茂遂及其既亡樵牧所易公官三品以壽考終我銘之悲夫豈為公

○○滕章公墓　王賓

荒凉不見舊碑銘遍問人誰識姓名却是勳賢滕達道幾番為將鎮邊城

○滕章敏公墓在陽山栗隖

○○樂圃先生墓表　米芾

樂圃先生吳郡朱氏名長文字伯原光禄公之子十九歲登乙科病足不肯從吏趨築室居郡樂圃坊有山林趣著書閱古樂堯舜道久之名稱藹然一邦向服郡守監司莫不造請謀政所急士大夫過者必奔走樂圃以後為耻名動京師公卿薦以自代者甚衆

天子賢之起為本郡教授以為未廣也起為太學先生以道授多士未幾擢東觀仍兼樞府屬元符元年二月丙申遘疾不祿享年六十子耜杭州鹽官尉耦耕舉進士以六月葬至德鄉從光祿之塋先生道廣不疵短人〻亦樂趣先生勢不在人上而人不敢議蓋見之如麟鳳焉方擢欲使大施設而命不假朝野惜之著書三百卷六經有辨說樂圖有集琴臺有志吳郡有續記又著琴史其序畧曰方朝廷成太平志也至於詩書藝文之學莫不騷雅造古死之日家徒藏書二萬卷天子知其清特贈縑百疋嗚呼先生可

謂清賢矣予昔居郡與先生遊而知先生者也表曰窮達有命出處有時司出處者非命而誰時與命違士能不出〻而無命就諗於時升公之堂理公朱絲清音不改樂圃松悲嗚呼哀哉｜江淮荆淛等路制置從事米芾表

樂圃朱長文墓在支硎山南峰西　張景脩銘。

宋定城令方氏夫人墓志銘　方汝勉

夫人方氏諱靜真世出莒溪皇曾祖朝散大夫渭皇祖朝奉大夫通判紹興府案皇考廸功郎丹徒縣主簿煥後占姑蘓故從事郎定城令君趙公用夫人生

於乾道庚寅三月二日終於淳祐辛丑三月四日享年七十有二以男遇明慶霈封太孺人子三人長勱疾廢次男永直郎淮東摠領所準備差遣皆先夫人亡次鵬舉業儒女三人長適廸功郎江州司戶楊澤次適進士張復震孫男七人出繼者一女四人明年壬寅二月庚申鵬舉護夫人柩葬於姑蘓長洲縣彭華鄉虎嘐之原合定城公之兆也夫人性婉而識明氣剛而志正言動皆典刑趙氏内外五千指咸取則爲治家以儉樸爲先初笄之衣暮年翼如也然財不求豐僅足而已姻親貧者賙之恐後每嘆曰吾少時

屯棘更嘗至矣今粗得清適於是爐香貝葉自課忘倦淺斟無筭竟日熙熙忽嬰微疾卒然而逝得道者莫能過也卜葬有日鵬舉書来求銘汝勉於夫人為内表而夫人之在盛氏也以女娶爲期待尉薦最為深學且知夫人行實甚熟也其敢以不文辭銘曰

苕溪之淑媖于姑蘇趙族蕃熾閭言一無定城公後撫其諸孤不愧三遷賢譽翕如儉以礼制嚴以恕扶内默遊心能味其腴鬱哉佳城虎嘐之墟勒銘堅石萬處與俱

表弟朝奉郎通判福建軍州兼管内勸農事汝勉撰

從弟從事郎新建康學教授逢辰書

文林

郎差充淮東制置大夫準備差遣王棨題蓋

○○宋故武功大夫濮州團練使兩浙路摠管開

○○公埋銘　　趙天瑞

公諱趙字興宋世為沂州臨沂縣人公名本姓也因
夷狄亂華以開為姓者欲開大我國家之疆土云耳
曾祖喜祖忠俱贈武義大夫父某封武義大夫其封
贈皆從本姓則公改姓之意又著矣曾祖妣李氏祖
妣張氏母某公自紹興二十八年結豪傑起義兵衆
推公為首不旬日有衆數萬收復密州日照縣等處
聚集忠勇三十餘萬攻淄齊等州差充忠義軍馬都

統制額京東河北路招撫使李寶同遊海道十一月差充山東河北路忠義兵馬都統制將所將大漢軍三千餘人及本部統制將等二萬餘人帰正本朝三十二年春授脩武郎閤門袛候充忠義遊擊軍都統制秋轉武翼郎隆興元年二月轉武功郎改差充沂州忠義軍馬都統制告為先海州策應解圍之功也當年壽皇登極覃恩轉武英大夫差充鎮江府駐扎御前右軍統制二年召對稱旨賜金帶差統殿司右軍統領十一月改差充江陰軍駐扎御前水軍統制結局依前殿司供職乾道二年轉武略大夫英州刺

史告為膠西峇州之功也三年将歸正人情忻作過例降受武義大夫依前英州刺史添差兩浙西路兵馬都監臨安府駐札四年叙復武畧大夫充浙西兵馬鈐轄臨安府駐札七年依前兵馬鈐轄平江駐札未赴改平江府兵馬總管轉武顯大夫淳熙改元添差浙西馬步軍副摠管五年轉武義大夫十二年因父武義侯疾危剖肝以救事聞於朝上謂公孝其可特授濮州團練使十二月丁武功憂服除再任公以紹熙改元三月一日終于平江私第之正寢享年五十有七是年六月十四日葬于長洲縣彭華管山鄉

之原去武義墳無步二十妻令人林氏先陷虜未歸得旨許娶乃娶解氏先公十年卒公有子天瑞天錫保義郎從祖武義姪以為繼曰佐保義郎試中村武未注授曰偉保郎見任侍衛步軍司左軍馬軍準備將曰佑曰伸習舉業曰儀曰侁皆幼孫男四人孫女一人孤子天瑞銜哀識

宋鎮東將僉判王公墓志

王庚孫

先君諱斗文字仰之先世自閩徙吳遂為笠澤人少力學精六典嘉定己卯預鄉薦庚辰登乙科其歷官以丁艱而不赴者一慶元戸椽也以選部注者二池

陽警曹金陵酒庫也以為辟差者三當塗差遣淮西摠幕也以京秩之先先其剡薦則提舉趙公范郡守楊公空雲汪公綸制使　善湘以陞削舉制使吳公　蔡公範帥閩陳公愷楊公恢督視史公　以改秩舉曹使曾公穎茂鄭公起潛京尹趙公與　郡守高公夢月以陞削舉參政王公伯大侍郎樓公治以特薦舉也其積階則由廸功郎閱陞從政郎由儒林郎改通直郎洎轉奉議郎為憲臺誣以他過降授宣教郎越六年而後復繼轉承議郎自淳祐己酉再起合該朝奉郎方磨勘間而先君朝旨往鄞郡審勘

死囚染疾致斃郡守憐其勤勞王事有請於朝令通理納祿矣先君性恬澹雖登仕版不改寒素善與人交手不停編小善一藝無不録也庶以律己勤以盡職若身家若一不暇計故宦遊所至有聲書判成帙飭吏事者爭傳以為法不務進取每以耐菴自號督餉循資則悉遜同寅而不介蔕獄空底績則三見其效而不自矜處帥幕則放軍請之孤遺寧京幾則以己俸而代賦所施未及萬一竟以淳祐辛亥仲冬七日捐館享年六十有五曾祖閔故從事郎祖亶隱德不仕父籍累贈朝奉郎母太安人施氏後先君十有

一月卒妻陶氏封孺人子庚孫將以次年孟冬癸酉奉柩葬于長洲縣彭華鄉滸墅之原葬且薄未暇乞銘當世君子姑叙梗槩納諸壙云宗弟迪功郎新差充通州州學教授莧填諱孤子庚孫泣血書

重封宋圯墓大畧　方鵬

滸墅虎疁之諱名其地平原葬稍缺處亦不寵避浸惟攢石負土封為丘嗣祀無恙世遠祀弗嗣民日稠廬燥而居墓罹不仁之害矣予未改尼院為義塾與民比隣古之葬地也蔽於環居而莫知之民患錦執負租累歲故納塾傍西園作便所往視盡圯塚露

卷三八　廿

三木左中並而中陷右下皆尺餘環木盡脱僅一畦剗塚土而高下未夷詢董工民云趙王墓也録泐志來見則宋承議郎耐菴王先生所葬命完砌移土厚封西界鈪垣通門於塾以杜外伺夷畦傴垣樹栢數十株餙溝臺得志石一角覓集散泐又宋定成令配孺人方氏刻也緣地連葬續人次姓合稱日久傳訛遂爵指之非也兩石尚恙可據聞趙石為奸者滅跡於水無可覓今按方志則三木皆趙定城者或以石木少讓為耐菴之柩斷無此理方以淳祐壬寅合葬於定城之兆趙氏內外取則於方尚五千指而王庚

孫瘞耐菴則淳祐壬子相距十年趙豈竟絕而容異姓亂邪況庚孫自志厥考又非昧者必知遠嫌肯自亂其祀邪人之冢以附其親孝子能為之哉至愚泥術私己葬氣破亦不為也有謂趙之副室附於方之右不敢齊下之理或然耳及審耐菴墓傾泽輩又云前數年有民傾燁訟民孫永吉兄弟發二丁官令冢皆不存居方另姓矣耐菴之墓必罹此害也由此觀之發人之冢者安於無主竟為他人圖而掐自絕焉天道好還鬼神所司假手之報豈欺無主哉耐菴墓無迹矣幸泐石可集甓立於塾園趙之門南昭不襍

亦托以孝享祀人為同類斯文更親之嗣幽宜豈無戚焉君子不忍也二先生斯文也時而祀之君子可以觀其仁焉之嗣之俗庶乎免夫雖古之人莫親然從土自學慎防也趙之三木三百餘年非堅莫待今完木更重也而今而後仁人孝子鑒亦昭昭矣

三圯墓衖豎辟義塾所得事具方鵬封墓畧內

○○韓忠武王世忠中興佐命定國元勲之碑

上纘祚之十五年　　趙雄

上纘祚之十五年威行德孚丕冒海隅出日罔不畏服罔不顧為臣妾上益勵精行健與大有為聞鼓鼙

而思勲臣于昕夕不忘乃二月甲午制曰韓世忠感
會風雲功冠諸將可特賜忠武蓋太師韓蘄王之薨
之葬至是已二十有六年而褒崇益光遂與漢丞相
亮唐汾王子儀同謚宸奎内出不由有司中外偉瑒
之時王子彥古方居蘄國夫人憂聞詔感泣継血郎
拜䟽謝又拜䟽請曰草土臣彥古謹昧死言臣之先
臣世忠發身戎行逮事徽宗欽宗皆著顯効曁委質
太上皇帝自大元帥覇府洪濟于中興始終實備大
任仰憑宗社威靈與太上皇帝廟謨神筭摧勍敵如
拉朽芟劇盜如刈菅大戰數十小戰數百豐功盛烈

光照古今不幸早棄明時亦既積年陛下憫念勳劳
固嘗爵以真王錫之美謚獨墓道之石無名與文惟
陛下哀矜究此光寵豈獨諸孤顯耀抑先臣有知猶
當效結草之忠天子曰嗚呼惟乃父世忠自建炎中
興實資佐命式定王國時惟元勳予其可忘乃親御
翰墨大書曰中興佐命定國元勳之碑翌日朝諸將
于凌虛閣特詔彥古戎服入見面賜御書俾冠于碑
首顧謂諸將曰世忠有大功於帝室今彥古亦克有
志世其家予惟寵嘉之是用錫此豐碑諸卿勉哉諸
將感激奮躍益知 國家之不負臣下也忠孝之不可

以不盡也功名之不以、不、力也皆趋下再拜彦古可
亦再拜泣而出既又詔禮部尚書臣雄曰汝其銘世
忠之碑臣雄以謂聖主褒崇元臣茲事體大顧末學
弗稱且祖諱與王名謚適同尋上書懇辭上遽批出
畧曰君前臣名臨文不諱不許辭免臣雄於是惶恐
奉詔謹拜手稽首上故太師蘄忠、武王遺事曰王諱
世忠字良佐姓韓氏韓、本古列國後為秦所併子氏、
孫自韓原渡河散居、延安以國為姓故王世為延安
人曾祖諱則居鄉以義俠聞家故饒財賑貧藥病多
所全活既沒有異人撫其所葬地曰代〻當生公侯

後以王貴贈太師楚國公曾祖妣郝氏吳國夫人祖諱廣考諱慶皆贈太師秦陳二國公祖妣高氏妣賀氏冀楚二國夫人楚國生五大夫子王其季也始震之夕有光芒出屋閭鄉鄰以為火各具綆缾馳救至則聞王生皆異爲就襁褓瞰流瞬〻則目光如電楚國游驚而心奇之少長風骨偉峙尚氣節能屈西邊諸豪里中惡少年皆俛首不敢出氣則爭、之服役爲或負債不償者王輒為償負者多闔亟持所償愧謝里俗為之一變有寃抑不以謁郡縣而謁諸王咸得其平由是名聞關陝嘗過米脂寨姻家會飲日已夕而關閉王怒以臂拉門關鍵應手而斷旦視之其木兩拱餘關吏駭服年未冠以勇敢應募鄉州挽强盖弓一百觔嘗乘悍馬手舞鐵槊奔馳二郎山峭壁間觀者膽裂同列無一人敢繼者軍府校藝獨用鐵胎弓所向雖金石皆洞貫其騎射絶人類此時崇寧四年也屬西方多事王每聞邊遽至輒上馬或不問鞍而奮喜與交遊痛飲資用通有無或不持一錢相從謁酒肆貰酒期於戰獲鬻級以償王出必多獲由是同列皆饒給銀州之役綵從党萬以行父母素鍾愛不許王固請于陳公曰大丈夫當建功業取公侯豈

宜齪齪自守陳公奇其志乃聽去軍甫至而城閉王直排扉入斬主將擲首陴外三軍乘之大克继而夏人以重兵來寇次蒿平嶺王與党萬悉精鋭鏖戰賊解去西突騎忽出間道擣我營將士驚愕王獨部敢死士殊死鬬賊少却王為殿見一騎士甚武揮槍而前問俘者為誰曰十軍監軍駙馬郎君兀哆也王躍馬從之斬其首賊遂大潰由是西邉益服王威名經畧司圖上其事且乞優賞會童貫專制邉事疑敢勇皆勢家子有所增飾止許補一資衆譁不平而王恬不芥蔕當時識者知王器量宏遠矣從劉延慶築

天降山寨敵遯有之延慶令王守北門王夜縋城而上斬二級割護城鐘以獻維逢敵於佛口寨斬賊首數級始補守闕進義副尉至尉底河又斬三級轉進武副尉會妖人方臘起桐廬自號聖公殺掠吏民自浙河東西至于江南毒流蓋千里南方素無兵備詔調西帥討之王部勇敢五十人隨王稟以往遇別將王淵於杭之北關堰橋會大潦道不通賊掩至淵惶怖不知所出王造淵說曰今賊據險爭利我不以智勝而以力拒可乎淵怒曰何人敢爾王益辨論不少屈淵曰汝雖能言頗聞必勝之說王為調一二且請

以所部邀擊淵命取軍令狀以去明日會戰賊勢張甚王選敢勇二十餘人伏堰橋傍須臾伏發賊衆大亂王追至洵舟前斬首数級師遂大克淵乃嘆服曰真萬人敵盡以所隨白金器賞焉與淵定交自此始至今杭人呼堰橋為得勝橋云時天下忘戰日久盜起倉卒天子宵旰南顧詔能得渠魁者授兩鎮節鉞王單騎窮追至睦之清溪洞賊根據岩屋為三窟諸將継至莫知所從入王潛行溪谷間問野婦得其洞口即挺身仗戈而前榛棘嶔崎越險数里擣其巢穴縛偽八大王格殺数人臘遂就擒併俘以出辛興宗

後至領兵截洞口掠王俘以為己功故王不受上賞
別帥楊維忠還闕少伸其事但超轉承節郎朝廷議
復燕山調諸軍以行至則皆潰王往見劉延慶抵滹
沱河獨與蘸格等五騎列于高岡戒勿動值燕山潰
卒未會然皆重傷者王即命艤舟河岸約曰虜奔即
鼓噪助聲勢王乃獨躍馬薄賊向折自如虜疑分之
為二隊據坡以觀王出其不意突刺二執旗者因縱
擊格等五騎應於後舟中潰卒亦鼓噪如約虜疑我
伏發遂大潰追斬甚衆是時山東河北盜賊蜂起王
從王淵討捕所在摧鋒於大名境中殺水賊幾盡大

破湯村強盜桀建奇功轉秉義郎以偏將從梁方平經畧東事賊揚天王透手滑聚衆数千冦尉氏一戰擒其渠帥餘黨悉平臨沂賊武髯衆数萬戰于韓王店又平之沂州賊徐進衆五萬而官兵不滿五千王止以衙兵五十餘薄賊誅馘悉盡又青社賊張先水鼓山賊劉大郎望仙山賊高托山集路山賊賈進莒賊徐大郎衆皆不下萬人大者或跨州兼邑王每身先諸將次第擒滅又殺獲東海賊張藂等由濟南振旅而歸於是山東諸盜悉平轉武節郎欽宗即位之初王從梁方平防河濬州金人大軍已壓濬境方平

漫不顧以為他盜王訖曰今之来者金虜耳願公速
整行陣為護河計河一失守宗社阽危公可忽乎王
忠憤由中詞氣激烈方平怒俾王以三十騎當敵曰
回硬探實欲致王死地王遇地輒戰以實歸報方平
猶以為紅巾賊不設備及虜進廹屯子橋則方平脫
身遁矣王師既失主帥数萬之衆皆潰虜騎大至陷
数十重圍中意氣弥壯挺鎗奮躍而前所向披靡虜
嘆異小却即潰圍出殺諸軍焚橋而歸至京師欽宗
聞王勇冠三軍召對便殿且訊方平失律之狀王條
奏甚悉轉武節大夫俄召諸路勤王兵入衛王隸京

卷三六　廿八

城四壁為統領屬虜人許割三鎮而還王淵為河北揔管辟王為先鋒統制有勝捷軍統制張師正者戰敗轉從大名留守宣撫使李綱斬之以殉師正所部本童貫貫牙兵初貫創勝捷軍諸軍之選每禁軍一指揮所選止一二人或三四人皆人物魁梧武騎超絶者總淂五千餘人後隷師正師正死此軍懷反側遂相約為亂鼓行而東刦掠淄青間影附脅從者四五萬人號二十萬所過無有噍類山東復擾王以成將寓大名雅為綱所器重遂檄王以所部五百人討之至淄河以軍分為四隊布鐵蒺蔾窒歸路令曰前

則有功退則死有怯走者許後隊殺以為功於是士皆效死莫敢回顧至夜半縱兵襲賊砦賊皆驚擾且為接戰大破之斬其魁李復餘悉奔潰王窮追不已賊伏潰卒數千出我不意王不及介胄上馬趍之矢石雨下指臂吻鼻中四鏃王怒折箭披弓拔刃經前殺為首者六人賊衆又奔追至宿遷其衆尚萬餘謂已遠王不能及方擁衆所掠子女椎牛飲酒王单騎疾馳夜造其營呼曰大軍來矣速束戈卷甲吾能保全汝等以共功名賊自淄河破胆皆跪請命曰願吾父貸死因進牛炙斗酒王下馬飲啖輟盡衆莫敢動

悉束手降黎明見王所部止此始悔之而業以解甲莫不相顧失色遷左武大夫果州團練使將所降朝京師欽宗再賜對慰奬甚渥賜衣甲鎗牌除正任單州團練使就命將所部屯滹沱河真定失守王知滹沱形勢已蹙去之趙〻守蓋王淵云淵得王恃以自固虜再入寇趙知王在為攻益急累募援絶孤城吏數日始破王一夕潛將三百人擣其營虜大驚亂翌日遁去後有自虜來者始知大酋二都統是日被鎗已斃衆遂不能支除嘉州防禦使將所部還大名搃管趙野辟為前軍統制光堯壽聖憲天體道性仁誠

德經武緯文太上皇帝時以天下兵馬大元帥駐濟陽王領所部勸進復自濟陽次南京虜縱兵逼城人心洶懼王據西王壁力戰虜稍却翌日再至而酋帥白馬三郎以衆數萬薄城王時所將僅千人與賊遇单騎突之斬酋帥以還部兵乘勝鏖鬪虜衆潰南京圍解郡守卒父老迎謁居民香夾道多感涕者於是還詣濟陽勸進遂扈蹕如南京太上即位授光州觀察使帶御器械王請移蹕長安下兵收西河朝議不從始建御營以王為左軍統制詔平濟州山口賊解大刀李昱等所向剿除陞定國軍承宣使依前帶御

器械制曰解趙城之圍威鎮河朔却胡馬之收效著
睢陽皆紀實也王以車駕所部幸維揚扈從甫至賊
有張遇者號一窩蜂既破儀真自金山以衆來降抵
城而不解甲扈從危懼王單騎造其壘曉之以逆順
禍福叱使速降衆遂解甲聽命李民擁衆十萬亦既
來降比至維揚復狼顧整屬器械詔王淵處置淵以
屬王王往諭旨誅梗議者劉彥驅李民以出縛小校
二十九人送淵戮之以民隸王軍分其衆屬大將軍
後事遂定授王京西等路捉殺內外賊盜時虜再犯
河雖王卒敢死士戰于孝義橋所殺已數千人而別

將以後軍先退虜衆乘我王身被鏃如棘卒力戰以免後至汴詰先退一軍皆斬左右趾以徇威令大振自是軍不復敢矣召還行在授鄜延路副總管加平寇將軍承節帶御營統制如故未幾詔王領所部如山東王聞車駕幸錢塘遂由海道趨行在時建炎三年也未至有稗校叚思亡至都下詭言王兵潰陷虜物情震駭殿前統制苗傅劉正彥素蓄異心聞王陷沒無復忌憚遂勒兵反殺簽書樞密院事王淵及內侍數十人奉太上居別宮凶熖熾甚神武中軍統制官吳湛又陰與同惡王在海上聞變望闕慟哭舉酒

酹神曰誓與此賊不共戴天舟中士卒亦皆痛哭思奮時禮部侍郎張浚在平江方欲議討亂與諸將環坐計未有所出聞王且至吏相慶曰韓公之來此事必辦王至見浚相與號泣曰何猶豫為即日與浚定復辟之議乃先諸將啟行時道謹言傳正彥謀挾乘輿以出中外洶懼王曰賊素知畏我我至彼敢爾耶尋命偏將張世慶搜絶諸路郵置使偽命不行至嘉禾造攻具甚急傳正彥矯制正王且除節鉞王不受命會江淮兩浙制置使呂頤浩亦來王迎謁於郊頤浩問曰賊計無他虞乎王曰彼怙勢憑衆脅助鐵券自

謂不敢安有他虞又問可必勝乎王曰以順討逆何為不勝順浩曰知彼知己可以戰矣時楊國夫人及二子質傅軍防守甚嚴王畧無顧念會隆祐太后宣見楊國楊國詣傅紹曰太尉作如許事公來矣於太尉何如傅乃屈膝拜曰頓奉兄嫂禮謹具鞍馬煩夫人好為言是日入見隆祐宣問周悉執楊國手垂泣曰國家艱危至此太尉首来救駕可令速清巖陛楊國奉詔馳出都城遇傅弟翊于途告之故翊色動乎自捽耳楊國覺翊意非善愈疾驅一日夜會王于嘉禾王見之驚曰汝輩在耶俄而明受詔曰王至吾知

有建安官家安知明受耶斬其使焚其詔進兵益急傳等大懼遣將領張永載謝罪且出御札曰知卿已到秀州遠來不易朕居此極安寧苗傳劉正彥本為宗社終始可嘉卿宜知此意徧諭諸將務為協和以安國家王知脅求詔旨非太上本意諭永載曰天子即復位事可乃緩不然吾今以死決之賊得詔知不可解即日復太上明辟王晨夜兼行承宣使張俊遣兵三千助王王頗所部或非素所拊循乃悉收家屬諸軍及合戰臨平艤家屬舟岸下由是師徒登岸擊賊無一不用命若賊將苗翊馬柔吉以重兵負山阻

河為陣且於中流植木為鹿角以梗行舟岸間塗淳不可馳王乃下馬揮戈令軍中曰今日當以死報國若而不帶數箭者皆斬士殊死鬬轉至剪刀山下賊以衆神臂弓數千持滿而待王瞋目大呼挺刃徑前賊辟易矢不及發連戰皆大克直造北關門傳正彥自援江東制置使提禁旅數萬以遁朝廷慮其遂逸去詔能生擒傳正彥者有官人轉承宣使無官人授正任觀察使其餘獲逆黨賞各有差王入朝行宮拜且泣曰逆賊不道主辱臣死臣願受命縛此二逆因奏曰逆賊擁精兵數萬去甌閩甚邇萬一寖成巢穴

愈難撲滅臣請速除之未審聖意欲生致之耶抑函首以獻耶太上曰能殺之足矣臣誓生致之頭王曰戮都社為宗社刷恥不然則臣為欺天殿前虎賁有宋金剛張小眼者號膂力王乞以從欲俾獲俘來上時所部纔數千人請止以所部行太上壯之酌巨觥以餞因握手語王曰統制吴湛佐二叛為逆卿知之乎王曰此易與耳時湛已不自安嚴兵馬衛王詣湛與語手折其中指遂擒以出門下兵衛驚擾王按劍叱之無敢動又親擒湛黨王世修同日伏誅王遂行詔除武勝軍節度使御前左軍都統制王兼程追襲

賊方圍三衢閩王師来即解去將趋上饒王恐其或
溢蔓閩廣也徑自浦城捷出迎之漁梁驛與賊党遇
夜半勒兵距浦城十里賊跨溪據險設伏正彥屯溪
北傅屯溪南相約為應俄而接戰部將李忠信趙竭
節恃勇陷陣馬彥溥馳救死之王挺鎗徑前賊望見
咋曰此韓將軍也乃潰擒傅正彥及彥弟翊遣所乞
二虎賁護俘獻行宮斬于建康市師還至蔣山太上
遣中貴人賜金盒茶藥并御書忠勇二字表王旗幟
詔曰餘杭之難卿首奮忠勇已破凶逆朕之復辟惟
卿之功除檢校少保武勝昭慶軍節度使御前左軍

都統制楊國自碩人超封國夫人制曰智畧之優無愧前史納內中俸以示報爲功臣給俸妻自楊國始改除武勝定國軍節度使依前檢校少師御前諸軍都統制兀术入寇車駕復幸臨安命杜充以尚書右僕射守建康王守鎮江兼制海道王方治舟秀之青龍無何充以建康叛降于兀术兀术遂自建康渉宣城直至廣德徑趨臨安車駕又幸四明王聞之亟以舟師赴難未發兀术聞王在京口遽勒三十萬騎北還王即奏願留江上勦除使絶南牧之患遂提兵截大江以要之先降其將鐵爪鷹李選太上賜札曰比

在會稽呂頤浩獻議欲會兵京口邀截歸路遽覽來奏及圖上方畧寔契朕懷惟卿忠憤之誠謀慮之審千里之外不謀而同載覩圖規深所嘉歎今以獲賊資財物盡與將士并除空名札二百道用資給賞兀朮遣使通問王亦遣使臣石皋報之約日會戰數十百合虜終不得渡復致詞願還所掠假道不聽請益以名馬又不聽虜乃益兵儀真勢接建康兀朮軍於南揵棘軍于北王提海艦中流南北接戰相持黄天蕩四十有八日兀朮窘甚打話王酬荅如响時於佩金鳳瓶傳酒縱飲示之虜見王整暇色益沮乃祈假

道甚哀王曰是不難但迎還兩宮復舊疆土歸報明
主廷相全也兀朮語塞又数日求登岸會語王以二
人從見復申前懇而言不順王怒且罵引弓將射之
亟馳去虜自知力憊粮竭或生变而王舟師中流鼓
枻飄忽若神凡古渡津口又皆以八面控扼生路盡
絕乃一夕潛鑿小河三十里自建康城外屬之江以
通漕渠刑白馬剔婦人心兀朮自割其額祭天幸風
濤少休竊載而逃王諜知其謀悉舟師督戰會風弱
帆緩虜得以輕舸渡去土人称為番人河其後秦檜
主和更名新開河云先是王治兵鎮江嘗曰是間形

勢無金山龍王廟者虜必登此以觀我虛實乃遣
將蘇德以二百人伏廟中又遣二百人伏岸下約曰
聞鼓聲岸兵先出廟兵繼之數日虜至果有五騎趨
入廟廟中之伏喜先鼓而出五騎振策以馳僅得其
二有一人紅袍白馬既墜復躍馳而脫詰二人者云
即兀朮也是舉也兀朮僅以身免俘獲殺傷者不可
勝計所遺輜重山積所掠男女獲免者不知數又獲
龍虎大王舟千餘艘捷聞太上賜札曰卿比統率舟
師要擊虜冦忠勇之節遠近所聞相拒大江殆弥兩
月殺傷莫計俘獲良多所有已立功人早以功狀來

上當優典推恩又札曰胡馬飲江大肆殘虐卿感激思奮慷慨自期獨提全軍往邀歸路將士用命水陸齊攻捷音遠聞殺獲甚衆言念忠勞不忘嘉歎未幾除檢校少師武成感德軍節度使神武左軍都統制時劇盜數起閩中荊湖震擾朝廷為出禁旅遣辛企宗討之師老不能平福帥程邁監司侯懿等力請改命將帥章四十三上太上乃除王福建江西荊湖南北路宣撫副參政孟庾以行賊范汝為據建安衆踰十萬至僭造黃傘等王曰建居閩嶺上流使賊沿流而下則七郡皆無肉矣於是選輕銳航海徑趨福唐

擁衆而上福師迎謁且言賊方鋭宜少休以俟元夕王笑曰吾以元夕凱還見公矣因酌酒以别師次延平劍潭湍險賊焚橋以拒我師王策馬先浮以濟師遂濟士氣益倍距建寧百里許賊盡塞途路埋巨木為鹿角散布竹簽鐵蒺藜陷馬坑凡可以旅拒王師者無不用其至王即命諸軍偃旂仆鼓捨正路俾各擇便利沿山塹溪披跋荆棘遂達郡之鳳皇山繞出賊背下瞰城邑如在井底火樓巨石天梯雲梯百道齊攻汝為震怖以為從天而下五日城陷汝為竄身自焚回源洞中又有陸必強葉鐵骨陸必先張弓手

熊致遠等皆號賊驍將分兵四刦而葉諒者別以一
軍再寇邵武王悉擒斬之凡殺賊眾三萬餘人生擒
渠首張熊等五百餘人士人之附賊如施逵謝向陸
棠等皆械送行在所乃令軍人悉駐城上毋得下植
於城之三隅令士民自相別農者給牛穀穀使耕商
賈者弛禁為賊者使民得甘心脅從者貸遣建安征
之民自以為蒙再生家立生祠共刻其事于石至今
奉香火惟謹太上賜札曰省奏范汝為已就滅亡遂
釋朕南顧之憂其餘嘯聚賊党并葉諒等想已招捉
惟務隨宜處置勿留後患又札曰卿比執訊獲醜安

靖一方非特秋毫無犯給耕夫之牛使不失時雖古名將何以加諸朕始聞此喜而不寐是惟威愛兼得體我至仁加惠斯民者卿之勞苦寔永朕懷王遂條奏江西湖南群寇要須以時平定乘勝撲滅勢若破竹詔從之王旋師永嘉若將就休息者已而道括蒼上饒徑至豫章江濱連營數十里賊不虞王之猝至以為神大驚於是曹成馬友李宏等次第来降王悉分配諸軍即日移師長沙山東賊白纏笠劉忠有衆數萬嘗與兀术轉戰頡頏而南據祁陽之白綿山自黥其額號花面獸山險重複營柵相望凢一年莫敢

嬰其鋒者王始至即欲急擊之曰少延歲月湖南生靈無種矣虔不可曰功幸已成而師勞若更趍白綿如有不捷前功盡廢王曰兵家利害世忠策之審矣非參政所知請期半月當馳捷以獻虔不能奪王即將所部與賊對壘乃奕碁飲酒按兵不動者累日衆莫窺其際一夕獨與親信藨格便服聯小騎直穿賊營警夜者呵問王曰我也蓋王已諜知賊中約以我字為號故所向不疑遂周覽營而出喜曰此天賜也即下令明日破賊會食遂命諸軍拔栅前行先遣鋭卒二千銜枚夜進伏于白綿山上戒曰賊必空壘来

戰若疾馳入奪中軍望樓駐麾蓋張既而賊以三萬人拒戰交兵自寅至巳賊精兵迭出勝負未分俄而所遣銳卒二千植旂蓋於賊之望樓傳呼如雷震賊回顧驚愕進退無所據遂潰亂王乃傳麾令上下夾擊將士爭奮大破之追斬忠于小舟傳首闕下〻令敵掠子女者斬湖南遂平戰克之日與庚所期如合符契詔除太尉餘如故又賜札曰出歲師令將期以爾勞苦繫我憂忡比又李宏欒植劉忠敗績益張吾武震撓兇徒朕甚佳之且以防秋戒期狄怨是念卿其振旅來歸竭盡智力以圖大功而後喜可知也王

授鉞以出掃清三方太上偉其功詔樞密院以功狀頒示内外諸將各務奮厲共舉中興以光史册師還建康乃置背嵬親隨軍皆勇鷙絶倫者除開府儀同三司節制依舊充淮南東路宣撫使泗州置司明年以建康鎮江淮東宣撫使駐鎮江是歲兀术與酋帥撻孛耶合三路兵入寇騎兵自泗取揚步兵自楚取高郵壘覆飛烏太上賜札曰覽卿平楚之奏良用駭嘆今虜氣正鋭又皆小舟輕捷可以横江徑渡想卿謀畫已定可保無虞更宜率勵將士戮力勦除此亦卿前日之所論奏也浙西趙行朝無數舍之遠朕甚

憂之卿忠憤憂國朕所素知協濟艱難正在今日切
更多筭以決萬全又札曰朕以逆臣劉豫外挾強虜
驅率吾民遣兵東向觀其措意必欲圖危社稷人神
所共嫉覆載所不容卿為國大臣乃心王室忠憤之
氣想實同之今賊犯真滁已逼江上而建康諸渡舊
為賊衝萬一透漏存亡所係卿宜戮力一心以赴國
家之急先飭守備徐圖進取無失事机以墮賊計朕
雖不德無以君國子民而祖宗德澤猶在人心所宜
深念累世涵養之恩永垂千載忠義之烈與言及此
當體至懷王受詔感泣曰至尊憂勤如此臣子何以

生為遂自鎮江濟師以前軍統制解元守高郵侯虜步兵而王親提騎兵徃大儀以當淮泗之寇伐木為栅自斷歸路大會將佐曰金人馬步分道並進車駕方在江南有如不勝必為社稷憂諸軍奮忠義以報國此其時矣吾平昔恨無死所以拔橋斷路示無生還之望遂大享士俟戰士皆感奮氣自百倍會朝廷遣魏良臣使虜至維揚王置酒送別杯一再行流星庚牌沓至良臣問故王曰有詔移屯守江乃撤炊爨班師良臣切自喜疾馳去王度良臣已出境乃上馬令中軍曰視吾鞭所向於是六軍大集北行至大儀

勒精兵為五陣設伏二十餘處戒聞嚴鼓之節則次第起擊良臣至虜〻果問我師動息如所見以對兀朮號知兵聞大軍倉卒南還喜甚與群酋厲秣兵馬且趋江口至大儀五里所王縱虜騎過吾軍之東直北傳小麾鼓一鳴伏者四發吾軍旂與虜雜出虜軍亂我師伍〻迭進步隊各持長斧斫馬足虜全裝陷塗淖弓刀無所施王東西麾勁騎四面蹂之虜大半乞降餘皆奔潰追殺數十里兀朮乘千里馬以遁積尸如丘垤擒其驍將撻孛耶長女真千户五百餘人獲戰馬五百餘匹器械輜重與平山堂齊勢大振

兀术還泗上名良臣詰責其賣己將斬之良臣好詞以免解元至高郵亦遇賊虜設水軍夾河而陣列我師皆顧効死虜整隊送出一日之間合戰十三士力稍罷相距未決王遣成閔將勁騎往援之閔與元軍合復大戰俘生女真及千户長等虜敗去俄而王至窮追于淮虜復大戰敗潰奔走相踏藉溺死者不可勝計捷書沓至群臣入賀太上曰世忠々勇朕知其必能成功賜札曰聞卿獨抗大敵勦殺犬羊數以萬計攘逐過淮全師而還甚慰朕望兀术舉國來寇憑陵邉圉非卿智勇冠世忠義狥國豈能冒犯矢石

率先士卒以寡勝衆俊偉如此朕深念卿躬擐甲冑之勞將士摧鋒力戰之苦夙宵震惻痛切在躬得卿来報頓釋朕懷初虜既傾國內侮朝廷過計有勸太上他幸者於是降旨議散百司物論譁然獨寧相趙鼎與王議合曰戰而不捷去未晚也至是虜既潰散王自淮上振旅南旋江左遂安故論者以此舉為中興第一除少保武成感德軍節度使淮南東路宣撫使鎮江置司王在鎮江一日方會諸將置酒虜帥撻辣耻前敗覆以書幣来約戰王即席遣伶人張軫王愈之持橘茗為報々書畧曰元帥軍事良苦下諭約

戰敢不疾馳行李以奉承指揮也撻辣謀屈卒不來
未幾全軍遁去然諸將徘徊顧望無敢渡江者王獨
請移軍窮邊經理中原太上賜札曰昨因虜近議者
以經理淮甸為言人多憚行卿獨慨然請以身任其
責朕用嘉之又曰今聞全師渡江威聲遐暢卿妻子
同行否乍到醫藥飲食或恐未備有所須一〻奏來
也改除武寧安化軍節度使依前少保充京東淮東
路宣撫處置使兼營田大使楚州置司兼節制鎮江
時楚累經殘掠邑屋皆丘墟榛荊王至則撫集流亡
通商惠工創新營壘民心安固軍氣日益振厲於是

曩時煨燼瓦礫之場化為雄都會府隱然為國長城矣劉豫間遣兵入冦每為王所攻却生擒偽知鎮淮軍王拱及粮軍數百獻于朝是年虜又犯漣水王迎擊殺其將孫統領追至金城時豫之鋭卒盡屯遷聖女墩王以輕兵破之轉戰至徐之瓮口軍既單弱而虜援兵訛里耶索貫舍人踵至遂以背嵬輕騎五百衝之為虜所圍王突圍拔衆以出復秉鋭掩擊過落馬湖五十餘里殺傷不可計攻淮陽旦暮且下會詔班師王急還道遇偽齊師劉猊率金國三路都統太一孛堇鑿山水晶相公青州五路都統東平府總管

及兀朮舉兵自河間與諸道會王結陣向敵遣小校郝彥雄造其軍大呼曰錦袍驄馬立陣前者韓相公也衆答王王曰不如是不足以致敵及虜騎至王先以數騎挑之殺其引戰者二人諸將乘之大破虜衆暴屍三十里捷聞太上賜札曰卿誠存報國義獨奮身長驅濟淮力戰破賊俘獲群醜撫輯遺黎眷言忠勞實所嘉歎然王師之出本以予民上將之威尤宜持重軍旅之外毋爽節宣深體至懷副朕倚注特授橫海武寧安化軍節度使賜揚武翊運功臣依前少保充京東淮南東路宣撫使處置兼營田大使

王以承楚单弱正當冦衝冦至無以守乃增大其城身自督役々不勞而城固民恃以無恐家立生祠以報先是移涇陽與敵接境王乃多遣間結山東豪俊俾緩急為應東人及太行群盜多願奉約束若金人廢劉豫中原軍潰盜起王以為機不可失奏乞金師北討招納叛亡為恢復計懇請誠切太上賜札曰覽卿来奏備見忠義為國之意深用嘉歎今疆場之事以安靜為先變故在彼不必干預當敦信約卿其明遠斥堠謹固封疆以備不虞稱朕意焉既而秦檜議和諸帥已屯建康及武昌詔王徙屯京口王上奏極

虜情論臣測其將以計緩我師之獨留此軍蔽遮江淮太上賜札曰覽奏欲依舊留屯淮甸誓與敵人決於一戰已悉朕廹於强敵越在海隅每慨然有恢復中原之志顧以頻年事力未振姑欝〻於此自去冬敵人深入卿首剉其鋒鼓我六師人百其勇既至彼潛師引遁而卿復率先移屯淮甸進取之計恃此為基朕甚嘉之前日恐老小未便或便委卿相度今得卿所奏益見忠誠雖古名將亦何以過此使朕竦然興嗟以為有臣如此禍難不足平也古人有言閫外之事將軍制之今旣營屯安便控制得宜卿當施置

自便勿復拘執至於軍餉等事已令三省施行初國朝軍政日修虜師屢衂於是陰謀沮撓吾事而秦檜還自沙漠力勸太上屈己和戎銷兵罷將朝廷遣使交割河南境土虜亦遣使來議而使名不遜時檜主議甚力自大臣宿將萬口附和王獨慷慨章上以十數爲太上開陳和議不可之狀大畧以謂虜情詭詐且陝西諸路出兵産馬用武之地豈肯真實交割又曰但恐以還地爲名先要山東河北等路軍民及北人之歸明者出此聲勢搖動人情我若大加卑屈深慮人心離散士卒凋沮又曰今當主辱臣死之際

臣願效死節激昂士卒率先迎敵期於必戰以決成
敗若其不克陛下委曲聽從事亦未晚又曰如王倫
藍公佐交割南地界别無符合誑賺朝廷雖以王爵
處之未為過當欲乞令供具委無反復丈狀於朝以
為後證如臣言虛妄日後事成虛文亦乞重置憲典
其言懇切深到出于忠誠且請單騎赴闕面奏太上
率優詔褒荅其畧曰卿勇冠世獨當一面國威既震
和議漸諧南北兵民可冀休息究其所自卿力居多
卿其保護來使無致踈虞所乞入朝奏事俟有机會
當即召卿衆方懷疑疆埸事大正倚卿為重未可暫

離軍中也其後虜果負約如王所言檜甚恐即上疏曰臣聞德無常師主善為師善無常主協于克一此伊尹相湯咸有一德之言也臣昨見金國撻辣有講和割地之議故贊陛下取河南故疆既而兀朮戕其叔撻辣藍公之歸和議已變故勸陛下定弔民伐罪之計又曰如臣言不可行即乞行罷免以明孔聖陳力就列不能者止之義其詞反覆無據由是天下服王精識而尤檜益深云兀朮既再陷三京又犯漣水太上賜札曰金人復占據已割舊疆卿素蘊忠義想深憤激凡對境事宜可以結約招納等事可悉從便

卷三八

四六

宜措置若事稍重即具奏来王遂率背嵬軍由加口
破走乙朮僞守趙榮以宿州降李世輔以亳州降詔
除少卿餘官悉如故明年虜都統周太師者以大軍
入冦水陸並進未及渡淮王督士馬拒戰于淮陽又
走之因取劉冷莊設伏掩擊遂至沂水虜溺死不知
其數又遣偏將王勝攻下海州取懷仁諸縣破千秋
胡陵大寨擒虜師郭太師依前功臣三鎮節鉞淮東
宣撫處置使兼河南北諸路招討使營田大使封英
國公是年虜犯淮西殿帥楊存中令宣撫使張浚之
師與戰於鍾離弗克詔王赴援虜别軍數萬屯定遠

王遣成閔以輕騎擊破之轉戰數日兀朮中克敵弓以走其衆大潰遂奪鍾離捷聞太上賜札曰聞卿親率將士與賊接戰追逼直至城下賊馬一發奔潰過淮卿已復據州卿忠義之氣身先士卒親遇大敵嘉嘆何已况卿前後所料賊情一一必中今日善後之策更為深嘉思慮措置以聞也王因上章極言爵賞之濫乞自今非破虜復境土不畀崇資以塞倖門時和議復成秦檜權力益盛異己者禍如發矢王復危言苦諫以謂中原士民迫不得已淪于腥羶其間豪傑莫不延頸以俟弔伐若自此與和日月侵尋人情

銷弱國勢委靡誰復振之太上復賜札嘉奬又乞與北使面議優詔不許尋再上章力陳檜誤國詞意剴切檜由是深怨于王已而盡撤邊備召諸大將還闕王及張浚岳飛除樞密副使王上表乞解樞務避罷乃聞時論高之時紹興十一年也又上表乞骸骨不許除太傅依前三鎮節鉞充醴泉觀使進封福國公賜第都城奉朝請其秋顯仁皇后鳳駕來歸王朝謁于臨平後以北方獨聞王名特至簾前曰召此為韓相公耶慰問良久其後賜餉無虛日明年進封潭國公十三年進封咸安郡王十七年以郊恩改鎮南武

安寧國之節太上數數召王同家人燕於苑中眷禮深篤數賜名馬寶劍其他賜予勞問相踵然王老矣二十一年秋王病不能朝乃上表謝事策拜太師問疾之使肩摩轂擊於道於是悉召故人列侯勉以忠義大節焚逋劵百萬親視含襚曰吾以布衣百戰致位公王可以無憾矣以是年八月四日薨於私第之正寢享年六十有三疾方革累詔宣醫診視訃聞太上衋然為輟視朝贈通議郡王賻以內帑金帛各三千疋兩錫上方名緑龍腦香以斂襚服用一品所以慰卹其家甚至遣勅使徐仲護葬事以是年十月庚子

大葬於平江府吳縣胥臺鄉靈巖山之原有詔命中
貴策祭於家又詔奉常貳卿軷祭于都門外子孫次
第進秩娶白氏秦國夫人梁氏楊國夫人茅氏秦國
夫人周氏蘄國夫人子男四人長曰彥直嘗仕户部
尚書今為大中大夫延水縣開國伯食邑八百户次
曰彥朴奉議郎直顯謨閣早世次曰彥質朝奉大夫
直徽猷閣知黃州次曰彥古朝奉起復大夫充敷文
閣待制知平江府兼節制水軍今家居蘄國之制女
八人長適故朝散郎通判饒州曹霑次適宣教佐郎
馮用休次適宣教郎知宣州寧國縣王寓修次適從

政郎劉莒次適宣教郎宗正寺主簿胡南逢次適承議郎充集英殿修撰主管神祐觀張子仁二人為黃冠孫男十七人曰榳奉議郎太社令曰杕奉議郎直秘閣曰格宣教郎曰樞承務郎曰松通仕郎曰相承事郎曰椿承務郎曰楷承奉郎曰林將仕郎曰森曰休曰楫曰杰曰本曰梓曰樟孫女八人一適將仕郎王大昌餘未行今天子乾道紀元之四年有詔特進封蘄王又八年乃賜謚始王顯貴嘗戒部下及其家人曰忠者臣子不可一日忘不惟所當常行抑亦人所當常言吾雖名世忠汝曹無得以忠字為諱若諱

而不言是忘忠也吾生不取死不享也至是得謚忠武彥古稟述先教不敢辭君子以為通於孝云嗚呼王起西陲布衣仗劍從戎不數年功名與日月爭光何其盛耶為平寇將軍為都統制為宣撫使為處置使為營田大使為招討使為樞密使所踐無非達官要職而能益彰平全閩夷江西剪湖湘殲苗劉摧兀术鏖大儀拓東海扞楊楚震淮陽所當無非勍寇劇賊而功益俊偉不可及及和議初定虜使稍不恭順王則忿其無禮於吾君誦言誅之且下令所部州無得少屈虜使為之沮戢性不喜使佞事關社稷必傴

僂王陛上流涕極言之雖不加文飾而誠意真切理致詳盡人主知其出於忠實不以為忤也秦檜用事遣中原人親屬還虜中有戀國思不忍去必械繫以送至謀遣趙榮王力爭曰榮不忘本朝以歸父母妻子悉遣屠滅相公尚忍遣之無復中原望耶岳飛之獄王不平以問檜〻曰飛子雲與張憲書雖不明其事體莫須有王艴然作色曰相公莫須有三字何以服天下於時舉朝憚檜權力皆阿附為自全計獨王於班列一揖之之外不復與親每大議讜言家人危懼或乘間勸止王曰明知其誤國乃畏禍苟同異時

瞑目豈可於太祖官家殿下喫鐵棒耶言雖質而意旨深士君子至今傳之受人恩則生平不忍去心叅樞王淵識王於微時待遇絶等苗劉之亂淵首遇害王為請地厚埊經紀其家不遺餘力初淵輕財喜義家無宿儲或勸以治生淵曰國家官人以爵使祿足代其耕也若切〻事雖刀我何愛爵祿不為大賈富商也王敬服其言故握兵三十年未嘗為乾沒貿遷之私上所錫賚悉分將士將士故樂為之用太上高其義察其廉特賜永豐圩江東田以給其子孫王使上書租賦頓與編户同為勢家倡太上欲成其美從

之優詔奬諭惟厚撫將士千金有所不吝至一官一級則靳惜如肌肉嘗謂將佐曰為國立功人臣常分吾所以使汝輩功浮于賞者乃所以遺尔子孫也天日昭〻爵祿虛受終必為禍他日為國爪牙尤當戒此舊制戰勝第賞必自首級軍人貪得至殺平人以希賞王始建議不許以首級計功然諸帥保奏將士武功左武各有隊伍惟王所部須寔有功乃奏將士以毫髮假人是以淮東一軍功最多而崇資者少城楚州與士卒同力役黃天蕩之戰楊國在行間親執桴鼓家楚州織薄為屋將士有臨敵怯懦者王遺以

巾幗設樂大燕會俾爲婦人妝以耻之其人往々感
發自奮後多得其死力其制兵器凡今跳澗以習騎
洞貫以習射狻猊之鍪連鎖之甲斧之有掠陣々之
有克敵皆王遺法太上以其制下兵部及頒降諸將
若是也嘗中毒矢洞骨則以强弩拔之十指僅全而
不能動身被金瘡如刻畫猶以公王奉朝請尤能以
道卷舒絶口不言功名蓋自罷政居都城高卧十年
杖屨帽巾恣意林泉壺觴閒若未嘗有權位者而偏
裨部曲往々致身通顯節鉞相望歲時造門顙皆謝
遣辟工列碑想望風采而不可見則相約於朝班望

王眉宇而慰喜爲至於外夷遠人幽閨婦女皆知有
所謂韓郡王歲時輒相從詗王年幾安否以爲天下
重輕云而王終日淡然獨好浮屠法自號清涼居士
雖權臣孔熾王最爲所忌嫉而能雍容終始蓋詩所
謂明哲保身者屬纊之際神爽益清冠佩修然合掌
而逝有詔擇日臨奠檜遣中書吏韓成以危言脅諸
孤令必辭諸孤亦緣王遺意不敢屈勤君父上表懇
免至再太上罷勉從之其終始恩遇如此臣雄曰自
起蘄以來山西出將尚矣呼吸雷風動搖山岳戰勝
攻克卓然以勇略聞者班班不絕于冊至於達之以

智謀本之以忠義如古所謂名將者山西蓋無幾也秦漢而下可以言智謀忠義如古名將若諸葛亮郭子儀其庶幾乎王本山西之豪與起翦相望而其智謀忠義有過前修無不及焉方逆傅滔天王聞變慟哭士卒皆哭莫能仰視遂海道自徑還呂頤浩以賊為憂王謂賊既取銕券必無他慮頤浩又慮賊難勝王則深言逆順之理知其必勝於是頤浩計乃決傅卒就擒至如中興之初倡議西都長安秉建瓴之勢東向以圖中原朝議不從識者以為深恨及淮揚危急六飛南渡諸帥咸欲西趨岳鄂徑往長沙王獨以

為今已失河北山東惟有淮浙號稱富實若又棄之更有何地太上嘉納江左立國之謀於是乎始定臣雄嘗待罪太史氏獲覩日曆所紀太上皇帝聖語甚詳最後論戰論和章數十上筭無遺皆策蓋所謂定大事決大疑忠義稟於天資智謀出於人表視山西以勇略稱者不可同年語矣是以太上嘗賜札曰雖古名將何以加諸而皇上以忠武易名蓋以王為亮子儀之流惟二聖日月之明知臣莫若君德音鏗鏘天下傳傳誦世忠得此嘉奬亦可以死而不朽也即臣觀宣王中興如釆芑江漢之詩所述蠻荊來威王

國庶定等事雖以褒大方叔召虎之功然其任賢使能致此巍巍則宣王盛德之形容光明偉傑不可揜也臣顧頻采周雅聲為銘詩以彰元勲以歌堯父舜子知人之明以稱明旨顯耀蕭氏以昭示於億萬世其辭曰

昔在宣靖崇極而傾胡虜不恭神州盡腥天地重開真人龍翔德業巍巍周宣漢光允此中興誰實佐命緊時元勲王國以定元勲謂何維師蘄王王奮山西起剪之鄉鐵胎之弓悍馬長槊方在童年氣震山岳逮事徽皇至於欽宗天下兵動外阻内訌王先戎行是礫是剪浙西山東績用丕顯伯府肇新

来衆風雲掃清南都大駕時巡淮海之間劇盜蝟起
解甲来戈如父詔子帝幸餘杭王征徐方逆臣乘虚
反易天常賊虐樞臣都城喋血凶焰孔熾震驚宸闈
王在海上聞变號呼凡爾衆士今當糜軀吾與群兇
不共戴天山川鬼神寔臨此言舟師鼓行雷動電擊
撓彼兇徒裂膽褫魄天位反正乾清坤夷生擒渠魁
梟首大逵有狡汝為盜據冨沙流毒全閩血人於牙
大江之西重湖之南蜂屯蟻結虎猛狼貪三方皆城
地數千里奮攘矯虔聲勢相倚當宁謀師宜莫如王
授以斧鉞往搗其吭覆其穴巢鋤其根萌閱歲未周

三方　　奔旗奔師捷書相望賫遣賜發旌別善良
爾商　　我弛爾征爾征爾農我資爾耕仁義之兵
予伐是尚帝有恩言卿古名將胡馬飲江克叛以降
金陵不支海寇上邦王整虎旅邀截歸路虜术雖強
望風震怖海艦如雲江之中流北判援兵南衄歸舟
水戰陸攻摧枯拉朽殺傷莫數俘獲萬計酋帥小黠
僅脫其身敵勢寖銷皇威益信术猶不悛纔數年期
傾國南侵步騎分馳逆黨成林塵暗穹蒼九重制詔
罪己如湯王曰吁嗟君父旰食臣何生為矢死報國
部分將佐直趨淮壖覩室歸途示無生還妙算既定

奇計先施聲言守江已駐大儀衆寡雖殊我整彼亂
虜騎紛呶馬足俱斷四面鏖擊若降若屠積骸為丘
洒血成渠押馘獻俘千里相踵驍將數百豈計輜重
偏裨在楚亦以捷聞王來窮追虜師大奔振旅凱歌
天子曰都世忠〻勇虜不足誅江左人心恃此寧謐
中興以來武功第一淮揚鍾離莫非俊偉生平戰多
竹帛莫紀王克極邊志清中原和議既諧弛強鑠堅
王之論和忠憤激烈利害皎然黑白區別聖主俞之
權臣讐之明哲令終天實休之孰不為將孰不建功
動揺山岳呼吸雷風惟王天資與勇將異達以智謀

本以忠義大疑大事決於片詞較彼起蕭王其過之〻王起布衣飯糗衣紵出際盛時蛟龍雲雨解衣推食言聽計從任用不疑天子之明三鎮節鉞三事典策報功惟優太子之德惟聖天子使臣以禮哀榮死生福祿終始重華神武志大有為眷言勳勞恨不同時真王啟封貴窮人爵忠武之謚如葛如郭八言袞褒更瞻雲章誰克有勳上不汝忘豐碑嵓〻億載有耀九百臣子其思忠孝

韓蘄王墓　　高啓

宋室中興日將軍武略優功宜超賈鄧名恥並張劉

白馬空南渡黃龍竟北遊誓擒諸部種還報兩宮讐
朝使須金册邊人識錦裘躍戈衝野陣横棹截江流
坐虜亡魂走中原指掌收未終藩閫寄已感廟廊謀
殘散熊羆士甘臣犬豕酋和戎詞易屈復漢志難酬
闕聳吳山曉陵荒輦樹秋應頻歸未老郭令罷誰留
折檻言徒切藏弓勢可憂俄看星隕壘永使陸沉舟
感激思前代淒涼弔古丘劍花埋虎氣碑蘚剝螭頭
石騎嘶風雨山僧護櫝楸鼓旂何寂寂簡册謾悠悠
父老悲猶在英雄事已休棲鴉嶺前墓聞說更堪愁

又　　周南老

我行靈岩麓，豐碑高入雲。摩挲石上文，有宋蘄王墳。惟王著忠勞，談笑麾三軍。誓雪兩宮恥，恢復酬君恩。廟堂主和議，不克成厥勲。湖山縱清隱，千載銜冤魂。

又　王寅

石鼓山邊宿草長，中興名將舊墳堂。凄凄不見南朝樹，只有孤臣似岳王。

謁韓蘄王墓　吳寬

家國何多難，推尋為蔡童。嬴秦方逐北，周室竟還東。江左朝廷在，淮南驛騎通。天終憐宋土，時則有韓公。一劍横天外，諸酋在目中。南雲當箭鏃，黃蓋走艨艟。

伐越期成霸于潛壯會戎蕭墻狼跋盡野穴鼠辟空
聚米籌三鎮開門待兩宮齊王真濟美鄂國與爭雄
有詔從中制惟詩詠内訌閒遊嗟我獨和議約誰同
殉瘞長弓勁題名片石穹龜趺呈細刻龍額表孤忠
草樹樵蘇渐粢盛享祀豐神靈懸皎日生氣亘長虹
異代今全盛當論保障功

讀韓蘄王墓碑　伊秉

力戰艨艟破浪開鼓聲軒岸奮晴雷謀成玉帳無遺
筭勢逼金酋欲自裁恢復英雄徒有志乗時機會不
重來九京安得燕昭起國内千金更築臺

韓蘄王墓在靈巖山西紹興二十一年王薨太上極優渥勑使徐坤護塟縣令執役御題神道云中興佐命定國元勳之碑碑高十餘丈敕趙雄為文初勒文而未立龜趺留木瀆嘉定間敕至趙希懌有司磨韓碑應用後始樹此為樓三成覆之今碑尚存

吳都文粹續集卷三十八終

吳都文粹續集卷之三十九

長洲錢穀叔寶集

○墳墓

○○故翰林侍讀學士錢公墓志銘　曾○肇○○

公錢氏也故爲王家有吳越之地五世祖鏐謚武肅王高祖元瓘文穆王曾祖俶昭化軍節度使祖昭慈贈左衛將軍考順之左侍禁閤門祇侯贈尚書刑部侍郎公應說書進士賢良方正能直言極諫皆中其科歷宣州旌德縣尉大理寺丞殿中丞太常博士尚書司部度支司封員外郎工部郎中換朝奉大夫充

國子監直講編校集賢院書籍遷秘閣校理選爲修
英宗寔録院檢討官直舍人院同修起居注遂知制
誥直學士院遷樞密直學士翰林侍讀學士常通判
秀州知婺州入判尚書攷功改開封府判官出知鄧
州入判尚書吏部流内銓兼判集賢院又兼判礼部
権知開封府數請去得知審官東院兼判軍器監提
舉司　監公事公幼孤家貧母嫁既長還依其族之
大人刻勵就學并日夜忘寢食於書無所不治已通
其大旨至於分章别句類數辨名叢細委曲無不究
盡其見於文辭閎放雋偉故出而与天下之士挾其

所有較於有司常出衆上以其上名動一時其為尉及為秀婺鄧州皆有治行秀州繫奸仆強果於力行婺鄧吏輩　壤理其設張為宜講以脩教誘學者歸之為校理屬英宗之初慈聖光獻皇后聽政公三上書請還政天子為吏部謹純墨選者称其平為開封以慈恕簡重為体不求智名以投世取顯為公屬者有不与公合然公遇之未嘗有厚薄意士以此多公而為屬者後卒悉服也公与衆不矯矯為異不翕翕為同以其故人莫能親疎至於利勢之際人所競逐公方隤然跡与衆遠故雖有夸者亦不以公為可忌

也公之為判官也府嘗有獄或操大臣意謂欲有所附致公不為動徐諭其意而已公平居樂易無厓圻及至有所特立人固有所不能及者類如此也公為人謹畏清約与人交淡然久而後知其為篤也公之先既籍疆土歸天於其後至昭化寄和州十有八年以卒詔葬和州子孫因家焉至公始葬其母於蘇州吳縣龍岡村之天平山故今又為蘇州人公諱藻字純老封仁和縣開國伯賜服金紫年六十有一元豐五年正月庚寅卒于位某年某月某甲子葬天平山從其母永嘉郡太君丁氏之兆公妻孫氏泰興縣君

銘內另行頂格寫

男曰某曰某早世曰崥其官孫曰某〻官其弟若子孫凡三人公与予嘗為僚相善其且沒以遺事屬余而其家同來乞銘〻曰

錢姓武王五世之孫開迹東南以學以文學則知經文則能賦矧曰方聞揚聲天路乃拔中書乃掌帝制乃列棘林從容調議治己伊何惟直与清治人伊何維簡而平人以怨迕公能自克人以利同公能不惑士夫所望天子所寵胡不百年胡不三事瀧岡之宅歿卜惟新公安于此尚利後人

代翰林侍讀學士錢藻遺表　前人

卷三十九　三

犬馬之質難駐於頹齡日月之光尚攀於愛景臣藻誠悲誠咽稽首頓首伏念臣出於悴族進以詖材文辭講說制策之科衆称華選儒館掖垣經幄之職世謂清塗獨編芴於美名盖親逢於亨運至於揔銓衡之要劇須京邑之浩繁蔑有劳能可論報称冒寵靈而過厚致災疾以交攻迫霜露之所侵且将澌盡幸髮膚之無毁得以全歸方去闕廷長投泉壤輒陳遺志猶及能言伏願　皇帝陛下御六氣之和慎調興止享萬年之祚永庇華夷再念臣偷殘息之僅存覬餘息之可乞敢祈仁眷終賜矜憐臣有男進士嶧孫

男某親堂弟茂共出寒鄉稍親薄技對菲不棄倘微禄之獲霑魚一作水菽可供庶遊魂之未殄伏望聖慈並於文資內安排安兹干瀆愧在忘廣保存沒之孤蹤託始終於大賜生而無益莫及於銜環死或有知猶庶幾於結草仰望宸旒臣不勝任

朝中祭錢純老文　　前人

嗚呼公予窮經及史旁蒐百氏廢寢忘食不虛寸晷篤好無倦華顛愈励強記多識箱輸屋倚淵議崇論河垂海委詩賦講說射策三科金馬玉堂經帷三職寒若自至無与凭翼銓綜耳試士曰予帰尹正三戢

衆曰予依公於所聞維學之力公於所知則維自得
利害之際人鮮能安彼為惴惴公獨坦坦愛惡之情
人鮮自克彼有贊虧公為衡石古所並逐公有不求
彼囂我靜則莫吾尤曾不三事位云未究曾不百年
數云非壽殲国之良在列嗟咨貴民之望耋艾歔欷
天子聞喪馳臨使視勞恤煢孤賙憐乏匱凡我同朝
劉曰同志哀由感觸孰知失淨寓焉在庭荐羞在几
公予來哉寄誠茲誄

錢學士墓在天平山龍岡村

謁墓詩　寔集

玉屏古栢与天齊使過於今又七朔各道遣書勾發
上西風江水鬢絲〻
玉遮墓下有諸孫東望滄波每斷魂泣血三年餘喘
在更將哀淚洒荒原
族人散處江南郡不識音容但記名世澤須令子孫
憶故家今幾高簪纓
○虞連州玨墓在遮山玨字成夫叓簡長子孫集顯
於元追封雍郡侯集謁墓詩序云先君太史弁諸
孫之四年集來吳門省連州府君大墓始見叔父
南山翁与集同出太史雍国公蓋四從矣翁曰後

會未可期幸留數語識歲月翁方客授外鄉人又以推人生年月日論禍福以助道故不能久留城中敢用賦此以承命云耳

七姬權厝志　　張羽

七姬皆良家子事江浙行省左丞滎陽潘公皆為側室性皆柔慧姿容皆端麗脩潔善女紅剪製文繡經手皆精巧絶倫事碁及夫人皆能以礼其群居和而有序皆不為怙寵技美之行公每聞閭閻間媍人能以節槩自立者歸必為語其事皆應曰彼亦人為耳公笑曰若果能邪及外難興敵抵城公日臨戰一旦

歸召七姬謂曰我受國重寄我義不顧家脫有不宿
誡若等當自引決毋爲人耻也一姬跪而前曰主君
遇妾厚妾終無二心請及君時死以報毋令君疑也
遂趨入室以其帨自經死於戶六人者亦皆相繼經
死公聞之曰何若遽死耶是至正丁未七月五日也
以亡難弗克葬乃斂其屍焚之後以其骸葬於後圃
合爲一冢公還啟其封且泣曰是非君所安也行營
高敞地而遷焉時以日薄故未暇爲志及踰月始狀
其事屬羽將勒石追瘞於冢側嘗觀古之史氏所載
貞妃烈媛能識節義決死生而不顧者恒曠世而一

見今乃於一家一日而得七人焉吁不奇矣哉乃列其姓氏於石而系之以銘程氏蜀郡人年三十生女一人生奴瞿氏廣陵人年廿三徐氏黄岡人年二十生女一人不惜羅氏漢州人年廿三卞氏海陵人年与羅氏同彭氏与卞氏同郡其年与徐氏同段氏大寧人年十八其先死者也公名元紹字仲昭寔宗規王廷美之裔其先以避禍易今姓未復云銘曰

生也同其天死也同其時而瘞又同其封壤樹蕭條匪子之宮尚卜高原以永無窮

七姬墓在郡城東北隅元紹後圃今為謝揮使宅

侍郎金公墓志銘

王直

公金氏諱問字公素其先杞人世有顯者從宋南渡家於吳故今爲吳縣人公曾祖德久樂善好施有恩及人嘗自郡之滸墅抵楓橋鑿七井以資行旅人德之因號金井祖國用元河渠提舉父仲旻以公貴累贈至中憲大夫太常寺少卿兼翰林院侍讀學士妣顧氏累贈至恭人公自幼穎敏莊重喜讀書日記千言悉其大義弱冠從俞先生受易聞講姤復二卦曰勿謂陰微當存抑遏之戒勿謂陽微當加擴充之功凡所聽聞深悟默契諸老先生愛重皆折輩行与交

兄聾亦好古嗜學有丽澤之益家貧無書嘗從人假借疾讀暗記無所不達其或損壞必為完整永樂初被薦為司經局正字　仁宗皇帝在東宮雅知之丁內外艱皆賜楮幣俾乘傳歸葬即奪情起任事雖不獲終制然喪礼未嘗廢久之坐累訟繫者十年資用或不繼然餽之不以義亦不受時學士永嘉黄公洗馬江陵楊公皆以事在繫三人者甚相得省躬念咎之暇各持一經相与講論曰此吾處憂患之道也

仁宗皇帝即位陞翰林修撰倫頗問論時政得失

上褒納之賜鈔二千貫衣一襲米十斛宣德乙卯擢

太常寺少卿兼翰林院侍讀學士正統癸亥調南京
太常寺乙丑冬陞礼部右侍郎戊辰春正月二十七
日以疾卒年七十九事聞上為之嗟悼命礼部致
祭工部為治墳塋公天性孝友事父母極力營養不
以貧故儉其親兄嘗病熱劇醫云必得螺可治方盛
寒公解衣循河覓之股皆赤腫得百枚以進疾良已
治家以礼内外秩然里有喪不能舉貧不能自給者
每伺夜投錢与之曰吾非為名也娶謝氏封安人加
贈恭人生子男二長汝進中書舍人次汝遜女三孫
男三平生所為詩文甚富必根於理而達於性情有

卷三十九　八

青陽集挂芳集耻菴集若干卷藏於家耻菴其别號也最善書得晋魏人書法於星曆之學尤精然未嘗語人汝進在北京聞訃而歸以某年某月某日葬公於邑之太平鄉薦福山白雲塢先塋之次而以墓銘屬予々蓋知公者不可辭銘曰

有文有行亦克有子光榮始終既多受祉白雲之原公墓在焉刻銘垂休百世之傳

金閶侍郎墓在横山

周先生墓碣銘

文淵閣大學士奉議大夫金華吴沉濬仲撰

先生諱南字正道姓周氏其先汝南人晉太康中有爲揚州刺史諱浚者族大且繁散之四方自汝南安城來居處之逐昌其一也唐末避難迁建之浦城在宋官遊道之營道之營道固遂爲先生遠祖至九世祖諱輔成登大中祥符進士第八世祖諱惇頤官至虞部郎中謚元公七世祖諱壽元符進士司封郎中至孫興裔和州。觀察使侍衛馬軍都虞候駐劄平江等處死節王事敕常熟虞山之麓葬焉故今爲姑蘇人先生高祖諱曷迪功郎常熟縣尉曾祖諱　祖諱璵承事郎秘書省檢閱文字祖諱才迪功郎沿江制机檢察水部兵元革命征南行省檄令摧抚鄉邑時軍伍桀驁公行剽掠乃以仁義說諸帥全活不可數計有他處生口被虜則傾貲贖之問所從來而還其家考諱文英元松江府監税先生幼而聰慧讀書過目成誦比長侍監税於官所從江陰陸先生文圭習舉子業屢試不利退而曰學在我遇不遇命也因授徒於燕與者成名而去者居多久之用薦者授信州路永豐學教諭嚴條約為諸先生重建禮殿倫堂齋廡凡若干楹復侵田若干畝新文昌鄉賢二祠改太平路當塗縣學教諭秩滿還燕而南北多事矣是時

浙省大臣得以便宜除拜奏先生吴縣主簿先生視事振舉大綱紀發擿隱伏群下莫敢欺縣之濱湖民告僧晋益與王益婦私殺其夫鞠問且三月獄不能具則以告者爲證而反坐之先生始至二日閱其牘疑而復聽爲僧露其情而未肯顯言其尸與凶伏所在先生躬造其地移檄縣神責以陰報翼日群烏飛鳴下上若有所訴然良久從西南去半里盤旋於湖岸蘆漵上先生命從者入視之尸則正在尚未腐也僧與所私婦咸扣首曰死矣已而亦出水際巨石下於是正其罪而免告者一縣稱爲神明縣賦有額而

稅無

每歲皆沒於官者代輸破産併命不能足先生驗簿籍徵其逋在請蠲其流亡民賴以少甦肖臣聞其能辟以為掾時軍務方殷應接不暇先生處之裕如上官目指氣使下吏諂諛成風先生獨裁之以正他掾欲有所為則曰慎勿令周掾知也上書時政六事曰開荒田節財用通鹽法息奔競辨礼分公銓選案千餘言時至正辛丑歲也有献議請開沿海汊港者凡十有三處先生往視還言惟白茆一港地勢卑下衆流所趨開之易為力且為利甚多其他則塗漲已久与

陸地無以異居民生長其間享耕種之利岩興工疏掘恐未爲國利而先与民害矣海濱閑田弃於無用募民立屯使有耕食亦禦敵之一策也聞者韙之除兩浙鹽運司知事時國用浩穰仰給於鹽課乃新設分司於平江歲辦鹽十二萬引鈔七十萬錠帑賣儲偫者又五十萬錠運官缺負先生以一幕職任其事設法既詳處置得宜豪商巨賈無所容其奸繼授淮南行省照磨改江浙進階從仕郎鹽價平江等處船貨提調嘉興長洲吳縣白徒兵浙省地日蹙而推貴人方大興土木廣生產受拔拔猷与民校錐刀利官

卷三十九　十一

冗費貪先生因復上書言之大忤執政意然猶憚公
論外視優容未幾擢本省理問録嘉興松湖因覈寔
無錫州錢粮人咸服其公丁未歲蘓州既入版圖例
遣赴　京与翰林太常諸公同議郊祀礼〻成移臨
安府居越數月得　旨放還田里洪武元年也先生
既還自　朝与諸遊從日以經史自娛客至尊俎談
笑与去相忘洪武十六年四月十一日卒春秋八十
三歲卜其月二十七日葬吴縣星涇道山先塋之次
娶孟氏元松江府判官諱潼之女先十五年卒今合
葬焉子男一人敏長洲縣儒學教諭女一人適元匡

學提舉張元善之子吳孫男四人汝浦淵源女三人先生屋家篤於友愛女兄弟凡十人多先生所字嫁其他若內外親族之死喪戚給其所不給至於家事則一付之孟夫人宗族間謂非夫人莫能爲先生配也先生之學本於義理而以文章發於英華詳於制度而以裁斷定其取舍方術技藝之書靡不旁通而於醫尤精所著有易傳集說喪祭禮舉要大學中庸章句集解地理會要醫方集効拙逸齋稿姑蘇樵咏藏於家先生既葬敏以書抵京請於國子監學錄金文徵爲之狀而敏之弟子張暉方爲太學生爲之求

銘於子嗚呼先生之德之才固宜銘矣宜暉之請其可辭乎師生道乖朋友義缺如暉者以其師之叅然在疾而能代爲之請豈不可尚乎予故取金君之狀録之如石而系之以銘〻曰

周氏之先自汝遷閩官遊道州復爲吳人子孫綿延文學相繼蜚英上庠策名科第先生之生蔚有槼儀韞玉勿衒人莫我知起爲學官數教百里侵田來諫新宮肇啟相臣便宜試以親民發奸直寬號称〻如神虗田頒存民代以輸君按其寔撗斂以除大曾選能衆務從集剖析若流弗邑弗積港汊之間衆爭献議君謂不可非我之利

海瀕之田可募而畊以屯以禦乃卒不行塩官分司
佐我國用貴重事繁倚君為重大商四集貨宝如山
設法之詳吏無容奸土彊日削權豪愈肆正色昌言
無所畏忌才不克盡運也則移命之不逢奄然其歸
道山之麓先塋之旁厥配則賢与之同藏善行之多
我撮其要勒之貞珉樹於墓道

周南老墓在吳縣落星涇

沈公濟先生行實　杜瓊

先生名遇姓沈氏公濟字也號臞樵家有雅趣堂人
又称為雅趣先生世為蘇之吳縣人高祖肖鑑宗咸

滈中以寫照妙天下曾祖清之祖成之皆清抗絶倫
克世其業父宗德入
國朝亦以是術進事
太祖
太宗　仁宗三朝倫見寵遇錫賚廩餼与侍臣等年
八十以終先生得家學之秘而又從事儒業讀書學
問孜孜不休嘗及青城王文靖錫山王學士二公之
門得其漸染結字効章草為五言詩冲淡有陶韋趣
作水墨山水師夏圭馮遠淺絳色法李唐深色則全
倣趙伯駒皆咄咄逼真其事父能順適其志意曲盡
孝誠母王氏先卒恒以不得事養為終身恨言輒嗚
咽不自勝其交人始終不渝犯之者勿与較有過向

諭之不恤有危急出力援救勞貴不憚也嘗以古之
畫無補於教往〻寫古人忠孝節義之跡置之座間
使人觀感有求者輒与之永樂中　仁宗皇帝在青
宮聞其名嘗　召見命寫山水人物皆稱　旨甚加
寵異聞得疾　命太医院判韓公達往視賜藥物相
將顯融矣素有羸疾竟丐身歸幅巾藜杖優游泉石
人望之儼然圖画中人絕類西湖林君復也以疾不
屢出鉅卿碩儒枉候之焚香啜茗講論史學或命酒
雅歌情無不適以故雖疾而不致劇忽不知其踰於
希年矣初娶漢氏繼徐氏子男四人瓚璿珩玙女二

人俞全盛愷壻也孫男三人女五人生於洪武丁巳年七月廿五日抵今正統戊辰年登七十有二預爲壽藏於吳縣五都薦福山先塋之側以俟他日之歸銘亦宜預刻之里生夔囙爲述其梗槩而諸名筆以倫采擇云

沈遇公濟墓在薦福山事姑蘓藝術傳

中書舍人周君墓志銘　王直

永樂中　太宗皇帝向意文藝既以經術求賢矣而攻書之士學有師法者亦徵詣京師有所纂述使執筆其間姑蘓周君璿用珎与焉其書宗虞永興在明

輩中最有名久之得官爲營繕所丞然未嘗去館閣与人交謙慎有礼士大夫雖前輩名德多愛之而用琢久益敬不見有闕失迁中書舍人益謹飭不懈而書亦益有名秩滿得推恩封父母而二親皆得入其禄鄉邦榮之母没治喪如礼起復未幾復以父喪去官既即吉將朝京師有疾遂弗起臨終自以不克報君恩爲慊而勉其弟与子以忠孝正統辛酉九月七日也年五十七其天資明敏多讀書又通醫術喜吟詩於晉唐名帖所積尤多其画師董源作古松法畢宏韋偃揮毫洒墨变化不窮京師人多好之用琢亦

不厭其求其為人如此周氏之居鄮陵宋南渡時有諱　者為兵馬鈐轄守平江之嘉定州因家焉曾大父繼善元平江路医學提舉大父自牧為鄉校師父仲立封從仕郎中書舍人母陸氏封太孺人妻張氏贈孺人繼室施氏封孺人子男一曰浩女二以卒之明年葬長洲縣彭華鄉金盆鳴之原而墓未有銘其孚寧波府學教授璣貽書翰林徐編修良玉請為行狀託中書舍人凌尚義持來謁予銘予於用琢亦索厚嘗曰其以憂去而奠其速來不知其遂死矣惜哉

銘曰

楚楚兮令儀淑淑兮予思悵一去矣不復來

金盆之原兮此焉歸於呼奈何兮胡寧不悲

周中書瓚墓在金盆鳩在支硎山西

錢良玉墓志銘　　王直

良玉名瑛姓錢氏其先江都人世以醫名曾祖益元常州医學教諭因家常州兵亂徙蘓州祖元善洪武中徵入太医院晋王子有疾奉｜命往治之愈王奇其術由之卒葬太原父宗道亦精於医王奏為良医甚見禮遇久之亦卒良玉奉葬於祖之墓次而奉母歸養於蘓州遵治命也良玉承家學之懿又博通諸書醫道益大顯蘓人求醫不問風雨寒暑貧富貴

賤即往視与藥無不愈名聞京師又徵入太醫院奉公有暇往赴人之急一不異蘇人時之報与否不計也嘗教諸子曰醫仁術也當博施濟衆而可計利予哉聞者韙其言而美其德事母極孝能順適其意去年冬母病心憂之為之不遑寧處湯藥親嘗而後進母卒治喪如禮屆苫塊之中哀毀踰節將奉柩歸蘇州得寒疾而終正統六年二月十七日享年五十二娶高氏子男五女二孫男二女二恒昆弟舉二喪歸欲与祖母同域葬焉乃以礼部主事顧讓所為狀來請銘予在京師久見凡為醫者多嗜利而少見其効

心竊鄙之嘗問今右副都御史陳君鎰蒐醫之良者為誰得二人爲其一良玉也數欲試之幾緩急可任而卒未能遇嗚呼孰知良玉今遂死矣豈非可惜哉予既重其人而惜其死奚可以不銘其葬以某年月日其墓在　之原銘曰

仁於人孝於親吁奈何及其真善必報利尔昆刻銘章庶永存

○錢良玉墓未詳何所其事寔見姑蘇志藝術傳

杜東原先生墓表　吳寬

先生諱瓊字用嘉姓杜氏蘇之吳縣人以成化十年十月二十六日卒葬既十年其里諸生吳寬始克表

基其曰先生今古之隱君子也學不在於為文而已行修家庭而倫理藹然以厚教不止於授徒而已化及鄉閭而風旨超然以高色清而夷凡賢愚不齊之人皆可与語然為塾師以其僕一言之慢即日帰家而不可留其守道也甚介行和而易凡嶢絶難繼之事有所不為然毋病医藥弗愈則封服作糜以進其為孝也甚烈姊老而敎事之不衰有類於煢須師没而哀慕之無替必為制服孩提不苟取故囊無不義之物白首猶慎交故坐有必端之友至于地侵於隣而不争金盗於僕而不問又其事之瑣瑣者蓋當宜

德正統間天下承平求賢詔下士之有一行一藝者皆得舉於守令先生顧以母老力辭守令問其所欲也卒用旌其母之節而不敢強其仕遂以隱終身所謂隱不違親貞不絕俗者先生其近之故東海徐太史以中行之士與之者以此則先生不謂之君子哉惟昔東漢之士仕者固不暇論矣若危言激論以賊人刺士者每不得全其身至深藏遠引而食力養親者亦足以遂其志故郭泰雖賢於范滂不免近於使周燮若亞於黄憲終不失於高後之論先生者其必有以識之矣先生得宗朱長文樂圃而家其旁自號

東原吳人因称東原先生卒年七十有九三子能世其儒業其登鄉貢者曰啓寬辱先生愛慨先生之沒而不可作也用表其墓且以慰吳人之思云尔

淵孝先生誄　史鑑

維年月日東原先生杜氏卒於吳郡之樂圃里第旋殯於如意堂之西階明年夏四月乙酉將葬於横山礼也搢紳大夫与夫及門之士僉以為賢者死有易名今先生問學精深至行純備有合謚典私謚曰淵孝先生後學史鑑為作誄曰

唐克禪舜受命於天叶惟彼胤子遂為虞賓世有名德啟其後人流衍日

滋族姓振振篤生劉累天畀多知學于豢龍飫求欲
旹秉龍在夏賁之飲食夏后嘉之御龍賜氏以更豕
韋傳國歷世自商徂周又更為唐成王滅之邦祀散
卞迁封於杜絶而復昌赫赫杜伯巍然允臧保姓受
氏以示宗祊垂不絶祀於後益光光之伊何代有明
哲漢晋揚聲唐宋滋烈立宣定策平吳伏鄣少陵詩
史雕鴻相業　叶族大以繁枝分派別君之高祖自蜀
來吳安其土俗登此版圖曰曾曰祖爰處爰居謹厚
自修保族宜家　叶伊君顯考信美且都才与德称名
与行符省華南都奄忽告殂君生甫月其泣呱呱母

卷三十九

九

氏聖善寺莭字孤猗欤夫子年弱体孱誓彼泉水原出於山越澗渡壑衝瀨激湍小變大歸始克成川顯悟之名著自髫齔如珠在淵如玉在韞明潤内含光耀外隱推不好美乃克務敏務敏維何篤於求師處端始造孟功継之、明従嗣初究厥指歸扶隱探賾鉤深摘微其進不已其得不訾融會貫通萃而為資發為文章浩ゝ穰ゝ大邑丘壑細析毫芒声詩可咏金石琅ゝ不務綺丽乃在和平叶博綜材藝諳悉旧章畫宗氣韵書究偏旁孝友之性本於天賦痛父早亡終天永慕慨想容儀宛然如覩念我劬劳孝養備具

家雖屢空蓋無不飫和氣婉容依〻名儒德尊行陰
蔚為儒宗講授於鄉以開群蒙從者日多來自遠方
叶屢滿戶外席文室中礼容秩〻德音颯〻太守下
車求賢是崇闡君材名謂去無隻叶將獻丨天子以
登以肅君拜稽首告於太守〻寔過聽我躬何有無
寔而尸惧忝我后守誠愛德小、人有毋保孫嗣宗
為德孔厚守社白之死且不朽守曰為政風教是圖
叶刲茲鄭義為訓寔多有子如此胡可滅磨拜跪上
陳丨命帝乃嘉叶肇錫嘉名用表厥家叶龍光有恭
川澤增華叶性樂山水甚於渴飢鹿冠裳〻野服是

宜躋險造幽樂以忘疲葺亭竹間命名延綠朝暉成
陰夕霏滿目於烏逍遥以寫心曲甲午之歲君年及
耆仲子請舉儁於有司謁省告歸將与計諧　叶　君胡
遘疾運極在茲山頹木壞吉往凶來　叶　烏乎哀哉邦
無老成後生失援弔者塞途揮淚如霰大夫視斂操
文致奠好德考終於何聞見謚以寔称傳無虛撰寫
乎哀哉吾与夫子人品殊辱視忘年不尊自屈屈固
已下交屢往吾房周旋懇款獎諭吹呴疇昔有言吾
哀子必人壽幾何莫忘久要士感知己此恩未報如
何嘯歌意成悲蹈烏乎哀哉橫山之麓並人告從　叶

吉日辰良喪柩啟行叶悲風凄急飛鳥頡頏逞者雨
泣白驥哀鳴叶嗟嗟夫子永安斯藏視不見形呼不
聞聲叶人孰無死身名未喪嗟嗟夫子其有不忘嗚
呼哀哉

杜瓊墓在横山未詳其處其行寔其姑蘇志隱逸
傳中

○○劉文恭墓志銘

○○○資善大夫工部尚書謹身殿大學士兼東
○○○閣大學士同知經筵致仕淮南高穀撰

嗚呼斯文寥落存者無幾閒居臥病忽有持哀經者

踵門哭泣以墓文為請乃故友少詹事劉公子也且謂公見屬於子俾銘焉嗚呼公復逝矣老成者殆盡予恐銘予公諱鉉字宗器姓劉氏號假庵其先汴人高祖順之元為平江路推茶提領家於蘇因占籍長洲焉曾祖元善號雪樓祖德謙國朝沛縣儒學教諭考仲輿贈中書舍人公生五月而失怙為母陸儒人所鞠稍長即知向學嗜好異於衆授徒里中已有老師宿儒之喻永樂中以善書徵赴京師時予為翰林庶吉士同相晤益往來甚密庚子秋闈公以易經先多士人益高其才識未及會試拜中書舍人宣德

己酉預修兩朝　實錄有白金織綺之賜擢兵部
車駕司主事戊午再修　宣廟實錄成進翰林侍講
正統戊辰　詔簡進士讀書文淵閣　命公教閱優
劣士皆有所進名稱藉藉己巳以公負士林之望
特進侍講學士階奉訓大夫庚午為京闈主考得今
翰林修撰劉君宣為首冠人號精選宣時由盧龍軍
入試故也遂開經筵簡儒臣用資講讀公在首列每
陳帝王圖治之道聖賢心法之傳且曰必如是而後
可辛未夏不雨制遣公祀濟瀆事竣有司懷金幣以
餽公笑曰吾之為此蓋為民弭災求福豈容者私献

耶彼媿謝而去壬申春會太學闕正負時論難予得
人予以公薦　命為祭酒公至嚴條約以身先之為
生徒講説道義揚善遏惡覬覦者往往假推薦者以
圖進公一不之聽由是倖跡屏息人不能干以私眷
毋陳氏卒　命奔喪公力求終制從之天順改元今
上復大寶詔立　皇儲必資才德老成者俾為輔導
僉謂在朝宿德無踰者公遂陞少詹事日侍講讀為
正心誠意之學啟沃良多天順二年十月六日以疾
卒於官春秋六十有五訃聞　上深悼之賜祭以旌
其賢　皇太子亦致賻以表其行朝臣自六卿以下

皆臨奠嗚呼盛哉公爲人介特自守言動不欺与人
交一以誠恪爲主而人亦服其無僞親者亦衆推門
要路絶跡不往或疑其太迂公曰吾知安吾分而已
當時若楊文貞公士奇楊文定公溥交相推許有志
古道如古人之嘆在中書時賚及有卒不克喪者公
爲具後事復教其孤成學得有顯官鄰有謫戍者天
寒不能行公裂絮被爲重裘遺之吏有病主人勿能
容舍之以待瘞婚喪貧窶不能自給者周之或恐後
天性孝友嘗以二親不及养每歲時逢忌哀痛如初
喪季父觧元若没子夭公經其後兄有疾躬藥食以

奉姊寡迎養於家教諸子以德義忠孝每舉古人行
寔為勉子瀚登丁丑進士第嘗奉使東南以無見利
忘義為戒平生耽嗜群書至老弥篤為文渾厚雄偉
務極理趣詩春容豐雅咸有典律皆足以追配古作
四方求者日集户外一時文人咸推服之所著有
假庵稿若干卷配陸氏有賢行封孺人先公卒子男
四長澄先卒次瀚即進士次澥次泳女四安清適賀
庸安福適錢溥安正適吴正安吉未行孫男五橋擇
損橋桐孫女五瀚扶柩南還以明年三月七日葬於
其邑武丘鄉袁巷村之原合陸氏兆嗚呼予與公交

四十載始終如一日孰計暌違未久公遽永別而屬銘於予哉銘曰
惟德斯純惟學斯正以直自持於物無競遭際盛明歷事
列聖黼黻贊襄始終一敬簡輔皇儲弼承永祢位崇望高由才匪命久矣君人端与古竝武丘名鄉水土深瑩窀穸是藏百世其定
○劉鉉墓在虎丘對過袁巷村子家曾祖溥乃其壻。
○○翰林修撰施君墓志銘　楊溥
宗銘諱槃姓施氏正統己未科廷試第一授翰林修撰明年五月丁卯卒於北京從弟宗良輿其喪歸葬奉同郡行人吳惠狀請予爲墓銘嗚呼予忍爲之銘

耶人之不幸莫大於賢而不壽也若宗銘者假之以
年所就可量乎予深有望於宗銘今不幸死矣尚恐
為之銘耶宗銘姑蘓人曾祖希敬祖志方皆隱終父
遵道母金氏有賢行宗銘自幼警敏異常兒甫成童
不屑就家人產業奮然有志於學乃從其父遊淮揚
就師授經於大姓家久之嘆曰歸而求之有餘師也
乃補郷校弟子員未幾遂有声達官君子每加与進
既入翰林取中秘書竟日讀之大有所益立程度擬
古人詩文未幾盡草其旧習其力學如此宗銘早喪
母事継母嚴氏無間言父嘗来京師侍之出入極其

恭謹足為弟子法宗銘在京從學怡〻然誨其所不
及遇鄉郡先輩應對間言若不出諸口平居若不知
其有官其致行之篤如此正統三年應。鄉試明年試
礼部皆前列—廷試遂魁天下士時年二十有三
國朝自開科以来登首選而年少者莫如宗銘故人
尤称重之宗銘恬静未尝輕論事一日謁余曰國子
司業笞諸生之不律者曰是疾故論者欲償死過矣
予曰公素厚其人予曰非厚也為師道故也予於是
知其所養大矣使其年益壯而位益顯則所設施不
亦過於人乎宗銘疾方劇翰林諸先生為之求善医

日往視之及卒也又往哭之嗚呼惜哉娶吴氏未有子卒之年十月二十八日葬洞庭山先塋之次銘曰

孰豐其才孰嗇其壽嗚呼宗銘孰執其咎

施槃狀元墓在東洞庭山黄岡金塔下後又遷於其墓三里許錢溥志

明故武功伯徐先生墓志銘

賜進士資善大夫禮部尚書兼翰林院學士知制誥經筵講官眉山萬安撰

徐公元玉卒於家其子世良以礼斂殯畢遠詣京師得翰林修撰同邑吴君寬所述行實懇懇屬予為

銘將納諸墓石用垂不朽予与公相知有素又世良之請仁人孝子用之心也不可辭按狀公初諱程後更有貞元玉其字也世爲藴之吳縣鳳皇鄉集祥里人自幼穎敏不群年十二三入小學已能古文詞稍長從都憲思菴吳公遊其議論往往出人意表思菴喜語人曰徐生遠大器也曰卒之見國子監祭酒頤菴胡先生先生使賦一詩援筆立就語皆老成時先生卧病未出觀公所作爲之起坐称賞不置遂留校業未幾大領要旨宣德壬子領順天鄉薦明年登進士第及被選翰林庶吉士公益自砥礪日有造詣久

之宣廟御便殿命題親試之公在優列授史官編修
公既受直乃取秘書攷古軍旅刑獄水利良法孳孳
殫究求可以施於今日者而識之蓋期於有用之舉
或人訊其非職分所宜為公曰顧此皆學者事所以
務之者政恐他日職分有在而有面墻之悔或人皆避
其言正統初預修　宣廟寔録成陞修撰未幾陞侍
講嘗簡命修玉牒及分考礼部會試正統中公思承
平日久武備日弛上疏極陳外攘之計不可不先時
預為之凡數千言皆控禦北虜良策　朝廷嘉納焉
正統末北虜入寇京師戒嚴　朝廷選文臣有才畧

者授以璽書假御史行事俾守要害一為境土保障一為京師形援公在所選得河南之彰德比至民老稚潛匿山谿間者甚众公親詣其所撫諭之浹旬出而復業者數萬人遂鳩為義兵教以戰攻擊刺之法民喜有賴咸踴躍願為之用已而虜退京師解嚴公亦召還矣時奉　命出鎮者十餘人迹所施設咸以公為称首景泰庚午　詔公為經筵講官又明年陞春坊諭德會河决山東之沙灣前此遣治者率即其决築之水大至築輙壞績用勿成　朝廷命大臣舉能治之者僉以公應　詔陞都察院僉都御史以行

至日遶河水暴發舟南北通行過者惟吁咸謂神水且以為公成功之兆公竊計是役非積歲不可成役卒久疲不可用悉遣還休息与之期使復來卒既去乃秉舟迴河源踰濟汶沿衛及沁循大河道濮范而返始度地行水而前所遣卒亦如期畢至公曰陳治水之策其大畧言水性可順為以導不可逆為以堙昔禹行水卒用是道也蓋河逾淮之險固至豫之平夷其勢漸肆又由豫至兗其勢逾肆而沙灣之東所謂大洪之口者遶當其衝一決為則奪濟汶入海之路而去諸水從之洩矣故堤以潰渠以淤澇則溢旱

則涸漕運所爲阻也今欲治之宜莫先疏水勢〻既
平乃築其決〻既止乃濬其淤因爲之方以時節宣
俾無溢涸之患必如是而後功庶可成疏上　詔如
所奏於是起自金隄張秋之首凡百餘里至於大豬
之潭踰范暨濮又上數百里經澶淵以接河沁制閘
疏渠用平水勢水勢既平凡河流旁出不順者則堰
之堰凡九延袤皆萬丈許其水既不東衝沙灣乃復
北出以濟漕渠事既有緒又作大堰其上揵以水門
緣以虹隄用平水性水性既平乃濬渠至數百里復
作閘於東昌之龍灣魏灣者八涸則閉之蓄溢則啟

而法之皆通古河入於海甫及三年而功成　国家永賴之初有發京軍疏河之議者众以為未便公乃奏蠲沿河郡邑民之牧馬庸役俾專事河防至是則軍勞省民力紓軍民兩稱便矣帰奏　朝廷嘉其功陞左副都御史天順改元　英廟以公有迎復功陞兵部尚書兼翰林學士內閣辦事尋封推誠宣力守正文臣特進光祿大夫柱國武功伯食祿一千一百兼華蓋殿大學士辦事如故仍　賜誥券追封其三代子孫世襲錦衣衛指揮使公感　上知遇每奏對多剴切　上亦才公多所開納一時委任專　寵遇

厚而曺石輩旧与同功者始忌嫉之會巡按山東監
察御史楊瑄劾曺石侵奪民田事　上既由宥之而
御史費廣又率各道交章劾之曺石以為公所使也
遂以事中傷公下獄賴　上之明出為廣東叅政既
行曺石恨猶未釋復誣以事逮致京獄諷所司楪治
之三日竟無狀遂　承天門災　上遂宥公謫雲南
金齒編民至則僅治一室惟玩易而已時有許奏守
臣胡姓者不法事辭多連公　上察其誣置之不問
踰之三年特　詔户部俾公還其家既還杜門却掃
雖親隣罕見其面後曺石相繼敗死公始出買田築

室為終身之計恒念繫被誣陷荷上恩保全之得無大禍故自號天全翁志不忘也今上嗣位詔賜章服閒居自後日与故人耆老倘佯山水閒飲酒賦詩相娛樂若是者殆九年一疾竟不起矣春秋蓋六十有六曾祖諱文禎祖諱子復考諱孟聲俱以公貴贈前爵授階勲与公同曾祖妣鈕氏祖妣丁氏妣朱氏俱贈伯夫人配蔡氏宗忠惠襄之裔孫亦封伯夫人子男一即去良儒學生副室蘓出女六祝瑊蔣廷貴朱琇王璟其壻也二幼在室孫男美承公為人短小精悍目光炯炯射人与人論及往代興亡成敗之

迹輒慷慨激烈聽者爲之竦然其初入翰林一時元
老若楊文貞文敏諸公雅重其人後以御　命所至
多所建白其作鎮彰德詢知岳武穆祖父之墓於湯
陰奏爲即地建祠以祀武穆其治水山東奏復前元
所賜顏孟二氏墳田又增置若干畝悉畀嗣人主之
供歲祀及遭遇　英廟重用方將展厥底蘊措諸事
業纔五月見沮於讒邪嗚呼惜哉公博學強記自經
傳子史百家稗說以及天文地理醫卜釋老之書罔
不該究爲文雄偉典則詩俊逸足追躅古作者晚年
筆力遒健求者愈多所著有史斷文稿若干卷公生

於永樂丁亥五月十一日卒於成化壬辰七月十五日葬以成化九年十二月初四日墓在縣玉遮山之原銘曰

偉矣徐公駿才碩學才堪濟世學能華国巍〻神功公嘗紀述煌〻　玉牒公嘗撰次經幄論道啓沃良多棘闈選賢甄别觧訛延屬入敘東陽震驚特符守鎮民載又寧河决為患莫或克平銜　命往治厥績績底成遺時　寵用乃秉國鈞方將闓施儉焉而逝行雖則逝名寔愈大勒迹堅珉垂示千載

祭武功伯文并跋　　史鑑

於戲丙子丁丑之際天理不幾乎熄矣雖公不須殺身滅族之禍起而救之然後君臣父子兄弟之倫一返乎正此蓋天生我公以相皇明無疆之祚也功高受謗遠竄南服乃天下之不幸豈獨公之不幸也哉竊嘗論之自有生民以來撥亂返正之功雖唐之狄梁與公而已然狄保其身公罹其禍此特出於身存身亡之異耳非智有淺深功有大小也使狄在當時與五王俱存其能免乎三思之殺否耶悠悠之談論人已然之迹以為監國病焉不日當豔神罷自有攸屬何必公以生事邀功哉群議附和如出一口嗚呼

為此說者其亦不仁矣夫大寶不可以久虛奸雄之人常利國有釁當此之時歷月不朝中外危疑咸懼生變萬一有亂臣賊子窺其禍則生民之禍未有涯也故公獨決大策翊戴　先帝宗廟危而復安彝倫斁而復叙四海亂而復正三光晦而復明此所謂萬世之功也而談者又有以病之其亦不仁矣且唐之武氏年已八十旦暮入地中宗已正位東宮民無異望彼易之昌宗輩直狐鼠耳非有絕人之才過人之力也張崔之流胡不待其自斃而奉之顧乃旦夕聚謀称兵宮禁汲汲以迎復為武蓋其所慮有与公同

也唐之諸臣既不見非於後世則公豈宜得罪於
天朝今天不祐善竟奪公壽某等荷公之知痛公之
歿用敢論公之大節備此一奠靈其鑒之
或謂鑑曰子為此文子將得罪矣且國家授受自有
常典徐公豈當預哉蓋公假迎復之功以為富貴之
資尔嗚呼誠是乎言哉夫君臣大倫根於天性苟利
社稷當死生以之豈有見其危難而顧利害以為身
謀也顧利害以為身謀此乃妾婦也非大臣也當此
之際釁隙既成三宮之情不通中外危疑人心洶洶
咸不自保而二三用事大臣以預廢立太子之策咸

惧得罪於　先帝其無推戴之心審矣故有選立皇儲圖為自安之計者不一而止一時群有司百執事之人方將俯承俯就之不暇尚敢措異議於其間哉而　先皇帝在幽閉之中至穴墻以通飲食勢同狴犴於時外之君臣惟惧垣墻之不高扃鎖之不固方日夜密謀而外求君纂弑之禍將日尋矣然而奸謀之不遂者宗社之靈故耳且自古臣弑君子弑父者皆以身處危疑而然彼亂臣賊子豈忍為是悪逆哉特以偪於事勢不得不為此以絶人望耳考諸史冊班班可見故華督之弑宋殤子暈之弑魯隱高渠弥

之弒鄭昭南宮萬之弒宋閔慶父之弒子般商臣之弒楚成李兑之弒主父劉劭之弒義隆皆以得罪畏誅姑欲脫死於一時也然則　先帝當此之時豈不謂之至危而極殆乎而公奮不顧身决此大策翊衛先帝出險之中尊居九五君臨天下以安社稷其功可謂偉矣但以震主之威易生讒謗此正李泌所謂殺臣者五不可耳豈功之罪也哉彼妬功害能之臣惟以成敗論人而不揆諸理吹毛求疵誣謗百端烏呼惜哉昔宋光宗以疾不能主其父孝宗之喪宰相留正請立皇子嘉王為太子因內批有甚好及退閒

之旨樞使趙汝愚請太皇太后代行喪礼遂擁立嘉王即帝位於重華宮是為寧宗初不請命於父也然當時不以為要功後世不以為生事良以安社稷之功大也然汝愚為權奸所忌誣以謀為不軌擠之以死然不久復其官爵書冊書之以為美談蓋是非之定不於其生前而於身後也且光宗君父也寧宗臣子也　先帝君也兄也景皇臣也弟也以比方之孰重孰輕孰順孰戾則是非之辨將不待講說而自明矣鑑之於公雖忝鄉郡人品既殊事功亦異何昔与衆說迂哉況國家之典固非庶人所敢議蓋痛公之

忠誠不白於世不勝其耿耿而有此將以俟夫後世之知留趙二公者尒雖以此得罪不悔也

謁徐武功墓　　前　人

繁酒來何暮淒涼百感生文名推獨步相業沮垂成才大人多忌功高謗易行只因墳下水流恨去難平

入蒸山謁徐天全墓　　吳　寬

平生晁賈共襟期欲使才名百世垂衆口是非何日定老臣功罪有天知湖山彷彿精神在杖履從容歲月移逝矣姚崇嗟不及凭誰為刻墓前碑

祭武功伯墓文　　祝　顥

惟公天賦絶倫學精群籍才高當世志方古人早發迹於賢科即致身於苑翰論思啟沃足潤皇猷保障綏寧克清時患爰摠紀綱之重懋成疏尊之功而乃明炳幾先密圖匡復遂成風雲之會親依日月之光寅亮天工燮調元化毅然先以堯舜君民自任謂太平指日可期夫何納牖乍通穿墉既入以是魚水方諧而萋菲交布河山維誓而陷穽肆張卒至致輿安忠州之行純仁甘永州之去平平王道蹶驥足於疾驅浩浩長風摧鴻毛於奮舉巷伯之章徒咏緇衣之義誰陳而彼且操戈於入室之後投石於下井之蘇

摘撅蔓足釀惡未已幸賴皇天顯祐　聖主含弘覆險如夷完舜往返是雖群慝之無良亦公矯枉之太峻也夫天地之道浸斯成化功暴雨疾風無資長育故決防之水必至潰隄高張之弦必致絕响所以功赫者難成而易墮時驟者易失而難久嗚呼哀哉

徐有貞武功伯墓在吳縣貞山

太醫院御醫沈君墓志銘

榮祿大夫少傅兵部尚書兼華蓋殿大學士楊士奇撰　奉政大夫右春坊右庶子沈粲書

程南雲篆

仁宗皇帝在東宮二十年太医惟院判蔣用文最見親厚藥非用文製不進一日用文病且殆　上親御寶翰遣中使即其家問之脫不起医士誰可任者用文書沈以潜氏名附中使以進用文卒踰月　上即大位擢以潜太医院御医後數月士奇親聞　聖語用文真知人以潜真不負用文舉士奇自是始識以潜而与之往還沈之先世皆以醫仕宋南渡由汴徙蘇之長洲思陵嘗書良惠二家賜其家謂其醫之良有以惠氏也至今鄉称良惠沈氏元爲医學提領諱瑛者以潜高祖也曾祖諱彦才平江路医學録祖諱

德輝江制竹肖医學提舉考諱　以潛諱玄蚤喪
父能自刻励於學幾欲盡究其古之傳進而明於素
難仲景諸書及潔古東垣諸家之旨不執古方每審
求病源隨証用藥用之必效有為庸医所貽而殆者
往往求以潛而安而能報与否一不計也一時鄉之
老於医者多服之而求者日接踵戶外矣郡太守舉
医學正科以母老辭礼部以名医徵至隸太医院即
見重於上官有所疑恒就講論既擢御医為　上所
信用屢奉　命往視總兵官疾而京師士大夫多德
之宣德壬子秋以潛得疾久未差自嘆曰命其止此

卷三九　三六

又聞其長子死疾益加是年十一月三日卒於北京
春秋六十有四以潛爲人平易質重不爲矯激辯巧
以華去媚俗工詩好琴間暇焚香一再鼓自適未嘗
求於人故知者亦寡娶滕氏有婣德先十三年卒子
四寅賓宇宙寅先兩月卒女五長未行次歸王　三
尚幼孫男五禧祐禎餘未名女二曾孫男女三人賓
將奉櫬歸其鄉竺山先塋之次卜明年十二月庚申
合葬滕孺人之墓以治命齎翰林修撰金君問所述
事行來求銘爲之銘曰　医之克明審覈病源直
宜處方功臻十全彼其昧者執方俟病治十斃五哀

哉人命嗟以潛甫兦医之明理究業精厥效孔徵以
仁存心以義處物曷不百年恒濟夭折東南其鄉歸
藏其墳來去有聞不在斯聞
沈以潛墓在笠山事行見姑蘇志藝術傳

○○都察院右都御史致仕韓公墓志銘

○○○資政大夫　太子少保戶部尚書兼　文淵閣
大學士知制誥　經筵官兼修　國史　玉牒
青齊劉珝撰　資德大夫正治上卿　太子少
保掌通政使司事工部尚書昌黎張文質書丹
篆蓋

大明成化戊戌十月十五日致仕右都御史韓公以疾卒於家有司以訃聞　上遣官諭祭命有司營葬域六部以下暨京師舊好者胥嘆曰公一代豪傑而今已矣可惜可惜既而冢嗣太學生文以南京少司寇張公狀徵銘於玄堂狀曰君諱雍字永熙蘇之長洲人曾大父諱彥傑積累深厚富貴勿食大父諱舉一父諱貴俱以公貴累贈都察院右都御史祖妣陳妣趙俱贈夫人貴初以閭右起寔北京宛平縣故公之發身乃順天府庠弟子貢正統辛酉中京闈鄉試明年登進士拜湖廣道監察御史時碭山縣學教諭

丘純咎膳夫竹磨兒其父令其遠遁而以死誣告御史勘伏純坐極刑家人繫奏寃都憲撤公理之公四散遣人適訪至河南緝磨兒回純得復職其聲遂大振時三法司刑獄并刻奏章疏咸經公手未幾巡按江西辨寃獄黜奸貪所至望風解綬廬陵泰和等縣大敘萃至千人乘時刦掠鄉邨居民苦之有司不能制公與巡撫侍郎楊寧設法捕之得其首惡并餘黨悉寘重典地遂寧代回陞廣東按察副使奉迎二親仍還藴少保陳循疏公廉能幹濟才堪大任陞都察院右僉都御史巡撫江西公至首行均徭法次行歳

辦法其法規畫周密切中時弊民甚稱便值歲飢大發倉廩賑之兼減價糶賣人得以食足天順改元英宗復辟改山西副使尋陞大理少卿又復僉都御史与左都御史寇公同理臺事有強盜十八當決內二人訴為同起挾仇所指寇云會問已明何仇之有公曰人命至重宜暫留致不允固諍乃弃指事者留之後四人皆得白戌邊翰林學士倪謙主考鄉試得罪於訪事校尉發其結交僚府儀賓事下獄坐重典公復力諍得戌宣府錦衣指揮劉敬同石亨連坐下獄寇欲坐朋党籍其家公曰東漢時朋党二字害

盡賢人君子公宜嚮之怨悟改擬敫淂近户於山衷
大同守臣奏巡撫之人　上即命公奉敕而往至則
劾總兵參將貪財弛俻皆逮於法修飭界墻搜括隱
占軍士設法俾耕田収米易銀是故邊俻之用有餘
而無私斂之擾朶顏三衛達子曰虜酋孛来結誘犯
獨石公合兵出其不意擊之賊驚遁七年議政至京
陞兵部右侍郎有權貴者銜之謫浙江左參政成化
改元兩廣蠻敘猖獗累征不利　上命太監盧永瑄
為監軍都督趙輔為征夷將將軍和勇為遊擊將軍
推總理難其人僉曰非韓某不可復改左僉都御史

公承　命益加奮励時言者謂賊在廣東宜遂之在廣西宜困之衆議紛〻不定公大言曰大藤峽賊巢也舍此而不圖吾未見其能濟遂肅師而行抵廣西罢議委都指揮鄒宏副總兵范信參將孫震都指揮彭倫各授以方畧仍檄湖廣總兵李震提偹公則分營以進至全州諜報賊在陽峒公五發偏師皆捷生擒其魁數人至桂林嚴刑以示軍威大振又以修仁荔浦皆峽賊羽翼乃分兵將二十五哨公与太監總兵領中哨進攻弥月賊遂平路無阻絶捷　聞賜敕奬励陞弟睦為錦衣百戶復移師潯州益增器械

艘粮令五哨由峽後進公与太監等督八哨從峽南進復令二哨援於後復遣將士斷諸山口賊聞乃挈妻孥輜重於横崖等崖極險處預於山南立排柵滚木礧石標鎗毒矢如雨而下公覘其將怠遂奮甲先登士魚貫而進声震天地縱火烈焰日色晝暝賊不能支乃遯去衆又云險不可進公曰破竹之勢不可以緩○督益急直抵横崖等厓又進九層樓等山壁立萬仞势控霄漢公復計遣將士於賊所不備處扳緣至絶頂處奔炮為應衆復環攻數十合峽遂破前後得大小寨峒九百餘處改大藤為斷藤刻石山頂以

紀厥功初公令士卒得一山一寨即守之勿失故賊無可及之計許生擒被「虜男女以准其功啟士無妄殺之慘又謂峽内餘孽尚存終必為患宜設士官編管乃奏改上隆州為武靖又徙周冲靖寧二巡司于峽上下水又增土人為宣鄉黄江司隆三巡司副巡檢又置千户所以鎮攝藤縣五屯獞人凡可以固峽之策無不行之先是公命將与廣守將共勦高雷等處流賊尚未成績至是又分遣官軍往助旬月間生擒斬首奪回俘獲共四萬一千七十六名顆口事緩旋至廣東奏捷陞左副都御史提督兩廣軍務公又

奏兩廣地方相五千餘里一身不克周悉合用都御史
二員巡撫從之會以父喪守制于家六部各衙門大
臣言梧州城內宜設總府總督等官居中調度殺賊
朝廷從其議即其家陞公右都御史總督兼巡撫聽
其便宜行事公至築城增兵以鎮禦地方鑄鉄索拄
繫浮撟而絕賊船置木牌以覺察奸細買棺以瘞亡
卒栽松以葺賢祠皆大服人心九年以監黄沁以公
務与公不叶許奏數事公不与較即其疏乞休家居
又六七年以山水為樂壬寅十一月九日春秋五十
有七娶王贈夫人繼金夫人子男三長即文王出次

斆金出次敵側室玉出女一適蘇州衛指揮使謝瑛孫男二女二葬雅山之原嗚呼公之為人與闓洞達才識高遠居家孝友与人交有信義下笔為詩文思如湧泉無少滯凝居官處事動以古之豪傑自居每一出師必以曹彬不妄殺為戒故所至全活甚衆繇謫繇陞未嘗置欣戚於其間天下士大夫無問識不識咸仰其名云銘曰

有偉其人有須其才發身賢科肅政蘭臺副憲於外都憲於内或二兵曹或貳廷尉載徵浙藩督師潯江巨寇以平吾民用康 天書斯頒揚休播美極品斯陟儒紳寧比嘉謨尚在成績

孔昭不進之求惟退之高哉哉吳山悠悠玄室勒石刻銘千載無斁

吳都文粹續集卷之三十九終

吴都文粹續集巻第四十

長洲錢穀叔寶集

墳墓

○○卿大理壽藏記

○○奉直大夫　太子諭德翰林侍講　經筵官

兼修　國史　玉牒東海徐珵撰

正統癸亥權奸方竊政柄而弄之於内既殺諍臣以杜天下之口乃益為峻法以鉗制人毒及無辜勿惜也時諸輔政大臣暨内外百司之長率奔走其門雖有號君子者亦不免詘節毀操以求容至其小人則

遂奴事之甚而呼之爲翁父藉声勢以作奸者不可
指數其初度諸公卿皆至爲壽而大理獨否心銜之
會邏卒有与蔚州衛兵沈榮爲怨者誣榮与寡婦岳
郝通吮咀宛其夫而寔非也刑部分爲辨而大理辨
之移至臺〻遣御史勘如辨辨既免矣而邏卒迴諸
內權奸乘之以　上命并逮辨勘官下錦衣獄會三
法司鞫治法司者明知其寃莫敢白遂傳致成獄竟
赦榮及二寡婦於是自大理少卿薛暄以下罷降有
差而左寺丞仰公瞻獨從重坐謫戍大同蓋公素以
介直不合衆且力雪寃獄故也公既被謫即恬然就

道及至謫所屆七年安之如一日略無幾微見言色對客未嘗談及公事惟以醫藥濟病者餘無所与或問公寧必自悔乎公嘆曰吾恨不能盡雪人冤耳罪謫非所避也何悔之有及已已之變權奸既死公議始申景泰改元　朝廷用僉司敘陳都憲之薦召公還授右寺丞持法不撓如故久之衆漫不合公亦益厭於時即引年而歸時年六十有四公既得歸常杜門却掃教子外一不問家事日与逋人逸士游於山之崖水之濱竹之林菊之圃優游卒歲蓋不知老之將至也視蘇城東陳公鄉之原隆然中蓄樂而語

於人曰此吾之菟裘也遂營爲壽藏使其中子来請記公字宗泰别號怡菊其先蓋自維陽来徙於蘇故今爲長洲人其諱萬五君達仁澤者公之曾大父大父父也並隱德仁澤以公貴封徵仕郎母鄒贈孺人有儀範公學明經術旁通醫家言喜爲詩尤妙於書永樂辛卯自郡諸生領鄉薦擢禮拜虎賁右衛經歷洪熙改元以舉職有錫命尋遷大理右寺副得馳驛省奈轉左寺副以故少師楊士奇薦而至寺丞奉教省詢求京圻民瘼有所建明其歷仕前後皆著績而爲寺副時辨神武衛卒毛拜兒等冤獄活人尤多

蓋不獨沈棨一事也及更大患再召至而所守益堅不肯俛首隨人後求富貴遂飄然決去而不顧嗚呼此豈可以世俗所見擬議哉昔徐有功之在唐遭武后之虐二張周來邪思膠固滔天燎原之勢不可向迩而東止持平壓而復起身可危而節不可敓故今閭長世至今天下聞其名者猶歛衽起敬非過也宜也然自有功後求人蓋亦鮮矣公豈非聞有功之風而興起者歟公娶徐封孺人有丈夫志子五嵩嶽巖喬岐女子三皆歸士族孫男女凡幾人其五子皆克家而巖則來請記者也旣記之乃系之以辭曰生奇

卷四十　三

也死歸也孰委之維達者有不爲有以爲舍小知得大知學不亂行不缺履險夷惟一節一時詘千載信尚有發在後人景泰三年秋閏九月之望

題大理壽藏　　杜瓊

百歲光陰笑易過達人常比夢南柯了知身後遺蟬蛻預向生前製槻窩緑樹一丘封土脉白雲千畝護嵒阿高名直與姚崇竝垂世芳声耿不磨

又　　陳寬

回首西山日欲斜便尋歸計立生涯鑿開一片松根玉卜得千年家身後家馬鬣未封閒歲月槻窩不開

露泂霞清風吹破邯鄲夢笑引兒孫醉菊花
仰瞻大理墓在葑門外

○○保定府知府致仕張公墓志銘

○○○嘉議大夫南京吏部左侍郎前翰林侍讀學士
國志總裁直文華殿賜一品服雲間錢溥撰

公姓張諱祝字起韶號栖霞子又號錦峰山人蘇之長洲人也初公以春秋舉宣德庚子進士第賜歸省甲寅召試交趾道御史事明年拜大理寺左評事丁外闈藩聘主文衡得明公之譽丁外艱景泰辛未服闋赴京大學士高穀欲薦起之會都御史寇深鎮遼

卷四十

四

舉公理刑壬申其鎮文武大臣交荐公才識過人乞陞京職以資邊計遂遷刑部檢校乙亥同部天順丁丑陞大理左寺正庚辰擢知保定府癸未會朝以老疾請致其事郡民聞之詣　闕請留者數百人不可以歸以恩例進階亞中大夫居十有餘年日與鄉之親故四方之尊顯而吳過者酬唱往復或泛接船駕肩輿登高臨深以樂其樂享年七十有六而卒成化丙申六月廿五日也其先河南祥符人七世祖德成宋鄧州江夏簿靖康初召授保義郎閤門宣贊舍人差提舉宿衛親兵權兩浙淮南東路沿海制置使賜

第蘊城之樂圃坊㞐爲六世祖繼善登進士授餘杭尹迁朝奉郎昭慶節度判官河東節度使致仕。五世祖大榮以蔭補廸功郎曽祖澤之髙隠不仕祖子冝八歲能詩稱神童年十三領江浙鄉選元社將傾遂去入　國朝起修元史仕至奉議大夫工部郎中號甘白有甘白集行世父用軫善琴事　太宗受文綺之賜封左評事母韓贈孺人公生而俊邁警奐弱冠游郡黌即以能詩文出流輩上仕而在大理審録部院所問囙犯不可勝數而平反者多若辨郭旗張匠汪軍宗典史周千户再入大理辨瀋陽由守二衛之軍婦富峪之張軍等之大辟皆籍以不死時論韙之雖處枯幕而遇事鞅掌皆決於談笑之頃衆皆以爲不及其開銀場役工匠數千而貧富適均清軍政革弊申冤而民多服屬邑戴丞被誣當死公力辨於憲臣得免後戴侯公出資以白金百兩置家去公歸即召還之保定地逼邊塞軍民襍處以強弱異視公則痛懲其弊黜知縣白忠之貪重逮劉靜修郝伯常之祠人知向方嘗因久旱奏免民賦且發倉賑之民賴以全活至今思焉　英宗初臨御詔求直言時公在廷評首上四事言畿甸旱蝗宜暫停徵税匠有老疾

幼弱宜驗蹇放免蹶倒馬之倍償正武臣害軍以法多采用之當時少師楊文敏公重其才屢欲薦不果及大理卿缺冢宰河間王公擬及公而沮於他薦識者咸爲公惜而公則聞而嘆曰此非吾命也耶卒守一郡以歸尤惓惓憂國愛民雖老彌切至遇撫按之臣郡縣之吏輒懇懇言之人亦重公老成多所敬信使民陰受其賜亦多矣公天性孝友年十七喪母哀毀踰禮父年踰八十所在迎養得其驩敬事兄嫂周有間言急於接物雖後生小子亦迎款無厭閒居手卷不釋遇有求作輒肆筆而成無所靳惜存于家有

若干卷配周氏元公十二代孫安溪簿玉成之子媲德齊榮女婦歆式子男二紈綬女五長適吳江醫官盛佾次適陸墳朱珉沈壓鄭鴻孫男三朝儀侯邑庠生位侃女二長適陳謨次未行紈等以歲己亥三月二十八日將葬於吳縣至德鄉陰池山之原乞武陽司訓陳君傾為狀託舉子張泰來請銘噫傾與公中表言足徵而情甚至況余亦同朝交厚且久者烏能不惡哀而為之銘也哉銘曰

公出河南鄭臣裔賜第吳城表忠義隱顯相承今幾世至公崛然起科第職專詳刑在棘寺平反上体

欽恤意負屈軍民賴攸

暨左丘雖困道則裕作郡羅竹多利榮民今思之不能置歸樂丘園好卉樹酒詩倘佯自成趣一曲冰絃拂塵累串揭高歛青雲志弗究其施竟長逝凴虛躡雲朝上帝髀睨下藏閟深竁後千百載高軒過豈無人爲式斯墓我其銘之亦何愧

張柷太守墓在吳縣陰池山

玉雪朱公墓志銘

賜進士出身前廣東道監察御史嘉興姚綬撰

成化丙申八月十日蘇州衛指揮僉事朱公瑜之子瑾以疾於正寢卒之日縉紳大夫哭之士君子會哭

之行路者亦咨齋爲綬交且厚訃聞走乎於其門而哭之有慟宜也後卒之五年其子倫始克舉葬事謂墓石不可無銘謂綬知公最詳銘爲是屬嗚呼雖不忍言忍辭之哉乃按狀瑾公之諱良德字也別號玉雪父贇母王氏生公兄弟先世山東魚臺人曾祖善元季從張氏陸參政下行樞密院都事隨陸歸附授管軍政徐丞相取山東克汴梁潼關北平皆与有功授忠顯校尉再傳至公之祖父伯父轉授鎮海衛鎮撫系陞指揮僉事於蘇州衛餘以文事則自兄瑜曰良用者始也公雖出武胄世有勳禄能脫畧紈綺讀

書郡膠勤苦自励与諸儒埒時都督翁公奉
璽書守三吳聞而賢之以懷材抱德荐於當道公曰
吾兄守官日不遑家事瑾當勉力具祀事應賓客鑿
池築垣闢圃而疏廣幾為吾兄助而不使其有內顧
憂怡〻相樂終身可也尚敢以菲薄而叨 朝廷之
一命乎懇辭不就由是遠近聞者莫不賢之願交焉
若武功伯徐公吏部尚書錢公右都御史韓公參政
祝公輩咸器重之以及內外諸名官四方之騷人墨
客凡道經於藴者必一識公〻輒延之天光雲影亭
〻俯對清勝可愛主賓留連詩酒日不足繼之以溪

奉罕

夕而復達旦忘倦陋劣如綫者常辱以兄礼事之況
其上者予人謂公之好客与昔鄭當時不相上下故
得所交者詞藻甚富平生養成直氣与論古今成敗
得失歷〻可嘉於人無忤而且不詭隨赴人急難則
惟恐後寔良用之難弟也不滿下壽僅五十有四而
止悲夫其生永樂癸卯娶浦氏有淑德子男四長即
倫以 恩例授散官次價仁俊價湯氏出也孫男女
各二卜以辛丑四月十有七日奉柩葬於吳縣陸墓
山之原以從先兆兄良用後公卒而葬同日他尚有
碣此則公之銘也銘曰武弁而儒談愛兄而好客事

收時名式承古澤人非過耆壽不滿德溪亭之水阡岡之石春雨秋霜易朝夕若人泉扃卉樹碧刻此銘詩示無斁

朱瑾玉雪之墓在陸墓山事行見吳中往哲記

同齋沈君墓志銘

河南開封府陽武縣儒學訓導致仕陳頎著

同齋沈君既卒之明年子周得吉地於天平山之北陰池之原將葬述其事行来請曰周自幼承先人之教懇懇切切今周髮亦種種不克如教有所成立如時賢之爲子祿有養而爵有封設使潛德不能勒石

以載則將就於泯滅而不孝之罪何追子知其去為詳是以敢請鳴呼君固自有不朽者在胡周亦有顯顯其親者奚假於不斐之辭雖然不以遂答已乃掇其定叙而銘之君姓沈氏諱恒字恒吉以字行同齋其別號也去居蕪城為長洲人曾祖懋卿祖良琛贅相城徐氏同家相城父孟淵母朱氏生二子長貞吉次則君也其先族最盛元季兵亂家業蕩析良琛始振起孟淵克復之其族之盛不特貲產之富蓋亦有詩書礼樂以為之業當其燕閒父祖子孫相聚一室商確古今情發於詩有倡有和儀度文章雍容詳雅

四方賢士大夫聞風踵門請覩其礼殆無虛日三吳間一時論盛族咸称相城沈氏爲之最爲君稟賦清秀穎悟過人五歲授孝經小學朗然倍誦屬對如應响然稍長從翰林檢討嗣初陳先生學〻日有進甫冠選爲鄉賦長不得已役於官者七有餘年非其志也正統間廬陵周公巡抚南畿南昌况公知府事二公皆務剗平宿獘選数輩信任吏事時所在錢粮充物不無有私者惟公一無所汙且其文藝精致辭論確寔尤爲二公所優礼歲飢民多貸官粟有司徵斂非時民不堪君率父老請緩其期父老難之曰非徵

卷四十　　十

何以濟後日之乏君言目今農事方興食且不給當助而反徵之是重困其力後雖有濟何瘳於今日之病卒從其言鄉民漕運交輸不足必取辦於豪富之家酬以倍蓰之息鬻子破產往往有爲君每出己貲代民足之不加其息一鄉之人獨免此患同邑有王某者隱忌君或傳其訾毀之言君不爲意王忽被誣於府憚守嚴莫敢辨君力爲辨之得釋王嘆曰我今日始知沈君長者我終身愧其人矣友人沈公望卒貧無斂葬公爲經理之其子當遠戍又爲援例營補近衛其急於行義多類此性至孝先意承志得親之

懽心家嘗被盜刼時君處外寢得脫然不知父母所在號呼復還幾遇害而獲免人謂孝感所致工於詩体裁清麗所著有同齋稿藏於家精繪事不苟作〻則為世所重善飲酒終席未嘗少亂晚年謝世務寄情於觴詠臨溪有樓登眺其上綸巾氅衣風情都雅儼如神仙者流酒酣愛誦范石湖詩興至輒賡其韵時或命周歌之陶然自得厭人談世俗事一聞孝義之言即感激欷歔至於泣下其胸次可以槩見矣患風痺手足拘攣者六年竟以是卒於成化丁酉正月三十日距於生永樂己丑九月一日享年六十有九

葬以卒之又明年正月庚申日其娶維亭張氏子男三長即周次召早卒次繼庶出也女四一端嫁徐綱一莊嫁劉正一寧嫁吳誠早寡矢不更嫁一清嫁陳懷孫男三雲鴻應蟾應奎女四二有歸餘未嫁銘曰

前作後述咸有其人承前啟後寔維乃身源深本厚其出不訾載發於周益昌予詩名揚久遠有光所生彼叨貤典未必為榮名浮寔、亡無奢有毀較厥短長舍彼取此勒銘於石以示識者有過陰池於焉下馬

石田先生墓志銘　　王鏊

有隱吳君子沈姓諱周啟南字而世称之惟曰石田

先生先生世家長洲之相城里曾大父良琛始闢田以大其家大父孟淵考恒吉皆不仕而以文雅称先生風格修潔眉目娟秀外標朗潤內蘊精明書過目即能默識凡經傳子史百家山經地志医方卜筮稗官傳奇下至浮圖老子亦皆涉其要掇其英華發為詩雄深辨博開闔变化神恠疊出讀者頃耳駭目其体裁初規白傅忽变眉山或兼放翁而先生所得要自有不凡近者書法涪翁遒勁奇倔間作繪事降並烟雲波濤花卉鳥獸虫魚莫不各及態其或草草點綴而意已足成輒題其上時称二絶一時名人皆折

節內支自部使者郡縣大夫皆見賓礼搢紳東西行
過吳及後李好事者日造其廬而請焉相城居長洲
之東偏其別業名有竹居每黎明門未闢舟已塞乎以
其港矣先生固喜客至則相与燕笑咏歌出古圖書
罷物摸撫品題酬對終日不厭間以事入城必擇地
之僻陋者潛焉好事者已物色之比至則履滿乎其
戶外矣先生高致絕人而和易近物取夫牧豎持所
來索不見難色或為贗作求題以售亦樂然應之數
年來近至京師遠至閩浙川廣無不購求其蹟以為
珍玩風流文翰照映一時其亦盛矣先生自景泰間

已有重名汪郡守蔚欲舉應賢良不果王端毅公巡撫南畿尤重之延問得失而先生終不及時政曰吾野人也於時事何知焉然每聞時政得失則憂喜形於顏面人以是知先生非忘世者初先生事親色養無違母氏夫人以高壽終先生已八十而孺慕毀瘠扶而後興身病瘵終年与同臥起館娶妹撫孤姪皆有恩義尤喜獎掖後進有當其意者為延譽不已先生娵於陳生子曰雲鴻官崑山縣陰陽訓術早卒庶子復孫履皆郡學生先生以正德四年八月二日卒壽八十有三復相履治喪以壬申十二月二十一日

葬相城西牒字圩之原所著有石田稿石田文鈔石田詠史補亡客坐新聞沈氏交遊録若干卷獨其詩已大行於時文徵明曰石田之名世莫不知知之深者誰予宜莫如吳文定公及公闡其潛而掩其幽則唯公在予諾爲銘曰　或陰之位而陛其遂或璺之秩而侈其有較是二者吾其奚取嗟嗟石翁掇衆遺卉發爲渾鍠震驚一世彼榮而膚磨滅皆是相城之墟湖水於予邈矣我懷其人

沈恒吉墓在陰池其子周墓在相城

王聖俞墓志銘

桐廬江公望撰　延平陳璀書

君諱仲舉字聖俞王姓其先太原人西晉末徙家福
之福清縣七世祖榮仕唐爲尚書郎其後仕宦不絶
高祖仁偵爲閩王王審知所知以大理評事聘於家
辭不受命君子高其義審知歸朝祖父珣語子弟曰
時清可以出仕矣父礎有志之士再舉礼部不偶隐
德弗見玄素之風流而至君兄弟猶未泯公望初識
君之兄聖時於新定一見愛其神情玄定有願交之
志續見君於廣衆中必知其爲聖時之季其風声氣
習蓋相若也既交其兄因復得君三人者遂爲忘年

卷四十　亩

之友始得之眉睫間今皆白首迄君死無間然君在童稚警敏過人父早世与兄事母孝謹人知王氏有子砺行苦節日益堅業屬文不逐時好三黜於有司慨然有隐居之興僑居吳門生事牢落治田百畝數遭歲登餘數年之蓄儉勤日以給尌婚祭祠以至賓客之豆皆出於是不外取也杜門讀書雖鄰里不識面目教子成就其大者親故艱匱不給者周之族之孤不能婚嫁者昏嫁之妻方氏敬順惠和以承君志族之長者至其家饋事如舅姑無怠容君於閨門間不見細過方氏与有力也享年六十有八卒於政和元

元年二月九日以其年三月二十二日葬於吳縣横山之原以方氏祔長男蘋次藻次蘊女一嫁士人蔡元康蘋藻公望總知其為人静願有守蘊與二兄力學亹亹有成初聖時之子卒方以老獨為念哭之甚哀君不謀於子亟召蘋告之曰我兄即汝父也拜之即出為聖時後人所難也君安行之不悔君性剛介不可犯與人交如骨肉莫可解不合不復顧見事聖時甚嚴俾至於講道固窒不讓故於死生之際泊如也聖時在海外相期晚秋同會君於吳門三人者獨君不幸且死矣余有子戚亾耶在人世何如哉銘曰

學不務傳美身則正行匪蘄聞心不匿愧為生良勤苟完而已年不取贏白首以死聞道之力雖死亦可矣嗚呼是銘足以与金石相敝

○○宋王先生壙銘

學生通直郎權發遣安豐軍事沿邊都巡檢使郭紹彭撰　學生通直郎知台州天台縣主管勸農事盧憲敬書　學生新楚州司法參軍張愿題蓋

嘉定六年四月二十九日笠澤王先生以疾終其年九月二十四日葬於吴縣横山先壠之側其孫德文

號泣致書走介千里許曰先君不求聞達所以傳信於後者必託諸銘君從先君遊知之寔詳敢請初紹彭先大夫僑居笠澤先君年甫弱冠籍籍有能文聲先大夫禮致齋館喜曰汝得所矜式矣受業六載聞廸弘多先大夫日夕相與優游宴處定爲文字交繼宰華容力挽偕行先生以親老辭雖相望荆浙先生得一善必以告紹彭先大夫一觴一咏未嘗不屬意先生也先大夫平時許與每以遠者大者期之曾不必見於世則次其顛末今何敢辭先生諱琳字勉夫家本福之福清自其曾大父徙平江後居笠澤先生

資稟穎悟趨向端方少失所怙事母以孝聞与人交誠篤無虛語有義事雖奮匱必竭力為之清淡寡欲刻苦嗜書寬厚長者耻言人過鄉里皆謂之善人君子少嘗有志功名蹭蹬不偶自毋夫人沒悉弃所習不復逐時好取去資或以勸之泣曰祿不逮親尚奚望騰所居曰分定齋先大夫及浙西參議陳公造為文以記之富貴利達恬不関念安於義命若此杜門著書留意古學有野客叢書三十卷巢睫稿筆五十卷叢書門分類聚鈎隱抉微考証經史百家下至騷人墨客遺草佚事細大不捐士大夫爭先謄寫覩族

之仕達者欲鋟木以傳先生辭之顧語弟子曰吾目未瞑其將有所增益嘗以文謁石湖先生一見為之擊掉雅相推耆客於湖南倉使張公顔之門逾三十年賓主相懽如一日人皆賢之晚得拘攣之疾坐卧未嘗廢卷易簀之夕神觀不亂作詩一絶擲筆而逝享年六十有三詩中有起着風帆便上船之句冐次矣坦可知娶葛氏能盡婦道男二人德文純文業進士烏乎才大者用必宏先生之才獨嗇於用德博者壽必遐先生之壽不報其德命矣夫若其譜系之詳與先生履行之美則有樞密曾公孝寛司諫江公〻望

卷四十　七

之志銘在兹不復録銘曰　何才之豐何道之窮橫山之中是爲先生之宫　臨終詩云平生不學口頭禪脚踏寔地性虚天臨歸不用求纏裹趂着風帆便上船

宋故提幹王公壙記　　王　敔

先君諱德文字周卿家世福之福清自高祖仲舉徙吴曰家爲曾祖諱蘊曾伯祖著作贇伊洛高弟紹興四年六飛南渡知府事孫公佑以學行荐白衣賜對称旨賜秩王音有通儒之褒嘉熙四年郡侯王遂立祠於學亦先君之請先祖諱大成隐德不耀父楙號

分定居士參議陳公造有記有著書三十卷曰野客叢書石湖先生嘉美為之跋先君携此書謁鳳山李大參性作序為家力以版行不負前人著述之志書成焚之墓下見者無不淨服先君資稟穎悟筆端有口屢魁京庠士論推重當世名勝爭願納交顯學盛文昌章自弱冠而師建寧交游二十年終始如一日海陵趙守善湘適值逆全毀破城壁委請先君協力經理董治版築城壁復完以功奏補承信郎先君躋蹬不偶弗克以儒科自奮俛首鶡尉調寧國酒税任滿太守王塈薦復挽留一年庚子歲歟發運史侍郎

宅之爲見盜賊帖先君攝華亭尉凡兩載餘往来湖
泖捜捕殆盡無遺類邑人賴以安委大漕陳埈亦以
先君才能敏邵俾兼造船場市舶未幾徽守鄭宗山
奏辟監榷貨務造會紙門及頒受賞轉承節郎受南
犒酒官磨勘遷轉保義郎以出仕二十年尚可循轉
先君耻於右選意欲去科遂置而不問先君手箋鶴
山魏先生渠陽詩集析文辭義詁註甚詳鶴山嘉之
而既跋杈以廣其傳克齋游丞相侶為之序真西山
德秀壯立齋範王定齋遂皆有跋語亦各舉先君科
目秋監李侍郎心傳跋云此五人者天下之正人周

鄉与之游亦無忝於所生矣近蒙游相召命沓至且有裏除之諾方且自喜夫何一疾医藥勿療歸正寢而殂烏乎痛哉先君享年五十七生於紹熙改元四月二十九日終於淳祐六年十月二十二日先君娶周氏男一人孜方志於學恐兆竭力擇次年五月十二日卜葬於吳縣橫山之桃花塢先塋之側若夫先君平昔云為操履畢載於前之名勝跋序姑掇其大槩刻石幽隧以為不朽之識云孝男孜泣血謹書兄奉議郎知處州麗水縣主管勸農公事斗文填諱

王實傳

資善大夫　太子少師吳門姚廣孝撰

王賓字仲光蕪人也父安之善相人之術決人死生休咎其驗如影响來求相者肩磨踵接曾無虛日雖紫閣麻衣勿能過之號曰電目湖海間咸呼為王電目云賓生幼穎悟有志周孔之道不傳父之術七八歲即入鄉校幾冠自唐虞三代以降至于秦漢唐宋及元上下數百十年間其中聖經賢傳諸子百家陽陰曆數山海圖志兵政刑律与夫稗官小說之書悉皆覽而傳記聞無所不知者賓於医學尤精用藥多神效然未嘗肎与富貴人医里巷人貧者及方外人

来求医者即趋往診訴施与藥餌一不望其報賓貌甚寢其隱也不於山林僦城中一廛居之藥點其面及肘股皆成瘡髽兩角短布衣芒屩竹杖行市井間或箕踞道傍露兩股爬癢時人人見醜惡咸罔之閭搢紳中有知賓讀書慱古亦以其醜而無浮磬者賓乃熈熈自若賓性至孝父早喪母在堂奉養每日飦必親煑羹必親調冬寒則溫其衾席夏熱則涼其枕簟日侍左右不敢遠遊賓平生不要味澹泊無所嗜好多与方外人交或閉戶閱佛書以消長日作詩文尚奇崛聱深其辭人讀之卒莫能通其義年七十先母

卷四十　二十

而卒至疾革時抱母不舍死半晌復甦呼母連声氣方絶葬後魂歸於家夜二鼓曳履拄杖行呼曰嬢〻舉室皆驚其母應之曰我在此復曰嬢〻兒舍嬢〻不得母痛哭既久而息賓之孝行至於此賓之著述甚多禍皆散失不存有吴中名賢紀録吴下古跡詩二集在文游之知己者惟同郡韓先生云

君子晉賓奇士也懷材抱德其急不居山林而居廛市醜其形骸悠〻忽〻行井里閭時人皆不識之間搢紳大夫士有知賓讀書博學亦以其醜而無薦舉者故賓得遂其志而樂於隱也賓平昔奉母至孝雖死

爲兒亦不忘予毋而歸省焉嗚呼賓可謂奇士也耶

永樂七年余撰王賓傳同郡韓奕公達欲鋟版行於四方此亦君子成人之美也公達其可嘉也哉其可嘉也哉是年五月二十五日姚廣孝識

〇〇　王處士祔志銘

〇〇〇廸功郎紀善潁川陳璲撰　承德郎吏部考功主事夏昶書　奉訓大夫綿州知州致仕蘊復篆

處士王德廣卒已二十有一年其配沈氏孺人歿將祔葬處士之墓其孤敏泣告余曰先考葬時日薄事

卷四

廿

嚴未暇請銘今葬先妣若不倂求志銘則潜德世系終泯焉無聞敢請按處士諱寛字德廣姓王氏知分別號也其先太原人西晋末徙之福清一世祖榮仕唐爲尚書郎八世祖仲舉奉議郎其徙家於吴者自仲舉始也九世祖著作郎巔伊洛高弟世多聞人宗紹興有通儒之褒高祖行父號雲嶠曽祖安之善風鑑號電目祖君顯父彥常皆有隱德伯父先庵又以儒医名處士悉得其傳人賴以全活者甚众　朝廷嘗以明医徵未赴而卒洪武己酉六月二十七日也其生之宣德紀元十二月初二日其之卒也春秋五

十有八配沈氏諱妙真同邑士良之女有淑德生子三人長佐早夭次敏娶嚴氏次政娶蔣氏女四人適陳彧葉茂顏王朱榮孫男五人曰節瑾泰珵孫女二人當處士歿時二子尚在孩提間沈氏不憚艱苦撫孫以葺厥家恒恐先業失墜乃課子讀書從明師學醫其子克紹先業者皆沈之力也孺人生於洪武乙卯十二月十四日歿於正統甲子三月二十八日壽七十而終卜明年三月甲申葬吳縣靈嵓鄉桃花塢先塋之次嗚呼人莫大乎知分能知其分者必有所見也處士善保宗祧垂裕後嗣以立其業抑非知久

之驗耶若沈氏善相厥夫夫歿而善教其子不失故
物者其亦賢婦也矣銘曰　知人之心金石堅克紹
古德振後先樂只令配婦道全撫孫有成才且賢呼
嗟歿兮何憾爲併勒銘辭昭永年

明故王瞶齋先生墓志銘

瞶齋王君吴下名士以醫之良而擠其衆長卒莫擠
於君子之見知而幽光潛德遠近來弔者各能言其
畧也母沈氏姙七月而生君至老猶顯顱未合父德
廣早世家遂落年十六從韓先生伯承學伯承加其
所嘗讀先世藏書幾何隨舉隨荅曰不失爲古儒世

医家子可教也處一室寫誦不少輟每其師所診療巧出意表處録記成帙曲折不遺伯承曰王生所就當不在人後踰年師以適盛啟東先生致御医事閔其孤且貧也曰盍居藥設肆以養母答曰恐家學去継自吾而失先生曰志足以継光庵矣吾受業光庵之門還投之於其裔宜矣留寓館下卒業未幾母得乳嵒疾卒大慟脫下頷仆而幾絶衆亟揉合之良久甦藹綿州性初諭以傷生之教曰貧而孤不有母不有今日哀慟自不能已也綿州賢之抱疾延治者拒不往綿州曰在禮固自得矣如物何触而往其施治

一出乎東垣丹溪不立異以徼延效不乘人之危以射厚利不斥言他醫之悞曰吾藥偶獲中耳蓋韓盛二師之心傳同一仁術君擴充之而及人者大也城内外媪稚愚智皆熟君之名君察脉觀色即得其疾所致治無不愈者惟貴勢人之疾難治羣工爭欲售其能攻補襍施一難也遇下不以禮自重者不茍往非所重二難也唯々取悅孰得而盡禁其所欲而難之三也奉養厚而中氣素有奪又難之一君則反是客禮遇言之易入而投劑又奇中名愈遠而愈尊貴者延聘四至或臨蒞乎近雖弗疾亦延訪其謹疾致

疾之故之悉君益以禮自持全活者多而心愈下不易其所易不難人之所難每記人其疾某脉某稟受幾歲治以某法某劑可起與否詳書之不可起之證與脉何似亦詳書之積五十年得百一十八籍曰藥案其間出奇之見暗與古合某婦患血蠱攻以常法君以安胎之劑調治之且曰當得男即已愈而果然秋日受海道總帥翁公燕謝飾優者為女子侑觴無疾也頰赤面青羸而氣微促君謂翁曰火克金之兆也火氣司天必死果明年六月咯血死蕪人衛千户申志年欲近二十忽昏眩譫語骱燔而咳以傷寒治

者易數手雷然而同声也君曰痘也以非均湯与之衆相顧疑厥明痘出遍體而愈錫邑鄒氏疽發于背不腫起衆瘍医言起即易爲治也君診之曰擊指之脉即起亦不治何言之易衆封以艾起如栗哄然曰保無傷矣竟三日死人又知其不分科而能通也松江富家魄白金數十斤借言於巡撫都御史萬安劉公君麾置之曰吾以医見重於公而以利脫人之罪非愛己之道又以利而覬公之聽非愛人之道既而公兼得之作君之賛曰儒通萬理医鳴一家心淳近古質厚孔嘉豫章羅公亦賛曰心常存古人之風郡人

吳修撰曰就而挹之儒者之風則其人非良於方而已也嘗自撰婣嚴氏壙志及家譜後識語又辭致可觀礼部屢薦起爲用以贖廢辭居吳城德慶坊宗以來四百有餘年故址也君早孤門戶衰薄僅旧屋五楹間居展拓締搆分与弟中半不以新拓置者爲己有也又展爲新第者三与仲叔季三子以故第与伯子守先祠風日好時迎春於諸子之家与客觴咏以樂暮還於伯曰此吾瞑目地也今年四月閏二十七日中風越三日爲五月朔旦卒壽七十有二永樂甲午五月廿四日爲君生辰卒之年爲成化乙巳嚴先

卒二十一年繼室谷氏卒先二年長男昺之卒先五年次男節太医院医士次泰邑庠生升貢太學未行次觀應名医之徵亦未行皆憂制故也五女而夭其一四壻曰莊練陳廣李珪張瑋〻京闈癸卯貢士孫男七曰規曰朴曰[illegible]曰穀曰杰曰杲曰慶孫女八曾孫女一君姓王氏諱敏字時勉號訥菴晚以疾不良於聽別號瞶齋其心聽之聰未嘗瞶也弟政字時學號恒軒亦太医院医士此其事行之概其家世之懿自太原徙閩之福清在西晉時遠莫之識其詳若唐水部郎榮登咸通三年進士始見於譜為今初祖慎

徵大雅推為三世之祖連取科第已殘唐來皆有官四世祖仁儥以高節不受王畨知偽命子孫皆隱於農七世祖第兄七人宋方盛時出而仕者二人八世祖從兄弟十人仕者三人九世亦仕者三人則南渡之初十世則三人仕十一世如之仕於元者亦如之則世次在有二元季則連三世不仕皆讀書而隱兆國朝則隱於方術而薦用於時者四人君為世在十有八矣均顯彥常曾祖〻也系〻譜牒間第進士者十人為中允負外博士節度推官教授僉判提舉幹州郡守縣令傳階光祿大夫奉直大夫中大夫奉議

宣議朝奉宣教修職從仕等郎封開國男賜紫金緋後先輝映倡明道學於中吳者九世祖著作郎信伯著書立言從遊於西山鶴山二先生者十二世祖承節郎德文克菴先生譚國賓爲王氏十五世孫所著述尤多且神於醫今之業此其以世其家者皆祖之也其從來於吳則始於八世祖光祿府君叔康葬吳縣橫山桃花塢則始於光祿之從兄仲舉後皆祔也卜以今十二月十三日祔葬君如禮嘉禾周鼎文於君自弱冠至白首如一日

於戲君有美行在人寔多欲盡書之奈片石何尚俟

乎他寫碑哉〻其載無遺永耀弗磨

款鶴王君墓志銘

自成化以來江之南北達於　京師以及四遠稱上醫有二十全功者曰王先生惟顒繼而君無庸奢於是其為人秉忠篤行高簡自愛若冰雪金玉不苟同於人於是更崇其稱曰儒行者也既老深恭俟命乃高壽考終凡其平生交契老宿為文辭贊詠已多而撰幽之志其二子以予有連好也來屬之乃稍為據狀述徵素尚敘之曰君王氏諱觀字惟顒族於長洲最久且望其始出太原晉末徙閩之福清唐水部郎中

榮爲今譜一世祖三世大雅慎徽皆唐季進士四世仁儐不受王審知僞命七世礎贈朝請大夫八世仲舉贈奉議郎始迁吴九世蘋仕宋高宗爲著作佐郎終中大夫稱程門高第弟子十世以下率茂華莚至十五世均顯爲君高祖曾祖彥常祖德廣考時勉時所稱瞶齋先生君爲瞶齋第四子少從文敎諭先生洪爲進士學既去述瞶齋之事其爲医操遠識集奇効先後不可勝筭今條大都一二高御史撥吴中病傷寒旦日猶与其鄉人飲酒君語郡太守死應不過丙夜衆駭且疑不然即然寧若是遽也果半夜死王

尚書文肅公過訪君攜其孫在側体魁梧無病君視其脉曰有大診終不可瘉尚書進金請為除治之固辭曰金可受則疾可瘳矣無已少与藥塞其請不逾年死郡守曾公病痔漏〻七孔群医封之火傳以毒弗效君曰不寔其虚當素何能已令服大補劑且甚多孔內次第盈竟愈後守四會沐公疽發於腰緣若粟君視之曰在命門無以為也竟如之衛使張君疾衆不能察襍治之無驗君曰是內損得之以虛非藥石所克衆同惑無能更張君法者卒嘔血死〻乃驗其果傷也太僕少卿李公病嘈襍問君〻云火克肺

金〻不能制木〻挾相火而乘脾土脾土冲和之氣索矣穀之精液乃不行濁液攢聚以爲痰〻因火以動故嘈襍不休宜補土代木治痰爲要爲之方從服之愈無錫有李御史宿病瘧而不劇比當出按遠方瀕行向君乞揖調方藥既爲之論議勸之曰君不若無行之爲善也李不聽遂死中道又里中王栄好酒色歲九月乘時患咳君曰此不可概与時疾論明年清明其殆乎縈固信君聞語潸然涕卒如期死又吳江陳璘病肺切脉亦謂若病本酒色不可治不信吾試道其來夫人色荒則本賍虛火乃熾遂克金肺既

其究也声必瘖酗酒則濕熱萃之隨道壅以蝕土脾
既斁究必腹脹又土色黄濕熱蒸之達外必膚發黄
斯三者必無来年不至是也金令司天其不免矣越
歲之秋扶果發黄腈其腹音啞七日而死常州守李
妻病癥瘕痛腹鼓滿月事閼不下治者用鍼刺走它
處痛益甚或主以湯液消之咸不應日加憊君曰處
○故氣血不周停之以為積盍養正積當自除不然削以
本以攻末安所望治投以参蘓飲數服乃已一婦人
血敗通一日夜崩不止六脉盡脱氣息垂盡死在呼
吸家人姑集群工餌以膠艾一律比君曰敗者既不

可止惟生脉生血為當務耳肌膏參益以麦門冬五味子飲之頃之脉復、血止婦竟活君素無疾迨七十餘謂家人吾貌雖若無恙脉歇至無何逝矣比終去其語歲間耳大率君為治每主補不輙為寫若攻擊其言曰若人天真完固則榮衛周流而客感臭搖邪溢悉遠孰自以致病耶初金華朱彥修既得河間真傳以授戴元礼元礼授王仲光仲光即君曾祖彥常之兄名賓字仲光其道高猶　國初以奇勳至孝博學富文為吳中卓行君子風烈挺邁學者称光庵先生其醫既精絕用授之韓布伯承盛寅啟東復授猶子德廣而曠齋承之還卒業於伯承啟東其爲儒若醫猶先庵也故君之於二道也亦然早喪毋事曠齋曲致其方推而弘之自以世德蟬聯朝国有修而。家美不置隱顯声動蔚炳宗牒所藏唐宋以降數百年遺容誥敕經解文集翰墨卷軸充箱盈目一一裝護次類摸刻副本窮歲不息或得之他所重購以歸先墓數十非一地守祭嚴謹始祖之封久沒於隣償而而復之平居矜嚴有度無苟訾笑寡所協諧而當世名德貴達乃相与甚隆且度如故吳文定公原博李太僕貞伯沈先生啟南李宗伯世賢今祚国少傅王

卷四十　三十

公尚書劉公按察事在公其尤善者也撫察大吏部使者郡太守邑宰賓敬因或褻然不意交淺必邀致以禮乃往或假以解公府事不屑也成化丙午以名医徵入太医院尋丁艱齎喪歸終制遂不復出晚年礼部屢移趣為用終不行性詳雅好古敏學御家勤肅嚴内外奉身儉潔翛然軼塵暇輒閉户繙閱研訂故藏及經方〻術無自逸斯其務儒之著者也初自號杏圃吳令文天爵嘗餽之鶴更號款鶴中歲用側受仕服以正統戊辰五月十八日生正德辛巳二月二十二日卒享年七十四母嚴氏繼母谷氏娶范氏生

一子早夭繼娶錢氏子男二長曰穀禎国子生次曰穀祥縣學生祝氏胡氏二子婦也女二長適吳徤早寡次適吳淞而卒孫男二長立賢聘張次續孫〻女五長許嫁陳其第三許沈其餘皆幼二子以嘉靖壬午十二月廿四日葬君吳縣靈巖鄉横山桃花塢新地隣於宗塋之右銘曰

士也頗兮為行欲嘉而及欲遐而去欲華猗華其躬而以元其家大隧之融〻兮往見先以無忝若夫無不之也無不之也而耿〻焉者將大芘以振其來於無涯矣乎

承直郎應天府通判姻生長洲祝允明撰

卷四十　垂一

王氏復墓記

弘治十三年夏四月長洲王觀惟顒得復其去先之墓於郡西靈岵鄉橫山桃花塢念其失之久而得之嬉思貽示其後人乃磨石請予記而刻之予交惟顒久且深知之寔真乃詳述其顛末云王氏之先出漢隱士霸魏晉中名德奕生不可勝舉自坦之以後居江左晉室既東有避地遷閩者遂為清福人迨唐咸通閒曰蔡為尚書水部郎其後迨不乏賢至宋曰仲舉字聖俞則著作郎程門高弟蘋之父也以著作貴贈奉議郎寔始遷吳郡政和元年二月九日卒以其

年三月二十二日葬於此地事見江司諫公望所爲志　本朝盧舍人熊作府志具載冢墓條下且謂其從孫浙西叅議大本大本從弟大成大成子楙並祔爲蓋衆其尤名者言也著作既以通儒高節大著於南渡之初後來族益蕃阜而承引得人修於家顯於朝政學隱行槩然相望而凡其先之居室丘壠亦相与紹承不替以逮故贖齋處士敏字時勉益弘拓之蔚爲三吳之望初數百年來族之葬者不一其地橫山之塋雖時祀繼修而圖乘所傳若所謂北墳若叅議墳若名安人墳若南墳若新墳者咸在其所謂大

墳及二十官人坟六濡人坟則曩以兵戈之擾後遂迷失蓋諸坟雖皆在一隖中而各以為封樹故耳於是贖齋廣詢詳究於田甲墓丁若山之老耆歷歲始知之真蓋為隣壤朱氏所并久矣朱之顯者曰天錫自中進士來吳贖齋即造白求復之不許及其仕柱史時覲以坟山等圖郡墓等志託予与詳諭之天錫尚未決後轉蜀憲覲又絫求勿果從後天錫以致仕過吳覲乃持圖譜志乘与之而辨往返數四昭彰可徵朱始詞服焉乃舉而歸之立券述故以為復擾於是所謂大墳者復還於王寔即聖俞之藏而王氏始葬

之祖也嗚乎豈偶然哉昔者魯失寶玉大弓而復得之孔子作春秋特兩筆之夫二者獨先君之藏物故其失其得有以為後人之勸懲而聖人致之意焉矧我先祖遺軀之所托耶又況失之久而得之囍歸然無恙魂安魄寧而今而後松楸蘩藻展省不衰不亦善乎故為記之俾其來者知惟顯父子之志之力允為王氏之孝子慈孫功德兼盛尚相与謹守嚴護以欽於缶〻庶不忝為是為記

賜進士第中憲大夫都察院右僉都御史　敕巡撫四川兼提督軍務郡人劉纓撰　賜進士出身

嘉議大夫南京都察院右副都御史前翰林庶吉
士刑科給事中長洲陳璚書丹　賜進士出身通
議大夫都察院右副都御史奉　敕巡撫山東地
方長洲徐源篆額　弘治十四年歲在辛酉冬十
月朔旦十二世孫觀立石　宜在癸日下

王氏復墓記碑陰　祝允明

王氏居吳最久且顯儒通文業宦積功巨大之於忠
孝細之於方術五百年來不匱而方滋甚矣哉其德
慶坊之居第桃花鳴之塋兆皆即宋代之遺也頃者
徵君惟顒又得復其先丘之中失者知者皆爲之喜

而中丞劉公大書之石矣予固辱在契又姻連也知之尤詳惟中丞公之坟主在復地故所叙未悉其餘乃為列諸其陰曰所謂大坟者其封有五蓋七奉議府君仲舉與配方著作蘋之先配蔡十八儒林府君大中與配陳也二十官人坟者在路家山其封五八府君蘩與配吳二十府君大方與配方百三十府君彩也北墳之封四十一府君蘊與配徐揚袁也參議坟之封二十一參議府君大本與配陸也石安人坟之封一在鄭家墩即安人乃參議之先配也南坟之封四十三府君大成與配趙乙講書府君楙與配葛

也六孺人墳在參議坆後六府君之姊与配郭助孺
人也新坆之封二十有三承節府君德文与配周雲
崎府君敔与配揚電目府君仁美与配李君顯府君
廷貴与配任君善府君廷　与配徐一伯康府君利
賓与配顧二光養府君国　三彥常府君嘉賓与配
宗五文玉府君瑋与配陸一府君祥与配張知分府
君寬与配沈及佐莊諸子孫皆祔焉而政則祔于石
安人坆之傍也凡此皆旧地也其外於合又有四封
二〻贖裔之女兄与継配也曰三節推賁之封一節推
泰也曰三娘子坆之封　節推先配文而其諸殤則

各有所依祔也凡此皆新地也而皆在一隖惟顒又別購地數畝曰全丘其閒將俟百年之藏爲嘻夲吳中塋兆之久且蓄而能善守復如王氏者果多見乎哉宜中丞公之持筆昭昭也凡所以美今而勸後者已倫予無以加贅惟述此以肅示廣覽者如指掌勿述云耳至於諸封之域址坐向殯祔歲月具在圖乘志銘藏其家惟顒名觀贖斋之季也

弘治十八年歲次乙丑四月望鄉貢進士姍生祝允明撰并書篆

王氏諸墓在吳縣橫山桃花隖詳見劉尚書纓祝

卷卌　三五

京兆允明復墓記并碑陰

明故太医院御医致仕張公墓志銘

祝顥

成化十九年十月廿七日致仕御医張公以高壽令終於家鄉之搢紳逢掖耆英碩彥下至里巷耄倪緇黄士庶匍匐赴吊者源源未已而公之子壻乃合其群從圖奔大事以公女兄之子太守盛君為状託其摯賓陳君吉李引諸子姪過予謁銘頋惟耄荒無能為役然念公平時每以壽藏之銘見托雖諾而未果今可以存亡易心哉遂為書之公諱豫字至和姓張

氏別號恒齋其先汴人有諱彥者仕宋爲和州防禦使以兵鎮吴因家於蘓之長洲又三傳至端礼始以医名生應元嘉與路官医提領生元善字性之江浙行中書省官医提舉階保冲大夫卒中書左丞周伯温銘其墓称以医名儒行君子公之曾大父也大父文叔父希文永樂初徵入医垣三使海外歸自號怡老翁卒巡撫尚書周文襄公銘之称其學博理明重義輕利其室人陳生三子公其仲也自幼岐嶷凝重屹立如山早從陳太史怡菴讀儒書精義理及閱朱丹溪傳見其由医入儒慨然慕之曰吾本医家可自

倍（陪）武繼志述事分當然也於是悉取医門諸書晝夜研究日有領悟而未敢自恃及怡菴歸析疑辨難沛然無滯出以濟人輒收奇効由是請求者門無虛日公既道行修益行撿未嘗緣幸會以邀功秉危急以射利琴川大姓錢公達患背疽日久惡証悉見諸医環視莫指公指之曰疾雖危盍誤尔非本病也宜大補元氣猶有生意其家覬幸指廩以酬公笑曰吾治疾來非索也疾愈公達婦翁都憲吳思菴親為文張之而公則一以利濟為心未嘗藉此以貧富是計故於顛連無造之疾尤惓惓拯治至或助之薪米以紓

周者且曰吾非沽名在治法當然尔景泰間東南水疫大作米價騰湧錢法阻滯道殣相望行旅斷跡公曰此天時天患非藥石可濟古謂上医〻國者非其時予乃出餘積價減疏通又煑糜作饘濟饑捐賂助官賑恤上下賴之巳而應格紂帶天順初徵天下名医近百人萃京師拔其尤者止七人而公居首遂入禁近擢御医　賜敕命錫賚駢蕃譽望赫奕一時名公鉅卿往〻相覲以圖康濟而公則以年當休致日就龍鍾屢疏乞身久而得請南轅之日都下相知靡不失望及其懸車鄉之故旧則又莫不懽欣慶幸

而四方求請者益衆公亦不以倦勤拒焉蓋公平生學術濟時治人者不可數計而計其術之精妙者則不可逸而不書公在京時通妙印真人求公診脉公驚曰不出六日法當中風時印固無恙越六日如其言又視太醫院使董君傷寒病愈而脉未平語其公曰防四七日已而五日死又診俞司寇風疾衆云不治公曰可治然必遲而後藥力多乃可已而藥至百服愈此皆由公學力之至察脉之精而研幾之審故凡於病如燭照數計而不爽毫髮也况其篤於仁而勇於義濟之以有恒之心歟斯無媿於古人無忝

於家声也公生於洪武庚辰四月十九日享年八十有四配顧氏貳室王氏子男三長淮卒次曰沐曰淳女六孫男三楠杞楫孫女五韓襄朱継闕與陳雋欽吳沈澄其壻也沐等以公卒之歲十二月廿五日甲申扶柩葬吳縣長洲鄉茅陽山之原銘曰　醫林仁術肇古聖神鄭重立教用濟生人世降俗漓名浮利勝率意任情民斯不幸侃侃恒齋恪守真傳濟之以仁功臻十全既光其先復昌厥後自天祐之俾登遐壽長洲之鄉令終歸藏不亡者存系此銘章

張豫墓在茅陽山吳中名医也其兄養正名順与

卷四十　三八

王敏齋名

仲兄醒菴先生墓志銘　陳完

嗚呼完尚忍銘先生之墓耶念吾文學以傳自宋歷三四百年以至於今不絶吾兄弟五人皆承服風接之者中歲兄三人皆早謝獨先生與完白首同聚嗚呼而先生遽先朝露逝矣痛矣完銘先生之墓耶先生諱寛字孟賢陳姓也醒菴號也其先家蜀與宋文忠公堯叟同祖堯叟從父諱鄴始徙南康之都昌七世至諱纂登宣和進士歷官左朝散大夫明州通判再徙星子纂生永州推官準有別墅在

石屋閒講學時。考亭朱子知南康爲僞石屋書堂準
生池州通判桓常師朱子習義理最精事載郡志桓
生靖州判官哇〻生彩〻生咸淳貢士洽〻生元翰
林待制仝〻生徵號天倪受學臨川吳文正公得所
指授又從貘之吳縣徵生濟南府經歷汝言汝言生
翰林檢討繼先生之父也先生幼穎異讀書過目即
成誦既長益力學先生性嚴毅教訓甚。篤凡天人性
命之奧禮樂名物度數之詳得於耳提面命而會於
歸由是清譽勃〻然動人口矣母金孺人歿先生執
喪哀毀過禮父官翰林走省侍之時南郡揚必保見

叅罕

芫

而奇之曰他日獨步東南及還士林爭延師席以不得爲慊郡守朱公建社學禮先生爲師出其門者皆爲名士東吳能詩之士每以所業質爲先生點竄純類莫不心醉而去楊尚書翥嘗語人曰陳孟賢卿雲甘雨也東吳之士將被其澤矣性好潔所居必焚香客至瀹茗論古今興亡得失　時務之宜　簡察其賢不肖遇之各盡其禮嘗勵後進曰士貧而多於工商而富當以廉恥自重不可干富者之門非斗之粟其孫風雅操過人遠矣好蓄古今書畫古器服古名賢巾服人望見之皆曰此東吳大老也故人

評先生之詩其雄渾、也則江海澄波涵容一碧其和
平也則璜珩琚瑀鏗鏘、殿陛之上不求似古人而未
始不似也先生風神儀表、眉目清朗羆識冲遠國子
祭酒陳公鑑嘗贊其像曰巖〻予氣象之峻也諤〻
予履道之慎也文以承詩書之、亂也坐擁臯比階環
衿珮挹後塵以芳潤也蓋非忘世、而長庑几不見是
而無悶者也議者不以其言為過初、先生喪妻年未
四十諸孫無依或勸其更娶先生曰吾、見後母虐兒
恐令吾兒蹈之耶終不聽人皆義之先生、志足以立
行才足以適用氣足以蓋世學足以明義矣、然獨任

斯文之重不得沾一命君子惜之景泰中　朝廷命
纂修郡志所司徵先生總其事歲郡庠鄉飲礼賓必
於先生郡自守令以下無不即其居而礼之每宴朝
貴獨先生布衣与焉年及耄無衰憊態將卒尚讀書
与家人語自若投其書若將寐者遂卒時成化三年
十一月二十三日也吳中賢士大夫皆弔哭
配施氏先卒子男三儀偉佶女一適吳容孫男六
元鳳元鴻元鄉元福元禄元勳女七曾孫男二貢選
女一歲己巳八月丙午葬吳縣薦福山之原所著醒
菴詩集二十卷藏於家銘曰
有吳詩派髙揭張徐

渢渢之音鳴於　國初殷敦周匜以變於古卓乎醒
菴曆紹其武諷諭抑揚渟蓄淵雅酸鹹辨味以嫓作
者淑於鄉邦不遺小子化雨之功固不細矣薦福之
山松栢鬱葱有坟巋然過者起敬

吴都文粹續集卷之四十　終

吳都文粹續集卷第四十一

長洲錢穀叔寶編

壙墓

明故資善大夫禮部尚書兼翰林院學士掌詹事府事贈太子太保謚文定吳公墓志銘　李東陽

公姓吳氏諱寬字原博學者稱爲匏菴先生蘇之長洲人祖諱壽宗贈嘉議大夫礼部侍郎考諱孟融累贈亦如之公在成化弘治間爲翰林院修撰遷右春坊右諭德左春坊左庶子兼侍讀進詹事府少詹事

兼侍讀學士出爲吏部右侍郎轉左侍兼學士入丨内閣典丨誥敕掌詹事府事終礼部尚書兼職如故生宣德乙卯十二月丙寅卒于弘治甲子七月戊戌壽七十配陳氏累贈淑人貳室陳氏生二子奭與以明年乙丑十一月丙申葬于吴縣花園山新阡之原公早學晚達雖有奇遇殊寵而弗究于用天下有遺望焉烏乎慟哉盖公年十二而爲府學生十八而應試三十四而舉于鄉三十八而登進士在官三十三年其得科第也始試久不集已绝意進取提學陳御史士賢見其文奇之款勸就試爲丨京闈書魁試礼

部名第一殿試之日魁選未定憲廟已出御便殿趣讀卷衆亟擬以省元卷上既賜及第時論翕然其校士則辛丑甲辰為同考丁未壬戌為主考皆在礼部得人為多而壬戌所取為庶吉士者即奉詔受之業讀卷例用尚書已未之試公獨以侍郎預其講讀侍從則今上在東宮時為講讀官御極初敕充経筵講官最後乃直日講而今皇太子講讀又以宮僚長日預侍焉其史事則修憲廟寔録兼校正修大明會典充副揔裁比修歷代通鑑纂要亦如之凡此皆翰林職任自部曹復入領者前所鮮見其居喪則在

修撰時以父病乞歸省年不應例特予告遂終制及以侍郎丁繼母憂員缺吏部仍擬公名服未闋數月朝廷爲虛位待之尤仕途所未有其寵遇之典則以三品賜鶴袍犀帶詔旨稱卿春秋丁遣祭先師孔子御殿傳制皆用內閣礼以疾告則命醫診視遣中官存問賜酒肉蔬米諸物訃聞則命有司治葬如例而加祭二壇賜鏹楮萬緡爲賻驛給舟車遣官護送超贈太子太保皆出常格若賜謚文定則本朝自南陽公之外一人而已其長子輿以三品恩已蔭爲國子生比以舊斈恩當官其少子與特命輿爲中書舍

凡此銘詞俱另行頂隔寫

人而以奐補國學蓋上欲大用公而年已不逮故其既歿尤為之眷注周悉如此云公識趣高雅行履端潔孝友天至過族里有恩其居官廉慎律物以權勢所在未嘗寧處既復就清簡雖優詔累留而引退不置惟于學充然自得所為文醇古有法詩得唐格書酷似蘇体辭命在朝廷紀載在史局碑版翰墨遍于天下孰此亦可以不朽矣輿奉礼部左侍郎李公世賢狀請予銘乃哭而為之銘銘曰

維世有望闇不容僞上有廷論下則輿議遠且賤者夷狄奴隸彼憒無知孰强而致其所自致匪爵齒位别其棄之功詎

云易官居六卿孰謂非貴年登七旬壽亦云至惟三不朽公亦有二有德有言功則未既尚有餘地我銘吳公以俟來世

○○文定公墓表　王鏊

弘治乙丑冬十一月丙申葬我文定公于吳之花園山友人王鏊刻其隧首之碑曰烏乎公其至是耶當宇之所倚海内之所望斯文之所屬其遂虚耶烏乎公諱寬字原博世爲蘇之長洲人祖諱壽宗考諱孟融皆贈吏部右侍郎公生有異質未冠入郡庠儕流方務舉業公獨博覽郡籍爲古文辞下筆有老成風

格屢試應天不第以歲資貢入太學東海張汝弼見之曰天下亦有如此貢士也哉江陰卞郎中華伯以詩自負有低頭拜東野之句武功伯徐公高道少可而折節與交曰館閣器也公以屢舉不利絶意仕進不肯復應舉天台陳公士賢時御史董學政于南畿以禮敦遣公不得已入試名在第三時猶謂之屈壬辰會試第一入試大廷又第一授翰林修撰旋被選侍　先皇帝于東宮九年進太子右諭德　先帝即位以舊學進春坊左庶子預修　憲宗實録成進詹事府少詹事兼侍讀學士出爲吏部右侍郎久之轉

左尋以吏部侍郎兼翰林院學士入内閣專掌制誥仍侍　上于東宫充會典副総裁會典成進礼部尚書兼學士修歷代通鑑纂要仍充副総裁公素有古學及入翰林凡有所作輒傳播中外位益高望益重天下称為匏菴先生而不敢字每　東宫進講閒雅詳明意存諷諫至理乱邪正之際未嘗不反復為　上誦之　今上或少聞公率僚屬上疏曰窃惟東宫講學有寒暑風雨朔望令節外一歲之中不過数月一日之内不過数刻況其間又多閒人生十歲出就外傅居宿于外誠欲離近習親正人也庶民且

然況有天下者乎借曰習讀于内終不若出就外傅親近儒臣講明治道尤多得焉建議者謂先儒吴澄出處不正不宜從祀孔子詔廷議之公言從祀六觀其有益于經傳否耳苟有裨于經傳則揚雄馬融昔皆不廢今獨得廢澄也太皇太后將祔廟詔議其禮公曰昔周祀后稷姜嫄祭于別廟詩謂之閟宫魯桓公之母仲子不得祔廟春秋書考仲子之宫至宋始有兩后並祔之説然豈後世所宜法哉竟如公議公年甫七十數引疾求退屢詔懇留至有學行聞望輿論攸歸方切委任無爲固辭之語公乃不

敢復請載閱月卒弘治甲子七月十日也訃聞
先帝震悼命有司治葬諭祭者四給驛舟遣官護還
特贈太子太保長子夔授中書舍人次子與補国學
生皆異数云公好古力學至老不倦于权势荣利則
退避如畏然在翰林時于所居之東治園亭襍蒔花
木退朝執一卷日哦其中每良辰佳節爲具召客分
題聯句爲樂若不知有官者被選宮僚人或賀之公
慼然曰我何以當此任我何以堪此劳我及詔
選日講尤衆所荣而公辞之至再至三當道見其誠
不強也及管制誥久衆望公柄用而遭回不進意

公亦不能無少望公曰吾初望不及此吾處此甚宜
之、甚安之衆意爲之氷釋及吏部尚書位缺中外皆
屬公、又辭之甚堅人曰今世亦有不肎爲天官冢
宰者乎公端清淵穆不涸、爲同不曉、爲異士無
賢愚皆靡然歸心公亦保合兼容不見畛域平生不
聞有毀譽之言亦不見其喜愠之色其古所謂大雅
之君子乎公爲文不事追琢獨嚴体裁緼藉簡淡理
致悠長詩爲用事渾然天成不見痕跡沉着高壯一
洗近世憸新之習爲書姿潤中時出奇崛雖規模于
蘇而多所自得雅善裁鑒法書名画一經品定衆莫

能易焉乎公由侍從致位八座啟沃密勿三十餘年其声望隆矣爵位崇矣朝廷恩数不爲不加矣年至六十不爲不壽矣而遠近齎咨若犹未滿非以其未嘗一日秉鈞當路以行其所學邪夫公之所立自足以不朽雖位卑無年未爲不貴且壽也況其兼得之邪學之行不行盖有命焉其人奚歉乎予與公生同鄉仕同朝相知最深且久故以是表諸墓哀而不怨亦公之志也

一〇〇

祭吳文定公文　王鏊

我生雖晚從公則舊科第官階交手授受公爲之前

我躡其後乙未之春朝班間遣玉署相隨金匱更
紬己亥還南軒爲在疚公來視之具區之數至今湖
山傑句增秀壬寅至京夙願忻副各事園亭對開戶
牖雪月之宵花柳之晝有倡斯和有集斯湊詩筒酒
籌閒道互走有出必偕並鑣聯衰陵道驅馳郊坛宿
留最後同直文華遂宥經幄數陳公左予右迹以
事同分隨年厚叔度之陂公謹之酬莫知高深寔忘
固陋晚有弱息許奉箕帚通家往還不間子婦人事
好乘我馬東首送我于郊欲别且復我言北來會合
斯又稍聞微疴引年屢奏手札頻承墨色如黝宜壽

而慽事乃大謬鄉亡典刑國喪耆耇如公德器天胡不佑胡不三事胡不遐壽我登公堂不我云覯不与我言有穡斯匱平生此別情曷云究公其聞予薄薦觴豆

○吳寬文定公墓在花園山

○○明故中順大夫溫州府知府文公墓志銘

楊循吉

弘治丁巳冬十一月　上起南京太僕寺丞文公于家以為溫州府知府公抵廟堂書力辭不果從遂以單車赴任至之日首釋繫徒千人民大悅既而以

法約豪强咸遵于令設施詳明惠洽黎庶尊礼耆德夙以丕孚盖一年而政化茂行竟用己未六月乙未卒于官年五十有五凡遺所著文章揔三十卷别為奏議三卷瑯琊漫抄一卷烏乎偉哉公諱林字宗儒其先衡山人相傳以為宋丞相信公之族高祖俊卿元末鎮遠大將軍湖廣管庫都元帥佩金虎符鎮武昌曾從祖定遠從高皇帝平偽漢賜名天龍功授徐州衛左所副千戶曾祖定璁從其兄兵中署散騎舍人始徙浙而祖惠遂居長洲不仕父洪易州淶水教諭贈太僕寺丞母陳氏贈安人繼母顏氏呂氏呂

以詔恩封太安人公舉成化壬辰進士宮保尹公典銓除令數人獨以公爲永嘉曰此我所知能作繁者也公其時英敏精悍尤鋭于治每聽政必闢門從人之入觀環前後無禁剖决神異輙傳爲故事有王堅者事李中監爲暴于境上率不能制公設策捕而斃之獄衆称快者數郡名遂籍籍他所爲梗卓皆類是于是旌爲浙令第一而知者咸期以大用父喪解職起復知博平邑小無事惟以勸農誨士爲業人甚宜之而抗捍权要犹向風益勵不貶鑿渠建李雖居弗久亦具有劳可書乙巳以績召還朝衆咸擬公

必爲御史當磊落有所爲或曰斯人在小官尚剛許如是矧列之臺端乎竟補南京太僕寺丞太僕政久弛弗振部内史皆驕不奉法公爲奏按其罪者数人遂著爲令得提問官吏其後又以留都教場將官不當換官馬又不遑恪凡劾大小把揔等四十餘人皆抵罪而詞有所連不少借奬爲之清公尽心馬事深究其法以必欲報国自勉爲己任曰吾言幸叨聽其可有見而弗獻遂調叙古今事宜論蓄牧之計上馬策三篇冀其道行初兵部尚書馬公嘗延公問邊略公辭以未習因請論馬遂以謨重至是疏下即

議其便者檄公行之會公尋已移疾歸、凡六年不
起而温人以其永嘉之政思得公甚故朝廷以爲
守其民喜若獲父母窮山谷皆提携出迎惟恐後而
不得見温多訟多盜俗尚鬼好溺女悉爲科條處分
莫不備善郡獄屢空境之暴無一敢肆民生女皆育
而前後所毁淫祠殆盡又作俗範訓其民而導以化
本温用是清謐禾生駢穗其在郡凡連上七疏皆賦
役章程不可已之事中一疏以灾異自劾求退而論
鎮守剥民尤切百姓益敬事公無敢欺而公思歸日
甚將圖潛逆人輙知之閉其城不得行乃留視事以

迄于歿然而禱疾哭喪溫之人亦于公無廢礼焉公博通當世之故遇事敢言以獻替爲心上初即位大延讜論公適朝京師遂進聖政十事畢論所學皆本諸經術立義醇正得匡益之美其在博平又論邑內　德府賜田子粒事謂官校徵收不便極陳利病乞付有司自具以納既上或旁懼囓指疑事叵料公不恤卒從所請其土歌焉　公嘗曰爲吏而無建明其何以職蓋其素存忠愛固天性然也公爲人雅喜交游其于官無所不可爲而尤事持廉臨終或請所囑大言曰我男子死即死耳復何言人謂公諤諤

不撓至歿猶壯茲可歆悼云公配祁氏先卒贈安人
後配吴氏封安人而仲弟森以進士令鄆城且顯于
時子男三人奎璧俱縣學生次室尚幼孫男三人孫
女三人奎等卜以卒之年十二月丙申葬吴縣梅灣
之原乃以狀來俾銘以志銘曰烈烈文公信國是
承克肖剛大厥氣孔盈包絡洙泗知权守經忠讜自
許允惟邦楨公才既優仍篤政理連宰二邑咸肅風
紀司民之牧衡東繩履庸靖乃入納于仁軌帝寵
休嘉式還之朝俾戢庇圍大閲于郊以威四夷
國武光昭司馬曰賢拜疏以薦合莭来歸處晦用晏

山有考槃道在居息温人謳思僉異公出　天子有命往恢故績德風載揚爰徵治寔赫焉方隆朝殞之亟有墓于梅來旐翩翩既耕有田斯菲其旋何以世之垂先永延銘刻茲石用質幽玄

○文林温州墓在梅灣

○○明故劉文學墓志銘　楊循吉

劉君諱嘉績字協中吳之名士也考諱昌爲世大儒著書甚富位廣東左參政祖考諱敬封虞衡主事祖妣計氏封安人皆年八十餘終即我外大父母是已善隆厚德茂異生焉男氏始苦無子在河南禱而得

君母李氏君靈質天稟風儀如玉年數歲據小几習書儼然成文又選古詩摸其格律皆有妙悟舅平生積書充棟歿時君纔十五歲李弥篤爲文衮衮千百言不竭詩亦思致清遠雋味有餘嘗著弔范墓文意甚高古而用字艱奇讀者或棘喙不能通及和予遊山詩平安豐潤又深極玄暢之致往歲予北上操舟百里送予抵無錫酌惠山泉始别不惟親親之厚而名言清勝犹昨日如也予之歸田思得朝夕之士与遊于君指寔先屈既而竟蹈長瞑違我素心春秋止于二十有四嗟乎痛哉君善書結体妍美最得法予

獲君書未嘗不諦观宝愛嘗書詩二篇寄予不及全爲促至歿後檢之尤爲予所篤嗜一旦逸去不覺跣足起覓竟忘之念至泣惋嘆不樂君爲人温厚靜默對長者無一剩語居家庭孝慈肫篤而性氣超邁高寄物表不屑羈縶雖士服庠序實淡然有山林情焉配顧氏郡守顧公德明之女少恭公崇善之妹家六三世進士子男一人貞方六歲女一人燭光卜以弘治九年十月乙酉葬仰天山之原所與游者祝希哲都玄敬文徵明唐子畏皆奇士子畏又編其集爲之碣文云銘曰吳嶽孔秀斯稟則茂嗟殞之驟惟不年

而壽

○劉嘉績乃叅政昌之子墓在仰天山

○○明故通議大夫都察院右副都御史徐公墓

志銘　　王鏊

正德己亥正月二十九日都察院右副都御史徐公

卒于家訃聞　上命有司治葬事丁丑三月○○日

葬堯峯山之先塋友人大學士王鏊刻其碑曰公諱

源字仲山世家吳長洲君山之茜涇祖孝質贈通議

大夫都察院右副都御史考諒初封工部都水主事

贈武選郎中加贈通議大夫都察院右副都御史公

少則好學工文有名吳下成化乙酉占南畿鄉薦乙未、登進士第授工部都水主事理徂徠等處泉源改兵部武庫司主事歷職方員外郎武選郎中廣東布政司左參政浙江右布政湖廣左布政都察院右副都御史巡撫山東初武選最號劇司公至洗心自誓一意奉公權貴請囑戒門者一切不通而籍其姓名若將行罰者囑賄遂絕時天下武功爵幾二十萬坐耗天下絕嗣者以疎遠襲公奏宗派許襲旁支者一切罷之大革冗濫舊例以罪亡者落職公謂罪有輕重以笞杖而革其職不已甚乎人又樂其寛大司馬馬公甚委重之廣東勦雲貴猺獞公督粮水陸並進觸瘴癘深入師以克濟山東歲飢公与刑部何侍郎分行賑濟劄臨清倉米八万有奇以補歲漕之数明年徵償公奏民賴拯給稍蘇而又遽征之何殊弗給詔免与民丨汪王就封于沂以水涸将由陸之国民為騷動公檄所司姑緩之亟發卒浚河水旋至坦然之国公私無擾公凡三蒞場屋浙藩折卷多儒士御史意欲有所前却公曰科場所取者文即通勝儒士何傷山東歛銀将以鹿鳴宴贐士公曰方筮仕而示以利非為政之体乃已嘗代祀岳鎮東海斎之夕應

時澍雨闕里文庙成有白金文綺之賜累疏乞致仕
詔馳驛以帰公温粹寛仁人称長者而臨事執守堅
定雖當官蒞政未嘗一日去書不覌文章博雅尤喜
為詩力去近世夫尖新之習書有朱家父子風配朱
氏封安人贈宜人加贈淑人子男三棨例授蘇州衛
指揮同知先卒棠国子生龔郡庠生女三孫男三勲
烈熊曽孫一予與公交四十餘年公弟南昌府経歴
澄状公行来請銘〻曰端粹温文以富厥有施于
有政亦既克守毀或求全非我所取銘于山阿噫奈公何

○徐源都御史墓在尭峯山

○○亞中大夫雲南按察司副使賀公墓志銘

王鏊

雲南按察司副使賀公諱元忠字澤民其先自宋南渡来家吴包山之陽曾祖孟女祖文昌世有隱德考廉以易學魁應天解試歷官　江學訓福建按察知事以剛直不能随時告歸授徒吴中今吴中易學最盛其淵源蓋有自云公得家李之秘成化辛酉占解試高等壬辰登進士授行人司行人擢江西道監察御史巡視漕河、道為通出按廣西凤裁凜然剔奸振滞黜污崇良名声大振當道者多才之而亦有不悅者乃除河南按察司僉事以憂去改僉雲南按察司撫夷勦寇茂著勲績鎮守黔国公巡撫巡按僉舉公資望不當尚滯皋官遂進按察副使兵備金齒騰衝時木邦孟養夲共相攻累歲不解公躬冒嵐瘴諭以威德事且就緒而固以病乞歸矣帳下千人以金贐不受夷人為作却金亭以旌其廉云公歸林下凡二十四年歲乙丑詔進亞中大夫正德丙子八月十日以疾卒春秋七十有二其年十二月廿有六日葬山之西隝配郊恭人袝子男六泰以進士歷官御史直言被謫叙遷南京刑部郎晉郡庠生艮漸巽孚

孫男二安節安世公爲人操執堅定面目嚴冷在道時獨持憲紀輩類御史柳首娖〻不敢出一語親舊或有囑則厲声曰吾知有 國法不知有他〻曰有言〻事當有跡則又厲声曰御史以風聞言事必竢發而後擧則爲用御史爲家居久矣雖子弟不敢媟見泰以御史按閩中還侍立左右惴〻如也近世仕者多崇宅地廣田園以侈相高公少能以其家富迄老所居狹隘卑陋終不肯覆一瓦增一廛曰無爲子孫累也冠服敝舊飲饌薄能甘之雖宴享賓客亦不肯隨俗奢靡値妓樂必望〻然去之出入坐一小航

人不知其嘗有官也烏乎其可謂篤于自信不為流俗所変者耶銘曰

去官逾遠修日滋滔〻末俗止者誰嗟允夫子矜獨持毅然不惑行不隨後有考不在于斯

○賀元忠副使墓在西洞庭山

○○明故嘉議大夫都察院右副都御史巡撫山

○○東沈公墓志銘　王鏊

公諱林字村美沈氏世為蘇之長洲人曽大父謚大父洪考傑封奉直大夫晋州知州母張氏封宜人公少好學成化甲午占應天鄉試辛丑進士第時方重

内輊外或謂公有偉門可得内除公不從出知晋州州人惰而窳公教之樹蓺教之蓄積修城垣興學校民間利害以次罷行州之人皆欣然曰小沈吾父母也時年未三十故云弘治己酉進南京刑部員外郎中出知四川順慶府始至庭叅鎮守鎮守驕蹇不為礼公一拜而起鎮守怒曰一拜礼乎公曰若不以礼自處安能以礼責人不顧而出巡行二州八邑之間覽觀風土詢求民瘼俗喜告訐株聯蔓引動至百人公一見立决無所牽引人甚便之即李秋隘文廟列堂之右撤而遷之建御書樓增置黌舍齋庐庖庫祭

器又增樂舞生教以声容舞蹈之節暇則親臨程試講解懇懇無倦士子皆奮文獻遂為諸郡甲郡故無城郭乃鑿西山之石似溝洫物土方度高卑厚薄俄還雲南参政後守成之及蜀客藍廖輩倡亂所過殘破屢至順慶不能入遠近来依障保民益思之至雲南交人忽擢兵境上遠近恇攘公曰吾在此無恐吾請以身當之已而訖無事正德丁卯入賀　聖節時逆瑾盜政内外官守罔不参謁公固不往瑾嗛之銓曹屢上公政不報最後擬山西布政命甫下瑾已遣邏卒詗公公行過之途抗手而過至摭拾無所得

改

獨以沿途乘傳白瑾有不文義者適在旁曰沈良吏也文義蓋未嘗識公而聞公名瑾爲免逮繫下巡按御史問狀家人懼禍不測規以賄免御史亦故緩其獄使得爲計公曰無庸隳官禄与隳名節孰重竟落職爲民罰米輸大同又輸沿边備直怡然以歸逆瑾伏誅言者奏起公爲廣西左布政司單車就道一如雲南之治近世有所謂公堂錢者多出賦税之羡名曰公堂盡歸私篋雖號良有司亦然公一無所染凡修葺廨宇立坊牌則取之又以其餘鎔範琖斝之屬爲公府宴享用時巡撫交章剡薦遂進都察院右副

都御史巡撫貴州兼理軍務時鎮箪銅仁烏羅等苗屢出刦掠爲患前撫臣率以化外羈縻不究切之公曰是不一捕刈則滋蔓、難圖也率勵將士爲深入計預給旗牌招徠安輯諸砦皆歸附天生屋國恃險攻之藺石毒矢交下人莫敢向邇公調兵先絶其餉道賊已困火鎗飛礮继之賊大窘奔竄俘其衆千餘牛羊器械無筭陳家猺溪九十七砦相率来歸給以流官悉隷貴前二衛庶草土官貪殘積弊自是内境晏然初藍廖二寇横行蜀中數年丨朝廷大發兵勦之公懼奔逬隣境爲患分兵守諸要害蜀寇平蕩有犄角之助焉癸酉聞宣宜公訃乞歸守制〡朝廷遣官諭祭比服闋〡詔起巡撫山東公在貴用兵劳勩成疾繼以哀毀在途病加劇遂固乞致仕〡詔命馳驛以歸〻四年辛巳十一月四日卒春秋六十有九嘉靖元年九月十八日葬吴江羅字圩之新阡公娶計氏封宜人子男二知剛知柔皆国子生女二適引礼舍人史相国子生張秉仁孫男四大謨大諄大雅大中大謨蔭国子生孫女二公生而端静在衆中嘿然若不能言而稟然穆然之色人望而知其為君子也筮仕之初吴文定公亟称為處子之秀今少師楊公

每言昔在太宰爲同舍生見公終日手一卷諸生喧鬨其旁若罔聞也順慶之治有遺愛于蜀蜀人至今思之不忘初順慶民相率立公生祠憲副楊錦至郡以書来曰公何修而得此于蜀人盧御史師召行縣父老請公祠在學宫出入爲艱請遷近便許之他日復至則已奐然輪奐盧訝其成之速知其得民之深也題詩歎息而去及家居焚香端坐不以事經心事二親依依不忍去左右雖燕處未敢嘗南向坐初歸自蜀弟麓已别居公亟過之出涕曰吾寡兄弟忍分異邪待族屬鄉黨皆有恩義焉予其可謂篤行君子

矣銘曰　聖貴訥言曰焉用佞嗇夫捷給君子攸病萬石一家醇謹篤行恂恂沈公寔維似之于晋于蜀所至則治政声發聞既去而思苗夷獷頑分北荒服自昔相沿簡節疎目公不謂然孰非王土躬率偏師深入其阻林蔶洞蜒無敢違者昔所未有公行不疑仁者之勇乃見于斯公功既成公力斯憊齊魯翹懸不尚有愒勒石山厓爰告来祀

沈林都憲墓舊在吴江羅字圩今迁于長洲縣報墩附封君庸菴墓旁

知永年縣致仕尤君墓碣　王鏊

孟子曰人有不為也而後可以有為予觀公厚平居恂恂非礼弗踐吶吶然言不出諸口至其居官所至輒聞年未至一旦毅然去之世所謂勇者或未能焉烏乎可不謂賢乎予以是知孟子之言不誣也君諱淳公厚字尤之先自汴扈宋來家于蘇三傳為良器仕宋提刑司點檢曾祖諱羲皇湖廣布政司經歷祖安礼貴州布政司左叅政考忠君以景泰癸酉占南畿鄉試會試名在乙榜授浙江之平陽縣學教諭以憂去改任濟之沾化考最擢知廣信之鈆山又以憂改去知廣平之永年在平陽以身為教隆冬盛暑

冠服坐堂上召諸生講授親為筆削經義夜則巡行
各舍聞書声或見燈燭光則召加奬劳惰者斥之于
是諸生奮勵人才輩興平陽法食浙盐而民資閩盐
以生不禁則戾法禁之則生乱君于是瀏畧苛峻視
盐多寡令輸粟于官為凶歲備又請漕他郡粟以寔
倉庾于是官儲充民用足歲旱出禱三日雨合縣霑
足而隣境旱如故民歌謡之永年民無宿儲值水旱
輙携妻子去其鄉所遺田税則里人代輸故去住俱
困君榜招帰之约蠲其力役若于嚴禁吏胥不得侵
牟流者復帰不帰者計其田分隸土著民而便之年

五十有七慨然曰吾其歸𢧵遂移病不治事當道不
許再疏于朝乃得可歸吳閶門自守居守者莫或
睹其面年七十有八得疾則却藥不御盥櫛賦詩而
逝寔弘治乙未七月　日也以庚申正月　日葬吳
縣薦福山之原配鄭氏子男四案樸樾楠樾卿貢進
士孫八人君色溫氣莊不為矯詐嘐絕之行取予進
退之際尤不苟雖致政歸猶為學者指授經義婚喪
冠祭必依古昔烏乎其可謂篤行君子矣予而世莫
之知也予少辱公知且知公為深故為碣于墓上以
示鄉之人

○尤淳知縣墓在薦山

○趙處士墓表　王鏊

吴有奇士趙姓諱同魯字與哲年八十有一弘治十六年九月九日卒某年月日葬長洲縣趙墓先塋予表其墓曰宋熙陵第八子恭肅王元儼之後有南陽侯仲曠与其子武節大夫處州兵馬鈐轄士翮隨宋南渡家于睦武節之子義郎不玷監浦江税因家浦江元季有諱良仁者朱彦修高第弟子所著有天人交氣圖張士誠召之始來居長洲之金莊良仁生友泰友泰生季敕季敕生處士自元至今趙氏爲農而

業儒攻文不衰處士偉軀幹志氣高邁自六經諸子
至天文地理黃帝岐伯神仙養生之說靡不涉獵爲
文下筆數千言滔滔莫禦身居田里而喜論當世事
見人之屈抑與民間利害時政缺失憤然若廹于身
有裘巡檢者誣民爲盜處士論之百方不聽乃曰君
解盜將安之于縣于府于院我兄隨之裘乃止有王
御史者理軍籍吳下煆煉齊民以足其數處士爭之
曰軍以衛民也今誣民爲軍軍足民亡何益王爲霽
威每遇飢歲則預陳拯濟方于郡邑大夫辛丑大飢
以郡邑無足語者乃爲書詣金陵上巡撫三原王公

大要言宋元時蘇郡歲入苗爲斛者止三十四萬九千至國朝乃至二百六十二萬五千九百地昔之地也何加多如是況今年積雨爲害吳幾爲沼而徵科不止民其君之何王公讀之甚賞其文而無意于蠲稅書至再上三上不得已許減稅銀若干且欲薦于上亦不果近世論東南水患起于常熟之白茆港開白茆則水患衰堤崑山之沙湖則盜賊息而處士已言于數十年之前矣烏乎處士固未嘗有一命之寄也論及世事感激奮發使其食君之祿立乎人之朝其所建白豈止是乎尚肯脂韋突梯觀望上下若

世之患得患失者予惜予其不遇也吾故表之以告
夫有位者

○趙同魯處士墓在長洲縣趙墓

○藻菴居士自誌銘　　鄒亮

居士姓鄒氏名亮字克明世為吳郡人曾祖諱壽良
祖諱文華多陰隲俱不仕考顯贈承德郎刑部主事
妣金氏贈安人君弱不好弄酷嗜讀書凡得天文醫
卜兵書必晝夜手録殆忘寢食時工部侍郎廬陵周
公以文章政事名重天下為當世儒宗聞以所業投
贄公誤加称奬為延譽于兩京公卿間公極欲薦拔

同類忌之因揭匿名書于憲臺欲沮焉吳郡守況侯
伯律憤然曰薦賢爲國非爲私也特以名丨聞拜行
在吏部司務轉南京刑部又轉都察院復以周公薦
陞南京浙江道監察御史政声無聞尸素而已景泰
甲戌夏四月丨敕命褒嘉有奬身儒術累更任使暨
近風紀式克勤慎尚有顯秩需尔後效之語丨恩至
隆也惜乎天不假人以年無以報称万一焉其生永
樂丙戌九月十七日景泰五年十一月初六日以疾
卒于南京官署春秋四十九早號梅厓後更藻菴有
書千餘卷及所鳴珂著漱芳芽集二十餘卷藏于家

所撰詩宗韻海未能就緒娶梁氏有婦道封孺人子男二瓊為應天府儒學廩膳生瑾尚幼孫一曰豸孫卜以景泰六年〇月〇日窆于長洲縣金鵝鄉先塋之次嘗倣杜牧之故事預為自志曰脩短數也死生命也夫天地萬物莫逃予數況生死如晝夜然孰能免乎銘曰生也順歿攸寧無遺憾妥幽扃

〇鄒亮御史墓在長洲縣金鵝鄉

〇〇趙宗文生壙志

宗文姓趙氏名文宗文字也世為崇明人曾祖諱興祖積善以行義值元季海道剽掠徙居長洲之甫里

遂占籍爲祖諱成禧考諱華甫爲善以相承人屢以
横逆加之將恐而取者或告曰奚弗直于官也輒對
之曰彼貧無養固恤之不暇直之致其讟豈吾心哉
聞者以善人稱之無間言妣沈氏元江浙醫學提領
諱德輝之女生我兄弟三人文居其長甫弱冠不幸
先君子棄諸孤遭家多故舊業幾墜賴吾母力以教
養漸底成立洪武間縣令周博舉文爲人材 召至
京以母老得請以歸養母卒永樂五年 詔求賢文
又以翰林典籍梁用行薦授番陽知縣後以事免官
還田里日以吟咏自娱未嘗務外慕今年七十有六

老病日侵知不能久于世乃命子鏞築生壙于依仁鄉西江滸之原先塋兆次且自為其壙志然非任其達也蓋為生必死世未能免之者特以平昔之行不可不謹書于埋石苟求他作或過寔而可恥孰若知所恥則不敢以自誣而况學者之尚存則必修省于一息尚存之間此他人所不能知故不容不致力于躬也文生于甲辰二年乙巳二月戊午若吾卒之日與吾之享年則俟吾歿併以實之配王氏子男一人鏞娶劉氏嫡孫男安娶方氏庶孫男宣尚幼曾孫男二人慶童壽童皆尚幼文平生所述詩有慎獨齋集

四十卷理學直言一卷文則有止義齋集二十卷銘曰承先人之善澤兮際昌期而顯庸中既挫而加厲兮知己修而未隆雖休退而哀邁兮恒惴惴而省躬惟天命之不易兮尚委順而俟終

正統三年慎獨趙先生預治幽堂復自銘其墓門之石越二年為庚申歲五月十九日而先生卒享年七十有八卒之二年為壬戌歲三月十一日而歸藏焉夫不以終事為諱制事于未然者世已甚鮮欲望自為墓銘如杜牧之傅奕者又幾何人哉先生寔繼之可謂達矣觀先生當死生之際其達

如此則其平生又可知矣其自銘者其謙抑而不尽書者其可尚也夫又銘曰保厥始慎厥終預爲銘寘幽宮全而藏永無窮

翰林院侍講承德郎兼修國史彭城劉鉉識

趙文先生墓在長洲縣依仁鄉西江澤

封文林郎廣東道監察御史林士隆墓志銘

吾姓林氏諱昌字士隆號守軒蘇之吳邑人考之族譜其先出于子姓之後放事孔子居魯復移濟南後以晋永嘉之乱始渡江散居南方有諱邇者仕福清尉因家焉称爲福清始祖邇之子仁倜生仲雅仲雅

六子高向喬商扃尚高任屯田員外郎累贈至成國公妻黄氏封成國太夫人始徙居吳下諸弟子若孫俱隨寓焉称爲平江六房尚生五子棨閎策建柔建任大理寺丞生子升任兵部侍郎柔任刑部尚書生子茂先太常寺卿贈紫金光禄大夫升生五子長真卿通直郎任江陰司法七傳而至高祖茂山曾祖誠山祖清隱父貴和俱質直以善聞祖母范氏文正公世孫日莊女母趙氏長洲著姓士安女皆有善行比吾生未期父因通易書曉卜筮遵朝命五從中貴使西海諸夷邦一往返輒五年幸無恙論者謂積善

之報吾六歲游鄉校賴祖母朝夕訓讀啟蒙等書及長遵奉教誡益勉于李年二十授徒邑中見知于令尹吳公復延教諸子重加礼貌後葉公錫以庶吉士出宰邑荷不鄙建立義學以礼幣招我典教又夲為境内儒士名載須知冊景泰五年|朝廷遣使纂修誌書郡侯汪公澍以書敦請獲預紀述平昔守分不矜持不忮支不輕造公門取辱學吟、以自適情素不為譃浪誚人語飲酒醉而愈謹人不見有落魄態與妹揅配得宣聖五十八代孫孔鏞字韶文時為長洲庠生家甚窘苦志讀書見其器識有用于世遂以

卷四十一　廿七

妹嫁之後詔文膺鄉薦登進士歷任都御史巡撫貴州復轉工部侍郎譽望甚隆惜吾妹早世鄉族皆称吾知人与弟士明友愛頗篤成化戊戌子符由進士授廣東道監察御史荷聖朝推恩封吾如其官妻夏氏封孺人又蒙恩例分俸養親拜命以來慚無報補及追思吾親俱逝而不得奉養冒勝感懷烏乎自福清始祖相傳至我一十九代中孫顯晦不常顧予菲薄守己安分幸不流于庸人之歸雖未獲禄仕而教子成人効用于時　封為御史優游林下叨與鄉飲為僎為賓幾三十年俯仰亦無愧矣死何恨

孔子男二長即符以御史九載歷陞廣西按察使以
公事令為南雄知府娶范氏封孺人次節義官娶王
氏女一淑賢嫁儒士刘潮孫男六原震原復原益原
升原泰原昺女四俱適名門曾孫男一女一吾生于
永樂甲午十一月十五日今年八十一祖塋在長洲
高景山之原不揣預書平日之梗槩而自為之銘不
知卒于何年月日享年幾歲臨終二子為我書之銘
曰　効乎才也道未明効乎德也行無成守身素志
安分真情老而叨｜封以沐｜恩榮遂吾身後之計
永歸妥于先塋弘治七年十一月初吉撰｜先考府

君自撰墓志後不幸于弘治九年六月十七日辭世享年八十三歲卜本年十一月十三日安厝不肖等奉遺命謹書刻于石烏乎痛哉孤哀男符節泣血拜識

○林昌府君墓在高景山

○資德大夫正治上卿南京刑部尚書劉公行狀　　文徵明

公姓劉氏諱纓字與清號鐵柯其先清江人裔出宋集賢學士原父其後有諱持矩者仕元為江西行省都事因徙家新淦之橋埠灘遂為新淦人國朝江

西内附持矩之子雲芳以尺籍從隸蘇州衛雲芳子廸吉廸吉二子次曰謙海讀書有行義代兄戍吳遂留居吳中公之大父也父曰中正娶張氏以正統七年壬戌八月五日生公于吳城鳳凰里磥砢英特資復穎異少從鄉先生賀復菴李先生亟称之既而受易于夏璹先生精研淬礪不拘、于師說而剽刺涉獵卓見端緒為文操札疾書未嘗致思視他人追琢衍繹方事竚擬而公數百言已就所作明暢英發以儒士再試不利乃入縣學為弟子員成化辛卯中應天鄉試戊戌中礼部試　廷試賜同進士出身己亥

卷四十一　廿九

授湖廣武陵知縣武陵爲常德輔邑地大而繁公少多更涉習知民隱至于胥史乾沒並緣請屬之情咸悉其故故視事之始展采錯事無不當允縣多隙地民惰不知穊種又貧什器多不備公處業振贍務盡民利由是民知力本歲亦比登先是有長賦者亡粟若干石郡坐以侵官帑法死執不從當以亡失既而獄上上官閱其牘曰此良法家也卒從所擬明年庚子母張夫人卒公即日解官持服服闋改知山東兖州之滕縣縣小而僻素多盗荐被荒歉推埋狼籍吏數政益敝不治又其俗狠鬬嚚訟公鈎擿精敏及迎

節解剖析明暢而軌道要束皆中肯綮一時莫不驚服向化盜亦衰止藩臬使者咸稱其能尤爲司徒許公進所知丙午　召入爲河南道監察御史徼巡東城兼督視京倉不事摘抉而繩軌攸當宄弊罔匿戊申　孝宗皇帝登極改元弘治公多所論奏皆隨事救正達于大体是歲奉　命按福建嘗閱沙縣囚有鄧釗者坐謀殺父繫獄同時麻晃張成富皆坐死公視其所荷校皆新翻閱牘詞多支贅且事發無主名而牘尾云、類隱語曰豈投匿名書成獄耶悉索前後訟牒果得匿名書于吏靡故牘中蓋釗父以負貸自刎其姑之夫陳富利剷產欲奪之故為此陷之以冕芋其所親妮併及馬前時有司寔傳致成獄其後讞者不欲更異又惡亂法故首鼠其事公既閱寔即破械釋之一時稱為神明莆田民有隨母出嫁者刲股療繼父疾有司以孝聞公判曰棄本姓而冒他姓義已不明虧父体以濟父讐孝則安在衆服其明識時海外諸番入貢者多挾賫貨貿市于閩監舶者利其賄不禁或不時得賄即恣開成隙公謂此非來遠之道且傷　國体即下令絕不許通至今以為法庚戌還　朝十一月滿三載考最給　敕命進階文林

郎推|恩贈考宗政文林郎河南道監察御史姚張
氏孺人辛亥再奉|命按廣東廣並海有別渚曰澳
番舶交易之地、有珠市世其業者十人豪民張政
者先竄名番舶商海外諸国致番貨直數十萬貟結
中人監舶者假以公牒得捕盜海上凭藉声勢張甚
因欲漁奪十人者之業不得悉誣十人者為盜捕置
獄中七人瘐死餘三人當論決公讞得其情並釋人
人抵政死指揮倪鳳以捕盜椎剽海上忮害尤甚
頑鳳陰狡多養死士自衛急之恐變乃以計擒得之
竟致之法鎮守中官上言各堡俘獲幼男寄養軍中

卷四十一　三二

宜從宮刑以給内用而寔無其人比｜詔取之則旋買良人子腐以充數腐且三百人而斃者十五所須尚千人方買之海人公聞急渡海抵瓊崖諸屬覈寔馳還則所司部五百人方艤舟德慶公亟下守巡官驗非俘獲即日散遣于是其家人感恩咸謂曰刘公寔生汝、復有嗣宜以刘姓、之癸丑還朝十月再蒲考留掌本道事時外戚驕蹇結聯中官用事縱横乱政公率同官上疏極言、侵中官中官故激怒上逮繫｜詔獄罪且不測卒賴｜上仁明答而不問公前後兩按大省劾罷不職官省使郡縣守吏而下十有六人誅舞文者百三十餘人平反斬絞罪百二十有三人兩侍｜經筵統署十一道印事皆集辦丙辰滿九載陞太僕寺少卿時馬政廢弛圉人多肆侵漁馬耗不孳又私相盜鬻遇裱印率滌去旧文更入充數公立法辨審獎為之清又探稽孳畜利病得二十事條列以聞從之已未考滿給｜誥命進階中憲大夫推恩加贈考中憲大夫太僕寺少卿妣恭人庚申拜都察院右僉都御史巡撫四川總督粮儲兼理松潘軍務｜錫璽書以行蜀去京師萬里而松潘又在荒外濱于諸夷棧道險絶氐獠出沒為患撫鎮大

卷四十一　三二

臣多不親履其地緩急惟事調遣或控馭失所往、
僨敗公曰我為大臣出鎮万里可自逸以委劳于人
邪且吾奉　命督理軍務不歷其地何以知其要害
險塞以得其事情乃秉竹兜渡絕橋徧行諸砦廣布
耳目以求其事端蓋諸邊戍守城堡俱在夷中夷人
与吾人連結無事則邀勝取功事急則買和滅跡其
事在夷者十三在吾者十七公為科條禁誡誕章數
化事以救寧又有所謂賞番者凡官府行边恐夷人
出擾有司先事置綵幣牛酒于路以賄之謂之買路
公嚴加禁戢官軍奉　要束惟謹乃是公行边軍夷帖

息莫敢動在蜀甫一年屬子徵卒悲傷成疾上疏乞
歸　詔予告暫還病痊起用仍給傳以歸壬戌抵家
越三年乙丑御史龔元上言劉某舊撫四川老成練
諳協于民夷年力未衰不應閒廢會四川缺撫臣吏
部即奏起之有　詔仍以僉都御史巡撫四川兼理
如故再　錫璽書以行會松茂疊溪木匠兒諸番夷
嘯聚醜類連兵剽劫鑿城燒棧勢甚猖獗公親駐境
上相机設策會諸路兵討之衝擊疏捕轉戰折北諸
夷懼讋悉投兵羅拜頓顙獻甲馬贖罪列柯空龍諸砦
爭斬賊首以降凡降二十餘砦前後俘斬千餘人捷

卷四十一　三三

聞降詔獎諭賜白金五十兩文綺二襲横梁麻嗒三哨嘴諸河道逼阽諸夷每餉運輒爲邀劫而衛士通番往、啟疊蒲江関堡久已頹廢列柯諸番往来結納肆爲剽掠一時边患往、坐此公並議復之仍議各立分司設官守之自是迄公去边境不擾正德丁卯再滿考進階中議大夫勳贊治尹時有 詔裁革巡撫大臣凡十有一人公得 旨還朝尋奉 璽書巡撫湖廣兼贊理軍務先是公在蜀以夔峽水勢湍急歲嘗氾溢覆舟傍有小徑盜出没其間商旅不敢行歲歉假貸湖陝大費轉輸議自夔抵荊闢爲大道公私便利至是御史王瑾以閹時逆瑾方用事恨公不先聞矯詔逮公下獄公上章自理會廷臣亦交章論救得釋仍赴湖廣 荊王奏蘄州守余忠擅用兵仗刻減祿米欺侮宗室諸不法論死 詔公會三法司勘問公爲奏辨得末減戊辰二月陞南京大理寺卿六月 召爲兵部右侍郎初崇明盜起江南諸郡繹騷時承平日久兵衛耗減殘卒莫能支所在募民兵應數號義勇軍有司上其數請如官軍給餉公不可曰往時王都御史借閩隴民兵討洞蠻從便宜月給米人三斗後皆籍爲軍至今遺患于民 国家軍

餉豈宜輕議事遂寢明年己巳年六十有八上疏乞
恩休致有丨詔不允尋給丨誥命進階通議大夫推
恩贈公祖考謙海加贈考宗政皆通議大夫兵部右
侍郎祖妣某妣張氏皆贈淑人庚午陞南京刑部尚
書有豪非法殺人欲行賍丐免費且鉅万頓公不可
入因公所知乘間言之公不可竟按殺之公素練于
事尤長于法比然不為深文巧詆遇獄有疑率下屬
吏再三讞必無生理然後付法至于悖謾渫惡必尽
法無貸故所屬咸軌法不敢骫濫奸宄屏息辛未丨
兩宮慶礼成覃恩給丨誥命進階資政大夫加贈祖

考〻皆資政大夫刑部尚書祖妣〻皆夫人是歲公
年七十再上疏乞休不允越明年癸酉尚書滿三載
三月赴部考績有｜旨令復職五月上疏再乞休致
有｜旨卿才識老成精力尚健宜照舊辦事不允所
辞六月再疏自陳老疾乞休以全晚節有｜旨卿敭
歷中外多効賢劳近疏乞休已有｜旨不允宜照舊
用心辦事八月還次揚州再申前請因遂歸家待命
有｜旨卿累疏乞休已有｜旨勉留不允再辭十月
又連上疏始得請仍｜詔給月俸給輿皁以示優寵
越十年壬午｜今上入正大統改元嘉靖公年八十

有一會　兩宮尊礼成覃恩進階資德大夫正治上
卿丨命有司具綵幣羊酒存問明年癸未以疾卒訃
聞丨命有司致祭工部營葬事如制公為人亢爽疎
雋明燭事机而閑于吏政又精明強幹事多迎解然
其中有定識雖事出匆遽而銖黍分齊較若畫一彼
沈思深處者或不及也故其翕張变化人莫能測而
情法不悖所至威愛並立而能飾之以文在蜀大修
學校尤敦行義飾祠祀唐西川節度使崔光遠散騎
常侍高適經畧使李德裕宋知益州張詠修復他名
賢祠墓尤多連按閩廣皆值鄉試為監臨官精擇典

校尤嚴閑衛而不苟瑣惟詳于檢閱不令有遺在廣當親閱落卷得一士以為奇列之首選榜出咸謂得人今翰林侍講湛若水也其他推賢弃能化服道利無所不用其至故侍郎海陵儲公嘆称公經世之務謀国之利往、在刑章訟牒外其為尹如侯覧為御史如唐介其抚湖蜀文教如文翁水利如李冰鎮靜如張詠一時以為寔録云公長身玉立鬚眉疎秀而舉山軒揭辭吐琅然見者竦企晚歲家居益事燕整客至未嘗不見雖盛暑未嘗不冠吉凶慶弔未嘗不行四方書疏皆手自裁答不少遺忘尤篤于故舊或在患難不竭力拯之雖犯謗不惜至人有過則多面折之雖貴顯當路無所諱避以故人有讒之者然卒不能沒其善之衆也素性儉質既易貴非祭祀賓客食不重味尤寡嗜慾故晚歲神觀不衰對舉舊事如引繩貫珠纚纚不能休年八十餘篝燈作蠅頭字精楷不異壯歲屬纊之前一日猶對客談洽無所苦抵暮與家人燕語如常明日寬體中不佳稍就枕却藥夜半起坐呼水盥靧及旦奄然而逝寔三月十有六日也年八十二公任中外四十餘年積階自文林郎九轉爲資德大夫正治上卿配李氏積封自孺人至

夫人生子男一人即徵嘗為縣李生文學行義人謂
稱家不幸早卒娶諸氏亦卒女三人長適大理丞仰
宗泰之孫灝次適福建僉事杜子開之子恕次適都
御史王思德之子東孫男一人遺以公蔭補國子生
女二適張幕林文申曾孫男二人喬祖同祖女一人
葬以卒之明年甲申某月某日墓在吳縣羊腸嶺之
原徵明先君溫州與公同里居既仕同朝相好甚密
徵明以契家子早辱公教愛及公歸里遂得以晚進
廁跡賓階竊念先君既歿老成彫謝殆盡而公獨為
鄉邦之重每一瞻對未嘗不興前輩典刑之嘆烏乎

而今已矣有如公者可復得邪公之孫遺將乞銘于
當代名筆且將列之史官屬為事狀徵明自顧蕪劣
安能論次而耳受目矚庶幾不誣云尔謹狀

○劉纓尚書墓在羊腸嶺下

○○大明故光祿大夫柱国少傅兼太子太傅戶
○○部尚書武英殿大斈士致仕贈太傅謚文
○○恪王公墓志銘

○資善大夫南京礼部尚書予告前戶部左侍郎都
○察院右副都御史總督漕運無錫邵宝撰○承直
○郎前應天府通判門生長洲祝允明書○胡宗纘篆

此乃正文宜頂格寫

嘉靖三年三月十一日少傅王公卒于吳城里第于是公致仕歸十五年矣先是｜上即位遣行人即其家｜存問敕有全德盛名海內推重之語公上謝疏進講學勤政二篇｜上嘉納廕官一子為中書舍人越三年又遣有司存問｜恩礼隆重時方仰之至是訃聞｜上為輟視朝一日｜賜賻米及布｜命諭祭者九贈太傅謚文恪仍｜命工部治葬事比葬其子延喆等以其長女壻徐侍讀子容狀屬銘于寶寶以公国元老銘宜館閣大筆且公鄉郡固有作者寶宜至于寶哉延喆曰先公遺命也先公知公深矣寶乃

XX

不敢辭公諱鏊字濟之姓王氏別號守溪晚更拙叟
學者稱震澤先生其先自汴扈宋南渡諱百八者始
家吳之洞庭山曾祖伯英祖惟道考朝用光化知縣
皆以公貴贈如公官曾祖妣陸氏祖妣葉氏妣葉氏
皆一品夫人公自幼穎悟不凡年十六隨父在國學
始課舉業落筆過人有傳其論策于文莊葉公〻大
奇之曰此子他日忠肅乎忠肅盍山公謚也公與同
姓且嫌名故稱之于是声名動京師有屈年与行引
為友如奚元啟者居二年歸游吳庠凡考必居首陳
提學天台先生尤以天下士期之甲午試應天第一

主司謂安得東坡復出至全録其論策不易一字乙未會試第一　廷對策入衆擬第一執政有忌其言直而抑之者諉曰文太長難讀也冢宰尹公讀之遂寘第一甲第三初授翰林編修九載陞侍講　孝宗初開經筵充展書官　憲宗寔録成陞右諭德用徐文靖公薦爲侍講學士尋進日講以宮寮選兼左諭德尋陞少詹事兼侍讀學士擢吏部侍郎丁外艱去終喪復任　命兼國史副揔裁繼命以其官兼翰林學士入閣典机務進戶部尚書文淵閣大學士國史揔裁同知經筵事再進今官勳柱國階光禄大夫致

仕公在翰林益肆力于學閉門讀書避遠权势如恐
不及士子請業者遠近踵至惟中貴弟姪皆絕之在
經筵雅志啓沃每講至天理人欲之際及君子小人
之用舍必詳必懇上方春出遊後苑左右諫不聽
公講無逸至文王不敢盤于遊田反覆規諫上悚
聽爲之罷遊仍傳飭內侍廣今日講官意指尔好
爲之云東宮將出閤司馬鈞陽馬公疏請選正人
以端国本詔會議至公名同声曰此真其人遂以
爲首吏部闕侍郎侍郎諱公摂部事以公与壽寧故
有連既貴而能遠之其正可敬也首薦而用之在吏

部抑躁獎恬清簡得体北虜入寇上籌边八事議論激切侵权倖始雖尼之後多施用大學士餘姚謝公以災異求退舉公与吴文定自代時論称允武宗諒陰時公協韓司徒將帥諸文武大臣伏闕請誅内侍導荒遊者永成等八人以除乱本疏首當屬家宰焦公焦辭乃屬韓疏入上大驚怒欲庇八人内閣持不可俄有旨召公等至左順門中官傳諭甚厲衆相視莫敢發言司礼荣乃曰上言卿等所言罷宴樂勤政事皆當從之惟八人者不可去公曰八人不去乱本何由而除天下何由而治且今日之舉

果何為乎侃、不屈韓亦危言繼之榮等語塞為慰
言而罷因論倚以為重既而八人者乞憐于上歸
咎岳一人斥之南京尋用八人分布要路瑾入柄司
礼而内閣劉謝二公皆去詔補其缺衆推焦公及
公、雖以前言見忌然重違公議遂俱入閣時李文
正公尚辭疾不出焦公每事推公上見公班尚書
後因進公戶部尚書文淵閣大学士公以資淺辭不
許未幾賜蟒衣玉帶公聞尚宝崔璿郎中張瑋副
使姚祥以微眚被枷瀕死亟言于瑾曰士夫可殺不
可辱今既辱之又殺之吾亦何顏而復立于此由是

三人者皆得釋韓公雖逐瑾銜未已必欲置之死無敢言者公言韓清德粹行海内所知今無故加罪恐不能服人不聽會廷中得匿名書斥瑾罪惡瑾意稍戢韓得紓焉亦以公前言故先是應詔舉經明行修六七輩有餘姚人者瑾欲因是逮謝公并及刘公与文正公力救乃已司馬華容劉公被逮将坐以激变土官岑氏罪死公曰岑不卒叛何变之激刘得減死或言都憲石淙楊公在陝西築墻太劳費瑾信之屢以為言公曰今安得文學政事作人有功如楊某者為國修邊奈何罪之廢后吴氏之喪将秘不發公

不可瑾曰何以成服公曰雖然葬不可茍也景泰汪妃薨于帝時疑其礼曰妃廢不以罪當追復故號葬以妃祭以后皆從之時中外杈悉歸瑾公初開誠与之言間亦見聽及焦事媕阿議乃不合瑾益狂悖橫厲禍流搢紳公救之不能得慼然見顏面瑾望見之曰王先生居高位何乃尓耶公再疏求去甚情而懇或以公咈瑾意虞有奇禍公曰吾自省無咎何畏彼刦瑾使邏者詗公以公絕贄幣報瑾笑曰過矣于是公疏至三　上許焉賜璽書乘傳以歸歲夫月米具給當時以為異数云公立朝三十餘年廉正守道恒

如一日史館謗、有所可否不少徇撓裁意經筵、之
進以不及執政門故遲之然公望重終不能抑也主、
考南畿知有典法不知权勢絶関節蔑震撼隐然為
吾党重先後會試再為同考主考尤称公嚴能得人
教諸庶吉士不惟其業亦惟身率以道称能成人論
者擬諸泰山喬嶽盖坐鎮之功大矣而東山之望晚
繫天下尤重惇叙慎修持身持家表裏周浹讀書著
文樂以忘老雖士夫雅慱清玩一不屑意人莫敢干
以私者公禀少怯臨事接物或不能無動于心偶讀
程子明理治懼克己治怒二言識以警焉及涵養既

卷四十一　四二

久進講奏對從容詳雅得告君之体覌公之成者未嘗不三嘆于斯其爲文先愛三蘇才思川涌援筆如不能止既自超蛻力追古作自昌黎上遡秦漢駸駸乎幾矣論起衰者歸之嘗言吾文得法于孟子君子曰信雄而辨邑而雅晚精理學論辨多古人未發詩蕭散清逸有王岑風格書法清勁自成得晋唐筆意所著有震澤集震澤篇震澤長語紀聞各若干卷公卒時距其生景泰七年八月十七日壽七十五配吴氏繼張氏俱贈一品夫人子男四長即延喆中書舍人次延素南京中軍都督府都事次延陵郡庠生次

延昭女五長歸侍讀子容名繙次歸貴州都司都事朱希召次歸庠生邵鎣俱先卒次歸中書舍人靳懋仁其季受庠生嚴濡聘孫男三女二墓在東洞庭梁家山之原葬之日為明年乙酉正月一日庚申銘曰

明至中葉道与時升君子觀國人爲是徵我求其人憲孝之書偉哉王公植我元氣公有忠義文章以宣成化制策弘治經筵在正德初少宰入轉彼宄濟奸公心獨苦先是伏闕偕二三臣請劍未許狗國以身公如砥柱百撼靡動平生二箴況也自誦豈無加秩少傅尚書爽裕未足伊任其餘時方倚公公去則

亟僉曰貞，亦有殊錫。公在廟堂，曷寔棟隆。公在山林，斗揭岳崇。公既老矣，犹望其起。公既壽矣，而祝未已。震澤萬頃，莫鼇千尋。英靈還止，山高水深。

王鏊相國墓在東洞庭梁家山。

吴都文粹續集卷四十一

吴都文粹續集卷第四十二

長洲錢　穀叔寶編

墳墓

○○大明山西等處承宣布政使司右叅政祝公

○○墓志銘　　李應禎

國家文治百餘年士大夫進而建功業于朝廷足以震耀當時顯著後世其退而田里亦足以咏歌聖化表儀後學以予所見鄉郡先輩尚多其人二十年来凋落殆尽幸而有倜軒祝公在今復已矣惜哉公諱顥字惟清始以進士授行在刑科給事中即取

天下事入思慮所、建白先大体而畧細故嘗被　旨
巡察在京寺观毀諸無賜額者有青龍寺甚壯麗主
僧称受密旨所建不聽奏毀之駙馬都尉石璟持節
封荆王妃命公為副居毋喪　詔奪情起復不行服
闋復前職尋陞山西布政司左叅議時督粮儲時経
胡冠大擾公私無積而盜賊嘯聚人相食公晝夜規
畫民困以紓暨考滿倉廩有数年之儲　賜誥命進
階朝議大夫賛治少尹陞本司右叅政公在晋久諳
其俗故治民養士興礼舉義益究厥施初曲陽臨汾
二學聖賢像設犹襲胡制公即更正之具文釋奠以

謝不虞洪銅縣有臯陶墓〻旁有祠且隘敝其地里、傳舍一称以神號無所諱乃命封植其墓重建祠屋扁曰有虞士師之庙凡觸神諱者一切禁止之澤州舊有祠祀明道先生公為新之以伊川先生及元陵川先生郝經配又作二賢祠于聞喜縣李祀唐裴晋公度宋趙忠簡公鼎其于學校尤諄〻然嘗舉教人與治人不同貴在隨材成就若強其所難能適以害之故分別具有科等又以師儒俸入微薄鮮不規求非分致玷名教加激厲焉晋地邉胡故所在畜芻穚鄉寧蒲縣介居深山中遠水無為得草其所輸與諸

卷四十二　二

大縣等而平陽乃露積久朽腐莫校遂移咨戶部止
二縣之役他所須使于平陽運之人以為便公于刑
罰明慎而矜恤之意藹然汾州妖人作乱公聞變戒
守禦嚴備毋輕動自戎服馳赴之至則賊就擒凡十
六人而扳援者逮千餘人三司皆以逆党故莫敢出
公曰千人同謀何不待聚而遽發耶吾等既不輯奸
于平時又乘乱殺善良重得罪矣奏釋之嘗監決崞
縣囚七人二人臨刑獨嗟嘆公急止之因曰吾罪不
當死向來官人悪對囚徒醜穢動加榜掠求死不可
得焉求辯今公仁人也反復加問所以感恩銜寬而發

此嘆也公語御史須更審不從公曰　朝廷所以命某監決者豈以左右之聽命者邪正欲參伍斟酌不至刑濫耳今聞其寬而不之省是二人之首斷于吾二人之手矣爲吏當如是邪卒辨出之公吏學甚精律令條例各有據依疑獄滯囚立能剖決按行州縣于長吏獨加之意廉其才具勤慎者異其礼貌以愧其餘道路車馬之間遇田夫野老必駐旌訪問亹亹不倦人皆謂公之爲治文而知体者如此公再一報政而年且逾六十矣遂謝其事以歸于是時吳中士林宿學與夫宦遊而休者累數十輩暇則尋山問水

擇勝而遊公于其間廣顙修髯眉宇精采而又善于言論出經入傳指事摘寔貫串抑揚聞者聳聽間或發為嘲笑緣文反意動成雅謔其文章以縟麗自憙詩亦典贍有思致字愛作行草遠近求者一皆應之無倦容蓋其風流文雅最為人所慕愛而与人言則皆孝弟忠信檢身擇物之事平居動止有常所御器物雖微不苟費聰明強健老而不衰成化癸卯十二月戊子卒臨終語其孫曰死生之理吾自了然尔等毋得過哀喪葬之具勿事虛文可為孝矣享年七十有九公之先雲間人有秀岩者元海道都漕運萬戶

府經歷平江路揔管占籍長洲揔管以下四世皆不仕曰九冕曰子潛曰景章曰煥文公之高曾祖考也煥文贈朝請大夫山西布政司左參議母王氏贈恭人配錢氏封恭人蘇學教授孟書之弟之子初孟書奇公之妻錢氏無後卒主其祀子男一人曰瓛先五月而卒女三人長適劉漆次鴻臚寺序班湯瑄次趙淳孫曰允明郡李生員女二曾孫男女各一允明將以明年三月十有九日奉公葬于吳縣之橫山屬應禎為之銘應禎晚進且不文念嘗辱公教頗知公進退履歷之槩遂不敢辭公嘗自言吾平生不妄笞殺

一人迹公所行知公所存孚矣宜其享有福壽功名始終豈獨其文雅可尚而已歟銘曰　粵惟祝宗受氏以官閥括信歙爲族寔繁長洲之祝肇迹松江揔管而下乃發乎公〻奮高科衒〻厥声遂登侍從給事内庭允惟出納戢思賛襄金冊玉節使命有光帝心簡注踐茲方岳不　不驕執事愈恪民有飢饉待公食之民有重役待公　芘之妖人作乱玉石不分公出一言卒免于焚熱德不回當事允競垂死之囚爲之請命曰礼曰義風化攸闗彼俗不知視如等閒祠祀惶〻衿佩鏘〻弦歌洋〻公教不忘公雖未耄

公則知止曰予歸哉吳門之里老成曰嘻吾今得朋
婿李小子考德是憑公氣軒〻公論言〻邦之耆俊
孰居公前壽則孔高福亦多有翛然告終何德之孚
活千人者古謂必興尚敷遺休大啟厥承

承直郎應天府通判祝先生墓志銘

陸粲

先生諱允明字希哲蘇之長洲人也其先出古太祝
以官氏或曰黃帝之後封于祝以國氏云七世祖碧
山勝國時由松江來守郡後卒官一子留蘇遂爲蘇
人祖顥　皇明正統己未進士終山西布政司右參政

父璥娶大學士武功伯徐公女寔先生所自出先生少穎敏五歲作經尺字讀書一目數行下九歲能詩有奇語旣天賦殊特加内外二祖咸當代魁儒目擩耳染不離典訓稍長遂貫综群籍自天官地理釋老方伎稗官襍家皆通其說掇其英華舒發為文崇深詎丽横縱開合茹涵古今無所不有或當廣坐談笑雜遝援毫疾書思若泉湧一時名声大譟歲壬子舉于鄉故相王文恪公主試事手其卷不置曰必祝某也果然文恪益自喜曰吾不謬知人自是連試礼部不第當道奇其才會修史将名薦之弗果初仕興寧

令地介嶺海民尚譁訐惑于機祥先生示之礼簡進秀異親爲講解遂一變其俗群盜竄處山谷時出焚欲爲設方畧一旦捕得三十餘輩邑以無警稍迁通判應天亡何乞歸又五年卒春秋六十有七夫人李氏鄉先生太僕少卿應禎之女子男二長續進士入翰林累遷陜西按察副使次側出幼未名女一嫁潮州府經歷王穀禎孫女三先生簡易高曠不樂拘檢在衆若無能者然默而好深湛之思時獨居著書解衣槃礴游心玄閫賓客過從屨滿户外若弗聞也性善書出入魏晋諸家晚益奇縱或購得之輙藏弆爲

榮喜奬掖後進終身不言人過其爲家未嘗問有無得俸禄及四方餉遺輙名所善客与劇飲歌呼費尽乃已或分与持去不遺一錢故其沒也幾無以斂云先生少有意用世既濩落不試一發于文雖声寔宏振犹非其志也所著祝子通祝子褋罪知蚕衣浮物野記語恠蘇材小纂興寧志江海殲渠記合詩文集爲数百卷藏于家陸粲曰斯文之用于天地準由漢氏來纘言之士臻于斯極者亦僅可数已 明興百年士犹膠守章句未覩其恢然者也乃 憲孝之際始彬彬矣祝先生由諸生起覃精發藻横逸踔厲起

追古昔盛埶若其湛浮自龍变不羈大观逍遥廓然離俗矣語所謂游方之外者非邪先生歿以嘉靖丙戌十有二月二十七日又明年戊子冬閏十月十六日葬横山丹霞隖太原王寵撰次其事行粲為之銘銘曰　維聖有文自天作之其卒敝刓孰振起之猗嗟先生發天之明達聖之經揩為混鍠舉世振驚維時弗逢食貧以終獨昌其辭以燭群蒙横山之原崇四尺者先生之墳後千百年尚靡有也

祝顥參政其孫允明墓俱在横山

南京太僕少卿李公墓志銘　文林

弘治癸丑七月九日南京太僕寺少卿長洲李公卒明年甲寅十月六日辛酉葬吴縣薦福山九龍塢之原初公之卒林以太安人病劇弗得往哭与襚既闋月始与友人沈啓南史明古經紀其家事僉謂公平生學問在文章而立朝大節則有奏疏宜輯而傳之檢其書笥不得及訪之故舊家又不得蓋公在官雖多所建白而章疏之傳録于人者悉已取而焚之而所為詩若文亦不存稿曰亦何足傳也烏乎公之所存豈後生末斈所能測哉先是嘗托少宰吴公原博為墓碑比葬猶未至公弟應祥自南京来會葬謂葬

二

不可無銘衆以屬林遂不敢辞按公諱應禎字貞伯
一名甡其先汴人建炎南渡寓居蘇之長洲遂家焉
曾祖仲仁祖士文永樂中士文以名醫薦入太醫院
故又居南京考啓明以公貴贈南京兵部員外郎
母賀氏贈宜人公以宣德辛丑八月二十一日与應
祥同生于南京自少警朗攻舉子業即迥出輩流景
泰癸酉以儒士中應天府鄉試第九人礼部會試中
一牓不就卒業太學文名日盛時中貴人牛玉用事
士爭出門下玉雅聞公欲延致之一日詣太學斥姓
名索公、避不與見成化乙酉拜中書舍人故事賜

百官燕中書舍人坐給事中御史上頃歲礼部大臣
輒易其次公抗草斥其非至再語侵大臣大臣竟持
其議既而不樂与同舍之倖進者俱上章乞補教官
不許尋　召直文華殿時荊襄流民定居既久言者
欲逐之公上言宜就撫其衆逐之非便　朝廷是其
言　命有司縣其地壬辰　詔寫浮屠書公辞非臣
職上幸極論其非是忤　旨廷杖之幾死久之罷
殿直癸巳乞歸省祭始居長洲越四年戊戌陞南京
兵部武選司員外郎未任丁繼母陳氏憂服闋改本
部車駕司檄督造江廣湖湘馬快舡丙午進職方郎

中弘治戊申改南京尚寶司卿辛亥陞南京太僕寺少卿在太僕甫兩月以賀萬壽聖節詣闕下遂力陳致仕還長洲二年卒年六十有三　朝廷遣官諭祭有學優才贍性直行方之語郡守洛陽史公鑑特為營葬事公配王氏教諭貫之女翰林學士景章之孫女封宜人子男二系早卒紹貳寶顧氏顧氏出才五歲聘袁氏女二長適舉人祝允明次適舉人張廷瓛公為人整整精悍辭旨峻重性峻介遇少不平輙抗無所諱避群坐中發一語帖帖無有譁者与人交任真而有情家貧恒赴人之急給事中方向忭叔

倅譎官鬻居以往相領莫敢售公奮然貸而市之弟應房早卒恒分月所俸育其二孤于其外家事王公之非其人而下交畀賤不求備才与行未顯為廷譽獎掖不少後然接見甚嚴嘗曰前輩自有規度若自降以崇虛讓豈所以教後李邗公故世家早得接老先達緒餘尤好尋核故寔故記憶該博當世罕及為文簡嚴而則詩亦沉着皆不輕以畀人有所敘述亦未始少有假借其書多所師法而自成家小楷健勁絕無姿媚氣習行艸獨步一時而篆籀之妙尤為得古人筆意造次作簡牘皆可傳精識古書畫購搨名

賢畫像及金石書刻不厭勤劇歷官三十年家無餘貲死之日惟書數千卷而已若修輯蘇州志若干卷藏于家烏乎公以用世之才而仕不究其用年不副其德惜哉林少公十餘歲往來相知逾二十年晚復同官太僕公致政歸林以病告同舟南下由三茅歷張公洞相從甚樂方恃公居吳可以時請益也不謂遂爾謝去遺孤羸然遠近弔者莫不咨嗟流涕少傅宜興徐公自京師遺賻尤厚卹其家而大夫士之稔公者視殮及葬戀戀不忍棄置烏乎豈公有勢与力致之哉銘曰

于公之德直唯自持侃侃廷論不怵

于戚公之文章亦如其行或嚴其辞惟許之慎内録
皇言出署郎曹表長令節以莫不優太僕稍迁在公
晚歲回翔唯順復不難退挺然偉人言貌惟宣少也
師古老而弥堅孰不自見公滅其跡匪事之迂其見
之特国之令人鄉邦之師誰不云亡公餘吾思

李應禎太僕之墓在薦福山九龍隝

劉完菴墓志銘　　祝顥

烏乎人情莫悲于生别而老尤甚古有是言也盖暮
景之人悲感易集于其親知生别且然而况与之永
訣者乎則吾于完菴之殁何如其情也頋嘗有詩哭

之矣幽堂之石尚忍銘諸然念其諸孤懇懇辭弗獲已乃從錢君允言所述事狀書之公諱珏字廷美姓劉氏高祖山甫曾祖彥英以上家蘇之常熟梅林至其祖希仲號南溪者婿于長洲王氏始占籍為長洲人南溪生啟東號梅庄弘毅有謀善繼述闢產廣業延師教子家日裕而声日起遂長鄉賦為邑望族公之父也母吳氏大行人文華之妹有賢德公自幼秀穎出群天性孝友父疾晝夜侍左右湯液之奉浣滌之事皆親之母患疽吮之良愈女兄嫁周氏寡孤無依即養于家買田宅居之復為建白旌其門處弟壁

尤篤恩義宣德中郡守況伯律辟名家子爲從事召之公曰古者儒吏一途無藏否人抱全材隨其任使奚其擇今業詩書游庠校者爲儒執刀筆居公署者爲吏所入一殊而相去倍蓰吾寧屑就哉乃自上書乞從儒守嘉其志許之遂入邑庠脱畧故習一意于學甫三歲以葩經中鄉試升太學景泰三年除刑部浙江清吏司主事公以刑獄重任盟心自矢以父祖取號之義扁其居曰清白凡夤緣請謁一切謝之甫田丞其督運赴都侵漁不訾事覺就逮當公執訊亟以黄金二百兩託公所親朝士賂之公斥去置丞于

法居憂時隣邑無錫令其受賕繫獄知公与當道好
咨遣人齎白金五百兩求解公曰若欲雪主已而涴
我邪不亟去當執之于官其操行之潔大率如此而
周人之急成人之美則不少靳故凡平生所知後進
名士有處困約而莫能自振者公皆極力拯之百方
周旋務欲其成立因之以躋顯庸者有之其人德与
不德于公則未嘗少有德色置之齒頰間君子以是
長厚稱焉初　朝廷叙公年勞賜勅褒嘉授散官承
德郎推封其父如其官母為太安人妻安人鄉里榮
之天順間公起服至　京陞山西按察司僉事奉

敕提督屯田所至振風紀革奸弊群衛敬憚軍民畏爱之然公雖惓惓戎務而雅志不忘丘壑因奉　表入　朝上疏辭任既得請單車南還送者数千歸理舊業以營燕休之所于後圃輦石為山引流種樹築亭其上號小洞庭日与賓客故人相羊其中酒酣賦詩落筆如雨而尤工于畫頗自矜惜得其手蹟者皆為宝玩武功伯徐元玉才高當世少可其意者獨称與公贈之詩曰刘郎詩高畫亦高當代不獨称詩豪其見重若此郡邑大夫已下咸敬礼之歲行鄉飲則先書敦請必欲得公与席而詩壇文社搢紳逢掖亦

推讓之方期儀刑鄉邦而遽焉告逝成化壬辰二月初八日也距其生永樂庚寅正月十三日得年六十有三配高氏子男三正直高所出中貳室頎出皆娶名族孫男七傳傳保侃仲似餘未名孫女十一曾孫男二養女適戴淮卜今歲癸巳十二月初四日庚申葬公金鵝鄉紫字圩之原祔先兆也予与公前後登朝而聯官藩臬晚歸鄉里情好益篤其第去東郭一舍許每入城必過予咲談觴酌留連移時不忍舍去一日謂予曰吾始慕名節乃以節齋自號今欲以完菴易之何如予詰之公曰天完形于上地完質于下

而人受父天地完而生之宜完而歸之其不然者
自斵喪耳吾無似幼而孝壯而行老而歸身名事業
庶幾完全而無虧如玉反璞以全其真完而稱之不
亦可乎予以其言有見蓋晚年益進高遠未易量也
今而已矣悲夫銘曰　烏乎完菴素尚名節行高四
知藝精三絕鍾鼎弗居泉石是娛衆方馳驅已獨舒
徐完璧收光韞櫝而藏我銘孔彰其亡不亡

劉珏僉事墓在金鵝鄉紫字圩之原

感楼賀君墓表　李東陽

姑蘇名勝地代不乏人仕而顯有勳績者不俟論一

時遺逸若東原杜君用嘉醒菴陳君孟賢味芝陳君永之感樓賀君美之輩予不能悉也數君者相繼淪沒賀君差少沒亦獨後予聞其人于吳春坊原博陳大理汝玉劉侍御與清黃進士日升君配王氏之葬嘗致書請予銘及君病其子懋輩復用治命遣人上京師徵銘原博原博而以墓表屬予予雖不預識君而君之屬我厚如此予亦不能負也君真確不浮善剖析事理尤精計慮每臧否古今人物皆有分別儀貌修古衣冠整潔恥與世俗士相涵為文疏達簡質不事鉤棘往往為騷人墨客所稱與郡大夫有所纂述亦

礼致之鄉黨後進執經請業者甚衆嘗為無錫縣所薦以非本郡不應例而歸家貧初不免凍餒每有所入節不妄費中寢裕久乃益饒屋宇田壤具有成緒傭人佃夫各効厥職然跡其所為計銖兩明當未嘗贏取過致雖出納酬酢不廢觴咏蓋于此有餘力焉子恩以易李舉南畿鄉試第一已有名益教之不厭未嘗挾以夸人家既盛大訓子孫每奉貧賤時事或以故物示之曰今已陪此毋忘也然拯窮赴急義所在則亟為之有弟庸遇之殊厚教其二子意愈若已出又有族人在湖南亦取而鞠之其他所為悉称是

烏乎自薦舉法行有司每歲為條格以杜私倖蓋于
勢有不得不然也有如君者頗以例格之不得一
命以致法固使然邪予方有感于斯因叙君事俾表
于其鄉與諸君並傳焉君諱甫美之其字始號恥軒
後更號感樓人称為感樓先生其先自蜀徙蘇之吳
縣大父大理評事諱賢嘗為江陰訓導僑居江陰考
諱宗振娶薛氏及君壯始還吳遂定業云子四慈恩
息應ゝ早世女一適沈堂孫五牧收放政教孫女及
曾孫各一君生于永樂乙未二月二十一日葬吳縣
先墓其地曰胥臺鄉黄山之原以王氏祔君遺使時

卷四十二　十五

病已劇，尚未屬纊故虗其卒葬屬慈補書之其卒以弘治庚戌十二月十一日葬以明年九月二十四日壽七十有六奉議大夫左春坊左庶子兼翰林院侍講學士經筵官兼修國史長沙李東陽撰并篆額奉議大夫大理寺丞同郡陳璚書 其墓志乃吳寬撰

解元賀君墓志銘 吳寬

始君自吳中来就試京師其狀貌羸然望之可驚予掃一室使治其病数日病轉劇則爲書報其家其兄慈冀得一見也不一月疾馳四千里而来則君已死矣且死神思愈清謂予曰吾不可執筆爲吾書所以

告吾父者予諾之柢夜促書已具頌其子放姪收曰其善藏之頃之脩然而逝烏乎惜哉君諱恩字其榮姓賀氏其先蜀人也後徙于吳曾祖公宣大理寺評事祖宗振父美之皆儒業不仕母曰王氏自君為童子時用其父教力學不少懈既游郡校治易得其義而止未嘗曲為之説下筆平易謹密皆可誦也成化四年舉于鄉第一明年例試礼部以病不果後凡三試輒屈然其業益精名益完嘗入太學祭酒司業期待者甚至与同舍生講業皆推讓之以為不可及家居學者爭集其門終日懇〻不厭指教去而取科第者

凡君于人遂以易師称吴中人爲喜辯説是非無所狥于人人以其中無他也亦無怨惡之者至其事父兄孝友教子弟嚴而有法其可称者多矣君初以兄之子放爲子後得子曰政女一人皆幼其娶吴氏也生于正統己未七月十二日卒于成化癸卯十月三日年四十五其兄慈載其柩將以明年十月三日還葬于吴縣胥臺鄉黄山之先塋予固与君亨者不能無一言以相其役也竊觀君之死公卿大夫雖不識君者皆惜之其識者尤悲悼之所以得此于人者非以君宜有爵位而不及致故也然彼徒有之

者而人方幸其死則人寧得乎此邪得乎爵位邪況彼亦終死而同歸于盡邪因書此以慰其父兄子弟之哀亦以自慰云爾為之銘曰

抱美玉兮來售歷長路兮止息方握手兮勞苦倏舍予兮誰即形慘慘兮魂茫茫藐藐稚兮在吾側豈乘風而反旆戀吳山以為宅嗟死者之紛紛奚名譽之籍籍繼好修而有文宛其人兮如存才可用兮自致命在天兮嘗聞君繼安此兮無怨見臨絕之云云竊獨怪其不瞑豈平生乖願乎榮親命無往而不在安斯壙兮尚永閱乎千載

賀甫感樓及其子解元恩墓在黄山

河南陽武縣儒學訓導陳先生墓表

吴寛

先生姓陳氏其先来自永喜在宋有諱文驥者仕蘇州茶鹽常平幹辦公事始留居長洲文驥生子榮元汾水縣儒學教諭子榮生天祐天祐生元善俱平江路醫學正元善生希武希武生孟敷孟敷生良紹俱不仕而業醫不絶良紹娶韓氏太醫院判公達之女再娶王氏翰林侍講汝嘉之女先生則韓出也諱頎字永之少孤鞠于繼母而孝于舅氏福州教授王應

良通春秋景泰元年以邑學生中應天府鄉試明年會試中副榜授湖州府學訓導丁母憂服闋改荆州祖母喪承重服闋改武陽先生精于經義用以教人日必坐齋舍懇懇講説及爲程文指授有法而持行清純雖不必嚴立教條人多感化之者每各省鄉試爭聘校文嘗獨赴江西得士爲多在武陽時巡按御史會兩司考察校官推先生爲列郡之最因留署開封學事以先生宜遂教授也章三上舉之不報然亦非先生所望也先生狀貌癯然早衰年近五十五即懇請致仕兩司知其志堅不可奪咸作詩送之而諸

生留之不得尤以爲恨蓋自湖州去任已然先生爲人外若和易中寔剛介有守事小有非義毅然不肯爲尤號廉潔湖州發地得奇石或謂可載歸爲玩先生曰此固非吾家物也卒弃不取初至荆州太守錢公先生故人也知先生貧贈官一馬以便出入他日納還之公言其可受故先生曰受則傷廉且亦爲公污竟謝却舉子有懷金以希幸進者斥逐不容見或賺其幣去家人覺之則曰吾固使取之也其德之厚又如此性孝友推之以待宗族歡然也能擇交而篤于信義久而不變其爲文章平寔温雅詩亦清切無

浪語所著述有之京等録若干巻其曰味芝居士集
者則從其别號而名之也陳既醫家先生少則通其
業治病多驗及老而家居亦資以自給然不若世俗
之医之計利也其娶湯氏繼周氏朱氏子男二長康
甫次欽甫先卒孫男二夢得桂孫女六先生以成化
十九年八月二十五日卒享年七十明年四月十七
日葬于吴縣高景山之原後三年康甫使人持其叔
父顒所撰行寔請予表墓予獲交于先生聞先生之
歿方悼惜無已豈敢以不文之言辭惟先生言行卓
然吴人皆知之何待于表而後著將以是爲康甫復

然念予雖知之久而人或不知故卒書之後有修郡志者按而列于人物之類庶先生之名傳之愈遠又非區區金石所能及也

陳頎訓導墓在高景山

前朝列大夫國子祭酒陳公墓志銘

吴寬

今上之五年擢國子祭酒邢公爲礼部侍郎而以翰林侍讀學士陳公代之公上疏辭不獲則就職一時僚屬生徒皆自以爲得人公爲人師莊重簡默于條教重改更特持成規御人度使可守而已至簿書錢

穀之事一付主者務攬大綱不瑣瑣問出入曰吾職不在是也故事國子師生月給錢若干為飲食費然以事去不及給者則貯為公錢用之蓋更數祭酒皆然至邢公繼之頗以法繩人人始有怨言及既擢去咸欲誣其以公錢入己者且及公公置之殊不以為意事遂上聞詔大臣襍治邢公對簿力辨公嘆曰吾官至國子師尊嚴矣安能對刀筆吏掉口舌予不吐一詞竟服時遣有從中醞釀之者獄詞上備皆坐除名于是諸生數百人詣闕上章為公訴誣枉不報士論寃之其有志世道者則以朝廷一旦辱二

大臣去之如反手又爲國体惜之也公既免官家居言笑如昨日将治裝南還不幸而疾作矣遂以七年九月乙酉卒于崇文街里第年五十七夫人錢氏護柩帰葬吴縣伏龍山之先塋寔九年二月壬申也公諱鑑字緝熙世本嘉興商氏元季之乱曽大父賓避地長洲之周庄冐氏陳大父諱某父諱潤贈翰林編修公生方幼稚編修君謫戍益州道京師遺公故人范叔瓚瓚家稍長去從王太卿一居爲老氏學非其志也然公少少有高質窮好儒家言能通其說下筆爲文章輙有奇氣他日以事如浙東市書盈篚而帰晝夜

誦習卒弃其斈而歸于儒以其餘力治進士業正統
九年中順天府鄉試第二人明年礼部中乙榜不就
入國子為李文忠公弟子文名益起忠文奇之十三
年中會試十八人廷試擢第一甲第二人授翰林編
修景泰元年代祀北鎮醫巫閭山还充經筵講官七
年遷修撰　英宗復位奉使朝鮮天順四年同考試
礼部明年預修大明一統志尋選充　東宮講官六
年主順天府鄉試丁母太孺人沈氏憂服除遷侍讀
修　英宗寔録成進侍讀學士成化四年主應天府
鄉試明年奉　詔教翰林院庶吉士未幾國子之命

下矣公為人容貌岸然望之若不可親及就而聆其言論藹如也人有善喜為之称道其不善者亦疾之如仇故卒以此得禍少罹患難家室蕩然能以孱弱自樹立及登第得官而編修君歿戍所久矣聞因東使代祀便道函其父骨歸而逆母太孺人養之于官既而得　旨賜歸葬其父于鄉母子同入里門卒完其家室而加光大之人以為難公事太孺人孝而盡礼太孺人卒居喪三年不食肉不內處不酬應文事時　朝廷方修寔録嚴有　詔起公公上章求終制不允章再上懇求允之平居無声色之好、止藏書并古書画器物而已朝鮮嘗因公来使以妓女侍公詩却之夷人敬歎至板刻其投贈諸詩行于国中其為文才贍而氣完所著號方菴集凡若干巻善筆札至臨模古人真跡殆不可辨配錢氏封孺人賢而有内助功公無子　弟之子淶先卒三女長適湯璧次適范輪次許適丘某而夭孫男一人曰柢公之葬蘇守鄱陽丘侯時雍寔經紀之而墓銘須未之刻寛則有罪焉盖寛少遊于公之門不　不肖每与進之今幸竊科第入翰林而公既不見則聞公之葬独無一言以下慰于九泉乎為之銘曰　得喪糾紛有萬其

卷四十二　廿二

状自我得之或以人喪我力可為人不可知終爲面
目求無靦而公則其人進退自遣公議未忘則我籍
籍此冤可置彼惜孔多歸全一丘其如公何
陳鑑祭酒墓在伏龍山

王葦菴處士墓表　吴寬

長洲之野有隱居讀書曰王葦菴處士其諱錡字元
禹葦菴其自號也家世力農吴人因其所居称荻扁
王氏處士自少軒然出群從中長孟好李自經傳百
氏務徧覽尤熟于史凡先代是非特善記憶而已考
其得失善惡以求其興衰之故自謂不易其言對客

談辨輙觸忤人惟其性剛直以爲言衝于口不能茹雖致人怒亦不暇恤平生有所見聞既筆之不顧忌諱號寓圃雜記蓋處士好從先生長者游又婦翁爲刘草窓草窓一代詩人也居京師愽斈多識故處士得其議論尤多宅臨湖　弥望皆田園而堂宇静深間以嘉樹窅如也性不飲酒客至必欵曲時出諧語以爲樂或放扁舟出没烟汀渚月間往往賦詩寄興一日詣毘陵訪親友頋上錫麓入荆溪遇山水佳處輙盤桓逾時已而徑歸忘其所訪者其高致如此處士生六歲喪其父廷用賴母滕氏守節以教滕氏固

賢母處士事之四十年未嘗一日去左右其孝足称
也友其弟鉦、卒撫其諸子家屢遭火厄故居蕩然卒
尽力营置以復王氏所以不墜者處士之力也弘治
十二年十月晦處士以疾卒享年六十八葬有日其
二子淶汶遣人乞表墓之詞而以事行一編同至予
少識王氏昆仲後皆物故數年前獨見處士與其從
弟陳留令抑夫歸然存耳淶復与予從子奕相好因
以此見委夫惟有世契則處士為人豈待此一編而
後知耶噫望蘇臺之白雲瞻茂苑之喬木故家舊俗
犹有存者獨清逸之士所謂歸然者今復不得見矣

因為慨然傷嘆書此以著處士之隱節且以識予之感云尔

王錡處士墓未詳

宿田翁生壙志　吳寬

成化丙午翁年六十有六曰吾老矣一旦即病不起何如盍預備所以藏吾身者于是治棺、成又曰盍預備所以藏吾棺者于是治壙、成又曰他日子孫必求志吾墓者其或失之誣乎則以書來京師請于予曰吾故韓氏孤童也昔先祖院判府君遺命祖妣倪安人俾為伯父府君後時既幼無知識賴先母張孺人撫育之如己生而叔父府君更憐之稍長則爲擇配以家世業醫也命從〻兄梅窓先生李早夜肄習亦既勤矣蓋吾之于醫雖不能過人然治病未嘗不盡吾心或不可治雖有厚利直謝却之使更他醫而已惟吾性稟介直与世多忤故兩以医薦皆沮于人且愚不逆詐至于囊橐枵然此皆區〻置之不足道也独念吾母張孺人守節歲久嘗言于有司蒙恩旌表以少酬所以撫育吾者他如修祠堂必謹祀事以奉先世置墓田必立條約以示后人此則不敢不勉焉者今而且老惟上下山水与名人勝士杯酒

咏嘯以韋布終其身焉吾有子曰金曩嘗侍外舅張
御醫先生于京師先生高于醫者得盡傳其秘爲
者薦授崇王府良医而吾晚年卒賴其禄養此又爲
吾入粟賑飢有章服之榮此固非吾所望然念其孝
不忍違也吾娶張氏能守婦道不幸先卒有子四人
長即金次鋆次鎣次鏊鏊庶出也女六人孫男若干
人女若干人張氏卒時以先墓在城西者隘始卜葬
雅宜山鳳字號而虛其右以俟吾今所治壙即其地
也吾平生大畧如此惟托斯文之雅及吾生存以一
言記之幸甚予與翁别又數年矣嘗見其年壯氣盛

卷四十二　廿五

時好面折人過論事侃侃無所畏忌及漸老癯然一
醫更謹厚靜默可親今得其書其言真率不妄如此
視彼好自誇詡而考其行無一副者豈不賢甚矣哉
于是志之韓之先出安陽爲宋魏國忠獻王之裔世
有顯者至　國初有曰復陽先生始精于醫傳其子
曰公望隱居不仕曰公茂公達並以醫事　大宋文
皇帝最見寵遇公達生三子曰伯濟伯廣伯尚廣娶
喻氏生翁而爲伯濟後伯尚寔教而成立之其名襄
字克贊宿田其別號也以永樂辛丑十月九日生壙
成于丙午某月某日明年七月十日志

韓襄宿田墓未詳

南京太醫院判周君墓表　吳寛

弘治二年二月辛亥原已院判卒于南京後二十日訃至士大夫凡識原已者咨嗟之声相屬至有垂涕者其不識者問知原已為人亦曰是宜悼惜者之多也當其病甚亟欲帰吳中一見父老竟不及行而卒于是其友李貞伯為治殮具後五日子壻陳鍵扶柩至家又七月將葬于吳縣沙涇村以宜有文表其墓也陳玉汝則請于予烏乎予与原已有交親之好非淺其文豈待請邪第有不忍為者然度原已望我者

在此乃卒書之原已初名經更名京後又更名庚號菊田幼即穎異從塾師學書落筆有法而詩則得于舅氏閭丘賓用之教爲多迨長益好斈每夜五鼓輒起誦習居諸生中如無能人及見其述作知其所蓄充然也家本業醫不欲以醫名然醫亦無所不通又閭巷之士爭爲舉子業多取科第頗獨向古斈殊無羨慕意蓋將隱居養親以終其身知其才者則謂原已當自見于世無可泯焉一日太醫院奏下吳中徵醫士數輩中有原已名非所望也時太守丘公方請修郡志原已始乞入斈就弟子列冀免不可得被廹

遺上京人知其為儒醫也尤敬重之未幾選入禁中典御藥及數以醫驗始獲授御醫居數年以父母益老無兄弟侍養戀思無已遷南京缺掌院事者衆推之乃擢院判以往至則公署久壞醫徒散逸空廨數間而已原已慨然欲復舊規修葺一新藥餌畢具初其下習為縱弛多怨言既久見其無私始皆嘆服無敢弗執役者原已為人慎密清雅狀貌癯然視之如懦夫中寔剛介不隨其擢居南京官亦美矣一旦意有不樂即欲引去人力勸之而止之平生動作不苟雖簡札細事未嘗草率性喜為詩與知已者酒間賦

咏終久不倦其摘抉古事叙述人情平寔深秀語多絕俗每為詞林諸公称賞其自處歉然不以為能也然与之交者則慕其賢非但以詩况醫乎哉其醫既為餘事至視人疾用藥尤謹不取其効故獲生者甚多亦不自以為能周之先鄢陵人也從宋南迁有為鈐轄使守嘉定者子孫遂為吳人自宋歷元代為醫官高祖曰繼周　國初光澤縣李訓導曾祖輔治春秋能詩不仕祖昂尤深于医父南承其業而名益著以原已貴封院判母閭丘氏封安人原已初娶陳其女再娶太常寺丞顧本女封贈並安人一女陳出壻

即陳鍵其卒也年甫四十七烏乎世未有不死者死而可悲有如原已者乎蓋非特以不壽以無子嗣續耳雖然古之賢者或夭或無子若其父母皆老而哀相視煢煢則生者既無托然後知死者之可悲也其可慰者死而無所望于人而致人爭惜之其名彰彰于世身歿而若存家斷而若續他人何以及此蓋繫乎天者無如之何亦惟求其得乎人者而已百世之下有知原已葬于是者尚相與護其墓也哉

同庚院判墓

福建提刑按察司陳公墓表　吳寬

宣宗章皇帝之臨御也知人善任小大之臣各當其才廣事既康四海益治時則有若監察御史陳公祚出巡江南乃獨爲　聖學之慮具疏馳奏大畧謂帝王之學先于明理明理在于讀書蓋聖學嘉言善行載在典籍皆足以爲後世師法若非素加講習則于理未盡明雖有生知之質高世之見欲其行事之悉合于道者鮮矣今　陛下備有聖德惜經筵之典未甚興舉講學之功少有程度故所講者雖得于此或未得于彼雖知其一或未知其二而于聖賢精微之蘊古今治亂之由豈能周知而洞察乎然而所謂學

尤貴乎知要知要則事功易成而効可得惟宋儒真德秀大學衍義一書其言明白懇切凡聖賢之格言古今之寔跡無所不載　陛下欲致太平舍此書不可須于　視朝之暇命儒臣講説非有大故不可間歇使知孰謂道義之可遵孰謂嗜欲之可節孰謂忠賢之可親孰謂奸邪之可遠孰謂民利之可興孰謂民害之可革古今君何而治君何而亂政事君何而得君何而失必能開廣聰明增光德業而忠賢以道義輔德者愈見于信任邪佞以奇巧蕩心者自見于疎遠天下之民受福無窮矣　上覽公奏已有以嗜

欲邪佞有所指若疑焉他日以問侍臣皆叩首為婉
辭以對且謂祚緣于忠愛所發無他也　上意稍解
先是有　旨械公赴京并籍其家比至竟不忍加刑
特繫之獄　英宗即位察公忠直復其官尽還其家
屬云公諱祚字永錫世家于吳曾祖翠山祖正父子
敬母顧氏幼即不群弱冠補郡庠生永樂初　詔修
大典以善書預選非其志也明年遂以春秋領鄉薦
又二年登進士第入翰林為庶吉士時方重進士科
即拜河南右參議為政持大体惠愛在民嘗与按察
司交章言事謫均州太和山佃戸至則躬自耕作其

劳苦有人所不堪者而處之裕如同謫士大夫遣子弟從受經一為講說不倦凡十年　仁宗即位念謫者才多可用　詔吏部選起之公在選中遭　上晏駕不果用　宣宗初年仍命憲臣即均州郡試之公策第一吏部覆試復第一特擢山西道御史公在言路愈自激厲一時彈劾權貴為之斂跡出巡福建糾貪黜庸自方岳而下不少假借所至尤卹民隱福州屬縣民苦上官和買破產不足供公廉知其弊即日禁止民大称快歲滿還朝奏開白塔河漕粟事宜悉見施行未久河就湮塞劾督功役者受瓜洲人賂不

深疏浚所致　上雖曲宥其人而在　廷多公直既
乃有江西之行而繫獄者幾五年始獲復官再巡湖
廣風力愈勁部下肅然既而言遼王不法事　上怒
甚復械赴京論死未幾言竟驗卒直公原之因改南
京雲南道益務建明戶部侍郎吳璽奏奔主事吳悅
悅有過法不得舉璽被劾鞫獄者因以私恨附致其
罪悅亦不勝考訊而死公嘆曰獄重事也法司故為
深刻乃尔今災沴荐臻職此之由乞坐其人以亂變
成法罪大理官依阿宜并罪之奏可以犯在赦前幸
皆不坐仍　敕天下法司一遵律斷當以徇私深文

為戒秩滿用大臣薦擢僉福建按察司事閩人素知
公至是相戒不敢犯法諸軍衛屬民者公痛繩之民
益安焉分巡興化漳泉等郡郡舊多神祠為考其建
置之由諸不載祀典与非古節義繫名教者悉除毁
之其庙學壇宇出官帑一新民不知劳衆為紀功于
石久之寇起沙尤諸郡騷然時公移疾不出刑部侍
郎薛希璉巡撫閩中知公賢且習閩事強起公為力
疾視事者數月閩既無警辭曰某自早歲即涉仕途
雖庸陋無補苟有所見不敢不盡今年幾七十且病
無能為矣因數請致仕時同官以寇起皆貶斥去公

獨得請而歸閩人雖不忍公去而亦爲榮之公既歸
自號退翁杜門却掃日惟以訂經籍立家法爲事蓋
年七十五而終景泰七年二月癸丑也以是年十二
月庚申葬于吳山桃花塢之原配夫人王氏子男一
曰寧缺新野王府教授女二長適
次適太常少卿凌信孫男三曰懷曰悅曰怡悅郡庠
生女一適曹鎬曾孫男三女二公爲人風神整峻音
吐剛厲平生雖疾惡少容然居官遇賢能吏輒薦舉
之尤號有識鑒出巡時兩値鄉試如湘陰魯文蒲陽
柯潛輩公監臨得不枉抑後皆知名于世若其他事

死之孝治家之礼臨財之義爲李之勤蓋終其身如
一日者其詳　国有志家有傳墓銘可以考見寬獨
循教授君之請按中書舍人李君應禎之狀節其事
行之大畧表于墓道而復系之曰烏乎公乎古之遺
直也其忠誠激發与唐刘去華等而攷其前後殆有
甚難者蓋方脱均州之謫士之厭窮阨者莫不縮首
卷舌退藏于後以自全能復進言已难矣况言之所
指隐然時槩以取必死之禍是固尤難也幸其出一
生于九死雖古之好奇節者知所懲艾而　藩府之
疏不旋踵而入此不亦尤難矣乎夫去華之言雖剴

切止于一落第不耦公言若少緩其禍則大至其對之而氣愈壯摧之而節靡堅此可見其中卓然有得而非沽一時之名僥倖苟且以塞責者之所爲也孔子曰、邦有道危言危行柳下惠曰直道而事人公其有之翰林院修撰承務郎郡人吴寬撰

新野王鎮国將軍教授陳君墓志銘

河南開封府陽武縣學訓長洲陳頎撰

君諱曰寧字曰以道氏曰陳蘇之吴縣人也父曰祚仕受福建按察司僉事母曰王氏僉事公初由進士拜河南布政司參議君生于任所公以事落職謫居

均州太和山十年君從公口授孝經論語即能記誦不忘　宣宗即位起公為監察御史上疏請即經筵講明大學衍義用裨治道忤　上意拘繫獄詔併籍其家君在獄四年備嘗辛苦　英宗繼統復公官釋其家屬君始得從師授易經習舉子業〻成屢試鄉闈不第景泰初應經明行修之　詔授徽州歙縣儒學訓導歲丙子丁外艱天順庚辰改任真定武邑縣學未幾丁內艱甲申改順天之昌平成化己丑秩滿陞　唐府新野王鎮國將軍教授在任六年〻六十以致仕請　賜告歸〻四年以疾卒〻之明年葬于

吳縣之桃花塢僉事公墓次永樂丙申十一月二十二日君生卒以成化己亥九月四日葬則庚子三月十六日也妻曰徐氏子男三曰懷曰悅國子生有祖父風曰怡女素清適舉人曹鎬孫男三冠烱冕女二君長身脩髯動止莊重雖燕閒獨處亦欽欽自持群居則議論侃侃可否是非無所阿比戲謔之語不一出諸口淫哇褻嫚之音妖媚艷冶之色不接其耳目以誠愚自號晚益安于素履故又號曰靖菴君李熟易詩所為詩文皆以理勝不尚藻靡歷任三學教人有師法多所造就其為官臣盡心啟迪至于彝倫理

崇節儉尤極懇切　王深感歎而嘉納之君之將還留之不可得既還猶遣使存問于家君孝于二親居喪哀戚踰礼處群從兄弟極友愛嘗曰昔同患難今何敢忘臨終猶以為言其所存可見矣治家重礼法一遵僉事所定而奉行惟謹故其內自閨門以達于鄉党邦國無不感動焉人以僉事有後信哉將葬懷等以其門生王浩所為狀乞銘予知君者跡其平生与狀有合遂次第其行己而系之以銘銘曰　憲臺之節挫而弗折名奚可臧　王門善述不世其職而世其真辟雍復起將復其始悅予其竣

卷四十二　三四

故僉事陳公修墓記　　楊循吉

皇上龍飛弘治之元年覃恩海内凡古今名臣歿而有聞者　詔悉修治其墓于是吾鄉故福建僉事致仕陳公卒葬于吴山之下且三十年其孫太學生悦以其平生履歷白諸有司應詔如例衆言僉同且稽之　大明一統志而公忠義事具在列事遂施行其二年三月墓成孤賢既逝塋寢再光　明天子之賜及于幽淪若是其大也公永樂中以進士拜河南叅議流謫十載復起爲御史有直声累以言事被罪瀕死卒不变逮事四朝皆得蹇蹇匪躬之道孔子之所

謂剛者公為得之夫旌賢表忠王者所以率天下之大政也公持官清苦葬之日掩穴而已遺孤奉家法守寒潛業無所增歲時上冢酒飯坏土取不缺為孝安暇致力于幽堂之飾耶故有狐狸荊棘穿鞠而不免使人過而涕之曰忠廉吏身後所得若此則孰肯相率而為善也仰惟　皇上始登大寶即下　明詔及茲事公得首先蒙被貴于泉壤豈惟子孫之榮將服官之士莫不踴躍思報惟恐不及焉悅感　上恩德不能忘因請刻石墓道誇示來世敢拜手而為之書云

陳祚僉事及其子寧教授墓在桃花隖弘治中詔修其墓事具楊循吉修墓記

貴州按察司副使陳公墓志銘　王鏊

弘治十七年六月二日前貴州按察司副使陳公卒十月四日辛酉葬吴山之上金原壽六十有六初公按江西有李都御史者与民争水利積数十年無敢决公曰吾請决之盡以其地帰之民李嗛之未發也久之公遷貴州時李爲吏部考察見公名曰是陳某邪即泚筆抹去之物論譁然宣慰使宋然率軍民抗疏留之不報公罷帰吴中家具蕭然至鬻書自給有

司援天順　詔例歲給米五石日与學者講解經義有感觸輒發于詩佔畢呻吟病咯血吟猶不止竟卒

君諱琦字粹之大父諱某考諱茂封奉政大夫江西按察司僉事陳之先本吳人以醫辟居京師公少占順天鄉試成化丙戌登進士授南京大理寺副歷寺正江西按察僉事貴州按察副使公在官累辨疑獄廬陵有儒生夜過里人胡甲被殺官執胡〻自誣服公曰豈有殺人而自置于門者訊之則儒生有仇知其夜遻胡也殺之胡得釋劇盜數十人為害白晝摽掠無禁公出令獲一人者賞若干縱其首厚遇之乃

得悉其巢穴掩捕立尽清戎御史大璫酷虐蔓引平
民公爭之不得乃出理所分道民悉自首寔御史誣
執二百餘家悉縱歸農比御史去民手瓦石胥擊之
而爲歌謡以頌公公所至興學獎士見韋素有文行
折節下之負权勢者視之如無竟以是罷娶吳氏繼
邢氏子男年始十二女適烏程縣學生嚴統銘曰（
噫嘻泠蒼唯義之耽惠文峇峇孔允且直官詘名根
孰云我貧我貧我安講道以哦烏乎逝矣傷如之何）

陳琦副使墓在吳山上金原

通議大夫南京都察院左副都御史陳公墓

志銘　　王鏊

弘治乙丑冬南京都察院左副都御史陳公致仕歸吳明年正德元年九月十日卒于家又明年其子鎡來京因請予誌其墓烏乎往年吳文定公不祿今茲公又逝平生交遊存者其幾其尚忍銘之耶其尚忍不銘耶公諱璚字玉汝世家長洲之陳湖大父諱子富考諱孟善皆贈通議大夫南京都察院左副都御史祖妣吳氏母錢氏累贈淑人公積官自翰林庶吉士授兵科給事中歷刑科左給事中大理寺左右寺丞左右少卿南京都察院左僉都御史左副都御

史階通議大夫嘗以給事閱寔湖貴邊儲以少卿出按湖藩刑獄以都御史檢　周府莊田又按　吉府獄事前後董舟師于江上享年六十有七墓在隆池山之原葬之日為丁卯歲十二月三日配嚴氏封淑人子男四鎡鑰鍵鏌女二孫八濤淳津汸渼泓洵洒曾孫四公体貌修整不數吳産少入郡庠生已頎然出其輩類成化戊子占應天解額戊戌今少師李公同考會試得其文知其為奇士也置之高等遂被選為庶吉士時文定公在翰林院声称藉甚公初与同席研遂屈己師之相与劘切為古文詞公質若重遲

而思致獨遠不肎為尋常熟爛語始務奇倔卒造平淡時輩推之為言官隨事獻納務持大体不沽激訐名妖僧继曉事覺法司當以常刑公言先王之制為奇技淫巧以蕩　上心者殺法司當非是于是曉竟坐弃市尚書何喬新等皆被詰責待罪有中官博近臣于殿陛間公劾之兩皆坐黜又劾寧陽侯陳輔諸不法事卒奪其爵在大理以儒術飭吏事平反唯允初　周府庄田与民田相淆累歲爭不決時河南諸當道意在民也公往履畝其寔以　聞詔歸之府于是始忤當道意其董舟師也遣劇賊施天泰出沒海

上大肆剽掠東南騷動公引兵會魏、都御史紳于海口賊已欲氣仍諭以　朝廷威信向背禍福賊遂挺身來歸東南晏然衆方多其功久之海上餘孽復相煽動言者乃咎公与魏不當受其降會　今上初言路大開言者紛然犹尚以當道故也公不辨遂引疾乞致仕　詔許馳傳以歸明年卽其家　賜緋袍白金以平賊功云烏乎公之檢田也所持者衆其受降也所存者信而每不爲議者所与夫衆与信非所獲罪也公又何慊乎其亡命而已矣于人何尤焉銘曰誰謂吳遠而多文學公在諫垣其儀濯濯乃平邦刑

乃持邦憲出入踐更吏以儒緣世方疾驅吾獨委蛇吾自吾信嘵嘵則那退處而休孰怨以尤琢詞玄石以昭于幽

吳都文粹續集卷四十二

《蘇州全書》編纂出版委員會 編

·吳都文粹續集

蘇州全書

甲編

古吳軒出版社
蘇州大學出版社

吳都文粹續集卷四十三

長洲人錢穀叔寶編集

墳墓

明中憲大夫太僕寺少卿致仕都公墓志銘

中順大夫直隸徽州府知府天水胡纘宗撰

吳有大雅君子博物洽聞砥節礪行淵澂玉潔蔚爲醇儒蓋都公其人也公諱穆字玄敬仕爲礼部主客司郎中年五十有四即上書乞骸骨歸許之加太僕寺少卿致仕維時京師士大夫見公之歸無留資於橐無田廬園墅於鄉蕭然戒行視棄官爵如吐唾無

毫髮顧藉心爭挽之不得莫不交歎以為公真賢遠
於人歸而致苦食淡寢臥圖籍與相婆娑嬉遊屏車
斥騶掃迹公門以著書為業或放逐山水冥搜遐寄
如是者十餘年嘉靖壬午以撫臣薦進階中憲大夫
又三年年六十有七卒實嘉靖乙酉九月二十二日
其子元翁等以卜卒之年十二月六日葬公花園山
纘宗屬守吳得與其凡役事而又屬之以銘重以工
部主事伍君疇中之狀乃不獲辭而為之志曰都氏
之先為丹陽人有遠祖稱丹陽先生者仕宋為尚書
吏部郎中由丹陽徙蘇居吳縣南濠里曾大父文言

大父彦和父印封工部都水司主事母朱氏贈安人
公七歲能詩及長不習章句泛濫群籍杜門篤學者
幾二十年屢空晏如絕意進取名聲大噪吳下巡撫
都御史何公某提學御史林公某忻其名強之應舉
公乃出以是秋乙卯領應天鄉薦己未第進士甲子
拜工部分理器皿廠廠事故旁午多靡費公則鳩匠
會計大小龜縮惟其舊有不便輒弛去匹馬入廨自
齎米蔬廠人掘地得金貯之庫吏有私請者公斥之
曰若曹何敢污我已而巡視京城浚渠繕壘事咸集
丙寅改南京兵部武庫司廉幹如工部日辛未復官

工部陞虞衡司署員外郎壬申乃進礼部職主客諸夷入貢使者充館公柔遠有道國體以尊慶陽王妃應冊封公副崇信伯費公某往使之贐以腆幣拒弗受便道躡終南嶺尋遇首陽登華嵩兩山抵少林濯温泉轉入王屋以及三山砥柱龍門伊闕囊括其勝洩之歌詩尚詳而返公性友愛養孀妹撫孤甥恤幼弟皇皇如不及文祖韓歐詩宗陶孟尤長於纂述故郡人稱為南濠先生其行於世者曰南濠文跋南濠詩話玉壺氷聽雨紀談藏于家者曰南濠詩略文略賓話史外類鈔周易考異金薤琳琅云距其生

為某年某月某日配徐氏封安人子男二元翁先卒次翁俱府學生女二嫁太倉州學生陸之箕太學生陸采孫一曰祖齡維公束髮好修舊師古人完德邃學星列海内受知　兩朝贈馳有赫風流儀矩興懷後賢雖老扵食貧不可謂不遇也是宜銘銘曰

群鳥争擊鵷雛乃騫炳其五色羽儀翩翻覽德而下終息丘樊嬌嬌太僕光耀璵璠蟬蛻污濁霞舉雲掀瀸精吐靈綜古立言飲水飯蔬清風洒然代有作者興懷文園

都穆少卿墓在花園山

唐子畏墓志并銘

祝允明

子畏死余為歌詩往哭之慟將葬其弟子重請為銘子畏余肺腑友微子重且銘之子畏性絕穎利度越千士世所謂穎者數歲能為科舉文字童髫中科第一日四海驚稱之子畏不然幼讀書不識門外街陌其中屹屹有一日千里氣不或友一人余訪之再亦不答一旦以二章投予禁特之志錚然余亦報以詩勸其少加弘舒言萬物轉細未聞華峰可建都轉高聚惟天極峻且無外故為萬物宗子畏始肯可久乃大契然一意望古豪傑殊不屑事塲屋其父德廣賈

業而士行將用子畏起家致舉業師教子畏〻不違父盲德廣嘗語人此兒必成名殆難成家乎父歿子畏猶落〻一日余謂曰子欲成先志當且事時業若必從己願便可褫襴幞燒科策今徒籍名泮廬自不接其册子則取舍奈何子畏曰諾明年當大比吾試捐一年力為之若弗集一擲之耳即墐户絶交往亦不覓時輩講習取前所治毛氏詩與所謂四書者繙討擬議祇求合時義戊午試應天府録為第一人已未往會試時傍有郡富家子亦已舉于鄉師慕子畏載與俱北既入試二場後有仇富子者抨于朝言與

主司有私并連子畏——詔馳敕礼闈令此主司不得閲卷亟捕冨子及子畏付詔獄逮主司出同訊于廷冨子既承子畏不復辨與同罰黜掾于浙藩歸而不往或勸少貶異時亦不失一命子畏大笑竟不行放浪形跡翩翩遠遊扁舟獨邁祝融匡廬天台武夷觀海於東南浮洞庭彭蠡蹔歸將復踏四方得疾久少瘉稍治舊緒其學務窮研造化玄蘊象數等究律歷求揚馬玄虛邵氏聲音之理而贊訂之旁及風鳥壬遁太乙出入天人之間將為一家學未及成章而歿其於應世文字歌詩不甚措意謂後世不取在是

見我一斑而已矣奇趣時發或寄於畫下筆輙追唐宋名匠既復為人請乞煩雜不休遂亦不及精諦且已四方慕之無貴賤貧富日詣門求索文辭詩畫子畏隨應之而不必盡所至大率興寄遐邈不以一時毀譽重輕為趣舍子畏臨事果事多全大節即少不合不問故知者誠愛寶之若異玉珍貝王文恪公最慎予可知之最深重不知者亦莫不歆其才望而媢疾者先後有之子畏糞土財貨或飲其惠諱且矯槩其菑更下之石亦其得罪之由也桂伐漆伐漆割害雋戕特塵土物態亦何傷于子畏余傷子畏不以是

氣化英靈大畧數百歲一發鍾於人子畏得之一旦已矣此其痛宜如何置有過人之傑人不歆而更毀有高世之才世不用而更擯此其冤宜如何已子畏為文或麗或澹或精或泛無常態不肯為鍜煉功奇思常多而不盡用其詩初喜穠麗既又放白氏務達情性而語終璀璨佳者多與古合嘗乞夢仙游九鯉神夢惠之墨一擔蓋終以文業傳爲唐氏世吳人居吳趨里子畏母丘氏以成化六年二月初四日生子畏歲舍庚寅名之曰寅初字伯虎更子畏卒嘉靖癸未十二月二日得年五十四配徐繼沈生一女許王

氏國士履吉之子墓在橫塘王家村子畏罹禍後歸心佛氏自號六如取四句偈旨治圃舍北桃花塢日般飲其中客来便共飲去不問醉便頹寢子重名申亦佳士稱難弟兄也銘曰　穆天門兮夕開紛吾乘兮歸來睇桃夭兮故土回風衝兮蘭玉摧不兜率兮猶徘徊星辰上下兮雲雨漼椅桐輪囷兮稼無滞穟孔習錯璨兮金芝葳蕤碧丹淵涵兮人間望思

唐寅解元墓在橫塘王家村

徐昌國墓志　　王守仁

正德辛未二月太學博士徐昌國卒年三十三士大夫

聞而哭之者皆曰烏乎是何促也或曰孔門七十子顏子最好學而其年獨不永亦三十二而亡說者謂顏子最好學精力瘁焉夫顏雖竭吾才然終日如既愚不改其樂也此與世之謀聲利苦心焦勞患得患失遂〻終其身耗勞其神氣奚啻百倍而皆老死黃馘此何以辨哉天於美質何生之甚寡而壞之特速也夫鼯鼠以夜出涼風至而玄鳥逝豈非凡物之盛衰以時乎夫嘉苗難植而易槁芝榮不踰旬蔓艸雜而益繁鴟梟蝮遍天下而麟鳳之出閒世一覩焉高周以降清淑日澆而濁穢薰積天地之氣則有然矣

於昌國何疑焉始昌國與李夢陽何景明數子友相與砥礪於辭章既殫力精思傑然有立矣一日諷道書若有所得嘆曰敝精於無益而忘其軀之斃也可謂知乎巧詞以希俗而捐其親之遺也可謂仁乎於是習養生有道士自西南來昌國與語悅之遂究心玄虛蓋與世泊自謂長生可必正德庚午冬陽明王守仁至京師守仁故善數子而亦嘗沒溺於仙釋昌國喜馳往省與論攝形化氣之術當是時增城湛元明在坐與昌國言不協意沮去異日復來論如初守仁笑曰而不應因留宿曰吾受異人五金八石之秘

服之沖舉可得也子且謂何守仁復笑而不應廼曰吾隱黙吾昔而游心高玄塞兊歛華而靈袜是固斯亦去之競競於世遠矣而子猶余拒然何也守仁復笑而不應於是黙然者久之曰子以予為非邪抑又有所秘邪夫居有者不足以超無踐器者非所以融道吾將去知故而宅於埃壒之表子其語我乎守仁曰謂吾為有秘道固無形也謂吾謂子非子未吾是也雖然試言之夫去有以超無無將奚超矣外器以融道道器為偶矣而固未嘗超乎而固未嘗融乎夫盈虛消息皆命也纖巨內外皆性也隱微寂滅皆心

也存心知性順夫命而已矣而奚所趨舍於其間乎昌國首肯良久曰冲舉有諸守仁曰盡鳶之性者可以冲於天矣盡魚之性者可以泳於川矣曰然則有之曰盡人之性者可以知化育矣昌國俛而思蹶然而起曰命之矣吾且為萌甲吾且為流澌子其煦然屬我以陽春哉數日復來謝曰道果在是而奚以外求吾不遇子幾亡人矣然吾疾且作懼不足以致遠則何如守仁曰悸乎曰生寄也死歸也何悸津津然既有志於斯已而不見者踰月忽有人來訃昌國逝矣王湛二子馳往哭盡哀因商其家事其長子伯虬

言昌國垂歿整衽端坐託餘子容以後事子容泣昌國笑曰常事耳謂伯虬曰墓銘其請諸陽明氣益微以指畫伯虬掌作冥冥漠漠四字餘遂不可辨而神志不亂烏乎吾未竟吾說以時昌國之及而昌國乃止於是吾則憾焉臨沒之托又可負之昌國名禎卿世姑蘇人始舉進士為大理評事不能其職於是以親老求改便地為養當事者目為好異抑之已而降為五經博士故雖為京官數年卒不獲封其親以為憾所著有談藝錄古今詩文若干首然皆非其至者昌國之學凡三變而卒乃有志於道墓在虎丘西麓

銘曰

惜也昌國吾見其進未見其至早攻聲辭中乃謝棄脫淖垢濁修形煉氣守靜致虛恍若有際道幾朝聞遐夕先逝不足者命有餘者志琢之未琢豈方頑礪隱埋山澤有虹其氣後千百年曷考斯志

徐禎卿博士墓在虎丘西麓

彭寅甫墓志銘　文徵明

彭君寅甫以進士出知湖廣之公安便道過家戒其家人曰吾行服官政義不得顧家慎無以家溷我遂單車至縣縣屬荆南連江帶湖民貧而俗陋君披扶

道利悉意拊循稍以經術緣飾之誕章敷化朞年而治成然執道自信不復以文法自拘一時文法吏咸懵疾之而君不顧也會枝江盜發一夕斬關而入縣故無兵倉卒不能拒盜遂執君讐之以刃不屈摎其橐空無一錢乃舍去曰是廉官也然帑藏所有燒刼略盡矣—詔督捕定罪盜既得而贓鏹無獲法不得問而素疾君者從而媒孽之坐不戢盜鐫一官左除廣東德慶州判官久之或言其非罪稍遷知廣之新會新會即古之岡州負山阻海夷蛋襍居谿猺峒猺乘間時時竊發君至而隣境已為賊據節鎮大臣方

事招来而夷性險譎不可擾馴稍急則降已復叛去勢不可終弭始議用兵而賊皆蹻捷阻險乘高出沒不常官軍轉戰不前多所亡失無已取平民詒誣者掠訊成獄付縣杖殺之日以百數君既不義其所為多不承令又供需浩穰不忍剝斂以殉用是積忤上官欲求其罪罷之据摭無所得乃以愷溺不勝任劾君而君亦倦遊矣既歸杜門掃軌不與流俗競相還往日發其所藏書披閱涵泳間為論著亦往〻賦詩自悼然皆不以示人或時飲酒酣暢輒復理詠意淒然若不能自釋者久之竟以疾不起烏乎悲哉君性

質朗融而氣復邁往少則勤苦自將能以志帥氣既通諸經又貫綜群籍揚搉探竟得其雋腴發為文章馳特奔放頃刻數千言而辭旨精詣若出鉶鍊激卬蹈躪以古人自期下視曹耦莫有當其意者然數試不偶年四十始領鄉薦繼登上第於是人始望之謂庶有以達其志也而連宰二邑皆值倂擾方以最難折衝從事而剛方直致與物齟齬竟連蹇蹶躓以死凡其所負卓越之才精深之學與夫名世經遠之圖曾不得一試而世竟莫有知者烏乎豈不重可悲哉彭氏世以高貲甲於里中君既仕顯而先世田廬乃

復加損其貞白之操有不可誣首而世之人顧以官簿不達議君焉乎君則何罪哉君諱昉字寅甫其先清江人高祖學一國初以尺籍從隸蘄州衛遂居蘇之長洲曾祖仲英祖斌父至朴母　氏君生成化庚寅正月三日卒嘉靖七年戊子二月十又三日享年五十有九娶胡氏子男二人長年次科女一人適國子監生劉遺明年庚寅葬吳縣隆池山既而墓為水所嚙嘉靖癸卯　月　日改葬長洲縣九都　字圩

銘曰　氣則奇亦昌于詞而不利于施甫引而馳端厥緌中蹶以違吁嗟彭君其命之羅邪抑有盭於時

邪、

彭昉知縣墓在長洲縣、

東川軍民府通判王君墓志銘 文徵明

余友王君渙文通判嘉興府之三年改蒞東川軍民府東川在蜀省在烏撒之西本烏蠻閟畔部去京師萬里夷獠雜居雖名列郡特遐方一聚落耳居起儒紳通侻夷易居官不修章程不能曲事上官深文苛禮有所不屑用是積忤當路顧其任未久又未嘗一挂吏議乃以逋慢易置之實奪之事任而投之要荒之外也君歎曰吾誠不佞未嘗罔天與人而得是

遠徙豈其命邪雖然吾行且暮孱弱之身豈復堪此
遠役遂卧不起未幾竟以疾卒烏乎傷哉君正德己
卯以尚書領應天鄉薦試礼部数不中卒業太學嘉
靖庚寅以太學生釋褐官嘉興受任督賦嘗一再攝
縣及轉輸綱材皆能其職卒年五十有三嘉靖乙未
七月廿又五日也君諱渙字渙文別號墨池子世為
蘇之長洲人曾大父存心大父以仁父諱銘母陳氏
君生精悍穎敏少則勵志彊學既選隸學官益事精
進刺經推義不遺餘力而博綜群籍咸繹而通之鑄
詞發藻必皆不經人道語而含咀英華經史錯出緯

組爛然人讀之刻深艱棘若出鍘鍛而君頃刻数百
言操觚立就曾不經意而思致不窮其亦一時之奇
雋矣尤攻古賦得漢魏遺意詩宗句傳晚嘉陸放翁
范石湖然皆自出機杼不拘〻體裁而奇思奕〻始
在庠序無所知名會部使者得其文奇之一時隱然
喧動吳下當其時莫不偉視其人謂區〻制舉不足
取也而君亦自負所有不肯碌〻但已厄於時命僅
得一郡倅潦倒末殺卒困頓以死烏乎豈造物者有
所靳耶抑有司之失耶君高朗闊達而舉止踈慢不
事矜持出言無所顧籍遇人無貴賤並狎視之其卒

被中傷盖亦以數然其中寔無厓異推誠投分簡而
有情内之族屬外之里黨朋從莫有間焉余友君三
十年知君尤深及是塟其子遂以吳學生陳君曉所
為狀來乞銘君娶郁氏先卒子男四人庚壬己戊女
四人適沈大謨顧與范善政羅元素孫女一人葬以
卒之後二年丁酉十一月廿有一日墓在武丘鄉銘
曰　維材孔良德藝其章既騫用揚而弗利於行維
坦有夷弗決其馳迺囏厥躍蹶疐而違而蹎蹶以踦
吁嗟乎其時兮其數之奇兮
王渙通判墓在武丘鄉九都廿三畨

郭子墓志銘

蔡羽

郭子諱邵字漢才世為蘇之長洲人入　國朝族始大號東坊郭氏六世祖彦珎三傳至用行用行生汝文汝文生謹儀謹儀生郭子邵母張孺人為雲南按察使虚菴公女彦珎號惠寧以善行高於鄉鄉人德之称曰惠寧長者汝文號絅菴有操行敦修礼文益闡厥家以子貴　封太常寺典簿謹儀由鄉進士授南京太常寺典簿加文林郎聲称籍甚方擬大用在任三年遽引退陞鴻臚寺丞致仕人歎其高郭子之生敏而嗜學自幼不為嬉戲父之官太常也以郭子

從時始数齡已有識度父知其不凡令徧從文章鉅公用是器目益充歸遊郡庠郡弟子咸推之御史院試輙居一等與太原王寵齊名意高第不足取然亦累蹶場屋郭子則益勵厥志以古人自期迨德業有成渾然不見圭角然其中縈如也時衡山文徵仲濟陽蔡羽年皆倍郭子愛其早成与為忘年交嘉靖壬午秋試復下第遂病不起以其年十月十六日卒以郭之槩德鴻臚公之不盡厥用郭子克讀其家書治二經文為時式由是以顯厥家壽且有後豈足多哉頎皆無之淺薄者出輙第澤未厚者顧禄且壽由此

觀之天果施於善人否耶郭子篤倫理絅菴之喪嘗佐鴻臚公治之歛葬合礼及嫁女弟所以代父母經畫者亦允内外之情平居語不妄發遇事出一言足以斷可謂沉毅明慧之士配徐氏為天平山徐守耕之女無出卒之日以從兄受益之子為後名曰緒郭子生於弘治壬子十月廿一日距卒三十一年鴻臚擇以卒之歲十二月十二日葬吴縣至德鄉博士塢先塋側委銘為陳子道通為狀受狀叙之銘曰

孰俾爾完孰鍾爾全謂天匪厚於人不然指取功名赫奕厥宗中道則僨胡弗竟從跖顧宜延顔顧宜折

謂適其嬰何昭何滅於乎古今旦夕孰為不朽念彼
哲人瞻彼靈阜有烈光上映箕首耿
郭邵秀才墓在吳縣至德鄉博士鴟

王履吉墓志銘　文徵明

嗚呼悲哉王君已矣不可作矣君文學藝能卓然名
家而出其緒餘為明經試策宏博奇麗獨得肯綮御
史按試輒襃然舉首一時聲稱籍甚隱然為三吳之
望三吳之士知君者咸以高科屬之其真知者謂能
肆情詞藝非直經生而已然皆非君之極致也乃君
之志直欲軼古人而逾之蓋非通古今周一世不足

以充其所受也，是可以一時一郡論哉！君資性穎異，將以勤誠，於書無所不窺，而尤詳於群經，手寫經書皆一再過。為文非遷固不學，詩必盛唐。見論諸撰咸有法程。余年視君二紀而長，君自丱角即與余遊，無時日不見，見輒有所著，日異而月不同，蓋浩乎未見其止也。而豈意遽疾而死也，烏乎惜哉！君正德初與其兄履約並以雋造選隸學官，蜚聲儷迹，翹然競爽。既而履約舉應天鄉試，尋舉進士，而君每試輒斥。以年資貢禮部，卒業太學，又試又輒斥。蓋自正德庚午至嘉靖辛卯，凡八試，試輒斥，而名日益起，從遊者日衆，得其指授往〻去取高科登顯仕而君竟不售而死嗚呼豈不有命哉君高朗明潔砥節而履方一切時世聲利之事有所不屑猥俗之言未嘗出口風儀玉立舉止軒揭然其心每抑下雖聲稱振疊而醞藉自將對人未始言學蓋不欲以所能尚人故人亦樂親附之性惡喧囂不樂居廛井少學於蔡羽先生居洞庭三年既而讀書石湖之上二十年非歲時省侍不數〻入城遇佳山水輒忻然忘去或時偃息於長林豐艸間含醺賦詩倚席而歌邈然有千載之思迹其所為豈碌〻尋常之士哉是其志之所存亦有出於語

言文字之上者曾不得少見於世而僅〻以文傳而其所傳又出於文場困躓之餘雅非其至者嗚呼豈不重可惜哉君孝友天至居常能愉悅其親而順之於道與兄履約少同筆研食息起居未嘗少離既各授室而聯裀共食視室處之時恒倍君卒時履約方官京師及是以都御史出鎮鄖陽便道過家以某年月日葬君於某鄉某原俾徵明為文君諱寵字履仁後字履吉別號雅宜山人父貞以履約貴封中憲大夫太常寺少卿母朱氏繼母顧氏贈封皆恭人君生弘治甲寅十一月八日卒嘉靖癸未（巳）四月三十日享年

四十歲娶徐氏子男一人子陽太學生銘曰維慧而明亦藝而貞胡不潰於成而卒困以衛吁嗟乎其名王寵太學之墓

張太學子饒墓志銘　蔡羽

蘇郡東城張氏之盛四世矣景暘翁為菊泉封君父寫而好遊々於燕山時諸雄賈角立法書圖刻名器珍玩狼藉大都者持入諸賈人家不省景暘具精鑒善甲乙之故張氏世擅博古多文之譽景暘三子菊泉居仲賞鑒視景暘子孫因是薰炙自藻致情焉夫人情莫不各々有鍾不能於經書圖玩諸無賴將靡不

至人皆曰張氏遺善并是以遺何如哉菊泉五子獲交者子京子侯子饒子京為吏廉能累官至光祿署正菊泉所由受封者也子饒名淛太學生以履行雅素受知於前後大司成其遊太學也為嘉靖戊子間時公宜介谿嚴公大整學規積分考行升舍子饒以行得上舍未幾汝南林公四明吳公咸申前法子饒連以行最居上列故諸公喜之召置左右親為解疑惑造就之意不淺辛卯選此順天不第同遊重之然已瘁于學痛至矣輒告歸省初子饒在本郡學人已多其雅尚師事今太學湯先生子重交遊于輩故文

太史王履約履吉比予咸獲造其館諸往返無他俗
談請其圖刻窯玩過目輒生古氣見古人精思前代
制作坐輒移時日間陳佳章筆札請題識故友人從
張氏往返若入一古藏曰於制也生于弘治乙未八
月十二日卒于嘉靖癸巳八月十三日年三十五母
吳氏孺人菊泉嫡配同日封自光祿至子饒為一母
先娶許氏有賢名先卒繼娶陸氏生二女卒之日菊
泉命子候之子賢之後名曰公椿子公椿聘熊氏女
許陳與立次女許石坊子饒性敦孝吳孺人苦多疾
〻則子饒侍藥不暫離側又善開母懷故孺人屢病

卷四三　十八

瀕於危竟享高壽處兄弟咸篤友誼能書亦長於歌詩歸省日別購一區宅因厥園池輔以樓館曰庚可以奉二親苟遂吾養吾志畢矣未究而卒卒之三載光祿君居母艱其冬大營葬與子候協卜隨太孺人同日舉喪蓋十二月廿一日合前室許氏之宮也先期先祿以書授南翰曰弟淛生嘗辱諸公教亦嘗用力其間若騤泯不傳恐向上者無以勸諸公辱教亦空言矣亦憐其瞑目也敢以志請展其狀則湯先本生所為也因嘆曰父兄師友父兄言之豈無故乱為志而銘之銘曰　好修虔虔齊于儕輩宜爾家庭孝子弟

弟舍選郎公克念克類師與厥進友尚厥志肯搆肯堂迄我養事為酬不蠲報或不至回凋蹈榮天道奚昧兄哉光祿遺書哽嗟野有簡青不背于師不間于家無忝荀生沒有榮加勿感下泉石言告遐

張渊子饒墓在五峰山愽士隖

明故資善大夫都察院右都御史致仕盛公墓志銘　　文徵明

嘉靖十四年乙未九月十有三日前都察院右都部御史吳郡盛公以疾卒于家訃聞　詔下有司俾營塋事賜諭祭者再公仕弘治正德間以剛毅廉循著

中外蓋自弱冠筮仕郎曹即能抗捍權要得罪貶斥一再下　制獄皆瀕於死賴朝廷仁明得不終棄再顛再奮卒至大官凡所臨涖輒著茂緒振風紀而執法緒正益厲不貶以故崎嶇展轉多所抵冒而豐功盛烈往往敗於垂成卒坐廢以死一時輿論於公有遺望焉嗚呼惜哉公韓應期字斯徵別號值菴裔出宋文肅公度由餘杭徙汴再徙蘇之吳江今居郡城歷元至　國朝衣冠不乏高祖啓東以儒醫際遇文皇為太醫院御醫特被寵眷曾祖似不仕祖昕父璀俱以公貴贈通議大夫都察院右副都御史祖妣

朱姚胡繼姚蘇俱贈淑人公以弘治癸丑進士釋褐
拜都水司主事奉使蒞濟寧諸閘節適限列啓閉有
時公私舟皆以叙進官舟或挾私貨輒後入之道路
恐々相戒莫敢犯而中官大不便之時大璫李廣方
貴幸用事相與流議中傷既不得間則以阻格薦新
為大不敬逮公抵罪鐫八階謫受安寧驛丞安寧隷
雲南荒遠非人所抵久之稍起為禄豐知縣禄豐古
之禄琫烏僰蠻所居慓悍梗化前政往々寇賊待之
公不鄙其民誕章敷化納之仁軌民用歸集而盜亦
敉寧風聲所被洽於隣壤尋陞四川順慶府通判受

任督賦輸將推會咸有法程而鈎稽宿蠹民莫能謾民歲轉輸松藩往往破産不足更費公審盡道利害休而節適之事節而民不病丁父憂解官道陞武昌府同知正德己巳服除改長沙專理赤籍隸公執法不事鈎擿而弊為之清郡中　王府官校及衛所餉給多為奸吏侵牟官軍坐困或出怨言會公攝郡程督吏胥稽其出納參合分劑得其利弊所在遂推行之上下給足而郡以無擾俄陞雲南按察使僉事歷按金滄洱海諸道摘伏省微所部職辦其屬景東諸郡皆土官世襲梟獍桀驁王法有所不治公皆以正

臨之莫不偃帖向化知府陶某父子讐殺而奸人實搆其間公探得其情縛奸人寘之法曉陶以義俾父子如初武定知府鳳英死其妻攝郡所為多不法而其子朝鳴尤陰狡諜惡椎剽圍奪民甚苦之　朝廷下所司究按咸憚公不敢行公方入賀　萬壽當道議留公公得留疾馳屬就之出鳳不意母子震慴伏謁輸情公因簿責其黨窮竟抵罪悉還所奪於民時鳳氏方甚公慮其後必為患請降鳳秩設流官制之奏上　朝廷重於改更事格不行鳳後卒叛如公言時鎮守太監梁裕驕蹇侈汰漁取無厭公隨事裁抑

不令得畢省内諸銀礦歲有常課裕擅為己有朘剥
苛急民不堪命或緣是賊殺啟釁公建封禁以絶議
亂源實抑裕而奪之利也故裕銜之時御史張璞副
使晁允登與公協心制裕裕因並奏三人誣以他事
悉逮下　制獄鞫訊慘毒張竟考死獄中公益不撓
諸大臣言官交章論救會乾清宮災遂得貰赦前是
公已進本司副使復任未幾遂陞河南按察使策情
警頑風采益振太監孫清欲攬事權擅理民訟民或
秉籍為奸利公面数之正言直氣無所回婉孫不能
堪欲遂訐公以事公不為讋而孫卒亦莫之能為也

丙子陞山東右布政使故事右轄多循默遠公權展
采錯事無所避遜時僚長持重務存大體事或濡滯
而公拔決敏利案無留牘所興革緒正皆利病切急
自名所繫不可已者故雖嫌於侵權有所不顧戊寅
陞陝西左布政使時鎮守太監廖鑾陰賊強禦恃有
内援縱横者中諸弟姪席寵翼奸贓賄狼籍動以上
供爲言有司脇息莫敢問公至首執其左右尤無良
者用法剪除之一切横歛皆格不行又不隨衆加礼
瘳滋不悅思有以中傷之先是有　旨督造織罽其
費鉅萬廖以檄公取直檄文嚴峻責以嘗公欲因是

激之用公為罪公得檄即閉戶發籍按得所支破已逾數萬明日詣廖廖方盛氣以待公徐出數示之因問吏費如此計所造有贏今皆安在願以上聞廖出不意內惕不能對惶恐跽謝乃已及　上西巡　駕次榆林士馬蝟集蹂躪紛遝人情洶洶而公處之裕如供頓首需取具呼吸間民不加賦境不知擾而事罔不集一時扈從諸璫若諸嬖倖氣焰薰灼自鎮巡而下重足屏氣莫敢與抗公先聲所被既有以讋之而臨事整暇足以坐鎮物情憸人小夫望而知敬一切非分之礼無暇之求消沮殆盡終竟弥縫無少疏

脫同事諸公莫不降歎以為難雖　上亦知之明年
已卯四川缺巡撫遂用為都察院右副都御史巡撫
其地蜀去　朝廷萬里夷獠襍居負險易動公練兵
飭甲隨時䟽捕不少怠縱六番指討楊文林數出兵
攻圍城邑虔劉吏民而流民謝文義亦糾僰夷為亂
皆以次戡定捷聞　璽書褒嘉錫以銀幣時朝夕秕
政權倖縱橫誅求切蹙而蜀尤甚公糾檢緒正首事
限列而繩之以法法外科歛一切放罷西南數千里
為之肅然庚辰丁繼母憂辛巳會　今上登極以疾
乞休不允壬午服闋被　命起撫江西適遭逆濠倡

亂之後瘡痍未復加以飢虐所在寇盜充斥而彭蠡為吴楚交會之後盜出沒其中阻險剽刼而漁舟為之嚮導公調遣官兵圍軍捕扼併藉群漁為伍使互相覺察盜不自容一時併散於是平徭省歛蠲免襍調緡錢揔數十萬而請留以濟民者亦不下數萬檄省臣分地賑恤躬自督率極意撫循民用甦息而歲亦比登屬南京諸郡阻飢首輸米四十七萬石銀二十萬両以濟而奉　詔積穀備荒亦百餘萬石有詔嘉奬者再尋被　璽書陞兵部侍郎兼都察院右僉都御史揔督两廣軍務時嶺南更數政不治兵疲財

置號令墮地土酋玩狎不知稟畏而夷獠誇謾時〻竊發公至陳兵大閱料簡鈎摭一時邅蕩以次復伍乃餝屬積謹烽燧繕治干櫓部署諸将俾各守要害紀律嚴明精采煥發扵是諸夷稍〻知懼而邊徼有恃矣歸善劇賊李文積據桃子園為亂公檄守巡發兵捕斬生擒文積及其黨李萬全等斬首一千一百三十級俘獲男婦四百餘人土官劉名誘執兵官據思恩府以叛即調遣民兵分隸将官授以方畧而躬率守巡諸臣繼之進攻邑梅諸寨摧鋒衝擊大破群酋斬首一千九十七級俘獲男婦五百餘人召被創

火死餘黨悉平田州土官岑猛懷護忮狠恃其險遠將為不靖蓄聚累年及是數出燒刦州縣事聞下公體量公會巡按及三司守臣叅審籌畫咸謂此積歲逋誅不問益熾而一方之民不容不拯於是上疏具陳方略大率誅首惡而貸脅從兵部覆議從之事下而公已得　旨改官矣先是公稽校尺籍得總兵太監二府脫卒甚侈既勒歸伍而深抑其官屬不令暴横又檄下兩省及湖廣諸路凡所調遣悉自幕府関決於是二府禁不得肆大興謗構欲以罪去公當道者為之調停遂除工部侍郎提督易州山廠寔奪之

權而置之散地會言官復有論列公遂引咎乞歸得旨致仕嘉靖四年乙酉也丁亥河決徐沛漕渠淤塞濬治久弗即功有　詔集廷臣議舉可以治水者僉以公名上遂　錫璽書起公於家即拜都察院右都御史提督南北直隸山東河南等處河道時尚書李承勛胡世寧皆建議欲於昭陽湖東別開漕渠而少卿黄綰詹事霍韜各陳便宜並不公看詳公與郎中柯維熊員外郎王大化叅議劉淑相親往相度延訪父老既知利害所在乃上疏言黄河之患古今則然而中原平衍無洞庭彭蠡以為之滙故遷徙不常為

患特甚而其性避高就下非多爲之委以殺其流未可力勝也弘治以前河下潼關即分三大支二支俱出汴城之東南行由泗經淮入海正德一支出汴之北東行至兖分二小支一出沛之飛雲橋一出徐之小浮橋俱入運河經下邳州會淮入海正德以来汴南二支湮塞併入汴北一支於是全河東下至於徐沛俱入運河自此汴河無患而徐與豐沛適當其衝近年河漸北徙小浮橋亦已湮塞曹單城武諸縣楊家梁請諸口奔潰四出經趨沛縣漕河横流出於昭陽湖之東泥沙壅遏勢緩則停遇坎則滯致淤運道

今非改鑿新河不可盖上流不殺則决口不可塞長隄不可築而河防不可成河防不成則淤不可濬而故道不可復此今之漕河所以不容不改也　廷議是之　詔以春和與後公先命郎中等官分治舊河使通漕舟而堅築隄岸以障黄河之衝别濬趙皮寨孫家渡諸處以殺上流之勢於是簡屬吏之賢才有者以任新河之役躬履其地量地授工分程布役時其食作工其勸懲聯絡相維統攝有叙甫四閲月工完十九旦夕告成而讒言遽興有　旨罷役而公去國矣時諸老大臣爭言其枉而户部尚書鄒文盛刑

部尚書胡世寧言之尤力蓋斯役之罷起於一二同事之人以細故更相責望坐失事幾故當時公論如此公家居七年更赦復職致仕既而大臣言官相繼論薦海内士大夫方冀其復用而遽疾不起嗚呼惜哉公為人修正彊執遇事直前不為利害回折奉公憂國之念寤寐不忘體貌嚴重進止有恒居家整肅如臨官府而與賓客談笑雍然有情待諸弟妹甥姪有恩族人孤婺有給婚喪患難有助於倫誼甚篤也生成化甲午八月廿有一日享年六十有二娶沈氏繼顧氏俱贈淑人子男二人長之材郡學生娶王氏

次之榮娶王氏繼沈氏女一人適前工科給事中陸粲孫男六人茂勲郡學生茂熙茂廉茂壽茂然孫女一人許適吳治以卒之又明年丁酉十二月十六日葬吳縣横山感慈隖徵明晚辱公游知公為詳及是葬公子以治命屬銘不可辭銘曰　桓桓盛宗立氏以國孰其徵之曰有成伯有顯者吉在漢則良曰苞孝章奕世其揚别籍於杭爰有文肅燁其家聲不忝維穀有展中丞德言則繼于千斯年有衎弗替衎之維何道則有光行則有方政業其章履貞用嚴侃言維直歷險以夷維正而克我循維良我武維揚豈不

有庸讒言孔傷彼讒則傷我行維烈道有險夷不易其轍亶其有馳迺厥端綏或失之毗而名匪虧有展。中丞維吳、之淑豈不云亡公其莫贖

盛氏先塋之碑

王鏊

盛故餘杭聞家然自宋丞相文肅公始大其從吳中則自判平江府君諱岫始其葬黃山自寓翁府君始黃山在吳縣西南數里而近望之隱然如舟蓋吳山之小者而山水環合草木鬱然青烏家謂其秀當有所屬而盛氏墓在其巽隅寓翁曾孫俌言于鏊曰先墓在吳中者凡九而黃山歸焉獸存水木本源之義

在烏何可忘也蓋自元季兵興所謂允九者多蕪沒而莫尋則無表識故也先大夫蓋嘗恨之他日世益遠人益衆族益散則又安能保斯之不蕪沒也乎循用是懇爰用增蒔松栢立享臺樹華表大書盛氏之阡示後人以不忘也唯執事賜之言以昭世德以詔來裔於無窮使盛之子孫繼繼承承永有徵爲孝敬其無衰乎予惟盛氏在吴中占科第登仕籍者纍纍有爲其餘又各以醫名家通籍于　朝官于鄉累世而絶不也何其甚哉信其先之積累深且長乎固不獨青烏家所謂山水之秀而山水之秀亦或不可誣

水木本源之義則自不可忘也予故為著之蓋營域
之延袤凡若干畝中為縩垣=之正中為俌曾祖寓
翁諱似祖府君之兆其西為伯祖諱賢府君之兆又
西為伯考宣諱伯府君之兆其東為祖考諱棣府君
之兆又東為御醫諱寅府君之兆又東為太醫院士
諱儼暨醫學正科諱侃府君之兆高祖諱宗仁高伯
祖諱忠二兆遷自齊門今在垣之外北上諸殤穴在
垣之外東西坡下其西南隅為翰林待詔李先生貞
臣之兆先生揚州人寓翁故人也老於吳中無所歸
遂以瘞焉春秋祔享之其諸世系行歷刻之碑陰

盛應期都憲墓在吴縣横山感慈隖其王鍪盛氏
先塋碑乃在其黄山祖墓之上今附其文於此
太子少保資善大夫南京吏部尚書致仕贈
太子太保謚文端吴公神道碑
賜進士及第吏部尚書致仕進階榮禄大夫前
經筵官國史副揔裁泰和　羅欽順撰
嘉靖二十一年二月壬子太子少保南京吏部尚書
致仕吴公卒於里第之正寢訃聞　詔贈太子太保
賜謚文端遣官諭祭者四命禮部員外郎王楠䕶塟
事其孤子孝遂以是年十月壬寅塟公吴縣陽山之

原事既畢将樹碑隧道以余為公知己俾来謁文余實知公雖年老力衰短揚厲然於誼於不得辭也公諱一鵬字南夫號白樓世居蕪之長洲山塘里曾祖敬祖琮考行俱隱德不仕以公貴祖贈南京太常卿祖妣周氏贈淑人考封翰林編修累贈太子少保南京吏部尚書妣司氏繼趙氏俱累贈夫人公天資秀穎年十六七即慕為古文詞化成丙午以郡庠生中鄉試弘治癸丑登進士第改翰林庶吉士乙卯擢編修預修大明會典大臣有遺讒去位者疏請留之以全國體人知其有匡時之志焉丁父憂服除仍旧職

預纂資治通鑑　要及脩玉牒正德丁卯陞侍講尋
兼經筵官同修　孝宗實錄成例當進秩時逆瑾竊
柄公與諸同官見之無加礼瑾銜之因矯詔以擴充
政事為名凡與纂修者多改官部屬公去為南京刑
部廣東司員外郎明年陞南京礼部祠祭司郎中瑾
即伏誅　詔還舊職尋陞南京學士癸酉南京國子
缺祭酒以公補之乙亥陞南京太常卿丁繼母憂去
位嘉靖改元始入為礼部右侍郎尋轉左奉使安陸
改題　獻皇帝神主迎致京師事竣有白金文綺之
賚以内閣薦兼翰林學士掌詹事府事專典　誥敕

充　武宗實録副揔裁乙酉實録成進礼部尚書賜
賚尤腆其年冬乞假展墓　詔給驛以行丙戌還
朝時江南亢旱江北大水公具狀以聞請蠲租發廩
以濟民艱復請疏導江流以便糧運　上嘉納之下
其事於戶工二部　詔舉堪任内閣者僉以公名上
爭進者忌之或謂公可無援乎公笑謝之曰嫠婦老
而變節亦可醜也俄被　旨出理部事居數月復改
掌南銓加太子少保辭加官不允遂行再踰年懇乞
休致時年蓋七十矣前此乞休者數四皆被　温旨
慰留至是始得其請重有褒諭仍命有司月給廩米

三石歲給與夫四名蓋異數也公在翰林累與纂修
恒極精審三元會試同考官一主順天鄉試所得多
知名士每進講義必稽古而音吐洪亮足以發之在
南都累年未嘗以留滯為意師範嚴整亯祀精潔率
於前政有光間值雷變書陳修德禳災之道　今上
初即位進說尤詳要在開悟　聖心為宗社生民無
窮計也在礼部與尚書汪公協心秉正　上欲為
獻皇帝建室大内汪公執不可既去而公攝篆乃會
議於廷援古證今詞氣侃侃然上意已有主議竟不
合公因自劾求去　上亦不聽僉事陳洸冒舊銜入

疏假大礼以希寵公劾其無耻干進請罷黜之洗竟
得罪而去出自東閣桂文襄方為侍郎遇事時有異
同亦不能奪公所守嵗貢生就教職者奏乞仍與鄉
試公議奏以為可許　上從之遂著為令在南銓
務持大體品藻人物每留意焉既歸首建崇正書院
鄉人子弟来學者無弗受仍割田百畝贍之其傍為
真趣園亭館山池清邃幽雅公既有以自適而子孝
遠居官次恒思之不寘既而得請歸養所以曲致公
之樂者率在斯園高人韻士往来不絕也然公尤以
表章先賢風厲風俗為事嘗言於有司即尹和靖先

生三畏齋遺址作三賢書院并祀安定胡公文正范公陸宣公墓在齊門外頗為居民所侵亦復其故蠡口陳孝子興立祠祀率衆修葺并海虞周孝子容祠之故劉丞榦遺愛在民為葺其衣冠之藏而立門署牓以從民志民間耳目為之一新其前後義舉尤多惠利所及蓋不止於親故鄉鄰而已公生天順庚辰十一月二十九日享年八十有三蓋家居十有四年而卒平素篤於事親居喪有礼於故舊有始終之義與物無競雖間遭排抑處之裕如口未嘗道人過惡而妍媸高下中自了了和厚之氣盎然可掬望之知

為吉人君子也為文效歐陽子平正豐潤詩宗盛唐有風骨耐咀嚼字亦清勁原配宣氏繼姚氏薛氏宣薛皆累贈淑人二男子〻忠早夭次即子孝勤學善屬文嘗　庶吉士之選既皆中罷循次外補以南京吏部主事歸養於家四女子皆有歸孫男五人尚朴蔭國子生尚儉郡庠生尚默尚遜尚潔女五人其行狀甚詳乃公里婣光禄卿王君履約所述碑蓋不能盡載也銘曰　仰止蘇山其高昌稱魁傑嗣興于斯為盛文定文端矧惟同性厚德清文前輝後映官高望著彼此一時或安於近同志相維或睽而遠誰

實間之密雲不雨有識嗟咨允懿文端輪轅信美載
北載南徐驅直指歸以義榮優游故里六既有年而
又有子寬樂令終寔多受祉惟　皇念旧卹典加隆
續之生氣慰及臣工穹碑在望有歸其封我銘昌以
惟德之恭貽孫有裕流聞無窮
吴一鵬墓在陽山尚書

大明禮曹郎楊君生壙碑　嘉靖二十一年
壬寅八月望日　循吉自撰
堪輿上下元化處中是生萬物予得為人其所居距
大海十舍許蓋宇內東南之陋夫也今則素飧於世

八十有五年行将奄歸玄宅返乎太初相彼廬右有丘焉我之永歸庶幾在是恐一旦先朝露無人絕述乃自為文琢石而鐫之君姓楊氏名循吉字君謙於望弘農郡周宣王子楊侯之後漢太尉震之遠裔也唐丞相綰請德著聞宋學士億文辭蓋世至于　國朝三内閣文貞敏定名彰華夏門閥盛矣君世家崑山元末雲擾来居吳城西市坊高祖子中性忠勇策名霸府戰死姚陶守節婺居洪武中選為内庭姥姥供執事末年放歸令先塋首穴配葬衣冠者是已陶生子五人曾祖考居長以富民填實京師供億有年

仲氏商閭尤富廛屋跨里妹亦眉壽從居同稱淑士最幼二季由母故得官御用少監及神樂觀提點雖非顯融亦不下賤考府君封承德郎母刘封安人安人之兄擢解元於正統間官至三品楊業儁自此始君少習易弱冠登科又七年　憲祖御天成化甲辰科幸叨黄牓擢拜儀曹為京官末職幞簡青袍入参朔望人生之極榮弘治初逮事　孝廟時　五王册封備貟執事獲從堂官拜華蓋殿得覲　龍顏事竣賜宴直房并賞羅綺福薄命蹇痞癖内攻日食米止三合恐曠職致尤上奏乞換校官果不遂乞歸蒙

卷四三　三四

恩准放次年貤封典下郡諸侯具彩輿迎賜二親兼
報勅勞之萬一矣自惟受官無補己未歲清寧宮災
下詔求直言不揣應詔上疏復清建文君尊號以礼
文事分所當言用是塞責　帝衷欲允大宗伯以事
體重大弗敢覆存為文案傳聞掫入太史氏未知然
不既而謹厚大臣遠貽如瓶之戒一向守默性偶好
書結廬天峰院折松枝為籌課麟葩經稍通章句傍
涉子史百家又及千卷時或歸省從郡使君游或為
文章吐言亦未名家正德初嚴慈既歿寢苫先隴傾
資修築靡千金既畢大事每歲率持齋誦經一百日

不出以報如此十三年庚辰歲　武宗在南都蒙呼試樂府三次扈　駕凢九易蓂莢告歸是冬復取如京墓辭趨命歲齋不廢明年夏南歸別業築室支硎山下修葺舊聞名雲峰廣要檢書既多稍諳典故然以筆研度日不作生業有負郭田百畝悉賣不存如此又十年　皇上龍飛十五年田野間樂聞盛事時則恭逢　九廟肇興上頌文一篇蒙頒史館薄表葵藿之敬諒無補益也外華陽求嗣齋儀十卷同進亦蒙嘉納金枝應禱慶洽普天而有日精射禖之祥屢見于室奇哉山農共覩非敢妄道是年冬自山西還

歸故鄉埋頭隱伏終日維與古聖賢相對輪蹄絕迹亦不尤人自是年益老耳聵目昏龍鍾強步起拜凡俟扶自知去死不遠昔李白一子遠遊不歸不幸類之君配趙生子二一從北上惑僕遨外未歸一喪京口舟中今停柩在殯所庶生二胤尚幼頗賴應門不得隸學書無紹為有墳自築前豁後城亦足偃臥文集方斟酌未成書三四種有完有未完愧無寸長不欲勞他人之筆所貴以自述為不誣故撰其碑云爾

誄曰 上古人淳壽常百許今茲耄年久寄逆旅歸休何時宜有告語凡人之生口體為主如何到予無

一克羣彼炫、文繡浣衣我處彼富倉箱我之朝叅靜
言思之不乃自取有官不作身日早無財可悅親益
離古之高行豈汝能追弗蒙其享但招寒飢原憲長
貧李廣數奇命也柰何莫為而為抑別有道非時所
知景公千駟民稱伯夷念昔辭官嘗虞早萎豈意還
存雪髩霜髭一壽僥倖他從缺遺人之墓也期千百
年我則不必其然亦不必其不然掩骸之後悉付于
天明犁表樹皆非己專常存不化惟有神仙廣成千
歲亦隨雲烟不化還孳日增萬千宇宙雖大莫能充
填三山六水一分之田穀少人多將何具饘乃生變

化陰陽互還前除後續世以相沿大鈞制則不足深憐古多達士裸葬未虔從容自祭靖節為賢有書方編有文未鐫無非糟粕不喜流傳且夫生也憂死則否遠恥辱平仇讎萬千辛一筆都勾以還造物與苦鴻濛遊錫汝長眠艸綠仍秋所以佚我惟此樂丘自古有衆聖謨垂休曾啓手足完軀是謀老佛徒誇切利瀛洲纏綿不了又起一頭大哉簡要儒家者流時未委順至衆弥修舉此玉符更不他求重負國恩消埃靡酬亦負罔極自同蜉蝣烏乎傷哉嗟斯人之在世無一日得志遺讒履厄人百遐弃夫亦何怨坐不

富貴終當舉手永謝塵世陳辭既舉請刻以記過者來觀莫厭辭費　公生天順戊寅十一月五日卒嘉靖丙午七月二日享年八十有九卒之年十二月十九日葬吳縣至德鄉碣字圩之新阡

楊氏修墓記　朱存理

楊氏墓在吳縣十一都雁蕩村某字圍氏之先德鄉府君由崑山徙郡中入洪武初以富民久居京師歸營塋地僅四畝卒葬焉子某府君孫某府君咸祔嘗有過其地者曰後其有文而顯哉迨封承德府君始拓之積券凡四十畝為地通二十畝有奇正德戊辰

承德洎劉夫人以高年相繼壽終子礼部主事循古喪次中日走墓所経營葬事以舊土稍下高之四尺五寸許躬操量度殫心畢力有司遣人助之役悉謝却厥制前立石坊二環帀垣墻坊前有池臨池有屋池之陽将規以樹植而未遑也明年己酉閏九月日合葬承德夫婦于斯自公卿大夫而下遠近會葬者千人既葬礼部君益葺治不懈謂前制未稱訪于堪輿家數人厥議弗協頃易隣廬半區倍其值而返其材遂更敘之向東有扉逶迤徑自左坊歷祖塋至考妣冢冢前隆阜植櫓覆亭明堂中中設香燈几案

摘　封誥中語扁曰樂善慈惠旁構屋三楹塑高曾祖德鄉府君而下三像於左考妣像於右妣之設尊所出著有功也若池之廣袤減昔十之幾樹植加焉撤去池後屋鑿塹三圍環植蒲柳墓之背積土為崇丘旁築金星二其平地壟土處闢置田五畝無供稅事別建蓼莪亭以為宗人享餕所規模宏博於制弗越楊氏之墓於是乎大備矣竊怪吳中士大夫家牽於風水之說往往棄祖塋不憚數十里以求山地思為子孫利益亦惑矣夫祖宗之心其為後人計於吾豈異哉獨君不泥流俗一意先墓而加治焉且其墓

去家半里而近，朝暮謁拜，無防樵牧，其為利不既多乎？君之識見則過人遠矣。余受知於君，謂不可無述，爰為詳書，制歲月以勵其後昆，俾毋怠焉。

秋崖壙志

秋崖病夫朱紈自撰

此蘇長洲第一都之原，邑人朱紈歸藏之地。枕先塋趾，射瀆、獅山導其前，陽山諸墅擁其後，都會通津經其左，虎丘峙爲。紈字子純，別號秋厓，生於弘治甲寅九月朔。時父圭菴府君以景寧教諭遭誣罷歸之二載，嫡兄衣作乱出走下邳之二月也。生母太宜人施坐蓐中毒不死，三日保紈就邑禁，仲兄冠奪哺者信

宿賴伯父孟輝伯兄清争回冠復過太宜人餉賴巾
網糊口不死居百十日弛禁百疢之身太宜人以有
百疢全之孩提識趋髫齕經史得於府君諄嚴太宜
人左右以底於成内難嵗作歷涉艱險皆口不可言
者正德庚午入郡庠壬申遭嫡母馬宜人喪乙亥遭
府君喪服闋己卯領鄉薦庚辰會舉辛巳對大廷賜
進士出身觀工部政乞差歸省天曹懲其初預列外
選嘉靖壬午除景州癸未改開州三年考績進階知
奉直大夫　賜誥命丁亥陞南刑部員外郎司浙江
己丑陞郎中改南兵部司職方庚寅改南吏部司考

卷四三

三九

功三年考績進階奉議大夫壬辰陞江西布政司右叅議甲午入　賀不承當軸治第之委陞四川按察司副使整飭威茂兵備寘亂之也丙申平滿深諸賊部院上其功　賜白金三彩幣三丁酉遭太宜人喪尋陞貴州左叅政不拜服闋辛丑補山東左叅政癸卯陞雲南按察使甲辰陞山東右布政使乙巳陞廣東左布政司時封川奏捷附名薦章　賜白金一丙午提調鄉試將入　覲過家遭人倫之變父子幾不免陞都察院右副都御史奉　敕巡撫南贛汀漳等處地方提督軍務丁未改浙江巡撫兼福建海道提

督軍務時以海寇猖獗創建此官而禁奸除寇勢利
家所深害怠乎忌者乘之十月入漳州平同安山寇
按閩者信讒進論前任之遺得以功贖平生辱薦二
十一章至是始一被論然同安非前任所轄也十二
月拜　敕歷閱海防請以重典刑亂　賜軍令旗牌
八戊申三月至寧波撫海島倭夷六百餘人入城悉
受約束四月襲破雙嶼賊巢五月寧波詐傳　詔旨
教夷作亂以殺巡撫為辭于時駐定海以鎮群棼渡
炎海入雙嶼以定不拔之基計賊失其巢往來外洋
者一千二百九十餘艘上下連戰皆捷六月閩人周

亮奏革巡撫既而漳囚逸入於海大担嶼大岙門大江諸警繹騷時疾甚呻吟規畫無敗績九月兵部録浚嶼之功奏旌之賜白金一彩幣一十月拜　敕改命巡視遂輿疾督兵追賊下温盤南麂諸洋十二月大捷處州礦賊起衢州告急亦平之時經年建白多見阻撓仕途怨讟盈耳閩人林懋和倡狡夷覘我之説　命下遣還業就約束者寧波趙文華啗以南京侍郎脅以身後之禍説以市舶之利與屠僑屠大山内外交煽尤力乃連疏請骸骨申辯蹇蹇乙酉自温進駐福寧漳海大捷擒佛郎機名王及黑白諸番喇

噠請賊甚衆度其必变乃傳令軍前執訊斬其渠魁安其反側先後以聞淅閩悉定五月得請生還困臥蕭寺屠僑嗾御史陳九德論以殘横專擅衆欲殺之賴　聖明在上姑褫職候勘群非大来竊自嘆一介書生叨冒至此靜思稱塞不過数事在開州恤里甲均户役在職方革協守之横在江西定安福均粮之籍剖東鄉安仁割圖之訟在威茂平酋寨處邊餉在山東奪守涉之議在廣東在贛州平政刮垢而已然未如今日之自憮也人情如此果貴耳邪遂力疾取所集麈餘各卷刊定之著孤臣孽子之槩作俟命辭

曰糾邪定亂不負　天子功成身退不負君子吉凶
既福命而已矣命如之何丹心青史一家非之一國
非之人孰無災維成吾是治後事囑諸子以登第三
十年府君未霑一命之榮不華送死不訃不受弔不
祈碑銘配徐氏封宜人子男六貞元郡庠生貞介貞
則貞固貞孚貞訓邑庠生女一適盛之繼孫男七篆
符簡簽篋篇籙女六家世敏勞載永感録自撰壙誌
虛卒葬月日如左。
此誌甫就不意竟卒卒之日乃己酉冬十二月十
六日辛亥也姪男貞元等遵遺命不敢久停遂以

明年庚戌正月癸酉日堃兄紹抆淚署尾

吳都文粹續集卷四十三終

吳都文粹續集卷四十四

長洲　錢穀　叔寶編集

墳墓

宋龍洲先生劉公墓表

先生名過字改之廬陵人宋南渡後以詩俠名湖海間陳亮陸游辛弃疾世稱人豪皆折氣岸與之交宰相周必大聞其人欲客門下不就故人潘友文宰之崑山縣延致先生雅志欲航海因抵縣宿留焉先生先生卒縣主簿趙希楙以友文所賻錢三十萬買地馬鞍山以葬遂立祠東齋久而墓與祠皆廢更一百

四十餘年為至正十三年州人顧瑛秦約盧熊等聞之州州下其事徵諸圖籍正其厲域表大石其上題曰宋龍洲先生劉公之墓越六年寺僧立塔其所今知州貴侯初令下僧遷骼復其墓且表樹爲遺客復殷奎謁予求表墓辭予昔往來婁閭屢詢其遺墓弗得今幸墓復予何辭於言或謂公一窮詩流耳其詩又局於季宋陋習僅如五季羅昭諫爾何以表樹後人哉予曰不然取人以辭不若以節義公嘗抗疏光宗請過宮與屢時宰陳恢復方略請甲兵謂中原討賊之義義士為之激立可以辭客少之乎吾以是復奎使歸告貴

侯刻石爲表大元至正二十一年冬十月五日奉訓大夫江西等處儒學提舉楊維禎撰將仕郎杭州路海寧州判官褚奐書復墓之明年貫侯去官石不果立今守高昌偰侯既拜墓遂取其文刻而樹之廿三年夏五月十有一日儒學教授蔡基識平江路崑山州偰斯判官丁復初儒學教授蔡基提控案牘趙從周都目謝宏道州人朱珪刻

復劉龍洲墓　　蘇大年

平生四海劉龍洲高卧百尺元龍樓置酒載花過黄鶴江山依舊風雲愁區區禮樂嗟南渡江水奔流自

東去英雄潦倒竟何成留得當年旧遊處墓頭無石寫征西墓中無金狐夜啼迷人荆棘不見路傷心禾黍秋凄〻浮雲夢境翻今古子孫散落帰何所有酒如澠酹世人一滴曾澆墳上土斯文帮誼千載同驅除樵牧封玄宮蒼苔朽骨亦解語何以報德酬諸公梨花寒食東風曉野烟蒼莽迷芳艸行人来經讀残碑仰天共嘆英雄老君不見五陵無樹起風秋消沉萬古斜陽紅何如馬鞍山邊三尺墓多謝諸公肯垂顧

又 潘純

夷門王氣橫江来秋風落盡梁宮槐鳳皇山頭駐青蓋海門楼閣空中開五國城荒雪如席寒擁旃裘兩宮泣帛書不繫雁南飛哀草黃雲淡無色君臣自謂虞重華不識何如司馬家鳳笙龍管將進酒玉闌羯鼓方催花白頭遺老空惆悵鐵鎖長江幸無恙獄中誰扶岳將軍人間知有秦丞相搢紳之士皆忻顏山林氣壓居庸關那知義膽忠肝者弗任蜩蟬玉珮間何人好事高千古愛此淳風似鄒魯咸陽寂寞漢諸陵慚愧劉郎一杯土

又　王賓

生從詩酒過時光到處閒遊半帶狂今日馬鞍山塟處一叢枯棘在殘陽

又　　沈周

龍洲先生非腐儒胸中義氣存壯圖重華請過補缺典一疏抗天肝胆麄中原喪失國破碎終日憤懣夜起呼往籌恢復詣公衮論矛聽盾事大殊芒鞋破襪世塗澁蒯緱短劍秋風孤登高聊且賦感慨江山故在英雄無權門欲掐脚板硬頑逐詩朋無酒徒尋常一飲空百壺賣文贖券黃公壚酒豪便欲踏東海故人留飲崐亦須臾玉山固是埋玉地歲惟三百骨已枯

三朝封樹再起廢人重風節非人驅嗚乎人重風節
非人驅龍洲龍洲真丈夫

○○大明正議大夫資治尹吏部左侍郎謚文莊
葉公神道碑銘　　賜進士及第資德大夫
正治上卿　太子少保吏部尚書兼文淵閣
大學士知　制誥同知　經筵事　國史總
裁安成　　彭　時撰

公諱盛字與中姓葉世為吳郡崑山人五世祖秀實
惇重好義元季有暴僧聚徒事焚刦為鄉里害秀實
即圖上其事于官捕斬之時稱為葉義士曾祖茂林

妣朱氏祖明贈通議大夫吏部右侍郎妣郭氏贈淑人考春封兵科都給事中贈山西右叅政加贈通議大夫吏部右侍郎前母湯母陳俱贈淑人繼母沈封太淑人公天資穎異自少博學強記下筆驚人同邑知名士張和見其所業文曰此其志不可量曰勸遊邑庠遂駸〻有成矣正統十年舉進士授兵科給事中毅然以言責自任十四年　英皇北狩郕王監國公率同列劾將臣扈從者失律敗事請誅夷之以謝天下然後選將練兵以復不共戴天之讐興師問罪以除大逆不道之賊如此則大綱以大正義以明而

聖駕之旋軫可期矣聞者壯之九月監國即位頒賞廷臣公以時艱辭不許十月京城戒嚴公請罷内府軍匠悉遣征操及虜騎近城又請令有司槩粮料以給戰士遣散卒迎取軍器於天津以張外援三四日間凡七八疏悉合機宜虜既退公言賞功罰罪治天下要務今日之賞罰既行他日之勸懲攸繫賞罰明信則人人力于事功恥無不雪讎無不復矣今効勞如孫鏜效事如謝澤韓青皆當賞以示勸其他守關不嚴赴難不力者皆當罰以示懲從之十一月陞都給事中時邊境未寧大臣有奏留邊將守京師者公

言今日之事邊關為急往者獨石馬營不棄則六師何以陷土木紫荆白羊不破則虜騎何以薄都城即此而觀邊關不固則京師雖守不過僅保九門無事而已其如陵寢何其如郊廟壇壝乎其如田里之民荼毒乎宜急遣固守宣府居庸為便已而河南陳州流民扇動命公往視公即兼程以進除貪虐賑飢寒威惠並行民用安輯景泰元年春還復上言京城為天下根本而八府旱蝗相仍加以虜寇侵擾民不聊生乞議寬恤俾安生理不然臣不能不為社稷憂也八月北虜送 駕還京將入關矣有德名具帖言迎

復事者大臣見之顧忌不敢舉公曰此野人無情之言達于上感動必矣或沮以匿名書公不顧具疏言之有旨令尚書胡濙封進帖雖留中而正論有不泯焉是冬公以北虜南蠻為患不已上疏請令中外文武要職各陳安邊濟時之策二年六月天象垂異公又條陳弭災防患十二事以上及聞禁中頗事遊畋又請舉行　祖宗午朝故事公當多事之秋遇事輒形於疏每疏不下百千言而大要則以扶忠直抑奸佞恤民生禦外患為主其有裨于時政為多三年遷山西布政司右參政監督宣府糧餉尋命協贊獨石

等處軍務先是獨石馬營八城遇虜失守殘毁未復
公列其利害可興革者為八條以進次第罷行之八
城既復乃立社學以教子弟置醫學以濟疾病立義
冢以瘞死亡設煖鋪以便行旅均疏圃以給將士制
度品武織悉備具而又請官銀五千兩買牛千餘頭
摘戍卒不任戰者俾事佃稼歲課餘粮于官凡軍中
買馬除器勞功恤貧諸費皆于是乎取給自是邊人
歡洽歲亦屢登有嘉禾同穎之祥七年冬以外艱去
八城之人如失父母連章乞留而公固辭不可天順
二年　英宗皇帝嘉其能驛召至京面加奬諭尋擢

都察院右僉都御史巡撫兩廣公乞終制不允至廣興利革弊尤盡厥心舊例廣東鹽課不出境歲久鹽積商困往往賂守關津者越過廣西市利公以為聽之則法壞而利歸於商禁之則商滞而利歸於關津乃請許鹽商計鹽多寡入米邊餉而後出境於是公私兩利焉時廣西流賊多入廣為害而兩廣守將顧頑自異是以討賊不成功公請革兩廣正將立總鎮于梧州居中調度賊可平矣韙其策而不果行則衆公不得已請益兵　英宗命都督顏彪率兵赴之公与彪協議破賊砦八百所擒斬数萬人而還或又以

殺降謗之而不知實積年反復之賊也天順八年今
上嗣位陞公左僉都御史巡撫宣府修復官牛官田之
法墾田益廣積粮益多以其餘易補戰馬千八百餘
匹其屯堡廢缺者力修築之不數月完七百餘所兵
民始雖怨之既而恃以無怨乃忻戴爲在宣府屢有
建白且請行養老之令于還褒恤已往賢臣為方来
勸 上嘉納之三年陞礼部右侍郎五年改任吏部
是冬持節封瀋府稷山王六年畿内大飢命公巡視
真定保定二府賑恤貧困綏輯流亡既還復命賑濟
京民之飢者全活甚衆八年虜出沒河套為西邊患

有言增兵守險者有言大舉搜套驅出河外沿河築城堡抵東勝徙民耕守其中公受命往議方略奏言搜河套復東勝此皆事勢所難不敢妄意惟增兵守險可為遠圖宜令守臣剷削邊墻增築城堡收新軍以實邊選土兵以助守此不但可責近效而亦足為長便也　上是其言九年轉左侍郎公自入佐部政每議礼用人從容贊決其間條長敬信司屬悅服焉至若是非部分而関當時利害繫生民休戚者遇諸卿必相辨正因而助益者不少一日坐從堂署事忽疾作不能言輿歸西第而卒實甲午三月八日也享

年五十有五　上聞深悼惜之賜賻鈔三千緡謚為文莊遣官諭祭營葬以明年二月十七日塟于邑之積善鄉溢瀆之原公為人温雅簡重崇道誼尚名節言動思跂古人居家敦孝友涖官清慎勤恪設施不苟與僚友論事不激不隨而言色自若其取人先行檢而後才藝然存心寬厚終不及人之過惡所寓門無襍客公退手不釋卷考古辨疑殆忘寢食而於世俗聲色財利之好澹然不以經心平生為文師歐陽而功業自期於范韓以范公為鄉先正尤景慕焉惜乎大用未究而卒所著詩文奏議總若干卷藏于家

公凡再娶先金氏贈淑人繼耿氏刑部尚書耿清惠公之女封淑人子男一晨補國子生娶副使張和女〻三人一適貢生虞臣一許夏景澄一尚幼公之卒也晨不在側冢宰尹公旻率僚屬經紀其喪事既又狀公行畀晨奉以徵予文曰且先父雅愛先生言幸勿辭而公內弟司業耿君裕又申其意而請因撰狀言著其槩系之銘曰　古稱才難今世尚然彼長此短用各一偏優於政矣其文詎傳文或工矣政舉弗宣達觀於世百靡一全而公兼之寧不為賢惟公問學有本有原公之履操金石其堅清文達識自視無

前檢自約已猶恐弍愆歷中外逾三十年忠君愛
民心寔勤拳言惟婉切用適方圓惠浹于民威行于
邉緬懷鄉衮我道隨肩謀謨事業期著後先何志之
遠而去之遄位不滿德繫命于天墓門有碑德烈是
鐫於乎文莊百世不諼　先民有言林宗不媿
蔡邕文予讀文莊公碑亦識無媿彭公所著也何
則同鄉稔知其德業景仰之餘不能不為之感歎
歲乙未仲夏梓林識

葉盛侍郎墓在崑山縣積善溢瀆之原

浙江按察司副使提督學校張先生墓志銘

葉盛

英宗皇帝復大位之五年，庶政時叙，悉如其初。於是詔在廷舉文學行誼士，仍理學政。廷臣合辭以南京刑部郎中張和等名上，上特陞浙江按察司副使，餘陞擢有差，皆畀之璽書以行。蓋今天下藩臬十有三，浙江固其一云。今日夏，盛自廣赴闕，過浙江，浙江之三司言張先生病矣。先生能仰祇德意，蒞事甫期，巡行遍屬，學者且至再，勞憊過甚，病矣。既而見屬學官弟子，皆如三司言。未幾，先生竟卒于其家。其郡邑之賢皆奔走哭弔，里巷之民多咨嗟悼惜。浙之

諸司亦皆致奠其門人學子相与會哭者數郡畢集
閭作為文詞以致哀傷之意公卿士夫詞苑名流聞
其訃莫不嘆息曰人哲亡矣噫先生果何為而能得
此于人〻哉盖先生天資穎敏絶人成童讀書數行
俱下尤績學不怠至忘寢食稍長即知謹義利賢否
之辨為文章立就已鏗鏘有奇語聞先生長者有賢
名即趋詣請益同邑張伯緒華亭陳文璧翰林尹鳳
岐皆器重焉正統己未偕弟穆同登進士第　廷對
之文稿無竄抹讀卷者奇其才請寘首選以病目創
不果擢第二甲第一人不久移疾家居一時碑版之

請戶外之屨恒滿執經問業學徒踵至先生卒語以
科場易事學者務治身心他日當有益　國家耳有
以程文請者舉題多百餘言少二三字先生兀坐數
誦經傳次𥇈釋一無所遺言出成文諸先泚筆左右
伸紙疾書至迫速不及書雖數十人人各不同莫不
滿意而出後頗厭苦之諸生屢却不可去歲庚午主
考江西鄉試五經文字得士為多辛未授南京刑部
山東司主事三法司有重獄就咨決所上奏牘皆經
詳定尚書侍郎不以郎曹禮稱以先生遣子從之學
俄膺　名入翰林與分纂修纂宋元史事翰林素艷

先生名既從事皆以同事得人自慶天順還南京陞署浙江司員外郎明年實授又明年陞陝西司郎中未及書考而提學之　命下矣今之士夫君子經先生指教者内而近侍外而藩臬州郡稱能官者皆有人假使處先生養士儲材之地其所就不既多矣乎提學之任亦重矣天與之年其又可量乎蓋先生之不盡其用殆非人力矣雖然士之見重於世用不用其何足校也夫先生性孝友治父母喪一遵朱氏禮以家無厚產懼嘗節俸給製衣帛寄其兄以及其弟輿全名節鄉先輩漢陽守章士希老無所于歸嘉興

朱鹵菴其校師也皆為之倡醵金以圖其後事廉潔
自將權貴之門不一濡足聞忠賢節義之為喜躍如
自己出直無他腸有所知必以語人不問交處久近
朋友有過舉必面折之是〻非〻不少容貴近臣嘗
有事懷金遇先生者雖怒斥之然猶委曲擁護之不
顯、于人以是人多憚服之歿之日家無一金之資言、
而遠近敬愛先生者多致賻以畢其喪先生諱和字
節之號篠菴張氏崑山名家相傳為唐燕國公說之
後世有令德其生邑橫塘里曾大父道昇大父文裕
皆豪士父用禮贊至和塘北何氏遂家北塘又家妙

卷四四　十三

涇之南後以穆貴贈其父奉政大夫刑部山東清吏司郎中母胡氏宜人先生之妻丁氏封宜人子男二懋甫直甫懋甫邑庠生女三長適諸天叙次受聘配葉晨皆出丁宜人次尚幼側出也先生永樂壬辰四月廿六日生卒天順甲申六月九月卜是年十二月十八日葬馬鞍山南城隍廟西之先塋先生之平生見其友吳劉昌華亭夏寅所為傳蓋於史館秋臺之事加詳其於盛累世通家其相視異姓兄弟也南都之會剪燭劇談有互表祖塋之約而今已矣蓋先生之所學宜莫如盛雖不忍銘而義宜銘〻曰　南峙

惟崐婁江洴奔代産豪賢匪獨機雲猗嗟先生超前軼群百氏揚瀾六籍窮源昌言　王廷載筆詞垣粤有文衡式臨大藩兩賛刑書實多平反豈無他人或深以繁士行公方君子之存五色光晶亦大而殷浙俗熙熙童冠詵詵朝勤夕勞輶車軒軒往而不來引領含顰若人云亡天胡弗仁高墳欝欝如一丘亭如後欲求之于我斯文

張和副使墓在馬鞍山南城隍廟西

明故太中大夫浙江右叅政張公墓志銘

楊循吉

崐山有二張先生公諱穆字敬之於行為季与其兄提刑公同名于時人尊之故並以先生稱公家世居崐山之横塘後徙婁上正統己未公与提刑公並登進士第當是時提刑公進士出身第一而公又在會試第二天下榮之公初授工部營繕司主事繼移屯田以憂歸與其兄服喪有礼鄉黨稱之以為孝起復改刑部主事陞員外郎〻中公曉暢法律持以仁恕其所斷無以冤稱者蓋在景泰甲戌之歲公以員外郎為會試考官允曹郎得遇此選者非學行超絶者不能有也公之陞郎中也進階奉政大夫而公之考

諱礼亦以先贈主事進郎中姚何氏以安人封進宜人天順改元　英宗皇帝御極鋭於圖治親擢在朝之臣任以法官布之天下使繩刺奸弊而公得山東按察副使　陛辭　上親御文華殿諭遣無有寶楮之　賚所以倚任公等者甚重公感　上知遇恩有以為報稱至官奉法不阿直聲著聞盖在山東者九年用己正物人以為無負　詔旨成化元年考績書最例得正三品執政者以公之久伺也舉為浙江右叅政惟得一級便公也而以公專請軍事軍曽補伍久不勾補者例解丁查往〻多死道路間公獨以移

文行查不解丁人大便之雖違例不顧也嘉興知府楊公剛勁人也有疑獄不決公為立剖之楊公不覺下拜公至浙江之二年進表入　朝時曹州李公秉在吏部雅知公山東之政欲薦公都憲臺適有劾奏李公者連及公〻遂解官歸其槖蕭然幾無為生門生故人相與買田松江之滸助之公始得濟焉提刑公之卒也公事寡嫂最有禮濮州判官者公季弟也亦先卒公撫其孤尤甚厚在山東所至境内則必求先賢之家卹之及表葺其墓不以為倦而公之少時所事學師與其舉主皆浙人公在浙時已死公為之

或葬或祭無不報者蓋公之天性忠厚如此公好讀書平生暇時書未嘗去手又喜汲引後進而為人性剛直不假借人至評古人亦然薩平之修志也收畢歆馬周公曰歆漢賊也何可存〻周可耳亟命去之而責恕修省故尚書劉公言于葉文莊公曰敬之好直不擇人瑕垢至品量篇翰亦然可憂也後竟以直致謗不容于時而歸公以既歸之年為成化二十三年丁未三月二十五日卒其生蓋永樂十三年乙未十二月二十五日也年七十三配宜人周氏宜人之父為鄭府長史側室有子者鄒氏子男一人甫娶

知武安縣鍾君女女二長適吳縣顧禧故禮部主事顧君林謙子也次適江陰薛章憲縣學生平甫將以卒之年十二月二十日葬橫塘之原與其兄進賢教諭寅甫鄉貢進士安甫奉吾友黃君應龍狀來乞銘應龍文宜銘公而以讓循吉則循吉何敢當也然循吉先舅氏太中劉府君與公兄弟之間甚厚今提刑公談笑容止吾家猶能說之蓋府君與公兄弟同在南京以古學相友提刑公讀漢書一傳必三十遍其文雄一時然獨重府君人有就乞文者則辭曰何不請劉虞部然則循吉雖未嘗得親公亦公友之子弟

也銘其得辭乎提刑公名重一時公與之頡頏上下人並稱爲先生提刑公入仕遲享年少而公之年仕皆多且久故其閱歷施設著述之事于提刑公爲尤爲公屹然爲鄉耆德今已矣典章故實孰從而質之也此鄉後進之不幸也公所著有勿齋集二十卷勿齋公所號也未盡之志其在茲乎後來者盍以求之提刑公諱和字節之者也銘曰

崐山之二張人傑雄文章政事美略同公其季也碩而忠荼然其名配長公多才練達智疏通早以治獄聲馨充平不撓法仁不容于時　英皇再御龍簡拔賢俊皆登庸公當

此時首進榮匪人達之由　帝衷報之難矣乃畢躬煌〻旌節賁山東泰山日觀兩目空奸頑避走寂無蹤惟彼浙藩壯且雄公所宜有曰治戎以民養兵慮其終乃公於此為有功公官日進方顯榮德修毀來衆口攻飄然拂袖還里中膏車遠邁川津逢公略不以存心肎知時委命樂以雍愚有幸會賢有窮慊慨好論讌之叢于公何恨何忡〻惟公伯子時所宗文章擊撞閒笙鏞公實佐之森前鋒不朽奚假乎鼎鍾橫塘之原伊夜宮三品之葬崇厥封其下多土上多松得失何有拙與工且以元氣還鴻濛樂哉地下兄

之從

明故祁州知州封奉直大夫刑部貟外郎張

公墓志銘　　　　文徵明

祁州知州崑山張公致仕家居凡三十有五年年八十有四嘉靖十六年丁酉三月廿又四日以疾終先是公以進士釋褐守祁甫四載以母喪去官既免喪遂不復仕時公年艾服吏部尚書馬端肅公嘉其靜退奏　錫四品章服階朝列大夫致仕越二十有八年子寰升　朝推　恩封刑部員外郎階奉直大夫章服如故公始罷官退居横塘即故廬為圃鑿方池

構亭其上曰天方自稱天方子日從親友文酒燕遊聞有佳山水雖遠必至或洽旬累月忘返三吴勝迹登覽殆遍良辰令日未始虚擲壺觴在前圖史肆列握槧呼盧悠然自適或語及時事輒起避去若將浼爲戊辰己巳之間群幸用事士夫閒居者或攀附驟貴時當路適公同年故人有意羅致之且寓書問訊公亟揺手謝不與通蓋其素性閒曠不樂與時徵逐如此其在官乃能勤慎自將不少鰥曠祁故鄙壤民貧而健訟俗喜巫禨公設爲科條傳以古訓俾誦以自守民信而格訟用衰鮮不事追呼而民乂以安閒

出省耕因遂鈎撫民隱民咸得以自實卒歲踐用吏
為徵調斟度下上式允以均尤勤於賑恤明慎周審
不為虛文以若緝盜緝奸摘伏省徽卷中繫節允公
所為未始骫法徇民亦不肯苟法以為民病推誠任
真執迹吏易又能飾以儒術故雖不久而文治雍然
為一路之冠行部使臣列公治狀薦諸朝會去不果
用而公亦既倦遊矣公諱安甫字汝勉其先唐宰相
燕公之後宋南渡自洛徙吳世居崑山之蕭墅元以
武冑顯　國朝有諱道昇者稍徙橫塘道昇生文裕
文裕生贈刑部郎中用礼始從今婁上用礼生四子

卷四四　十八

禎和穆仲而和與穆聯舉進士和仕終浙江提學副使穆浙江參政並有聲跡為時名臣公則禎之子也母金氏以景泰甲戌十一月七日生公娶徐氏先卒贈宜人子男一人郎寰以家學取進士連守濟寧濮開三州韶為刑部員外郎方侍養在告女一人適臨安府經歷趙禧孫男四人恒慕恒純恒思恒學孫女二人公少以舉子知名始為鄉校郎為部使者識拔比試應天生試者奇其文用為舉首魁得他卷偶詞氣相類遂兩黜之已而發封得君名而同黜者為同邑方岳亦知名士乃甚惜之然次舉公竟與方同薦

庚戌試礼部遂登上第有司録其文以傳一時譽聞甚籍謂且繼踵先烈而孤立寡援竟就外補浮湛常調迮以不振嗚呼惜哉公為人不立崖異不事矜持與人處無少長戚踈貴賤一是以誠而人信之亦莫有謾之者平生撿家有制教子弟以礼而勗之以學獨不能治生入官数年先世田廬乃損於旧委心任運曽不置懷顧能舉羸急義中外族属以及鄉黨鄰里緩急有求必委曲赴之其尤可書者副使公和叅政公穆死皆無後為搆特祠置祀田俾群從子孫世享之盖張氏文獻實始於二公〻此舉非獨繼絶而

已公生臞瘠纖竦貌古而神清被服蕭散舉止踈慢對客恂恂不能劇談高論望若憒眊而内藴精明雖以經術名家而博宗群籍不遺餘力竒情逸思發於古文歌詩精警温腴足稱合作所著有天方集二十卷雅善攝生而不為没溺既病卻藥待盡及革手書遺令呼子孫示之泊然而逝嗚呼斯可為達也已冢以是歲四月十三日葬公横塘祖塋之次距卒才十有九日從治命也於是冢手具事狀屬予銘銘曰

有攸維龕繄禄之徵顧言則貞維德之凝豈有不崇迺心維烈攸啜其腴我行其潔有賢張公德懿維冲

既寯有庸亦餝其秩〻〻方州有民有社弗擾維循躬
爰德以化匪無榮圖我攸有適合旃來歸以宴以息
憲〻名宗德聲孔耀孰其承之乃賢有紹不紹其禄
紹其忠貞有賢張公矢其英〻出正扵邦處斅於族
既忠亦貞不忝維穀横塘之墟鬱茲新阡生斯藏斯
以永無譽
張穆參政及其姪安甫知州墓並在横塘
明故嘉議大夫河南等處承宣布政使司右
參政吳公墓誌銘　文徵明
公姓吳氏諱愈字惟謙晚號遯翁世家蘓之崑山曾

大父子才大父公式　皇贈承德郎刑部主事父凱字相虞仕終礼部主客司主事修正疆執事母篤孝年四十棄官歸養以高年令終鄉人私謚貞孝先生母安人陳氏生正統癸亥八月一日成化戊子以縣學生舉應天鄉試乙未舉礼部會試　廷試賜進士出身戊戌授南京刑部廣東司主事己亥丁母憂甲辰復除本司主事歷員外郎〻中弘治庚戌陞四川叙州府知府癸亥進河南右叅政明年甲子致仕嘉靖元年壬午以　登極恩進階嘉議大夫五年丙戌五月十有九日終于家年八十有四公自少開朗書

過目不忘嘗諳外舅夏仲昭閱壁間文累數百言閱已取筆書之不遺一字資既穎異又敏學彊解不遺餘力既連舉得雋益進精不懈初官法比郎思明法以達于政每退自公輒取故獄詞翻閱探竟凡事始章程傳爰論報悉究而通之事至迎解不煩檢會所部蕪理纖輔事尤苛劇公省決敏利達無留獄析律詳明所當必允苟得其情雖貴勢不避時留守中官驕不奉法會有事當按公持之急中官使人宣言欵公且懼以既公酬對閒整語直而遜卒竟其獄不少骫骳然不為深文内庫遺火事連中司坐死者數人

公具獄以比請尚書言情罪既得奚以比為公曰法
如是不可踰也尚書執不從獄上何文肅公當讞閱
其牘稱善曰此吳郎中筆也但所坐非正律宜以比
言卒改用此律奏之尚書乃悔不用公言由是益任
公每公當遷輙奏留之凡一再進官皆不離故署會
詔大臣舉屬吏尚書鄭時侍郎徐懷聯章薦公堪
長藩臬奏上而叙州之命已下叙去京師萬里俗獷
喜訐吏多並緣為奸公始至判牘日以百數吏故矯
列數事嘗之公且判且閱徐謫所矯數事訊吏〻即
叩頭具狀公既精敏慧發謫而濟以嚴重有犯必繩

以法吏畏民懷訟用哀鮮尤愼刑獄每行縣録囚必有平反慶符盜正寢劫縣〻誣執二十七人皆抵死公審鞫左驗惟二人眞盜乃悉縱遣二十五人其後果獲餘盜貴州都匀用兵叙當轉餉而道路險遠公調遣節適民不勞而事集出諸郡上有　詔錫楮繈文幣旌之所屬長寧筠珙夷獠襍居尤剽悍易動公撫以恩信示之礼法久皆懷附然無故不輕調集會撫臣移文發其渠率至省閲習公執不遣曰犬羊之性未易擾伏萬一奔逆不可輯撫臣不以為然必安欲致之已而椎剽鹵掠旋不可制公手書片楮諭之

卷四四　廿二

即復弭帖蓋公推誠待物素為夷獠信向如此土官
安鰲以馬湖叛有　詔擒捕而叙實比壤藩臬重臣
咸會於叙公言鰲輕剽無遠謀然器甲精利兵亦驕
捷未易攻取不若重圍困之彼中無水不一月可坐
而降也議未決鰲而棄城走將糾諸夷為亂衆相顧
不知所為公徐曰鰲在吾彀中矣問故曰彼以郡守
將兵接戰勝負未可知既離巢穴不過一窮虜耳所
轄諸酋長皆其深讐彼且無以自容又何能為因遣
人襲而執之曾不血刃而元凶授首及改設流官其
醜類不復服嘯境上刼郡印為亂衆益惟擾公親叩

其壘好言諭之曰若等情有欲言〻之朝當處分何以印為且印出　朝廷失一印復制一印於我無損若持出特一敗銅耳吾憐若以無用之物自陷罪辟故為若言若無以印為也衆即委印解散自首事至敉寧公皆在行間謀畫多自公出比奏報而散不及公衆為不平公曰叙與虜接師或不競叙賞先受禍此守臣責也今得無恙幸矣敢覬賞乎在郡九年郡農振業興學教民〻靖化洽歲亦比登乃平繇更賦旬考邊譜之侵於民者得四十餘萬輸將轉調亦數十萬廩庾既充以時賑發流庸來歸戶口增羨郡以

大治在河南無理屯田時田多為藩府乾没及勢家漁取或假中官託覆捋抑詆譎莫敢致詰公皆省鉤校多所緒正在省一年屢糾錯事方將有為而壹評出矣會蜀士有不悅公者復從中醞釀之而公亦已倦遊遂致仕去公識慮精審舉動詳緩每計事尤要其終斟度分劑不少滲漏一時雖若迂遠而積久考成往往有餘治牒往來非公事不輒乘官舫雖遠不給過所官中餽遺一不受亦不以官物遺人嘗自言在官經費一錢以上皆注籍令不皆覆其所為必視法所在故歷官中外未嘗一挂吏議其待屬吏特嚴

雖所喜不少假色辭所不喜者亦不輒肆詆挫不立科條不收聲譽而質行履方往往出名上故所在政事卓卓而人鮮復稱之尤不欲有所附離初登第觀政兵部部僚有與當路交比者雖喜公故為引重欲援致要地公謝曰某忝列進士入官自有本末因緣進取非所志也其人媿謝後當路敗所所引咸坐廢黜而公無與時已韙公卓識其後益厲不變浮沉常調者垂三十年晚始解后一奮而竟以讒罷烏乎此足以占公之所立矣家居尤事撿持出入起居咸有常度接人和而有辨故雖讌笑融洽而人莫敢慢易

人有過不面加誚讓惟對之不言而已其待子弟亦然々人每以是候之顔色所加甚於質責也故諸子若孫咸子々自將無少縱弛閨庭雍睦訾毀不聞邑中稱詩禮家必首及之雅喜賓客燕設精鑿禮文詳雅周旋尊俎間終日忘倦晚歲聰明不衰音吐洪暢理言遺事憶記歷々每對客舉似必深竟顛末風流雅尚奕々照人蓋以高年令德為鄉邑之望者二十有二年烏乎今則已矣有如公者可復得邪公娶夏氏太常卿仲昭女封安人有賢行先公三十年卒無子側室姚氏生子四人長東浦江縣丞次南國子生

為仲兄惟明後次西次守中國子生東西皆先卒夏安人生女三人長適王銀以子貴贈翰林院編修次陳伸戊辰進士死逆瑾時追贈大理評事次文徵明翰林院待詔側室趙氏生女三人適陸潔朱希韓餘一人尚幼孫男四人詩訪許詠詩國子生訪縣學生女五人曾孫男二人女三人塟以卒之又明年戊子十二月甲申墓在邑東積善鄉興仁里夏安人祔銘曰顯允吳公既貞既賁有言庚庚亦順其德侃侃貞孝為時令正弗大厥施發于嗣人憲憲邦刑翼翼盛業豈曰世踐光于有烈維烈如何藹藹在公入守郎

書出疇民庸維此叙服療夷易隧有綫弗諼式秉永
懷豈民則懷亦貞厥履穆〻收〻納于仁執道隆周
恭功成不言　天子有詔往奠中原有攸王臣既貞
亦蹇時弗我違身則既倦荒褒既營式遄其歸公歸
維何鄉人有依顯允吳公維民之則出遣邦猷慶範
鄉國〻則殄瘁斯人云亡後千萬年以允有光人亦
有言維德則文我作銘詞尚詔厥後
吳愈參政墓在吾邑之積善鄉興仁里

瞿郎中行狀　　方孝儒

府君諱嗣興字華卿姓瞿氏其先居河南後徙通州之海門宋末有諱某者避兵南來至姑蘇之常熟家焉生二子青達俱有才力能服其鄉人元師破江南有劉將軍者徇地至常熟青與達帥里中強壯拜馬前迎之有狂犬突出軍前衆謂然持弓不敢發青直前一箭射殺之衆讙曰壯士壯士可官也青曰吾不如弟達遂求旗號俾招諭未降者承制授達百夫長及宋亡遷蘓州巡鹽大使兼管内六縣捕盗轉怯憐口提領娶某氏府君其子也府君少時家有祿食日

從其徒射獵飲酒為樂不喜學書天資仁善和順未嘗有過年七十怯憐口以例革不寘官提領君家食甚貧府君即折弓矢脫去紈綺故態躬力穡事以養二親承顔候色惟恐弗至母嘗病癰時天熱癰潰臭不可聞人皆掩鼻趨過府君跪床下執蒲葵扇驅蚊蚋以手磨織剔腐扶起臥不解帶者三月至愈乃至母又嘗患積氣危甚醫不能治或告以股肉可療乃置刀盂上而禱于神俟刀躍乃可割府君如其言自旦至晡時頓顙於地顙破血流盈面刀弗動府君泣曰天忍不憫我邪我縱以身易母猶母之肉何暇惜

手知刃卒不可動起引刀割肉覆盂中裂帛漬血裹瘡戒左右弗泄羹之謬稱他肉以進時母不食已五日矣見羹喜為之握筯食一杯幾盡食已而瘳母後嘗感疾思啖菱時菱未花遍市之不得解衣入菱澤中哀呼索之竟日手足皆腫僅得菱實三持歸遺母母疾如失既而貧愈甚或隔日一炊府君曰事急矣尚守不變如父母何哉攜家入蘿城謁多錢家願盡力多錢家察府君誠信可仗出資財俾貿遷日分其息十之二府君由是稍裕時父母所欲無不致也府君不妄取而好施嘗朝出道獲人所遺囊有楮帛若

干視其名則市中小夫府君坐不貼席走其家還之有遺田宅契書於路者覽之曰契書失將起爭端跡其人呼與之其人貴家奴失主契畏罪涕泣欲求死叩頭謝曰公活我廛工王氏大雪凍餒不能起灶突無烟府君憫之天明携錢二十緡潛投窗隙而去歉歲出糶有寠人來糴衣不及脛府君受其錢五千陽忘曰汝糴十千耶倍與其粟鬻蔬者過門府君取其五錢授以楮帛十倍曰吾適無錢汝持楮弊去將以餘錢裨我鬻者笑曰吾安有錢裨君耶府君曰汝第持去俟錢多歸我不汝急也其意與之不欲其知而

皆此類凢負販者必多給其直家人怯問其故府君曰彼胼胝手足以求升合利吾忍與之較邪嵗丙申常熟凶民来依者數十輩府君僦舍以館食之癘氣發病者相枕府君躬親粥藥而時進之卒賴以生府君既喜浮屠言讀其書豁然若會其意者復閱北溪陳氏性理字義即解其要曰聖賢之學蓋如是因戒二子懋莊曰我少不學至老而始悔若等其勉之懋與莊服父訓刻志事學莊入國朝為礼部員外郎府君及見之曰吾有望矣洪武乙卯九月府君得疾恐念慮或亂畫紙為圏揭屏間常目之二十七日卒

于家卒前一日楚府伴讀陳子成等道府君將之京師問府君欲何言府君以兩手加額曰語吾兒努力供職報 天子恩我死不恨享年八十有四莊在礼部纂請於朝 未報卒後月餘贈將仕佐郎礼部員外郎配蔣氏安人安人事舅姑如府君之孝舅姑或怒則率子女羅拜于前曰新婦誠可怒願念諸孫代其罪舅姑意不解悲泣不已年七十二先九年卒是歲十月二十三日葬吳縣橫山梅家湾之原與安人合窆女三人一夭二適某孫男四人紹緒紳曾孫男二女一府君殁明年莊自員外郎拜福建等處承宣

布政使司左參政階通奉大夫當得加贈而早欲圖其不朽未暇請云

瞿嗣興孝子墓在吳縣橫山梅家灣

故郴州府通判桑公墓誌銘　楊循吉

吳郡思玄先生桑公少好詞賦師司馬相如楊雄以其長擅名一時至為他文章皆本是凡為集十卷既而力探群經自易春秋周礼皆有義釋又數十數合家總二十餘萬言弘治癸亥六月四日以郴州府通判卒于故邑常熟之寓館年五十七邑令計君楙進士也盡發其書觀之為具歛加厚其將葬也其從弟

卷四四

艽

鄉貢進士翹以遺言請銘於我烏乎先生之道裕而能容介而不群充其辨可羨於將使極其用宜大于匡國胡獨以一技名邪先生諱悦字民懌其先有舉齋公者仕元為都水庸田副使傳六世至廷貢壻于穿山周氏生先生年十九領鄉薦叅試礼部不第貢才游京師無所屈竟以乙牓授泰和訓導三為考官皆大省號能得士秩滿家宰三原公方執政將薦用之不果以資拜長沙府通判又以催科無績調郴州府郴邊氓襍居　多竊發先生出入賊巢穴示以恩信來附者萬家郴人至為繪像以祀然由是名聞于

會府因得名致幕下待以賓礼俾司謀畫道方行會父喪帰遂不起以至于没蓋先生之設施不見者若此先是未卒之前一月友人薛大章梦見先生乘高車擁入玄冥云與屈子遨遊已而果卒説者謂先生躬萃元精以神明其心志又不大於事業以有蓄焉一旦以死其不遂〻為常見亦明矣梦所見殆将然乎先生配章氏故贈都御史孟端女男一人阜先卒女二人長適吴樟呉文恪公四世孫次適帰應祥蘇州衛援例指揮僉事孫男二人内曰接外曰溥皆嗣阜為後幼未克立夫人實主喪事先生先世皆葬故

卷四四

三十

邑虞山令以十月十六日葬湄溪之原從其先君兆
礼也在太倉州南四十里與穿山三里而近先屬邑
今屬州故先生又為州人銘曰有才不售澤不大施
滇粤縱奇以昌厥詞休〻三原非不已知跡直以交
始孚終遺黄髮鮐耇世所謂壽賢者不然道德永富
髧彼兩童亦既樹後祭祀克紹在礼不繆婦終于寓
邑令是主返葬湄原爰拊父母遺書湍家蠙珠琳琅
聲光若斯不腐以亡百世有考尚于銘章

桑悅通判墓在太倉州湄溪

明故資善大夫礼部尚書致仕贈太子少保

石城李公墓誌銘　特進光禄大夫左柱國少師兼太子太師吏部尚書華盖殿大學士贈太師謚文康南海丨丨梁儲撰

昔成化戊戌常熟李石城先生始自翰林院編修遷侍講又九年丁酉還侍讀學士後　孝宗登極以先生有青宮講讀舊勞稍遷左春坊左庶子學士如故既而　憲廟實録成與先生同職纂修者遷少詹事或太常少卿仍兼學士惟先生還南京國子祭酒以去雖燕賚加禄之礼不缺焉然出入遠近之間礼意不侔矣說者謂當道厭人好直故用意沮尼於其中

豈其然乎既而先生連遭內外艱俱特賜祭葬洎服闋起為太常少卿兼侍讀學士遂遷南京禮部右侍郎轉左侍郎拜南京吏部尚書復召為禮部尚書時中官劉瑾亂政受某府親藩重賂欲以鎮國將軍為郡王怒先生執成法議之將中以危法賴 上心垂察止令其致事仕以歸劉瑾既誅 詔吏部疏起舊臣才有識為瑾所擯斥者先生雖名在首列然雅意林泉無復有仕進意矣烏乎當道者能斥人於祭酒之時而不能斥人於宗伯之日劉瑾能怒人於議禮之際而不能怒人於疏起之時況先生幼學壯行克全

晚節名遂身退貽福無疆是固平生好直之報天定固能勝人也豈瑾輩所干與哉先生諱傑字世賢以世居常熟石城里別號石城雪樵生正統癸亥卒正德丁丑家譜遭元季喪失無所考今以曾大父居仁府君為始祖云既貴獲贈大父濟父希潤俱礼部左侍郎祖妣徐氏郭氏妣徐氏元配章氏俱淑人側室曹氏生長曰而達應例授七品散官繼配弋氏生子次子曰而進授光祿寺署丞曰而遇授中書舍人皆先生蔭也女五人錢奎趙康錫劉夢錫顧榮華翰其壻也孫男四元紹元貴元顯元望初先生為編修侍

講時常充經筵及青宮講讀官三為會試同考官兩
同兵部侍郎及都察院副僉都御史為清理武職貼
黃為學士時嘗主考順天府鄉試及為殿試讀卷又
為纂修實録兼校正官為少卿學士時經筵講讀以
舊臣仍首為青宮講讀又為纂修大明會典副揔裁
官後闕里孔廟災命奉香帛往祭告為礼部侍郎時
因夏旱 命祭禱 天壽山而雨又為泰陵山陵使
既沒蒙 賜諭祭二壇有司為造墳安葬凡此皆関
係 朝政大體故並書之公自幼穎悟至老猶手不
釋卷在仕路四十年歸田又十餘年有文集若干卷

藏於家今其子某等皆淳雅有文行足以增光而裕後先生之澤固未艾也銘曰　惟公尚直匪徐與亟雖為當路所抑晚而際遇出入皆榮宗伯歸來道看可行虎狼九閽莫達鴻飛竟爾冥冥予之斯言亦豈足以槩公之平生也耶

李傑尚書墓在興福寺北

明故通議大夫都察院左副都御史思菴吳公神道碑　徐有貞

通議大夫都察院左副都御史致政吳公之卒也有司以聞賜之葬祭如制於是其外孫中順大夫知荆

州府事錢昕狀公之事行使来請銘于墓道之碑有
貞之少也蓋嘗從遊于公而荷公之知重斯文之誼
惟永弗忘如公之德之學之官政有貞實皆知之雖
不文也其何敢辭乃哭拜受狀序其事而銘之公諱
訥字敏德别號思菴吴之士大夫皆稱之為思菴先
生而不名後公雖貴不以官稱乃所重在其德學焉
海虞之吴蓋仲雍之苗裔也公之曾大考諱清大考
諱天佑考諱遵道遵道仕國初為沅陵簿卒以公
貴贈僉都御史妣王氏繼陳氏俱贈恭人公之生也
早失所恃而遠所怙然天賦高　能自樹立甫七歲

摘五經之文誦之不訛出語有章老成長者已識其偉器時沅陵方遠官公獨侍其祖母繼母居海虞且學且養不以憂遺其親沅陵君被誣繫京師公匍匐訴于廷乞以身代事未白而沅陵君沒公扶柩歸葬未幾而祖母及母亦相繼沒哀毀幾不能存雖在窮約而喪事一毫不苟且斂窆虞祥之禮一依朱子書遠近觀禮爲鄉人化之治喪乃不用浮屠法母族王陳二氏皆徙遠方公迎養兩外祖母於家供養如一其齒益長學益富大江之東稱德義者必首及公而稱學術者亦必首及公永樂中旁邑之大夫交辟爲

校官不就乃薦之　朝召試翰林優等且授官或言其善醫將使教醫生公不願舍儒從醫上疏懇辭爲時　仁廟監國因是知公命之即南宮教六卿子弟有薦公行在者　文皇召見齋宮奏對稱旨命日侍仁廟登極翰林學士沈度秋官郎中王傳交薦之吏部尚書蹇義以聞　上曰是嘗教六卿子弟者耶毋使外任即日擢監察御史公素自重又感　上知遇〻事直遂知無不言　朝野憚之其出巡狩至以扶持綱常爲己事在浙江則立高宗九經語孟碑而削秦檜記刺群賢之文表宣公之奏議襃岳王之精忠

忠而於貴州則以蠻夷禨處務持大體不苛以擾恩
威著爲及代還民不遠萬里詣　闕乞留先是使貞、
還者率學所養而公獨無　宣宗時以南都留臺爲
重求可任者僉以公應詔進右僉都御史尋陞　左
副都御史階通議大夫公執法體剛而用正侃々之
言卓々之行論者謂其得大臣體未幾有與不合者
愬之　朝公遂以疾求去吏部方奏留之而其辭益
力不可奪　上、宴勞而還之公既歸家事一不問日
惟著述以終所志閉門绝、掃而士益歸嚮爲初未嘗
寢疾及易簀無、一語之亂是、惟天順元年三月既望

也公兩娶皆張氏贈封皆恭人有丈夫子二曰欽曰銓女子三長歸錢公建次歸嚴顯又次歸俞昱皆善士孫男四長誾受經于公第進士為御史克肖其風裁不幸早死鄉邦惜之次詢後沐孫女一曾孫男三女一公生洪武壬子享年八十有六葬邑之虞山從先兆也公為人端重純明履方居約不以窮達易所守其學務遵儒先闡經訓以淑人心正士習故凡為文章鑿鑿焉斷斷焉根據義理有裨世教不徒作也所著有思菴前後續詩文集小學集解性理羣書補註文章辨體詳刑要覽晦菴詩鈔草廬文粹諸書文鈔

悉、梓行於世於乎以吾觀乎斯世其功名如公爵列
如公、者蓋多有之矣至求其立心如公制行如公者
則未之、見焉故少師文貞楊公嘗贊其像曰道古人
之道心古、人之心君子以為篤論然則有貞之為公
大書特書而、不讓者豈門人之私哉蓋天下之公也
銘曰　吳出姬姓、實惟周宗海虞之裔祖於仲雍〻
後迄今綿歷百代〻、不乏人及公而大孰不為學公
學惟正刊落文詞直窮、理性孰不為仕公仕惟時進
礼退義動合其宜公病士、習蹤等无序乃訓小學為
之章句公患官邪滛刑以逞、乃著詳刑俾之警省晦

菴我師草廬我友力踵前修以覺扵後三品之貴八
襄之年世謂達尊公其偹爲我爲斯文楬扵墓道尚
俾来者扵公有攷

楊循吉

中奉大夫江西布政使何公墓表　資善大
夫南京吏部尚書致仕蕭山魏驥撰
中奉大夫江右布政使致仕吳江何公年八十又酉
六以景泰四年十一月十三日卒于正寢将以又明
年九月十五日葬于里之長山之原先塋之次前期
其子玶以兄瑺主喪不敢離於殯側乃獨不遠數百
里踰湖渉江褁麻躋余門泣拜曰先君沒矣當屬纊
時呼玶輩於前囑之懇懇願求執事數語述其平生
刻於墓道今葬有日玶謹奉遺命而來惟執事不靳
以副先君之臨沒言是望復出公平生行實見示又

卷四四　三七

泣而再拜余念公故、人也不相見者幾二十年風辰月夕未嘗不往来於懷、以重其為人今而已矣以所千載不朽者為托且憫玶、孝誠切至余何可以不文辭惟公實出吳江望族世以、詩禮相傳名源字幼澄九歲通四書大義十二能賦詩、作文十三讀、毛氏詩十七讀蔡氏書膺推擇為郡庠弟、子員遊於春坊贊善謚文靖王先生之門而又以周易、是明先生見其言行卓卓乃曰是子公輔器也十九失、怙獨於母居事母朝夕不離其側且不廢學所洪武甲、戌膺貢入太學又明年以易領京闈鄉薦名在第七主、司刻其文以示後學明年會試礼部中乙牓名在第一、授山西太原之德保州學正文行昭彰克稱師表膺薦陞山東德州知州、當南北要衝供給浩穰且罹旱蝗、民多乏食公於其間晝夜極力營為致事克濟暇則問民所疾苦於利即興於害即除致民仰之如神明賴之、如父母明年蝗生隣境公率父老齋戒禱于祀典神祇、曰蝗將入境神其止之守者有過神其罪之民無所告、神其恤之告畢蝗果不入境於是闔州之民號公曰賽、包家蓋以公之設心制行通於神明得於黎庶似宋包孝肅公爲耳迨丁母憂民扶老携幼告于部使者留公、勿行公曰聞父母之喪當見星而行見星而止豈可留、而勿行耶部使者以公達大體及出郊上馬父老脱公、履懸於州門以示去思服闋復膺薦陞梧州府知府值、山水驟至人民廬舍漂、沒無算民見存者無以聊生衆、議欲具奏發倉賑濟公曰具奏必俟報俟報而發廪民、則盡為餓殍矣首出己之俸為僚屬倡及官立券借其、粟於富民遂得粟若干石由是民獲免飢而弗死者甚、衆毁閭郡之淫祠以耗民財者祠凡若干所革沿江競、渡之戲免民沉溺之患者船凡若干艘至今民不敢變、尋以詿誤被謫赴交趾英國張公少保户部尚書黄公所聽調發公於二公一見之頃二公重公辭公動止不凡曰此儒者也面委署交州府學事公嚴立教條用夏變夷致諸生忻然從教未幾選貢得士十有餘人至今有位至方岳者爲還朝除吏部考功員外郎時　仁廟御極擇賢以輔導親王膺少師蹇公薦擢任鄭王府君長史公繪欹器圖以進士言其畧曰臣欲殿下以盈滿爲戒王嘉納其言　上聞之特賜誥褒美及侑以金彩段仍推白　恩贈及父母久之改除吏部文選郎中膺近臣薦陞江西右布政使時江西民所

患者勾補遼東大寧萬全各衛所軍役為　公即具奏江西之民去北數千里且不禁其地之嚴寒至則死亡者多乞於見勾數内存留幼弱者三千餘名於南昌衛操練　上允其奏民甚便之其行利於民者多類此在江西三年〻已七十即上章乞致仕　朝廷以公輿論所推老於從政不許踰年　詔許入覲既見　上憫其果老遂獲賜歸既歸鶴髮烏紗優游林下者十又六年足跡未嘗入城府終日閉門惟焚香手不釋卷以適其所適而已卒之前二日覺四肢微倦呼諸子於前曰術者謂我命止八十六歲昨得

一夢測之相協我死後毋作佛事但得蕭山魏尚書公歎語述我平生刻於墓道足矣恐路遠不可致耳言訖奄然而逝三日大歛神色如生哭弔者盈門咸曰福德人也福德人也曾祖慶遠祖正卿父信之贈奉議大夫　鄭王府右長史母顧氏贈宜人配陳氏先卒贈宜人繼室苗氏封宜人側室劉氏子男四曰瑨曰瓛陳氏所出曰玶苗氏所出曰璫劉氏所出女兩姚信張震其壻也孫男九人曰杲曰旭曰昇曰晟曰杲曰昭曰暹曰暭曰昂昇補邑庠生孫女五鄒致章貴生顧宏李憲皆孫壻也一在室曾孫男三曰復

卷四四　四十

泰晉平生著述有澄菴稿若干卷藏、於家烏乎公於書無所不讀於政無所不達其所操所履、一以廉介正直是務誠勢有所不能牀利有所不能、詘者歷事五朝始終一節全而生之全而歸之享有、高、壽得正而斃況又善教其子孫如璠輩詵詵礼詩足以、襲珪組續風聲是則公尤可謂之不沒也其視彼逞智自私以僥倖、一世迨沒身名俱泯不異與艸木同腐者、相去為何如哉故余烏得不表其墓以為公鄉邦之士、勸噫豈特為公之鄉邦之士勸哉、

承節郎趙君墓志

淳祐十又二年良月既望友人陳鑒来訪余輦轂之下發囊啓緘謂余曰此我故東道主之子之書囑誌岵屺鑒義弗忍辭故請於執事曰公韓[諱]應龍字子雲曾祖瑄祖、華父朝俊世居吳之嘉定望族也公幼從吳之名士游、肄舉子業端平間鶴山魏公督視江淮荊湖四州軍馬、公以兵機進攝濠州定遠尉以平寇勞補承信郎嘉熙、三年大丞相史公復往視師公語長子涇曰機會之来、間不容髮吾與若可以援樹功名謁隨軍轉運李公曾、伯、尾督議將軍呂文德奔走兵

卷四四

四一

閭里輝勵師迄相其捷持轉承節郎子涇補進義校尉李公方委釆石鎮寄納倉以示優擢公抱疾嘉熙四年九月之癸亥卒于正寢年四十有六娶同邑安陸之陸氏微猷之後通判之孫名妙智事公姑和親族慈孤弱恵貧窮捐廪入菴溥茶湯供鄉人多德之卒時淳祐辛亥五月二十八日也享年五十有八長子涇命諸弟卜用壬午十一月壬寅合窆于蕭水之上四男長男進義校尉新兩浙轉運司准使次曰涇孫發曰英發曰孫昌二女長適國學進士龔天定次適通州進士顧應環用述曰誌余聞之哀而感嘗慨

淳祐辛亥 辛誤卒改正

汝墳遵化之弗行而孝子之潔白世亦鮮儷古意寥寥今行於趙氏之家矣故為之歌大車之卒章曰轂則異室死則同穴以美其有是夫而有是婦也又為之歌既醉之五章曰孝子不匱永錫爾類以美其有其父而有子也其承議郎知處州龍泉縣主管勸農營田公事楊煥撰

明故大中大夫浙江等處承宣布政使司右參政陸公墓碑銘　吴寬

弘治七年七月戊申浙江右參政致仕陸公以疾卒于家明年十二月庚申葬於太倉陳門塘先塋初公

疾革已不能言若有所囑其子者於是其子伸以治
命泣請銘其墓上之碑惟予與公同　朝二十年相
知實深每重公才操當大用於時一旦頋以浮議而
去則公不平之氣亦宜假此而發然此亦何足為公
重輕哉是宜置之不足道也公諱容字文量姓陸氏
先世冐徐氏至公始未生其母夢紫衣人以笏擊復
其首曰當生貴子已而得公弱歲穎敏篤學遊鄉校
不專治舉子業日取諸經子史程誦不輟同輩謂非
所急曰聊以抵諸君戲耳獨與故翰林修撰張亨文
太常少卿陸昶儀友善三人俱以文行聞扵鄉而公

尤為葉文莊公所知天順三年中、應天府鄉試成化二年登進士第授南京吏部驗封司、主事丁外艱服除改兵部職外司擢武庫司負外郎再、擢職方郎中丁内艱服除改武選司遂陞右參政致仕、卒年五十九公在兵部勤扵公事邊報或急奏疏日三、四上動輒數千言皆出公於而慮遠持正士論歸之西、域貢胡進獅子至陝西嘉谿關奏乞大臣率軍士論迎、公言于尚書外夷以奇獸進　朝廷既不能卻宥復往、迎、寧不貽笑天下後世邪議上遂已又安南累、歲侵擾鄰、邦有欲加兵者公言安南臣服中國已久今事大之礼、不虧叛逆之形未見一旦以兵加之恐遺禍不細其事、亦已錦衣百户韋瑛凶悍附勢得罪謫宣府謀再用指、良民妖言為功公言于尚書且疏請下法司鞫之瑛竟坐誅而被誣者十餘人皆獲釋京師稱快先時捕妖言、者多陞官例得世襲愚民被誣死者無数公請除其例、獄遂衰都指揮昌佐求為金齒騰衝參将公執不可俄、中貴人召公至内諭旨公言西南夷要地必得堪為將、者守禦佐非其人若順成之異日壞事咎将誰執佐計、竟沮他日復有中貴人舉都指揮二人為都督僉事者、命已下公益不可言都督大官必積功始得彼何人而、欲亂法耶舉者市恩、專擅尤宜寘之于法以為後戒疏、凡再上言甚切直　上從之一時雖曲宥其人而自後、犯者必罪著為令他所建白若論馬政四事論儲養台、輔教導勳戚愛惜人才久任巡撫經理京衛選練禁兵、均平鈔法慎重會議又八事及在浙江益究察民隱振作士風行縣至桐廬且嘗發漁、家兄弟殺拴潛乃者夫、婦事人傳以為神明之政焉既乃條例浙中便宜十事、悉見施行間因公務入京又論漕渠利病語斥權貴沮、事有言所不敢者言蓋公少即有志天下如兵刑

卷四四

四四

水利、之類有所得輒手書之册後多見於用云公事
父母甚、孝父病躬奉湯藥不離左右者累月嘗夜醉
歸母不樂、自是飲必半杯不敢至醉其居喪盡礼三
年不入私室、人未嘗見其嘻笑治家嚴肅動容凝重
若不可親狎至、與人處歡然也性喜聚書政事之餘
手不釋卷見於著、述率明切平實為詩文凡若干卷
外記録諸書又若干、卷陸氏世為蘓、之崑山人公之
曾祖諱福、祖諱繼宗皆、不仕父諱裕以公貴累贈奉
直大夫兵部武庫司員外、郎妣陳氏累封太宜人配
張氏河間府通判璞之女弟、封宜人子男一人即伸

鄉貢進士女二人長適太倉衛、指揮使張漢次適鎮海衛指揮使武勳皆封淑人孫男、二人復陽游陽女一人銘曰　瞻彼崑山韞玆良玉〻匪、可貴、人秀而毓有美陸公白皙而豐少則有志誓終其、躬統師籌邊惟大司馬我佐其勞操縱用舍朝有成憲、憸人妄干以身障之我力桓〻力所可為夷險一視何、以為之國有弊事手削章疏觀者駭焉我職在是位卑、亦言彼愚不知指為沽直知者與之則為盡職為上為、德、不寧惟斯出、叅政事惠澤益施未究厥才歸欵則逮、逍遥海濱進退不谷白日自顧吾身獨全〻而歸之暝、於九泉。

吳都文粹續集卷四十四終

吳都文粹續集卷四十五

長洲　錢穀　叔寶　編集

墳墓

太子中舍致仕范府君銘

府君諱｜仲温字伯玉四代｜祖諱某幽州｜人也唐末為處州麗水縣丞中原亂離遂家於蘇臺曾祖某事錢氏為中吳軍節度判官贈太保祖諱某以神童補官終於秘書監贈太傅考諱某帰皇明歷真定府武信軍掌書記贈太師兼中書令府君郎太師仲子也生於京師幼孤還蘇臺與諸從兄弟居服勤素

業孝悌於門中景祐二年以某遇乾元節恩例補試將作監主簿赴調除越州新昌尉以誠接物民用知勸在邑三年盜不及境外計舉監餘杭縣市征杭州能寬其利商旅便之三載以績聞按察使詢牧守咸有表薦除海寧軍節度推官知台州黄岩縣慶曆七年海潮大至壞州城人皆逃散後溺者甚衆府君教民為桴晝夜救之全活者數千人既而上官知其所存請黄衆以治城府君雅喜利人長於慮事衆議築土為城用甓以傳之府君獨不然謂人築且勞又捍水之衝甓何能久乃集民累土以牛數百蹂之堅而後

增至于城復表以長石互相銜枕勢莫得動其城八門皆設之閘遇水暴至則陣之衆伏其善台人遂安時又歲飢州命邑官率富人出穀俾輕其價以取窮民窮民窮民乏資無以得穀府君諭之曰汝糴之十不若與之二三則富人易辦而貧人易及衆皆悅從飢者獲濟焉永嘉郡禁盜十四人獄具皆當極法外臺請府君慮問府君原盜之情而重其行法固請覆奏朝廷悉恕其死黄岩大邑民數萬户訟爭盈庭府君專尚仁愛多以理遣至有犯徒刑而非巨蠹者府君必為解其仇訟而決平之民自愛服制置按察使

交章薦之府君秩滿還家與鄉舊遊曰吾樂矣何用
官為遂請老朝廷嘉之遷太子中舍致仕皇祐初其
來守錢塘與府君議置上田十頃於里中以歲給宗
族雖至貧者不復有寒餒乏貧之憂府君退居四年
賓親盈門以東臯所入日為雞黍之具故貧而常樂
顧隣里鄉黨有急難則竭力以濟之皇祐二年九月
十三日以疾不起享年六十有六中外宗親莫不過
哀里人無老少皆涕下其遺愛感人如是之深娶丁
氏夫人男五人長曰純義守將作監主簿四子尚幼
女四人長適進士李訟次適進士沈充二女在室以

其年十一月十三日葬于吳縣天平山三讓原嗟夫某從事四方與府君別動逾千里及餘杭得請一獲其顏相會未幾而有死生之訣泣血洒毫不能成文銘曰烏呼先公五子其三早亡惟兄與我為家棟梁兄又逝焉我獨徨徨諸稚在前未知否臧我其教之俾從義方積善不誣厥後其昌

范仲温中舍墓在天平山三讓原

宋故左朝請大夫直龍圖閣章公墓志銘

建安章氏自郇公以文學道德仕仁宗為宰輔聲號顯融族大以蕃異人輩出事五湖踵相躡為將相寵

禄光大為世間人宋初徙平江者尤稱於天下大丞相申公家州南樞密秦公家州北兩第屹然輪奐相望為一州之甲吳人號南北章以别之秦公生七子多知名公第三子諱綜字子上為北章氏通亮英敏有大志讀書不治章句屬文辭典麗有古風秦公任子次及公〻推與其弟而束書詣太學受業食淡攻苦窮日夜不息然後挾所有從諸生校於有司元祐二年試國子監中第一遂以其科學者尊其文傳誦以為法調河南府洛陽縣主簿　范　忠宣公尹洛一見待以國事賓禮尉薦僚吏莫敢望於是故相韓

公汝玉中書侍郎范公子功李公邦直皆以文行薦於朝就除京兆府府學教授秦公帥涇原奏充主管機宜文字用舉者改宣德郎太上皇即位推恩遷奉議郎通判鎮戎軍秦公治兵號名將守邊四年城兩州築九砦生致兩大首斥地數千里威名隱然戎虜出塞遠遁將吏極一時之選後多為顯人而幕府簿尺籍伍符檄書請奏皆自公手出秦公薨太上皇臨其喪敕中貴人録嘗為機宜者姓名以進免喪召對上顧而喜曰名臣子是嘗佐其父者他日謀帥無以易卿也除秘書省校書郎居亡何以為陝西路轉運

判官會五路漕臣分捴邊計而公適當秦公舊治手疏便宜數十條鉤考財用出入之要窒奸偷罷不急以紓縣官餽挽之費皆有法書上而宰相方除不附己者召公還言者隨攻之出知湖州言者不已差主管西京崇福宫未幾公弟綖以飛語聞而章氏一網盡矣崇寧中蔡京用事久擅權震中外彗出竟天上感悟免就第凡京所建爲天下害亟中書趣罷之中書侍郎劉公秦公壻也京懷之未發它日京用復諷御史誣奏綖盜鑄爲奸利以併中逵於是詔開封尹李孝壽即吳中署獄連逮千餘人敕州縣發卒護送

鉦鼓之聲連晝夜不息捕繫累月瘐死數百人考驗無所得京怒逐孝壽以嘗建言御史蕭服沈錡代往獄益急卒不驗又逐御史更用孫傑必鍛鍊如章乃止綖坐是除籍為民徙海上兄弟皆坐非有得罪公又免官羈台州歲餘上辯其誣罷者皆復〻公故官通判秀州實大觀三年也已而又坐陝西漕事奪三官公移書當路詆京曰朋黨交舉相謂伊周惷直不平斥為莽卓天下聞而壯之四年復召為校書郎遷倉部員外郎再遷起居舍人宰相張商英言蔡京紹復熙寧元豐法度率矯誣為奸罔非先帝本意建

請置局號皇宋政典擇近官范鏜劉拯纂集為書點其忘詔公為編修官御府出筆墨端溪研以賜後嘗奏事上追懷秦公且問秦國夫人起居狀公頓首言臣等幸因先臣蒙記識不幸屢遭讒慝以見困躓負先臣餘教幼弟續臣母憐之未嘗一日相舍中被誣陷屏伏田里母子無聊陛下幸哀憐孤老舐犢之愛加惠續等復還仕籍臣昧死自言罪萬死上為動容即日詔復續官而公終無一言自及秦國遇疾移告馳省而蔡京復相同列有繳進者逢京之怒又中公以危語會遭秦國喪〻除吏部直注岷州長道縣而

公亦病矣以政和四年守本官致仕逾年病間郎舍旁營一堂號美蔭聚書萬卷凡國子中秘所有皆具集今古石刻千卷編秦公遺文四十卷奏議三十卷奏議者涇原山川要害行師制勝營陣出入之法公以類分卷每一事為序文識篇首可備一覽而不果上有所感遇則為歌詩音節平緩無戚嗟流落不偶之嘆八年落致仕以朝散郎知解州朝轉請郎朝奉大夫宣和二年選部使者去為均州提舉兩浙常平未至改提點刑獄還朝散大夫妖人方臘稱亂東南新蹂於兵詔升越州為安撫進公直龍圖閣知越州

兼管浙東安撫司公事公事公樂職嗜事所涖有名迹東縛奸吏重足而立愛養百姓則惟恐傷之解州神霄宮成廉訪使者劉愇病其隘有改築之意公曰吾民不可以重困即擇日齋戒設壇塲召官屬行事祠下會其徒入居之事訖驛聞愇意亦已房陵婦人越所部訴其子於均公謝曰房非吾治也又訴於轉運使以屬公公召詣庭下不以屬吏鐫諭開曉母子感悔再拜稱謝而去秀州嘉興富人高安與陳氏有故怨聞方臘之亂誣之為盜聚群惡操兵入其室盡殪之以捕盜徼賞平江長洲陸氏怙富橫閭里殺人

應捕輒求吏執平人代已公一閱盡得其情狀取二人寘諸法衆驩以為神明越新去亂人情危懼日三四驚旁郡守將往往益兵自衛公至則延問吏民燕集賓佐如平時於是勇敢卒謀變公餝將吏指取無一人脫者一府大震左丞王安中帥燕山求文武士於幕下欲請公俱宰相以公方撫越人不聽五年中貴人譚稹為宣撫使又請公於上朝廷不能奪除公河東河北燕山府路宣撫司使叅謀官磨勘轉朝請大夫加右文殿修撰賜三品服松亭關戍卒二千人號食粮軍四軍之變遂從奚人破景州稹怒欲盡戮

其拏。公曰：「若爾則人不復思漢矣。」稹悟而止。時金人納夏羌之請，割畀拓跋故地雲中以北二千餘里遺之，止以朔、武歸我。夏人駸駸向朔州境上，稹次河東，詔稹發兵討之。公言兩國通行，囊橐包藏甚深，未可輕動，第檄問金人可也。而太上皇親筆督戰，至八九不已。公益持不可，曰：「金人以我納叛渝盟，藉爲爭端，若奉詔出師，誤傷金人，邊隙一開，則齮齕用首事者墳墓矣。今困竭天下盡於燕山，訖無善後之策，況議雲中手？」退而踈燕雲決不可守之狀，反復數千言，皆社稷安危之決，趣稹上之。稹讀奏大驚曰：「安得此不祥之言公曰擇禍莫若輕盍以微罪行乎為楨極論数日楨不得已摭取一二上之書奏楨罷公落職送吏部更命宣撫使童貫出師遂敗績師再出而燕山七郡與朔武皆不守如公言其年會恩上書告老復直龍圖閣致仕七年正月乙未以疾卒于家享年六十有四公少年負所學不由勲閥以文章自奮一出試吏部為范忠宣公所器天子記姓名禁中以為可倚將帥繼奏公後公慨然自任以當世之重而孤立一意衆媢不容將起輒仆遂弃官老於家宣和末天下多故詔起公再任而大將爭欲引公自助屬時久

安軍政大壞而貪功生事之人方欲徒手搏數百萬虎狼之衆以僥倖於一試公於是惝然投劾以歸卒亦無所就命矣夫諸孤以其年葬公臨安縣横谿塘頭鳴之原公所自卜也曾祖頻故任尚書刑部郎中侍御史知襍事贈司徒祖訪故任禮賓副使贈太尉父棠故任資政殿學士通議大夫太一宮使贈太師秦國公謚莊敏母秦國太夫人和氏公再娶皆王氏文康公之曾孫元配河南縣君今配太碩人四子男曰堯曰荷並右朝奉郎曰萊右廸功郎添差監臨安府浙江稅女嫁晉陵孫覿孫女十七人男曰漳曰滔

曰澥曰沕曰澮曰淖曰許曰洋曰淳曰汭曰洞曰滂曰濛潭湑並右迪功郎許右將仕郎女適右宣義郎新秀州嘉興縣丞陳文蔚進士何顯祖處者二人公性剛果胷中無留事與人交明白洞達樂為之盡一言之出終身可復視財如糞土赴人之急不以在亡為解居官矯矯然見義勇為不計禍福必達其志乃已家無聲技之奉未嘗一日去書不讀尤尊王氏學著書三十卷醇深雅奧發明經術居多烏乎公之女擇所從而歸覿四年而公歿矣又七年而公之女亦亡又八年而覿銘公之墓公之事可紀者衆矣非揩

紳士大夫所共聞者皆不論著故所次止於如此銘
曰韡韡章宗巨室秦公有子千夫之特驥墮地維宗
走不可係覊靮雲追風一抹萬蹄視天尺五可階而
上發論慨然帝悅而向權門衆趍操篡倚旁嶠嶠介
居君子之剛踐艱秉危初終若一方僨而振又以謗
出孰愠孰懟匪神孰尸謂當秉除以訖耄期命也不
祥盖棺永已魁名揚厲表表愈偉天定勝人德遠而
興蔽芾如林視此孫曾
章綜龍圖墓在臨安縣乃吳人也

宋故左中奉大夫致仕柳公墓誌銘

紹興六年五月丁亥左中奉大夫德清縣開國男食邑三百户致仕柳公諱瑊字伯玉以疾卒於衢州江山縣之寓舍明年其孤右從事郎滋載其柩歸平江以十二月庚申葬於閶闔門外同涇原上既葬三年左朝散大夫權發遣信州軍州事張公彦狀公爵里行治屬余銘以閟諸幽烏乎余故人也遂次其語序而志之而系以銘柳氏自河東節度使綽以功德顯於唐而將相名臣之族多出於京兆唐末子孫散處河岱之間故仍世為魏郡人曾祖灝故任宣德郎累贈通奉大夫自開府公三世皆葬於廬州合肥今又

為合肥人公英妙駿發記誦過絶人屬文辭方布帋抒思而數千百言已就與李釜俱馳聲場屋間舉崇寧五年進士第調淄州淄川縣主簿秩滿授穌州觀察推官知州事盛章去為開封尹而宋康年代為州頗變更章故時約束其條不悅公者陰訹章以康年所為多公助之章怒愬於上有旨移公泰州司儀曹事朝廷城四輔徙康年拱州又以公為幹當公事尋差詳定九域圖志所編修官改奉議郎除陝府西路轉運判官故時關陝以鮮鹽鈔攉鐵錢輕重百貫欲賴芻粮集塞下如山積而縣官無饋師勞民之費自

博折務增收鈔價以為羨餘榷貨務漁奪鮮鹽之入共京師幣輕貨重商旅不至於是始鑄大錢又更為夾錫宣撫使童貫又創平貨務法益宂而物貴日以騰湧公私病之公語貫曰祖宗之法故在公第請於上出片紙行之轉敗為功如反覆手耳不然徒紛紛無益也貫不悅會移利州路提點刑獄且入對貫始怒俄有旨送吏部久之授在京西抵當所宣和四年除知濬州河朔盜起洛州不治詔公代之公至則繕治戎器增浚城隍料兵筭食弥月而辦名賊張迪者聚黨數萬人掠雞澤進泊城度不可攻遂引去手詔

嘉之進公兩官而中貴人陳宥遣小校于瀆部勝捷兵次雞澤而盜已去輒入青城柵執殺社人数百級以捷聞老幼隨之號呼系道群躁譙門下公大驚巻歛所納級付其家給棺衾瘞之盡拘群悪以屬吏勝捷者童貫所部也獄具方上而貫馳騎檄還所隷軍籍公曰殺人者死又何待焉即日論殺之貫怒劾公專殺朝廷不得已奪所進兩官自是官軍過州境斂迹無敢犯者有頃公被疾司録事李承勳權州事州兵聞公病唱言倉粟悪逐庾官嗾衆為亂公聞變力疾披衣出譙門坐宣詔亭飭二校率其屬捕殺首亂

者而釋其餘已而復臥承勸逢貫之怒以公病不任移書馳告貫而自為功居無幾公黜三官免歸承勸進五官而郡豪納粟賀就者亦進七官莫測其故久之始悟承勸書所薦云是歲宣和七年也明年傷故官當請康遂告老以朝奉大夫致仕建炎二年詔起公知蔡州稱疾不拜三年落致仕召赴行在又以疾辭差主管台州太平觀紹興元年除福建路提點刑獄未赴改兩浙東路尋提舉台州明道觀於是積官至中奉大夫六年感疾又請致仕遂不起享年六十有六公邁爽開濟知世務之要尤長於議論計一時

利害論人物臧否詞辯蜂起聽者竦立居官任職有所施舍問義何如未嘗顧望少貶以求合既屢觸童貫被斥朝廷韙其諒而貫方用事權震天下雖宰相亦憚其為公所至又輒與之遇故終徽宗朝流落不偶命矣夫娶章氏故相申公惇之孫奉議郎持之女封令人恭儉守家法生一男子即滋也監饒州商稅務滋幼時令人手抄孝經語孟授之解悟過人不自標顯年五十六以紹興九年十二月己未卒十年正月甲申祔于中奉公之墓孫男一人曰楙右登仕郎公弟武家淮陽建炎之亂盜據其城挺身南走歸公

公時方上書以郊祀恩任子珷至遂改薦珷今為文林郎徽州軍事判官公好古博雅於傳記無不通達古法書圖畫至解衣輟食求之嘗登慈恩寺塔過顧見唐進士題名人物風流筆迹奇麗慨然懷想至徘徊其下不能去遂捐橐金命工刻石屬隱士王持弟其歲月釐為十卷書出一時賢士大夫爭得之建炎南渡圖書燼滅公所刻又在長安數千里兵火戰場中抵今一二尚存者尤為世所寶云銘曰　嗚呼世衰道喪兮閹人用事指鹿為馬兮欺君之不忌謇謇梛公介孤立一意孰擠之於險兮又推之於將墮懷

奇負氣兮不百一試埋玉樹於土中兮齎恨永已萬
木如泫兮閶門之趾是為公藏兮子孫受祉
柳瑊中奉及其子監務溢墓在閶門外同涇內

宋故翰林學士莫公墓志銘　孫　覿

紹聖初新宰相用事首按元祐諸臣變更法度和戎
弃地之罪生者削籍流竄嶺海死者追貶禁錮子孫
不用赦除以示永廢已而蔡京當國盡疏名氏為四
等立石朝堂號奸黨碑嗟乎立法本以使民當適變
通之宜禦戎本以安邊欲紓戰鬬之禍而權臣修怨
建為紹述脅制上下凡議論之臣疆埸之吏輒有一

言議令便民解仇安邊皆以陰懷異意動揺國是沮壞先烈入元祐黨以故士大夫避諱畏禍便文自免終蔡京之世二十六年猶有險佞中傷文致疑似為害紹述而觸大罪者靖康之变金擁騎數萬馬驅河朔直犯京闕於時臺諫爭請和戎以倫倉卒不測之難皆斥廢不用而二三狂生抗首大言柔險徼倖起於小吏驟擢將相試之一擲卒至悮國二帝蒙塵中原陷沒億萬生靈肝腦塗地太上皇狩維陽移蹕臨安國步阽危至此極矣而進取之士尚循紹述之利終以和戎為諱此翰林莫公所以投閒置散至于老

死不用固其理也靖康元年十一月粘罕自河東来頓兵州南青城阿离不自河北來頓兵州北劉家寺遣使請淵聖會盟復三関故地時公以翰林學士為館伴又命防禦使高世賞副公報聘公抵粘罕帳中或折以義理或諭以逆順禍福甚辯凡四反粘罕始改請宰相議和親王割地何㮚以執政宗室代行粘罕大怒不交一談攻圍日急馴致城陥㮚始遣李若水司馬朴王倫等告知扈淵聖幸青城予三鎮外又割河中府十数州粘罕致酒端誠殿面約土地人民還南宋盡斂城内金銀犒軍而去酒罷淵聖還内而

富室大家占吝寶貨莫肯赴國家之急虜中移書皇帝卜日再會何㮚入見請行群臣力爭謂金銀不厭其意故邀天子為質且云卜日設有期會尚當辭行虜情叵測詎可再乎不聽詰朝淵聖再幸青胡有獻計者曰天子弗取反受其咎廢立之義盍啓於此矣於是宰執侍從中貴人衛士悉分置諸寨中外隔絶不相聞逾月張邦昌請馮澥曹輔以下五十餘人公亦在遣中得還邦進數從官於政地日詣延和殿昌後駕玉軒會議俟歸師渡河請昭慈太后御簾聽政訪大元帥所在勸進踐天子位外廷無知者五月太

上皇自濟州至登至尊六月李綱入相盡按邦昌共
事者為偽命入之法除名公自述古殿直學士責授
寧江軍節度副使潮州安置建炎三年遇恩北歸議
者論徽宗皇帝北遷公與孫傳送虜擻一人之數再
徙韶州公既就道妻淑人劉氏詣闕訟寃仍引少保
高世則戶部侍郎王俣等十數公為證朝廷下其問
驗實如章其年八月得旨改正自使脫然無事矣而
言者終不置也烏乎噫嘻命矣夫公莫氏諱某字壽
朋其先吳興人從錢塘又徙平江今為平江吳縣人
也曾祖延正祖澗左侍禁贈通奉大夫考下中元祐

四年進士甲科以文行為當世大人所器尤為故相鄭公達夫知樞密院張公賓老所厚歷尚書郎衛尉少卿直秘閣知河中府以公貴贈中奉大夫妣太淑人朱氏公為兒時英妙秀發不類童子誦書日千餘言操筆為文不由師授自中律呂年十八補太學生一年升內舍二年升上舍四年當政和三年大比試廷中徽宗皇帝擢為第一授承事郎越月特奏名士第一人適與公同姓名徽宗曰非其倫也名實混矣命去偏旁名壽比公入謝會正奉公以兵部外郎從鄉貳奏事殿上上顧見公謂正奉曰儔年少耳草數

千言文詞贍麗皆切當世之務遂為諸儒冠鄉可謂
善教子矣嘉嘆久之授議禮局檢討官四年除秘書
省校書郎五年除符寶郎遷起居郎兼國史編修官
且名試矣公自以起於書生遭逢千載之遇慷慨感
發孤立一意不問權貴人所　視天子為知己而大
臣憝公不附己移太常少卿臺臣承望風旨又奏斥
公罷為提點南京鴻慶宮宣和二年丁正奉公憂〻
除〻光祿少卿進國子司業六年召試中書舍人賜
服三品同修國史公善屬文敏而工先時詞臣草後
宮書命莫有中上意者制詞佳〻多自中出徽宮進

二婕妤公當制仍命郎日進告：入對轉臣有詞壇得人之語靖康初除給事中兼侍讀直學士院宰相吳敏問公入直併下六制欲自是以危公：秉一炬解衣却坐一揮而就醇深典麗各得其體淵聖嘉其敏妙會公入對褒譽甚寵除吏部朝士聞之曰宰相以己望人欲養之而更進可發一大笑也俄拜翰林學士知制誥積官至朝奉大夫爵文安縣開國男食邑三百戶未幾國有大故公亦得罪去矣公又曰虜人始議置署路允迪允迪不從粘罕詬怒拘留軍中會京城火起以張邦昌為請允迪得縱去邦昌既以

僭悖誅死而允迪大節宜見褒顯以王黼容遂不録邦昌用呂好問為門下侍郎同侍共政者皆坐偽命除名籍竄斥嶺外而好問以蔡攸客本中之父更進尚書右丞相百官合為二狀詣軍前乞以土地人民還趙氏如初納御史臺秦檜為首尚書省誨執禮為首後檜論功誦言於朝位宰相執禮雖已死宜蒙褒贈亦以黼容置不問虜人以劫寨欲覆我軍結于都欲滅我國歸咎渊臣以至廢辱而靖康將相建此議誤社稷者皆以富貴福禄哀榮終始若群臣偶以一青掛吏議至終身不齒既以為功功同有不賞者既

以為罪罪同有不罰者處白善否一出於愛憎東西黑白變色易位非予一夫之休戚也公兄凝字仲孝友過人嘗為敎令所剛定官自公去國亦弃官不仕徙寓華亭築室居焉有女弟適高氏而寡館之舍傍連遣數夫抵臨川迎公還營一第夾河相望度一梁跨其上以便往來幼弟俱宦遊四方代期至則從旁僦舍以俟四人者集處一堂一味之甘未嘗獨享兄光弟從如壎如篪舉熙熙然如是十五年譙仲下世公杜門却掃惟讀傳記著詩文以自娛又十年田園之入不足以卒歲賓客之奉晨夕之須隨所有無譆

然自足未足營一毛頭之利弟俱臥疾崑山丞舍公馳小舟冒大暑往省財過旬公亦遇疾而歸臥起如常日無苦忽一旦自興於榻名家人至前以後事屬其子同者端坐而逝容貌如生里巷姻族奔走驚呼瞻望出涕真所謂有善以吾死者是歲隆興二年七月二十五日也享年七十有六有内外制二十四卷四六集十卷真一居士集五十卷辯誣証誤録一卷藏於家公事親孝心意機微輒逆得之仲弟佁登世太淑人哭之過時而悲生子未絶乳而母氏亦歿適太淑人鞠養護視至勝衣猶不去側公遇郊恩當任子

首以名聞命下太淑人喜甚由是悼念少哀太學與同舍生劉疇善議以從妹歸公方卜日致書幣而公廷唱中首選疇蹴縮不敢復議公聞之曰吾親之命有前諾矣今配淑人是也其後淑人詣鼓院上書稱冤名動朝廷公得旨改正除罪籍還中州殆不偶然也淑人既沒公自爲文識其事内之塘中葬湖州長興縣嘉瑞鄉大隖之厚生二男子曰初太將仕郎登辛曰同能傳父業嘗効張哭韓吏部賦詩百韻紀次公行事之實詞句温麗有家法四女適右宣教郎白仲言右文林郎董隣右從仕郎張濤右廸功郎徐瑛

孫男曰岐曰道曾孫男女二人其孤同學以其年十二月二十六日合祔于劉淑人之墓公有治命屬予銘〻曰

翰林初載文中之虎踞〻群趋御于帝所奏篇甫上褰旒一覩曰大手筆可配燕許擢冠儒科鵬騫鶚舉歷井捫參視天尺五獨步一時聲振海宇亟踐榮路徑躋冊府虫篆鳥跡汗簡編蒲盡讀平生未見之書入尚符璽廣內寶儲龍文龜畫河洛之圖北門西掖時惟帝俞演綸視草汝言代予思如涌泉沛然莫禦一揮六制噫欠之餘帝悅而嚮將貳政途大廈遽顛一柱莫扶漢厄三七炎正中圮兩地興戎

雲擾糜沸将相誤朝天地崩墜一死何逃巢覆卵毀
獨屏閒處待終而已遇疾不藥但飭後事言笑未卒
趺坐而逝死生之變亦以大矣容貌如生不見小異
銘以著之欽于世

莫儔學士墓雖不在吴乃吴人故録

明故資政大夫南京刑部尚書顧公墓志銘

文徵明

嘉靖二十四年乙巳閏正月十有八日辛巳南京刑
部尚書顧公以疾卒於金陵里第先是公以考績還
自京師道聞長子嶼卒驚悼得疾抵家疾甚久之竟

不起烏呼惜哉公諱璘字華玉别號東橋居士世為
蘓之吳縣人　國朝洪武中高祖通以匠作徵隷工
部因占數為上元人曾祖海不仕祖誠以公貴贈資
政大夫南京刑部尚書考文號愚逸初封承德郎而
吏部主事加贈資政大夫南京刑部尚書祖母陸氏
母楊氏俱贈夫人公以應天府學生領弘治乙卯鄉
薦明年丙辰舉進士庚申授廣平縣知縣甲子徵入
為南京吏部驗封司主事進稽勲郎中正德　庚午
陞河南開封府知府癸酉謫授廣西全州知州丙子
起知浙江台州府陞浙江布政使司左叅政嘉靖改

元冊立　中宮禮成奉表入賀道陞山西按察使以親老辭不允尋以病免庚寅起為江西按察使未行陞浙江右布政使轉左布政使召為都察院右副都御史巡撫山西上書乞終養忤　旨落都御史以布政致仕丁酉再起為都察院右副都御史巡撫湖廣兼贊理軍務己亥陞刑部右侍郎尋改吏部會　顯陵肇工改工部左侍郎領山陵事進工部尚書事竣還朝改南京刑部尚書公於是歷任三朝閱五十年歷十九任積階自文林郎歷十有一資為資政大夫正治上卿公融朗潤達精於吏理能激卬任事初莅

廣平年甫弱冠或易視之而公閲決敏利擿伏若神拊循道利靖而不煩而飾以文學有古循良之風及為開封益更練堅決會盜起燕薊流劫中原攻圍城邑所在繹騷兵部尚書彭公澤奉　詔蹤捕領兵壓境上簡公自輔公亦悉心展錯練兵飭甲轉餉傳飧取其呼吸間而厭難折衝謀畫居多在郡期年隨事經理多所緒正而疆埶不撓鎮守中官廖堂恃逆瑾黨援圍奪自恣公摧抑捍蔽每折其萌芽不令得肆瑾誅廖罷去而錢寧用事群閹方熾王宏者尤誖謾慓疾繼廖出鎮秉權席寵氣焰讋人一時有司或屈

節自容公故不為禮有所徵需一不荅歲時展謁長揖而已用是積忤宏〻方恃寧為援矯　詔逮赴錦衣獄〻吏問狀公據理執詞抗言條對一無所承寧無已遣邏卒陰探郡中無所得乃文致他比以竟其獄〻成鐫三階從全〻郎古零陵郡越在嶺嶠僻遠荒陋公不鄙夷其民而翊以文教道化更革誠心拊綏久之民用乂安而士興於學甫三年而有台州之命台為東南劇郡武衛錯居俗獷而喜訐胥史並緣其間縱橫饕詖更數政不治公至爬踈剔抉求得其獘端興利源所在次第興除之故事武衛諸城郡為

修築更費浩穰率為主守者乾沒恒一歲二築〻輒壞公鉤考得所侵漁悉沒入為城費檄義士經理而程督之故他城易墮而台所隸三城特完郡瀕海有鹽筴之利貧民業鹽自食苦辜榷煩苛每迂道轉輸而邏卒乘是為奸利至相賊殺〻不可止公為弛禁俾得買販出郡下而薄其稅入民用便利而國課亦登故時軍餉不時給運軍往〻稱貸以需而駔儈得肆侵牟公支放有期而勾稽維審軍皆給足而奸民無所牟利矣郡南瀕江罕不多水患地有中津橋且壞公修復之曰築石隄而樓其上凡數十楹人初莫喻

其旨已而旻滌水猝至居民得依樓以避所活以千計乃服公先見云公既久於台悉浙中事宜繼以參藩遂得舉而行之雖不及久而宏規石畫功緒為多及以左轄重臨益諳練宏達而意復周審展采錯事惟志所為而釐革積弊若賦發科適調補吏胥皆利蠹蟠結前政所不敢問者公排根絕蔓振不必縱而畫一以守要束章程咸正而核吏不得緣以為奸事緒雜襲文牒糾紛隨事劃裁司無留政御史按浙者往往劇手無所事事然積不能平乘其解任而躡尋過誤一時雖橫被口語而素履明潔望實在人卒亦

不能有所汙蔑也起撫南益事振植湖湘遐曠提湖
封數千里撫臣尊重受計坐理而已公不躡故迹輶
車省循徧歷州郡雖偏鄉下鄙莫不臨莅跋涉險阻
蒙犯霜露不少厭却故事巡歷所在必以藩臬守臣
自隨公悉謝遣軒車簡易僕從斂約供頓次舍才足
周用民按堵不知為勞念荆湖沃衍而流庸墮弛地
利有所未盡科輸煩擾期會迫促民日益貧公私交
病故所望勸農振業平繇復稅而擿伏省徼軌迹吏
易民用安集而歲亦比登在鎮逾年多所建白首言
地瘠民貧食不足而藩府賦禄無限後繼為難又兵

以湖湘控扼邊徼地大事繁御史按部歲一更代勢不得周欲乞添差御史分莅湖北南以廣詢謀又言外屬臣僚多有宏才碩望足充任使者比歲限以藩府戚屬不得內徙此非　祖宗舊制乞越例推選以收滯才所言凡數十事皆當時利病深切治理雖不盡施行而論者莫不韙其言云　顯陵之作役大事繁經費不貲公既長於料簡而程省弗懈調發有制視他所營率損費十五而功實倍之規制宏偉翬飛赫奕而民不告病有司不以為煩其經理施置有足多者然此特出其緒餘耳非公所用以為才也及是

雖典邦刑而省司務簡亦不足以盡其用且鄉里所在父老姻戚不能無望於公而公執志堅定不肯骳骫以徇苟羅於辜必以法繩之豪植强禦咸不得肆而怨讟興矣言者因得假以為辭肆言醜詆而素所忌嫉之人從而醞釀之公雖內省不愧而不勝浸淫之辱竟鬱鬱以殁烏乎公論不明是非失實使瓌奇卓越之才不獲究於明盛之世必有執其咎者君子固有竢於百世之下也然則公者奚憾哉公素長者不虞人詆欺而直諒自信不肯脂韋干譽出入中外垂五十年一時新進多非曹耦公既前輩自處論議

之間陵轣奮迅保保自將每下視諸人人多不能堪往往傍俔切齒而公不知也其得謗受禍殆亦以此平居事親孝愚逸公病疽公時已五十餘與同臥起吮濯扶掖舉身親之恟血淋漓十指皆潰曾不肯自佚以委勞於人初公以親故一再解官其後出入靡恒而二親之亡公適皆在告皆得受終爲英玉不偶然者處羣從兄弟尤極友愛從弟英玉繼公起進士官按察副使仕歸而貧而介潔自將公雅知其志雖日與親接而不輒餽遺然而中心相孚不殊同胞也少學於李瑎先生李死一子不立妻萬不免飢寒公

在官每分俸資給之既又為其子植產旋植旋廢而其子卒困以死乃迎養萬氏於家死為斂葬而給其孫如子終其身不衰友人胡欽死妻方氏食貧養姑公俾里中上其事請表於朝凡推挍深究文牒往來咸具於公而一切吏費咸自公出至於里黨族屬婚喪緩急亦多倚成於公其於倫誼至重也為文不事險刻而鑄詞發藻必古人為師見諸論著雄深爾雅足自名家詩尤雋永雖矩矱唐人而剗除陳爛時出奇峭樂府歌詞不失漢魏風格問學博深既有資地而才敏氣充足以發之自其少時已有名世之志既

舉進士郎自免歸大肆力於學時魯南王太僕侍講
欽佩皆未仕家居皆名能文與相麗澤聲望奕然時
稱金陵三俊及官南曹〻事甚簡益淬礪精進居六
年而學益有聞自是出入中外所雅游若李崆峒獻
吉若何大復仲默若朱升之徐昌穀皆海內名流一
時詩名震疊不啻李杜復出而公頡頏其間不知其
孰為高孰為下也然李杜復出不達又皆盛年物故
公仕最久官亦寵顯所歷若沅湘若天台雁宕若衡
岳皆山水勝處雖簿書鞅掌而不忘觚翰所至領客
燕遊感時懷古臨觀賦詩風流文雅照映林壑委蛇

弛張有古高賢特達之風及是將解甶務往來吳門尋鄉里舊遊期予盡遊諸山以畢其平生而事左心違竟成乖越烏乎而今已矣尚忍言哉公所著書曰國寶新編曰近言曰顧氏七記詩文曰浮湘稿曰山中集曰息園集曰登衡小紀揔若干卷其生成化丙申七月七日享年七十娶沈氏封夫人子男三人嶼歲貢生娶羅氏峙娶陳氏峻尚幼女二人適俞璉趙念孫男八人履祥蔭為國子生次賓祥元祥耆祥應祥楚祥餘幼孫女二人曾孫男三人履祥等以卒之明年丙午三月廿七日葬公上元縣彭城山之原前

事奉公門生太常少卿許穀取為狀來乞銘銘曰
於穆　孝皇立國用明孰言翊之允維邦楨烈烈頎
公維時之彥爰外而中式敭用踐起家民牧弗奪弗
違言飲之德既去而思豈德則周亦堅厥志志植靡
移乃言有濟扶微興壞樹之風聲載蹟載奮卒偕以
升維靖而恭乃剛弗折式遡其峻躋華列出將使歸
指入典邦刑以翼以貞以奠不經爰飭用文冨茲述
作迺古有訓仕優而學其學何如亶言華國敷章帝
猷詠歌明德在　孝皇曰群獻炎炎發藻攄詞式章
用明翱翱後先公實曹耦德音洋洋維學之懋烈烈

顧公既瓌既奇學為文宗政為吏師維學維政鮮茲無德繄名之高斯毀之積烈烈顧公連蹇在是豈不顯融迄屯厥施彭城之原公兆於斯尚後有考視此刻詞

顧璘尚書墓在上元縣公元吳人故錄

福建布政司左參政姜公墓銘　王鏊

公姜姓諱昂字恒頫生而端重介特不苟言笑數歲刻礪讀書成化辛酉占應天鄉試明年登進士第出知棗强一意愛民凡所決遣皆自以不冤門無呵卒獄無滯囚三年名試監察御史時方士李孜省得幸

公率同列疏論之　命杖於午門外以親老乞改南京河南道出理福建戎籍擢知河南府值歲大旱公至則雨隨之洛人抃舞每晨吏白事退終日閒閣觀書鞭箠縣之不用時母夫人年八十以懷土屬病疏乞近郡便養不許疏復再三上至乞降府佐或教授他日除邊遠自劾乃改知寧波寧波聞公至同官皆減去輿爲華飾俳優雜劇不一陳於前日本人貢過郡望公迎戰六年復以母老歸養進福建布政司左叅政不起且上疏乞終養母卒服闋部使者奏起之而公以其月年日卒其年月日葬郡城之官山公於

取予尤不苟在官日買肉少許奉母自食蔬菜子弟學書不得用官昏筆非歳首未嘗燕客不受人饋遺亦未嘗餽貽於人權要請托一切報罷以是人多不悅而亦不能毀也姜故汴人扈宋南渡家崇明之西沙元時徙崑山之惠安鄉今為太倉州人高祖諱仲和元海運千户曾祖諱源祖諱篪考諱敏贈文林郎南京河南道監察御史母曹氏封太孺人子男二長龍中應天甲子鄉試次淮女三孫男一女二銘曰

抑抑姜侯維行之揭皭然不緇為彼玉堂 皇假近郡汝其予守色養以終萬鍾奚有東海洋洋終臥不

起烏乎姜侯可謂君子

姜昂叅政墓在吳縣官山

廣東按察使趙君墓志銘　王鏊

成化辛丑春禮部會試天下士吳江趙君名栗夫在第一刻其文稿傳播中外名聲大起時年甫二十餘尋登進士上第授刑部主事歷員外郎：中浙江按察司副使進廣東按察使蒞任甫越月卒四年十有九君諱寬栗夫字生而白皙纖若不勝衣而警敏弱絶人自少讀書五行俱下其于舉業殊不經意下筆即超邁老輩皆推服之及有官益肆力學問自經史

以及諸子百家無不淹貫為文雄渾秀整行草亦清潤時刑曹同官華亭陳一夔崐山秦廷贊天台王存敬皆能詩四人相得歡甚更相倡和時吳文定公在翰林良辰佳節四人輒相過從予時亦往来公所多相賡和君才尤贍下筆數百言衆皆驚其捷服其公吏事初非所長在刑曹久律例通究曉析訟至立解獄無寃滯及董浙江學政能推所學以變其習士無諛聞狹見之陋凡經指授為文皆有程度不以權勢動揺有所軒輕高下遇人坦率不事表襮人以是愛而重之曽祖諱銘黄岩典史祖諱瑛湖州梅溪局大

使考賜衆封刑部郎中母沈氏封宜人梅溪善星數君之幼也以為必貴特爱之南京國子監學正莫君奇之婦以其女子男二禧邑庠生餘幼禧卜以正德元年葬君於吳横山靈石峰之麓莫宜人祔銘曰

孔翠祥鵷其文既騫麒麟服轅中[illegible]忽就始誰啓之卒誰厄之己乎栗夫爱莫起之

趙寛廉使墓在吳縣横山靈石峰之麓

錢孔周墓志銘　文徵明

吾友錢君孔周以高明踔絶之才負陵轢奮迅之氣感慨激卬以豪俊自命雅性闊達不任檢狎所與游

皆一時高朗元爽之士若唐君伯虎徐君昌國其所善者視余拘撿齷齪若所不屑而意獨親時余三人與君皆在庠序故會為數時日不見輒奔走相覓見輒文酒燕笑評隲古今或出所為文相訂質以為樂既而唐徐起高科入仕尋皆病亡而湯君子重王君履約履吉雖稍後出而遊好為密盖君喜問學尤好結納自少至老未嘗一日忘學亦未嘗一日忘取友以自益也其所友必勝己者苟不當其意雖富貴有勢力者恒白眼視之或取忤怒不卹也家本温厚室廬靚深嘉木秀野足以遊適時〻肆陳圖籍招集奇

勝湍坐酒壺列前碁局旁臨握槊呼盧憑陵翔擲含醺賦詩負軒而歌邈然高寄不知古人何如也烏乎而今已矣交遊中有如斯人可復得邪性喜蓄書每併金懸購故所積甚富諸經子史之外山經地志稗官小說無所不有而亦無所不窺尤喜左氏及司馬班揚之書讀之殆遍遇有所得隨手劄記巨積數帙至所不喜雖世指以為切要而君未始一注目也為文奇掘深奥讀之棘口不能句然思玄語麗足自成家而尺牘之妙尤其所長一行數字矢口信筆文意燦然如出錭煉他人沉思極意不能至也早歲思以

功名自奮稍歛鋒鍔以就文場矩矱亦惟涉獵訓故涵泳道腴而已於世所謂括帖關鍵皆不之省人咸非笑之而提學莆田陳公獨識之嘗按試第君高等咸以為疑公曰吾見其文有古意知其非經生常士也余親聞陳公語喜公能得君而又喜君之為公所得也自陳公去他主司惟取淺近合格者而君不復振矣君自弘治辛酉至正德丙子凡六試應天試輒不售而年日益老遂自免歸烏乎惜哉君長身玉立被服鮮華而舉止軒揭人望而異之謂必有所就而竒窮骯髒迄於不偶烏乎惜哉晚歲困於征徭家日

益落又得末疾行履疲曳每負杖而嬉而高懷雅致
不殊前時文酒過從燕笑謔浪委蛇容與使人意消
烏乎君真雄俊不羈之士哉而曾不得一試以死豈
不痛哉君諱同受字孔周別號野亭錢氏其先江都
人有諱仲陽者以醫於宋事見國史六世祖益仕元
為常州府醫學教諭避亂來吳遂占數為長州人益
生太醫院醫士原善原善生　晉府良醫宗道宗道
生太醫院醫士良玉良玉生伯寬伯寬生汝式自汝式
以上世以醫顯汝式娶何氏生君兄弟二人長同仁
太醫院御醫次即君娶張氏子男二人鶴徵太醫院

醫生娶吳氏竹徵薊州吏目出後同仁娶朱氏繼湯氏女二人長適余長子縣學生彭次適陳遇側室生子男一人復徵娶傅氏女一人適劉司衛孫男五人孫女三人君生成化乙未七月初二日卒嘉靖己酉六月初九日享年七十有五庚戌十二月初一日葬吳縣橫山銘曰　氣則揚亦藝而章維命不臧而志弗昌卷而藏而卒困以亡吁其傷

故翰林侍講承直郎王君墓志銘　楊士奇

宣德元年三月二日翰林侍講王璡汝嘉卒館閣自大學士而下咸走會哭已而共嗟咨歎曰當　國家

用儒之際奈何其喪賢者且兩朝史事方嚴奈何喪
文學老成人相與悼惜不已汝嘉為人惇實內貞外
和修識明學該博尤熟行書春秋為文章和平寬原
一傳於理勤職務雖老不倦雖風雨寒暑不自逸而
折衷群議辭氣雍容簡而適當故所為悼惜之者非
徒以寮家之故交游之私也既卒之兩月其子箎奉
襯歸葬其鄉以翰林脩撰張洪所述事狀求葬銘余
於汝嘉有斯文之契廿又六年義宜銘故序而銘之
序曰　王氏其先京兆人唐大理卿藻從僖宗幸蜀
家蜀之遂寧九世至拯事宋理宗為吏部侍郎遂家

藴之長洲生矩之元温州路總管生光祖常熟總管縣尉縣尉生平孫黄巖鹽場司令司令生立中松江府知府知府三子璉洪武中吏部主事汝玉右春坊右賛善兼翰林編修季汝嘉也自幼喜學問穎敏異群兒十歲從師受經下筆敷繹義理已津津動其長者侍松江君宦游浙東西所親炙日廣造詣日深矣平居孝親敬兄一本於至性嘗坐累謫戍五開後舉明經為武昌府學訓導歷九年陞大庾縣學教諭所至盡心啓迪學者率見成效初被召修永樂大典為副總裁又召修四書五經性理大全書成皆受重賜

遂陞翰林五經博士授廸功郎秩滿陞侍講授承直郎永樂中考鄉試應天府廣西廣東各一考會試礼部三無干敢以私者洪熙初建弘文閣時翰林學士楊君溥偕汝嘉四人者受命日直其中礼遇甚厚汝嘉與人交久而敬澹而可親於義當然未嘗有所不盡一時王氏之盛汝玉汝嘉先後入翰林汝玉文名聞天下而士君子論行己有道蓋於汝嘉無間言云汝嘉蒙恩贈其父為翰林侍講承直郎母任生母黃皆為安人封其妻葛安人二男子節箎皆好學有立箎選永樂二十一年鄉貢二女子皆有歸一孫欽汝

嘉沒時春秋七十有二庶幾可無遺憾者歟銘曰

介如石溫如玉嗟君子兮不可復兮

王侍講璡與其兄文靖公璲墓並在陽山鳳皇峰下

故鄉貢進士謝君墓志銘

杜瓊

君諱會姓謝氏維貞字也別號容菴世爲蘊之長洲人曾祖祐之祖彥達父以澄三世皆隱約里閈不食非其力人皆以善士目之君生而奇嶷不與凡子類未數歲即嗜讀書母平氏憐之輒縮其膏油俾毋夜讀君竊入奧室而嘿誦焉既長益究道學歸于厥躬

其居家奉二親以孝與其弟維德篤友愛交朋友以忠信事有不安於義者雖小〻不為也業進士業以易經中正統甲子南京秋闈明年會試春官登乙科選得學正職君以不能為人師乞卒

故處士錢伯鉉妻張氏墓志銘　金問

孺人諱善慶蘇之吳邑人曾大父某大父某父仲良俱懷才德不求聞達母周氏有懿行孺人之生性慧而行淑孝經列女傳通曉大義凢於女經其母嘗曰教而不勞組紃文繡之事族人皆曰巧莫可及既笄擇嫁錫山錫山錢伯鉉乃吳越王十四世葉之孫元永嘉書院山長彥春之子至正從父避兵於吳因而家焉孺人入門以孝敬事舅姑以寬裕待媵妾貞順之宜恒服於身體忿懥之色不作於容貌贊畫家政井井有條鄉里皆曰錢氏得佳婦而家業興矣是以

卷四五　三六

名門右族莫不以為儀範然伯鉉處士嘗遊郡庠學舉子業厭後弃去以疾而不見試踐履儒素有隱君子風不畜羨餘及卒家無長物孺人以嫁時裝送資賄具棺椁盡祭塟之禮鄉族稱之若出一口逮夫男女嫁娶畢悉以家務付子婦司之孺人惟奉佛誦經優游自若正統辛酉十一月二十四日以疾終其生於元至正辛丑抵卒之年春秋八十有一子男一曰實娶曹氏女二長淨延適同郡陳常安次志延未行孫男二驥娶蘇氏騏未娶孫女一適玉峯朱璃曾孫男一曰澥孫女二俱幼卜正統八年癸亥十月初四

日瘞吳縣胥臺鄉黃山之原從夫兆也將事郎某公以行狀乞銘于予既按狀次第而述之銘曰繄靈毓秀衣纓之家三從四德良玉無瑕思之古人伊誰其偶梁家之婦陶家之母鬣封四尺胥臺之鄉其藏其固彌久彌康

此七世祖母張氏墓志銘

錢處士墓志銘

處士名孟滸字仲廣初號漁隱裔出武肅王鏐自浙從常之錫峯時蹄磚橋錢氏曾祖昜贅蘇之張氏遂占籍為長洲人祖公隱父惟善俱潜德弗耀母蘇氏

處士生有志操知經史工繪事容肅貌端氣宇爽闓作詩時有警句吾祖宗伯文恭公因以女妻之既壯挾貲遊江湖遇佳山水則留連而不忍去詩人學士則親炙戀慕之隱文僻字則退而考諸書必求其通而後已用是見聞益博器業益宏而實藉藉名士大夫間矣晚年卜築於憩橋之右闢地數弓鑿池構亭蒔花竹培蔬果春和景明群芳競秀秋霜氣肅橙橘紅黃縞雪漫空綠陰匝地處士皆披巾曳杖逍遙其間咏風月以適性情因景物以玩造化客至則觴博奕話陶然忘其世慮又自號晚圃云最後聞　親藩

唐王能下賢乃挾策而往　王果賢之爲書曉圖且
賦詩數什以褒之至有詩宗杜甫畫法王維之句大
司馬公安王公因爲之作記蓋與其修于壯而成於
老也生於宣德壬子二月十七日卒于正德改元九
月二十六日享年七十有五元配即吾姑劉氏生一
女適祝嵩皆先卒繼顧氏生一子曰桓桓以才技徵
入　京師供事内府配張氏女一適計鳳孫男一曰
曾娶唐氏卜某年某月某日塋黄山祖塋之次母既
而以墓志請予處士内姪也敢以不文辭乃爲之銘
曰　猗維處士行達言誾鑒古書畫服古衣中遨遊

湖海見聞日親王公野叟即之若親昵親伊何厭中孔珍晚開小圃樂極天真秉化歸盡不亡者存刻銘斯石用式後人　中憲大夫太常寺少卿　經筵國史官武丘劉棨撰并書

此晚圃曾祖府君墓志銘墓在吴縣黄山

陳基傳

尤義

陳基字敬初台之臨海人父祥多聞好學尤善老子清靜之説平居常黃冠鹿裘與方士游沒時基年甫九歲越五年母夫人姜氏即命與兄聚于杭從師又四年從內翰金華黃文獻公溍受業至正仍紀元之元年從文獻遊京師授經筵檢討其徒有為御史者以言責咨于基〻謂並后為致亂之本因草諫章力陳其失冀君覺悟以正始也而上方溺愛詰知其由欲置於罪怒且不可測遂引避南歸臨海奉母夫人西至吳教授諸生脩養惟謹為詞章必務上法三代

下軼漢唐東南聲聞為之丕變遠近學者爭師之戶外之履常滿屬南北用兵朝廷開以樞密府鎮撫南服起君為都事轉江浙行中書員外郎俄陞郎中時平章張士信統兵鎮杭基以本職叅佐道之以正杭有岳飛坟蕪穢弗葺久矣基追慕興感以狀請於朝俾與歷代忠臣並列春秋致祭尋自為文刻石墓上以表其功西湖書院舊有經史書版兵後零落無幾即白平章出官錢若干補綴成帙夫以天理民彝泯乱之秋干戈相尋日不暇給基乃以贊佐餘力為其所得為使聖經賢傳復明于當時崇德報功無媿於

往答雖武夫悍卒聞下風而望餘光亦知有所起興擴而充之是大有功於名教也未幾由杭來吳叅太尉軍府事及太尉自王於吳群下同聲賀之而基獨諫止太尉欲殺之不果已而超授內史遷學士院學士階通奉大夫覃恩二代允飛書走檄碑銘傳記多出於基之手基每以為憂而不以為榮也今 國家命將平吳吳之臣多見誅殺而基晏然無恐 朝論多基之能尋召入預修元史書成賜金而還洪武三年十月壬午以疾卒於常熟河南里之寓舍得年五十有七娶王氏先四年卒無子以弟之子訥為後女四

卷四五　四十

人長適吳昱次適車某三四幼皆庶出基平居慎重寡默與物無競家人僕隸未嘗見其疾言遽色宗族故舊自浙水東來依率養育獎勸俾各有成士有才德可用必引而進之有喪不能舉者為買棺斂恩義過於平生方太尉僚佐強占民廬基獨以己俸買宅天心里即舊屋數椽稍加塗墍環藝花卉之屬蹄小丹立休沐之暇輒與客徜徉其中啜茗清談議論古今出入經史百氏危坐終日歲時有事於祖考始殺牲以展其孝敬初非薄於朋友也吳國將亡食肉者惴惴為恐陷嬰鑊君子謂基宜保終吉而已果然噫

父母全而生之子全而歸之若基者其亦可謂克全而無憾者也今藏於家有夷白齋集二十卷觀其文雄而趣高可以黼黻皇猷敷陳帝業而乃使留滯江湖之上馳驅戎行竟賚志以没茲其可惜也夫

贈敬初并改字　　陳旅

我愛天台陳敬初少日辭家即遠圖上書擬獻賈生策入關便弃終軍繻八月官河秋水大三江親舍暮雲孤名成歸去歲未晚卜鄰有約依東吳

敬初幼名無逸朋友字之曰敬初比與予同舟北遊為予言曰吾名與字皆有所未安蓋無逸者吴

興陳先生之字也而敬初云者擬之尚書則近於僭久欲易之以吾父早世無所請命于宗盟之耆長也幸為我易之予遂易其名為基而易其字為敬初云旅拜手

石澗先生小傳　楊炳

石澗先生俞琰者吳處士也先世自河南扈宋南渡家洞庭之西山先生雄邁博聞經史過目成誦宋社既屋掃滌舊業馳騁外家傳語天文地志仙書怪牒汪洋奇詭恍惚神會玄解不習而挈其要領好鼓琴嘗疑近代琴操有譜無字失古哲制作之原研究音

調述絃歌譜四十餘篇裨漢太史之遺朔南以琴名者駭歎之晨興焚香誦易一過暑寒弗廢四十年手鈔諸家易說百餘卷名曰會要註易經并十翼經傳考證古占法纂圖等凡四十卷名曰周易集說取以發先儒之蘊又纂校百氏書密行細字端楷有法耆老不衰喜方士談玄學註周易參同契發揮三篇陰符經解一卷陰補空同道士鄧訢之不足易外別傳一卷貫融性命推衍程邵張朱言外之意宋狀元阮公菊存國初右丞馬公性齋皆白首北面先生自言遇隱者授讀易法得橐中之秘其闡發圖說演繹參

同陰符非苟知之蓋嘗試之者也間論蔡季通袁機仲雖與訂正考覈字義未免臆度夫豈無得而有是言哉至於丹砂化煉刀圭玄牝神方直造玄室靈迹昭著不屑為耳方閒溺嗜者匐伏前席祈請丹旨先生以養心寡欲之義旁喻善誘來者外恐中服而去終其身不以授人也終歲寡出葆頤精氣益昌於學從游無遠迩飢附而飽去叅政王都中尤卓然者也先生風宇清峻性卓機敏畧細節好賓游未嘗以有無計然不耐庸俗交華官巨室莫敢延請樂鑴樵嘲哂薄玩世享年七十神閒心虛不累形物體氣强適

中人一日命侍者具湯沐浴更中衣冠坐召仲溫進卮酒飲畢曰吾與汝訣矣諸書未備者成之言訖神采不移儵然而逝非達於幽明生死之故者耶先生字玉吾石澗其號云

葉伯昂傳

吳敏

伯昂名顒東洞庭山後人父國英倜儻豪俠元季兵興欲教子鄉無碩儒緱山王九萬避亂依山前葉氏國英遣子從遊葉以富傲國英國英曰我能使兒讀書成器齊奴不足齒也國英與長興耿炳文為友耿廷前應奉翰林文字國子助教守文子真主家塾國

卷四五　四三

英令子就學館穀豊腆有逾於耿宇文子撒講来國
英家適江淅提學雲陽李一初来訪一日忽悵怏國
英前謝李曰妻子寓旅邸不能不動於中國英曰已
令人省問薪炭酒茗醯醬蔬菓之類皆具李驚喜称
山中宰相於是與伯英之子偕訓顒伯昂大造就而
卒業為後試省淅中上第為和靖書院山長不憮所
蘊挾策走燕京俱風塵道梗流落濠亳間皇明平一
區宇始克來歸兵燹之餘母弟俱亡家徒四壁立無
意於世踈浮丘醉史放情詩酒高歌感慨人多憐之
時炳文助討張士誠累功封長興侯富貴烜赫聞伯

昂困滯遣使招延會聚通家之好欲為叔弟再娶薦於朝而用之伯昂曰時去志違年幾知非毋庸是為也吳興著姓姜仲剛范玄德張大聲徐正敬暨閭儒許雪崎華仲清曹可大吳宗本丁志仁皆訂盟知己從游講學留連歲卒竟旅死長興　論曰麟鳳之獲于魯狩歌于楚狂而不得為祥瑞非其不靈也出非其時也吁士亦然惜哉

蠢齋先生傳

朱存理

隱君子邢氏名量字用理號蠢齋學者稱蠢齋先生自少以疾不娶居一巷中蕭然室廬讀書樂道以終

存理少時從先生講孝經論語日接見先生時年近五十不茹葷酒蔬盐不給其貌甚臞而修髯服垢履弊混跡庸人未嘗一至城府閉門静坐點校諸經及博觀子史百家生中之客惟禪人道侶有顯者知先生因造門先生避去家畜一童既殁無應門之人鄰有代勞薪水者輒辞病革豫自為志有書數百卷卒後悉散去存理收其遺文数篇太史吳君序之吳未仕嘗與先生遊者也嗚呼此所謂獨行不愧影獨寢不愧衾先生其人也弘治四年三月廿四日門人朱存理謹書

落魄公子傳

蔡羽

吴文定公兄弟三人其季元暉生子名奕字嗣業元暉蚤世嗣業秀而弱文定居　京師弗能從獨與母處讀書醫俗年至二十不屑見四方之士然四方賢士譽吴公子者日益衆嗣業不鼎々以偷不劬々以隘不提々索從不孑々獨立處乎流俗之世而能翩翩乎邁於衆也嘗嗜杯酒而陶々乎不至荒也故謂之落魄公子云文定公愛之篤每賓客南來必詢嗣業食飲顔色竟以心疾廢進士業方文定公居喪位盛門不受謁炎熱者求親于吴公子無所不用其心

嗣業則深屏宴息閒影翠軒築紫筠亭日招致高人人至不謝而入坐定啜茗賦詩復不謝而去炎熱者不得間然善文定書尤精籀學至堂無虛席常避客東禪竹堂東禪竹堂為開竹林梵香茗蔎不遑及他務其烹泉藝香之法吳僧無不傳習謂之茶香先生眉目疎秀神采煥發望之如神仙而貴能下士樂而不淫文定既殁炎熱者又去而之他嗣業則蕭然東莊之上美箭嘉木環渠隱岡琴酒款客來即自如釣而飲飲而歌布素之士無少貶挫可謂炎無所得涼無所失矣嗣業事母孝交友朋以道義一時勝流皆

與深相得兄弟婚姻咸篤恩義居家律己無事紛華其堂即封君之廬三世無所加正德丁卯母夫人喪之明年其弟祠部君暴變悲痛相繼遂病不起是冬卒子二人俅雄　贊曰泉不自知其清味之而愈長蘭不自知其芳嗅之而愈香溫其君子遁迹韜光生不為用死而徬徨山虛其巢水虛其釣竹無主人偕我言笑雲兮月兮悠悠我照

平思忠傳　文鑑

平思忠者吳江人也少為縣吏役滿歷京考選授禮部主客主事維時明興四十年矣中國强盛蠻夷向

慕　文皇帝方事招懷諸國朝貢者蹄踵交於道路烏蠻驛至不能容劳贈宴犒館餼無虛日卒主客主之思忠有精力勤敏過人遇事皆應機立辦尚書召震深器之陞為郎中嘗以事下獄適北虜入貢新任主客者區畫不稱多旨　上怒震因言思忠等以微累禁繫罪不至去官且習外國事乞宥之以收其後効旨可即日釋復任初有楊弘者陝西〻安府朝邑縣人為刑科都給事中敢直言　上特擢為陝西左布政使来部以弘陝西人例不該除　上曰非爾所知也後不為例弘亦以本貫辭不許蓋是時有楊太

監肯數人在陝西故上以楊弘往制之也他日　上
諭執政曰楊弘初去時頗肯言事近日又默默矣可
選清強有胆氣者一人往叅政以察之吏部以思忠
應　詔上素識其名命之往而思忠有養子曰平安
者私以綾羅度潼關為抱關者所發解陝西布政司
思忠時出行部弘命收而勿籍候思忠歸私以物還
之思忠感愧不已竟不敢有言嘗有某府一推官録
事至司思忠知其素貪乃發杖之後其人解京因招
嘗分事內某贓賂思忠刑部併逮至思忠就考適有
例凡貪贓官吏妄詐不法者笞殺于市思忠乃誣服

謫戍邊會太監劉馬兒奉　詔市馬西域以思忠在
主客久多識賈胡請以自隨　詔釋其戍給冠帶辦
事從馬兒西抵吐番烏思藏朶甘隴答等處赤斤蒙
古罕東安定于闐諸國而還復免官家居以漁佃自
給又數十年卒初蘇州知府況鍾亦以吏員起家繇
思忠為主事及思忠叅政又以嗣其郎中寮寀交承
情分甚密鍾來知蘇州思忠往見之鍾迎候甚恭呼
其妻子出拜謂曰此吾舊長官也飲思忠酒時正暑
熱命二子扇之思忠辭鍾曰某忝知貴郡非無僕隸
可給使令但欲使小兒輩知公為吾故人耳其敬之

如此然思忠居貧自守未始以事干鍾人以此多之初思忠未貴時知縣蔣奎嘗延一相者問休咎徧視在座者其言皆了了不大思忠時給事堂下相者數目奎因呼上使相相者曰此人他日富貴位三品然不終奎大笑相者去奎謂坐客曰術士之妄如此一小吏安能頓至三品乎後奎坐事自殺同僚無一顯者思忠竟如其言

江湖散人傳　陸龜蒙

散人者散誕之人也心散意散形散神散既無羈限為時之怪民束於禮樂者外之曰此散人也散人不

知耻從而稱之或笑曰彼病之以散而目之子反以為號何也散人曰天地大者也在太虛中一物耳劳乎覆載劳乎運行差之晷度寒暑錯亂望斯須之散其可得耶水土之散稽有用乎水之散為雨為露為霜為雪水之局為瀦為洳為潢污土之散封之可崇穴之可深生可以藝死可以入土之埴不可以為埏甓不可以為盂得非散能變化局不能耶退若不散守名之筌進若不散執時之權筌可守耶權可執耶遂為散人傳以志其後

甫里先生傳

甫里先生者不知何許人也人見其耕於甫里故云甫里松江上村墟名先生性野逸無羈檢好讀古聖人書探六籍識大義就中樂春秋扶擿微旨見文中子王仲淹所為書云三傳作而春秋散深以為然貞元中韓晋公嘗著春秋通例刻之于石今在潤州文宣王廟一以是學為己任而顛倒漫漶[illegible]館翳塞無一通者殆將百年人不敢指斥疵瑕先生恐疑悞後學乃書摭而辨之其平居以文章自娛雖幽憂疾病之中落然無旬日生計未嘗暫輟黙竄塗抹者紙相札壓者投於笸箱中歷年不能淨寫一本或好事者取去後於他人家見

亦不復為己作矣少攻歌詩欲與造物爭柄然遇事輙變化不一其體裁始則凌轢波濤穿穴險固囚鎖怪異破碎陳敵卒造平澹而後已好潔几格闇窗戶硯席絶然無塵埃得一書詳熟然後寘于方策值本即校不以再三為限丹黃二毫未嘗一日去手所藏雖少咸精審正定相傳借人書有編簡斷壞者緝之文字謬誤者刋之樂聞人為學講評辨論不倦有無賴者毀折揉汙或藏去不返先生戚然自咎先生貧而不言利問之對曰利者商也今既士矣奈何亂四人之業乎且仲尼孟軻氏所不許先生之居有地數

畝有屋三十楹有田畸十萬步吳田一畝尝二百五十步有牛不減四十蹄有耕夫百餘指而田汙下暑雨一晝夜則與江通無別已田他田也先生由是苦飢困食無升斗蓄積乃躬負畚鍤率耕夫以為具具區之具具每歲波雖在不能跳吾防溺吾稼也或譏刺之先生曰堯舜徽堋飢瘠大禹胼胝非聖人耶吾一布衣耳不勤劬何以為妻子之天乎且與蚤虱名器雀鼠倉庾者何如哉先生嗜蒳置園於顧渚山下歲入茶山在吳興郡歲貢茶所之租十許薄為甌蟻之費自為品第書一篇繼茶經茶訣之後茶經陸羽撰茶訣皎然撰南陽張又新嘗為水說凡七

卷四五　五十

等其二曰惠山寺石泉無錫其三曰虎丘寺石井其六曰吴淞江是三水距先生遠不百里高僧逸人時致之以助其好先生始以喜酒成疾血敗氣索者二年而後能起有客至亦潔尊置觶但不復引滿向口亦性不喜與俗人交雖詣門不得見也不置車馬不務慶弔內外姻黨伏臘喪祭未嘗及時往或寒暑得中體性無事時乘小舟設蓬席攜一束書茶灶筆牀釣具櫂船郎而已所詣小不會意徑還不留雖水禽決起山鹿駭走之不若也人謂之江湖散人先生乃著江湖散人傳而歌詠之由是混毀譽不能入利口

者亦不復致意先生性狷急遇事發作輒不含怒尋復悔之屢改不能矣先生無大過亦無出入事不傳姓名無有得之者豈涪翁漁父江上丈人之流者乎

蘇州府新立義塚記

吳寬

上世之人親死有舉而委之於壑者瘞埋之制未有也中古始有之瘞於中野厚衣之以薪不封不樹其制猶未備也後世作為棺椁其制始備而焚屍之說亦起夫上世荒遠人穴居野處茹毛飲血故親死不瘞可謂薄其親矣然卒無所謂焚屍者人情之所不忍也其所以不瘞者養生送死庶事草畧其道皆然後世宮室飲食皆極其厚則瘞埋之制亦厚而卒有焚其屍者豈人情獨有所忍哉蓋西域謂之荼毘自佛入中國中國之人習見其事不以為怪而從之愚

者惑其言之妄貧者樂其法之省不忍之心忘矣碩然與木石相類噫何惡俗之不可變也在　國朝洪武三年下詔禁之令天下皆立義塚其後又詔立漏澤園至特載之律令犯者其法甚重　聖政推仁可謂澤及枯骨矣蘇爲郡自　國初兵荒之後户口見於版册者其數已甲於天下承平以来生齒益繁殆倍其數死者卜吉安厝固遵禮制至於小民焚屍日亦不絶造飾其語謂之火葬或拾其骨於煨燼之餘而埋之甚者直投之水而已愚而貧者固不足論其有知識而力足以葬者亦從而效之噫何俗之惡久

而不能變也弘治十年新蔡曹侯以監察御史出知蘇州正身率下令行禁止甫及三年俗乃大變獨視其民不以禮塟痛切於己曰此徒禁之而無以處之不可也慨然有義塚之舉他日移于巡撫都御史彭公巡按御史王君皆曰盛舉也報使行之侯始與僚屬擇地之高亢者營之城有六門各立一塚其塚廣百畝有奇周植木為限而大書門楣以表識之令初下民感于義或出地以獻其購于民者則勸富家及益以官錢平酬其值若地之賦稅則歲以餘粮代補其餘事悉有區處塚成侯復下令各里有願立者亦

從其便始侯為此詢謀于衆皆曰固盛舉事也奈地有限而人無窮何維侯亦疑之既曰古之有仁心若必有仁政使已之何以守玆土以居民上亦惟盡吾心行吾政終吾任而已吾何暇計且後之繼吾者獨無吾心吾政乎當復有以處之夫禮緣人情謂人情之可緣者焚瘞可以言人情乎雖然民不可以家諭也非載之文詞不可會僚友倪林二同知以公事上京師托以為請予聞嘆曰此前人許不能行者何意行之于今日哉子產曰為善者不改其度故能有濟也侯之為善恐無以助敢不書予乃悉侯之意以諭

其民曰尔有父母有人損其一指尔怒乎尔有妻子有人殘其一目尔怒乎尔怒必訟之于官以報其讐今尔父母妻子之死不以土掩覆乃覩置烈火中使其肢體糜爛腸胃斷裂非特毁其一指一目而已旁觀者猶蹙額泚顙不忍尔固人也非木石也何獨忍乎今尔幸遇賢守為尔治塟地尔有喪其安厝於是及尔有力能自擇地則遷塟于外不禁使死者得保其骸骨生者得識其墳墓為尔之慮遠矣其功大矣尔民其知之無惑自是敢復有違其制者　朝廷法律具在將加尔身無悔凡義塚在某都某圩與頃畝

之數及好義之士出地若財者姓名具列之碑陰

義塚記　陽逢春

掩骼埋胔先王之仁也環封澤枯　國之制也是故全而歸之夫以教孝歛形還塟亦以引阜夬壑而水瘞斯其衷也久矣干和作沴於斯為烈抑澤國苦無所之匪惟民庋逢春來牧是邑耳目所及惻然弗寧爰求故域未之有稽也乃自郭以東貿田九十有二畝自郭以西貿田五十有四畝坎而登土旋乃與民約良者卜兆無告者歸茲土有弗率者刑之以殉越再歲此風寢息歲則大稔乃作義塚記嘉靖丙申十

吳都文粹續集卷四十六

長洲　錢穀　叔寶　編集

雜文

蘇州刺史謝上表　白居易

臣居易言伏奉三月四日恩制授臣使持節蘇州諸軍事守蘇州刺史以刺史臣某月二十九日發東都今月五日到州當日上訖時當明盛寵在簪除祇命荷恩以感以懼臣某誠歡誠幸稽首頓首伏惟皇帝陛下嗣膺曆數重造寰區將至昇平在先政化詢求牧守勤恤黎元實陛下惟良之秩責成共理之日也

臣以微陋早忝班行前自中書舍人出為杭州刺史幸免敗闕實無政能已蒙寵榮入改宮相今奉恩寄又分郡符獎飾具載於詔中慶幸實生於望外况當今國用多出江南江南諸州蘇為最大兵數不少稅額至多土雖沃而尚勞人徒庶而未富宜擇循良之吏委以撫綏豈臣瑣劣之才合當任使然既奉成命敢不誓心必擬夕陽夙興焦心苦節惟詔條是守唯人瘼是求論陛下憂勤之心布陛下慈和之澤則涵育之下疲人自當感恩而歲時之間微臣式希報政塵瀆皇鑒吐露亦誠寵至空驚恩深未荅無任慚惶

懇激之至謹差軍事散散將某乙奉表陳謝以聞臣
某誠惶誠恐稽首頓首謹言

蘇州謝上表　劉禹錫

臣某言伏奉制書授臣使持節蘇州諸軍事守蘇州
刺史始從郎署出領郡章承命若驚省躬增感伏惟
皇帝陛下受上玄之眷祐揚列聖之耿光大康黎元
慎擇牧守德音每發品物咸蘇臣本書生素無黨援
謬以薄伎三登文科德宗皇帝擢為御史在臺三載
例轉省官永貞之初權臣領務遂奏錄用並聞虛名
唯守職業實無朋附竟坐飛語貶在遐藩憲宗皇帝

後知事情部授刺史凡歷外任二十餘年伏遇陛下應運重光物無廢墜收拾耆舊塵忝班行既幸逢時常思展效在集賢院四換星霜供奉新書二千餘卷儒臣之分甘老於典墳優詔忽臨又委之符竹分憂誠重戀闕滋深石室之書空留筆札金閨之籍已去姓名本末可明申雪無路豈意聖慈弘納不隔卑微面辭之日特許升殿天顏咫尺臣禮兢惶不敢書言空懷誠懇謝恩而出生光於九陌之間受訓而行布政於五湖之外臣即以今月六日到任上訖伏以水灾之後物力索空臣謹宣皇風慰彼黎庶臣聞有味

之物蠹魚必生有才之人誇言　至事理知此古今同途了然辯之惟在明聖伏惟陛下察臣此言則天下之人無不幸甚江海遠地孤危小臣雖霑雨露之恩幽遐必被而犬馬之戀　親為榮

蘓州謝賑賜表　前人

臣某言伏奉去年三月十五日敕蘓州宜賜米一十二萬石委刺史據戶均給者恩降九天澤流百姓伏以臣當州去年災沴尤甚水潦雖退流庸尚多臣前月到任奉宣聖旨闔境老幼無不涕零詢訪閭里備知凋瘵方據事實　便奏論聖慈憂人照燭幽遠特

有賑卹救其灾荒蒼生荷再造之恩歎嵗同有年之慶臣忝為長吏倍萬常情無任感激忭躍之至

蘓州韋中丞自代狀　　前　人

蘓州狀上中書門下諸道塩鐵轉運使江淮留後朝議郎守太僕少卿兼御史中丞上柱國賜紫金魚袋韋應物右臣蒙恩授蘓州刺史伏準建中元年正月五日制刺使上後舉一人自代者前件官歷務皆有名執心不回臨事能斷今預職雖重本官尚輕伏以當州者口賦首出諸郡況經灾沴切在撫綏尚省無能輒敢公舉司權筦之利誠籍乎才流豈弟之風維

邦本非敢臆說以寒詔書令具奏聞

蘄州上後謝宰相狀　前　人

朝議大夫使持節蘄州諸軍事守蘄州刺史上柱國劉某右某今月六日到州上說某山東一書生濩倒踈闊在少壯日猶不逮人况今衰遲智力愈短相公哀憐不遇擢授名邦實荷弘奬慚非令器伏以當州縣大寖之後物力蕭然飢寒須仆相枕於野誓當悉心條理續具奏論才術素空憂勞方始惧無聞問忝負恩知不任瞻望懇迫之至

蘄州加章服謝宰相狀　前　人

右某素乏吏才謬居劇郡以無庸之器當難治之時恭守教條勤求人瘼伏以聖德柔遠皇明燭幽凡具上陳皆可其奏遂令管見得及疲黎自承雨露之恩非有循良之政猥蒙朝奬特降命書顧縫掖之腐儒披華章之服貴　有黜明之典誠招彼己之譏限以官守不獲拜謝瞻望榮感心魂載馳

蘇州謝恩賜加章服表　　前　人

臣某言伏奉去年十一月二十七日詔書加臣賜紫金魚袋餘如故者恩降重霄榮霑陋質虛黷陟明之典恐興彼己之詩寵過若驚喜深生懼中謝臣起自

書生業文入仕德宗朝為御史以孤真在臺順宗朝
為郎官以緣累出省憲宗皇帝侵知其冤特降赦書
追赴京國緣有虛心稱居清班務進者爭先上封者
潛毀巧言易信孤憤難伸俄復一麾外轉三郡伏遇
陛下膺期御宇大振淹滯哀臣宿舊猥見收拾職兼
書殿官忝儀曹徵勞未宣薄命多故又離署省重領
郡符延英面辭親承教誨銜命即路星言載馳到任
之初便逢災疫奉宣聖澤恭守詔條上稟睿筭下求
人瘼才術雖短憂勞則深幸免流移漸臻完復皆承
聖化所及遂使人心獲安豈由微臣薄劣能致臣素

之親黨家本孤貧年衰無酒食之性拙無博奕之娛藝自領大郡又逢時灾晝夜苦心寢食忘味曾經誣毀每事防虞唯托神明更無媒援豈期片善上達宸聰回日月之重光燭江湖之下國絲綸褒異苦節既彰印綬煒煌老容如少望雲天而拜舞豈盡丹誠視環玦以徘徊空嗟白首無任感激屏營之至

蘇州謝就除礼部員外郎充天章閣待制表

范仲淹

臣某言伏蒙聖恩特授臣前件官充職者渙渥自天震惶無地改中臺之華序進内閣之清班盡出高明

殊登祕近臣中謝竊念臣發自顏巷賓於舜門一第為榮四方無効爰自書林預選柱籍升華恥汨沒以懷安或感激而論事惟慕古人之節詎希英主之知伏惟皇帝陛下稟帝堯之聰明加漢高之豁達坦聖懷而虛受期鴻化以咸孚念三聖之艱難而成丕業求七人之蹇諤以補大猷臣獨愧非才首當清問危言多犯孤立自持斧鉞居前雷霆在上敢避樞機之罷終乖藥石良之陛下日月垂光江海款量恕其萬死假之一麾望已絕於青雲咎未更於鴻霈俄易藩宣之寄寧分旰昃之憂忽降綸章荐加寵數而況闡

圖書之府切處於深嚴踐雲龍之庭當倫于顧問非名儒而不稱豈曲士之能堪矧莅清曹仍居舊治輝榮大集志願何求敢不内守朴忠外修景行進退惟道遵聖賢視履之方終始一心副君父育材之造臣無任云云

知平江府謝表　孫覿

詔紱跳恩忍返南還之役囊封避寵又分東顧之憂擢升内閣之華增重全吳之寄中謝伏念臣憑愚獲短見謂褊衷觸情妄行自作寄禍學誣若此一死何逃尚寛東市鈇鉞之誅永畀南海蟲蛇之區仰止覆

盆之照俯矜種豆之寃投豺遷屏於遠方敗履升再於華幄豈堪老退治筆研於西垣止欲歸休挂衣冠於神武純誠備罄全度務從猥令刺史之符再列從臣之托心勞政拙已憂覬覦之不容寢愕夢驚可見吴斗之尚喘兹蓋伏遇皇帝陛下聖謨天縱盛德日新炎正中微肇光武興王之業小雅盡廢賡周宣撥乱之詩深念三吴剏敝之餘改畀千里藩宣之重究其老矣自惟無益於縣官卧而護之尚欲撫　於獄市

龍圖閣學士再知平江府謝表　前　人

内閣寶儲促上遂嚴之直全吳臣屛叨居方面之崇
欣蓬白首之遺民還復青氈之舊物恍如昨面祇忝
明恩中謝伏念臣涉世濶踈空慚懵學逢辰休顯浸
冐官榮獨荷三朝識拔之恩徧塵兩禁高華之選分
符海上慚牧邅暮之身改命吳中又玷藩維之重追
尋陳迹宣布寬條千里江山不改承平之觀四隣雞
犬一空盜賊之餘閭里呻吟田萊蕪沒攀金城之柳
衰病何以堪之訪元都之桃飄零殆無存者茲蓋伏
遇皇帝陛下官人作哲厚下施仁俯憐簪履之遺加
惠桑榆之晚撫三江之壤悼靈光之獨存矜一介之

臣望神山而已遠擢　小郡移牧通都申畫封圻撫綏凋瘵虎頭食肉　妄意於古人爲華裘屍虜捐軀於異日

辭平江顯謨閣待制知平江府狀　前　人

臣資稟惷愚數忤權要一遭誣陷遂寘嚴科負天下之寃至犯人臣之大惡始則州縣觀望發卒圍守至持挺擊折以衛終則群盜入室指爲奸細又探囊竭篋而趣妻子流離兄弟奔散暴露野次不知存亡疾病呻吟日與死迫遽叨嚴詔還禁垣削罪籍於城且之書收舊物於從臣之橐閭閻驚嘆馳拘維之禁交

親改觀通問遺之書痛定之餘恍如隔世理宜扶憊奔走造朝而積憂薰心形羸骨立負薪有疾力難強於馳驅俟駕而行罪不容於逋慢忱辭上扣全度矜從擢之次對清切之塗畀以方郡承宣之寄重惟涼斐彌積競皇卧漳濱之痾尚未逃於鬼責冒鵜梁之刺必又致於人言伏望聖慈収還成命俾安田里以保餘生雖嘗膽坐薪莫追往咎謬當叩顙擊壤以俟太平

張正甫蘇州刺史制　　白居易

浙右列城吳郡為大地廣人庶舊稱難理多選池郡

二千石之良者轉而遷爲鄧州刺史張正甫自領南陽僅經三載廣平清簡以臨其人人安政和理和爭一宜以大郡推而廣之用旌前勞且佇來効可蘄州刺史

賜工部尚書浙江西東制置使兼江西安撫大使知平江府文天祥詔

朕未堪多難疆圉孔棘御史罔不曰艱惟時魁儒秉忠倡義奬率三軍入衛社稷國勢爲之增重人心恃心爲安精神折衝文武是憲卿器度才猷克邁前哲惟長江之險要未復幾甸之守倫當嚴卿以太常伯

兼領二使表裡撐拓以固吾圉東西運掉以清虜氛

儒帥一臨士勇百倍用保乂我文祖受祖兹惟豐芑

貽謀之意極其禡牙紓服宵旰之憂所辭宣不久亟

言曾唯奏吴門奧區今為邊地倫魁雋望忠孝勤王

軍中喧騰小范甲兵之謡河上尚稽光世節制之命

德祐元年八月二十七日

工部尚書兼都督府參贊軍事浙西江東制

置使兼江西安撫大使知平江府事文天祥

除端明殿學士制

敕元戎十乘先行式倚真儒之望師中三命承寵遹

降方面之權朕若稽先朝之舊章最重承明之邃職内以傳畿廷之彦外以褒師閫之賢王素之牧平凉程勘之蒞益都皆膺兹令得其人具官文天祥實選學濟時英猷緯國文有武備義槩質于神明儒知軍情忠忱貫于霜日傳檄召兵而志士奮纓冠赴難而國勢張不負素定之謀允爲寡二之翰蕃咨爾修扞之疆宇命爾攘除予欲壯浙西之略予欲復江表威稜聳前茅之令夷厲折破竹之威惟任之專者位必崇惟名之至者功必集乃躋班規殿之峻以增華帥閫之嚴噫邦咸喜戎有良翰茂對陟明之渥身雖外

心在王室趣成敵愾之勳

德祐元年九月十六日賜端明殿學士浙西

江東制使知平江府事文天祥手詔

詔曰卿秉忠忱以濟時艱倡義旅以衛王室經營四

方如召虎奨率三軍如武侯爰始常伯之英趣奮制

閫之寄將士用命遂泯掃於廣氛精神折衝益振揚

於勝氣有嘉體國之志亟奏攘夷之勳元戎啓行周

邦咸喜載加錫賚式示眷懷今賜卿金二十兩注盌

一副金十五兩盤盞一副細色二十匹纈羅二十匹

龍涎香三十餅度金香盒一具十兩清漫香三十帖

龍茶十斤至可領也故茲札示其體吾注倚之至意

胡琴婢勝兒出宋無啽囈集

吳俗祈恩泰伯祠爭圖輿馬獻新奇文王三讓周天下翻愛胡琴寵勝兒

吳泰伯祠在閶門之西每春市人相率牲醴多圖善馬綵輿美女以獻之以金銀行以輕綃画侍婢捧胡琴以從其貌勝於舊繪者名其為勝兒蓋他獻者無以為匹也女巫方舞有進士劉景復送客之金陵置酒於廟東通波館忽欠伸思寢夢紫衣冠者言曰讓王奉屈劉生隨至廟周旋揖讓而坐

王語劉生曰適一胡琴妓藝精而色麗知吾子納善歌故奉邀作胡琴一曲以寵之生初不酣命酌人間酒一杯已醉乃作歌曰繁絃已停雜吹歇勝兒調弄邏娑撥四弦攏撚三五聲喚起邊風馳明月大聲嘈〻奔瀝〻浪颭波間倒溟渤小弦切〻怨颸〻鬼哭神悲秋窸窣倒腕斜挑掣流電春雷直戛騰秋鶻漢妃徒得端正名秦女虛誇有仙骨我聞天寶十年前梁州未作西戎窟麻女右袵皆漢民不省胡塵暫蓬勃太平之末狂胡辭犬豕奔騰逐唐突玄宗未到萬里橋東洛西京一時沒海內

漢民皆入虜飲恨吞聲空咽嗢時看漢月望漢天怨氣冲星成彗孛國門之西八九鎮高城深壘閉閑卒河湟只尺不能收挽粟推車徒兀术令朝聞撥梁州曲使我心神暗超忽勝兒若得邊塞彈征人血淚應闌干吟畢以獻王召勝兒授之王之侍兒有妬者以金如意擊勝兒劉生驚而悟歌傳于吳中

王敬伯歌宛轉歌　唐郎大家宋氏

風已清月朗琴復鳴掩抑悲千態慇勤是一聲歌宛轉宛轉轉和且長願為雙鴻鵠比翼共翱翔

日已暮長簷鳥應度此時望君〻不来此時思君〻不顧歌宛轉那轉那能異棲宿願為形與影出入恒相逐

同前二首　劉方平、

星參差月二八燈五枝黄鶴瑶琴将别去芙蓉羽帳惜空垂歌宛轉宛轉恨無窮願為波與浪俱起碧流中

曉将近黄姑織女銀河盡九曲錦衾無復情千金寶鏡誰能引歌宛轉宛轉傷别離願作楊與柳同向玉窓垂

同前　　陳江揔

九夕天河白露明八月濤水秋風驚樓中恒聞哀响曲塘上復有辛苦行不解何意悲秋氣直置無秋悲自生不怨前階促織鳴偏愁便路擣衣聲别燕差池自有返離蟬寂寞詎含情雲聚含情四望臺月冷相思九重觀欲題芍藥詩不成來采夫容花已散金尊送曲韓娥起玉柱調絃楚妃歎翠眉結恨不復開寶鬟迎秋度前亂湘妃拭淚洒貞筠筴藥浣衣何處人步步香飛金薄履盈盈扇掩珊瑚唇已言採桑期陌上復能解珮就江濵競入華當要花枕爭開羽帳奉

華茵不惜獨眼前下鈎欲許便作後来新後来瞑〻同王牀可憐顏色無比方誰能巧笑特窺井乍取新聲學繞梁宿處留嬌墮黄珥鏡前含笑弄明璫採葹摘心〻不盡茱萸折葉〻更芳已聞能歌洞簫賦詎是故愛邯鄲倡

宛轉行　張籍

華屋重翠幄綺席雕象牀遠漏微更疎薄衾中夜涼爐氳暗徘徊寒燭背斜光妍姿結宵態寢壁幽夢長宛轉復宛轉憶〻更未央

王敬伯歌　李端

妾本舟中客聞君江上琴君初感忘嘆妾亦感君心
遂出合歡被同為交頸禽傳杯惟畏淺接膝猶嫌遠
侍婢奏箜篌女郎歌宛轉怨如何中庭霜露多宛轉
霜多葉可惜昨日非今夕徒結萬里懽終成一宵客
王敬伯淥水青山從此隔

同前　高啓

舟初維琴始薦驛亭邊夜相見歌宛轉情綢繆解環
珮彈箜篌歌易闌情難歇江波寒墮明月綠壺再傾
芳音欲遠辟彼林烏逢晨各飛羅衣沾霜城烏忽起
明日相思孤棹千里

同前　周南老

舟泊通波亭琴調離鸞聲美人忽見相感此琴中情侍婢出箜篌低回絃始更扣金歌宛轉意慘琴復清贈以白玉爪月落篷窗明少年恠夢作端由起心兵

王敬伯事見前集

杜蘭香下嫁張碩　宋褧

天上人間兩渺茫不知誰識杜蘭香来經玉樹三山遠去隔銀河一水長怨入清塵愁錦瑟酒傾玄露醉瑶觴遺情更説何珍重擘破雲鬟金鳳皇

張碩寄杜蘭香　前人

碧落香銷蘭露秋星河無夢夜悠〻靈妃不降三清駕仙鶴空成萬古愁皓月隔花追嘆別飛烟籠樹省淹留人間何事堪惆悵海色西風十二樓

墉城仙録云初漁父於洞庭之岸聞兒啼聲四顧無人惟有三歲女子在岸側漁父憐而舉之十餘歲天姿奇偉靈顔珠瑩殆天人也忽有青童靈人自空而下来集其家携女而去將升天謂漁父曰我仙女杜蘭香也謫於人間吳建興二年復降包山張碩家有侍婢二人大名萱枝小名松枝贈碩詩曰河母處靈嶽時遊雲霄際衆女侍羽儀不出

墉宮外飈輪送我来豈復處塵穢從我與福俱嫶我與𪚥會乃出薯蕷子三枚大如鷄子云食此令君不畏風波辟寒暑碩問禱祀如何香曰消摩自可除疾淫祀何益消摩謂藥也既成婚授以舉形飛化之道香便絶迹不来年餘碩般行忽見香車於山之際驚喜徑往造香欲登其車其奴舉扞之遂退聞在西洞庭莫詳其處

玉波雙冷蓮　　高啟

金風暮剪雙頭蘂啼臉辭秋嫣血紫宮女三千罷笑喧錦雲陣冷妃央死湔江炯玉流右香尋魂弔影愁

茫茫吳天墜露泉紅濕一夜波涼小龍泣

同前　周南老

涼月隨玉波露泣雙蓮泠瑣窗開洞門虛落氷簾影
美人久延竚盈盈素粧靚洒進珊瑚鍾神游蓬海境
倚曲歌未終不知秋夜永折得並頭花猶思在烟艇

芷秀約花（芷即葯也香草出吳中者佳）　高啟

春香上羅襦暗引蘭橈渡蝶散拚紅房王孫歸已暮
斜條拂蛾鬟采擷同芳杜脉脉兩烟濃江皋斷腸路

同前　周南老

芷秀襍蘭佩華葯出雲房春露發芳采晴曛散麝香

卷四五　十六

峩々水簪晶犖々雲霓裳抽簪瑤盤擊扣節歌樂章殷勤贈素綃日射生輝光同首馮夷宮颯然風雨涼

唐處士李籲夜遊震澤逢女郎為歌玉波冷雙蓮之曲曰此哀吳宮二隊長之詞又歌其所製並秀葯華之曲蓋龍女云二曲世皆不傳余戲為補之

秦娘歌 并引　　　　劉禹錫

秦娘本韋尚書家主謳者初尚書為吳郡得之命樂工誨之琵琶使之歌且舞無幾何盡得其術居一二歲携之以歸京師京師多新聲善工於是又捐去故技以新聲度曲而秦娘名字往々見稱於

貴遊之間元和初尚書薨於東京秦娘出居民間久之為蘄州刺史張愻所得其後坐愻事謫居武陵郡愻卒秦娘無所歸地荒且遠有無能知其容與藝者故日抱樂器而哭其音焦殺以悲雒客聞之為歌其事以足于樂府云

秦娘家本閶門西門前綠水環金堤有時妝成好天氣走上皋橋折花戲風流太守韋尚書路旁忽見停隼旟斗量明珠鳥傳意紺幰迎入專城居長環如雲衣似霧錦茵羅薦承輕步舞學驚鴻水榭春歌撩上客蘭堂暮從郎西入帝城中貴遊簪組香簾櫳低鬟

緩視抱明月纖指破撥生胡風繁華一旦有銷歇題劍無光履聲絕洛陽舊宅生草菜杜陵蕭〻松柏哀粧奩蟲網厚如繭博山爐倒傾寒灰蘄州刺史張公子白馬新到銅駝里自言買笑擲黃金月墜雲中從此始安知鵬鳥座中飛、寂寞旅魂招不歸秦嘉鏡有前時結韓壽香消故篋衣、山城少人江水碧斷雁哀鳴秋雨夕朱絃已絶為知音雲鬟未秋私自惜舉目風烟非舊時夢尋歸路必參差如何將此千行淚更洒瀟湘斑竹枝

與劉蘇州書　白居易

夢得閣下前者枉札數幅兼惠荅憶春草報白居易下五六章發函披文而後喜可知也又覆視書中有有攘臂痛拳之戲笑與抃會甚樂甚樂誰復知之因有所云續前言之戲耳試為留聽與閣下在長安時合所著詩數百首題為劉白唱和集卷上下（事具集解中）去年冬夢得由禮部中集賢學士遷蘇州刺史郎氷雪塞路自秦徂吳僕方守三川得為東道主閣下為僕稅駕十五日朝觴夕詠頗極平生之歡各賦數篇視草而別歲月易邁行復周星一往一來忽又盈篋誠

知老醜冗長為少年者所嗤然吴苑洛城相去二三千里捨此何以啟齒而解顔哉嗟乎微之先我去矣詩敵之勍者非夢得而誰前後相荅彼此非一彼雖無虚可繫此亦非利不行但止交綏未嘗失律然得隽之句警策之篇多因彼唱此和中得之他人未嘗能發也所以輒自愛重今復編而次為以附前集合前三卷題此卷為下遷前下為中命曰劉白吴洛寄和卷自太和六年冬送夢得之任之作始居易頓首

擬孫權荅曹操書　蘇軾

權曰孟德足下辱書開示禍福使之内殺子布外擒

劉備以自效書辭勤款若出至誠雖三尺童子亦時然知利害所在矣然僕懷固陋敢畧布之昔田横齊之遺虜漢髙祖釋酈生之憾遣使海島謂横來大者王小者侯獨能以力自到不肯以身辱先劉氏韓信以全齊之地束手於漢而不能死于牖下自古同功一體之人英雄豪傑之士世亂則藉以翦伐承平則理必猜疑與其受韓信之誅豈若死田横之節也哉僕先將軍破虜遭漢陵夷董卓借亂焚燒宗廟發掘陵寢故依袁術以舉義師所指城邑响應天下思得董卓而食之不厭不幸此志未遂而無禄世登先兄伯

符嗣命馳驅鋒鏑周旋江漢豈有他哉上以雪天子
之恥下以畢先將軍之志耳不意袁術亦僭位號污
辱義師又聞諸君各盜名字伯符提偏師進無所歸
退無所守故資江東為之業耳不意有荊軻舞陽之
變不以權不肖使統部曲以卒先臣之志僕受遺以
來卧薪嘗胆日月之逾邁而歎功名之不立上負
先臣未報之志下忝知人之明且權先世以德顯於
吳權若効諸君有非常之志縱不蒙顯戮豈不墮其
家聲耶漢自桓靈以來上失其道政出多門宦官之
亂繼息董卓之禍復興傕汜未誅袁劉割據天下所

恃惟權與公及劉備三人耳比聞卓已鯨鯢天子及正僕意公當撣除餘孽同奬王室上助天子與宗廟社稷之靈退守藩國無失春秋朝覲之節而足下乃有欺孤之意欲挾天子以令諸侯妄引曆數陰搆符命昔笑王莽之愚今竊歎足下陷覆車也僕與公有婚姻之舊加之同志相求然自聞求九錫納椒房不惟同志失望天下甚藉藉也劉備雖然亦少然僕觀其為人雄才大畧寬而有容拙於攻取巧於馭人有漢高祖之餘風輔以孔明未可量也且以忠義不替曩昔僕以為今海内所望惟我二人耳僕之有張昭

亞如備之孔明左提右挈以就大事國中文武之事盡以委之而見教殺昭與備僕豈病狂也哉古諺有之輔車相依脣亡齒寒僕與劉備有脣齒寔相須之勢足下所以不能取武昌又不到能成都者吳蜀皆存也今足下使僕取蜀是欲滅吳也蜀亡吳亦隨之矣晉以垂棘屈產假道於虞以伐虢夫滅虢是所以取虞虞不知以故及禍足下何以甚異此古人有言曰白首如新傾蓋如故言以身托人必擇所安孟德視僕豈惜此尺寸之土者哉特以公非所託也茍文若與公共起艱危一旦勸公讓九錫意便慽卒使曼

效刻僕與公有赤壁之隙雖復盡前憾釋然豈敢必公不食斯言乎今日歸朝一匹夫耳何能為哉縱公不見害交鋒兩陣之間所殺過當今其父兄子弟寔在公側怨讐多矣其能安乎季布數窘漢王及即位猶下三族之令刻足下記人之過忘人之功不肯忘文若于九錫其肯赦于赤壁乎孔文舉與楊德祖海內奇士足下殺之如皂隸豈復有愛于權天下之才在公右者即害之矣一失江東豈復悔耶甘言重幣幸勿復再

報韓維書　蘇舜欽

蒙責以兄弟在京師不以義相就獨羈外數千里自取愁苦乎豈無親戚之情會合之樂安肯舍安逸而甘愁苦哉昨在京師不敢犯人顏色不敢議論時事隨衆上下心志蟠屈固亦極矣不幸適在嫌疑之地不能決然早自引去致不測之禍捽下吏人無敢言共起謗議被廢之後喧然未已更欲寘之死地然後為快來者往往鈎賾言語欲以傳播故閉戶不敢見如避兵寇偷俗如此安可久居其間遂超然遠舉羈泊於江湖之上不惟衣食之累實亦少避機阱也況血屬之多資入之薄常相團聚可乏衣食乎不可也

可開關常不與人接不可也與之言必與之還往乎人〻皆如持國則可不迨持國者必加釀惡言喧布上下使僕不能自明則前日之事未為重也都無此事亦終日勞苦應接之不暇寒暑奔走塵土泥淖中不能了人事羸馬餓僕日栖〻取辱於都城使人指背訕笑哀憫亦何顏面安得不謂之愁苦哉此雖與弟兄親戚相遠而伏臘稍足居室稍寬無終日應接奔走之勞耳目清曠不設机關以待人心安閑而體舒放三桑而眠高春而起靜院明窗之下羅列圖史琴尊以自愉悅有興則泛小舟出盤閶二門吟嘯覽

廿二

古江山之間渚茶野釀足以消憂蒓鱸稻蟹足以適口又多高僧隱士佛廟道觀家有園林珍花奇石曲池高臺魚鳥之留連不覺日暮孔子作春秋而夷吳又曰吾欲居九夷觀今之風俗樂善好事知予守道好學皆欣然願來過從不以罪人相遇雖孔子復生是亦必欲居此也以彼此較之孰為然哉人生内有自得外有所適固亦樂矣何必高位厚祿役人以自奉養然後為樂今雖僑此亦如仕宦南北安可與親戚常守耶予窘迫勢不得如持國意必使我尸轉溝洫而餧豺虎而後以為安耶義何其忍耶詩曰凡今

之人莫如兄弟謂兄弟以恩急難必極相救後章曰喪亂既平既安且寧雖有兄弟不如友生謂友朋尚義安寧之時以禮義相琢磨于持國外兄弟也急難不相救又於永安寧之際欲以義相琢磨雖古人所不能受于欲不報乃慮吾持國也

太祖皇帝圍姑蘇諭張士誠書　吳元年丁未夏

蓋聞成湯放桀武王伐紂漢祖滅秦歷代帝王之興兵勢相加乃為常事當王莽之亾隋之失國豪傑來時蜂起圖王業據土地及其定也必歸于一天命所在豈容紛然雖有智者事業弗成亦當革心畏天順

民以全身保族若漢之竇融宋之錢俶是也自古皆然非今獨異尔能順附其福有餘毋為困守孤城危其兵民自取滅亡為天下笑

太祖征張士誠下令正至二十五年王者征伐應天順人所以平禍亂而安生民也張士誠假元之命叛服不常天將假手于我是用行師以致天討況士誠啟釁多端襲我安豐寇我諸金連兵搆禍罪不可逭命大軍致討兮止于罪首在彼軍民無恐無畏無亡逃竄無廢農業已敕大將軍約束官軍無致擄掠違者以軍律論罪布告中外體予至懷

伐張士誠諭士民牓至正二十六年

伐罪救民王者之師考之往古世代昭然軒轅氏誅蚩尤殷湯征葛伯文王伐崇侯聖王之起兵也非富天下本為救民近觀有元之末主居深宮臣操威福官以賄成罪以情免風憲舉親而劾讐有司差貧而賣富廟堂不以為慮方添冗官又改鈔法役四十萬人湮塞黄河死者枕藉於道哀苦聲聞于天致使愚民誤中妖術不解偈言之妄誕酷信弥勒之真有冀其治以甦其苦聚為燒香之黨根據汝潁蔓延河洛妖言既行兇謀遂逞焚蕩城郭殺戮士夫荼毒生靈

無端萬狀元以天下錢糧兵馬而討之略無功效愈
見猖獗然而終不能濟世安民是以有志之士旁觀
熟慮或假元氏為名或托鄉軍之號或以孤兵獨立
皆欲自為由是天下土崩瓦解予本濠梁之民初列
行伍漸至提兵灼見妖言終不能成事又度胡運難
與成功遂領兵渡江賴　天地祖宗之靈及將帥之
力一鼓而有江左再戰而定浙東陳氏稱號據我上
游爰興問罪之師彭蠡交兵元惡授首其父子兄弟
面縛輿櫬既待以不死又封以韓爵將相皆置於朝
班民庶各安於田里荊襄湖廣盡入版圖雖德未及

而政令頗修惟茲姑蘇張士誠為民則私販塩貨行刦於江湖兵興則收聚凶徒負固於海島其罪一也又恐海隅一區難抗天下全勢詐降于元坑其叅政趙璉囚其待制孫撝其罪二也厥後掩襲浙西兵不滿萬數地不足千里僭號改元其罪三也初寇我邊一戰而生擒其親弟再犯浙省揚矛直擣于近郊首尾畏縮乃又詐降於元其罪四也占據江浙錢粮十年不貢其罪五也陽受元朝之詔陰行假王之令挾制達丞相謀害楊左相其罪六也知元綱已墜公然害其江浙丞相達識帖木迩南臺大夫普化帖木兒

其罪七也誘我叛將刧我邊民其罪八也凡此八罪有甚於蚩尤葛伯崇侯雖堯舜禹湯文武與之同世亦所不容理宜征討以拯天下以濟斯民爰命中書左丞徐達率領馬步官軍舟師水陸並進攻取浙西諸處城池當戒軍士征討所到殲厥巨魁脅從罔治凡我逋逃臣民被陷軍士咸宥其罪其尔人民果能復業即我良民舊有房舍田土依額納粮以供軍儲餘無科取使汝等永保鄉里以全家室此興師之故也敢有千百相聚旅拒王師者即當移兵勦滅遷徙宗族於五溪兩廣永離鄉土以禦邊鄙果有賢哲或

全城歸附或弃力来降于所賞賜非所敢吝凡予之言信如皓日咨尔臣庶毋或自疑故牓

送丁謂序　王禹偁

主上躬耕之歲僕自長洲宰被召由大理評事得右正言分直東觀既歲滿入西掖掌誥且二年矣今之舉進士者以文相售歲數百人朝請之餘無不歷覽有視其命題而罷者有讀數句而罷者有終一篇而止者或詩可采而賦則無有也或賦可稱而文則無有也能全之者百不四五況著書立言之士乎去年得富春孫何文數十篇格高意遠大得經旨僕因詢

諸同列或曰有遼陽者何之同志也其文與何不相上下僕未之信也會有以謂之文示僕視之則前言不誣矣是秋何来訪僕既與之交又得謂之履行甚悉且喜其患頗今春謂来示以新文并律詩與賦向所號進士者皆莫能及也其詩效杜子美深入其奥其文則皆意不常而語不俗若雜于韓柳集中使能文之士不能辨也自是人爭願識其面而交其心矣翰林貫公尤加歎服是知道之尊人也豈位也乎學之富人也豈貲也乎哉今之不勤于道不力于學而望人知者宜視丁氏子之道何如哉值其歸贈以序

送貢公守平江序　　王褘

上在位二十有三載寤寐治道圖修太平重念天下黎元比歲失職興師討罪久無成功乃更登庸舊臣屬以政柄於是綱紀脩飭衆正並進始擢南士有時望者為各道廉訪使而吾宣城貢公被命蒞閩中居無何還召為禮部尚書而廷議以平江缺守任難其人俄復用公守平江或者以謂憲使膺耳目之司尚書處喉舌之地其權位為最要而顧守於一郡於物論疑若有未愜者禕竊以為不然今日郡守之選重矣而平江為江南大郡其守視他郡為尤重以故朝

廷恒選剛嚴碩博之材諳人情而卹民隱者托之以郡寄所以尊大藩重外庸也惟公以文儒名家士林之冠冕歷官中外所至政績輟暴著頃曾為都水營田使寔治平江其民之利病蓋所稔知朝廷視郡選侯其用公為守也固宜公之宏材無施不可亦奚彼此之計乎嗚呼惟我祖宗統一宇内百年于茲重熙累治式臻丕平四方無虞烟火万里可謂盛矣夫何四三年間海内鼎沸河之南北淮之東西戎馬蹂蹈已無完區而大以南列城殘毀生靈塗炭亦靡有息肩之所世故之艱難於是殆有不忍言者幸而平江

以地利人和之故隱然為南方之保障然餫餉之給比諸郡卒十七八百需供億萬計而其民亦已不勝夫凋瘵今公為郡以父母其民寧不有以輯綏撫摩之以阜其財以結其心乎嗟乎財者民之心也不取諸民以無給國用取之無藝無以得民心品調消息之間公得無有術哉是故一城之完朝廷免一城之憂一民之安國家賴一民之力公也任郡寄之重上體宵旰思治之勤而布宣其及下之仁不久政成天子且亟用之當大任矣迓者濟南韓公鏞守鄱陽南陽成公遵守武昌皆即其宮召入參預大政庶幾漢

世郡守入為三公之意朝廷今日之用公意在此豈非天下士大夫之所望者乎頋禕草澤之人而有當世之志於公之行固區區一言之公平日知禕為最厚將以其言為不佞矣

贈蕭教諭赴長洲序　王直

蕭氏吾邑故家詩書相傳也久矣而尤以篤義重鄉邑洪武中鵬舉先生舉賢良　大祖皇帝命賦指佞草應口成詩　上大喜授蘄州府同知以寬厚清慎得名再任山東鹽運副使潔廉之操老而彌勵至今人能道之彥清其孫也彥清名欒以書經領薦今年

會試禮部郎中教官選得長洲教諭彥請勤學攻文足以得志於有司其試禮部予實典文衡局以科額於是失彥清予與蕭氏有世好意甚惜之而彥清不以望予雖然予固惜失之而喜長洲之得也夫彥偉之才所在有之而不能不賴於師〻弟子之所由成也辟若制器然以良才遇良工加之以規矩準繩而後方圓平直規矩準繩之不加欲器之方圓平直蓋難矣故雖有材而不得成器以適於用者不遇此也今之為士孰無用世之心哉其材有大小之不同而無不可然用所以成之皆於師乎望也因其才而篤焉

卷四六　芃

匡直輔翼而振德之則才既成矣以是而為世用此治功之所以盛也然而遇良師者固有矣其不遇者蓋多焉不遇則無矣成其才猶未為病也苟遇而弗良師之以不正之習而加之以非道之施中才之士隨而變焉豈非學校之不行哉長洲蘇之望縣其地多良才今其未仕泯者日望于成者不少其前所遇之幸不幸乎不能知今而得彥清乎知其為幸也彥清之學得於家講於師友皆聖賢之法言仁義之達道卒是而教之為弟子者勉而學焉其才將無不成乎故為長洲喜也彥清克篤於是邦人父老必推本

於同知公之賢而誦公之德不衰是彥清能成其祖之名亦所以為教也彥清勉之因書以贈其行

送太守況侯述職詩叙　徐有貞

大丈夫將有為於斯世必先養其氣節氣節之固則其中浩然以直遇事而不餒介然以正臨變而不欲不餒不欲而後可以任天下之至重處天下之至難矣彼平居悻悻自好恃能舞智以為天下之事無不可為及事變之來無以自守而輒餒以欲者以氣節之素失其養也然欲養其氣節必其天資之高修學之勤而後有以致之若吾蘇守況公其庶幾乎侯豫

章人也才疆識明胸次磊落而淑聞乎道義故能毅
然以正自立而顯于世其為郎礼部已有偉望時
宣宗皇帝在御以天下郡守多不得人　命舉廷臣
之才堪寄者得九人爲特　賜璽書諭勉以行蓋
國朝郡守之　賜璽書始此而侯以大宗伯胡公之
舉寔居九人者之首故　命之守蘓〻畿内重郡也
粮賦居天下之半國用所需多於蘓爲取之土産有
餘而民力不足汙吏奸豪欲攘其間故雖有富庶之
號民常苦於他郡而為之守者亦難於他郡侯既拜
命即以興利除害為己任及下車遂脩政條明禁令

一以　璽書從事黜汙吏撿奸豪奏減粮額之重者十之三凡諸不便民於者悉陳革之蘓之人始則畏侯之威終則懷侯之惠而樂其利如出幽而明既病而甦也侯去郡者再民輒上書乞留于今七年矣治久而化孚侯坐而撫之民無不順者故論者皆曰自國初以来有功於吾郡未有如侯之多者且謂侯有行必達有言必達可謂有大丈夫之為者余曰此侯之有為人固知之而不知侯之氣節所在也異時謁者專使於外秉威據重以誅求乎民方岳旬宣之臣皆向風而靡部使者亦歛手避爲郡縣奉承不暇

冀免督責於已遑恤其民乎所在有一二輩輒騷然失寧而藴藴之聚者常三四十輩以其冨庶也誅求常倍於他郡侯之至獨挺然以義折之使皆俛首去不得肆乎其害而彼之魁桀者且服公所為謂其人曰况太守清政人也不可犯爲是以朝廷嘉侯之忠而吏民賴侯之德當是時侯之氣節蓋已雄於天下矣余嘗一見侯與論大丈夫之事業侯固欣然以為天其志而余亦以是與之也雖然侯之為郡守亦重且難矣然天下之事尚有重且難於此者以侯當之而不餒以欲是則余之所望於侯者也惟侯勉之侯以

述職赴京師郡之薦紳會餞侯吳門之外各賦詩一章以侯為贈時余適預焉因衆所強而序以弁云

送太守況公述職序　　徐有貞

太守況公之述職將行也郡之大夫士舉餞送焉而為之詩文以稱道其德美余忝郡人之末禮不可以獨已亦既有贈矣而醫學正科盛侃又屬言贈之余嘆曰太守公政績之美信有足稱道矣然吾郡能言之士十百其人極口之辭殫筆之力稱而道之固已無遺矣使余能言且無以加矧其不能乎敢讓于能者侃曰不然夫美功詩人之業也屬辭比事頌功

春秋之法也子名在詞垣而任官史局其於叙述固所當然今郡有賢太守如況公者雖屢書焉不為過也子奚辭爲余偏於侃言而領之然余竊以古之君子之相贈人以言也不徒美其所已能尤必贊其所未至故聖如大禹而益猶贊之今諸君之稱美於公盛矣而未有贊其所為者何耶夫以公之所自立而觀其志蓋不止于今日之所見而吾黨之士所為稱說乃止而弗進豈忠告于公者哉昔黄霸治郡常為天下第一後為丞相乃無所建明而功名損于前時韓休亦善治郡　以恬和易之及既當國則直道匡

君有良相風蓋大臣之道與為郡異朝廷霸明于治民而懵於丞弼若休則可為兼矣故漢書傳霸循吏而唐書叙休之相業有以也公之高才達識其必有見於此者使其果進而大任尚顧宜以霸之所不足者自克以休之有為者自勉可也夫有而不自足者必成其大行而不自止者必至於遠古之君子惟日孜孜求進乎道恒若弗及用圖其遠大之功業而已余不敏亦常有志于斯故喜為公道也公于是而加孜孜焉以求其道則雖唐虞三代岳牧卿尹之功業而有可致又何韓休之不可及哉遂以是言復于侃

而為公贈

答況太守問芝草書　　前人

正統戊午年九月十日太守閣下今月初三日承專使親扎来慰于墓廬且以靈芝事為問良感良愧某之所以營葬于此者盖以先人平生有鄉土之思而某為子不肖不克奉承親志侍以還鄉不幸先人遺疾竟終于京師不孝之愆無以自逭重惟宗祀在身不敢即死所不忍窆於客土扶柩歸葬庶幾追承先志之萬一以自逭耳豈有纖毫孝行之足言哉既幸克安厝因廬墓所終喪期亦固當爾豈敢沽名釣譽

以自附於古人者哉迺者墳堂之上偶生異草三五
莖山中人輒相聚觀識其靈芝閔然以為祥瑞其是
即時明以戒止使勿造妖揑佐豈意好事者遂乃傳
説入城府以誤閣下之聽耶閣下以聰明正直聞且
嘗為禮官所識見遠矣山野鄙人訛言入城正賴閣
下約止之奈何從而聽之頒以靈物異事為耶某雖
不肖少頗讀數行書常恐隳於匪人之域今者不死
方圖自立以為報親之地使天下後世不謂其為不
孝子幸矣豈敢復隨人造作以自玷耶夫山中之草
百數有之自非神農莫能盡識今此草之生某既不

能別識亦不敢承識公又何庸問之願早約止勿復
言至幸至幸其固愚蠢者方在哀疚不文不次惟耻
閣下諒察

又己未春正月再復書　　前人

其稽顙拜復太守閣下年前承問芝草事既以明白
回復今者復蒙教札略其蠢愚顧加獎慰且援引古
今的然以為孝徵瑞事至欲枉駕臨視其固知感盛
德然憂懼滋甚欲即詣府白止之緣在禫服誼不可
入公門故不免復此　縷蓋尚古之世物無所謂祥
瑞者若夫古今瑞圖之載皆漢世以來謬儒傳會之

言也六經豈有是哉經中之言禎者蓋不過吉善祥之徵云耳其竊有見于此素不信之故平日於文辭恥及祥瑞事今者不幸而遠塋吾親獨廬于此又不意而有此草生于壙所而致人人訛言紛紛如此也然百草皆山之生也誠亦無怪其生者此山本名青芝豈非素生此草乎其何足為異其既以此曉于山林之人矣但其人好事甚又欲承奉賢府主意遂以為素未嘗見此草生使就果非素生亦何必為異山中之物生于山中固其所也不足喜也若其生于人之家庭則非其所矣吾且以為妖而惡之拔而去之

矣今乃在山而又當堂封之上所不敢除故遂置而不問豈意人之好佞乃至諠傳以誤閣下之聽如此耶然某竊惟閣下賢明固非可惑者也意者其將振起風化故假此等事以為人人之勸哉然于他人則可以承命于某則不敢何者己既不以為異而順人以為異己則惡他人之造妖捏佞而復順之其過有加焉苟以為孝之為徵則所不敢者人豈不自知如某者方惴惴懼以不孝而見譴于天又何以徵乎乃徵諸天是誣天也況此草固地之所生者豈某致之生耶若指地之所生以為己徵是誣地也某雖不肖

平生所學不過一誠耳方切〻自勉以誠而不足安敢以誣天地乎或者又云閣下之意將以聞于　朝廷朝廷又豈可誣亂某固不才無可用於　朝廷然區〻之心未嘗不以朴忠自勵者而乃使之為誣此又不敢之不敢者也太守一郡師表凡一舉動庶民趨之倘枉駕遠臨則必闔郡响動得不大為驚怪耶此又不可之不可者也如將舉之某則有逃遁而已必不能從爲哀疚之餘不事筆扎為閣下所迫忍苦告誠閣下鑒之亮之恕其蠢而與誠不勝哀感之至

送葉玄圭知吳縣詩序　前　人

永嘉葉君玄圭初以名進士選為庶吉士　詔比二十八宿續學翰林五年而出為蘇州之吳江縣令至官期月而民大治以母憂去今年起復赴京師得調于吳凡朝之賢士大夫之知君者咸以君之才行學識之茂宜列之朝著贊經綸司風化以大其用而弘其施乃處之一邑且久于外莫不咨嗟以惜之惟吳之人士聞之則私幸於得賢而為之興忭以相慶若余之意則又兼處乎二者之間焉蓋予與葉君以聯科進士選入翰林同研席者叅年斯文相契之情若兄弟然其為吳江也余送之行既而各以家艱去官

不相見者閱五寒暑矣今余自吳之墓廬起復而來適與君會方之與之叙契濶展懷抱而君復有是行夫知之深者期之重余寧不惜之去然君之所治余父母之邦也君去而大患吾民又寧不為之私喜耶且吳為泰伯過化之地而子游氏之所生也其民風素厚士習素正而又素為富庶東南財賦所出吳得十二焉然比歲以来民風寖变而澆薄士習寖流而卑陋而向所謂富庶者亦寖以凋敝实去而名存究其所以致然者固有由來矣其將振起而復之者獨不在于賢守令乎夫欲民風之厚必本之仁化欲士

習之正必先之德教若其富則必由乎安養之而致之然長民者恒急於賦役而緩于教化故卒患其未能復也今幸得賢令如葉君其有所望而振起之矣昔子游以絃歌而治武城固曰君子學道則愛人君之學于道也有素能弗推愛人之道而極其至雖天下之大可治而况為縣哉君行有日在　朝所與同選諸君子相率賦詩送之而推予序其簡首

送長洲丞邵君宏啓序　　前人

古之人所重者父母之邦而邦大夫尤所加敬焉孔子曰居是邦不非其大夫又曰居是邦事其大夫之

賢者夫有可非者未必賢也未必賢者且不非之則其賢者固在所當事矣然此特所居之邦爾非父母之邦也于所居之邦且然況父母之邦乎其礼固宜又加重焉耳矣長洲余父母之邦也凡官于是者皆余之所當敬也況其賢而愛民者歟賢而愛民者雖不吾識固亦吾之所當加敬況其賢而又有斯文交親之分哉者此予之於邵君所爲眷眷而不忘者也君名昕字宏啓越之餘姚人也其從兄脩撰君宏譽寔余同官之良而相知之深者初君之以文學才行舉而來也余數會之脩撰君所觀其儀止而聽其談

吐固已知其所存之厚矣及余丁艱歸吳君適為丞于長洲其持己也廉其事上也恭其處寮寀也和其馭吏也明而臨民也惠至於儒紳之士有可言者又必待之以禮焉由是上下之人翕然稱之皆以為賢余聞之良以為鄉邦斯文之休君亦以迺兄之好數枉顧余山中然余以哀事故不及以復也今年君以三載滿秩報治于　朝詞林諸公以脩撰君之故又聞其賢也莫不敬之而贈之以文章余其故可恕然而耶已雖然余之敬君者豈以為諂哉所以為禮也以礼敬人必有所忠告焉可也自今已往君其尚加

懋乿持已無斁其明也撫民無斁其惠也待士無斁其礼也夫如是則郡高官而享厚禄當重任而臨大事將無往而不可豈惟佐邑之為賢乎君其尚加勉

送劉原愽序　　前人

草窓劉先生原愽余之斯文交也原愽之先世以醫名䋣宋暨元代有顯者在國朝則故良醫公彥敬院判公士實相継以醫國手擅聲于天下原愽寔良醫公之孫而院判公之子也然原愽之學不專于醫自吾儒經世之學書以及諸子百氏之言靡不讀讀之靡不探其隱而鉤其深其于辯析物理議古論今縷

縷其弗絶亹亹其不厭也至發為文章蒼然古色有作者之風焉原博初賢良舉或斥之而止繼以文學舉又斥而止卒以醫舉為惠民局官乃始得之知原博者原以為原博以母夫人高年在鄉陳情乞歸省覲既得請而治行與其原博同官及所從游之士謁余謀所以贈之者予曰嗟乎以原博而官于醫有不足為者矣余其奚贈哉雖然原博之志殆不止乎醫而已也余輩之所以知原博期待原博者亦不止乎醫而已也原博固儒者也儒者之事在學與行之修焉耳學不足以明不足以為學行不足以經德不道

足以為行學行之脩則以之達焉而可以之窮焉而可以之近焉而可以之遠焉而可達以施之天下窮以守之一身近以行之當時遠以傳之後世余也謬以儒名竊有志乎久矣然質魯而才下無以自副斯志者故願與原慱言之幸其有以相發而進我於道焉若夫醫師濟生之術原慱固不求聞于余余亦無以告之原慱致於寧遠致養之道敬恭桑梓之礼又原慱之所素敦焉者其待予言哉其待予言哉

吳都文粹續集卷四十六終

吳都文粹續集卷第四十七

長洲　錢穀　叔寶　編集

雜文

平江路達魯花赤西夏六十公紀績碑頌

陳基

今天子御極之十有七年爲至正六年詔公卿輔弼之臣若曰朕將以天下之治責成守令尒尚各舉所知以稱朕意于是皆拜手稽首曰幸甚臣等不佞敢不慎擇其人以無負聖天子嘉惠元元之意乎既退咸以四方萬國至于荒外守土之臣莫不各以其職宣布上恩時節貢水土百物以供郊廟社稷神明之

祀而平江為都控帶楚越所部四州二縣地方千里海陸之産饒于右昔國家所以為奉地根本所繫寔異地壤職師帥任保釐于此者尤難其選居久之有以西夏六十公子約之賢為言者宰相曰是故同知濠州有德于民者乎此長〻者可以復明詔矣即奏為平江路達魯花赤時至正九年也公方持江西部使者節命下即由豫章趨吳郡長民者方臨人以嚴而刀筆吏規〻守文不知大體公因憮然歎曰此風其可長乎不戢將敗吾政日乃以旦日謁先聖先師飭學官增弟子員聘名師用月書季考之法程試之取

中式者補郡曹吏尋飾學宮墻廣倉庾以儲廩粟買學宮南廢圃作靈星門以正廟貌公餘政隙輙呼吏屬雁行立從容為言修身理人之術出入經史上下古今亹亹不倦日以為常郡諸生化之爭自激卬以明經取進士高第者至是彬彬焉公方務與民興利除害會有詔嚴長生牛水深圍長蕩之屬省憲遣官與公循行其地而崑山嘉定瀕海事故之田病民者為尤甚公因自念使民安其田里而無愁歎之聲者二千石之事也今聖天子下寬大之詔苟不以斯時悉除民所疾苦後悔將焉及因疏其害力請而免之

矣介居東南道路之咽喉有田者常賦之外又以餘苗供郡城輿吳江平望水陸驛傳勞來之需公曰此非政之善也乃以歲餘官粮変錢為子母月取其贏以次責郡胥吏生其費號曰祗待民大称便海運粳于盜行委誘公按兵崐山之劉家港公先身士卒戮力海事春夏兩漕皆以時達京師淮右寇竊發攻陷江東西郡縣浙右騷動省憲督吳郡募民大興築城之役周餘四十里費且鉅萬然皆不仰之官屬方盛暑公不忍其重困語及且泣下且時身出入版築之間勞苦之海盜復犯崑山公募民為兵選官吏家之

居者分守郡地時門之啟閉以備非常初寇之入杭也行者（省）徵冒民引兵入授（援）公曰藉杭層齒不應禍（禍）且及應之則民不堪命因發而募兵義五百人赴之未幾寇陷常繼湖烽燧漲空鉦鼓四起羽書告急相望資粮兵械什器之求絡繹道路人心恟恟公晝則閲決趣辦供億紛紜夜則申嚴約束以死自誓民賴以無恐居久之朝廷除行者（省）臣不遠數千里率蒙古備禦吳郡已而省臣調他省江浙行中書因檄公兼制軍事公鞠恭夙夜與士卒同勞苦然不動聲色而賞罰號令視前十倍居民安業遠近稱之使者聞奏詔

募民輸粟佐江西軍視多寡補官有差列郡承風應募比至吴公愬〻為使者言吴民困于糴和百需米價湧貴斗至錢若干緡小民艱食無賴方發官倉賑糶之寔無以募應使者感公言遂以所餘告身還朝廷時論偉之先是榷酤官止收其税後公私謙[兼]賀[取]更取酒酤戶吏徒並[侵]徒[牟]乘隙甚者至破民之産公議立罷之征止常税而已公學醇識正性尚寬和聽政決獄務本經義而參之以章程秉志忠貞律身廉恕而將之以勤敏起官[自]至諸生官二千石而退然身若不勝衣始公之下車也士仰其德久之束[吏]服其能終也

民安業其寧相奏公治行最東南詔嘉之特命增公秩復公位三年吳人室家相慶曰聖天子以公保艾我百姓三載告終引例當代渡詔以公私我使吾入有父母出有司命俯仰六載夷險一節晏然不与隣郡之民冒俱矢石殞鋒鏑膏血塗野艸者聖天子之賜也盍石刻載德以昭示無極且公旦暮入參廊廟進陞臺閣勳進位崇爵与德称其大書特書屢書不一書者太史公之職也乃具狀授予俾論著公治吳善政刻而頌之以無忘聖天子之賜公以成均上舍生釋褐授濠州同知調南平浦城二縣長轉南陽府

同知富寧庫提舉尋改同知都漕運事由歸德知府
拜監察御史又陞江西廉訪使副除今職云頌曰明
明天子〻惠兆民孰宣上恩曰在守臣茫〻疆理廣
禹舊蹟孰先農人布時黍稷濟〻在廷奉詔拜于慎
肅乃僚旁求遠取九州立牧施及八荒各戢方物時
鄭來王睠兹吳會東南奥區厥土塗泥化為上腴豈
伊人功勝于地力諄〻德音斯民之側孰將明命往
綏兹土抱其嬰孩授之父母宰相薦公天子曰宜彼
誠長者朕用弗疑始而吳政逞以刑罰始而吳吏拘
以文法公寬理之訓之經義大者實興小者試吏詵

以明召為仍從抄本不改此

詵多士更化翕然飾其儒宮以表化源公教既施民瘼斯究田疇漏胥驛犒何有公承寬詔上疏貸租使者來責缺之吏胥海寇梗漕公威劫之船粟億萬往寔京師蠢尔妖寇蠭起蟻聚蔓延江南屠州陷府公成郡城載高其雉公厲郡兵載奮其士吳城匪城公仁可憑吳兵匪兵公義可秉公哺我飢公拯吾溺去其蟊賊滋我稼穡羽檄交馳以急告公徵求調發斯萬不同公曰恤哉此皆王事敢不鞠躬夙興夜寐有卓治行上達九重天子曰都予懋乃功有臣若斯宜在左右重憂吳人失賢太守詔增公秩詔復公位以公

私吳寔天子意公之為吏如漢龔黃公嬰其変彼適治康公之愛民如鄭國僑始不忍斯終安其教公留拊我公勿去我公不我遺我忍公舍公惠在人公勲在石天子用公眎此成績

○○海道都漕運萬戶府達魯花赤脫因公紀績○○頌　前人

天子之本在京師京師所仰在海運海運所恃在舟楫舟楫之利所以濟不通然振古以來有天下者未有海道為渠轉漕東南億萬之粟灌注天府以備粢盛祿廩軍旅之儲如今日之盛者也盖世祖皇帝闢

規大畧所以為聖子神孫萬世無疆之計始天授之非人力也一旦有司撫字乖方鯨波鼓怒襲吾粮道堅舟利楫蒼黄失措鞠為灰燼于斯時也軍国大計茍非得人以濟之則祖宗七八十年振古所未有之利將有臨流浩嘆而已顧何益于事哉此海道都漕運萬户府達魯花赤脱因公所宜大書特書屢書不一書者也初海道之失利也聖天子圖新漕政而難其人廷議奏曰今樞密院斷事官臣脱因倜儻喜事忠謹絶人讀書知古今達事變曩執法御史府讜論不回天下偉之臣等敢昧死請以漕事屬脱因說詔曰

可時至正十〇年〇月也先是每兩漕事梭漕民卒以漕隙脩器械舟槳必先期補製謹風信也自海道有变粮艘陷沒者参平會公下車忡嚴約束且廹漕期衆皆凜凜不知所為公乃下令俾買吴楚商船往來江湖之順售者并日兼工益小為大且戒曰事貴神速慮多決少兵家所忌此漕事吾以軍法治之敢有不用命者予兩漕賴之卒皆以時達直沽公用事精勇類如此上大悅詔賜二尊酒副之束帛公曰此特事之权尓非経久利也易曰通其变使民不倦令漕民告病舟楫不戒危道也变而通之其在斯乎乃

移文平江嘉興湖州松江諸路府選民力之勝任者補充漕户是時鯨波告急新漕之民利涉無虞因樂為之用而軍国大計所謂萬世無疆者克澴舊常褒勸之礼視前有加而公之事集矣公雖任專海道然苟有以惠生民利社稷者知無不為去歲秋吴民租阻飢公發漕餘糴粟以賑之今年春陽山民愚窃發縱大刦掠鼓行趋郡西門公身先有司從数騎出萬死不過顧一生殺獲甚衆居民安堵省憲聞之皆遣使来賀十五年○月○日詔拜公為江浙行中書参知政事揔制軍民保釐東吴仍督漕事寵賚優渥昭懋績

也漕民因有作而言曰公糶粟賑民〻誦之以詩公殄賊安民〻刻之以石公重興漕政、修浚海道制权宜如裴耀卿謀經久如劉晏處身清潔仕不廢學如韓滉唐有三人倚為鄼侯皆以漕運致位宰相公令之鄼侯也三人之長公寔兼之而頌声不作非曠典欤且公居漕臺則功在海運位執政則志存藩省異日登台輔秉机要則又将以德加天下區〻之頌于公何有哉雖然無言不酬無德不報詩之著經也乃礱石徵文論著公漕政頌之公字明善世為蒙古部人頌曰

另行寫

昔秦挽粟漕運乃與一石之利百斛費

并漢唐沿之陸運水行負擔樔舟乗端跨陵其一或穿
鑱釺鐵歷底柱或鑿三門或役婦女百險備更萬夫
疾首庸錢千計得不盈酺其二大哉皇元天闢漕渠匯
陸以阻弗川以紆于廓灵海括坤之區嘘吸百源畀
以自居其三維皇道之濟險以德海若駿奔馮夷戮力
掖我灵幅贊我文躅一波不興萬里斯息其四直沽之
口析木之津粮艘會同伐鼓𠏉、六軍騰懽萬姓交
忻飽我糗粮樂此富般其五大略宏規善建不拔詔謀
無疆𡛟古莫越孰揚鯨波百怪並發其六燔我樓櫓梗
我粮道出沒濤風犯我城堡彼方雷吼此寧雹掃孰

卷四十七　八

乖樹循致此㑋㥄其七既劫之舟復寇之粟山上闕渠盛
下戲廩綠祿軍無見粮民食半菽憂貽當宁議諏秉軸
其八事有非常得人斯濟孰寔堪之惟脫因民氐昔居諫
垣抗言不諱使長漕臺庶展才智其九君命既加公責
斯享金符虎節銀章黽綬秩長萬夫勢崇列守公辰
在公〻退在酉其十公行雷動公止山立公令一申公
事畢集以治兵漕以权济急勇輸軍儲往寔京邑其十一
帝命偉之寵賜有加公曰斯权經久則那法貴变通
戶別等差損上益下斥寡就多其十二漕民核寔舟飲楫利
完春餽夏餉風往浪旋轉粟如山弗危以顛傾飛在

十

後陽侯在前其十三昔爲效逆今則助順威德所加載以明信威德伊何不驕不吝明信伊何克廣克慎其十四天子曰嘉事立功成受以執政升諸外庭拜命分曹督餉治兵公文且武公允且平率我曹事衛我蒼生其十五公今在外保釐吳土邑有長城民有父母公行居中進位台輔室有棟梁轂有甘雨其十六邑傳輿誦野播民謠或聞鄉校或采芻蕘詠歌功德嘉歎賢勞爰勒貞珉永繼風騷其十七

送張州尹序　　前人

常熟言子游氏之鄉也子游當春秋之季列國爭衡

而其為武城宰獨尊信孔子之言弦歌礼樂以教之及漢興收秦民于百戰之餘而相國曹参獨師事盖公用其清净之説以治齊而齊大治夫清净之説與君子之道不同然馴而致之亦足以勝殘去殺與民休戚則[illegible]學子游之學仕子游之鄉而所以述續愛、人之休烈于（於）变易使之淳風顧不益簡且易乎然百戰之鋒或不戢于秦漢争衡之势或不殺于列国于斯時也欲治之以清净　而不先教之以礼樂乎則杼柚其空瘡痍未復故今日之務莫要于教民　莫艱于拯民苟非仁足以

周撫字知足以遏強禦才足以綜繁劇廉足以律頑
貪而又將之以老成強之以精力如保定張侯庸道者
亦烏足以守北門之管鑰貲水陸之咽喉卵翼生民
股肱藩省也哉今日用侯与侯之為今日用殆非徇
其名而已蓋將有以收其寔也吾聞之十室之邑必
有忠信常熟為吳大州薦紳之徒豈無忠信非公事
不至尹室如澹臺滅明者乎斯行也吾知其不待蓋
公而州治矣申公有云為治不在多言顧力行何如
耳侯尚勉乎哉

送虞秀才序　　前　人

故宋太師虞雍公以雄姿偉畧佐宋中興出入將相垂二十年其經國大業之著于章疏忠貞氣節之形于奏對太史氏所録蓋班班焉有志之士聞其風者猶足以興起而况覩其全書者乎其書舊刻蜀中已而燬于兵四世孫通判寶慶府君將復刻之湖南弗果五世孫參政當國初尤篤意于此會故人眉州吏〔史〕孝祥守興化聞黄伯固家寔有之求之不能得至六世孫學士遭逢盛際寖以文章致位通顯其侍書奎章閣時嘗屬閣校官謝中物色之中至閣遣閣武官有購得之者將資〔責〕以見學士未幾學士歸田里尋捐

館舍自是書之存亡無復以為意者已与予友者曰堪字勝伯于公為八世孫一介布衣困窶無聊自勝伯以上居吳、子弟与勝伯儕輩者往、厭弃筆研不屑事父兄書自負以班仲叔者無慮十六七否則亦竊自緣飾為公孫子不成其敝猶足以舞文巧詆與鄉里少年爭長雄勝伯之計顧不出此獨折節以紹隆家斈經紀遺書為己任閒聞松江俞子中為吳理官時得其書于魯人賈景莊氏將親往求之斯行也天其或者未喪于斯文乎吾聞之君子之澤五世而斬勝伯去公八世矣斯文也猶將賴勝伯以弗墜

韓愈氏有言莫之為後雖盛而不傳勝伯所謂善為人後者非耶于其行吳之能言者爭為詩以相之屬予序之

送張同知序　前人

張君德常由吳縣長調同知嘉定州事將行或曰德常為布衣時躬耕陽羡里中讀書事親足以卒歲蓋自以為一世之高士矣及辟丞吳縣尋由丞陞尹出則居官字民入則与子弟侍老先生起居訢訢如也久之咸使民化服而縣事以因日以理由是治行為郡稱首使者循行州邑而德常遂以最官居上考蓋至

此而德常雖~~以~~欲復以布衣高一世不可得矣及調官海上或曰州視縣雖已崇然同知為貳戟縣視州雖益卑然尹為長吏尹之職固專矣然自辰及酉奭々焉率以事隸大府雖飢渴不暇飲食者若干年僅得以最考稱于時由是言之為尹孰與佐州為貳職亦較然明矣夫鞫躬州縣與偃蹇布衣出處固大不侔矣然使事親讀書無或慊于心又庸知造物者非所以玉成德常也哉又曰夫祿所貴乎逮養者以其能推以及民也德常為縣治行卓然可稱其殆知所推乎自興兵以來芻粮器械水陸戰攻之具取給于州

者不一而足而奸吏並緣爲市又貿焉日夜侵牟朘剥乎其間田里之民噢咻呻吟而卒未知所休息者由上之人不知所以推之之道也德常既知推之于縣矣則夫擧而錯之于州譬之醫者之用藥取其已驗之方而試之則未有痿而不起傴而不信者也德常勉乎哉吾恐同知之席不暇煖而有司將不得以尋繩尺較歲月于德常矣予与德常善故于其行以或者之言告之然不以頌而以規者蓋知之深所以望之厚也

大明吳縣令鄭公遺愛之碑　祝允明

日月容光天無吝照而局于躔者有限江河潤物人皆仰沐而蒙其福者不忘安上治民寔存良牧至於安之深而三績必陟治之久而百里難淹于是思以陟而始周澤由去逾覺上之去下之思皆天也非人之所能為也今夫地望莫重于江南臣工莫艱于今長故曰鞭蒲者罷捽巫者酷推而究之在在束溼也況而吴之為聚也巍岩巨浸財賦區藪士豪商雄月旦紛午異時為之者惟跋疐之患弘治癸丑天子策士于廷得任丘鄺公璠字廷瑞明年吏部以吴縣缺令聞天子曰鄺其可公來曰是惟國家扶馮又特雄

繄非堅其操立而宏其範模者不可我知為之者矣
蓋公天授英絕才力豪挺明有以洞闇興智有以幹
樞鈐勇有以衛强禦果有以樹事功而又本之以慤
慎居之以莊靖籌焉而無弗獲擬焉而無弗中興焉
而無弗成簠簋修潔其持躬也廉廢食忘寢其程力
也勤裒多益寡其科賦也平均番時使其力役也隼
左吐右握其礼才也篤予明奪公其聽訟也神飭礼
舉義不可具梢（指）始學宮多缺觀乃引闢正門購拓隅
隧移廨植表昉造射圃于邑治則載新門舍祠表尤
詳于囹圄之間嚴慎周完囚免非命遠近杠梁咢立

仍葺者以數十計而西成渡水最鉅疏川滌瀦不一而晉安歸涇之復最便他如社斈倉儲之建運河浮橋之設壇壝祠宇之飾洞庭諸山耗税之永蠲者歲六千三百石有奇凡制使被朝命協有司集衆思以事々者往々公之裨劾為多仕優退食又刻婁氏耕織益以治生日用曰便民圖纂与吳越春秋金石新編養蒙大訓忠孝詩歌流布之或研精吟述音致深切辭華淵雅延鄒名枚賡載連牘于是桑稼條登絃歌响騰民人育而魚鼈若奸盜息而鼠雀稀八年于茲六事交乂今歲壬戌公朝于京師天子曰邑固壯

不足以羈吾良惟嶶士弗若乏貳佐守汝其往哉公乃拜命以行既往而邑之僚屬士庶懷戀廹切不能已〻判簿踰君秉姜君亮幕史蘇君信吏李鍠吳孝粮塘里老王縉徐瑛沈進陳震等千二百人思紀遺愛樹之風赦食議既協委筆于僕凡公先後建置邦之尊達如少宰吳公等紀勒豐赫懸諸不刊矣惟古之論政孔子曰獲乎上有道周公曰平易近民〻必歸之聖人亦若是耳異乎今之談者或一道焉寃梯腊韋模稜我三尺以從女曰所以獲乎上也詹[illegible]畏高自欺于一朝之華面曰吾民已歸矣其然豈然吾

未敢信盖所謂獲与歸者根古难之而今倍焉古雖獨以己今難兼以人己可力人不可力是以曰倍然君子亦曰已而已矣奚人之問矧所謂已者天之理也天之所定孰得而遷之故聖人法天命運天机于此扳擢而崇進之其來未可以涘而因以知公之得于上下者由其合于聖言所以久而徹去而思其效不于他而于此故曰天也非人也嘻其懋哉粤覩古之豪傑或列循吏或標文苑飛華汗竹千載可師今公之善固槃紆而求之則所以主之者循也所以行之者文也兼彼此而貫昔今吳士與民何幸親遺而

卷四十七　十五

穠被之肆不量荒簡登之琬琰云尒烏乎翦石鑱金永口于碑衆有誠思我無僞詞弘治十五年秋七月吉旦立石

送本縣邢令君詩序 長洲 前人

黄梅邢公出宰敝邑政明而通化久而富教方深朝天有期民等攀餞尝假諸詞誦着民王錡更什數篇并献行橐頌美不傷于繁複申感無嫌于猥鄙敢復序列焉公之舍我赤子而入朝廷公理在彼則留之者宜私顊在我則還之者得將何為吾儕之情哉潤物之雨匪專一區公在廷陛閒調中酌外澄湛聖澤

滲泱上下將吾儕終被盥沐孰曰違顏侯其升矣烱霄未涯悠悠眾思具如章句

太守曹侯十詠詩序　　楊循吉

今之郡比古諸侯國揆厥治要則必以移風為大然而民不易令令必以身率故從政者鮮克由于是焉其惟正己者為能出令而移民風之風移俗美政化以成宜頌之不能已欲有行之者我郡守曹公是已公初以監察御史來知郡事下車之日合郡肅清得綏柔化暴之道然公之所為嘉惠茲土者不寧惟是

蓋蘇為江南郡甲民物蕃庶歲賦踰三百萬襲承流

風尚鬼好奢昧喪葬之正理習博戲之鄙事其他蠹
懷雅俗者又非一而足公深惡之以為〻国治郡當
澄渊培根不宜使百姓重困乃先斥其一二大者而
以毀淫祠節喪費絕賭博禁燒香為首號令一出民
相弗敢纖毫犯既而又為蘇人有燒屍之慘則營大
冢六區環城而列俾葬其中又盡髮女尼而廬之遂
倡優而去之由是人知向方養生送死靡不遵道易
澆為淳邪鄙悉去噫此所謂正人君子而能移民之
風其功甚大而一本乎躬行之德者也于是少宰吳
公首唱一詩以咏毀祠之事而殿撰狀元毛君編修

沈君吳君陳君進士都僉事憲張公胥謂公美政尚
多不可遺則皆次第述作若節喪禁博游与建冢屏
尼逐倡者詳矣或曰公嘗作興學校獨非續乎廉正
率下獨非美乎累致豐年獨非德乎繼而作者郎中
黃君鄉進士浦君解元唐君又三人合而書之凡十
篇而後公之事備洋洋乎何其盛也傳曰君子之德
風又曰其身正不令而行公寔有焉蓋柄也者風化
所由以上下者也獨惟我公為能用之以美吳風弗
惟其末惟其本不務其小務其大已而果臻寔効古
道用復此今之稱善治者所以不能及歟夫功德盛

則歆頌興公之于蘇誠心愛民有父母之道明理道俗有師範之宜納飢于飽食約蕩于真素椎薄于敦厚仁隆義篤不可殫述則其功其德垂于無窮亦蔑以加矣由是而詩歌之作編既成予以郡人請書首簡以告太史氏夫孰能禦之

送貳守和侯考績詩序　　前人

郡別駕之職所以佐牧伯宣化理昔晉太保寔陟斯任以基三公君子樂之吾蘇在江南號稱雄邦邦君而下屬于貳侯貳以贊治莫難于今蓋由我府主廣東林公之賢也惟山西和侯以名進士而宰劇邑用

績懼陞是官始至而闇然既而翕然及今而煒然侯連署州縣皆以廉介有為馳声于時其平居衣袍蔬食誦古人書自娛而已声利之説不惟不留于耳且不萌于心及其涖事輙如山不移于時我公方以治行為南諸侯冠揆侯之道允合不戾故議則協謀則同事則濟用是以靖我邦人則貳于公也無難矣歲弘治甲子官三年将起報政于天官我公于是率諸大夫暨郡官為詩以播之夫凡政之報也上官長寮輙以其績書于冊将用是為殿最他日考功第其能陟其官以侯言之其最宜然為甚公以公牘之褒

未足以尽意故又著之詩歌焉蓋古者列国陳詩以備采録觀民風則今詩之作其果出欤（于是）、侯居官不懈持操甚高及是政成而往其将去是而即夫顕融也亦不遠矣詩不徒作也昔棫樸之詩以得人為周室頌于斯有焉因公之命敢書以為序

送史縣侯考績序　　前人

維吳大邑冠冕南州握銅符而令茲者厥維艱哉況乎百里之任在今尤重黄甲于焉歷試烏府由茲簡拔豈、不以親民体要大化首先者也君左翊英材中都雋望爰、釋鵷班之朝來操牛刀之割自臨輿（敝）土頌

敎載途以信感人不尚朝三之術用簡禦物遂與畫一之謡凜兮其潔已恂兮其下士綽兮其寬劭兮其不可犯故得四境修六事治書考維最語無遺褒允矣哉愷悌之不負人也華舲既駕彩鷁將飛望五雲以張帆端一笏而思對若禹門過而神鯨化若丹藥就而金鼎開在此行也瀉酒在巵何言可復況便請補相臺之缺酬花縣之勞焉嗟我吳人豈不縶白駒于今朝固將公霖雨于天下也維時仲夏麥風清淑冠蓋路祖餞子序詩

送姜太守改任寧波序 郎龍之父也名昂

王鏊

姜侯恒頫初守河南上疏曰臣母老矣願乞江浙閒一郡自効且以便臣之私不報會述職至京復上曰臣母老矣願乞近郡以便養時寧波缺守詔以畀之于是朝之士大夫莫不侈　上之仁嘉侯之孝侯喜得侍其太夫人寧波喜得賢守而河南之人乃獨惜其去也于是寧波之仕于朝者求予言為贈噫守令之難也頃予還南歷數十郡縣入其疆其六事舉者蓋少也獨得三四人焉耳三四人外豈有環數城而不聞善政者何其難也三四人者其政赫然有聞刑

獄減賦稅集斯已矣其誠心撫字如古之循吏蓋無有也合郡之所利一人以爲難爲憚而不行者有矣合郡之所害一人以爲難爲憚而不去者有矣故曰如古之循吏蓋無有也又况先王之世所以治之教之者哉姜侯純孝人也廉乎豈弟固已飫于河南其知寧波也無亦自是而推之乎使一郡之老者無失其爲老也幼者無失其爲幼也是所謂循吏也乎是孝之大者矣孟子曰老吾老以及人之老幼吾幼以及人之幼請以是贈

送劉吳縣考績序

蔡羽

崑長之墳衍太倉常熟之濵鹵其稅三陪于吳而吳之墝亦三陪于諸邑以其有名山大水也北起吳市南尽歸島東内三江西薄荆谿湖山相去恒数百里六鄰邑之業農不謀工〻不謀賈而吳之業作不齊島居而陸處風土阻越奸胥猾吏得蒙其上豪強之黨得陵其下六鄰之亡人得匿其中四裔不法之徒得冒突而相寇擊故令得其人則湖山之間樂非其人則湖山之間憂吳非易為者也正德丙寅春吉水劉公来為吳令遭郡有崇明之警修戎器選丁壯供餱粮恒若救水火然而烽火之候一日数至為令者

内聽其民外禦其侮日中揮汗漲燭而遑不寧如是數月乃已丁卯戊辰之歲時政乖繆貪暴之徒橫索于上非意之變朝不謀夕吳之雖為非有甚于遠年也劉公以進士有名首授大邑老才夙著練達之器故能乘時奮發嬰其苦乃鎮之以靜處其艱難治之以本下車未遑首敦教化旌廉節寬民于農桑之間講其能賢以勵其頑鈍不激不沮不為奇新而三年之間翕然称治由是吏不敢挾其刀筆胥不敢豢其科條豪強勸而為義以輔其上而慈其下九流之人各順其道逃亡之息悉為赤子湖山之間盜賊屏息

卷四十七　廿一

桴鼓不起吴民之樂乃過疇昔而六鄰之中咸来則化矣由是觀之非吴之難得其人之難也公方考滿于部卬其行爲之序

送大參徐公序　　前人

術新奇以市譽矯施設以竦衆可得于一時不可得于久遠順流守常無所斟酌可以得博大之名不可成博大之化斯二者非先王之道也先王之道寛而不慢簡而不漏不厲以肅不巧以精始若不快人意終樂且利居之若無能卒成遠大孔子曰無欲速無見小利老子曰其政悶悶其民醇醇是得道者也江

西大參永康徐公守蘇五年而擢河南參政假左參治蘇又逾年而下江西之命其刺蘇也六年有畸徐公不新不奇不疾于前不怠于後不巧于始不斁于終布之優〻為之紓〻但見斈校化其教田里安其令刑無煩暴賦無苛急下無迫切之情上無廢弛之政而公雞鳴聽政張燈而不輟勵精圖治不自滿假其心若一日也夫不事新奇矯激合先王之寬不務博大之名勤勵不息合先王之嚴持是道行之六年厥化大成夫豈盡出于天資哉由公以尚書起家學有端委未仕為名士既仕為名臣自其嘗課諸生而

觀之經義之精理學之淵汎濫磅礴莫得其際其度遠其識高其取舍公要之不外乎一誠夫負公之誠以濟厥學于以臨政未有不合于先王之道者也夫士之命固懸于天亦有得于人者如羽之不肖人之所弃也而公録之不置豈意其有璞中之物邪詩曰采葑采菲無以下体人弃我取公之情可見矣茲將去舊治晨大藩賢愚之徒不知所為羽也戢當贈言敢摭吾邦之慶荷于公者序以献公用為他邦慶

送大參胡公序　前　人

治劇者身殉案牘不遑旰食而已廉者無所取而已

惠者不罰而已三者舉其一人以爲雖君泰安胡公之治蘇異于是夫政沸于庭持之不違寧御之而不違食常情也公嬰之平平撫之閒閒不忍不意倫次後先米鹽無勞考數行爲案牘無侵賦咏閒爲視治劇吳君四郊所興戶口所輸交務所會泉布日溢于政堂公視之蔑如知其上供知其出入知其居留乃吏不敢入羨餘之計躬自菲薄以化厥屬視廉者吳君發奸摘伏以破宄憸嚴刑大罰以禦寇盜于常民有犯皆不見血法流于下食其利而忘其功視惠者吳若故頌之者無閒于四方也烏乎是可以倖致哉亦

惟心地才術而已矣夫心不虛則公不至愛不遍矣求康與惠得乎才不全則用不周政不暢矣求治劇得乎本之以心地輔之以才術故文章德業並光于時也然皖不足盡移于蘇也蘇不足盡移于藩也他日藩不足盡將安歸乎夫心地包天下者也功業其緒餘耳詩曰仲山甫之德柔嘉維則又曰袞職有闕仲山甫補之夫仲山甫有出將入相之望故詩人致意之深也公既效于南国將顯猷于東藩德望遂揚于中外矣于是起自藩宣用秉鈞盡展公之底蘊亦不日事也予拭目焉

送邑侯楊子入覲詩引　前　人

古聞楊子治吳之三年嘉靖乙酉冬將朝京師諸国子在南雍者請為歌其行或曰楊侯于今何如人也羽曰以新以奇非所以觀侯观侯者取其可久無敗而已夫民計則怨結而風偷逞則強兼而弱亡不貴貴則爵輕不賢〻則道喪不恤衣冠則廉恥不立凡茲皆上之人導之也江以南務新奇立異政者不少恐非遺之以長厚之風長久之道也無意無必順俗而治持平守正大小咸得始之以誠終之以誠楊子一人而已聞牧民之道平易為先如我侯古人中求

之可也衆曰如子言遂各賦如左

送天水胡公序

王寵

序曰自秦郡縣天下而有郡縣吏秦吏大抵皆酷也漢良吏爲盛班固氏傳循酷而吏道備矣予讀循吏傳考論其世未嘗不喟然嘆也蓋鈎奸擿伏取威樹聲赫〻乎若揭日月而行者世所称良也至若風學敦礼植本培化使民回心而向道漢吏亦無幾焉夫以循名者猶然而況其下乎我皇明受命溥將疆理萬国循吏如林然窘于期會書牒者繫焉故聖人作而化窒礼樂衰而風微薦紳先生所扼腕也嘉靖癸

末吾師天水胡公自皖守徙吳〻啟于太伯春秋時有季札子游輩興故其民以廉讓文學相高猶有先王風也然瀕海下溼土浮而民惰卒雜帖服亦其地然也公下車葺泰伯之宮崇子游之祀廣厲李宮躬帥諸生習射鄉冠祭之禮飭匏絃管柷金玉之器磬折盤辟示以揖讓執經講解與相問難酬答褒其異者降為主客之儀不期月而吳之風決〻矣夫吳號雜治以金穀溢騰賓傳狼籍吏隸舞法謗剌叢興也而教化獨闕焉豈非降本抑末顛倒無當哉公超然遠覽獨追古之人而與之上下摹畫奮以泰伯子游

為必可師而進我吳于三代之列故化易行而功則倍信道不惑之驗彰明也使吏天下郡縣者皆如吏吳之吏王道成矣迺夫廉以遠利明以蔽獄詳以理令賦嚴以督奸儉以節費恤以柔民皆炳然為天下稱首而求所以綱維鼓運回斡轉易則唯古之道也故略而弗著焉乃丁亥之秋聖天子擢公為山東左叅政吳民丁壯號哭老人兒啼曰公去我予民將安歸于是其門人王寵識公為政之大者以序其行以為他日傳循良者告也

贈長洲馬丞序　王鏊

古聖王國天下列之土而專治于侯伯長至秦始郡縣之後世繼〻不之改亦勢使然也然以下丞上莫極于縣蓋由部省郡以至縣而縣之任則繁焉故邑之鉅者必多其官〻皆賢相与協治事庶能集否則多弗集也長洲為南輔近地民齒財賦甲諸縣號称難治宜陽馬君思誠以計偕循選銓曹來丞于是縣淳謹朴懋力于事〻居官且久祿入薄其貧猶常布時雖資鋈充仞左右君不一動心故能始終以廉称凡佐肆叅令〻皆賢之縣賴以益治行部使者知其操守檄署他縣事者三所往輙成治每代歸縣他縣

民多愛戴不忍舍信乎能廉則公〻則明〻則民無所屈抑而宜其慕之之若是也君丞于此兹幾二考于民愈親于家愈貧而廉聲愈揚其名寔固相副矣官階之登爲日不久第其民之欲其留尤甚于欲其陟則君之滯于下僚方且自樂固非他官暫来倏去升沉不固視縣若傳舍然于民之治与否無暇復謀者比矣噫官有貴賤其爲委任則一苟責塞焉則賢矣果何貴賤之有今君如以一日視官以終身視縣隨所遷轉望治而不望擢則長洲治矣他邑治矣嘉靖二年嵗次癸未季冬吉旦

贈馬丞署事崑山回任序

顧鼎臣

立賢無方官人以世二者並列于經傳凡以辨美惡而存訓戒固也自後世觀之勳名節義之士多出于世家舊族而編廬甿隸之子孫雖或發身科第以取顯仕未幾多以賄敗者何流風餘韻無所從來而聞見者小也如前二說豈可遽爲定論也哉在先王舉措至公至明自在权度存焉耳嘉靖壬午崑尹ゝ君以考績去上官擇可攝縣事者曰必得廉能吏乃以屬長洲縣丞馬君令寘所事ゝ以往君移治數月得代去崑之士大夫耆老吏民罔弗愛敬傾慕爲交謁

予文贈之予素知君名君来時予遣以展掃南歸目擊一時治効翊彰善吾職也遂樂為之序君体幹魁偉資性敦樸庶幾古之所謂悃愊無華者且持已公而繩下嚴故賦政用刑讁訛振弊雖或弗能堪然皆心服無後言屬飄風甚雨為災壞民田廬巡撫李公命徧歷四境視状君檢覈精里胥無敢因緣為奸者既而蠲租振窮之惠漸被弗替君之力也國初科貢二途並列庶官無有軒輊自後人情向薄法意寖乖科日重而貢日輕士不偶于場屋積日需次貢礼部入胄監待選吏部且十餘年始沾一命雖有軒揭之

才莫能自奮因而頹墮者衆矣君固嘗困頓于是今觀其所立豈下于科目士哉本既正而末從之俾戢百司登大寮何往而不可哉蓋君河南宜陽故族厥祖諱旭者景泰中起家任内丘知縣滿九載民騰章忭籲留遂得增秩再任又滿三考齒踰七十累疏乞休以去進退有礼如此其牧民持身之道可以槩見子孫業儒不衰婦或以守節顯家世相承傳君之所聞見豈區區寒賤鄙野所可擬哉然則立賢官人之法可泥于古訓而不論其世哉夫丞貳職也攝事惜借乘也而獲上孚下如此他日為令長治專任久叙績所

就亭知不肖其乃祖武於乎凡今之牧民者人〻如馬君則民不窮民不窮則賦役有終礼義可興而天下治矣嘉靖癸未秋九月既望　賜進士及第奉直大夫左春坊左諭德兼翰林院侍讀同修國史經筵日講官崑山顧鼎臣序

嘉定等處萬戶郝侯政績記　黄溍

昔成周寓軍政于鄉遂兵与民一後世析而二之為將帥者往〻知有兵而不知有民善乎荀卿子之論曰兵要在于附民而已為將帥而不知所以恤民乎若平江十字路萬戶郝侯蓋知兵之要而得先王軍

政之遺意者也初予在金華聞侯奉省檄巡鹽浙東所過無秋毫之擾心已志之及仕于朝往來吳下見士大夫咸言郝侯賢今年春官于儒司嘉定州父老陳銘鉞等以侯政績請記于石予既知侯久重以耆老請誼不得辭因諏其詳則曰嘉定為吳之要地襟帶海江每歲萬戶府分官出鎮苟非撫馭有方則士譁卒囂適以病吾民耳今郝侯之來紀律嚴賞罰信凡麾下士不得以一毫撓吾民海隅晏安奸寇屏迹遇歲旱澇捐俸祿為祈禱費編（徧）榮（崇）郡祀齋戒篤虔雨暘屢應歲既豐則創分府築閱武場皆出資倡始民

卷四十七　廿九

懷惠者樂相助初未嘗以役勞民也不寧唯是元統二年朝廷徵兵討廣西冦至元四年討漳冦師行多鈔掠每過吳侯出郊勞諭諗其長曰出師以靖亂也而首為亂可乎且師出已〔以〕律令已失律後何以戰吾既以告若、不聽則當從軍法其長惕息戒其下毋犯侯令民按堵如故後省檄徵吳郡兵阻漳侯慮其将發必剽奪或乘以執〔報〕怨下令趣且〔具〕軍資器械夜分啟行平旦民始知軍已發莫不感悦時處州沿海翼軍、陳慶等戍汀之上杭以餉不給四十餘日亡去吳戍卒賈世児亦在行摠兵官麗之死刑侯言于行省此等本無叛志但由主将不恤故惧餧死求苟活耳若當以死惧失士心行省韙其議陳慶等得不死者八十三人他翼之亡命者亦用是得免至若建安樂堂以居軍士老疾者雖官与藥物常不給侯每出俸禄以濟其乏其惠于卒伍大率類此侯聞望彰著行省每有訓練按眎必檄侯以往嘗屢至浙東福建諸道數軍寔察塩禁惠施威布所部州縣塩塲莫不以侯之政績上聞運司憲臺帥府行省交章称薦他如廣東帥府湖北憲司聞侯令名亦皆荐舉而侯退然不敢當性端謹好古嗜學淹貫典籍凡賢士大夫必

交〻則竭誠盡礼終始若一家居延接賓客鼓琴賦詩泊如也昔侯之曽祖元帥公嘗從太祖皇帝定河南祖襄靖公平江南贈効忠宣力功臣正奉大夫江南行省参知政事父明威公踵持武節服勞王家侯〻以屡世勛舊子弟而務學若醇儒為政若循吏馭兵若古名将無一毫貴官習以侯之賢若此矧吾州之民又沐侯澤苟不紀諸石則不能見吾戴慕之情且無以勸来者予聞父老言因嘆曰兵民之判久矣為将帥而急于卹民雖古之善知兵者何以加此然古之名将有愛卒伍而驕士大夫有愛礼君子而日鞭

撻健兒後皆不能無弊今侯于卒伍既懷以恩而不又能好賢下士不倦是又賢于古人者矣至于成其事業惟其所從来則雖先猷祖訓有足取法而其好古嗜學之功亦不可誣也昔晉文公謀元帥趙衰曰郤穀縠可以説礼樂而敦詩書也孫权之雄材大略而自云孤嘗讀書大有所益及吕蒙奉权教始就学魯肅過潯陽輙称其才畧非吴下比則侯之德業又獨非好古嗜学之功歟侯名天麟世居宣德自元帥公定河南因家宛丘予既為之序其事如左乃為之銘其銘曰

海陬之邦控延大江颷驚濤奔籍兵以防桓〻萬夫闞如㺇（虓）虎匪帥之良孰請其旅猗欤郝侯孔惠孔仁匪惟馭兵寔綏吾民我有水旱惟侯之恤是禱是禜（禜）保我稼穡歲時豐穰海懦（壖）樂康廐馬不譁叢矢在房乃作大府其庭其植我出我資匪藉民力民曰宜哉侯豈我需我懷侯惠曷不相諸侯燕賔士淵〻伐鼓有瑟有琴籩豆攸叙邦人來觀為侯歡謼豈弟君子胡不樂胥昔尔祖父曰維元勲功載盟府裕于後人曾孫孝恭克紹其猷匪惟世美寔于民休天子明聖宜褒尔績維藩維宣以惠四國赫〻厥聲宜公宜卿

百祿是膺子孫繩繩我匪僥恩人則具知德音不忘永覯厥辟奉政大夫江浙等處儒學提舉黃溍記

送陳忠厚秀才還姑蘇序　鄒　浩

通甫少孤舉進士不偶貧甚無以養其母慨然取家藏地理書學焉且歷求一時名人以為師莫不妙盡其長而机圓智獨又自得其象數之外操以涉世其術遂顯今年秋為先考終大事留數十日語予曰葬有吉凶失得之驗捷于影响甚可畏不戒不慎差若毫厘則禍起泉下而集其家是誰之過欤欲自脫于天刑難矣或者視权勢金帛何似而忘其心殆謂天

可誣也我方陰自積德詎敢忽頃有李者憐其勸示
其大端已而省其私猶有忘[利心]情不知所恃[慎]懼將以喜
怒行吾術弗與意[也]余聽其言而觀其行蓋君子人也
孟子曰君子之所以異于人者以其存心也以仁存
心異于人遠矣函人之初設心為利去矣心幾何哉
特以術驅故卒以人自異況君子乎通甫莠以千計
然其年未老其游未倦其行術未艾也陰德之積自
不可以為量數又況李于其門者必皆心同之人乎
今江淮閩浙間由桐[指]授以顯者著錄愈四十人而踵
繼者未止人人以通甫心行術于四方其所業[德]積又[久]

豈可以爲量數乎通甫有子方十歲知好書成誦日數百言天報將在此乎惟勉旃以待

送文温州序　唐寅

寅稚冠之歲跌放不檢約衡山文辟與寅齒相儔又同井閈然端懿自持尚好不同外相方圓而寔有塤篪之美辟家君太僕先生時以過勤居鄉一聞寅縱失輒痛切督訓不爲少假寅故戒栗強恕日請益座隅幸得遠不齒之流然後先生復賚拔奮揚略不置口先後于邦閭耇老于有司無不極至若引跛鼈策駑騎然是先生于後進也盡心焉耳矣且夫周文之

聖積累仁義詩人咏之曰得四臣而天下附孔子之教冊籍紀焉曰有顏子季路閔曾游夏之徒而道益彰今蓬巷之士頌先王守圜模茹藿冠素羹葵飯脫粟逶迤寬博其異于鼓刀負販之人若芥髮耳不先有所引擢後有所推戴輔翼其何能自致于青雲之上傳言曰朋友不信不獲乎上矣此後輩之所以必仰賴也而為前輩者道有所論授相与優息而無獨知無徒之嘆而後輩則高山在瞻有所標的是上下相成也今之後輩被服姣丽伸眉高論旁論無忌不復識有前輩之尊與益也是豈長者絕之哉世有後進

之彥以寅觀則知前輩之用心用人也矣今先生出刺温以病謝不報赴郡有期既當為詩以餞敢又書此以叙寅之所德先生而無可為報者

蔡侯平海盜叙　方鳳

昔人論弭盜之方惟濱海難為功攻之則風檣奔駛彼利我鈍招而殺之則信爽舍之則威損故陸宣公真文忠公皆以海盜弭于未發者為上功甚至欲擇守令之善武者久其官其曰苟非逆折其萌芽終恐難圖于滋蔓論則得矣然亦難矣哉吾蘇惟嘉定瀕海海盜出沒為患前此若劉通施天泰足一操數郡

震擾雖終底擒滅而横罹鋒鏑靡(糜)費驚苦其賦(賊)虐之
禍亦慘矣嗣其悪者曰崇礼亦施姓陰蓄無賴至五
千人巨艘五百號横行水陸民居商艘酷肆劫奪資
産山積乃佯建田屋雜良民中以自蓋然出入必以
兵衛動輙与王法為抗人視之若虎翼然雖官府亦
不敢發養成其悪者殆三十年矣今年夏河南蔡侯
以名進士来尹兹邑部使者喜曰巨蠹可剔矣侯承
命惟謹旦夜踪跡虚寔者凡三月務求不負上官之
知而齒類不一露雖左右信用之人莫知也崇礼于
是益縱肆法外挾悪少百餘謀汙鄰婦鄰婦度勢莫

支給許之娛以酒食而侯以廉得其迹密遣人火其舟擎其黨費十夫之力而渠魁就縛烏乎何其神哉人之所甚難而侯獨甚易之侯豈真所謂善武者歟鳳不暇遠引姑即二盜者評之檜通時鳳在垂髫萬方不獲不得已招以不死既而磔于市檜泰時其費不貲官蓄告罄擁老弱之頸以赤盜从於乎二盜起于倉卒成于數百烏合而其害至此若崇礼者逞數十年之積而加以數千悍勇之氣一鼓而發江淮亡命應呼紛至東南之害十倍二盜于是乎侯之功之大當享廟食不但上官奬惜之榮而已也鄉士大夫

司空蒲川龔公侍御沈君甞咸樂侯之成功且以為
地方慶也方率耆老持礼幣再拜稽首以頌侯于庭
委鳳為文以張其盛若夫學校刻吏奸息浮訟篤
僚誼滿無益之費薄征歛之法皆侯之政之善之可
書者雖然侯以清才重器志期遠大怡然不以一事於
之遇自修他日高名偉績當与宣公文忠並称盖區
區之私所以望于侯者如此幸相与勉之嘉靖癸未
十月望日後崑山方鳳撰

崇明勦海寇紀事碑　楊循吉

明受天命主中國百四十年于茲豐亨豫大寇易孳

芽我孝宗皇帝既逐北虜（勤遠畧）修武功遂誅蠻夷之千（干）紀
者皆以次剿平矣惟是東南哨聚尚甫（稽）天刑則茲不
能無中島蓋蘇內地也不當有盜賊有屬邑曰崇明
寔居海中恣制不及恒驕為患往時金璠劉通輩是
已以其渠魁既殲餘或寬而不誅故至于今茲尚弗
克靖乃弘治十六年春賊首施天佩鈕東山焚殺讐
家拒官兵據半洋沙為寇亂未幾天佩來歸瘐死明
年弟天奉乘潮到太倉西門燒船劫兵既而亦俱与
東山來歸先帝用抚（撫）臣魏公紳奏赦其死寬諸遐荒
其兄天傑當遣不至復与鈕東山煽集欲海上一時

時有名字附和者其魁以十數曰沈岳秦綵黄霑尹克文皆用父子兄弟羽翼刼奪四出甚至掠運艘官粮肆無忌憚事聞廷降璽書切責賊吏跡捕甚急不能得正德元年正月鈕東山逃歸賊党滋盛作軍器號衣出入車馬張盖鳴金鼓爲令以舟縱横其徒至千人恣意殺掠汙良人子女不可勝數且謀陷其邑及上海城池衛所州縣匿不敢報郡守林侯世遠獨曰是不加勦絶復何俟急馳白于巡撫都御史艾公璞巡按御史曽公大有巡江都御史張公昊僉言宜決討狀會議常州皆如議今上皇帝方嗣大寶圖

纂先志討不恭命奏上詔曰可艾張曾三公乃駐吴中調四府五衛軍壯得二万人募船得五百艘置軍火器械爲件一十四萬六千五百有奇以屬浙江屯田僉事高公江、倫倭都指揮王君憲使督之曰港汊要害其各分布以守毋令賊得便又使備其遠境防奔突我師既集艾公曰姑諭之使再往皆不報賊弥猖獗作声势自庇大肆焚掠自嘉定常熟靖江、陰諸縣無不絳騷久之施天常始来歸願縛群盜首領自贖而西山天傑果以岳霑等来献皆羈之民舍再令州同知周明往招餘党被留不遣且邀吾歸其人頃之乃知出二降賊所為艾公由是怒馳檄取明以還而下天常等于獄決議進討會上赦亦至于是三公皆詣太倉禡師且申妄殺之禁是年六月六日高公王君帥師出海分三路薄其沙翌日登岸擣其巢穴賊衆奔潰藏匿大縱兵追勦遍南北大洋至于三升四升歷時十日賊設間阻我師、遂西旋艾公及二公議以賊必隨至益犒士卒督其復至進乃獲施安輩殲東山前後撫致七百六十二名口俘獲四百二十七名顆燒獲船四十九隻獲兇械四千一百四十三件金銀錢珠銅錫綺布衣服麦米等物五万九千六百一十二觔兩錢文件石起七月十日全師凱歸我無傷焉明日告成于享燕賚有差捷奏上悅賜勅褒獎仍令上諸臣功狀冬十一月賊党于閶門外誅從其妻子遠地是役也經畧處置大抵皆出艾公而曾公綱紀其成其供億則林侯無事不任宣劳為多常守楊和之侯次之而以武進知縣余君濂參謀軍事同知丁君哲指揮使張君歛以計誘賊皆有功蓋始事至賊平甫百日詔改半洋沙為平洋沙添設巡檢司一及禁沙船毋得過上江著為令僉曰昔高皇帝龍飛時吾蘇寔先中原歸附民桀驁奉法令輸

税受事惟恐後不幸海濱飄為狂愚境土因是汙衊
其君子羞之非我群公侯君相与主張協贊底是大
功則天子必將大加兵于吾邦民且震恐死無地矣
由是言之克清大憝以寧其人国、家利賴生民受福
焉可誣也乃請刻石為歌詩以垂無窮且示其無良
者永為鑒戒毋再罹慝而以有功官属列之碑陰其
辭曰｜
聖朝建国威制中域豈惟版民要荒咸賓孝考臨朝
征伐四申憯〻海人頑狂而猖匪無斧鉞憫其來馴
卒赦不誅輕典是因帝德廣大彼其何知負險怙終

自同島夷海波滔天操艫若馳謂莫予廹暴掠以嬉
絳襖裸下霜刃差〻有忤必刈不遺貨資村落遁逃
避命流離列邑震震訛言曰疑艾公曰嗟惟是當伐
聞于天子我師乃發魚〻我師未至城下旗揚鈴鳴
有舟悉駕指授方畧先塞港汊飛檄往來靡息晝夜
賊懼自睽執党獻功先声既致陽許斯從載招其餘
載緩其攻尚念黎元勦下不容窮如何變生以勤艾公
公曰尒師文武將吏皇有明詔寇在必刈凡予同事
咸協無異尒其慎殺毋及非辜六月既禡甲寅師行
臨送于滸搥鼓揚鈴襟以棹謳悠〻旆旌賊則有虜

或浮海居海居既除水陸並趋遂蒐大洋覔膠其舟
去不可得卒為我漁紛紜自沉十死一俘始誰為謀
俾賊相縛賊有故新賊有酋屬其群既溟厥魁可服
七月丁亥振旅凱作公及曾公在洋胥樂衎、燕飲
海霧清廓始時議征衆皆謂難彼狃海逺我不習船
浪簸舟欹戰于何安悉主撫致式養其奸迄乃奏功
人寂無言凡茲設施後事先謀裕以寵之迭用剛柔
含容奮發盪平靡畄執事始終二公林侯二公林侯
詔以狀上賞不遺細悉頒旌獎赫、元功艾公是長
刻石摛文永播遺響

江淮平亂碑

王鏊

明受天命君萬邦九聖相傳海涵天覆休養生息百五十年絶漠遐荒罔不率服而近甸小醜蠢茲勿靖皇上赫怒興師越二年始討平之先是正德初有逆豎盗美朝枋以淫刑苛政毒海内海内靡然發動逆豎伏誅群盗遂作五年霸州人劉六与劉七齊彦明相扇起合他盗楊虎横行齊魯趙魏徐沛間所至張旗蓋鳴金鼓屠城破邑發庾潰獄殺戮燔燒奸淫慘毒僵尸被野千里蕭然甚者竊名號執王臣截漕舸攻宗藩上初命惠安伯張偉都御史馬中錫討之師

久無功乃逮偉中錫還而兵部左侍郎陸公完毅然以討賊自任乃命兼都御史節制諸軍且調沿邊驍將健卒以行公以六年八月至涿州中外洶洶言六七彥明將以其衆入寇宜還師以衛京師公曰吾受命至此有進死無退生乃率兵直前遇賊于霸州之平口遣評副揔泰郤游擊未永与戰克之又進戰破賊于阜城于景州而楊虎復擁衆北來衆恨不敢遼馮副參頏以麾下至与永泰合擊于景州之宋門店大破之虎僅以身免時天下承平久民不見兵革一旦盜起所在或潰或死或迎服群不逞且蜂起從之勢

不可制及是王師屢捷從賊者始悔且懼公因開以生路立招降幟于軍前其衆多散去者又命郡縣各繕城浚池清野以俟賊至無所掠楊虎既敗獨帥其衆而南九月六七彦明寇曹州諸將合擊大敗之于曹之裴子岩是役也賊之鋭卒畧盡幾不能軍上復遣中使至督諸軍与戰于湯陰又大敗之永又追敗之于穆陵關劉副揔暉又大敗之于滕縣七年賊率其餘衆至下邳淮上揔漕張都御史縉遣兵禦之賊破北門有四酋迭進輙斃之乃逡廵遁去叅將李瑾又邀擊敗之賊奔登萊公率諸軍追之遇于水淺坡

殺其衆殆尽六七彦明獨挟驍猛三百餘騎遁去北奔霸州突過臨清又奔湖南又奔湖廣劉六隨溺水死七与彦明奪船東下犯鎮江〻陰栖海之狼山忽泝江上犯南京安慶公復被璽書兼程馳至衆謂賊且北去公曰賊技窮矣必且復南以窺吴會乃分兵駐京口張總漕泊（洎）王都憲縝（縝）俞都憲諫時副總源各分兵守要害賊果復下據狼山公率兵至江陰會天大風賊船糜碎遣諸將襲之賊奔據山巔矢石雨下揮引所部力戰揮与任璽戰山北永戰山南咸載盾蹑行奪其險賊墜岩下死者無筭七乘小舟將遁溺

海死彦明爲宣府游兵所殺楊虎之南下也官軍扼之河上虎渡河官軍乱石擊之溺焉至是群盜盪平中外乂安議者咸曰盜橫南北所至創殘罪稔惡盈肆皇天震怒動威以殄滅之予以爲唯天祐民唯人順天唯節制公殚衆許国運籌料敵指付必堪諸大夫戮力、抒忠势成犄角諸將士推鋒摩壘勇賈先登相与成此膚公功蓋天人協應之効爲最是役也大戰十二小戰數十斬首一萬五千五百有奇降散者不可勝紀七月甲午班師誅餘賊于市封脅者悉縱歸之捷聞自節制而下褒賞進爵有差詔建江海祠于

狼山相与伐石紀功以示永久詞曰（
赫赫皇明坐朝萬方克享于天錫祚無疆運鍾百六
奸竪乱朝宦生厲階遠近驛騷盜賊挺起千萬爲群
血人呀呀虎噬蛇吞城市丘墟邑里蕩空有事招倈
日奏固功帝曰來完汝惟予度其往視師總吾戎務
桓桓虎臣雄邊健兒授尔節鉞惟尔指揮公至會師
誓清大憝受命徂征征無或撓退王師並奮孰吾敢
過曾是螳臂而當車轍載扼其吭載斬其桥盜始奔
駭顛踣南北飛走計窮海山之嶔狐妖凭丘鹿鋌走
險天獻盜匿海作颶風我師乘之遂殲群兇王路載

夷黔黎相慶江淮克全惟茲天幸始盜之萌豎也當國迄盜誅夷授任必式治乱之萌照然不忒鐫詞海崖昭勲懲乱後誰效尤視此京觀

續集四十七

卷四十七

四三

序低一格

吳都文粹續集卷第四十八

長洲 錢穀 叔寶 編集

雜文

八關齋詩三首 支遁

間與何驃騎期當為合八關齋以十月二十二日集同意者在吳縣土山墓下三日清晨為齋始道士白衣凡二十四人清和肅穆莫不靜暢至四日朝衆賢各去予既樂野室之寂又有掘藥之懷遂便獨往于是乃揮手送歸有望路之想靜拱虛房悟外身之真登山采藥集岩水之娱遂援筆染翰以慰二三之情

建意營法齋里仁契朋儔相與期良辰沐浴造閒丘
穆〻升堂賢皎〻清心修窈窕入閑客無犍（鍵）自綢繆
寂然五習真亹〻勵心柔法鼓進三勸激切清訓流
悽愴頓弘濟闔堂皆同舟明〻玄表聖應此童蒙求
存誠夫（虛）室裡三界贊清攸嘉祥歸宰相藹若慶雲浮

〇〇二

三悔啟前朝隻懺暨中夕鳴禽戒朗旦脩礼寢玄役
蕭索庭賓離飄颻隨風逝踟躕歧路嵎揮手謝内析
輕軒馳中田習〻陵雷擊息心投佯步零〻振金策
引領望征人悵恨孤思積咄矣形非我外物固已寂

小

吟咏歸虛房守貞玩幽賾雖非一往游且以閒自適

○○三

晴一潛蓮廬愔愔詠初九廣漢排林篠流飈洒隙牖從容遐想逸采藥登崇阜崎嶇升千尋蕭條臨萬畝望山樂榮松瞻澤哀素柳解帶長陵岥婆娑晴川右冷風解煩懷寒泉濯溫手寥寥神氣暢欽若盤春藪達度冥三才怳惚喪神偶遊觀同隱丘愧無連化肘

吳趍行　　無名氏

貫滿重簾下唯有遠相思藕葉清朝釧何見早歸盡一作還時

卷四十八　二

同前　　梁元帝

生裡生蕊翅池心恒欲飛蓮花逐沐返何時乘翩歸

伍子胥　　鮑機

忠孝誠無報感義本投身日暮江波急誰憐漁丈人

楚墓悲犹一作空在吳門怨一作恨未申

王世容歌

王世容政無雙省徭役盜賊空

吳録曰王鐔字世容爲武城令民服德化宿惡奔迸父老歌之

吳孫亮初童謡

吁汝恪何若若蘆葦單衣篾鉤絡於何相求楊子閣

宋書五行志曰吳孫亮初童謠按楊子閣者反語石子堈也鉤絡鉤帶也及諸葛恪死果以葦席裹身篾束其腰投之石子堈後聽恪故吏收葬求之此堈云

吳孫亮初白鼉鳴童謠

白鼉鳴龜背平南郡城中可長生守死不去義無成

同前　張籍

天欲雨有東風南谿白鼉鳴窟中六月人家井無水夜聞白鼉人晝起

宋書五行志曰吳孫亮初公安有白鼉鳴童謠按南郡城可長生者有急易以逃也明年諸葛恪敗弟融鎮公安亦見襲融利（刮）金印服之而死鼉有鱗介甲兵之象也

孫皓初童謠

寧飲建業水不食武昌魚寧還建業死不止武昌君（居）

宋書五行志曰吳孫皓初童謠按皓尋遷都武昌民泝流供給咸恐（怨）毒焉

晉吳中童謠

（寧食）下湖荇不食上湖蓴庚吳沒命喪復殺王領軍

宋書五行志曰晉庾義在吳郡時吳中童謠無幾而庾義王洽相繼亡

送李擢游江東　王昌齡

清洛日夜漲微風引孤舟離腸便千里遠夢生江樓楚國根橘暗吳門烟雨愁東南具今古歸望雲山收

送姚司法歸吳

吳掾留觴楚郡心洞庭秋雨海門陰但令意遠扁舟送不道滄江百丈深

嚴子瀨東送馬處直歸蘇　劉長卿

望君舟已遠落日潮未退目送滄海帆人行白雲外

江中遠回首波上生微靄秋色姑蘇臺寒流嚴子瀨
相送苦易散動別知難會從此日相思空令減衣帶

吴中聞潼関失守因奉寄淮南蕭判官

前　人

一雁飛吴天羈人傷暮律松江風嫋嫋波上片帆疾
木落姑蘇臺霜收洞庭橘蕭條長州外唯見寒山出
胡馬嘶秦雲漢兵乱相失関中因窮據天下共憂慄
南楚有瓊枝相思怨瑶瑟一身寄滄洲萬里看白日
赴敵甘負戈論兵勇投筆臨風但攘臂擇木將委質
不如歸遠山雲卧飯松栗

送李員外使還蘇州兼呈前袁州李使君

別離共成怨衰老更難忘夜月留同舍秋風在遠鄉朱紱徐向燭白髮強臨觴歸獻西陵作誰知此路長

却赴南邑留別蘇臺知己

又過梅嶺上歲歲此枝寒落日孤舟去青山萬里看猿声湘水靜草色洞庭寬已料生涯事唯應把釣竿

送陸澧還吳中

瓜步寒潮送客楊柳暮雨沾衣故山南望何處秋天連岸獨歸

使回赴蘇州道中作

卷四十八　五

春風何事遠相摧路盡天涯始却迴萬里無人空楚水孤帆送客到魚臺

在江南贈宋五之問　駱賓王

井絡雙源濬陽侯九派長淪波過地穴委輸下歸塘別島籠朝蜃連洲擁夕漲韜珠成積潤讓璧動浮光浮光疑析木積潤疏圓沚玉輪地涵開劍匣連星起風烟標迴秀英靈信多美懷德踐遺芳端操慚謀已謀已謬觀光牽迹强恓惶揆拙迷三省劳生昧兩忘彈隨空歎笑獻楚自多傷一朝殊默語千里暴炎涼炎涼幾迁貿川陸疲臻湊積水架吴濤連山横楚岫

風月雖殊昔星河犹是舊姑蘇望南浦邯鄲通北斗
北斗平生親南浦別離津瀟湘一超忽洞庭多苦辛
秋江無綠芷寒汀有白蘋采之將何遺故人漳水濱
漳濱已遼遠江潭未旋返為聽短歌行當想長洲苑
露金薰蜀岸風佩摇蘭坂蟬鳴稻葉秋雁起芦花晚
晚秋雲日明亭皐風霧清獨負平生氣空牽摇落情
占星非聚德夢月詎懸名寂寥傷楚奏凄斷泣秦聲
秦声懷舊里楚奏悲無已郢路少叢臺叢臺富奇士
温輝凌愛日壯起驚寒水一顧重風雲三冬足文史
文史盛紛綸京洛多風塵犹輕五車富未重一囊貧

李仙非易托，蘇鬼曲難因。不惜勞歌盡，誰爲聽陽春。

夕次舊吳

維舟皆楚服，振策下吳畿。盛德弘三讓，雄圖枕九圍。
黃池通霸業，赤壁暢戎威。文物俄遷謝，英靈有盛衰。
行嘆鴟夷没，遽惜湛盧飛。地古烟塵暗，年深館宇稀。
山川四望是，人事一朝非。懸劍空留信，亡珠尚誠机。
鄭鳳遥可托，閶月盼難依。西北雲逾滯，東南氣轉微。
徒懷伯通隱，多謝買臣歸。惟有荒臺路，薄暮濕征衣。

贈萬生下第還吳　　郎士元

直道多不偶，美才應息机。霸陵春欲暮，雲海獨言歸。

為客成白首入門嗟布衣尊羨若可憶慚出掩柴扉

送文暢上人東遊　權德輿

桑門許辯才外學接宗雷護法麻衣淨翻經貝葉開塵喧知不染忘想自堪哀載結西方社師遊早晚迴

送陸書還吳　武元衡

君住包山下何年入帝鄉成名歸舊業嘆別見秋光橘柚吳洲遠蘆花楚水長我行經此路京口向雲陽

贈吳門邑上人　皇甫曾

春山唯一室獨坐草萋ゝ身寂心成道花閒鳥自啼細泉松徑裏返景竹林西晚与門人別依ゝ出虎谿

送陸鴻漸山人採茶廻　前人

千峯待逋客香茗復叢生采摘知深處烟霞羨獨行

幽期山寺遠野飯石泉清寂寂燃燈夜相思一磬声

送滕元擢第歸州拜親　岑參

送尔姑蘇客滄波秋正凉橘懷三箇去桂折一枝香

湖上山當舍天邊水是鄉江村人事少時作捕漁郎

送褚十二藻擢第歸吴覲省　錢起

林表吴山色詩人思不忘向家流水便懷橘綵衣香

滿酌留歸騎前程未夕陽憺兹滄海去誰惜杜蘅芳

送陸贄還蘇州

鄉路歸何早雲間喜擅名思親廬橘熟帶雨客帆輕
夜火臨津驛晨鐘隔浦城華亭養仙羽許日再飛鳴

送蘇州姚長史　戴叔倫

江城驛路長煙樹過雲陽舟領青絲纜人歌白玉郎
葛衣行柳翠花簟宿荷香別有心期處湖山滿訟堂

送李明府使蘇州便赴告期

莫言水国去迢迢白馬吳門見不遥楓樹林中經楚
雨木蘭舟上蹋江潮空山古寺千年石翠色寒隄百
尺橋早晚廬家蘭室外珊瑚玉佩徹青霄

奉送蘇州李十五長史丈之任　杜甫

星坼台衡地，曾為人所憐。公侯終必復，經術竟相傳。
食德見從事，克家何妙年。一毛生鳳穴，三尺献龍泉。
赤壁浮春暮，姑蘇落海邉。客間頭最白，惆悵此離筵。

壯遊　　前人

往者十四五，出遊翰墨場。斯文崔魏徒，以我似班揚。
七齡思即壯，開口咏鳳皇。九齡書大字，有作成一囊。
性豪業嗜酒，嫉悪懷剛腸。脫略小時輩，結交皆老蒼。
飲酣視八極，俗物都茫茫。東下姑蘇臺，已具浮海航。
到今有遺恨，不得窮扶桑。王謝風流遠，闔閭丘墓荒。
劍池石壁側（仄），長洲芰荷香。嵯峨閶門北，清廟映迴塘。

每趍吳泰伯撫事淚浪〻枕戈憶勾踐渡浙想秦皇
蒸魚聞匕首除首哂要章越女天下白鑑湖五月涼
剡谿縕秀異欲罷不能忘歸帆拂天姥中歲貢舊鄭
氣劘屈賈壘目短曹劉墻忤下考功第獨辭京尹堂
放蕩齊趙閒裘馬頗清狂春歌叢臺上冬獵青丘旁
呼鷹皁櫪林逐獸雲雪岡射飛曾縱鞚引臂落鳩鶬
蘇侯據鞍喜忽如攜葛彊快意八九年西歸到咸陽
許與必詞伯賞遊寔賢王曳裾置醴池奏賦入明光
天子廢食召郡公會軒裳脫身無所愛痛飲信行藏
黑貂寧免弊斑鬢兀稱觴杜曲晚耆舊四郊多白楊

卷四十八　九

坐深鄉黨敬日覺死生忙朱門任傾奪赤族迭惧殃
囯馬竭粟豆官鷄輸稻梁舉偶見煩費引古惜興亡
河朔風塵起岷山行幸長兩宮各警蹕萬里遥相望
崆峒殺氣黑少海旌旗黄禹功亦命子涿鹿親戎行
翠華擁吳岳螭虎噉豺狼爪牙一不中胡兵更陸梁
大軍載草、凋瘵滿膏盲備員竊補袞憂憤心飛揚
上感九廟焚下憫萬民瘡斯時伏青蒲廷諍守御牀
君辱敢受死赫怒幸無傷聖哲体仁恕寓縣復小康
哭庙灰燼中鼻酸朝未央小臣議論絶老病客殊方
欝、苦不展羽翮困低昂秋風動哀壑碧蕙捐微芳

之推避賞從漁父濯滄浪榮華敵勲業歲暮有嚴霜

吾觀鴟夷子才格出尋常群兇逆未定側佇英俊翔

送張舍人之江東　李白

張翰江東去正值秋風時天清一雁遠海闊孤帆遲

白日行欲暮滄波杳難期吳州如見月千里幸相思

送崔度還吳度故人禮部員外輔國之子　前人

幽燕沙雪地萬里盡黃雲朝吹歸秋雁南飛日幾群

中有孤鳳雛哀鳴九天聞我乃重此鳥綵章五色分

胡為雜凡禽鷄鶩輕賤君舉手捧尔足疾心若火焚

拂羽淚滿面送之吳江濱去影忽不見躊躕日將晡

金陵送張十一再遊東吳

張翰黃花句風流五百年誰人今繼作夫子世稱賢再動遊吳棹還浮入海船春光白門柳霞色赤城天去國難為別思歸各未旋空餘賈生淚相顧共凄然

贈張旭　　李頎

張公性嗜酒豁達無所營皓首窮草隸時稱太湖精露頂據胡床長叫三五聲興來灑素壁揮筆如流星下舍風蕭條寒草滿戶庭問家何所有生事如浮萍左手持蟹螯右手執丹經瞪目視霄漢不知醉與醒

諸賔且方坐旭日臨東城荷葉裹江魚白甌貯香秔
微禄心不屑放神于八紘時人不識者即是安期生

春日長安送從弟尉吴尉　李嘉祐

春愁能浩蕩送別又如何人向吴臺遠鶯飛漢苑多
見花羞白髮因尔憶滄波好是神仙尉前賢亦未過

送恂上人還吴　儲光羲

洛城本天邑洛水即天池君王既行幸法子復來儀
虚室香花滿清川楊柳垂乘閑道歸去遠意誰能知

送沈校書吴中搜書　前人

郊外亭臯遠野中岐路分苑門臨渭水山翠雜春雲

春閣多遺典吳臺訪闕文君王思校理莫滯清江濆

賦得館娃宮送王山人游江東

盧綸

蒼蒼楓樹林草合廢宮深越水風浪起吳王歌管沉
燕歸巢已盡鶴語冢難尋旅泊彼何夜希君抽玉琴

送王録事赴任蘇州

迎拜路萬里一帆前潮作澆田雨雲成煑
吏寒惟重法俗富不憂邊西掖今宵詠還須寄阿蓮

驛中望山戲贈渭南尉陸贄

官微多懼事多同拙性偏無主驛功山在門前登不

得髮毛衰盡落塵中

郡樓春宴　韋應物

衆樂雜軍鞞高樓邀上客思逐花光亂賞餘山景夕為郡訪凋瘵守程雖損益聊假一杯歡暫忘終日迫

寄李蘄州兼示楊瓊　白居易

真娘墓頭春草碧心奴鬢上秋霜白為問蘄臺酒席中使君歌笑与誰同就中犹有楊瓊在堪上東山伴謝公

荅劉夢得白太守行

吏滿六百石昔賢輒去之秩登二千石今我方罷歸

我秩訝已多我歸慚已遲猶勝塵土下終老無休期卧乞百日告起吟五篇詩将謂罷官自吟三五首朝与府吏別暮與州民辭去年到郡時麥穗黄離〻今年去郡日稲花白霏〻為郡已周歲半歲罹旱飢襦袴両無一片甘棠無一枝何乃老與幼泣別盡沾衣下慚蘇人泣上愧劉君辭

蘇州李中丞以元日郡斎感懐詩以寄微之及予輒依来篇七言八韻走筆奉荅兼呈微之

白首餘杭白太守落魄抛名来已久一辭渭北故園

春再把江南新歲酒杯前歌笑徒勉强鏡裏形容漸
衰朽領郡慚當潦倒年隣州喜得平安友長洲草接
松江岸曲水荷花鏡湖口老去還能痛飲無春来曾
作閒游否憑鶯傳語報李六倩雁將書与元九莫嗟
一日日催人且貴一年年入手

除蘇州刺史別洛城東花

亂雪千花落新絲兩鬢生老除吴郡守春別洛陽城
江上今重去城東更一行別花何用伴勸酒有殘鶯

赴蘇州至常州荅賈人

杭城隔歲轉蘇臺還擁前時五馬回厭見簿書先眼

合喜逢杯酒暫眉開未酬恩寵年空去欲立功名命
不來一别承明三領郡甘從人道粗才

去歲罷杭州今春領吴郡慚無善政聊寫鄙
懷兼寄三相公

為問三丞相如何秉国鈞那將最劇郡付與苦慵人
豈有吟詩客堪為持節臣不才空飽煖無惠及飢貧
昨卧南城月今行北境春鉛刀磨欲盡銀印换何頻
杭老遮車轍吴童掃路塵虚迎復虚送慚見兩州民

自到郡齋僅經旬日方專公務未及宴遊偷
閑走筆題二十四韻兼寄常州賈舍人湖州崔

郎中仍呈吳中諸客

渭北離鄉客江南守土臣涉途初改月入境已經旬
甲郡標天下環封及海濱版圖十萬戶兵籍五千人
自顧才能少何堪寵命頻眉榮慚印綬虛獎負絲綸
除蘇州制云藏于己爲道義施于物爲政能在公、形骨體之言合郡有襦袴之樂候病須通
脉防流要塞津救煩無若靜補拙莫如勤削使斜條
簡攤令賦役均以茲爲報效安敢不躬親襦袴提於
手韋絃佩在紳敢辭稱俗吏且願活疲民常常州未徵
黃霸湖湖州猶借寇恂愧無鐺脚政河北三郡相、鄰皆有善政、時爲鐺脚
制史見唐書徒忝犬牙鄰制誥誇黃絹吳賈常州也詩篇占白

卷四十八　凷

蘋吴崔吴興也銅符抛不得自謂也瓊樹見無因警寐鐘傳
夜催衙鼓報晨雖知對簿吏未暇接親賓色變雲迎
夏聲殘鳥過春麥風非逐扇梅雨異隨輪武寺山如
故武丘寺也玉楼月自新郡内東南楼名池塘閒長草綠竹廢生
塵暑遣燒神酎晴教晒舞蘭待還公事了亦擬樂吾
身

寄劉蘇州

去年八月哭微之今年八月哭敦詩何堪老淚交流
日多是秋風揺落時泣罷幾回深自念情来一倍苦
相思同年同病同心事除却蘇州更是誰

喜劉蘇州恩賜金紫遥想賀宴以詩慶之

海内姑蘇太守賢恩加章綬豈徒然賀賓喜色欺杯酒醉妓歡声逼管絃魚佩葺鱗光照地鶴銜瑞帶勢冲天莫嫌鬢上些〻白金紫犹来稱長年

送蘇州李使君赴郡二絶句

憶抛印綬辭吴郡衰病當時已有餘今日賀君兼自喜八迴看換舊銅魚（予自罷蘇州及兹換八刺史也）

館娃宮深春日長（館娃宮今灵岩寺也）烏鵲橋高秋夜凉（烏鵲在蘇州南門）風月不知人世変奉君直似奉吴王

送王卿使君赴任蘇州因思花迎新使君感〻

舊遊寄題郡中木蘭西院一一別　二字衍刪去

一別蘇州十八載時光人事隨年改不論竹馬盡成人亦恐桑田半為海鶯入故宮含意思花迎新使生光彩為報江南風月知至今白使君猶在

白太守行　劉禹錫

聞有白太守抛官歸舊谿蘇州十萬戶盡作嬰兒啼太守駐行舟閶門草萋萋揮袂謝啼者依然兩低眉朱戶非不崇我心如重桂華池非不清意在寥廓栖夸者窮所怙賢者默思齊我為太守吟題在隱起珪

赴蘇州酬別樂天

吴郡魚書下紫宸長安鹿吏送朱輪二老風化承遺愛八咏声名躡後塵梁氏夫妻為寄客陸家兄弟是州民江城春色追遊處共憶東都舊主人

到郡未决日登西楼見樂天題詩因即事以寄樂天自此郡謝病西帰

湖上收宿雨城中無晝塵楼依新柳貴池帯　苕春雲水正一望簿書来繞身烟波洞庭路愧彼扁舟人

早夏郡中書事

水禽渡残月飛雨洒高城華堂對佳樹簾廡含曉清拂鏡整危冠振衣步前楹将吏儼成列簿書紛来萦

言下辨曲直筆端生突爭虛懷詢病苦懷律操剸輕閑吏告無事歸来解簪纓高簾覆朱閣忽耳聞調笙

郡齋書懷江南白尹兼簡分司崔賓客

謾讀圖書三十車年、為郡老天涯一生不得文章力百室空為飽煖家驕李衣冠称鬢面吳公政事副詞華還思謝病今歸去同醉東城桃李花

詶樂天見貽賀金紫之什

从學文章含白鳳却因政事賜金魚郡人未有聞謠詠天子知名与詔書珍重和詩呈錦繡頗言歸計並園廬舊来辭客無多位金紫同遊誰得知

送仁弟戴玄往蘇州

楊柳閶門路悠〻水岸斜乘舟向山寺着屐到漁家

夜月江柑樹秋風白藕花江天詩景好廻日莫令賒

送陸暢

共踏長安街裡塵吴州獨作未歸身貴門舊宅今誰

位君過西塘与問以

送從弟彤東歸

雲水東南兩月程貪歸慶節馬蹄輕春嬌欲醉攀苍

別野路閒吟觸兩行詩價已高猶失意礼司曾賞會

成名舊山風月知應好莫過秋時不到京

送從弟徹東歸

緱山領印知公奏才称同時盡不如奉使賀成登冊礼陪班看出降恩書廻程去在秋塵裡受詔辭歸曉漏初早晚行為朝罷拜閒坊買宅作鄰君

送人遊吳　李頻

楚田開霽後草色与君看積水浮春氣深山滞雨寒毗陵孤月出建業一鐘殘為把鄉書去因收別波難

尋陸鴻漸不遇　皎然

移家雖帶郭野徑入桑麻近種籬邊菊秋來未著花扣門無犬吠欲去問西家報道山中去歸來每日斜

送司空曙之蘇州　苗發

盤門吳舊地蟬盡早秋時歸国人皆久移家君獨遲廣陵經水宿建業有僧期若到栖霞寺應看江總碑

戲代李協律松江有贈　許渾

蜀客操琴吳女歌明珠十斛是天河霜凝薜荔怯秋樹露滴芙蓉愁晚波蘭浦遠鄉應解佩柳隄殘月未鳴柯西樓沉醉〻不散潮落洞庭洲渚多

宿望亭館寄蘇州一二同志

候館人稀夜自長姑蘇城遠樹蒼〻江湖水落高樓迥河漢秋歸廣簟涼月轉碧梧移鵲影露低紅葉濕

螢光西園詩侶應多思莫醉笙歌掩畫堂

送劉禹錫郎中赴蘇州　　姚合

三十年來天下名銜恩東守闔閭城初驚函谷眠山驛漸入梁園問水程霽日滿江寒浪靜春風繞郭白蘋生虎丘野寺吳中少誰伴吟詩月裡行

送王開歸蘇州　　劉商

深山窮谷沒人來邂逅相逢眼漸開雲鶴洞宮君未到夕陽帆影幾時來

五湖　　汪遵

已立平吳伯越功片帆高颺五湖風不知戰國官榮

者誰似陶朱得始終

西施　　　羅隱

讓高泰伯開基日賢見延陵復命來未會子孫因底事解崇臺榭為西施

嘲陸暢　　　元和內人

十二層樓倚翠空鳳鸞相對並梧桐雙成走報監門衛莫使吳歈入漢宮

解嘲　　　陸暢

粉面仙郎選聖朝偶逢秦女學吹簫須教翡翠聞王母不奈烏鳶噪鵲橋

送常熟錢尉　范仲淹

姑蘇臺下水如藍，天賜仙鄉奉旨甘。梅淡柳黄春不伐，王孫歸思滿江南。

依韻和蘇州蔣密學

餘杭偶得借麾來，山態雲情病眼開。此藥無涯誰可共，詩仙今日在蘇臺。白樂天謂韋蘇州爲詩仙

依韻答蔣密學見寄

東南爲守慰衰顔，憂事渾祛樂事還。鼓吹夜歸湖上月，樓臺晴望海中山。奮飛每羨冥鴻遠，馳騁那慚老驥閑。此日共君方偃息，是非榮辱任循環。

成都進士杜暹伯升出家名法通往来吴中

蘇軾

欲識當年杜伯升飄然雲水一孤僧君教俯首隨韁鎖料得如今似我能

吴中田婦歌

今年粳稻熟苦遲庶見霜風来幾時霜風来時雨如瀉杷頭出菌鐮生衣眼枯淚盡雨不盡忍見黄穗卧青泥茆苫一月隴上宿天晴穫稻隨車帰汗流肩赬載入市價賤乞與如糠粞賣牛納税析屋炊慮淺不及明年飢官今要錢不要米西北萬里招羌兒龔黄

滿朝人更苦不如却作河伯婦

寄賀方回　黄庭堅

少游醉卧古藤下誰與愁眉唱一杯解作江南斷腸句只今惟有賀方回

癸亥立春日泊舟吴會亭　范成大

去年春盤浙江驛湛〻清波動浮石今年春盤吴會亭冥〻細雨濕高城天邊作客風沙裏今年去年成老矣客心古井冷無波過眼人情〻如水憶昔三生住翠微偶來平地着征衣山中故人應大笑扁舟坐穩何當歸

半塘

栁暗閶門逗晚開半塘〻下越谿回炊煙擁拖船〻過芳草緑堤步〻来

送丘爲下第歸蘇州　嚴維

滄江一身客献賦空十年明主豈能好今人誰舉賢國門税征駕旅食謀歸旋皦日媚春水緑蘋香客船無媒既不達予亦思歸田

書情上李蘇州　前人

東土苗人尚有残皇〻亞相出朝端手持国憲群僚畏口喻天慈百姓安礼数自憐今日絶風流空記往

年歡悮着青袍将十載忍来漁浦却垂竿

送魏十六還蘇州　皇甫冉

秋夜沉〻此送君陰虫切〻不堪聞帰舟明日毘陵路廻首姑蘇是白雲

維揚送友還蘇州　崔顥

長安南下幾程途得到邗溝弔綠蕪渚畔鱸魚舟上釣羨君帰老向東吳

贈長洲何主簿　戴叔倫

掛席逐帰流依〻望虎丘殘春過楚縣夜雨宿吳州
野寺吟詩入溪橋折筍游到官無一事清静有諸侯

口號吳王美人半醉　李白

風動荷花水殿香姑蘇臺上宴吳王西施醉舞嬌無力笑倚東窗白玉牀

感蘇州舊舫　白居易

画梁朽折紅窗破獨立池邊盡日看守得蘇州船舫爛此身争合不衰殘

蘓州故吏

江南故吏别来久今日池邊識我無不獨使君頭似雪華亭鶴死白蓮枯（蓮鶴皆蘇州同来）

將歸姑蘇南樓餞別送李明府　許渾

無處登臨不繫情一憑春酒醉高城暫移羅綺見山色纔駐管絃聞水声花落西亭添別夢柳陰南浦促歸程前期迢遞今宵短更倚朱闌待月明

吴門送振武李從事

晚促離筵醉玉缸伊川一曲淚雙〻欲携刀筆從新幕更宿烟霞別旧窓胡馬近秋侵紫塞吴帆乘月下清江嫖姚若許傳書檄坐築三城看受降

吴故宫 常建

越女歌長君且聽芙蓉香滿水邊城豈知一日終非主犹自如今有怨声

吴苑思　陳陶

今人地藏古人骨古人花為今人發江南何處葬西施謝豹空聞采月香

吴姬十首　薛能

夜鎖重門晝亦監眼波嬌利瘦岩〻偏憐不怕旁人笑自把春羅學舞衫

龍麝熏多骨亦香因經寒食好風光何人畫得天生態枕破施朱隔宿粧

滴〻春霖透荔枝筆題箋動手中垂天陰不得君王召嚬着青蛾作小詩

鈿合重盛繡結深昭陽初宴賜同心君知一夜恩多
少明日宣教放德音
退紅千香汗濕輕紗高捲蚊㕑獨卧斜嬌淚半垂嬌不
破恨君瞋折後庭花
取次衣裳尽帶珠別添龍腦裛羅襦年來寄与鄉中
伴殺尽春蚕稅亦無
画燭燒蘭煖復迷殿帷深密下銀泥開門欲作侵晨
散已是明朝日向西
樓臺重疊滿天雲殿、鳴鼉世上聞此日桃花初似
雪女兒絃管弄參軍

序低一格

冠剪黃綃帔紫羅薄施鉛粉畫青蛾因將素手誇纖巧從此椒房寵更多

自是三千第一名內家叢礼（裡）獨分明芙蓉殿上中元日水柏銀盤奏化生

歲寒堂三題序　君子樹　松風閣

范仲淹

堯舜受命于天松柏受命于地則物之有松柏猶人之有堯舜也是故聖人覩有心而制礼體後凋以辨義丁公神遇鑒寐而爲陶相真棲鳳韻在矣前言往行豈徒然哉吾家西齋僅百載二松對植扶疎在軒靈根不孤本支相茂卓然有立儼乎若思霜

霰交零莫能屈其性緑桐闇發莫能擬其毅不出户庭如在林壑其少長北地近還平江美先人之故廬有君子之嘉樹清陰大庇期于千年豈徒風朝月夕爲耳目之資者哉因命其西齋曰歲寒堂松曰君子樹〻之側閣焉曰松風閣美之以名居之斯逸由我祖德貽厥孫謀昆弟雲來是仰是則可以爲友可以爲師持松之清遠恥辱矣執松之勁無柔邪矣稟松之色義不變矣揚松之声名彰聞矣有松之心德可長念茲在茲我族其光矣子〻孫〻勿翦勿伐惟吾家之舊物在歲寒而後知天地憐其材而況于人乎

作詩紀之以永長也

歲寒堂

我本先唐相奕世天衢行子孫四方志有家在江城隻松儼可愛高堂因以名雅知堂上居宛得山中情目有千年色耳有千年声六月無炎光長如玉壺清于以聚詩書教子修誠明于以列鐘鼓邀賓樂昇平緑烟亦可知終日在簷楹太陽無偏照自然虛白生不向搖落地何憂歲崢嶸曷式肯構人處之千載榮

君子樹

二松何年植清風未嘗息夭矯向庭戶隻龍思霹靂

豈無桃李姿賤彼非正色豈無蘭菊芳貴此有清德
萬木怨搖落獨如春山碧乃知天地威亦向歲寒惜
有声若河江有心君金辟雅為君子材對之每前席
或當應自然化為補天石

松風閣

此閣宜登臨上有松風吟非絃亦非匏自起簫韶音
明月萬里時何必開綠琴鳳皇下雲霓鏘鏘鳴中林
淳如葛天歌太古傳于今潔如庖犧易洗人平生心
安得嘉賓來當之共披襟陶景君在仙通往來吳中

吳江岸　蘇軾

曉色蕭秋色蟬散雜鳥聲壯懷銷鑠盡回首尚心驚

晚入盤門　范成大

人語嘲喧晚吹凉萬窓燈火轉河塘両行碧柳籠官渡一簇紅樓壓女墻何處采菱聞度曲誰家拜月認飄香輕裘駿馬慵穿市困倚蒲團入睡鄉

白雲嶺

路入千峯一線通陸離長劍立天風五年嶺客題詩處正在孤雲乱石中

天平先隴道中時将赴新安掾

霜橋氷礀浄無塵竹塢梅谿未放春百疊海山鄉夢

熟三年江路旅愁新松楸永寄孤窮淚泉石終收漫
浪身好住鄰翁各安健歸來相訪說真情

丙戌閏七月九日與王必大登姑蘇臺招王
浚明陳淵叔臥時舉避暑次時舉韻

始賀火西流還嗟斗斜閏餘暑犹强顏新涼頗難進
燥劉渴欲泝焦卷禿如烬炎官扶日轂輝赫不停運
登臨有高臺勇往浮三俊仍將王郎子飛步凌刼仞
風從噫氣來雲作壞山陣鄉如乘頸魚忽已蟄虫振
空明晚逾清更要孤月印書生乃易與俛仰更喜慍
凭闌天為高奔酒山欲近奇書鐵鉤鎖麗句錦窠暈

菰遊我輩獨難挽軟紅軔君看籠中鳥寧識咸池韻

上沙夜泛七月二日

困倚船窗看斗斜起來風露滿天涯亭亭宿鷺明菰葉閃閃涼螢入稻花月下片雲應夜雨山根炬火忽人家江湖處處無窮景半世紅塵老歲華

次韻孫長文泊姑蘇館

讀書窗下一燈殘忽有詩來為煖寒聞道扁舟春共載雪雲雖冷不相干

次韻答吳江周尉飲垂虹亭

垂虹亭上角巾傾鼉怒龍吟醉不聽安得對君浮太

卷四十八　廿七

白想應嘆我行新青夢魂舞蝶隨春草時節賓鴻點
暮汀湖海扁舟須及建莫教明月照星、

壬辰天中節赴平江錫宴因懷去年以侍臣
攝事捧御杯殿上賜二小詩

去歲排場德壽宮薰風披拂酒麟紅小臣供奉金籠
盞親到扆皇玉座東
天中纖動玉輿來萬歲三声徹九街想見牙床當殿
過舜裳雲委拜堯階

次韻平江韓子師侍郎見寄三首

自古回愁湘水深誰將城郭啟山林有情碧嶂圍欒

繞無数朱樓縹緲臨蚺鼓揭天驚客坐象鞶航海厭蛮瀨三千客路長安遠故舊書来直萬金（南人以蚺蛇皮作腰鼓响徹異常交趾以象革為兜鞶皆異事）靈泉杖履浙江頭經濟長懷尚典州堂上讀書朝氣爽臺前呼月海光浮交情尺素勤雙鯉刀革枯松挽萬斗已把三章翻樂府為君擊節変蛮謳（子師新作小莊于浙江號灵泉讀書堂呼月臺皆其處也）前年衝雪過淒谿風帽泥韉騎吹随爛醉依前逢錦琵好音惟是欠黄鸝功名未試玉璜玦離別頻傾金屈卮疇昔北征煩吉夢南征合有夢帰時（頃年北使時朝野多

妾傳被留不歸、予師家中人忽夢予歸，翌日過界報到，故末句及之。鶯〻，予師家善歌者，前年過婺，券滿已去。

自閶門騎馬入越城

日影穿雲亦未濃，夜來疏雨洗清空。村前村後東風滿，略數桃花一萬重。

斷橋隤岸數家村，雨少晴多減漲痕。雪白鵝兒綠楊柳，日高猶自掩柴門。

閶門行送胡子著作漢州

前年送君朝明光，今年送君還故鄉。錦官樓上一尊酒，萬里閶門折楊柳。吳波浤浤蜀山蒼，人生行路如

房低一格

許長相逢相送鬢如雪人生能禁幾離別房湖風月
閒春臺石湖水雲歸去來西棹東帆君未了相逢還
向閶門道

閶門初汎二十四韻

淳熙丙午重九後十日家人輩以予久病遠新修小
舫勸扶頭一出以禳祓屯滯遂至北城檢校桃花塢
出閶旁漕河望楓橋橫塘中路而還故有即事詠景
唐律之作

好在馳烟路平生載酒行摧藏身久病契闊歲頻更
昨日燈花曉今朝稻把晴出門新夢境觸目舊詩情

卷四十八　廿九

水遠推篷眩天寬倚拖鷺轉灣添縴挽罨岈倂篙撐
舫後裝兒女艫前酌弟兄醅香新麹嫩茗味小春輕
紅綃粉霜果黃嫣燃夕英纈林踈露屋朱閣靜臨城
桃隝論今昔楓橋管送迎山腰樵檐動木末酒旂明
竟日窑烟直中流塔影橫數帆殘照滿一笛暮江平
晒網楓边桁亭縉柳際棚岫雲縈石住田水穴隄鳴
過渡牛歸速穿籬犬吠獰魚寒猶作陣雁遠更聞声
急榜潮痕出踈鐘暝色生鄰翁欣問訊逋客媿寒盟
一昨成歸卧于今負耦耕生涯都塌颯心曲漫崢嶸
猿鶴休多怨菰蓴尚可羨藥囊吾獸苦扶憊且班荊

晚步吳故城下

意行殊不計榛菅風袖飄然勝羽翰拄杖前頭逢雉起浮圖絕頂一鵰盤醉紅帀地斜曛煖熨練涵空漲水寒却向東皋望烟火欲蟾先映檞林丹

寄虎丘長老

誰云簪紱坐成禽亦漫為官漫好音身已備嘗生死痛心何曾住去來今一波不動月空照萬籟無情風自吟持此東歸似同志故應分我半山林

送徐叔智運使奉祠歸吳中

手種湖邊花百畝東風日夜催歸去當年辛苦種花

卷四十八　三十

時不道白頭猶未歸君如肯過城南陌但向水雲紅
處覓煩呼猿鶴問平安當有畦丁解看客我今江船
亦欲東㨂迎楓橋成兩翁壓枝萬朶雖過盡尚及巢
邑蓮葉中

懷龔頤正

好在楚龔子秋來情話稀昨承書素說行侍板輿歸
烟水潮平棹風霜歲晚衣幾時真訪戴莫待雪苍霏

吳歛一首送丘宗卿自平江移會稽

吳兒與君緣不薄再騎竹馬迎南郭吳兒与君緣復
淺坐席終溫旗腳轉東人賦重越吟悲越了　隨

朝鷄冒奇百煉當活國君豈犹私吴与越鶴鳴樟橋猿夜啼匈奴未滅家何為功成他年歸結屋好在山花休軒竹宗卿十三年前嘗守吴今復來幾年而去越民困于和買盖有意為蠲減之樟橋宗卿卜築處有山牡丹二本歲各發奇花手植筀竹二十年今一尺圍作舍時悉當伐去皆寔録席上語也

翻襪軒夜坐聞雨

閒門冷落静無譁小閤簾幃密自遮日晚課程丹灶火夜深光景佛燈花人生寧有病連歲身世略如僧在家步屧尋春非老伴任教風雨噀雷車

壽櫟東齋午坐

屋角静突兀雲氣低鴻濛残葉颭踈雨孤花側凄風

北窓午睡起一笑萬事空無人共此意莎階咽微蛩

次韻袁起巖送示郡治雙蓮圖

珠淵玉水折方圓涌出雙蓮照酒邊壓倒小湖三級草增光後治兩重蓮苕華名字元相並桃葉根株本自連好把吳歈翻楚些楊荷新曲勝當年洞庭小湖寺旧浮瑞像有州繞之桜草湖中生三級紅蓮皮日休有木蘭後池重臺蓮詩云兩重元是一重心皆吳中瑞故事而未有雙蓮之傳也

再賦郡沼雙蓮三絕

館娃鬼散碧雲沉化作雙葩寄恨深千載不償連理願一枝空有合歡心

池光闌檻倚斜暉把酒看花醉不歸但許妃央相對
浴休驚翡翠一雙飛
兩岐秀罷已蒿萊春意還從菡萏回不是使君和氣
勝此花應向別人開

次韻袁起巖喜雨

使君精禱動山靈月御俄從畢噣經昨夜雲頭隨皁
蓋今朝兩腳掛青冥池光拍岸浮州宅湖面粘天漲
洞庭賸采吳歈歌歲事傳帰擊壤調中聽

再次喜雨詩韻以表隨車之應

仙篆驅龍劾水靈佛螺吹梵演雲徑何煩礎汗生蒸

潤便借炉薰作晦冥一念故應周法界萬神元不隔
明庭昌時圭辟形聲應不是周時莫我聽

三次喜雨詩韵少伸善頌

鄉非賢牧政通靈幾負松陵耒耜经天籟侵晨占少
女雨師連夜檄元冥作霖豈必求商野名見誰能右
漢庭聞道追鋒傳好女從今側耳為君聽

府公録示和提喜雨之作輒次元韻

雨挾潮痕漲具區流渠浹浹繞幽居荷鋤日課都忘
倦抱甕天机本不踈且喜水平昌谷稻莫教雷假介
休車老翁飽外還多事更把林間種樹書

賦得桃塢送別　　高啓

何地芳菲滿吳趨曲陌西藏經非漢壘種樹似秦溪
未曙忽霞起過春猶雪迷葉間渡江唱花憶映門題
折時或旁水遊處每成蹊偶來因送客腸斷有鶯啼

遷婁江寓館

寓形百年內行止固無端我生甫三九東西宜未閒
去年宅山陲今年徙江干野性崇險陋經營惟苟完
閒窗俯平疇幽扉臨遠湍豈忘大廈居弗稱非所安
披榛始來茲霜露淒以寒誰云遠親愛弟子相與歡
室中有美酒歲暮聊盤桓

登西城門

登城望神州，風塵暗淮楚。江山帶睥睨，烽火接樓櫓。并吞何時休，百骨易寸土。向來禾黍地，雨露長榛莽。不見征戰塲，那知征人苦。馬驚西風笳，鳥散落日鼓。鳴〻城下水，流恨自今古。

詠雨酬張進士羽見寄

珠碎復綠輕，飈回乍拂楹。望中來曉峽，愁裡度秋城。沙濕蛩應冷，荷响露還驚。聽絃知琵潤，卧簟覺幃清。一覽停雲句，離抱轉難平。

賦得姑蘓臺送賈文學麒

城上聞啼鴉臺前見遊鹿悠〻西簾影薄暮澄潭曲
雲隨歌舞散日与興亡促美人不帰来湖水春更緑
思君別後登應尽天涯目

聞晚鶯時在圍中城作

昨歳聞歌囀緑陰山院行今朝寝斎雨重聴獨含情
西磵多喬木何為亦到城

荅宋南宮見寄時寓江上

棲寓豈高遁偶家南渚濱雖欣遠物累終悲寡交親
繫舟近入郭言欲訪故人叩門子不在思懷竟誰伸
帰来掩蓬廬幽卧属始春風喧柳意動雪霽禽新聲

孤遊盼芳物尊酒孰與陳念昔文翰場弱蹤繼清塵
鳴絃東閣夜飛蓋西園晨兹歡与年徂憔悴兩未振
朝蒙枉瓊藻慰我佇慕勤深情寄妍辭不殊握中珍
居屯在守志養素豈辭貧裁章以少荅此道頗無論

送家兄西還

昔別歸有期此別去何極西遷屬事変咎責非得已
家貧無行資空橐辭故國怱怱逐徒旅宛宛謝親識
牽攣不能留慟哭野水側離鴻為回翔浮雲暮愁色
別時雖云苦未若別後憶頗行勿憂家養親自我職
殊方氣候異炎霧秋未息委命毋怨尤長年強飧食

召修元史將赴京師別內子

承詔趣嚴駕晨當赴京師佳徵豈不樂獨念与子辭矣自歸我家貧賤久共之閨門藹情歡寵德不以姿天寒室仍罄何忍遠去茲王明待細文不暇顧我私匆〻愧子勤為我烹伏雌攜幼送我泣問我旋軫時行路亦已遠浮雲蔽川坻宴安聖所戒胡為守蓬茨我志頗裨國有遂幸在斯加餐待後晤勿作悄〻思

酬謝翰林畄別

啟与同郡謝君徽同徵又同官翰林洪武三年七月廿八日上御闕樓召對擢啟戶部侍郎謝

吏部郎中俱以踰省辭郎蒙俞允賜内帑白金

放還于鄉

江左称謝家奕葉多名人君今復秀發瓊枝邁風塵

頋予忝鄉里才華敢論美丹詔偶見徵雲蘿歘同起

謁帝入九閶咫尺瞻天顔從兹繆通籍接武諸公間

朝侍青坊讀夜陪玉堂宿講罷分御羮吟成刻宮燭

出入在兩宮与君無不同自慚本鷗鷺亦得隨鵷鴻

朝〻禁門下聽雞共騎馬上國多故人情親似君寡

並命超列卿寵極翻憂驚我叨掌国計君佐持銓衡

偕辭向明主叩天聽天語敕賚内帑金東還特相許

拜賜出皇都人言似而疏月明照宮錦同棹入中吳
吳中故鄉道雨歇秋光好青山度水迎喜我歸來早
落日下長洲分攜忽解舟好何到家喜却有別君愁
別君去還迩只隔吳江水離思与秋長芦花三十里
来往片帆通相期作釣翁高歌雖鄙野猶可賛王風

始歸田園二首

辭袂歸故里永言遂遐心豈欲事高蹇居崇雖自任
清辰問田廬荒蹊尚能尋秋虫語左右醫〻桑麻深
別來幾何時舊竹已成林父老喜我歸携榼來共斟
問知天子聖歡然散顔襟相期畢租稅歲暮同謳吟

二

白露蕪草木荒園擠窮秋歸來一芟理始覺吾廬幽高柳蔭巷踈清川映閣流落日望禾黍離〻滿西疇作歸意自欣策杖頻覽游名宦誠足貴猥承懼愆尤早退非引年皇恩未能酬相逢勿稱意不是東陵侯

送王太守還雲間

男屠豬羊女釃酒共禱神祠留太守太守今年還太州除書已下誰能畄兩州相去無百里失君應愁得君喜安得如君數十人一時尽福東南民

憶昨行寄吳中諸故人

憶昨結交豪俠客意氣相傾無促慼十年流亂如不
知日費黃金出游劇狐裘蒙茸欺北風霹靂應手鳴
雕弓桓公墓下沙草白彷彿地似遼城東馬行雪中
四蹄熟流影欲追飛隼滅歸來芙李曹景宗生繫黃
獐飲其血鼻橋春娘雙翠娥喚來尊前為我歌白日
欲沒奈愁何廻潭水綠春始沒此中夜遊樂更多月
出東山白雲裏照見船中笛声起鷺鷗飛過片片輕
有似梅花落江水天峯最高明日登手接飛鳥攀危
藤龍門路黒不可上松風吹滅岩中燈衆客欲歸我
不能更度前嶺綠崚嶒遠携茗器下相候喜有白首

楞伽僧館娃離宮已為寺香徑無人欲愁思醉題高壁墨如雅一半欹斜不成字夫差城南天下稀狂游累日忘却歸座中爭起勸我酒但道飲此無相違自從飄零各江海故舊如今幾人在荒烟落日野鳥啼寂寞青山顏亦改須知年少樂事偏當飲豈得言無錢我今自笑雖未老豪健已覺雖如前去日已去不可止來日方來猶可憂喜古達士有名言識說人生行樂耳。

賀樂丈南郭新居　　范成大

新臺燕雀喜竹籬挂藤蘿崩奔風濤裏浮此邑巢荷

西山効爽氣南浦供清波會心不在遠容膝何須多
先生淮楚俊踏地嘗兵戈飄〻萬里道芒鞋壓關河
風吹落下邑楚語成吳歌豈不有故園荒垣鞠秋莎
無庸說當歸到處皆南柯閉戶長獨卧奈客剝啄何
會令蒼苔石屐齒如蜂窠

樂菴初成　　李彥年 宋侍御史

老子平生可不足菴成那嘗食無肉終朝閉戶只讀
書四面開窓都見竹
投老菴居可事宜早眠晏起不論時更長睡足披衣
坐傾耳林間聽画眉

期頤堂　龔明之

百事如今與世違，一花一木謾兒嬉。莫欺兀〻痴頑老，曾覩昇平元祐時。

不服丹砂不茹芝，老來四体未全衰。有人問我期頤法，一味胸中愛坦夷。

崑山呂正之三男子連中神童科，盖奇事也。

次嚴別駕韻　葉衡

三秀標姿穎不凡，姓名聯列紫微間。已知鳳穴梧棲穩，誰謂鵬程雲路艱。孔釋當年親抱送，由莊逸駕定追攀。發揮更有文章伯，高壓淮南大小山。

送衛狀元著作提擧淮東　樓鑰

通泰牢盆亘海濱，官家專欲用儒臣。淮南草木生顏色，又見龍頭第一人。

羨君持節拜庭幃，未老猶親着綵衣。若遇蓋公煩問信，坐曹日念舊遊稀。

屢從尊酒接從容，叔寶風姿對座中。他日相逢年益老，棊壇尚有角雌雄。

寓居全吳江上　姚申之

幅巾蕭散一枝筇，身在水雲千頃中。抹野亂山隨意碧，裊林霜葉可憐紅。

名迹

松江　　司馬光

吴山蹔蹔江水清欲雨未雨傷交情扁舟蕩漾泊何處紅蓼白蘋相映生秋風索索連江起暮遥烟波十餘里長蘆瘦竹映漁家燈火渺茫寒照水

送楊太祝忱知長洲縣　　前人

三吴佳縣首民物舊熙熙專用清談治非如俗吏爲林疎丹橘迥稻熟白苔欹宜使民無忘嚴修泰伯祠

送僧歸吴　　前人

高枕聊成夢晴空忽見花浮生盡是客何處得爲家

旅食帝城久歸舟澤國賒勿因菰菜味回首浩無涯

虎丘晚歸呈同遊　鄒　浩

虎丘山色最宜秋山下濺濺亦可舟北去幾年空好夢東來今日快昏眸邦畿正藹無雙譽杖屨仍逢第一流邂逅高風許追逐異時應擬峴山頭

濟明不預虎丘之遊作此寄之

虎據千年一故丘尔來形勝絶南州池清不礙龍收影臺迥猶疑石點頭白日青天秋更好幅巾藜杖曉同遊遥知正擁雙旌坐直上雲峯一凭樓

送長洲周丞陞吳縣令　高　啓

青山隔苑墻改色去非遥官食新添俸民傳舊布條

稻花迎午放荷葉待秋凋寂寞長洲路空聞五誇謠

錢塘送馬使君之吳中

樟亭離席散遥發畫幡車飛雉新阡麥啼鶯故苑花

望山登郡閣行水到田家莫道凝香句前人獨可誇

送石明府之崑山

茂苑行春罷携琴又向東潮散數里外山色半城中

帆帶桃花雨衣翻楊柳風島夷聞善政爲有舶船通

吳僧日章講師赴召修蔣山普度佛事既

罷東歸送別二首

萬人擁坐聽潮音宝刹曾迂玉駕臨佛法曉敷三藏
秘帝恩春及九原深鍾山坐處花頻雨練浦歸時樹
欲陰擬閣楞伽嗟已别楚江飛錫暮沉〻
故鄉未解識清容却在金陵闕下逢中禁曾分斋鉢
飯上方時叩講筵鍾一帆細雨迢〻浦半塔斜陽靄
靄峯相送師歸忽多感飛雲片〻恋舊作〔依〕松

送賈文學以郡薦赴礼部試畢歸吳

匹馬都門候曉開吳公新荐賈生才郡中方待傳經
業闕下先称射策才寒食杏花江店雨春衣柳絮驛
程埃慚手〔予〕東掖叨陪講雜把長干送别杯

卷四十八　四一

送鄰僧淡雲歸笠澤

往来海上獨離群雅称身名是淡雲徑院葉深秋講散香臺烏下午齋分坐聞山偈曾同說別後鄰鐘不共聞笠澤到時尋舊業菱池漠漠雨紛紛

期徐七游雲岩

憶与青山別幾時雲僧應恨寉歸遲少知學道貧非病閒愛談禪偈是詩女浣曉江烟淼淼人行暮苑麥離離明朝風雨還同往恐負高僧石上期

被召將赴京師畄別親友

長送遊人作遠行今朝還自別鄉城北山恐起移文

請東觀慚叨議論名路去幾程天欲近春來十日水
初生只愁使者頻催發不盡江頭話別情

入郭過南湖望報恩浮圖

雨過春陂柳浪香布帆歸緩怕斜陽漁人為指江城
近一艙船頭看漸長

過保聖寺

隔江寒霧隱樓臺遠遠鐘聲放舸來亂後不知僧已
去幾堆紅葉寺門開

舟歸過斜塘

漫漫村塘水沒沙清明初過已無花春寒欲雨歸心

卷四十八　四二

急瀨駐扁舟問酒家

舟行晚過張林　張林地名有土山

望山幾欲去尋幽此日雖來不暇遊一棹黃昏過山下疎燈絡緯滿林秋

夜至陽城田家

東津渡頭初月輝南陵寺裡遠鐘微主人入夜門未掩蒲响滿塘鵝鴨歸

吳都文粹續集卷第四十九

長洲　錢穀　叔寶編集

詩

次韻寄錢翼之　楊載

有聲吳下頗多年長把漁竿釣海邊李賀才名過杜牧魯公書法繼張顛塵沙撲面驚吾老星宿蟠胷媿子賢歲晚著書言足妙青青林竹正宜編

和孟東野題崑山寺

蘭谷負崑岡鑿崖安佛牀梯雲石磴滑入廚泉水香旦寒烏相聚月黑龍放光舟行苦局促卒諶殊勝塲

次韵高季廸别後見寄之作　張　羽

友中原少寐看月上林端雁叫楓江夜人栖野艇寒浮踪憐斷梗攬夢怯奔湍不是孤吟懶離群自少懽

約徐隱君幼文同隱吴興

吴興好山水子我盍還居繞郭群峰列廻波一鑑如蚕餘即宜稼樵罷亦堪漁結屋林雲下殘年共讀書

畊漁軒寄題徐良夫

之子住銅坑人傳好事名如何同甲子飜遣昧平生野岸風中釣湖田雨後耕秋天漸凉冷或可赴前盟

送人之平江投刺李守

送君何處遊一劍古蘇州螃蟹黃花節鱸魚碧水秋尋碑松隱寺按曲酒家樓況尔多能者膺門必見留

寄王正仲高季廸

秪恨孤城未解圍、開番遣別相知夕陽江上匆、酒細雨燈前草、詩有夢直從花落後無書空過雁來時郭西古寺題名處今日重遊却共誰別後吟成許寄無定知詩境不荒蕪新詞典雅推摩詰古體優長羨達夫華岳群峯雲霽出梁園萬䌫日晴敷肯從大曆開元已重擬清談擊唾壺

過何山廢寺

千峯寂〻寺門開石逕春風長綠苔佛閣丹青餘瓦礫、禪房花木変蒿萊翻經空懷僧應散施食臺空鳥自来誰料空門亦如此獨臨斜日重徘徊

悼高青丘季廸

燈前把卷淚雙垂妻子驚看那得知江上故人身已沒篋中尋得寄來詩

消息初傳信又疑君亡誰復可言詩中郎幼女今癡小遺稿千篇付与誰

生平意氣竟何為無祿無田最可悲賴有聲名消不得漢家樂府盛唐詩

寄叔方　倪瓚

乖阻方徂秋忽然已改年櫻桃花樓前開落春風顛乘船到家日雨砌溜涓涓綠酒仍滿眼素琴久無絃呼我、共斟酌歡極更惘然處窮則已固言達誰當先俯仰嘆、鳶魚浮沉各天淵慎勿傷本性木雕而上挺、鳶翔安可、挽青雲氣翩翩犹羨羲皇人清風北窗眠

江南春

汀洲夜雨生蘆筍日出曈曨簾幙靜驚禽蹴破杏花烟、陌上東風吹鬢影遠光搖曙劍光冷轆轤水咽青苔井落、紅飛燕觸衣巾沉香火微縈綠塵

春風顛春雨急清淚泓泓江竹濕落花辭枝悔何及
緣梧哀鳴亂朱碧嗟我故為去鄉邑相如家徒四壁
立柳花入水化綠萍風波浩蕩心怔營

送虞勝伯之雲間求先世遺書

川谷沄沄浙水波雍公勛業未消磨況當異代求文
字尚有聞孫校舛訛京国不聞牧汗馬草萊終見沒
銅駝誰陳聖主賢臣頌奈爾陰山敕勒歌

虞勝伯徵君隱居竹義居甫里垂二十年不以姓
名求知于時之聞人道園先生其叔祖也先世雍
公遺文道園先生欲求而不可得勝伯必欲以意

購之〻取可謂有志而不忘其所自矣聞此書藏書江俞子中推官宅推官沒已久而子俊州尹其弟能假以歸勝伯非仁人義士之存心乎州尹吾故人也因書以為之請陶蓬大尹見之當有以教吾也倪瓚頓首

次韵荅陳叔方早春見懷

隔江山翠晚依微隱映江邉白板扉事往依〻鷺戲改老來念〻覺前非已看庭草侵行徑漸有汀花拂釣磯慚愧詩篇慰幽獨白頭從此莫乖違

清夜哦詩手自書也應把燭倩官奴瘦牛犖确荒田

隔肥馬蹣跚笑瓠壺且釀松花江水碧更分术煎嶺雲腴人間誰覓玄真子春雨扁舟釣綠蒲

白馬寺通長老修圓覺期化緣

惠遠深心白蓮社湯休麗句碧雲篇懺摩不懈香燈供般若仍通文字禪雨後春池芹細〻月明寒渚竹娟〻東林門外聞鍾返惟有陶公妙入玄

貞壽堂詩為吳縣尹楊彝作

貞壽堂前風日遲天〻寸草畣春輝兒今事育心無怍母氏康強志不違後日腰懸季子印只今身着老萊衣熙然鶴髮照綠酒金鴨火溫香靄微

烟雨中過石湖

烟雨山前度石湖一奩秋影玉平鋪何須更剪松江水好染空青作画圖

姑蘇城外短長橋烟雨空朦又晚潮載酒曽經此行樂醉乘江月臥吹簫

愁不能醒已白頭滄江波上狎輕鷗〻情与老初無染不棄輕軀揔是愁

蘇臺懷古

望中烟草古長洲不見當時麋鹿遊滿目越來溪上水流將春夢古揚州

卷四十九　五

吴中絶句

醉嗅吴姬踏舞筵鳳蘭花陣亦回旋愁生細雨寒烟
分詩在青蘋白鳥邊

發吴江

一望洞庭秋水相逢南浦孤蓬江干有興騷客閒居
久釣漁翁

泛太湖

遥接太湖惘然尚留赤壁圖景越来溪水東西香雪
寒梅飄影

登姑胥山

吴王館娃西子兩情斷送長流麋鹿淚沾荒草故人汗漫重遊

過盤門

將軍南　勾吴魚龍跳下江潮無限吁嗟神迹怕聞淒涼洞簫

歸闔閭浦

極目烟江畫頭屈指採城渡口世人不理曲肱自飽黄鷄白酒

吴鈎行　楊維禎

吴人殺二子釁成雙吴鈎吴王食賞令不識鈎中愁

臨鈎呼二子飛來父心頭百金何足報萬户當封侯
佩雙鈎比明月爲君嬖者斬謑者刖制諸侯開伯烈
千秋萬〻歲光不滅

長洲曲

長洲水引東江潮〻生暮〻還朝〻只見潮頭起郎
拖〻不見潮尾回郎橈昨夜西溪買雙鯉恐有郎緘寄
連理〻金刀剖腹不忍食尺素無憑膽還委西溪之水
到長洲明日啼紅臨上頭

五湖遊

鴟夷湖上水仙舟〻中佘人十二樓桃花春水連天

浮、七十二黛吹落天外如青漚道人謫世三千秋手折一、枝青玉蚪東扶海日紅桑樛海風約住吳王洲吳王洲、前校水戰水犀十萬如浮漚水声一夜入臺沼麋鹿已、無臺上遊歌吳歈舞吳劍招鴟夷兮狎陽侯樓船不須、到蓬丘西施鄭旦坐兩頭道人臥舟吹鐵笛仰看青天、、倒流商老人橘幾奕東方生桃幾偷精衛填海成甌、窶海盪邛山漂髑髏胡為不飲成春愁

吳城怨

吳兵夜入郢小弟驕父兄彎弓射天日輦土築長城

長城築未竟客主老蛮荆

夏駕石鼓辭

在夏駕山高一丈徑三尺下有磐石爲足諺云石鼓鳴三吴兵

周家十圖鼓散落陳倉野犹有夏駕石盤〻駕之下秦鞭血出骨吴獵焦野火夏鼓建不拔石鳴知者寡父老惧識言山空石長啞

虎丘篇

路出女墳湖驚踝伯王軀灵池飛霹靂枯冢走於菟老禪犹點石仙鬼只疑狐祖龍来發閟銀河又飛鳧

香山篇

放舟晴塘曲盤遊湖上雷、鳴湖雨作還作香山隈美人聞香草上有九畹栽美人在何許搴芳招歸来露下荆棘草鹿上姑蘇臺

金處士歌

吴人金可父賢智有才藝而自埋于民衆嘖然以處、士稱之權貴人以丘園科起處士處士絶之曰予弃、有房一區在市闤可以避風雨田一廛在郭外可以、給衣食學聖人之道可以自樂不願仕也且仕榮利、禄隱樂貞素苟以相易彼此兩乖、而

強合吾不能、已、吁處士如可父信其逸而貞者欤
故集賢舊老相、与、署牒錫號曰貞逸會稽楊維禎
爲之賦詩曰
蘇州古隱君寔始虞仲隱居放言中乎清与权次曰
潛、夔氏言不枝行不徑未嘗匃足諸侯前五噫之夫
将其、匹聯耕織爲業不廢誦与絃亦有天随仙配鴟
夷子理、釣船去之五百年求繼者孰賢闔閭古城隱
曰有處士、氏曰金長身而美鬚叶壬風局孤古之貌踈
且沉家不失、箴里不失任有餘推与人矧肯賣祿入
心之關下足終、南吟叶貧賤易屈富貴易淫故大隱在

闤市不在壑与林、鳳皇不能引高神龍不能深(沁叶)深人呼為處士更加貞、与逸號烏知古不如來今吾嗟今之士科隱丘復事王、侯行無補闕言無裨謀惟祿食是媒年(叶)詭貞而隱詭逸而休以為吾人憂放而還澗恚岳隴羞聞處士風其不泚然在顙豈吾人儔

城門曲

諜報越王兵城門夜不扃孤臣睛不死明月照人青

吳農謠

吳農竭力耕王田王賦已供常臥眠鄧通董賢何為者一生長用水衡錢

吴下竹枝歌

三箬春深草色齊花間蕩漾勝耶溪採菱三五〇〇去五馬行春駐大堤

家住越来溪上頭胭脂塘裡木蘭舟木蘭風起急只逐越来溪上流

寶帶橋西江水重寄郎書去未回儂莫令錯送錦不荅夗央字半封

馬上郎君雙結椎百花洲下買花枝罟罟冠子尤能唱黄鶯舞燕兒

白翎鵲操手雙彈舞罷胡笳十八般銀馬杓中

酒看郎色似赤瑛盤

騎馬當軒鵲嘴靴西風馬上鼓琵琶内家墜裡

籍不是南州百姓家

小娃十歲唱桑中盡道吳風似鄭風不信柳娘

嫁衫珠長絡守宫紅

夜發吳門　趙孟頫

吳樹依依吳水流吳中舟楫好夷猶多情最是吳門

月又送行人下秀州

次姚子敬懷王子慶往吳中

闔閭城郭鎮姑蘇弔古登臺百感俱秋水遠隨潮影

淡淡江雲長傍客帆孤吳時花草于今在晉代風流世
絕無別後古人須有得已應懷寶問歸途

姑蘇懷古和鮮于伯机韻　陸文圭

會稽俯伏遣行人吳国池臺日日新幙下盟歸金甲
散宮中舞罷翠眉顰悠悠今古三江水寂寂英雄一
窖塵笑問鴟夷身退後漁商何若効齊民

虎丘留題辛卯三月書于劍池

伯業荒丘春草長只聽兒女話真娘虎來墓上犹應
怯鹿入宮中儘可傷太息乾坤空浩蕩不留豪傑管
興亡屬鏤抱恨沉江底潭碧犹生古劍光

龔子敬同遊桃花塢趙中時適至　郭祥卿

麥光繞郭撓青浪華氣浮空散紫霞小院碧桃留客醉隔林修竹又誰家清明過了春將暮濁酒傾殘日又斜一笑相逢誠不易人生看得幾韶華

吳中寒食　龔璛子敬

寒食清明賣酒家酒瓶亂插白紅花江南蚕子非一種日煖蜂房報午衙八十漁翁留半破往来醉客路三叉村中女伴無忙事踈雨小塘收漂紗

登姑蘇臺　丁復仲容

白日初高風欲黑姑蘇臺前春栢塞百花緑洲水曲

尺、小浪群吹度游鄉晴烟漲煖、野荒々箇々西山淡
踈碧、海風東來楊短蓬吳兒圻坐長歌發逸興遥将
白沙去、送目飛鴻倦低翩扁舟甚有五湖思風雨漂
揺從所泊、幸逢大国全盛日地極蒼生無裂圻向來
時運数更变、河山南北烽火隔人攀岩穴恐不險樂
土不居何暇捧、只今城雉多壟鑿麋鹿所遊尽桑麦
自笑生来但為客、五十有家無土著有酒不作懐抱
悪明日々出已非昨

次可立詩

霞際浮玉青霏々吳中景物天下稀三江入海作扶

浪五湖滿地搖夕暉孤鶴忽与白雲起神龍或挾亦
鯉飛胡林抱膝但長嘯大夫安得為輕肥

天平山　京口陳方子貞

東吳水為州西山茲獨秀上有百歲松下有千尺溜
況當泉石間野花亂如繡頓足忘僕勞長歌發予陋
沉〻范公祠肅〻香火舊碑猶輦洛時寺當風雨後
嗚呼一代尊廟食今誰守寂莫壯士懷松風動清晝

登姑蘇臺　薩都剌

閶門楊〻自春風水殿幽花泣露叢飛絮年〻滿城
郭行人不見館娃宮

野水满城飛燕子誰家小艇載吴姬姑蘇臺上一尊酒落日昏鴉無限悲

夏駕湖　鄭元祐

吴王城西夏駕湖至今草木青扶疎想見吴王来避暑後宫濯〻千渠〻紺紅矗翠摠殊絶誰似西施天下無西施醉凭水窓睡漫衍魚龍張水戲月上湖頭王醉醒歸舟蓮炬繁星不知左擁右扇人者日夜窺吴不暫捨

魏公祠

天平寺裡魏公祠翼〻蒸嘗奠荐時廟享百年亡國

四

後道求千古聖人知山侵鳥道盤風磴石抜鯨牙梗
羽旗更上高亭望吳下墓田秋寔正離、

送劉長洲

中吳號沃土壯縣推長洲秋粮三十万民力罷誅求
苛、時兼并家夜宴彈箜篌今乃呻吟敎未語淚先流
委肉、餓虎蹊于今三十秋畝田昔百金爭買奮智謀
安知徵、斂急田禍死不休高腴不論值低窪寧望酬
賣田復有、献惟恐不見收日覺鄉胥肥吏橐起高樓
坐令力本農、命輕波上鷗天意憫困劇南轅郊金候
侯有萬金劑探、囊令病瘳躄者起雀躍瘠、者言嘲喎

卷四十九　　十三

坐令百里邑姦回息彫鏤是皆仁侯惠頌声滿道周
聖朝攷功選賞典無滯留願侯登廊廟一洗蒼生憂

玉山佳處為顧仲瑛賦

東里東吴積水深海天削出青瑶岑肅侯諸孫有基構界涇築室如小林石根浮尹音笱孚蒸玉氣圻曲窈窕来登音籠鶴教馴合舞節池魚出游聽鼓琴樓臺花雨衆香国書画芸香千古心按歌寧辭夜投轄彈冠又須朝盍簪已傍苕磯李釣獨更上凤磴窮登臨竹梧参天鳳鸞集老夫為尔長歌吟

崑山石

崑岡曾縕玉此石尚涵輝龍伯珠璣服仙灵薜荔衣
一泓天景動九節劍苗肥閲世忘我老蒼寒意未違

靈岩涵空閣

吳王宮闕草萋〻飛閣重登意轉迷洗硯池邊雲欲
暝拜郊臺上日平西湖涵遠浪千帆没樹響悲風一
鶻栖、江海鴟夷招不返荒煙野草鷓鴣啼

遊嘉定道院

芙蓉洲上集仙宮環珮声聞縹緲中桂閣吹香天樂
下稻田蹊脉海潮通呼龍起舞迎初日跨鶴歸来御
晚風、大藥已成金鼎墮丹光犹得兆年豐

簡張仲舉待制

宵占雨〻使星東川后迎恩啟閟宮海上天燈涵宝月〻帷中神語颸拎風雲團芝蓋香烟直春入衢尊酒味同况是詞臣工致祝鯨波永息嵗恒豐

送沈仲説遊杭

錢塘湖上水西頭歷〻山人旧釣遊相府犹餘秋水觀〻酒旗多挂夕陽樓春喧車馬松間寺夜載笙歌月下舟見説于今揔消歇休文到目重凄愁

俞石澗讀易處

先生涯〻易隱南城激石松風荅澗声式玉式金王度

在、一寒一暑歲功成要參未畫須心悟洞徹群疑貴理明、剖屋見星元是晝寰瀛掀柁可無程義精詎忍辭捫舌、樂大何妨枕曲肱雨露每滋庭草綠雲霞不斷晚山橫、成林詎舍千章木求友難忘百囀鶯歲月推遷陳迹在啟蒙常憶酒同傾

石湖十二詠

石湖

滄波渺千頃何處覓鴟夷同姓千年後流芳著斷碑

新郭

闔閭劍成郭俄徙傍河山酒旆千家寶今猶作市寰

拜郊臺

吴子築圜丘祀帝存遺址魯亦取聖訊大禘同失礼

行春橋

醉擁棒心過韶華艷綺羅至今湖嘴上彩霓臥滄波

越來溪

始由嘗胆鑿戰艦逐波通今日凭誰占漁家一笛風

觀音岩

碧潭通海眼崖設大士座宛如訪天台石梁飛度過

治平寺

雲鴻藴招提開窓面湖渚時發鐘磬音驚散沙鷗侶

茶磨嶠

孤屿突蒼翠波環鬱盤〻誰嗜先春味當來製鳳團

楞枷塔

危峰峭浮圖七級雕闌曲影落湖波心魚龍駭常伏

越公井

隋將移城時鑿供萬夫飲清泠尋丈餘倒浸青天影

御書亭

敕賜宋名臣穹碑載奎畫至今孤亭中紅光照山白

紫薇村

公退紫薇省宅種紫薇花千樹臨山麓秋來粲晚霞

賦採香徑送吳令張令陞佐嘉定州

泰伯常採藥深溪入芳菲攀桂作帷帳紉蘭製裳衣坐、令文身俗悉從端委歸支胤後世君礼讓日漸違迷陽、竹棘足蘼蕪露沾衣三秀不改度齋房耀靈輝擷之薦、瑶席神享氏是依

寄吳江知州千壽道

煕々愛日仰高亭々外天寒渚相青晚駕朱旛理公事、夜焼銀燭校餘經吹烟白際魚龍国野稲黄鋪雁鶩汀、三載政成儒業驗玉堂親擢暫須停

徐良夫耕漁軒遊題

幽館夏初度，清林暑氣中。開軒對流水，坐石待薰風。落花鳥中側，鳥啼山幾空。耕漁者誰子，散髮奏絲桐。

天平祠

西望層峦草木青，魏公祠下拜儀形。經綸有策迴天地，憂樂無時忘闕庭。異代蒸嘗遵典礼，故山香火下神灵。浮雲变滅知何在，閒聽松風語塔鈴。

龍門

龍門巖嶭倚天開，黠額神龍幾度來。雲起樞中成五色，星從鎛裡見三台。更無鐵檻喚山鬼，可有金鋪上石苔。李范党同勲業異，御車千古意悠哉。

發吳門

陳基

少壯不解武，衰老却從軍。將相北出師，步伍各駿奔。
伐鼓震城闉，樹羽隐秋旻。水師歘龍驤，鐵騎紛紜屯。
軍容亦已肅，士氣悉欲伸。載咏東山什，感激為逡巡。
顧予麇鹿姿，辱參熊虎群。頽然介胄間，見此逢掖臣。
微禄不逮養，匪材胡足診。驅馳寵辱途，俯仰媿君親。
秋風吹海濤，落木滿江津。去去勿踟躕，浩歌天宇新。

平望

下田不憂旱，高田正宜雨。四野已足霖，三吳復無暑。
盂酒及豚蹄，盤著襍雞黍。擊鼓樂社翁，燒燈御田祖。

分題得劍池送夏副樞

寶劍斮山石、斷餘劍痕靈池泄海眼絕壁拔天根
轆轤卷晴雪洶若崑崙翻積厚早弥冽波深夕不混
上馴伏虎丘下飲垂枝猿君行心不渝瑩徹鑒茲源

訪北寺無言講主留題

秋風日蕭爽散策入空林有竹心已清無言意弥深
襟花不容把蹤磬有餘音逍遥毘盧境落景駐遥岑

昭明寺

山居有餘樂縱遊良不孤生多濟勝具豈辯足力劬
處、青蓮座人人僧寶珠雨花無宿蔕玉樹盡新株

天池

我覽天池作名篇如剌珉搴手六何爲未嘗造其濱
清侍入朗咏洒然清我中、何當托高翮去訪解空人

范氏莊

田家近苧種客至已黄昏開門列芳席稍稍羅盤飧
忠厚有餘訓詩書彌所敦琴詠衡門下聊復却塵煩

咏歸操 并序

吴興沈仲説築室吴江之曲養其祖母又鑿池構
亭、室之西偏曰咏歸每服田事親之暇輒挾琴書
絃歌、其中仲説之言曰昔者孔子感鳳鳥之不至

慨圖書之不出退而修詩書礼樂之教于洙泗間其徒身通六藝者七十二人孟軻氏曰孔子賢于堯舜又曰禹稷顏回同道嗟乎使孔子得聖人之位其徒固有宅百揆如禹播五穀如棄敷教如契為士如咎繇典礼樂如伯夷如夔其所試將不止于冉求之方六七十如五六十公西赤之為小相而致治之效又不止于仲由之所謂三年有勇者已周末造知德者鮮臨河之嘆君子蓋知道之不行矣于斯時也侍坐之頃乃有如曾點者雖或行有所不掩其所志頗能合于聖人而異于三子者

拘〻焉思欲用人之國而其所以浩然与天地上下同流于萬物之表者曾不過即其所居之位樂其日用之常而已一時動靜雍容見于鏗尔舍瑟之際千載而下尚能使人想象興起宛如衣春服從童冠而風于舞雩之下則夫夫子所以深与之者又詎可以言語形容哉方今聖神御極丕闡人文本詩書而施教原礼樂而敷治必德如顏淵位之輔相勇如季路任之将帥辯如子貢使〻諸侯藝如冉有俾居官尹其下亦且為方岳為百執事由是群生異類圜形兩間者並沐仁義之澤可謂

感矣故走也藐焉一介栖遲壟畝獲于事育之餘自記狂獧之末咏歌孔子于熙洽之世尚志曾點于咏歌之所其得于天者亦厚矣尚何所願于外乎臨安陳基聞其言而韙之乃為咏歸操

我朝于田我暮于室曷以自娛有琴有瑟我服惟春我樂惟親我欲浴乎沂瀆匪舟兮孰先我津我欲風乎舞雩匪若人兮孰為我徒我葺我廬我讀我書我啜有菽我食有蔬我非悅此新構我咏歸兮匪夕伊晝我非愛彼流水我搴衣兮欲沿其沚聖如可作兮我從夫子

吴儂謡

至正十四年秋七月海道都漕運萬户府達魯花赤明善公糴米賑吴〻民德之作吴儂謡

城上日出走匍〻吴儂負米行且呼漕府君侯長萬夫糴米食儂如哺雛君侯運粟輸京都〻人食税復衣租又以餘力甦焦枯連年和糴喧九衢吴儂有粟不得哺遂令斗米如斗珠不貴楮幣貴青蚨非侯哀儂釜生魚昨日兒飢苦嗚〻今日飯飽走如駒君侯長漕非剖符不忍赤子坐艱虞使君歸朝掌詰謨濟世昇平樂有餘天下米賤酒可沽上及父母下妻孥

天子行當賜絳車君侯幸勿馳其驅

送姪讓還吴

西風蕭蕭鴻雁鳴行子悠悠隨旆旌百年衣食仰奔走四海甲兵紛戰爭猥將筆札事鄉相叨備戎行陪俊英軍中草檄吾何有馬上操觚汝所能人稱阿瀆八分好吾愛永興戈法精吾女吚嗄學言語汝兒讀書知姓名中年窃禄正為此使有石田歸力耕汝今還家我羈旅各勸加餐調寢興升堂再拜謁從母兒妹踉蹌欣走迎扁舟石湖先上隴霜露既降草木零丁寧為我戒樵牧慎勿剪傷松栢青我欲還山結茆

屋五岳道遥期向平乞身時寧若未許南望白雲傷
我情

分題太湖送鄭同夫

朝飲太湖水暮咏太湖秋太湖三萬六千頃七十二
峯、居上頭上稟咸池五車氣下浸日月涵斗牛鴟夷
之舟、從此逝功成身退合天道声名萬古齊伊周江
東步兵、輕冕旒長揖齊王歸故丘蓴羮鱸魚何足道
上与造物、同遨遊唐家拾遺巢許流躬畊湖上食杞
菊不与濁世、俱沉浮三人之生不並世出處雖異心
則侔至今血食、太湖上〻下雲氣桑蒼虬今君還別

太湖渚鼓枻三高、祠下路借得龍威一夕風送君彭蠡湖頭去

青絲絡馬頭送李彥章

青絲絡馬頭游宦古蘇州蘇州城東萬斛舟前年運粟、直沽口送別江亭折楊柳承恩頭插上陽花錫宴尊傾、光祿酒江上今年楊柳黃辟書千里有輝光勇騎閫外、將軍馬飽食閫中芻子漿閫中兒女歌白苧把君勸君、爲君舞將軍好文不好武自古閫中稱樂土

八里莊寄吳中兄弟

晚泊清淮口臨風一振衣長河呑巨海平楚沒斜暉
未覺鯨波險惟憂羽檄飛故園兄与弟歡樂我多違

送侄讓從軍武安

送尔徐州去秋風幾日程水通彭子国山擁楚王城
虎帳鑃鍮煖犀船五两輕從軍古云樂今我不勝情

其二

世乱離為別他鄉復暮秋媿手叨入幕念汝獨登舟
季子裘空弊班生筆悞投恨無田二頃歸老石湖頭

癸卯三月十一日常熟阻雨寄吳門分省同
官

一棹琴川路，頻年此往還。海風寒挾雨，戍火夜連山。澤國龍分鄣，邊城虎據關。故人南省幕，退食珮珊珊。

琴川懷古

揖讓思虞仲，絃歌憶子游。學文須到魯，議礼必宗周。俎豆今如此，干戈苦未休。慚非割雞手，安敢話屠牛。

寄沈仲說

欲采芙蓉寄所思，秋風江露正離離。每因見月懷玄度，可但看詩說項斯。溪上燕辭華屋早，樓頭魚上碧波遲。太平無事差科了，歸共原泉理釣絲。

其二

野人籬落並江濱竹裡流泉竹外雲好學槖駝惟種樹、莫誇司馬最能文小橋斜接漁樵路落日爭呼雁鶩羣、獨憶咏歸亭上客久留城府思紛、

寄家兄敬德

庭闈一月違溫清兄弟終年嘆別離落日有時成獨立、秋江無處不想思雲边白雁初傳信籬下黃花預有期、甚欲卜居依北郭故人誰送草堂資

秋懷寄玉山

江上秋陰十日多思君不見奈愁何風高澤国來鴻雁雨入汀洲落芰荷公子文章裁瑞錦美人衣袖剪

輕羅、畫船亦欲溪頭去聽唱花間緩〻歌

次韵鄭遂昌奉謁范魏公祠

皇〻卷服儼尊祠生氣渾如未死時天下功名韓相
並、閔西威烈夏人知英雄未尽匡君策父老頻瞻出
牧旂昭代尚賢嚴祀事詩人聊得薦江蘺

次韵荅秦文中學古

艤舟復向三江口載酒欣逢二仲来丘園束帛已加
辟、將相求賢無弃才柳色緑欺頭上雪桃花紅映掌
中杯、也應別後無知己從此柴門不浪開

其二

婁江繫纜已十日故舊獨逢秦与文氣壓元龍餘子服、賦高司馬九重閶西山柱笏聊容我東閣招賢欲待君、觧却金貂換官酒賞花時節正春分

送成夫使吴門督漕事兼寄分院同幕諸公友

桂帆南斗畧扶桑奉使寧辭道路。長轉漕復輸滄海粟、勤王爭羡紫薇郎風生漢節蛟龍避花繞吴宮雨露香、同幕故人如見問為言相看鬢毛蒼

次韻謝揔管送梅州判還崑山

画船撾鼓待潮回山色留人不受催宮酒醉淹羅袖

湿、離筵愁聽竹枝哀秋風老憶淮南桂暑雨晴收海上埃、莫學君家子真叟変称名姓不歸来

九日簡同幕諸公兼寄吴中兄弟

官舍蕭條淮水濱一尊九日漫相親那知黄菊籬邊客、不笑紫薇花下人秋鬢白嗔烏帽側衰顔紅愛緑醅新、中吴兄弟應相憶悵倚秋風北望頻

癸卯二月十一日官軍發官門

去年移戍秋将半今歲度江春正分晋國偏裨帰宿将、漢庭旗鼓屬元勲戈船十萬尽犀弩鉄騎三千皆虎賁、却笑高陽老狂客謾凴口舌下齊軍

送嘉定偰知州

偰家公子白狐裘，兩度出爲江海州。誅求不廢農桑業，撫字曾分社稷憂。公勤戢守古能吏，清白傳家漢列侯。老我叨居玉堂署，送君欲泛練川舟。

哭夷白二首 陳夷白郎基也

白髮江湖一病身，平生積力瘁斯文。師門偉器今餘幾，藩国奇才獨數君。共愛辭華追董賈，肯將出處累机雲。生蒭不到黄瓊墓，目極五湖西日曛。

老我帰来托遠林，仙桡犹泛五湖深。身名已喜全離亂，生死俄聞变古今。懸榻空餘徐孺恨，絕絃真亂伯

牙心無端又向溪橋立望断秋鴻淚滿衿

陪方厓翁緑水園游矚　姚廣孝

熟游境已常偶到興偏邃園廬依古閭門扉掃塵迹芳、景变清和羣植欣滋息雲錦曲渠水苔泯陰階石業、筠、蔵旧緑蔓草餘新碧游蜂却乘霽歸禽自知夕臨幽、憩煩踢遥思展芳席雖怡静邉趣未達喧中寂茲因逢高士庶以樂無斁

奉答高啟季廸

清晨長松下聽禽坐逾深蘭章忽遠寄光華丽空林諷、詠得客意展玩慰離心春晴見猶簡況茲逢暮陰

奉荅楊基孟載

悀〻泊城南春深抱幽獨餘花犹綴紅衆樹已滋綠茲因塵内屋始憶山中屋何時陪騎游吟看旧題竹

送友之松江得曙字

潮来沙磧平月落海門曙汀蒲轉風葉提栁揺烟絮江〻頭春可憐天涯人獨去有歌送君行無酒畱君住雪浪沒沙鷗雲帆出江樹回首讀書堆青山不知處

蠡口夜歸

日沒渡口昏水風着人热漁燈帶蛍火微光互明滅舟人報水程路遥行欲歇故山不分明目盡心力絶

還想山中人待人仍看月

蘿徑爲陳維寅賦

輿騎隘難通縈〻循磵曲蔓引行樵步葉容邀禽宿影、分夜蟾白色帶春烟綠何當携孤琴閒行追妙蹻

登錦峯

奇峯起蒼旻秀色鬱可采璺石丽文華晴空炫霞彩爛、斑駁青暈絪緼襍芳靄朝陽映猶輝夕陰膏還藹或云、神丹仙鞭驅過滄海不經野火焚詎逐歲年改肅履曉、飛陟昂然立如待延矚動幽抱架元時有在

琴臺

崇臺起雲岑夫差日遊宴七絃石上彈閒花落餘片
風清苔松响烟茸草成荐至今想餘音泠泠散秋院

劍池

湛盧埋伏深厓際立危壁波含金氣清苔吐鉄花碧
龍光日夕浮蛙黽俱潛迹臨玩復何時吟餘慨今昔

白雲泉

陰泄自溶溶綿流仍脉脉輸練隔山青飛瓊混天白
澗艸帶幽香辟蘚漬餘澤昔曾汲飲来依松駐金策

与王正仲游穹窿山留題顯忠寺

隄陽飛花三月後残紅已無穠綠有湖山風物尚可

今登臨又喜同心友峦迴徑反不用輿凌空曳杖盤旋走、峯飛天外曉雲騰瀑流谷底春雷吼烟蘿葉蔽啼鳥羽、風林果落饑猱手望中隱、蘭若出僧子相逢信非偶、暫留倦足憩孤榻欲豁吟眸啟孤牖詩聯美景意適畫、乳攪新茶味勝酒笑歌俯仰真自得盤桓不計時交酉、去來奚足住予心臧否何曾挂君口却嗟昔日不羈人、今得微官即鉗杻我于奇勝儘窮討再理謝屐君須趣、只恐天公忤人意風雨頻連不堪久明當歸去草堂眠輊橈仍繫沙邊榔

送李煉師還吳

薦紳吳下真淵藪獨欣東郭多交友我着田衣共頡頏、形服相忘歲年久聞止文章力追古宗常李問曾無苟、來儀才廣班馬倫從横筆下蛟龍走吹壑倜儻如達夫、豈特百萬成斗酒萊邁讀書猶滿腹議論風飛鉗衆口、幼文詞翰俱清俊處敬溫潤渾如琇仲廉居富曾無驕、為學孜〻能謹守吁嗟諸子皆妙年自信黃鐘非瓦缶、一時声奮震乾坤萬丈光芒射牛斗鶴瓢先生清且秀、深探道術持樞紐山房每与吾儕會茫然共入無何有、我念披緇道不同豈知見愛情尤厚何如簡寂慕惠遠、至今高名傳不朽原修乃是先生徑道李向之能授受、先生已解已多年不意原修今白首余客朔方將廿稔、故交零落存誰某形影相看我尚留命危脆若經霜柳、原修忽作燕山游此會須知信非偶燈前笑語不肯歇、旧好難忘常握手今秋欲返江南去鶴馭凌風如馬趣、嗟我老矣不同歸雨泣如傾風雨吼

八月二十日出城西眺望過楓橋登天平白雲、寺謁圭上人翌日到西麓時林園靚深庭桂盛開天香滿屋可愛因懷韓奕先生不得共玩遂賦此詩以寄

我年已老宜道遥北還未得心遥ゝ尽言山中秋正好、眺望不待山人招清晨拂衣出城去藍輿直過江村橋、ゝ西衆山環紫翠隴坂惟見芃ゝ苗人家門巷尽桑苧、經過始覺先蕭條沿流路狹曲難認僕子每問肩柴樵、虎岩深伏樹蓊蔚龍門斗起山苕荛白雲泉頭暫游目、飛楼湧殿凌曾霄主翁留我共禪悅且向竹所開山寮、果傳石鉢貯圓眼飯來香積炊長腰盤桓自足世外樂、兩髩不計清霜凋行ゝ又復過西麓山深那得聞喧囂、松堂畫閑人不到庭桂花發蘿烟消沄ゝ泉底日影動、冉ゝ雲外天香飄此時獨恨無良友豪吟謔浪從通宵、蒙菴先生舊曾約路遠忍使兒童要先生有道我所愛、睎身不定如芭蕉逃禪往〻入深谷交往雲書并杭標何由乘興忽來此把手歡笑今應饒便當沽酒效慧遠、且留靖節傾山瓢

舟次松陵

一上松陵道秋懷便不同櫓鳴漁浦雨帘曳酒家風沙鳥双飛白江楓半帶紅離人千萬意都在短亭中

重經常熟

鉅邑當吳北官無接送勞水多歸海近城半在山高僧寺餘庭栢人家尽野蒿重游逢日暮惆悵促回舠

寄高編修季廸

濟濟登明日雍雍際盛時朝回仍載酒講罷却刪詩
尋竹思龍阜看花恋鳳池自忘形服外游咏不須期

送蘇州府都細還吴

細教臨吴郡安僧自有方北山松桂秀茂苑芰荷香
杖錫辭天闕袈裟上野航相看嗟別去渺渺水雲鄉

題張山人適樂圃林館十首

去官歸故里僑隱倚高林花月尊前友松風席上琴

二

幽通西崦曲凉入北窗深此處堪清賞時来一解衿

巷僻無車馬閒扉掩薜蘿籠馴傳信鶴池養換書鵝
閒徑曾妨竹移渠欲避荷子雲曾好古載酒屢相過

三

虛館何幽絕深藏世少知柳雲堆夕檻蘭雨積春池
恋客瓶存酒頤神局罷碁餘生無一事不用慕安期

四

室中無異物左右盡圖書不共漁樵侶还同水竹居
弟曾呈蠟鳳客欲弃銀魚我獨長来此清談得緒餘

五

閒牖依林樾迢迢去市遥翠低承雨竹綠碎受風蕉

夕嶺還侵戶春流欲斷橋主人緣愛客時為出山瓢

六

遠〻依山郭荊扉向竹開聚螢兒懶出相鶴客頻来
坐飲杯浮月行吟屐破苔春深花滿徑蜂蝶為遲回

七

花徑斜通巷榆林遠隔溪曉庭輕騎集春閣亂鶯啼
野水流城北雲山峙屋西晚来吟興發獨往杖青藜

八

一軒開小圃近水更悠然杏棟縈花霧芸窗宿篆烟
竹藏鳩子哺苔襯鶴雛眠此地多風景悠然似輞川

九

松桂園林屋遥知處士家踈簾宵進月虛幌晚承霞
藥味園中术詩求檻外花尋幽来到此毋惜去程遥

十

林居無俗韵琴史引来賓逕狭雖容轍池深可縱禽
登山新製屐漉酒旧裁巾我亦耽幽者他年頓托鄰

寄周鶴林

廿載離吳下人傳少俊豪久羈燕地遠長想鶴林高
池影涵秋月松聲鼓夜濤南還如有日尋訪肯辭勞

寄王光菴

學優何不仕奉母向桑榆今古書十卷乾坤宅一區竹臨窗更容蘿繞徑偏行坐上賓朋少無營且自娛

羊祐廟在吳城南大雲菴東沿河

探環桑下悟前身幼節知君不耽人祇使才猷扶晉室肯施德澤被吳民荒祠積雨炉生蘚古屋無風壁受塵今日經過思峴首旧碑剝落泪沾巾

亂後入城有感

槐柳陰残第宅踈行看不忍步頻移歌鐘寂寂無今日樵鼓鼕鼕似舊時人改冠裳逢罕識寺亡臺殿到還疑故交況尽東西去獨立斜陽倍感悲

王汝玉省廬墓回京除翰林院編修兼春坊贊善賦此為賀

賜歸上冢已還京，復喜新除慰友情。翰苑修文多寵貴，春坊輔贊更恩榮。墨濡彩筆松臭賸，香染羅袍桂子清。行見聖朝應大用，不惟吳下播佳声。

百花洲上送陸五

雲間小陸喜能文，戲彩娛親是處聞。今日百花洲上見，蘋香荷影思紛紛。

送昂上人遊洞庭諸山

西風飛錫度如舟，来向湖山作勝遊。七十二峯青一

色君看何處獨宜秋

經無量壽院

齊女門邊古佛祠，小橋流水樹參差。偶来看竹逢佳士，偕點園林説舊時。

十二月廿一日舟出楓橋遇大風河凍河邊三宿復步歸西山海雲蘭若

曉發楓橋上野航，官河氷合路茫茫。岸邊食宿連三日，誰道家鄉是客鄉。

寄陳嗣初　王汝玉

昭代觧遺逸，夫人尚沉淪。豈無秉時志，華髮有慈親。

傾、家具甘旨勵操守清貧蹉跎四十載抱潔将終身
嗟我、媿非才叨陪侍從臣荐章豈所惜知子情未伸
滄海風、霜晚故苑芳華新勉焉慎自保綵服高堂春

贈鶴林周玄初

鶴林先生紫烟客丰神秀朗淒瞳碧早年學道遊人
群、吳越名山遍遊歷静中默悟天地真却歸高臥桃
花春、河東姹女未騰化滄溟回首揚紅塵丹書召入
麒麟殿、身披羽衣承燕見從此声華頃上都五侯七
貴争迎餞西方神岳高嶒嶸詔遣先生祠百靈道旁
奔走二千石、人訝真仙降玉京礼成俯伏拜大庭珮

環拂地風冷、、四門闔開對黃道五雲回綠垂金城
是時君王方穆清、龍顔頎盼喜氣生賜以石髓所和
之大羹賈生前席何、足榮羅朝上疏陳悃誠臣願乞
身終素倩、綸音重降芙、蓉闕特許先生返岩穴路出
龍盤山外雲帆開楊子江、心月青鸞白鳳參差仙之
子兮繽紛而相隨洞天冥、兮千秋一時先生歸去
兮猶未遲丹臺旧種金光草此、際花葉方紛披懸知
先生交構功已成欲將身与元化、并長生之術尚可
授我願相從閬苑行

寄耕漁子徐良夫

理世無遺逸君何獨遁逃方知唐虞盛乃遂巢由高耕田中吴野下釣五湖濤帝力我安有熈然縱遊遨

和徐高尚同陳胡二文學虎丘遊集

中吴饒佳遊兹山極殊觀磅礴踞臯陸巑岏軼霄漢靈岩南蔽虧震澤西衍蔓崗巒見城堞參差瞻里閈飛臺凌巘出紺宇横林奂餘霞皎夕陰初旭縟晴旦宗周昔無象四国争發難闔閭紹遺業傲倪霸東翰雄図未終畢宫車忽云宴年選代祠忽世变物情换深藏閟雨花曲池冪烟蔓崩厓留鑿紋石駮餘劍断諸君美無度假日窮幽玩凭眺信多覽予古亦增嘆

重尋倘能卜偕行願相贊

初辭長洲縣庠

潛鱗貴幽沉迅翮當上征伊抱孱陋質俯仰難為情
進趣既匪任退武復懷驚念往感多変頹始媿將傾
茲焉幸返旧游息在柴荊谷行晨晻曖嶺眺夕澄明
紅泉演紅澗碧磴披丹英時升烟霞表恍若凌長清
素心自昭曠外物徒紛榮願同戰勝者夭化保嘉貞

古磚篆文歌

洪武某年范陽盧公武氏嘗過予城南旧居道出
僧坊見甃壁古磚上有篆文隱起勢甚奇偉公武

欲求得之時僧塗堊方飾吝損壞弗肯予今年余復見之因扶壁豪取而公武沒已数載遂帰于公武犹子次農并作歌紀焉夫此磚不知綿歷幾千百年始獲發于公武今公武沒又数載不爲他人持去而余獲帰于次農是豈物之遇有其時亦世之好事者恒鮮得耶今年寔洪武丁丣也

范陽盧君好奇古羅網前聞用心若荒岩穷澤遍探求斷畫殘鉤搜裒聚昔過僧宇見陶甓上隱遺書可瞻覩蛀痕不假琢石磨缺角寧煩煉金補剥苔剜蘚試斫尋浣土滌塵細摩揣未知纖悉無外訛已覺縱

横合規矩、疑從盇缶窺禹鼎似向雀蒲獲荆楛世遠
那能究源委、紋完尚可推編部詭形轉摺龍盤拏逸
態飛騰鳳騫舞、蹩如康衢駕列駟踞若高岡蹲怒虎
氣吞鄢郢練三千、價陋咸陽城十五蛇奔虺走莫徒
誇劍拔弩張安足數、範抚既不類臣斯体骨未應同
詛楚恍驚孔壁得科斗、真訝岐陽逢石鼓吁嗟篆法
久变化惆悵簡書超莽卤、不知此字誰揮洒欲与籒
史争参伍緬想東吴称伯、強曾聞季札聽部濩一時
文物豈無傳千古字書當有、祖後人自合重千金故
物不宜充百堵、擬令僕夫遂携、挾無奈主僧猶吝予

中心往來累朝暮纏次周流更子。午我昨重來經旧
地盧君已歿歸荒土壁傾僧去物亡、存水濯雨淋文
不厭巳〻那識貴陽春甌駱由来賤章、甫世無博雅
同賞鑑獨發長吁為收取終然雄劍起豐、城畢竟明
珠還合浦可憐盧君雖復生賴有阮咸能嗣、武嘗臨
滄海眺三韓曾入青徐予梁父篋裡富儲金石、錄胃
中宏闡圖書府頗言持送歸寶藏請共知音辨魚魯

送人歸吳

相逢不計別來年君鬢如蓬我皓然親友凋零知幾
在江湖飄蕩喜俱全九重請告承新寵五柳還家老

舊田明發京華又分別春風應送洞庭船

寄吳中故人

鄉心離思共依依吳水吳山悵久違客裡頻看流景換老來偏感故人稀百花僧舍思携酒細雨春林憶采薇一枕漂零江海夢夜深空趁蝶交飛

題画送陳孟敷

君家門掩綠陰低古木叢篁水郭西我向京華望吳苑桃花只隔武陵溪

送趙友同之松江

画船曉發鳳城東江上青山雲幾重秋水遥天三百

里片帆一夜到吴松

送謝雪坡防禦出郭團練　楊基

朝催築城夫暮點團結兵民々皆動揺一日十数驚所、賴官長賢撫劳得衆情防禦出郊来父老拜且迎垂髫、及戴白羅列車下聽官家百万師自足与冦争汝自守、汝鄉汝自保汝生間暇苟不虞倉卒恐見傾我當儆汝、劳薄尔賦税征父老感激閧然動歡声共旌旗洎甲衣、五色稍鮮明豈惟備抄掠大敵固可嬰問君何能然子、弟衛父兄平川雨初收馬嘶鼓鼙々相送不同往極目、秋鷹横

茂苑思

輦路秋蓬滿野香團綠溼嬪娥紛黛愁花鉛松露泣

鶯声舊時好玉砌秋歸早東家蝴蝶飛烟姿滿芳草

白門荅高二聘君

戊申秋余謫大梁季廸嘗夢余与若平生明日道路傳余已死季廸有夢余詩己酉春正月余侍親東、歸季廸亦應召來京師相對驚喜因出所賦夢予之、作予既感季廸之念而復疑猶夢也歌以荅之

結交貴知己不在早与遲嗟予識子晚淺深惟子知

每、于朋儕間擊節賞我辭前年吳城破子居我西馳
交遊、非不多獨念与子離相去日已遠數与禍患罹
道路傳、我死可信子尚疑日暮過我廬為我涕交頤
今年我還、京遣子應詔来叶握手發長嘆示我夢我
詩我昔患難、中精爽無不之而子独夢我与子若有
期方予夢我初、正我念子時春風鳥嚶、花發滿故
枝為賣一斗酒痛、飲春江湄生死固常理勿為達士
嗤

食燒笋留題陳惟寅竹間

春雷一声萬籜玉參差亂迸莓苔綠斬来掃葉當徑

燃、伊異燃萁煮秋菽登盤查牙玉版肥焦尾碎剥蒼
龍皮、山人大嚼無　報寫作林間燒筍詩

過陳湖贈寄周明府

蘭苕參差桑柘綠細雨岡頭啼布穀人家破産給丁
夫麥未上場蚕未熟無蚕催絲綿無麥督税錢民間
此愁誰見憐君侯為我解倒懸

聞玉雪將還吳門

桑葉重、戴勝飛行人多報故人歸鬢從别後星、
出花到春深樹、稀詩喜官閒能不廢身緣課拙事
多違便須出郭相迎迓遮莫南風雨滿衣

懷王隱君正仲

小几支頤却拚書身閒復喜見秋初山林自此縱横落絺俗于人次第踈沙鳥浴江明白鷺水花操雨淡紅蕖相知獨有王摩詰兩月無詩寄草廬

附王半軒次韻寄答

懷刺歸來臥枕書白雲滿榻閉門初草玄未信楊雄病礼法從知阮籍踈短障夕陽悲蟋蟀方塘秋水老芙蕖南村口燥呼難得一任狂風攪獘廬

懷高著作季廸

坐看清江飲白虹不知樓閣又秋風瀰漫禾黍蒼烟

外零落失容暮雨中富貴逼人驚變豹文章鳴世豈雕虫清時欲草征西檄只有陳留阮瑀工

徵趣赴京

亂後人如再得生敢于世上望声名詩吟白屋惟安隐詔落丹崖陡失鸞鳳闕有心求柱梲鄙材何量祇瓶罍不堪故旧愁分手揚、楓橋第一程

送周鍊師玄初還吴

玄都春暖碧桃開鳴佩朝天到鳳臺夜檄雨龍江上發：曉呼雲寉洞中來黄精却老和泉煮丹橘娯親繞舍栽爲問長生應有術早修真籙進蓬萊

送僧住蘇州北禪寺

六年江海一論心又聽鐘声出禁林歸路暖風芳草合講堂春雨落花深未誇葛老三編論獨愛韋郎五字吟、水月傍人塵不染待君重振海潮音

哭高季迪旧知

鸚鵡才高竟殞身思君别我愈傷神每憐四海無知己頓覺中年少故人祀托友生香稻糈魂歸立隴杜鵑春文章穹壤成何用哽咽東風淚滿衿

舟泊潯陽懷申屠衡

江烟漠〻草毿〻且泊蘭舟近水南一鷺暝投槎外

石湫鴻低拂樹邊嵐夢隨春雨歸華屋愁逐東風上
短篷、柳色漸深人漸遠幾時花裡共停驂

舟中聞鄰船吳歌有懷幼文來儀

輕帆短楫泝烟波疊渚回舟奈遠何一路詩從愁裡
得〻二分春向客中過江通漢水晴偏綠山入緗雲晚
更多〻何處思君腸欲斷楚妃祠下聽吳歌

天平山十四題

龍門

天開一罅通石古湫屋破中有波浪痕知是龍飛過

石屋

六丁運神斤鑿石為巨屋風雨繞入窓夜、山鬼宿

五丈石

星落長百尺風雨忽中斷至今雷火焦突兀猶存半

白雲泉

泠〻白雲泉流向白雲邊泉水流不斷白雲飛上天

一線泉

石竇小如針泉飛一縷金天風吹不斷穿過白雲深

卓筆峯

露薜凝斑管烟蘿束紫毫山靈罷揮洒卓立萬山高

釣魚磯

老父兆作熊遺石此山久誰摻百丈竿重試連鰲手

蟾蜍石

神蟇月下來化作千歲石曾吞玉杵霜清露時、滴

頭陀岩

頭陀不可見岩石似當時草長齊眉髮雲裁百衲衣

華蓋松

飛蓋結龍形斜杠九曲青流螢枝上落疑是紫薇星

飛來峯

高峯似玉臺何處忽飛來定向西天竺曇花頂上開

四時亭

泉声四時清山色四時好不知寒暑移但覺松山老

宿雲軒

盈盈山中雲就我簷下宿昨夜雲不帰空閒半間屋

照湖鏡

團團山中石下照太湖影如何一鑑中三萬六千頃

初歸吴中感事

附郭好山遠近繞城流水東西人哭人歌夜月花開花落春風

赤山閒居

荷鍤繞籬栽菊解衣石上觀松甘分簞食瓢飲底須

千駟萬鍾
抱膝長吟梁父折腰寧媿鄉兒酒呼白墮朝飲米雕
雕胡晚吹、

寄陳惟寅惟允

坐有重鈷食有魚眼能識字手能書山於秋水舡頭
看家在春波門外居

氷

連日毒热思氷不可得因賦五言排律一首書箋
上庶幾望梅止渴之意也仍邀来儀李廸幼文三
文學同咏

凌室啟深藏殊恩錫上方壺清迷練色甌薄耀寒光
當座人俱素登筵体共涼瑩含銀永潔甘荐蜜脾香
淺碧迎歌扇微紅映舞裳明愁雖作鑑堅恐易成漿
瑞擬金窓雪勛高玉井霜屏慚雲母热簾詫水晶涼
醉客狂思嚼詞臣渴願嘗

南峰宴坐僧

空岩橋木形入定掩松扃鶴供銜來果猿看誦罷經
雲霞埋衲重苔蘚上鞋青只有樵人識曾因采茯苓

泰伯廟

古者五夫子曾称三讓名後来秦失鹿劉項苦相争

寄錢異之

作賦擬相如何人誦子虛琴彈中散操扇玩右軍書
北闕青雲近南冠白髮疏煩君傳遺逸着我入樵漁

江南曲

遥天碧蕩蕩遠草緑愔愔併作相思海春来一樣深

簡錢翼之

碧樹緑蕪空乱雲故人何處隔江村旧書在手再三
讀新恨從頭又一番竹犢隨行家具活蘭亭摹出典
刑存、幾時定訪楊雄宅為問太玄經裡言

南峯歸雲菴

雲伴老僧居翠微老僧應共白雲飛杖藜西去雲東去日暮僧歸雲亦歸

吴中菊花盛開

菊花三百六十種處處名園花不同安得化身千百億一花着取一吟翁

吴江石橋新成

五色何年補泬寥百弓無地架瓊瑶老龍千尺卧寒玉雌霓半空横彩綃天路行看星象逼江濤怒息水犀囂騎鯨便欲超銀漢直踐台階挹斗杓

竹枝詞

莫折閶門楊柳條帯将離恨過楓橋向道春愁不禁

蕩蘭舟長放艫輕採

續集卷四十九

《蘇州全書》編纂出版委員會 編

·吳都文粹續集

蘇州全書

甲編

古吳軒出版社
蘇州大學出版社

吳都文粹續集卷第五十

長洲　錢穀　叔寶編集

○○立春之二日大雪平地三尺吳中五十年無

○○○此雪　　韓　奕

蕭條江縣空歲暮寒風積雨雪連日夜平地深三尺
遠近寂無喧四頋同一色沾足良可佳有祥誰雖識
空街人迹斷寒光入虗室重衾不知暖厚纊衣猶慄
餘生近老病起臥但微息緬彼遠道人驅馳正行役
在物寔同類有懷屬此夕

寄俞立菴

相望才一里不到已多時家似山中住人非世上知
草深疑斷路水漲訝平池枕簟竹林下乘凉想最宜

包山毛公壇

微茫太湖心諸山此爲最宛如海上国平寬納幽邃
田、廬錯上下人烟万家聚相蔡及橘柚栽植窮地利
想當秦漢間未尚通風氣龍蛇不敢窟人跡未始至
毛骨奇、公仙有福當此地開荒治丹術道成遂仙去
嗟余後千、年恨不身親遇願執洒掃役服勤於鬲器
微生倘有分、異沾於粒棄嵯峨三尺壇草藥春未異
縹緲千仞峯烟、霞景仍秘平生出塵想僑首、徒仰企

浮雲影悠悠無從候仙馭山水漫娱人凌風振歸袂

横山西隱菴

孤艇溪邉入千峯雨裡登老年雖厭客長夏欲依僧
院古青苔滿林寒宿霧凝解衣禪榻上未覺有炎蒸

黄埭興國寺

粳稻田初熟烟霞日欲西孤舟僧共載古寺鶴同棲
樹抱溪流合窓陰月影低紀游聞有咏常向壁間題

八月十四夜過望亭

夜裡行舡過望亭滿塘秋月露初零聞吟忽記唐人
咏喜見平田晚稻青

送友人還崑山　張適

雨歇東風曙色微，婁江艇子逆潮歸。花明祖席清尊酒，柳拂儒冠白苧衣。上水海魚堪作鱠，近人沙鳥不知机。烟塵滿眼且歸去，莫負春山采蕨薇。

春日登胥門城楼

城頭華構勢翬飛，西望吳山落翠微。春草荒臺麋鹿過，夕陽古塞雁鴻歸。閶河萬里帰輿廢，城郭千年威(感)是非。惟有楼前太湖月，夜深依旧美清輝。

雨後過海雲菴招提寄徐畊漁王耕雲

雨後穹窿萬槢青，白雲粘樹湿冥冥。寺從栖寉松邊

露泉向啼猿峽口聽徐孺閒居過經遠王猷茅屋隔
林扃相邀共借栖禪榻夜粥登前煮茯苓

送崑山知州任嘉定

夕陽江上雨初殘楊柳搖金拂馬鞍白鳥笑予長送
別青山留、客共盤桓桃花泛水征帆穩燕子風生祖
席寒、在路獨吟今夜月到州仍作旧時官民罹歉歲
傷凋瘵、君有長才定治安行見經綸膺重托却留遺
愛遍江干

送長洲主簿兼司稅

佐令勞才子秋深始到官蒹葭催暮雨蟋蟀泣初寒

侯吏迎車近商民望税寬政散藩府重寵擢諒非難

寄陳山人寅

草堂孤在夕陽村每憶城南緑水園春露尚沾萱草背夜寒怨散鶺鴒原孤鴻帰與寄琴調香蟻忌憂到酒尊寂寞揚雄甘老去百年名姓至今存

宿山中徐畊漁宅

舊業非忘世新朝似隱淪雲生籬徑晚花覆石房春予大憂無嗣書多未是貧酣歌頻續燭竟忘主和賓

題笠澤陸氏隱居

隱居何處所笠泽水西偏瞻俗田千畝容身屋数椽

桂、陰侵座薄柳色映窗妍軒纍花前霧亭分竹裡泉
磵深、忽見日林茂欲無天石壁琴常潤書牀硯已穿
俯池庭、欲墮登樹薜相牽瓶貯滋花水簾通煮茗烟
蓄書千卷、足課子一經傳字羆臨流憩公餘選石眠
病多諳藥性、間久積書篇奕客爭饒子琴僧上斷絃
尋山穿雨屐看、竹棹孤舡湮沒遵時晦栖遲任性便
感恩懷耿〻厭俗、思翩〻要我煩相過佳章夜共聯

与陸天游張南村諸公遊溪西華嚴菴

讀書只在松檜林不道春色孤村深鳩啼雲暝乱游
思、花落水流驚客心過溪尋僧蘭若僻掃石坐我莎

蘿陰杖藜田路逐樵返落日已下西湖岑

寄道衍上人

京国徵行喜早帰茅菴屏迹捨柴扉文章留世新編稿、絺俗荣身旧賜衣晨鼓憶分天界粥春風還采海雲薇相期共向林泉老已悟年來五十非

与王正仲夜話

欲過已多時春來不爽期花前初熟酒別後只添詩續燭知宵永聞雞晤睡遲劇談渾莫倦明發又天涯

送坦雲軒住中峯寺

中峯香刹翠雲边支遁昔日曾栖禪白馬千年不復

返、青山萬頃只依然師行氷雪歲云暮舟渡吴淞江
几憐名地犹来在人勝好勤修業継前賢

蘇人葛秀才送余至京師及之官又送至大
勝驛值大風雪感其高誼臨别賦此

君不見昌黎公藍関馬蹄風雪中又不見王局翁黄
州、路遥如院窮我生今年五十七讀書吴山畏人識
昔年、曽作水曹郎聖恩早賜歸蓬蓽迩来又越十六
年老病、囊無桃藥錢去年府州忽相荐豈謂聰明不
及前茅茨、鶩憂病增劇展轉歲除千感集今年始及
趣裝行兒女、牽衣憐我泣抱痾艱苦至京師上赴天

官陳履歷聖恩、浩大不加罪命向廣西佐方伯青衫白髮老從事自媿、才疎雖称戢臘月出皇都白門啼乱鳥乾坤忽变色鳯、雪方載途蹇驢凍屡仆瘦僕飢且痛俄至大勝驛面皮、尽黎色丁寧僕莫嗔劳從總第一下車就酒家酒薄殺、不佳餒乏敢嫌此情悪良可嗟酒家頗見喜煖湯温我、指柸酒為續杯垂情相数語乃知平生交勿薄屠沽子、邂逅遇一官問之称孝廉共買金陵酒同上廣西舡廣、西在何許浩渺烟江水舟師数驛程四千三百里大寒、遡大江、流急淙、沙頭暫停棹飛浪壓篷窓况乃途、路迂老年俄此羅羈情正愁絕忍送葛翁歸葛翁匆匆向我別胸中有言不及說我今竭力報皇恩翁亦還家、保名節我家呱呱好孫子翁先還家憑寄語到官急遣、汝爺歸男長讀書女鍼黹

舟中聞吳歌

清湘夜駐木蘭橈月落霜天雁唳遥忽聽吳歌驚夢斷此身只評泊楓橋

過楓橋留別城西諸友

煩君達遠餞意偏饒念我離羣乍寂寥祖帳雨催詩欲就、郵亭風勁酒頻消移舟射瀆黄昏近路轉江村碧

樹遥、記、取今宵分手處烏啼時節過楓橋

早春過望亭驛喜晴追次唐嘉祐韵

遠墅晴煙散緑蘋椎蓬起坐整衣巾野花開處多臨驛、水鳥飛来似送人愁裡聽窮三日雨客邊吟到一分春今朝已有尋芳客来往東風陌上塵

宿閶門

霜滿烏啼夜月寒客窓燈火着愁看故園相去無多路便覓今宵睡不安

客金陵送盛寅還吴

官烟•籠陰半已青俄聞歸棹發金陵秦淮雪裡春潮

長楚甸雲開晚日昇先我還家緣客久如居多藝更誰能莫辭同醉長千酒明日想思恨不勝

送俞立菴應湘府聘

鶴書遠聘到岩阿拜手幡然出薜蘿天接孤帆秋水濶門閒五柳夕陽多吳雲漸杳鄉樹邊湘水微生渚外波此去賢王應待久安車行茀莫蹉跎

宿開元精舍

落日樹陰陰禪幽靜客心香烟秋殿寂燈火夜厨深茗熟僧先睡詩成佛對吟自憐耽僻志只合卧雲林

賦得秦淮夜泊送吳秀才歸吳

烟霧淡籠月泊舟依淺沙且沽今夕酒聽唱後庭花
淮水迎歸路吴山看到家鄉中莫留滞慈母在京華

賦得太湖春水送華以及歲貢

浩〻來天目溶〻接漢津光隨征櫂遠緑染客袍新
瑞雪初銷臘恩波摠是春明朝禹門外一躍有論倫

賦得劍池送友之京

岩樹鱗皴生鐵花一泓寒玉清無瑕山中有穴通海
脉、人間無地埋青蛇居僧經歲不飲井游客常時来
煑茶、安得干将復飛出贈君佩服帰京華

楓橋歌送姜秀才歸金陵

君不見楓橋水奔流直下太湖来環繞閶閭城西地其間風土何佳哉層樓疊榭侵雲起望處人家半臨水〻邊歌舞不勝春橋下帆檣停似蟻復有大道接金陵送客每来橋上行山寺鐘鳴知夜半漁村月落見燈明今朝却餞吳公子解我金貂沽綠醑帆挂長洲苑外烟衣沾虎阜山頭雨暮烟秋雨益淒其别緒離情無限期昔時因是今時景今人還誦昔人詩見説長干花似綺君歸更莫思鄉里

移家將之金陵宿楓橋

山寺烟初暝江村月又生辭家無十里不寐到三更

犬逐漁燈吠鐘催客棹行從茲去鄉土寧得是吳氓

送醫學盛啟東之京

欲識軒岐李相將上九天祖陳楓葉下席展杏行邊
暫別燒丹灶來登畫舫衣尉頒賜日雨露想承偏

灵岩懷古送瑀上人

吳宮成梵刹銷歇尚遺名臺峙荒琴薦池存涸研泓
綺羅無復見泉石有餘清相送師歸去重增弔古情

送任二尹復官吳縣

考績曾聞謁紫宸俄看征棹別江津郎官拜去雖依
舊雨露承來又一新古縣花明千樹曉重城柳色萬

家春、知君德化吳氓久風俗從茲想更深

送金徵士問應書詔薦

金卿二十郎能文染翰爭誇逼右軍用筆不愁窮兔穎、臨池惟愛羨鵝群常年閉户稀曾出一日佳声遠自聞、忽睹荐章從聘召為書皇詔錫功勛治裝早已辭親旧、拜手明當謁帝君花底傾來杯欲尽柳邊攜處袂將分、嗟余蠖守依環堵羨子鵬摶在五雲聖代英才超往古、家雞野鶩任紛紜

逢沈以潛

何處移來一艇間褰衣同憩樹陰閑自緣別久多情

卷五十　九

話不為看山忘却還

賦得千人石送沈寅仲

林下盤陀石山中不記春佇看無一舩容坐僅千人靈護平如砥苔封厚似茵祖筵從廣設懽會在逡巡

送吳敏學還吳省親

倦親白髮老東吳令子丹心向帝都正及歲寒歸故里不辭雨雪載長途無人似尔情偏厚有酒如澠興不孤他日想思凝望處暮雲春樹總糢糊

登天平白雲亭

白雲泉上白雲亭京国歸来喜重登欲試坐間誰老

健酒酣先上最高層

送韓伯承還吳

今朝佳節是花朝相送重來白下橋老語生憎鶯舌
巧新愁翻壓柳眉嬌天街有雨塵還少酒巷無風旆
自搖只尺清明歸未得羨君先上木蘭橈

虎丘送別

天上樓臺海上山何年移却在人間不因此地多情
勝那得遊人數往還望處已添吟咏興到時頻解別
離顏今朝送客同春去門外白雲千頃閒
相送瀛洲客來登海湧峰岩雲騰白虎池劍躍蒼龍

境勝詩情愜，盃深别思濃。匆匆分袂處，高塔夕陽春。

題杜瓊草堂遺意卷

舊業成都万里橋，百花潭北草堂遥。門無縣吏催租税，座有鄰翁斟叙寥。松影滿庭閒白日，茶烟繞榻颺清飈。酷憐杜甫成詩史，翻笑楊雄作解嘲。

草堂遺址在，重構剪荒榛。松偃吳門月，花移蜀地春。流芳知有本，繼業豈無人。喜到瓊枝茂，詩宗又一新。

賦得龍門送范原紹應聘

凌雲峭壁聳崔嵬，不待神功禹鑿開。一徑直通天上路，雙崖隔断世間埃。雖無鎖鑰常関閉，肯放豺狼恣

往来今日送君騰躍起從龍為雨潤枯荄

遊天池訪愷上人不遇

山中夏将半嘉樹敷陰重間携绿玉杖拄到青蓮峰
苔徑少行客微存旧游踪臨池滌煩襟万壑来松風
蘭若倚天開岩嵬白雲封高軒蔽嵓穴踈櫺衘翠濃
未缘釋子共所欣良友同朋當發毫素贅言遺愷公

送翰林刘孟功姪鉉還吴

君家吴望族名冠儒林表自昔我先人素有通家好
若翁余同庚交誼如管鲍翁也早去久余亦慚衰老
阿戎能継業丰姿美年少賦罷擬揚雄詩成驚謝眺

一朝省世父治裝遠來到欲㑹十年别不憚千里道再叙骨月情重講家庭教談話每宵分尊卑愜懷抱昨承訪蓬蓽出迎双屣倒從容問荅間寒威頓除掃高門産麒麟吾儕亦光耀正欣接吟席又復理歸棹草色瀛洲新鶯声上林早相送出都門春江波浩浩

寄藴性初

辞親遊太學歲月去駸駸夜雨青燈夢秋風故国心一官仍未遂三歲又將臨早晚重歸省相隨頓有琴

寄沈公濟

蕭斋嬰疾久不覩沈休文梘畔愁飛雨天边目斷雲

丹青誇独步頋陸頋同群擬剪西窓燭連牀話夜分

過范氏山莊

林静書聲隔滄閶輪蹄不到絕囂氛天寒鶴立蒼松久童子開扉掃白雲

正月三日陪陳士初錢孟書游北禪寺訪瑾上人不遇分韵得款字十六韵

昨見葭灰飛玉琯已覺陽和布晴煖條風吹緑草荄萌殘雪消寒柳葉短新正擬欲探春游今朝便有尋詩伴青鞋布襪慣林泉華髮心情厭秋館北禪古剎吴城陲眼界清幽塵跡斷群賢偶集本無期去路雖

還亦何憚行〻不覺到旃檀一經蒼苔平且坦有意來参孚尹師適逢飛錫歸遲緩惟存法主梵公像趺坐绳床右褊袒、山童見客遠相迎作礼殷勤為延款盛來香粒堆飯盂、供處白花浮茗盌嗟予夙抱烟霞癖野性不羈久踈嬾、深冬遠自白門还巾染黄塵衣未辭幸叨方外相追隨、得遂閒適蕭散襟懷頓豁吟思逮人境俱寂清風滿詩成坐待師不还白雲散漫無拘管

過思菴郊居

周忱

故人家住碧溪濆出郭書声白晝聞遍訪几回因看

竹、帰休何日共論文山容半向窓間出泉脉還從樹底分、最是快人心目處連疇秔稲翠如雲

送李子劉昌赴會試

早從侯猶究羣經虎榜新題屬妙齡驥出馬群空北土鵬因鶚化運南溟功名有待標青史礼樂行看對大廷席上儒珍期自保一尊相送重叮嚀

送況郎中任蘓州太守

擢自儀曹領郡符朱轓熊軾向姑蘇身馳驛傳声華重手捧天書寵渥殊政洽九江重渡虎時清合浦尽還珠、故人尊酒還相送努力期君展壯圖

卷五十　十三

贈草窓先生詩 并序

劉鉉

始以道其所自中則偉其才而惜其不偶故歸之命以壯其志末則托予德之之心而必其遠大雖皆公之寔而語淺意膚拙于形容進教是幸

磊落八尺軀魁梧且雄壯靜听驚論言一見奇貌狀早從綵侍下兩京飽遊訪出門狎師友麗卿偕碩相所以韋布間弱冠得声望而翁醫垣耆和緩相頡頏竭去捐館舍東吳遠歸葬朝廷加賻卹師保為銘壙予送來親朋駢闐車百兩纍然在衰絰序墓足恓愴盛暑或忘嬰隆冬或不纊時宇倏迁移歲月不多讓

里閭称孝廉俊英頓隣旁撫臨冬官周隷屬郡倏況
僉謀徵遺野疏荐交為張百烏不如鶚一言亦須尚
先皇重蟠玙雕琢伺宗匠方期就罍卣豈復數盆盎
咢湖龍忽升孤臣竟何仰周南雖滞淹坎坷寧悲悵
吹噓豈無媒茲情疇克諒得非命數奇那関遇讒謗
奔趋恬卑汙潔身處高亢消息理固然欲得必由衷
窓以草為名志与先賢伉滿庭春不除生生意深廣
陟屺空為盱天際孤雲颺王事既靡盬滫瀡誰為飬
心事一于詩激發何慨慷靜中聊自怡抑菀賴舒暢
短章既春容長篇亦跌踢府藏出珍奇鈞天奏宎曠

光華摛魚目鏗鏘咽玉响正如巨陂中魚龍交蕩漾
蒼波合東流滔〻浩难障有時我為歌三嘆而一唱
岐黄術精深有似淮陰將克捷若有神鏖攻無不當
務施濟利仁札瘥咸倚仗而余病妻挐藥物屢承貺
平以補清羸疏以駈瘧瘴厚德懷寸心感激忍遺忘
擬報持弊金恐君憎冗長擬贈述俚辞恐君厭浮誑
惟年改元初青陽日方向国家喜清明輔弼元凱行
皇猷足黼黻天工共寅亮氣和時已康物阜民無恙
西山雪霽佳路水澌流漲肩輿既堪命軽舸宜同榜
行廚載山肴玉瓶注家釀俯仰天地寬遨遊跡漫浪

灵風颯然生送子雲霄上

重寄杜用嘉 有序

往歲雪中因憶使弟梅花已奉鄗作欲為来春之約張本今既及期復尔踈濶感時對景不能無言所以嘆流光之易邁嘉會之不偶也

去年花開雪飛處殷勤曾見賦懷君句欲期来歲故山春携酒林間共欢聚豈知于今花發時又復兩地空想思想思正濃花正好千里東西夢䰟繞夢䰟何事苦思花花揔飄零人未老

懷陳孟賢

綠水園中萬竹深當年曾此寄幽尋芹花池上看垂釣杏樹坛前聽鼓琴授館豈能忘旧會分題長憶課新吟别來音問如金玉令我長懸一寸心

挽陳怡菴先生

門外青山架上書東吳佳處是幽居一庭風雨閒芳草十畝園林隱槃庐伯玉有文垂宇宙大丘無意老鄉閭執經犹記相從日寒雪初深聽講餘

弘文入直被恩私曾受先朝聖主知万里康莊麒驥遠九重霄漢鳳皇儀金蓮夜草平明詔綵筆朝題應制詩奪得錦袍多意氣賜陪龍駕宴瑶池

故里懸車歲月深春風華髮漸盈簪鄭均退後家無禄、疏廣歸来贍有金湖水烟霞同剡曲竹林觴咏似山陰呉閶賓散青天月池上誰歌醉白吟

奎星光捦夕雲浮鄴杵無声巷不謳身無百年雖似夢文章千古更何求詩哀吏部憐張籍謚美河汾念薛收僕淚潺湲何處落盡随江水向東流

送真上人住姑蘇寶覺寺

聞説湯沭休最少年早將心印一燈傳滇南郷土渾無夢呉地江山自有緣暮雨踈鐘烟樹外夕陽孤塔水雲邊遥知聽法龍来處香散花飛晝滿天

卷五十　十六

近得家兄書〻語欲促鉉帰展誦之際不覺悵然

弟兄何處憶相違凉月閒斋半掩幃燈下屡看新寄字客边穿尽旧縫衣参辰欲曙随雲没烏鵲驚寒绕樹飛胡馬北風犹自恋故帰誰道不思帰

懷瀚兒

憶從生汝在京畿膝下晨昏肯暫違温被每同寒夜宿篝燈曽侯晚朝帰佃賔欢處傳杯酒爲我酣時觧帯圍遥想歲闌風雪裡懷親能不思依〻

贈送吳江僧會

杖錫遨遊上九天袈裟曾拜玉階前人間無繫空身相方外浮名逐世緣殘雨疎鐘江寺遠夕陽古塔水雲連贈言好為論吾道聞說聰明似大顛

懷杜周嘉

十年膠漆重交情憶昔同門聽講經詞足清新皆白雪筆多神妙在丹青彈棋每掃松邊石看竹期過水上亭今夜想思何處切半窗殘月上疎櫺

挽劉僉事

青驄朱節遠觀風銀漢灵槎萬里通頻見橐裝貽陸賈又勞東帛起申公九天雨露恩常在百歲衣冠蛻

已空聞說西湖、上路甘棠新長旧時叢

寄侄淳澤

還家見汝倍多情我昔離家汝未生今夜客窗千里夢竹林誰繼旧時盟

望楓橋

鄉山還望翠高低滸墅橋边日欲西江郭到城無千里不妨月出夜烏啼

吴宫怨　張楷

江空月冷天如水銅龍漏咽机檀死宮中粉黛一千人醉眼相看嬌妬起自入朱幃并翠戶幾番曾得君

王數君心好惡自不常豈在區〻歌与舞宫門倚天
鈴索垂〻凍霜吹老青銅枝玉鳶隠〻背墻去何人邀
得君王歸君前豈無容妾地旧劍犹存肯終棄

移居横山　謝應芳

爲愛横山〻水清山前築室小溪縈老夫枕石看雲
臥児輩求田候雨畊古井寒泉龍有宅孤村夜月犬
無声廿年老眼風塵暗犹喜如今見太平

送道士謝清一帰呉中　陳緝

丹崖紅光照洞庭天垓月色帶疎星玄都道士蒼精
劍上界仙人白鳳翎閶闔朝回天蕩〻蘂珠經尽書

冥冥欲從杖屨秋山裡風雨篝燈采茯苓

送魏司業出守姑蘇　陶誼

東吳父老候麾旌皂蓋朱旛五馬榮名郡暫須煩魏相諸生久恨失陽城麟符剖玉君恩重燕寢凝香吏牘清指日徵黄下丹詔又看環珮入承明

姑蘇感事　王澤

天星夜落水犀軍又見吳宫走鹿羣睥睨金湯徒自固倉皇玉石竟俱焚將軍只合田文死国士應無豫讓聞風雨明年寒食節麦盂誰上太妃墳

姑蘇懷古　盧大稚

胥目懸門烏啄過，至今哀怨入吳歌。山河不爲興亡改，城郭其如感慨何。廢苑春深芳草滿，荒臺秋盡夕陽多。醉來一覓扁舟夢，也勝豪華逐逝波。

吳城懷古　王恭

姑蘇城下刺蘭橈，却憶吳王古市朝。香輦路边春寂寂，館娃宮外草蕭蕭。千年往事空啼鳥，半夜疎鐘自落潮。明發不堪回首處，暝烟秋雨過楓橋。

謁范祠　費貞

三百餘年十六朝，惟公勳德著雲霄。一時王佐真伊呂，十倍雄才過管蕭。泮水悠悠文澤遠，義田奕奕子孫銑。焚香再拜先生像，一束生芻不可招。

王蘇州綠陰堂　　俞貞木

百尺高槐十畝陰綠雲簾幙画堂深魏公相業垂裳字蘇子文章耀古今歷歲風霜空凜、近時枝葉更森、忠臣孝子天為鑑行見甘棠自作林

暮秋留別吳中諸友　　黃守

蘇臺秋色雨中殘斷雁疎砧送早寒白髮不辭今日醉黃花猶作故園看誰言世路知心少自是人生會面难無那明朝江上別官情離思共漫、

送沈愚歸玉峯　　蘇平

皇州鶯囀柳條新客裡那堪此送君歸夢不離吳苑
月還家高臥玉峯雲江村貰酒逢寒食驛路看山對
夕曛最是臨岐分手處花落離思共紛紛

大椒山　侯讓

曾聞吳越此交鋒回首穠臺伯業空當日斷巖流戰
血至今哀草起腥風纍屍國士浮江上覆面君山死
角東若論滅吳功第一捧心人在館娃宮

絸菴為沈孟淵賦　丘吉

蚕叢国裡結珠龕過盡東風雪未乾玉蛹吹聞圭竇
小金蛾飛入甕天寬氷絨織箔春無隙香絮蒙頭夜

不寒笛取獨綸三百尺明朝相約吴漁竿

送陳緝熙修撰使高麗　丘濬

海上天風吹節旄玉堂仙客錦宫袍詔須龍闕恩初下詩到雞林價倍高万仭鼇金浮曉日一江鴨緑漲秋濤遠夷未識中原鳳争覩天章五色毛

送桑民懌訓導泰和　李東陽

十年三度試春闈親見声名滿帝畿甲第久慚唐李郃奇才終誤宋刘幾功名歲晚非蓬鬢湖海官貧尚布衣試看孤雁（鴻）下林薄壯心還向碧天飛

吴門　張泰

萬井烟花繞故都闔閭宮苑日荒蕪江鼉吼浪空讐越山黛顰秋已破吳臺下草深無過鹿城頭日落有啼烏烏英雄老去年華在海日曈曈水滿潮潮

東吳棹歌　汪廣洋

玻璃冷浸洞庭山霜竹攢攢橘柚斑白髮吳娃笑相語官船不似釣船閒

吳中即景

白雲收盡晚山青水鳥雙飛入翠屏一派歌声何處起采蓮人在錦帆涇

閶門柳枝詞

小蠻能唱白家詞，笑把纖腰鬭柳枝。愁絶尊前春未老，風流太守鬢成絲。

江南春　張楷

滿川啼鳥怨殘紅，水國春園柳絮風。春雨一番江水濶，草痕将緑到吴中。

吴宫　楊時彦

西棟雲消夜氣清，宫前溝水作秋声。如何醒得吴王醉，多少花枝壓禁城。

常熟西郊　王禕

稻禾斂嘉寔，蘭蕙摧孤芳。華滋日已歇，遊子多慷慨。

林臯集鳥雀畎畝散牛羊物情各有適心与歸雲翔

吳門贈淩才

我家華川上君住蘭江濱百里通一水總是金華人自、我与君別三載幽燕住及此會吳門朱顏各如故同為、異鄉客誼重情依々東風足攜手君何復言埽歸去金、華山日有好山色紫翠積芙蓉綠草眠白石若逢牧羊、子為我寄深情莫令猿鶴怨行矣尋初盟

吳江別連上人

飄零有若此離別復如何情劇酒杯少愁添詩句多荒、村黃葉落極浦白鷗波回首相攜處秋風瑪瑙坡

吴中客懷

獨對一壺酒自斟還自吟句從閒裡得愁到醉邊尋
擬廢班超筆犹懷季子金故廬湖上水誰似蹔幽沉

過泖

入夜初過泖蒼茫興杳然大星懸樹杪新月出帆前
夜酒聊供醉漁歌屢惱眠帰欤繡川上欲辦釣魚船

十一月十日宿陳敬初館中臨別有作

歳十一月當嚴冬江湖水落潛蛟龍蕭條長途客旅
散而我買棹過吴淞茲行豈為飢餓逼念子高誼来
相從托交同門已十載蒙被教益開愚惷時時彼此

互有激、譬持寸筳撞巨鍾、姑蘇臺前攬秋色、而正門外尋春客、中間欣戚每相擊、要復終始犹驅蛩、一自去春与子別、兵戈滿眼紛縱橫、又茲相見恍如夢中夜論議披心胸、君言爵祿非所願、但願擊壤歌時雍、卻因文章著不朽、韞晦養粹甘為農、顧我所願頗异子、謂欲与世相奔衝、黄金鑄印錦懸綬、時至未敢辭侯封、丈夫出處雖二致、非異愚哲由乖逢、得意缺望亦常事、所貴自宝如璜琮、計長較短議輒乂、坐聽曙鼓鼕鼕、、人生會合良不易、奈此物役相牽攻、君留仍泛越來水、我去犹對金華峯、區區離別不足惜

卷五十　廿三

且復醉子隻尊醲郊鄉自附湜籍輩此事遠矣須追
蹤

登姑蘇臺有感

故壘蕭然起暮塵憑高何處弔忠臣山連吳越東南
近天入江湖上下均歲月多因催髮變文章未足濟
身貧悠然今古無窮恨落日商歌倍損神

東歸留別吳中一二同志

明發閶門一問津梅花有意似留人誰憐孤館青燈
夜還憶高堂白髮親對酒論文期隔歲到家獻壽及
新春石田茅屋猶無恙飄泊江關惜此身

常熟舟中

一自帰来東海涯，每依北斗望京華。才踈謾結交游
廣，身遠時驚夢寐賖。風雨扁舟今若此，功名壯志倍
堪嗟。故人只在虞山下，同看寒梅雪後花。

吳江客中冬至日

十年奔走竟何為，轉覺謀生事事非。時序每驚愁裡
換，家山嘗向夢中帰。吳江歲晚寒波積，楚塞天空鴻
雁稀。酒後登楼倍惆悵，緇塵犹滿旧征衣。

吳中送僧　唐肅

師向何方去，太湖西復西。風傳孤磬遠，松偃旧房低

煖榻常留兎，浮杯不駁犀。何時城北寺，重聽木鷄啼。

寄吴思菴敏德　劉溥

翩〻孤飛鴻，噭〻苦悲鳴。淒〻覓故侶，悠〻傷我情。親交有君子，夙昔著徽声。若爲久別離，愁思極難勝。微物尚知求，人何忘合并。歲月已云遠，關山阻修程。惟有托柔詞，可以通精誠。相款在斯道，終當垂令名。

登蘇臺懷古

一上高城欲斷魂，英雄不見水西軍。屢鏤劍上飛青血，响屧廊中散綵雲。日落寒鴉啼古堞，月明金虎出孤墳。可憐歌舞宮墻地，千古蒿萊走鹿群。

寄金文咢

寒暑互来往衡紀迭迁移庭柯辞故荣園梅發新滋
撫景成時邁局蹐興翹思我有素心人含德煒光儀
窘然、迫冗役煩促苦縈維搏霄羈微縶吞舟困污池
仁窮狡、乃達斯理信可疑頓言慎厥恒毋使此道虧

紀懷

犀兒秀以角鳳鳥文其翰嗟予七尺軀徒立天地間
六、齡始讀書八歲吟成篇十一學馳馬踏快爭着鞭
十三、折右臂積恨存傷癖其年侍家君受召辭滇南
羊腸古、木末鳥道青厓端惧有向時失不敢易躋攀

行〻近一月始上瀘江船乘流下瞿塘濤声若雷喧
白馬既碨磈黄牛何潺湲東下疾如箭瞬息三四灘
出峡何所見蕭〻江竹斑迴頭望小姑高髻雲中鬟
旦暮屢有聞鷓鴣与清猿遠無羈旅懷因在父母前
入京見天子寵授家君官賜第金節坊家業裕以寛
十四奉嚴命游李從所安因之遠揚州尋師志弥專
但媿駑鈍姿義理悟難見十八已成冠二十早結婚
家君戢近侍日夕奉至尊歲時屬巡狩屢作扈從臣
皇業開北京庭闈從此分所居未有定使我心煩寃
時年二十三辭母省家君惟此去住情憤切迫心肝

南風始交夏買舟出龍灣渡江復浮、淮心為南北牽
千里至吕梁其險不可言乱石列劍戟、崩流激飛湍
澎湃千鼓震衝突万馬奔官艘与民舟誰、敢相争先
次泊数十里檣櫓千萬竿絙絡自先後密若、蛛網懸
一舟須五牛百丈相鈎連分寸不可上頃刻豈、敢延
萬一有失势人死舟亦翻危哉既如此惕〻傷人、顔
繼至百步洪咆吼動人垠衛河濫洪波十里九迴盤、
逆流上潞水五日至通津陸行四十里塵滿雙車輪
巍〻見雙闕蕩〻闢九門家君聞吾至客思即欣〻
依〻趨膝下眤〻聚至懽如此僅半載命我回南軒

南行一、月餘復至龍河濱老母正憶我聞至釋憂煎
升堂拜嘉慶、慰問何諄〻尔父久在客体氣能如前
跪荅喜無恙、家事重劳煩靡〻感歲月不覺十五年
迢〻南北京僅、得十往還侍養不得并於此常鼻酸
江雲与塞雪日夜、愁相関南京至北京水路餘三千
潦水或驟至舟行如、上天枯涸至沒脛閘閑幾欲乾
舡底沾泥沙颯〻風雨、繁啟閘水則過行計数里慳
官置運浚夫云是近縣民、老少立水中躶身恒苦寒
曽向皮家溝風雨近黄昏值、浚舟不行舟中水溅〻
石格舟底碎一夕不敢眠又嘗渡淮河挂帆當深渊

未濟風大作檣斷水入船又于楊子江、炎空黑雲盤
指語同舟者風雨在逡巡衆言但無害行、勿過論
須臾風雨至雷電交轟闐沉、向昏黑愊、慘我魂
電光燭巨浪排突千銀山我舟若揚籥股慄身欲靡
良久幸逆圻繫纜江、之干隨浪上復下摩戛將不聯
倉皇裂衣被裸纜始得全浩、高郵湖犇圻石与砧、
岸下貫連木樁牙犹行、根或值西北風浪觸湖水渾
舟行或遭此粉裂不可完我亦驚此恐百計出危顛
聖人戒、歷險我乃備苦辛若欲求安居定省違二親
昔我宣教、公、自汴來吳孺彼美白馬澗風氣鬱以蟠

卷五十　　廿七

六世葬于斯巨木青輪囷先祖登仕途墓祭礼遂湮寒雨走狐兔秋風折荆榛前年三十二嚴命致恍惚言婦報先德穹碑勒名文告祭享族属先隴幸一新及予三十四北上復其因別家戀一月閨中失其賢傷哉夫婦情淚下如迸泉今年三十七已繼名家姻携之俱北上敢避所靡艱家君老多疾養礼廢淂申老母仍在南臨別涕滿阿巾姊送弟婦遠至石城闔舍弟挽我衣哭至長江濱悠悠可奈何惻惻將誰陳天地生万物父母生我身父母幸具在乃使心忩忩我頋天子聖此意早見原不畏行役苦但恨侍養偏又

娓李無成久矣負青春壯志日銷爍祿〻雖自伸人願得賢子頌我何如人三子揔愚騃不異犬与犹詩以道性情風化庶以宣吟苦每效之不能致精研毋行遣有感述此非自貞隱顯後莫知出處前已真巍巍聖主德昭〻父母恩徒有一寸心不得通青旻此行固犹昨未可即言旋西風送征帆目接江中蘋

寄陳益賢

啾〻田家雀栖〻枳棘叢畢弋獲苟遇反鄙高梧桐鳳鳥奮文翮來儀翔遠風俾与群雀儕靈德終自窮冰炭各有性寒熱由所從君子防未然此意行當崇

賦得臥佛寺送僧因覺初

祇園隐瓊猊清漢流寶月靈智常湛圓居然示生滅
巖巖鷲峯下峩峩表金刹芳音存法言端儀儼禪悦
于今二十禩廣路多恒轍子得主其宗弘慈振餘烈

萬壽寺送僧

上刹臨東城門峙渡石幢殿宇既宏麗園林亦芬芳
法侶偕祝釐報本理所常香檀汎華炬响梵申瑶章
子復違同濟浄景開他方頒言朝与夕式此期無忘

賦得綵虹壽翰林陳檢討嗣初

長虹垂青天万丈騰綵紋紅黄既絢爛青碧尤氛氲

朝夕迭東西二氣相蒸薰豈但自輝飾山林〻芳芬
孔子作春秋化石古所聞薛生灌香醴金屑來紛〻
斯人妙斯道四海昭雄文英華軼班馬五色同忻〻
懸弧紀華誕秉泉應茲辰賦此表嘉瑞庶可道忱悃

送況郡守

使車何遲〻駕言朝帝鄉載馳復載驅原陸迴且長
父老羅道周中心極傍徨扳轅臥車轍頓弗去我旁
借問此為誰太守忠且良階彼古名臣四方允為綱
挽〻既勿留惕〻徒自傷公當即歸郡慰我還相望

介軒為長洲沈孟淵賦

天下有定理，中正固無虧。君子見其幾，毅然堅自持。乾坤奠高厚，陰陽迭其時。品彙各成形，動息有攸宜。人心具其性，仁義誰無之。君臣与父子，上下分尊卑。明審不違常，餘性咸斯推。時立苟在躬，賁育安能移。人能固斯義，固執無他疑。外物不我加，中心洞無私。惟此致休徵，大易昭其辭。碩言無諂瀆，允哉當鑑茲。

送蘇性初致仕

蘇公吳中人，風度極雅致。昂藏野鶴性，貴重瑚璉器。早歲游邑庠，穎出異同類。心潛春秋學，理發天人際。声華達天聽，修纂預中秘。名公相引重，所蘊有根柢。

文章追、古作詩篇亦工緻鳳皇翔紫霄麒麟臥丹繡、
綿州古名、郡遠在萬里外牧者難其人沉憂見先帝
爰命公守之、于治果有濟綿民滿深望人、感嘉惠
豈意丁內艱解綬歸守制故吏擬文翁良有去思計
去年服始闋天官有常議衆望若綿民公即思謝事
憶昔永樂中南都共、文會計齒獨予少公長十餘歲
豈惟同邑親抑有同心、義鍾山望春雲龍河醉秋霽
高吟叶風雅琅然九臯唳時當八九人偉望皆前輩
探賾妙古今擺落無荒穢公官即赴蜀去住從判袂
胸中富丘壑摸寫擅清製窮搜遂遊歷星駕未安稅

卷五十　三十

長江瀉三峽峨眉倚雲髻画意公、入神懷思余不寐
奈何二年別彼此新、各逝余歸極恓、慘公還更迫遞
聚首越三年愈密向時契祥琴始一奏、北上各有為
舟行昧先後望、失次第及余至北都公、已安族次
孟隣且依栖楊岐釋凝滯粤自別先朧未得、躬往祭
雲山屢形夢松楸自深閡向公攄此懷山水親、點綴
惟昔曾枉步布置宛相似心神寓其間暫拭天涯、淚
再拜致深感什襲宝珍衛迨至今年春率意謀韞鋭
筋力未衰老天許、遂其意二疏去已久廉恥日凋弊
屹、然立中流允可勵當世瀕行四月初炅雨洗氛翳

惜然戒行李，高躧誰可繫？悵望遠道車，飛塵不能蔽。何彼廊廟材，舍此玉山桂。茫茫薊山雲，泛泛吳江柂。清風一相激，意氣甚凌厲。余独雖為別，詩餞無婉嫕。歸我故山中，可寄蘭蕙思。

萬玉清秋圖為金學士公素賦

名園占奇勝，萬玉含清秋。主人契幽賞，賓從迭追遊。高軒擬蓬壺，木石擁滄洲。金谷差可芳，綠水安能儔。況此謝豪杈，黃金積如丘。海舶致珍玩，蘭車載名嫗。張筵日為樂，豐膳羅庶羞。瑤琴奏白雪，玉瓚傾黃流。鼓鐘朝已陳，綬帶夕未休。亮有佳倩賢，周旋義無尤。

盛時雖久恃、人事忽相仇。繁華會銷歇，露草生煩憂。
器豈固戒滿，水、逝誰能收。惘然覽遺墨，故迹庶茲求。

送吳邑葉大尹考滿之京

美玉抱貞德，表裡無纖塵。国士久增重，誰能不称珍。
始、自登黃甲，聿充東閣賓。奇文粲璚藻，華譽邁時倫。
一朝、宰吳邑，眷〻為斯民。天意蒙斡旋，徂秋見陽春。
茲行報、初考，維時歲華新。人心感離別，悵然若霜晨。
伊昔在京、国，迹異心寔親。請告遣臥痾，不獲展殷勤。
寥来轉行念，悵望生苦辛。翔鴻奮廣陸，豈復傾荊榛。
江海渺萬里，乾坤浩無垠。不知理牧聞，循良今幾人。

大松翳高蔭終非蓬蒿隣還當廣其惠庶使一歡欣

寄侍講元玉

但冬雨寒雪霏ゝ遘新春昨者方維積今者復紛紜
四望千里外川途邈難分胡為只尺天往路不能遵
鴻鵠絶來影芳池無躍鱗飛潛尚有得奚不阻行人
借問張辛子中懷何由申且待升陽景走馬釋悲辛

送楊貳守歌

賢侯楊震之子孫先世清白今尚存早年窮經入太
學氣質洒ゝ仍温ゝ比來蘇郡作貳守竟赴王事留
都門豈無美政惠黎庶在郡数日誰憑論彼時吾亦

居輦轂匆匆一識侯面目鄉民以役隸侯者衣食渾如在鄉曲借問何為致如此尽道賢侯善抚育衆人有事獨當前二己無尤自懷足去年帰郡屬暮秋日日宴坐銷民憂二段清氷夜光白滿城和氣春風柔令行僅得三四月便著寔効醇而優乃知人心樂向善自然感化非要求後来我亦還鄉国又見居民頌侯德教行忠孚得古道政用疏通合常則我既聞之不勝喜可見始終無矯飾若使守令皆如侯四海人人被君澤南風初曉天正晴江竹解籜江鳥鳴三年通計蒞官日駟馬復作朝天行我与儒門二三子一

壺出祖臨西城来時更勉當時李莫負如今如此名

嘉定族侄遇来詢其支譜書以此復之

我家世出陶唐後生子有文在其手是為劉累姓始行歷夏商周德弥久後来有為魏大夫子孫四出遊遠遠至居豐沛有盛業支流蕃衍東西都一支遠出中山下十九世孫唐吏部又至七世徙河南馬監之孫位司戶金吾將軍司戶孫柱国事業昭南昆迫傳五世至趙宋始以醫李為專門其孫官轍来游汴名数後占祥符縣我我大宅雲翼橋刮骨將軍業犹擅曽孫南扈天子東一子遠從来姑蘇五孫十曽摠翹

特立有膴仕称潘輿、本朝太宗在潛邸我祖良醫親近侍我父院判主医垣、日覲清光侍天子尔祖從居東海边于今幾及八十年、至尔從孫僅五代家學久矣忘其傳吴中之族盛支系、南渡至我凡七世祥符之族衆且多譜諜未通心獨媿、念尔与我心有同尋汝世派来相從欣然為尔舉其概緒德世、其無窮

送劉侍講宗器養病還吴

宗器与予同姓劉予季不如君學優六經一道務該貫、諸子百史勞羅蒐文章霍、吐光燄龍翔鳳舞精靈愁、嗟予前道久避路相讓豈但出一頭自從入官

二十載、史館兩見兼同修三朝實録纂班馬列聖大
德光虞周、于今經筵戢侍講高步日与夔龍游非惟
轉擢歷清要、裨補治道陳嘉猷更嘉丰儀極瀟洒珊
瑚玉樹含清秋、山東独步李承旨海内願識韓荊州
予從論交辱款納、蒹葭倚玉寧無羞自知狷介仰高
義衆口憤嫉徒啾啾、慚予胸中本無物交君私幸成
良謀有如富翁啟宝藏、随手贈遺皆珍投初爲眇小
復何似泛泛、不啻滄海漚、因君引援頗有得黄河逆
裂崑崙丘前年有司謬推荐、飢鵠力短難脫韝君有
贈言極慰藉大匠縮手誰賡酬、句工韻險造意古鑿破

卷五十　三四

混沌精雕鏤，至今篋笥富珠玉、常覺几案森戈矛。去年寒風襲君臂，三月已過猶未瘳、奏章陳請乞歸去，同事盡欲相挽留。二三元老亦自謂、賢有在野猶旁搜，暫容養疾遂其便，肯重瓦礫遺琳球、東風二月花滿樓，野田處處鳴春鳩。西山茶筍味正美、北郭詩友情方稠。吾鄉往昔最多士，前輩落落如星流、君歸于道復斯倡，大振文氣東南陬。惟君素志在匡輔、況是先帝親招求。遭逢恩遇豈忘報，俗子誰敢增愆尤、行行保愛早勿藥，豈獨為我行離憂。明年三月潞河上，下馬一候南來舟。

送汪清夫赴任蘇州郡守

停君五馬車飲我白玉壺玉壺皎〻浸明月一片清光涵九區君今作守蘇州去離思茫〻隔烟樹雪山輕重繫此行故人無奈臨分處昔来挾策朝聖人五雲垂輝光景新龍頭一笑得才俊草木盡回天地春一朝忽遇邊塵起走馬横飛三尺水長驅虎豹赴勤王乱射天狼躍弧矢此邦土壤京師選㧞保障膺思為有長才備文武義胆忠肝天下知春来半月春未煖王河氷消柳條短浩蕩江湖料峭風滿眼浮雲吹不斷明列黄堂春未蘭桑麻遍野四隣懽他時倘得還鄉

頽醉倚華筵賦木蘭

送盛醫學啓東

客来乘曉發惜別重憧〻月淡官橋樹霜清野寺中
来書還故國對酒問衰容遇有南来使雲箋好寄封

次韻金文鼎見寄

締交成莫逆契合日頻來去就隣高誼迂蹤媿不才
鳳城寒欲雪龍劍繡生苔偶有經旬別詩篇辱重裁

送吴二尹還治

復任崑山去從知帝澤深驅馳千里道撫字一生心
海樹含春雨沙棠散午陰今朝送行處風外响清砧

賀翰林陳檢討嗣初養病還吳次趙文宗韻

十年霄漢被朝紳優掌文衡作史臣深荷聖恩乘寵眷忽辭衰病乞閒身田園旧業青山老冠蓋春風白髮新見説玉堂同集處尚思先帝夢中人

其二

學貫詞林衆所師明時咸仰鳳来儀文章妙絶終名世日月光華早見知老去一官誠不忝帰来凄鬓已乘絲獨嗟駑鈍無成久德業相從亦未遲

賀況郡守祈雨有感

九重宵旰眷蒼生親選廷臣得老臣果歲果為霖雨

用清時感仰景星明不張皇蓋回天意惟展丹心達
聖情已向東吳施福澤敢名無愧任專城

其三

田疇龜坼夏將過太守深憂奈若何千里旱苗思潤
澤九天甘雨會滂沱至誠有感昭孚應盛德無私載
咏歌豈但農夫獲秋望民亦自受恩多

送劉伯慶赴任長洲主簿

清時佐邑任才賢相送都門悵別筵仇覽盛名人共
惜賈生長策世爭傳春風自繞棠梨樹古調誰賡白
雪篇我欲便懷良惠去長河須待木蘭舡

寄陳都憲有戒

蘭臺清肅著威儀出使閩中衆所推陸贄奏章皆合道陽城公論不容私秦川万里風烟靜麥隴三年雨露滋玉節尚風歸未得衡門何日懈栖遲

感懷為英廟而作

塞雁南飛又北旋上皇昔聞轉茫然孤臣自恨無容地逆虜犹存共戴天王衍昔年知石勒謝玄何日破苻堅京城四塞山河固一望龍沙一淚漣

送仰宗太復大理右丞致事

棘寺平反与頑違幾年辛苦脱朝衣故人共惜清才

老聖主深憐往事非纔向雲霄承舊寵又從鄉國賦閒歸明時何處尋蹤跡萬里滄江一釣磯

送陳頎永之赴任湖州司訓頎兄亦見任湖庠訓導

湖庠二妙一清門先後榮除荷主恩画舫令兄迎阿弟白頭大母見孤孫天涯碧草春無際溪上香茗晚更繁最是塤篪和奏處道塲山色入芳尊

送韓允熙赴任廣東憲副

聖主中興事遠圖臺臣分戢贊洪謨一杯別酒臨東郭五月官船下直沽定使風塵開百越從來人物盛三吳廟堂若建平胡議繡斧行宣入帝都

送僧道金還姑蘇定惠寺

野鶴孤雲去復還超然不在別離間天河入海傾南斗海月當秋挂北山万里江湖芦葉穩一簾風雨桂花間送師憶得尋師處雙塔兩頭第幾關

壽刑部俞尚書七朝十二韻

天輔皇明岳降神歲臨丁卯寔帥生丕承德緒超荣祿寅亮天工運大鈞每用輕刑延国脉堅將直道濟時屯黄金暮夜殊無媿白首春秋夐絶倫法府光騰三印重勳階香綻五花新致君堯舜心惟切敷治皋夔德有鄰兹喜新秋逢誕日仰瞻浮翳散高旻上林

佳氣通西省、南極諸星拱北辰。畫筆引鳳銷宿暑，玉缸和露醞長春。秦中不媿金絲棗，吳下虛傳翠縷蓴。雲漢昭回鲁雨穀，海波清淺又生塵。他年頃整乾坤了，好与松喬作主人。

与盧中書過虎[illegible]

昔人来此寄遊踪，名字高題紫翠中。卻火蒼苔磨滅尽，相看還与不題同。

寄趙宗文

解得彈、家性外真，不將吟思惱閒身。殷勤好礼蓮花漏，莫問攢眉出社人。

雨中与陳孟文投宿覺海寺菴

臺殿參差映碧池我来留宿本無期題詩欲紀經忆處斜日千山雨到時

送刘主事欽謨赴任南京

秋入梧桐雨過初黄金臺下送行車西風滿眼傷離早此、事閑心老病餘賈誼遭孤終是遠張衡愁絶竟何如今朝暫向南都去他日重来挽帝裾

送周景通還姑蘇

塞雁尽南飛西風及授衣不愁孤客老惟喜上皇歸雪恥心犹壯還鄉夢独稀匆匆一杯酒何必嘆相違

過沈石田有竹居次徐天全韻 劉珏

烟水微茫外舟行一舍餘旣覓沈東老还尋陶隱居氷弦三疊美雪覘王分書醉和陽春曲空踈媿不如

送吳匏菴會試

秋闈名已動鄉閭得意重驅北上車辭父暫拋萊子服致君今用伏生書香飄玉陛傳臚處露浥金花錫宴餘老我閒居憶知已好音頻寄莫教踈

送徐天全再赴張湫

手足胼胝兩鬢秋功成深慰至尊憂奇文五色驅妖鰐砥柱千年障横流載月仙槎從北上冒寒驄馬復

南游垂名竹帛中丞志不在分封萬户侯

其二

天語新承寵任專御炉烟裡玉階前塩梅自昔堪調鼎舟楫于今已濟川麟閣曉雲隨彩筆鎬京春酒醉瓊筵贈行分得烏絲錦江漢皇華寫数篇

賀俞士悦司寇致仕

白玉階前拜上皇賜歸爭賀沐恩光尚書已結香山社丞相新開緑野堂物外烟霞容我老陌頭車馬為誰忙緣知蔗境春如海日々邀賓入醉鄉

送太保陳有戒致仕

卷五十　四十

分陝功成兩鬢斑便陳骸骨動龍顔仲翁贈有黄金賸賡德寧無駟馬還翠柏十圍霜後老白雲一片雨餘閒懸知別後勞清夢只在蓬萊只尺間

遊吴山宝華寺和錢學士原慱韵

錦繍河山似十洲重陽未到已先遊向平老去偏多興杜牧重来不猒秋行處却憐雲作伴別時还爱雨相留呼童摘取芭蕉葉寫得新詩贈惠休

和錢學士原慱宴朱玉雪池亭韵

水榭凤亭列綺筵白頭相見各歡然地偏似与三山近人樂無如五福全樽板来歌按竹下黄橘荐酒擘

霜前蠻牋醉掃三千字渴驥爭奔澗底泉

楓橋送憲副劉欽謨

闌干三百与雲齊勢壓江橋處處底朱雀飛來山雨外彩虹垂在水城西孤舟夜火詩人泊華表春風貴客題此地逢君乘駟馬只疑平步上天梯

送姚郡侯更任鎮江

從容彤蓋出祠堂今日諸侯旧省郎總向吳門作霖雨又從京口布春陽袖歸白璧渾無玷移作寒梅不改香我過甕城須下馬坐聽田叟詠甘棠

贈夏太常仲昭

乞得天恩下九閑，容臺争似釣臺閒。白雲不作人間雨，黄雀惟思海上山。欹枕北窓風瀝瀝，濯纓西澗水潺潺。大江南去三千里，幾處林泉有客還。

寄林郡侯一鶚

烏府當年拜美官，朝朝整笏立朝端。青霄露滴朱衣濕，白日霜飛鉄面寒。折檻尚為明主重，諫章不与别人看。大夫憂樂関天下，出守先令一郡安。

其二

春風吹雨過江沙，京口吴門路不賒。燕寢有香分别院，馬蹄無跡到豪家。心常戀闕偏多夢，鬢為憂民却

易華銷盡俸金都奉毋一經教子是生涯

紫薇精舍為陸大參孟昭賦

度水穿林不憚賒為鄰龍耳在烟霞數株枯柏郎官淚千古清風宰相家石壁掃苔看旧刻竹炉吹火薦新茶。知君戀闕心犹切夜〻山中夢翠華

送杜公序西秦修志

聖主垂衣重典章遠勞修志向咸陽文風到處皆鄒魯事跡收來書漢唐銀燭課書雲作紙玉函封進錦為囊懸知太史編摩日才瞻惟應說杜郎

送張養正起修日録

祖席華觴莫浸傳至尊當宁正思賢周家孝友称張
仲漢室文章重馬迁紫塞地寒知雪徧玉堂天近得
春先懸知一代書成後聖德初功播万年

送況郡侯

先皇擇守在廷臣惟我賢侯第一人近向尧天分寵
命遠来吴地布陽春疲民得濟官租减枯骼沾恩義
冢新今日城西回五馬哭看父老挽朱輪

其二

兩鬓秋霜一寸丹循良蜚譽滿朝端化教薄俗為君
子荐及寒儒作美官廉范来時歌尚在寇恂借去日

應难履声又入明光殿補衮殷勤佐治安

馬進山穿山送別

五典三墳滿案堆君才不讓呂東萊池邊夜月蘭舟泊花裡春風絳帳開已見陳蕃待徐孺還期孔子鑄顏回多情最是穿山色飛入離筵送別杯

送楊郡侯

豈弟多年著德音分符重沭聖恩深陽春有脚来茲郡暮夜無金愧此心風雨一麾勞勸課桑麻千里動歌吟如何便促朱輪去又作他方濟旱霖

送陳編修緝熙

孝行廉名是處聞，公門無跡藁無文。陳情兩度能終制，泣血三年不茹葷。天上星辰丹鳳闕，江南烟雨白鷗羣。官船一路行休緩，閱閣諸儒待子雲。

贈甘大尹弘濟

君手宜調鼎鼐和，暫煩花縣教絃歌。疲民盡怨來蘇晚，當路曾嫌直道多。霜冷玉関皆墮葉，月明珠浦不揚波。紫泥早晚君應捧，思慕其如去後何。

送仰大理還吴

棘寺重登荷聖明，賜歸深愜暮年情。身如泛根誰非客，官得懸車始是榮。醉裡鶯花三畝宅，夢中霄漢九

重城懸知報国心常在夜、教兒對短檠

荅陳醒菴

姓名誰爲達金鑾老去文章尽學韓海上魚多長作客城西田在不思官音書曉托三湘雁香佩秋紉九畹蘭昨日壺觴論契闊菊花叢裡得盤桓

其二

玉堂仙去白雲鄉更喜風流得仲將紫玉製簫吹別調黄金換酒滌愁腸百年天地雙青眼十畝園林一舊庄記得去年同看竹水雲深處叩僧房

其三

画舫頻過椰外庄南溪原浔近東陽鳳来絶磵氷無迹月到空山樹有光愁裡得詩如老杜醉中揮墨過顛張、別来兩月無清約孤負寒梅一度香

贈黎郡博、

芝草蘭花滿座香好詩無愧刻青琅燈前教子抄長策馬上逢人問故鄉劍氣夜横低北斗詞源春漲倒瞿塘明年諸弟多高選細看泥金字幾行

再壽沈絸菴

八十遐齡又六期我慚初度独来遲玉桃只許東方得紫氣還容令尹知洞裡楼臺千歳藥人間甲子一

枰棋多情欲釀滄溟水忝入年〻獻壽卮

寄沈同齋

藥蘭花徑斷紅塵坐閱昇平五十春繭紙有書皆晉体錦囊無句不唐人新圖寫就多酬客美酒沽來只奉親昨夜天涯憶君夢西風吹過楚江濱

酬杜東原見寄

杜郎高義薄雲天慚我交來最有緣花徑藥蘭三畝宅筆牀茶灶五湖舡寫山不讓王摩詰釋難曾輕魯仲連、昨日開緘見珠玉老年才思益飄然

送沈石田遊金陵、

丈夫安得守茆茨西上金陵看絶奇為報鳳皇臺上月有人來和謫仙詩

同天全宴夏太常仲昭第次韻六首

席上欢呼揔貴郎早春時節醉江鄉要知勝事傳千載元老題詩贈奉常

梅花白〻柳條新楢出江南一片春莫向東風惜沉醉与君俱是故鄉人

瀏陽太守青雲器鳳閣仙郎白雪歌銀燭瑶觴莚金酒好情其奈主人何

宝馬香車看物華春城無處不開花旁人莫笑躭游

樂四海于今是一家

風流白傅若詩仙製得新詞教李娟翠袖送香来綺
席玉杯邀月上青天

甲第如雲枕碧流到門時復有王侯花闌竹徑清如
洗、我亦踈狂五日游

祝大叅侗軒祖席、

詩酒前廳未尽情更移瑶席向園亭最憐一樹垂楊
柳眼為行人特地青

寄葉与中

一從銜命出金鑾玉塞迢遥再拜雖惟有長安舊時

月残将幽夢到桑乾

赤城西去是雲州禾黍高低萬里秋一派凱歌清朔

漠禁中頗牧在边頭

送尤文度帰吳中

我友整遐裝誓将起旋帰平明發城邑率彼東路肥

爰与二三子祖餞臨郊岐中觴趍分袂恨〻使我悲

嚶鳴求其友窃慕伐木詩平生攜手好何為輕別離

行當阻山岫安得覩光儀情敦思苦深久要諒不遺

各言崇令德庶保黄髮期

同蔡騏尚遠尤安礼文度朱智仲礼楊翥仲

舉蔡冑用嚴遊東山得剪字

步出城東門道遥望雲巘累月懷佳遊兹晨遂登踐梵宇繞層阿飛樓凌絶峴方塘涵湛碧喬林茂敷衍繁翳幽莫通丰茸紛不剪攀磴窮高躋緣經屬回轉是時微雨散輕霞澹舒卷睇遥素横川俯夷緑盈畝陟降体自便頫盼心已緬況接曠士言復偶釋子辯析空理勿昧違喧抱逾辰何用此間栖永令浮慮遣屢

寄尤文度

若憶尤參議接簪養病勞畢栖　揔獻閒散自能高

厨却胡奴米門深仲蔚蒿平生氷雪意犹足重吾曹

又

三年别帝京歸卧閶闔城貧病疎朋友艱難倚弟兄香焚凡鼎細寒擁紙屏清自有床頭易時時暢道情

約蔡尚遠朱存理蔡用嚴尤文度楊仲舉遊東山

東山東望屹如帷久待穿雲躡翠微五色烟霞浮宝塔千行松竹護禪扉春来况復芳菲盛客裡堪嗟會晤稀為報明朝着双屐及時清賞莫相違

送尤文度赴貴州叅議兼寄武昌故人

三十年前江漢上清風瀟洒共襟期折蘭閒咏離騷賦看竹頻過孝感祠已幸兩京重論舊何堪萬里又分岐故人相遇應相問為道非才負聖時

送尤安礼 集詩

君子之馬送友也友人歸吳而丽澤之益將日疏焉故集詩句以道其情

君子之馬六轡如絲言念君子如璋如圭其德不爽敬慎威儀

君子之馬六轡沃若言念君子如金如玉其德不回威儀抑抑

豈無他人不如友生邂逅相遇德音不忘惠而好我
示我周行
言笑宴〻惟予与汝〻轉棄予誰与獨處中心養〻
往送于野
与子成說方何為期既曰歸止曷云能來子寧不來
悠〻我思

送尤先輩歸吳

門巷蕭條過者稀諸孫憔悴日牽衣豈無幕下三千
客又送吳中一棹歸漢樹臨風寒自落江雲帶雪挽
猶飛由來去邑懷桑梓不是還山戀采薇

續集卷五十終

卷五十

四九

吴都文粹續集卷第五十一

長洲　錢　穀　叔寶編集

胥門伍行人廟和節推清　・　祝　顥

十年遺廟郡城隈感慨今人弔未休霸主豪華無復見荒臺麋鹿至今游愁雲慘照青山晚野水寒禽古木秋昭代旌揚明祀永烟波誰問五湖舟

送廷美之京

送君行酌君酒折斷長亭短亭柳長亭短亭路幾何山長水遠離思多丈夫不作兒女别要使功名昭日月方今天子急賢才章逢濟〻如雲來君今早獻劉

蕡策我亦行，登郭隗臺

送楊長史先生致仕還吳　翥

早歲遼湘漢厠迹戎伍間偃蹇健兒伍心在孔與顔
晦養匪一朝賢聲重丘山岩廊倏徵起秉筆隨馬班
親藩勞輔匡鬢髮日以皤兹辰荷休命謝事遂南還
逍遥三讓里指日扣柴關姻朋聚故懽松菊同餘閒
即此以永年高風邈誰攀

寄贈陳都御史　鎰

閶氣生英傑明時出俊賢神由崧岳降慶自大丘傳
發迹遊庠校潛心事簡編文章深潤澤禮樂久陶甄

心改賜

黄甲高登第青雲早看鞭沾恩逢聖主拜恩及韶年
烏府風霜肅龍墀雨露偏仁心恒辯獄直道每繩愆
外臬勞周歷中臺喜再迁精神通法象地位逼台躔
肅政還臨陝司戎坐鎮邊股肱資屏翰耳目寄旬宣
文武才猷重弥綸骵用全英声通草木風彩照山川
茂績徵三攷褒封自九天龍章須烜赫駟騎走駢闐
歡賀延朝野謳歌遍市廛位隆心益下寵盛操弥堅
翼翼忠誠著肫肫礼義傳臯夔期接武韓范允齊肩
庸劣慚無似怦懞幸有緣蒹葭非玉並桑梓寔應連
依藉心方切暌違思獨牽甘棠存賦咏菉竹有詩篇

聊托風人意緘詞代剡鐫

集句寄慰韓永熙憲副

故園高士日相親何用浮名絆此身獨在異鄉爲異客世情誰似舊雷陳

哭施宗銘狀元

四海文名振一時才長年短信堪悲王曾已際明君出李賀仍爲上帝知秋雨太湖波渺渺夕陽孤冢草離離更憐痛絶親朋處遺腹親殤繼後兒

喜允明生兒二首就以曾孫名孩己亥七月三日

生平百拙無堪紀獨賴君親覆育恩七十五齡三品

秩眼前尤喜見曾孫

眼前尤喜見曾孫桂實槐王敢自倫但願書香長似舊綿〻清白保儒門

踏莎行　沈同齋舟中贈小妓綠云

花嶼初分蘭舟重駐綠雲驀地來何處當筵欲下又悠揚盈〻似怕人留住　艷似桃花輕如柳絮東風勾引還飛去陽臺回首杳無蹤多情宋玉空留句

況太守鍾挽詩　杜瓊

天彩英豪彌　聖君又來吳下福吳民十年威令能移俗百道封章不顧身生受國恩期作相死當廟食

定為神蘓臺重見羊公石未讀遺文淚滿紳

上方晚眺分題送行

春風湖上試登山好景都歸晚眺間嵐氣半空藏梵宇波光一鑑隔塵寰人從踈樹陰中過鳥向斜陽影裡還話別正須窮勝覽不妨今夜宿禪關

送徐武功赴貶雲南

殷勤相勸且加餐臨別何須動慨嘆李廣數奇封爵遠賈生年少得君難青雲多士誰推轂白草三邊獨據鞍幸遇八荒自樂土不勞書札問平安

俞尚書挽詩

公昔棄時凌緲雲直上九天朝聖君手扶日月攀星辰足蹴雷電旋乾坤倒捲渤海相吐吞散爲甘澤滋九垓坐令萬谷回陽春有時上下御飈輪又与下土清妖氛揭來騎箕還漢津世人可望不可親空抱弓劍生哀吟、佳城鬱々環高墳華表兩々撐秋旻宰木萬本如雲屯石麟對臥虎豹蹲翁仲式稱呵護神々邑出水負蒼珉上勒天語旌華勳龍光燁々昭墓門千古萬木英名存

登姑蘇郡樓有感

獨倚危樓思欲迷蒹葭何處越來溪豪華盡逐東流

去形勝空存刺史題萬井轆轤秋草没幾家烟火夕陽低蕭條千古長洲苑風雨年〻鳥自啼

過海虞

吳下琴川古有名放舟落日偶經行七溪流水皆通海十里青山半入城齊女墓荒秋草色言公家在旧書敎我来正值中秋夜一路吟詩看月生

送賈伯起還吳

林屋蕭〻薜荔懸故園風景尚依然壺觴喜對歸来日鄉曲驚看老大年緑罩暁烟門外栁碧涵秋水墓前田我家相去無多路莫惜頻〻放酒船

賦得石湖送沈湲入監

越来溪上五湖東十里行春有路通伯業已隨流水去御書犹在野亭空千峰秋色孤帆外萬頃波光一鏡中今日送君從此去恩波應自浩無窮

送王孟顒還吳

倚門愁老白頭親一棹容歸莫暫停千里還家心自樂十年爲客夢初醒河兼易水秋逾碧山入吳門晚更青若見江南舊知己煩君与我道安寧

贈徐公望張林山

徐孺湖邊事〻宜幾番同醉豈無期留連自喜知音

在酩酊應慚得句遲潮落渡頭晞去後風生席上笑談時明朝有意來城郭莫惜相過一賦詩

送周仲遜告老還吳

幾年趨事客神京忽挾青囊別我行優詔既容辭老去故園終得遂歸耕山中白酒隨時釀炉內丹砂指日成千里到家秋正美黄花不減舊風情

送仰寺副丁憂還吳

朝冠忽解理扁舟知是歸丁母氏憂千里江山覓易斷一身衰絰淚難收晨昏定省空勞夢風雨蕭條獨慘愁扶櫬到家寒食近想應廬傍哭松楸

修郃志畢太守丘公集宴寶林寺有作

賀甫

周礼姬旦作魯史仲尼修法古述郡志無乃仕而優于焉聘儒碩我來獨懷羞空〻一餒腹昏〻濩老眸勝己不見鄙針芥還相投鳳楼讓大手户牖予繆綢薄技少得施厚意庶少酬倘不慎斯舉其能免其尤光陰易流邁招提三月留乃當端陽節為樂頓忘憂肴核襍然陳笑呼錯觥籌頹然一醉眠此外復何求

郃侯決防詩

吴為水國多大川三江五湖遥相連吴中之水雖浩

大罕曾渰沒湖鄉田奈何連年雨爲戾多至旬月或半戕下流居民無遠圖築隄障水爲近利遂令積水阻不通一望百里波濤中鷺浴屋頭蛙產灶民生聊与魚蝦同，官府誰論旱与水催徵　租施鞭箠民無完衣更無食老弱累〻寒餓死侯言積水亦可洩所慮　今民力竭不免役民數十輩尽把諸隄一時決諸隄一決水駿奔〻流還〻入海門旁開水去路平壤迅速橋成通遠村東村西村經幾度恛慘風烟隨水去舍边翳〻蔽桑麻野外茫〻長禾黍侯之惠政今已成損一利百真足称民無水患歲常稔我侯多

福如川增

送劉綉衣還朝

吳中大旱復大水、旱相仍弥一載水蓄田間又水霖下流壅塞难歸海稻禾成寔多腐爛罷種麰麥安種菜今歲民間已乏食不知何以待來歲當世憂民獨我侯是以民心多愛戴我侯还朝當進言臺閣諸公大家寧諸公併力勸至尊安民之法必有在我想安民有何法無過移粟救飢餒損上益下終成益天地不交非是泰民不飢兮盗不生赤子亦得免于罪君臣上下安其位老夫白首百無用願歌太平揚盛

美

送郡守李公述職詩

使君来為吾郡主，允矣賢如仲山甫。一時寮宷尽推崇，七邑人民俱安堵。從来善政非一端，日增月積那能殫。老生跧復在林下，畧書一二傳人間。前年居民乏生理，宰殺耕牛鬻諸市。馬牛有功人所知，胡為視之等羊豕。吳俗婦女多好遊，山乘肩輿水乘舟。綺羅解妍着遍体，金珠磊落粧滿頭。使君聞見加憫惻，民俗不善思変易。乃出禁令張通衢，男使耕田女居室。今年淫雨浹一春，湖波浩蕩連通津。下民墊溺稲滲没田家老稚含悲辛商羊纔去旱魃至長夏驕陽如火熾三旬不雨其奈何豆種南山亦枯瘁使君此際心愈憂巡行省視不少休名山大川躬自禱不謀方士并緇流精誠感假乃如許祈晴輒晴雨即雨從茲水旱不為灾千村萬落生禾黍使君三年政有成翩翩五馬朝神京但恐留作公与鄉誰為慈母安吳氓誰為慈母安吳氓

瑞雪為徐推府作

冬令有愆陽賢侯事禱禳一言纔布悃六出遂呈祥已頻滋牟麥終期去旱蝗人間和氣應歌頌喜洋洋

遊海雲觀茶屏

海雲菴裡種雲擁翠重層閱歷數百歲消磨多少僧鬼神常護衛樵牧敢凴凌春日花開遍渾疑錦作屏

送郡守劉公

臺憲起遷守郡城嚴威從此變和平民安農畝歌謠起吏散公庭獄訟清屬邑自當師儉德鄰封誰不慕康名三年述職趋朝去補衮行看到上卿

送李員外貞伯

馬頭山色擔頭書千里朝天豈畏途此去陳言同賈董将來治道似唐虞胸中素有丈夫志海内齊稱君

子儒臨别不能同一飲吾家今歲米如珠

送陳僉憲粹之

西江憲節昔還臨王事驅馳雪鬢侵自保百年思國念天知一片愛人心深嫌酷吏頻施杖更笑貪夫每受金千里上京何所挾行囊惟有短長吟

仲子恩以會試入京卒于吳翰林第聞訃作此

十五年來一解元解元名好也徒然青雲違别鰲頭客碧海追隨鶴背仙瞑目不瞻天只尺遊魂空返路三千我今向老人間住入地誰知汝在先

携書千里上楓宸，端爲駈馳病此身。自信我心惟樂隱，誰知汝意欲榮親。全歸不作道旁殣，大義得逢天上人。自古有生皆有死，豈堪哀朽重悲辛。

感義詩

兒子恩以會試入京，遇有疾，鄉友吴翰林匏菴先生留止于家，而二孫收放亦在焉。未幾恩死，匏菴爲之棺殮如礼，撫教二孫甚至，予深德之，因作詩曰感義。

狀頭今在鳳皇池，故舊心存久不移。一子淪亡勞殯殮，兩孫孱弱賴扶持。草萊老我生無報，犬馬憐渠死

有知高義自能成薄俗人間千古今名垂

郡守況公挽詩

花外東風不動塵行春無復擁朱輪黎民感德思賢守｜聖主論功惜老臣千古封章名不泯九重頒誥墨猶新凜然生氣瞻遺像誰謂羅池獨神

送陳永之分教湖州其從兄立之亦司訓湖州

鄉書新領上神京角藝俄登乙榜名魏闕承恩辭聖主湖庠分教並雖兄還家正值三秋景之任經過百里程莫道廣文官獨冷鱣堂曾見出公卿

過虎丘朱氏花園

朱氏園林近水濱王孫公子往来頻若将金帛来行
賞須与東家種麥人

遊虎丘嘲同遊者

穿尽幽林鳥道微閒情適處自忘机同来不解游山
意一見青山便欲帰

在吳中久将北還寄親友

少小生身在遠方帰来番使客心傷故鄉雖好不能
住却望他鄉作故鄉

宿虎丘僧院曉起題壁

吟遍虎阜生春夢裡羅浮易曉起来欲問東風滿院

落花啼鳥

送陳山人還吳　　徐有貞

烟樹津頭雨恰晴放舟齊發棹謳声别来不斷山中夢歸去渾忘世上情應有壺觴招故舊豈無方術授諸生于今多少思鄉者誰復如君得遂行

送陳主簿還吳

久聞佐邑振清風有子登科復亢宗老鳳未應栖枳棘祥鵷今已集梧桐九重樓閣晴雲裡千里山川夕照中念我吳中桑梓在送君獨覺思無窮

送蕭教諭欒赴長洲儒學栾季父編修益勤

与余為同官有文名棐亦克世其學詩以送之

丹穴無凡雛渥水無凡駒霊氣有所鍾毛骨固自殊
西昌文獻區況子世為儒諸父詞林彥光價重璠璵
子才復似之妙年振芳譽蔚然奇秀質不与常流俱
茲焉官斈挍重是入仕初勉旃厲高志升彼青雲衢
敝鄉文教弛振起在師儒子今持鐸行所望良不虛
聊將一尊酒送子都城隅微雨生朝涼清風動衣裾
復別復不忍執袂少踟躕贈言情從厚獨愧非瓊琚

送朱文奐經歷還崑山

官轍驅馳歲月遷秋風兩鬢覺蕭〻獨求閒地依田父不恨才高老幕僚祖道一杯桑落酒滄江千里木蘭橈讀書堆下幽栖處松菊蒼〻晚未凋

送徐以寧上舍還崑山省親

角巾綵服泛仙舟歸省仍欣是盡遊充貢已申觀國志承顏應慰倚門憂蒹葭洲渚黃昏月橘柚園林白露秋早晚鶴書當趣召故山未許久淹留

送汝兵馬思聰歸吳江焚黃

衣錦還鄉日焚黃上冢時吳人應共羨汝氏有佳兒江水浮歌棹梅花照酒卮長橋風月夜乘興好裁詩

吳門送徐南伯之京

吳門美酒春一壺送君十里之皇都皇都勝槪壯且丽天開閶闔青雲衢聖明天子正當宁臣工贊輔皆文儒三俊九德並登用寸長尺善收無餘兒男立身當此日可復栖遲在蓬蓽取人今也非一途有才俱得爲時出孫陽廐裡麒麟多匠石肆中梧檟集鵬擊天池風九方魚躍龍門浪三級憐君才調已出奇入仕此行應可期駿足由來有法相良才未必無人知東風澹〻江波微明當擊檝浮渡之壯懷不及戀鄉土莫向尊前言別離

登穹窿峯二首

平生自是好奇人每上奇峯不厭頻洞祕陽精生赤汞雲盤仙磴挂青旻仰看南斗懸三尺俯瞰齊州眇一塵好笑退之胸次小却登華頂淚沾巾

吳中奇勝說穹窿却喜登臨興不窮秀色夐分郡巘上孤標高出大江東雲連澤國城微見洞与蓬壺路暗通此境人間應自少題詩况有浣花翁

寄施堯卿兼簡杜用嘉

平生心趣在依仁特築園廬爲卜鄰官跡愧如王給事柴門今亦鎖松筠

憶同閒步竹林時曾許分栽屋後池秋至綠雲知已
容獨憐詩酒負幽期
秋深藥圃菊花黄應念隣人在異鄉杜老會閒多賦
咏莫教嘲哨到西莊
别後無時不憶君憶君情緒只紛紛玉堂退日凴軒
望目盡江東一片雲

送衛儀曹以嘉還崑山省墓十解

君家玉峰下我住虎丘傍相違無百里所重是同鄉
一解 同鄉情自親况有斯文好憐君道誼深能忘我年
少二解 君先登秘閣我亦入翰林雖云不同事却得与

同心解三我昔丁艱去離郡歲三閱重見幾何時君奚復言别解四别君無限情喜是錦衣行聊將五言咏送入擢歌声解五滦河氷解餘春波蘸衣绿東風吹片帆去如飛隼速解六懸知到家日應不遠清明上隴人争羨鄉閭亦有榮解七好過讀書堆重尋野王墓山川不改觀風景應如故解八婁東桃与柳還帶百花洲想見行春樂無因得共遊解九殷勤贈言意何惜爲君道官守不可虚還朝定須早解十

送譚生還吳　譚家瀆溪在余光福先隴之東北三十里

春早都門送客還柳條柔弱未勝攀白雲飛處知親舍明月圓時到故山草色烟蕪吴苑路桃花水漫瀆溪灣我如轉省重過此凖擬尋君一扣關

送章御史珪罷歸常熟分韻得國字

孝子不辱親忠臣不負国平生讀書志舍此安所適明時闢言路重是風紀職激濁必揚清錯枉須以直古今理共然賢者當自擇涼風應秋至鷙見鷹隼擊霜威一以厲陽和斂餘澤憐君今罷去亦已塞言責家居奉慈母還能懌顔色鬱予鄉里情懷抱豈云懌臨歧無可贈悵然空嘆息

送陳都憲有戒出鎮陝西

君不見吾鄉先正范希文西陲經畧收奇勲安邦笔掃三千字制敵胸藏十万軍希文一去四百載芳名偉烈今犹存吴中人物久寂寥却喜于君見鳳彩君才自是當時傑早歲曾将桂枝折雲霄獨步崇繡衣江漢十年持玉節向因陝右民失寧帝心簡在命君行〻臺霜肅中丞府出塞風振将軍營民間熙〻兵患息寒者有衣飢有食威行河隴萬里餘豺狼狐虺皆潛跡去年承名初還京今年拜命復西征聖主深存倚毗意邊氓不釋去思情皇州二月春正好白馬

翩〻踏芳草都門冠盖集如雲群公出祖東郊道鸛印腰懸大如斗弓騎繽紛擁前後丈夫至此亦以奇明良際遇應非偶嗟予小子真狂簡每慕希文恨生晚知己平生幸有君心獨相親迹何遠臨歧握手語諄〻郎別何須淚洒巾領將勳業聯青史應信吾鄉不乏人

聞陳都憲有戒陝西救荒之政喜而有賦因其來〻訊寄以訓焉

自君按節出皇畿陝右軍民得所依甘雨故隨驄馬注青霜偏傍繡衣飛便宜發粟今應少專制安边古

亦稀他日大書青史上还於鄉里有光輝

不瞻鳳采別懷深忽聽西人報好音旌節過時消沴氣馬蹄到處施甘霖飢民免作溝中瘠行旅羞攘道上金正是愁餘還躍喜緘題千里慰予心

送鄉先生張養正醫師　　韓雍

君子抱道德所志恒在民達則善天下窮亦思濟人濟人伊何切醫道体至仁先生吳中彥醫名冠時紳早承家世傳群書探其真療病固本元制藥分君臣死生一脉決其應若有神沉痾一劑起奇效時能臻且其不責報賞欲先賤貧所以賢大夫礼遇隆嘉賓

宋清韓伯休鄙哉何足論越人与元化足以繼後塵
况其卓犖才高談妙經綸斯人苟出仕所志回陽春
偉哉張先生医中之鳳麟作詩寄遐思用候觀風塵

世儒堂為俞山人石礀子孫

昔承俞山人遺我泰同契因之訪南国知是儒者裔
華胄遥遥来傳書十餘世隱顯雖勿同守業不少替
卦探伏羲畫辭講三聖繫踐履無愧怍著述有文藝
手泽尚如新遺像犹未敝山人益克肖講夲了生計
阿母守貞節旌書表門第見重瀛洲仙名堂与佳製
賢声三吴慶泽衍千歲勗哉子若孫箕裘謹終勵

次韻留別徐武功先生

公昔秉鈞軸清班領斯文明良契魚水慶會垂風雲忠誠帝簡知喬望誰不聞松筠挺節操蘭桂揚芳芬何期麟鳳姿誤陷豺虎群一時暫尔屈四海信名清人情自悪薄世事多紛紜而今媢嫉徒屈指有幾存揮毫跡已冨著書業尤勤欽仰懸九州韜晦居海濆我慚拜嘉命南陲統三軍餞送有佳章深感知己恩駑駘逐驥足　蘿拊松根我欲助穀光相与流八垠請看周与召同著萬世勳

次韻留別祝大參惟清

金門同待漏紫塞同行春倏忽三十年流光如隔晨
君昔揔邊賦与我常相因籌謀鼓士氣談笑清胡塵
我有朝天行送別桑乾津桑乾水清淺雖垂任子綸
還期釣東溟斯得橫海鱗君乃獨勇退風節超群倫
金帶橫緋袍還鄉叙交情湖山称雅志詩酒娛閒身
良會屢見招義氣高雷陳若雖樂取友我豈能輔仁
而今忽遠違相望如星參贈我有佳製鏘然鳴韵鈞
陽春和難作魚目慚混珍

苕溪雜興

霜重林已空風高木愈凋荒園一散步暮景資蕭條

忽見古梅樹斜横出離落攬衣看枝柯相将綻紅蕚
歳寒幸有此氣味儘可托

与馮憲副朱揮使昆玉游東禪

幽懷不能遣与客游東禪東禪景如何繚绕水竹籠
雲烟東堂長老號玉田精綵矍鑠神氣全忽聞門外
車馬声倒屣迎我忻〻然自言門外好杉樹親手栽
植今參天登堂坐我蒲團上妙香〻茗時〻傳喚来
高徒聦上人願指氣使勤周旋須臾開筵列尊俎款
留甚覺心誠虔英豪憲副天下士老成揮使人中賢
更誇玉雪美公子好詩好礼今無前携得仙家施小

童長歌大雅散清圓玉田欷感呼行者青天歌舞齊
聯翩一派仙香衆側耳重斟美酒烹肥鮮案前石研
壓錦箋墨漿如膏筆如椽諸僧羅拜不肯起闌門索
我留詩篇君不見遠公結社住白蓮一招清節賢名
傳又不見昌黎有書遺大顛美譽烜赫垂千年愧我
無能繼古作愛此光景徒留連草草留題拂衣去何
須更問三生緣

訪沈南齋東禪無聞上人方丈有作

昨曾訪東禪東禪方丈居西偏群僧瑣瑣不足数但
覺玉田和尚賢今晨復訪東方丈無聞長老尤高尚復

三寸龎眉映雪顛純誠寔有真人相人言無聞世少
雙一生戒行如氷霜沾泥柳絮吹不動春風上下空
顛狂南斋、詩伯常来往好詩好画留無数促我題詩
驚衆僧衆僧、酣卧知何處

送周漢章還吴

轅門一相見声價重南京献我平蛮策憐君為国心
别違還錦里榮報待綸音無限思鄉意題詩淚満衿

寄贈吴中諸友

皇華使者日邊来叨拜綸音捴内臺四海澄清元有
志百僚表率媿非才風霜敢謂揺山岳雨露終期振

草萊却嘆君恩無可報惟將三尺効涓埃

寄鄉郡朱太守

一郡黎元仰福星已魁循吏傳中名愛民不數劉寬恕律己還高伯起清莫嘆長才淹白髮終期入相慰蒼生獨慚淺薄登清要補報無能負聖明

送陳善還吳

相門才子吳中彥袖挾天風遍九圍萬里好山吟不盡滿船明月載將歸陶潛徑裡香醪熟張翰江頭晚稻肥、君去養親吾未得蒓城空望白雲飛

送刘主事昌奉使還京便道歸故鄉

高第雖登不燕安寓騷亭上日忘餐文章漸入歐蘇室風雅將登李杜壇廬岳雲開瞻秀爽吳江月滿照清寒思家無計相從去東望空勞一永嘆

送崑山趙進士博還京

画舫南游始盍簪錦衣東望又分衿一天風月供清操滿目江山伴醉吟驄路不辜題柱意到家應慰倚閭心吾鄉自古多豪傑接武相期振好音

挽劉詹事宗器

詞林壁水久蜚聲晚輔春宮重老成操履一生行古道文章千載占時名調元未見登黄閣覲化俄聞上

玉京惆悵東風招不起懶揮鐵筆寫鄉評

送常熟章主事律歸省前監察御史孟端之子

一門榮顯世稱良拜寵寧親更有光海上臥龍猶未起天邊鳴鳳忽來翔花迎宮錦秋容好人醉黄封莫景長我亦懷歸〻莫遂不堪回首白雲鄉

成化己丑九月八日鄉友朱良德邀武功徐閣老暨祝大參維清劉僉憲廷美遊石湖諸公聯句成章良德懇求予和故依韵和之

吴下衣冠集勝遊扁舟遊遍五湖秋未能執筆陪聯

句懶得逢人說運籌綠野文章傳在落赤松心事弃
封留賡歌趣我跡来與莫道非才尚黑頭

遊玄墓次趙行恕大參韻

萬松徑裡寺門開故舊来遊喚我陪侶伴烟霞空有
約品題風物媿無才寒光極目天邊水秋氣橫空月
滿臺海內湖山此奇絕何須更擬訪天台

贈陳省菴孟賢

幾年不到醒菴宅今日来臨興自豪愧我文情成簡
慢喜君詩思益清高古松歲晚凌千尺泰岳秋空見
一毫況有森森鳳毛在吟壇誰不讓風騷

成化己丑丁先人憂守制甫半載十二月二十日、忽奉恩詔奪情起復進階　右都御史摠督兩廣軍務兼理巡撫上章辭免陞秩乞留終制不蒙俞允感而有作

苫凷餘生心已灰誰知恩命又来催不堪騎馬迎丹詔安忍臨戎被墨衰孤子上章空有願聖皇注意莫能回滿懷無限君親感罔報惟應罄謭才

次韵荅鄉里諸耆舊

聽司藐〻視梅〻知命年来百病催利鎖名韁苦羈絆石田茅屋恐荒頹平蠻已喜干戈息辭老行看節

鉞回卻憶江湖衆仙友今辰又醉菊花杯

近得文兒書報数年間置有田若干畝予竊自念平生官拙未尝有私積遺文南京惟常祿付文置產亦未必遽能得如此之多誠吾兒幹蠱才優節縮日用所致也昌黎老生嘗曰中世士大夫以官爲家罷則無所于歸吾今有所歸志則遂矣喜甚賦詩美之且期望之

鄉井良田二十丘吾兒何力遽能求積金自愧元無計、幹蠱誰知儘有謀半世苦心天不負滿懷歸与我

卷五十乙　廿二

何憂老来惟是書香頗〻見成名慰白頭

江行懷鄉里天全侗軒諸老偶成

西江北塞嶺南壖奔走風塵三十年勇退未能心已倦專征纔歇夢猶懸自緣衰体纏多病敢向明時話獨賢若憶鄉園諸大老西風先泛五湖船

其二

五湖煙景擅江東諸老懽遊有古風鳳吹鷗絃范成大筆林茶灶竈陸龜蒙全抛俗事水雲外尽付閒情詩酒中愧我求盟未能得海天長嘯思無窮

贈鄉郡丘太守

吾鄉太守真豪傑節操文章有古風伯道清名傳海外樂天佳句滿吴東一麾撫字推科内千里謳歌德化中却恐邦人留不住飛騰還建濟時功

次韵酬沈陶菴四絶

高卧東林絶世紛昂〻野鶴在雞群三吴人物多相重〻尔能詩又好文

東吴詩客競紛〻沈老詩才自不群聖主當天現鳴鳳朝陽光彩爛成文

連城白璧出藍田文彩温〻美具全堪羡陶菴好詩句更多高義薄雲天

十畝家園萬頃田稻梁蔬果四時全有時放棹濯纓
去水滿平湖月滿天

次韻酬徐武功先生

高卧東山夢正酣相親無計策帰驂交情不改忘年
舊珠玉時〻下嶺南
賜還軒冕自南蠻海内常時憶謝安相業終期駕伊
呂文名今已並歐韓
東吳南越斗牛分夜〻遥瞻憶相君萬里何時遂初
願君為龍去我為雲
海内人龍繫我思我思未見忽成詩名司有召今將

至且莫臨風讀楚詞

次韵答祝参政維清

紫薇堂上解机權歸臥江湖一棹烟想与陶朱醉吟處世間萬事兩茫、敝平南越欲辭权歸向東吳避瘴烟翻笑當時賓車騎空將名字勒燕然

宝幢院小池　謝會

空寮斷垢氛一片石間分寒色涵松影秋光漲鮮紋定回看浸月行處見浮雲長日烹佳茗山童汲取勤

上刑科祝先生

曾於鄉國仰華風蹟判雲泥西復東依戀門墻徒怏
怏賢勞王事久匆匆江南深臘梅將放薊北隆寒雪
未融一寸山谿有茅塞掃除何日受深功

赴都留別餞席諸公

故園風物晚蕭蕭愁見新霜脆柳條遠嶂秋清山月
小長江雲盡水天邊忍看壯志臨岐路更引深情到
咏謳先報來期二三月勞君相候記楓橋

送太守況公考績之京

十年父母在吳中草木能知化育功厚德自能敦薄
俗虛心尤急振文風兒童惜去隨遍遠天子知名賞

定釀為國可行民可止心懸彼此頌雖工

金臺感舊歌

東吳自古名都會人物江山共稱最太湖春漲柏天藍茂苑烟銷汎空翠憶昔遊观樂未窮連巾接袂数君同山登每着謝公屐水浴還乘點也風魏牧才氣多英卓謖〻翩〻聳雞鶴有時醮水洒黄素元氣淋漓蓋立壑既継文才子〻美孫幽居宛似浣花村青年已作擅場客遺韵悠〻百世存辭宇誰當號雙絶玉質金相有王烈春空而文蟠綵雲秋海澄懷散華月北郭西城日往来蒙〻心眼幾回開那知一别西

風裡回首相望四十里故園歡洽想依然逕邱蕭條思無已寒盡天涯歲又新一尊孤賞帝城春緣知江畔尋梅路踏雪行吟少一人

過南園俞氏書隱次劉祭酒韻　吳寬

鷗渚茅堂古樹秋校書人去幾人游山林白日無車馬一老自閒著孔丘

芳草橋頭小路斜書声隱隱識君家醉玄方丈坐終日黃菊秋深未著花

陳僖敏公挽章

勾吳山水秀人物見英姿特出斯人類端爲後輩師

萬間當柱石，四海仰綱維。執法星辰應，行威草木知。
常令三尺謹，不使百工褻。鐵面嚴風彩，修髯足表儀。
若金須汝作，予釆每疇咨。雅量蠡難測，清心涅不緇。
忘家安社稷，鎮俗坐边陲。破胆驚西賊，知名誦小兒。
方平畄画像，仁傑立生祠。春雨渾無跡，秋霜詎有私。
希文應接武，克叟是連枝。德業昭書傳，功名付鼎彝。
一身思進退，安室繫安危。已覺知己早，誰云見事遲。
懸車心尚赤，解組鬢如絲。赤子誰依恃，蒼天不憖遺。
朝廷終北極，江漢自東馳。鄉里嗟予晚，臨文淚滿頤。

悼沈癯樵画史

秣陵春日獸驅馳投老吳門白髮垂燈下解衣盤礴處山中持斧嘯歌時一貧比憲元非病三絕如虔不數痴落日高堂開幢子雪峯烟樹使人悲

過大姚陳玉汝宅飲散宿大覺寺追和趙与哲韻

月出平湖積水空上方仙梵隱仙宮似聞薝蔔林間雨楒是夫容浦外風有客題詩先到我向僧分榻幾人同敲門自恠来何暮投轄傳杯惱孟公

寄題陽山澄照寺

令威稟仙骨化隺去遼東傳聞有遺井乃在青山中

山深草木盛皆徑誰能窮爰有釋氏子于此栖蓬宮殿閣頗雄傑林杪見青紅高厓石色古小洞雲氣通神龍室其地上下雨兼風歲時郡長吏祈禱屢年豐我昔過東麓落日明丹楓所恨足力弱徒然望龍嵸何時躡其巔歷覽無匆匆回頭發長嘆深愧南飛鴻

送盛訓術還吳江

一舸東南去望望故里門夕陽烟市影秋水雪灘痕製藥當書案彈琴罷酒尊相過官舍裡應是史西村

送劉寺正約之江西審刑

天子齊居罷舜雩使臣承命出皇都朝端法吏誰爲

最江右寛民自此無雨脚隨車應不斷麥苗蔽野未
全枯漢庭治獄多起擢拭目相看立要途

賦黄樓送李貞伯

維河有源星宿同導河積石思神功濁流汙漫思失
道積石郤与澶淵通平郊脱轡万馬逸一夜經度徐
州洪徐州太守藴長公夜呼禁卒登城墉一身未足
捍大患豈無木柵兼竹籠戲馬臺傍二十里有隄横
亘長如虹高城不浸三版耳挽回魚鱉仍耆童防河
録成天有功黄樓高起城之東五行有土可制水底
用四壁塗青紅太守登樓賓客從奉杯酹水臨長風

河伯稽首受約束不敢更与城争雄水流滔滔向東去紆徐演漾殊從容負薪投璧竟何用漢家浪築宣房宫自公去後五百載水流有尽思無窮我生慕公公不逢安得置我此楼中頴濱淮海独何幸留得两賦摩蒼穹鳳池舍人今李邕南行别我何匆匆登高眺遠必能賦封題須付冥飛鴻

送文宗儒知永嘉　用唐人方干送王永嘉韵

同年出宰聯翩去大邑争誇浙水東選士初行常法外期君當在古人中竹房夜照江心月柳浪朝翻海面風此地從来詩景勝還聞拔擢論民功

題釋子芳草堂

出吳閶門走山塘山塘北去七里長平郊崛起虎丘寺雲樹一簇攢青蒼我昔家居絕塵事兩足只有登山忙舟楫搖々椋岸去尋奇探勝時徜徉舍舟登岸縱所遣四尺古墩當道旁道旁父老說遺蹟刘公佐邑殊循良邑人此地曾拜送相与聚土示不忘我欲題詩紀其事碑亭淡々餘残陽翛然欲去更回首忽見側畔依僧房青松夹道蔭寺額大書金字何煌々竹陰蕭然槿花合中有丈室并廻廊一從京師住三載南方引領徒相望、旦朝忽有僧来謁自言来自胥

臺鄉我師出家修若行吳下知名芳草堂今年新領
祠部檄劉公墩邊開道塲敢持緗素乞一語南還畄
作山門光嗟哉後世重異教三吳尤云熾而昌穹楼
傑閣塗金碧亘以壯麗充緇黃其間號称彼善者屈
指一二無畄藏白雲寺建為范老表忠觀改因岳王
只今此寺雖儉朴寺名却為刘公彰此墩可表碑可
作有僧世守庸何傷投簪還鄉會有日擬便入寺尋
支郎舊時詩句如可補坐我草堂焚香

同年吳克明知嘉定為題馬圖

吳鄉別我吳門去手把橫圖索題句開圖見馬如見

人逸氣稜〻百尺身圍人騎度燕河水萬里長風生兩耳帰来飽餧玉山禾吴門草青奈尓何

次韵天全翁書遺光禄徐用莊雪湖觀梅

永和人物数諸王曲水難勝一野航得似太湖三万頃梅花湾裡作家鄉

不遊雁蕩郎鄮鄉又被五湖勾引忙夲棹落梅春雪乱、開尊臨水玉泉香吴城西有雁蕩〻村吴江有鄮鄉亭

我愛涪翁与放翁此翁應在二之中登山臨水當年事北郭移舟旧約儂

快雪初晴氷滿湾長溪未許放舟還坐移月裡千株

樹臥看湖边萬玉山
新築湖西白玉城〻中常作看梅行錦袍更向船頭
坐便有神仙世外情
不向山人道姓名詞中裴度晚年晴〻江南風月無人
管天府新除老上卿
天落平湖見鬢絲旁人休笑放舟遲杜人野老愁泥
滓只評青鞵布襪知
雪後船自向晚開孤山杖履勝徘徊戛然何處玄裳
影想見披仙化鶴来
湖口無人踏斷槎石梁新築臥銀沙如今要識經营

意信步前山看好花

太湖莫作鏡湖看聚隖銅坑地更寬日暮最高峰上立、青天尺五即長安

青宵朗月在青空始悮身居大雪中莫唱霓裳羽衣曲人間自有廣寒宮

為報春風万樹梅年〻為汝費深杯徐卿況復能相引不尽青山不擬回

過沈啟南有竹别業是日觀李成画又觀商乙父尊下有銘

繫舟高柳下又是十年餘還踏無媒徑重尋有竹居筆精如宋画器古鑑商書前輩題名在風流邈不如

送孔憲副赴廣西

十年大夫官亦榮蕭然被服仍儒生胸中自有萬人敵何勞環甲兼操兵嶺南群蛮昔猖獗干戈满眼尸縱橫連民竄伏遍荒野高州殘破餘空城是時君来作民牧仰天誓欲安黎民身騎羸馬從孱卒瘴嶺惡谿循數程群蛮望見遥相驚我来惟仗信与誠片言開諭緫脫口馬前羅拜咸輸情腰懸木牌悉聽命手斷藥矢誰違盟弱男寡婦免係累山谷日昏犹哭声惟連惟高我守令汝獞汝猺我父兄軍中主帥驕心萌謂此已降皆可刑獨將一身保萬口託令軍旅休

南征君子異類且有德斯民眷、能相傾祝良張喬世重見人物信是吳中英外臺迁擢終借寇上国追隨爭識荆同鄉数聆情話好偏怪不肯誇功成逕来用兵遺神速（時有威寧海之龍）下僚旋踵登公鄉以君累歲出死力有司豈合先知名追、桂管古所置領橄再作西南行投荒歷險自無怨公道籍、歸時評功勳聊尔録二四碑文敢擬淮西平

分服字韻送姜恒頫御史赴南京便養

落花芳草連平陸驄馬行、入南服豈無斗酒可留君白頭高堂懷就禄婁水雲低異太行秣陵天近如

韋曲過庭莫道諫書稀手中自削三千牘

送伊德載赴南京刑部

闕下爭看進士袍南行又喜入刑曹青雲濶步空塵土丹鳳孤飛好羽毛茂苑百年門巷旧（先世吳人）甲科兩世姓名高（叔侃丙辰進士）不須分禄還為養甘旨公餘手自操

送沈良臣（家有宋高宗書良惠堂扁）

杏苑春風後車塵帶落花儒衣初出郭御扁舊傳家易許丁寬講詩從沈約誇扁舟明日路江上暮雲遮

寄李貞伯

金母橋頭置隐居近来清思復何如遥知舶棹風吹
盡燕子〻催人好束書

分韻得肅字送林朝信

十年戴法冠能使百僚肅共瞻風裁高鵷班聳孤鵠
平生献替心奏艸惟自讀聖皇記老成昨喜批薦牘
議從吏曹公初起假夢卜轂君副臬司萬里騁遐躅
章服增輝煌金誇映朱襮雅志在澄清奸邪首仍觸
昔聞走豺狼今見蟄蛇蝮團〻八桂林得此一枝足
薰風吹隻旌欲渡江水绿餞别襟交親天氣逼炎燠
酒闌棋槊喧醉墨已盈軸羡君有慈行書錦非所欲

寔惟家慶全樂执雖具録

送沈晉州材美

賢名曾是故鄉聞壯歲高科静不群座上誰爲黄叔度牓中吾愛沈休文鞭蒲此去犹無用符竹從来豈易分吏散午衙公事簡定将書史對炉煙

送僧永固帰呉住白馬寺

石縫梅泉一縷清早年依此學無生紫藤垂隖人迁步白馬馱經寺得名法席坐揮棕拂短官河去上木杯輕山中試茗何時好擬借禪房折脚鐺

得賀美之書言呉民被灾

書来吳下少浮沉入手犹疑得好音泉客美珠俄化血田家新穀已刻心附毛却恨皮何在竭澤安知水不深肉食詞林無寸補短吟聊復代官箴

送賀其厚迎其弟解元其榮表南歸

臨別匆匆把客裳愛君誰比四明狂只從門外看扶柩肯信詩中咏闥墻諸子讀書應不廢故人沿路定相將明朝我更成寥落西館塵生六尺牀

分題豐樂亭送文宗儒太僕

何處亭成樂歲豐瑯琊山在乱雲中西南林壑誇尤美六一文詞信独工幽谷泉鳴琹操古石屏路轉酒

船通幸當歸馬滁陽日此地来遊興不空

送楊君謙

子有好學名得之直從幼矻々忘其疲每以夜為晝誰令不自愛坐与簡編鬬旋致心腹間有病有肺候鄉子嘗謂予文筆真似舅欽謨舅也昔養痾亦在擬科後七日儀部官在告月且又服藥未見功具疏遂入奏昨朝獲俞旨顏回喜欲皺西風作新寒南去不可逼相過一何疏相别一何驟子去固欣然孰与識者繆惟子有書癖合書莫能救譬如病酒人戒飲貌愈瘦何如稍飲之病去漸復舊予病偶類玆簡編寔醇

酎茹多仍吐之席上發奇秀三年當復來覌子所成就

丁未春試畢送吳中四進士歸省

毛理貞甫

春牓名高第幾行自誇毛義出吾鄉班聯玉陛通朝籍政試銀臺挾奏章新製衣冠歸故里近將舟楫倚迴塘君恩浩蕩應難忘仰見門前進士坊

陸完全卿

鄉書高荐赴南宮又見名題甲牓中王弼易編真有得陸机文賦早偏工身辭宵漢天門近宅傍江湖水

路通郄籍君恩爲母壽綵衣頻着舞春風

楊錦尚絅

礼闈曾忝校文章筆势如流欲擅塲已向天門看放牓已傳恩詔許還鄉画舡得意春風順綵服承顏白日長爲語時人莫相羨晏嬰心不在揚ゝ

吳鎣汝礪

遠承恩詔許寧親誰似高堂具慶人遠去不勞東道主暫留真作北都賓賢科始覺文章貴仕版高題姓字新總道故鄉風物好壯年爲國在經綸

送趙粟夫歸省

生當全盛時仍遇至樂事豈因掇高科不在登貴仕
故園寄吳江游釣旧爲戲別来餘七年往、入夢寐
家有大父母八袠行且至手題数行書昨者附鄉使
書云我衰矣久望汝歸侍汝父母猶壯歸日尚可遲
老人風中燭此語真善譬此意豈不知此願独不遂
明主勤萬机曠職儆有位故優歸省期俾尽匪懈義
而況宵旰間切、在法吏私情若雖伸如繫千里驥
遥望天之南安得插雙翅終焉舜文心天下以孝治
一朝恩詔頒跪聽殊足懈又如驥欲奔始脫銜与轡
匆、治行裝旧館視若棄戴感明主恩仍給道里費

長河引輕舟，連日風更利。鱸鄉遵新秋，水芳散荷芰。日出垂虹橋，駢肩看乘駟。登堂問起居，稱壽先奉觶。此髫若吾兒，彼冠者汝季。各令向前拜，起立亦以次。鄰里爭入門，感嘆共驚異。班白映錦衣，三世一堂備。此樂雖具陳，盡出上所賜。努力在他年，圖報端可冀。

送彭教諭道赴長洲學 先任吳縣學

遠爲鄉邦賀得師，扁舟南去莫遲遲。還從蘇郡更新學，重見胡公奉舊規。雖弟追思如昨日，誰生相候已多時。清門久忝斯文契，贈別安能惜賦詩。

送賀御史出守蘇州

吴民方切九重憂，祖道休将五馬留。朝著久称才御史，封疆還屬古諸侯。香凝燕寢韋郎咏，舟過花橋白傅游。我忝鄰人無以頌，擬叨循吏傳重修。

送原已還南京分依字韵

溽暑犹未退，頗覺槐陰稀。栖燕久相識，鳴蜩静還飛。昨者冒江雨，遠來自京畿。重念交親意，時、款我扉。晚凉理旧話，海月流清輝。西堂設卧榻，夜永風褰幃。惟子官医院，績美誰能訊。入朝復陛見，只尺瞻天威。銓曹已書最，旅舍仍言歸。諒亦恋老拙，所重定省違。幸就被封典，恩光照庭闈。白頭自足樂，無劳製班衣。

行旌向晚動酒尽情依、

次韵沈敔南自治生礦見寄二首

射瀆西行水路斜細論形势見隆窪宋儒尚作山林
議、郭氏真稱地理家親手銘文鐫白石鄰僧香火傍
丹霞久知詩骨偏強健曳杖何妨閱歲華

倚壙高歌對斷厓鄰人安得此襟懷門深拱木栽培
徧山近浮雲坐卧僧曹子啟予言不妄莊生息我意
終乖司空自有藏身地不學劉伶説便埋

夏太常挽章

鳳池宣詔荷文皇書藝當年獨擅場葳嶺遠師王逸

少鑑湖終賜賀知章垣西笔翰傳中舍海上樓舡載
太常幽室藥成方晝寢誰將前輩擬清狂

送李貞伯致仕

引去誰謀及故人買田陽羨遂成真張公洞口終期
我金母橋边早置身郡志續修知旧事鄉筵初會得
嘉賓百年風節人爭仰笑對清波白髮新

送仲山赴廣東參政

久從夏官卿分署專典選莫府累上功鑒別殊不倦
吏胥服精强察案推老練以烝績屢書有最却無殿
屬當黜幽時諸省多獲譴山公重人才啟事遂登荐

御批由論定豈藉氣力援參政三品官後世號方面
坐鎮惟大藩宣化及州縣孰云瀕海遥炎蒸少霜霰
民物誇繁雄此地今称善米粟出要荒賦入同禹甸
公田況早收積蓄据饒羡已不煩催科況乃免鞫讞
中年始入廣身已脫俗嘐鯨波就再涉深海六乘傳
章服耀金緋真不忝恩眷公餘適情暇發篋得詩研
山川有諸奇題咏語頃遍此行信堪喜更喜過家便
十載别吳門親友幸相見衣錦當晝行璽書因争睠
行就不可緩我獨重戀〻平生托心知故旧莫予先
都下嘗并秋社異鴻燕時往過園居辨折啟文卷合〻

海月故延留盤蔬襍藜莧往〻入夜還行歌共群彥
孤懷今何如誰復容鄙猾久旱得微雨南風特狂煽
城東大道旁樹暗時節变嚶〻求友声黄鳥聽百囀
臨別心惘然尊酒未能餞

送朱堯民

連雨起涼飇新秋迎溽暑匆〻即言旋晚共園亭語
泥淖一尺深驢車在郊墅路人勿相疑不是從迂舉

永定寺在予家西唐韋刺史集有咏閒齋北
池等詩至元高季迪等又有經永定廢寺詩
後構造復完而堂揭海印舊牓乃元泰不花

所書雄偉可觀今年秋寺忽燬于火于少嘗
讀書于此因為詩惜之

廢寺經行處前人句裡来一朝不戒火百歲幾掄材
齋閣空春樹池塘滿刦灰旧游真不[illegible]誰掃讀書臺

過先塋登南横山絕頂時表弟吴子高侄奎
奕兒子甦與侍行

南山翠色与雲齊萬級登〻石作梯水入太湖縈白
練樹依重嶺簇青篸雛鳴麦隴聞田雉角解松林遇
野麛日莫載瞻塋域近恩光新沐首頻低

送濟之歸省

卷五十一　三九

氷花欲结潞河湾驛棹南行未許間恩賜已知千鎰重壽容應見兩眉彎天高鴻燕雜相值予再入翰林而濟之遣去春到江湖及早還安得從行仍作伴勝游當共了西山范石湖游洞庭山詩云西山總了又東山予往年已游東山獨欠西山之游耳

哀文宗儒

吾鄉沈衡州遠致尺書在發書報文侯有疽發于背我憂体肥人此病恐為害犹冀有良医或倚以致痊憂懷適浹旬淅疏馳独快乃六月七日死期持兼載哀哉此良牧天奪真可怪念昔為永嘉勤政畧不懈豪民户先鋤淫鬼祠必壞抚下自在術百里免凋瘵

及此領郡將，先声遍疆界。穷谷争入迎，耄倪摠羅拜。
君初聞再起，仕路厭行邁。因察民情懽，下車始無悔。
爬梳積弊源，一旦決欲潰。坐堂目孜孜，訪問及細碎。
孰為狼所貪，孰為蚊所嘬。犴獄滿冤囚，親手為破械。
去歲東海涯，光氣作妖怪。横飛類鬼車，數丈無首戴。
具疏即自劾，遂及弊事概。謂此如許除，吾寧自引退。
有司格不行，當道有窒碍。公退長太息，空負民所愛。
吾惟尽厥業，庶償為守債。使民自安堵，守法勿就逮。
百家立為約，礼義相告戒。民曰賢侯言，敢不各敬佩。
君終抱憂思，弊事卒吾敗。大者如薀鐵，骨髓竭稱貸。

彼力固已窮吾体亦真憊遥〻走一使去求乃至再知己揔愛才不使投匭内孰知今日事俄有此变態凡君求歸休民皺嘆無賴群情違銓曹以及寮与寀今也魂茫〻棺歸只空廨豈惟民無依失侶嗟我輩久為晚年期几杖作鄉會對酒乏清言臨事無善誨城西多臼游山色愁晚對有穴未及臨淚尽繼以慨

美曹太守毀淫祠

神邪妖邪我不知相版五色錯襍施墻隅小庙瓦数片吳下人家〻有之家人有病問卦師〻云汝病神所為殺猪烹羊陳祭品謳歌賛嘆上酒卮侑以吹竹

仍彈絲號以茶筵真酒席宛如生人宴會時有酒自
豐病自危吳人豈皆白鬚眉如何至死猶不悟惡俗
信鬼不信醫豈惟生死于神聽商賈出入聽指撝賢
哉黄堂曹太守諭民此事何不思聰明正直者爲神
焉肯嗜汝酒与犧祭者得生不祭死神道所好何偏
私且彼爲神既尊貴身居小廟嗟何卑汝民愚昧誠
可憫〻汝徒費空家資太守升堂朝出令民心敬信
犹蓍龜爭持神像出門毁烈火三日焚無遺端如人
醉今始醒風化頓覺随時移唐有狄公任巡使美政
先聞毁淫祠後来入朝作賢相邪鬼安敢侮与欺我

頑吴人常奉令自此崇正無復疑祖先為祭〻勿薄
五祀當祭〻勿遲遂成美俗載郡志當與賢守名同
垂

題沈良德送行圖

不用高歌陟屺篇賜歸真慰母心懸翟冠自送雙笄
總綵服重裁兩袖翩九世医名多積德一門科第揔
称賢吴中秋到慈幃啟尽説宜將盛事傳

送文侍御宗嚴奉使河南

畫説文家好弟兄更誇仲氏秀衣明憲臺比日官為
重軍政多年例已成花下莫辭清酒薄津頭遥望画

船輕從來練達民間事不負朝廷是此行

續集卷五十一

卷五

吳都文粹續集卷第五十二

長洲　錢穀　叔寶　編集

送陸全卿浙江憲副　伊秉

金紫還瞻故里還佩環總出殿中間臺端章疏開丹悃柱下風霜凜舊顔鳳鳥一時真可瑞葭莩先世尚容攀長才擬副爲霖望豈學閒雲只戀山

雨泛長蕩

一舟長蕩衝烟雨山光樹色空濛裡驚人白鷺過前灘枯葦摇風浸寒水

閶門夜景

釣橋通郭俯清流月照朱簾捲画楼醉裡笙歌喧夜市千家燈火似揚州

拜查山先塋熊從行

京華游宦蹟淹留回首吳門是故丘先世本源懷水木幾年魂夢繞松楸酒澆宿土山將寂碑翳寒煙艸自秋、稗子成名重拜掃鄉村父老記行騶

閶門楊柳枝

館娃宮外吳春柔露葉如顰不奈秋往事揔隨歌舞散餘　明月照枝頭

一樹鶯聲破曉煙濃陰畫滿画楼前長條莫遣風霜

折笛繫儂家浪子船

憔悴街頭車馬塵輕盈非復向時春幾回偷眼東風裡看取中年勇退人夏御史德乾年及五十告病歸居閶門外

謝楊儀部

儀部人中英篇章溢奇氣虞敦與周彝居然存古制時時獲寓目不覺心自醉摩壘堅莫犯引退三舍避未及始仕年封章俄致仕從容進退間士固各有志紛彼齷齪徒焉能識胸次在昔負高才亦頗遭時忌下筆不一言推獎逮五世後有知子雲家声重闃繫麗藻堪華国胡為置閒地拘監尚有人文園豈容滯

官軍平海寇、

二沙環巨浸數里出墳淤（墳音田墳淤出秦鑿渠下）險艱曠人跡

寇賊萃攸居蒲廬望無際鮮鱗繁可漁專利不知猷

力本陋菑畬凌波恣殺掠党類日淪胥亦世濟兇惡

逋逃百餘年犯順逮厥戾虐燄肆狂噬奉辭行天罰

豈遑惜軍儲簡徒除戎器艅艎耀千旟疾雷破山岳

天網須不疏昔為橫海鯨今為罟中魚巢穴于以空

根蔓于以除顯戮懲淫慝九土同晏如服寮圖書治

履霜謹其初

蘇武墁｜蘇臺懷古

物換人非，十年俯仰，伯業竟歸何處。宝劍埋精，銅棺歛魄，墓上氣銷金虎。抉目忠魂，捧心妖態，身後化為塵土。嘆人間陳迹茫茫，零落斷碑平楚。　空剩麋鹿荒臺，蘼蕪廢苑，曾貯當時歌舞。紅樓夜月，画舫春風，還逐太平簫鼓。五湖烟景，那有人争，自在漁翁領取。醉来時一曲滄浪，不管是非今古。

念奴嬌　風雪游虎丘

同雲冪野，飛鳥盡，千里還空垂雪。幾度曾遊，誰信道，不似今番奇絶。山削瑶峯，路穿瓊樹，此景分明别。萬群舞鶴，梅花堪並高潔。　一兩踏凍苦攀，窮幽極險

歷尽水晶宮闕凭仗酒兵添氣力鏖戰風威凛冽收拾滿懷乾坤清氣不向旁人說明朝短棹剡溪高興重發

與二弟汎舟游吳氏東莊因寄瓠翁

文林

緑城畛流水榆柳緑蔭門艤舡信登陟忽得吳公園小亭面高岡蘿徑隱可捫青山出墻頭白雲宿籬根歌鶯滞池曲游魚戲波渾繁景當首夏過雨氣微温老我獨已樂偕有弟与昆清唱散林木起行歷郊原日斜乱人影眷恋忘帰轅水木余風好况兹故情敦

故人方宦達樂事誰与論室迩人則遐相忘黯銷魂
出處各有會一笑覆餘尊

戊午春將赴温州楊君謙礼部邀餞于虎丘同集者沈啟南韓克贊二老複巾杖藜韓從子壽椿与朱性甫青袍方巾唐子畏徐昌國並舉子巾服而予与君謙獨紗帽相對會凡八人人各為侶適四類不襍

烏歟當離筵東風逼微雨會合飲中仙兩〻各相侶
二老行紆徐二妙足高舉儒袍聯尊生紗烏對賓主
酒半散林壑尋詩鏤肝腑詞峯挽落暉酣戰走旁午

冥搜搕八極光焰互吞吐珠玑落吾手拾襲誰敢侮悠〻大塊内何物不參伍嗟余獨行邁棄斥無所与

喜桑民懌至自吴門

奔走卑官歲再更江湖偏重別離情逢君怒駡爲知己顧我摧頹負此生細雨燈花消午夢青山詩思繞孤城自慚不是臨邛令潦倒安能重長卿

舊研寄宗巖

壬辰歲予試礼部杜用嘉以小端研相贈其唇有竅可以引繩攜持自銘其陰爲余廷對之兆是歲果忝進士攜研入對大廷及今丁未又十六年矣

宗嚴弟復試礼部遂以付之幷寄此詩期廷對之後轉以付宗質云

短硯棱〻紫玉膚杜陵投贈手親刳曾携對策朝金闕还擬傳家代玉符兄弟登庸輸及尔子孫發軔計同吾殷勤付去傳臚後轉与三郎入仕途

江浦道中憶吳中故人

回首江南思欲迷夢中談笑故人違不辭行役青山笑但恠傳呼白鳥飛世態昔經多事悟官情今入暮年微何當載酒横塘路扶醉村家看月歸

還家十韻

中外駈馳二十年暫依桑梓息塵緣豈無薄禄終非計幸喜還家莫問田歲久先廬從敝甚水邊喬木故依然過從喜有貧親戚檢理尤存旧簡編千載秋風三徑菊一篙春水五湖船飯抄雲子長腰米羹煮銀絲縮項鯿遶屋溪声林下樂滿窓花影日高眠晚于世味駸〻淡靜覔閒居事〻賢作計已逃多辱外收功能及未衰前只應今夜西齋夢不到紅雲北斗邊

邢長洲見顧贈詩次韵奉荅

寂莫城居恰似村一溪新漲護寒雲空嗟藥藿心如炙常佩芝蘭手自薰滿地江湖期我老大家風月許

誰分歸来未遣門羅雀車馬時〻枉使君

荷花蕩夜歸次吳水部德徵韻

采芳日歸未言歸處〻村家榜枍机水漫蓮洲憖路斷月明莎渚鷗飛覔高歌小海風波急回首横塘煙火微蘭棹屢移尊屢倒不知露下已霑衣

陪李瑞卿太守登玄墓

旁湖高閣千山繞映寺長松一徑分偏喜故人来燕集都教先雨洗塵氛江湖汗漫年俱老冠蓋從容酒半醺看遍梅花又歸去不知何日重論文

游墅別李子陽莫歸有感

野墅沉沉更漏絕，美人去去隔山陰。輕橈蕩月波光碎，春樹連雲夜色深。万里秋風黄鵠舉，五湖烟水白鷗沉。乾坤此際元無碍，出處從容各有心。

送吕都憲

幾年官海挹光塵，今日離筵得暫親。天地酒杯還舊約，江湖舟楫正通津。何人可寄安危事，聖主方求社稷臣。見說長安春爛熳，江南犹有抱飢民。

赴温留别停雲館

書館不能别，凝情撫曲闌。心知為樂淺，祇覺去家難。水石性終在，菊松盟又寒。殷勤向兒子，好護碧琅軒。

金華道中憶君謙

遠別輕千里經行歷万山思君終夕坐出守幾時還隄柳吹花尽谿雲過雨間南峯著書處夢裡更隮攀

憶石田

回首未千里相思犹十年遠情收短札近事夢離筵忽〻都頭白悠〻心更玄兒曹能活計家事好拋捐溪面浮竹圃山頭壘石田与君偶符合来此了前緣

京邸秋日懷歸

京国流塵撲馬黄西風都敝客衣裳漫聯班列非通籍悔獵科名去故鄉愁外乱雲秋渺〻夢中山色夜

蒼〻遥知寂寞南窓下叢菊無人只自芳

次韵石田理墳

春雲撩乱石横斜鑿破乾坤氣一窪節脱鶏群方傲立老思蟬蜕更為家群山奠玉看新鬣孤鵉悲空送断霞封禪無書生自愧幾年齊物誦南華

吾拾吾形委石屋此民此日入無懷青山同穴于飛頒白首何心造化偕退覺獨閒忘世味老應自慰任時乖知君辛苦如君志為殉從將筆札理

用韻送宗儒進士還吳　張泰

燕南莎草入秋黄都下閨人擣練裳客計蹉跎將問

寢主恩珍重許還鄉安危遠慮知君素淺薄愁顏愧
我蒼晝錦相逢着旧減江湖何處擇年芳

宗儒有永嘉之行往餞客楼奉贈長句

此来曾並暮江帆一官看君再向南尊酒乾坤懷往
路扁舟吳越謝征驂月中馴鶴孤標遠天下廉泉此
味甘左掖星郎元近御東家詩景豈成躭城楼海色
寬秋望水寺鐘敲節夜談公暇未妨書裡醉道存何
惜府中参幽居白日群情喜明府青春百事諳見説
蛟龍能大小隔年雲雨起江潭

混堂　沈周

混堂鳴版日初紅懷垢人人向此中君子欲修除祓
事小夫翻習裸裎風未能潔己嗟先乱亦復隨波惜
衆同慚德應多訐誰濯不容便論衆無功

次韵天全翁雪湖賞梅十二咏

台垣賜老荷君王山上藍輿湖上航如此湖山晝遊
地梅花開遍客還鄉
少在城中多在鄉尋梅犹柢候朝忙新詩似与梅相
約詩到成時梅恰香
不是春愁鶴髮翁風流人物義熙中遥知觴咏清游
處小筆湖山似欠儂

重峦疊〻水弯〻雪舫尋春醉未還因省玉堂為客
夜〻如今不是夢中山
緑尊沽酒出春城春日尋梅湖上行聞道衝風又衝
雪旁人不識醉翁情
一代文章百代名咢司綸閣已忘情近来熟理農桑
計似謫江南作稼鄉
湖上尋詩舟去穩尊前賞雪酒行遲優游正是居東
日自遣春風人不知
梅樸玉釭春酒開雪湖山水共徘徊風流舊屬林君
復人道先生是再来

泛雪吴航勝月槎深〻杯色照銀沙寒梅鍾得平生
愛重是江南第一花
玉樹瑶山画裡看乾坤不似酒壺寬醉来草聖三千
紙漫使人驚索幼安
清游不放清杯空雪共梅花落酒中玉带朱衣有仙
骨画舡更在水晶宫
黄帽歸舟且莫催雪山留客好銜杯梅花况是堪題
咏〻今夜春城判不回

憫禾

薄禾今兹計狼籍尚栖畝借問胡爲尔先時已罹咎

五月風雨大潢潦畢莫受田稈俯就沒濁浪拖其首
排濯滷蕩閒性命存亦苟天日赫赫出水热烹群醌
二日色已变三日蠹在臼我時往撈觀覘活從中剖
心存根已撥欲弃難解手欲拯卒何及愴食內若疚
掘土窒滲塍倩車仰鄰佑督孱靡日夜救死豈容久
併力役老少足覩筋六紏水面青針芒稍出九死後
氣力与生意委頓類產婦一一補傷爛行行十八九
過時强經營安望如常茂事多于悔禍始奇終变偶
七月尋遭風弱本被拗揉折處氣當沮虗房但含滲
間或見成穗禿稭臥敗箒何能畢公租亦莫穀飢口

對此發長咨細雨浹昏酉楞腹不堪鼓併欲歌止酒

割稻

我家低田水没肚五男割稻凍慄股劳〻似共雨争奪稻芽漸向鐮頭吐蓬〻纂〻綴青針稻既生芽米應腐〻餘割得尚歡喜計利當存十之五小家伶仃止夫婦稻爛水深無力取口中之食眼中飽忍見穗頭沉着土波間粒〻付魚雁一年生計空辛苦但憂両口不聊生未暇徵租慮官府老翁對坐沉灶哭婆亦號咷向空釜雲昏月黑忌閉門隔壁咆哮一觳虎

理墳二首

官竹園頭春日斜手開新土漸如窪觀生如計誰非視死如歸此是家白髮暫存如電露青山長臥有烟霞懶勞自假閒詩酒且悮年華与物華

卜墳已喜旁雲厓未老先曾有此懷鶴表虛名待誰録孤丘宿約与妻偕百年齋裡參諸妄一鍤泥邊打早乖免向君王乞骸骨自山生長自山埋

寄宗儒

碧雲渺渺一江分閶道滁山尽屬君娛是醉翁亭最好每思游燕讀遺文

阻雨淒娥僧舍与宗儒夜話

十宿僧房春未晴故人為我踏泥行老隨年去詩成
感話引杯長酒在情鈴語報風声落〻燭枝銷跋火
熒〻浮生踪跡真鴻雪何况于今有宦程

聞宗儒除温州喜而有作

青陽布區宇庶品樂化工亦聞剖符竹起子高臥中
卧者固自高恐妨畢黄龔功名要人立生才天自庸
會至亦何辞達懷秉時通隻旌及行日奔走來野翁

聞温州消息奉寄

白叟黄童擁道周逾封百里候華輈国人皆好真難
事山水重臨是舊游康樂篇章動高興希文襟抱

先憂故園野老偏相㴬喜極深思漫倚楼

喜宗儒寺丞令弟宗嚴春試得儁

吕　憲

涑水尊翁慶澤深九原真遂高門心春塘好夢酒連日香土馬輕花滿簪且置元兄説西抹况聞季弟亦南金家声如此官何物為作丞哉不負吟、

題画送文太僕宗儒還吴

杜　董

南國分司品位清歐陽人望是先生封章激烈公卿畏納諫如流帝王明隨栁旁花吟興遠歗東羸馬去途輕春寒病起還相送二十年前過愛情

送吳汝器下第歸吳江　　王鰲

羊家裙上墨如新，兄弟才名自昔均其兄汝礪新第進士二鳥出爲南國瑞一枝回羨曲江春戰塲有作還推子當爲局多迷莫笑人笠澤湖邊平望里且將書卷伴綵綸

送楊尚絅楊名甫毛貞甫陸全卿四進士歸省

朱書華燭夜縱横忽見篇章眼獨明暗裡投珠人莫顧空中懸鑑我何情相逢一笑平生友此去重來幾日程路指婁江東下急夷亭斜日莫潮生右尚絅

南宮笔勢見翩々固也平生意豈然不伐子甘爲孟

後處名我自愧盧前杏花燕市春隨馬楓葉錢塘夜泊船舊日和凝今老矣登庸衣鉢尚須傳　右名甫

接官長旁驛边河來往君家較獨多已向交情知鮑叔豈因筆勢誤東坡還家未覺關河遠感舊無如歲月何南望吳門君獨去西風落木洞庭波　右貞甫

文章一見一回妍玉樹分明在眼前記得陸机年二十親看賈誼策三千杏花燕月人俱遠楓葉吳霜思獨懸南去河流乾欲斷關津先放綵衣船　右全卿

送趙粟夫歸省吳江

秋入吳江一葉飛歸來游子著朝衣鄉人始識文章

貴仕路休嫌定省稀寶帯橋邉舟汎〻白雲司裡樹依〻路經震澤人應問太史周南胡不歸

送僧歸洞庭

好古多游寺懷山喜見僧此来成北道好去問南能施飯逢谿濾函經被雨騰誰同西崦裡竹屋夜深燈

送蔡進之還洞庭

夢魂長繞太湖边折栁官亭又一年家世西来峰縹緲客心東去水潺湲林間詩社誰為長吳下鄉音我亦便撩乱烟花過寒食東風胥口喚行船

送侄寵

遠別憂不忘病別憂其那病也在汝身痛也仍在我
道途歷崎嶇風濤恣軒簸欲留諒不能欲去夫豈可
起居飲食間安得盡帖妥出入戒垂堂旦暮親藥裡
安心是良方坡老語非左我生本衰遲我命亦轗軻
子行從此歸我去幾時果霜天笠澤帆夜月楓橋火
故鄉風土宜見此病亦頗到家平安書早寄北來舸

送秉之還吳

不見倏七年相見只三月不知三月後又作幾時別
別離苦多會苦少風雨蕭蕭竹窗曉自笑閒官日日
忙夜短情長談未了我生迂僻寡朋儔坡云海內一

子由只今子由又欲去何以慰我平生愁子今去矣
我何有爲置湖濱田十畝下栽禾黍上木奴菱芡荷
花繞前後讀書稍暇來朝班我却歸卧湖山間

吴禹疇副使〻便還吴江覲省

重明瞻麗正弘治建初元聖作群方覲星流使節奔
賁蒙頒道里便喜過家門晝日方三接寒暄豈一言
趨庭嘗獨立加飯爲平反王事真無暇親恩亦未諼
銀魚羞笠澤彩鷁動湘沅石建裙方滌王延被未温
法冠驚豸立官誥詡鸞騫鄉里恩光滿人生樂事繁
蓴羹莫留戀候吏　竹軒

送韓勛　都憲孫

先公老去我猶及，鐵面長身碧眼稜。海内安危真可佩，軍中韓范復誰能。精忠已見回枯竹，奇事曾聞斷大藤。昭代象賢多不薄，獨無雨露到雲仍。

送周院判原已還任南京得果字

前年送君城東亭，今年送君城南道。年年長作送行人，每見君歸被君惱。君生何好只好詩，紬載東歸槖詩草。玉延半舫最留連，共月菴前亦傾倒。醉中勸我不如歸，只好金陵山水好。人生出處誰得知，世路東西雖自保。雖自保，雲冥冥，日杲杲。

顧氏三辰堂

顧野王家學有傳一經休説漢章賢風雲慣得從龍便嶺嶠爭夸覿風先天上星躔真有數吳中識語不其然高堂要見三爲四屈指從今又幾年

朱天昭始第進士壬子家至明年移居西鄰因賦

兩年不厭草堂低顧愛晨昏出入齊長日經過無主客秖今相見有東西濁醪尚可墻頭過歸院那愁栁下迷麃馬侶知人意思臨岐回首再三嘶

送錢正術還姑蘇

西館楇边竹隱居昔年曾受異人書不知官爵能来子可是塵埃早識予忽地相逢還宛若再煩推看定何如韓蘇捴被虛名悞誤問三星是也無

送周進士炯還常熟省親　同年近仁子

南宮此日謬持衡一見高文眼為明正喜故人能有子忽聞遠别得無情名因寔起何妨早理會心傳不厭精此去海虞誰復見讀書長日掩柴荆

送盛進士應期歸娶吴中

終生文彩棄繻辰建業秋風擢桂新闈下杏花還屬子名南桃葉正宜人上章許得天顔笑奠雁光生故

里春大小登科俱入吾高堂况有黑頭親

送仲山之任廣東參政

十年尽送南歸人今日誰知還送君歸来寂寂撿閱臥無語目睇南飛雲与君相從亦云久對語真如飲醇酒朱絃塞越音有餘明水着鹽味多有君才于我真得師簿書堆裡還題詩詩詞欝律古罍器字法瘦勁枯藤枝嶺南此去無多路目極燕山天尽處青山杳杳不見人秋雁飛来復飛去政成幾時召還闕還對共月菴前月

贈楊君謙 時君謙有歸志

夙懷抱悄獨行与世多忤京華二十年壯志遂遲暮
悠悠深巷中盡日斷來屨楊子歎何爲逝言遠相顧
移家濁溝上破屋終不去人問何以然無乃以吾故
朝過講道玄暮過話情素君慕哀駘他我思王叔度
相見各忺然誰能詰其故我欲永從君君且爲我住
無爲忽去茲雲山遠高翥蓬蒿張蔚宅依然還魂處

一雲

亂石槎枒幾折旋畏途歷盡是平川高林細點摧詩
雨深屋方塘悟道泉僧爲知名如舊識地疑曾到豈
前緣萬竿修竹蒼烟外欲借琅玕紀歲年

洞庭新居成

歸來築室洞庭原十二峯峦正繞門五畝漸成校老計三台誰信野人言郊原便自為鄰里水木猶知向本源莫笑吾廬吾自愛檐間燕雀日喧ゝ

過故狀元施宗銘墳

後生何敢望餘芬斗酒還過董相坆行指岡峦低偃月（公葬月岡）偃坐凝文彩上成雲兩山已雪將軍耻（郡志旧傳東西洞庭皆將軍始居之故兩山無文士）四海猶傳制策文賈誼天年人莫恨孔光張禹亦徒云

吴文定公挽詞

四海文章伯三朝侍從臣世方遲至理天遽奪斯人
沖漠高难問頫宽臆少伸道從元末献文向国初純
東里淵源近天全授受真正音驚鸞鷟恢網漏麒麟
累躓名逾起先登氣益振声華當翰苑德義重儒紳
格律維沖澹言詞自雍馴時流皆自邮古制或先秦
書法顏公逼詩篇杜老隣綸音騰渙汗碑版照嶙峋
講向東朝切規從後殿諄從容天仄聽仁義日前陳
內外同瞻岳賢愚但飲醇汪洋從挠濁堅白謝緇磷
自不驚荣辱何緣睹笑嗔吴山從此重燕谷鎮長春
在古無蘇子於今有伯淳閒情多落莫要路每逡巡

卷五十二　　十八

見説年頻引俄嗟歲在辰九重恩絶等入座望硃倫
尚未酬公議寧須秉国鈞公身今可贖我分昔尤親
先後官曾接早高契誼匀上陵行並馬待漏坐聯茵
倡和辭盈秩拓邀醉洽旬看花常入夜玩月或侵晨
送我清風埭期公震澤濱疏聞心獨苦書至澤犹新
豈謂終天別空含兩地辛玉亭盟已散版屋蹟俱陳
盛德誰爲繪高風不可泯儒林誰作傳誰刻隴頭珉

過子畏別業

十月心齋戒未開偷閒先訪戴達來清溪詰　頻回
棹矮屋空明淺送杯生計城東三畝菜吟懷墻角一

株梅楝梁榱桷都收尽此地何緣有佚材

送尤宗陽進士之京

南宫昔日謬持衡叶筆勢曽驚古戰塲今日林間還送別九霄一鶚看南翔

吳中世德紀延之喜見春風入轂時莫怪崔公多自說美莊三百在于斯

送吳縣簿董仁之任鄞丞

自頃权奸偷国柄一時在位貪相競剥民膏血輸权門廉耻掃地寧復存誰知小官之中乃有吳縣簿守法廉平獨如故三年佐縣民愛深視金如土民如金

每言吴人窮到骨吾此腹削吾何心吴縣簿真難得
我欲言之頋非職一朝擢官向寧波於呼奈此吴民
何

予伏林下睹閭閻之疾苦惘征求之繁多傷
循吏之難得也每以為難癸酉六月客有
過予談海虞吴令之政者為賦詩

有客談胡令尹炎歊座上清吴儂深感德漢吏不求名
正自摧科拙無如折獄平懷哉不可借送子若為情

贈錢元抑

詩裡休誇五字城一生文字李西京馬蹄蹀躞東風

裡踏遍燕南幾十程

天平范氏墳

衰年不減登臨興福地靈山搜欲罄城西諸峯吾所嘉就中尤愛天平勝亭〻一蓋荷蒼冥儼若端人〻自敬獅山奔伏象山迴支硎秦臺皆退聽橫山當面橫作屏背湧蓮花互相映林〻萬石相柱撑倚揷斗天款不定蹲如虎豹奮攫噬鶱如鵬鯨恣豪橫勇如武士力屭贔秀如女子色娟靚我來敬拜太史坟松栢陰森趨一徑忽瞻万笏森向天真氣噴薄凜猶勁乃思范公立朝時正色危言杜邪佞茲山固合生茲

人崧岳降賢尼孕聖〻吴山第一称天平宋家第一称
文正高風千古先作合仰止巖〻續前咏

與謝憲副德温遊陽山箭缺至半山寺而止因賦

箭缺摽天知幾重半山聊復憩吾慵孤臣何處埋幽憤夫差殺公孫勝于此高閣閒来坐晏春深院潺湲鳴剖竹懸厓硯硉偃長松迴船又過楓橋去卧聽寒山寺裡鐘

喜玄敬少卿致仕

似我帰来亦未遲夫君得謝又先之清朝況是懸高位白社多緣赴鳳期到處溪山同載酒故園風物儘

裁詩一塲好夢今朝覓却任旁人道是痴

四月九日与弟秉之進之過通安橋顧氏因

偕玄敬登陽山絕頂

陽山高扎幾千丈箭鈌遥瞻在天上一朝置我箭鈌旁坐覓諸山皆退讓太湖汀瀅平于杯夫椒包山近相並山腰鳥道何盤〻十步九折行且嘆昌黎正逢衡岳霽太白休歌蜀道難夫差悔悟苦不早公孫白骨纏芳草子胥伯嚭兩丘墟天地茫〻人易老劃然長笑来悲風一杯敬酹浮丘公何時借我綠玉杖從此往過扶桑東詩成西日下山去回視山椒但烟霧

次韵沈方伯良臣為予七十之壽沈与予同
生庚午又同在郡今同致仕

黄髮歸来共理田食貧終不羡逢年泮宮燈火憐相並李郤科名媿独先红藥花翻分陝路白鷗沙占太湖边年来太極當吳分莫恠鄉人擬二仙

贈葉巡按忠

鄱陽漏網觸奔鯨南国烽烟徹夜明江上貔貅雄遠戍浙西士女賴長城鑄山久訝吳王濞斷鄣誰憐郭子横見説臺端竣風采草間狐兎不須驚

送王守會試

濩珠出南国光曜珊瑚枝一入天府選一嗟滄海遺
連城總無價韞匵亦有時雁行先後耳去去勿復疑

送毛百朋之北京應舉

幾年白下避車塵此去争誇脱穎新桂子已傳蟾府
種杏花还醉曲江春題名早覺先生里棒檄懸知喜
為親八月南来鴻雁便音書寄我莫嫌頻

送大行人柯君使畢還閩中省親

予竊伏草野無復當世之望忽承九重遣使銜命
下賁丘園此三代養老引年之盛礼也斯礼也不
見于天下久矣顧予何人而際其盛君使既竣便

道歸拜太夫人于堂感激之餘無以為報因賦詩
贈之
天王出震萬方新草莽還能念老臣誥賜紫泥銜鳳
嘴服裁文綺損魚鱗未嫁五馬歸朝趣且喜雙魚入
饌頻衰病自憐無補報寸忠還仗達楓宸

送盛斯徵都憲巡撫江南
鴻都兵後望來蘇江左來旬此大夫入夜災星方退
舍訖明廿雨又隨車風轅旧仰搴帷外河潤新傳視
篆初、文肅家声真不負尚能把筆為君書

奉送都堂韓公南征
皇甫信

東鉞出神京，麾旄動太白，百蠻烽火生，五嶺兵戈積
遐荒屬聖慮，始計隆邊策，揚灵尽炎海，耀德敷周澤
塗既被文命，力畊易袵草，禽声悅山谿，草色荣江磧
疆埸無重憂，銘彝有弘績，帰来笑伏波，何為久劳役

奉送三原王公徵拜冢宰

矯矯人中龍，飛躍當明時，邦楨視羽翰，隆棟帝所師
三宣既邁皐，一德乃同伊，濟物性所任，弘化及餘遺
譬彼青陽發，萬象含其輝，秉鞭妙經綸，赫赫康世夷
垂紳佑除理，導主居無為
皇明闡昌運，宿德登要津，寰區滌洪曠，化理成陶鈞

久膺濟川任具瞻在斯民論道展詞燮申章極敷陳
鄙薄值眷顧魚目謬承珍臨岐不能別惻惻傷我神
清宵動飛眺仰首惟北辰

病起登道山亭

杖藜扶我上幽亭万物經心感慨生城郭已非吴越
事江山不改古今情雨餘碧草連天色風送黃鸝隔
樹声眺罷忽驚歸去晚馬蹄催趁月華明

和仲山東吴懷古

圖伯人亡不紀年荒臺寂寂草含烟錦帆想像寒涇
上響屧虛無野寺边水漲石池涵宝劍雨銷香徑落

金鈿故城斜抱忠臣庙夜〻流光燭上天

楊柳枝詞五首過吳王故宮作

憶昔長條更短條漫將春色試多嬌齊雲樓上三十寵也向東風斈舞腰

青綠裊〻拂輕塵翠輦曾經此問津一自闔閭埋後淡烟踈雨幾番春

金色含烟拂画橋曾随輕吹舞宮腰只今道上無人問惟有寒鴉伴寂寥

八千歌舞棹蘭州翠拂雲鬟金鳳頭人面只今何處去淡烟深樹乱鶯流

卷五十二　　廿四

千古豪華事已休，暗風斜雨幾春秋。惟應煬帝宮前種，同帶吴王一片愁、

簡啟南

老去相如若病纏，绛紗籠燭不成眠。故人相近如相遠，黄耳空教到石田。

寄薛朝英

与君爲别意重〻，談笑依然夢裡逢。此夜病身驚起坐，小窗風雨隔林鐘。

送濟之

多少交游君最親，明朝又欲与君分。潸然洒淚西風

被不為悲秋祇為君

吴江懷舊

舟次吴江重感傷吴江〻上樹蒼〻夜深獨有娟〻
月曾照山人舊艸堂

和答緝熙先生

新詩裁寄故人收句有金声墨欲流為想撚鬚安字
處一天涼月坐高樓
逆旅京華歲月深枕邉愁聽擣寒砧不知閶闔城頭
客亦有砧声擣客心
長劍隨身客異鄉笛連詩酒易星霜旧時門下多桃

李還旁春風數仞墻

送文宗儒太僕還南寺

李東陽

豐山東面瑯琊北官寺臨山枕溪側泉甘石冷花樹香幻出春花与秋色東吳才子洋州裔清比瑯琊長數尺錦囊繡句壓人玉麈雄談驚坐客誰令散地驟容渠懶儘有餘才供世劇十年涵跡走風塵三載高飛未云極問君何曹似是馬丞不負君人自惜知居自抱憂国心豈為承平倦曾歷南方一足累數金方且按圖為驥索州官縣吏盡日輸營下老兵曾未識書生經濟須寔用誰為吾民苦區畫聞君献納有嘉

言肯避旁人嗔越戟朝聞吏部書上攷趾以徵權買
咨格嗟予窃禄今無能誤向雲霄問泉石

寄馬柳之同年馬號清痴又号華髮山人養病居蘇州

不見山人又幾時浮雲流水杳難期頭顱自白非因
老心事全清却未痴賀監有船多載酒浪仙無寺不
題詩衹應冒却經綸手独向空江把釣絲

韓都憲公雍挽詩

早騎驕馬出烏臺万里風雲亦壯哉嶺海威名天下
重廟廊謨筭古人才寧知晩節終泉石豈合英魂閟
草萊京國少年思識面楚歌穀斷使人哀

長洲朱氏孝門銘 并序

長洲朱孝子顥字景南父病癰親爲吮滌父喪當盛暑負土成坟哀痛摧裂致有馴烏之異有司上其事詔旌爲孝行之門參政祝惟清有傳其孫存理上京師因予友吳吏部原博以請于予比去吳公爲遠予不置存理素不予識嘗訪予族祖雲陽府君遺文手録見寄予感其義且重吳請作孝門銘以遺之銘曰

惟周舊都有宅有表匪徒美觀惟善是宝惟六行有教其先在孝有屋可封仁厚之效惟今南畿寔古豊

鎬其孝伊何粵有遺老生有致養死有遺報哀盛行路信及禽鳥匪人則然驗彼天道孝門煌煌天子有詔其德孔燿惟後人是傚

井井亭銘 有序

蘇之天平山白雲泉世傳為吳中第一水山半有井味極清冽蓋其支派也井旧有亭歲既久亭井俱廢弘治庚申封翰林編修吳君仲恒命工治井且伐石為亭于是過者游者渴可飲倦可憩皆享君之利不厭也南京工部侍郎徐公甫名其亭曰井井君既卒葬于山麓其子編修一鵬請予銘刻之

亭中銘曰

有山出雲為雨于天其在地也則為井泉鑿而泓之
于山之根不滓而潔不淤而渾仰涵星辰俯鑑毫髮
維食之飲用之不竭有闌護之有亭覆之維名隆、
井寔受、之歲久泉湮亭亦云隳有惠封君曰是在我
濬深發洪否極終通上為帡幪外廓中空滌煩祛暍
仁者之功凡厥往來載罌載綆既庇其陰亦酌其洞
錫名孔嘉諸取諸井君之去矣逝者如斯郡守之助
鄉人之思有子斯〃才澤道以施為江為河奚井之為
維家有堂維国有楨為棟為梁矧惟彼亭來者勗哉

視我茲銘．

贈徐禎卿　李夢陽

獨處忽不懌攬衣循東廂樹木何修〻春風起飄颺
我友駕在門告言適江湘倉皇挈玉壺追送臨河陽
顧瞻兩飛凫並戲水中央翩〻厲羽翮鳴声一何長
奈何游客子一別永相望時泽亮有周天命固有當
薄終義所劣別離庸詎傷懿彼回路贈慷慨申此章．

姑蘇臺送李推官士允

少年何官騎白馬秋日經過古臺下回瞻遠處意慽
促下馬行歌淚盈把猗嗟築此誰為臺千年弃土猶

崔嵬𢊍廊館娃瓦礫積美人白骨生青苔枯蒿更吟莽颸〻〻飛雲呌雁淒徘徊當時金屋玉起樓豈謂臺成麝鹿游宝鈿黄金褭琵〻雨時濯出樵人妝李生豪士扶風儔悲歌久抱留連憂世家各談日一過獨廢吳越傷春秋復思鴟夷氣益奮怒目每送長濤流抉眼東門事已往茲臺再過君休上日暝烟波湖水深范婦恐有同行槳

相逢行贈表永之

清晨客叩門投我一書札開緘錦雲爛鏗然玉相戛問客何方来新下黄金臺揚鞭指河洛廻旆陵高崖

選珍綴琪草探美收璵瑰路逢赤松子並斧收氛埃
道同心乃冥神投誼雖乖古人重良契豈冗声影偕
行、報嘉績貢此明堂材

南陽宅訪徐禎卿

東閣能留第南人暫亦居琴書廷臥内騎馬到堂除
殘樹喧巢鵲微風走辟魚追思東釣日冠蓋爛盈閭

頎子謫全州二首

楚城悲遠望君去更悠、十月逢南雁章江況北流
寒沙帶宿莽霜月下孤舟明發湘東路應添予客愁

蒼梧遺舜蹟白雲秋氣愁君得人文地相逢是此州
山連夜郎瘴入桂林收獨有思親淚非緣逐客流

寄王子蘇州三首、

三十烏臺使投冠竟黑頭田園是故里江海有新舟
把酒看鴻奔開窓面虎丘不須慨今古吾佛鹿麋游

獨立望南天秋空月會圓此時一尊酒憶尔隔嬋娟
並馬遊燕日孤舟去越年斷腸今萬里心折暮江前

舊交多鬼録吾子獨仙郎幸自饒強健何心説廟廊

稲輸吳郡白橘足洞庭黄飽飯教兒女攤書日滿床

聞吳郡黄山人將遊五岳寄贈二首

昨報三吳客將尋五岳遊薜蘿應製服春水正宜舟二室雲中峻三花烟外浮住居吾近逕先肯到嵩丘

天柱峯頭雪蓮花頂畔雲朗吟唯李白獨往更黄昏婚嫁今應畢藜鞋有幸分共躋恒岱遍歸著五遊文

別徐子禎卿得江字

我愛南州徐孺子明瑶美璧世無雙新從北極看南極便自吳江下楚江日落鷓鴣啼廟口水清斑竹映

船窓擟衡王粲皆黄土千載何人復比邦

追舊寄徐子

憶昔逢君雪滿途遥憐爲客向江湖看碑定憶羊開府作賦先投楚大夫日黑魚龍廻夢澤草青麋鹿上姑蘇空揮玉軫思流水不得驊騮見過都

寄徐子

徐子南遊涉洞庭楚江凨浪眼冥〻竭来振玉朝天子忽漫傳書到客心訪戴雖移剡溪棹問奇曾過子雲亭烟沙水国催春發楊柳愁邊却尽春

哭徐博士二十韻

乾坤風色暮江漢哭斯人棘寺翻飛日文園久病身
數奇官竟左材大命須貧放浪泉違癖羈淹祇為親
赤城終羽鄮壁水暫儒紳鵬鷃偏垂翮鯨鯢不縱鱗
回殂豈道薄屈憤轉時屯藥石魂能返蛇龍識六真
楚狂嗟鳳鳥魯叟泣麒麟邂逅京華始風雲氣象新
蓬鷁陪玉筍倚馬接華絪宅蔬南陽月花吟東部春
回頭成夙昔開眼漸風塵妻子今誰托文章後益振
王喬跨雁鵠傳說化星辰松栢丘坟崛灰沙劍寫陳
閶門寒擊甕吳水痛沉珍宿艸偏舟阻生芻絮酒伸
碑非蔡邕愧誄豈仲宣倫獨把延陵劍吞聲淚滿巾

寄徐編修縉

題詩傳語玉堂賓想像鳴鞭散紫宸玩吴門前金腰裊窕如天上石麒麟徒誇中論流人去寔有新詩泣鬼神豈勿顧先諧大軸漁樵久已屬閒身

送程生兼寄姑蘇五岳黃山人

壓枝梅香景〻碧照眼櫻桃的〻紅舟楫大沅元畫夜路岐初夏有西東渰畄欲暮林間日行坐惟便竹下風秋水一帆湖海止為傳双鯉到吴中

寄顧台州

巾山何似峴山游雲島長和海色幽定有兒童笑山

簡君今孰与鄭台州恠尒分符坐赤城東南遥見海霞生梅開莫寄西來使春到煩求碧玉精

贈黄秀才省曾見訪　顧璘

養痾伏園廬秉耒顧微養藝苑旣荒落實階緬虛曠黄生大雅流金玉振高响念我來何逞澄江進吴舫霞裾泛秋塵羽爵洽朝餉披襟神皆暢析疑道弥廣繾綣淹旬留契合終古賞臨岐重解携竚立增惋悵

答徐昌穀博士

前年共飲燕京酒高樓雪花三尺厚酣歌徹夜鷩四

隣世事浮沉果何有一爲法吏少書來心結愁雲慘不開昨傳李省移新籍坐嘯空齋日幾回

劍池歌送李司法赴蘓州

干將乃是金天精爪髮墮炉神劍成亀文縵理踴高價駿馬千騎三都城盤魚騰光壯士死闔閭恥作吳公子冕雁長埋白虎峰蛟龍竟化寒池水池水冷冷百丈深春花覆水紅香沉池頭歌舞日歡賞地下誰識君王心君王已去河山改千年符竹紛光彩亘戟紅旌綺句飛韋白飛流至今在使君才俊傾梁園登朝執法臨吳門秦鏡光明照人胆漢綱疏濶流餘

恩青春多暇應出遊、劍池正對齊雲樓不厭橋東老
居士時來散髮共扁舟

寄吳縣楊尹

滿日循良事賢侯即古人彈琴變民俗飛舄離飛
塵棠樹千家頌桃花百歲春枳栖雖久滯天上待持
鈞

宴守溪相國園亭二首

黄閣辭榮早丹丘托興還蓉池窺海島芝館踏烟霄
臥處蒼生望夏餘素髮飄當筵心尽醉秋爽詎能銷

窈窕平泉宅清華獨樂園煙霞深晚景花竹靄春温
招隱臨叢桂懷仙倚洞門自愧塵土質聊尔奉琴尊

陸子潛子遠携酒過宿贈一首

二陸吾邦彦携壺問草堂醇醪雨中醉寒燭夜深青
寶氣騰凌辟人倫瞻六經坐餘玄論洽傾耳爲君聽

答徐昌穀博士

舊愛張廷尉今知鄭廣文高情踈法網丽藻播詞芬
臺省尔何恋交情殊有聞南楼望明月一倍惜離群

吴門懷古、

南眺荒原思惘然闔閭城古淡蒼烟吴宫已沒彈絲

處昏渚猶傷賜劍年渺渺晴湖浮遠岫萋萋春艸下
平田長洲廢苑那堪問落日祇餘麋鹿眠

荅徐昌穀

十年書札阻交親忽枉篇章轉愧人何日行臺堪倒
屣殊方離恨久傷神楊雄總畏才難敵王翰還要晚
共隣肺病一春拋酒盞問奇虛負故園春

臥病寄錢元抑

潘岳愁多病不禁南樓高枕獨長吟懷人更度西風
節望遠徒傷故國心芳艸捲簾空暮色亂山回首正
秋陰遲憐積雨凋新稼歲計應資賣賦金

遊故相守溪公園亭見中舍君新栽花木

丞相園亭舊数来，平泉花木後重栽。武陵桃苑逶迤轉，太華蓮峯綽約開。月出衆賓俱酩酊，雲移高閣更徘徊。門墻惠澤思無盡，踏遍三槐樹下苔。

文徵仲翰苑約游西湖不至次韻奉嘲

懷君不見動經年，有約犹鏗訪戴船。草閣自含懸榻愢，蓮舟終少聽歌緣。徒聞避俗称高士，未必尋幽損大賢。落日依闌空佇立，海山千點淡倉烟。

送客歸吴

草際日華淡，水邊雲意閒。〻五陵客，騎馬入秋山。

贈文徵仲

志士厲清節夫君猶者流舉足惟大道邪徑烏肯由田、仁甫弱冠却聘矜清修元城寡内欲亦自既壯秋揜面過行女閉門拒王侯天然氷玉標不与思慮謀師資吾党少長咸低頭前句原欠一字五車聚腹笥發咏崇温柔鮮雲淡華澤美玉辭雕鏤待詔入金馬玩世存薄游脱冠挂神武遂返蓴鱸舟顧神擊磬室放歌埋劍丘棹筆美圖画盡揜松雪儔乃鶩鐵石腸遺韵仍綢繆伯陽信龍物變化不可求

贈蔡九逵

文章有神秀譬彼造物宰变發雲霞章煥爲日星采
自非研精人妙解詎能逮糟粕莽成苴瘡疣祇增痗
蔡君事鑽攻搦管四十載攀茂屢登天會極已歸海
謂茲燿爛間乃有黷者在玄珠得罔象至味失鴞鷇
翻然恣揮灑塗轍忽尓改天机互奔湊神化绝需待
有靈駈萬象無色倏五采遂使郊島徒槵獲刻薄罪
蹇予襆群久索居亦荒猥日誦林屋編充然慰飢餒

贈蘇州鄖椎陳君天祐赴任

星文高執法地望切專城司馬家風峻王畿宦籍荣
吴都包海潤震澤際天清此去懸霜月偏臨萬户明

江南樂八首代内作　　徐禎卿

生長在江南不愛江北住家在閶門西門垂雙柳樹
陽春二月時桃李花參差寄言諸姊妹莫遣惡風吹
還鄉信自樂望近轉於邑阿毋見兒歸定自持儂泣
野鳧生雛時乃在河沚中可憐生羽翼各自戀菰叢
橘生江上洲過江化為枳情性本非殊風土不相似
人言江南薄江南信自樂采桑作蚕絲羅綺任儂着
与郎計水程三月定到家庭中赤芍藥爛熳齊看花
江南道里長荊襄在何處聞郎昨夜語五月瀟湘去

贈錢元抑題小像

錢郎毛髮鬖且鬉秀骨揷髸蒼崖開驊騮驥〻有奇
氣一蹴萬里空長埃今之畫工不可數畫馬無過曹
韓武吳生落睨筆有神不求貌馬求貌人英物由來
豈殊相麟鳳聖賢俱絕倫却恨丹青損真趣獨事玄
毫拂紈素生象蠕〻指間出大巧無乃遭神怒故人
三歲不相見開圖忽訝錢郎面小兒八歲快目睛間
之啞然呼姓名嗚呼畫馬雖工只畫形風雲道路俱
冥〻豈知錢郎貌如此馮〻大腹儲滄溟高蹄昔蹶
未可輕今日近前凡馬驚吳江之湄浙之涘我行于
南從此始棹頭不見眼中人寂寞行歌向湘水

王敬止御史始寓海南繼移永嘉今自燕中

迎親就養

朱厓昔長寓連州始量移借問東甌土何如南海湄霞標建台嶽桃源帶武夷雁山茱桂樹象浦合珠漪玉鉆非一族海錯被珍奇金盤湛碧露名酒黄柑滿綠枝歡此三春日復愜暮秋時鳴琴坐高館撫景幸華池迎輿侍潘令進酒舞萊兒顧以今時笑還愴惜朝離豐澤亨雷雨璟草變芳蕤永嘉多懋宰建德易絃絲昔慕文翁化文宗儒昔宰永嘉有声今蒙葉尹慈長沙非德讁宣室契前思光華眞一接胡越詎能追河東欲有

献及此汾陰祠

答顧郎中華玉

昔居長安西今居長安北蓬門臥病秋潦繁十日不出生荆棘牽泥匍匐入李宫馬瘦翻愁足無力慵疏頗被諸生訕虚名何用時人識京師賣文賤于土飢腸不救虀鹽食去年作吏在法曹月俸送官空署職林頭一甕不滿儲囊裡無錢作估值歸来困頓不得醉兒女荒凉婦歎息今年調官去懊惱苦笑先生禄太嗇釜中粟少作糜薄白椀盛来映膚色丈夫但免溝壑辱日飲藜藿勝羊肉平生富貴亦何有羸軀幸

自弛畊牧但頓時豊民物安官府清廉盜賊伏人人
鼓腹厭粱菽先生雖病甘苜蓿一朝雷雨濯亨衢坐
中諸公執中軸先生翛然卷懷退茆斋歸向南山卜

登半塘寺閣

夙有山水慕苦為形役拘潛玆夏日永聊得狎浮圖
攀雲凌廣閣靄〻見吳都諸川散林上平野鬱芬敷
法花垂縹緲晴采動虛無烟火下方襍昏明時態殊
境起自生樂疲心忽重蘇因傷人世子擾〻即長途

秋日過故尚書吳公池館二首

平泉舊時里秋日水亭閑苑樹凋陰合魚梁山照來

卷五十二　三八

野人臨逸釣公子進新醅興盡何須謝垂鞭醉即回

不見尚書履階陰空綠苔菊花三徑在棗熟衆禽來
蹟爲憐幽駐園因好事開秋風懸劍處落日首重回

送友人還吳

陽月隨陽鳥還從塞上來北人江北望不見隴頭梅
坐下楊朱哭吟爲莊舄哀郵傳數行札千里送君回、

送盛斯徵赴長沙

昔愁越嶲千峯仄轉入巴渝萬里賒豈料聖恩憐賈
誼犹煩佐郡出長沙蠻中瘴遠三湘水江畔春逢十

月花遥聽岳陽楼上笛可能回首憶京華

唐生将卜築桃花之塢謀家無資貽書見讓

寄此解嘲

予昔攀白日虹蜺千紫庭浮沉帝座側無人知歲星側侍公車無所歡聊騎天馬出長安南下蒼江浮七澤還携謝客萇波瀾青倪中開秀廬岳瀑布洒入千峯寒冥冥仙氣貫南斗直欲凌身燒火丹廻裾西拂巫山浦浩蕩歡心閒雲雨帰来欲奏楚王書漢主上林方好武黄金不遇心自吁白壁無媒飄見侮昨日結交燕少年酣歌擊筑市中眠正逢天子失顔色奪

俸經時無酒錢入門百結鷫鸘尽笑立文君明鏡前却思旧日高陽侶黄公酒壚何處边天下綈袍誰不憐郄鄉未具山中橐何人為買剡溪田唐白虎真侠客十年与尔青雲交傾心、置腹無所惜擊我劍拂君纓請歌鸚鵡篇為奏朱絲絃胡為擾擾蒼蠅之惡声我今蹭蹬尚如此嗟尔悠悠世上名

寄華玉

去歲君為薊門客燕山雪暗秦雲白馬上相逢脫紫貂朝回沽酒城南陌燕山此日雪紛紛祇見秦雲不見君、胡天白雁南飛尽千里相思那得聞

寄子容

芳月高堂晏彝君楚水遊那知臨歲晚猶此對滄洲津煖空雲度江明霽雪浮新詩仍自惜何以懟離憂

登吳城晚眺

墟市依依半夕陽凭君指點說興亡河山滿眼孤臣恨天地愁人俛僶場野鹿繞臺烟沒草城烏啼夜月含霜繁華總識豐年樂猶自臨風涕兩行

過故宮六首 即僞周道址

自畏時譏掩口吟文章曾說築黃金江山不作千年計枉費英雄萬里心

城外旌旂蔽日塵賓筵歌酒自逡巡小兒未有平淮捷慚愧圍碁晉室臣士誠建賓筵館延名士鄭元祐輩游戲文墨围城臨破猶揮酒不輟

誰使宮城坐陸沉倉庾食盡亦難禁綺羅一把咸陽火猶是豪雄懍慨心時圍久城中食盡李司徒伯昇使人輸情于王師于是大將軍徐達引軍破城入先是士誠与妻約日設事不濟輟聚宮自焚士誠見縛即使人縱火人盡焚死

擾擾干戈誰解紛吾能談笑却三軍江山贏盡將何用銷荒郊數尺墳

感慨當時壯士心不圖行客一沾衿千年劉項元同死垓下何須嘆楚音

木葉蕭蕭朝市平空教才子賦蕪城百年銷盡繁華
夢唯有寒蛩泣月明

次韻石田登姑蘇臺

墟城帶山色感慨幾經遊路閶牛羊夕臺空蔓草秋
忠何辟倿死国竟与恩休忍説干戈事銷䰟萬古愁

再咏四首

秋風古城曲落日送清哀吳越今如此忠讒安在哉
江流背寒郭山色弔荒臺不見懸門眺空餘血濺苔
危樓代何譙晚日倚岑寥多病仍傷古悲歌獨聽樵

恨緘花下骨怒想月中潮忠鬼凴誰吊臨風誦楚騷

三

孤城猶突兀往事已茫然青艸干戈後荒祠豕鹿前
雲遮双目恨山接五湖船零落争蝸夢興亡共可憐

四

危机豈在明釁釀已深成劍吞真吳冠娃宮有越兵
奢淫亡自取孤憤死雖平愁殺城南樹昏雅未息争

游資慶寺

啼禽歛斷野花疏一徑桑麻到淨居松偃重門分雨
院竹開別徑有精廬茶炊灶火新衙鶴飯洗雲波鉢

繞魚慚示山僧塵土面灵珠何日拔泥淤

歸自松陵

十里風帆日未斜江城春晚見桃花深〻門巷無人過燕子還隨客到家

上林郡侯　思紹

寶冊軒墀親付托句吳土宇古提封腰間左佩緋魚貴戶外分排畫戟重漢牧循良無峻法唐祖平緩不傷農甘棠今日稱慈父騘馬當年號鐵容奏牘匡時多苦樂文章勝欵有偏鋒蹔成遠郡三秋滯堪禦長城萬里衝報捷荐書驚擾〻頻遲仁澤慰喝〻相逢

卷五十二　四二

舊齒曾聞說要与君王少借龔

贈唐居士

閒居喑〻醉嗚〻轉覺微情与世疎貧剩毹氈犹灑鹿伯虎時畜一鹿病抛魚肉久甘蔬一龕碧火蒲團夜十畝黄柑也酒瓢車此事若成須報我菟裘隨分著吾廬

懷邢處士參

梨花分月一枝明吟着春詩繞樹行聞說里門多下馬若為人世可逃名寂寥風雨眠僧舍談笑杯盤餟豆㕡數畝山田是吾志与君終歲飯香杭

讀劉秀才詩

文

秀才名嘉猾允字協中夙有文才与余未及見而卒一
雪白劉郎縞綃裙雖將湯餅驗傅聞淒涼絕筆登樓咏協中嘗題唐伯虎樓壁云〻是後遂病卒流落誰家予墓文又有予范墓文一篇蓋悼宋臣范成大也今無求訪半世苦心惟此在百年評口欲何云
寺門秋葉寒相擁下馬曾看陌上墳

懷伯虎

寒窗燈火張生夢京洛風塵季子金兩地相思各明月閑山書尺幾銷沉

寄朱隱君性甫

自笑千金憎已捐陶然知命且隨緣睽踈故旧家〻

卷二　四三

酒狼籍圖書處、船布被夜寒孫抱足柴門雪滿客無毡陸游草〻真成放千首新詩六十年

簡伯虎

麻紙功名笑浪傳如今袖裡了塵緣交朋零落看書札花月蕭條問酒錢數里青山騎犢醉一林黄葉擁秋眠心期兀〻成幽病誰与高人辨草屨

寄楊儀曹君謙

古道重看荐士篇糠粃合在簸揚前累〻貧賤遭人唾草〻心懷雜紙傳四海贈襦誰謝朓百年酹酒感楊玄清才江左今無数試一題詩孰後先

過故宮二首　宜接前六首

那有文章充上賓會稽頭白老累臣當時揮洒臨歌處空使冥〻仰絶塵士誠慕楊維禎之名嘗欲客之楊于席上賦詩江南歲〻烽烟起塞北年〻御酒來如此烽烟如此酒老夫懷抱幾時開竟不能屈

合眼左車難論勇百年心事本相同殿前怒賜丁公死始識規模漢祖雄士誠見太祖瞋目膝坐太祖即命斬李伯昇以示士誠

長至日重拜文温州畫像

平生袍笏宛如存蕭瑟登堂破淚痕尹父共憐中洛天漢阡何處百年魂江山易起英雄恨談笑難酬國士恩寥落一編遺事在公仲子徵明失温州遺事一卷幾回摩

唐張司業詩集序　張洎

司業諱籍字文昌蘇州吳郡人也貞元十五年丞相渤海公下及第歷官太祝秘書郎國子博士水部員外郎國子司業公爲古風最善自李杜之後風雅道衰繼其美者唯公一人故太白傅讀公集曰張公何爲者業文三十春尤工樂府詞章代少其倫又姚秘監嘗讀公詩云妙絕江南曲淒涼怨女詩古風無手敵新語是人知其爲當時文士推服也如此元和中公及元丞相白樂天孟東野歌詞天下宗匠謂之元和體律詩貞元以前作者間出大抵互相祖尚拘於

常態迨公一變而章句之妙冠於流品矣自唐末多故荐經離亂公之遺集十不存一予自丙午歲迨至乙丑歲相次緝綴僅得四百餘篇離為五卷藏諸篋笥餘則更俟博訪以廣其遺闕云耳翰林學士中書舍人張洎編次

唐贈兵部尚書宣公陸公贄翰苑集序

權德輿

嘗讀賈誼書觀其經制人文鋪陳帝業術亦至矣待之宣室恨得後時遇亦深矣然竟不能達四聰而盡其善排群議而試厥謀通之難行也亦已久矣東陽

三

南時山東士卒聞書詔之辭無不感激思奮臣節時臣知賊不足平也公自行在帶本職拜諫議大夫中書舍人精敏小心未嘗有過艱難扈從行在輒隨啟沃謀猷特所親信有時燕語不以公卿指名但呼陸贄而已初幸梁洋棧道危狹從官前後相失上夜次館召公不至泫然號於禁旅曰得陸贄者賞千金頃之公至太子親王皆賀初公既職內署母韋氏尚在吳中上遣中使迎至京師道路置驛文士榮之丁韋夫人憂去職持喪於洛遣人護溧陽之柩附於河南上遣中使監護其事四方賻遺數百萬公一無所

取素与蜀帥韋南康布衣交善韋令每月置遺公、奏
而受之服闋復內職、權知兵部侍郎覲見之日天子
為之興改容叙子侄礼、如此內外屬望旦夕俟其輔
政、為竇參忌疾故緩之真拜兵部侍郎知貢擧得人
之盛、公議稱、之貞元八年拜中書侍郎平章事公以
少年入、侍內殿特蒙厚遇不可与、眾浮沉苟且自愛
事有不可、必諍之、上察物太精躬臨庶政失其大
體動与公違、奸、諛、從而間之屢至不悅親友或規之
公曰吾上不負、天子下不負吾所學不恤其他公
精於吏事斟酌剖決不爽錙銖其經綸制度其在

德宗實錄及竇參納劉士寧之賂爲李巽所發罷得左遷横議者以公與參素不協歸罪相之議於公户部侍郎判度支裴延齡以奸回得幸害時蠹政物議莫敢指言公獨以身當之屢言不可翰林學士吳通玄忌公先達每切中傷陰結延齡互言公短宰相趙憬公之引拔昇爲同列以公排邪守正心復異之群邪沮謀直道不勝十年公退爲賓客罷政事明年夏旱芻粮不給軍校訴於上延齡奏曰此皆陸贄董晉望鼓煽軍人也貶公忠州別駕上怒不可測賴陽城張萬福救之獲免蜀帥韋令抗表請以贄代己歲賂

賁狼公在南賓閉門却掃郡人稀識其面復避謗不著、書唯孜孜臣、方撰集驗方五十卷行於世、江峽十稔、永、貞初与、鄭餘慶陽城同徵還公已耄時年五十二公之秉筆内署也推古揚今雄文藻思敷之爲文誥申之爲、典謨俾獯狄向風懦夫增氣則有制誥集一十卷覽公、之作則知公之爲文也潤色之餘論思獻納軍國利害巨細必有奏章七卷覽公之奏則知公之爲臣也其任、相位也推賢与、能舉直錯枉將斡璿衡而揭日月清氣、沴而平泰階敷其道也与、伊說爭衡考其文也与、典謨接軫則有中書奏議七卷覽

唐段孔直

公之奏議則知公之事君也古人以士之遇也其要有四爲才位時命也仲尼有才而無位其道不行賈生有時而無命終於一慟惟公才不謂不長位不謂不達逢時而不盡其道非命歟裴氏之子爲能使公不遇哉說者又以房魏姚宋逢時遇主克致清平陛君亦獲幸時君而不能與房魏爭列蓋道未至也應之曰道能自吾弘之在人蜚蝗竟天農稷不能善稼奔車覆轍丘軻亦瘵規行若使四君與公易時而相則一否一臧未可知也而致君不及貞觀開元者蓋時不幸也豈公不幸哉以爲其道未至不亦誣乎公

之文集有詩文賦集表狀爲別集十五卷其關於時政照〻然与金石不朽者惟制誥奏議予雖已流行多謬編次今以類相從冠於編首兼署書其官氏景行以爲序引俾後之君子覽公制作効之爲文爲臣事君之道不其偉歟

叢書序

陸龜蒙

叢書者叢脞之書也叢脞猶細碎也細而不遺大可知其所容矣自乾符六年春臥病於笠澤之濱敗屋數間蓋蠹魚十餘簏伯男兒纔三尺許長碼音數猶蟲未編教以藥劑象梧子大小狀研墨泚笔供帋扎而

已醉中不堪飄耗時亦隱几強坐內抑鬱則外揚為声音歌詩頌賦銘記傳序往往襍發不類不次混而載之稱為叢書自當緩夔之一物非敢露世家耳目故凡所諱中略無避為笠澤松江之名

松陵集序　皮日休

詩有六義其一曰比比者定物之情狀也則必謂之才才之備者於聖為六藝在賢為声詩噫春秋之後頌声亡寖降及漢氏詩道若作然二雅之風委而不興矣在詩有三言四言五言六言七言八言九言之作三言者曰振振鷺鷺于飛是也五言者曰誰謂雀

無角何以穿吾屋是也六言者曰我姑酌彼金罍是
也七言者曰交交黄鳥止於桑是也九言者曰洞酌
彼行酌潦挹彼注茲是也蓋古詩率以四言為本而
漢氏方以五言七言為之也其句亦出於毛詩五言
者曰攜手上河陽是也七言者漢武曰日月星辰和
四時是也爾後盛于建安建安以後江左君臣得以
浮艷之然詩之六義微矣逮及吾唐開元之世易其
體為律為始切儷偶拘於聲勢然詩云見憫既多受
侮不少其對也工矣堯典曰聲依永律和聲其為律
也甚矣由漢及唐詩之道盡矣吾又不知千祀之後

詩之道止於斯而已邪後有變而作者予不得以知之夫不知備者猶天地之氣乎氣者止乎一也分而為四時其為春則煦枯發折如育如護百蒔融冶酣人肌骨其為夏則赫曦朝升天地如窑草焦石渴木燎毛髮其為秋則凉颸高嘈石露天骨景爽夕清神不蔽形其為冬則霜陣一捷萬物昔卒雲沮日慘若嘆天責夫如是豈拘於一哉亦變之而已人之有才者不變則已苟變之豈異於是乎故才之用也廣之為滄溟細之為溝瀆高之為山嶽碎之為礫瓦美之為西子惡之為敦治壯之為武賁弱之為處女大則

八荒之外不可窮小則一毫之末不可見苟其才如是復能用之則庖丁之牛慶之輪郢之斤不足善謂其神解也意古之士窮達必形乎歌咏苟欲見乎志非文不能宣也於是為其詞〻之作固不能獨善必須人以成之昔周公為詩以貽成王吉甫作頌以贈申伯詩之酬贈其來尚矣後每為詩必多以斯為事咸通七年今兵部令狐負外在淮南今中書舍人弘農守毗陵日休皆以詞獲幸悉蒙以所製命之和各盈編軸亦有名其首者十年大司諫清河公出牧於吳日休為部從事居一月有進士陸龜蒙字魯望者

以其業見造凡數編其才之變真天地之氣也近代稱溫飛卿李義山為之冣　生叅之於知其孰為之先後也太玄曰稽其門闢其戶眼其鍵然後乃應況其否者乎予遂以詞諷之果復之不移刻由是風雨晦冥蓮蕩翦舂未嘗不以其應而為事苟其詞之來食則輟之而自飲寢則聞之而必驚凡一年為往躰各九十三首今躰各一百九十三首襍躰各三十八首聯句問畣各十有八篇其在外合之凡六百五十八首南陽廣文潤卿龐西侍御德師或旅泊之際善其所為皆以詞致師詞之不多去之速也大司諫

清河公有作或命之和亦著焉其餘則吳中名士又得三十首除詩外有序十九首總録之得十通載詩六百八十五首漢書曰古者諸侯卿大夫交以鄰国以微言相感當揖讓之時必稱詩以喻其志益以別賢不肖也予之与生道義志氣窮達是非莫不見於是士君子或為之覽賢不肖可不別乎哉噫古之將有交綏而退者今生之於予豈是邪生既編其詞請於予曰尔有文當為吾序詩道兼日通以名之日休曰諾由是為之序松江吳之望也別名曰松陵請目之曰松陵集

甫里陸先生文集序

樊開

唐賢陸龜蒙字魯望三吳人也幼而聰悟通六籍尤長於春秋常擬江謝賦事名振江右与顏蕘皮日休羅隱融為友性高潔家貧親老屈与張博為湖蘇二郡佐嘗至饒州三月無所詣刺史率官屬就見之龜蒙不樂拂衣去居松江甫里多所論撰著吳興實錄四十卷松陵集十卷笠澤叢書八十餘篇自謂江湖散人或號天隨子甫里先生唐末以左拾遺授之詔下日疾終贈右補闕本朝宗景文公重修唐書仍列於隱逸傳今劉中惟松陵集盛行笠澤叢書未有

是書家藏久矣愚謂貯之篋笥以私一人之觀覽不若鋟版而傳諸好事度斯文之不墜而魯望之名復振亦儒者之用心也時聖宋元符庚辰歲仲秋月鄉人樊開題

後序

朱袞

進退取舍君子之大節惟循於道而不悖然後無媿於聖人之門非明輕重之理知好惡之正者未有不爲物所勝也天隨子居衰亂之世仕不苟合家於松江躬勞苦甘淡澹而以讀書攷古爲事所養者厚故其文氣完而志直言辯而意深一歸於尊君愛民崇

善沮懲茲非所謂循於道而不悖者邪世所傳叢書多舛謬爰既至其邑想其遺風因求善本校証刻之于版俾覽者非獨玩其辭而已矣於其志節將取焉

政和改元季夏四月毘陵朱袞記

又　葉茵

甫里先生吾鄉先賢也出處大節已見本傳獨著述散漫未有善本今傳于世者笠澤叢書松陵集以篇計之僅四百八十一首居其鄉誦其文且和其絶句百八十餘首遂於文集中裒集得一百七十一篇合叢書松陵集計六百五十二篇凡可助此書以流行

者聚於卷末、名曰附録總爲二十卷刊寘義莊以廣覯覽其間字畫、疑者存之外訛者正之文有遺是逸者仍且增補之庶、可酬先生泉下之望亦可見菖景慕先哲之意云寳祐、五年閏月日葉菖謹識

甫里先生文集序

林希逸

漢而下史録諸名家集其殘缺不完失滅不可見如歐陽公所嘆者不知其幾百氏也方其存時或托以交遊、援之門人付之子孫豈不欲其必傳、之必遠要之貧、不可必其間乃有出於破囊敗篋之中幾廢而幸存者子雲不必侯芭太白不必陽冰退之不必

李漢子厚不必兩錫千載而後往〻不期而進之是豈偶然哉甫里先生之沒去今幾百載矣遺稿所存僅有松陵笠澤二書其詩似陳拾遺其文似元道州平居以文章自怡雖憂虞疾病無旬日生計未嘗暫輟塗竄則其平生所著豈應止爾嘗以棄珠遺辭爲恨今吳江葉君茵乃作意掇拾而裒益之懇〻勤〻若褚先生之於史記張處度之於沖虛經網羅放失將必有續得而未已者於先生何忠哉先生之亡所墨沘筆者雖稗紫溪翁鹿門子諸賢皆平昔所深交者豈無一人可任此責苟有爲亦不至散軼如此視

葉君殊有媿矣然史稱盧攜李蔚素與善及當國召拜拾遺詔方下而先生卒以史考之盧李皆相於乾符元年五年皆罷而叢書自序乃曰乾符六年卧病笠澤是二人既罷而先生猶無恙也若曰六年之冬攜等再相則與李蔚無與矣然攜附田令孜以進卒爲所擠亦使先生猶在亦豈斯人可致哉史氏之云若以此爲先生惜者誤矣寶祐六年冬十有一月朔請郎直寶謨閣林希逸叙

重刊甫里先生文集序

陸鉞

長洲甫里爲唐陸魯望先生之隱處故自號甫里先生

蓋以地也去今六百餘祀而流風未泯舊跡猶存遺文俱墜崑山嚴景和氏居松江之許谿近甫里素欽甫里之文乃訪而重刊之謂余不可以無序也予知陸氏為吳郡四姓之舊晉平原內史陸士衡之詩曰四姓定名家者為可徵焉至先生以高節稱而並併貴其文當時皎文珪覽其舊集曰文價沸乎三吳而類唐賦者至於裴晉公白文公之作同編其所著有吳興定録四十卷松陵集十卷晁氏曰凡六百五十八首笠澤叢書四卷陳氏曰甲乙丙丁詩文襍編朱衮刊於吳江未有四賦用蜀本增入蜀本七卷樊開

所序按閑序止曰八十餘篇而不曰四卷与陳氏所計七卷之數不合叢書松陵集總六百五十二篇併附録為二十卷閑晁氏所校松陵集六卷刊於宝祐中歷勝国以来歳久板縻景和所為重刊者継前矣之勝事誠義举也而叢書四卷八十餘篇之數無從補刊矣先生自言平居以詩文自怡黙竄塗抹歴年不能寫一本或為好事者取去鄱陽馬氏録書有小名録三卷周密齊東野語曰先生祠在白蓮寺中像設皆唐物咸淳子盛氏子醉仆其像於水滿腹皆平生詩文新稿知府倪普更為像腹稿不可復得矣序

列先生所著書無小名録集中亦不見序述或在所逸之中豈同与詩文為好事者取去後出而傳於今邪抑如聶氏所論無異聞而不書耶所謂腹藏新稿或叢書等成集之故先生既歿尚有未及編次者邪殷文珪所覽旧集或吳興蓂録或叢書或松陵集蓋不可知豈已編者為旧集未集為新稿曰置腹中故有新旧之分耶是知先生之制作不獨遺逸於當時復遭棄毀於後代為可惜也然其所以為貴者豈專在於文哉惟其立節之高而已夫文以昭其節也節以表其文也使徒文焉而節有不立則文者流於一

勢又何足貴予先生之生遭丁季唐一不中進士舉知去之不可爲也以高士召不至史称盧携李蔚當國召拜左拾遺詔下而卒林希逸辯其不然且曰有之決不爲盧李輩所致可謂得其心矣至于揚文公談苑所紀内養鴨事詩家多喜引用莆田故寔辨其爲誣又以談苑爲別有所據攷之文公亦曰出於相傳由其一時輕信耳豈別有所據云以予觀於司空圖成通中及第避亂隱中條山僖宗以中書舍人徵拜禮户二部侍郎皆不起又以疾辭朱梁禮部尚書之徵梁史書之殊爲失真賴王元之據事考

言明其制行之卓犖不污曲筆其事殆与魯望類而
節概亦相似譬猶天麟不觸丗網雪鶴自起鷄群也
古之王維鄭虔皆能文詞書画皆入妙品皆污僞官
不能行鄭相如守節可免之言以至于失身後雖皆
以詩画得免而良史氏黼衮鈇鉞襃貶之公安可廢
乱同牽聯以書用存素王勸懲之法皮襲美稱魯望
之才不識溫庭筠李商隱薦長公稱表稱詩文高雅
有承平之遺風可謂確論矣表聖之集曰一鳴景和
尚求之藏書之家偶刊竝傳俾讀者同其言之而得
其節行之詳知其不爲徒文而明於出處之義流播

千載爲不朽事則於名教之益也豈小小哉成化丁未春正月之吉　賜進士及第奉訓大夫　右春坊右諭德邑人陸釴書

刻松陵集跋

都穆

古松陵即今之吴江予同年濟寧劉君濟民來爲邑令謂是集爲其邑故物而人未之見授儒士盧雍校勘捐俸刊之予觀詩人多尚次韵至元白而益盛唐其萃而成編則有漢上題襟斷金及是三集按皮氏自序謂一歲之中詩凡六百五十八首其富如此則又題襟斷金之所無若况其遊燕題咏類多吴中之

作後之希賢懷古者將於是乎考固吳人所當宝也劉君為政不[illegible]古人其刻是集豈直私於一邑蓋將公之天下者也弘治壬戌九月二日前進士吳郡穆記

范文正公集敘　蘇軾

慶曆三年軾始總角入鄉校士有自京師來者以魯人石守道所作慶曆聖德詩示鄉先生軾從旁竊觀則能誦習其詞問先生以所頌十一人者何人也先生曰童子用何知之軾曰此天人也耶則不敢知若亦人耳何為其不可先生奇軾言盡以告之且曰韓

范富歐陽此四人者人傑也時雖未盡了則已私識之矣嘉祐二年始舉進士至京師則范公歿既葬而墓碑出讀之至流涕曰吾得其爲人蓋十有五年而不一見其面豈非命也歟是歲登第始見知於歐陽公因公以識韓富皆以國士待軾曰恨子不識范文正公其後三年過許始識公之仲子今丞相堯夫又六年始見其叔彝叟京師又十一年遂与其季德孺同寮於徐皆一見如舊且以公之遺稿見屬爲叙又十三年乃克爲之嗚呼公之功德蓋不待文而顯其文亦不待叙而傳然不敢辭者自以八歲知愛敬公

今四十七年矣彼三傑者皆得從之遊而公獨不識以爲平生之恨若獲挂名其文字中以自托於門下士之末豈非畸音之願也哉古之君子如伊尹太公管仲樂毅之流其王伯之略皆定於畎畝之中非仕而後學者也淮陰侯見高皇帝於漢中論劉項短長畫取三秦如指掌及佐帝定天下漢中之言無不酬者諸葛孔明卧草廬中與先主策曹操孫權規取劉璋因蜀之資以爭天下終身不易其言此豈口傳耳受嘗試爲之而僥倖其或成也哉公在天聖中居太夫人之喪已有憂天下致太平之意故爲萬言書以遺

罕相天下傳誦至用為將擢為執政考其平生所為無出此書者今其集二十卷為詩賦二百六十八為文一百六十五其於仁義禮樂忠信孝悌蓋如飢渴之於飲食須臾忘而不可得如火之熱如水之濕蓋其天性有不得不然者雖弄翰戲語率然而作必歸於此故天下信其誠爭師尊之孔子曰有德者必有言非有言也德之發于口者也又曰我戰則克祭則受福非能戰也德之見於事者也元祐四年四月二十一日龍圖閣學士朝奉郎親知杭州軍州事蘇軾叙

鄱陽顏范二公序

俞　翊

鄱陽在江左號古郡昔之爲守者固多以賢称首九人而傑出於九賢之中又止唐之顏魯公本朝之范文正公可謂難得也已二公名氏在史官大節在天下至於文章散人間雖筆端游戲之餘而典雅純㝎可以經世而出治垂久而行遠蓋其所養得天地之正氣故文亦如之然是邪寔二公旧治獨無墨本而聞見於他處識闕典也翊攝乏此来首訪得而之鳩工鏤板以傳不朽斯人之春々二公雖不繫於文集之有無然使學士大夫家有其書如潮人之於退之

郴人之於子厚因書以致其師仰敬慕之意不猶甘棠之思乎乾道丁亥五月既望邵武俞翊謹識

番陽刊文正公集引　綦煥

番陽郡齋州學有文正范公集奏議歲久板多漫滅殆不可讀判府太冲先生嘗謂此郡太守名德如日月之照終古不泯者在唐則顏魯公本朝則范文正公文正之集士大夫過郡者莫不欲見其可不整治乎於是委屬僚以舊京本丹陽集參校且捐公帑刊補之又得詩文三十七篇為遺集附於後其間尚有

汁誤更竢後之君子訪善本訂正爲淳熙丙午十二
月日郡從事北海綦煥謹識

文正公尺牘刋跋　張栻

右文正范公帖得之文定胡公家以刋於桂林郡—
栻聞君子言有教動有法其於文正公見之矣觀帖
雖一時書帖之間亦足以扶世教而垂后法非盛德
者其能然乎敢敬致之以昭来世淳熙三年元日廣
漢郡張栻書

此處必落去一行
題目繕本應稽
空一行俟查

右范文正公與其兄弟之書其言近而易知世之仕
者得其說而謹守之亦足以撿身而及物矣然所謂

自未嘗營私者必若公之先天下之憂而憂後天下之樂而樂事上遇人一以自信不擇利害而取舍然後足以充其名而其所論親僚友以絕壅蔽之萌禁防以杜奸私之漸者引而伸之亦非獨效一官者所當知也

新安朱熹書

范忠宣公文集序

樓鑰

惟昔賢者皆後世之師表而學者之慕古人則自昔有不同如汲黯之慕袁盎司馬長卿之慕藺相如若有不可解於心者本朝先正名德相繼如泰山喬岳景星鳳皇事近而易攷嘉言善行皆當取則而區區

之愚少而讀元祐丞相忠宣范公言行録及復終始正學大節偉識宏度賛嘆不已於諸鉅公間尤頗執鞭欲追隨其萬一而不可得也如奏議國論等書如責人責己助廣成德之訓又若避好名之嫌則無為善之路等語皆當終身誦之毎恨未見其家集也嘉定五年三月甲戌公之從元孫中書舍人之柔見過謂綸曰忠宣文集未行於世晚而謫居永州三年邦人至今懷仰比因沈史君圻赴郡以家藏本屬之既已刊就而闕無序引徑以見委綸謹謝之且曰托名不腐豈非晚進之幸豈非平日之願顧年衰學落何

足以与此三辭不獲則取而伏讀越二日而盡得之
蓋公天資誠篤確志學問承文正公之親傳傳之以
泰山孫明復徂徠石守道盱江李泰伯三先生師友
之益發為詞章根抵六經切於論事無一長語而一
出於文正觀文忠蕭公序文正公集有曰其於仁義禮樂
忠信孝弟如飢渴之於飲食欲須臾忘而不可得又
曰雖真翰戲語率然而作必歸於此故天下信其誠
爭師尊之公真是似者哉而鑰之所尊敬者此又其
餘事自　朝出鎮廟謨相業具載史册不待贅言惟
公　忠恕得吾道之功用深入吾夫子閫域非淺

丈夫所謂寬者溫恭惟謹無畏觸人遇有當爲勇決
過於賁育、此其大過人者、然亦尚可勉也心平而寬
慮周而遠、喜、怒哀樂所發而心中克代怨欲不止於
不行包含太虛、無所遂、莫姑以其見於外者一二言
之鄭綰嘗奏罷公、襄州及言者攻綰則極力爭之謂
已經先朝責降不應、再有所貶公亦非有意於以德
報怨自謂上惜朝廷事、體下以安人情及側蘇黃門
詞揚畏憚章而公去相位、他日、哲宗向斥黃門從
容爲解黃門謂公爲佛地位、中人章子厚得罪父年
九十議與一便郡公言當置往、答而念其親公本以

議新法不合而去及温公將盡改熙、豐之法公謂將當去其太甚又須徐徐經理差役二事、尤不可暴操心頗如此公既表明而責知隨州尋竄永、州蓋子厚必欲寘之死地而公素安義命無一怨語之、家人猶未平也風雨中覆舟於江以救僅免拭面而語、家人曰此亦子厚所為耶嗚呼使之從夫子於陳蔡當、亦有、不容何病之言此非他人所及也蔡新州負罪至、公力、救之上怍簾中下莫同列矣、如劉元城亦以吳處厚為、義存君親詆公不遺餘力公不為動卒貫其死一時不、以為快及事之變呂汲公劉忠肅等雖終於賤所其得免於已甚者始知公之不貲新州於死之力也汲公莫初竄嶺表　郊教未須先謂難從思有公齋戒九州防等年老　病何以自存延其所罪亦曰持心夫怨好惡任情以異　為怨仇以疑似為訕謗誤罔害公覆車可鑒此不惟次落秦陵止欲感動予厚輩使之革心而從　也嗚呼自熙豐元祐以至元符紹聖之間去取屢变反覆非一徽皇踐祚改建中靖國流人悉歸四海望太平於朝莫欽聖憲肅皇后與徽皇待公而為政致還中使遠至湖外賜好幸復迎勞不絕公時在瞽瘵風痺中知上果用我亦

欲感激自奮而病不可為矣嗚呼天乎尚足以三數
年之壽使再得政則必能調一天下可以仰副建中
靖國之意豈復有後日之禍哉公既去矣而蔡呂俱
召呂又為蔡所排而仕蔡愈專矣此所以撫卷長懷
而繼之太息流涕也後之君子欲多識前言往行以
蓄其德者於此書可不熟復而力行之以代弦韋之
佩乎文正四子長監簿以病早歿忠宣與二季俱顯
衣冠蟬聯然自忠宣以來一百二十有四年而後中
書舍人始紹科第並寔監簿之元孫范氏之興未艾
也四月丁丑朔　正奉大夫參知政事兼　太子賓

客四明樓鑰謹序

刻政府奏議跋　范文英

先文正公奏議十七卷韓魏公爲序在昔板行于世雖不復存其政府奏議二帙卷中不載茲得舊本惜多漫滅將繕寫鋟梓而鄉士錢翼之見愚樂爲之書於是命工刊置於家塾期世傳之元統二年甲戌九月八世孫文英謹識

石湖居士集跋　范莘

先人嘗爲莘等言自十四五始爲詩文晚而罙篤或寢疾醫以勞心見止亦以政自不能不尒謝之手編

僅成帙而棄不肖之孤其尚忍言哉當從九京游而未敢者以先人之志未承也詩文凡有百三十卷求序於揚先生誠齋求校於龔編修芥隱而刊於家之壽櫟堂春秋霜露思其志意思其所樂僾然如見愾然如聞庶得藉口以告我先生云泰嘉二年十二月初三日莘茲謹書

夷白齋稿序　　戴良

夷白齋稿合若干卷臨海陳敬初先生所著予既訪之先生盡得其稿而編次之以爲三十四卷而復序其首曰世道有升降風氣有盛衰而文運隨之故

自周衰聖人之道言既熄諸子襍家而汩亂之漢興董生司馬遷揚雄劉向之徒出而斯文始近於古迨其後也曹劉沈謝之刻鏤王楊盧駱之纖豔又靡然於當時至唐之久而昌黎韓子以道德仁義之言起而麾之然後斯文幾于漢奈何元氣僅還而剝喪戕賊已浸淫於五代之陋至宋之劉楊猶務抽青媲白錯綺交繡以自衒後七十餘年廬陵歐陽氏又起而麾之而天下文章復侔於漢唐之盛未幾歐志弗克遂伸學者又習於當時之所謂經義者分裂牽綴氣日以卑而南渡之末卒至經史文義判為專門士風

頗獎於科舉之業而我朝輿地之廣曠古所未有學士大夫秉其雄渾之氣以為文者固未易以一二數然自大曆以來擅名於海內惟蜀郡虞公豫章揚公及金華柳公黃公而已蓋四公之在當時皆涵濡茹和以鳴太平之盛治其摛詞則混之漢唐說理則本諸宋氏而學問則優柔於周之衰學者咸宗尚之並稱之曰虞揚柳黃而本朝之盛極矣繼是而後以文名家者猶不下數十如莆田陳公之俊邁則有得於虞公新安程公之古潔則有得於揚公而臨川危公之浩博則又兼得四公之指授者耶郁郁彬彬何可

及哉近年以來獨危公秉筆屋中朝自餘數公嘗想
見其丰采習聞其声咳邈然其不可接者久矣於是
淪謝殆盡而得先生以紹其声光也先生黄公之高
第弟子嘗負其所有涉濤江游吳中久之又自吳踰
淮泝河而北達於燕趙角輦轂之下久之於時雖未
有所遇然自京師及四方之士不問識与不識見其
文者莫不稱美之不置則其得之黄公者深矣後由
京師還吳適值兵興藩　不次用矣即以樞府都事
起於家後又用之省幕用之公府跡愈顯而文愈工
人之求皆隨而應蓋粲乎其可觀矣夫自周衰以來

至于今幾二千載其涉代非不遠也歷年非不久也能言之士非不夥且衆也斯文能自振拔以進於古者惟漢唐及宋及吾朝此四代而已而四代之中士之卓卓可稱者又嘗不過數人焉何代之不古而人之難得若是歟於此有人焉能以卓卓可稱者自期待代其不可為之貴重歟余於先生之文讀之累月曾莫有所去取于其間雖片言半簡咸附而錄之者所以明乎一字畫之微皆可為斯代之貴重也先生名基字敬初夷白其自號也故以題其稿云九靈山人戴良叙

跋夷白齋拾遺　朱存理

尚寶李公前修郡乘時先得海虞士人家本一冊復有遺文三十五篇余悉録之今得王氏本相校異同於海虞本録出為拾遺一卷吳中尤氏藏遺墨數帋内有陳基傳一通謝徽詩一首併存拾遺後

缶鳴集序　胡翰

人生而形具矣形具而聲發矣因其聲而名之則有言矣因其言而名之則有文矣故文者言之精也而詩又文之精者以其取聲之韵合言之文而為之也豈易言哉近之於身遠之於物失之為天地變之為

鬼神與凡古今治政民俗之不同史氏之不及具載者取而咏歌之載賡之不費辭說而極乎形容之妙比興之微若是者豈非風雅之遺意歟宜君子有以取之吳郡高君季廸少有俊才始予得其詩於金華見之未嘗不愛及來京師同在史局又得其所謂缶鳴集者閱之累日不倦合古今體數百首其事雖微可以考得失備史氏之所徵歟其辭則予之所欲摹擬而莫之工者鏗鏘振發而曲折有如也果何自而得之方吳郡未入版籍不幸爲僭竊者據之擅其利者十年矣士於是時孰不苟升斗之祿以自活萬

僉聞李廸曰与之處曾不逸爲頋乃率其儔類倡和
乎山之崖水之涘取世俗之所不好者而好之含毫
伸牘鳴声伊〻及其得意又自以爲天下之樂舉不
足以易其樂爲此其所得爲何如哉吾聞鐘声鏗而
立號石声磬而立下辨絲声哀而立廉竹声濫而立會
鼙鼓之声讙而立動若世鳴之声果何音也其西音
乎南音乎抑太古之遺音乎不然則天下將治正始
之音將作而此其兆乎何爲一旦而及吾耳也得乎
天者不求知於人求知於人者不得乎天李廸不求
知於世而予知之者商声之歌不必出乎己也而曾

子之歆焱氏之頌不必費辭也而後世称之則李廸之樂亦予樂也嗟夫憧憧往來朋從尔思孰能為余發其吟風之趣予李廸由是求之其於道也幾幾矣

洪武二年秋七月長山病叟胡翰序

又

王褘

高李廸詩十二卷凡為樂府五七言近體古九百三十七首余為叙而評之曰李廸之詩俊逸而清麗如秋空飛隼盤旋自折招之不肯下又如碧水芙蓉不假雕飾脩然塵外有君子之風焉以余之所言而余之所不言從可知已然則李廸之詩集不可不傳歟

季廸中吳人予嘗論中吳之士唐有陸魯望宋有范至能魯望之詩寄興幽遠而其音响則騷騷已追於晚唐至能之詩措辭溫縟然其格調特宋爲耳在勝國時余適吳則陳子平詩其爲言平寔而流麗掞之陸范吾不知其孰先孰後也吳之詩在元惟子平而知者益鮮吾於是復得季廸之詩爲今季廸年方壯志氣偉然其所自見殆不止於詩而其於詩則已能自成家與唐宋以來作者又不知孰先孰後也嗟乎詩之道微矣世之有志於斯者莫不鬭明競麗疲心思於簡牘間而後爲言乃或有可傳其不可傳者

固不可勝數是不可不謂之難也以詩之難能如此而李廸乃以此自成家追古之作者以爲並豈非其才之過人也歟而傳之世必有因其詩而知其才者矣李廸名啟李廸字也頃承詔與予同修元史尋入内府教胄子授翰林國史編修云洪武庚戌三月翰林侍講制金華王褘序

又　謝徽

言之精者謂之文詩又文之最精者何以知其然耶二氣爲之橐籥而鼓之以風霆然後天之聲出爲衆竅爲之呼吸而盪之以江河然後地之聲出爲變形

於兩間、而靈於物者為人然氣至混然天成發宣鴻鬱然後人、之声出為凡人之報斯有言有言斯有文文至於詩色、括品彙陶冶化工根乎性情之真達於音響之妙宮商、間作金石並鳴由是而声、之用極矣古、皆知以詩而觀、詩或未知以文而觀詩曰謂詩特文章之末技庸詎知報成文謂之音而詩之中文已具焉韓退之之言曰李、杜文章在光燄萬丈中長斯言也其善論詩者已然非天、机悟入識見超詣亦何足以語此乩渤海高君季廸踈、爽俊邁驚敏絕人無書不讀而尤邃於群史与余交二、十年余知季廸之能言也久然未嘗不以其詩而得之也始李迪之為詩不務同流俗直欲趨漢魏以還及唐諸家作者之林每一篇出見者傳誦名隱隱起諸公間及游四方不懈益勤刮磨漱滌日新月異紳衿諸老咸自以為不及李迪之於詩誠精矣然其意則自謂古風人一辭不如是也三百篇之傳豈皆出於一人之手哉著其一二皆可遺之後來尚矣以多為哉吾非欲成一家言亦性焉而嗜之之篤殆与人之躭悅世好者同一肆志用情而其樂蓋未能以此而易彼也聞者以為然嘗其一室燕坐圖書左右離別拂拭塵几埃案間

其默靜思神與趣融景與心會魚龍出沒巨海中殆雜以測度或花間月下引觴獨酌酣氣豪放奇作楚調已而吟思俊發湧若源泉捷如風雨頃刻數百言落筆勿然休故李迪之詩緣情隨事因物賦形横縱百出開合變化而不拘拘於一體之長其體製雅醇則冠冕委蛇佩玉而長裾也其思致清遠則秋空素鶴迴翔欲下而輒雲霽月之連娟也至其文采縟麗如春花翹英蜀錦新濯其才氣豪俊如泰岳秋隼之孤騫崑崙八駿追風躡電而馳也李迪之於詩可謂能盡心焉爾李迪之詩甚多有吹臺集金鳴集鳳

臺集凡爲詩幾二千首皆當世之儒先君子序其端今年冬予訪之吴淞江上季迪出其詩示余蓋取舊所集諸詩益加删改彙粹爲一總題曰缶鳴集自古樂府歌行而下至五七言諸體得詩三百餘篇皆其精選富矣哉亦可謂不易矣然是編也特以今年庚戌冬而止後有所作當别自爲集季迪不以予不肖屬予序之庸敢叙諸編端以俟季迪家姑蘇嘗應

召修元史教西學弟子員入翰林爲編修擢户部侍郎賜歸鄉里云洪武三年十二月既望史官吴郡謝徽序

高太史大全集序

劉　昌

故嘉議大夫户部侍郎前翰林國史院編修官授諸王經青丘先生高啓文集二十四卷舊一千若干篇今二千若干篇儒士徐庸字用理之所廣也用理既以類廣先生文集乃以示昌昌謹爲之序曰夫將以所學明先生之道救當世之弊則必著於言爲庶几見者之用聞者之有政也六經更聖人之手其言粹然一出於正要之所以存鑑戒者亦多聖人既没縱横捭闔之說與大義幾微漢廣游學之路董生賈誼始各以其學自見著書數千萬言沈雄簡奥其明先王

卷五十五　三

之道陳當世之務略備矣唐韓愈起力變八代之衰習故其言惟醇而杜甫李白又各以其學自見明王道其時政謂之詩史宋歐陽修博學力行本論之言有益於治至朱元晦則根據六經之旨擴斥百氏之非厥然為世儒宗其大要使人審王伯之略致豪利之辯而已今諸家之言具存效之可知用之猶尚可行也蓋三代而下漢唐宋之所以聳德著業而繼為以稱治者有賴於是焉先生生元丙子必稟神慧長讀六經諸家之言融而通之會而成之又取而力行之其發之於言則浩乎如大川之決防也鏘乎如洞

庭之張樂也僮予如幽壑之舞蛟也致之於用則如射者之於的隼予其出疑也然值國步之既促不於用隱於青丘登高望遠撫時懷古其言多激烈慷慨若將与世無足為者及我 太祖高皇帝定鼎建業肆詔徵、吳先生起与元史之修録善醜惡儒者之功庶幾彰施、史成授諸王經進戶部侍郎尊顯極至先生感之力頌先王之道以匡濟世務言多雄偉奇古足以聳張德業神益治化時甚賴之未久即辭去〻後蹇連以死嗚呼殆天所以厄斯文也嘗竊論為天道惡滿耻之不可以全然誅其身必信其報是以董賈

貶逐而名用長甫白窮放而詩傳韓愈歐陽修朱元
晦雖號通顯而未免羅斥然其言至於今誦習而師
承者不衰正柳宗元所云生而不遇死則垂聲者久
也先生死始三十有九使少優游而待之則得將止
於是乎言將止於是乎行將止於是乎嗚呼天寔爲
之謂之何哉用理師學於先生之言得之既深遂勸
圖傳之亦使聞者攷之而可知見者用之而可行以
明其言之果有賴於世也嗚呼厚矣景泰元年庚午
冬十二月望日賜進士出身吳人劉昌序

眉菴詩集序　江朝宗

予布衣時雅聞揚孟載先生盛名及入翰林爲史官奉、敕纂修大明一統志攷先生先世、於蜀嘉州人曰大父、仕江左而生吳中遂家焉又誦先生詩云我家岷山更、西住正見岷山發源處於是予益知先生雖生吳中寔、蜀人也先生生于元末仕於國初宏遠之器渟正之學初任滎陽令再謫鐘離閒居江寧句容久之被薦陞江、西省幕賓復使湖南廣右累官山西按察使誌載先生、讀書日記數千言尤工於詩與、高啟張賁徐羽爲詩友、故時有高揚張徐之稱云先生所著有眉菴集五七言、古律五七言百餘及歌行排律絶句詞曲総若干篇教授鄭經編集已校付矣字多訛謬先後失序而缺畧尤甚識者惜焉吴中張公企翱以名進士累官廣東僉憲素重先生之詩每遇公暇輒研究之補其缺畧次其先後履歷之字之謬訛者悉改正之釐爲十二卷繡梓以廣其傳其用心亦厚矣乳聞以示余俾爲之序夫詩言志也三百篇之後变而爲漢魏爲六朝宋元以前惟唐爲盛今先生之詩穠麗纖蔚藹然正大和平之音殆有唐人風味夫豈易得者乳僉憲公能俾先生之詩大顯於天下後世天下後世即其詩可以知其志知其志可

以知其人然則先生不但有光於吳而且有光於蜀也余後生小子曰僉憲公之命不敢以謬悠辭而僭序之其景仰之誠得不於是而少紓乎成化二十年夏六月既望　賜進士奉直大夫廣東市舶提舉前翰林侍讀學士經筵官兼　太子講讀古渝江朝宗書

眉菴集後志　　張習

眉菴楊先生孟載吾蘇之吳邑人家天平山南赤山之下自幼敏悟絕人日記數千言弱冠工文詞議論古者亦數萬言謂之論鑒嘗絜以試儀曹值元季兵

興勿果就職當時文章大家若參政饒介之周左丞伯溫見皆奇之會稽楊廉夫以詩伯一時少所推可倚雲閒往來吳下以所號鐵笛謂先生能歌之乎先生曰不惟為作鐵笛歌尤且效老鐵體習日成以似廉夫不覺自失曰吾意詩經已蕪今復得子老鐵當退步讓尔一頭地也遂偕之東遊呼從者曰吾在吳又得一鐵來矣若等就之學優于老鐵學也交與成忘年故當時有老楊小楊之稱云避兵圍城中日與才友高季迪王正仲朱來儀徐幼文輩倡和以自適迨我聖祖肇基之初即受薦仕河南滎陽令尋謫

鍾離間居抹陵江濱久之又用薦為江西省幙賓以累復落職處句曲山中又起奉使河南廣右既而擢山西按察副使陞按察使而卒此履歷聞諸故老驗諸詩所載特其大概緣當時無有笔其行寔者故莫克致詳然先生平日之詩甚富皆率意為之略不存稿嘗見先生自序一帙云曰吾友方君不得余全集為恨故留此以示之尔則是先生盛年稿已散失今流傳人間者十無二三況皆抄本又無序志家異而人殊後至天順間郡人鄭教授嘗為刊行間多訛謬剡諸奇作失載識者病焉習在髫齡即授誦先生之

詩編假秘録覬覦弥盈及長而仕偕以出入有年猶每隨訪隨録卒莫致其全茲官嶺表念齒已邁爰命庠生顔恭文起會各本録就請前翰林學士西蜀江君序諸首重圖鋟梓以傳噫文章在穹壤間譬之精金美玉不求于人而人自即之無有久暫而異所好然好金玉之寶者衆人之常情而文章雅談非有景賢好古之心莫克以致其所好之篤也習為鄉人晚生欽慕前哲之賢自幼抵老不忍泯泯是固膚陋無文不能表章于幽潛則區區素願詎不由之少慰哉若夫先生學力之充才氣之雄以致詩之清豪自成

一家言者覽是集當自得之茲不、憤成化乙巳秋桂
月朏同邑後學張習志

靜庵集後志　張習

吾吳之詩自唐皮陸唱和為一盛再盛于元李自王
元、俞鄭元祐張天雨龔子敬陳子平宗子虛錢翼之
陳敬、初顧仲瑛輩各出所長以追配古者繼而張
仲簡杜、彥正王止仲楊孟載高季廸宋仲溫徐幼文
陳維寅丁、遜學王汝弼釋道衍輩附和而起故極天
下之盛數詩之能必指先庵於吳也維時張來儀先
生自江右來與、高楊徐相友善聚首之際未嘗不以

詩為事積之既盛名為大家輿論比唐之四傑故老言不惟文才之似而其攸終亦不相遠眉菴盈川令終如一太史存心無疵而覽則同子買王北郭雖不溺海僅全要領而非首丘先生竄嶺表尋召還以對內政之不協恐禍及已遽投龍江以沒又与照鄰無異噫詩在天壤間患惟不工耳苟工而名家則凡其人心者咨不知好之故不欲其傳而人自無不傳詩之存人之存也是知先生之年雖不永於當世而自有以延於後世未可以彼而易此吳中鈔本所謂靜居集者什惟二三生自幼抵老求之靡得其全不免

文粹垂畢又得吳興本較之雖曰加倍猶未完備亦併刊入尚期博識同志畀足成之尤為幸甚弘治辛亥秋八月十二日吳晚生張習謹志

翠寒集序　鄧光薦

詩思乎變三百篇後變乎攜手上河梁下迨建安齊梁數變至唐洎宋李之詩大變而絶何邪詩關乎風化繫乎氣數士背鶩乎時文視詩為長物雖有不工工不及唐矣非詩之變乃時之變也吁詩貴乎變不守一律乎變萬化變之不窮惟子美能當之豈惟詩文亦然宋之詩大病膠擊淺易則窒泥狂怪蒐獵奇

事窮穴異聞失、豈厚而趨儉約趨窘局而棄高遠不能平澹蕭散雍容、和緩求如晚唐杜荀鶴方干輩斯可矣吳逸士宗子虛詩則不然子虛生景定間未弱冠時已登科棄學故惟、詩是學大篇如天孫織綃雲經霧緯自出機軸小律則、日光虹彩渾然尺璧襛麗縝密而不艷含蓄靜婉而不、怨其深於變之也余客江東會西溪王公称其才學茂、異弗就觀其人淵嘿似不能言者聞詩超邁而自勒後、得所寄天馬歌諸作乃益嘆服蓋本於學涵養有力不、汲汲於成名其行業皆然不獨詩然也余將泝九江子虛始出稿畀余序余所知子虛者淺矣子虛之不屑爲者深嗚呼作詩難序詩尤難子虛之詩顯果在予序則唐之三百家無序者其詩皆能晦予係其詩之工拙尒少陵云清詩句句盡堪傳奚在予序子虛之詩足以重予言也故序之子虛名無翠寒其齋南云歲在屠維亦奮若清明日盧陵鄧光薦中父叙

又　趙孟頫

吳古爲都會山水甲東南長材秀民間出層見以濟時需獨唐皮日休陸魯望隱松陵爲詩文相倡酬故吳之山川自西子館娃宮麋遊胥臺殘花遺艸烟

羅而噎悒鬱千載閒皆能發而化之爲詩余先子昔處是邦嘗往來吳中皮陸之風尚可想見辛卯秋客燕子虛與予遊甚稔每語其區山水之勝出所詩爲風流蘊藉膾炙可喜皆不經人道語子虛年未艾有能声詩且通史西溪王中丞以茂才舉之辭不就余觀子虛多子負雖畸以卷舒豈若唐之皮陸真能隱於詩邪使子虛仕與詩並進大篇長什當有聞御屏者子虛姓宋舊以晞顏字行世居晋陵家值兵難迁吳冒朱姓云元貞乙未中秋吳興趙孟頫子昂父序

又　馮子振

天謚西北曰無曠古未有〻姓而以無為之名者吳人宗子虛乃以無為之名斯名也殆自子虛始無是公烏有先生子盧仝異自異之對待相與莫逆於是不能無仝自仝異自異之對待吾欲取某姓而姑名之曰有為子虛之對待則三千載之有姓氏不聞單無之隻字為之名者徐無鬼公子無忌之屬生戰國者無之下必連綴某字者以為名未若宗子虛之無有獨無對之特出葡求其故毋已則春秋之冉有子或曰以冉有對宗無與盧仝對馮異固無以異而歲月卜之吾東家聖師之闕里則去冉有也惜遠矣有

卷五十五　三九

無始置吾讀子虛所爲詩，則求之吳中殆無讓第二

指然則五茸三泖之地望不但無能名子虛者併與

子虛之詩無之，此邪不可無斯人，可無其詩乎？其烏

夜啼、公無渡河、戰城南、公莫舞，至妾薄命，古斫歌詩

諸家古錦神林鬼家氷帶三入鳳麟，洲山飛仙羽翮

拾力其五字律風調悽惋不勝江哀浦，思之情悰如

承恩金馬詔失意玉環詞落月今誰予長，康廸自明

雖使太白復生亦應爲子虛擊節七言律揚，柳黃昏

曉西月梨花明白夜東風秋千庭院人初下春，半園

林酒正中五言如乙鳥唻來社辛夷開過春如身，黃

松上鼠頭白竹間禽七言如桃葉歌殘秣陵酒梨花夢斷景陽鐘五言如采藥逢毛女焚香對羽人客愁三月盡春夢五更初七言如縮地日秋龍作杖卧雲時約鳳吹笙五言若蜀魄花成血山魈樹隱身竹枝歌映夜郎子醉蛮春如空悲祖龍死但覺鮑魚腥如織女支机穩山人作枕便吴戍孫羊化楚應許虎眠不須填碧海直欲補青天如勒銘角水寺應供宿江城且減游方與秋添住岳情標致極似唐人諸詩而對偶之工與奇之永飄〻然自　於金陵含風鴨緑粼〻起昃日鵝黄裊〻垂北風吹樹動西日照窗涼

卷五五　罕

之類其絶句雅淡清潔一字不可易豈但吳中無子之詩子子虛有韵人之姿而天壤間知子虛最晚恨予老無能為矣姑取其詩集而序之好事者寫之与於圖有味予其言而時諷誦之彼韵春風美涼月之容主豈特可標而出諸大門之外雖引却數十日百驛猶俗氣溷人也子虛嘗舉伐材於王西溪平生獨刻意於詩官情雲薄以故不肯輕就籠絡嫛嫛為追逐時好以取世資其胸中泊然無營殆眼中真無其匹者太湖三萬六千頃寧當無真識子虛者也異時白醉吟生七月能識之無二字是孩提時已識宗子

虛云矣醉吟晚守姑蘇惜子虛不當是時如子虛當其是時持其詩納之白傳則翠寒之集若不遽而奏之白玉之堂他日亦應俎豆洛社諸人之右亭當别有識子虛者其未能如醉吟翁方孩提識之無者勿以語之翠寒詩集之雅號云延祐庚申冬孟一日海一粟馮子振序

翠寒集跋　錢良右

予虛先余廿年雖知嗜吟其亦未始罣盞牙間自其壯年遊江東首見知中丞王公侍御鄧公今承旨趙公皆序其卷最後集賢馮公閱其詩欲行將有以資

之而亦未嘗見其卷也公一日過子虛索稿子虛不
容已遂出稿公疾視嘿覽遇佳句輙首肯而聲誦之
謂子虛曰子詩真刻意於唐者明當爲子序之翌旦
子虛袖二紙請爲公欣然援毫不煩脫稿一掃千餘
言眎所聲誦亹亹出筆下至於題之前後句之次第
畧不少差其一二所許可皆子虛平生得意句無謂
所膾炙者子虛亟拜亟喜坐客皆爲之嘆服吁士之
處世能不遂聲利而獨嗜片言隻字以陶寫其心腹
不求人知有終其身而詩不傳者乎今子虛是也馮
公序其詩時年已踰耳順何一覽其卷而盡能嘿記

佳句於俄頃之間抑子虛之詩如正声雅樂入耳而不忘邪序雖擷其英為公論余意翠寒集其堪擊節者恐不翅若是也因徵予書獲識卷末且以記馮之才之強記云至治二年六月一日里人錢良右謹書

吳都文粹續集卷之五十五　終

卷五十五

四十二

吳都文粹續集卷第五十六

長洲錢穀叔寶集

詩文集序

〇甘白先生後集序　朱逢吉

文章聲心也見乎學力之淺深才識之高下而心為之本為聲如習樂心之所尚者古淡也則蕢桴土鼓不假音律而自然之殼叶為苟所尚者哇滛也則鄭衛文作流宮泆羽而去古遠矣故觀文章必先觀其人觀其人必先求其心然後其識其才其學可見也古今驗人韻士學博才高者衆矣而求其識之卓心之

古則可屈指爲廿白先生可謂全備者乎余來吳中聞先生之名而不及見矣得見其子用軫源篤而文雅其鼓琴嘗動乎帝聽其才行克振先生之高風者也間出先生文集俾余序其端嗚呼先生往矣其出處大節已於貞木俞公誌中見之而先生之古心卓識高才博學則於是編著焉粲然星斗之輝也歸然河海之深也其天地間之正氣乎氣正矣辭嚴義直而理無不致益世教多矣故能委順以時樂天知命不以夷險易其守不以否泰二其中而獨臻考終於其官殆猶駕萬斛之舟乘風濤於滄溟洶湧中而

終吃濟非古心卓識其克尔耶與古之君子不假勲業而名德拔類者同其休龢可謂俯仰無愧者矣用畛其廣傳之以為後學者式斯不負先生之用心焉永樂元年春二月望日修史官奉議大夫大理寺右寺丞朱逢吉序

甘白先生詩集序　陳鎰

甘白先生詩集凡六卷其孫大理評事柷承命于父放翁之所刊也先生姑蘇人姓張氏名適字子宜自幼穎悟年七歲即能賦詩彈琴九歲能誦五經十二應江浙鄉試人以神童目之值元運將革遂不仕國

朝洪武初与渤海高季迪諸公同徵修元史授工部
水部郎中無何乞歸瑯里日与周正道陳惟寅及李
廸輩更倡迭和而先生才思尤敏捷方其吟琢直欲
旋斡造化牢籠萬物使無一或有可遁者先生將以此
自老而復以明經薦授廣西理問歷滇池魚課及宣
課二司大使遂終於官先生所作之詩甚多遺稿若
樂圃南湖江行滇南諸集藏於家者迨數十卷兩遭
回祿今所刻者總得什二三於煨燼之餘及士林傳
誦者而已雖然昔人於詩有以一篇之佳一句之美
若崔顥題黃鶴樓林和靖之暗香疎影自足使名聞

後世今先生之佳篇美句求之集中豈少也抑足亦不足較於此也經曰詩言志蓋詩者志之所發然則誦先生之詩者殆亦可以識先生之志爲先生之志有所未竟其將竟之於祝孚祝予同學友而放翁又與父友同觀是集故爲序而書之正統六年歲在辛酉仲冬初吉　通議大夫都察院右副都御史同郡陳鎰有戒書

王先生詩集序　鄒亮

天地間流行之物皆詩也若夫光華爲日月動盪爲風霆森列昭明爲星辰河漢燦爛爲雲霞輝映爲雲

覺融潤凝沍為雨露霜雪以至川岳之流峙花木之妍蔚鳥獸魚龍之飛躍變化何莫而非詩乎是物者人皆得以用之而患不能成乎詩詩之而患不能曲盡其妙詩之道可謂難矣吾鄉王汝玉先生風韻豪邁藻思俊逸學問弘博淵邃為文敏捷辭意通暢於詩為尤工蓋嘗馳騁出入古樂府漢魏六朝唐人諸作故其五言古選若三代鼎彝雖朱湮翠蝕而龍章鳥蹟款識典雅無琱鎪鏤鋑之狀殊可玩焉七言歌行如奔流出峽汪洋演迤層瀾萬頃自然成文長風衝激駭浪滔天物怪出沒則又可驚可愕焉五七言

近體猶大將軍出師紀律嚴整旌旗鮮明劍戟銛利軍容整肅鼓吹既作其聲悲壯激烈銳氣凴陵直欲拔唐人之壘焉五七言絕句辭之鶴唳秋空清音嘹亮廻視他人之作不啻草根蛩語蚓竅蠅聲為耳烏乎先生之詩可謂兼備古人之體製者矣予自早歲即究心斯事惜乎學識謭陋無所成就不足以窺先生之藩籬尚敢望闖其户而入其室邪鄉友華彥謀雅擅好事之譽嘗編次先生之詩壽梓以傳於後徵序其端輙評先生之詩如此且謂先生得乎兩間萬物之妙用故其詩卓然為一名家云景泰二年歲在

卷五六　四

辛未秋九月上澣監察御史郡人鄒亮序

青城山人詩集序　徐珵

國朝文章之盛稱洪武而永樂次之若宗承旨景濂胡徵君仲申徐徵君大章王待制子元蘇太史平仲高太史李廸張太常来儀輩皆傑然名家者然當其時高皇帝初定天下懲元之寬無制而矯之以猛網羅天下之豪傑用法剪除之而彼諸老皆勝國之遺才雖用於維新之朝而偏於法或死或遯不得以盡其鳴盛之能事及太宗之入纂豐富致太平乃崇儒術廣文學文選以潤飾鴻業照耀天下於是士之

幸存而後出者始皆濯拂登進以鳴一時之盛而致翰林檢討兼春坊賛善太子賓客謚文靖王公汝玉則其先鳴者也公之學長於春秋其為文蓋兼古今體製而詩則深得唐法其所著述甚富而稿之藏家者皆燼於火獨其詩散逸於四方好事者得而録之公之孫鎧繕寫藏於篋笥友人華彦謀与王氏連姻尤好公詩既為編次復鋟梓以傳於世而請予序予嘗評公之詩清而不刻麗而不靡佚宕而不麄俗驟而見之如九霄一鶴盤雲獨遊如玉井蓮花浥露初發如瑶臺仙子臨風微步殆難以塵情凡態想像如

五陵年少衣輕策駿馳騁春風紫陌間意氣奕奕不可柰品而第之其大曆貞元諸才子之流予曰併著之序末以與知言者商確之青城山人者蓋公所自號也凡公之生平官簿事行則國史備焉景泰癸酉春正月之望奉直大夫　太子諭德兼翰林侍講兼修國史玉牒東海徐珵元玉序

後跋

王鎧

古青城詩集若干卷先大父文靖公之所著也大父自幼以詩文名接交當時海內碩儒非一往來倡和靡不見之賦咏自入國朝登仕籍洎陞翰林声光益

著其製作特盛然兩為回祿所虐稿皆殘缺所幸別或收貯得十之二閱歲既久鎧以菲才官游古汴東以自隨公暇因撥拾分類繕寫一帙有外集者附之藏之篋中家居以來罔敢失墜偶姻好華君彥謀過而見之三復嗟嘆遂於內各刪百首命工刻次嗚呼大父文名蓋一世著述布天下而遺稿灰滅無幾又弗克傳世豈造物者不使有見於後哉寔子孫不肖不能述先業之所致也今大父歿餘三十年而一旦幸表而出之是明珠寶劍之起於重淵必有待其時欣彥謀讀書好義常輯其族譜諸集行世足羨故家

子孫立志超卓不屑細故如是時正統十二年嘉平望日孫鎧謹識

謝孔昭詩集序

周傳

詩自國風以降言選者稱漢魏言律者獨稱唐而已爲選而不宗漢魏非選也爲律而不宗唐非律也選豈易言哉自梁昭明太子選漢魏以來諸傑作者曰時所尚以爲五言七言皆以偶對切近音韻諧協者中其律而詩以律稱矣則欲學詩者舍古人奚取法哉然後人擬之者不失之跡則失之淺調格似矣而意趣則未易及也由古及今以詩名家者幾何人哉

姑蘇自吾朝以來文運與時大興以詩名者則有高
君季迪楊君孟載爲尤二君之詩言選則入漢魏言
律則入於唐音響調格宛然相合而意趣或有過之
雖識者莫能辨其異也余友孔昭謝氏自少嗜詩得
二君之旨趣故其爲詩不苟必擬於古人調格似矣
而音響之不合者不作也音響似矣而意趣之不佳
者不作也不作則已作則必欲如古人爲是將駸駸
乎漢魏唐者也今編其稿分爲選詩律詩絕句凡若
干首屬予爲序余豈知詩者詎然聞志於古者即古
人也詩而逼於漢魏唐之作則雖以今之詩爲漢魏

卷五十六　七

唐之詩可也，詩而不能效古，其如古人何哉？孔昭有志於古而用意若此，蘊人翕然稱之，則蘊人以詩名家而不絶者，將不繫於孔昭乎？愧予非能詩者，不足以知之，姑序所聞于簡，以塞其請云。癸未歲七月既望，汝南周傳序。

又　　張肎

書云：詩言志。心之所之之謂志。詩者，言其心之所之者也。在心爲志，發言爲詩，有諸内而形諸外也。心之所之之不同，而其詩亦有憂抑感傷憤怨悲戚喜樂和悦之異。觀其詩則知其所志矣。故窮夫出婦逐臣逆旅必多憂抑傷感憤怨悲戚之言騷人勝士富翁貴客必多和悅喜樂之語非才之優劣而詩之不同觀其志則知其人矣雖然世道有升降風氣有盛衰而其詩亦然因而隨之者有矣其言之喜樂和悅者大抵多盛世之音也其不然者則其人有大過人而不繫於時者也又豈可一於心之所之而然乎嗚呼詩之言志有不同如是邪詩之言志雖不然其同者則同乎得其性之情正也詩而不得其性之情正則不足以言詩矣欲得其性情之正非學問之功其可得乎詩而得性情之正斯可以言詩矣余少也亦嘗

執筆而學言也由其志之卑陋而以無學問之功其所言思能得其性情之正乎今觀夫謝君孔昭之詩凡二百餘篇其憂抑傷感憤怨悲戚而不傷也喜樂和悅而不流也英英乎其風韻也翩翩乎其英俊也皜皜乎其潔而白也而又皆得性情之正噫非有學問之功者其能然乎余方自愧有不可企及之嘆而又命予序其篇目予非能詩者將何所言予姑書詩之言志者以爲叙云永樂甲申五月十日後儀張肎序

草窗集序

姚綬

予弱冠時草窓先生以詩鳴吳下及予壯遊學宮先生起為太醫院吏目以詩鳴公卿間聲價籍甚景泰癸酉予領薦書上京師先生已卒于邸舍竟弗之識往往見談於詩句警策而氣春容恨不得其生平之集而盡觀之爾來餘二十年其子傣手一編于吳門萬館曰此某先君子之草窓集願為之叙受而觀之總若干篇悉躰[諸]悉備釐上下卷以授梓爲嗚呼先生泯矣其詩則存往者同存者獨悲其往庤其存可也古謂詩人之聲心也予獨[本]之氣爲夫氣在天地之間迎之不見其首隨之不見其後洪纖生息者以之人

卷五十六

九

與物同稟而獨得其清故身心之中凡一運動莫不由此養之以直不為勢推不為利拘不為歆屈則浩然充塞沛然流行有不可得而禦且過者詩云乎哉吾用是知先生自少至壯優游于典墳涵濡于義理不浮於約不華以寔養成是氣堅或必發故其所發隨扣隨應辭猶富足之家所積者厚一旦用之羨餘尚多誠非一朝一夕之故也其在公卿間彼此忘勢必有忠讜之論可施於用陰為裨益猶無紀載奚止詩而已也論者又曰詩由性情止乎禮義先生典則故盡美刺易風俗係世運非曰小補今先生詞意之

正足以諷勵來學有非騷囊之風雲月露同日竝語又不可以詩爲先生少也予恨未能知言或味乎此幸獲盡觀其所作姑序其所存以歸其子將以伺夫知言者論定之如何先生姓劉氏名溥字原博草窓乃其別號云成化十六年七月上浣　賜進士出身第前廣東道監察御史嘉興姚綬書於雲東精舍

劉文恭公文集序　吳寬

文章之士世固有之山林之間賤而在下者其文既多晦而不傳至于貴顯之人或放而無行讀其文者且嗛之況欲其傳哉夫人自少至老矻矻然執筆纘

卷五十六　十

言能造其妙者幾人幸其文之妙矣貴而鄙其行賤而捐其名欲其傳又難如此寬故与鄉先達文恭劉公之集讀之所以深歎也劉為吳中右家自宋以來以儒官相承入國朝值家中衰而公居貧力學未嘗降志永樂間竟以科第入翰林益篤於學纂修講讀皆稱其任文名既著有求者輒酬應之若不辭非然平生慎許可必假借言之所施未嘗徇俗以悅人人亦未敢易而求之也蓋公之為人儉質無華而必玩好靜退不競而絕奔趨故形於著作者不以險怪侈靡為工往往於和平簡淡之中而有溫純典雅之意

知公者以為似其為人為公既沒藏於篋中舉多亂稿其子瀚從仕中外皆以刑獄為職未暇編次及是以侯而按察副使致仕始以其暇為之以寬屋同里及仕又嘗同朝契好甚久乃奉其遺稿以示俾序其首寬生也後學不獲承公之教特從諸生中一嘗望見其顏色而已今幸得其遺稿而讀之亦何異親公之指授者顧淺陋之學雖按察謬加委重其非公之君望乎既辭不獲他日君則以書俾其子今直閣尚寶卿棨來曰言某老矣先子之文將板刻行丗願序文之及見也蓋公在翰林最久後自國子祭酒擢少詹

事亦貴顯矣而公所以儉質靜退者自持愈至猶人山林人也故其行己鄉人知之同時之人知之遠方後輩或有不知者將無疑其文乎孔子曰有德者必有言敢書曰此有德者之言也學者宜相與傳之公没數年後　天子念公為春宮舊學之臣特贈禮部左侍郎謚曰文恭而有司復祠公於學宮知德者以為合於公議云弘治癸丑冬十二月甲申　資善大夫掌詹事府事禮部尚書兼翰林學士延陵吳寬謹序

感樓集序

楊循吉

詩在精不在多在專不在倫誠以其道之難盡故也有唐氏之世詩莫甚焉然自數大家外其餘諸公之集偏或局于一體簡有止於數篇此豈其力之不能予亦知詩之難為不必多與倫也故其時詩人量力盡智各能自成一家言竟以取名於千載之下者以此大抵詩在天地間寔藝之至精者其工可為其妙不可為也妙在觸觸則情感故其句美雖善詩者莫能知之是以求好詩必有所俟俟於事之觸境之觸無故之觸也不觸則不可舉筆就題而强為然則雖欲其多且倫又烏能多且倫也先生吳中之耆舊剛

明介特有通变之才素不業進遂隱於時其正則不惑鬼神其達則不諱貧乏勤儉自持以清儒致産千金持邦人風俗之柄者數十年其為人豈特詩而已哉既沒之明歲其子慈息抱稿見命定其次初漫錄殆千篇三選三減止於　十　首或以咎我曰太少哉余曰詩有片紙而存有累箱而已者其傳否不在乎多与少也詩人之詩多以追成非必盡其自次中語也余用是逆推先生之意以為此編所謂有觸妙作具在為豈必其多且備哉觀者自知之矣生先姓賀諱甫字美之其仲子恩中戊子解元有學行不第

而歿孫放今亦未冠遊場屋其將益顯大先生之隱
行而及其詩予弘治四年夏四月二日——主事前
進士吴人楊循吉序

杜東原詩集叙

王鏊

東原先生諱瓊字用嘉家吴城之樂圃里孝友退讓
好古力行於時同志則有陳醒菴孟賢二人皆有高
義皆好爲詩醒菴詩清脆可誦而先生沈着古雅有
風致間喜畫山水故其詩於評畫尤深也詩多散佚
不傳鏊從其子啟所得百篇爲讀之爲選定如左仍
附襍著若干篇於後序之曰先生其隱者歟首之隱

者姓名邑里影響罔聞於人頗其詩乃若有不能自已者爲而張志和魏野林逋之流尤喜爲詩其於世之興衰理亂毀譽得失榮辱進退憂悲愉愕一切末殺不獨玩於烟雲泉石之間其詞冲澹幽深而其名特焜燿在人者蓋世方卓行之爲吳而夫人者復高標揭已以驚動流俗萬乘詔而不見千金召而不屈其跡奇其声烜爀而流於人世謂今之世無隱士是果然哉蓋有之矣而世方以科目是崇是長外是有人皆擯弗用毆一世之人相摩相染於熟爛之程文言奇者得疑行殊者来毀廟堂不聞物色之訪丘園

不覩束帛之賁於是時也所謂隱者那有之方且潜身異跡日遁於大山長谷之中矣安得而知矣不得而知則遂曰無亦宜也其果然哉鏊猶及見先生丨醒菴深衣幅巾曳杖履草蒼顔白髮所至人望之若綺皓郡將縣大夫咸礼賓致恐後縉紳之行過吳下者必請造其廬而販夫樵子皆知二先生之爲賢也二先生歿吳中耆舊亦益衰後生之知者益鮮而知之者頗猶以其詩也惜乎東原詩稿傳矣者止此然平生大畧具焉讀其詞考其矣得其所以爲人於戲豈非古所謂遁矣無悶之君子歟樂圃里在吳城西

卷五十六　西

其東有原爲故世稱東原先生先生好着鹿皮冠又稱鹿冠道人弘治七年二月奉訓大夫右春坊右諭德王鏊序

武功伯徐先生文集序　　萬安

夫文章者期於用世而已雕蟲篆刻之謂也故學者以此自負朝廷以此取士上下相期莫不以經綸參贊爲事也使非期於實用而惟爵禄之爲榮雖有文抑末矣將安用哉若武功伯徐公有貞平生立朝大節持危扶顛廷臣無出其右負其豪氣志在行其所學眞所謂聞世之才而用世之文也公自幼穎敏年

十二三入小學已能古文詞既長登進士第及被選翰林益自砥礪日有造詣凡經傳子史百家襍說以及夫天文地理醫卜釋老之書無不該究更取秘書考古軍旅刑獄水利良法美〻講求明可以施于今者而識之蓋期於有用之學也厥後正統末北虜入寇京師戒嚴公出領璽書往撫諭之　比至要害民老稚潛匿山壑間者甚衆見公出慰出而復業者數萬人遂鳩爲義兵教以戰攻擊刺之法民喜有賴而虜亦自退公在經筵時會河決山東之沙灣前此遣治河者卒皆績用弗成公應詔出治乃乘舟遡河源

踰濟汶沿衛及沁循大河道濮范而返曰陳治水之策起自金隄張秋之首凡百餘里便宜法制水勢底平國家永賴之無疆虞天順改元以公有迎復功陞兵部尚書兼翰林院大學士內閣辦事尋封推誠宣力守正文臣特進光祿大夫柱國武功伯食祿一千一百戶兼華蓋殿大學士辦事如故仍賜誥券追封其三代子孫世襲錦衣衛指揮使公感上知遇每奏對多剴切上亦才公多所開納一時委任權力無復有過之矣嗚呼公以用世之學得展經濟之才故一時勳業之隆蓋我朝之韓范富歐而文章之盛則我

朝韓柳蘇王也豈非用古之學之文而雕蟲篆刻者云乎哉是集之┃其有功於學甚大予故樂而序之┃賜進士資善大夫禮部尚書兼翰林院學士知

制誥經筵官眉山萬安書

完菴詩集序

吳寬

夫詩自魏晉以下莫盛於唐唐之詩如李杜二家不可及已其餘誦其詞亦莫不清婉和暢灑然有出塵之意其體裁不越乎當時而古似相隔其情景皆在乎目前而人不能道是以家傳其集論詩者必曰唐人唐人云抑唐人何以能此由其蓄於胸中者有高

趣故寫之筆下往〻出於自然無雕琢之病如韋柳又其首稱也並傳應物所至焚香掃地而予厚雖在遷謫中躭窮山水之樂其高趣如此詩有不妙者予完菴先生劉公必為刑部屬出僉山西按察司事居三載即棄官歸吳中年始五十耳公神情蕭散無冠裳之累其家長洲之野江湖之上日玩雲水不足引水為池累石為山號小洞庭與客登眺以樂興至輙瞪目為吟哦報其詩專法唐人語多與合當時所與倡和者武功徐公參政祝公及隱士沈石田數人而已自公之歿而徐祝二公相繼下並吳中風流文雅

不可復見矣予与公為後輩而托交久成化辛卯予北上与公別明年公遂不起竊恨之於是公之曾孫甫登進士第既喜公之有後而甫嘗輯公詩公名完菴集者請序則又喜其詩之不亡也完菴者公歸田時號也自以保其声名幸而無虧如玉及璞以全其真觀公晚節之善如此又唐人王右軍輩有不可及者其詩僅百篇所遺者尚多讀者如得其為人則又奚以多為哉弘治十七年夏五月朔旦資善大夫掌詹事府礼部尚書兼翰林院學士延陵吳寬序

完菴詩集後序

王鏊

故山西按察僉事劉公詩凡四卷公諱珏字廷美自少志向不凡郡守況鍾將引爲從事公言於況曰願爲儒不爲吏況從之遂登應天鄉薦久之授刑部主事擢山西按察僉事三年上疏固乞致仕以歸公高節清操年甫五十脱屣名利而自樂於山巔水涯凡有觸一於詩發之詩多清妙可喜公又喜行草兼工繪事今其斷縑殘墨往往流傳吴下而警句膾炙人口思欲得其集觀之則未能也弘治壬戌公之曾孫布登進士始以一編授予予疾讀一遍歎其能以眼前語道胷中事信有唐人之風乎而平日傳誦之

句或不在焉乃知公之著述遺落多矣其可惜也雖然讀其集論其世見公之負次倫然起出埃壒之表於予是亦足矣公嘗言士之保身應當如玉之無玷乃為完節故自號完菴卒列祀郡學鄉賢之祠云正德壬申光祿大夫柱國少副太子太[redacted]傳兼户部尚書武英殿大學士知制誥國史經筵官致仕王鏊序

括囊稿序　李東陽

括囊稿者溧水教諭贈南京太僕丞文君功大所著詩也其子知溫州府林欲刻於郡齋未果而卒今南京太僕少卿森手自編校刻於家比上京師請序首

簡夫士之爲古文者每奪奔業或終身不相合至于山林岩穴之間雖嘗有述作或不本之經術卒未免支離畔散而無所歸論者蓋兩譏之封君早邃於經學執經問業者往往擢巍科階膴仕以去君獨不時售累舉僅得一第而程試之暇不廢吟諷其所爲詩又尚風韻有節制寧朴而不爲巧寧簡而不爲汎故雖月累歲積而其所自擇者止於如此且其躬古有謹身慎獨語又詞人藝臣所不能道非根於經術者能然乎襍文若干篇亦皆平寔簡静類其爲詩今併爲一集雖非君所自擇而亦君之志也且經李之於

詞賦深淺難易固不俟論然而可以合繩墨取名籍而不若行四方傳後世者其難尤甚故父子祖孫並守經業者時不乏人而詞賦之承傳殆不數見文氏兄弟繼舉進士職業治行光於前人又皆以詞翰修声聞東吳文献於是有徵焉君之孫徵明方績學待用尤善楷書是稿其手録者故附書之正德十年二月朔卜特進光禄大夫柱國少師兼太子太師吏部尚書華蓋殿大學士長沙李東陽序

又　王鏊

故易州淶水縣學教諭文先生𧃍之長洲人也古貌

古心清苦力學〻尤深於易吳下士多從之游從遊者多去為顯官而先生久不達晚乃授溧水教諭未幾輒自免歸以卒初先生於世無所好顧獨好為詩時有張豫源者寔与之相上下豫源天才豪宕奔佚頃刻千言見之辟易先生吶〻焉如不能言者而興寄閒遠有唐人之風為初讀之若簡淡咀嚼之久乃有味乎其言也故豫源之名大噪吳下而先生則以經學名非与〻其游者殆不知其工於詩也噫成化初鏊侍先生傳於太學始學為詩先生過之授以詩法今老矣於其言之未能忘而亦終莫之至也聞其家有

所謂括囊稿者思一見而讀之則未暇也今年春先生仲子監察君森始出以授鍫讀之數過未嘗不喜其精而恨其少也雖然詩豈在乎多哉襍著若干篇監察君選附於後先生諱洪字功大贈太僕寺丞今列祀郡膠之鄉賢祠正德辛未二月之吉

又　　文洪

古人於詩以發情止義為主故不必工不必不工〻則泥於雕琢不工則流於鄙近予性喜作詩少與內兄張豫源共學日有所課不間寒暑稍長從事舉業遂置去不省潦倒場屋三十年童習忘之久矣然燕

屋游賞閒閑羈旅逆不能終忘也一時欲言之旨畧已就之彀率、閒自評之謂如春山早鶯初出深谷舌弱語澁不能成声蓋雖不淡於雕琢而鄙近特甚求所謂發情止義而合和平醇厚之旨何可得哉暇日撿前後所作汰其、已甚得百篇騈録為册時自展覽不敢示人因命拮囊、稿云

容菴集序

吴寬

鄉校間士人以舉子業為事或為古文詞衆輒非笑之曰是妨其業矣噫彼蓋不知其資於場屋者矣故為古文詞而不治經學於理也必闕為舉子業而不

習古作於文也不揚二者適相為用者鄉貢進士謝君以游郡學即好古文詞既耻鄉貢不幸未仕而卒其子昞及其二孫雖睦然承其家嘗痛其父祖早世而無所傳捜篋中得遺稿數十篇將刻之以自慰蓋君歿於景泰初至今五十年吳中舉子何啻數百人其間登高科躋貴仕以功名顯者固有之餘子皆寂然無聞而謝君為當時所不好者獨傳于人不知君者讀之猶知有其人而若不死者則古文詞之為用豈特資於場屋而已睦方為邑學弟子介其友陳維祐持君遺文來請一言予不及識君竊嘆所傳者止

此使吏活數十年其成就當何如哉聊書以還之君
諱會字惟貞吾長洲人以號容菴故名其集云

又　　　　　　　　　　祝允明

士之在世要以建志為重而聲業後之今國家以經
術取士或以為尚文藝異德行之科不知所以取之
者特假筆札以代其口陳之義所主在經術耳非文
藝也然其名也遂視經術文藝為二道夫場屋之習
固可以為用世之業矣而文藝之云則又何物其
無　於茲道耶國家又豈嘗錮手纖筆使不得一申
其遐東散抱於情性議論耶有人於此知所從事則

所謂欲建志者非与謝君昞使其二子雍睦持而考維貞遺文示僕校而叙之以傳乃稍爲整齊而陳之且附致此意於編後亦以闡維貞之所立耳維貞名會嘗從先參政游以府學增廣生中正統甲子鄉試會試兩得教職遜不就繼在家居朝命特起爲御史命下而先一日以病死矣蓋端重士也其所著甚富今定録詩二十三篇襍文九篇弘治四年八月一日長洲祝允明序

潛齋詩集序　吳寬

昔在永樂間文治既興人才振迅爭欲出爲世用文

學吏事蔚然可觀至于書藝醫術亦極一時之選蓋
文皇帝在位造就作興以遺後聖無窮之用者也當
是時吾吳中則有沈以潛先生以文學之良傳　術
之妙初應京師擢人中已有儒醫稱然上未甚知名
也一日太醫院判蔣用文病上遣使問之曰卿即死
誰可代者用文以以潛對即日自醫士擢御醫時朝
廷方慎名器俄以潛得此人以為榮遇後及楊文貞
公志其墓寔載其事以潛有四子寅賓宇宙　能其
醫不絶宙有子復以儒顯其仲伯曰杰曰熹相繼登
甲科杰守歸德有善政召授京兆而熹且績學翰林

爲庶吉士相與謀刻其大父著述以顯　得其詩數十首而已蓋以潛爲學長於詩初有稿號潛齋集後忽散佚而此數十篇則錄之人家者其平生得意之作尚多有也沈氏兄弟既以爲恨乃視此益重之曰吾大父之言可以必而不傳乎使更訪求之安知其不積累而多乎乃終刻之而請予序其首以俟云弘治癸丑六月既望

後題　沈杰

先大父澂醫府君以儒醫受知於仁宣二廟一時才名德望海内翕然稱之而雅好吟咏特其餘耳杰生

也晚不獲親頋謦欬於几杖之下每得其片言隻畫未嘗不寶而藏之是編幼與仲弟編修熹季弟燾奉先考誥封踈德府君之命錄諸人家而成　全集也恐歲久湮沒謹用鋟梓藏之家廟寢室以圖不朽烏乎愚兄弟非知詩者知寶先世之言而已乃若音律格調其工與否安敢容喙於其間詩壇老將指麾之下必有定鑒幸為我評之弘治戊午孟春孫杰百拜謹識

書沈石田詩稿後

李東陽

右石田沈君啟南詩稿若干卷吳文定公敘之詳矣

初文定以寫本賎示余欲有所叙嘗觀擬古諸歌
愛其醇推有則忽ゝ三十餘年間石田年益高詩日
益富至、若干篇揔之爲若干首間始刻于蘓州而文
定已捐館舍翰林吳縞修南夫來自蘓則以石田之
意速予ゝ憮然感之夫形声之在天下皆出于自然
ゝ亦有詩歌以爲声藻繪以爲形若其大用之朝廷
邦國固未暇論而閭巷山林之下或不能無若論其
至亦可以通鬼神奪、造化降于後世乃流爲技之
末而造其妙者猶以爲難說者謂詩爲有声之画ゝ
爲無声之詩二者盖相爲用而不兩能者詩之爲声

卷五六

苗

尤其重且難也者石田寄竒林壑博涉古今圖籍以
毫素自名笔勢擴絶叟出蹊徑片紙匹練流傳遍天
下情興所到或形為歌詩題諸卷端互以相發若是
者不過千百之什一故多以画換其詩及其抚事觸
物感時懷古連篇累牘則藏於其家非遇知者歛不
自售今既捽行而人誦則詩揜其画亦未可知而惜
余之不盡見也姑以是復南夫且終文定之諾云石
田名周蘓之長洲人石田其所自號年八十正德
年　月　日

石田詩稿序　吳寬

此文當改在李西涯序後

詩以窮而工歐陽子之言世以為至矣予則以為窮
者其　阨也其言悲則所謂工者特工於悲耳故嘗
竊以為窮而工者不若隱而工者之為工也蓋隱者
忘情於朝市之上甘心於山林之下日以耕釣為生
琴書為務陶然以醉徜然以遊不知紱冕為何制鍾
鼎為何物且有浮雲富貴之意又何窮云是以發于
吟咏不清婉而和平則高亢而超絕求之唐人若陸
魯望是已今其詩其在予嘗讀而愛之魯望吳人也
吳之詩自魯望首倡盛于宋尤莫盛於元然其人多
生於季世身雖隱其時則窮則其詩亦悲而已予嘗

讀而傷之入皇朝來偃兵息民、天下·向治及承平日
久人情熙熙士之求仕者爭、治經義取科第而出若
相城有沈氏頗獨好隱蓋自覩、菴徵士已有詩名
江南二子貞吉恒吉繼之至吾友、啟南資更秀穎雖
得父祖之敎自能接乎宋元之派以、上遡乎魯望且
其宅居江湖間不減甫里之勝賓客滿、座尊俎嘗設
談笑之際落筆成篇隨物賦形緣情敘事、古今諸體
各臻其妙溪風渚月谷靄岫雲形蹟若空姿、態倏變
玩之而愈佳覽之而無盡所謂清婉和平高亢、超絕
者兼有之故其名大播不特江南而已予以居鄉、亦

嘗為詩辱相倡和方自媲於松陵之襲美而其子欲得予序其石田稿者予何以爲序也噫聖俞既仕而得而窮名啟南不出而全予隱鄭其詩之工也而悲樂則殊覽者當自得之啟南詩餘發爲圖繪妙逼古人或謂掩其詩名而卒不能掩也今年七十餘詩思益發數日輒成什予雖不能窺其際又安得而盡讀之耶

先大夫韋菴集序

皇甫錄

錄始分司呂梁先師文恪王公道爲錄謝公所撰先大夫韋菴府君志銘曲盡平生友誼公止之曰勿言

昔吾愛先生詩擬其得冉曾家法先公嘆曰子嘗力為文思繼持正而起然其集不可概見奈何吾亦為先公憾之近得之秘閣手録之念公逝矣歸之 以卒先公之意録泣拜受之及觀所謂福先寺碑王翰亭記又不具載則知集所遺者尚多重以為憾也既刻之以傳屬者諸見將刻大夫草藁集録窃惟持正没七百餘年而後大夫奮起以繼其業同不難哉大夫負不羈之才有為之志而不遇於時君子謂臣

當事者斂手避大夫獨上書自劾有耻不与党人之風施之政事亦若是矣而竟無所表見乃沉酣

於詞章翰墨之間遂以自終其著述多漫不存稿今所集殆十一耳可勝痛哉後之人有興起於先人如大夫之於持正者不能無憾也嗚呼皇甫氏自宋南渡居吳世富至錄則落寞矣錄方以仕顯輒棄斥是富貴不可常賴以世其家而不隕者斯文而已遂刻之藏於家俾後之觀是集者無忘世業云耳嘉靖丙戌秋日男錄書

西村集序　周用

莊周有言曰刻意尚行離世異俗高論怨誹為亢而已矣此山谷之士非世之人枯槁赴淵者之所好也

卷五六　芑

語大功立大名禮君臣正上下為治而已矣此朝廷之士尊主強國致功并兼者之所好也夫仁義忠信以為學出則朝廷處則山谷人徒以為〻迂也以為治也而不知迂之未始不為治〻之未始不為迂也故曰夫人幼而學之壯而欲行之欲行則君子欲之然能必其行乎哉欲之而不可得則其學猶是也是故迂而不為倍治而不為矜則固世之所謂通儒者已西村先生自少好學於書無所不讀卓然舉大義不掇拾以為文辭而猶攻於史學於古今治亂之端官府政事物名數紀縱橫上下指掌論說莫不有

肯綮跡宿以爲學者宜如是而不屑以求一試声名隐然起東南成化中三原王公巡撫江南以百姓之利病坐先生而問焉則歷〻語所以退復疏其事以道諸所宜更置公歎曰子之才可以當一面乃今得先生所著述自歌詩文辭之外其與旬宣大臣臺部諸使郡縣長吏往復論白及於政事者居其三之一爲莫不達常變盡利害里閭草布之所推遜而無有選擇縉紳大夫之所以向用致理而不能舍去者皆

也則所謂通儒者非先生欤吾吳中經生學士講求時務水利莫先焉決塞變迁大要〻諸海而已殆

雖按跡而求復其舊也職方禹貢以來互為援据大夫而能之舉而加諸水則悖矣不然則又吏於茲土者大發在官之蓋藏而以畚挿從事壞廬舍獘腓脛拓地數千里引旁流納其中而曰水去矣明年不幸而恒雨曾不能損水之分寸其如淳而不寔費而無功何玑至讀先生論水利書首以謹隄防其太法有司使田者曰地勢預為防以捉水於是立之表以程其功課之藝以益其厚代之粟以傳其力夫民水也力為之防民猶踰之況不為之防乎裕民成賦之道未有能行之者其有用之學可以畫一而論也予生

也匏不獲操几杖以從讀其書而每有感焉先生既歿其　孫進士　襄其稿爲集予曰是集也約而達勤而腴謀而有徵不獨論水利若是矣可以傳也予所嘗欲見先生所著礼纂若干卷者尚不在集中先生吏氏諱鑑字明古吴江人學者稱西村先生吴文定公表其墓家云行寔可攷其也賜進士及第奉敕提督南贛汀漳等處軍務都察院右副都御史邑人周用書

又　　　　盧襄

余少有志古文辭家無藏書乃取法近代又力不能

致遠乃自近地始爲聞之吾鄉長老云吳興有張淵先生長洲有沈周先生吾吳有杜瓊先生吳江有史鑑先生其所論著皆可法也乃日夜求諸先生之文苟獲一篇輒口誦而手抄之然皆未睹其全而史先生者不苟出積日月莫能多得既而復求諸先生爲人皆淵潛泥蟠莫探玄覽而又守礼謹度純王之民也于是名公卿之在朝野與有事其地者若前武功伯天全徐公礼部尚書文定吳公兵部尚書恭毅王公皆爲布衣交上下其論商確古今區畫利害而沈史之名在公卿間尤赫然者也諸先生既沒三四十

年間遂不復聞有隱君子之作夫豈聲跡俱晦抑偶
然其無人耶而諸先生之作尤播在人口嘉靖癸未
春史先生之孫臣與予同舉進士進士之子辟通家
往來因請史先生之作凡昔所未覩者悉檢以授有
若夜光明月賈人知其至寶求之弗得而一旦盡得
之蓋有不勝其喜者乃日夜讀之其賦其詞弘演而
不至於溢體斯倫矣讀其古詩其詞談而不厭其雋
永者乎讀諸近體其詞峻而整約而遠出乎興比之
外者也讀其引序引傍達秩秩如也章章如也讀其
記辭覈而事舉謂之善志讀其銘墓之詞寔録而不

近於諛其生者已慰而死者無遺憾乎讀其襟著其體、殊其詞莊〻乎可觀商彝漢鼎其款式要自有別也及、讀其水利議郡政盡誅巫之文革奸之對則嘆曰緊　詞人之詞也慷慨憤世惧俗弊而上勿恤政缺而民日、以病不得已而言也嗚呼有本哉世嘗謂文學家有二、臺閣經世之文山林適世之文史先生屈震澤之濱耕、而讀焉鈎而游焉爵祿不入於心非所謂山林之士乎、然采其論著有足以經世者其於臺閣固已其之而諸、名公卿固已識之矣先生有其其而未發故萃之於其、子孫天道亦不爽哉肆將請於文以先生遺稿壽諸梓使予書其言爲序先生字明古別號西村故曰西村集云諸体總若干卷嘉靖八年己丑三月上巳　兵部職方郎中前進士郡人盧襄師陳甫書

匏翁家藏集序　　李東陽

匏翁家藏集七十卷吳文定公所著而手自編輯者也爲詩三十卷不以歲製以年月先後爲序文四十卷則以體彙載而先後亦隱然寓乎其間蓋維輯所可識而散佚于世者弗與也公之歿其子中書舍人奭刻梓于家既免喪上京師以屬其諸從兄數月

報詩成又數月報文卷成爽持以告予請序首簡予覽之悵然嘆曰言之成章者為文文之成聲者則為詩詩與文同謂之言亦各有體而不相亂若典謨訓誥誓命爻象之為文、風雅頌賦比興之為詩變于後世則凡序記書疏箴銘、論贊之屬皆文也詞賦歌行吟謠之屬皆詩也是其去、古雖遠而為體固存彼才之弗逮者麗淺局滯欲進而、不能強其或過之不失之奇巧則失之詰屈不失之詭、誕則汗漫錯亂而無所歸於是作者雖多而文之體亦、微矣然言發心而為行之表必其中有所養而後能言、蓋文之有體猶行之有節也若徒為文字之美而行不撿焉則其言不過偶合而幸中文以古名者固若是乎孔公以經學為程試既而編讀左傳迁史韓柳歐蘇黄家之文欲盡棄其旧業及為部使所迫取科甲官史局文名滿天下老屋臺閣弗究厥施而終始於所謂文者故其為詩深厚穠郁脫去凡近而古意獨存其為文典而不俗邑而不氾約諸理義以成一家之言由是觀之則其識見之真正行履之端恪情趣之冲泊無累者不待挹其容儀聆其議論而後可知也其文之傳世固不可必哉昔人為一代數人一人數篇其漸盡

泯滅者弗若今求之成帙之間非其所選者亦難乎其爲觀矣知言君子執辭裁而求之公之文具有取之無窮而讀之不厭者矣然則其散佚者尚傳而求之盡白於天下無徒曰家藏云爾正德三年冬十月朔

又 王鏊

文章不難於奇麗難於醇難於典則雖然醇與則可能也醇而不俚則而能暢殆有非力所致而至者爲其必曰所養乎是難能也故禮部尚書兼翰林院學士文定吳公官禁近前後三十餘年文章傳布中外

海內宗之公既卒其子中書舍人奭刻其所謂家藏集者授予請序予不自揆竊嘗評公之文矣擺脫夬新力追古作豐之千言不言其有餘約之數語不見其不足其為詩寄興閒遠不為浮艷之語用事精切不見斧鑿之痕自謂得公之深也茲復何言予獨念公生頗好藝學其於長公每若數數然者及其自著乃獨異為紆餘有歐之態老成有韓之格信其學力之至自得者深乎其所養可知已明與作者代起獨揚文貞公為之冢謂其醇且則也公之文視文貞吾未知所先後位亦顯矣使獲當路於時其功業豈必

執議者至今惜焉而公之所以自托於不朽者固自有在又何待於外者與余獲從公久每以道義相劘切其於序有不得辭然公此集自當信今傳後云家藏者公之議也詩諸體凡三十卷序記碑銘襍著四十卷總之為七十卷

後敘

徐源

詩以咏性情文以貫道德立言之純疵世道隆汙之所係也古詩三百篇風雅頌其載國政民風之異唐虞三代典謨訓誥則直言帝王治天下大經大法故誦其詩讀其書而其時其人蓋可想見也降自漢唐

其文其詩，雖各有表見，同視風雅典謨之制，廻然不倫，何怪乎風頹俗降，氣化之抝使然也。五季不足道，有宋真儒輩出，則曰詩曰文，一以闡明義理，而視古作自闢一途矣。嗚呼！詩之變遷，文之造詣，而其人之品，殆與之相須而莫之能違也，如是哉！吾故交吳文定公，幼游學校，稟賦清純，志趣超卓，涵養端正，筆力雄健，賦詩屬文，即能鄙遠塵俗，追踪古人。予也叨陪研席，同舍携門，出入相友，每見一詩一文，心竊嘆異，館閣之具也。已而秋闈廷對，果冐首魁。自是入官翰林，登樞內相，日惟文字啟沃為職，位望日益高，製作日益盛凡友朋宴會離合之私君臣吁咈治化之大形之諷詠著之紀述若雅音畢敛山泉宿潭必底其極者不止千萬而已也方將憤樂忘老而無妄疾作遂殞矣既葬之又明年其子中書舍人輿与其從兄奎翕奕搜閱笥篋得公手筆存録諸體詩凡三十卷序記誌說之類凡四十卷自題曰家藏集蓋將以遺其後人知精力之有在也輿懼或散失既壽之於梓以公平生知厚莫予先也請序于眣嗚呼公之名編蓋亦示讓尔若其詩其文予既知之上而朝廷政治下而父子兄弟友朋載之金石碑板散見於四方者

其與孝經小學人知傳誦者爲不遠是皆發乎人情止乎理義渾然治世之音也非吾國家當天運之隆臻治化之美安得有是人而有是言耶是集也固藏之天下藏之人人者也豈特家藏乎哉異時史官采輯當代文章求之珠淵玉海以鳴聖世之盛獲見三代之人有不在於是集也耶予不能辭僭爲之序正德三年歲次戊辰二月朔旦　賜進士出身通議大夫都察院右副都御史致仕友人瓜涇徐源書

瓜涇集叙

王鏊

瓜涇集者通議大夫都察院右副都御史長洲徐公

源之文也公与予同年進士而蓋先于予時同年三百人予獨善公且相約為古文詞志甚銳務追古作者為徒相與劘切倡和往來然公詞出予〻每詘為自以為弗及也未幾公以水部分司出東之寧陽地僻務簡益肆力於學及官武選時吳文定公在翰林吳中名士皆集倡和益富而公出補外藩于浙于嶺南于湖襄最後以御史中丞巡撫齊魯所至不獨以政事稱而尤以文學著聞蓋著述滋富矣然予自是与公濶焉久不聞問弘治末公上疏謝事政予亦旋自內閣告歸乃復聚首吳中追思往時之會蓋三十

餘年當時社友幾其存者其存而復會於茲獨公与予也亦且老矣寧復往時意氣之盛然公遇事感觸必有作々必以示予顧予學殖荒落不復能一々追和与之上下其議論也而以爲恨近世士争治文詞以干科第既得第則遂棄去如弁髦蓋以時之進退外誘不在是爲耳公雖老矣而好學不倦弥篤其出於天性者乱固宜其所得之深且遂也而何可使其無傳爲故公之門下士与争李止裒類其詩若文得若干卷刻之而予爲之序公名源字仲山瓜涇其所家處也

朱性父詩序

楊循吉

世以位爲詩輕重者小人哉里巷之見也人嗜榮利至於朝市而止矣乃詩亦然雅道蒙厄評賞不公與並態俱作可嘆哉然隱士晦處丘樊之中跡不及四方交不遍天下無豐饒大勢以招唉賓客使稱已則其詩何怪不振悲夫惜哉彼市人者斯亦已矣固爲騷友以知其詩不肯出一語褒賞至又爲指斥排棄者皆然此則又可爲太息者也嗚呼惟女子則妬惟小人則忌擠觝蔽方獨何人歟性父居吳葑門之外早歲力學左圖右史殆於忘寒暑一吟一咏用以自適

或應親友之求或寫胸臆之見率皆簡淡高古有味有法不落穠麗枯澁二境非深妙入悟烏能然耶性父詩未嘗自匿每亦流布在人家而知其詩者蓋鮮性父豈徒自咏自歌而已哉推敲指點務盡情境亦誠欲求賞於知己之士也苟使其終身不遇有碧山夔溪之嘆則友朋奚辭咎焉今吳中詩家不少何不共扶必借公論於齒牙間乎性父老矣諸公推轂驗壇幸甚

朱性父詩序　祝允明

古人為詩趣識既卓而齊量又充其命題發思類有

所主、雖微篇短句未嘗無片意新特令人之詩自數大家外斛者甚衆佳篇亦未嘗乏而求其合作者則殊鮮爲予嘗究之蓋其率有二等而其病之所在則有四其率、也守亾者多疲詞腐韵無天然之態如東鄰乞一裙北、舍覓一領錯襍裝綴識者可指而目之曰此東鄰裙也、北舍領也是可謂之陋循貿者多穢唇利口無敦厚之、氣如丹青塗花伶人　女苟悅俗目不勝研覈是可謂、之陋也浮也皆非詩道与古背馳無惑乎其不合作也、至其所謂四病則趣識凡近蹇步苟止望不出擔外行、不起户限篇句之就如貿

券公牒惴惴焉不敢起复常状之一二抑又齊量寒
薄一瓻便竭言梅心着和羹道雀不脫九臯至其命
題發思往往茍欲娛人不由己主且多爲俚題惡目
之所刱繞號別縱橫居扁鍉鋜慶生挽死妄頌謬哀
大抵生紐情性趣人道路況其摹倣師法泄迹忘遠
只知繩武雲仍不肯想像宗祖嗚呼以二率爲之歧
塗而四病狠乎其東則何怪乎古詩之不復見哉僕
少有志學詩然暗資謭學雖目力稍知毫厘如此而
力之不逮率不能破觭二豎自致古人亦可哀矣友
人朱君性又攻詩有年自集其所賦成帙從前後所

卷五十六　羙

操曰鶴岑集曰野航漁歌閒以示予號予覩君詩之佳已有儀部君之序在無待贅詞竊獨喜其不墜二歧逵有觸鄙懷同爲之縱論以自致區區之抱如此以相爲商度之不知君謂何如也

募刻詩疏

朱存理

伏以嘔心少日已無錦囊之才流浹終年空有碧雲之嘆髮白同他搜索而生雌黄正我推敲而用抹去若干存來二三早蒙知賞前輩推轂之恩晚遇校編同儕斤削之力拈出三十年之前選得一百首之外欲望收拾在後人子孫莫若流傳先自朋友於刻梓

不消學宗校之精鑑藻豈覬擬唐風之盛踪請諸盟
義當厚助友生朱存理再拜

徐迪功集序　李夢陽

徐迪功集六卷并談藝録子容寄我豫章予即豫章
刊爲印傳同好意表迪功文云初迪功發京師也子
在梁子容訃予曰昌穀遺言子序其遺文於是手其
文歔欷久之曰嗟乎予恐序吾友文耶麟鳳芝寶世
所希遘見遘見之而遽夭滅亡也天生之故奪之耶
抑生不生生而修或短非天所諳哉迪功以賦文起
吳中十數年間騖翔而虎變彬彬乎出人士前矣然

竟轗軻天溷亡也凡此天果弗諳之邪乃予觀李唐之李杜轗軻勃賀則天未始不憐才流涕也然猶異代足覽解孰謂覩邇見之如曳功者云客曰氣積久斯漓三代以後聖人罕生孔子以周末故不得位觀其大可占其細若是則魏徵將爲鬼魅之說非耶客曰群骸曳功矣以之也予曰談藝錄備矣夫追古者未有不先其骸者也然守而未化故蹊徑存焉雖然辭榮而躭寂浮雲富貴慷慨俯仰曳功所造詣予莫之究竟矣今詳其文溫雅以發情微婉以諷情事爽暢以達其氣比興以則其義蒼古以蓄其詞諑擬以

一其格悲鳴以立不平參伍以錯其變該物理人道之懿闡幽别輿紀記名實則有蹊徑厥麗鮮以脩短細大又昌論焉不載廸功履歷以别有志述北郡李梦陽叙

跋　　　　高第

西蜀高第曰徐廸功予家食已聞其名竊慕之未由見也比余遊京師莘賓次一接其顔色未幾廸功遂惜未有以叩益也僅得談藝録讀之余蘊長洲廸功集以窺其蘊亦甚尠矣如九原之不可作造物之所忌豈諒然与觀其祖漢宗魏

風蓋將与古作者爭衡於異代造物其尚能

邪吁廸功亦可謂無憾也已余又奚悲哉

又　　　　　　　　　　　　　徐縉

右廸功集六卷吾友故国子博士昌穀徐君之所作

也余嘗校焉以寄獻吉遂刻諸豫章然吾鄉大夫士

猶不多見於是昌穀之子伯虯復刊之家塾云初昌

穀甫弱冠游郡庠即攻古文詞如所向往談藝録其

一也既舉進士与獻吉諸君子游而藝益工其寄興

遠修詞潔尤長玄理有古詩人之風焉使天假以年

所造豈止是耶雖然是亦足以傳矣正德庚辰春正

月三日郡人徐縉識

朱敘之集序　　王鏊

天之生才甚嗇而推之有若易然者夫天欲推之則勿与之才無之才又易為亟推之此理之不可推而天之不可問者也吾洞庭朱氏有子曰敘之生有淑質抱負甚奇學又過苦始讀易又讀春秋日夜不懈遂得疾年二十八以死敘之好為詩遇事有感輒形於詩年少耳已有憫時病俗之志亦自悼其疾傷其生之不永也余讀其詞而悲之孔子曰斯人也而有斯疾也斯人也而有斯疾也哀哉吾洞庭近有黃訓

李行者得第甫授給事中即死吳文與成者甫得第入翰林又即死今敬之未得第又死嗚呼吾洞庭之氣數邪三人者之不幸邪敬之有詩若干首其凡淡不恐其泯沒也欲刻行之余因為之序嘉靖癸未仲冬

敬之名琬

唐伯虎集叙

袁袠

唐伯虎集二卷樂府詩總三十二首賦二首襍文一十五首內金粉福地賦闕不傳唐伯虎者名寅初字伯虎後更字子畏吳人也少有雋才性豪宕不羈家貧不問產業好古文詞與京兆祝公允明博士徐公

禎卿內翰文公徵明相友善而尤工四六藻思麗逸翩翩有奇氣然佇宕放曠人未之奇也嘗上書吳文定公寬覽書曰吳安得有此人邪頗為延譽公卿間而提學御史方誌惡其不檢將黜之比試大學士梁公儲讀其書驚嘆以為異材遂薦第一由是聲稱籍甚會試禮部衆擬伯虎復當首選伯虎亦自負江陰徐經者通賄考官程公敏政家人得其題目以示伯虎且倩代草文字事露逮錦衣衛獄掠問無狀先是梁公奉使外夷伯虎將持束帛乞程公文送之竟以此論廢為吏恥不就免歸文徵明以書慰之伯虎答

書自明文多載集中乃後益自放縱廢酒落魄所著述多不經思語殊俚淺人或規之伯虎曰夫太上立德其次立功其次立言寅遭青蠅之口而蒙白璧之玷為世所棄雖有顏冉之行終無以取信於人而夔龍之業亦何以自致徒欲垂空言傳不朽吾恐子雲劇秦蔡邕附卓李白永王之累子厚叔文之訕徒資喚辱而已且人生貴適志何用劇心鏤骨以空言自苦乎宸濠之謀逆欲招致四方材名之士乃遣人以厚幣招伯虎堅辭不可至則陰知將有淮南之謀遂佯狂以酒自汙宸濠曰唐人庸妄人耳乃放歸得免

於雖過富春渚想子陵之風慷慨悲歌徘徊者久之築室桃花塢中讀書灌園家無擔石而客嘗滿坐風流文采昭映江左外若奢汰而中慕沉玄勤究内典旁精繪事裒童時嘗獲侍高論接杯酒之歡哲人已遠九京不作撫誦遺文慨仰遐烈爰加蒐摭存梗概云尓

王履吉集序　　前人

王履吉者名寵吴人也少負逸材博涉墳籍沉精篇翰下筆綺詞壯思湑湑不休補郡學弟子員督學者最其文試必首列然非其好也試于鄉輒弗利乃負

入太學比游燕趙觀朝廟制度与四方薦紳先生游上下其論議而文益奇歸而嘆曰夫神龍升于赤霄尺蠖伏於泥淖黄鵠一息千里而斥鷃終日不過蓬蒿此其志大小懸絶何如哉且夫屈伸者時也利鈍者命也夫儒者握寸管挾方牘而揚声名於億載彼得志者曳紱乘朱高爵豐禄以焜燿一時不知駒馳電滅雲浮草腐後世無称焉此与蠖鷃何異哉由是田佃石湖之旁築室其上臨流賦詩益窺古作者之奥而病作矣乃養痾於虞山之白雀寺洩其精於声詩而病乃大作歸不逾月竟卒卒之前一日夢兩蝴

蝭入袖箬而嘆曰吾殆已矣夫莊叟之言殆謂吾也
嗟予亦異矣履吉詩初宗李白既乃宗杜故其詩才
力雄濶詞篇麗聽去軒靡而就沉着尚鋪綴而畧陶
鎔乃白雀集諸篇又則奇興冲玄思調清逸遂窺陶
謝之堂幾入王孟之室矣惜予天抑其進有志未就
故所著僅止此然亦足傳矣憶與履吉銜杯論文竟夜
達旦謂古人之庶幾大雅之可作而竟已矣獨恨夫
天之忌才不以假也昔魏之文考唐之勃賀咸之才
天近代如姑蘇徐禎卿信陽何景明沁水常倫閩鄭
善夫亦不享年何天之忌才若斯邪豈天既畀之才

卷五十六　畱

乃奪之年邪嗟乎履吉古之祢不朽者不以年也又何憾哉

又　　　　　顧璘

嗚乎觀今滃然雲興燦然星耀豈不有羨於當世之士哉然性緣情汩志以習乖考之温仁成德固以鮮儔矣姑畧言之自視有餘者驕視人有餘者妬驕妬所終敗於人鬭焉用士爲也得天猶幸若吾友王履吉氏適發鄉國早聞四方龍鳳爲章山海爲藴不謂有餘既甚者乎然退然若處女俯詘若蒙士自余所觀未嘗失色於人及其遇一善覿一才若飢渴之於

飲食不歇不止故年殆強仕而海內勝流什五齒交矣乃抱痾長終王毀臚下烏乎慟乎人皆曰履吉之才不可再得也余獨曰履吉之清純不可再得也蓋傷人國爲其兄太常履約氏刻其詩余得而論曰古骵五言沉鬱有色可憤可樂蓋類曹植鮑昭七言跌宕劉昚虛幽吹而靄春雲蓋類杜甫岑參近骵亦步驟杜參而自攄神情殆與盛唐諸家相雄長可謂詩人也特非其致也謂所取於履吉者非以此嘉靖戊戌孟秋望日姑蘇顧璘序

又　　王守

卷六

四五

余弟履吉氏弱冠攻古文辭才情俊逸川至雲起垂二十年著述蓋千餘萬余幼共席研究師友蓬蒿環堵彈琴咏歌呴〻朝夕相樂也中歲慕祿仕散游四方嗟乎遽棄予而逝耶余悲夫才哲之夭傷頓余蹇劣以獨存每讀其文未嘗不吁天而泣也乃選其詩八卷文二卷同年編次庶可攷其進云明嘉靖丙申七月一日中憲大夫太常寺少卿前吏科給事中王守撰

吳都文粹續集卷五十六 終

吳都文粹續集

長洲　錢穀　叔寶　集

補遺

吳越國故東海郡徐太夫人墓誌銘序

將仕郎試太子校書李潯述

夫月滿則虧日平則昃盛衰之道古今而同也其有秀而不寔者得無痛乎夫人徐氏其先東海人也粤以玄元降聖盤條之仙樹之端洎唐后啟圖析派天潢之側龍飛鳳翥殷昂 壇閥閱勳賢無出其右官謫輒任省營田隊夫人嬸渤海 吳皓僕射 宣賜

裼裳之管轄營、田、隊務文華擅美器宇弘深夙嫻○
悌之規抗見熹之、色、百行之美寔無闕焉悲娶○○
一卒九乎三紀何期、隟、駟難追游波莫遏享年五十
有六偶暫攝調違焉無、乃、于顯德三年歲在丙辰九
月庚寅朔五日甲○寢疾、殞、于吳縣令德鄉之私第
也夫人有子六人長曰承嗣効、○衙内直番隊
充副將次曰承寵係營田甲將次承鄴營、田、副將次
五児滿児俱幼稚未効戢員有女三人長曰十八娘
娉于金氏次曰十九娘在室未從伉儷次廿娘捨棄、
俗華以投金地于福田寺慕真堅守緇門精專戒行

子葺一人金氏弘(宏)綰新婦二人長曰沈氏次曰曺氏嗚呼封樹告期龜筮叶吉以十月庚申十四日癸酉窆于吳縣胥臺鄉尚書里闔閭城西去祔五十餘里先祖塋之側礼也杼恐天地長久陵谷變迁令嗣號訴願勒貞石以誌于墓得忝獲知音得不涕泗揮毫叙録其寔而爲銘曰

委質荒阡凝神上仙遠遠三界范范九泉遠岫烟暝高空月懸声沉永矣松檟蕭然

右誌乃香山潘氏鋤頭而得章簡甫搨得見惠恐歲久湮沒重録于此顯德乃五代周世宗三年也

據誌、徐夫人生唐僖宗中和元年耳

○○宋朝散大夫提舉舒州灵仙觀章公墓

楊○時○

公諱甫字端叔姓章氏公八世祖乃為康州刺史自南康徙居建州之浦城其孫仔鈞仕王氏官至太傅仔鈞為泉州團練副使兄弟皆有功于閩故號仔鈞為小太傅仔鈞之後居西村仔鈞之後居珠林自是公為二族宋興幾二百年西村世有顯人珠林久不振至景德中公之大王父始以進士中甲科而仕至秘書丞公于熙寧三年繼登科而後珠林之族浸顯

吴公資穎悟方幼學已能屬文年十四即辭親求師友薄游江淮間殆十年乃能自卒以名聞于時初調撫州臨川尉盗有刦行商殺人者吏以枝詞蔓其獄連逮者以十數累日情不得公呼囚令環坐以事驗之俄引三人出曰汝實爲盗餘悉縱之使去三人者卒服其辜無異辞其遇事巧發奇中類如此人莫能測也就移壽州壽春令大臣有以公孟子解義進者詔付秘書省除應天府国子監教授用舉者改著作左郎官制行换宣德郎知越州山陰縣事山陰號繁劇訟牒日務至公處之裕如也巨猾陸瑋輩竄易户名

以避征役公閲籍具得其情狀坐流配者數人老姦
宿贓屛跡聽命無敢復○○者邑大治境内有海塘
瀦、水漑民田歲久湮塞不治為旱患公鳩徒濬之仍
為經、畫為久計民至今賴焉秩滿轉奉議郎監左藏
北庫、哲宗即位轉丞議郎通判宿州先是南京押綱
侍禁史士、宗侵耗官米數百石反訟倉官出納不公
獄久不決朝、廷以委公至即片言析之士宗雖坐流
竄丨而自以為不、寬又兩遷為朝散郎繼丁親憂去
喪久之除大府寺丞、轉朝請郎召對稱旨除府界提
舉常平等鄢陵旧有、双、泊河數溢為民害二縣以開

濬請為公為親行堤上得旧河経始之意本欲殺患
民河水流而歸之蔡河稍加開濬則患民之注流益
悍而蔡河不足以吞納則為滋害甚不若增濬河外
故道復泊雖溢可恃以無患是歲河朔飢民流而入
畿甸者不可以數計公名而廩給之因以用其力故
事成民不告病而飢者得以全活公私之利蓋両得
之也上皇即位轉朝奉大夫未幾除知虔州州為江
西劇郡俗健訟公下車痛治姦訴者一人迄公去無
或干政犯令者是時承平日久屢豐年天下諱言災
傷無以民病告者公還朝首言淮甸歲凶宜加賑恤

大臣初雖不評——公誠意懇惻故卒從之翌日遣使大發倉廩而民賴以濟公之力也崇寧初党論復興義士膠口無敢竊議者公除郎官得旨陛對抗言元祐臣寮削秩投荒皆緣國事陛下即位制令內徙道路交慶今復刻名著籍禁錮其子孫恐非陛下本意臣竊惑焉上雖優容之然亦由是与時論不合矣會宰相譖公布得罪言者因以微文詆公從坐降一官罷尋知泰州遂掛冠而退居吳門未幾上記其姓名特旨落致仕復知泰州之官數月即乞宮祠得提舉舒州灵仙观崇寧五年六月八日以疾終于平江府

之私第享年六十二歲以其年十二月十六日葬于吳縣長山鄉仕墟道士嶋之原公莊重簡默而接人以和氣行已蒞官一本于誠不表襮以自售其論天下事不苟不隨期于當理而已方元符末議役法請循元豐依爲便或疑其朋附及崇寧陛對抗言党錮非是聞者駭汗乃知公之用心合天下至公無彼時此時之間公以是數忤权貴竟以不遇公仕于朝兄弟請別居公尽以已所當得田業均之且立券与之納母得鬻典賣而其後兄弟之子有破其産者卒賴此以爲生公之惇族爲之長慮如此公平生無声伎珍

奇之好獨書讀萬卷讎校精至于澤具在有文集二十卷孟子解義十四卷曾祖可法故任秘書丞祖偃之不仕父説故任通直郎贈朝奉大夫娶沈氏起居舍人諱季長之女也封宜人公襟度簡遠未嘗問生事然奮羇旅起家閭門千指有宅以居有田以食夫人之力也其經理家事無巨細皆有節法豐而不侈儉而不陋正睦内外雍如也自政和以來四方無虞仕進者以攀附為榮而夫人獨戒其子以宜安素分遠权門盜賊且起無遠官以貽吾憂諸子謹奉其教卒無患聞者服其遠識建炎二年八月二十五日以

疾終于正寢享年七十有四以是年十月二十二日祔葬于公之兆子男八人長愿宣教郎知杭州臨安縣事次師中早世次懿迪功郎池州士曹掾次愈從政郎和政士曹掾次憲次懋次悊皆業儒未仕女四人長適宣教郎知舒州宿松縣事孫宴次適朝散郎直秘閣廣東提舉路常平等事王舜舉次適奉議郎秀州司録事郤勲次適奉議郎主管亳州明道宮呂衍中孫男女二十二人逮炎之初其子憲不遠數舍詣毘陵踵吾門而告曰先君之亡二十有餘年矣而無幽堂之銘其盛德懿行恐遂泯没無傳焉敢以是

請久之余未暇作也又遭母夫人之喪復以書抵余而請之蓋至余雖不及見公而公之子憲悊從余遊義不得辞也乃為之銘使帰而揭之墓上銘曰

奮用羈旅砥節不移遵義而行不茍不隨党籍之興公独有言為人不能展也直言銘以昭之庶永其傳

故翰林檢討陳君墓碑銘　楊士奇

仁宗皇帝初臨御奬用儒術茂興文治首命在廷舉賢薦能于是少保臣士奇言蘇陳繼其文學宜在侍近即日詔驛名之即至授国子博士明旦入謝改翰林五經博士時初建弘文閣于思善門之右以儲經

籍脩訪問而命翰林學士楊溥董之擢侍講王進及繼等三人副之今上嗣大統詔脩兩朝實録焉無發賜勅命實録成賜白金及織金文綺衣遂進檢討宣德七年五月自陳老疾奉命致仕歸又明年疾加遂不起五月某日也于是其子完走北京求文書墓碑嗚呼斯文老成凋謝殆盡士奇忍以衰病而忘情老友耶按其學者大理評事張益狀陳氏其先家蜀与宋文忠公堯叟同祖堯叟從父諱鄭始徙南康之都昌七世至諱彖登宣和六年進士乙科累官左朝散大夫明州通判再徙星子又五世至諱洽咸淳貢

士貢士生元翰林待制諱仝待制生諱徵受學臨川吴文正公為通儒至正間廷臣交章起之將授之官以介特不偶自引去又徙蘇州之吴縣娶宋相江文忠公萬里之孫生諱汝言博學有才具洪武初仕為濟南府經歷所設施秩然條理一郡倚重大將軍出師道其境深見獎重娶吴氏初生三女經歷公方以嗣子為念在濟南一夕夢白衣大士已而生男即檢討也初名釋童更名繼字嗣初晚號怡菴嗣初生十月經歷公沒母抱之歸蘇家具蕭然惟存書二萬卷及蔬地二十畝其母知問學謹禮法守節不嫁以教

育遺孤嗣初稍長克自奮励其天資明果曲奉毋訓
外從良師日益見端緒又進而從明経師遂深于易
詩又求邃于古文者而師之其為學自経史百氏皆
愽考深究久而淹貫沛然為文章根義理辨体製戾
矩矱力去陳言不肯苟率由是声誉蔚然見重于三
吳求文者接踵户外而從學日輻湊講下其施教有
本末主敬為要明理為務後在館閣于商確古今講
論述作之旨娓娓皆有所自衆推勝之居家篤孝行
雖貧而講授之暇躬治蔬圃以資養甘旨恒充有司
上其母貞節　詔旌表之自是遠近交聘嗣初學官

一以親老辭親没祭葬盡礼与人交以誠善者奬掖
之不善者面警飭之不肯媕婀苟容窮乏者賑給之
没無歸者斂葬之雖官于朝其志泊如蓋未嘗一日
忘幽閒之適既得請歸吴中之學者忻忻皆喜得所
依而從游者益衆既疾革門人請所欲言舉西銘存
順没寧畬之遂卒春秋六十有五其卒也族姻門生
故旧皆臨哭郡自守貳以下咸走吊祭遠近大夫士
聞之皆嗟歎悼惜其所著詩文有怡菴集四十卷藏
于家其配故蘇守金絅之子儉勤克孝先十二年卒
子男五宗寬宏宣完皆志于學女二長適謝璜次在

另行

室孫男七傳儀仁、偉佃佶俌女四其葬在縣之太平鄉荐福山之原銘曰

肖碩其先自陳宗室派衍于蜀英傑森出沿江而東來徙南康再徙閶閭代有奮揚卓乎怡菴克奮于孤幼志桓桓壯夫莫踰有書充棟有畦繞宅晝鋤夕誦孝養是力浩乎其學邃乎其文求道請業從游詵詵辟書駢來親養弗舍晚而幡然玉堂金馬抽思發才劾勤祀述長簡巨策金匱石室沖澹之存食息靡忘引疾謝榮遄復于鄉邦有耆俊如漢在石山林草林木光輝潤澤奄其永逝士林興悲於彼媚學倀倀奚

歸刻詞墓前式示來者尚有懷德車過斯下

御醫趙彥如墓志銘　楊士奇

太醫院御醫趙友同字彥如大臣嘗言其文學于
上、時、方修永樂大典即用為副總裁後修五經四書
及性、理、大全書又用為纂修書成皆被寵賜于是知
彥如者、皆、為之喜且意其將有詞林翰苑之遷也而
彥如亦莫得、一職于此為其親榮未幾以母喪去又
未幾以病不起、烏乎惜哉彥如沉寔溫雅有行義自
其少篤志學問手、一卷祁寒盛暑不輟嘗受經前翰
林承旨金華宋先生、為文章貫穿經史優柔縝栗或

豐或約必歸宿于理今、祭酒胡公教諭華亭時首舉為訓導既而浙江布政司、聘考鄉試華亭滿九載天官考最當陞｜太子少師姚公、言其邃醫｜詔陞太醫院御醫會浙西水有言彥如知水事者又奉詔從今户部尚書夏公往治之士恒患有所負挾無所遇而不見試也若彥如所長數數見用于世彰明如此其可謂榮遇而無憾也矣彥如系出宋南陽侯仲、鏞仲鏞生士翲為武節大夫處州兵馬鈐轄因家處州、士翲生武義郎不玷官浦江子孫又徙家焉曾祖崇僕祖必俊父良仁又徙蘇之長洲故彥如今為長洲人

加

母鄭氏彥如卒于永樂十六年四月一日春秋五十有五所著有存齋集若干卷藏于家娶邵氏子男三季珣季諒季成女二華信張瑜其婿也孫男一人文具子卜以卒之歲十二月某日葬某鄉某原先事以治命賚監御史張循理所具事狀來求銘蓋余知彥如者銘曰

士之所貴實有諸內有蘊而可貴弗時遺崑岡之產用則為宝為瓚為圭彼此奚較烏乎彥如既試有聞肆于作銘慰其九原

名宦

彭循字于陽建国三年海賊丁儀等萬人拠

吳太守秋君聞循勇謀以守命循与儀相見、陳說利害、應如俱散民歌之曰循傳作彭修毘陵人時歲倉卒賊縱橫大戟長弩不可當賴得賢令彭子陽循時為吳令右事出吳錄

第五倫薦謝夷吾文　班固代作

竊見鉅鹿太守會稽謝夷吾出身東州英姿挺特少膺儒雅綜校圖錄昔為陪隸与臣從事奮忠毅之操躬史魚之節及應選作宰惠敷百里爰牧荊州威行邦国迁守鉅鹿政合時雍雖宜當拔擢使登鼎司臣以頑駑尸祿負乘願乞骸骨更授夷吾以厭率士之

望

張霸作郡民語　永元中

城上烏鳴哺父母府中諸吏皆孝子

又越賊歸附童謡曰

棄我戟捐我矛盜賊盡吏皆休

功曹唐景對太守麋豹問風俗所尚　永興中

屬家無不孝之子立朝無不忠之臣文爲儒宗武爲將帥

東門奐歷吳濟陰二郡太守所在貪濁謡曰

東門奐取吳半吳不足濟陰續

許貢表孫策于漢帝云
策驍勇与項籍相似宜加貴寵召還京邑若寘于外
必為世患

蔡洪荅刺史周浚論吳士吳展書吳時人
士季忠足矯非清足厲俗信可結神才堪幹世誠聖
世之老成明時之俊乂也

顧榮与親故書 時傳咸為吳国內史故也
傳長虞勁直忠果雖非周才亦足貴也

吳人歌鄧攸云
紞如打五鼓雞鳴天欲曙鄧侯挽不来謝令推不去

王洽為吳國內史在郡上表云

編戶彊屍莫薶無主或閭閻餓餒煙火不舉

刘損為吳郡至閶門入太伯庙室宇隤毀墻

垣不修損愴然曰

清塵尚可彷彿衡宇一何摧隤

竟陵王子良與吳郡太守安陸昭王緬書云

窮承下風數十年來姑蘇姑蘇未有此政

王規為吳郡太守簡文帝為作謝章曰

臣今駕吉祥之車入句吳之境驅緹扇之馬撫奉德

之鄉製錦何階棼絲方始

開皇十年江南高智惠作乱州民顧子元應之刺史皇甫绩遣子元書

曩者偽陳独阻声教江東士民困于荼毒朝廷薄伐應時瓦解吳會民臣白骨還肉惟當懷音感德豈宜自同吠主翻成反噬吾是隋将何容外交易子析骸未能相告況足食足兵高城深塹坐待強援綽有餘力何劳踵輕弊之俗作虚偽之詞以此見期必不可得卿宜曉諭黎元能早改迷失道非遠

唐燕王灵夔江王元祥滕王元嬰相继為蘇州性皆庸懦貪暴時語曰

寧向儋崖振白不事江滕蔣虢

獨孤及代房琯作祭李刺史文　名闕

友、孝慈惠公廉正直姑蘇之役奸鋒構難公秉義勇誅、其渠魁海寇圍逼句吳震駭公率羸師克翦大敵奇謀、生于死地貞節見于孤城

刘太貞与常應物書

顧著作来已知足下郡齋燕集相示卞何情致暢茂遒、逸如此宋齊閒沈謝○何始精于理意緣情体物備詩、人之指後之傳者甚失其原惟足下制其横流師摯之、詩始關睢之乱于足下之文見之矣

常夏卿爲刺史息民令曰

矜老疾活鰥困凡在庶物令趣其本

賜章岵詔 元豐元年到任

吏不數易然後得以究其才今夫蘇劇郡而尔爲之

守克有能稱嘉省厥劳仍其旧服往惟卒戢不懈以

称吾久任之意哉

范仲淹舉従張事伯玉辞

天賦才敏學穷閫奥善言皇王之治博達古今之宜

素蘊甚充清節自處

邰琪張青反衆爲盜命諸將毋得招安知府

胡松年上言

大軍四合連旬不能破賊今賊據通州崇明鎮沙上砦柵之外水淺舟不可行泥深人不可涉本府錢粮已費十三萬貫石公私騷然而賊未可睥睨況刘光世兵将多西北人一旦從事江海有掉眩不能飲食者安能与賊較勝負于矢石間

荅向子諲乞休詔 紹興中時知平江府

卿從朕覊紲晚登禁塗昔漢二踈以官成名立乞骸未若方被寵遇神明未衰如卿今日也

刘寗贈知平江王遂言

士友當親而賢否不可不辨財利當遠而會計不可不明折獄以情毋爲私意所牽薦士以才毋爲权要所奪當言則言不視時而退縮可去則去不計利而遲回庶幾名節之全

吴樵爲平江節度推官嘗謂人曰淳祐中樵居官既久深知吴風吴人尚奢而争勝所事不切寧捹百萬錢嫁女不能捹十萬錢教子弟寧捨十萬錢遣婢妾不能以一萬錢延好師友故使子弟不知書識字但廣置田宅計較微利殊不思異時反貽子孫不肖之害故人以獃目之葢以此也

王禹偁爲長洲令自叙

禹偁名利之流也一身之計有親族妻子焉雖内無妾外無僕不可去者凡百指晨有炊爨夕有脂燭伏臘慶吊居其外月得俸金大半長物是以從官三年徒行而已一邑之政有稅庸稅調焉土甚瘠而民不懈吏奸欺而賦愈重廉其身而獨者忌之直其氣而曲者惡之懇無知音動有變畏去年稼多不登編户艱食賦斂之數有乖其期而民部督成于郡侯郡歸罪于縣鞭笞之人日不下數百輩菜色在面而血流于膚讀書爲此儒胡寧忍此因出吏部考課曆納看

于巨商得錢一萬七千、市、白粲而代輸之始可免責
春夏以來民有歸其直者蓋、三分有其二焉

入朝又上疏曰

臣旧知蘇州長洲縣七千餘家自錢氏納土以来朝
廷命官七年無縣尉使主簿兼領之未嘗闕事三年
增置縣尉未嘗立一功以臣詳之天下大率如此誠
能省尉、三千員減俸數千萬以供邊備寬民賦亦大
利也

范文正公送錢振常熟主簿歸省詩

姑蘇臺下水如藍天賜仙卿奉旨甘梅淡柳黄春尚

浅王孫歸思滿江南　振
○振郡人亦吴越之裔

黄震為吴縣尉請禁復瓶焚屍亭呈府文
焚屍夷狄之法尼史傳所書仇怨刑戮之酷罪盈惡極乃有焚臧遺骸亦戰国以來之事古無有也然殺者常刑焚者非法非法之虐且不可施于誅死之罪人况父母骨肉乎今吾所處中国耶夷狄耶傷風敗俗○○為甚其亭宜令勿再置

徐珵論吴縣知縣葉玄元圭
玄圭為治一本經術先律已而後齊人惟理之從法

元

之守他無恤也官長承迎之私不行寮吏比周之情不接豪猾欲擴之奸不得行故雖深得細民之心而忌者亦衆或軋之于上怵之于下咻之于傍玄〇堅不動至是循吏(良)之效白焉

徐誼論水利之切于時者

昔下流不疏而水上溢故鑿直曲港還三江故道開宜興百瀆所以順導下流也惟高原田涇乃瀦偃之爾昔之言水如單鍔夾亶皆是也今開吳淞江下流与宜興百瀆屬之海者無慮數十百所異時浦港磬折以趨海今近浦之民多承徑直疏決蘇湖常秀旧

為淨国比年、雨或後至種且不入蓋圍田衆而疏道多也小人見利、不畏其害圍于淺水既爲高田圍于茭蕩既爲稻田二俱不已復有下脚始之重陂太平爲平始之良田背水、自晒十日不雨農廢作業然且承用旧說又将疏之失利害之实矣故旧田溝澮當濬治圍田下脚無輙開已、開未填當捺合今之言水能行是三說則原、高旧田還爲衍沃而農不病矣

名臣

嚴助諭淮南王

今者大王以發屯臨越事上嘗陛下故遣臣助告王

其事朝有關政遺王之憂陛下甚恨之夫兵固凶器然自五帝王三禁暴止乱非兵未之聞也漢操生殺之柄以制海内之命危者望安乱者仰治今閩越王狼戾不仁陛下為萬民安危久遠之計故遣両将屯于境上震威武揚声鄉屯曾未會天誘其衷閩王隕命輒遣使者罷屯無後農時南越王甚嘉被恵澤故遣太子入侍此則陛下深計遠慮之所出也事效見前故使臣助来諭王意

陸喜西州清論品格篇

或問十薛瑩国士之第一者乎荅曰以理推之在乎

四五之間夫孫皓無道若龍蛇其身潛而勿用趣不可測此第一人也避尊居卑禄代耕養玄静守約第二人也侃然体国以方見憚執正不懼此第三人也斟酌時宜在乱犹顯時献徽益此第四人也温恭修慎不爲謟首從容保寵此第五人也過此以往不足復數故第二已下上多淪没而遠悔吝第二已下有声位而近咎果是以深識君子晦其明而履柔順也

太康中徵喜詔曰

陸喜等並以貞潔不容皓朝或忠而獲罪或退身修志敎所在以礼發遣須到隨才授用

陸曄居喪孝顧榮与人書
士光氣息裁屬屬其性命言之傷心
晉明帝詔
曄清操忠貞歷職顯允其兄弟事君如父憂国如家
歲寒不凋体自風門既委以六軍可録以尚書事加
散騎常侍
王導請婚于陸玩玩對曰
培塿無松柏薰蕕不同器玩雖不才義不能為乱倫
之始
華覈薦陸禕表

禕倅有方剛器幹彊固董率之才魯肅不過在式果毅臨財有節夫夏口賊之衝要宜選名將以鎮戍之臣謂莫善于禕

華覈薦交州刺史陸胤表

胤。天姿聰朗才通行潔昔歷選曹遺跡可紀還撫交州民心歸附商旅平行民無疾疫田稼豐稔州治臨海海流秋鹹胤。又畜水民得甘食惠風横被化感人神遂憑天威招合遺散在州十有餘年內無粉黛附珠之妾家無文甲犀象之珍宜在輦轂股肱王室

王僧達為吳郡太守入閶門曰

彼有人焉顧琮一公兩椽奕〻門户陸子真五世内侍、我之流亞慧曉清介正立不雜交遊張緒称為江東裴、樂、

陸襄為鄱陽内史獲郡賊鮮于琮民歌之曰

鮮于鈔後善惡分人無死賴陸君

又鮮彭李二家忿争民又歌曰

陸君政無怨家鬪既罷仇共車

陸徵卒｜太祖下詔曰

徵厲志廉潔歷任恬勤奉公盡誠克己無倦褒榮永由、不幸夙殞言念在懷以為傷恨可贈輔国將軍賜

錢十萬米二百斛謚曰簡子

羊希論陸法真与孫詵書

足下同僚陸録事東南名地又張玄外孫持身至清
年高官下秉操不衰當日夕相与申意

頤雍子裕襲爵詔 永安元年

故丞相雍至德忠賢輔国以礼而侯統廢絶朕甚愍
之其以雍次子裕襲爵為醴陵侯以明著旧勲

薛综讓頤譚為選曹尚書奏

譚心精體密貫道達微才照衆物德允衆望誠非愚
臣所可越先

吳大帝徵顧承賜顧雍書

貴孫子直令問休〻至于相見過于所聞

顧榮為不復飲酒或問之曰何前醉而後醒

邪榮懼乃復飲与楊彥明書曰

吾為齊王主簿恒慮禍及見刀与繩每欲自殺

汝南王統江夏公衛崇並為庶母制服三年

尚書令顧和奏曰

礼所以軌物成教故有国家者莫不崇正明本以一

其統斯人倫之紀不二之道也為人後者降其所出

奪天屬之性顯至公之義降殺節文著于周典按汝

南王統爲庶母居廬服重江夏公衛崇本由踈屬開
国之緒近喪所生復行重制違冒礼度肆其私情皆
可下太常奪服若不祇王命應加貶黜詔從之

潯陽王子房欲加位號于顧凱之辭曰

礼年六十不服戎以其筋力衰謝非復軍旅之日況
年将八十殘生無幾守尽家門不敢聞命

張溫使蜀對吳大帝曰

臣入無腹心之規出無專對之用懼無張老延譽之
功又無子產陳事之效然諸葛亮遠見計數必知神
慮屈伸之宜推亮心必無疑貳

張純字元基有清才与同郡張儼朱異俱童
見少往朱據〻聞三人才名試之曰今三賢
屈顧其為吾各賦一物然後乃坐夫騕褭以
迅驟為功鷹隼以輕疾為妙何必積思純賦
席曰
席以冬設簟為夏施揖遜而坐君子攸宜
儼賦犬曰
守則有威出則有獲韓盧宋鵲書名竹帛
異賦弩曰
南岳之榦鍾山之銅應机命中射隼高墉

張率卒昭明太子与晉安王令曰

近張新安故其人才筆弘雅亦足嗟惜

張岱爲吳郡太守齊高帝賜手敕曰

大郡任重乃未欲回換但總戎務殷宜須望实今用

卿爲護軍加給事中

齊高帝賜張融手詔曰

見卿衣服粗故誠見素懷藍縷亦虧朝望今送一通

故衣意謂。乃勝新也

桓州刺史張府君墓志銘　張説

君諱承休字某吳郡人也留侯与漢播美西京長沙

從、吳蔽蔓東土曾祖冲在陳為文帝師入隋為漢王
學士、祖後亂授經太宗尊之以祭酒既封新野又贈
以宗伯、考少師位不充量止于朱陽宰班固称世名
忠孝魏武、為積善之家昌門一系暉我諸族君受天
戩穀傳家業、藝希言敦行去華崇寔非法不由非礼
不動精于物理、敏于政事切以南郊齋郎補兖州兵
曹丁太夫人憂、庐墓三年加人一等再任○州司倉
應八科舉政鄭州錄事參軍又舉賢良方正遷揚州
司錄參軍移蘇州常熟令歷政皆有能名加朝散大
夫入為司農丞寔掌錢穀、○○○○使覈因嶺南是

補遺　兰

司獄訟聽折惟允，廼授濟源令，風行畿甸，河澗洛師。加朝議大夫、柱上国，拜隂州司馬，轉恒州長史，藺而有孚，权而有中，道嬰風恙，去職就醫，還京。春秋六十有二，終于領政里。夫人成紀郡天水秦氏，廬陵郡公行師之孫，嗣公遊福之女，敬事君子，訓成諸孤，當代之孟母也。年六十二，終于許州。開元九年十月某日合葬于武功之禮讓原，礼也。夫道大難合，仕屯而不進，德高有後，身沒而福流。君同生八人，半服銀艾，祚胤五子，率爲珪璋。比迹于燉煌六龍，南鄭千室，德門濟美，信有徵乎。惧陵谷或迁，乃勒銘沉石。銘曰：

[カリ]

思文留侯時維皇祖長沙守[南]介韓東○家有道書門傳相府蒐巖重世通徑二主誕灵上哲克廣斯文造次仁義優游典墳孝乎事親忠乎事君猗那叔父亦足有云[廾]

○蘇州志作崑山人昌門作閶門盖其居閶門也

張從師墓志（張説撰文集無此文）

冲和純粹辯博宏達卓犖好古儻蕩逸郡志懷樂道上元二年終葬虎丘西原子惟儉惟静弟從申

沈詢為昭義節度使侍兒與奴歸秦通詢將戮之奴懼结牙將為乱攻詢滅其家僚友著

茁

宴辭云

莫打南来雁從他向北飛打時雙打取莫遣兩分飛

范純仁恐弟純粹在陝慮其于西夏有立功

意与之書曰

大輅与柴車爭逐明珠与瓦礫相觸君子与小人鬬

力中国与外外邦校負勝非惟不可勝兼亦不足勝

不唯不足勝雖勝亦非也

丁偃初試迩英延講藝詩

白虎前芳擒金華旧事輕天心非不寤垂意在蒼生

忠義

滕茂寔陷虜自為哀詞

虀鹽老書生謬列王都官索米了無補從事敢辭難殊隣、復盟好仗節来間關城守久不下川途望漫〻憸輩、果不惜一往何當还牧羊困蘇武假道拘張騫流離念、窘束坐閱四序迁同来悉言歸我独留塞垣形影自相、吊国破家亦残呼天曾不聞痛甚傷肺肝相逢有兄弟、悼嘆安得懽、金人自南歸得志擲馬閒波瀾卷大夏一、木乃求安世事寧有此聊發我所存爵祿非所慕金珠、敢懷貪縱或遠我心寧不汗我顏昔燕破齊王群臣望、風奔王蠋獨守節燕人有甘言

縊首自絶脰感慨今昔聞未嘗食齊祿徒以世為氓
況我祿數世一死何足論遠或死江海近或死朝昏
歛我不須衣衾屍有黃幡題作宋臣墓篆字當深刊
我妻尚少艾兒女皆童頑四海無置錐飄流倍悲酸
誰當給衣食使不厄飢寒歲時一酹我聊以慰我魂
我竟自悠悠異鄉寄詭寃他時風雨夜草木號空山
○茂寔靖康初金人入寇假工部侍郎副路允迪出
使河東割地太原陷允迪還至代州金人獨留茂
寔兄裯亦在虜中黏罕聞其名將屈為用亦迁之
代復從京師取其弟華寔以懟其意嘗使諭易戎

服又驅巾、幘稍高者數人殺之屢加逼脅茂寔弗動顧莫能生、還乃自爲此詞以暴其志

孝友

張敷死顏延之以書吊其世父湛曰賢弟子少履貞規長懷理要清風素氣得之天然言面、以來便申忘年之好雖離隔阻而情問無睽薄暮之人、冀其方見慰説豈謂中年奄爲長往聞問悼心且兼但、痛足下門教敦至兼寔家寶一旦喪失何可爲懷

晉孝武即位詔曰

司徒故左長史張敷貞心簡立幼樹風規居喪毁戚
孝道淳至可追贈侍中改其所居為孝張里」

孟文龍辭元平章史獬芍荐書

文龍未死慚負神明群公相国以忠孝文龍為群公
起將何以令今之事君者敢以死辭

文學

顧阿瑛自題其像云

儒衣僧帽道人鞋天下青山骨可埋若說向時豪俠
處五陵鞍馬洛陽街

卓行

湘東王薦顧協表

臣府兼記室參軍吳郡顧協行稱鄉閭學兼文武服膺道素雅量邃遠安貧守靜奉公抗直傍闕知己志不自營年方六十室無妻子臣欲言于官人申其屈滯協苦執真退立志難奪可謂東南之遺寶也矣

協卒武帝手詔曰 大同八年

顧協廉潔自居白首不衰久在省闥內外稱善奄然殞喪惻怛之懷不能已已傍無近親弥足哀者大殮既畢即送其喪柩還鄉并營冢擴並皆資給悉使周

辦可贈散騎常侍令便舉哀

鄭思肖常贈人云

天下皆变吾观其不变惟其不变乃所以变其变者物也不变者道也

又云

古人重立身今人重養身立身者盖超乎千古之上与天地周流于不知不識之天也養身者惜一粟以活微命役于萬物死于萬变者也何足道哉

思肖自賛其像曰

不忠可誅不孝可斬可懸此頭于洪、荒、之表以

為不忠不孝之榜樣

隱逸

則天徵史德義赴都詔

蘇州隱士史德義志尚虛玄素履真確冲謙彰于里閈孝友表于閨庭固辭徵辟長往廣陵之瀨多謝簪裾高蹈愚公之谷風猷可知啟沃攸佇特宜優獎委以諫曹

滕元發志侍其沔墓

士生斯世有進取出力得時行道功烈被于民者有行義修潔退而講學為一鄉之善士者斯二者用舍

不同，要皆天下之強立君子也

雜伎

公孫聖占詞

公孫聖，吳王夫差時人。夫差與兵將与齊戰，道出胥門，假寐于姑蘇之臺，夢入章明宮，見兩鑠蒸而不炊，兩黑犬嗥以南，嗥以北，兩鋘殖宮墻，流水湯湯，越其宮堂，後房鼓震篋篋，有鍛工，前園橫生梧桐。命太宰嚭占之。嚭曰：「美之哉！王之伐齊也。章者，德鏘鏘也；明者，破敵声聞昭明也；兩鑠蒸而不炊者，聖德氣有餘也；兩黑犬嗥以南，嗥以北者，四夷服朝諸侯也；兩鋘殖宫墙者農夫就成田夫耕也流水湯湯越宫堂者隣国貢献財有餘也後房篋篋鼓震有假工者宫女悦樂琴瑟和也前園横生梧桐者樂府鼓声也吴王大悦而心不已復召王孫駱問之駱曰臣鄙浅不能占東掖門亭長長城公弟公孫聖多見博观知鬼神之情狀願王問之王乃召公孫聖聖伏地而泣其妻謂曰子何性鄙今王急召乃涕泣乎聖曰悲哉非子所知今日王午時加南方命屬上天不得逃亡非但自哀誠傷吴王吾受道十年隐身避害欲絕壽命不意急召中世自弃故悲与子相離耳遂詣姑胥臺吴

王告其夢聖曰臣不言声名全言之必死于王前臣聞章者戰不勝走傽偟也明者去昭〻就冥〻也入門見鑊蒸而不炊者不得火食也兩黑犬嘷以南嘷以北者黑者陰也北者匿也兩鋘殖宮墻者越軍入吳伐宗庙掘社稷也流水湯〻越宮堂者宮室墟也後房鼓震篋〻者坐太息也前園橫生梧桐者梧桐心空不為用器但為盲僮与死人俱葬也願大王按兵修德遣下吏肉袒徒跣稽首謝于勾踐国可安存身可不死吳王怒曰吾天之所生神之所使願力士石番以鉄槌擊殺之

流寓

王僧達礼致褚伯玉丘僧珍与僧達書

聞褚先生出居貴館此子滅景雲栖不事王侯有年載矣自非折節好賢何以致之

僧達荅書

褚先生從白雲遊旧矣巽其來比談芝桂借訪薜蘿若已窺焆液臨滄州矣

烈女

上張白妻鬱生貞節表 白松弟　姚信

臣聞唐虞之政舉善而教旌德耀異三王所先是以忠臣烈士顯名国朝淑婦貞女表迹家閭蓋所以闡崇化、業廣殖清化使苟有令性幽明俱著苟懷懿姿士女同榮故王蠋建寒松之節而齊王表其里義姑立殊絕之、操而魯侯高其門臣竊見故鬱林太守陸績女子鬱生、少履貞特之行幼立匪石之節年始十三適同郡張白、白侍廟三月婦礼未卒白遭罹家禍遷死異郡鬱生抗声、昭節義形于色冠蓋交横誓而不許奉白姊妹嶮巇之、中蹈履水火志懷霜雪義心固于金石体信貫于神明、送終以礼邦士慕則臣聞昭德以行顯行以爵茍非名爵則劝善不厭故士之有誄魯人志其勇杞婦見書齊人哀其哭乞蒙聖朝斟酌前詞上聞天聰下垂坤𠫊褒錫生以義姑之號以厲兩髦之節則皇風穆暢士女攺視矣

許邁別妻孫氏書

欵聞懸溜之响山鳥之鳴以為簫韶九成不能勝也寓景青葱之下栖息岩岫之室以為殿堂廣厦不能過也情聰所鍾志绝于此吾其其長别離矣

孫奮書

愚下不才侍執巾櫛榮華福禄相与共之如何君子

篤其大義輕見斥逐若以此處遐曠非婦人所便昔梁生、陟嶺孟光是攜蕭史登臺秦女不舍衛人修義夫婦同行老萊逃名伉儷俱逝豈非古人嘉遯之舉者許君乘、離矣

李氏女詠破錢詩

半輪殘月揜塵埃依稀猶有開元寺字想得清光未璥破時買盡人間不平事

梅詢贈東禪寺林遇詩

出入常攜一古藤三衣粗重貌稜稜紅塵滿酒何曾醉知是僧中第幾僧

一字寫前題
以仿此

簑衣真人何中立詩

不梳頭不澡浴免得堂前妻兒哭或吟詩或唱曲富
貴榮華無所欲身貧道不貧六根常具足

又

活得三千歲仍饒八百年若交縫合眼別是一山川

又

爲問先生意若何不論寒夏只披蓑若人會得簑衣
意一路相路將相入大羅

又

白雲山下去山下強人多強人難説話拍手笑呵呵

又

丘雲樓閣在烟霞萬里崖峨是我家莫通太平無一事自然平地有丹砂

又

水綠山青好去遊花紅酒醉幾時休轉頭不覓無常別萬古惟存一土丘

又

寥寥香散綠沉風野地清閒到處逢買得四窗今夜月這回認取主人翁

又

夜來斗轉与星移日出扶桑又落西自有金丹光落落千人萬處有誰知

又

此寺何年造問僧、不知下馬問香草拂塵看古書

詩一

又

滿眼紅雲花又新年、香散玉樓春時人笑我顛狂漢我更顛狂笑殺人

王會之墓志銘　王安石

君諱逢字會之姓王氏太平州當塗人也甞舉進士

不中去以所學教授于是蘇州士人從轉運使乞君主其學〻者嘗致數千百人君所獎養成就者多矣乃始以進士起家權南雄州軍事判官歸試判超等補袁州軍事判官留為國子監直講兼隴西郡王宅教授李某行內修謹君蓋有力焉岐國公主既嫁為君求遷有命矣君辭焉乃已君少以文學知名于書無所不觀而尤喜易作易傳十卷乾德指說一卷復書七卷名士大夫多善其書者于是樞密使張公舉君可試館職而宰相無知君者故不用通判徐州以疾不赴求監蘇州酒以嘉祐八年正月六日不起年

五十九至太常博士君爲人樂易篤于朋友故旧于勢利無所苟能愛人以得其歡心君皇祖考延嗣祖考皆不仕而皇考以君故贈大理評事前夫人蘇氏後夫人陳氏皆無子陳氏名家子亦有賢行以嘉祐八年四月二日葬君蘇州吳縣三玄鄉陸公原以前夫人蘇氏祔焉銘曰

宜壽也五十而已宜貴也止于博士謂卒有後也而終無子嗚呼夫子命不可与謀其歸其永安于兹丘

永嘉縣君陳氏墓志銘　王安石

陳氏于蘇州爲大姓夫人者太子中允諱武之子其

官贈太常卿諱郁之孫左讚善大夫諱脩之曾孫而
太常博士王君諱逢之妻也昭明順善動有礼法以
不及養姑舅也故于祭祀尤謹博士禄賜盡之宗族
朋友不足則出衣服簪珥助之而不言選飾妾御進
之不忌然博士終無子蓋吾聞于博士者如此撫博
士之兄子如己子哭博士三年未嘗如陳氏除喪大
貴顯者求以爲妻族人強之不可又強之則涕泣自
誓居頃感疾以死蓋吾聞于博士之兄子景元者如
此然夫人之行非特出于二人之言凡習陳氏王氏
者皆知其爲賢而哀其志其封曰永嘉縣君其卒于

蘇州以治平二年十一月九日年三十八其葬以三年十一月某日從博士于閶門之西原銘曰「穀也從于此喪也隨以死歸義于命奚傷乎無子

尚書兵部員外郎知制誥謝公行狀

王安石

公諱絳字希深其先陳郡陽夏人以試秘書省校書郎起家中進士甲科守太常寺奉祀郎七遷至尚書兵部員外郎以卒嘗知汝陰縣校理秘書直集賢院通判常州河南府為開封府三司度支判官興修真宗史知制誥判吏部流內銓最後以請知鄧州遂葬

于鄧年四十六其卒以寶元二年公以文章貴朝廷藏于家凡八十卷其制誥世所謂常楊元白不足多也而又有政事材遇事尤劇尤若簡而有餘所至輒大興學舍莊懿明肅太后起二陵于河南不取一物于民而足皆公力也後河南聞公喪有出涕者諸生至今祠公象于學鄧州有僧某誘民男女數百人以昏夜聚為妖積六七年不發公至立殺其首弛其餘不問又欲破美陽堰廢戝田復召信臣故渠以水与民而罷其歲役以卒故不就于吏部所施置為後其在朝大事或諫小事或以言郭太后失位稱詩曰華

以諷爭者貶公又救之嘗上書論四民失業獻大宝箴議昭武皇帝不宜配上帝諸罷内作諸音巧因災異推天所以譴告之意言時政又論方士不宜入宮請追所賜詔又以為詔令不宜徧出數易請録中書密院然後下其所常言甚衆不可悉數及知制誥自以其近臣上一有所不聞其責今豫我愈慷慨欲以論諫為吾事故其葬也廬陵歐陽公銘其墓尤嘆其不壽用不極其材云卒之日歐陽公入哭其堂橅無新衣出視其家庫無餘財蓋食者數十人三從孤弟妷皆在而治衣櫛纔二婢平居寬然貌不自持至其

敢言自宗橋然壯者也謝氏本姓任自受氏至漢魏無顯者而盛于晋宋之間至公再世有名爵于朝而四人皆以材称于世先人与公皆祥符八年進士而公子景初等以歷官行事來曰願有述也將獻之
太史謹撰次如右謹狀

謝景回墓志銘

君姓謝氏諱景回字師復以泰寧軍節度掌書記諱崇礼者為曾大父以太子賓客陳留公諱濤者為大父而兵部員外郎制知誥陽夏公諱絳者之少子也幼好學有大志聰明卓然不類童子年十九所為文

辭已可傳載于是得疾不可治以嘉祐四年十二月
丙子弃世于漢東人莫不為謝氏哀之諸兄以八年
十月乙酉葬君鄧州穰縣五壟原之兆而臨川王某
為銘曰
攻乎其為良汏乎其為精吾見其有吾聞其声如或
毁之用不既于成哀以銘詩亦慰其兄

户部尚書郁公墓志銘　解縉紳

永樂三年八月五日户部尚書郁公薨于位
上遣官祭以文命工曹具櫬輟朝一日顧翰林學
士臣縉等嘆息称其才嗚呼公之哀荣始終固可美

国家所以待臣庶恩礼之厚尤足以激劝于當世公之子孫豈不永有庇賴欤于是其子彬哀麻踵門泣而致公之治命請銘其墓噫公与予交二十年未尝尔汝褻狎亦未尝挟長殺敬礼予二人者亦自信為誠寔洪武二十二年予侍講華蓋殿中公始受命為户部度支主事賜名新明年改户部司属十二年陞北平部郎中二十四年六月超授嘉議大夫户部右侍郎考滿上于庭中称譽擢尚書授資善大夫十三年于茲矣非才而能之乎抑公之盛福其祖考以来積累之慶非偶然而致也公家素饒財慷慨豪舉

不為齷齪喜賓客樂于賑窮乏不爲德色洪武中奏事庭中顧被問天下戶口漕運地里險易計數時日應机響荅無遺謬自謂刘晏以下不論也晚歲多疾乃時在告　上甚憐之公亦時自語予吾竟衰老恐旦夕先朝露不能報国恩吾平生無卓異惟君知也幸与之銘其墓紀其榮遇而已嗚呼公非可謂達歟公蘇人也曾祖神和祖瑜父德宇銘本公以至正丙戌正月十四日生于吳縣洪武元年祖父迁居鳳陽臨淮縣公随而家焉公娶龎氏綜理家政龎而有諸彬家孟父亦克由孝敬公嘗屬之予曰他日視之曰

余故人之子即○子之榮也公墓在臨淮古城之原

銘曰

古大司徒職惇典礼馴擾兆民豈惟會計惟公奮身非以豈弟恂恂怵爵祿之器歷官○年光榮後先豈曰有才有得于天豈無人謀不如盛福崇崇其阡臨淮之麓

尚書郁公神道碑銘

国朝復先王之典礼所以付任才能用長旧典裁成輔相以全天下之士保其初終恩兼新故大小之臣咸称戢業班班有可称道者豈惟天祐国家而賜之

以多賢亦国家深仁厚澤有以積累克称天心也嗚呼豈不盛哉乃洪武戊辰歲予以年少擢進士為中書舍人直翰林日侍講華蓋殿中時時引選官居華前請官不避即顧問可否輒以直對一日見鳳陽郁公于儕衆中資貌瓌偉音吐濃暢威儀整齊知心異之上果賜名新即命戶部度支主事度支掌內帑賜予內直所与文淵閣相通也會嘗与之議論諫達經歷久相善也未幾公陞北平部郎中先是戶部其屬有四是歲分為十二故有是命進階奉議大夫二十四年超授嘉議大夫戶部右侍郎每奏事庭中丨玉

音顧問天下地里陰陽户口漕運之數民間利害無巨細皆響應無所遺謬在廷之臣莫不以難而謙然每事咨度其屬能者未嘗以精敏自多名位自高人又莫不以爲难及考滿益陞尚書益寬大得体不爲瑣屑授資善大夫喪母歸葬賓客至者數郡盖公平生慷慨急于義饒財而好施尊礼儒生雅志喜交游不爲冷熱变親戚有急患雖不避治家有法綜理微密而不傷于繁雖国家能成人才如公之才亦可謂難能者也今永樂三年八月五日公卒于官

上賜棺殮祭之爲素服輟朝一日士大夫盛以爲荣公本

蘇州吳縣人曾祖和祖神瑜父德字銘本母某氏祖
父以洪武初迁鳳陽公隨而家焉公妻戾氏尤善理
家公于家事不以爲言而井然有條無不舉公生至
正丙戌正月十四日年六十子彬字蓋文將奉公之
柩歸葬鳳陽于臨淮公嘗託予銘其墓而神道之碑
亦不可無刻也乃叙而係之詩曰
泰運肇開賢彙生巨細咸槇勳業成有奮布衣位六
卿寛裕强敏豈惟承有善不伐貴不盈人道不悪天
所矜有崇斯阡其永寧

吳山書院記

前人

吏部侍郎兼左春坊左賛善許思温吴郡人也少時躬稼奉親讀書吴山出登太學為御史歷戢憲副遂擢今官予于有同寅之好乃請為文記其吴山書舍予平生足跡半天下恨不得一至吴中灵岩虎丘天平之雄峙湖海江潮之奇浸四方人物之都會每讀昔人之文未嘗不為之慨然太息也且夫世人之于讀書也高道談學犹以為喪志者近務事功者弃以為無用於戲是豈當知讀書之理也哉自怠而厭其勤苦者託辞以飾非自昧而不達其義理者誇言以護短故例以儒生為迂濶而以文籍為陳言耳究其心亦

未嘗不知之也故有因、其心而直曉之有不赧然而愧者蓋鮮矣是故文字之作、天聖人開天闢地之机行乎陰陽而通乎造化萬彙、之、所鬼神不能遠者也而豈出乎此理之外哉而豈可、指、而謂之喪志而無用也哉六經聖人之書也諸史歷代、之書也諸子百家凡能言者之書也下至商賈技術莫、不有書擇其善者而行未有不善也自天文律曆。地里、農田水利風俗人材學校選舉鹽鐵細務皆有書皆所、以集事成功者也自昧而不通者而可謗之哉六經所、以治心修身治国平天下而為道學之本也自怠而歉、其勤者而可假喪志之心言以飾其非欤喪志之云為不精專者發耳不專志而務夸多鬬靡以為人也則又反不讀書之為愈此有激而云者而豈可謂書之不必讀也哉予觀生民以來未有不知書之聖人者予嘗以為流俗欺也許公之意与予合故仕既顯矣請為之記其書舍以為子孫後世勸人使之有興起于讀書也為之記而係以詩

天開象緯日与星地灵川岳萬彙形羲書一畫河洛呈萬世照耀傳六經賢傳羽翼衆喙鳴慱退貫一量重輕譬犹作室矩度程群材咸萃無奇衺曲可使直

陂可平、指顧左右集大成吳山屹立大古青書舍臨
高踈牖檽紫雲紅霧棲前楹萬家玉樹森在庭
牙籤歷々黃金縢萬軸架棟明星熒斗牛午夜虹光
頳天官早歲曾躬耕、養志餘力籌火燈布幃黝黑積
暈成秋囊或貯山下螢有草如帶似堯蓂隱德自是
通山灵時來九萬隨風鵬橋門辟水楊華英鉄冠珥
筆朝承明繡衣持斧白玉京從龍天飛掌銓衡春官
侍從鴛鸞停乃知讀書助修能萬事轉圜無歸凝他
年有待懸車榮錦袍山下濯冠纓買舟相送試一登
吳中俊彥來相迎歡呼共覩公名卿鄉人子弟傳頌声

重作吴山書舍銘

南宮生傳

高啟

南宮生吴人偉軀幹博涉書傳少任俠喜擊劍走馬尤善彈指飛鳥下之家素厚藏生周養賓客及与少年飲博遨戲盡喪其資逮壯見天下乱思自樹功業乃謝酒徒去學兵得風后握奇陣法將北走中原從豪傑計事會道梗周流無所合遂溯大江遊金陵入金華會稽諸山蒐覽瓌怪渡浙江泛具區而歸家居以氣節聞衣冠慕之爭往迎候門止車日數十兩生亦善交無貴賤皆傾身与相接有二軍將恃武橫甚

數毆辱士類號虎冠其一嘗召生飲或曰彼酗不可近也生笑曰使消人惡能勇吾即柔之矣即駕往坐上座為語古賢將事其人竦聽居尊下拜起為至罷會無失儀其一嘗過生客次顧生不下已目慴生而起他日見生獨騎出從徒兒帶刀策馬踵生後若將肆暴者生故緩轡當中道進不少避知生非懦儒遂引去不敢突冒訶辟明旦介客詣生謝請結懽生能以氣服人類如此性抗直能辨好箴切友過有忤已則面數之無留怨與人議論輒必勝然援事析理衆中莫能析時藩府數用師生私策其雋蹶多中有言

生于府〻欲致生幕下不能得將中生法生以智免
家已貧然喜事故在有饋酒肉立名客与飲啖相樂
四方游士至吳察其賢必与周旋款曲延譽上下所
知有喪疾不能葬療者以告生輒令削櫝疏所乏為
請諸公間營具之終飲其德不言故人皆多生謂似
婁君卿原巨先而賢過之久之稍厭事閉門將迎闔
一室庋歷代法書周彝漢研唐雷氏琴日游其間以
自娛素工草隸逼鍾王患求者衆遂自閟希復執筆
歆慕靜退時賦詩見志泊然處約若將終身生姓朱
名克字仲溫家南宮里故自號云

賛曰生之行凡三変每変而益喜尚俠末矣欲奮于兵間壮然非士所先晚乃刮磨豪習隐默自將履藏器之節非有得能之乎与夫不自知反遣遠道德者異矣

○右借章○谷南宮自書方册上抄之已未七月十日

○○送張同知之官嘉定序　　鄭元祐

吳為澤国獨吳縣為有山山峯起以環具區蹴烟浪多至七十二峯初予胥未入城吳犹宮于灵岩更今二千年故宮陳迹尚多存者登臨探討感念今昔未

嘗不令人惻愴興懷也縣令張君德常係金壇文獻故家早以才器知名江表奉其尊府避地來吳未幾徒步起家為縣丞遭隣境失守民心恟恟不安君雖丞其所以撫息之者逾于尹聲聞日章遂陞縣尹使為尹丞平時猶斤斤不易況軍旅殘破之後乎德常之尊已老白首移孝以為政于一邑其惠及于民者真所謂息黥而補劓生死而骨肉無愧于古之人于是民氣稍稍復完今茲五閱寒暑政譽洋溢用年勞陞授嘉定州同知夫既尹大縣民戴恩德自宜守一州然猶任州佐于海隅者千尋之木棟梁之具昭然

匠石眷之而未之顧者期望者大也早晚施之用且將柱明堂友清廟凝然荷萬鈞而無少臲卼矣吳人分題賦詩以送之而屬某為之叙

沈祖母王碩人壽九秩序

子于父母其屬近其情昵其恩致故彼此之分顯易以敷施而人情之所以感發而嘆詠者亦曰父兮生我母兮鞠我又曰陟彼岵屺瞻望父母與夫堂構菑䕶又皆屬于父子至謂生之膝下以養父母日嚴凡此聖人皆係乎父母之于子而祖孫不與焉若孫之于祖情非不昵也恩非不至也聖人設教忠厚之至

豈不欲引而近之然其等威隆殺自有不得而同者原夫尊親不以遠而可疏也不以近而可褻也故曰尊祖曰敬宗曰穆族職是之故孫之于祖其養當益隆礼當益厭情當益致然自書傳之所紀載孫及其祖者蓋甚寡由是李令伯遂著名于不朽也吳人沈君仲說自其先府君不祿于今若干稔矣顧其祖母王碩人綜理家事鞠育仲說以迄于成人今仲說年四十餘不惟讀書積學度越流輩至于履踐之素言行之實無一不求合古人欲所以奉其祖母者食飲溫清起居定省晷弗異乎孝子之事慈母也今年至正

庚寅碩人壽登九秩九月廿九实其生辰仲説具酒張遜為碩人壽凡親旧里隣畢于清樾堂先于夏天子賜髙年帛碩人以九十領双縑仲説用製衣碩人碩人雖届期頤而神観澄澈覩其孫于婦復令曽孫拜于前而親旧里隣無不拜相次進酒為壽以為世所罕得同郡錢伯行天台陳敬初輩咸奉書以慶而予後至衆靡以老醜俾序于篇端夫人之所以事其親者豈不欲致其養然未必有能享上壽而康强也使誠有之又未必如仲説能養其志而不衰也然則天將報仲説者有子有孫皆將如仲説碩人雖老矣

字今改
十下似步

行且見、之沈氏其不昌大矣予詩曰孝孫有慶此之謂也、

長洲縣儒學記

至元三年龍集丁丑平江路長洲縣元同等言于大府曰国家疆理際天地粮饒之富吴獨擅天下什之五而、長洲一縣又獨擅吴賦四之一生聚之繁財用之博天、下縣未有壯于長洲者而縣學不建戢教不修故自廿餘年來父兄之教子弟大率富者侈靡而不知禁貧、者、媮惰而不知所向之方自非興學校明義理則將何、以、定民志善民俗哉今天下縣皆有學

獨長洲于旧里、所在廢址之上未支衙門漫名之儒學然誦声不聞講席不設民至有從畜牧佃疏圃其間昔孔子適衛称既富庶則必有以教之矧今興學勸士之詔數下而同寺坐視其曠墜若此則豈有司承宣之謂哉奈縣無夙儲官無贏資窃見嶽州路學教授郡人陸德原向常捐資建甫里書院矩度孱寮列之學官而德原一壓一區無在縣境者誠得大府覩飭而獎励之德原宜于此無不盡其心者矣狀上路揔管高昌道童公名德原示所以德原作而起曰公牧吾民享完吾民者至矣無不至今又將溥善教漸涵之公之德意厚矣然則德原將何以荅公意哉惟罄竭心力期于壯厚高弘与公德同化同垂永久而已耳于是搜材簡工始于是年三月甲子更八月丙辰學告落成門廡深敞殿寢尊嚴齋宮講庐庖湢庚將一是大備先是贍士廩餼未給德原復買田以足之于是吳人士与大夫公卿覩學之成歎息言曰長洲為天下壯學使其學聊且粗畧何以稱子男邦伯興建之意哉今學成實雄壯与縣敵則其人士藏修游息庶為稱情也已況明守令為政知本末德原以儒者為學官事皆可書乃相率請記于予辭不獲為之

言曰三代、盛、時吳蓋陋邦自泰伯端委而君吳久之而子游北學、于中国自是声明文物煥燿四方蓋子游生于海虞而、長洲則切其地也今學之成豈徒美观容飾文具哉善、教者本諸其身而已矣故子游之宰武城必曰君子學、道則愛人小人學道則易使也郡邑令長誠能推是以、修其身以及于邑之民將見民化政成風移俗美其秀、民良士顧豈無子游之徒出而為邦家之光也哉詩曰、無競維人四方其訓之有覺德行四国順之此之謂也、請以為記、

白鶴觀祠堂記

国家混一之初世祖蒐羅海内才俊用之惟其或
遺于是瓌奇磊落之士往往顯功名于當世若嘉議
大夫平江路揔管致仕郡人張公正卿是也公初未
冠即北上膴仕儤出殿廷出入禁衛成宗愛其小心
謹飭賜名伯顔大德間出官江南纍陞漳州路揔管
原公自膺柄用四貳郡政一爲鹽運同知將老而再
牧名州至以清白謹愿見称悃悃有古循吏風朝廷
推恩纍世于是公大父海贈中順大夫清河郡伯大
母何夫人贈清河郡夫人父憲江淮財賦副揔管纍
贈廣德路揔管母鄧氏封清河郡夫人室人沈氏封

同于姑公父子自念臣子、所以報其君親雖瀝肝胆未足以罄萬分之一矧人之、起滅在呼吸間哉審以別業之在郡城鶴舞橋之東者、旧為宋信安郡王之藏春園也基頗宏敞近為建構雄、麗而敬歸之太上教法大道上以祝釐以報君下則立、祀以報親初名之曰報恩道院旧植古松一株于井傍、大已合抱高踰數尋二百年物也道士張應玄始庐其、下遂有群隺自東南來盤旋于空久之一鶴下峙于松、弗去徑歲作巢其顛大如百斗盎每晨長鳴屢獲奇驗、張既羽化復請蒼括趙貞士如微鄱陽蕭鍊師玄中皆克、修虛淨玄妙之學而行之為人所推重而公益礼之俾相繼主席仍割腴田若干畝飯其徒趙与蕭狀其事于朝乞更道院為白鶴觀當宁可之請降璽書護焉由是白寉觀之名著于吴中矣未幾公捐館舍趙与蕭亦以此委蜕張弟子席應真慱通玄典兼讀儒書踵構觀宇輪奐一新仍即觀東為祠堂以祀公及請河伯以下凡幾主每遇諱日節序用玄教荐享之夫公歷歇中外為時名臣其卒也史有傳家有廟祭有主然而公之神灵無不之所屬厭其施心者自非揭虔祠宇晨香夕燈則何以妥公之灵也哉觀之始末學

士楊公已為之記故于基宇所設道流所聚則蓋畧焉席羽士惧更久而張氏之厚施祠礼之报享併所以自别于道家者非勒之金石則何以章示後人此祠堂記所由請作也張氏世居吳長洲之相城公之嗣子都中以蔭授黄君岩州同知克世家業云

福山東岳廟興造記

国家恩所以惠安元元莫若慎選守令于是浚儀王侯某以至正戊戌授平江路常熟州知州蒞政之二年化綏德懷民用大協百舉具舉故福山東嶽廟著興造之績焉按福山距州四十里而近枕大江即唐

之金鳳山也後以山形如釜覆与福声相近因名
之福山云山萃起于海隅之邦聳秀深特宋仁宗至
和初邑人建東岳廟于山上已為吳下叢祠之冠哲
宗元符間復拓其規制而侈大之及高宗渡南金兵
迫逐不少置東南郡縣悉被焚蕩而福山廟与常熟
縣巋然独存吳人益神之紹興二年邑人請于知縣
施侯已崇大廟制以荅神貺蓋岱宗遠在魯而福山
則宋京畿近地東南士民奔走祠下乞灵祈福于是
福山岳廟遂為泰岱行祠之甲宋入戢方七十有五
年矣而王侯来為是州廟制非不宏大也然歷年滋

深棟宇腐撓丹雘黕昧侯即首指衣布之贏以獎率州人士撤去獘陋一新庙制而繚以垣墉先是殿無前軒侯建屋若干楹庶朝謁拜跪有餘地仍為若干楹以祠福濟李侯王以国家漕海運鯨波萬里惟天妃是賴爰即庙之左作天妃宮復別建方丈之室以居司庙之人又作官廳若干楹以待守土吏歲祀之日焉竊惟福山岳庙由始建至于今茲三百餘年矣頋未若今日之極盛而甚完也于以見王侯為州有餘力為政有餘暇神人于是誠有攸託則侯之賢其可泯泯無聞焉礼五岳視三公至唐開元中尊封五

岳如王爵及宋祥符五年遂加帝號国家一天下礼秩百神復加徽號以著尊崇之盛典夫岱宗既在魯由魯並海岱東諸侯凡尸冥权以福東土者要皆泰岱宗而主之也則岱宗于東吴有祠庙悪得以封内山川限其遠近乱況福山鎮峙海虞粮儲之富當東吴十之三自非明神依凴山川以出雲雨歲何以能稔民何以能治国家何以能有所藉于無穷其為之記以章明神之休以著王侯之美匪誇詡也覽者固宜謹撰而無忽

簡材順心菴記

普應囯師道振東南時所至為宝坊一切弃弗居顧尋山屋水阻草棲浪宿以自遁逃其声光吳江簡材在震澤東南陸土腴而勢阻由垂虹橋望之其烟林聚落可指顧見也比丘理悟再世有其地可三頃餘草苫田廬僅蔽風雨而悟未祝髮時嘗一再延囯師居之俾之安禪而卻掃蓋悟雖生長大家而寔心慕空宗未幾徒步登天目登囯師剃落爰即是為順心禪菴而实激師悲願道力開創厥始庶永其傳已而囯師示寂悟于初心尤益勤勵寒暑一衲晝夜一單

草衣蔬飱破弊捐惡同門禪者喜悟頽然委順有若
此也于是智者奮謀朴者効力撤去旧小遂成精藍
一事素堅不事雕繪屋瓦鱗比出畦町中居者晝而
農夜而禪甽澮溝塍近在檐檻粥魚磬鐘吞响風水
其三時之勤為終歲之須要皆食其力而非苟取于
人見者以其役力而休心知其爲勤行道者之居食
其力不足則買田以給之十方禪人挐舟來者飽其
飢而憩其劳俾之安居究道而期其必契必證為主
菴席者必志願敦確僉議允請其隸事徒衆則率循
菴規分掌庶務其條具碑陰夫悟堅廣施心不惟不

有其資觀其放寘枯寂且將不有其身誠以佛之道溥博周徧公天下而非已得私觀于此而知易之爲卦矣夫同人于宗而有吝之道及同人于野而亨宗狹、而野廣也茲則儒与佛其大致雖不同然其道之行俾人不猶親其親而子其子則亦未嘗不同也今是菴當震澤風水之會其來者非有一日之契也然以其覘程一出于公而無私覲者固已思過半矣況国師之道厚大深宏可以蔭永久而庇無窮則是菴之期于弗替可保也矣

挂蓑亭記

宋丞相富文忠公其子孫渡南而散處者往〻有之及江南入戢貢故家遺轍往〻寄跡于释老異教而公之諸孫紫微者爲道士于吴江之昭灵观為屋不百楹而神明偶像居十六七州境既狭而紫微又不樂于凡構棲恒飄〻有凌雲之思謝去而不能乃于州東雪灘之上結一亭甚隘衆以緑莎僅庇風雨婆娑然儼如一蓑之懸也遂扁曰挂蓑蓋將与三高神遊意犹未足則又繪仙山訪隱圖寘于中若將尋真蓬萊訪其師安期羨門于雲海之上以究竟黄老之說而成遐奔之願也其与紫微方外友也乞記于圖

之左為之說曰神仙有無不可知然自秦以降世主每甘心焉使誠有之其神灵長年变化于兆眹之表奚必山林岩壑之間訖豈山林岩壑幽閒深閟人跡罕到仙者乃始樂居之世固有高世遁迹之士膠其光而不耀却其名而弗居俯仰以自樂優游以終老則山棲樹巢不厭深密者古蓋多其人未必一一皆然也槩亦隱者之流耳夫隱者如沮溺荷蕢之徒雖聖人不能語之化其卓識遠見世蓋有不得而聞者今豈無其人乎紫微訪而得之其雖老尚將從而究問焉

純素齋記　蹟沙寺

楚漆園吏以内聖外王之道歛之于精神純一之中，乃曰其人純素可爲真人。夫真人者，大浸稽天而不溺，大旱金石流、土山焦而不熱，世悪有若人哉？蓋指此心而言也。人之爲心，湛然純白，一念萬年，則雖賢聖爲佛祖，要豈能外于此哉？東晉遠法師在廬修山念佛三昧，謂之修白業。大白与黑對，暗還黑，日明還白，雪〻山大沙門教學佛者至矣尽矣，又豈待予言哉？吴僧如瑛者，號白石，潔素而好修，依止蹟沙寺毅公丈室爲侍者，乃取漆園吏之言扁其齋居之室曰純素漆園之言不惟是、而已又曰虛室生白吉祥正止漆園著書時佛之爲教、東震且未之聞也良以佛教寂滅而莊助老氏者其教、清淨而虛無要不可岐而爲二雖周之書肆行而与其、言自相脗合也瑛也浣濯其心自服膺乎佛祖之所垂訓則雖拾薪鬻石山顛水涯精進不惑則將見純白真、人無二無雜我即真人真人即我雖佛与祖亦何異哉、瑛年未三十能精進不退定以予爲知言至正己亥、玄月朔記

虛白堂記　葑門東西隱菴

西隱菴在吳城葑門東一舍而近郡高僧賢哲翁之

所建也菴非有廣殿修廊之弘麗然當江湖之會文漪鷺瀾天光雲影朝夕滉漾簸蕩于几席間蓋亦精藍云其徒在別峯于菴東南厰一淨室扁曰虛白索予記之予嘗讀莊周氏之書曰瞻彼闋者虛室生白謂人能遺声色之雜去嗜慾之擾而一任夫性則道集太虛之宅而純白生焉其義若此周蓋老氏之流別峯佛者也老佛果同道乎不然老之道清淨亦在乎養性佛之道寂滅亦在乎見性性無不同與生俱生而不可不養者也苟能養而有所見則本性虛明舉天地萬物莫逃乎明鑒之下何處之不生白也也

別峯寂然燕坐是室以息群動則必心靜性灵四維上下皆成空虛雖晝之日夜之月其光明亦同普照十方矣何有執着乎何有垢泥乎佛乎老乎莫之同乎莫之異乎此少林指以单傳而神光遂入于雞足山者其能外此虛白否耶姑反訊之用以為記

芝雲堂記　顧阿瑛

東崑山東瀕海在吳屬邑獨以產石知名海内地志謂山旧嘗產玉々出河源萬里外而謂玉產是山其信否不可知也然今產石而不及玉其孚尹秀淑之氣宜有人焉得之邑良士秀民非無有也然而農樂

于田里者或失之朴爲士而攻于文學者或失之鑿工賈末業不齒焉若于精于士習而不鑿以求異安于田畝而不朴且鄉惟于顧仲瑛氏見之顧于吳爲著姓自吳丞相雍以下代有其人仲瑛家界溪、望崑山裁十里許其家雲雨蒸烟嵐近在目睫間仲瑛家于是蓋累世矣内附後倜儻非常之人往往自置青雲之上于是仲瑛之大父泉其諸從父皆紆金紫貴顯赫赫使仲瑛少發其所藴出爲時用高可爲名卿次不失齒諸父顧方讀書績學臨帖賦詩堂序九案列三代彜鼎唐宋人書画觴酒爲壽以養其親且築室于溪之上得奇石于盛氏之漪緑園態度起伏視之輪菌而明媚既似夫天之卿雲其孪拳而秀潤又似夫仙家之芝草乃合而名曰芝雲遂以其石樹于正寢前而名之曰芝雲堂夫卿雲芝艸世以為瑞矣然雲氣之散聚芝草之榮悴豈能久而不變哉惟士君子積其所學尊其所聞孝行著乎閨閫德業彰乎里閭推是美也譬之珠与玉焉玉之藴石珠之藏淵其光氣自有不可掩者吾知仲瑛蜚声騰寔夫豈久淹于吴下者其為名卿而繼諸父有日矣幸先以予言鑱諸芝雲石上異時与彝鼎旂常併為不朽矣

夫豈卿雲芝艸之謂乎至正己丑秋八月望遂昌山樵鄭某記

讀書舍記　顧仲瑛

君子所以貴夫讀書者豈徒誇多鬬靡而已哉豈徒博聞洽論而已哉豈徒科名利禄而已哉盖三才萬物之理興壞治乱之效名物度數之詳動静消息之故是皆非書莫能載故善讀書者其于理無不窮于效無不覩于詳無不考于故无不知夫若然者抑亦可謂繁且多矣然不及求諸身而會于約則豈善學聖人者哉故君子學欲其博守欲其要讀書者舍是

吾恐其如大軍之遊騎出太遠而無所歸然窮論之唐虞夏商之時可謂至隆極盛也已士生其間豈非一一本于書也至周而文大備及其衰也聖人出焉六藝百家莫不折衷于聖人而後定由是之後觀于詩性情得其正于書而政紀得其宜于禮而敬于樂而和于易則有以驗陰陽于春秋則有以定名分是則聖人之功與天地同高深迄于今而不墜者由書始傳也書之功若是善讀書者即所以善學聖人也更秦書燹泯盡而無餘漢更武帝表章六經及其衰而學者讀書之效至以清言而高議扶持人極與漢相

始終然人自爲書家自爲說遠乎隋唐而迄于宋明之爲日月幽之爲鬼神象犀珠玉之富車旗廟朝之貴河海山岳之深厚風雲雷電之變化可謂衆且多矣然未有不本乎經根乎理以擅專門名家者也書至此而不勝其繁讀之者累日窮年而莫之莫竟自非善讀以致其博善守以歸其要則將何以哉吳人顧仲瑛氏家于崑山界溪之上凡所居室藏修游覽莫不皆有題扁之名至于其所藏書而稽閱之所則曰讀書舍其所志以揭于兩楹者則曰學時時習德日日新予喜其有志于讀書也然則本末兼該內外

交春則必本于反身窮理庶有以驗夫三才萬物無一不倫乎吾心以吾心之所固有推而遠之家國天下所謂成己之仁成物之智非善讀書者不能也雖予老矣且將扁舟過仲瑛以扣其壽造詣仲瑛必有以語我至正庚寅秋七月記

玉山草堂記　顧仲瑛下寫人名

昔王摩詰置莊輞川有藍田玉山之勝其行里館皆編茅衆瓦相參以為室于是杜少陵為之賦詩有曰玉山草堂云者景既偏勝詩尤絕倫後六百餘年吳人顧仲瑛氏界家溪〻瀨崑山仲瑛工于為詩而心

補遺　五九

窃慕二子也亦于其堂廡之西茅茨雜瓦爲屋若干楹用少陵詩語扁曰玉山艸堂其幽閒佳勝繚檐四周尽植梅与竹珍奇之山石瓌異之花卉亦旁羅而列之堂上壺槊以爲娱觴詠以爲樂蓋無虚日焉過客有過其家喜卽草堂以休偃者仲瑛乞爲之記客乃謂爲之言曰夫物貴乎有初其來尚矣在邃古時所謂標枝而野鹿久之而始知以常前及夫上衣下裳之日亦何取乎方尺之常以蔽乎膝之上也然不若是不足以爲之法服示不忘其初者其意可見窃以上棟下宇之始也其草若以爲室當必在乎陶瓦

之先今而甍瓦利百倍于草也其索綯以乘屋者貧者不得已也若仲瑛甍瓦而室者且數百楹櫛比而鱗次若波水然々猶構此堂者豈但追慕少陵摩詰乎蓋亦古人不忘其初之謂也仲瑛嗜詩如飢渴每寘心古初哦詩草堂之下既已成篇什又繪以為之圖今復命客為之記焉其于草堂拳々若此勢且与浣花溪輞川庄同擅名于久遠豈特不忘其初之謂哉客者遂昌山樵鄭元祐其為之記則至正九年秋九月一日云

前平江路揔管道童公去思碑　代貢推官作

皇帝即位之二年思繩祖武復攺至元上顧念萬方
惟東南富庶為天下最若吴之賦入則又為東南最
于是以通議大夫信州路揔管高昌道童公來為平
江平江土壤雖沃腴而頻年暵潦民氣破傷重以貪
残侵侔貴出無藝旧號兼并而以財雄吴下者數年
來困于誅求殫于掊剋至蕩析奔潰父子兄弟不相
保公至吴之明年夏大旱公宿公署屏酒肉恐懼修
省祈哀百神吴當南北衝送迎謁候無虛日公晝盡
人事夜秉單舸或單騎蓋暴露奔走以請群望而以
時澍而積陰以風稻困虛秕公曰吴民困久矣茲歲

又大侵使重掊民推肌骨、瀝髓腦亦無不聽今然豈
聖天子選以牧守以字其民、之謂哉屬邑以災狀聞
公遣僚屬出履畝戒之曰民為國家赤子今誠飢厪
為之父母者不聽其飢啼而以飢啼聽謂之為父母
之于子固若是乎今若履畝必以實、閱時廉訪使者
朶夕公按部吳下聞公言是之及使者、身出履畝所
在灾狀無少不讐吳多四方寓公喜持量、短長往時
郡守至必伏謁其門日聽其所言少咈意輒、構飛語
煽禍福公至吳則曰顧已無少慾何恤乎人言、一切
繩之以法僑居者往往不堪遂身至京邑言公妄以

歲凶誑朝廷事聞乃遣近臣御史秉傳南下鞫寃虐、宣時公已陞江淮等處財賦都總管府達魯花赤財賦、府治臨安公与吴之僚屬皆遠至檇李近臣御史評詰、公則其所言皆妄于是朝廷罪言者而公復還臨安三、吴之民手額南望拜公言曰儂等困瘁久矣今宣歲侵、儂飢使公辱自顧惜不以實聞則儂等何從生活乎其間、欲以害公而併及吾儂者自非公清強之宣有以孚、于人、則何以能感動近臣御史不貽儂子孫萬世大、禍乎然則公之于儂生死而骨肉有不足踰者矣于是、合三吴之民願立石道左頌公去後思不（公）忘之心以式示萬世其民之老自吳之寧国乞予文其宴曰檇李廷對時予在烏固不待父老言而後知也父老則又出事狀以示予〻以儒素備員平江推官与公共事久讀事狀無一不讐者然其大致則有四焉持身廉燭理明决事敏待人直由是吏憚其威民懷其威惠而尔民遂有不（所）能忘公者矣謹按江南征夏絲二萬二千餘斤歲立三限收足其閭並緣為奸民受其害公設法周備俯終六月而夏稅足徵吏獘為戢吳屬邑下有民訴于其邑而邑不為之直者于是訴于公〻置籍〻民所訟言与夫民

訟之未絶者送之屬邑務得其情而早决遣之訟為之簡税務月虧庫課郡遣官監收則務司預抑商賈以足之次月則復虧課耳公至務司憚公威明而虧税之患為之頓絶郡素富侈百姓与寓公宴客排辦皆出于坊正坊正者郡富民輸充宴散家奴畄其什器酒坊正出鈔乃得什器還公正身率物私第未嘗宴客人家宴席為之稀少坊正獲少蘇云酒課户供蒸席亦上等名酒公一切禁止酒課辦集郡以七倉儲粮歲設所謂杴虛岩切鏊局又音謙斗者百三十人皆積年在倉蠹納户者公盡逐去之選富實誠慤者為杴斗倉

蠹為之一清民輸粮七倉豪右屬官吏初限皆細民
其輸粮也石加五六斗不能足豪右至末限什僅納
二三却用細民多輸者足之公設法初限必大户齊
足而次及細民七倉屋建于宋歷年滋淺歲科里正
修葺率具文無实公曰倉不可不修〻之不可若是
其局也于是躬督倉屋役百工具舁撤去弊陋仍復
堅完識者謂七倉可以數年不修蓋省惜民力之一
端也官以俸養廩礼也而郡科助筵賤客吏虐占月
給公筵宴既寡亦不徼謦過客吏俸始獲入其私各
官率使率多猾悪少年公先逐其聽事卒餘多望風

避去郡用物和雇和買官價其值動經、歲年、公至物栽入官鈔即償民〻大便之郡為三吳腹江、湖、海相通貫公弭盜有方為政野無狗驚之盜公化、所被也、以至于瀕海軍船給驛舟騎郡庠之養士粒米、芻野、之劝課農桑與夫鈔庫泉貨軍士器甲凡經郡守、所按、治者在他人一事已足書若公之惠民者其大者、百世、不能忘也故其餘皆畧而不書若夫田野墾闢流、徙復、業奸詭遁迹良民莫枕事皆具憲臣薦章又皆畧、而不、必屢書夫今官于其土者其去也率多樹碑頌德、美及、夫深究其實則多諂諛濫詞豈若于多所紀録者、為目所親擊也近臣所鞫問者予身所親逮也然則民所稱頌公者非夸詡而益美斷可知已公世系出高昌望族由僕直殿省初命宣授承直郎中書省舍人一再為監察御史比三僉廣東山南廉訪司事及今之為平江也凡十有三命于朝矣歷官不為不多練事不為不精然公家甚貧至無方田以耕無區宅以居其為平江也譬游崑崙玄圃而瓊瑤瑛璧無所不有而公一無所取可謂烈丈夫矣宜乎其民思之不忘乎是為銘詩使鑱之石其民之沾涵公之厚德者歌之有以興起也詩曰東吳躭躭啟

六四

士之會攖金畫市閭顧北南投身司冠、意、仍所甘六十年間民牧代有誰如我公有則有守持、官、持身其力糾々辟之泰山岩々其石萬国具瞻威稜、是、式崒聳霄漢冒混荆棘公來東吴以日以月日月照、臨、犹有映徵公恩在吴億年依々公去而思民罔或遠、金晶玉潔試以太阿不缺則折公恩在吴以日以月日、月照臨犹有映徵公恩在吴億年依々公去而思民罔、或遠公始来時民拜牧守公既活我如親父母中更豺、虎角崩我首事昧而章益思我公我公不来我淚盈睚、徒、戴、公恩以死以生我死有子々死有孫子孫億

年公恩長存樹石道傍以來告者我思我恩豈其自
我善法我公誰云不可知

補遺　六五

楊若寫

前海道都漕運萬户大名邊公遺愛碑

國家以天眷錫福爲萬祀無窮之丕基故中外之臣膺慎選蒙享任亦必清慎端重維持調護上知欽承天心下知愛養民命庶乎同心同德均固福祉不則何以扶隆平佐休運今夫海天下至之險也而国家歲漕東南粟由海達直沽自非天祐休顯潤示川后效職致命則何以必其無虞也哉京畿之大臣民之

衆梯山航海雲湧霧合輳聚輦轂之下者開口待哺以仰海運于今六七十年矣国家以其事大任重于是開漕府平江而漕臣之選尤難其人清特自守者隘渾厚不遷者迂任者或傷于刻激能者或缺于廉隅茲四者求尽人事尚未可而況于出布皇灵以當大任以培休福哉元統元年天子南面思得漕臣以分頤憂于是輟吏部侍郎大名边公出為海道都漕運萬户佩之三珠黄金符乘傳至吳下公曰海岐領徼民生雖殊其出以給公上義也至于樂生畏死則皆天性然也今滄海漕輓所謂船户者国家雖捐金

以雇募之謂之水脚錢然聞之萬斛巨艦崔嵬如山
勢非不高且大也遇風濤作時掀舞上下若陞重雲
墜重淵不啻揚一葉于振風耳當此呌呼神明以救
死瞬息自非天朝厚福則雖勇力机智超世絶倫縣
皆無所施直拱手帖耳以待葬鯨腹其險若此而赤
子歲春夏兩運冒萬死不顧一生亦可念已予承明
命來為漕民父母忍不思所以裕養之蘇息之也哉
先是江浙行省降散水脚錢貯之平江官庫方俵于
時公遽急迫鈔多不堪用鈔貫或不足漕民病之公
移文有司躬至庫監勒檢視于是鈔無不堪用与不

足之悳民使之猾徒詐增新造船謂之補置吏相与並緣而旧船户虧元額与夫歲附運香糯并財賦粮罷用之家不得与而其利歲為富完漕民所掩有公設法為之防使水脚之利溥被于強弱高下乃令探籌自取而吏不容其奸漕海轉輸古無有宜有尸其权于冲漠者于是建灵濟宮祀天妃柰秩視海岳有加每粮船遇風舟之人望拜哀號必睹神燈降舟之枕樓其灵迹章應如是故所在祠柰惟謹而在吳為尤著太倉之周涇灵濟宮尤大每春夏運行官躬率漕吏守土吏大柰祠下必慎選穀旦而卜之得吉卜舟

乃敢動而豪民至侵占官防虞水滸而屋之累數政莫之問公撤溝上屋而土始大完祭畢灵濟宮官吏曰燕享什器辨集皆出于坊正畢皆散去奴卒旁午攘竊公獨坐不動督視盡取什器乃出推公愛民之心形見于酒酣燕散邈然不干己之際顧能若此宜其于漕民無不盡其情焉若夫舟大粮少而舟中百需無一可缺者公則命併運起發以至于民旧造船則以民姓名號其船歷年滋深遂令子冒父諱孫冒祖諱公一一為正其名凡若此類公為漕民曲盡其情者皆可推見也故公臨漕府三四年閒漕政無不

修漕民無不悅民心和于下神心感于上于是海無惡風漕運直沽群艦畢集一無驚虞天人祐助所謂維持調護均固福祉于無窮者豈不信哉公仕宦垂四十年亷介之操清慎之寔不惟衆所推公而公亦以此自信之篤也故公之貴而能貧約而能守推此言之非履之有素持之有道其能若是哉公代之明年夏運弭風怒雨船多覆溺漕民思公善政遺愛自非形之善頌勒之金石何以章示永久垂之無窮於是為之頌使鑱諸石頌曰稽昔漢史如何君公方在職時無赫赫之功及其既去民思不忘譬彼桔槔而時

吴庸捲水旱田功莫与京公来漕府既章国程填以
惠安䟽以顯明漕民戴公以保其生千艘林林萬檣
蓬蓬轉海北上南来其風天吴潛鱗飢鯨帖首罔師
下碇仰瞻北斗以達直沽神京用飽萬井炊烟雲散
林藪户曹計功歲書上考是皆我公善總其紐民心
悦豫国計斯阜神人依公驩喜噎嘔方公在政民不
知有反公既代民病疾首今公既往参東国鈞漕運
思公靡間神人公不復来川示肆嗔蟄溺啼號哀哀
水濱求如我公敬神勤民如在戾冬妥希陽春公佐
天子番番老臣喉舌俞張民氣用伸豈獨漕民顧解

元人名字
惟世人譯作

戚、鞏萬、方惠和休祥日臻、

長洲縣達魯花赤元童君遺愛碑、

高昌直西北為城郭諸国首称其人材出當休明服勤、王家大而輔相廊廟小而長貳府縣班、輩出如星麗、天可謂蕃盛也已廟廊公輔勲書太史此不必言其散、而試諸長貳府縣大小戢任有輕重事势有既殊才任、亦異槩可推見也已独長洲旧為平江望縣其以里計、未必数倍子男封邑也其以財計未必男尽田女尽蚕、也其秋輸粮夏輸絲也粮以石計至三十有萬絲以両、計至八萬四千有奇餘盖皆畧之

也使錢鑄尽翻其町疃桑柘尽植其垣塍然後輸公
上者乃可以無缺也柰之何閒田惰農与水旱更相
病然則其民力如之何而不瘁哉故自昔號為并兼
及今至無塊壤以卓錐無片瓦以庇首者矣其困罷
之極若此而国家兩稅銖黍不可減然則為是縣之
長民者上何以逭責下何以逃愆哉故每歲將終大
府往往械繫縣長貳俾之督稅不少貸民窮無可償
官至質朝所授書糴粟補完弗憚也噫官吏窘若此
縣之人當何如哉乃至元仍紀元之元年高昌元童
君來為縣之達魯花赤歎曰補甚弊支甚廢非殫竭

其才智何由集事哉于是日至野次名農父老相高下驗腴瘠謹浚塞厚培糞躬勸其力之稍有餘者出飲食以饁之策勤惰而列之嚴其程役時其賞罰其隄防不敢于水工作不潰于成矣則又課田之瀕江而枕湖者不能必其無風濤之虞也更料以蕩課而民力或少蘇初至治三年行津助賦役法所謂津助者田畝什抽一以助役二十年間田貿易主屢遷而役悉仍旧殊為民病君考之縣乘驗其消長而均征之君資精明善記憶吏毋敢欺于是民謹趨事甫及期而粮已告足先是縣理所在郡東北隅縣治既

附大府官即理所旧基而為縣學其寔民至從畜牧佃荒圃其間君曰今縣學有學官有弟子員而學宮不可以缺者特空名將何以謂之學于是建言大府劝慕嶶州路儒學教授郡人陸德原敘建礼殿講堂四斋而廡計為屋若干楹季成處無以養邑士也復募民捐田以饍學君莅事明聽察明卿者君嘗同知常熟州民已称其果断故于吴俗習恙知之大抵吴俗剽軽而嗜利里胥田主其征粮佃客也寬則緩猛則断甚至傷支骵残孽息聽訟者不察往往為其所矯誣君既得其情故于征科之際民不慢令粮以時

集大政爲于平安易行之時雖中才無難者惟是甚弊而莫窺其迹甚微而莫先其隙隱之于將潰匿之于蠹敗理之者急則傷刻緩則流於迂若君之理長洲譬之用藥然膏肓鍼砭既已跳其會俞通其鬱滯又若衛生之經攝養之術固君素具而深練者使其久于斯邑生育其人而治之涵煦其人而撫之則其顛連而瘁瘠者且將優游于樂生之域矣無何君以三年告代縣之人念君遺愛不忘者匪樹石于學則後之來游而來歌者何以知君惠其邑之深及其人之厚也乃相與礱石而請文于予辭不獲肅序如左

乃係之詩曰、　泰伯君吳端委初其民伾ヽ樂方蘇
至德渾成与化、符、吳魚匕首鬪爭塗沃壤而擅稻蟹
區後至射利紛相、圖、長洲爲邑割之吳考之縣賦天
下無疃耕寸織殫其、刃、剥瀝肌髓骨先枯北庭元君
至則吁譬医製劑藥其、痡、彼豎方執膏肓樞君施芒
鍼伐其隅起偃使直躄使趨、謂医非良尔則誣歘三
星霜歲月徂正猶少愈病復加、君不戒甾戒孰扶顛
連羇穷孰非夫倚君調獲保厥、軀、君方翱翔上天衢
圣主頤憂民力瘏乞君早登朱轓、車、激水活戒涸轍
魚懷恩不忘此　其粗伺君侯吳筆屡、書、用章官程儆

其餘

重建天妃宮碑

天地既左海故百川混賫歸東南而海之功用遂与天地配然自陶唐氏以迄于今王者出而御極盖非一人至于宏大之量包海宇混南北視鯨波萬里猶一堠龍伯九淵犹一舍凌駕溟渤责成歲功久之無虞如我朝世祖皇帝者也爰自定都于燕歲漕東南稻米將由河渠以達畿甸則道里遠而劳費大積力久而用功多于是納海臣之請斷自宸衷始創海運方其波平風順一日千里不踰旬日即詣京畿斯寔

国家享福其蟠地際天取道于海若執左券交相付然風濤有所不測雖河流之細猶不免況于海乎設使颶風鼓濤鯨呿鰲抃天跳地棹萬斛之舟輕于一擲當此之時雖有絶倫智力亦必拱手待斃哀號籲天呌呼神明救死瞬息粤有天妃肇迹前宋著灵于我邦家亟揚神光出于腥霧其光煒煌謂之天燈飛泊高桅不令墊溺舟人稽顙咸稱再生舟遂順濟其灵顯白章章如此于是列聖相承累加封號爰即江海之要建祠妥灵若夫路漕灵濟宮則尤典礼尊崇者也蓋海舟歲當春夏運畢集刘家港而路漕寔當

港之衝故天妃宫之在路漕者顯敞華麗冠甲他祠
国家致重漕餉既開漕府于吴歲每分江浙省宰、臣
一人督餫當轉漕之際宰臣必躬率漕臣守臣咸集、
祠、下卜吉于妃既得吉卜然後敢于港次發舟仍即
妃、之宫刑馬推牛致大享礼饎腯牲肥醇酎甕斝庶
羞畢、陳、絲声絃金石間奏咽軋簫管繁吹入雲舞既
歇闋冷、凨蕭然填境虎臣卒徒擢舟揚舲摐鼓鏦金
响振川陸、文、戾武齊群拜聽命而後舉由是建宫迄
今五十一年、矣、神人頋歆歲仍旧章罔敢或怠乃至
元仍紀元之五、年、水嚙方坊日就虧圮翼宫周廡間

亦頽壁爰歷五祀、審、以宮迫海壖波濤浸淫工莫就緒今至正二年江浙、行、省參知政事燕山闊魯公寔董餫事漕府以有事于、妃、宮告公即齋沐登舟彌節祠下顧瞻宮宇之弛惕憂、形色立詔臣于前戒飭之曰朝廷處事天妃潔蠲明誠、牲、帛器数樂度舞綴悉有攸司載在祀典至于列聖歲、遣、近臣錫金函香事事孔誠猶恐弗至今路漕岸坊崩、虧、若此夫臣子之於君父每先意承顏尚惧或失頒今、豈、得自安哉漕臣对以非迁宮不可而迁宮之費甚繁、計、無從出爰積漕餘得中統鈔二萬五千貫計貲量工、什、裁二三無何刘文明者跽于庭拱而言曰某常熟所海船户也蒙神庇庥漕海積年衣食粗給今參政公勵精于漕府群臣盡瘁于下事神恤民可謂至矣欲徙神宮願以已資合今漕府鈔悉委其料理洎完畢焉庶幾川后安靈宮政盡美于是公與群僚咸加獎予退而文明相地于神宮之稍西乃徙宮其上土埴燥剛户向高平經構于是年正月哉二視朔用告落成殿寢言言門廡崇崇梁拱森齊丹雘朗潤凡兹視旧加壯是歲春運達直沽無一少損文明念旧址已圮歲久自非分省明公督責嚴切省幕都事王公慶椽之常

時守參贊明敏、漕、府群公克承公志則是舉也幾何而得就緒文明既、礱、以紀天妃之聖灵以及官臣之賡續賡幾神人相与、取、信無窮若天妃之氏族灵異往〻散在傳記故茲不、書、事既鐫于石復為迎享送神曲以繫之其詞曰

瀰、為、洲南海陬精灵淑生川后兮川后生赫明灵帝爰命、尸、滄溟兮滄溟大森秘怪既咸若不害兮川后来絲雲、旂、從群龍耀金支兮川后馴海若馴庙食懿千春兮海安、流漕政修寔畿甸更千秋兮后灵妥恒福我新官成、璨、灵瑣兮后馭旋雲滿川依皇元千萬年兮

慎獨陳君墓志銘

吳有隱君子曰陳君叔方自其上世皆以讀書積學服膺儒術然以隱約終其身至叔方父三世于茲矣始予東入吳識其尊人寧極先生沉潛問學淹貫群經年已髦會諸生輩著書立言咸造底蘊予與先生有維私之契而先生長予廿餘年先生降屈齒德時相過從高談亹亹不絕予于君一年之長而君能以文行學術結知士林時方承平巨室大家欲淑其子弟者必厚幣延致有非乘壺韋犬所能致禮也君尤篤孝每館授歸其滌浣不但中裙廁牏若夫溫凈室

庐則其上世敝風日者、至于修瀡飲食之奉必躬庖烹價固貴有所不計也、以故老先生壽体康寧無少不如意者君能力孝其爲文、以經爲隼貫穿史百氏裒其菁華以立言其爲詩尤刻苦精練本之以杜而參以唐諸名家在宋則尤喜陳黄、至于盡思之盤礴裸委山林泉石幽篁怪木各盡其变、態然貴富以挾而求之者雖百金不与一筆兼之襟度洒落其割三牲以奉客亦有膳兼豐潔与人交重然諾、至正壬寅辜月五日卒享年七十娶費早世継夏生二、子長訥先歿次謹女二長慧適俞沂次清適曹敬謹以、卒後

十五日葬吴縣灵岩鄉朱墩之原曾祖考德一配張
祖暹配柳寧極先生諱深字微静配周君諱植自號
慎獨叟朋友私謚曰慎独處士謹乞銘于子為序而
銘曰士而處矣久當弃矣吴胡為乎更三世而益偪
也身雖屯而道則迍豈得于天者而嗇于人耶既以
有行有言無磷淄矣其示不朽有堅珉矣尚何痛慟
有弗信者矣

王處士墓志銘

中吴山水深秀自昔多古仙神人其最顯著則王方
平降蔡經家又如王可交嗜酒研鱠遇星官七真

雖玉壺縹緲不得飲而得啗大棗其骨遂仙事載郡
乘豈虛言哉近日王處士蓋亦仙者類其先本會稽
人大父以上皆宋衣冠世胄徙居吴長洲之永昌後
溪耕游釣鼇縱浪大化浩然自以為葛天氏之民而
独好飲酒盡擺脱世故以自適于酒而扁其室曰醉
鄉當其時悲穷欢達與壞理乱曽弗絲毫係心世降
習媮非達人曠士可以外骸形齊物我也于是其家
不能無朘削然猶嗜酒不問有無其孫翥能自力于
學慱洽淹貫鄉人士推重之而翥也能悉意以奉處
士于是得陶然醉鄉云處士取朱氏先卒〻後鰥居

屏處四十餘年能待其孫之成立以屬其家處士雖飲酒而神观明朗人不敢欺諱元字元之二子長亨娶周良娶郁二女長淸次明淸適陸明適陳翥亨之子也卒年七十九顏貌如孩嬰人皆以酒仙称之而處士亦自笑曰神仙道人亦人而已耳生于戊申卒于丙申七月廿日翥卜十月五日葬函骨于許墅鳳山之先塋翥言處士當属纊時犹索酒曰吾醉鄉雖蓬萊瀛洲不是過也惜宗人可交福不遠不得介飲玉壺春耳然以遇仙馳名豈若我之樂無涯也哉翥撫斯来乞銘是爲銘銘曰醉而死其不死者吾不知

補遺　七七

誰之子斯言也吾聞之㬰史何以知其然蓋所謂一念萬年不爲形毀不爲形全是之謂醉鄉之古仙

平江路摠管致仕張公礦志代其子都中作盧志作張托古耳

張氏世占吳郡籍而爲長洲之相城人至先公始以謹飭小心入仕于朝儤直殿廬久之成皇以先公忠勤愛之賜名伯顏大德五年宣授將作院判官十年冬出爲泉州路摠管府治中至大初陞授同知邵武路府事明年改兩浙都運鹽使司同知丁內艱服闋延祐元年除慶元路同知七年陞授奉政大夫池州路同知泰定三年進階朝散大夫福寧州尹至順二

年超遷太中大夫、漳州路摠管至元二年丙子先公年六十有五是夏代、歸先公素有止足意即告老于朝于是以正議大夫平、江路摠管致仕歸卧吳下春容丘園而以三年夏六月、十四日卒于相城之私第不肖孤忍死用是冬蜡月七、日函骨葬同邑益地鄉謝澤原清河侯之兆嗚呼先公、自元貞初入見闕廷繼拜恩寵一爲中朝官四貳郡政、一佐鹽運司晚年一再典牧藩翰而引退之志亟矣漳、州代乞懸車未匝歲而天奪之痛哉先公諱世昌字正、卿先大父諱顯江淮等處財賦副摠管累贈亞中大夫、廣德路摠管輕車都尉追封清河郡伯祖母鄧氏封清河郡君配沈氏子男二人長不肖孤都中次好礼早夭女一人許通羅烈烏乎先公歷政清操善治著之民心傳之士論後來太常諡之国史傳之非玄堂所得識也于是不肖孤收淚摭世绪官封卒葬歲月納諸幽云

蜀虞處士墓碣銘

宋亡今八十年能以文儒丕顯于国家無如虞雍公子孫其顯者海内章章知其為侍講講集者矣然族之宗有居吴者至正十五年秋七月庚子公六世孫處士君卒其子堪衰斬衰毀以某先公太史与有世

契乃促其従父太常奉礼愷来乞銘哭曰先人生不諧俗竟以隱約終其身顧先人之孝行俱泯泯無聞大父諱栩博極群書内傳後北南従游者衆已而病病且一紀先人勤苦以養恒手浣中帬廁牏大母夏氏病目至以舌舐之先人既老而堪問學蕪浅亦館授以為養温凊之室庐修瀡之飲食曽不足以少慰其心今没已未能尽大事烏乎痛哉夫欲致養而莫遂雖菽水尽欢斯謂養斂手足形無槨斯謂葬今堪是已處士諱炫字明之蜀隆州長壽縣人雍公既相孝庙故其家有在吳者于是處士生于吳其諱粃累

官至朝請大夫户部郎中知鄂州者處士之曾大父也處士生至元十八年辛巳年七十五娶宣氏生二子長堪次坊女一堪既貧重以兵與世艱棘舉無助者能以是年八月庚申奉葬吳縣下駕村烝山之先塋去其高祖雍郡侯墓在玉遮山張市村者可一望而近宜為之銘曰宋相世系有克保其墓地者百無一二而堪能守其先塋奉其先人以葬以志斯可謂忠孝之懿而詩書之澤百世不墜者已

庐山陳天倪墓志銘

天倪諱徵字明善姓陳氏人蘊懷瓌奇不屑屑求世用

嘗讀莊周氏書至曰和之以天倪用之以曼衍故以天倪爲自號其先本蜀人遠祖篆嘗登宋宣和進士第歷官至左朝散大夫以蜀險遠遂從家廬山之下其曾大父彝大父洽皆宋鄉貢進士父仝隱居不仕娶黄氏生處士始予在杭計籌山中得從黄松瀑先生游先生長不踰四尺自六藝百家之書無不讀而尤清介孤峭然以侏儒竟自爲道士當時名流如吴與趙文敏公巴西鄧文肅公皆歛衽畏敬其甥陳誠善亦厲志苦學已而先生没誠然亦早夭而予入吴頗乃于無錫梁谿上始識天倪聚語已洽乃知

為黄氏甥而誠善則其兄也文始知幼嘗從草廬吳
先生學〻于先生之門者蓋彬然獨称天倪既卒業
乃北上燕趙古所謂悲歌慷慨之士今所謂公卿大
夫之賢天倪皆得与之握手傾肺腑論天下事甚可
措之于用既久之南歸若北庭貫君酸斎山東李君
溉之無不称其才雋如清城虞公柏生豫章揭公曼
碩亦盛称而形之詩文者皆可考見夫士不得志于
時浪游海宇以才氣与人相軒輊觀其所与交可以
知其人矣矧重之以黄先生之甥卯巳而入吳知旧
有延之聚資者于是遂僑于吳取故宋相古心江公

孫女、生二男子曰汝扶曰汝言女三人天倪卒于至正八年、戊子歲秋七月廿有六日得年五十二而二子能力貧而學、養其母能盡劝以至正十六年四月四日葬于吳、縣雅宜山大墩之原夫以天倪懷才負氣盡措諸用乃、不遇而没非命也夫非命也夫二子以予嘗從其外氏、游来拜哭乞銘于是為之銘々曰

烏乎天倪竟止于是、而歸耶保身全歸人孰以汝為非耶殁而有子九原其、泯汝輝耶

遂昌先生鄭君墓志銘　維揚蘇昌齡大年

處州鄭氏遂昌鉅族也君世以儒顯曾祖克故宋西

川徑畧使祖開先朝奉郎知道州永明縣考石門高士諱希遠高尚不仕國初從家錢唐結屋湖上以耕釣自樂姚蔣氏二子君其仲也君諱元祐字明德天資穎悟過人垂髫入鄉校日能盡記同坐諸生所授書鄉先生大異之年十五輒弄筆墨作詩賦往往出奇語驚人石門君篤意教君樹樓聚書恣其批閱君不出户庭者十年于書無所不讀作爲文章滂沛豪宕有古作者風時咸淳諸遺老猶在君徧遊其門質疑稽隱其見聞充然有得侃侃以奇氣自負諸老皆折節下之江浙中行中書省郎中汴人趙天錫剛正

謹厥慎于交際獨延君于家、与其子期顒講學期顒後中甲科試中書參知政事子、期、公也君既得友益自刻厲于學晝夜不倦由是克底厥成是以名世時鄉林平章廉公以朝廷宿望退居錢唐与君為忘年友由是偏交當世之士声名籍甚四方、慕、君者識与不識皆称為明德先生君既以儒業起家仰、承石門君夙志而奉養之礼無所不至石門君卒君偕其兄介甫先生移居姑蘇兄歿喪之如父從君斈者、户外之屨常滿浙省御史府宣閫憲臺交章以潛德薦、君、于朝君自以臂疾不願仕在庭諸公知君之志亦弗、甚相屈也優游吴中者三四十年富貴声利一不動其心素不善著書當謂李者曰經則經也史則緯也義理潤藪在焉李者能盡得古人之意鮮矣况敢私有所論述乎識者称其有見于道性平易真率不爲矯激之行与人交亦然汲引後進常如不及頭童齒豁壯氣不衰應酬餘暇手不释卷吴人欽仰風裁罔弗敬礼之者雖小夫賤隷亦能知君姓名人有患難拯拔之如救水火士友或貧不能自存度無以相給則徧告諸有力者賙其困厄君兒時乳嫗提携右臂脫骱左手寫楷規矩備盡世称一绝又自名爲尚

左生至正十七年大府授將仕郎平江路儒學教授君欣然不辭曰講學我素志也居一歲即移疾去後七年陞江浙儒學提舉君亦不辭曰文臺也儒者之職也居九月感微疾而卒朝官士友遠近聞者莫不奔赴君生至正元二十九年壬辰閏六月六日午時卒于至正二十四年甲辰十一月二十九日未時壽七十有三娶錢俶王十二世孫女三男一女長曰吉次曰起曰貞吉娶陳氏先十年卒貞未娶先君十二年卒起娶陳氏女寧贅蘇州湯惟新女孫二尚幼以明年乙巳正月三十六日葬于平江路吳縣太平鄉

橫山之原君所爲文

僕泣而撫之曰君天地之全人也生長承平晚涉世變骨肉相保無虞又且安享十年之福而後逝蓋君明哲保身行業無愧于造物而造化之報君者亦厚矣君之學淹貫而博洽君之行純誠而篤寔君之見高明而正大君之文雄深而雅健君之詩清峻而蒼古君之書嚴勁而端麗其見之緒餘如清談韻依稀晋人如君者蓋一代不數人也君已矣世不復有斯人矣君未疾前五日与僕會飲檢閱曹新民家歷歷自叙其平生出処語僕僕竊疑其強聒不已無幾而

卒乃知君有託于僕也將屬纊又呼僕面囑固宜為之銘〻曰世之人全于人者未必全于天全于天斯可謂之歸全君雄文與孝碩德高年著名當世追蹤昔賢生榮死哀有德有言謂之歸全孰曰不然勒銘貞石後有稽焉知其為遂昌先生有道鄭君之原

僑吳集序

謝徽

遂昌鄭明德先生天資明敏高出倫輩其生于杭于書無不讀作為文章抑揚頓挫反覆開闔一主乎理而氣以攄之若長江大河流衍旁沛泊〻數千百里而終歸之溟渤綽有古作者風既北來僑于吳比老

乃彙其作之文曰僑吳集授嶶曰吾在杭亦嘗有作茲僑吳久而作之為多故名焉予實見而知之者宜為序之嶶不敢辭庸復于先生曰先生固僑于吳矣夫吳東南之一都會也山有虎阜灵岩之勝水有三江五湖之饒而遺臺故苑旧家甲第仙佛之宫參錯乎城郭之内民俗富而淳財賦强而盛故達官貴人豪雋之士与夫羈旅逸客無不喜遊而僑焉其僑何如不過即其山川風物之美觴咏娛嬉以各適其所樂而已焉有如先生之僑寓哉先生以吳乃讓王之封国而子游北學于孔子与聞堯舜禹湯文武周公

之道得聖人一体爲文李称首其流風餘韻未泯也斯其所以僑焉者正欲以聖賢之道資進修之益耳豈徒藉乎山川風物以爲觴咏娱嬉之適而止耶則先生之僑異乎人之僑也已惟其異乎人之僑所以發而爲文亦有異乎人也雖然文豈易言哉堯舜禹湯文武周公之文礼樂政治皆是也盖其道之充乎中而其發于外者無非文如天之有氣則有日月星辰之光輝如地之有形則有山川草木之行列文実道之顯不可岐而二之也何子游之所以爲學绝諸子各以所見著書是不獨文与道二而道之裂也已

無有純全者惟董仲舒氏曰正其誼不謀其利明其道不計其功揆其行事不戾斯言可不謂其文与道一者乎而韓愈氏曰所志于古不惟其詞之好〻其道焉耳是亦知夫道之与文不可二矣然以實而考之則其文固未能一出于道至歐陽修氏蘇轍氏曾鞏氏文非不能為也豈能与道弗二乎文而一出于道惟周程張朱數君子焉觀其易通易傳正蒙本義等書簡妙精切不惟輔翼聖經而發可与之並由其得孔孟不傳之學故能若是豈嘗拘〻孶為之文哉嶽窃聞先生嘗以文師承于金華石塘胡公四明制

源戴公此二公學群聖賢之道者也其所以授于先生洎先生所自得有蘇曾諸氏之文而不失程朱數賢之道〻未必不寓乎文〻未尝不載夫道文与道則一而子游之所以為季者亦在其中矣奚必果僑于吳而後有所得也哉第假是名以編尒微也生也後誠吳人也父祖以上居吳累世矣然于道詎有所聞而文亦莫之能措于先生豈弗甚可愧姑從命強顏為之言是集也為古今詩銘箴贊題書疏序記碑誌揔若干篇釐為十有二卷烏乎有道之文當傳之天下豈獨吳哉至正二十年歲庚子仲秋望吳後學

謝嶶序

翰林院修撰施君宗銘改葬銘　錢溥

正統己未春蘇之吳縣施槃宗銘擢進士第一人入翰林爲修撰年財二十三明年夏以疾卒無子以是冬歸葬其邑洞庭山陽之水齧山趾滋及其墓于是去墓三里許擇高爽地于山右而遷葬焉初宗銘之舉進士也予同年而升同東吳人情好頗密明年五月十日予受荐入翰林宗銘見之懽甚予謂年何長而戢且卑哉宗銘善推命握予手曰以君之命吾自此知不及矣明日宗銘朝遇風雨感寒疾遂不起予

往問之宗銘瞠示予曰君將以文鳴天下吾不免能不為吾銘乎予深以理喻之不釋二十六日果卒国朝擢首選而年少者惟宗銘而況其儀度楚楚然性資坦坦然文學擬古作者曰烝烝然其不已也朝自元老大臣以及館閣諸同寅遇之率愛之重之而推讓之而以遠大期之然宗銘亦善親炙諸元老而礼下之于寅故譽之無間言殆天授也一旦奄然以殁自元老大臣以及館閣諸同寅相視駭然奔走臨哭于其家者越數日靡寧噫天又何奪之亟耶宗銘既歿于世而世之今擬諸大用者犹曰宗銘在可少也

論文學可以傳世猶曰宗銘在豈吾輩所及也何宗銘一策首選而天亟奪之而不究其成而吾輩落落然才不重于時位不加于衆而天反久之何邪烏乎豈誠有命也夫豈誠有命也夫宗銘之墓危豈歲辛巳適都憲萬安劉公孜巡撫東吳予爲白之公至吳訪之果然乃命郡守四明姚侯堂遷之堂亦同年友也爲相地度材環以磚垣表以石門載封載樹完固一新明年予使交南還其父遵道弟宗賢逆予舟謝之且索銘夫宗銘初葬得廬陵楊文貞公哀詞南郡楊文定公墓銘予雖未副其所屬然得二公之作亦

窃為之喜矣詎虞二十年後而改葬之銘其重違宗
銘意乎宗銘既沒其配吳方娠哭甚哀予使人慰之
既而遵道来迎喪予復戒其待產而殯及歸竟殯于
未產吳果哭踊而傷墮一子不育後吳亦自盡今合
葬焉以宗賢之子其為之子宗銘其先皆以隱終至
遵道始挈之淮依鉅姓家就學大有所得歸吳延撫
侍郎廬陵周公奇其才寘之吳庠一掉鞅魁天下士
于是吳之學衢淮之旅次与所居之洞庭皆建狀元
坊以歆艷之至今犹快士心而厲鄉俗云銘曰孰連其
才孰畀其魁孰閼其年而不永其傳盖已定于天而

其莫知其為然舍危即安于彼南山既封且完以罔後艱

明故曉菴法師塔銘　　　　前　人

師諱善啓，字東白，號曉菴，俗姓楊氏，蘇之長洲人。五世祖慶，宋發遣常州主管學事，贈左朝奉郎，家吳之支硎山。值兵，徙北郭。父永年，性好善，称楊佛子。母陸氏。師甫能言，通佛典，父母異之，命入無量壽院，礼茂茂院主為浮圖。既長，屛迹龍山，窮日夜力于经史百氏不輟，声奮隐然日起。少師姚公廣孝、善世洽公、南洲皆器重之，而典記于洽公者其久。永樂元年，荐主

蘇之永定寺六年、主松江延慶寺逾年擢本府僧綱
司副都綱尋應名纂、修永樂大典預校大藏経賜金
織袈裟衣一襲時三殿、災詔求直言師上疏陳利病
不報內交沈少卿民望王、侍講希範王贊善汝玉陳
檢討嗣初益深造詣而与璧、菴完公輩还有江行倡
和詩一卷与甫里趙公宗文酬、倡尤多歲遇牡丹開
時必盛集題賞錢唐瞿公宗吉雄、于詞賦尝用一韻
往復幾百首而詞鋒益鋭海內皆傳、焉正统八年十
一月八日卒距洪武三年十一月十五、日世壽七十
五僧臘六十以其示寂之歲十二月二十、三日弟子

慶暐等与其姪是畀奉柩歸葬于旧隱之龍山遵治
命也既葬且二十年而溥于塔銘尚未知作者志盖
有待乎叨居侍従之列利泽不加于民空言無補于
世則亦負師期望久矣茲使交還獲訪墓于龍山下
見其塔銘尚虛以待之則溥亦何待而不言哉夫以
交之深者知必至也言之彰者情必厚也昔宣德間
大理卿胡公槩巡抚東吳威声大振而于師独加敬
礼時溥方冠欲應鄉舉謁公師忽見而喜之遂入白
于公得預鄉荐然溥亦始聆議論察其動止毅然一
儒者由是往還日就款洽數日不見必折簡招之簡

類歐語作字有、帖、意見必肅衣焚香啜茗坐語移時
去則且談且送雖、草、、礼亦不廢或閑户發篋出古
人真跡对閱評品如、論宋仲温陳文東二先生書宋
筆正鋒陳或偏鋒故宋優、于陳吳中称高楊張徐為
近代四傑然季廸衆作皆、得体如律傚刘長卿選蕪、
帯應物皆所不到宜其為最、文則喜柳宗元遇有作
必朗誦數篇得其意趣然後下、筆而詩則宗季迪也
然皆不務蹈襲以為奇至論儒、釋、之辯曰且各為其
教又曰東魯垂道西竺見性皆莫先、于、厚本故雖離
父母而養生送死卒從厚与其兄弟極、友厚撫諸姪

九十

教養兼至而交四方宿德名緇必以誠未嘗見解体惰容然非其人亦未嘗一与之交此韓子謂墨名而儒行王文正謂此失之而彼得焉宜為法門之僅有吾人之願交也而況溥也荷師期待既久不亦知之至而情之厚哉倘以餘齒無負于斯世則亦無負于所知矣姑書此以与其徒慶暲等刻石于墓而且系以銘曰

唐有暢師曰喜文詞宋有惠勤亦號能詩暢由韓子儒所以彰勤藉蘇公得附歐陽頤令東白有學有德旁邃詩文兼此二釋豈無韓蘇俾世有聞我何人也敢預斯文龍山之陽胥闉之北寂焉淵焉

于以埋玉奔走數年始遂予謁有言莫酬庶永其揭

雅素處士楊君墓志銘

君楊姓諱旻字思仁一字師道號雅素蘇之長洲人永樂間君叔父東白啟公爲浮圖有文行任松郡副都綱君日侍其側嘗從郡人劉先生鴻授琴予亦學琴于先生聞君夜恒四鼓坐禪榻對孤燈猶手語鏗鏗不輟故君琴遂精予舍之遊郡黌時造東白所叙話退則拉君鼓一二引語及相人術則自謂論人禍福貴賤灼然有不誣者予訝而扣之曰嘗侍叔應詔校經時親得尚寶袁衮忠徹指授人亦信傳有自也

往〻質之有驗予既竊第入翰林東白亦物故而聞君還吳中抱藝隱居終日恬處若委蕭人洒然一鼓足起人聽之可以想見三五之盛造而學者戶外屨恒滿花詩雪夕扁舟五湖三泖閭門生故舊望而畏之其淡而可親也愿而可信也不激不阿以約自守而不失也歲壬午予使交還期君一見明年至蘇則君屬纊兩越月矣喪未能舉予助舉之長洲庠生吳寬少學琴于君〻既歿對琴弗忍御及御之不能成聲士林義之且爲狀俾其子凌要予銘焉乎代之技藝術以自矜與夫終日喃〻無一藝可名世以傲人

者視君爲人不大經庭訖翊重寬之義而淩之哀也君六世祖慶宗發遣常州主管學事贈左朝奉郎家吳之支硎山值兵始徙城中曾祖景興祖永年考希哲皆弗仕母陳氏子五人君其四也娶劉氏蘇衛指揮某之孫子即淩孫男定年六十有三而卒是歲十二月庚寅以明年四月乙酉葬吳縣太平鄉堯峯先塋之則銘曰　有樂于己無悶于世率由內得不以外至委順而化是曰歸全銘以舉之爲我殯焉

平江北禪大慈教寺大通閣記

前集賢直學士中順大夫揚州路泰州君兼勸農

事趙孟頫爲文并書丹篆額

晋處士戴顒捨所居宅爲寺在吴郡齊門之内法詢法藏等習天台教之地也始名北禪既又改乾元宋祥符初錫名大慈而扁曰大慈教寺

吴都文粹續集補遺　卷